ALEXANDRE DUMAS

Cagliostro

## ALEXANDRE DUMAS

Eigentlich Alexandre Dary de la Pailleterie, wurde 1802 in Villars-Cotterêts bei Soissons geboren und starb 1870 in Puys (Dieppe). Zu seinen bekanntesten Romanen zählen *Der Graf von Monte Cristo,* (Bd. 11940, 11941, 11942) und *Die drei Musketiere* (Bd. 11930) sowie die Fortsetzungen des Musketier-Romans, *Zwanzig Jahre danach* (Bd. 12040, 12041) und *Der Vicomte de Bragelonne* (Bd. 12042, 12043), die bereits im Fischer Taschenbuch Verlag erschienen sind.

## CAGLIOSTRO

In den letzten Regierungsjahren von Ludwig XV. und seiner Mätresse Madame Dubarry hat der französische Königshof in Versailles den Höhepunkt eines in Dekadenz und Willkürherrschaft umschlagenden Absolutismus erreicht. Der Rokokohof versinkt in einem Morast von Skandalen und Konspiration. Der Dubarry ist nichts wichtiger als die Anerkennung ihrer Position durch eine förmliche „Vorstellung" im Kreise des alten Adels, die sie, kurz vor der Ankunft der habsburgischen Kaisertochter Marie-Antoinette in Paris, dank viel Schmeichelei und Bestechung erreicht.
In einer prunkvollen, aber auch von tragischen Ereignissen überschatteten Zeremonie wird Marie-Antoinette mit dem Dauphin und künftigen König Ludwig XVI. verheiratet.
Auf ihrer Fahrt durch Frankreich ist die Dauphine bereits dem mysteriösen Cagliostro begegnet, der eigentlich Joseph Balsamo heißt, und sich außerdem Acharat, Großkophta oder Graf von Phönix nennt. Außerdem gibt er sich als Gesandter des preußischen Königs aus. Dank seiner stattlichen Erscheinung, anscheinend nie versiegenden Geldmitteln und erstaunlichen Wissens verschafft er sich Zugang zum Königshof, wo niemand etwas von dem unglaublichen Komplott ahnt, das Cagliostro plant.
Cagliostro, alias Joseph Balsamo, war keineswegs eine Romanfigur, die Alexandre Dumas ersonnen hat, sondern eine historische Gestalt. Er stammte aus Italien und war einer der größten Hochstapler und Scharlatane seiner Zeit. Er reiste in der zweiten Hälfte des 18. Jahrhunderts von einem europäischen Fürstenhof zum anderen, fand als „Arzt", Hellseher und Alchimist große Bewunderung und raffte ein Riesenvermögen zusammen. Angeblich gehörte er auch zu den Drahtziehern der „Halsbandaffäre" um die spätere Königin Marie-Antoinette und den Kardinal Rohan, die den Anfang vom Ende des Ancien régime markierte und in die Revolution mündete.
Dumas stellt Cagliostro zwar in das gebotene Zwielicht, rückt ihn aber auch in die Nähe der Freimaurerei. Dadurch erhält sein Handeln im Dumas-Roman einen idealistischen Zug: Es geht um den Sturz der verrotteten Monarchie und um Freiheit und Gleichheit für das Volk. Das Auftreten weiterer historischer Personen wie Rousseau, einem geistigen Wegbereiter der Revolution, und von Marat, einem ihrer Vollstrecker, unterstreicht diese Intention.

# ALEXANDRE DUMAS

# Cagliostro

ZWEITER BAND

Neue ungekürzte Übersetzung
von Xénia Gharbi

Mit den Illustrationen der französischen Ausgabe
der Edition Dufour, Mulat et Boulanger, Paris 1857

Fischer Taschenbuch Verlag

Veröffentlicht im Fischer Taschenbuch Verlag GmbH,
Frankfurt am Main, März 1995

Lizenzausgabe mit freundlicher Genehmigung der
Edition Stuttgart im VS Verlagshaus Stuttgart GmbH
Die Originalausgabe erschien unter dem Titel
»Joseph Balsamo – Mémoires d'un Médecin«

Umschlaggestaltung: Thomas & Thomas Design, Heidesheim
Gesamtherstellung: Clausen & Bosse, Leck
Printed in Germany
ISBN 3-596-12045-4

*Gedruckt auf chlor- und säurefreiem Papier*

## LXXII. KAPITEL

### *Reise durch die Luft*

Gilbert war also auf seine Landung in feindlichem Garten, wie er das Haus von Taverney insgeheim bezeichnete, vorbereitet. Von seiner Dachluke aus erkundete er das Terrain mit der regen Wachsamkeit eines geschickten Strategen, der im nächsten Augenblick eine Schlacht führen wird, als sich in diesem so still und ausgestorben wirkenden Haus eine Szene abspielte, welche die Aufmerksamkeit des Philosophen auf sich zog.

Ein Stein flog über die Gartenmauer und schlug gegen die Ecke der Hauswand.

Gilbert wußte wohl, daß es keine Wirkung ohne Ursache gibt. Und da er die Wirkung nun gesehen hatte, begann er nach der Ursache zu suchen.

Aber so weit er sich auch vorbeugte, er konnte die Person nicht erkennen, die von der Straße aus den Stein geworfen hatte. Doch da gewahrte er noch etwas, und er verstand sogleich, daß zwischen diesem Vorgang und der vorausgegangenen Szene ein Zusammenhang bestand: Vorsichtig wurde einer der hölzernen Läden eines Raumes im Erdgeschoß aufgestoßen, und in dem halboffenen Fenster kam der muntere Kopf Nicoles zum Vorschein.

Beim Anblick 'Nicoles machte Gilbert einen Satz ins Innere seines Mansardenzimmers, ohne jedoch das aufgeweckte Mädchen nur einen Augenblick aus den Augen zu verlieren. Nachdem diese alle Fenster, und insbesondere die Fenster des Hauses, eingehend gemustert hatte, kam sie aus ihrem Halbversteck hervor und lief durch den Garten, als wollte sie sich dem Spalier nähern.

Auf den Weg zu diesem Spalier war aber auch der Stein gerollt, den Gilbert genausowenig wie Nicole aus den Augen ließ. Gilbert sah, wie sie diesen Stein, der für den Augenblick eine so große Bedeutung erlangte, mit dem Fuß anstieß und ihn weiter vor sich her schubste, bis er sich am Rand des Beets unter dem Spalier befand. Dort streckte sie die Hände aus und nahm ihre in der Sonne getrockneten Spitzen ab, ließ jedoch eine davon fallen. Sie bückte sich lange danach, und als sie sie endlich aufhob, griff sie gleichzeitig nach dem Stein.

Noch ahnte Gilbert nichts. Doch als er sah, wie Nicole ein Stück Papier ablöste, ihn gleichsam schälte, wie ein Feinschmecker dies mit einer Nuß tut, da wurde ihm erst klar, welche Bedeutung dem Meteoriten tatsächlich zukam. Es war nicht mehr und nicht weniger als ein Liebesbrief, den

Nicole um den Stein gewickelt gefunden hatte. In Windeseile hatte ihn die Listige entfaltet, seinen Inhalt verschlungen und ihn in die Tasche gesteckt. Nach ihren Spitzen brauchte sie nun nicht mehr zu sehen. Die Spitzen waren trocken.

Gilbert schüttelte indessen den Kopf und meinte bei sich mit dem Egoismus von Männern, welche die Frauen geringschätzen, daß Nicole wahrlich ein lasterhaftes Wesen sei und daß er, Gilbert, Moral und gesunde Politik gezeigt habe, als er so abrupt und mutig seine Beziehung mit einem Mädchen abgebrochen hatte, das über Mauern hinweg Liebesbriefe empfing. Und indem er ein solches Urteil fällte, verfluchte Gilbert, der gerade eine so schöne Überlegung zu Ursachen und Wirkungen angestellt hatte, eine Wirkung, deren Ursache er vielleicht selbst war.

Nicole trat ins Haus, kam dann abermals heraus und hatte diesmal die Hand in der Tasche. Sie zog einen Schlüssel daraus hervor; Gilbert sah ihn einen Augenblick wie einen Blitz zwischen ihren Fingern leuchten. Diesen Schlüssel schob das Mädchen unter der kleinen Gartentüre durch, die zumeist vom Gärtner benutzt wurde und am anderen Ende der Straßenmauer lag, parallel zu dem großen Tor, durch das man gewöhnlich ein und aus ging.

«Gut!», sagte Gilbert. «Ich verstehe: ein Liebesbrief und eine Verabredung. Nicole verliert keine Zeit. Sie hat also einen neuen Liebhaber.»

Und Gilbert runzelte die Stirn mit der Enttäuschung eines Mannes, der glaubte, sein Verlust müsse eine nicht wiedergutzumachende Leere im Herzen der von ihm verlassenen Frau verursachen, und der zu seiner großen Verwunderung feststellen muß, daß diese Leere vollkommen ausgefüllt ist.

«Das könnte meine Pläne leicht durchkreuzen», fuhr Gilbert fort und suchte nach einem künstlichen Grund für seinen Mißmut. «Wie dem auch sei», hub er nach einem Augenblick des Schweigens wieder an, «es ist mir nicht unangenehm, den glücklichen Sterblichen kennenzulernen, der nach mir in Mademoiselle Nicoles Gunst steht.»

Doch in mancher Hinsicht war Gilbert ein klarer Kopf. Sogleich rechnete er sich aus, daß er durch die Entdeckung, die er soeben gemacht, Nicole gegenüber einen Vorteil erlangt hatte, den er sich bei Gelegenheit zunutze machen konnte. Denn er kannte Nicoles Geheimnis in Einzelheiten, die diese nicht leugnen konnte, während sie das seine kaum erahnte und keine Einzelheit ihrem Verdacht Gewicht verlieh.

Endlich brach die ungeduldig erwartete Nacht herein. Gilbert befürchtete nur eines: Rousseau könnte unvorhergesehen zurückkommen, er könnte ihn auf dem Dach oder auf der Treppe ertappen oder auch nur das Zimmer leer vorfinden. In diesem letzten Fall müßte die Wut des Genfers wohl schrecklich sein. Gilbert glaubte, mittels einer an den Philosophen adressierten Mitteilung, die er auf seinem Nachttisch hinterließ, Schlimmeres abwenden zu können.

Die Mitteilung enthielt folgenden Wortlaut:

*Mein teurer und erhabener Beschützer,*

*Bilden Sie sich keine schlechte Meinung von mir, wenn ich mir Ihren Empfehlungen und sogar Ihren Befehlen zum Trotz erlaubt habe, mein Zimmer zu verlassen. Ich werde nicht lange ausbleiben, es sei denn, es stieße mir ein ähnlicher Unfall zu wie schon einmal. Doch selbst auf die Gefahr eines solchen oder eines noch schlimmeren Unfalls hin muß ich mein Zimmer für zwei Stunden verlassen.*

«Ich weiß nicht, was ich bei meiner Rückkehr sagen werde», dachte Gilbert, «aber zumindest wird Monsieur Rousseau weder beunruhigt sein noch in Zorn geraten.»

Draußen war es bereits stockdunkel. Es herrschte eine erstickende Schwüle wie immer während der ersten warmen Frühlingstage. Der Himmel war mit Wolken überzogen, und um halb neun hätte auch das geübteste Auge in der Tiefe des schwarzen Abgrunds, in den Gilbert angestrengt hinabschaute, nichts wahrnehmen können.

Erst jetzt bemerkte der junge Mann, daß er schwer atmete und daß seine Stirn und seine Brust mit Schweiß bedeckt waren, sichere Anzeichen für Schwäche und Erschlaffung. Die Vorsicht riet ihm, sich in diesem Zustand nicht auf eine Unternehmung einzulassen, bei der die ganze Kraft und Zuverlässigkeit seiner Glieder nicht nur für den Erfolg des Unternehmens, sondern auch für die Unversehrtheit seiner Person notwendig waren. Doch Gilbert hörte nicht auf seinen Instinkt. Sein innerer Wille hatte lauter gesprochen, und wie immer war er es, von dem der junge Mann sich leiten ließ.

Der Augenblick war gekommen. Gilbert legte sich sein selbstgeflochtenes Seil in zwölf Schlingen um den Hals und begann mit pochendem Herzen das Dachfenster zu erklimmen. Er klammerte sich fest an das Gesims des Dachfensters und tat den ersten Schritt in die Regenrinne auf das rechts gelegene Dachfenster zu. Dieses gehörte, wie schon erwähnt, zur Treppe und war von dem anderen durch einen Abstand von etwa zwei Klafter getrennt.

Die Füße in einer Bleirinne von höchstens acht Zoll Breite, die, obgleich in regelmäßigen Abständen durch Eisenklammern unterstützt, aufgrund der weichen Beschaffenheit des Bleis unter Gilberts Tritten nachgab, die Hände auf die Dachziegel gestützt, die ihm lediglich halfen, nicht das Gleichgewicht zu verlieren, ihn aber keinesfalls vor einem Sturz bewahrt hätten, da sie keinen festen Halt boten: In dieser Lage befand sich Gilbert auf dem Weg durch die Luft, der zwei Minuten, das heißt, zwei Ewigkeiten beanspruchte.

Aber Gilbert wollte keine Angst haben, und seine Willenskraft war so stark, daß er tatsächlich keine Angst empfand. Er erinnerte sich an einen Seiltänzer, den er hatte sagen hören, daß man, wolle man schmale Wege unbeschadet passieren, nicht auf die eigenen Füße, sondern zehn Meter voraus blicken müsse. Auch an den Abgrund dürfe man nie anders denken, als wäre man ein Adler, daß heißt, dazu geschaffen, darüber zu schweben. Auf diese Weise war er früher schon über die Schleusen der Mühlen von Taverney und über die Dachbalken eines alten Schuppens hinweggegangen.

Auch diesmal gelangte er, ohne auch nur einmal zu zittern, ans Ziel, und einmal dort angekommen, ließ er sich voller Stolz auf die Treppe hinabgleiten. Aber als er auf dem Treppenabsatz anlangte, blieb er unvermittelt stehen. In den unteren Etagen wurden Stimmen hörbar: Es waren die Stimmen von Therese und einigen Nachbarinnen, die sich über das Genie Monsieur Rousseaus, über seine Bücher und seine Musik unterhielten. Die Nachbarinnen hatten die *Neue Heloise* gelesen und fanden das Buch anstößig, wie sie offen zugaben. Zur Antwort auf diese Kritik wies Therese sie darauf hin, daß sie die philosophische Tragweite dieses schönen Buches wohl nicht verstünden. Worauf die Nachbarinnen nichts anderes zu erwidern vermochten, als daß sie auf diesem Gebiet zugegebenermaßen nicht sehr bewandert seien. Dieses köstliche Gespräch wurde von einem Treppenabsatz zum anderen geführt, und das Feuer der Diskussion war weniger glühend als das der Öfen, auf denen das duftende Abendessen der Damen kochte. So hörte Gilbert die Argumente hin und her fliegen und das Fleisch brutzeln. Als inmitten dieses Durcheinanders sein Name fiel, durchfuhr ihn ein unangenehmer Schauer.

«Nach dem Abendessen», sagte Therese, «werde ich nachsehen, ob es dem lieben Kind in seiner Dachkammer auch an nichts fehlt.»

Dieses «liebe Kind» bereitete ihm weniger Vergnügen, als ihm das Versprechen des Besuchs Angst machte. Glücklicherweise, so überlegte er, sprach Therese, wenn sie allein zu Nacht speiste, ziemlich ausgiebig dem Rebensaft zu. Außerdem sah der Braten sehr appetitlich aus, so daß «nach dem Abendessen» sicherlich bedeutete «um zehn Uhr». Jetzt war es erst Viertel vor neun. Im übrigen würde Therese nach dem Abendessen höchstwahrscheinlich schon wieder ihre Meinung geändert haben und an etwas ganz anderes als an «das liebe Kind» denken. Unterdessen ging jedoch zu Gilberts großer Verzweiflung viel Zeit verloren, als plötzlich einer der Braten anbrannte. Ein Schrei der alarmierten Köchin ertönte, ein Schreckensschrei, der jedes Gespräch unterbrach. Alle stürzten zum Schauplatz des Ereignisses, außer Gilbert, der sich die kulinarische Besorgnis der Damen zunutze machte, um wie ein Luftgeist die Treppe hinunterzuschweben. Im ersten Stock fand er neben dem Fenster einen Haken, der stark genug war, sein Seil zu halten. Er befestigte es daran mit einer Schlinge, stieg auf das Fenster und begann, sich behende hinabzulassen.

Er hing noch zwischen der bleiernen Rinne und dem Erdboden, als er unter sich im Garten schnelle Schritte vernahm. Er klammerte sich an die Knoten und sah nach, wer so ungelegen daher kam.

Es war ein Mann.

Da er von der kleinen Tür her kam, zweifelte Gilbert nicht eine Sekunde daran, daß es sich um den Glücklichen handelte, den Nicole erwartete. Daher richtete er seine ganze Aufmerksamkeit auf diesen Eindringling, der ihn in seinem gefährlichen Abstieg aufgehalten hatte.

An seinem Gang, an dem schemenhaften Profil, das sich unter dem Dreispitz abzeichnete, und an der besonderen Weise, wie dieser Dreispitz über einem Ohr saß, das sehr aufmerksam zu sein schien, glaubte Gilbert den trefflichen Beausire zu erkennen, den Gefreiten, dessen Bekanntschaft Nicole in Taverney gemacht hatte.

Fast im selben Augenblick sah er Nicole die Tür des Pavillons öffnen und in den Garten eilen, wobei sie die Tür offenstehen ließ. Flink und leicht wie eine Bachstelze lief sie in Richtung des Gewächshauses, auf das auch Monsieur de Beausire zuging.

Es war dies gewiß nicht das erste Treffen, das in dieser Art stattfand, denn keiner von beiden zeigte die leiseste Unsicherheit über den Ort der Zusammenkunft.

«Jetzt kann ich vollends hinunterklettern», dachte Gilbert, «denn wenn Nicole ihren Liebhaber zu dieser Stunde empfangen hat, dann ist sie sich ihrer Zeit sicher. Andrée ist also allein, mein Gott! Allein ...»

Tatsächlich hörte man kein Geräusch, und nur im Erdgeschoß gewahrte man einen schwachen Lichtschein.

Mittlerweile war Gilbert unbeschadet am Boden angelangt. Statt aber nun den direkten Weg durch den Garten zu wählen, lief er an der Mauer entlang, bis er zu einem Gebüsch kam, das er in geduckter Haltung durchquerte. Ohne bemerkt zu werden, erreichte er die von Nicole offengelassene Tür. Im Schutz einer üppigen Osterluzei, die sich bis über die Tür hinaufrankte, stellte er fest, daß das geräumige Vorzimmer, wie er vermutet hatte, leer war.

Aus diesem Vorzimmer führten zwei Türen ins Innere, von denen die eine geschlossen, die andere offen war. Gilbert schätzte, daß die offene Tür zu Nicoles Zimmer gehörte. Sachte betrat er den völlig lichtlosen Raum, wobei er die Hände vor sich ausstreckte, um in der Dunkelheit nicht anzustoßen.

Als er weiter in den Korridor vorstieß, vernahm Gilbert eine schwache Stimme aus dem erleuchteten Raum. Es war die Stimme Andrées. Gilbert wurde ganz warm ums Herz.

Eine andere Stimme, die sich unschwer als die Philippes erkennen ließ, antwortete der ersten. Fürsorglich erkundigte sich der junge Mann nach der Gesundheit seiner Schwester.

Gilbert machte behutsam einige Schritte und stellte sich hinter eine der Halbsäulen, die zu jener Zeit die Doppeltüren zierten.

Aus diesem sicheren Versteck heraus lauschte und spähte er und war so glücklich, daß sein Herz vor Freude zu schmelzen schien.

## LXXIII. KAPITEL

### *Bruder und Schwester*

Gilbert sah Andrée, ausgestreckt auf ihrem Ruhebett mit dem Gesicht zur Glastür, also ganz ihm zugewandt. Die Tür war nur angelehnt.

Eine kleine Lampe mit breitem Schirm stand auf einem nahen, mit Büchern beladenen Tisch und wies auf die einzige Zerstreuung hin, die sich der schönen Kranken bot. Mademoiselle de Taverneys Gesicht war nur halb zu sehen, doch hin und wieder, wenn sie zurücksank und sich mit dem Rücken gegen das Kopfkissen ihres Ruhebetts lehnte, breitete sich der Lichtkegel auch über ihre reine weiße Stirn unter dem Spitzenhäubchen.

Philippe saß am Fußende des Ruhebetts mit dem Rücken zu Gilbert. Sein Arm steckte noch immer in der Binde und durfte nicht bewegt werden. Andrée war zum erstenmal auf, und Philippe stattete ihr seinen Besuch ab.

Die beiden jungen Leute hatten sich also seit jener schrecklichen Nacht nicht gesehen. Jeder von ihnen hatte aber erfahren, daß der andere sich auf dem Weg der Besserung befand. Sie waren erst seit ein paar Minuten zusammen und plauderten zwanglos, wußten sie doch, daß sie allein waren und daß sie, falls jemand käme, durch die Klingel von der Ankunft dieses Jemand unterrichtet würden. Die Klingel befand sich aber gerade an der Tür, die Nicole offengelassen hatte. Von diesem Umstand wußten sie natürlich nichts, so daß sie sich auch weiterhin auf die Klingel verließen.

Gilbert konnte durch die offene Tür jedes Wort der Unterhaltung verstehen.

«Somit», sagte Philippe in dem Augenblick, als sich Gilbert hinter dem wallenden Vorhang an der Tür eines Ankleidezimmers niederließ, «somit atmest du freier, meine arme Schwester?»

«Ja, freier, aber es tut immer noch etwas weh.»

«Und wie steht es mit deinen Kräften?»

«Sie sind bei weitem noch nicht zurückgekehrt. Allerdings konnte ich heute zwei oder drei Mal bis zum Fenster gehen. Wie gut die Luft tut! Und wie schön die Blumen sind! Mir scheint, mit Luft und Blumen kann man nicht sterben.»

«Aber trotz allem fühlen Sie sich noch recht schwach, nicht wahr, Andrée?»

«O ja, denn die Erschütterung war furchtbar», fuhr das Mädchen lächelnd fort und schüttelte den Kopf. «Ich kann Ihnen nur wiederholen, daß mir das Gehen noch sehr schwerfällt und daß ich mich nur fortbewegen kann, indem ich mich an den Möbeln abstütze. Ohne Unterstützung knicken meine Beine ein, und ich denke immer, daß ich falle.»

«Aber, aber, Kopf hoch, Andrée! Die gute Luft und die schönen Blumen, von denen Sie eben sprachen, werden Sie wieder zu Kräften kommen lassen. Und in acht Tagen werden Sie schon soweit sein, daß Sie Madame la Dauphine besuchen können, die sich, wie man mir sagte, so wohlwollend nach Ihnen erkundigt.»

«Das hoffe ich auch, Philippe, denn die Frau Dauphine scheint mir tatsächlich gewogen zu sein.»

Andrée lehnte sich zurück, legte die Hand auf ihre Brust und schloß ihre schönen Augen.

Gilbert trat mit ausgestreckten Armen einen Schritt vor.

«Haben Sie Schmerzen, liebe Schwester?» fragte Philippe und nahm ihre Hand.

«Ja, ich habe Krämpfe, und zuweilen steigt mir das Blut in die Schläfen und will überhaupt nicht mehr daraus weichen. Manchmal wird mir auch schwarz vor Augen. Dann fühle ich mich ganz schwach.»

«Oh!» erwiderte Philippe nachdenklich. «Das ist nicht erstaunlich. Sie haben eine schreckliche Prüfung durchgestanden und sind wie durch ein Wunder gerettet worden.»

«Durch ein Wunder, das ist das richtige Wort, mein Bruder.»

«Aber wenn wir gerade von der wunderbaren Rettung sprechen, Andrée», fuhr Philippe fort und rückte seiner Schwester näher, um der

Frage größeres Gewicht zu verleihen, «wissen Sie, daß ich noch gar keine Gelegenheit hatte, mich mit Ihnen über diese Katastrophe zu unterhalten?»

Andrée errötete und schien sich unwohl zu fühlen. Philippe bemerkte nichts von dieser Röte, zumindest erweckte er den Anschein, nichts davon zu bemerken.

«Ich dachte, die Erklärungen bei meiner Rückkehr hätten Ihnen über alle Fragen Aufschluß gegeben», entgegnete das Mädchen. «Mein Vater sagte mir, er sei damit sehr zufrieden gewesen.»

«Ohne Zweifel, liebe Andrée, und der Mann verhielt sich in der ganzen Sache äußerst taktvoll, zumindest schien es mir so. Indessen kamen mir mehrere Punkte in seinem Bericht vielleicht nicht gerade verdächtig, aber doch etwas dunkel vor, ja dunkel, das ist das richtige Wort.»

«Wieso, was wollen Sie damit andeuten, Bruder?» fragte Andrée, ganz jungfräuliche Unschuld.

«Das ist doch nicht schwer zu begreifen.»

«Erklären Sie sich!»

«Zum Beispiel», begann Philippe, «gibt es da einen Punkt, den ich zunächst außer acht ließ, der mir aber seither ziemlich merkwürdig vorkommt.»

«Und welcher?» erkundigte sich Andrée.

«Es ist die Art und Weise, wie Sie gerettet wurden», antwortete Philippe. «Erzählen Sie mir mehr darüber, Andrée!»

Das Mädchen schien sich mit aller Macht zusammenzunehmen.

«O Philippe», erwiderte sie, «ich habe es beinahe vergessen, solche Angst hatte ich.»

«Das macht nichts, liebe Andrée, erzählen Sie mir einfach alles, woran Sie sich erinnern!»

«Mein Gott! Wie Sie wissen, wurden wir etwa zwanzig Schritt vom Möbellager entfernt getrennt. Ich sah, wie Sie in Richtung der Tuilerien fortgerissen wurden, während man mich nach der Rue Royale schleppte. Einen Augenblick lang konnte ich noch wahrnehmen, wie Sie vergebliche Anstrengungen machten, wieder mit mir zusammenzukommen. Ich streckte die Arme nach Ihnen aus und schrie: ‹Philippe! Philippe!›, als ich plötzlich wie von einem Strudel ergriffen wurde, der mich hob und nach dem Gitter fortriß. Ich spürte die Menschenflut, die mich gegen die Mauer zog, an der sie sich brach. Ich hörte die Schreie derjenigen, die am Gitter zerquetscht wurden. Ich verstand, daß auch ich bald überrollt und zertrampelt würde. Fast konnte ich die Sekunden zählen, die ich noch zu leben hatte, als ich halb tot und halb wahnsinnig in einem letzten Gebet Augen und Arme gen Himmel hob und den funkelnden Blick eines Mannes gewahrte, der diese ganze Menschenmasse so beherrschte, daß sie ihm zu gehorchen schien.»

«Und dieser Mann war der Graf Joseph Balsamo, nicht wahr?»

«Ja, eben der Mann, den ich schon in Taverney gesehen hatte; derselbe, der mich schon dort mit einem so merkwürdigen Schrecken erfüllte; diese Persönlichkeit, die in sich etwas Übernatürliches zu verbergen scheint; dieser Mann, der meine Augen mit seinen Augen und mein Ohr mit seiner Stimme bezaubert hat; dieser Mann, der mein Inneres durch die bloße Berührung meiner Schulter erschauern ließ.»

«Fahren Sie fort, fahren Sie fort, Andrée», forderte Philippe sie auf, dessen Gesicht sich verdüsterte.

«Nun, dieser Mann tauchte vor mir auf und schien über die ganze Katastrophe erhaben zu sein, als könnte ihm menschlicher Schmerz nichts anhaben. Ich las in seinen Augen, daß er mich retten wollte und daß er es vermochte. Da geschah etwas Außergewöhnliches. So zerschlagen, so ohnmächtig und so leblos ich bereits war, spürte ich mich emporgehoben und diesem Mann entgegengetragen, als zöge mich eine unbekannte, geheimnisvolle und unbezwingbare Kraft zu ihm hin. Ich fühlte, daß Arme sich für mich stark machten, um mich aus diesem Abgrund, in dem so viele Unglückliche dem Tode entgegenröchelten, hinauszuheben und mich der Luft und dem Leben wiederzugeben. Oh! Sehen Sie, Philippe», fuhr Andrée mit einem gewissen Überschwang fort, «ich bin sicher, es war der Blick dieses Mannes, der mich so anzog. Ich erreichte seine Hand und war gerettet.»

«Ach!» murmelte Gilbert. «Sie hat nur ihn gesehen, und mich, der ich zu ihren Füßen im Sterben lag, mich hat sie nicht gesehen!»

Er wischte sich den Schweiß von der Stirn.

«So hat sich die Sache also zugetragen?» fragte Philippe.

«Ja, bis zu dem Augenblick, da ich mich außer Gefahr fühlte. Danach jedenfalls wurde ich ohnmächtig, sei es, weil ich meine ganze Lebenskraft in diese letzte Anstrengung gelegt hatte, sei es, weil der Schrecken, den ich empfunden hatte, das Maß meiner Kräfte überstieg.»

«Und um wieviel Uhr, glauben Sie, ist diese Ohnmacht eingetreten?»

«Zehn Minuten, nachdem wir getrennt wurden, mein Bruder.»

«Das ist es», fuhr Philippe fort, «es war ungefähr um Mitternacht. Wie kommt es also, daß Sie erst um drei Uhr hierher zurückkehrten? Verzeihen Sie mir ein Verhör, das Ihnen lächerlich erscheinen mag, Andrée, aber für mich hat es seinen Grund.»

«Danke, Philippe», erwiderte Andrée und drückte ihrem Bruder die Hand, «danke. Vor drei Tagen wäre ich noch nicht fähig gewesen, Ihnen zu antworten. Doch heute – was ich Ihnen sage, mag Ihnen sonderbar vorkommen – heute ist mein innerer Blick schärfer. Es ist, als sagte mir ein Wille, der dem meinigen befiehlt, ich solle mich erinnern, und ich erinnere mich.»

«So sprechen Sie, liebe Andrée, sprechen Sie, denn ich warte ungeduldig. Dieser Mann hat Sie also in seinen Armen weggetragen?»

«In seinen Armen?» wiederholte Andrée und errötete. «Ich entsinne mich nicht recht. Alles, was ich weiß, ist, daß er mich aus der Menge zog. Aber die Berührung seiner Hand hatte auf mich dieselbe Wirkung wie in

Gilbert lauschte begierig jedem Wort, das gesprochen wurde.

Taverney. Kaum hatte er mich berührt, da fiel ich wieder in Ohnmacht, oder besser gesagt, ich schlief ein, denn eine Ohnmacht hat stets ein schmerzhaftes Vorspiel. Diesmal aber empfand ich nur die wohltuende Schwere des Schlafs.»

«Wahrlich, Andrée, alles, was Sie mir da schildern, scheint mir äußerst befremdlich, und wenn mir ein anderer als Sie dergleichen Dinge erzählte, würde ich ihm keinen Glauben schenken. Aber gleichviel, sprechen Sie weiter!» forderte er sie auf und versuchte, die Veränderung seines Tonfalls zu überspielen.

Gilbert seinerseits lauschte gierig auf jedes Wort Andrées, da er wußte, daß zumindest bis hierhin jedes ihrer Worte der Wahrheit entsprach.

«Als ich wieder zu mir kam», fuhr das Mädchen fort, «erwachte ich in einem reich möblierten Salon. Eine Kammerzofe und eine Dame standen neben mir, schienen aber überhaupt nicht beunruhigt, denn als ich die Augen aufschlug, sah ich in wohlwollend lächelnde Gesichter.»

«Wissen Sie, wieviel Uhr es war, Andrée?»

«Es schlug eine halbe Stunde nach Mitternacht.»

«Ah!» machte der junge Mann und atmete auf. «Das ist gut. Erzählen Sie weiter Andrée, nur weiter!»

«Ich dankte den Frauen für die Pflege, die sie mir hatten zuteil werden lassen. Aber da ich um Ihre Sorge wußte, bat ich sie, mich gleich zurückfahren zu lassen. Darauf sagten sie mir, der Graf habe sich noch einmal zum Schauplatz der Katastrophe begeben, um weiteren Verwundeten Hilfe zu leisten. Er werde aber bald mit einer Kutsche zurückkommen und mich dann persönlich nach Hause bringen. Gegen zwei Uhr hörte ich tatsächlich auf der Straße einen Wagen rollen. Sogleich ergriff mich wieder ein Beben, wie schon so oft, wenn dieser Mann sich mir näherte. Schwankend und benommen sank ich auf ein Sofa. Die Tür ging auf, und während ich abermals das Bewußtsein verlor, konnte ich gerade noch den Mann erkennen, der mich gerettet hatte. Danach fiel ich ein zweites Mal in Ohnmacht. Anschließend wird man mich wohl nach unten gebracht, in den Fiaker gesetzt und hierher zurückgefahren haben. Das ist alles, woran ich mich erinnere, mein Bruder.»

Philippe berechnete die Zeit und stellte fest, daß man seine Schwester auf direktem Wege von der Rue des Ecuries-du-Louvre zur Rue Coq-Héron gefahren haben mußte, wie auch zuvor von der Place Louis XV in die Rue des Ecuries-du-Louvre. Er drückte ihr liebevoll die Hand und sagte in erleichtertem, fröhlichem Ton: «Danke, liebe Schwester. All diese Angaben stimmen mit meiner Berechnung überein. Ich werde bei der Marquise von Savigny vorsprechen und mich persönlich bei ihr bedanken. Und nun noch eine letzte Frage von untergeordneter Bedeutung.»

«Nur zu!»

«Erinnern Sie sich, inmitten der Katastrophe ein bekanntes Gesicht gesehen zu haben?»

«Ich? Nein.»

«Zum Beispiel das Gesicht des kleinen Gilbert?»

«Tatsächlich», entfuhr es Andrée, die sich bemühte, die Erinnerungen in ihr Gedächtnis zurückzurufen, «ja, gerade als wir getrennt wurden, befand er sich zehn Schritt von mir entfernt.»

«Sie hat mich gesehen», murmelte Gilbert.

«Als ich auf der Suche nach Ihnen war, Andrée, fand ich das arme Kind.»

«Unter den Toten?» erkundigte sich Andrée mit jener wohlbemessenen Anteilnahme, welche die Großen für ihre Untergebenen zeigen.

«Nein, er war nur verletzt. Man hat ihn gerettet, und ich hoffe, daß er davonkommen wird.»

«Oh, um so besser», erwiderte Andrée. «Und was hatte er?»

«Er hatte sich die Brust gequetscht.»

«Ja, ja, an der deinen, Andrée», murmelte Gilbert.

«Aber», sprach Philippe weiter, «das Absonderliche daran und der Grund, warum ich den Jungen überhaupt erwähne, ist, daß ich in seiner vor Schmerz verkrampften Hand einen Fetzen Ihres Kleides entdeckte.»

«Sieh an! Das ist wirklich merkwürdig.»

«Haben Sie ihn nicht im letzten Augenblick gesehen?»

«Im letzten Augenblick, lieber Philippe, habe ich so viele furchterregende Gesichter voller Schrecken und Leid, Egoismus, Liebe, Mitleid, Habsucht und Zynismus gesehen, daß es mir vorkommt, als hätte ich ein Jahr in der Hölle zugebracht. Es ist schon möglich, daß ich unter all den Gesichtern, die auf mich wirkten wie eine Parade der Verdammten, auch das Gesicht des Jungen gesehen habe, aber erinnern kann ich mich nicht daran.»

«Bleibt immer noch das Stück Stoff, das von Ihrem Kleid abgerissen wurde, und es stammt eindeutig von Ihrem Kleid, liebe Andrée, denn ich habe es mit Nicole zusammen überprüft ...»

«Und sagten Sie dem Mädchen dabei auch, aus welchem Grund Sie es befragten?» forschte Andrée, denn sie erinnerte sich an die eigentümliche Auseinandersetzung, die sie mit ihrem Zimmermädchen wegen eben diesem Gilbert in Taverney gehabt hatte.

«O nein! Aber schließlich befand sich das Stück Stoff nun einmal in seiner Hand. Wie erklären Sie sich das?»

«Mein Gott, nichts leichter als das», erwiderte Andrée mit einer Gelassenheit, die in grenzenlosem Gegensatz zu Gilberts fürchterlichem Herzklopfen stand. «Falls er in dem Augenblick neben mir stand, als ich mich durch den Blick dieses Mannes gewissermaßen emporgehoben fühlte, wird er sich an mich gehängt haben, um seinerseits in den Genuß der Hilfe zu kommen, die mir zuteil wurde, gleich einem Ertrinkenden, der sich an den Gürtel des Schwimmers klammert.»

«Oh!» entfuhr es Gilbert voller Verachtung für die Gedankengänge des Mädchens. «Oh, welch schändliche Auslegung meiner Hingabe! Wie diese Leute von Adel uns einfache Leute doch beurteilen! Oh, Monsieur Rousseau hat ganz recht, wir sind besser als sie. Unser Herz ist reiner und unser Arm stärker.»

Als er sich, von diesem Selbstgespräch einen Moment abgelenkt, gerade wieder der Unterredung zwischen Andrée und ihrem Bruder zuwenden wollte, vernahm er hinter sich ein Geräusch.

«Mein Gott», murmelte er, «da ist jemand im Vorzimmer.» Und da er gleich darauf Schritte hörte, die sich dem Korridor näherten, wich er in den Ankleideraum zurück und ließ den Türvorhang herabfallen.

«Na sieh mal einer an, die törichte Nicole ist also nicht da?» ließ sich die Stimme des Barons von Taverney vernehmen, der ins Zimmer seiner Tochter trat und Gilbert im Vorbeigehen mit seinen Rockschößen streifte.

«Sie ist bestimmt im Garten», erwiderte Andrée mit einer Ruhe, die bewies, daß sie nicht die leiseste Ahnung von der Anwesenheit eines Dritten hatte. «Guten Abend, Vater.»

Philippe erhob sich ehrerbietig, doch der Baron bedeutete ihm, Platz zu behalten. Er rückte sich selbst einen Stuhl herbei und setzte sich neben seine Kinder.

«Ach, meine Kinder», begann der Baron, «es ist ein langer Weg von der Rue Coq-Héron nach Versailles, wenn man, anstatt in einer bequemen Hofkarosse zu fahren, mit einer elenden Mietkutsche vorliebnehmen muß. Aber wenigstens habe ich die Dauphine gesehen.»

«Ah!» machte Andrée. «Sie kommen also gerade aus Versailles, Vater?»

«Ja, die Prinzessin hatte die Güte, mich zu sich zu bitten, da sie vom Unfall meiner Tochter erfahren hatte.»

«Andrée geht es schon viel besser, Vater», sagte Philippe.

«Ich weiß, und ich habe es Ihrer Königlichen Hoheit mitgeteilt. Sie gab mir das Versprechen, sie werde Ihre Schwester, sobald sie genesen sei, zu sich in den Trianon rufen. Dort hat sie jetzt ihre feste Residenz und beschäftigt sich im Augenblick damit, ihn nach ihrem Geschmack einzurichten.»

«Ich, ich soll an den Hof?» fragte Andrée schüchtern.

«Es wird nicht der königliche Hof selbst sein, Kind. Die Dauphine findet Geschmack an einer häuslichen Lebensweise. Der Dauphin selbst haßt Lärm und Gepränge. Im Trianon wird man im kleinen Familienkreis leben. Wie ich Ihre Hoheit die Dauphine kenne, könnten diese kleinen Familienversammlungen letztendlich mehr zu bedeuten haben als Parlamentseröffnungen oder Ständeversammlungen. Die Prinzessin hat Charakter, und der Dauphin ist tiefsinnig, wie man berichtet.»

«Oh! Es wird aber immer noch der Hof sein, täuschen Sie sich nicht, meine Schwester», meinte Philippe traurig.

«Der Hof!» dachte Gilbert, und unbändige Wut und Verzweiflung stiegen in ihm auf. «Der Hof, das heißt ein Gipfel, den ich nicht erreichen kann, ein Abgrund, in den ich mich nicht stürzen kann. Keine Andrée mehr! Sie ist für mich verloren, verloren!»

«Wir haben», entgegnete Andrée ihrem Vater, «weder das Vermögen, an diesem Ort zu wohnen, noch die Erziehung, die dazu notwendig ist. Was würde ich armes Mädchen wohl inmitten der glanzvollen Damen anfangen, deren blendende Pracht ich nur ein einziges Mal flüchtig gesehen habe und deren Geist mir so unbedeutend und doch so blitzend vorkam? Ach, mein Bruder, wir sind zu glanzlos, als daß wir uns in diese Glitzerwelt begeben könnten!»

Der Baron runzelte die Stirn. «Schon wieder dieses dumme Geschwätz!» entfuhr es ihm. «Ich verstehe wirklich nicht, warum die Meinigen es immer darauf anlegen, alles, was von mir kommt oder mich berührt, herabzuwürdigen! Glanzlos! Wahrlich, Sie sind verrückt, Mademoiselle! Eine Taverney-Maison-Rouge und glanzlos! Wer soll schon glänzen, wenn nicht Sie? Das Vermögen ... Donnerwetter! Man weiß, was ein Vermögen bei Hof besagt. Die Sonne der Krone saugt es auf, die Sonne läßt es wieder erblühen. Das ist das große Auf und Ab der Natur. Ich habe mich ruiniert, nun gut. Dann werde ich eben wieder reich. Hat der König etwa kein Geld mehr, das er seinen Dienern schenken kann? Glauben Sie vielleicht, ich werde erröten, wenn man dem ältesten Sohn meines Stammes ein Regiment anvertraut, Sie, Andrée, mit einer Mitgift versieht und mich mit einer Apanage bedenkt oder mit einem ansehnlichen Rentenvertrag, den ich beim Abendessen im engsten Familienkreis unter meiner Serviette finde? Nein, nein, nur Narren haben Skrupel. Ich habe keine ... Im übrigen hole ich mir nur mein Vermögen zurück. Haben Sie also keine Bedenken. Es bleibt ein letzter Punkt zu besprechen, nämlich Ihre Erziehung, die Sie vorhin erwähnten. Bedenken Sie stets, Mademoiselle, daß kein Mädchen bei Hof so erzogen ist wie Sie. Mehr noch, Sie haben neben der Erziehung der Adelstöchter die solide Bildung der Töchter vom Amts- oder Finanzbürgertum. Sie musizieren; Sie malen Landschaften mit Schafen und Kühen, die von Berghem stammen könnten, und die Gemahlin des Dauphins schwärmt für die Schafe und Kühe von Berghem. Sie sind schön, und dem König wird dies nicht entgehen. Sie wissen sich gut zu unterhalten, was dem Grafen von Artois oder Monsieur de Provence eine große Freude sein wird. So wird man Sie nicht nur gern sehen ... man wird Sie anbeten. Gewiß», rief der Baron lachend und rieb sich die Hände, «anbeten! Das ist das richtige Wort.»

Andrée schlug die Augen nieder und Philippe ergriff ihre Hand.

«Der Herr Baron hat recht», meinte er. «Alles, was er über Sie sagt, trifft zu, Andrée. Keine wäre würdiger als Sie, nach Versailles zu gehen.»

«Aber ich werde von Ihnen getrennt sein ...», wandte Andrée ein.

«Ganz und gar nicht, ganz und gar nicht», unterbrach sie der Baron, «Versailles ist groß, meine Liebe.»

«Ja, aber Trianon ist klein», versetzte Andrée stolz und wenig fügsam.

«Trianon wird immer noch groß genug sein, Monsieur de Taverney ein Zimmer bereitzustellen. Ein Mann wie ich findet überall eine Unterkunft», fügte er mit einer Bescheidenheit hinzu, die bedeutete «weiß sich überall eine Unterkunft zu verschaffen».

Andrée, welche die Nähe ihres Vaters wenig beruhigte, drehte sich zu Philippe um.

«Liebe Schwester», sagte dieser, «Sie werden zweifellos nicht zu dem gehören, was man den Hof nennt. Anstatt Sie in einem Kloster unterzubringen, wo sie für Ihre Mitgift aufkommen würde, wird die Dauphine, welche die Gnade hatte, Sie auszuzeichnen, Sie mit irgendeiner Beschäftigung bei sich behalten. Heutzutage ist die Etikette nicht mehr so unbarmherzig wie zur Zeit Ludwigs XIV. Sie werden der Dauphine als Vorleserin oder als Gesellschafterin dienen können. Sie wird mit Ihnen malen und Sie stets an ihrer Seite behalten. Vielleicht werden wir Sie nie sehen können. Sie unterstehen aber dem unmittelbaren Schutz der Dauphine und werden darum viel Neid hervorrufen. Das ist es, was Sie fürchten, nicht wahr?»

«Ja, mein Bruder.»

«Na schön», gab der Baron zu, «aber was kümmern uns ein oder zwei Neider ... Werden Sie nur schnell wieder gesund, Andrée, und ich werde das Vergnügen haben, Sie persönlich nach Trianon zu fahren. So lautet der Befehl der Dauphine.»

«Also gut, ich gehe, Vater.»

«Ach übrigens», fuhr der Baron fort, «haben Sie gerade Geld, Philippe?»

«Wenn Sie etwas davon brauchen, Monsieur», entgegnete der junge Mann, «so hätte ich wohl nicht genug, Ihnen davon anzubieten. Aber wenn Sie mir im umgekehrten Fall ein Angebot machen wollen, so kann ich Ihnen antworten, daß ich für mich selbst genug habe.»

«Wahrhaftig, Sie sind ein Philosoph», gab der Baron grinsend zurück. «Und Sie, Andrée, sind Sie auch philosophisch und verlangen nichts, oder brauchen Sie etwas?»

«Ich müßte befürchten, Ihnen zur Last zu fallen, mein Vater.»

«Aber nein, wir sind hier doch nicht mehr in Taverney! Der König hat mir fünfhundert Louisdor zustellen lassen ... in bar, wie mir Seine Majestät sagte. Denken Sie an Ihre Kleidung, Andrée.»

«Danke, Vater!» rief das Mädchen freudig.

«Aha», versetzte der Baron, «da haben wir mal wieder die beiden Extreme! Vorhin wollte sie noch überhaupt nichts, und jetzt würde sie den Kaiser von China in den Ruin treiben. Aber gleichviel, verlangen Sie nur. Schöne Kleider werden Ihnen gut stehen, Andrée.»

Nach einem zärtlichen Kuß öffnete der Baron die Tür eines Zimmers, die das seine von dem seiner Tochter trennte, und entfernte sich, während er vor sich hinmurmelte: «Diese verdammte Nicole, die nicht da ist, um mir zu leuchten!»

«Soll ich nach ihr läuten, Vater?»

«Nein, ich habe La Brie bei mir. Gute Nacht, Kinder.»

Philippe war ebenfalls aufgestanden.

«Auch Ihnen, mein Bruder, gute Nacht», sagte Andrée, «ich bin wie zerschlagen vor Müdigkeit. Es war das erste Mal seit meinem Unfall, daß ich so viel geredet habe. Gute Nacht, lieber Philippe.»

Sie reichte dem jungen Mann die Hand, und dieser küßte sie brüderlich, doch war diese Brüderlichkeit mit einer Art Ehrfurcht gemischt, die er schon seit jeher für seine Schwester empfunden hatte. Danach entfernte er sich, wobei er auf dem Korridor den Türvorhang streifte, hinter dem sich Gilbert verbarg.

«Möchten Sie, daß ich Nicole Bescheid sage?» fragte er im Weggehen.

«Nein, nein», rief Andrée ihm nach, «ich werde mich allein auskleiden, lebe wohl, Philippe.»

## LXXIV. KAPITEL

### *Gilberts Voraussicht*

Kaum war Andrée allein, setzte sie sich auf, und ein Schauer durchlief Gilberts Leib.

Mit Händen weiß wie Alabaster löste das Mädchen die Haarnadeln aus ihrer Frisur. Ein leichter Morgenmantel, der an ihren Schultern hinabglitt, entblößte ihren reinen, graziösen Hals und ihre noch immer bebende Brust.

Gilbert, kniend und wie berauscht, spürte, wie ihm das Blut in die Schläfen stieg. Wie glühende Lava floß es durch seine Adern, ein fieberhaftes Summen dröhnte in seinen Ohren. Er war drauf und dran, über die Schwelle in Andrées Zimmer zu eilen und zu rufen: «O ja, du bist schön, du bist schön! Aber sei nicht so stolz auf deine Schönheit, denn du verdankst sie mir. Ich habe dir das Leben gerettet!»

Doch plötzlich stieß Andrée beim Auskleiden auf einen Knoten ihres Gürtels, den sie nicht zu lösen vermochte. Ungehalten stampfte sie mit dem Fuß auf und ließ sich zurücksinken, als genügte dieses kleine Hindernis schon, ihre Kräfte zu erschöpfen. Halb entblößt beugte sie sich nach der Klingelschnur und zog ungeduldig daran.

Dieses Geräusch brachte Gilbert wieder zur Vernunft: Nicole würde gleich kommen.

«Lebe wohl, Traum, lebe wohl, Glück! Nichts bleibt als ein Bild, nichts als eine Erinnerung, die ewig im Herzen weiterlebt.»

Gilbert wollte aus dem Pavillon flüchten. Doch der Baron hatte beim Eintreten die Türen des Korridors geschlossen. Gilbert brauchte einige Sekunden, um sie zu öffnen.

In dem Augenblick, da er Nicoles Zimmer betrat, kam auch Nicole. Der junge Mann hörte den Sand des Gartens unter ihren Schritten knirschen. Er hatte gerade noch Zeit, in den Schatten zurückzutreten und das Mädchen vorbeizulassen, das leichtfüßig wie eine Gazelle durch den Korridor lief.

Gilbert stürzte ins Vorzimmer.

Doch als Nicole herbeigeeilt war und gerufen hatte: «Ich komme, ich komme, Mademoiselle! Ich schließe nur noch die Tür ab!», da hatte sie die Tür tatsächlich abgeschlossen und den Schlüssel nicht nur zweimal im Schloß gedreht, sondern ihn in der Aufregung auch noch in die Tasche gesteckt.

Vergeblich versuchte Gilbert die Tür zu öffnen, und als alles nichts nützte, wandte er sich den Fenstern zu. Die Fenster aber waren vergittert, und nachdem er sie fünf Minuten lang eingehend untersucht hatte, begriff er, daß es ihm unmöglich war, hinauszugelangen.

Der junge Mann kauerte sich in eine Ecke mit dem festen Vorsatz, sich von Nicole die Tür öffnen zu lassen.

Diese erklärte ihre Abwesenheit mit dem plausiblen Vorwand, sie hätte die Fensterflügel des Gewächshauses geschlossen, damit Mademoiselles Blumen in der Nachtluft keinen Schaden nähmen. Dann kleidete sie Andrée vollends aus und brachte sie zu Bett.

Wohl lag in Nicoles Stimme ein Zittern, wohl waren ihre Hände fahrig und wohl legte sie einen großen Diensteifer an den Tag, was ungewöhnlich war und einen Rest von Ergriffenheit verriet. Aber Andrée blickte von den höheren Regionen, in denen ihre Gedanken schwebten, selten auf die Erde hinab, und tat sie es doch, so erschienen die niederen Wesen in ihren Augen wie Staub.

Sie bemerkte daher nichts.

Währenddessen saß Gilbert wie auf glühenden Kohlen. Er sehnte sich nur noch nach der Freiheit.

Andrée entließ Nicole nach einer kurzen Plauderei, in der Nicole alle Schmeicheleien einer vom schlechten Gewissen geplagten Kammerzofe aufbot.

Sie stopfte die Decke ihrer Herrin fest unter die Matratze, dämpfte das

Licht der Lampe, zuckerte im Silberbecher das Getränk, welches sie über dem Nachtlicht angewärmt hatte, wünschte ihrer Herrin eine angenehme Nachtruhe und trat auf Zehenspitzen aus dem Zimmer.

Sie schloß die Glastür.

Und während sie vor sich hin trällerte, um ein ruhiges Gewissen vorzutäuschen, durchquerte sie das Zimmer Richtung Gartentür.

Gilbert erriet Nicoles Absicht, und einen Augenblick lang fragte er sich, ob er nicht, statt sich zu erkennen zu geben, überraschend hervorstürzen und den Moment, da die Tür halb offen stand, zur Flucht nutzen solle. Doch in diesem Falle würde er gesehen, ohne erkannt zu werden. Er würde für einen Dieb gehalten, Nicole würde um Hilfe rufen, und ihm bliebe keine Zeit mehr, sein Seil zu erreichen. Ja, selbst wenn er es erreichte, würde man ihn doch auf seiner Flucht durch die Luft beobachten. Das gäbe nicht nur seinen Schlupfwinkel preis, sondern riefe auch noch einen Skandal hervor, zumal bei Leuten, die ihm so übel gesonnen waren wie die Familie Taverney.

Das würde zwar auch Nicole verraten, und man würde sie davonjagen, aber wozu sollte das gut sein? Dann hätte ihr Gilbert aus purer Rachsucht Schaden zugefügt, ohne selbst Nutzen davon zu haben. Gilbert war kein Kleingeist, der aus Rache allein Befriedigung zog. In seinen Augen war nutzlose Rache mehr als nichtswürdig: Es war eine Dummheit.

Daher stürzte er, kaum war Nicole bei der Ausgangstür angelangt, unvermittelt aus dem Schatten hervor, wo er sich verborgen gehalten hatte, und tauchte in einem Lichtstrahl, den der helle Mond durch die Scheiben warf, vor dem Mädchen auf.

Nicole wollte schreien. Aber sie hielt Gilbert für einen anderen, und nach dem ersten Erschrecken stieß sie hervor: «Oh, Sie sind es! Welche Unbesonnenheit!»

«Ja, ich bin es», gab Gilbert im Flüsterton zurück, «nur, schreien Sie um meinetwillen nicht lauter, als Sie es um eines andern willen getan hätten!»

Jetzt erst erkannte Nicole, mit wem sie es zu tun hatte.

«Gilbert!» rief sie. «Mein Gott!»

«Ich hatte Sie gebeten, nicht zu schreien», warnte sie der junge Mann in kaltem Ton.

«Aber was tun Sie hier, Monsieur?» herrschte ihn Nicole wütend an.

«Ganz ruhig», versetzte Gilbert mit derselben Gelassenheit, «gerade eben haben Sie mich unbesonnen genannt, doch jetzt sind Sie unbesonnener als ich.»

«Ja, in der Tat», erwiderte Nicole, «ich bin ziemlich einfältig, Sie überhaupt noch zu fragen, was Sie hier tun.»

«Und was tue ich also hier?»

«Sie sind hergekommen, um Mademoiselle Andrée zu sehen.»

«Mademoiselle Andrée?» wiederholte Gilbert noch immer ruhig.

«Ja, in die Sie verliebt sind, die Sie aber zum Glück nicht liebt.»

«Tatsächlich?»

«Seien Sie nur auf der Hut, Monsieur Gilbert», fuhr Nicole drohend fort.

«Wovor denn?»

«Nehmen Sie sich in acht, daß ich Sie nicht anzeige.»

«Du, Nicole?»

«Ja, ich, und daß ich Sie nicht davonjagen lasse.»

«Versuch's nur», gab Gilbert lächelnd zurück.

«Traust du's mir etwa nicht zu?»

«Überhaupt nicht.»

«Und was wird passieren, wenn ich Mademoiselle Andrée, Monsieur Philippe und dem Herrn Baron mitteile, daß ich dich hier angetroffen habe?»

«Es wird passieren, was du gesagt hast, nur, daß man mich nicht davonjagen wird – Gott sei Dank habe ich das ja schon hinter mir –, sondern daß man mich hetzen wird wie ein wildes Tier. Diejenige, die man davonjagen wird, ist Nicole.»

«Wie, Nicole?»

«Gewiß doch, Nicole – Nicole, der man über Mauern hinweg Steine zuwirft.»

«Seien Sie vorsichtig, Monsieur Gilbert», sagte Nicole drohend, «man hat auf der Place Louis XV ein Stück von Mademoiselles Kleid in Ihren Händen gefunden.»

«Ach, wirklich?»

«Monsieur Philippe hat mit seinem Vater darüber gesprochen. Noch ahnt er nichts, aber wenn man ihm auf die Sprünge helfen würde, könnte er sich vielleicht einen Reim darauf machen.»

«Und wer wird ihm dabei behilflich sein?»

«Ich.»

«Sehen Sie sich vor, Nicole, man könnte sonst nämlich auch erfahren, daß Sie, während Sie so tun, als hängten Sie Spitzen zum Trocknen auf, die Steine aufheben, die man Ihnen über die Mauern zuwirft.»

«Das ist nicht wahr!» rief Nicole, nahm dann aber von ihrer spontanen Lüge Abstand: «Im übrigen», fuhr sie fort, «ist es kein Verbrechen, Briefe zu erhalten, es ist kein Verbrechen, das vergleichbar wäre mit dem, hier einzudringen, während Mademoiselle sich entkleidet ... Nun, was haben Sie dazu zu sagen, Monsieur Gilbert?»

«Ich sage, Mademoiselle Nicole, daß es für ein braves Mädchen wie Sie auch ein Verbrechen ist, Schlüssel unter Gartentürchen zu schieben.»

Nicole bebte.

«Ich sage», fuhr Gilbert fort, «daß ich, der ich Monsieur de Taverney, Monsieur Philippe und Mademoiselle Andrée wohlbekannt bin, vielleicht das Verbrechen beging, mich hier einzuschleichen, weil ich es vor Sorge um die Gesundheit meiner ehemaligen Herrschaft, besonders um die Gesundheit Mademoiselle Andrées, nicht mehr aushielt. Schließlich habe ich alles darangesetzt, sie zu retten, und der Beweis dafür ist, daß, wie Sie selbst zugeben, ein Stück Stoff von ihrem Kleid in meiner Hand zurückblieb. Wenn ich also das verzeihliche Verbrechen begangen habe, hier einzudringen, so haben Sie sich des unverzeihlichen Verbrechens schuldig gemacht, einen Fremden ins Haus Ihrer Herrschaft einzulassen und sich mit diesem Fremden im Gewächshaus zu treffen, wo Sie über eine Stunde mit ihm verbrachten.»

«Gilbert! Gilbert!»

«Ah! Das ist die wahre Tugend – will sagen, die Mademoiselle Nicoles. – Ah! Sie finden es anstößig, daß ich in Ihrem Zimmer bin, während ...»

«Monsieur Gilbert!»

«Verraten Sie Mademoiselle doch, daß ich in sie verliebt bin. Ich werde ihr sagen, daß ich in Sie verliebt bin, und sie wird mir glauben, weil Sie so dumm waren, es ihr in Taverney selbst zu sagen.»

«Gilbert, mein Freund!»

«Und man wird Sie aus dem Haus jagen, Nicole. Und statt mit Mademoiselle nach Trianon zu gehen, statt mit den feinen Herren und den reichen Edelleuten zu liebäugeln, wie Sie es garantiert tun werden, wenn man Sie nicht davonjagt, werden Sie zu Ihrem Liebhaber, Monsieur de Beausire, gehen, einem Gefreiten, einem Soldaten. Wahrlich, ein schöner Abstieg! Mit ihrem Ehrgeiz wird Mademoiselle Nicole es noch weit bringen. Nicole, die Geliebte eines französischen Gardisten!»

Gilbert brach in Gelächter aus und sang:

*«In der französischen Garde*
*Stand der Herzgeliebte mein.»*

«Erbarmen, Monsieur Gilbert», flehte Nicole, «sehen Sie mich nicht so an. Ihr Blick ist böse, er funkelt in der Dunkelheit. Um Gottes willen, lachen Sie nicht so, Ihr Lachen macht mir Angst.»

«Nun gut», erwiderte Gilbert in einem gebieterischen Ton, «sperren Sie mir die Tür auf, Nicole, und kein Wort mehr von alledem.»

Nicole öffnete die Tür, wobei sie von einem so heftigen Nervenzittern erfaßt wurde, daß ihre Schultern bebten und ihr Kopf wackelte wie der einer Greisin.

Gilbert trat in aller Ruhe voran hinaus, und als er sah, daß das Mädchen ihn zur Ausgangstür führen wollte, meinte er: «Nein, Sie haben Ihre Mittel, Leute hier einzulassen; ich habe meine Mittel, von hier fortzukommen. Gehen Sie ins Gewächshaus, treffen Sie den lieben Monsieur de Beausire, der Sie bestimmt schon ungeduldig erwartet, und bleiben Sie zehn Minuten länger bei ihm als Sie vorhatten. Diese Belohnung gewähre ich Ihnen für Ihre Verschwiegenheit.»

«Zehn Minuten, warum ausgerechnet zehn Minuten?» fragte Nicole, am ganzen Leib zitternd.

«Weil ich zehn Minuten brauche, um zu verschwinden. Gehen Sie jetzt, Mademoiselle Nicole, gehen Sie. Und machen Sie es nicht wie die Frau des Lot, deren Geschichte ich Ihnen in Taverney erzählte, als Sie sich mit mir in den Heuschobern trafen. Wenden Sie sich nicht um. Denn Ihnen würde Schlimmeres geschehen, als in eine Salzsäule verwandelt zu werden. Gehen Sie, wollüstige Schöne, gehen Sie jetzt, ich habe Ihnen nichts weiter zu sagen.»

Gebannt, entsetzt und wie vernichtet durch die Kühnheit Gilberts, in dessen Händen ihre ganze Zukunft lag, kehrte Nicole mit gesenktem Kopf zum Gewächshaus zurück, wo der Gefreite Beausire tatsächlich in großer Unruhe auf sie wartete.

Gilbert seinerseits schlich sich vorsichtig zu seiner Mauer und zu seinem Seil zurück. Er zog sich an Weinranken und Gitterwerk hoch, erreichte das Fensterkreuz im ersten Stock des Treppenhauses und kletterte behende bis in seine Mansarde. Der glückliche Zufall wollte, daß er auf seinem Weg nach oben niemandem begegnete. Die Nachbarinnen hatten sich schon zur Ruhe begeben, und Therese saß noch bei Tisch.

Gilbert war zu berauscht von dem Sieg, den er über Nicole davongetragen hatte, als daß er gefürchtet hätte, auf der Dachrinne abzurutschen. Er schlüpfte wieder durch seine Dachluke, schloß das Fenster und zerriß die Notiz, die niemand berührt hatte.

Anschließend streckte er sich wohlig auf seinem Bett aus.

Eine halbe Stunde später hielt Therese Wort und erkundigte sich durch die Tür hindurch nach seinem Befinden.

Gilbert antwortete mit einem Dank und einem vielsagenden Gähnen, als käme er vor Müdigkeit schier um. Er wollte schnellstens wieder allein sein, ganz allein in der Dunkelheit und der Stille, um sich an seinen Gedanken zu sättigen und mit Herz und Geist, ja mit seinem ganzen Wesen die unaussprechlichen Erlebnisse dieses anstrengenden Tages zu verarbeiten.

Bald verschwand alles vor seinen Augen, der Baron, Philippe, Nicole, Beausire, und in seiner Erinnerung sah er nur noch Andrée, wie sie halb entblößt die Nadeln aus ihrem Haar löste.

## LXXV. KAPITEL

### *Die Botaniker*

Die Begebenheiten, über die wir soeben berichtet haben, trugen sich am Freitagabend zu. Der Spaziergang im Bois de Luciennes, auf den Rousseau sich so freute, sollte also zwei Tage später stattfinden.

Endlich kam der lang herbeigesehnte Sonntag. Schon am Vorabend hatte Rousseau seine Vorbereitungen getroffen: Seine sorgfältig gewichsten Schuhe, der graue, warme und doch leichte Rock wurden aus dem Schrank hervorgezogen – zur großen Verzweiflung Thereses, die der Ansicht war, ein Hemd oder ein Leinenkittel wären gut genug bei seiner Beschäftigung. Aber Rousseau gab keine Antwort und tat, was ihm beliebte. Nicht nur sein eigener, sondern auch Gilberts Anzug wurden einer strengen Prüfung unterzogen, und Rousseau überraschte den jungen Mann mit einem Paar tadelloser Strümpfe und neuen Schuhen.

Auch die Moossammlung des Botanikers wurde nicht vergessen, denn sie sollte noch eine Rolle spielen.

Ungeduldig wie ein Kind lief Rousseau um die zwanzigmal zum Fenster, um nachzusehen, ob dieser oder jener vorüberrollende Wagen nicht Monsieur de Jussieus Karosse sei. Endlich gewahrte er einen gut gefirnißten Kasten, Pferde mit teurem Geschirr und einen breit gebauten, gepuderten Kutscher, der sich vor seiner Tür aufgestellt hatte. Sogleich lief er zu Therese und verkündete: «Er ist da! Er ist da!»

Und zu Gilbert gewandt: «Schnell, Gilbert, schnell! Die Karosse wartet auf uns.»

«Nun», meinte Therese bissig, «da Sie es offensichtlich so sehr schätzen, in einer Kutsche zu fahren, warum haben Sie dann nicht gearbeitet, damit Sie sich eine eigene zulegen können wie Monsieur de Voltaire?»

«Ach, hör schon auf!» brummte Rousseau.

«Zum Donnerwetter! Sie sagen immer, Sie hätten ebensoviel Talent wie er.»

«Das sage ich ja gar nicht, verstehen Sie?» rief Rousseau verärgert aus. «Ich sage ... ich sage nichts!»

Seine ganze Freude verflog wie jedesmal, wenn der Name seines Feindes fiel.

Glücklicherweise trat eben Monsieur de Jussieu ein.

Er war pomadisiert, gepudert und frisch wie der Frühling. Ein hübscher Frack aus schwerem indischem Atlas von leinengrauer Farbe, eine Weste aus lila Taft, weiße Seidenstrümpfe von erlesener Feinheit und Schnallen aus poliertem Gold bildeten seine Ausstattung.

Bei seinem Eintritt erfüllte er das Zimmer mit einem Wohlgeruch, den Therese mit unverhohlener Bewunderung einatmete.

«Sind Sie aber elegant!» bemerkte Rousseau, wobei er Therese von der Seite ansah.

«Aber nein, ich habe nur Angst vor der Hitze», wehrte der Botaniker ab.

«Und was ist mit der Feuchtigkeit im Wald? Ihre seidenen Strümpfe, wenn wir in den Sümpfen Pflanzen sammeln ...»

«O nein, wir werden uns die Stellen schon auswählen.»

«Und die Wassermoose? Damit wird es heute dann wohl nichts?»

«Zerbrechen wir uns darüber nicht den Kopf, lieber Kollege.»

«Man könnte meinen, Sie gingen auf einen Ball, wo Sie Damen treffen.»

«Warum soll man nicht die Dame Natur mit einem Seidenstrumpf beehren?» gab Monsieur de Jussieu etwas verlegen zurück. «Ist sie nicht eine Geliebte, die einige Mühe wert ist?»

Rousseau drang nicht weiter in ihn. Sobald Monsieur de Jussieu die Natur anführte, war auch er der Ansicht, daß man ihr niemals zuviel Ehre antun könne.

Was den sonst so gleichmütigen Gilbert betraf, so musterte er Monsieur de Jussieu mit neidischem Auge. Seitdem er so viele elegante junge Leute gesehen hatte, die ihre natürlichen Vorzüge durch die Kleidung noch hervorhoben, hatte er den eitlen Nutzen der Eleganz begriffen. Er dachte bei sich, daß dieser Atlas, dieser Batist und diese Spitzen auch seiner Jugend Reiz verleihen könnten. Wäre er so gekleidet wie Monsieur de Jussieu und begegnete Andrée, so würde sie ihm gewiß Beachtung schenken.

In flottem Trab setzte sich die von zwei guten dänischen Pferden gezogene Kutsche in Bewegung.

Eine Stunde nach der Abfahrt stiegen die Botaniker in Bougival aus. Sie wandten sich nach links und schlugen einen Weg unter Kastanienbäumen ein.

Die Kastanien mit ihren gefurchten Rinden, ihren ausladenden Ästen und phantastischen Formen; der moosbewachsene Apfelbaum und die riesigen Nußbäume, deren Blattwerk im Juni von Gelbgrün in Blaugrün übergeht; die Einsamkeit, die malerische Schroffheit des Geländes, das im Schatten der alten Bäume ansteigt, bis sich ein scharfer Kamm auf dem matten Blau des Himmels abzeichnet; diese ganze gewaltige, anmutige und melancholische Natur ließ Rousseau in unaussprechliches Entzücken versinken. Für Gilbert, der ruhig, aber düsterer Stimmung war, lag sein ganzes Leben in einem einzigen Gedanken: «Andrée verläßt den Pavillon im Garten und geht nach Trianon.»

Auf dem höchsten Punkt des Hügels, den die drei Botaniker erklommen, erhob sich der viereckige Pavillon von Luciennes.

Der Anblick dieses Pavillons, aus dem er geflohen war, brachte Gilbert

Rousseau untersuchte den Boden mit seinem kleinen Spaten.

auf andere Gedanken und rief nicht sehr angenehme Erinnerungen in ihm wach, die ihm indessen keine Furcht einflößten. Er ging als Letzter, sah vor sich zwei Beschützer und fühlte sich geborgen.

Rousseau begann mit seinem kleinen Spaten den Boden zu untersuchen. Monsieur de Jussieu tat es ihm gleich; nur suchte der erste nach Pflanzen, während der zweite darauf bedacht war, seine Strümpfe vor Nässe zu schützen.

«Das bewundernswerte *Lepodium*!» rief Rousseau aus.

«Bezaubernd», kommentierte Monsieur de Jussieu, «aber seien Sie so gut, und lassen Sie uns weitergehen.»

«Ah, und hier die *Lysimachia fenella*! Die sollte man mitnehmen, sehen Sie doch!»

«Nehmen Sie sie mit, wenn es Ihnen Spaß macht.»

«Soll das heißen, wir sammeln gar keine Pflanzen?»

«Doch, doch ... Aber ich glaube, daß wir dort oben, auf der Hochebene Besseres finden werden.»

«Wie es Ihnen beliebt ... Gehen wir also.»

«Wieviel Uhr ist es?» fragte Monsieur de Jussieu. «In der Eile, in der ich mich ankleidete, habe ich meine Uhr vergessen.»

Rousseau zog eine große, silberne Uhr aus seiner Westentasche.

«Es ist neun», antwortete er.

«Sollen wir nicht ein wenig ausruhen, was meinen Sie?» schlug Monsieur de Jussieu vor.

«Oh! Sind Sie aber schlecht zu Fuß!» entfuhr es Rousseau. «So ist es, wenn man mit feinen Schuhen und Seidenstrümpfen Pflanzen sammeln will.»

«Ich denke, ich habe Hunger.»

«Nun gut, dann frühstücken wir ... Bis zum Dorf ist es nur noch eine Viertelmeile.»

«Nicht doch, wenn es Ihnen recht ist.»

«Wie! Nicht? Haben Sie denn ein Frühstück in Ihrem Wagen?»

«Sehen Sie dort in dieser Baumgruppe?» erwiderte Monsieur de Jussieu und deutete mit der Hand auf einen Punkt am Horizont.

Rousseau stellte sich auf Zehenspitzen und beschirmte seine Augen mit der Hand. «Ich sehe nichts», sagte er.

«Wie, sehen Sie dieses kleine rustikale Dach nicht?»

«Nein.»

«Mit einer Windfahne und weißroten Strohwänden, eine Art Landhaus?»

«Ja, ich glaube, ja, ein kleines, neues Häuschen.»

«Eine Laube ist's.»

«Und nun?»

«Nun, dort werden wir das bescheidene Frühstück finden, das ich Ihnen versprochen habe.»

«Also gut», meinte Rousseau, «haben Sie Hunger, Gilbert?»

Gilbert, der dem Gespräch teilnahmslos beigewohnt hatte und mechanisch Blüten vom Heidekraut abriß, antwortete: «Wie Sie wollen, Monsieur.»

«Dann also vorwärts, wenn es Ihnen beliebt», drängte Monsieur de Jussieu. «Übrigens hält uns nichts davon ab, unterwegs Pflanzen zu sammeln.»

«Oh! Ihr Neffe ist ein leidenschaftlicherer Naturforscher als Sie», bemerkte Rousseau. «Ich habe mit ihm im Wald von Montmorency Pflanzen gesammelt. Wir waren nur wenige Leute. Er findet gut, er sammelt gut, und er erklärt gut.»

«Hören Sie, er ist jung. Er muß sich erst noch einen Namen machen.»

«Trägt er nicht den Ihren, der schon gemacht ist? Ah! Kollege, Kollege, Sie botanisieren wie ein Amateur.»

«Na, nun werden Sie doch nicht gleich ärgerlich, mein Philosoph. Schauen Sie nur das schöne *Plantago monanthos*, haben Sie dergleichen in Ihrem Montmorency?»

«Meiner Treu, nein», erwiderte Rousseau entzückt, «im Vertrauen auf unseren großen Botaniker Tournefort habe ich es vergebens gesucht. Wahrlich herrlich!»

«Oh, welch hübscher Pavillon!» rief Gilbert, der von der Nachhut zur Vorhut übergewechselt war.

«Gilbert hat Hunger», stellte Monsieur de Jussieu fest.

«Oh! Monsieur, ich bitte Sie um Entschuldigung. Ich werde geduldig warten, bis Sie fertig sind.»

«Um so mehr, als Pflanzensammeln nach dem Essen der Verdauung alles andere als zuträglich ist. Außerdem wird das Auge schwer und der Rücken träge. Sammeln wir also noch ein Weilchen», schlug Rousseau vor. «Aber wie heißt eigentlich dieser Pavillon?»

«Die Mausefalle», antwortete Monsieur de Jussieu, der sich an den von Monsieur de Sartines erfundenen Namen erinnerte.

«Welch seltsamer Name!»

«Oh! Wissen Sie, auf dem Land ist der Einfallsreichtum groß.»

«Wem gehört dieses Land, dieses schattige Gehölz?»

«Ich weiß es nicht genau.»

«Aber Sie kennen doch wohl den Eigentümer, wenn Sie hier essen wollen», meinte Rousseau schon etwas argwöhnisch und spitzte die Ohren.

«Keineswegs ... oder besser, ich kenne hier jeden, die Wildhüter, die mich schon hundertmal in ihrem Revier gesehen haben und die wissen, daß es ihrem Herrn wohlgefällig ist, wenn sie mich grüßen und mir einen Hasenpfeffer oder ein Schnepfenragout anbieten; die Leute von allen umliegenden herrschaftlichen Anwesen erlauben mir, hier zu tun und zu lassen, was ich will. Ich weiß nicht genau, gehört dieser Pavillon nun Madame de Mirepoix oder Madame d'Egmont? Meiner Treu, es ist mir entfallen ... Aber die Hauptsache, mein lieber Philosoph, und ich vermute, wir sind darin einer Meinung, die Hauptsache ist doch, daß wir dort Brot, Früchte und Pastete finden werden.»

Der treuherzige Ton, in dem Monsieur de Jussieu diese Worte sprach, zerstreute Rousseaus Bedenken. Der Philosoph rieb sich die Hände und ließ Monsieur de Jussieu vorangehen auf dem moosbewachsenen Pfad, der sich unter den Kastanienbäumen dahinschlängelte und zu der kleinen Einsiedelei führte.

Gilbert bildete wieder das Schlußlicht. Er träumte von Andrée und dachte darüber nach, wie er es wohl bewerkstelligen könnte, sie zu sehen, wenn sie erst in Trianon wäre.

## LXXVI. KAPITEL

### *Die Philosophen-Mausefalle*

Auf dem Gipfel des Hügels, den die drei Botaniker unter ziemlichen Mühen erklommen hatten, stand eines jener Häuschen aus rustikalem Holz, das mit seinen knorrigen Säulen, spitzen Giebeln, efeu- und klematisumrankten Fenstern ganz den Produkten englischer Architekten und englischer Gärten entsprach, welche stets die Natur nachzuahmen oder gar eine eigene zu erfinden bemüht sind, was ihren architektonischen Schöpfungen und ihren Pflanzenkreationen eine bestimmte Originalität verleiht.

Die Engländer haben blaue Rosen gezüchtet, und es war von jeher ihr größter Ehrgeiz, zu allem Althergebrachten eine Antithese zu erfinden. Eines Tages werden sie noch schwarze Lilien züchten.

Der Pavillon, der ausreichend Platz für einen Tisch und sechs Stühle bot, war mit Backsteinen gepflastert, über die man eine Matte gebreitet hatte. Die Mauern bestanden aus kleinen Mosaiken, zusammengesetzt aus Kieselsteinen und Muscheln aller Art, die man am Flußufer gesammelt hatte.

Die Zimmerdecke war ein Relief aus Tannenzapfen und Baumstümpfen von seltsamer Form, welche die häßlichsten Gestalten aus der Tier- und Pflanzenwelt nachahmten. Durch farbige Scheiben sah man die Ebene und den Wald von Vesinet, und je nachdem, ob man durch ein violettes, ein rotes oder ein blaues Glas schaute, erschien beides hier unter einem Gewitterhimmel, dort im Glanz einer sengenden Augustsonne und weiter oben kalt und trübe wie an einem frostigen Dezembertag.

Dieses Schauspiel ergötzte Gilbert ungemein, und er blickte durch all die rautenförmigen Scheiben auf die fruchtbare Tiefebene, die sich vom Gipfel des Hügels von Luciennes aus erstreckt und in deren Mitte sich die Seine dahinschlängelt.

Ein ebenfalls interessantes Schauspiel, zumindest nach Monsieur de

Jussieus Ansicht, war das schmackhafte Frühstück, das man auf dem Steintisch in der Mitte des Pavillons angerichtet hatte.

Die ausgezeichnete Sahne aus Marly, die schönen Aprikosen und Pflaumen aus Luciennes, die Netzkoteletts und die Würste aus Nanterre, die auf einer Porzellanplatte dampften, ohne daß man gesehen hatte, wie ein Bedienter sie auftrug; die lachenden Erdbeeren in einem reizenden, mit Weinlaub ausgelegten Körbchen und daneben eine vor Frische glänzende Butter, das grobe Mischbrot der Bauern und das feine, goldgelbe Weißbrot, das dem übersättigten Magen der Städter so teuer ist: Der Anblick all dessen rief einen kleinen Entzückensschrei bei Rousseau hervor, der zwar durch und durch Philosoph, aber gleichzeitig auch ein unbefangener Feinschmecker war, weil er einen ebenso regen Appetit wie bescheidenen Geschmack hatte.

«Was für eine Torheit!» bemerkte er zu Monsieur de Jussieu. «Brot und Früchte, das wäre alles gewesen, was wir gebraucht hätten. Und als wahre Botaniker und fleißige Forscher hätten wir das Brot essen und die Pflaumen knabbern müssen, ohne deshalb die Durchsuchung der Gebüsche und Gräben zu unterbrechen. Erinnern Sie sich noch an unser Frühstück in Plessis-Piquet, Gilbert?»

«Allerdings, Monsieur, an das Brot und die Kirschen, die mir so vortrefflich mundeten.»

«Ganz richtig.»

«Wohlan, so frühstücken die wahren Naturliebhaber!»

«Mein lieber Meister», unterbrach ihn Monsieur de Jussieu, «wenn Sie mir Verschwendungssucht vorwerfen, so haben Sie unrecht. Nie wurde bescheidener aufgetragen.»

«Oh!» rief der Philosoph aus. «Wollen Sie den Wert Ihrer Tafel schmälern, Lucullus?»

«Der meinigen? Durchaus nicht!» entgegnete Jussieu.

«Bei wem sind wir dann eingekehrt?» fragte Rousseau mit einem Lächeln, das zugleich sein Unbehagen und seine gute Laune widerspiegelte. «Bei den Heinzelmännchen?»

«Oder bei den Feen», meinte Monsieur de Jussieu und stand mit einem nachdenklichen Blick auf die Tür des Pavillons auf.

«Bei Feen?» rief Rousseau heiter. «Dann sollen sie für ihre Gastfreundschaft gesegnet sein. Ich habe Hunger, essen wir, Gilbert.»

Er schnitt sich ein gewaltiges Stück Mischbrot ab und gab Brot und Messer an seinen Schüler weiter. Dann holte er sich, während er in die harte Kruste biß, ein paar Pflaumen von dem Teller.

Gilbert zögerte.

«Nur zu! Nur zu!» forderte Rousseau ihn auf. «Die Feen wären über Ihre

Zurückhaltung beleidigt und müßten glauben, Sie fänden ihr Festessen unvollständig.»

«Oder Ihrer unwürdig, meine Herren», ließ sich eine silberhelle Stimme vom Eingang des Pavillons vernehmen, wo sich Arm in Arm zwei frische und schöne Frauen zeigten und Monsieur de Jussieu mit einem Lächeln auf den Lippen bedeuteten, er möge sich in seinen Begrüßungen mäßigen.

Rousseau drehte sich um, in der rechten Hand das abgeschnittene Brot, in der linken die angebissene Pflaume. Er erblickte die beiden Göttinnen, oder zumindest erschienen sie ihm als solche aufgrund ihrer Jugend und ihrer Schönheit. Er erblickte sie und hielt mitten in seiner Bewegung inne, während er unsicher grüßte.

«Oh! Frau Gräfin», zeigte sich Monsieur de Jussieu erstaunt, «Sie hier? Welch angenehme Überraschung!»

«Guten Morgen, Herr Botaniker», erwiderte eine der Damen mit königlicher Vertraulichkeit und Anmut.

«Erlauben Sie, daß ich Ihnen Monsieur Rousseau vorstelle», sagte Jussieu und nahm den Philosophen bei der Hand, in der er das Brot hielt.

Auch Gilbert hatte die Frauen gesehen und wiedererkannt. Er riß die Augen weit auf und schaute, bleich wie der Tod, aus dem Fenster. Er spielte mit dem Gedanken, sich hinauszustürzen.

«Guten Morgen, mein kleiner Philosoph», begrüßte die andere Dame Gilbert, der wie vernichtet dastand, und tätschelte ihm mit ihren drei rosigen Fingern die Wange.

Rousseau sah und verstand. Er wäre vor Zorn beinahe erstickt. Sein Schüler kannte die beiden Göttinnen und war ihnen bekannt.

Gilbert wurde beinahe übel.

«Erkennen Sie die Frau Gräfin denn nicht wieder?» fragte Jussieu, zu Rousseau gewandt.

«Nein», gab dieser wie vor den Kopf geschlagen zurück. «Ich habe zum erstenmal das Vergnügen.»

«Madame Dubarry», stellte Jussieu vor.

Rousseau machte einen Satz, als wäre er über glühendes Eisen gegangen.

«Madame Dubarry!» rief er.

«In Person, Monsieur», bestätigte die junge Frau mit ihrer ganzen Anmut ..., «und ich schätze mich glücklich, bei mir einen der berühmtesten Denker unserer Zeit empfangen und aus der Nähe gesehen zu haben.»

«Madame Dubarry», wiederholte Rousseau, ohne zu bemerken, daß sein langes Erstaunen zu einer ernsten Beleidigung wurde, «Sie! Und zweifellos gehört der Pavillon ihr? Gewiß ist sie es auch, die mir dieses Frühstück gibt?»

«Sie haben es erraten, mein lieber Philosoph, sie ist es und ihre Frau Schwester», fuhr Jussieu fort, dem angesichts des aufziehenden Sturms unwohl zumute war.

«Ihre Schwester, und sie kennt Gilbert?»

«Sehr gut sogar, Monsieur», antwortete Mademoiselle Chon mit jener Keckheit, die weder vor der Laune eines Königs noch vor dem Ärger eines Philosophen haltmacht.

Gilbert suchte mit den Augen nach einem Loch, in dem er sich verkriechen konnte, denn Rousseaus Augen hatten einen erschreckenden Glanz.

«Sehr gut? ...», wiederholte er. «Gilbert kannte Madame sehr gut, und ich wußte nichts davon? Ich wurde also betrogen, man hat mich zum Narren gehalten!»

Chon und ihre Schwester sahen einander spöttisch lächelnd an. Monsieur de Jussieu zerriß eine Mechelner Spitze, die vierzig Louisdor wert sein mochte.

Gilbert faltete die Hände, als wolle er Chon anflehen, sie möge schweigen, oder Rousseau beschwören, er möge freundlicher mit ihm sprechen.

Doch das genaue Gegenteil geschah; Rousseau schwieg, während Chon sprach.

«Ja», hub sie wieder an, «Gilbert und ich sind alte Bekannte. Er ist mein Gast gewesen, nicht wahr, Kleiner? ... Oder solltest du das Zuckerwerk von Luciennes und Versailles etwa schon vergessen haben?»

Diese Bemerkung machte das Maß voll.

«Ah! Ah!», machte Rousseau und sah den jungen Mann schief an. «So ist das also, du kleiner Unglücksrabe!»

«Monsieur Rousseau ...», murmelte Gilbert.

«Nun, man könnte meinen, du weinst darüber, daß du von meiner Hand verwöhnt wurdest», fuhr Chon fort. «Ich dachte mir schon, daß du undankbar bist.»

«Mademoiselle! ...», flehte Gilbert.

«Komm wieder nach Luciennes, Kleiner», forderte Madame Dubarry ihn auf, «das Zuckerwerk und Zamore warten auf dich ... und obgleich du dich auf eine seltsame Art und Weise davongemacht hast, wird man dich gut empfangen.»

«Ich danke, Madame», erwiderte Gilbert trocken, «wenn ich einen Ort verlasse, dann deshalb, weil es mir dort nicht gefällt.»

«Und warum schlagen Sie das Gute aus, das man Ihnen anbietet?» unterbrach ihn Rousseau voll Bitterkeit. «Sie haben den Reichtum gekostet, mein lieber Gilbert. Sie müssen sich ihm wieder zuwenden.»

«Aber, Monsieur, ich schwöre Ihnen ...»

«Gehen Sie! Gehen Sie! Ich mag keine wetterwendischen Menschen.»

«Aber Sie haben mich ja noch gar nicht angehört, Monsieur Rousseau.»

«O doch!»

«Ich bin aus Luciennes geflohen, weil man mich dort eingesperrt hielt.»

«Eine Falle! Ich kenne die Schlechtigkeit der Menschen.»

«Aber ich habe Sie doch vorgezogen, ich habe Sie doch als Wirt, als Beschützer und als Lehrer gewählt.»

«Heuchelei!»

«Indessen, Monsieur Rousseau, wenn mir an Reichtum gelegen wäre, würde ich das Angebot der Damen doch wohl annehmen.»

«Monsieur Gilbert, man hintergeht mich immer nur einmal, niemals ein zweites Mal. Sie sind frei. Gehen Sie, wohin Sie wollen.»

«Großer Gott, wohin denn?» rief Gilbert voll tiefen Schmerzes, weil er sein Fenster und die Nachbarschaft zu Andrée und seine ganze Liebe auf ewig verloren wähnte ...; weil sein Stolz darunter litt, daß man ihn des Verrats verdächtigte; weil er seine Selbstlosigkeit, seinen langen Kampf gegen die Trägheit und die sinnlichen Begierden seines Alters, die er so mutig bewältigt hatte, verkannt sah.

«Wohin?» gab Rousseau zurück. «Natürlich erst einmal zu Madame, die eine schöne und vortreffliche Person ist.»

«Oh! Mein Gott! Mein Gott!» jammerte Gilbert und vergrub seinen Kopf in den Händen.

«Haben Sie keine Angst», tröstete ihn Monsieur de Jussieu, als Mann von Welt durch Rousseaus seltsamen Ausfall gegen die Damen tief verletzt, «haben Sie keine Angst. Man wird sich Ihrer annehmen, und was Sie verlieren, nun, man wird versuchen, es Ihnen wiederzugeben.»

«Da sehen Sie», stieß Rousseau bitter hervor, «hier ist Monsieur de Jussieu, ein Gelehrter, ein Naturfreund und einer Ihrer Komplizen», fügte er hinzu und lächelte verzerrt, «der Ihnen Beistand und Reichtum verspricht. Sie können auf ihn zählen, denn Monsieur de Jussieu ist ein einflußreicher Mann!» Hierauf verbeugte sich Rousseau, der nicht mehr Herr seiner selbst war, vor den Damen, grüßte Monsieur de Jussieu, der ganz betreten dastand, und ohne Gilbert auch nur eines Blickes zu würdigen, schritt er theatralisch aus dem Pavillon.

«Oh! Welch ein gräßlicher Kerl von einem Philosophen», kommentierte Chon und sah dem Genfer nach, der den Pfad hinablief.

«Verlangen Sie, was Sie wollen», forderte Monsieur de Jussieu Gilbert auf, der noch immer sein Gesicht in den Händen vergraben hielt.

«Ja, verlangen Sie, Monsieur Gilbert», meinte auch die Gräfin und lächelte dem verlassenen Schüler zu.

Dieser hob seinen bleichen Kopf, strich sich die Haare zurück, die voll Tränen und Schweiß an seiner Stirn klebten, und sprach mit sicherer Stimme: «Da man so freundlich ist, mir eine Stelle anzubieten, so würde ich gerne als Gärtnergehilfe in Trianon anfangen.»

Chon und die Gräfin sahen sich an, und Chon streifte mit ihrem schalkhaften Fuß den Fuß ihrer Schwester, wobei sie ihr triumphierend zuzwinkerte. Die Gräfin nickte mit dem Kopf zum Zeichen, daß sie vollkommen verstand. «Ist das machbar, Monsieur de Jussieu?» fragte sie. «Ich wünsche es.»

«Ihr Wunsch ist mir Befehl, Madame», erwiderte dieser.

Gilbert verneigte sich und legte eine Hand auf sein Herz, das vor Freude hüpfte, nachdem es eben noch vor Trauer schier vergangen war.

## LXXVII. KAPITEL

### *Die Fabel*

In dem kleinen Zimmer in Luciennes, wo wir den Vicomte Jean Dubarry zum großen Mißvergnügen der Gräfin solche Unmengen von Schokolade trinken sahen, nahm der Marschall von Richelieu einen Imbiß mit Madame Dubarry ein, die sich, während sie Zamore an den Ohren zog, immer nachlässiger auf einem Sofa von geblümtem Atlas ausstreckte, indes der alte Höfling bei jeder neuen Pose des verführerischen Geschöpfes ein bewunderndes Ach! ausstieß.

«Oh! Gräfin», ließ er sich mit dem gekünstelten Gehabe eines alten Weibes vernehmen, «Sie werden Ihre Frisur in Unordnung bringen! Gräfin, hier ist eine Schmachtlocke, die sich abrollt! Ah! Ihr Pantoffel fällt, Gräfin!»

«Pah! Mein lieber Herzog, achten Sie nicht darauf», gab sie zurück, während sie Zamore in ihrer Zerstreuung ein Büschel Haare ausrupfte und sich vollends niederlegte, wollüstiger und schöner auf ihrem Sofa als Venus auf ihrer Seemuschel.

Zamore, der diesen ganzen Posen nur wenig abgewinnen konnte, heulte vor Wut. Die Gräfin besänftigte ihn, indem sie eine Handvoll Bonbons vom Tisch nahm und ihm in die Taschen steckte. Doch Zamore verzog das Gesicht, kehrte seine Taschen um und leerte die Bonbons auf den Fußboden.

«Ah! Elender Schelm!» schimpfte die Gräfin, wobei sie ihr feines Bein ausstreckte, dessen Spitze die phantastischen Beinkleider des Negers recht unsanft berührte.

«Oh! Erbarmen!» rief der alte Marschall. «Sie werden ihn töten, so wahr ich ein Edelmann bin!»

«Ah! Ich könnte heute gerade alles töten, was mir mißfällt!» zürnte die Gräfin. «Ich fühle mich unerbittlich!»

«Oh, mißfalle ich Ihnen etwa auch?» fragte der Herzog.

«O nein, Sie nicht, ganz im Gegenteil! Sie sind mein alter Freund, den ich verehre. Aber sehen Sie, ich bin wahrhaftig toll.»

«Das ist also eine Krankheit, welche Ihnen diejenigen beibrachten, die Sie toll machen.»

«Nehmen Sie sich in acht! Sie reizen mich furchtbar mit Ihren Galanterien, von denen Sie selbst nicht ein Wort glauben.»

«Gräfin, Gräfin! Ich fange an zu glauben, daß Sie nicht etwa toll, sondern undankbar sind.»

«Nein, ich bin weder toll noch undankbar, ich bin ...»

«Nun, heraus mit der Sprache, was sind Sie?»

«Ich bin wütend, Herzog.»

«Ach, wirklich?»

«Wundert Sie das?»

«Nicht im geringsten, Gräfin, und bei meiner Ehre, Sie haben allen Grund dazu.»

«Sehen Sie, das empört mich an Ihnen, Marschall.»

«Gibt es etwas, das Sie an mir empört, Gräfin?»

«Allerdings.»

«Und was ist dieses Etwas, bitte? Ich bin sehr alt, und trotzdem gibt es keine Anstrengung, der ich mich nicht unterziehen würde, um Ihnen zu gefallen.»

«Dieses Etwas ist, daß Sie nicht einmal wissen, um was es sich handelt, Marschall.»

«O doch.»

«Sie wissen, was mich so wütend macht?»

«Zweifellos, Zamore hat den chinesischen Springbrunnen kaputtgemacht.»

Ein unmerkliches Lächeln umspielte den Mund der jungen Frau. Doch Zamore senkte schuldbewußt und demutsvoll den Kopf, als wäre der Himmel mit einer dicken Wolke verhangen, aus der es Ohrfeigen und Nasenstüber regnete.

«Ja», erwiderte die Gräfin mit einem Seufzer, «ja, Herzog, Sie haben recht. Das ist es, und Sie sind in der Tat ein sehr feinfühliger Diplomat.»

«Das hat man mir stets gesagt, Madame», antwortete Monsieur de Richelieu mit einer Miene voller liebenswürdiger Bescheidenheit.

«Oh! Mir braucht man das nicht zu sagen, da ich es sehe, Herzog; und

Sie haben den Grund meines Unmuts sogleich gefunden, ohne lange herumzuraten. Das ist vortrefflich!»

«Jawohl, aber das ist noch nicht alles.»

«Ach nein?»

«Nein. Ich errate noch etwas anderes.»

«Wirklich?»

«Ja.»

«Und was erraten Sie?»

«Ich errate, daß Sie gestern abend Seine Majestät erwarteten.»

«Wo das?»

«Hier.»

«Und weiter?»

«Und daß Seine Majestät nicht gekommen ist.»

Die Gräfin errötete und richtete sich ein wenig auf.

«Ah! Ah!» machte sie.

«Und dabei komme ich doch gerade aus Paris», fügte der Herzog hinzu.

«Und was beweist das?»

«Daß ich eigentlich nichts von dem wissen kann, was sich in Versailles zugetragen hat. Und dennoch ...»

«Herzog, mein lieber Herzog, Sie sind heute voll Zurückhaltung. Zum Teufel! Was man angefangen hat, das bringt man auch zu Ende, oder man fängt es gar nicht erst an.»

«Sie haben leicht reden, Gräfin. Lassen Sie mich erst einmal zu Atem kommen. Wo war ich stehengeblieben?»

«Sie waren bei ‹und dennoch ...› stehengeblieben.»

«Ah! Ja, richtig. Und dennoch weiß ich nicht nur, daß Seine Majestät nicht gekommen ist, sondern ich errate auch, warum sie nicht gekommen ist.»

«Herzog, insgeheim habe ich immer geglaubt, Sie wären ein Zauberer, nur fehlte es mir an einem Beweis.»

«Nun, diesen Beweis werde ich Ihnen erbringen.»

Die Gräfin, welche der Unterhaltung ein viel größeres Interesse beimaß, als sie den Anschein erwecken wollte, ließ den Kopf von Zamore los, dem sie mit ihren feinen, weißen Fingern das Haar zerzauste.

«Wohlan, Herzog, erbringen Sie ihn», ermunterte sie ihn.

«Vor dem Herrn Gouverneur?» fragte der Herzog.

«Verschwinden Sie, Zamore», befahl die Gräfin dem kleinen Neger, der, ganz verrückt vor Freude, mit einem einzigen Satz aus dem Boudoir ins Vorzimmer davonstürmte.

«Nun gut», murmelte Richelieu, «soll ich Ihnen jetzt also alles anvertrauen, Gräfin?»

«Wie, hat dieser Affe von Zamore Sie etwa gestört?»

«Um die Wahrheit zu sagen, Gräfin, irgend jemand stört mich immer.»

«Ja, irgend jemand, ich verstehe, doch ist Zamore jemand?»

«Zamore ist nicht blind, Zamore ist nicht taub, und Zamore ist nicht stumm. Er ist also jemand. Ich schmücke mit diesem Namen jeden, der ebenso wie ich über Augen, Ohren und eine Zunge verfügt, das heißt jeden, der sehen kann, was ich tue, hören oder wiederholen kann, was ich sage, kurz, jeden, der mich zu verraten imstande ist. Nachdem ich diese Theorie aufgestellt habe, fahre ich fort.»

«Ja, fahren Sie fort, Herzog, machen Sie mir das Vergnügen.»

«Vergnügen wohl kaum, Gräfin; aber gleichviel, ich muß fortfahren. Der König besuchte gestern also Trianon.»

«Das kleine oder das große?»

«Das kleine. Madame la Dauphine war an seinem Arm.»

«Ah!»

«Und Madame la Dauphine, die, wie Sie wissen, bezaubernd ist...»

«Ja, Gott sei's geklagt!»

«Überhäufte ihn derart mit Schmeicheleien, Papachen hier, Großpapa dort, daß Seine Majestät, deren Herz aus Gold ist, nicht widerstehen konnte, so daß auf den Spaziergang das Abendessen folgte und auf das Abendessen die harmlosen Spiele. Jedenfalls...»

«Jedenfalls», nahm ihm Madame Dubarry, blaß vor Ungeduld, das Wort aus dem Mund, «jedenfalls ist der König nicht nach Luciennes gekommen, nicht wahr? Das wollten Sie doch zum Ausdruck bringen?»

«Ei, mein Gott, ja.»

«Das ist doch ganz einfach, Seine Majestät hatte dort eben alles, was sie liebt.»

«Ah! Nicht doch! Sie sind weit davon entfernt, auch nur ein Wort von dem zu glauben, was Sie sagen; höchstens alles, was ihr gefällt.»

«Das ist noch viel schlimmer, Herzog, nehmen Sie sich in acht: zu Abend speisen, plaudern, spielen, das ist alles, was der König braucht. Und mit wem hat er gespielt?»

«Mit Monsieur de Choiseul.»

Die Gräfin machte eine ärgerliche Bewegung.

«Möchten Sie nicht, daß wir weiter darüber sprechen, Gräfin?» erkundigte sich Richelieu.

«Im Gegenteil, Monsieur, sprechen wir davon.»

«Sie sind ebenso beherzt wie geistreich, Madame. Packen wir also den Stier bei den Hörnern, wie die Spanier sagen.»

«Das ist ein Sprichwort, das Ihnen Madame de Choiseul nicht verzeihen würde, Herzog.»

«Auf sie trifft es doch auch nicht zu. Ich sagte also, Madame, daß Monsieur de Choiseul, da ich ihn nun einmal bei seinem Namen nennen muß, mit dem König Karten spielte, und dies mit so viel Glück und so viel Geschicklichkeit ...»

«Daß er gewann?»

«Nein, daß er verlor und daß Seine Majestät tausend Louisdors beim Pikett gewann, einem Spiel, bei dem Seine Majestät sehr viel Eigenliebe besitzt, wenn man bedenkt, wie schlecht sie es spielt.»

«Oh! Dieser Choiseul, dieser Choiseul», murmelte Madame Dubarry. «Und Madame de Grammont war auch mit von der Partie, nicht wahr?»

«Das heißt, Gräfin, sie war im Begriff abzureisen. Ich glaube, sie begeht eine Torheit.»

«Welche?»

«Da sie sieht, daß man sie nicht umwirbt, schmollt sie. Da sie sieht, daß man sie nicht verbannt, verbannt sie sich selbst.»

«Und wohin?»

«In die Provinz.»

«Sie wird intrigieren.»

«Ja, bei Gott, was soll sie denn sonst tun? Jedenfalls war sie im Begriff abzureisen und wollte sich natürlich von der Dauphine verabschieden, die sie natürlich sehr liebt. Deshalb war sie in Trianon.»

«Im großen?»

«Allerdings, das kleine ist noch nicht möbliert.»

«Ah! Indem sie sich mit all diesen Choiseuls umgibt, zeigt die Dauphine deutlich, für welche Partei sie eintritt.»

«Nicht doch, Gräfin, übertreiben wir nicht, denn schließlich wird die Gräfin morgen abgereist sein.»

«Und der König hat sich dort amüsiert, obwohl ich nicht da war!» entfuhr es der Gräfin ebenso entrüstet wie erschreckt.

«Mein Gott! Ja, das ist unglaublich, und dennoch ist es so, Gräfin. Lassen Sie hören, was schließen Sie daraus?»

«Daß Sie gut unterrichtet sind, Herzog.»

«Und das ist alles?»

«Durchaus nicht.»

«Vollenden Sie also.»

«Ich schließe außerdem daraus, daß man den König im guten oder im bösen aus den Klauen dieser Choiseuls befreien muß, andernfalls sind wir verloren.»

«Leider!»

«Verzeihung», fuhr die Gräfin fort, «ich sage wir, doch beruhigen Sie sich, Herzog, dies gilt nur für die Familie.»

«Und für die Freunde, Gräfin, erlauben Sie mir daher als solcher, mein Teil auf mich zu nehmen. Also ...»

«Sie gehören also zu meinen Freunden?»

«Ich glaube, es Ihnen gesagt zu haben, Madame.»

«Das ist nicht genug.»

«Ich glaube, es Ihnen auch bewiesen zu haben.»

«Das klingt schon besser. Und Sie wollen mir helfen?»

«Mit allem, was in meiner Macht steht, Gräfin; aber ...»

«Aber was?»

«Es ist ein schwieriges Unterfangen, ich verhehle es Ihnen nicht.»

«Sind sie denn nicht herauszureißen, diese Choiseuls?»

«Zumindest haben sie hartnäckige Wurzeln geschlagen.»

«Glauben Sie?»

«Ich glaube es.»

«So kann, was auch immer der gute La Fontaine dazu sagt, weder Wind noch Sturm dieser Eiche etwas anhaben.»

«Er ist ein großes Genie, dieser Minister.»

«Gut! Nun sprechen Sie schon wie die Enzyklopädisten!»

«Gehöre ich etwa nicht zur Académie?»

«Oh! Nur sehr wenig, Herzog.»

«Es ist wahr, Sie haben recht. Mein Sekretär gehört der Académie an, nicht ich. Doch ich beharre deswegen nicht minder auf meiner Meinung.»

«Daß Monsieur de Choiseul ein Genie ist?»

«Jawohl.»

«Worin zeigt es sich denn, dieses große Genie? Lassen Sie hören.»

«Darin, Madame, daß er um die Parlamente und die Engländer soviel Aufhebens macht, daß der König ihn nicht mehr entbehren kann.»

«Die Parlamente? Aber er hetzt sie doch gegen Seine Majestät auf!»

«Ganz richtig, und darin liegt gerade die Geschicklichkeit.»

«Die Engländer treibt er zum Krieg an.»

«Ganz genau, der Friede wäre sein Verderben.»

«Das ist kein Genie, Herzog.»

«Was ist es dann, Gräfin?»

«Es ist Hochverrat.»

«Wenn der Hochverrat gelingt, Gräfin, so ist es Genie, wie mir scheint, und zwar vom besten.»

«Aber in dieser Hinsicht kenne ich jemanden, der ebenso geschickt ist wie Monsieur de Choiseul.»

«Pah!»

«In bezug auf die Parlamente, zumindest.»

«Das ist die Hauptsache.»

«Denn dieser Jemand ist schuld an der Auflehnung der Parlamente.»
«Sie wecken meine Neugierde, Gräfin.»
«Kennen Sie ihn nicht, Herzog?»
«Meiner Treu, nein.»
«Er gehört doch zu Ihrer Familie.»
«Sollte ich einen Mann von Genie in meiner Familie haben? Sprechen Sie etwa von meinem Onkel, dem Kardinal-Herzog, Madame?»
«Nein, ich spreche vom Herzog von Aiguillon, Ihrem Neffen.»
«Ah! Monsieur d'Aiguillon, das ist wahr. Er hat den Anstoß zur Affäre La Chalotais gegeben. Meiner Treu, er ist ein trefflicher Junge, ja, ja, wahrhaftig. Er hat in dieser Sache ein schweres Stück Arbeit geleistet. Sehen Sie, Gräfin, bei meiner Ehre, das ist ein Mann, mit dem sich eine Frau von Geist verbinden sollte.»
«Ist Ihnen klar, Herzog», sagte die Gräfin, «daß ich Ihren Neffen nicht kenne?»
«Ach wirklich, Madame, Sie kennen ihn nicht?»
«Nein, ich habe ihn nie gesehen.»
«Armer Junge! In der Tat, seit Ihrer Vorstellung bei Hof hat er stets in der tiefsten Bretagne gelebt. Er mag sich hüten, wenn er Sie sieht; er ist nicht mehr an die Sonne gewöhnt.»
«Was macht ein Mann von Geist und adliger Abstammung wie er mitten unter diesen Schwarzröcken?»
«Er wiegelt sie auf, da er nichts Besseres zu tun hat. Sie verstehen, Gräfin, jedem Tierchen sein Pläsierchen, und in der Bretagne gibt es ansonsten nicht viele Lustbarkeiten. Ah! Er ist ein tatkräftiger Mann. Teufel! Welchen Diener hätte der König an ihm, wenn er wollte! Gegen ihn würden die Parlamente ihre Unverschämtheit nicht behaupten. – Ah! Er ist ein wahrer Richelieu, Gräfin. Erlauben Sie mir daher ...»
«Was?»
«Daß ich Ihnen denselben vorstelle, sobald er hier eintrifft.»
«Soll er denn bald nach Paris kommen?»
«Ei, Madame, wer weiß? Vielleicht muß er noch einige Jährchen in seiner Bretagne bleiben, wie dieser Spitzbube Voltaire sagt; vielleicht ist er aber schon auf dem Weg; vielleicht ist er zweihundert Meilen von hier; vielleicht ist er aber schon an der Stadtgrenze!»
Bei seinen letzten Worten musterte der Marschall das Gesicht der jungen Frau, da er ihre Reaktion darauf sehen wollte.
Doch nachdem die Gräfin einen Augenblick lang verträumt dagesessen hatte, meinte sie: «Kommen wir auf den Punkt zurück, bei dem wir stehengeblieben waren.»
«Wohin Sie wollen, Gräfin.»

«Wo waren wir stehengeblieben?»

«Bei den Vergnügungen Seiner Majestät in Trianon in Gesellschaft von Monsieur de Choiseul.»

«Und wo wir davon sprachen, daß man diesen Choiseul absetzen müsse?»

«Das heißt, wo Sie davon sprachen, ihn abzusetzen, Gräfin.»

«Wie!» entfuhr es der Favoritin. «Ich habe ein so großes Verlangen danach, ihn zurücktreten zu sehen, daß ich Gefahr laufe, zu sterben, wenn das nicht geschieht. Werden Sie mir nicht ein wenig dabei helfen, mein lieber Herzog?»

«Oh! Oh!» rief Richelieu und warf sich in die Brust. «Das ist, was wir in der Politik eine Eröffnung nennen.»

«Fassen Sie es auf, wie es Ihnen beliebt; nennen Sie es, wie es Sie gut dünkt, aber antworten Sie kategorisch.»

«Oh! Welch häßliches Umstandswort aus einem so hübschen kleinen Mund!»

«Nennen Sie das antworten, Herzog?»

«Nein, nicht direkt; das nenne ich meine Antwort vorbereiten.»

«Ist sie nun vorbereitet?»

«Warten Sie doch.»

«Sie zögern, Herzog?»

«Keineswegs.»

«Nun, ich höre.»

«Was halten Sie von Fabeln, Gräfin?»

«Fabeln sind doch uralt.»

«Pah! Auch die Sonne ist alt, und trotzdem haben wir noch nichts erfunden, womit wir besser sehen könnten.»

«Also gut, einverstanden. Aber wird mir Ihre Fabel auch klar sein?»

«Wie Kristall. Hören Sie mir zu, meine Schöne?»

«Ich höre.»

«Nehmen wir also an, Gräfin ... Sie wissen, daß man in Fabeln immer annimmt?»

«Gott! Sind Sie langweilig, Herzog!»

«Sie glauben nicht ein Wort von dem, was Sie da sagen, Gräfin, denn noch nie haben Sie aufmerksamer zugehört.»

«Also gut, ich habe unrecht.»

«Nehmen Sie also an, Sie gehen in Ihrem schönen Garten in Luciennes spazieren, und Sie erblicken eine herrliche Pflaume, eine dieser Reineclauden, die Sie so sehr lieben, weil sie Ihnen mit ihren leuchtendroten und purpurnen Farben so ähnlich sind.»

«Gehen Sie, Schmeichler!»

«Ich sage, Sie erblicken eine dieser Pflaumen am äußersten Ende eines Zweiges, ganz oben auf dem Baum. Was tun Sie, Gräfin?»

«Ganz klar, ich schüttle den Baum.»

«Ja, aber vergebens, denn der Baum ist dick und nicht herauszureißen, wie Sie vorhin sagten. Und sehr schnell bemerken Sie, daß Sie, ohne ihn auch nur zu erschüttern, Ihre entzückenden kleinen Händchen an seiner Rinde zerkratzen. Dann sagen Sie, indem sie den Kopf auf diese bezaubernde Art emporheben, die nur Ihnen und den Blumen eigen ist: ‹Mein Gott! Mein Gott! Wie gerne möchte ich diese Pflaume auf dem Boden sehen!›, und Sie werden verdrießlich.»

«Fahren Sie fort, mein lieber Herzog. Ihre Fabel interessiert mich ungemein.»

«Plötzlich, da Sie sich umdrehen, sehen Sie Ihren Freund, den Herzog von Richelieu, der spazierengeht und dabei nachdenkt.»

«Worüber?»

«Eine gute Frage, bei Gott! Über Sie natürlich. Und Sie rufen ihn mit Ihrer süßen Flötenstimme: ‹Ah! Herzog! Herzog!›»

«Sehr gut.»

«‹Sie sind ein Mann; Sie sind stark; Sie haben Mahon eingenommen, schütteln Sie mir doch ein wenig diesen verteufelten Pflaumenbaum, damit ich diese satanische Pflaume bekomme.› Ist es nicht so, Gräfin?»

«Durchaus, Herzog. Ich habe es leise gedacht, während Sie es laut aussprachen. Aber was antworten Sie?»

«Ich antworte: ‹Wie Sie drängen, Herzogin! Ich würde es von Herzen gern tun. Aber sehen Sie doch, wie stark dieser Baum ist, wie knorrig seine Äste sind. Zum Teufel, auch ich lege Wert auf meine Hände, selbst wenn sie fünfzig Jahre älter sind als die Ihrigen!›»

«Ach so!» machte plötzlich die Gräfin. «Gut, gut, ich verstehe.»

«Dann führen Sie die Fabel fort. Was antworten Sie mir?»

«Ich antworte Ihnen ...»

«Nun?»

«Ich sage Ihnen: ‹Mein lieber Marschall, hören Sie auf, die Pflaume so gleichgültig zu betrachten, die Sie übrigens nur deshalb gleichgültig betrachten, weil sie nicht für Sie ist. Verlangen Sie mit mir nach ihr, mein lieber Marschall, begehren Sie sie mit mir, und wenn Sie mir den Baum ordentlich schütteln, wenn die Pflaume herabfällt, nun ...»

«Nun?»

«Nun, dann essen wir sie zusammen.»

«Bravo!» rief der Herzog und klatschte in die Hände.

«Ist es so?»

«Meiner Treu, Gräfin, Sie sind einzigartig im Beenden von Fabeln. ‹Bei

«Meiner Treu, Gräfin, Sie sind einzigartig im Beenden von Fabeln.»

meinen Hörnern›, wie mein seliger Vater zu sagen pflegte, ‹wie artig ist es geschürzt.›»

«Sie werden den Baum also schütteln, Herzog?»

«Mit zwei Händen und drei Herzen, Gräfin.»

«Und die Pflaume ist wirklich eine Reineclaude?»

«Man ist sich dessen nicht hundertprozentig sicher, Gräfin.»

«Was ist es denn?»

«Mir scheint, es ist eher ein Portefeuille auf diesem Baum.«

«Für uns beide also das Portefeuille.»

«O nein! Für mich allein. Beneiden Sie mich nicht um dieses Saffianleder, Gräfin. Es werden so viele schöne Dinge mit ihm vom Baum fallen, wenn ich ihn geschüttelt habe, daß Sie gar nicht wissen, wofür Sie sich entscheiden sollen.»

«Nun, Marschall, es ist also abgemacht?»

«Werde ich Monsieur de Choiseuls Posten bekommen?»

«Wenn der König will.»

«Will der König nicht alles, was Sie wollen?»

«Sie sehen selbst, daß dem nicht so ist, da er seinen Choiseul nicht entlassen will.»

«Oh! Ich hoffe, der König wird wohl die Gnade haben, sich seines alten Gefährten zu erinnern.»

«Seines Waffengefährten?»

«Ja, seines Waffengefährten. Die schlimmsten Gefahren lauern nicht immer im Krieg, Gräfin.»

«Und Sie verlangen nichts von mir für den Herzog von Aiguillon?»

«Meiner Treu, nein, der Bursche wird schon selbst zu verlangen wissen.»

«Im übrigen werden Sie da sein. Nun bin ich an der Reihe.»

«An der Reihe, was zu tun?»

«An der Reihe zu verlangen.»

«Ganz recht.»

«Was geben Sie mir?»

«Was Sie wollen.»

«Ich will alles.»

«Das ist vernünftig.»

«Und werde ich es bekommen?»

«Gute Frage! Aber werden Sie wenigstens damit zufrieden sein und nur dies von mir verlangen?»

«Nur dies und noch etwas anderes dazu.»

«Sprechen Sie.»

«Sie kennen Monsieur de Taverney?»

«Ich bin seit vierzig Jahren mit ihm befreundet.»

«Er hat einen Sohn?»

«Und eine Tochter.»

«Genau.»

«Und weiter?»

«Das ist alles.»

«Wie, das ist alles?»

«Ja, dieses Etwas, das mir noch von Ihnen zu verlangen bleibt, werde ich zur rechten Zeit und am rechten Ort verlangen.»

«Vortrefflich!»
«Haben wir uns verstanden, Herzog?»
«Jawohl, Gräfin.»
«Ist es unterzeichnet?»
«Mehr als das, es ist besiegelt.»
«So fällen Sie mir meinen Baum.»
«Ich habe die Mittel.»
«Welche?»
«Meinen Neffen.»
«Und was weiter?»
«Die Jesuiten.»
«Ach so! Ach so!»
«Ein netter, kleiner Plan, den ich für alle Fälle entworfen habe.»
«Darf man ihn erfahren?»
«Ich bedaure, Gräfin ...»
«Ja, ja, Sie haben recht.»
«Sie wissen, das Geheimnis ...»
«Macht den halben Erfolg aus; ich vollende Ihren Gedanken.»
«Sie sind anbetungswürdig!»
«Aber ich will den Baum meinerseits auch schütteln.»
«Sehr gut! Schütteln Sie nur, Gräfin, es kann nicht schaden.»
«Ich habe mein eigenes Mittel.»
«Und halten Sie es für gut?»
«Dafür werde ich bezahlt.»
«Um welches Mittel handelt es sich?»
«Ah! Sie werden es schon sehen, Herzog, oder vielmehr ...»
«Was?»
«Nein, Sie werden es doch nicht sehen.»

Und nach diesen Worten schlug die tolle Gräfin, als sei sie eben zu sich gekommen, schnell die Atlaswellen ihres Rocks nieder, die in der Hitze der diplomatischen Verhandlungen auf und nieder gegangen waren wie die Gezeiten des Meeres.

Der Herzog, der ein wenig Seemann und folglich mit den Launen des Ozeans vertraut war, brach in schallendes Gelächter aus, küßte die Hände der Gräfin und erriet, daß seine Audienz beendet war.

«Wann beginnen Sie, ihn zu stürzen, Herzog?»
«Morgen. Und Sie, wann beginnen Sie zu schütteln?»

Man hörte einen gewaltigen Lärm von Karossen im Hof und unmittelbar darauf den Ruf: «Es lebe der König!»

«Ich», sprach die Gräfin, aus dem Fenster schauend, «ich werde sofort beginnen.»

«Bravo!»

«Gehen Sie über die kleine Treppe, Herzog, und erwarten Sie mich im Hof. In einer Stunde werden Sie meine Antwort erhalten.»

## LXXVIII. KAPITEL

### *Der Notbehelf Seiner Majestät Ludwigs XV.*

König Ludwig XV. war nicht so gutmütig, als daß man alle Tage mit ihm über Politik hätte sprechen können.

In der Tat langweilte ihn die Politik ungemein, und hatte er einen schlechten Tag, so entzog er sich mit folgendem Argument, auf das es nichts zu erwidern gab: «Pah! Die Politik wird wohl so lange währen wie ich.»

Waren die Umstände günstig, so nutzte man es aus. Doch es kam selten vor, daß der Monarch einen Vorteil, den er in einem Augenblick der guten Laune aufgegeben hatte, nicht wieder an sich riß. Madame Dubarry kannte ihren König so gut, daß sie sich wie die Fischer, die mit dem Meer vertraut sind, niemals bei schlechtem Wetter hinauswagte.

Nun war der Augenblick, da der König sie in Luciennes besuchte, einer der besten, den man sich wünschen konnte. Der König hatte am Vortage ein Unrecht begangen und wußte von vornherein, daß man ihn schelten würde. Er mußte an diesem Tag leicht einzunehmen sein.

So vertrauensvoll das Wild aber auch sein mag, dem man auflauert, so besitzt es doch einen gewissen Instinkt für die Gefahr, vor der es sich hüten muß. Ein geschickter Jäger allerdings vermag diesen Instinkt auf eine falsche Fährte zu locken.

Man höre, wie die Gräfin in bezug auf das königliche Wild zu Werke ging, das sie in ihr Netz locken wollte.

Sie trug, wie wir bereits erwähnten, ein sehr verführerisches Negligé. Sie hatte kein Rouge aufgelegt, denn König Ludwig XV. hatte eine Abneigung gegen Schminke.

Sobald man Seine Majestät angekündigt hatte, stürzte die Gräfin zu ihrem Rougetopf und fing an, sich heftig die Wangen zu reiben.

Vom Vorzimmer aus sah der König, welcher Beschäftigung die Gräfin sich hingab. «Pfui!» rief er beim Eintreten. «Die Schändliche schminkt sich!»

«Ah! Guten Morgen, Sire», gab die Gräfin zurück, die sich nicht stören ließ und ruhig vor ihrem Spiegel sitzen blieb, selbst dann noch, als der König sie auf den Nacken küßte.

«Haben Sie mich denn nicht erwartet, Gräfin?» fragte der König.

«Was führt Sie zu der Annahme, Sire?»

«Daß Sie sich Ihr Gesicht derart beschmutzen.»

«Im Gegenteil, Sire, ich war sicher, daß der Tag nicht zu Ende ginge, ohne daß mir die Ehre zuteil würde, Eure Majestät zu sehen.»

«Ah! Wie Sie mir das sagen, Gräfin.»

«Finden Sie?»

«Ja. Sie sind ebenso ernst wie Monsieur Rousseau, wenn er seine Musik hört.»

«Ich habe Eurer Majestät in der Tat etwas Ernstes zu sagen.»

«Ah, tatsächlich? Ich ahne schon, was jetzt kommen wird.»

«Wirklich?»

«Ja, Vorwürfe.»

«Von mir? Aber ich bitte Sie, warum denn, Sire?»

«Nun, weil ich gestern nicht gekommen bin.»

«Oh! Sire, ich habe nie die Absicht gezeigt, Eure Majestät mit Beschlag zu belegen, das müssen Sie mir lassen.»

«Jeannette, du ärgerst dich.»

«Oh! Nein, Sire, ich bin schon ganz verärgert.»

«Hören Sie, Gräfin, ich versichere Ihnen, daß ich unablässig an Sie gedacht habe.»

«Pah!»

«Und daß mir dieser Abend wie eine Ewigkeit vorkam.»

«Aber noch einmal, Sire, davon spreche ich nicht. Eure Majestät verbringt ihre Abende, wo es ihr beliebt. Das geht niemanden etwas an.»

«Bei meiner Familie, Madame, bei meiner Familie.»

«Sire, ich habe mich nicht einmal danach erkundigt.»

«Und warum nicht?»

«Bei Gott! Sie werden zugeben, daß dies unschicklich von mir wäre.»

«Ja aber, wenn Sie mir deswegen nicht zürnen», rief der König, «weswegen denn sonst? Denn schließlich muß man auf dieser Welt doch Gerechtigkeit üben.»

«Ich zürne Ihnen nicht, Sire.»

«Da Sie aber verärgert sind ...»

«Ich bin verärgert, Sire, das stimmt.»

«Aber worüber denn?»

«Darüber, daß ich ein Notbehelf bin.»

«Großer Gott, Sie?»

«Ich! Ja, ich! Die Gräfin Dubarry! Die hübsche Jeanne, die bezaubernde Jeannette, die verführerische Jeanneton, wie Eure Majestät zu sagen pflegt. Ja, ich bin ein Notbehelf.»

«Inwiefern?»

«Insofern, als ich meinen König, meinen Geliebten nur dann habe, wenn Madame de Choiseul und Madame de Grammont nichts mehr von ihm wollen.»

«Oh! Oh! Gräfin ...»

«Meiner Treu! Nichts für ungut, ich sage eben frei heraus, was ich auf dem Herzen habe. Sehen Sie, Sire, man erzählt sich, Madame de Grammont habe Ihnen oft am Eingang zu Ihrem Schlafzimmer aufgelauert. Ich werde das Gegenteil tun. Ich werde am Ausgang lauern, und der erste Choiseul oder die erste Grammont, die mir in die Hände fällt ... Meiner Treu, der wird's schlecht ergehen!»

«Gräfin! Gräfin!»

«Was erwarten Sie? Ich bin eine schlecht erzogene Frau. Ich bin die Geliebte von Blaise, die schöne Bourbonnaise, wie Sie wissen.»

«Gräfin, die Choiseuls werden sich rächen.»

«Was stört's mich, wenn sie sich nur für meine Rache rächen.»

«Man wird Sie ausbuhen.»

«Sie haben recht.»

«Ah!»

«Ich habe ein wunderbares Mittel, das ich zum Einsatz bringen werde.»

«Und das wäre?» fragte der König beunruhigt.

«Ich werde schlicht und ergreifend weggehen.»

Der König zuckte die Achseln.

«Ah! Sie glauben nicht daran, Sire?»

«Meiner Treu, nein.»

«Weil Sie sich nicht die Mühe machen, nachzudenken. Sie werfen mich mit den anderen in einen Topf.»

«Wie das?»

«Ohne Zweifel. Madame de Châteauroux wollte Göttin sein; Madame de Pompadour wollte Königin sein; andere wollten reich und mächtig sein und die Hofdamen mit ihren Gunstbezeigungen demütigen. Ich meinerseits habe keines dieser Laster.»

«Das ist wahr.»

«Während ich viele gute Eigenschaften habe.»

«Auch das ist wahr.»

«Sie glauben nicht ein Wort von dem, was Sie sagen.»

«O Gräfin, niemand ist überzeugter von Ihrem Wert als ich.»

«Mag sein, doch hören Sie. Was ich Ihnen mitteile, kann Ihrer Überzeugung keinen Abbruch tun.»

«Sprechen Sie.»

«Zunächst einmal bin ich reich und brauche niemanden.»

«Sie wollen es mich bereuen lassen, Gräfin.»

«Sodann empfinde ich nicht den geringsten Stolz auf all das, was jenen Damen schmeichelte, nicht das geringste Verlangen nach alldem, wonach sie strebten. Ich wollte immer vor allem meinen Geliebten lieben, mochte dieser Geliebte nun Musketier oder König sein. Sobald ich nicht mehr liebe, ist mir alles gleichgültig.»

«Hoffen wir, daß ich Ihnen noch nicht ganz gleichgültig bin, Gräfin.»

«Ich bin noch nicht fertig, Sire.»

«So fahren Sie fort, Madame.»

«Ich will Eurer Majestät außerdem sagen, daß ich hübsch bin, daß ich jung bin, daß ich noch zehn Jahre der Schönheit vor mir habe, daß ich nicht nur die glücklichste, sondern auch die geehrteste Frau der Welt sein werde von dem Tage an, da ich nicht mehr die Geliebte Eurer Majestät bin. Sie lächeln, Sire? Es tut mir leid, wenn ich Ihnen noch einmal sagen muß, daß Sie nicht nachdenken. Wenn Sie von Ihren anderen Favoritinnen genug hatten, mein lieber König, und wenn Ihr Volk zu viel von ihnen hatte, jagten Sie sie davon und ließen sich von Ihrem Volk segnen, das die in Ungnade Gefallene verfluchte wie eh und je. Aber ich, ich werde nicht warten, bis man mich wegschickt. Ich werde meinen Platz verlassen und werde das jedermann mitteilen. Ich werde hunderttausend Livre für die Armen stiften, ich werde acht Tage in einem Kloster verbringen und Buße tun, und noch ehe ein Monat vergangen ist, wird mein Abbild in allen Kirchen hängen als Pendant zu dem der reumütigen Magdalena.»

«Oh! Gräfin, das ist doch nicht Ihr Ernst», erwiderte der König.

«Sehen Sie mich an, Sire, und überzeugen Sie sich, ob ich ernsthaft bin. Ich schwöre Ihnen, ich habe noch nie in meinem Leben ernster gesprochen.»

«Sie wären fähig, eine solche Schäbigkeit zu begehen, Jeanne? Wissen Sie eigentlich, daß Sie mir die Pistole auf die Brust setzen, Gräfin?»

«Nein, Sire, denn Ihnen die Pistole auf die Brust zu setzen würde bedeuten, Ihnen einfach zu sagen: ‹Wählen Sie zwischen diesem und jenem.›»

«Wohingegen?»

«Wohingegen ich Ihnen sage: ‹Leben Sie wohl, Sire!› – und das war's.»

Der König erbleichte, aber diesmal vor Zorn. «Wenn Sie sich auf eine solche Weise vergessen, Madame, so nehmen Sie sich in acht ...»

«Wovor, Sire?»

«Ich werde Sie in die Bastille schicken.»

«Mich?»

«Ja, Sie, und in der Bastille langweilt man sich noch tödlicher als im Kloster.»

«Oh! Sire», sagte die Gräfin und faltete die Hände, «wenn Sie mir diese Gnade erwiesen . . .»

«Welche Gnade?»

«Mich in die Bastille zu schicken.»

«Wie bitte?»

«Sie würden mich überglücklich machen.»

«Wie das?»

«Ei nun, insgeheim habe ich den Ehrgeiz, beim Volk beliebt zu sein wie Monsieur de la Chalotais oder Monsieur de Voltaire. Allein die Bastille fehlt mir noch dazu; ein wenig Bastille, und Sie machen mich zur glücklichsten aller Frauen. Das wird für mich eine Gelegenheit sein, meine Lebenserinnerungen niederzuschreiben, über mich, über Ihre Minister, über Ihre Mädchen, über Sie selbst, und so alle Tugenden Ludwigs des Vielgeliebten an die Nachwelt weiterzugeben. Stellen Sie den Haftbefehl aus, Sire. Sehen Sie, hier haben Sie Feder und Tinte.»

Und sie schob dem König Feder und Tintenfaß auf dem kleinen Tischchen zu.

So herausgefordert, überlegte der König einen Moment, stand dann auf und sagte: «Es ist gut. Leben Sie wohl, Madame.»

«Meine Pferde!» rief die Gräfin. «Leben Sie wohl, Sire.»

Der König machte einen Schritt auf die Tür zu.

«Chon!» rief die Gräfin.

Chon erschien.

«Meine Koffer, meine Reisegarnitur und die Postpferde! Schnell, schnell!» befahl sie.

«Die Postpferde!» wiederholte Chon bestürzt. «Aber was ist denn los, großer Gott?»

«Meine Liebe, wenn wir nicht so schnell wie möglich abreisen, schickt Seine Majestät uns in die Bastille. Wir haben also keine Zeit zu verlieren. Beeile dich, Chon, beeile dich!»

Dieser Vorwurf traf Ludwig XV. mitten ins Herz. Er kehrte zur Gräfin zurück und nahm ihre Hand. «Verzeihen Sie mir meine Hitzköpfigkeit, Gräfin», bat er.

«Wahrlich, Sire, es wundert mich, daß Sie mir nicht auch mit dem Galgen gedroht haben.»

«Oh! Gräfin!»

«Gewiß. Werden Diebe denn nicht gehenkt?»

«Nun und weiter?»

«Stehle ich etwa nicht Madame de Grammonts Platz?»

«Gräfin!»

«Bei Gott! Das ist mein Verbrechen, Sire!»

«Hören Sie, Gräfin, seien Sie gerecht. Sie haben mich aus der Fassung gebracht.»

«Und nun?»

Der König reichte ihr die Hände.

«Wir hatten beide unrecht. Nun lassen Sie uns einander vergeben.»

«Verlangen Sie im Ernst eine Versöhnung, Sire?»

«Bei meiner Treue.»

«Geh, Chon.»

«Ohne Ihre Befehle?» fragte die junge Frau ihre Schwester.

«Im Gegenteil, veranlasse alles, was ich dir gesagt habe.»

«Gräfin ...»

«Aber man soll auf neue Befehle warten.»

«Ah!»

Chon entfernte sich.

«Sie wollen mich also?» wandte sich die Gräfin an den König.

«Mehr als alles in der Welt.»

«Überlegen Sie wohl, was Sie da sagen, Sire.»

Der König überlegte tatsächlich, konnte aber keinen Rückzieher machen. Im übrigen wollte er wissen, wie weit die Siegerin mit ihren Forderungen gehen würde.

«Sprechen Sie», forderte er sie auf.

«Sogleich. Beachten Sie wohl, Sire! – Ich war im Begriff abzureisen, ohne etwas zu verlangen.»

«Das habe ich gesehen.»

«Doch wenn ich bleibe, werde ich etwas verlangen.»

«Was? Wir müssen nur wissen, was.»

«Ah! Sie wissen es wohl.»

«Nein.»

«O doch, da Sie das Gesicht verziehen.»

«Monsieur de Choiseuls Entlassung?»

«Ganz richtig.»

«Unmöglich, Gräfin.»

«Dann also meine Pferde.»

«Sie sind mir vielleicht ein Dickkopf ...»

«Unterzeichnen Sie meinen Haftbefehl für die Bastille oder den Entlassungsbefehl für den Minister.»

«Es gibt einen Mittelweg», entgegnete der König.

«Ich danke für Ihre Milde, Sire. So werde ich, wie es scheint, abreisen, ohne daß man mich behelligt.»

«Gräfin, Sie sind durch und durch Frau.»

«Glücklicherweise.»

«Und Sie urteilen über Politik wahrlich wie ein eigensinniges, zorniges Weib. Ich habe keinen Grund, Monsieur de Choiseul zu entlassen.»

«Ich verstehe, den Abgott Ihrer Parlamente, denjenigen, der sie in ihrer Auflehnung unterstützt.»

«Nun, man muß einen Vorwand haben.»

«Der Vorwand ist der Grund der Schwachen.»

«Gräfin, er ist ein ehrlicher Mann, dieser Monsieur de Choiseul, und ehrliche Leute sind selten.»

«Er ist ein ehrlicher Mann, der Sie an die Schwarzröcke verkauft, die das ganze Gold Ihres Königreichs auffressen.»

«Keine Übertreibung, Gräfin.»

«Die Hälfte also.»

«Mein Gott!» rief Ludwig XV. mißmutig.

«Doch im Grunde bin ich ziemlich dumm», rief die Gräfin ihrerseits. «Was liegt mir an den Parlamenten, an den Choiseuls, an der Regierung? Was liegt mir am König selbst? Ich bin ja doch nur sein Notbehelf.»

«Schon wieder!»

«Immer, Sire.»

«Wir wollen sehen, Gräfin, geben Sie mir zwei Stunden zum Überlegen.»

«Zehn Minuten, Sire. Ich gehe hinüber in mein Zimmer. Schieben Sie mir Ihre Antwort unter der Tür durch. Dort finden Sie Papier, Feder und Tintenfaß. Sollten Sie in zehn Minuten nicht oder nicht nach meinem Wunsch geantwortet haben, so leben Sie wohl, Sire! – Denken Sie nicht mehr an mich, ich werde abgereist sein.»

«Und andernfalls?»

«Andernfalls drehen Sie am Türgriff, und die Verriegelung wird nachgeben.»

Und um seine Verlegenheit zu bemänteln, küßte Ludwig XV. der Gräfin die Hand, und diese warf ihm, während sie sich entfernte, ihr herausforderndstes Lächeln zu.

Der König widersetzte sich diesem Rückzug keineswegs, und die Gräfin schloß sich in das angrenzende Zimmer ein.

Fünf Minuten später glitt ein zusammengefaltetes Papier über die seidene Türborte. Die Gräfin las gierig den Inhalt der Mitteilung und schrieb eilig ein paar Worte an Monsieur de Richelieu, der im kleinen Hof unter einem Wetterdach auf und ab ging und die ganze Zeit befürchtete, man könne ihn beobachten. Der Marschall entfaltete das Papier und las. Ungeachtet seiner fünfundsiebzig Jahre stürmte er gleich darauf in Windeseile davon, erreichte den großen Hof, wo sein Wagen stand, und rief: «Nach Versailles, Kutscher, was das Zeug hält!»

Das Papier, welches man Monsieur de Richelieu durch das Fenster zugeworfen hatte, enthielt folgende Worte:

*Ich habe den Baum geschüttelt; das Portefeuille ist herabgefallen.*

## LXXIX. KAPITEL

### *König Ludwig XV. arbeitet mit seinem Minister*

Am nächsten Tag herrschte in Versailles große Unruhe. Die Leute tauschten geheimnisvolle Gesten oder einen vielsagenden Händedruck und ihre gekreuzten Arme und zum Himmel gerichteten Blicke zeugten von Schmerz und Überraschung.

Gegen zehn Uhr befand sich Monsieur de Richelieu mit einer großen Zahl von Höflingen im Vorzimmer des Königs in Trianon.

Über und über mit blendenden Orden behängt, plauderte Graf Jean mit dem alten Marschall, und wenn man seinem strahlenden Gesicht glauben durfte, war er bestens gelaunt.

Gegen elf Uhr kam der König, der sich direkt in sein Arbeitszimmer begab und mit niemandem sprach. Seine Majestät ging sehr schnell.

Um fünf nach elf stieg Monsieur de Choiseul aus seiner Kutsche und durchschritt die Galerie, seine Aktenmappe unter dem Arm. Wo immer er vorüberging, kam Bewegung in die Leute, die sich abwandten und den Anschein erweckten, miteinander zu plaudern, damit sie den Minister nicht grüßen mußten.

Der Herzog schenkte diesem Verhalten keine Beachtung. Er betrat das Arbeitszimmer, wo der König in einem Stoß von Unterlagen blätterte, während er seine Schokolade trank.

«Guten Morgen, Herzog», grüßte der König ihn freundschaftlich, «sind wir heute morgen bei guter Gesundheit?»

«Sire, Monsieur de Choiseul befindet sich wohl, aber der Minister ist schwerkrank und kommt, Seine Majestät zu bitten, da sie selbst noch nichts davon verlauten läßt, seinen Rücktritt anzunehmen. Ich danke dem König, daß er mir die Initiative überlassen hat. Es ist dies eine letzte Gunst, für die ich sehr dankbar bin.»

«Wie, Herzog, Ihr Rücktritt? Was hat das zu bedeuten?»

«Sire, Eure Majestät haben gestern Madame Dubarry einen von Eurer Majestät unterzeichneten Befehl gegeben, der mich meines Amtes enthebt. Diese Neuigkeit ist schon wie ein Lauffeuer durch ganz Paris und Versailles gegangen. Das Übel ist geschehen, doch ich wollte mich aus dem Dienst Eurer Majestät nicht zurückziehen, bevor ich nicht von ihr den Befehl und die Erlaubnis erhalten habe. Denn da ich offiziell ernannt wurde, kann ich mich nur kraft eines offiziellen Befehls als meines Amtes enthoben betrachten.»

«Wie bitte, Herzog?» rief der König lachend aus, denn die strenge und würdige Haltung Monsieur de Choiseuls flößten ihm beinahe Furcht ein. «Wie, Sie, ein Mann von Geist, ein Mann der Form, Sie haben das geglaubt?»

«Aber Sire», erwiderte der Minister überrascht, «Sie haben doch unterzeichnet ...»

«Was denn?»

«Einen Brief, der sich im Besitz Madame Dubarrys befindet.»

«Ah! Herzog, hatten Sie niemals Ruhe und Frieden nötig? Dann können Sie sich glücklich schätzen! ... Es ist wahr, Madame de Choiseul ist eine vorbildliche Frau.»

Beleidigt durch diesen Vergleich, runzelte der Herzog die Stirn.

«Eure Majestät», sprach er, «besitzen einen zu starken Willen und ein zu glückliches Naturell, als daß Sie die Staatsangelegenheiten mit dem vermischen würden, was Sie die häuslichen Angelegenheiten zu nennen belieben.»

«Choiseul, ich muß Ihnen das erzählen; es ist zu komisch. Wissen Sie, daß man Sie dort ungemein fürchtet?»

«Das heißt, man haßt mich, Sire.»

«Wenn Sie wollen. Nun, da stellt mich diese tolle Gräfin doch tatsächlich vor die Wahl, entweder sie in die Bastille zu schicken oder Sie aus dem Dienst zu entlassen.»

«Nun, Sire?»

«Nun ja, Herzog, Sie werden mir doch zugestehen, daß es zu schade gewesen wäre, auf den Anblick zu verzichten, den Versailles heute morgen bot. Seit gestern habe ich meinen Spaß daran, die Meldereiter auf den Straßen dahinjagen zu sehen, sich manche Gesichter verlängern und andere sich verkürzen zu sehen ... Unterröckchen III. ist seit gestern Königin von Frankreich. Das ist doch äußerst belustigend!»

«Aber das Ende, Sire?»

«Das Ende, mein lieber Herzog», fuhr der wieder ernsthafte Ludwig XV. fort, «das Ende ist immer dasselbe. Sie kennen mich; ich erwecke den Anschein, nachzugeben, aber ich gebe niemals nach. Lassen Sie die Weiber die kleinen Honigkuchen verschlingen, die ich ihnen von Zeit zu Zeit zuwerfe, wie man es mit Zerberus tat. Aber lassen Sie uns ruhig, unerschütterlich und auf immer zusammenbleiben. Und da wir gerade bei Erklärungen sind, so behalten Sie folgende für sich: Welches Gerücht auch immer umgehen mag, welchen Brief von mir Sie auch immer in Händen halten mögen ... unterlassen Sie es nicht, nach Versailles zu kommen ... Solange ich Ihnen sage, was ich Ihnen sage, Herzog, so lange werden wir gute Freunde sein.»

Der König reichte dem Minister die Hand, und dieser verneigte sich ohne Dankbarkeit und ohne Groll.

«Lassen Sie uns nun mit der Arbeit beginnen, wenn es Ihnen beliebt, Herzog.»

«Ich stehe Eurer Majestät zu Diensten», antwortete Choiseul und öffnete seine Aktentasche.

«Zunächst gehen Sie doch bitte mit ein paar Worten auf das Feuerwerk ein.»

«Das war eine große Katastrophe, Sire.»

«Und wen trifft die Schuld daran?»

«Monsieur Bignon, den Bürgermeister von Paris.»

«Hat das Volk laut geschrien?»

«Oh! Sehr laut.»

«Dann sollte man diesen Monsieur Bignon vielleicht absetzen.»

«Das Parlament, von dessen Mitgliedern eines beinahe im Gedränge erstickt wäre, hat diese Angelegenheit sehr ernst genommen. Doch der Herr Generalanwalt Séguier hielt eine sehr eindrucksvolle Rede, um zu beweisen, daß das Unglück ein Werk des Verhängnisses gewesen sei. Man klatschte Beifall, und seither ist die Sache vom Tisch.»

«Desto besser! Gehen wir nun zu den Parlamenten über, Herzog ... Ah! Hier wirft man uns etwas vor.»

«Man wirft mir vor, Sire, daß ich Monsieur d'Aiguillon nicht gegen Monsieur de la Chalotais unterstütze. Aber wer wirft mir dies vor? Dieselben Leute, die, vor Freude jauchzend, mit dem Brief Eurer Majestät hausieren gingen. Bedenken Sie doch, Sire, daß Monsieur d'Aiguillon seine Vollmacht in der Bretagne überschritten hat, daß die Jesuiten in Wirklichkeit verbannt wurden, daß Monsieur de la Chalotais recht hatte, daß Eure Majestät selbst durch eine öffentliche Urkunde die Unschuld dieses Generalstaatsanwaltes anerkannt haben. Das Wort des Königs läßt sich aber nicht so leicht zurücknehmen. Seinem Minister gegenüber mag es angehen, aber seinem Volke gegenüber nicht!»

«Mittlerweile fühlen sich die Parlamente stark.»

«Sie sind es in der Tat. Kein Wunder! Man hetzt sie, man sperrt sie ein, man beleidigt sie, man erklärt sie für unschuldig, und bei alledem sollten sie nicht stark sein! Ich habe Monsieur d'Aiguillon nicht angeklagt, weil er den Anstoß zur Affäre La Chalotais gegeben hätte, aber ich werde ihm nie verzeihen, daß er darein verwickelt war.»

«Herzog, Herzog! Das Übel ist nun einmal geschehen. Denken wir jetzt über ein Gegenmittel nach... Wie kann man die Unverschämten im Zaume halten?»

«Die Intrigen des Herrn Kanzlers müssen aufhören, Monsieur d'Aiguillon darf keine Unterstützung mehr bekommen, und der Zorn des Parlaments wird sich legen.»

«Aber dann habe ich nachgegeben, Herzog.»

«Wird Eure Majestät also durch Monsieur d'Aiguillon vertreten... und nicht durch mich?»

Dieser Einwand war stark, und der König spürte es.

«Sie wissen», meinte er, «daß ich meine Diener nicht gerne verärgere, selbst wenn sie sich getäuscht haben... Aber lassen wir diese Angelegenheit, die mich betrübt und die sich mit der Zeit von selbst lösen wird... Reden wir ein wenig von der Außenpolitik... Man sagt mir, ich werde Krieg bekommen?»

«Sire, wenn es zum Krieg kommt, so wird es ein gerechter und notwendiger Krieg sein.»

«Gegen die Engländer... Teufel nochmal!»

«Fürchten Eure Majestät etwa die Engländer?»

«Oh! Nur im Seekrieg...»

«Eure Majestät können unbesorgt sein. Der Herzog von Praslin, mein Vetter und Ihr Marineminister, wird Ihnen sagen, daß er vierundsechzig Kriegsschiffe hat, nicht mitgezählt jene, die noch auf der Werft liegen. Außerdem hat er genug Material, um binnen eines Jahres zwölf weitere zu bauen... Schließlich verfügen wir noch über fünfzig erstklassige Fregatten, was für den Seekrieg eine beachtliche Stärke ist. Was den Landkrieg betrifft, so stehen wir sogar noch besser da. Wir haben Fontenoy.»

«Gut, aber warum sollte ich mit den Engländern Krieg führen, mein lieber Herzog? Eine weniger geschickte Regierung als die Ihre, nämlich die des Abbé Dubois, hat den Krieg mit England stets vermieden.»

«Das will ich meinen, Sire! Der Abbé Dubois erhielt aber auch monatlich sechshunderttausend Pfund von den Engländern.»

«Oh! Herzog!»

«Ich habe den Beweis dafür, Sire.»

«Mag sein, aber worin sehen Sie die Veranlassung zum Krieg?»

«England will ganz Indien haben. Ich mußte Ihren Offizieren die strengsten und feindseligsten Befehle erteilen. Der erste Zusammenstoß in dieser Gegend wird England zur Beschwerde Anlaß geben. Mein förmlicher Rat ist nun, daß wir nicht darauf eingehen. Die Regierung Eurer Majestät muß sich aufgrund Ihrer Stärke Respekt verschaffen, wie sie dies früher durch Bestechung erreichte.»

«Ei! Gedulden wir uns. In Indien, wer wird schon davon erfahren? Es ist doch so fern.»

Der Herzog biß sich auf die Lippen.

«Es gibt einen *casus belli*, der näher bei uns liegt, Sire.»

«Schon wieder? Worum handelt es sich?»

«Die Spanier erheben Anspruch auf den Besitz der Falklandinseln ... Der Hafen von Egmont war von den Engländern willkürlich besetzt worden. Die Spanier haben sie mit Gewalt daraus vertrieben, daher die Wut Englands. Es droht Spanien, bis zum Äußersten zu gehen, wenn man ihm keine Genugtuung gibt.»

«Nun, aber wenn die Spanier unrecht haben, sollen sie die Sache doch allein ins reine bringen.»

«Sire, und der Familienpakt? Warum haben Sie auf Unterzeichnung dieses Vertrages gedrungen, der alle Bourbonen in Europa verpflichtet und ihnen als Schutzwall gegen die Unternehmungen Englands dient?»

Der König neigte das Haupt.

«Seien Sie unbesorgt, Sire», fuhr Choiseul fort, «Sie haben eine erstklassige Armee, eine stattliche Marine und Geld. Ich weiß welches aufzutreiben, ohne das Geschrei der Völker zu erregen. Wenn wir erst den Krieg haben, wird er der Herrschaft Eurer Majestät viel Ruhm eintragen, und ich plane eine Expansion, für die man uns den Vorwand und die Entschuldigung geliefert haben wird.»

«Also, Herzog, dann müssen wir im Innern Frieden schaffen. Wir können nicht überall Krieg führen.»

«Aber das Innere ist ruhig, Sire», entgegnete der Herzog, indem er vorgab, nicht verstanden zu haben.

«Nein, nein, Sie sehen wohl, daß dem nicht so ist. Sie lieben mich und leisten mir gute Dienste. Es gibt andere Leute, die behaupten, mich zu lieben, während ihr Verhalten ganz und gar nicht dem Ihren gleicht. Bringen wir all diese Verhaltensweisen in Einklang. Sehen wir zu, lieber Herzog, daß ich glücklich lebe.»

«Soweit es von mir abhängt, soll Ihr Glück vollkommen sein, Sire.»

«Das ist ein Wort! Nun, kommen Sie doch heute, um mit mir zu Mittag zu speisen.»

«In Versailles, Sire?»

«Nein, in Luciennes.»

«Oh! Ich bedaure zutiefst, Sire, aber meine Familie ist durch die gestern verbreitete Nachricht in völligem Aufruhr. Man glaubt, ich sei bei Eurer Majestät in Ungnade gefallen. Ich kann nicht so viele Herzen leiden lassen.»

«Und die, von denen ich zu Ihnen spreche, leiden nicht, Herzog? Erinnern Sie sich doch, wie glücklich wir alle drei zur Zeit der armen Marquise gelebt haben.»

Der Herzog senkte den Kopf, vor seine Augen legte sich ein Schleier, und ein halb erstickter Seufzer entwich seiner Brust.

«Madame de Pompadour war eine Frau, die auf den Ruhm Eurer Majestät äußerst bedacht war», erwiderte er. «Sie hatte hohe politische Ideen. Ich gestehe, daß ihr Geist mit meinem Charakter sympathisierte. Oft, Sire, habe ich sie bei den großen Unternehmungen, die sie plante, tatkräftig unterstützt. Ja, wir verstanden uns.»

«Aber sie mischte sich in die Politik ein, Herzog, und jedermann machte ihr dies zum Vorwurf.»

«Das ist wahr.»

«Meine Jetzige ist dagegen sanft wie ein Lamm. Noch hat sie keinen einzigen Haftbefehl unterzeichnen lassen, nicht einmal gegen die Pamphletisten und Spottliederschreiber. Ihr wirft man nun vor, was man bei der anderen gepriesen hätte. Ah! Herzog, das kann einem den ganzen Fortschritt verleiden ... Nun, kommen Sie und schließen Sie Ihren Frieden in Luciennes?»

«Sire, bitte versichern Sie der Gräfin, daß ich sie für eine bezaubernde und der Liebe des Königs würdige Frau halte, aber ...»

«Ah! Nun kommt ein aber, Herzog.»

«Aber», fuhr Monsieur de Choiseul fort, «es ist meine Überzeugung, daß, wenn Eure Majestät für Frankreich notwendig ist, ein guter Minister heute für Eure Majestät noch viel notwendiger ist als eine reizende Geliebte.»

«Reden wir nicht mehr davon, Herzog, und bleiben wir gute Freunde. Aber beschwichtigen Sie Madame de Grammont, damit sie keine Verschwörungen mehr gegen die Gräfin anzettelt. Die Frauen könnten uns entzweien.»

«Madame de Grammont will Eurer Majestät zu sehr gefallen, Sire. Darin liegt ihr Fehler.»

«Sie mißfällt mir, wenn sie der Gräfin schadet, Herzog.»

«Madame de Grammont reist deshalb auch ab, Sire. Man wird sie nicht mehr sehen. So werden wir einen Feind weniger haben.»

«So verstehe ich es nicht, Sie gehen zu weit. Aber mir raucht der Kopf, Herzog. Wir haben heute morgen gearbeitet wie Ludwig XIV. und Colbert. Wir haben uns des Großen Jahrhunderts für würdig erwiesen, wie die Philosophen sagen. Ach übrigens, Herzog, sind Sie Philosoph?»

«Ich bin der Diener Eurer Majestät», versetzte Monsieur de Choiseul.

«Sie entzücken mich, Sie sind ein unbezahlbarer Mann. Geben Sie mir Ihren Arm, ich bin ganz benommen.»

Der Herzog beeilte sich, Seiner Majestät den Arm zu reichen.

Er erriet, daß man beide Flügel der Türen weit öffnen würde, daß der ganze Hofstaat in der Galerie versammelt war und daß man ihn daher in dieser glänzenden Position sehen würde. Nachdem er so sehr gelitten hatte, war es ihm nicht unangenehm, seine Feinde leiden zu sehen.

Der Amtsdiener öffnete tatsächlich die Türen und verkündete in der Galerie die Ankunft des Königs.

Immer noch mit Monsieur de Choiseul plaudernd und ihm zulächelnd, durchschritt Ludwig XV., der sich schwer auf den Arm des Herzogs stützte, die Menge, ohne zu bemerken oder ohne bemerken zu wollen, wie bleich Jean Dubarry und wie rot Monsieur de Richelieu war.

Doch Monsieur de Choiseul bemerkte diesen Farbkontrast wohl. Er ging mit steifen Knien, mit gerecktem Hals und glänzenden Augen an den Höflingen vorbei, die sich ihm jetzt ebensosehr näherten, wie sie sich am Morgen von ihm entfernt hatten.

«So, Herzog», meinte der König, als sie am Ende der Galerie ankamen, «warten Sie auf mich. Ich nehme Sie mit nach Trianon. Erinnern Sie sich an alles, was ich Ihnen gesagt habe.»

«Ich bewahre es im Herzen», erwiderte der Minister, der wohl wußte, daß er mit dieser Spitze seine Feinde bis in die Seele traf.

Der König begab sich wieder in seine Gemächer.

Monsieur de Richelieu durchbrach die Reihen der Umstehenden, umfaßte die Hand des Ministers mit seinen beiden mageren Händen und sagte zu ihm: «Es ist mir längst bekannt, daß ein Choiseul ein zähes Leben hat.»

«Danke», antwortete der Herzog, der wußte, was er davon zu halten hatte.

«Aber dieses alberne Gerücht?» fuhr der Marschall fort.

«Dieses Gerücht hat Seine Majestät außerordentlich belustigt», gab Choiseul zurück.

«Man sprach von einem Brief ...»

«Ein kleiner Scherz, den sich der König erlaubt hat», versetzte der Minister, an Jean gerichtet, der prompt die Fassung verlor.

«Wunderbar! Wunderbar!» wiederholte der Marschall und wandte sich, sobald der Herzog von Choiseul aus seinem Blickfeld verschwunden war, wieder dem Grafen zu.

Der König stieg die Treppe hinab und rief den Herzog, der ihm eiligst folgte.

«Ei! Ei! Da sind wir ja schön an der Nase herumgeführt worden», sagte der Marschall zu Jean.

«Wohin gehen sie?»

«Nach Klein-Trianon, um über uns zu spotten.»

«Tausend Donner!» murmelte Jean. «Ah! Verzeihen Sie, Marschall.»

«Jetzt bin ich an der Reihe», sprach dieser, «und wir wollen sehen, ob mein Mittel besser wirkt als das der Gräfin.»

## LXXX. KAPITEL

### *Klein-Trianon*

Als Ludwig XIV. Versailles gebaut und die Nachteile der Größe erkannt hatte, als er die unermeßlich weiten Säle voller Wachen, die Vorzimmer voller Höflinge, die Korridore und die Halbgeschosse voller Lakaien, Pagen und Tafelgenossen sah, da sagte er sich, daß Versailles wohl das sei, was er, Ludwig XIV., daraus habe machen wollen und wozu es Mansard, Le Brun und Le Nôtre auch gemacht hatten, nämlich zum Aufenthaltsort eines Gottes. Dabei hatte man aber ganz vergessen, daß schließlich Menschen darin wohnen sollten.

So ließ sich der große König, der mitunter auch ein Mensch zu sein pflegte, Trianon bauen, wo er freier atmen und ein weniger öffentliches Leben führen konnte. Doch das Achillesschwert, das schon Achilles selbst ermüdet hatte, mußte einem kleineren Nachfolger eine unerträgliche Last sein.

Ludwig XV. erschien Trianon, diese Miniaturnachbildung von Versailles, noch immer zu pompös, so daß er den Architekten Gabriel mit dem Bau von Klein-Trianon beauftragte, einem Pavillon von sechzig Quadratfuß.

Man errichtete ein langgezogenes charakter- und schmuckloses Geviert: Es war dies die Wohnstätte für die Dienstboten und Tafeldiener. Man zählte dort ungefähr zehn Herrenwohnungen und Platz für fünfzig Bedienstete. Noch heute kann man dieses Gebäude vollständig erhalten sehen. Es besteht aus einem Erdgeschoß, einem ersten Stock und einem Dachgeschoß. Um das Erdgeschoß herum läuft ein gepflasterter Graben, der es von den Büschen trennt. Alle Fenster sind vergittert, auch die vom ersten Stock. Vom Trianon aus gesehen, erhellen diese Fenster einen langen Korridor, der an den eines Klosters erinnert.

An diesem Korridor liegen nebeneinander acht oder neun Wohnungen, welche allesamt dieselbe Raumaufteilung besitzen. Eine solche Unterkunft besteht aus einem Vorzimmer mit zwei sich links und rechts gegenüberliegenden Nebenräumen sowie einem oder zwei einfachen, auf den Innenhof des Gebäudes hinausgehenden Zimmern.

Unter dieser Etage befinden sich die Küchen, im Dachgeschoß die Zimmer der Bediensteten.

Das ist Klein-Trianon.

Hinzu kommt noch eine kleine Kapelle, zwanzig Klafter vom Schloß entfernt, von der wir aber keine Beschreibung geben wollen.

Von Groß-Trianon, der würdevollen Wohnstätte Ludwigs XV., führte der Weg nach Klein-Trianon durch einen Gemüsegarten, der die beiden Residenzen durch eine Holzbrücke miteinander verband.

Klein-Trianon blickte mit seinen großen Augen auf den Park und den Wald.

Durch diesen Obst- und Gemüsegarten, der von La Quintinie entworfen und bepflanzt worden war, führte Ludwig XV. Monsieur de Choiseul im Anschluß an die von uns geschilderte anstrengende Sitzung nach Klein-Trianon. Er wollte ihm die Verbesserungen zeigen, die er an der neuen Bleibe des Dauphins und der Dauphine vorgenommen hatte.

Monsieur de Choiseul bewunderte alles, beurteilte alles mit dem Scharfsinn eines Höflings; er ließ sich vom König sagen, Klein-Trianon werde von Tag zu Tag schöner und reizender zu bewohnen; und der Minister fügte hinzu, daß es für Seine Majestät das Familienhaus sei.

«Die Dauphine», meinte der König, «ist noch ein wenig scheu wie alle jungen deutschen Damen. Sie spricht gut französisch, doch sie geniert sich wegen eines leichten Akzents, der französischen Ohren verrät, daß sie Österreicherin ist. In Trianon wird sie nur Freunde sprechen hören und selbst nur sprechen, wenn es ihr beliebt.»

«Daraus geht hervor, daß sie gut sprechen wird. Ich habe schon bemerkt», fuhr Monsieur de Choiseul fort, «daß Ihre Königliche Hoheit vollkommen ist und sich gar nicht mehr weiter verbessern kann.»

Unterwegs trafen die beiden Spaziergänger den Dauphin, der auf einer Rasenfläche stand und den Stand der Sonne maß.

Monsieur de Choiseul verneigte sich sehr tief, und da der Dauphin kein Wort sprach, sagte auch er nichts.

Laut genug, um von seinem Enkel gehört zu werden, meinte der König: «Ludwig ist ein Gelehrter. Er tut nicht gut daran, sich ständig über wissenschaftliche Probleme den Kopf zu zerbrechen; seine Frau wird darunter leiden.»

«Keineswegs», erwiderte eine sanfte Frauenstimme, die aus einem Gebüsch zu ihnen drang. Und der König sah die Dauphine auf sich zueilen, die bis dahin mit einem Mann gesprochen hatte, der mit Papieren, Zirkeln und Bleistiften beladen war.

«Sire», sprach die Prinzessin, «das ist Monsieur Mique, mein Architekt.»

«Ah!» machte der König. «Sie leiden also auch unter dieser Krankheit, Madame?»

«Sire, diese Krankheit liegt in der Familie.»

«Wollen Sie bauen lassen?»

«Ich will diesen großen Park, in dem alle sich langweilen, gestalten lassen.»

«Oh! Oh! Mein Kind, Sie sagen das sehr laut. Der Dauphin könnte Sie hören.»

«Darüber haben wir uns schon geeinigt, mein Vater», gab die Prinzessin zurück.

«Darüber, euch zu langweilen?»

«Nein, darüber, daß wir uns Zerstreuung verschaffen wollen.»

«Und Eure Königliche Hoheit möchte bauen lassen?» fragte Monsieur de Choiseul.

«Aus diesem Park, Herr Herzog, will ich einen Garten machen.»

«Ah! Der arme Le Nôtre!» kommentierte der König.

«Le Nôtre war ein großer Mann, Sire, für das, was man damals liebte, aber für das, was ich liebe ...»

«Was lieben Sie, Madame?»

«Die Natur.»

«Ah! Wie die Philosophen.»

«Oder wie die Engländer.»

«Oho! Lassen Sie das in Gegenwart von Choiseul verlauten, und Sie bekommen eine Kriegserklärung. Er wird die vierundsechzig Kriegsschiffe und die vierzig Fregatten seines Vetters Monsieur de Praslin auf Sie loslassen.»

«Sire», entgegnete die Dauphine, «ich werde von Monsieur Robert einen natürlichen Garten entwerfen lassen. Für diese Art von Plänen ist er der geschickteste Mann der Welt.»

«Was verstehen Sie unter natürlichen Gärten?» fragte der König. «Ich glaubte, daß Bäume und Blumen, selbst Früchte wie die, welche ich im Vorübergehen pflückte, natürliche Dinge seien.»

«Sire, Sie mögen hundert Jahre in Ihrem Park spazierengehen, und Sie werden nichts anderes sehen als gerade Alleen oder Büsche, die in einem Winkel von fünfundvierzig Grad zurechtgestutzt sind, wie der Dauphin sagt, oder aber Wasserbecken in Verbindung mit Rasenflächen, die ihrerseits mit Baumreihen oder Terrassen verbunden sind.»

«Nun, ist das etwa häßlich?»

«Es ist nicht natürlich.»

«Da haben wir also ein kleines Mädchen, das die Natur liebt!» stellte der König mit einer eher leutseligen als erfreuten Miene fest. «Wir wollen sehen, was Sie aus meinem Trianon machen.»

«Bäche, Springbrunnen, Brücken, Grotten, Felsen, Wäldchen, Schluchten, Häuser, Berge, Wiesen.»

«Für Puppen?» meinte der König.

«Ach nein, Sire, für Könige, wie wir welche sein werden», erwiderte die Prinzessin, ohne die Röte zu bemerken, welche die Wangen ihres Schwiegervaters überzog, und ohne sich bewußt zu sein, daß sie sich selbst eine düstere Wahrheit weissagte.

«Sie werden also alles umgestalten. Aber was werden Sie schaffen?»

«Ich erhalte.»

«Ah! Es ist noch ein Glück, daß Sie Ihre Leute nicht in diesen Wäldern und auf diesen Flüssen wie Indianer, Eskimos oder Grönländer hausen lassen. Sie hätten da ein natürliches Leben, und Monsieur Rousseau würde sie die Kinder der Natur nennen ... Tun Sie das, mein Kind, und Sie werden von den Enzyklopädisten angehimmelt.»

«Sire, das wäre meinen Dienern zu kalt.»

«Wo werden Sie sie dann unterbringen, wenn Sie alles zerstören? Doch wohl nicht im Palast; dort ist kaum genug Platz für euch beide.»

«Sire, ich behalte das Wirtschaftsgebäude und die Gesindewohnungen, wie sie sind.»

Und die Dauphine deutete auf die Fenster des Korridors.

«Wen sehe ich denn da?» sprach der König, während er sich eine Hand über die Augen hielt, um nicht geblendet zu werden.

«Eine Frau, Sire», antwortete Monsieur de Choiseul.

«Ein Fräulein, das ich bei mir aufnehme», berichtigte die Dauphine.

«Mademoiselle de Taverney», stellte Choiseul fest, der scharfe Augen hatte.

«Ah!» machte der König. «Sieh da, Sie haben die Taverneys hier?»

«Nur Mademoiselle de Taverney, Sire.»

«Reizendes Mädchen ... Was machen Sie aus ihr?»

«Meine Vorleserin.»

«Sehr gut», sprach der König, ohne das vergitterte Fenster aus den Augen zu lassen, durch das die von ihrer Krankheit noch immer blasse Mademoiselle de Taverney schaute, ganz unschuldig und ohne zu ahnen, daß man sie beobachtete.

«Wie blaß sie ist!» bemerkte Monsieur de Choiseul.

«Sie wäre am einunddreißigsten Mai fast in der Menge erdrückt worden, Herzog.»

«Wahrhaftig? Armes Mädchen», meinte der König. «Dieser Monsieur Bignon hätte verdient, daß man ihn entläßt.»

«Ist sie wieder genesen?» erkundigte sich Monsieur de Choiseul rasch.

«Gott sei Dank, Herzog.»

«Ah!» rief der König. «Sie läuft weg.»

«Sie wird Eure Majestät erkannt haben, und sie ist schüchtern.»

«Ist sie schon länger bei Ihnen?»

«Erst seit gestern, Sire. Als ich mich hier einrichtete, ließ ich sie kommen.»

«Eine traurige Wohnstätte für ein hübsches Mädchen», urteilte Ludwig XV. «Dieser Teufel von Gabriel war ziemlich ungeschickt. Er bedachte nicht, daß die Bäume beim Emporwachsen dem Gebäude das Licht rauben und sein Inneres verdunkeln würden.»

«Aber nein, Sire, ich schwöre Ihnen, die Unterkunft ist erträglich.»

«Nicht möglich», entgegnete Ludwig XV.

«Möchten sich Eure Majestät davon überzeugen?» fragte die Dauphine, begierig, den König in ihrem Hause zu empfangen.

«Also gut. Kommen Sie, Choiseul?»

«Sire, es ist zwei Uhr. Ich habe um halb drei eine Beratung im Parlament. Die Zeit, nach Versailles zurückzukehren ...»

«Schon gut, gehen Sie nur, Herzog, gehen Sie, und schütteln Sie mir die Schwarzröcke. Dauphine, zeigen Sie mir die kleinen Wohnungen, wenn es Ihnen gefällig ist. Ich bin gespannt, die Einrichtung zu sehen.»

«Kommen Sie, Monsieur Mique», forderte die Dauphine ihren Architekten auf, «Sie werden Gelegenheit haben, einige Ratschläge von Seiner Majestät zu bekommen, die sich auf alles so gut versteht.»

Der König ging voran, die Dauphine folgte ihm.

Sie stiegen die kleine Freitreppe hinauf, die zur Kapelle führt. Die Tür zur Kapelle befindet sich links. Auf der anderen Seite verläuft die gerade und einfache Treppe, die nach dem Korridor führt, an dem die Wohnungen liegen.

«Wer wohnt hier?» erkundigte sich der König.

«Bisher noch niemand, Sire.»

«In der Tür zur ersten Wohnung steckt aber ein Schlüssel.»

«Ah! Ja richtig, Mademoiselle de Taverney richtet sich heute ein und bezieht ihre Wohnung.»

«Diese hier?» fragte der König und deutete auf die Tür.

«Ja, Sire.»

«Und ist sie zu Hause? Dann treten wir besser nicht ein.»

«Sire, sie ist soeben hinuntergegangen. Ich habe sie unter dem Wetterdach im kleinen Hof bei den Küchen gesehen.»

«Dann zeigen Sie mir ihre Wohnung als Muster.»

«Wie Sie wünschen», erwiderte die Dauphine.

Sie führte den König in das einzige Zimmer, dem ein Vorzimmer und zwei Nebenräume vorangingen. Einige bereits aufgestellte Möbelstücke, ein paar Bücher und ein Cembalo zogen die Aufmerksamkeit des Königs auf sich, besonders aber ein riesiger Strauß der schönsten Blumen, den Mademoiselle de Taverney schon in eine japanische Porzellanvase gestellt hatte.

«Ah!» rief der König. «Was für schöne Blumen! Und Sie wollen den Garten verändern ... Wer zum Teufel liefert Ihren Leuten solche Blumen? Bleiben für Sie auch noch welche übrig?»

«In der Tat, das ist ein schöner Strauß.»

«Der Gärtner versorgt Mademoiselle de Taverney ... Wer ist Gärtner hier?»

«Ich weiß es nicht, Sire. Monsieur de Jussieu hat die Sorge dafür übernommen.»

Der König warf einen neugierigen Blick auf die ganze Unterkunft, sah sich auch noch das Äußere und die Höfe an und entfernte sich sodann.

Seine Majestät durchquerte den Park und kehrte nach Groß-Trianon zurück. Dort erwarteten ihn seine Kutschen zu einer Jagd im Wagen nach dem Mittagessen, von drei bis sechs Uhr abends.

Der Dauphin war noch immer damit beschäftigt, den Stand der Sonne zu messen.

## LXXXI. KAPITEL

*Die Verschwörung geht weiter*

Während der König in Erwartung der Jagd in Trianon spazierenging, war Luciennes der Mittelpunkt einer Zusammenkunft fassungsloser Verschwörer, die sich, gleich Vögeln, die das Pulver des Jägers gerochen haben, in Windeseile bei Madame Dubarry einfanden.

Madame Dubarry hielt nach den Anstrengungen ihrer diplomatischen Bemühungen und dem trügerischen Triumph, der dieselben gekrönt hatte, ihr Mittagsschläfchen, als die Karosse Richelieus vorfuhr.

«Herrin Dubarry schläft», erklärte Zamore mit gleichgültiger Miene.

Jean versetzte Zamore einen Fußtritt, so daß der Neger zu Boden fiel und ein durchdringendes Geschrei anstimmte.

Chon kam angelaufen.

«Schlagen Sie schon wieder den armen Kleinen, gemeiner Rohling!» schimpfte sie.

«Und ich werde mich auch an Ihnen vergreifen», drohte Jean, «wenn Sie nicht auf der Stelle die Gräfin wecken.»

Doch das war gar nicht mehr nötig. Zamores Geschrei und Jeans donnernde Stimme ließen sie ahnen, daß ein Unheil geschehen war, und sie eilte, in einen Morgenmantel gehüllt, herbei.

«Was gibt es?» fragte sie erschrocken, als sie sah, daß Jean sich auf ein Sofa geworfen hatte, um seine Galle zu beschwichtigen. Der Marschall küßte ihr nicht einmal die Hand.

«Es gibt, es gibt», begann Jean, «zum Teufel! Es gibt immer noch den Choiseul!»

«Wie?»

«Ja, mehr denn je, zum Donnerwetter!»

«Was wollen Sie damit sagen?»

«Graf Dubarry hat recht», ergriff Richelieu das Wort. «Der Herzog von Choiseul ist besser gestellt als je zuvor.»

Die Gräfin zog das Briefchen des Königs aus ihrem Ausschnitt hervor.

«Und was ist das?» konterte sie lächelnd.

«Haben Sie richtig gelesen, Gräfin?» fragte der Marschall zurück.

«Aber ... ich kann ja wohl lesen, Herzog», erwiderte Madame Dubarry.

«Daran zweifle ich nicht, Madame. Wollen Sie mir erlauben, ebenfalls zu lesen?»

«Oh! Gewiß, lesen Sie.»

Der Herzog nahm das Papier, entfaltete es und las:

*Morgen werde ich Monsieur de Choiseul für seine Dienste danken. Hiermit verpflichte ich mich förmlich dazu.*

*Ludwig*

«Ist das klar?» fragte die Gräfin.

«Vollkommen klar», erwiderte der Marschall und verzog das Gesicht.

«Und was folgt daraus?» wollte Jean wissen.

«Nun, morgen werden wir den Sieg davontragen. Noch ist nichts verloren.»

«Wie soll ich das verstehen, morgen? Der König hat es mir doch gestern unterschrieben. Morgen ist also heute.»

«Verzeihen Sie, Madame», entgegnete der Herzog, «da der Brief nicht datiert ist, wird morgen stets der Tag sein, der auf den folgt, wo Sie Monsieur de Choiseul abgesetzt sehen wollen. In der Rue de la Grange-Batelière, hundert Schritt von meinem Hause entfernt, befindet sich eine Schenke, auf deren Aushängeschild in roten Buchstaben geschrieben steht: ‹Hier gewährt man morgen Kredit.› Morgen bedeutet nie.»

«Der König hat uns zum besten gehalten», entfuhr es Jean wütend.

«Das ist unmöglich», murmelte die Gräfin bestürzt, «unmöglich, eine solche Täuschung ist würdelos ...»

«Ah! Madame, Seine Majestät liebt Späße», erwiderte Richelieu.

«Das wird er mir büßen, Herzog», stieß die Gräfin zornig hervor.

«Man darf dem König deswegen nicht böse sein. Man darf seine Majestät nicht der List oder des Betrugs bezichtigen. Nein, der König hat gehalten, was er versprach.»

«Nun hören Sie aber auf!» empörte sich Jean.

«Was hat er versprochen?» rief die Gräfin. «Dem Choiseul für seine Dienste zu danken.»

«Das ist es gerade, Madame. Ich habe selbst gehört, wie Seine Majestät dem Herzog tatsächlich für seine Dienste dankte. Das Wort hat zwei Bedeutungen. Hören Sie: In der Diplomatie wählt jeder die Bedeutung, die ihm zusagt. Sie haben Ihre Wahl getroffen, der König die seine. Auf diese Weise liegt der strittige Punkt nicht einmal mehr bei dem Wort ‹morgen›. Ihrer Meinung nach mußte der König genau heute sein Versprechen einlösen. Er hat es getan. Ich selbst habe die Danksagung gehört.»

«Herzog, ich glaube, es ist nicht der richtige Zeitpunkt zum Scherzen.»

«Glauben Sie etwa, ich scherze, Gräfin? Fragen Sie doch Graf Jean.»

«Nein, bei Gott! Wir spaßen nicht. Heute morgen wurde Choiseul vom König umarmt, gehätschelt und an die königliche Tafel eingeladen, und zu dieser Stunde gehen beide Arm in Arm zwischen Klein- und Groß-Trianon spazieren.»

«Arm in Arm», wiederholte Chon, die leise hereingekommen war und ihre weißen Arme emporhob wie ein neues Modell der verzweifelten Niobe.

«Ja, ich wurde zum Narren gehalten», gab die Gräfin zu, «aber wir werden ja sehen ... Chon, zunächst muß meine Jagdkutsche abbestellt werden. Ich werde nicht gehen.»

«Gut!» meinte Jean.

«Einen Augenblick!» rief Richelieu. «Keine voreiligen Entscheidungen, kein Schmollen ... Ah! Verzeihung, Gräfin, ich nehme mir die Freiheit, Ihnen Ratschläge zu erteilen, Verzeihung.»

«Nur zu, Herzog, tun Sie sich keinen Zwang an. Ich glaube, ich verliere den Kopf. Sehen Sie, wie es ist: Man will keine Politik betreiben, und an dem Tag, wo man sich doch hineinmischt, stürzt einen die Eitelkeit kopfüber hinein ... Was wollten Sie also sagen?»

«Daß es nicht klug ist, heute zu schmollen. Sehen Sie, Gräfin, die Lage ist schwierig. Wenn der König entschieden an den Choiseuls festhält, wenn er sich durch seine Dauphine beeinflussen läßt, wenn er Ihnen so offensichtlich entgegenhandelt, so müssen Sie ...»

«Nun?»

«So müssen Sie noch liebenswürdiger werden, als Sie ohnehin schon sind, Gräfin. Ich weiß wohl, daß dies unmöglich ist. Aber das Unmögliche wird in unserer Lage am Ende zur Notwendigkeit. Vollbringen Sie also das Unmögliche!»

Die Gräfin dachte nach.

«Denn», sprach der Herzog weiter, «wenn der König am Ende deutsche Sitten annähme ...»

«Wenn er tugendhaft würde!» rief Jean, von Schrecken erfaßt.

«Wer weiß, Gräfin?» setzte Richelieu nach. «Alles Neue übt stets große Anziehungskraft aus.»

«Oh! Was das betrifft», entgegnete die Gräfin mit allen Anzeichen der Skepsis, «so glaube ich es nicht.»

«Man hat noch außerordentlichere Dinge gesehen, Madame, und das Sprichwort vom Teufel, der Einsiedler geworden ist ... Kurz, es wäre nicht angebracht zu schmollen.»

«Aber ich ersticke vor Zorn!»

«Das glaube ich Ihnen, weiß Gott! Ersticken Sie ruhig vor Zorn, Gräfin, aber der König, das heißt Monsieur de Choiseul, darf davon nichts bemerken. Ersticken Sie für uns, und atmen Sie für die anderen.»

«Ich sollte also auf die Jagd gehen?»

«Das wäre klug.»

«Und Sie, Herzog?»

«Oh! Ich werde teilnehmen, und wenn ich der Jagd auf allen vieren folgen müßte.

«In meiner Kutsche also!» rief die Gräfin, die sehen wollte, welche Miene ihr Verbündeter dazu machte.

«Gräfin», erwiderte der Herzog mit einer Gespreiztheit, die seinen Unmut vertuschte, «das ist der Ehre zuviel ...»

«Sie lehnen also ab, nicht wahr?»

«Ich? Gott bewahre!»

«Passen Sie auf, Sie werden Ihrem Ruf schaden!»

«Ich will meinem Ruf nicht schaden.»

«Er gibt es zu! Er hat den Mut, es zuzugeben!» ereiferte sich die Gräfin.

«Gräfin! Gräfin! Monsieur de Choiseul wird mir das nie verzeihen.»

«Stehen Sie denn bereits so gut mit Monsieur de Choiseul?»

«Gräfin! Gräfin! Ich werde mich mit Madame la Dauphine überwerfen.»

«Ist es Ihnen lieber, wenn wir alle auf eigene Faust Krieg führen, ohne die Beute zu teilen? Sie haben noch Zeit, Sie sind unbelastet und können sich noch aus dem Bündnis zurückziehen.»

«Sie verkennen mich, Gräfin», widersprach der Herzog und küßte ihr die Hand. «Haben Sie mich etwa am Tage Ihrer Vorstellung zögern sehen, als es darum ging, Ihnen ein Kleid, einen Friseur und eine Kutsche zu besorgen? Nun, heute werde ich ebensowenig zögern. Oh! Ich bin tapferer, als Sie glauben, Gräfin.»

«Es ist also abgemacht. Wir gehen beide auf die Jagd, und das wird für mich ein Vorwand sein, niemanden zu sehen, niemanden zu hören und mit niemandem zu sprechen.»

«Nicht einmal mit dem König?»

«Im Gegenteil, ich will ihm Niedlichkeiten sagen, die ihn zur Verzweiflung bringen werden.»

«Bravo! Das nenne ich gute Kriegführung.»

«Aber Sie, Jean, was tun Sie? Lassen Sie hören; kommen Sie ein wenig aus Ihren Kissen hervor, in denen Sie sich bei lebendigem Leib vergraben, mein Freund!»

«Was ich tue, wollen Sie wissen?»

«Natürlich, vielleicht könnte es uns etwas nützen.»

«Nun, ich denke daran, daß zu dieser Stunde alle Spottliederschreiber der Stadt und des Departements uns nach allen möglichen Melodien verarbeiten; daß die *Nouvelles à la main* uns zerstückeln wie Pastetenfleisch; daß der *Gazetier cuirassé* auf die Schwachstellen unseres Panzers zielt; daß das *Journal des Observateurs* uns mit Argusaugen beobachtet; kurz, ich denke daran, daß wir morgen in einem Zustand sein werden, der selbst das Mitleid eines Choiseul erregt.»

«Und was schließen Sie daraus?» fragte der Herzog.

«Ich schließe daraus, daß ich nach Paris eilen werde, um ein wenig Verbandmaterial und eine große Menge Salbe zur Verarztung unserer Wunden zu kaufen. Geben Sie mir Geld, Schwesterchen.»

«Wieviel?» erkundigte sich die Gräfin.

«Mindestens zwei- bis dreihundert Louisdor.»

«Sehen Sie, Herzog», sprach die Gräfin und drehte sich zu Richelieu um, «ich bezahle schon jetzt die Kriegskosten.»

«Es ist der Beginn des Feldzugs, Gräfin. Säen Sie heute, so werden Sie morgen ernten.»

Die Gräfin zuckte die Schultern, erhob sich, ging zu ihrer Kommode, zog eine Handvoll Geldscheine daraus hervor und überreichte dieselben, ohne sie zu zählen, Jean, der sie, ebenfalls ohne zu zählen, mit einem tiefen Seufzer in seiner Tasche verschwinden ließ.

Dann stand Jean auf und reckte sich.

«So sei es», sagte er, wobei er auf den Herzog und die Gräfin deutete, «diese Leute hier werden sich auf der Jagd vergnügen, während ich nach Paris galoppiere. Sie werden elegante Kavaliere und hübsche Frauen sehen, während ich in die häßlichen Gesichter der Schreiberlinge schauen muß. Ich bin nichts als der Hofhund.»

«Beachten Sie, Herzog», versetzte die Gräfin, «er wird sich nicht im geringsten mit uns beschäftigen. Die Hälfte meiner Geldscheine gibt er irgendeinem Mädchen, und den Rest verliert er in einem Spielhaus. Genau das wird er tun, und dabei jammert er noch, der Elende! Gehen Sie, Jean, mir graut vor Ihnen!»

Jean plünderte drei Bonbonnieren, die er in seine Taschen leerte, stahl von einem Regal ein chinesisches Figürchen mit Diamantenaugen und ging, sich aufplusternd, davon, während die Gräfin verärgert hinter ihm her zeterte.

«Welch entzückender Junge!» bemerkte Richelieu im Ton eines Schmarotzers, der eines seiner abscheulichen Kinder lobt, auf das er insgeheim alle Donnerwetter herabruft. «Er ist Ihnen sehr teuer . . ., nicht wahr, Gräfin?»

«Wie Sie sagen, Herzog, er hat seine Güte bei mir angelegt, und die trägt ihm jährlich drei- bis viertausend Livre ein.»

Die Pendeluhr schlug.

«Halb eins, Gräfin», stellte der Herzog fest. «Glücklicherweise sind Sie schon fast angezogen. Zeigen Sie sich ein wenig Ihren Höflingen, die glauben könnten, es herrsche Sonnenfinsternis, und steigen wir dann schnell in die Karosse. Kennen Sie den Ablauf der Jagd?»

«Es wurde gestern zwischen Seiner Majestät und mir verabredet, man

«Geben Sie mir Geld, Schwesterchen», sagte Jean Dubarry.

solle sich nach dem Wald von Marly begeben und mich auf dem Weg mitnehmen.»

«Oh! Ich bin sicher, daß der König am Programm nichts verändert hat.»

«Und nun zu Ihrem Plan, Herzog, denn die Reihe ist an Ihnen.»

«Madame, gleich gestern habe ich meinem Neffen geschrieben, der, wenn ich mich auf meinen Instinkt verlassen kann, schon unterwegs ist.»

«Monsieur d'Aiguillon?»

«Es würde mich wundern, wenn er nicht morgen oder spätestens übermorgen hier wäre.»

«Und Sie zählen auf ihn?»

«Ei! Madame, er hat Ideen.»

«Gleichviel, es ist sehr schlecht um uns bestellt. Der König würde vielleicht nachgeben, wenn er nicht eine so schreckliche Angst vor den Geschäften hätte.»

«Was wird somit geschehen?»

«Somit fürchte ich, er wird sich niemals bereit erklären, Monsieur de Choiseul zu opfern.»

«Darf ich offen mit Ihnen sprechen, Gräfin?»

«Natürlich.»

«Nun, ich glaube es auch nicht. Der König wird hundert Streiche in der Art des gestrigen spielen. Seine Majestät hat soviel Witz! Sie, Gräfin, werden es Ihrerseits nicht wagen, seine Liebe durch eine unbegreifliche Trotzhaltung aufs Spiel zu setzen.»

«Verdammt! Darüber muß man nachdenken.»

«Sie sehen wohl, Gräfin, daß Monsieur de Choiseul auf ewig fest im Sattel sitzt. Um ihn aus seiner Stellung zu vertreiben, wäre nichts Geringeres als ein Wunder nötig.»

«Ja, ein Wunder», wiederholte Jeanne.

«Aber leider tun die Menschen keine Wunder mehr.»

«Oh!» entgegnete Madame Dubarry. «Ich kenne einen, der noch welche wirkt.»

«Sie kennen einen Menschen, der Wunder vollbringt, Gräfin?»

«Meiner Treu, ja.»

«Und Sie haben mir nichts davon gesagt?»

«Es fällt mir jetzt erst ein, Herzog.»

«Halten Sie diesen Burschen für fähig, uns aus der Klemme zu ziehen?»

«Ich glaube, er ist zu allem fähig.»

«Hört, hört! Und welches Wunder hat er vollbracht? Erzählen Sie mir ein wenig davon, Gräfin, damit ich ihn beurteilen kann.»

«Herzog», sprach Madame Dubarry, wobei sie näher an Richelieu heranrückte und die Stimme unwillkürlich dämpfte, «es ist ein Mann, dem ich vor zehn Jahren auf der Place Louis XV begegnet bin und der mir voraussagte, daß ich Königin von Frankreich würde.»

«In der Tat, das gleicht einem Wunder. Und wäre dieser Mann auch in der Lage, mir vorherzusagen, ich werde eines Tages als Premierminister sterben?»

«Warum nicht?»

«Oh! Ich zweifle keinen Augenblick daran. Wie heißt er?»

«Sein Name wird Ihnen nichts sagen.»

«Wo ist er?»

«Ah! Das weiß ich nicht.»

«Hat er Ihnen nicht seine Adresse gegeben?»

«Nein. Er wollte selbst kommen und seine Belohnung abholen.»

«Was hatten Sie ihm versprochen?»

«Alles, was er verlangen würde.»

«Und er ist nicht gekommen?»

«Nein.»

«Gräfin! Das ist ein noch größeres Wunder als seine Prophezeiung. Wahrhaftig, wir brauchen diesen Mann.»

«Aber wie sollen wir das bewerkstelligen?»

«Sein Name, Gräfin, sein Name?»

«Er hat zwei.»

«Gehen wir der Reihenfolge nach vor: der erste?»

«Der Graf von Phönix.»

«Wie, der Mann, den Sie mir am Tage Ihrer Vorstellung gezeigt haben?»

«Genau der.»

«Dieser Preuße?»

«Dieser Preuße.»

«Oh! Das nimmt mir mein Vertrauen in ihn. Alle Zauberer, die ich im Laufe meines Lebens kennenlernte, hatten Namen, die auf i oder o endeten.»

«Das paßt vortrefflich, Herzog. Die Endung seines zweiten Namens stimmt mit Ihrem Konzept überein.»

«Wie lautet dieser?»

«Joseph Balsamo.»

«Nun, wüßten Sie kein Mittel, ihn wiederzufinden?»

«Ich will darüber nachdenken. Ich glaube, ich weiß jemanden, der ihn kennt.»

«Gut! Aber beeilen Sie sich, Gräfin. Jetzt ist es Viertel vor eins.»

«Ich bin bereit. Meine Karosse!»

Zehn Minuten später fuhren Madame Dubarry und der Herzog von Richelieu Seite an Seite der Jagdgesellschaft entgegen.

## LXXXII. KAPITEL

### *Die Jagd auf den Zauberer*

Eine lange Reihe von Kutschen versperrte die Zufahrtswege zum Wald von Marly, wo der König auf die Jagd ging.

Es war eine sogenannte Nachmittagsjagd.

In den letzten Jahren seines Lebens veranstaltete Ludwig XV. keine Hetzjagden mehr, an denen er aktiv teilnahm. Er begnügte sich damit, beim Jagen zuzusehen.

An diesem Tag hatte Seine Majestät erklärt, sie wolle bis vier Uhr jagen. Demnach hatte man um die Mittagszeit einen Damhirsch ausgesetzt, der aller Wahrscheinlichkeit nach eine der Jagdzeit entsprechende Strecke zurücklegen würde.

Madame Dubarry nahm sich ihrerseits fest vor, dem König ebenso getreulich zu folgen wie der König dem Hirsch.

Aber die Jäger denken und die Zufälle lenken. Ein Wechselspiel des Zufalls änderte auch den schönen Plan Madame Dubarrys.

Die Gräfin hatte im Zufall einen Gegner gefunden, der fast genauso launenhaft war wie sie.

Während die Gräfin, mit Monsieur de Richelieu über Politik plaudernd, Seiner Majestät nachjagte, die ihrerseits dem Hirsch nachstellte, und der Herzog und die Gräfin einen Teil der Grüße erwiderten, die man ihnen auf dem Weg darbot, gewahrten sie plötzlich etwa fünfzig Schritt von der Straße entfernt unter einem wunderbaren Laubdach eine umgestürzte Kalesche, die ihre Räder auf klägliche Weise dem Himmel zuwandte. Die zwei Rappen, die sie hätten ziehen sollen, knabberten friedlich an der Rinde einer Buche und an dem Moos, das sich am Fuß des Stammes ausbreitete.

Madame Dubarrys Pferde, ein herrliches Gespann und ein Geschenk des Königs, hatten alle anderen Wagen abgehängt, wie man heute sagt, und waren als erste in Sichtweite der verunglückten Kalesche gekommen.

«Sehen Sie dort! Ein Unfall», bemerkte die Gräfin gelassen.

«Meiner Treu, tatsächlich», erwiderte der Herzog mit demselben Gleichmut, denn bei Hofe betreibt man wenig Gefühlsduselei. «Meiner Treu, ja, die Kalesche ist zusammengebrochen.»

«Ist das ein Toter, den ich dort im Grase sehe?» fragte die Gräfin.

«Ich glaube nicht, man rührt sich.»

«Ist es ein Mann oder eine Frau?»

«Ich weiß nicht genau. Ich sehe sehr schlecht.»

«Ah! Man grüßt.»

«Dann ist es kein Toter.»

Und für alle Fälle lüftete Richelieu seinen Dreispitz. «Ei, Gräfin», sagte er, «mir scheint ...»

«Mir auch.»

«Daß es Seine Eminenz Fürst Louis ist.»

«Der Kardinal von Rohan in Person.»

«Was zum Teufel tut er da?» wunderte sich der Herzog.

«Sehen wir nach», meinte die Gräfin. «Champagne, zu dem verunglückten Wagen, vorwärts!»

Der Kutscher der Gräfin verließ sogleich die Straße und fuhr unter die hochstämmigen Bäume.

«Meiner Treu, ja, das ist der Herr Kardinal», stellte Richelieu fest.

Es war wirklich Seine Eminenz, die sich in der Erwartung, daß ein Bekannter vorüberkäme, auf dem Gras niedergelassen hatte.

Als er Madame Dubarry auf sich zukommen sah, erhob er sich.

«Meine tausendfache Hochachtung, Gräfin», grüßte er.

«Wie, Kardinal, Sie?»

«Ich selbst.»

«Sind Sie verletzt?»

«Nicht im geringsten.»

«Und durch welchen Zufall sind Sie in diesen Zustand geraten?»

«Erinnern Sie mich nicht daran, Madame. An allem schuld ist allein dieser hohlköpfige Kutscher, ein Taugenichts, den ich mir aus England kommen ließ. Ich befehle ihm, auf dem kürzesten Weg durch den Wald zu fahren, da schwenkt er so abrupt zur Seite, daß er mich umwirft und mir dabei meinen besten Wagen ruiniert!»

«Beklagen Sie sich nicht, Kardinal», beschwichtigte ihn die Gräfin. «Ein französischer Kutscher hätte Ihnen den Hals oder zumindest die Rippen gebrochen.»

«Das mag wahr sein.»

«Trösten Sie sich also damit.»

«Oh! Ich betrachte das alles mit philosophischer Gelassenheit; nur werde ich gezwungen sein zu warten, und das ist tödlich.»

«Wie, Fürst, warten? Ein Rohan sollte warten?»

«Es ist wohl unvermeidlich.»

«Meiner Treu, nein. Eher würde ich aus meinem Wagen aussteigen, als Sie hier im Stich zu lassen!»

«Wahrlich, Madame, Sie beschämen mich.»

«Steigen Sie ein, Fürst, steigen Sie ein.»

«Nein, danke, Madame, ich warte auf Soubise, der auch an der Jagd teilnimmt und in wenigen Minuten hier vorbeikommen muß.»

«Aber wenn er nun einen anderen Weg eingeschlagen hat?»

«Gleichviel.»

«Monseigneur, ich bitte Sie!»

«Nein, danke.»

«Aber warum denn nicht?»

«Ich möchte Ihnen nicht zur Last fallen.»

«Kardinal, wenn Sie sich weigern, einzusteigen, lasse ich meine Schleppe von einem Lakaien tragen und werde wie eine Dryade durch den Wald laufen.»

Der Kardinal lächelte, und da er bedachte, daß ein längerer Widerstand von der Gräfin falsch verstanden werden könnte, entschloß er sich endlich, in ihre Kutsche zu steigen.

Bald hatten die Pferde der Gräfin die verlorene Zeit wieder aufgeholt.

«Verzeihen Sie, Monseigneur», wandte sich die Gräfin an den Kardinal, «hat sich Eure Eminenz also mit der Jagd wieder ausgesöhnt?»

«Wieso?»

«Weil ich Sie zum erstenmal an dieser Vergnügung teilnehmen sehe.»

«Nein, Gräfin. Ich war nach Versailles gereist, um die Ehre zu haben, Seiner Majestät meine Aufwartung zu machen. Doch da erfuhr ich, sie sei auf der Jagd. Ich hatte den König in einer dringlichen Angelegenheit zu sprechen und eilte ihm nach. Aber durch diesen verfluchten Kutscher werde ich nicht nur das Ohr des Königs, sondern auch mein Stelldichein in der Stadt verfehlen.»

«Ah, hören Sie, Madame», ließ sich der Herzog lachend vernehmen, «Monseigneur gesteht es Ihnen rundheraus ... Monseigneur hat ein Stelldichein.»

«Das ich verpassen werde, ich sage es noch einmal», erwiderte die Eminenz.

«Kann ein Rohan, ein Fürst, ein Kardinal etwas verpassen?» fragte die Gräfin.

«Bei Gott!» rief der Fürst. «Wenn nicht ein Wunder geschieht.»

Der Herzog und die Gräfin sahen einander an. Dieses Wort erinnerte sie an ihr kurz zuvor geführtes Gespräch.

«Meiner Treu! Fürst», entfuhr es der Gräfin, «da Sie gerade von Wundern sprechen, muß ich Ihnen offen gestehen, daß ich froh bin, einen Kirchenfürsten zu treffen, um ihn zu fragen, ob er daran glaubt.»

«Woran, Madame?»

«An Wunder, mein Gott!» antwortete der Herzog.

«Die Heilige Schrift macht sie uns zu einem Glaubensartikel, Madame», erklärte der Kardinal, wobei er versuchte, sich den Anschein von Gläubigkeit zu geben.

«Oh! Ich spreche nicht von den Wundern aus alten Zeiten», entgegnete die Gräfin.

«Von welchen Wundern sprechen Sie dann, Madame?»

«Von Wundern in unserer Zeit.»

«Diese sind, offen gestanden, seltener», meinte der Kardinal. «Allerdings ...»

«Allerdings was?»

«Meiner Treu! Ich habe Dinge gesehen, die, wenn sie nicht wunderbar wären, so doch zumindest ganz unglaublich erscheinen.»

«Sie haben solche Dinge gesehen, Fürst?»

«Bei meiner Ehre.»

«Aber wie Sie wohl wissen, Madame», versetzte Richelieu lachend, «erzählt man sich von Seiner Eminenz, sie stehe mit den Geistern in Verbindung, was vielleicht nicht sehr orthodox ist.»

«Nein, was aber sehr praktisch sein muß», fügte die Gräfin hinzu.

«Und was haben Sie gesehen, Fürst?»

«Ich habe geschworen, es geheim zu halten.»

«Oho! Jetzt wird es ernst.»

«So ist es, Madame.»

«Doch wenn Sie auch versprochen haben, die Zauberei geheimzuhalten, so trifft dasselbe vielleicht nicht auf den Zauberer zu?»

«Nein.»

«Nun, Fürst, ich muß Ihnen sagen, daß der Herzog und ich uns auf der Suche nach einem Magier befinden.»

«Wirklich?»

«Auf Ehre.»

«Nehmen Sie den meinigen.»

«Nichts wäre mir lieber.»

«Er steht zu Ihren Diensten, Gräfin.»

«Und zu den meinigen auch, Fürst?»

«Zu den Ihrigen auch, Herzog.»

«Wie heißt er?»

«Graf von Phönix.»

Madame Dubarry und der Herzog sahen einander an und erbleichten.

«Das ist seltsam!» entfuhr es ihnen gleichzeitig.

«Kennen Sie ihn?» fragte der Fürst.

«Nein. Und Sie halten ihn für einen Zauberer?»

«Eher zweimal als einmal.»

«Haben Sie mit ihm gesprochen?»

«Gewiß.»

«Und wie fanden Sie ihn?»

«Vollkommen.»

«Bei welcher Gelegenheit?»

Der Kardinal zögerte. «Als ich mir von ihm wahrsagen ließ.»

«Und hat er richtig gewahrsagt?»

«Nun, er erzählte mir Dinge aus dem Jenseits.»

«Hat er keinen anderen Namen als Graf von Phönix?»

«Ich hörte, wie man ihn Joseph Balsamo nannte, Madame.»

Die Gräfin faltete die Hände und schaute Richelieu an. Richelieu kratzte sich an der Nasenspitze und schaute die Gräfin an.

«Ist er sehr schwarz, der Teufel?» ließ sich plötzlich Madame Dubarry vernehmen.

«Der Teufel, Gräfin? Aber ich habe ihn nicht gesehen.»

«Was sagen Sie denn da, Gräfin?» rief Richelieu. «Das wäre bei Gott eine schöne Gesellschaft für einen Kardinal.»

«Wahrsagt man Ihnen, ohne Ihnen den Teufel zu zeigen?» fragte die Gräfin.

«Oh! Gewiß, Gräfin. Den Teufel zeigt man nur den kleinen Leuten; bei uns verzichtet man darauf.»

«Nun, sagen Sie, was Sie wollen, Fürst», fuhr Madame Dubarry fort, «aber es ist immer ein wenig Teufelei dabei.»

«Allerdings, das glaube ich wohl.»

«Grünes Feuer, nicht wahr? Geister, Hexenkessel, aus denen es abscheulich nach Verbranntem riecht?»

«Aber nein, aber nein, ganz im Gegenteil! Mein Zauberer hat ausgezeichnete Manieren. Er ist ein äußerst galanter Mann und ein vortrefflicher Gastgeber.»

«Wollen Sie sich nicht Ihr Horoskop von diesem Zauberer erstellen lassen, Gräfin?» fragte Richelieu.

«Ich gestehe, ich hätte die größte Lust dazu.»

«Tun Sie es, Madame.»

«Aber wo geht das vonstatten?» erkundigte sich Madame Dubarry in der Hoffnung, der Kardinal würde ihr die gesuchte Adresse geben.

«In einem schönen und sehr gefällig möblierten Zimmer.»

Der Gräfin fiel es schwer, ihre Ungeduld zu verbergen.

«Gut!» meinte sie. «Doch das Haus?»

«Ein sehr diskretes Haus, obgleich von seltsamer Architektur.»

Die Gräfin zitterte vor Ärger, daß man sie so wenig verstand. Richelieu kam ihr zu Hilfe. «Aber sehen Sie denn nicht, Monseigneur», sprach er, «daß es Madame ganz nervös macht, immer noch nicht zu wissen, wo Ihr Zauberer wohnt?»

«Wo er wohnt, fragen Sie?»

«Ja.»

«Ah! Sehr gut», erwiderte der Kardinal, «ei gewiß! Warten Sie doch ... nein ... ja ... nein. Es ist im Marais, nahe der Ecke des Boulevard, in der Rue Saint-François, Saint-Anastase ... nein, doch nicht. Aber der Name eines Heiligen ist dabei.»

«Welches Heiligen? Lassen Sie hören, Sie, der Sie doch alle kennen müssen.»

«O nein, im Gegenteil, ich kenne sehr wenige», entgegnete der Kardinal. «Aber warten Sie, mein Lakai muß es wissen.»

«Richtig», meinte Richelieu, «wir haben ihn hinten aufsteigen lassen. Halten Sie, Champagne, halten Sie!»

Der Kutscher brachte die nervös tänzelnden Pferde jäh zum Stillstand.

«Olive», rief der Kardinal, «bist du da, Bursche?»

«Jawohl, Monseigneur.»

«Ich war doch vor längerer Zeit eines Abends im Marais. Wo war das genau?»

Der Lakai hatte das Gespräch sehr wohl gehört, doch er hütete sich davor, unterrichtet zu wirken. «Im Marais ...?» wiederholte er und gab sich den Anschein, nachzudenken.

«Ja, in der Nähe des Boulevard.»

«An welchem Tag, Monseigneur?»

«An einem Tag, als ich aus Saint-Denis zurückkam.»

«Aus Saint-Denis?» erwiderte Olive, um sich wichtig zu machen und sich ein unbefangeneres Aussehen zu verleihen.

«Nun ja, aus Saint-Denis. Der Wagen erwartete mich, glaube ich, auf dem Boulevard.»

«Sehr gut, Monseigneur, sehr gut», meinte Olive. «Nun erinnere ich mich, es kam sogar ein Mann, der ein ziemlich schweres Bündel in die Kutsche warf.»

«Das ist möglich», antwortete der Kardinal, «aber wer hat dich danach gefragt, dummer Kerl?»

«Was wünschen Monseigneur also?»

«Den Namen der Straße zu wissen.»

«Rue Saint-Claude, Monseigneur.»

«Claude, das ist es!» rief der Kardinal. «Ich hätte gewettet, daß es der Name eines Heiligen war.»

«Rue Saint-Claude!» wiederholte die Gräfin und warf Richelieu einen so vielsagenden Blick zu, daß der Marschall, der stets befürchtete, man könne hinter seine Geheimnisse kommen, besonders wenn es sich um eine Verschwörung handelte, Madame Dubarry mit folgenden Worten unterbrach: «Ei, Gräfin, der König!»

«Wo?»

«Dort.»

«Der König! Der König!» rief die Gräfin aus. «Nach links, Champagne, nach links, damit Seine Majestät uns nicht sieht.»

«Und warum soll er Sie denn nicht sehen, Gräfin?» fragte der Kardinal verwirrt. «Ich ging in der Annahme, Sie würden mich zu Seiner Majestät führen.»

«Ah! Das ist richtig, Sie verlangen danach, den König zu sehen.»

«Ich komme nur aus diesem Grund, Madame.»

«Nun gut, man wird Sie zum König bringen.»

«Aber Sie?»

«Wir bleiben hier.»

«Ja, aber Gräfin ...»

«Ich bitte Sie, lieber Fürst, keine Hemmungen! Jeder ist in seiner Angelegenheit hier. Der König ist dort drüben in diesem Kastanienwäldchen. Sie haben etwas mit dem König zu besprechen, vortrefflich! Champagne!»

Champagne hielt unvermittelt an.

«Champagne, lassen Sie uns hier aussteigen, und fahren Sie Seine Eminenz zum König.»

«Was! Allein, Gräfin?»

«Sie verlangen nach dem Ohr des Königs, Herr Kardinal.»

«Das ist richtig.»

«Nun, Sie werden es ganz für sich allein haben.»

«Ah! Das ist zuviel der Güte.»

Und der Prälat küßte Madame Dubarry galant die Hand.

«Doch Sie selbst, wohin werden Sie sich zurückziehen?»

«Hier unter diese jungen Eichen.»

«Der König wird Sie suchen.»

«Desto besser.»

«Er wird sehr beunruhigt sein, Sie nicht zu sehen.»

«Das wird ihn peinigen, und das ist es gerade, was ich wünsche.»

«Sie sind reizend, Gräfin.»

«Genau das sagt mir der König, wenn ich ihn gepeinigt habe. Champagne, wenn Sie Seine Eminenz abgesetzt haben, kommen Sie im Galopp zurück.»

«Sehr wohl, Frau Gräfin.»

«Leben Sie wohl, Herzog», grüßte der Kardinal.

«Auf Wiedersehen, Monseigneur», erwiderte der Herzog seinen Gruß.

Der Diener ließ den Fußtritt herab und der Herzog stieg mit der Gräfin aus, die leicht wie ein dem Kloster entronnenes Mädchen zu Boden sprang. Die Karosse beförderte Seine Eminenz in raschem Tempo nach der kleinen Anhöhe, wo Seine allerchristlichste Majestät mit ihren schlechten Augen nach der boshaften Gräfin Ausschau hielt, die jedermann außer ihm gesehen hatte.

Madame Dubarry verlor keine Zeit. Sie faßte den Herzog beim Arm und zog ihn in den Hain.

«Wissen Sie», hub sie an, «daß Gott ihn uns gesandt hat, diesen teuren Kardinal?»

«Um ihn selbst für einen Augenblick loszuwerden, das kann ich gut verstehen», versetzte der Herzog.

«Nein, um uns auf die Spur unseres Mannes zu bringen.»

«Gehen wir also zu ihm?»

«Das will ich meinen. Indessen ...»

«Was, Gräfin?»

«Ich habe Angst, ich gebe es zu.»

«Vor wem?»

«Na, vor dem Zauberer. Oh! Ich bin sehr leichtgläubig.»

«Teufel!»

«Und Sie, glauben Sie an Zauberei?»

«Verdammt! Ich sage nicht nein, Gräfin.»

«Meine Geschichte mit der Weissagung ...»

«Das ist eine Tatsache. Und ich selbst ...», begann der alte Marschall und kratzte sich am Ohr.

«Nun, Sie?»

«Ich habe selbst einen gewissen Zauberer gekannt ...»

«Pah!»

«Der mir eines Tages einen sehr großen Dienst erwies.»

«Was für einen Dienst, Herzog?»

«Er hat mich wieder zum Leben erweckt.»

«Wieder zum Leben erweckt? Sie?»

«Gewiß, ich war tot, mausetot.»

«Erzählen Sie mir die ganze Geschichte, Herzog.»

«Hören Sie. Ich befand mich in Wien. Es war zur Zeit meiner Tätigkeit als Gesandter. Ich erhielt eines Abends unter einer Straßenlaterne einen tiefen Degenstich, der meinen Körper ganz durchbohrte. Es war der Degen eines Ehemannes, eine verteufelt gefährliche Sache ... Ich fiel. Man hob mich auf. Ich war tot.»

«Wie, Sie waren tot?»

«Wahrhaftig, oder wenigstens fehlte nicht mehr viel. Da kommt ein Zauberer vorbei und fragt, wer der Mann sei, den man zu Grabe trage. Man sagt ihm, ich sei es. Er läßt die Tragbahre anhalten und träufelt mir drei Tropfen irgendeiner Flüssigkeit auf die Wunde, drei weitere Tropfen auf die Lippen. Das Blut hört auf zu fließen, die Atmung setzt wieder ein, meine Augen öffnen sich, und ich bin genesen.»

«Das ist ein Wunder Gottes, Herzog.»

«Das ist es gerade, was mich erschreckt. Ich glaube nämlich im Gegenteil, es ist ein Wunder des Teufels.»

«Da könnten Sie allerdings recht haben, Marschall. Gott hätte einen schlimmen Menschen wie Sie wohl kaum gerettet. Ehre, wem Ehre gebührt. Und lebt er noch, Ihr Zauberer?»

«Ich bezweifle es, es sei denn, er hätte das trinkbare Gold gefunden.»

«Wie Sie, Marschall?»

«Sie glauben also an diese Märchen?»

«Ich glaube an alles. War er alt?»

«Methusalem in Person.»

«Und wie hieß er?»

«Ah! Er hatte einen wunderschönen griechischen Namen, Althotas.»

«Oh! Welch ein entsetzlicher Name, Marschall!»

«Nicht wahr, Madame?»

«Herzog, der Wagen kommt zurück.»

«Vortrefflich!»

«Sind wir entschlossen?»

«Gewiß doch.»

«Fahren wir nach Paris?»

«Nach Paris.»

«In die Rue Saint-Claude?»

«Wenn es Ihnen beliebt ... Aber der König wartet! ...»

«Das würde meinen Entschluß beeinflussen, wenn ich nicht schon entschlossen wäre. Er hat mich gepeinigt. Nun bist du an der Reihe, dich zu ärgern, Frankreich!»

«Aber man wird glauben, Sie seien entführt worden oder hätten sich verirrt.»

«Um so mehr, als man mich mit Ihnen gesehen hat, Marschall.»

«Hören Sie, Gräfin, ich will ebenfalls aufrichtig sein. Mir ist bange.»

«Wovor?»

«Mir ist bange, daß Sie jemandem davon erzählen könnten und man sich über mich lustig macht.»

«Dann wird man sich über uns beide lustig machen, da ich mit Ihnen gehe.»

«Also gut, Gräfin, Sie geben mir den letzten Anstoß. Im übrigen, wenn Sie mich verraten, dann sage ich ...»

«Was sagen Sie?»

«Ich sage, Sie seien zum Zweck eines vertraulichen Gesprächs mit mir gekommen.»

«Man wird Ihnen nicht glauben, Herzog.»

«Ei, ei! Wenn Seine Majestät nicht da wäre ...»

«Champagne! Champagne! Hier hinter diesen Busch, damit man Sie nicht sieht. Germain, öffne den Schlag. Gut. Jetzt auf nach Paris in die Rue Saint-Claude im Marais, was die Pferde laufen können!»

## LXXXIII. KAPITEL

### *Der Kurier*

Es war sechs Uhr abends.

In dem Zimmer in der Rue Saint-Claude, in das wir unsere Leser schon eingeführt haben, saß Balsamo bei der aus dem Schlaf erwachten Lorenza und versuchte, diese gegen alle Bitten widerspenstige Natur durch gutes Zureden zu besänftigen.

Doch die junge Frau sah ihn schräg von der Seite an wie Dido den abreisebereiten Äneas, und tat den Mund nur auf, um ihm Vorwürfe zu machen.

Sie beklagte sich, eine Gefangene, eine Sklavin zu sein, nicht mehr frei atmen und die Sonne nicht mehr sehen zu können. Sie beneidete die ärmsten Geschöpfe, die Vögel und die Blumen, um ihr Dasein. Sie nannte Balsamo ihren Tyrannen.

Sodann, vom Vorwurf zum Zorn übergehend, nahm sie die reichen Stoffe, die ihr Balsamo geschenkt hatte, um ihr die von ihm auferlegte Einsamkeit erträglicher zu machen, und riß sie in Fetzen.

Balsamo sprach dagegen voll Sanftmut mit ihr und sah sie liebevoll an. Man merkte, daß dieses schwache und reizbare Geschöpf einen bedeutenden Platz in seinem Herzen, wenn nicht gar in seinem Leben einnahm.

«Lorenza», sagte er zu ihr, «mein geliebtes Kind, warum zeigen Sie eine so feindselige und abwehrende Haltung? Warum wollen Sie nicht mit mir, der ich Sie über alle Maßen liebe, als eine sanfte und hingebungsvolle Gefährtin leben? Dann bliebe Ihnen nichts mehr zu wünschen übrig. Sie wären frei, sich in der Sonne zu entfalten wie jene Blumen, von denen Sie soeben sprachen, Ihre Flügel auszuspannen wie die Vögel, die Sie um ihr Los beneiden. Wir würden überallhin zusammen gehen. Sie würden dann nicht nur die Sonne wiedersehen, an der Sie sich so erfreuen, sondern auch die künstlichen Sonnen der Menschen, die Gesellschaften, auf denen sich die Frauen dieses Landes treffen. Sie wären glücklich nach

Ihrem Geschmack und würden mich auf meine Weise glücklich machen. Warum wollen Sie nichts wissen von diesem Glück, das bei Ihrer Schönheit und Ihrem Reichtum den Neid so vieler Frauen erregen würde?»

«Weil ich Sie verabscheue», erwiderte die stolze junge Frau.

Balsamo heftete einen Blick auf Lorenza, der gleichzeitig Zorn und Mitleid ausdrückte.

«Ich würde mich auch nicht beklagen, wenn Sie mich allein ließen, ich würde mich nicht beklagen, wenn Sie mich nicht zwängen, mit Ihnen zu sprechen. Bleiben Sie mir fern, oder, wenn Sie in mein Gefängnis kommen, sagen Sie mir nichts, und ich werde es den armen Vögeln des Südens, die man im Käfig hält, gleichtun: Sie sterben, aber sie singen nicht.»

Balsamo nahm sich mit aller Gewalt zusammen.

«Kommen Sie schon, Lorenza», bat er, «seien Sie sanft und fügsam. Lesen Sie doch einmal in meinem Herzen, in diesem Herzen, das Sie über alles liebt. Möchten Sie Bücher?»

«Nein.»

«Warum nicht? Bücher würden Sie zerstreuen.»

«Ich will mich so sehr langweilen, daß ich daran zugrunde gehe.»

Balsamo lächelte oder unternahm vielmehr den Versuch zu lächeln.

«Sie sind verrückt», erwiderte er, «Sie wissen ganz genau, daß Sie nicht sterben werden, solange ich hier bin, um Sie zu umsorgen und gesund zu pflegen, wenn Sie krank werden.»

«Oh!» rief Lorenza. «Sie werden mich nicht mehr gesund pflegen können, wenn Sie mich eines Tages mit diesem Halstuch am Gitter meines Fensters erhängt finden.»

Balsamo erschauerte.

«Wenn ich», fuhr sie wütend fort, «dieses Messer geöffnet und es mir ins Herz gestoßen haben werde.»

Bleich und von eisigem Schweiß bedeckt, schaute Balsamo Lorenza an, und mit drohender Stimme stieß er hervor: «Nein, Lorenza, Sie haben recht, an diesem Tage werde ich sie nicht gesund pflegen. Ich werde sie wieder zum Leben erwecken.»

Lorenza stieß einen Schreckensschrei aus. Sie wußte, daß Balsamos Macht keine Grenzen gesetzt waren, und glaubte an seine Drohung.

Balsamo war gerettet.

Während sie sich wieder in ihre Verzweiflung versenkte, die durch Balsamos Worte einen neuen, unvorhergesehenen Grund erhalten hatte, während sich ihr verwirrter Geist in einem unüberwindlichen Kreis von Martern eingeschlossen sah, drang das Klingeln des von Fritz betätigten Glöckchens an Balsamos Ohr.

Es klingelte dreimal kurz und in gleichen Abständen.

«Ein Kurier», stellte er fest.

Dann, nach einer kurzen Pause klingelte es abermals.

«Er ist in Eile», fügte er hinzu.

«Ah!» machte Lorenza. «Sie werden mich also verlassen!»

Er nahm die kühle Hand der jungen Frau.

«Noch einmal», sagte er, «und zum letzten Mal, lassen Sie uns in gutem Einvernehmen leben, lassen Sie uns geschwisterlich leben, Lorenza. Da das Schicksal uns miteinander verbunden hat, machen wir uns das Schicksal zum Freund und nicht zum Henker.»

Lorenza erwiderte nichts. Ihr starres, düsteres Auge schien im Unendlichen einen Gedanken zu suchen, der ihr immer wieder entglitt und den sie vielleicht deshalb nicht wiederfand, weil sie ihn zu sehr verfolgt hatte, so wie es jenen ergeht, deren Auge allzu sehnsüchtig nach dem Licht begehrt, nachdem sie lange in der Finsternis gelebt haben, so daß die Sonne sie blendet.

Balsamo nahm Lorenzas Hand und küßte sie, doch die junge Frau gab kein Lebenszeichen.

Dann tat er einen Schritt auf den Kamin zu.

In diesem Augenblick erwachte Lorenza aus ihrer Regungslosigkeit und heftete begierig ihre Augen auf ihn.

«Ja», murmelte er, «du willst wissen, auf welchem Weg ich hinausgehe, um eines Tages nach mir hinauszugehen, um zu fliehen, wie du mir gedroht hast. Deshalb merkst du auf, deshalb folgst du mir mit dem Blick.»

Er fuhr mit der Hand über seine Stirn, als ob er sich selbst einen harten Zwang auferlege, streckte dann dieselbe Hand nach der jungen Frau aus und sagte in gebieterischem Ton: «Schlafe!»

Kaum war das Wort gesprochen, bog sich Lorenza wie eine Blume; ihr Kopf neigte sich und sank auf das Kissen des Sofas. Ihre mattweißen Hände glitten herab und streiften ihr seidenes Kleid.

Als er sie so bezaubernd sah, näherte sich Balsamo und drückte ihr seine Lippen auf die schöne Stirn.

Mit einem Mal hellte sich Lorenzas Antlitz auf, als hätte ein Hauch von Amors Lippen die Wolke von ihrer Stirn vertrieben.

Balsamo betrachtete sie einen Moment lang, als könne er sich kaum von ihrem Anblick losreißen; alsdann eilte er, da das Glöckchen abermals erklang, zum Kamin, drückte auf eine Feder und verschwand hinter den Blumen.

Fritz erwartete ihn im Salon mit einem Mann, der eine Kurierweste trug. An seinen Füßen saßen schwere Stiefel mit langen Sporen.

Das grobe Gesicht dieses Menschen ließen auf einen Mann aus dem niederen Volk schließen. Allein sein Auge barg ein Fünkchen heiligen Feuers, das ihm ein weit überlegener Geist eingehaucht haben mochte.

Seine linke Hand ruhte auf einer kurzen, knotigen Peitsche, während seine Rechte Zeichen bildete, die Balsamo nach kurzer Prüfung erkannte und auf die er ebenfalls stumm antwortete, indem er sein Stirn mit dem Zeigefinger berührte. Sogleich führte der Postillion seine Hand an die Brust, wo sie ein weiteres Zeichen andeutete.

Dieses letzte Zeichen erwiderte der Meister, indem er einen Ring vorzeigte, den er am Finger trug.

Vor diesem furchterregenden Symbol beugte der Gesandte das Knie.

«Woher kommst du?» fragte Balsamo.

«Von Rouen, Meister.»

«Was machst du?»

«Ich bin Kurier im Dienste von Madame de Grammont.»

«Wer hat dich bei ihr untergebracht?»

«Der Wille des Großkophta.»

«Welchen Befehl hast du erhalten, als du in ihre Dienste tratest?»

«Vor dem Meister keine Geheimnisse zu haben.»

«Wohin gehst du?»

«Nach Versailles.»

«Was bringst du dorthin?»

«Einen Brief.»

«An wen?»

«An den Minister.»

«Gib her.»

Der Kurier reichte Balsamo einen Brief, den er aus einem auf seinem Rücken festgeschnallten Ledersack hervorgezogen hatte.

«Muß ich warten?» fragte er.

«Ja.»

«Ich warte.»

«Fritz!»

Der Deutsche erschien.

«Verbirg Sébastien im Anrichtezimmer.»

«Jawohl, Meister.»

«Er kennt meinen Namen», murmelte der Geheimbundschüler mit abergläubischer Furcht.

«Er weiß alles», erklärte Fritz und zog ihn mit sich fort.

Balsamo blieb allein. Er betrachtete das Siegel des Briefes, um dessen Schonung das flehende Auge des Kuriers gebeten hatte.

Langsam und nachdenklich begab er sich in Lorenzas Zimmer und öffnete die Verbindungstür.

Lorenza schlief immer noch. Die Untätigkcit hatte sie zermürbt und ermüdet. Er ergriff ihre Hand, die sich krampfhaft um die seine schloß, und drückte ihr den Brief des Kuriers, versiegelt wie er war, aufs Herz.

«Sehen Sie?» fragte er.

«Ja, ich sehe», antwortete Lorenza.

«Was für einen Gegenstand halte ich in der Hand?»

«Einen Brief.»

«Können Sie ihn lesen?»

«Ich kann es.»

«Dann lesen Sie ihn.»

Mit geschlossenen Augen begann Lorenza Wort für Wort die folgenden Zeilen aufzusagen, die Balsamo nach ihrem Diktat niederschrieb:

*Lieber Bruder,*

*wie ich es vorhergesehen hatte, wird mir meine Verbannung zumindest zu etwas nütze sein. Ich habe heute morgen den Präsidenten von Rouen verlassen. Er ist zwar zurückhaltend, aber auf unserer Seite. Ich habe ihn in Ihrem Namen gedrängt. Er entschließt sich endlich, und die Vorhaltungen seines Kollegiums werden spätestens in acht Tagen in Versailles sein.*

*Ich reise unmittelbar nach Rennes weiter, um Karadeuc und La Chalotais, die zu schlafen scheinen, ein wenig auf Trab zu bringen.*

*Unser Agent von Caudebec befand sich in Rouen. Ich habe ihn gesehen. England wird nicht auf halbem Wege stehenbleiben. Es bereitet eine scharf formulierte Mitteilung an das Kabinett in Versailles vor.*

*X... hat mich gefragt, ob er sie vorbringen solle. Ich habe ihn dazu ermächtigt. Anbei erhalten Sie die letzten Streitschriften von Thévenot, Morande und Delille gegen die Dubarry. Das sind Sprengsätze, die eine ganze Stadt in die Luft jagen könnten!*

*Es ist mir ein schlimmes Gerücht zu Ohren gekommen, es liege Ungnade in der Luft. Doch Sie haben mir noch nicht geschrieben, und ich nehme es daher nicht ernst. Lassen Sie mich indessen nicht im Zweifel, und antworten Sie mir postwendend. Ihre Nachricht erreicht mich in Caen, wo ich einige unserer Herren zu bearbeiten habe.*

*Gott befohlen, ich umarme Sie,*
*Gräfin von Grammont*

Nachdem sie dies gelesen hatte, hielt Lorenza inne.

«Sehen Sie nichts anderes mehr?»

«Ich sehe nichts.»

«Keine Nachschrift?»

«Nein.»

Balsamo, dessen Stirn sich, während Lorenza las, immer mehr geglättet hatte, nahm den Brief der Gräfin wieder an sich.

«Merkwürdige Nachricht, die man mir teuer bezahlen würde», meinte er. «Oh! Wie kann man nur dergleichen Dinge schreiben! Ja, immer sind es Frauen, die Männer von hohem Rang ins Verderben führen. Diesen Choiseul konnte eine Armee von Feinden, eine Welt von Intrigen nicht stürzen, und nun vernichtet ihn eine Frau – mit einem einzigen liebevollen Hauch! Ja, wir gehen alle durch den Verrat oder die Schwäche der Frauen zugrunde ... Haben wir ein Herz und in diesem Herzen auch nur eine empfindsame Faser, so sind wir verloren.»

Und während er dies sprach, sah Balsamo mit unaussprechlicher Zärtlichkeit auf Lorenza nieder, die unter seinem Blick erbebte.

«Ist es wahr, was ich denke?» fragte er.

«Nein, nein, das ist nicht wahr», widersprach sie leidenschaftlich. «Du siehst wohl, daß ich dich zu sehr liebe, um dir zu schaden wie all jene Frauen ohne Verstand und ohne Herz.»

Balsamo ließ sich von den Armen seiner Zauberin umschlingen.

Plötzlich ertönte Fritz' Glöckchen zweimal hintereinander mit zweifachem Klingeln.

«Zwei Besucher», dachte Balsamo.

Ein kräftiger Glockenton beendete Fritz' telegraphische Mitteilung.

Balsamo befreite sich aus Lorenzas Umarmung und ging aus dem Zimmer, wo er die immer noch schlafende junge Frau zurückließ.

Auf dem Weg traf er den Kurier, welcher auf die Befehle des Meisters wartete.

«Hier ist der Brief», sagte Balsamo.

«Was soll ich damit tun?»

«Ihn seinem Empfänger übergeben.»

Der Geheimbundschüler betrachtete Umschlag und Siegel, und als er sie ebenso unversehrt fand, wie er sie gebracht hatte, verlieh er seiner Freude Ausdruck und verschwand in der Dunkelheit.

«Wie schade, daß ich ein solches eigenhändiges Schreiben nicht behalten kann!» dachte Balsamo bei sich. «Und wie schade, daß ich es nicht durch sichere Hände in die Hand des Königs gelangen lassen kann!»

Da erschien Fritz vor ihm.

«Wer ist da?» fragte er.

«Eine Frau und ein Mann.»

«Sind sie schon einmal hier gewesen?»

«Nein.»

«Kennst du sie?»

«Nein.»
«Ist die Frau jung?»
«Jung und hübsch.»
«Und der Mann?»
«Zwischen sechzig und fünfundsechzig Jahre alt.»
«Wo sind sie?»
«Im Salon.»
Balsamo trat ein.

## LXXXIV. KAPITEL

### *Die Beschwörung*

Die Gräfin hatte ihr Gesicht unter einem Schleier verborgen. Da ihr noch Zeit geblieben war, sich in das Palais ihrer Familie zu begeben, hatte sie das Gewand einer gewöhnlichen Bürgerin angelegt.

Sie war in einem Fiaker mit dem Marschall gekommen, der sich, noch ängstlicher, grau eingekleidet hatte, wie ein höherer Diener in gutem Hause.

«Graf», begann Madame Dubarry, «erkennen Sie mich wieder?»

«Voll und ganz, Gräfin.»

Richelieu hielt sich im Hintergrund.

«Bitte setzen Sie sich, Madame, und Sie auch, Monsieur.»

«Monsieur ist mein Haushofmeister», erklärte die Gräfin.

«Sie irren sich, Madame», versetzte Balsamo und verneigte sich, «Monsieur ist der Herzog von Richelieu, den ich sehr gut kenne und der ziemlich undankbar wäre, wenn er mich nicht wiedererkennen würde.»

«Wie das?» fragte der Herzog, vollkommen entwaffnet.

«Herzog, man schuldet jenen, die einem das Leben gerettet haben, ein wenig Dankbarkeit, denke ich.»

«Ah! Ah! Herzog», entfuhr es der Gräfin lachend, «hören Sie, Herzog?»

«Was, Sie haben mir das Leben gerettet, Graf?» wunderte sich Richelieu.

«Ja, Monseigneur, in Wien im Jahre 1725 während Ihrer Tätigkeit als Gesandter.»

«1725! Aber zu dieser Zeit waren Sie doch wohl noch gar nicht geboren, mein werter Herr.»

Balsamo lächelte. «Anscheinend doch, Herzog», erwiderte er, «da ich Sie sterbend oder vielmehr tot auf einer Tragbahre fand. Sie hatten gerade einen Degenstich mitten durch die Brust bekommen, so daß ich

Ihnen drei Tropfen meines Elixiers auf die Wunde träufelte ... Sehen Sie, hier, genau an der Stelle, wo Sie eben Ihre für einen Haushofmeister etwas zu kostbare Spitze zerknittern.»

«Aber», unterbrach der Marschall, «Sie können höchstens dreißig bis fünfunddreißig Jahre alt sein, Graf.»

«Nun kommen Sie schon, Herzog!» rief die Gräfin und lachte schallend. «Sie stehen hier vor dem Zauberer. Glauben Sie es nun?»

«Ich bin verblüfft, Gräfin. Aber», fuhr der Herzog fort, indem er sich wieder Balsamo zuwandte, «aber dann heißen Sie ...»

«Oh! Wissen Sie, Herzog, wir Zauberer ändern unsere Namen von Generation zu Generation. 1725 waren gerade Namen auf -us, -os und -as in Mode, und es würde mich nicht wundern, wenn ich damals den Einfall gehabt hätte, meinen Namen gegen irgendeinen griechischen oder lateinischen einzutauschen. Da wir dies nun geklärt haben, stehe ich zu Ihren Diensten, Gräfin, und auch zu den Ihren, Herzog ...»

«Graf, wir kommen, Sie um einen Rat zu bitten, der Marschall und ich.»

«Sie erweisen mir eine große Ehre, Madame, besonders wenn Ihnen der Gedanke dazu auf natürliche Weise gekommen ist.»

«Auf die natürlichste Weise der Welt, Graf. Ihre Weissagung geht mir ständig durch den Kopf; ich zweifle nur, daß sie sich bewahrheitet.»

«Zweifeln Sie nie an dem, was die Wissenschaft sagt, Madame.»

«Oh! Oh!» machte Richelieu. «Hier steht die Krone auf dem Spiel ... Es handelt sich nicht um eine Wunde, die man mit drei Tropfen Elixier heilt.»

«Nein, aber um einen Minister, den man mit drei Worten stürzt ...», versetzte Balsamo. «Nun, habe ich richtig geraten? Lassen Sie hören.»

«Vollkommen», erwiderte die Gräfin, am ganzen Leib zitternd. «Wahrlich, Herzog, was sagen Sie dazu?»

«Oh! Staunen Sie nicht über so wenig, Madame», meinte Balsamo, der den Grund für Madame Dubarrys und Richelieus Unruhe auch ohne Zauberei erriet.

«Ich aber», warf Richelieu ein, «werde Sie ebenso glühend bewundern, wenn Sie uns ein Heilmittel nennen.»

«Gegen die Krankheit, an der Sie leiden?»

«Ja, wir leiden am Choiseul.»

«Und Sie würden gerne von ihm geheilt.»

«Ganz richtig, großer Zauberer.»

«Graf, Sie werden uns doch nicht in dieser Notlage hängen lassen», sagte die Gräfin. «Ihre Ehre steht auf dem Spiel.»

«Ich bin vollkommen bereit, Ihnen nach besten Kräften zu dienen, Madame. Indessen wüßte ich gerne, ob der Herzog nicht schon mit einem festen Plan hierher kam.»

«Ich gestehe es, Graf... Meiner Treu, es ist reizend, einen Zauberer zu haben, den man mit Graf anreden kann. Man braucht nicht einmal von seinen Gewohnheiten abzuweichen.»

Balsamo lächelte. «Auf denn, seien Sie offenherzig!» forderte er ihn auf.

«Bei meiner Ehre, nichts lieber als das», versicherte der Herzog.

«Sie wollten mir einen Vorschlag unterbreiten?»

«Das ist richtig.»

«Ah, der Hinterhältige!» entfuhr es der Gräfin. «Davon hat er mir nichts gesagt.»

«Ich konnte das nur dem Grafen sagen, und auch ihm nur leise ins Ohr», verteidigte sich der Marschall.

«Warum, Herzog?»

«Weil Sie bis über beide Ohren errötet wären, Gräfin.»

«Ah! Sie machen mich neugierig, sprechen Sie, Marschall. Ich habe ohnehin Rouge aufgetragen.»

«Nun gut», meinte Richelieu, «ich habe mir folgendes gedacht... Passen Sie auf, Gräfin, ich werde mich über alle guten Sitten hinwegsetzen.»

«Nur zu, Herzog.»

«Oh! Sie werden mich schlagen, wenn ich sage, was ich sagen will.»

«Sie sind es nicht gewohnt, sich geschlagen zu geben, Herzog», entgegnete Balsamo dem alten Marschall, der über das Kompliment hocherfreut war.

«Also gut», hub er erneut an, «was Madame oder Seine Majestät auch dazu sagen mögen... Ah, wie soll ich mich nur ausdrücken?»

«Ah! Seine Langsamkeit ist wahrhaftig tödlich!» erboste sich die Gräfin.

«Sie wollen es also?»

«Ja.»

«Unbedingt?»

«Aber ja doch, zum hundertsten Mal!»

«Dann werde ich es wagen. Es ist traurig, es auszusprechen, Graf, aber Seine Majestät ist nicht mehr unterhaltbar. Das Wort stammt nicht von mir, Gräfin, es wurde von Madame de Maintenon geprägt.»

«Darin liegt nichts Verletzendes für mich, Herzog», bemerkte Madame Dubarry.

«Desto besser! Desto besser! Dann werde ich ungehemmt weitersprechen können. Nun wäre es nötig, daß der Graf, der so wirksame Elixiere zu finden weiß...»

«Eines fände, das dem König wieder die Fähigkeit verliehe, sich unterhalten zu lassen», ergänzte Balsamo.

«Ganz richtig.»

«Ei, Herzog, das ist ein Kinderspiel, das kleine Einmaleins des Handwerks. Jeder Scharlatan fände einen Liebestrank.»

«Dessen Wirkung», fuhr der Herzog fort, «den Verdiensten Madames zugerechnet würde?»

«Herzog!» empörte sich die Gräfin.

«Aha! Ich wußte wohl, daß Sie in Wut geraten würden. Aber Sie selbst haben es so gewollt.»

«Herzog», ergriff Balsamo wieder das Wort, «Sie hatten recht. Die Gräfin errötet. Aber wir haben bereits festgestellt, daß es nicht um eine Wunde geht. Ebensowenig geht es um Liebe. Mit einem Liebestrank werden Sie Frankreich nicht von Monsieur de Choiseul befreien. In der Tat, wenn der König, was ganz unmöglich ist, Madame auch noch zehnmal mehr liebte als ohnehin schon, so behielte Monsieur de Choiseul doch nach wie vor denselben nachdrücklichen Einfluß auf seinen Geist, den Madame auf sein Herz ausübt.»

«Das ist wahr», pflichtete der Herzog ihm bei, «aber es war unsere einzige Möglichkeit.»

«Meinen Sie?»

«Verdammt! Finden Sie eine andere.»

«Oh! Ich glaube, das wird mir ein leichtes sein.»

«Ein leichtes, hören Sie, Gräfin? Diese Zauberer kennen keine Zweifel.»

«Warum sollte ich Zweifel haben? Es geht doch nur darum, dem König zu beweisen, daß Monsieur de Choiseul ihn verrät ... selbstverständlich aus der Sicht des Königs, denn Monsieur de Choiseul hält seine Handlungsweise nicht für Verrat.»

«Und was tut er?»

«Sie wissen es ebensogut wie ich, Gräfin. Er unterstützt die Auflehnung der Parlamente gegen die königliche Autorität.»

«Gewiß, aber man müßte wissen, wodurch.»

«Durch Agenten, die sie dazu ermuntern, indem sie ihnen Straffreiheit zusichern.»

«Wer sind diese Agenten? Das müßte man wissen.»

«Glauben Sie zum Beispiel, Madame de Grammont sei aus einem anderen Grund als dem abgereist, die Lauen anzufeuern und die Furchtsamen aufzustacheln?»

«Ganz sicher ist sie aus keinem anderen Grund abgereist!» rief die Gräfin.

«Ja, aber der König sieht in ihrer Abreise nur eine selbstgewählte Verbannung.»

«Das ist wahr.»

«Wie kann man ihm beweisen, daß hinter dieser Abreise etwas anderes steckt als das, was man erkennen lassen will?»

«Indem man Klage gegen Madame de Grammont führt.»

«Ah! Wenn es nur darum ginge, Graf!» meinte der Marschall.

«Es geht aber leider auch darum, die Anklage zu beweisen», ergänzte die Gräfin.

«Und wenn die Anklage nun bewiesen, klar bewiesen würde, glauben Sie, Monsieur de Choiseul würde dann Minister bleiben?»

«Mit Sicherheit nicht!» ereiferte sich die Gräfin.

«Es gilt also nur, einen Verrat Monsieur de Choiseuls zu entdecken», fuhr Balsamo selbstsicher fort, «und ihn Seiner Majestät klar, exakt und greifbar vor Augen zu führen.»

Der Marschall warf sich auf seinem Stuhl zurück und brach in schallendes Gelächter aus.

«Er ist bezaubernd!» rief er aus. «Er hegt nicht den geringsten Zweifel daran, Monsieur de Choiseul auf frischer Tat zu ertappen! ... Ein Kinderspiel! ... Nicht mehr!»

Balsamo wartete unerschütterlich, bis sich der Heiterkeitsausbruch des Marschalls gelegt hatte.

«Gut!» meinte Balsamo sodann. «Gehen wir die Sache noch einmal ernsthaft durch.»

«Also gut.»

«Steht Monsieur de Choiseul nicht im Verdacht, den Aufruhr des Parlaments zu unterstützen?»

«Darüber sind wir uns einig, aber der Beweis?»

«Nimmt man von Monsieur de Choiseul nicht an», fuhr Balsamo fort, «er führe einen Krieg mit England herbei, um sich seine Rolle als unverzichtbarer Mann zu erhalten?»

«Man glaubt es, aber der Beweis dafür?»

«Ist Monsieur de Choiseul schließlich nicht der erklärte Feind der hier sitzenden Gräfin, und sucht er sie nicht durch jedes erdenkliche Mittel von dem Thron zu stoßen, den ich ihr versprochen habe?»

«Ah! Was das anbelangt, so ist es nur zu wahr», beteuerte die Gräfin. «Doch man müßte es beweisen ... Oh! Wenn ich es nur könnte!»

«Was braucht man dazu? Eine lächerliche Kleinigkeit.»

Der Marschall blies sich über die Fingernägel. «Ja, eine lächerliche Kleinigkeit», höhnte er.

«Einen vertraulichen Brief zum Beispiel», meinte Balsamo.

«Ganz leicht ... das ist ja kaum der Rede wert.»

«Einen Brief von Madame de Grammont, nicht wahr, Herr Marschall?» fuhr der Graf fort.

«Zauberer, mein guter Zauberer, finden Sie doch einen!» rief Madame Dubarry. «Seit fünf Jahren trachte ich danach. Ich habe hunderttausend Livre jährlich dafür ausgegeben und habe es doch nie vermocht.»

«Weil Sie sich nicht an mich gewandt haben, Madame», erwiderte Balsamo.

«Wieso?» wunderte sich die Gräfin.

«Ohne Zweifel, wenn Sie sich an mich gewandt hätten ...»

«Nun?»

«So hätte ich Ihnen aus der Verlegenheit geholfen.»

«Sie?»

«Ja, ich.»

«Graf, ist es zu spät?»

Der Graf lächelte. «Es ist nie zu spät.»

«Oh! Mein lieber Graf ...», beschwor ihn Madame Dubarry, indem sie die Hände faltete.

«Sie wollen also einen Brief?»

«Ja.»

«Von Madame de Grammont?»

«Wenn es möglich wäre.»

«Der Monsieur de Choiseul in den drei von mir genannten Punkten belastet ...?»

«Ich würde ... eines meiner Augen opfern, um in den Besitz eines solchen Briefes zu gelangen.»

«Oh! Gräfin, das wäre zu teuer, um so mehr, als ich Ihnen diesen Brief ...»

«Diesen Brief?»

«Umsonst gebe.»

Und Balsamo zog aus seiner Tasche ein zweifach gefaltetes Blatt Papier hervor.

«Was ist das?» fragte die Gräfin, die das Blatt schier mit den Augen verschlang.

«Ja, was ist das?» wollte auch der Herzog wissen.

«Der Brief, nach dem Sie verlangen.»

Und in tiefster Stille las der Graf seinen beiden verblüfften Zuhörern den Brief vor, den unsere Leser bereits kennen.

Je länger er las, desto größer wurden die Augen der Gräfin, und sie begann allmählich, die Fassung zu verlieren.

«Das ist eine Verleumdung, zum Teufel! Seien wir auf der Hut!» murmelte der Herzog, als Balsamo zu Ende gelesen hatte.

«Es ist dies, Herzog, die reine, einfache und wortwörtliche Abschrift eines Briefes der Herzogin von Grammont, den ein Kurier heute morgen in Rouen in Empfang genommen hat und dem Herzog von Choiseul in Versailles zu überbringen im Begriff ist.»

«O mein Gott!» entfuhr es dem Marschall. «Sprechen Sie die Wahrheit, Monsieur Balsamo?»

«Ich spreche immer die Wahrheit, Herr Marschall.»

«Die Herzogin sollte einen solchen Brief geschrieben haben?»

«Ja, Herr Marschall.»

«Sollte sie so unvorsichtig gewesen sein?»

«Das ist unglaublich, das muß ich zugeben, aber es ist so.»

Der alte Herzog sah die Gräfin an, die kein weiteres Wort mehr hervorzubringen vermochte.

«Nun», raffte sie sich schließlich auf, «verzeihen Sie, Graf, aber es geht mir wie dem Herzog. Es fällt mir schwer, zu glauben, daß Madame de Grammont, eine Frau von Verstand, ihre eigene Stellung und die ihres Bruders durch einen Brief von solcher Tragweite gefährdet haben sollte ... Im übrigen ... um einen derartigen Brief zu kennen, muß man ihn gelesen haben.»

«Und außerdem», fügte der Marschall rasch hinzu, «wenn der Graf diesen Brief gelesen hätte, so hätte er ihn ja wohl behalten. Das ist ein kostbarer Schatz.»

Balsamo schüttelte sachte den Kopf.

«O Monsieur», entgegnete er, «das mögen Leute tun, die Briefe entsiegeln, um Geheimnisse zu erfahren ... nicht aber Leute, die wie ich durch geschlossene Umschläge zu lesen verstehen ... Pfui doch! ... Welches Interesse sollte ich übrigens daran haben, Monsieur de Choiseul und Madame de Grammont ins Verderben zu stürzen? Sie sind gekommen, meinen Rat zu suchen ... als Freunde, wie ich annehme, und als Freund antworte ich Ihnen. Sie wünschen, daß ich Ihnen einen Dienst erweise, ich erweise ihn. Ich will doch hoffen, daß Sie mir keinen Preis für meine Beratung antragen wie den Wahrsagern vom Quai de la Ferraille?»

«Oh! Graf!» widersprach Madame Dubarry.

«Wohl, ich gebe Ihnen einen Rat, und mir scheint, Sie begreifen ihn nicht. Sie teilen mir Ihren Wunsch mit, Monsieur de Choiseul zu stürzen und suchen die Mittel dazu. Ich nenne Ihnen eines, Sie billigen es. Ich lege es Ihnen in die Hand, und Sie glauben nicht daran!»

«Weil ... weil ... Graf, hören Sie doch ...»

«Ich sage Ihnen, der Brief existiert, da ich die Abschrift davon in Händen halte.»

«Aber wer hat Sie davon in Kenntnis gesetzt, Graf?» rief Richelieu.

«Ah! Jetzt ist das Wort endlich gefallen ... Wer mich davon in Kenntnis gesetzt hat? In einer Minute wollen Sie darüber ebenso genau Bescheid wissen wie ich, der Arbeiter, der Gelehrte, der Schüler, der ich dreitausendsiebenhundert Jahre gelebt habe.»

«Oh! Oh!» machte Richelieu entmutigt. «Sie verderben mir die gute Meinung, die ich von Ihnen hatte, Graf.»

«Ich bitte Sie nicht, mir zu glauben, Herzog. Nicht ich habe Sie bei der königlichen Jagd aufgesucht.»

«Herzog, er hat recht», meinte die Gräfin. «Monsieur de Balsamo, ich bitte Sie inständig, keine Ungeduld.»

«Wer Zeit hat, wird niemals ungeduldig.»

«Seien Sie so gut ... fügen Sie diese Gunst all jenen Gefälligkeiten bei, die Sie mir schon erwiesen haben, und sagen Sie mir, wie Sie hinter solche Geheimnisse kommen.»

«Ich mache kein Hehl daraus, Madame», erwiderte Balsamo so langsam, als lege er sich seine Antwort Wort für Wort zurecht. «Diese Offenbarung erhalte ich durch eine Stimme.»

«Durch eine Stimme!» riefen der Herzog und die Gräfin wie aus einem Munde. «Eine Stimme, die Ihnen alles sagt?»

«Alles, was ich zu wissen begehre, ja.»

«Eine Stimme hat Ihnen gesagt, Madame de Grammont habe an Ihren Bruder geschrieben?»

«Ich versichere Ihnen, Madame, daß es mir durch eine Stimme mitgeteilt wurde.»

«Das ist wundersam!»

«Aber Sie glauben nicht daran.»

«Offen gestanden, nein, Graf», gab der Herzog zu. «Wie sollten wir an solche Dinge glauben können?»

«Würden Sie denn daran glauben, wenn ich Ihnen sagte, was der Kurier gerade tut, der mit dem Brief an Monsieur de Choiseul betraut ist?»

«Ich meinerseits», ließ sich der Herzog vernehmen, «ich würde daran glauben, wenn ich die Stimme hörte ... Aber es ist ja wohl allein den Herren Geisterbeschwörern oder Magiern vergönnt, das Übernatürliche zu sehen und zu hören.»

Balsamo heftete die Augen auf Monsieur de Richelieu mit einem seltsamen Ausdruck. «Ja», sagte er nach langem Stillschweigen, «nur ich allein sehe und höre übernatürliche Dinge und Wesen. Aber wenn ich es mit Leuten von Ihrem Rang, von Ihrem Geist, Herzog, und von Ihrer Schönheit, Gräfin, zu tun habe, dann bringe ich meine Schätze zum Vorschein und teile ... Wäre es Ihnen sehr gefällig, die geheimnisvolle Stimme zu hören, die mich unterrichtet?»

«Ja», erwiderte der Herzog und ballte die Hände zu Fäusten, damit sie nicht zitterten.

«Ja», stammelte auch die Gräfin und bebte.

«Also gut, Herzog, also gut, Gräfin, Sie werden sie hören. In welcher Sprache soll sie sprechen?»

«Auf französisch, wenn es recht ist», gab die Gräfin zur Antwort. «Ich kenne keine andere Sprache, und im übrigen wäre es mir zu unheimlich.»

«Und was meinen Sie, Herzog?»

«Ich schließe mich Madame an ... auf französisch. Ich lege Wert darauf, zu wiederholen, was der Teufel mir gesagt hat, und zu sehen, ob er wohlerzogen ist und ob er die Sprache meines Freundes Monsieur de Voltaire fehlerfrei spricht.»

Mit gesenktem Kopf schritt Balsamo auf die Tür zu, welche in den kleinen Salon führte, der wiederum mit der Treppe in Verbindung stand.

«Gestatten Sie», fragte er, «daß ich Sie einschließe, um Sie keiner Gefahr auszusetzen?»

Die Gräfin erbleichte und rückte näher an den Herzog heran, dessen Arm sie ergriff.

Als Balsamo an der Tür zur Treppe angelangt war, ging er schnell auf den Punkt des Hauses zu, wo sich Lorenza aufhielt, und sprach mit schallender Stimme auf arabisch folgende Worte, die wir hier übersetzt wiedergeben: «Meine Freundin! ... Hören Sie mich? ... Wenn Sie mich hören, ziehen Sie an der Klingelschnur und klingeln Sie zweimal.»

Und während Balsamo auf den Glockenton wartete, heftete er seinen Blick auf den Herzog und die Gräfin, die Augen und Ohren um so mehr aufsperrten, als sie nicht verstanden, was der Graf sagte.

Das Glöckchen erklang deutlich zweimal hintereinander.

Die Gräfin fuhr auf ihrem Sofa in die Höhe, und der Herzog wischte sich mit seinem Taschentuch die Stirn.

«Da Sie mich also hören», fuhr Balsamo in derselben Sprache fort, «drücken Sie den Marmorknopf, der das rechte Auge der Löwenskulptur auf dem Kamin darstellt. Die Platte wird sich öffnen. Gehen Sie durch diese Öffnung, durchqueren Sie mein Zimmer, steigen Sie die Treppe hinunter, und kommen Sie in das Zimmer, welches an das angrenzt, in dem ich mich befinde.»

Einen Augenblick später erkannte Balsamo an einem Geräusch, so sachte wie ein kaum wahrnehmbarer Hauch, wie ein Geisterflug, daß seine Befehle verstanden und ausgeführt wurden.

«Was ist das für eine Sprache?» fragte Richelieu mit gespielter Selbstsicherheit. «Die Geheimsprache?»

«Jawohl, Herzog, der für die Beschwörung gebräuchliche Dialekt.»

«Haben Sie nicht gesagt, wir würden verstehen?»

«Das, was die Stimme sagt, ja, aber nicht das, was ich sage.»

«Und ist der Teufel gekommen?»

«Wer hat vom Teufel gesprochen, Herzog?»

«Aber ich dachte, man beschwört nur den Teufel.»

«Alles, was mit einem höheren Geist oder mit einem übernatürlichen Wesen begabt ist, kann beschworen werden.»

«Und dieser höhere Geist, dieses übernatürliche Wesen . . . ?»

Balsamo streckte die Hand gegen den Wandbehang aus, der die Tür zum angrenzenden Zimmer abschloß.

«Steht in unmittelbarer Verbindung mit mir, Monseigneur.»

«Mir ist bange», ließ sich die Gräfin vernehmen. «Und Ihnen, Herzog?»

«In der Tat, Gräfin, ich gestehe Ihnen, daß ich fast ebensogern in Mahon oder in Philippsburg wäre.»

«Gräfin, Herzog, wollen Sie jetzt bitte genau zuhören, wenn Sie verstehen wollen», forderte Balsamo sie in strengem Ton auf.

Und er wandte sich zur Tür.

## LXXXV. KAPITEL

### *Die Stimme*

Einen Augenblick lang herrschte feierliche Stille, dann fragte Balsamo auf französisch: «Sind Sie da?»

«Ich bin da», antwortete eine reine, silberhelle Stimme, die durch die Wandteppiche und Türvorhänge hindurch ihren Zuhörern eher metallisch als menschlich klang.

«Teufel! Jetzt wird es interessant», bemerkte der Herzog, «und das alles ohne Fackeln, ohne Magie, ohne Bengalisches Feuer.»

«Das ist unheimlich!» murmelte die Gräfin.

«Achten Sie gut auf meine Fragen», fuhr Balsamo fort.

«Ich bin ganz Ohr.»

«Sagen Sie mir zunächst, wieviele Personen im Augenblick bei mir sind.»

«Zwei.»

«Welchen Geschlechts?»

«Ein Mann und eine Frau.»

«Lesen Sie in meinen Gedanken den Namen des Mannes.»

«Der Herzog von Richelieu.»

«Und den der Frau?»

«Die Gräfin Dubarry.»

«Ah! Ah!» murmelte der Herzog. «Das ist verblüffend.»

«Ich muß gestehen», gab die Gräfin zitternd zu, «ich muß gestehen, daß ich so etwas noch nie erlebt habe.»

«Gut», meinte Balsamo, «nun lesen Sie den ersten Satz des Briefes, den ich in der Hand halte!»

Die Stimme gehorchte.

Die Gräfin und der Herzog sahen sich mit einem Erstaunen an, das schon an Bewunderung grenzte.

«Was ist aus dem Brief geworden, nach dem Sie mir diesen hier diktiert haben?»

«Er ist unterwegs.»

«In welche Richtung?»

«Nach Westen.»

«Ist er weit von hier?»

«Oh! Ja, sehr weit, sehr weit.»

«Wer hat ihn bei sich?»

«Ein Mann, der eine grüne Jacke, eine Pelzmütze und schwere Stiefel trägt.»

«Ist er zu Fuß oder zu Pferd unterwegs?»

«Zu Pferd.»

«Was für ein Pferd reitet er?»

«Einen Schecken.»

«Wo sehen Sie ihn?»

Es trat eine kurze Stille ein.

«Sehen Sie genau hin!» befahl Balsamo.

«Auf einer breiten, von Bäumen gesäumten Landstraße.»

«Auf welcher Landstraße?»

«Ich weiß es nicht. Alle Landstraßen sehen ähnlich aus.»

«Was! Nichts weist darauf hin, um welche Straße es sich handelt? Kein Pfeiler, keine Inschrift, nichts?»

«Warten Sie, warten Sie! Ein Wagen fährt dicht an dem Reiter vorbei. Er kreuzt ihn und kommt nun auf mich zu.»

«Was für eine Art von Wagen?»

«Ein schwerer Wagen voll mit Geistlichen und Soldaten.»

«Eine Postkutsche», murmelte Richelieu.

«Trägt dieser Wagen keine Aufschrift?» fragte Balsamo.

«Doch», gab die Stimme zur Antwort.

«Lesen Sie!»

«Auf dem Wagen lese ich ‹Versailles› mit gelben, schon fast verblichenen Buchstaben.»

«Wenden Sie sich nun von dem Wagen ab und folgen Sie dem Kurier.»

«Ich sehe ihn nicht mehr.»

«Warum sehen Sie ihn nicht mehr?»

«Weil die Straße eine Biegung macht.»

«Nehmen Sie die Biegung und holen Sie ihn wieder ein.»

«Oh! Er reitet, was sein Pferd hergibt. Er schaut auf die Uhr.»

«Was erkennen Sie vor dem Pferd?»

«Eine lange Allee, herrliche Bauten, eine große Stadt.»

«Folgen Sie ihm immer weiter.»

«Ich folge ihm.»

«Nun?»

«Der Kurier treibt sein Pferd noch immer mit Peitschenhieben an. Das Tier ist schweißgebadet. Seine Hufeisen machen auf dem Pflaster einen Lärm, daß sich alle Vorübergehenden umdrehen. Ah! Jetzt biegt der Kurier in eine lange, abwärts führende Straße ein. Er wendet sich nach rechts. Er zügelt sein Pferd. Er hält vor dem Tor eines gewaltigen Palais.»

«Von nun an müssen Sie ihm mit besonderer Aufmerksamkeit folgen, verstehen Sie?»

Die Stimme stieß einen Seufzer aus.

«Sie sind müde. Ich verstehe das.»

«Oh! Ich bin wie erschlagen.»

«Auf daß diese Müdigkeit verschwinde, ich will es!»

«Ah!»

«Nun?»

«Danke.»

«Sind Sie noch immer müde?»

«Nein.»

«Sehen Sie den Kurier noch?»

«Warten Sie ... Ja, ja, er steigt eine breite Steintreppe hinauf. Ein Diener in blauer, mit Gold durchwirkter Livree geht ihm voran. Er durchschreitet große Salons voller Goldverzierungen. Er kommt an ein erleuchtetes Studierzimmer. Der Lakai öffnet die Türe und zieht sich zurück.»

«Was sehen Sie weiter?»

«Der Kurier grüßt.»

«Wen grüßt er?»

«Warten Sie ... Er grüßt einen Mann, der mit dem Rücken zur Tür an einem Schreibtisch sitzt.»

«Wie ist dieser Mann gekleidet?»

«Oh! In großer Toilette, als ginge er auf einen Ball.»

«Hat er irgendeine Auszeichnung?»

«Er trägt ein breites, kreuzweise übereinandergelegtes blaues Band.»

«Und sein Gesicht?»

«Ich kann es nicht erkennen ... Ah!»

«Was?»

«Er dreht sich um.»

«Wie sieht sein Gesicht aus?»

«Ein lebhafter Blick, unregelmäßige Züge, schöne Zähne.»

«Welches Alter?»

«Zwischen fünfzig und sechzig Jahre.»

«Der Herzog!» flüsterte die Gräfin dem Marschall zu. «Das ist der Herzog.»

Der Marschall machte ein Zeichen mit dem Kopf, was soviel bedeutete wie: «Ja, er ist es ... aber hören Sie weiter.»

«Was passiert jetzt?» fragte Balsamo.

«Der Kurier übergibt dem Mann mit dem blauen Ordensband ...»

«Sie können ‹Herzog› sagen. Er ist ein Herzog.»

«Der Kurier», wiederholte die gehorsame Stimme, «übergibt dem Herzog einen Brief, den er aus einer ledernen Tasche zieht, die er auf seinem Rücken trägt. Der Herzog entsiegelt ihn und liest ihn aufmerksam.»

«Weiter?»

«Er nimmt eine Feder und ein Blatt Papier zur Hand und schreibt.»

«Er schreibt!» murmelte Richelieu. «Teufel! Wenn man wissen könnte, was er schreibt, das wäre großartig.»

«Sagen Sie mir, was er schreibt!» befahl Balsamo.

«Ich kann nicht.»

«Weil Sie zu weit entfernt sind. Treten Sie in das Studierzimmer. Sind Sie dort?»

«Ja.»

«Beugen Sie sich über seine Schulter.»

«Die Schrift ist schlecht, fein, verschnörkelt.»

Die Gräfin und Richelieu hielten den Atem an.

«Lesen Sie», befahl Balsamo in gebieterischem Ton.

«*Meine Schwester*», ließ sich die Stimme vernehmen, «*beruhigen Sie sich. Es stimmt, die Krise hat stattgefunden. Es stimmt auch, daß sie schwer war. Doch sie ist vorüber. Ich erwarte mit Ungeduld den morgigen Tag, denn morgen gedenke ich meinerseits in die Offensive zu gehen, und alles läßt mich auf einen entscheidenden Erfolg hoffen. Im Hinblick auf das Parlament von Rouen, auf Mylord X ... und auch auf den Knalleffekt der Streitschriften steht alles zum besten.*

*Morgen nach meiner Arbeit mit dem König werde ich diesem Brief eine Nachschrift anfügen und ihn mit demselben Kurier an Sie schicken.*»

Mit seiner ausgestreckten Linken schien Balsamo der Stimme jedes Wort mühevoll zu entreißen, während er mit der rechten Hand hastig die

Zeilen notierte, die Monsieur de Choiseul in seinem Versailler Studierzimmer niederschrieb.

«Ist das alles?» fragte Balsamo.

«Das ist alles.»

«Was tut der Herzog jetzt?»

«Er faltet das Papier, auf das er soeben geschrieben hat. Jetzt faltet er es noch einmal und steckt es in eine kleine rote Brieftasche, die er aus der linken Tasche seines Rockes zieht.»

Mit ausgestreckter Hand schien Balsamo der Stimme jedes Wort zu entreißen.

«Sie hören?» fragte Balsamo die völlig verblüffte Gräfin. «Und nun?»

«Nun entläßt er den Kurier und sagt etwas zu ihm.»

«Was sagt er?»

«Ich habe nur das Ende des Satzes gehört.»

«Und das war? . . .»

«‹Um ein Uhr am Gitter von Trianon.› Der Kurier grüßt und entfernt sich.»

«Das paßt zusammen», meinte Richelieu. «Er bestellt den Kurier für den Zeitpunkt, da er mit der Arbeit fertig ist, wie es in seinem Brief steht.» Balsamo gebot ihm mit einem Handzeichen Ruhe.

«Was tut der Herzog jetzt?» fragte er.

«Er erhebt sich. Er hält den Brief in der Hand, den man ihm überbracht hat. Er geht direkt auf sein Bett zu, schlüpft in den Gang zwischen Bett und Wand, drückt eine Feder herunter, die eine eiserne Kassette aufspringen läßt. Er wirft den Brief hinein und schließt die Kassette wieder.»

«Oh!» riefen der Herzog und die Gräfin gleichzeitig ganz bleich. «Oh! Das ist in der Tat Zauberei!»

«Wissen Sie nun alles, was Sie zu wissen wünschten, Madame?» erkundigte sich Balsamo.

«Graf», sprach Madame Dubarry, wobei sie sich ihm mit Schrecken näherte, «Sie haben mir soeben einen Dienst erwiesen, den ich mit zehn Jahren meines Lebens bezahlen würde, oder vielmehr, den ich niemals werde bezahlen können. Verlangen Sie von mir, was immer Sie wollen.»

«O Madame, Sie wissen, daß wir schon in Rechnung stehen.»

«Sagen Sie, sagen Sie, was Sie wünschen.»

«Die Zeit ist noch nicht gekommen.»

«Nun, wenn sie gekommen ist, und wäre es eine Million ...»

Balsamo lächelte.

«Ei, Gräfin!» rief der Marschall. «Eher wäre es an Ihnen, den Grafen um eine Million zu bitten. Ein Mann, der weiß, was er weiß, und der insbesondere sieht, was er sieht, entdeckt der nicht das Gold und die Diamanten im Innern der Erde, wie er die Gedanken im Herzen der Menschen entdeckt?»

«Dann werfe ich mich in meiner Ohnmacht nieder, Graf», folgerte die Gräfin.

«Nein, Gräfin, eines Tages werden Sie es mir vergelten. Ich werde Ihnen Gelegenheit dazu geben.»

«Graf», wandte sich der Herzog an Balsamo, «ich bin eingenommen, besiegt, vernichtet! Ich glaube.»

«Wie der heilige Thomas geglaubt hat, nicht wahr, Herzog? Das nennt man nicht glauben, das nennt man sehen.»

«Nennen Sie es, wie Sie wollen. Jedenfalls leiste ich förmlich Abbitte, und wenn man künftig mit mir über Zauberer spricht, dann weiß ich, was ich zu sagen habe.»

Balsamo lächelte.

«Madame», wandte er sich an die Gräfin, «wollen Sie mir nun etwas erlauben?»

«Bitte, sprechen Sie!»

«Mein Geist ist ermüdet. Lassen Sie mich ihm seine Freiheit durch einen Zauberspruch wiedergeben.»

«Nur zu, Monsieur!»

«Lorenza», rief Balsamo auf arabisch, «ich danke dir. Ich liebe dich. Geh jetzt auf dem gleichen Weg, auf dem du gekommen bist, in dein Zimmer zurück, und warte dort auf mich. Geh, meine Vielgeliebte!»

«Ich bin sehr müde», erwiderte die Stimme auf italienisch, noch sanfter als während der Beschwörung. «Beeile dich, Acharat. Ich gehe.»

Und man hörte, wie sich die Schritte sachte entfernten.

Als Balsamo sich von Lorenzas Abgang überzeugt hatte, verneigte er sich tief, aber mit majestätischer Würde vor seinen Besuchern, die, beide erschrocken und überwältigt von den auf sie einstürmenden Gedanken, eher wie Trunkene denn wie vernunftbegabte Wesen zu ihrem Fiaker zurückkehrten.

## LXXXVI. KAPITEL

### *Ungnade*

Am nächsten Tag – die große Turmuhr von Versailles schlug eben elf Uhr – trat Ludwig XV. aus seinen Gemächern und durchschritt die an sein Schlafzimmer angrenzende Galerie. Dabei rief er mit lauter, barscher Stimme: «Monsieur de la Vrillière!»

Der König war blaß und schien unruhig. Je mehr Mühe er sich gab, seine Unruhe zu verbergen, desto deutlicher war sie an seiner Verlegenheit abzulesen.

Eisiges Schweigen herrschte alsbald in den Reihen der Höflinge, unter denen sich auch der Herzog von Richelieu und der Vicomte Jean Dubarry befanden, welche ruhig wirkten und Gleichgültigkeit vortäuschten.

Der Herzog von Vrillière kam herbei und nahm aus den Händen des Königs einen Geheimbrief entgegen, den Seine Majestät ihm reichte.

«Ist der Herzog von Choiseul in Versailles?» fragte der König.

«Sire, seit gestern; er ist um zwei Uhr nachmittags aus Paris zurückgekehrt.»

«Ist er in seinem Palais? Ist er im Schloß?»

«Er ist im Schloß, Sire.»

«Gut», sprach der König, «bringen Sie ihm diesen Befehl, Herzog.»

Ein langgezogenes Säuseln lief durch die Reihen der Zuschauer, die sich alle flüsternd zur Seite neigten wie Ähren unter dem Ansturm des Windes.

Stirnrunzelnd, als wolle er noch mehr Schrecken verbreiten, kehrte der König in sein Arbeitszimmer zurück, gefolgt von seinem Gardehauptmann und dem Befehlshaber der Chevaulegers.

Alle Blicke waren auf Monsieur de la Vrillière gerichtet, der, selbst unruhig über den Auftrag, den er ausführen sollte, langsam den Schloßhof überquerte und sich zur Residenz Monsieur de Choiseuls begab.

Unterdessen wurden um den alten Marschall herum die verschiedensten Stimmen laut. Die einen äußerten sich drohend, die anderen schüchtern, während der Marschall sich erstaunter als alle anderen gab. Davon ließ sich jedoch, da er gleichzeitig wissend lächelte, niemand täuschen.

Monsieur de la Vrillière kam zurück und wurde sogleich umringt.

«Nun?» fragten alle zugleich.

«Tja, es war ein Verbannungsbefehl.»

«Verbannungsbefehl?»

«Ja, in aller Form.»

«Haben Sie ihn gelesen, Herzog?»

«Ich habe ihn gelesen.»

«Tatsächlich?»

«Urteilen Sie selbst.»

Und der Herzog von Vrillière wiederholte den Wortlaut, den er mit dem erbarmungslosen Gedächtnis, das den Höfling auszeichnet, behalten hatte:

*«Mein Vetter, da ich mit Ihren Diensten äußerst unzufrieden bin, sehe ich mich gezwungen, Sie nach Chanteloup zu verbannen, wohin Sie sich innerhalb von vierundzwanzig Stunden begeben werden. Ich hätte Sie ohne meine besondere Wertschätzung für Madame de Choiseul, deren Gesundheit mir sehr am Herzen liegt, noch weiter entfernt. Geben Sie acht, daß Ihr Verhalten mich nicht zu einem anderen Entschluß veranlaßt.»*

Ein anhaltendes Raunen ging durch die Gruppe, welche den Herzog von Vrillière umgab.

«Und was hat er Ihnen geantwortet, Monsieur de Saint-Florentin?» wollte Richelieu wissen, der dem Herzog absichtlich weder seinen neuen Titel noch seinen neuen Namen mitteilte.

«Er antwortete: ‹Herzog, ich bin davon überzeugt, daß es Ihnen großes Vergnügen bereitet, mir diesen Brief zu überbringen.›»

«Das war hart, mein armer Herzog», bedauerte Jean.

«Was soll's, Vicomte! Einen solchen Ziegelstein bekommt man eben nicht auf den Kopf, ohne ein wenig zu schreien.»

«Und was wird er jetzt tun? Können Sie schon etwas sagen?» fragte Richelieu.

«Nun, höchstwahrscheinlich wird er gehorchen.»

«Hm!» machte der Marschall.

«Hier ist der Herzog!» verkündete Jean, der am Fenster Wache stand.

«Er kommt hierher!» rief der Herzog von Vrillière.

«Wenn ich es Ihnen doch gesagt habe, Monsieur de Saint-Florentin.»

«Er überquert den Hof», fuhr Jean fort.

«Allein?»

«Völlig allein, seine Aktentasche unter dem Arm.»

«Ach, mein Gott!» murmelte Richelieu. «Wird die Szene von gestern wieder von vorne beginnen?»

«Reden Sie nicht davon, mich schaudert», wehrte Jean ab.

Er hatte noch nicht zu Ende gesprochen, als der Herzog von Choiseul, erhobenen Hauptes und selbstsicheren Blickes, am Eingang der Galerie auftauchte und mit seinem ruhigen, klaren Blick alle seine Feinde niederzuschmettern schien.

Niemand war nach allem, was sich ereignet hatte, auf einen solchen Schritt gefaßt. Daher stellte sich ihm niemand in den Weg.

«Sind Sie sicher, richtig gelesen zu haben?» fragte Jean.

«Weiß Gott, ja!»

«Und nach einem Brief wie dem, den Sie uns zitierten, wagt er sich noch hierher?»

«Mein Ehrenwort, ich verstehe gar nichts mehr.»

«Aber der König wird ihn in die Bastille werfen lassen.»

«Das gibt einen fürchterlichen Skandal!»

«Er könnte mir beinahe leid tun.»

«Ah! Eben tritt er beim König ein. Das ist unerhört!»

Tatsächlich drang der Herzog, ohne auf den Widerstand zu achten, den ihm der verblüffte Türsteher entgegensetzen wollte, bis in das Arbeitszimmer des Königs vor, der beim Anblick des Herzogs einen Schrei des Erstaunens von sich gab.

Der Herzog hielt den königlichen Geheimbefehl in der Hand. Er zeigte ihn dem König mit einem fast lächelnden Gesicht.

«Sire», begann er, «wie mich Eure Majestät gestern schon vorzuwarnen die Güte hatte, habe ich vorhin abermals einen Brief erhalten.»

«Ja, Monsieur», erwiderte der König.

«Und da Eure Majestät mir gestern zu sagen geruhte, ich solle niemals einen Brief als ernst gemeint erachten, sofern er nicht durch das ausdrückliche Wort des Königs bestätigt wird, komme ich nun, eine Erklärung zu erbitten.»

«Sie wird kurz sein, Herzog», versetzte der König. «Heute ist der Brief gültig.»

«Gültig!» entfuhr es dem Herzog. «Ein so verletzender Brief für einen so treu ergebenen Diener!»

«Ein ergebener Diener, Monsieur, läßt seinen Herrn keine lächerliche Rolle spielen.»

«Sire», entgegnete der Minister hoffärtig, «ich glaubte, in ausreichender Nähe zum Thron geboren zu sein, um dessen Erhabenheit zu begreifen.»

«Monsieur», gab der König kurz angebunden zurück, «ich will Sie nicht lange im unklaren lassen. Gestern abend haben Sie im Studierzimmer Ihres Palais in Versailles einen Kurier von Madame de Grammont empfangen.»

«Das ist richtig, Sire.»

«Er hat Ihnen einen Brief überbracht.»

«Ist es einem Bruder und einer Schwester verboten, Briefe zu wechseln?»

«Warten Sie ab, wenn's gefällig ist. Ich kenne den Inhalt dieses Briefes.»

«Oh! Sire ...»

«Hier ist er ... ich habe mir die Mühe gemacht, ihn eigenhändig abzuschreiben.»

Und der König reichte dem Herzog eine genaue Abschrift des Briefes, den er erhalten hatte.

«Sire!»

«Leugnen Sie nicht, Herzog. Sie haben diesen Brief in eine eiserne Kassette eingeschlossen, die im Gang hinter Ihrem Bett angebracht ist!»

Der Herzog wurde bleich wie ein Gespenst.

«Das ist noch nicht alles», fuhr der König unerbittlich fort. «Sie haben Madame de Grammont geantwortet. Auch den Inhalt dieses Briefes kenne ich. Der Brief befindet sich in Ihrer Aktentasche und soll noch eine Nachschrift erhalten, die Sie anfügen wollen, sobald Sie mich verlassen. Sie sehen, ich bin unterrichtet, nicht wahr?»

Der Herzog wischte sich die Stirn, welche von eiskaltem Schweiß bedeckt war. Er verneigte sich wortlos und verließ schwankend, als hätte ihn der Schlag getroffen, das Arbeitszimmer.

Doch er war ein Mann von großer Willensstärke. Sobald er die Galerie erreichte, nahm er seine ganze Kraft zusammen und schritt hocherhobenen Hauptes durch die Reihen der Höflinge. Darauf kehrte er in seine Wohnung zurück, um verschiedene Papiere wegzuschließen oder zu verbrennen.

Eine Viertelstunde später fuhr er in seiner Karosse vom Schloß ab.

Die Tatsache, daß Monsieur de Choiseul in Ungnade gefallen war, schlug wie der Blitz in ganz Frankreich ein.

Die Parlamente, welche die Duldsamkeit des Ministers hatte gewähren lassen, verkündeten, der Staat habe seine festeste Stütze verloren. Als Angehöriger des Adels hatte er auch diesen hinter sich. Die Geistlichkeit war von diesem Mann, dessen persönliche Würde, zuweilen bis zum Hochmut gesteigert, seinem Ministeramt ein priesterliches Ansehen verlieh, stets schonungsvoll behandelt worden.

Die enzyklopädische oder philosophische Partei, die schon sehr zahlreich und vor allem sehr einflußreich war, weil sie die Aufgeklärten, die Gebildeten und die Unzufriedenen anzog, erhob lautes Geschrei. Choiseul hatte Voltaire beweihräuchert, die Enzyklopädisten mit Pensionen versehen und die Tradition Madame de Pompadours, die den Literaten und Philosophen stets eine wohlwollende Mäzenin gewesen war, aufrechterhalten und weiterentwickelt.

Das Volk hatte noch sehr viel mehr Grund zu klagen als all die anderen Unzufriedenen. Es klagte daher auch, zwar ohne eine Begründung zu geben, doch wie immer rührte es an die unschöne Wahrheit, die offene Wunde.

Im großen und ganzen gesehen, war Monsieur de Choiseul ein schlechter Minister und ein schlechter Bürger. Verglichen mit anderen jedoch war er ein Ausbund an Tugend, Moral und Patriotismus. Wenn das hungernde Volk auf dem Land von der Verschwendungssucht Seiner Majestät und den kostspieligen Launen Madame Dubarrys hörte, die den Staatshaushalt ruinierten; wenn ihm Meinungen zu Ohren kamen, wie sie *L'Homme aux quarante écus* oder *Der Gesellschaftsvertrag*, *Les Nouvelles à la main* und *Les Idées singulières d'un bon citoyen* vertraten, dann befürchtete das Volk, es werde wieder in die unreinen Hände der Favoritin, die, wie Beauveau sagte, weniger achtbar als die Frau eines Köhlers sei, und in die Hände der Günstlinge der Favoritin fallen.

Nicht daß das Volk, das viele Abneigungen hegte, besondere Vorlieben an den Tag gelegt hätte. Es liebte die Parlamente nicht, da sie, die eigentlich zum Schutze des Volkes bestellt waren, es stets im Stich gelassen und statt dessen über müßige Verfahrensfragen oder parlamentseigene Interessen verhandelt hatten; denn die Parlamente, auf die der falsche Widerschein der königlichen Allmacht ein schlechtes Licht warf, waren der Einbildung erlegen, eine Art Aristokratie zwischen Adel und Volk zu sein.

Auch den Adel liebte das Volk nicht, das erlaubte weder sein Instinkt noch sein Gedächtnis. Es fürchtete das Schwert ebensosehr, wie es die Kirche haßte, und die Entlassung Monsieur de Choiseuls ließ es ungerührt. Aber das Wehgeschrei des Adels, der Geistlichkeit, der Parlamente waren nicht zu überhören, und um so mehr berauschte sich das Volk an seinem eigenen Murren.

Dieses Gefühl wurde bald in andere Bahnen gelenkt und drückte sich in Mitleid für Monsieur de Choiseul aus, dessen Name eine gewisse Popularität erlangte.

Ganz Paris – diese Tatsache läßt sich nachweisen – begleitete den Verbannten, der nach Chanteloup abreiste, bis zu den Stadttoren.

Das Volk stand Spalier, als die Karossen vorrüberrollten. Parlamentsmitglieder und Höflinge, die vom Herzog nicht mehr hatten empfangen werden können, stellten ihre Gespanne vor den Reihen des Volkes auf, um ihn im Vorüberfahren zu grüßen und ein Zeichen des Abschieds von ihm zu erhalten.

Am dichtesten war das Gedränge an der Barrière d'Enfer, von wo aus die Straße nach der Touraine führt. Hier strömten so viele Passanten, Reiter und Karossen zusammen, daß der Verkehr über mehrere Stunden lahmgelegt wurde.

Als es dem Herzog endlich gelang, über die Stadtgrenze hinauszukommen, sah er sich von mehr als hundert Wagen begleitet, die gleichsam einen Heiligenschein um den seinen bildeten.

Zurufe und Seufzer folgten ihm noch immer. Er besaß zuviel Geist und zuviel Klarsicht, um nicht zu verstehen, daß das ganze Geschrei weniger der Trauer um seine Person galt als vielmehr der Furcht vor den Unbekannten, die seinen Platz einnehmen würden.

Eine Postkutsche kam im Galopp auf der überfüllten Straße herangeprescht, und ohne die Geschicklichkeit des Kutschers wären die mit Staub und Schweiß bedeckten Pferde um ein Haar mit dem Gespann Monsieur de Choiseuls zusammengestoßen.

Ein Kopf neigte sich aus dieser Postkutsche, ebenso wie sich Monsieur de Choiseul aus seinem Wagen beugte.

Monsieur d'Aiguillon verbeugte sich tief vor dem abgesetzten Minister, dessen Erbschaft er antreten wollte. Monsieur de Choiseul zog sich schnell ins Innere des Wagens zurück. Eine einzige Sekunde hatte ausgereicht, um die Lorbeeren seiner Niederlage zu vergiften.

Doch im selben Augenblick und wie zur Entschädigung tauchte ein Achtspänner mit dem Wappen Frankreichs auf, der, sei es nun aus Zufall oder infolge der Verkehrsdichte, nicht die große Landstraße benutzte und somit Monsieur de Choiseuls Karosse begegnete.

Die Dauphine saß mit ihrer Ehrendame, Madame de Noailles, auf dem Hintersitz.

Auf dem Vordersitz befand sich Mademoiselle Andrée de Taverney.

Ganz rot vor Vergnügen und freudigem Stolz, beugte sich Monsieur de Choiseul aus dem Wagenschlag und verneigte sich tief.

«Leben Sie wohl, Madame!» rief er mit bebender Stimme.

«Auf Wiedersehen, Monsieur de Choiseul», erwiderte die Dauphine mit einem kaiserlichen Lächeln und majestätischer Verachtung jeglicher Etikette.

«Es lebe Monsieur de Choiseul!» schrie eine begeisterte Stimme, bei deren Klang sich Mademoiselle Andrée rasch umwandte.

«Vorsicht! Vorsicht!» riefen die berittenen Begleiter der Prinzessin und nötigten Gilbert, der sich bleich und begierig vorgedrängt hatte, sich wieder in die Reihe am Straßengraben einzugliedern.

Es war tatsächlich unser Held, der in philosophischer Begeisterung gerufen hatte: «Es lebe Monsieur de Choiseul!»

## LXXXVII. KAPITEL

### *Der Herzog von Aiguillon*

Trug man in Paris und auf der Landstraße nach Chanteloup auch betrübte Mienen und verweinte Augen zur Schau, so waren in Luciennes nur freudestrahlende Gesichter zu sehen. Dort thronte nun nämlich nicht mehr nur eine Sterbliche, die schönste und verehrungswürdigste aller Sterblichen, wie die Höflinge und die Dichter zu sagen pflegten, sondern eine wahre Gottheit, die Frankreich regierte.

Am Abend desselben Tages, an dem Monsieur de Choiseul in Ungnade gefallen war, verstopften daher dieselben Wagen, die am Morgen hinter der Karosse des verbannten Ministers hergefahren waren, die Straße nach Luciennes. Obendrein fanden sich all diejenigen, die entweder durch Bestechung oder durch Liebedienerei zu den Anhängern des Kanzlers zählten, vor dem Palast von Madame Dubarry ein.

Doch Madame Dubarry besaß ihre eigene Polizei: Jean wußte bis auf den letzten Baron die Namen all jener, die dem scheidenden Choiseul noch Blumen zugeworfen hatten. Er teilte der Gräfin ihre Namen mit, und sie wurden erbarmungslos ausgeschlossen, während der Mut, mit dem sich die anderen gegen die öffentliche Meinung gestellt hatten, durch das schützende Lächeln und den strahlenden Anblick der Göttin des Tages belohnt wurde.

Richelieu, der Held des Tages, allerdings ein verborgener und insbesondere bescheidener Held, sah den Strom der Besucher vorüberziehen und nahm den letzten Sessel im Boudoir ein.

«Man muß gestehen», meinte die Gräfin, «daß der Graf von Balsamo oder von Phönix, wie auch immer Sie ihn nennen wollen, der erste Mann dieser Stunde ist. Es wäre sehr bedauerlich, wenn man die Zauberer auch weiterhin verbrennen würde.»

«Allerdings, Gräfin, ja, er ist ein sehr großer Mann», pflichtete Richelieu ihr bei.

«Und ein sehr schöner Mann. Ich habe Gefallen an diesem Mann gefunden, Herzog.»

«Sie werden mich noch eifersüchtig machen», scherzte Richelieu, den es jedoch drängte, dem Gespräch wieder einen ernsteren Ton zu geben. «Er gäbe einen furchtbaren Polizeiminister ab, dieser Graf von Phönix.»

«Daran habe ich auch gedacht», erwiderte die Gräfin. «Nur ist es unmöglich.»

«Warum, Gräfin?»

«Weil er seine Kollegen unmöglich machen würde.»

«Wieso?»

«Wo er doch alles weiß und all ihre Spiele durchschauen würde ...»

Richelieu errötete unter seinem Gesichtspuder.

«Gräfin», gab er zurück, «wenn ich sein Kollege wäre, so wollte ich, daß er immer an meinem Spiel beteiligt wäre und Ihnen laufend die Karten mitteilte. Sie würden dann stets den Herzbuben auf den Knien vor der Dame und zu Füßen des Königs sehen.»

«Es gibt niemanden, der mehr Witz hätte als Sie, mein lieber Herzog», versetzte die Gräfin. «Aber sprechen wir ein wenig von unserem Ministerium ... Ich dachte, Sie hätten Ihren Neffen benachrichtigen lassen?»

«D'Aiguillon? Er ist eingetroffen, Madame, und zwar unter Vorzeichen, die ein römischer Seher als die günstigsten bezeichnet hätte: Seine Karosse ist der des abreisenden Monsieur de Choiseul begegnet.»

«Das ist in der Tat ein günstiges Vorzeichen», stimmte die Gräfin zu. «Er wird also kommen?»

«Madame, wenn Monsieur d'Aiguillon von jedermann in Luciennes gesehen würde, noch dazu in einem Augenblick wie diesem, so gäbe das Anlaß zu allem möglichen Gerede. Ich habe ihn gebeten, unten im Dorf zu bleiben, bis ich auf Ihren Befehl hin nach ihm schicken lasse.»

«Dann lassen Sie ihn rufen, Marschall, und zwar auf der Stelle, denn nun sind wir allein oder wenigstens beinahe.»

«Gerne, um so mehr, als wir uns vollkommen geeinigt haben, nicht wahr, Gräfin?»

«Durchaus, Herzog. Sie ziehen ... den Krieg den Finanzen vor, nicht wahr? Oder begehren Sie vielleicht die Marine?»

«Ich ziehe den Krieg vor, Madame. Dabei kann ich die besten Dienste leisten.»

«Das ist richtig. Ich werde also in diesem Sinne mit dem König reden. Sie haben keine Abneigungen?»

«Gegen wen?»

«Gegen diejenigen Ihrer Kollegen, die Seine Majestät vorschlagen wird.»

«Mit niemandem auf der Welt läßt es sich leichter auskommen als mit mir, Madame. Doch Sie gestatten nun, daß ich meinen Neffen rufen lasse, da Sie ihm die Gunst erweisen wollen, ihn zu empfangen.»

Richelieu trat ans Fenster. Der letzte Schimmer der Abenddämmerung beleuchtete noch den Hof. Er winkte einem seiner Lakaien, der vor diesem Fenster gewartet hatte und auf sein Zeichen sofort losrannte.

Zehn Minuten später fuhr ein Wagen in den ersten Hof ein. Die Gräfin wandte ihren Blick rasch zum Fenster.

Richelieu bemerkte diese Bewegung, die ihm als ein vortreffliches Vorzeichen für die Aussichten Monsieur d'Aiguillons und folglich auch für die seinen erschien.

«Sie schätzt den Onkel», dachte er bei sich, «und sie findet Gefallen an dem Neffen. Wir werden hier die Herren sein.»

Während er so seinen Hirngespinsten nachhing, vernahm man ein leises Geräusch an der Tür, und der Kammerdiener meldete den Herzog von Aiguillon.

Er war ein sehr schöner und anmutiger Herr. Seine Art, sich zu kleiden, war ebenso kostspielig wie elegant und geschmackvoll. Monsieur d'Aiguillon hatte die Frische der Jugend bereits hinter sich, doch gehörte er zu den Menschen, die durch ihren Blick und ihren Willen bis ins hohe Alter hinein jung bleiben. Er vereinigte auf sich die Sanftheit des Dichters, den Adel des vornehmen Herrn, die Geschmeidigkeit und das Markige eines Musketiers. Für die Gräfin war er in dreifacher Hinsicht ein Ideal: In einem einzigen Modell fand sie drei Typen, welche diese schöne, sinnliche Frau aus Instinkt lieben mußte.

Durch eine seltsame Fügung oder, genauer gesagt, durch eine Verkettung von Umständen, welche die geschickte Taktik Monsieur d'Aiguillons herbeigeführt hatte, waren sich diese beiden Helden des öffentlichen Hasses, die Kurtisane und der Höfling, am Hofe noch nicht von Angesicht zu Angesicht begegnet.

Seit drei Jahren war Monsieur d'Aiguillon in der Tat ständig entweder in der Bretagne oder in seinem Arbeitszimmer beschäftigt. Er hatte sich selten am Hofe blicken lassen, wußte er doch, daß es bald zu einer günstigen oder ungünstigen Krise kommen würde: Im ersten Fall wäre es besser, den von ihm zu Regierenden den Vorzug des Unbekannten zu bieten; im zweiten Fall wäre es von Vorteil, unterzutauchen, ohne allzu viele Spuren zu hinterlassen, um später leicht mit einem neuen Gesicht dem Abgrund wieder entsteigen zu können.

Und noch ein weiterer Grund spielte bei all seinen Berechnungen eine

Der Herzog von Aiguillon war ein schöner und anmutiger Herr.

wesentliche Rolle; und obgleich dieser in den Bereich des Romans gehört, war er der ausschlaggebende.

Bevor Madame Dubarry Gräfin wurde und jede Nacht mit ihren Lippen die Krone Frankreichs berührte, war sie ein hübsches, lachendes und allgemein begehrtes Geschöpf gewesen. Man hatte sie geliebt, ein Glück, auf das sie nicht mehr zählen konnte, seitdem man sie fürchtete.

Unter all den jungen, reichen, mächtigen und schönen Männern, die Jeanne Vaubernier den Hof gemacht hatten; unter all den Dichterlingen, die am Ende von zwei Versen stets die Worte *Lange* und *Ange* anfügten, hatte sich der Herzog von Aiguillon damals besonders hervorgetan. Doch sei es, daß Mademoiselle Lange doch nicht so leicht zugänglich gewesen war, wie ihre Verleumder dies von ihr behaupteten, sei es schließlich, und dies beraubt keinen von beiden eines Verdienstes, daß die plötzliche Liebe des Königs die beiden Herzen getrennt hatte, die schon im Begriff waren, sich zu verständigen; jedenfalls hatte Monsieur d'Aiguillon Verse, Akrostichons, Sträuße und Parfums wieder zurückgenommen; Mademoiselle Lange hatte ihre Tür in der Rue des Petits-Champs geschlossen; der Herzog war, seine Seufzer unterdrückend, in die Bretagne gezogen, und Mademoiselle Lange hatte all die ihrigen nach Versailles geschickt, an den Baron von Gonesse, das heißt an den König von Frankreich.

Daher hatte das plötzliche Verschwinden d'Aiguillons Madame Dubarry zunächst herzlich wenig bekümmert, weil sie Angst vor der Vergangenheit hatte. Doch als sie in der Folge die schweigsame Haltung ihres ehemaligen Verehrers wahrnahm, wurde sie neugierig, geriet bald darauf in Erstaunen, und da sie von ihrer Stellung aus die Menschen gut beurteilen konnte, so urteilte sie, daß dieser ein wahrer Mann von Geist sei.

Eine solche Auszeichnung durch die Gräfin war viel, aber noch nicht alles. Der Moment sollte kommen, da sie d'Aiguillon vielleicht als einen Mann von Herz beurteilen würde.

Offen gestanden hatte die arme Mademoiselle Lange ihre Gründe, die Vergangenheit zu fürchten. Ein Musketier, ein ehemals glücklicher Geliebter, wie er sagte, war eines Tages bis nach Versailles vorgedrungen, um von Mademoiselle Lange ein wenig von ihren früheren Gunstbezeigungen zu erbitten. Obgleich sie diese Anmaßung rasch durch einen ganz königlichen Hochmut erstickt hatte, wurde im sittenstrengen Palast von Madame de Maintenon nicht minder über die peinliche Angelegenheit gelästert.

Man hat gesehen, daß der Marschall in all seinen Gesprächen mit Madame Dubarry nie auf die Bekanntschaft seines Neffen mit Mademoiselle Lange anspielte. Dieses Schweigen eines Mannes, der stets die heikelsten Dinge der Welt auszusprechen pflegte, hatte die Gräfin tief erstaunt, um nicht zu sagen beunruhigt. Sie wartete daher ungeduldig auf Monsieur d'Aiguillon, um endlich zu erfahren, ob der Marschall sich nur zurückgehalten oder wirklich von nichts gewußt habe.

Der Herzog trat ein.

Mit ungezwungener Ehrerbietung und selbstsicher genug, um beim Gruß genau die Mitte zu treffen zwischen der Königin und der gewöhnlichen Hofdame, eroberte er sich auf einen Schlag eine Gönnerin, die ganz geneigt war, das Gute vollkommen und das Vollkommene wunderbar zu finden.

Monsieur d'Aiguillon ergriff die Hand seines Onkels, der auf die Gräfin zuging und mit schmeichelnder Stimme sagte: «Das ist der Herzog von Aiguillon, Madame. Ich habe die Ehre, Ihnen nicht nur meinen Neffen, sondern auch einen Ihrer leidenschaftlichsten Diener vorzustellen.»

Die Gräfin sah den Herzog bei diesen Worten prüfend an, und zwar so, wie es Frauen zu tun pflegen, das heißt mit Augen, denen nichts entgeht. Sie gewahrte aber nichts als zwei ehrerbietig gebeugte Köpfe und zwei ruhige und heitere Gesichter, die nach dem Gruß wieder auftauchten.

«Ich weiß», erwiderte Madame Dubarry, «daß Sie den Herzog lieben, Marschall. Sie sind mein Freund. Ich möchte Monsieur bitten, aus Achtung vor seinem Onkel, diesen in allem nachzuahmen, was sein Onkel an Gutem für mich tun wird.»

«Das habe ich mir von vornherein zum Ziel gesetzt», antwortete der Herzog von Aiguillon und verbeugte sich abermals.

«Es ist Ihnen in der Bretagne sehr schlecht ergangen?» erkundigte sich die Gräfin.

«Ja, Madame, und ich habe es noch nicht ganz überstanden», fügte d'Aiguillon hinzu.

«Ich glaube doch, Monsieur. Außerdem haben Sie Monsieur de Richelieu, der Ihnen beiseite stehen wird.»

D'Aiguillon sah Richelieu überrascht an.

«Ach so!» fuhr die Gräfin fort. «Ich sehe, der Marschall hat noch gar keine Zeit gehabt, mit Ihnen zu reden, da Sie soeben erst von der Reise kommen. Nun, Sie müssen sich hundert Dinge zu erzählen haben. Ich lasse Sie allein, Marschall. Herzog, fühlen Sie sich wie zu Hause.»

Mit diesen Worten zog sich die Gräfin zurück.

Doch sie hatte einen Plan. Die Gräfin entfernte sich nicht weit. Hinter dem Boudoir lag ein großes Gemach, wo sich der König häufig, wenn er nach Luciennes kam, inmitten von Chinoiserien aller Art aufhielt. Er mochte dieses Zimmer lieber als das Boudoir, weil man von dort aus alles hören konnte, was im Nebenzimmer gesprochen wurde.

Madame Dubarry war also sicher, daß sie von hier aus das ganze Gespräch zwischen dem Marschall und seinem Neffen mitbekommen würde. Auf dieser Grundlage würde sie sich über letzteren eine unwiderrufliche Meinung bilden.

Aber der alte Herzog ging ihr nicht auf den Leim. Er kannte einen Großteil der Geheimnisse jeder königlichen oder ministeriellen Örtlichkeit. Zu horchen, während man sprach, gehörte zu seinen Methoden, zu sprechen, während man horchte, war eine seiner Listen.

Noch ganz warm von dem Empfang, den Madame Dubarry seinem Neffen bereitet hatte, beschloß er, noch weiter zu gehen. Er wollte sich die vermeintliche Abwesenheit der Favoritin zunutze machen, um ihr einen ausgeklügelten Plan zur Erlangung des kleinen, verborgenen Glücks und der großen Macht samt aller dazu notwendigen Intrigen aufzuzeigen. Es war dies ein doppelter Köder, dem eine hübsche Frau, insbesondere eine Frau des Hofes, so gut wie nie widerstand.

Er bedeutete dem Herzog, sich zu setzen und sagte: «Sie sehen, Herzog, ich bin hier wie zu Hause.»

«Ja, Monsieur, das sehe ich.»

«Ich hatte das Glück, die Gunst dieser bezaubernden Frau zu erlangen, die man hier als Königin betrachtet, was sie in der Tat auch ist.»

D'Aiguillon verneigte sich.

«Ich will Ihnen nun sagen, Herzog», fuhr Richelieu fort, «was ich Ihnen vorhin auf offener Straße nicht mitteilen konnte. Madame Dubarry hat mir ein Amt versprochen.»

«Ah!» machte d'Aiguillon. «Das ist man Ihnen auch schuldig, Monsieur.»

«Ich weiß nicht, ob man es mir schuldig ist, doch ich weiß, daß es mir etwas spät zuteil wird. Jedenfalls werde ich für meinen Teil gut untergebracht sein und kann mich daher Ihnen widmen, d'Aiguillon.»

«Ich danke, Herzog. Sie sind ein guter Verwandter. Sie haben mir mehr als einen Beweis dafür gegeben.»

«Haben Sie nichts ins Auge gefaßt?»

«Absolut nichts, es sei denn, daß man mir meinen Titel als Herzog und Pair nicht nimmt, wie es die Herren vom Parlament fordern.»

«Bekommen Sie von irgendwoher Unterstützung?»

«Ich? Nein, überhaupt nicht.»

«Sie wären also ohne den gegenwärtigen Umstand gestürzt?»

«Meiner ganzen Länge nach, Herzog.»

«Na so was! Sie sprechen wie ein Philosoph ... Zum Teufel, ich behandle dich aber auch grob, mein armer d'Aiguillon, und ich rede mit dir mehr als Minister denn als Onkel.»

«Mein Onkel, Ihre Güte erfüllt mich mit Dankbarkeit.»

«Wenn ich dich von dort so schnell habe kommen lassen, so verstehst du wohl, daß dies geschehen ist, um dich hier eine schöne Rolle spielen zu lassen ... Laß hören, hast du vielleicht manchmal über die Rolle nachgedacht, die zehn Jahre lang Monsieur de Choiseul gespielt hat?»

«Ja, gewiß, es war eine schöne Rolle.»

«Schön! Verstehen wir uns recht, schön war sie, solange er mit Madame de Pompadour über den König herrschte und die Jesuiten in die Verbannung schickte; traurig, sehr traurig wurde sie hingegen, als er sich wie ein Narr mit Madame Dubarry überwarf, die soviel wert ist wie hundert

Pompadours, und sich binnen vierundzwanzig Stunden vor die Tür setzen ließ ... Du antwortest nicht?»

«Ich höre, Monsieur, und ich versuche zu verstehen, worauf Sie hinauswollen.»

«Du liebst sie, nicht wahr, diese erste Rolle von Choiseul?»

«Sicherlich.»

«Nun, mein teurer Freund, ich bin entschlossen, diese Rolle zu spielen.»

D'Aiguillon wandte sich jäh gegen seinen Onkel.

«Ist das Ihr Ernst?» rief er.

«Aber ja, warum denn nicht?»

«Sie werden der Geliebte von Madame Dubarry sein?»

«Ah! Teufel! Du bist zu schnell. Indessen sehe ich, daß du mich verstanden hast. Ja, Choiseul war in einer sehr glücklichen Lage. Er beherrschte den König und beherrschte seine Mätresse. Es heißt, er liebte Madame de Pompadour ... Warum eigentlich auch nicht? ... Doch nein, ich kann nicht der geliebte Liebhaber sein. Dein kaltes Lächeln sagt es mir wohl. Du schaust mit deinen jungen Augen auf meine runzlige Stirn, meine X-Beine und meine welke Hand, die einst so schön war. Statt von der Rolle Choiseuls zu sagen: ‹Ich werde sie spielen›, hätte ich wohl besser sagen sollen: ‹Wir werden sie spielen.›»

«Mein Onkel!»

«Nein, ich kann nicht von ihr geliebt werden, das ist mir klar. Dennoch sage ich es dir ... und ohne Furcht, weil sie es nicht hören kann, ich würde diese Frau über alles lieben ... aber ...»

D'Aiguillon runzelte die Stirn.

«Aber», sprach er weiter, «ich habe einen hervorragenden Plan geschmiedet. Diese Rolle, die mein Alter mir unmöglich macht, werde ich einfach doppelt besetzen.»

«Ach so! Aha!» machte d'Aiguillon.

«Einer der Meinigen», fuhr Richelieu fort, «wird Madame Dubarry lieben. Bei Gott! Was ist da schon dabei? ... Eine erfüllte Frau.»

Hier wurde Richelieus Stimme lauter.

«Nicht Fronsac soll es sein, begreifst du? Der ist nur ein unglücklicher, entarteter Mensch, ein Dummkopf, ein Feigling, ein Spitzbube, ein Tölpel ... Sag an, Herzog, willst du es nicht sein?»

«Ich?» rief d'Aiguillon. «Sind Sie toll, mein Onkel?»

«Toll! Was! Du liegst demjenigen, der dir diesen Rat gibt, noch nicht zu Füßen? Was! Du vergehst nicht vor Freude, du glühst nicht vor Dankbarkeit? Was! Nachdem sie dich auf eine solche Art und Weise empfangen hat, bist du noch nicht verliebt ... wahnsinnig vor Liebe? ... Das darf doch wohl nicht wahr sein!» rief der alte Marschall. «Seit Alkibiades hat es nur einen Richelieu auf der Welt gegeben; es wird keinen mehr geben ... das sehe ich jetzt ein.»

«Mein Onkel», erwiderte der Herzog mit einer Bewegung, die entweder vorgetäuscht – und in diesem Fall wäre sie vortrefflich gespielt worden – oder echt war, denn der Vorschlag war unzweideutig, «mein Onkel, ich begreife, welchen Nutzen Sie aus der Stellung ziehen könnten, von der Sie sprechen. Sie würden mit Monsieur de Choiseuls Autorität regieren, und ich wäre der Geliebte, der Ihnen diese Autorität verschaffte ... Ja, der Plan ist des geistreichsten Mannes von Frankreich würdig. Sie haben dabei nur eines vergessen.»

«Was denn? ...» rief Richelieu beunruhigt. «Würdest du Madame Dubarry nicht lieben? Ist es das? ... Du Narr! Du dreifacher Narr! Du Unglücklicher! Ist es das?»

«O nein, daran liegt es nicht, mein Onkel», widersprach d'Aiguillon, als hätte er gewußt, daß nicht eines seiner Worte verloren gehen sollte. «Madame Dubarry, die ich kaum kenne, erschien mir als die schönste und reizendste aller Frauen. Ich würde Madame Dubarry im Gegenteil leidenschaftlich lieben, ich würde sie zu sehr lieben. Darin liegt nicht das Problem.»

«Und worin liegt das Problem?»

«Hören Sie, Herzog, Madame Dubarry wird mich niemals lieben, und die erste Bedingung einer solchen Verbindung ist ja wohl die Liebe. Wie sollte die schöne Gräfin auch inmitten dieses glanzvollen Hofes, umgeben von den Huldigungen einer an Schönheiten aller Art reichen Jugend, ausgerechnet einen Mann auszeichnen, der keinerlei Verdienst hat, der bereits nicht mehr jung ist und den die Sorgen erdrücken, einen Mann, der sich vor aller Augen versteckt, weil er spürt, daß er bald verschwinden wird? Mein Onkel, hätte ich Madame Dubarry zur Zeit meiner Jugend und meiner Schönheit gekannt, damals, als die Frauen an mir alles liebten, was man an einem jungen Mann eben liebt, so hätte sie mich in ihrer Erinnerung bewahren können. Das wäre schon viel. Aber jetzt spricht nichts für mich, weder Vergangenheit noch Gegenwart, noch Zukunft. Mein Onkel, wir müssen auf diesen Wunschtraum verzichten. Sie haben mir nur das Herz gebrochen, indem Sie ihn mir so süß und golden schilderten.»

Während dieses Ergusses, den der Herzog mit einem Feuer von sich gab, um das ihn jeder Schauspieler beneidet hätte, biß sich Richelieu auf die Lippen und dachte bei sich: «Hat der Bursche etwa erraten, daß uns die Gräfin belauscht? Verdammt! Wie geschickt er ist! Ein wahrer Meister. In diesem Fall, nehmen wir uns in acht!»

Richelieu hatte recht. Die Gräfin horchte, und jedes Wort d'Aiguillons drang tief in ihr Herz. In langen Zügen sog sie den Zauber dieses Geständnisses in sich auf. Sie genoß das erlesene Feingefühl eines Mannes, der selbst einem innigen Vertrauten gegenüber nicht das Geheimnis ihrer früheren Verbindung preisgegeben hatte, aus Angst, einen Schatten auf ein vielleicht noch geliebtes Bild zu werfen.

«Du schlägst es mir also ab?» fragte Richelieu.

«Oh! Was das betrifft, ja, mein Onkel; denn leider sehe ich dazu keine Möglichkeit.»

«Versuch es doch wenigstens, Unglücklicher!»

«Und wie?»

«Du gehörst doch jetzt zu uns ... Du wirst die Gräfin alle Tage sehen. Streng dich eben an, ihr zu gefallen, mein Gott!»

«In eigennütziger Absicht? ... Nein, nein! ... Wenn ich das Unglück hätte, ihr zu gefallen, würde ich mit diesen bitteren Gedanken bis ans Ende der Welt fliehen, denn ich würde mich meiner schämen.»

Richelieu kratzte sich abermals am Kinn.

«Die Sache ist abgemacht», sagte er sich, «oder d'Aiguillon ist ein Dummkopf.»

Auf einmal vernahm man Lärm in den Höfen, und einige Stimmen riefen: «Der König!»

«Teufel!» entfuhr es Richelieu. «Der König darf mich hier nicht sehen. Ich mache mich davon.»

«Und was ist mit mir?» fragte der Herzog.

«Bei dir ist es etwas anderes, er muß dich sehen. Bleib ... bleib ... und wirf um Gottes willen nicht die Flinte ins Korn!»

Worauf sich Richelieu über die kleine Treppe davonstahl und dem Herzog noch zurief: «Bis morgen!»

## LXXXVIII. KAPITEL

### *Der Anteil des Königs*

Als der Herzog von Aiguillon allein war, fühlte er sich zunächst ziemlich verlegen. Er hatte vollkommen begriffen, was ihm sein Onkel sagte, vollkommen begriffen, daß Madame Dubarry sie belauschte, und vollkommen begriffen, daß es bei dieser Gelegenheit für einen Mann von Geist darum ging, sich beherzt zu zeigen und die Partie, für welche sein Onkel einen Verbündeten suchte, alleine zu spielen.

Die Ankunft des Königs vereitelte zum Glück die Auseinandersetzung, die sich aus dem puritanischen Verhalten Monsieur d'Aiguillons notwendigerweise ergeben hätte.

Der Marschall war kein Mensch, der sich lange täuschen ließ, und besonders nicht einer, der die Tugend eines anderen auf Kosten der seinigen in übertriebenem Glanz strahlen ließ.

Doch als er allein war, hatte d'Aiguillon Zeit zum Nachdenken.

Der König näherte sich in der Tat. Schon hatten seine Pagen die Tür zum Vorzimmer aufgestoßen, und Zamore stürzte auf den Monarchen zu, um von ihm Bonbons zu erbetteln, eine rührende Zutraulichkeit, die Ludwig XV., wenn er schlechter Laune war, mit einem Nasenstüber oder einem für den jungen Afrikaner sehr unangenehmen Kniff ins Ohr vergalt.

Der König begab sich in das chinesische Zimmer, und was d'Aiguillon restlos davon überzeugte, daß Madame Dubarry jedes Wort von der Unterredung mit seinem Onkel gehört hatte, war der Umstand, daß er, d'Aiguillon, das ganze Gespräch zwischen dem König und der Gräfin deutlich mitverfolgen konnte.

Seine Majestät schien müde wie ein Mensch, der eine ungeheure Last gehoben hat. Atlas war wohl weniger entkräftet nach seinem Tagewerk, wenn er den Himmel zwölf Stunden lang auf seinen Schultern getragen hatte.

Ludwig XV. ließ sich von seiner Geliebten mit Dank, Beifall und Liebkosungen verwöhnen. Er ließ sich von der Empörung berichten, welche die Entlassung Monsieur de Choiseuls ausgelöst hatte, was ihn ungemein belustigte.

Dann wagte sich Madame Dubarry heraus. Es war schönes Wetter für die Politik, und überdies fühlte sie sich im Augenblick mutig genug, einen der vier Erdteile in Aufruhr zu versetzen.

«Sire», hub sie an, «Sie haben zerstört, das ist gut. Sie haben vernichtet, das ist hervorragend. Aber nun handelt es sich darum, wieder aufzubauen.»

«Oh! Das ist bereits geschehen», erwiderte der König lässig.

«Sie haben schon ein Ministerium?»

«Ja.»

«So einfach, mit einem Mal, ohne Atem zu holen?»

«Was bin ich doch von gehirnlosen Leuten umgeben! ... O Weib, das Sie sind! Stellt man nicht, bevor man seinen Koch wegjagt, einen neuen ein? Sie selbst haben mir das doch neulich erst gesagt.»

«Wiederholen Sie mir noch einmal, daß Sie das Kabinett gebildet haben.»

Der König erhob sich von dem breiten Sofa, auf dem er sich mehr liegend als sitzend niedergelassen hatte, wobei ihm die Schultern der schönen Gräfin als Kopfkissen dienten.

«Wenn man hört, wie Sie sich beunruhigen, Jeannette», meinte er, «dann könnte man fast glauben, Sie kennen mein Ministerium und wollen es kritisieren, oder Sie haben mir ein anderes vorzuschlagen.»

«Aber ...», entgegnete die Gräfin, «so abwegig ist das doch wohl nicht.»

«Wirklich? ... Sie haben ein Ministerium?»

«Sie haben ja auch eines», versetzte sie.

«Oh! Was mich betrifft, so ist es mein Handwerk, Gräfin. Lassen Sie einmal hören, wer Ihre Kandidaten sind ...»

«Nicht doch! Nennen Sie mir zuerst die Ihrigen.»

«Meinetwegen, um Ihnen ein Beispiel zu geben.»

«Zunächst der Kandidat für die Marine, die der teure Monsieur de Praslin unter sich hatte.»

«Ah! Etwas Neues, Gräfin, ein reizender Mann, der nie das Meer gesehen hat.»

«Das ist doch wohl nicht wahr!»

«Bei meiner Ehre! Das war eine wunderbare Eingebung. Ich werde mich sehr populär machen, und man wird mich auf den entferntesten Meeren krönen, meine Büste, wohlverstanden.»

«Aber wer ist es, Sire? Wer nur?»

«Wetten wir, daß Sie es unter tausend nicht erraten?»

«Ein Mann, dessen Wahl Sie populär macht? ... Wahrhaftig, nein.»

«Ein Mann aus dem Parlament, meine Liebe ... ein erster Präsident des Parlaments von Besançon.»

«Monsieur de Boyne?»

«Genau der ... Donnerwetter! Was Sie alles wissen! ... Sie kennen diese Leute?»

«Es bleibt mir wohl gar nichts anderes übrig. Sie sprechen doch den lieben langen Tag fast nur vom Parlament. Aber um Himmels willen! Dieser Mensch weiß doch noch nicht einmal, wie ein Ruder aussieht.»

«Desto besser. Monsieur de Praslin verstand sein Handwerk viel zu gut, und seine Schiffsbauten verursachten mir hohe Kosten.»

«Und bei den Finanzen, Sire?»

«Oh! Bei den Finanzen verhält es sich anders. Dort wähle ich einen Mann vom Fach.»

«Einen Finanzmann?»

«Nein ... einen Mann vom Militär. Die Finanzleute nehmen mich schon viel zu lange aus.»

«Aber für das Kriegswesen, großer Gott?»

«Beruhigen Sie sich, dort setze ich einen Finanzmann namens Terray ein. Das ist ein Rechnungsprüfer. Er wird in allen Additionen von Monsieur de Choiseul Fehler finden. Ursprünglich hatte ich ja den Gedanken, für das Kriegswesen einen vortrefflichen Mann, einen sogenannten Reinen, zu suchen, nur um den Philosophen zu gefallen.»

«Also gut, und wen? Voltaire?»

«Fast ... der Chevalier du Muy ... Ein wahrer Cato.»

«Ach, mein Gott! Sie erschrecken mich.»

«Es war eine abgemachte Sache ... Ich hatte den Mann kommen lassen, seine Bestallung war bereits unterzeichnet. Er hatte mir eben gedankt, als mein guter oder mein böser Geist – entscheiden Sie selbst, Gräfin – mich auf den Gedanken brachte, ihn für heute abend zum Essen und zum Plaudern nach Luciennes einzuladen.»

«Pfui! Wie abscheulich!»

«Tja, Gräfin, genau das hat mir du Muy auch geantwortet.»

«Das hat er Ihnen gesagt?»

«In anderen Worten, Gräfin. Er sagte mir, dem König zu dienen sei sein heißestes Verlangen, aber Madame Dubarry zu dienen sei ihm unmöglich.»

«Er ist ja sehr nett, Ihr Philosoph!»

«Sie verstehen, Gräfin, ich habe ihm die Hand gereicht ... um seinen Gnadenbrief zurückzunehmen, den ich mit einem langmütigen Lächeln in Stücke zerriß. Der Chevalier verschwand. Ludwig XIV. hätte diesen Burschen dagegen in einem der häßlichen Kerker der Bastille verfaulen lassen. Aber ich bin Ludwig XV., und ich habe ein Parlament, das mir die Peitsche gibt, statt daß ich dem Parlament die Peitsche gebe. So ist das nun mal.»

«Gleichviel, Sire», erwiderte die Gräfin und bedeckte ihren königlichen Geliebten mit Küssen, «Sie sind ein vollkommener Mann.»

«Nicht jedermann wird das sagen. Terray wird allgemein verabscheut.»

«Wer wird das nicht? ... Und für die auswärtigen Angelegenheiten?»

«Den braven Bertin, den Sie kennen.»

«Nein.»

«Den Sie also nicht kennen.»

«Aber in Ihrer ganzen Auswahl finde ich nicht einen guten Minister.»

«Mag sein. Sagen Sie mir nun die Ihren.»

«Ich werde nur einen nennen.»

«Sie trauen sich nicht. Sie haben Angst.»

«Der Marschall.»

«Welcher Marschall?» fragte der König und verzog das Gesicht.

«Der Herzog von Richelieu.»

«Dieser Greis? Dieser Angsthase?»

«Gut! Der Sieger von Mahon ist also ein Angsthase!»

«Ein alter Wüstling ...»

«Sire, Ihr Gefährte.»

«Ein unsittlicher Mann, vor dem alle Frauen die Flucht ergreifen.»

«Ja, aber erst, seit er ihnen nicht mehr nachläuft.»

«Sprechen Sie in meiner Gegenwart nie von Richelieu. Ich kann ihn nicht ausstehen. Der Sieger von Mahon hat mich in alle Spielhöllen von Paris geführt ... Man dichtete Lieder auf uns. Nein, nein! Nicht Richelieu! Oh, ich gerate schon außer mir, wenn ich nur diesen Namen höre.»

«Sie hassen sie also sehr?»

«Wen?»

«Die Richelieus.»

«Ich verabscheue sie.»

«Alle?»

«Alle. Da ist beispielsweise der schöne Herzog und Pair, Monsieur de Fronsac. Er hat zehnmal den Tod durch das Rad verdient.»

«Das gebe ich zu. Aber es gibt noch andere Richelieus auf der Welt.»

«Ah! Richtig, d'Aiguillon.»

«Nun?»

Man kann sich vorstellen, wie der Neffe bei diesen Worten die Ohren spitzte.

«Diesen müßte ich noch mehr hassen als die anderen, denn er lädt mir alle Schreier von Frankreich auf den Hals. Doch das ist eine Schwäche, von der ich mich nicht heilen kann. Er ist kühn und mißfällt mir nicht.»

«Er ist ein Mann von Geist», fügte die Gräfin bei.

«Ein beherzter Mann und erbittert bei der Verteidigung der königlichen Vorrechte. Da haben wir einen wahren Pair!»

«Ja, ja, hundertmal ja! Machen Sie etwas aus ihm.»

Der König schaute die Gräfin an und verschränkte die Arme.

«Wie kommt es, Gräfin, daß Sie mir so etwas in einem Augenblick vorschlagen, da ganz Frankreich von mir fordert, den Herzog zu verbannen und ihm seinen Rang abzuerkennen?»

Madame Dubarry verschränkte ihrerseits die Arme.

«Vorhin haben Sie Richelieu einen Angsthasen genannt. Nun, anscheinend kommt diese Bezeichnung von Rechts wegen Ihnen zu.»

«Oh! Gräfin ...»

«Sie sind nun sehr stolz, weil Sie Monsieur de Choiseul abgesetzt haben.»

«Nun, das war nicht einfach.»

«Sie haben es getan. Das ist gut! Aber jetzt weichen Sie vor den Konsequenzen zurück.»

«Ich?»

«Zweifellos. Was tun Sie, indem Sie den Herzog absetzen?»

«Ich gebe dem Parlament einen Tritt in den Hintern.»

«Und Sie wollen ihm keine zwei geben! Teufel nochmal! Heben Sie beide Beine, eines nach dem anderen, wohlverstanden. Das Parlament wollte Choiseul behalten; also entlassen Sie Choiseul. Es wollte d'Aiguillon absetzen; also behalten Sie d'Aiguillon.»

«Ich entlasse ihn nicht.»

«Behalten Sie ihn, und zwar beträchtlich verbessert und erhöht.»

«Wollen Sie ein Ministerium für diesen Unruhestifter?»

«Ich will eine Belohnung für denjenigen, der Sie auf die Gefahr hin, seine eigenen Würden und sein Vermögen zu verlieren, verteidigt hat.»

«Sagen Sie unter Lebensgefahr, denn man wird ihn eines schönen Tages steinigen, Ihren Herzog, zusammen mit Ihrem Freund Maupeou.»

«Sie würden Ihre Verteidiger ungemein ermutigen, wenn sie Sie hören könnten.»

«Sie geben es mir wohl zurück, Gräfin.»

«Sagen Sie das nicht. Die Tatsachen sprechen für sich.»

«Na! Aber warum denn dieser Eifer für d'Aiguillon?»

«Eifer? Ich kenne ihn doch gar nicht. Ich habe ihn heute zum erstenmal gesehen und mit ihm gesprochen.»

«Ah! Das ist etwas anderes. Dann ist es Überzeugung, und ich achte alle Überzeugungen, da ich selbst nie welche gehabt habe.»

«Dann geben Sie Richelieu etwas im Namen von d'Aiguillon, wenn Sie d'Aiguillon nichts geben wollen.»

«Richelieu? Der bekommt nichts, nichts, nichts, niemals!»

«Also doch Monsieur d'Aiguillon, wenn Sie Richelieu nichts geben.»

«Was! Ich soll ihm ein Amt geben? In diesem Augenblick? Das ist unmöglich.»

«Das sehe ich ein ... aber später ... Denken Sie daran, daß er ein findiger Kopf und ein tatkräftiger Mann ist und daß Sie mit Terray, d'Aiguillon und Maupeou die drei Köpfe des Zerberus haben werden. Denken Sie auch daran, daß Ihr Ministerium ein Scherz ist und sich nicht lange halten kann.»

«Sie irren sich, Gräfin, es wird sich ganze drei Monate halten.»

«In drei Monaten, ich nehme Sie beim Wort.»

«Ho! Ho! Gräfin.»

«Das ist abgemacht. Nun brauche ich etwas für die Gegenwart.»

«Aber ich habe doch nichts.»

«Sie haben die Chevaulegers. Monsieur d'Aiguillon ist ein schneidiger Offizier. Geben Sie ihm Ihre Chevaulegers.»

«Meinetwegen soll er sie haben.»

«O danke!» rief die Gräfin, außer sich vor Freude. «Danke!»

Und Monsieur d'Aiguillon konnte hören, wie die Gräfin Seiner Majestät Ludwig XV. einen ganz plebejischen Kuß auf die Wange gab.

«Doch nun», sprach der König, «geben Sie mir ein Abendessen, Gräfin.»

«Ich bedaure», erwiderte sie, «wir haben nichts im Haus. Sie haben mich mit der Politik völlig erschlagen ... Meine Leute haben geschwatzt und Feuerwerk gemacht, aber gekocht haben sie nichts.»

«So kommen Sie nach Marly. Ich nehme Sie mit.»

«Unmöglich, mein armer Kopf zerspringt in Stücke.»

«Migräne?»

«Unerbittlich.»

«Dann müssen Sie sich hinlegen, Gräfin.»

«Das werde ich tun, Sire.»

«Gott befohlen, also.»

«Auf Wiedersehen.»

«Es geht mir nicht viel anders als Monsieur de Choiseul. Man schickt mich fort.»

«Indem man Sie zurückgeleitet, Sie feiert und Sie umschmeichelt», entgegnete die schalkhafte Frau, während sie ihn ganz sachte zur Tür schob und ihn schließlich sanft hinausbeförderte.

Die Gräfin blieb oben an der Treppe der Säulenhalle stehen und hielt einen Leuchter.

«Ach übrigens, Gräfin», rief der König und kam wieder eine Stufe herauf.

«Sire?»

«Wenn der arme Marschall bloß nicht daran stirbt.»

«Woran?»

«An seinem hohlen Portefeuille.»

«Sind Sie aber boshaft!» gab die Gräfin zurück und geleitete ihn unter Gelächter die Treppe hinunter.

Und Seine Majestät entfernte sich, sehr zufrieden mit seiner letzten spöttischen Bemerkung über den Herzog, den er wahrhaftig nicht ausstehen konnte.

Als Madame Dubarry in ihr Boudoir zurückkehrte, fand sie dort d'Aiguillon, der vor der Tür auf den Knien lag, die Hände gefaltet, den Blick glühend auf sie gerichtet.

Sie errötete.

«Ich bin gescheitert», sagte sie, «der arme Marschall ...»

«Oh! Ich weiß alles», erwiderte er, «man hört ... Meinen Dank, Madame, meinen Dank!»

«Ich glaube, das war ich Ihnen schuldig», antwortete sie mit einem süßen Lächeln. «Aber stehen Sie doch auf, Herzog, sonst müßte ich annehmen, Sie hätten ebensoviel Gedächtnis wie Geist.»

«Das kann schon möglich sein, Madame. Mein Onkel hat es Ihnen gesagt, ich bin nichts als Ihr leidenschaftlicher Diener.»

«Und der des Königs. Morgen müssen Sie Seiner Majestät Ihre Aufwartung machen. Ich bitte Sie, stehen Sie auf.»

Sie gab ihm ihre Hand, die er ehrfurchtsvoll küßte.

Die Gräfin war davon allem Anschein nach tief gerührt, denn sie brachte kein Wort über die Lippen.

Monsieur d'Aiguillon blieb ebenso stumm und ebenso aufgewühlt wie sie. Schließlich hob Madame Dubarry den Kopf und meinte: «Armer Marschall, man muß ihn von dieser Niederlage unterrichten.»

Monsieur d'Aiguillon betrachtete diese Worte als Entlassung und verneigte sich. «Madame», sprach er, «ich werde zu ihm gehen.»

«O Herzog, mit schlechten Nachrichten soll man so lange wie möglich hinter dem Berg halten. Tun Sie etwas Besseres, als zum Marschall zu gehen, und speisen Sie mit mir zu Nacht.»

Der Herzog fühlte, wie ein Duft von Jugend und Liebe das Blut seines Herzens entzündete und wiederbelebte.

«Sie sind keine Frau», entfuhr es ihm, «Sie sind ...»

«Ein Engel, nicht wahr?» flüsterte ihm der brennende Mund der Gräfin ins Ohr, wobei sie ihn berührte und zur Tafel zog.

An diesem Abend mußte sich Monsieur d'Aiguillon sehr glücklich schätzen, denn er nahm seinem Onkel das Amt weg und speiste den Anteil des Königs.

## LXXXIX. KAPITEL

### *Die Vorzimmer des Herzogs von Richelieu*

Wie alle Höflinge hatte auch Monsieur de Richelieu ein Palais in Versailles und eines in Paris, ein Haus in Marly und eines in Luciennes; mit einem Wort, eine Unterkunft überall dort, wo der König sich aufhielt oder eine Rast einlegte.

Zur Zeit der Entlassung der Herren Choiseul und Praslin bewohnte Monsieur de Richelieu sein Palais in Versailles. Dorthin hatte er sich am Vortag fahren lassen, nachdem er seinen Neffen bei Madame Dubarry in Luciennes vorgestellt hatte.

Man hatte Richelieu zusammen mit der Gräfin im Wald von Marly gesehen, man hatte ihn in Versailles gesehen, nachdem der Minister in Ungnade gefallen war, und man wußte von seiner geheimen und ausgedehnten Audienz in Luciennes. Außerdem gelang es Jean Dubarry wieder einmal nicht, seine Zunge im Zaum zu halten. All dies war genug, daß der ganze Hof sich verpflichtet glaubte, Monsieur de Richelieu seine Aufwartung zu machen.

So sollte der alte Marschall ebenfalls den Weihrauch von Lobpreisungen, Schmeicheleien und Liebkosungen einatmen, den jeder Vorteilsuchende ohne Unterschied vor dem Götzen des Tages anzündet.

Monsieur de Richelieu rechnete indessen nicht mit dem, was ihm widerfahren sollte. Am Morgen des Tages, an dem wir angelangt sind, stand er vielmehr mit dem festen Entschluß auf, seine Nase gegen den Weihrauch zu verstopfen, so wie Odysseus sich die Ohren mit Wachs verstopfte, um den Gesang der Sirenen nicht zu hören.

Das Verhängnis sollte ihn erst am nächsten Tag ereilen. Tatsächlich sollte die Ernennung des neuen Ministers erst tags darauf vom König selbst bekanntgegeben und veröffentlicht werden.

So war die Überraschung des Marschalls groß, als er beim Erwachen oder vielmehr durch einen gewaltigen Lärm von Wagen aus dem Schlaf gerissen, von seinem Kammerdiener erfuhr, die Höfe des Palais seien ebenso wie Vorzimmer und Salons überfüllt.

«Oh! Oh!» machte er. «Ich errege Aufsehen, wie es scheint.»

«Es ist noch sehr früh am Tag, Herr Marschall», wandte der Kammerdiener ein, als er sah, mit welcher Hast sich der Herzog von seiner Nachtmütze befreite.

«Künftig», erwiderte der Herzog, «künftig gibt es für mich keine Zeit mehr. Merken Sie sich das.»

«Jawohl, Monseigneur.»

«Was hat man den Besuchern gesagt?»

«Monseigneur sei noch nicht aufgestanden.»

«So einfach?»

«So einfach.»

«Das ist eine Albernheit. Man hätte hinzufügen müssen, ich sei bis spät in die Nacht aufgeblieben ... Sagen Sie, wo ist Rafté?»

«Monsieur Rafté schläft», erklärte der Kammerdiener.

«Wie, er schläft? Dann soll man ihn wecken, den Unglücklichen!»

«Immer mit der Ruhe!» ließ sich ein noch rüstiger Greis vernehmen, der lächelnd auf der Schwelle erschien. «Hier ist Rafté. Was will man von ihm?»

Die ganze Aufgeblasenheit des Herzogs war bei diesen Worten wie weggewischt.

«Ah! Hab' ich mir's doch gedacht, daß du nicht schläfst.»

«Und wenn ich geschlafen hätte, was wäre daran so verwunderlich? Es ist kaum Tag.»

«Aber du siehst, mein lieber Rafté, daß ich nicht mehr schlafe.»

«Das ist etwas anderes. Sie sind Minister, Sie ... Wie sollten Sie auch schlafen können?»

«Ah! Ich glaube, du willst mich schelten», versetzte der Marschall. «Bist du etwa nicht zufrieden?»

«Ich! Was habe ich davon? Sie werden sich überanstrengen und krank werden. Daraus ergibt sich, daß ich den Staat regieren werde, was alles andere als ergötzlich ist, Monseigneur.»

«Oh! Wie bist du doch gealtert, Rafté.»

«Ich bin genau vier Jahre jünger als Sie, Monseigneur. Oh! Allerdings, ich bin alt.»

Der Marschall stampfte ungeduldig mit dem Fuß.

«Bist du durchs Vorzimmer gekommen?» fragte er.

«Ja.»

«Wer ist da?»

«Alle.»

«Worüber unterhalten sie sich?»

«Sie erzählen sich gegenseitig, was sie von Ihnen verlangen wollen.»

«Das ist ganz natürlich. Aber hast du sie über meine Ernennung sprechen hören?»

«Oh! Ich will Ihnen lieber nicht sagen, wie man sich dazu äußert.»

«Sieh da ...! Man übt also schon Kritik?»

«Sogar diejenigen, die Ihrer bedürfen. Wie wird die Kritik dann erst bei den Leuten ausfallen, derer Sie bedürfen, Monseigneur?»

«Ah! Das ist ja allerhand, Rafté», polterte der Marschall, der sich den Anschein gab, als lache er, «da soll noch mal jemand behaupten, du schmeichelst mir ...»

«Schauen Sie, Monseigneur», erwiderte Rafté, «warum zum Teufel haben Sie sich freiwillig vor den Pflug gespannt, den man das Ministerium nennt? Sind Sie es leid, Ihres Lebens glücklich zu sein?»

«Mein Lieber, ich habe alles gekostet, nur das nicht.»

«Ja, Himmeldonnerwetter! Sie haben auch noch nie Arsen gekostet. Warum probieren Sie aus Neugierde nicht ein bißchen in Ihrer Schokolade?»

«Rafté, du bist nichts weiter als ein Faulenzer. Du errätst, daß du als mein Sekretär alle Hände voll zu tun bekommen wirst, und weichst zurück ... Im übrigen hast du es selbst zugegeben.»

Der Marschall ließ sich sorgfältig ankleiden.

«Gib mir ein militärisches Aussehen», empfahl er dem Kammerdiener, «und schmücke mich mit meinen Orden.»

«Mir scheint, wir sind im Krieg!» spottete Rafté.

«Mein Gott, ja, so scheint es allerdings.»

«Ha!» machte Rafté. «Noch habe ich die Ernennung durch den König nicht gesehen. Das ist nicht ordnungsgemäß.»

«Sie wird ohne Zweifel kommen.»

«Dann ist ‹ohne Zweifel› heute das offizielle Wort.»

«Ah! Rafté, je mehr du alterst, desto unerträglicher wirst du. Du bist ein Formalist und ein Purist. Wenn ich das gewußt hätte, so hätte ich dich nicht meine Eintrittsrede bei der *Académie française* schreiben lassen. Dadurch bist du richtig schulmeisterlich geworden.»

«Hören Sie, Monseigneur, da wir es mit der Regierung zu tun haben, lassen Sie uns ordnungsgemäß zu Werke gehen ... Das ist merkwürdig ...»

«Was soll merkwürdig sein?»

«Der Graf von Vaudraye, der auf der Straße mit mir gesprochen hat, sagte mir, es sei für das Ministerium noch keine Entscheidung gefallen.»

Richelieu lächelte.

«Monsieur de la Vaudraye hat recht», meinte er. «Aber warst du denn heute schon draußen?»

«Bei Gott! Was blieb mir anderes übrig? Die Karossen machten so einen Heidenlärm, daß ich davon aufwachte. Ich ließ mich ankleiden, nahm ebenfalls meine militärischen Orden und machte einen Spaziergang durch die Stadt.»

«Ah! Monsieur Rafté belustigt sich auf meine Kosten!»

«O Monseigneur! Gott bewahre mich! Es ist nur ...»

«Es ist nur ... was?»

«Ich habe auf meinem Spaziergang noch jemanden getroffen.»

«Wen?»

«Den Sekretär des Abbé Terray.»

«Und weiter?»

«Nun, er sagte mir, sein Herr sei mit dem Kriegswesen betraut worden.»

«Oh! Oh!» machte Richelieu mit seinem ewigen Lächeln.

«Was schließen Monseigneur daraus?»

«Daß, wenn Monsieur Terray das Amt des Kriegsministers hat, ich es nicht bekomme; daß, wenn er es nicht hat, ich es vielleicht bekomme.»

Rafté hatte für sein Gewissen genug getan. Er war ein kühner, unermüdlicher, ehrgeiziger Mann, ebenso geistreich wie sein Meister und viel besser gewappnet als dieser. Denn er wußte, daß er bürgerlich und abhängig war, was zwei ungeschützten Stellen im Harnisch gleichkam. Doch hatte er daran vierzig Jahre lang seine ganze List, seine Kraft und seine geistige Gewandtheit erprobt. Als Rafté seinen Herrn so sicher sah, glaubte er selbst, nichts mehr zu befürchten zu haben.

«Auf, Monseigneur!» drängte er. «Sputen Sie sich; lassen Sie nicht zu lange auf sich warten. Das wäre ein schlechtes Vorzeichen.»

«Ich bin bereit. Aber ich frage noch einmal, wer ist denn überhaupt da?»

«Hier ist die Liste.»

Er legte seinem Herrn eine lange Liste vor, und dieser las mit großer Zufriedenheit die ersten Namen des Geburtsadels, des Amtsadels und des Geldadels.

«Es sieht ganz so aus, als würde ich populär, was, Rafté?»

«Wir leben in einer Zeit der Wunder», versetzte dieser.

«Sieh an, Taverney!» bemerkte der Marschall beim Weiterlesen. «Was will der denn hier?»

«Ich habe keine Ahnung, Herr Marschall. Nun kommen Sie schon, treten Sie ein.»

Und der Sekretär nötigte seinen Herrn beinahe, sich in den großen Salon zu begeben.

Richelieu konnte zufrieden sein. Der Empfang, den man ihm bereitete, wäre eines Fürsten von königlichem Geblüt nicht unwürdig gewesen.

Doch die ganze so feine, so geschickte, so durchtriebene Höflichkeit der Gesellschaft dieser Zeit hatte keinen Einfluß auf den Zufall, der dem Marschall einen bösen Streich spielen sollte.

Anstandshalber und aus Achtung vor der Etikette vermied es die Menge, vor Richelieu das Wort Ministerium auszusprechen. Einige Kühnere gingen bis zum Wort Kompliment, doch sie wußten, daß sie leicht über das Wort hinschlüpfen mußten und daß Richelieu kaum darauf antworten würde.

Für niemanden war dieser Besuch bei Sonnenaufgang etwas anderes als eine einfache Anstandsbekundung, so wie man zum Beispiel jemandem Glück wünscht.

Es kam damals nicht selten vor, daß kaum wahrnehmbare Abstufungen von Massen einhellig begriffen wurden.

Einige Höflinge wagten es, während des Gesprächs einen Wunsch, ein Verlangen, eine Hoffnung zum Ausdruck zu bringen.

Der eine sagte, er hätte seinen Regierungsbezirk lieber näher bei Versailles gehabt. Er schätze sich glücklich, über diese Sache mit einem Mann zu reden, der über ein so großes Ansehen verfüge wie Monsieur de Richelieu.

Ein anderer behauptete, von Monsieur de Choiseul dreimal bei Beförderungen zum Ordensritter übergangen worden zu sein. Er setze seine Hoffnung nun auf das zuvorkommende Gedächtnis Monsieur de Richelieus, um das des Königs aufzufrischen. Jetzt stünde dem guten Willen Seiner Majestät ja nichts mehr im Wege.

Kurz, an die hundert mehr oder weniger habgierige Forderungen, aber alle mit äußerster Kunst bemäntelt, wurden an die umschmeichelten Ohren des Marschalls herangetragen.

Nach und nach zog sich die Menge zurück. Man wolle, so sagte man, den Herrn Marschall nicht länger von seinen wichtigen Geschäften abhalten.

Ein einziger Mann blieb im Salon zurück.

Er war nicht mit den anderen zu ihm hingetreten, er hatte nichts verlangt, er hatte sich nicht einmal vorgestellt.

Als sich die Reihen gelichtet hatten, ging dieser Mann lächelnd auf den Herzog zu.

«Ah! Monsieur de Taverney» begrüßte ihn der Marschall, «sehr erfreut, sehr erfreut!»

«Ich wartete, Herzog, um dir zu gratulieren, um dir ehrlich und aufrichtig zu gratulieren.»

«Ah! Wirklich? Und wozu?» forschte Richelieu, den die Zurückhaltung seiner Besucher in die Notwendigkeit versetzt hatte, selbst verschwiegen und fast geheimnisvoll zu bleiben.

«Aber natürlich zu deiner neuen Würde, Herzog.»

«Pst! Pst!» machte der Marschall. «Reden wir nicht darüber ... Nichts ist entschieden, es ist ein bloßes Gerücht.»

«Aber anscheinend sind viele Leute meiner Meinung, lieber Marschall, denn deine Salons waren voll.»

«Ich weiß wirklich nicht warum.»

«Oh! Ich weiß es wohl.»

«Wer denn, was denn?»

«Ein einziges Wort von mir.»

«Welches?»

«Gestern in Trianon hatte ich die Ehre, dem König meine Aufwartung zu machen. Seine Majestät sprach mit mir über meine Kinder und sagte am Ende zu mir: ‹Sie kennen doch Monsieur de Richelieu. Gratulieren Sie ihm.›»

«Ah! Das hat Ihnen Seine Majestät gesagt?» erwiderte Richelieu und platzte fast vor Stolz, als wären diese Worte die offizielle Ernennungsurkunde gewesen, an deren Übersendung Rafté zweifelte oder deren verzögerte Zustellung er beklagte.

«Somit», fuhr Taverney fort, «vermutete ich die Wahrheit. Es war auch nicht schwierig, wenn man den Eifer von ganz Versailles sah. Ich bin deshalb hergeeilt, um dem König zu gehorchen und dich zu beglückwünschen und außerdem um meinem eigenen Gefühl zu gehorchen und dir unsere alte Freundschaft ans Herz zu legen.»

Der Herzog fühlte sich schon wie im Rausch. Das ist ein Naturfehler, vor dem sich auch die kühlsten Köpfe nicht immer hüten können. Er sah in Taverney nur einen seiner Bittsteller letzten Ranges, arme Leute, die auf dem Weg der Gunst zurückgeblieben waren, die zu schützen sich nicht lohnte, deren Bekanntschaft zu nichts nütze war und denen man es zum Vorwurf machte, nach zwanzig Jahren aus ihrem Schattendasein aufzutauchen, um sich an der Glücksonne eines anderen zu wärmen.

«Ich sehe, wie es sich verhält», erwiderte der Marschall ziemlich hart, «man kommt, weil man etwas von mir will.»

«Nun, du sagst es, Herzog.»

«Ah!» machte Richelieu und ließ sich auf einem Sofa nieder.

«Ich sagte dir, ich habe zwei Kinder», fuhr Taverney geschmeidig und listig fort, denn er bemerkte das abweisende Verhalten seines Freundes und näherte sich ihm darum um so eifriger. «Ich habe eine Tochter, die ich sehr liebe und die ein Muster an Tugend und Schönheit ist. Sie ist bei der Dauphine untergebracht, die ihr besondere Wertschätzung angedeihen läßt. Von meiner schönen Andrée möchte ich daher nicht mit dir sprechen, Herzog. Ihr Weg ist vorgezeichnet, und ihr Glück befindet sich in den besten Händen. Hast du meine Tochter gesehen? Habe ich sie dir nicht irgendwo vorgestellt? Hast du nicht von ihr gehört?»

«Pah! ... Was weiß ich», antwortete Richelieu betont gleichgültig, «kann sein.»

«Gleichviel», sprach Taverney weiter, «meine Tochter ist untergebracht. Ich für meinen Teil brauche nichts, siehst du. Der König hat mich mit einer Pension versehen, von der ich leben kann. Doch ich gestehe, ich hätte gern irgendwelche Einkünfte gehabt, um Maison-Rouge wieder aufzubauen, wohin ich mich auf meine alten Tage zurückziehen will. Und da habe ich mir gedacht, mit deinem Ansehen und mit dem meiner Tochter ...»

«Ei!» dachte Richelieu, der, in die Betrachtung seiner eigenen Größe versunken, bis dahin gar nicht zugehört hatte und erst bei dem Wort «das Ansehen meiner Tochter» aus seinen Träumereien hochfuhr. «Ei, ei! Deine Tochter ... das wird so eine junge Schönheit sein, welche die Eigenliebe der guten Gräfin verletzt. Sie ist ein kleiner Skorpion, der sich unter den Flügeln der Dauphine wärmt, um jemanden in Luciennes zu beißen ... Nun, seien wir kein schlechter Freund, und was die Dankbarkeit betrifft, so soll die teure Gräfin, die mich zum Minister gemacht hat, sehen, ob sie in der Not auf mich zählen kann.»

Dann sagte er in hochmütigem Tone zum Baron von Taverney: «Fahren Sie fort.»

«Wahrhaftig, jetzt komme ich zur Sache», erwiderte dieser und nahm sich fest vor, in seinem Inneren über den eitlen Marschall zu lachen, wenn er erst von ihm erhalten hätte, was er wollte. «Ich denke also nur noch an meinen Sohn Philippe, der einen sehr schönen Namen trägt, dem es aber stets an Gelegenheit fehlen wird, diesem Namen Glanz zu verleihen, wenn ihm niemand hilft. Philippe ist ein tapferer und besonnener Junge, vielleicht etwas zu besonnen; aber dies ist eine Folge seiner beengten Lage. Ein Pferd, das man zu kurz am Zügel hält, senkt den Kopf, wie du weißt.»

«Was kümmert's mich?» dachte der Marschall bei sich und gab seinen Ärger und seine Ungeduld unmißverständlich zu erkennen.

«Ich bräuchte», fuhr Taverney unbeirrt fort, «ich bräuchte einen hochgestellten Mann wie dich, der Philippe zu einer Kompanie verhelfen könnte ... Madame la Dauphine hat ihn bei ihrem Einzug in Straßburg zum Rittmeister ernennen lassen. Ja, aber jetzt fehlen ihm nur hunderttausend Livre, um eine schöne Kompanie in irgendeinem bevorzugten Kavallerieregiment zu bekommen ... Verhilf mir dazu, mein großer Freund.»

«Ihr Sohn», antwortete Richelieu, «ist der junge Mann, der Madame la Dauphine einen Dienst erwiesen hat, nicht wahr?»

«Sogar einen großen!» ereiferte sich Taverney. «Er hat auf der letzten Station die Pferde Ihrer königlichen Hoheit zurückgehalten, die dieser Dubarry mit Gewalt nehmen wollte.»

«O weh!» sprach Richelieu zu sich selbst. «Da kommen gerade ... die allerschlimmsten Feinde der Gräfin zusammen ... Er kommt mir gerade recht, dieser Taverney! Er betrachtet Dinge als Auszeichnung, deretwegen ich ihn entschieden abweisen müßte ...»

«Sie antworten mir nicht, Herzog?» fragte Taverney, durch das beharrliche Schweigen des Marschalls etwas verstimmt.

«Das alles ist unmöglich, mein lieber Monsieur de Taverney», versetzte der Marschall und erhob sich, um seinem Besucher zu bedeuten, daß der Empfang beendet sei.

«Unmöglich? Eine solche Kleinigkeit unmöglich? Und das sagt mir ein alter Freund?»

«Warum nicht? ... Ist es Grund genug, gut Freund zu sein, wie Sie sagen, um den einen zu einer Ungerechtigkeit, den anderen zu einem Mißbrauch des Wortes Freundschaft zu veranlassen? Sie haben mich zwanzig Jahre lang nicht besucht. Ich war nichts. Und jetzt, da ich Minister bin, kommen Sie.»

«Monsieur de Richelieu, nun sind Sie aber ungerecht.»

«Nein, mein Lieber, nein, ich will nicht, daß Sie Ihre Zeit unnütz in den Vorzimmern totschlagen. Ich bin ein wahrer Freund, darum sage ich Ihnen von vorneherein ...»

«Sie haben doch aber einen Grund, mich abzuweisen?»

«Ich!» rief Richelieu, sehr beunruhigt über den Verdacht, den Taverney womöglich hatte. «Ich! Einen Grund? ...»

«Ja, ich habe Feinde ...»

Der Herzog hätte antworten können, was er dachte. Aber dann hätte er verraten, daß er Madame Dubarry aus Dankbarkeit schonte; er hätte zugegeben, daß er durch die Vermittlung einer Favoritin Minister geworden war, und genau das hätte der Marschall nicht um ein Kaiserreich getan. So antwortete er rasch: «Sie haben keinen einzigen Feind, mein lieber Freund. Ich dagegen habe viele. Wenn ich sofort und ohne Prüfung der Ansprüche solche Gunstbezeigungen gewährte, so würde ich mich der Kritik aussetzen, mich ebenso zu verhalten wie Choiseul. Mein Lieber, ich will bei den Staatsgeschäften Spuren meiner Tätigkeit hinterlassen. Seit zwanzig Jahren brüte ich über Reformen und Verbesserungen. Jetzt kann ich sie verwirklichen! Die Günstlingswirtschaft führt Frankreich ins Verderben, ich werde mich nur nach dem Verdienst meiner Mitmenschen richten. Die Schriften unserer Philosophen sind Fackeln, deren Licht meine Augen nicht umsonst erblickt haben sollen. Die Finsternis der vergangenen Tage ist gewichen; es wurde höchste Zeit für das Wohl des Staates ... So werde ich auch die Ansprüche Ihres Sohnes prüfen, nicht mehr und nicht minder als die jedes erstbesten Bürgers. Ich werde meinen Überzeugungen dieses zweifellos schmerzliche Opfer darbringen, doch leidet darunter vielleicht nur ein einziger zum Nutzen von dreihunderttausend anderen ... Wenn ich den Eindruck habe, daß Ihr Sohn, Monsieur Philippe de Taverney, meine Gunst verdient, so wird sie ihm nicht deshalb zuteil, weil sein Vater mein Freund ist oder weil er dessen Namen trägt, sondern weil er ein Mann von Verdienst ist. Dies ist mein Plan, nach dem ich vorgehen werde.»

«Das heißt, ihre Unterweisung in Philosophie», konterte der alte Baron, wütend und enttäuscht über eine Unterredung, die ihn so viel Unterwürfigkeit und so viele kleine Demütigungen gekostet hatte.

«Philosophie, meinetwegen, Monsieur; das ist ein schönes Wort.»

«Das einen von vielen Dingen freispricht, nicht wahr, Herr Marschall?»

«Sie sind ein schlechter Höfling», bemerkte Richelieu mit einem kalten Lächeln.

«Die Leute meines Standes sind nur Höflinge des Königs!»

«Ei! Von Ihrem Stand hat Monsieur Rafté, mein Sekretär, täglich tausend in meinen Vorzimmern», spottete Richelieu, «und sie kommen, ich weiß nicht aus welchem Provinznest, wo man lernt, gegen seine vorgeblichen Freunde unhöflich zu sein, während man Harmonie predigt.»

«Oh! Ich weiß wohl, daß ein Maison-Rouge vom alten Kreuzritteradel sich nicht so gut auf die Harmonie versteht wie Vignerot der Spielmann!»

Der Marschall besaß mehr Geist als Taverney. Er hätte ihn zum Fenster hinauswerfen lassen können. Doch er begnügte sich damit, die Schultern zu zucken und zu erwidern: «Sie sind zu weit zurückgeblieben, mein Herr Kreuzritter. Sie sind erst bei der verleumderischen Denkschrift der Parlamente vom Jahr 1720 und haben noch nicht die der Herzöge und Pairs gelesen, die darauf antworten. Gehen Sie in meine Bibliothek, mein lieber Monsieur, Rafté wird sie Ihnen zu lesen geben.»

Und während er seinen Gegner noch mit dieser Erwiderung abwies, öffnete sich die Tür, und ein Mann trat geräuschvoll ein.

«Wo ist er denn, der liebe Herzog?» rief er.

Dieser Mann mit gerötetem Gesicht, vor Zufriedenheit glänzenden Augen und behaglich überkreuzten Armen war niemand anders als Jean Dubarry.

Beim Anblick des Eintretenden wich Taverney vor Erstaunen und Ärger zurück.

Jean gewahrte diese Gebärde, erkannte das Gesicht und drehte ihm den Rücken zu.

«Ich glaube zu verstehen», sagte der Baron ruhig. «Ich entferne mich daher und lasse den Herrn Minister in trefflicher Gesellschaft.»

Und er schritt würdevoll hinaus.

## XC. KAPTIEL

### *Ernüchterung*

Wütend über diesen herausfordernden Abgang, traf Jean Anstalten hinter dem Baron herzueilen, zuckte dann aber die Achseln und kehrte zum Marschall zurück.

«Leute dieser Sorte empfangen Sie in Ihrem Hause?»

«Ei, mein Lieber, Sie täuschen sich. Im Gegenteil, ich jage sie fort.»

«Wissen Sie, was das für ein Herr ist?»

«Er ist ein Taverney.»

«Er ist einer, der seine Tochter ins Bett des Königs bringen will ...»

«Also wirklich!»

«Einer, der uns ausstechen will und dem alle Mittel dazu recht sind ... Ja, aber zum Glück ist Jean da, und Jean durchschaut die Dinge.»

«Glauben Sie, er will ...?»

«Parteigänger des Dauphins, mein Lieber ... und man hat seinen kleinen Totschläger ...»

«Pah!»

«Man hat einen jungen Mann, der darauf abgerichtet ist, den Leuten in die Waden zu beißen, einen Raufbold, der dem armen Jean den Degen in die Schulter bohrt ...»

«Ihnen? Er ist also ein persönlicher Feind von Ihnen, mein lieber Vicomte?» fragte Richelieu, der den Erstaunten spielte.

«Ja, allerdings. Er ist mein Gegner in der Angelegenheit des Pferdewechsels, wissen Sie?»

«Ah! Sie sehen, welche Sympathie! Ich wußte das nicht und ließ ihn doch mit all seinen Bitten abblitzen. Hätte ich es allerdings gewußt, so hätte ich ihn nicht nur abgewiesen, sondern davongejagt ... Seien Sie unbesorgt, Vicomte, augenblicklich steht der werte Raufbold unter meiner Fuchtel, und das soll er spüren.»

«Ja, Sie können ihm den Geschmack an Überfällen auf der Landstraße verleiden ... Doch ich habe Ihnen noch gar nicht meinen Glückwunsch ausgesprochen.»

«Tja, Vicomte, wie es scheint, ist die Sache endgültig enschieden.»

«Oh! Es ist schon alles abgemacht ...? Erlauben Sie, daß ich Sie umarme?»

«Von ganzem Herzen.»

«Meiner Treu, das hat uns Mühe gekostet; aber die Mühe ist schnell vergessen, wenn man das Ziel erreicht. Sie sind zufrieden, nicht wahr?»

«Soll ich offen mit Ihnen sprechen? Ja, denn ich glaube, ich werde nützlich sein können.»

«Das steht außer Frage, doch es ist ein gewaltiger Schlag, und man wird lautstarken Protest erheben.»

«Bin ich denn in der Öffentlichkeit gar nicht beliebt?»

«Sie? ... Man ist weder für noch gegen Sie. Nur er ist verhaßt.»

«Er? ...» fragte Richelieu erstaunt. «Wer er?»

«Gewiß doch», fuhr Jean weiter. «Oh! Die Parlamente werden sich empören. Es ist wie eine Rückkehr zur Peitsche Ludwigs XIV. Sie werden gegeißelt werden, Herzog, fürwahr!»

«Erklären Sie mir das ...»

«Aber das erklärt sich von selbst, durch den Haß der Parlamente auf ihren Verfolger.»

«Ah! Sie glauben, daß ...?»

«Ich bin davon überzeugt wie ganz Frankreich. Gleichviel, Herzog, Sie haben sehr gut daran getan, ihn kommen zu lassen, solange das Eisen noch heiß war.»

«Wen? ... Aber wen denn, Vicomte? Ich sitze auf glühenden Kohlen und verstehe kein Wort.»

«Aber ich spreche doch von Monsieur d'Aiguillon, Ihrem Neffen.»

«Nun, was weiter?»

«Nun, ich versichere Ihnen, Sie haben gut daran getan, ihn kommen zu lassen.»

«Ah! Sehr gut! Sehr gut! Er wird mir helfen, meinen Sie wohl?»

«Er wird uns allen helfen ... Wissen Sie, daß es zwischen ihm und Jeannette zum besten steht?»

«Ach wirklich?»

«Zum besten. Sie haben schon miteinander geplaudert, und sie verstehen sich ausgezeichnet, darauf möchte ich wetten.»

«Wie wollen Sie das wissen?»

«Ganz einfach. Jeannette ist die ärgste Langschläferin, die ich kenne.»

«Aha!»

«Und sie verläßt ihr Bett nie vor neun, zehn oder elf Uhr.»

«Ja und?»

«Nun, heute morgen in Luciennes war es höchstens sechs Uhr, als ich den Wagen von d'Aiguillon davonfahren sah.»

«Um sechs Uhr?» rief Richelieu lächelnd.

«Allerdings.»

«Um sechs Uhr früh, heute morgen?»

«Früh, heute morgen. Sie können sich denken, daß Jeanne, um so früh aufzustehen und zu einer solchen Stunde eine Audienz zu geben, von Ihrem werten Neffen wirklich sehr angetan sein muß.»

«So, so», machte Richelieu und rieb sich die Hände, «um sechs Uhr. Bravo, d'Aiguillon!»

«Die Audienz muß wohl schon um fünf Uhr begonnen haben ... In der Nacht. Das ist wundersam! ...»

«Das ist wundersam! ...» wiederholte der Marschall. «Wundersam, in der Tat, mein lieber Jean!»

«Und jetzt seid ihr alle drei wie Orestes, Pylades und noch ein anderer Pylades.»

In diesem Augenblick, als sich der Marschall gerade aufs freudigste die Hände rieb, betrat d'Aiguillon den Salon. Der Neffe grüßte den Onkel mit einem Ausdruck von Beileid, der Richelieu zwar nicht die ganze Wahrheit, aber doch einen großen Teil davon erahnen ließ.

Er erbleichte, als wäre ihm eine tödliche Wunde zugefügt worden. Sogleich kam ihm der Gedanke, daß es bei Hof weder Freunde noch Verwandte gebe und daß jeder nur auf seinen Vorteil bedacht sei.

«Ich war ein großer Dummkopf», dachte er bei sich. «Nun, d'Aiguillon?» sagte er laut und unterdrückte einen tiefen Seufzer.

«Nun, Herr Marschall?»

«Das ist ein schwerer Schlag für die Parlamente», meinte Richelieu, indem er Jeans Worte wiederholte.

D'Aiguillon errötete.

«Sie wissen?» fragte er.

«Der Herr Vicomte hat mir alles auseinandergesetzt», erklärte Richelieu, «selbst Ihren Besuch in Luciennes heute morgen vor Tagesanbruch. Ihre Ernennung ist ein Triumph für meine Familie.»

«Bitte glauben Sie mir, daß ich es lebhaft bedauere, Herr Marschall.»

«Was zum Teufel sagt er da?» wunderte sich Jean und verschränkte die Arme.

«Wir verstehen uns», unterbrach ihn Richelieu, «wir verstehen uns.»

«Das ist etwas anderes; aber ich verstehe ... ich verstehe Ihr Bedauern nicht ... Ah! Ja doch, weil er nicht sofort als Minister anerkannt wird ... Ach so, ja, ja ...»

«Ah! Es wird eine Übergangszeit geben?» fragte der Marschall, in dessen Herz die Hoffnung zurückkehrte, dieser ewige Gast des Ehrgeizigen und des Liebenden.

«Eine Übergangszeit, ganz richtig, Herr Marschall.»

«Aber inzwischen», rief Jean, «inzwischen ist er auch nicht gerade schlecht dran ... Das schönste Kommando von Versailles.»

«Ah!» machte Richelieu, dem ein neuer Stich versetzt wurde. «Ein Kommando?»

«Monsieur Dubarry übertreibt vielleicht ein wenig», meinte der Herzog von Aiguillon.

«Aber was für ein Kommando ist es denn?»

«Die Chevaulegers des Königs.»

Richelieu fühlte abermals, wie Blässe sein faltiges Gesicht überzog.

«Nun ja!» sagte er mit einem Lächeln, dessen Ausdruck sich nicht beschreiben läßt. «Ja, das ist allerdings sehr wenig für einen so einnehmenden Mann. Aber was wollen Sie, Herzog? Das schönste Mädchen der Welt kann auch nur das geben, was es hat, und wenn es die Geliebte des Königs wäre!»

Nun war es an d'Aiguillon, bleich zu werden.

Jean betrachtete sich unterdessen die schönen Murillos des Marschalls.

Richelieu klopfte seinem Neffen auf die Schulter und meinte: «Welch ein Glück, daß Sie das Versprechen einer baldigen Beförderung haben. Meinen Glückwunsch, Herzog ... meinen aufrichtigen Glückwunsch ... Ihre Gewandtheit, Ihr Verhandlungsgeschick entsprechen Ihrem Glück ... Gott befohlen, ich habe zu tun. Vergessen Sie mich nicht, solange Sie in der Gunst stehen, mein lieber Minister.»

D'Aiguillon antwortete nur: «Sie, das bin ich, Herr Marschall, ich, das sind Sie.»

Er verneigte sich vor seinem Onkel und schritt unter Wahrung seiner natürlichen Würde hinaus. Auf diese Weise befreite er sich glimpflich aus einer der schwierigsten Lagen, die ihm sein ohnehin mit Schwierigkeiten durchsetztes Leben bereitet hatte.

«Was das Gute an d'Aiguillon ist», sagte Richelieu zu Jean, der nicht recht wußte, was er von diesem Austausch von Höflichkeiten zwischen Neffen und Onkel halten sollte, «was das Bewundernswerte an ihm ist, das ist seine Unbefangenheit. Er ist ein Mann von Geist und arglos. Er kennt den Hof und ist ehrlich wie ein junges Mädchen.»

«Und er liebt Sie.»

«Wie ein Lamm.»

«Ei! Mein Gott!» rief Jean. «Er ist viel mehr Ihr Sohn als Monsieur de Fronsac.»

«Wahrhaftig, ja ... wahrhaftig, ja ... Vicomte.»

Und während Richelieu diese Antwort gab, ging er aufgeregt um seinen Sessel herum. Er suchte etwas und fand es nicht. «Ah! Gräfin», murmelte er, «das werden Sie mir büßen.»

«Marschall», sagte Jean schlau, «wir vier werden miteinander das berühmte Bündnis der Antike bilden. Sie wissen, das, welches nicht zu brechen war.»

«Wir vier? Lieber Monsieur Jean, wie soll ich das verstehen?»

«Meine Schwester die Macht, d'Aiguillon das Ansehen, Sie den Rat und ich die Wachsamkeit.»

«Sehr gut! Sehr gut!»

«Dann soll nur mal einer kommen und meine Schwester angreifen! Ich fordere alles und jeden heraus.»

«Bei Gott!» rief Richelieu, dessen Kopf rauchte.

«Da soll sich uns mal einer in den Weg stellen!» phantasierte Jean weiter, der von seinen Plänen und siegreichen Ideen wie berauscht war.

«Oh!» rief Richelieu und schlug sich an die Stirn.

«Was denn, lieber Marschall, was ist Ihnen?»

«Nichts, ich finde Ihre Bündnisidee einfach großartig.»

«Nicht wahr?»

«Ich schließe mich Ihrer Meinung voll und ganz an.»

«Bravo!»

«Wohnt Taverney in Trianon bei seiner Tochter?»

«Nein, er wohnt in Paris.»

«Ist sie sehr schön, diese Tochter, lieber Vicomte?»

«Wäre sie schön wie Kleopatra oder wie ... meine Schwester, ich fürchte sie nicht mehr, sobald wir uns verbündet haben.»

«Sie sagen, Taverney wohne in Paris, in der Rue Saint-Honoré, glaube ich?»

«Ich habe nicht gesagt in der Rue Saint-Honoré. Er wohnt in der Rue Coq-Héron. Haben Sie etwa schon eine Idee, wie man diesen Taverney züchtigen könnte?»

«Ich glaube ja, Vicomte, ich glaube, ich habe eine Idee.»

«Sie sind ein unvergleichlicher Mann. Ich verlasse Sie und tauche unter, um zu erfahren, was man in der Stadt spricht.»

«Gott befohlen, Vicomte ... Ach übrigens, Sie haben mir noch nicht die Vertreter des neuen Ministeriums genannt.»

«Oh! Alles Eintagsfliegen: Terray, Bertin, ich weiß gar nicht mehr wer noch ... Jedenfalls Kleinvieh im Vergleich zu d'Aiguillon, dem wahren Minister, der das Ministerium nach der Übergangszeit übernehmen wird.»

«Und der vielleicht auch nur kurze Zeit Minister bleiben wird», dachte der Marschall bei sich und lächelte Jean zum Abschied freundlich zu.

Jean entfernte sich, und Rafté trat wieder ein. Er hatte alles gehört und wußte, wie die Dinge standen. Alle seine Vermutungen hatten sich bewahrheitet. Er sagte kein Wort zu seinem Herrn, denn er kannte ihn zu gut.

Er klingelte nicht einmal nach dem Kammerdiener, sondern kleidete ihn selbst aus und brachte ihn zu Bett. Nachdem der Marschall eine Pille eingenommen hatte, die ihm sein Sekretär reichte, sank er sogleich, vom Fieber geschüttelt, in seine Kissen zurück.

Rafté zog die Vorhänge zu und ging hinaus. Das Vorzimmer war voll von Bedienten, die, auf Anweisungen wartend, die Ohren spitzten. Rafté nahm den ersten besten Kammerdiener beim Arm und sagte:

«Pflege den Herrn Marschall gut. Er ist krank. Er hat heute morgen schlimmen Ärger gehabt. Er mußte dem König ungehorsam sein ...»

«Dem König ungehorsam sein?» rief der Kammerdiener erschrocken.

«Ja, Seine Majestät schickte Monseigneur eine Bestallung zum Minister. Der Marschall wußte aber, daß dies durch die Vermittlung der Dubarry geschah, und schlug es aus! Ist das nicht herrlich? Die Pariser sind ihm wahrlich einen Triumphbogen schuldig! Aber leider war die Auseinandersetzung mit dem König ziemlich heftig, so daß unser Herr jetzt krank ist. Pflege ihn gut!»

Nach diesen Worten zog Rafté sich in sein Zimmer zurück.

Eine Viertelstunde später wußte ganz Versailles über das edle Verhalten und die selbstlose Vaterlandsliebe des Marschalls Bescheid. Dieser lag indessen in tiefem Schlaf und ahnte nichts von der Popularität, zu der ihm sein Sekretär verholfen hatte.

## XCI. KAPITEL

### *Zu Tisch beim Dauphin*

An demselben Tage verließ Mademoiselle de Taverney um drei Uhr ihr Zimmer, um sich zur Dauphine zu begeben, welche die Gewohnheit hatte, sich vor der Mittagstafel vorlesen zu lassen.

Andrée trug ein blaues Seidenkleid mit langer, abgenähter Taille, wo es sich teilte, um ein Unterkleid aus Musselin mit drei Reihen bestickter Einsätze sehen zu lassen. Kurze, ebenfalls bestickte Ärmel aus Musselin, die von der Schulter an festoniert und gerafft waren, begleiteten das mit bäuerlichen Motiven bestickte Halstuch, das den Busen des Mädchens schamhaft verbarg. Mademoiselle Andrée hatte ihr schönes Haar einfach mit einem zum Kleid passenden blauen Band hochgebunden. Dieses Haar, das in langen, kräftigen Locken auf Hals und Schultern herabfiel, betonte besser als alle Haarnadeln, Federbüsche und Spitzen, die man damals als Kopfschmuck trug, das stolze und bescheidene Antlitz des schönen Mädchens mit der matten, reinen Gesichtshaut.

Im Gehen streifte sich Andrée ihre Halbhandschuhe aus weißer Seide über die feinsten und vollendetsten Finger, die man sich nur vorstellen kann, während sich im Sand des Gartenweges die Spitze des hohen Absatzes ihrer Pantoffeln aus zartblauem Atlas abdrückte.

Als sie in den Pavillon von Trianon kam, erfuhr sie, daß sich die Dauphine mit ihrem Architekten und ihrem Gärtnermeister auf einen Rundgang begeben habe.

Andrée durchquerte den Blumengarten. Da es schon auf den Abend zuging, denn zu dieser Jahreszeit bricht schon um fünf oder sechs Uhr die Nacht herein, waren die Gärtnerjungen damit beschäftigt, die Glasglocken über die kälteempfindlichsten Pflanzen einer jeden Rabatte zu stülpen.

An der Biegung einer Allee von grünen Bäumen, die, zu einem Laubengang geschnitten und von Stöcken Bengalischer Rosen begrenzt, in

Im Gehen streifte Andrée de Taverney ihre Handschuhe über.

einem schönen Rasenstück ausmündete, erblickte Andrée plötzlich einen der Gärtner, der sich, als er sie sah, auf seinen Spaten stützte und sie mit einer gewandteren und verständigeren Höflichkeit grüßte, als es Leute aus dem Volk zu tun pflegen.

Sie sah genauer hin und erkannte in dem Arbeiter Gilbert, dessen Hände trotz der Arbeit noch weiß genug waren, um Monsieur de Taverney zur Verzweiflung zu bringen.

Andrée errötete unwillkürlich. Die Anwesenheit Gilberts an diesem Ort schien ihr das Ergebnis einer rätselhaften Laune des Schicksals zu sein.

Gilbert grüßte noch ehrerbietiger, und Andrée erwiderte seinen Gruß im Weitergehen.

Doch war sie ein zu rechtschaffenes und mutiges Geschöpf, um einer Regung ihres Gemüts zu widerstehen und eine Frage, die sie beunruhigte, unbeantwortet zu lassen.

Sie machte kehrt, und Gilbert, der schon ganz blaß geworden war und ihr mit düsterem Auge nachblickte, erwachte sogleich wieder zum Leben.

«Sie hier, Monsieur Gilbert?» fragte Andrée kühl.

«Ja, Mademoiselle.»

«Durch welchen Zufall?»

«Mademoiselle, man muß sich wohl sein Brot verdienen, und zwar ehrlich verdienen.»

«Aber wissen Sie auch, daß Sie Glück haben?»

«Oh! Allerdings, Mademoiselle», beteuerte Gilbert.

«Wie bitte?»

«Ich meine, Mademoiselle, daß ich, wie Sie schon sagten, großes Glück habe.»

«Wer hat Ihnen die Anstellung hier besorgt?»

«Monsieur de Jussieu, ein Beschützer von mir.»

«Ach!» machte Andrée überrascht. «Sie kennen Monsieur de Jussieu?»

«Er war der Freund meines ersten Beschützers, meines Meisters Monsieur Rousseau.»

«Viel Glück, Monsieur Gilbert!» rief Andrée ihm zu und schickte sich zum Weitergehen an.

«Geht es Ihnen besser, Mademoiselle?» fragte Gilbert, und seine Stimme zitterte.

«Besser? Was soll das heißen?» gab Andrée kalt zurück.

«Aber ... der Unfall? ...»

«Ach so! Ja ... danke, Monsieur Gilbert, es geht mir besser. Es war nicht der Rede wert.»

«Oh! Sie wären beinahe umgekommen», entgegnete Gilbert, im höchsten Grade erschüttert. «Sie schwebten in schrecklicher Gefahr.»

An diesem Punkt dachte Andrée, daß es wohl an der Zeit sei, die Unterhaltung mit einem Arbeiter mitten im königlichen Park jäh zu beenden.

«Guten Tag, Monsieur Gilbert», grüßte sie.

«Will Mademoiselle nicht eine Rose annehmen?» fragte Gilbert bebend und schweißgebadet.

«Aber Monsieur», wandte Andrée ein, «Sie bieten mir da etwas an, was Ihnen nicht gehört.»

Gilbert, überrascht und aufs äußerste bestürzt, antwortete nichts. Er senkte den Kopf. Und als Andrée mit einer gewissen Freude, ihre Überlegenheit bekundet zu haben, auf ihn herabsah, da richtete sich Gilbert auf, riß einen ganzen blühenden Zweig vom schönsten Rosenstock ab und begann, die Rosen mit einer edlen Kaltblütigkeit zu entblättern, die ihre Wirkung auf das Mädchen nicht verfehlte.

Sie war zu gerecht und zu gut, um nicht einzusehen, daß sie willkürlich einen Untergebenen beleidigt hatte, der sich nur des Verbrechens der Höflichkeit schuldig gemacht hatte. So setzte sie, wie alle stolzen Menschen, die sich schuldig fühlen, ihren Weg fort, ohne ein Wort zu sagen, auch wenn sie sich vielleicht gern entschuldigt oder ihm Genugtuung verschafft hätte.

Auch Gilbert fügte kein Wort mehr hinzu. Er warf den Rosenzweig weg und packte wieder seinen Spaten. Doch in seinem Charakter verband sich Stolz mit List. So bückte er sich nicht nur, um weiterzuarbeiten, sondern auch um Andrée nachzusehen, die an der Biegung einer Allee nicht umhin konnte, sich umzudrehen. Sie war eben eine Frau.

Gilbert begnügte sich mit dieser Schwäche und sagte sich, er habe bei diesem neuen Streit den Sieg davongetragen.

«Sie ist weniger stark als ich», dachte er bei sich, «und ich werde sie beherrschen. Stolz auf ihre Schönheit, ihren Namen, ihr wachsendes Glück, anmaßend durch meine Liebe, die sie vielleicht ahnt, ist sie dadurch nur noch begehrenswerter für den armen Arbeiter, der bei ihrem Anblick zittert. Oh! Dieses Zittern, dieses eines Mannes unwürdige Erschauern! Oh! Die kleinen Feigheiten, zu denen sie mich zwingt! Eines Tages wird sie dafür bezahlen. Aber für heute habe ich genug geleistet», fügte er hinzu, «ich habe den Feind besiegt ... Ich hätte schwächer sein müssen, da ich liebe, doch ich war zehnmal stärker.»

Noch einmal wiederholte er diese Worte mit unverhohlener Freude, strich sich dann seine schönen schwarzen Haare aus der Stirn und stieß seinen Spaten kraftvoll in die Erde des Beetes. Flink wie ein Reh eilte er durch eine Reihe von Zypressen und Eiben, durchquerte leicht wie der Wind eine Gruppe von Pflanzen unter Glasglocken, von denen er trotz seiner tollen Geschwindigkeit nicht eine streifte, und stellte sich am äußersten Ende der Diagonale auf, mit der er den Rundweg umgangen hatte, dem Andrée folgte.

Von hier aus konnte er beobachten, wie sie nachdenklich und fast demütig mit niedergeschlagenen Augen dahinschritt. Hinter dichten Buchen verborgen, hörte er sie zweimal seufzen, als spräche sie mit sich selbst. Schließlich ging sie so nahe an den Bäumen vorbei, daß Gilbert ihren Arm hätte berühren können, wie es ihm ein wahnsinniges, schwindelerregendes Fieber eingab.

Doch sogleich runzelte er mit einem entschiedenen und fast haßerfüllten Ausdruck die Stirn, legte eine krampfhaft zusammengeballte Hand an sein Herz und murmelte: «Abermals feig ...»

Dann fügte er leise hinzu: «Sie ist ja so schön!»

Gilbert hätte seine Betrachtung vielleicht noch lange fortgesetzt, denn die Allee zog sich hin, und Andrées Schritt war langsam und gemessen. Aber quer zur Allee verliefen weitere Alleen, aus denen ein ungebetener Beobachter auftauchen konnte. Und zu Gilberts Leidwesen wollte es der Zufall, daß tatsächlich aus der ersten Seitenallee von links, das heißt fast gegenüber der Baumgruppe, hinter der sich Gilbert versteckt hielt, ein solcher Störenfried hervorkam.

Dieser höchst unwillkommene Spaziergänger ging mit methodischen, genau abgemessenen Schritten. Er trug den Kopf hoch, hatte seinen Hut unter den rechten Arm geklemmt, während die rechte Hand auf seinem Degen ruhte. Er war mit einem Samtrock bekleidet, der unter einem mit Zobelpelz gefütterten Mantel hervorsah, und er streckte beim Gehen ein schönes Bein und einen hohen Fußrücken aus, die ihn als einen Mann von edlem Geschlecht kennzeichneten.

Während er so einherschritt, gewahrte dieser Edelmann Andrée. Zweifellos war er von der Erscheinung des Mädchens angetan, denn er beschleunigte seinen Schritt, wobei er den Weg schräg abkürzte, um den Andrées so bald wie möglich zu kreuzen.

Als Gilbert die Person erkannt hatte, stieß er unwillkürlich einen leisen Schrei aus und floh wie eine Amsel, die man unter einem Strauch aufgescheucht hat.

Der Störenfried hatte Erfolg mit seinem Manöver. Er hatte offensichtlich Übung darin, und kaum drei Minuten später befand er sich dicht hinter Andrée, der er kurze Zeit zuvor noch in großer Entfernung gefolgt war.

Als Andrée den Schritt hinter sich hörte, wich sie zunächst ein wenig zur Seite, um den Mann vorbeizulassen. Als er vorbei war, wandte sie ihm den Kopf zu. Auch der Edelmann schaute, und zwar eingehend und anhaltend. Er blieb sogar stehen, um besser zu sehen, und als er gesehen hatte, wandte er sich um und sprach mit liebenswürdiger Stimme: «Ah! Mademoiselle, wohin eilen Sie denn so schnell, wenn ich fragen darf?»

Als sie diese Stimme vernahm, hob Andrée den Kopf und gewahrte dreißig Schritt hinter sich zwei Gardeoffiziere, die langsam einhergingen. Sie sah unter dem Zobelpelz des Herrn, der sie angesprochen hatte, das blaue Band, und ganz blaß und erschrocken über dieses unerwartete Zusammentreffen und die galante Frage, verneigte sie sich tief: «Der König!» flüsterte sie ehrfurchtsvoll.

«Mademoiselle ...», hub Ludwig XV. wieder an und kam näher, «ich habe so schlechte Augen, daß ich Sie nach Ihrem Namen fragen muß.»

«Mademoiselle de Taverney», murmelte das Mädchen so verwirrt und zitternd, daß es kaum zu hören war.

«Ach ja, richtig! Sie machen einen schönen Spaziergang in Trianon, Mademoiselle?» fragte der König.

«Ich bin auf dem Weg zu Ihrer Königlichen Hoheit der Dauphine, die mich erwartet», antwortete Andrée und zitterte noch heftiger.

«Mademoiselle, ich werde Sie zu ihr geleiten», erklärte Ludwig XV., «denn ich bin im Begriff, meiner Tochter einen nachbarlichen Besuch abzustatten. Bitte, nehmen Sie meinen Arm, da wir denselben Weg haben.»

Andrée schien es wie ein Traum, daß eine solche Ehre, eine so unverhoffte, unglaubliche Huld einem armen Mädchen wie ihr zuteil werden sollte. Der König, der höchste aller Herren, hatte ihr seinen Arm angeboten, eine Gunst, um die der ganze Hof sie beneidet hätte!

Sie machte daher eine so tiefe und so schüchterne Verbeugung, daß der König sich verpflichtet glaubte, sie noch einmal zu grüßen. Er bot Andrée die Hand, und sie legte ihre glühenden Fingerspitzen auf den Handschuh des Königs. Beide setzten ihren Weg zum Pavillon fort, wo der König, wie man ihm gesagt hatte, die Dauphine mit ihrem Architekten und ihrem Obergärtner antreffen sollte.

Wir können versichern, daß Ludwig XV., der für gewöhnlich nicht gern zu Fuß ging, den längsten Weg wählte, um Andrée nach Klein-Trianon zu führen. Die beiden Offiziere, die ihnen folgten, bemerkten den Irrtum Seiner Majestät und beklagten sich im stillen darüber, weil sie leicht gekleidet waren und das Wetter kälter wurde.

Sie kamen spät an, da sie die Dauphine nicht an der Stelle fanden, wo sie sie vermutet hatten. Marie-Antoinette war bereits gegangen, da sie den Dauphin, der zwischen sechs und sieben Uhr zu speisen pflegte, nicht warten lassen wollte.

Ihre Königliche Hoheit traf also genau zur richtigen Zeit ein. Und da der sehr pünktliche Dauphin sich bereits an der Schwelle zum Salon aufhielt, um rasch in den Speisesaal zu gelangen, sobald der Haushofmeister erschien, warf die Dauphine ihren Umhang einer Kammerfrau zu, ergriff fröhlich den Arm des Dauphins und zog ihn in den Speisesaal.

Die Tafel war für die beiden hohen Gastgeber gedeckt.

Beide nahmen an der Mitte des Tisches Platz. Das Kopfende der Tafel blieb frei: seit gewissen Überraschungsbesuchen des Königs wurde es nicht mehr besetzt, auch dann nicht, wenn Gäste geladen waren.

Hinter dem Stuhl der Dauphine stand mit dem nötigen Abstand, um die Diener nicht beim Servieren zu behindern, Madame de Noailles in gewohnter Steifheit.

Bei ihr befanden sich die beiden anderen Damen, deren Stellung bei Hof ihnen das Recht verlieh, dem Nachtmahl Ihrer Königlichen Hoheiten beizuwohnen.

Gegenüber der Herzogin von Noailles, die von der Dauphine gerne Madame Etikette genannt wurde, stand auf ungefähr gleicher Stufe der Herzog von Richelieu.

Auch er war auf strenge Einhaltung der Anstandsregeln bedacht; nur blieb seine Etikette für alle Augen unsichtbar, da er sie stets unter vollkommenster Eleganz, bisweilen sogar hinter einem Hauch von feinem Spott verbarg.

Aus diesem Gegensatz zwischen dem ersten Kammerherrn und der ersten Ehrendame Ihrer Königlichen Hoheit der Dauphine ergab sich, daß das von Madame de Noailles immer wieder abgebrochene Tafelgespräch jedesmal wieder von Monsieur de Richelieu aufgenommen wurde.

Der Marschall war an allen Höfen Europas herumgekommen und hatte gelernt, je nach Art des Hofes stets das richtige Maß an Eleganz zu treffen. Er war ein Meister auf dem Gebiet des Takts und der Schicklichkeit und kannte alle Anekdoten, die sich an der Tafel der jungen Thronfolger und in der kleinen Abendrunde bei Madame Dubarry erzählen ließen.

An diesem Abend fiel ihm auf, daß sowohl die Dauphine als auch der Dauphin mit großem Appetit aßen. Er schloß daraus, daß sie das Gespräch keinesfalls an sich reißen würden; man konnte also Madame de Noailles in aller Ruhe einen Vorgeschmack auf das Fegefeuer vermitteln.

Er fing an, über Philosophie und Theater zu sprechen, zwei Themen, die der ehrwürdigen Herzogin doppelt widerwärtig waren. Er plauderte also über eine der neuesten menschenfreundlichen Satiren des Philosophen von Ferney, wie man den Verfasser der *Henriade* damals schon nannte. Als er die verkniffene Miene der Herzogin sah, wechselte er das Thema und schilderte, welche Mühe es ihn als Kammerherr koste, die Schauspielerinnen des Königs mehr oder minder schlecht spielen zu lassen.

Die Dauphine liebte die Künste, und besonders das Theater. Sie hörte Monsieur de Richelieu daher nicht nur mit Nachsicht, sondern sogar mit Vergnügen zu.

Da sah man, wie die arme Ehrendame unter völliger Mißachtung der Etikette unruhig von einem Fuß auf den anderen trat, sich laut schneuzte und das würdevolle Haupt schüttelte, ohne dabei an die Wolke von Puder zu denken, die ihre Stirn bei jeder Bewegung umgab.

Aber es war nicht allein damit getan, die Dauphine zu unterhalten, man mußte auch dem Dauphin gefallen. Richelieu wandte sich also vom Thema Theater ab, für das der Erbe der französischen Krone noch nie sonderlich viel übrig gehabt hatte, und sprach über die Philosophie der Menschlichkeit. Er offenbarte dabei ebensoviel Wärme, wie sie Rousseau dem Engländer Eduard Bonston entgegenbringt.

Madame de Noailles dagegen haßte die Engländer ebensosehr wie die Philosophen. Ein neuer Gedanke galt ihr als Mühsal, und jede Mühsal brachte ihren geistigen Haushalt durcheinander. Madame de Noailles fühlte sich berufen, Althergebrachtes zu bewahren, und heulte bei neuen Ideen auf wie ein Schloßhund.

Richelieu verfolgte mit diesem Spiel einen doppelten Zweck: Zum einen konnte er damit Madame Etikette quälen, was der Dauphine sichtlich Vergnügen bereitete, zum anderen konnte er hie und da einen tugendhaften Lehrspruch oder ein mathematisches Axiom einflechten, wie sie der Dauphin, der die exakten Dinge liebte, zu schätzen wußte.

Er machte also vortrefflich Konversation, hielt dabei aber ständig Ausschau nach einer Person, die er offenbar zu sehen erwartete. Endlich ertönte ein Ruf vom Grunde der Treppe, der im Gewölbe mehrfach widerhallte und von zwei weiteren Stimmen auf der Treppe wiederholt wurde:

«Der König!»

Bei diesem Zauberwort schnellte Madame de Noailles wie von einer Stahlfeder getrieben in die Höhe. Richelieu erhob sich, seiner Gewohnheit entsprechend, langsam und gelassen. Der Dauphin wischte sich hastig den Mund mit seiner Serviette und blieb, die Augen auf die Tür geheftet, vor seinem Platz stehen.

Madame la Dauphine eilte dem König entgegen, um ihn in ihrem Hause willkommen zu heißen.

## XCII. KAPITEL

### *Die Locke der Dauphine*

Der König hielt Mademoiselle de Taverney noch bei der Hand, als er vor dem Speisesaal anlangte. Erst hier ließ er sie los und verneigte sich so höflich und so lange, daß Richelieu darauf aufmerksam wurde, die Anmut des Grußes bewunderte und sich fragte, welcher glücklichen Sterblichen er wohl galt.

Er sollte nicht lange in Unwissenheit bleiben. Ludwig XV. nahm den Arm der Dauphine, die alles gesehen und Andrée sogleich erkannt hatte.

«Meine Tochter», sagte er, «ich komme ganz zwanglos und bitte Sie um ein Abendessen. Ich bin zu Fuß durch den Park gegangen und traf unterwegs Mademoiselle de Taverney, die ich bat, mir Gesellschaft zu leisten.»

«Mademoiselle de Taverney ...», murmelte Richelieu wie benommen von diesem unvorhergesehenen Schlag, «wahrhaftig, ich bin vom Glück verfolgt!»

«Somit», erwiderte die Dauphine anmutig, «werde ich Mademoiselle, die sich verspätet hat, nicht nur keine Vorwürfe machen, sondern ihr obendrein noch dafür danken, daß sie uns Eure Majestät mitgebracht hat.»

Errötend verneigte sich Andrée, ohne zu antworten.

«Donnerwetter! Sie ist tatsächlich schön», dachte Richelieu bei sich, «und Taverney, der alte Trottel, hat nicht mehr über sie gesagt, als sie verdient.»

Schon saß der König bei Tische, nachdem er den Gruß des Dauphins entgegengenommen hatte. Wie sein Großvater mit einem gesegneten Appetit ausgestattet, erwies der Monarch dem improvisierten Mahl, das der Haushofmeister wie von Zauberhand vor ihm aufstellte, alle Ehre.

Doch während er speiste, schien der König, der mit dem Rücken zur Tür saß, irgend jemanden zu suchen.

Mademoiselle de Taverney genoß keinerlei Vorrechte, da ihre Stellung bei der Dauphine noch nicht eindeutig festgelegt war. Daher war sie nicht in den Speisesaal eingetreten, sondern hatte sich nach einem tiefen Knicks auf die Verbeugung des Königs ins Schlafzimmer der Dauphine zurückgezogen, die sich schon mehrere Male hatte vorlesen lassen, nachdem sie sich zu Bett begeben hatte. Die Dauphine begriff, daß der König nach seiner schönen Weggefährtin Ausschau hielt.

«Monsieur de Coigny», wandte sie sich an einen jungen Gardeoffizier, der hinter dem König Stellung bezogen hatte, «bitten Sie Mademoiselle de Taverney herein. Mit Madame de Noailles Erlaubnis werden wir heute abend von der Etikette absehen.»

Monsieur de Coigny entfernte sich und kam einen Augenblick später mit Andrée zurück, welche diese Fülle ungewohnter Gunstbezeigungen gar nicht begreifen konnte und, am ganzen Leib zitternd, den Speisesaal betrat.

«Setzen Sie sich, Mademoiselle», wies die Dauphine sie an, «neben die Frau Herzogin.»

Andrée war so verwirrt, daß sie nur einen Fuß von der Ehrendame entfernt Platz nahm.

Sogleich erntete sie einen so vernichtenden Blick von Madame de Noailles, daß sie mindestens vier Fuß zurückwich.

König Ludwig XV. schaute sie an und lächelte.

«Na, sowas!» dachte der Herzog von Richelieu. «Ich brauche mir wohl kaum die Mühe zu machen, mich einzumischen. Die Dinge entwickeln sich von selbst.»

Der König wandte sich ab und gewahrte den Marschall, der seinem Blick standzuhalten wußte.

«Guten Abend, Herzog», begrüßte ihn Ludwig XV., «vertragen Sie sich mit der Herzogin von Noailles?»

«Sire», erwiderte der Marschall, «die Herzogin erweist mir wie stets die Ehre, mich zu behandeln wie einen Tölpel.»

«Sind Sie auch auf der Straße nach Chanteloup gewesen, Herzog?»

«Ich, Sire? Meiner Treu, nein! Durch die Wohltaten Eurer Majestät gegen mein Haus schätze ich mich viel zu glücklich, als daß ich so etwas täte.»

Mit einer solchen Antwort hatte der König nicht gerechnet. Er hatte es darauf angelegt zu spotten, doch man war ihm zuvorgekommen.

«Was habe ich denn getan, Herzog?»

«Sire, Eure Majestät hat dem Herzog von Aiguillon das Kommando über die Chevaulegers übertragen.»

«Ja, das ist richtig, Herzog.»

«Um dies zu bewerkstelligen, mußte Eure Majestät ihre ganze Energie und Geschicklichkeit aufbringen. Das kommt schon fast einem Staatsstreich gleich.»

Man war am Ende der Mahlzeit angelangt. Der König wartete einen Augenblick und erhob sich dann von der Tafel, doch Richelieu war entschlossen, seine Beute nicht entkommen zu lassen. Als der König daher anfing, mit Madame de Noailles, der Dauphine und Mademoiselle de Taverney zu plaudern, manövrierte sich Richelieu geschickt wieder in den Mittelpunkt der Unterhaltung.

«Sire», sprach er, «Eure Majestät wissen, daß Erfolge kühn machen.»

«Wollen Sie uns damit sagen, Sie seien kühn, Herzog?»

«Nun, ich wollte Eure Majestät um eine neue Gnade bitten, nach der, die mir der König bereits zu erweisen geruht hat. Ein guter Freund von mir, ein ehemaliger Diener Eurer Majestät, hat einen Sohn bei den Gendarmen. Der junge Mann hat große Verdienste vorzuweisen, ist aber leider arm. Er hat von einer erhabenen Prinzessin ein Rittmeisterpatent erhalten, doch es fehlt ihm an der Kompanie.»

«Ist die Prinzessin meine Tochter?» fragte der König und wandte sich nach der Dauphine um.

«Jawohl, Sire», antwortete Richelieu, «und der Vater des jungen Mannes ist der Baron von Taverney.»

«Mein Vater! ...» rief Andrée unwillkürlich. «Philippe! ... Ist es Philippe, für den Sie eine Kompanie erbitten, Herzog?»

Doch da fiel ihr ein, daß sie die Etikette vergaß. Beschämt trat sie einen Schritt zurück, während sie über das ganze Gesicht errötete.

Der König schenkte dem Erröten und der Erregung des schönen Mädchens einen bewundernden Blick. Dann wandte er sich mit einem Ausdruck des Wohlwollens wieder Richelieu zu. Der Höfling erkannte, daß sein Gesuch dem König eine Gelegenheit bot und daher sehr willkommen war.

«In der Tat», bestätigte die Dauphine, «dieser junge Mann ist reizend, und ich hatte die Verpflichtung auf mich genommen, sein Glück zu machen. Wie unglücklich sind doch die Prinzen! Wenn Gott ihnen den Willen gibt, so nimmt er ihnen das Gedächtnis oder die Vernunft. Hätte ich nicht bedenken müssen, daß der junge Mann arm ist und daß es deshalb nicht genügte, ihm das Schulterstück zu geben? Ich hätte ihm auch gleich die Kompanie dazugeben sollen.»

«Ei! Madame, woher hätte Eure Hoheit das wissen sollen?»

«Oh! Ich wußte es», widersprach die Dauphine rasch und mit einer Gebärde, die Andrée das kahle, so bescheidene und doch so glückliche Haus ihrer Kindheit ins Gedächtnis rief. «Ja, ich wußte es und glaubte, es sei damit getan, Monsieur Philippe de Taverney einen militärischen Rang zu verleihen. Er heißt doch Philippe, nicht wahr, Mademoiselle?»

«Ja, Madame.»

Der König schaute in diese so edlen und ehrlichen Gesichter. Dann blieb sein Blick an Richelieus Miene hängen, in der sich ebenfalls ein Schimmer von Großzügigkeit widerspiegelte.

«Ah! Herzog», meinte er halblaut, «ich werde mich mit Luciennes überwerfen.»

Doch dann wandte er sich gegen Andrée und fügte lebhaft hinzu:

«Sagen Sie, würde Ihnen das Freude bereiten, Mademoiselle?»

«O Sire», hauchte Andrée und faltete die Hände, «ich flehe Sie an.»

«So sei es bewilligt», erklärte Ludwig XV. «Herzog, Sie suchen für den armen jungen Mann eine Kompanie aus, und ich übernehme die Ablösesumme, wenn sie nicht schon bezahlt und frei ist.»

Diese gute Tat erfreute alle Anwesenden. Dem König trug sie ein himmlisches Lächeln Andrées ein und Richelieu einen Dank von ihrem schönen Mund.

Nun trafen mehrere Gäste ein; unter ihnen der Kardinal von Rohan, der, seit die Dauphine in Trianon wohnte, regelmäßig seine Aufwartung machte.

Doch den ganzen Abend hindurch brachte der König allein Richelieu

Aufmerksamkeit und freundliche Worte entgegen. Er ließ sich sogar von ihm begleiten, als er sich von der Dauphine verabschiedete, um nach Groß-Trianon zurückzukehren. Der alte Marschall folgte dem König, vor Freude bebend.

Während Seine Majestät mit dem Herzog und den beiden Offizieren den Heimweg durch die dunklen Alleen antrat, wurde Andrée von der Dauphine entlassen.

«Sie müssen diese gute Nachricht nach Paris schreiben», meinte die Prinzessin. «Sie können sich jetzt zurückziehen, Mademoiselle.»

Andrée folgte einem Bedienten, der eine Laterne trug, und überquerte den großen, freien Platz, der den Palast von den Gesindewohnungen trennte.

Vor ihr huschte ein Schatten von Gebüsch zu Gebüsch, der jede Bewegung des Mädchens mit funkelnden Augen verfolgte: Gilbert.

Als Andrée bei der Freitreppe angelangt war und sich anschickte, die Steinstufen hinaufzusteigen, kehrte der Bediente in die Vorzimmer von Trianon zurück.

Gilbert schlüpfte nun seinerseits ins Vorhaus, erreichte die Höfe der Stallungen und stieg über eine kleine Treppe, so steil wie eine Leiter, zu seiner Mansarde hinauf, die in einer Ecke des Gebäudekomplexes den Fenstern von Andrées Zimmer genau gegenüber lag.

Von hier aus beobachtete er, wie Andrée eine Kammerfrau von Madame de Noailles zu Hilfe rief, die ihr Zimmer auf demselben Gang hatte. Doch als die Kammerfrau in Andrées Zimmer eintrat, fielen die Fenstervorhänge wie ein undurchdringlicher Schleier zwischen das glühende Verlangen des jungen Mannes und den Gegenstand seines Trachtens.

Im Palast verblieb nur noch Monsieur de Rohan, der die Dauphine mit doppelter Aufmerksamkeit umschmeichelte, von ihr jedoch ziemlich kühl behandelt wurde.

Schließlich fürchtete der Kirchenmann, unschicklich zu sein, um so mehr, als der Dauphin sich bereits zur Ruhe begeben hatte. Daher verabschiedete er sich von Ihrer Königlichen Hoheit mit dem Ausdruck der tiefsten und innigsten Ehrerbietung.

Als er gerade dabei war, in seine Karosse zu steigen, näherte sich ihm eine Kammerzofe der Dauphine und trat an den Wagenschlag.

«Hier», sagte sie und drückte ihm ein Stück Seidenpapier in die Hand, dessen Berührung den Kardinal erschauern ließ.

«Hier», erwiderte er rasch und drückte der Frau zur Belohnung eine schwere Börse in die Hand.

Ohne Zeit zu verlieren, befahl der Kardinal seinem Kutscher, nach Paris zu fahren und am Stadttor neue Befehle entgegenzunehmen.

Den ganzen Weg über befühlte und küßte er in der Dunkelheit des Wagens wie ein trunkener Verliebter den Inhalt dieses Papiers.

Am Stadttor rief er: «In die Rue Saint-Claude!»

Wenig später überquerte er den geheimnisvollen Hof und suchte den kleinen Salon auf, wo ihn der schweigsame Diener Fritz empfing.

Balsamo ließ eine Viertelstunde auf sich warten. Als er schließlich erschien, nannte er dem Kardinal als Grund dafür die vorgerückte Stunde, die ihn habe glauben lassen, daß kein Besuch mehr zu erwarten sei.

Tatsächlich war es fast elf Uhr.

«Das ist wahr, Baron», gab der Kardinal zu, «und ich bitte vielmals um Entschuldigung für die Störung. Aber erinnern Sie sich, daß sie mir eines Tages gesagt haben, um gewisser Geheimnisse sicher zu sein ...»

«Bräuchte ich eine Locke jener Person, von der wir damals sprachen», unterbrach ihn Balsamo, der bereits das kleine Papier in der Hand des naiven Prälaten gesehen hatte.

«Ganz richtig, Baron.»

«Und Sie bringen mir diese Locke, Monseigneur? Ausgezeichnet.»

«Hier ist sie. Glauben Sie, daß man sie nach dem Experiment wiederbekommen könnte?»

«Wenn kein Feuer dazu erforderlich sein sollte ... In diesem Fall ...»

«Natürlich, natürlich», meinte der Kardinal, «dann werde ich mir eine andere zu verschaffen wissen. Kann ich eine Antwort bekommen?»

«Heute noch?»

«Sie wissen doch, ich bin ungeduldig.»

«Man muß es zuerst versuchen, Monseigneur.»

Balsamo nahm die Locke und stieg hastig zu Lorenza hinauf.

«Ich werde es also erfahren», dachte er bei sich, «das Geheimnis dieser Monarchie. Ich werde also die verborgene Absicht Gottes erfahren.»

Noch ehe er die geheimnisvolle Tür geöffnet hatte, schläferte er von der anderen Seite her Lorenza ein. Die junge Frau empfing ihn daher mit einer zärtlichen Umarmung.

Balsamo entriß sich mühsam ihren Armen, schob ihr das Papier in die Hand und sagte:

«Meine geliebte Lorenza, kannst du mir sagen, wem diese Locke gehört?»

Lorenza nahm sie und drückte sie erst an ihre Brust, dann an ihre Stirn. Obwohl sie beide Augen weit geöffnet hatte, vermochte sie während des Schlafes nur mit Brust und Stirn zu sehen.

«Oh!» rief sie. «Man hat sie vom Haupt einer erhabenen Person entwendet.»

«Nicht wahr? ... Sag, ist es eine glückliche Person?»

«Mag sein.»

«Streng dich an, Lorenza.»

«Ja, sie mag glücklich sein; bis jetzt liegt noch kein Schatten über ihrem Leben.»

«Dabei ist sie doch verheiratet ...»

«Oh!» machte Lorenza und lächelte sanft.

«Nun, was? Was will meine Lorenza sagen?»

«Sie ist verheiratet, lieber Balsamo», erwiderte die junge Frau, «und dennoch ...»

«Und dennoch?»

Lorenza lächelte abermals.

«Auch ich bin verheiratet», fügte sie hinzu.

«Gewiß.»

«Und dennoch ...»

Balsamo sah Lorenza mit tiefer Verwunderung an. Obgleich die junge Frau schlief, breitete sich eine schamhafte Röte über ihr Gesicht aus.

«Und dennoch?» drängte Balsamo. «Sprich weiter!»

Sie schlang abermals die Arme um den Hals ihres Geliebten und verbarg ihr Gesicht an seiner Brust.

«Und dennoch bin ich Jungfrau», flüsterte sie.

«Und diese Frau, diese Prinzessin, diese Königin», rief Balsamo, «obgleich sie verheiratet ist ...?»

«Diese Frau, diese Prinzessin, diese Königin», wiederholte Lorenza, «ist ebenso rein und jungfräulich wie ich; noch reiner, noch jungfräulicher sogar, denn sie liebt nicht wie ich.»

«O Verhängnis!» murmelte Balsamo. «Danke, Lorenza, ich weiß nun alles, was ich wissen wollte.»

Er küßte sie, steckte die Locke vorsichtig in seine Tasche und schnitt von Lorenzas schwarzem Haar eine kleine Strähne ab. Diese verbrannte er an der Kerzenflamme und sammelte die Asche in dem Papier, das die Locke der Dauphine enthalten hatte. Dann stieg er wieder hinab und weckte, während er ging, die junge Frau auf.

Der Prälat erwartete ihn, schon zitternd vor Ungeduld.

«Nun, Baron?» fragte er.

«Nun, Monseigneur ...»

«Das Orakel ...?»

«Das Orakel sagte, Sie dürfen hoffen.»

«Das hat es gesagt?» rief der Fürst verzückt.

«Schließen Sie, wie es Ihnen beliebt, Monseigneur. Das Orakel sagte, diese Frau liebe ihren Mann nicht.»

«Oh!» machte Monsieur de Rohan, ganz außer sich vor Freude.

«Die Haare mußte ich leider verbrennen, um durch die Essenz die Offenbarung zu erhalten. Hier ist die Asche, die ich Ihnen gewissenhaft zurückgebe.

«Ich danke, Monsieur, ich danke. Ich werde meine Schuld Ihnen gegenüber niemals begleichen können.»

«Sprechen wir nicht davon, Monseigneur. Ich empfehle Ihnen nur eines», fuhr er fort, «nehmen Sie diese Asche nicht mit Wein vermischt zu sich, wie es Verliebte mitunter zu tun pflegen. Das ist ein so gefährlicher Beweis der Zuneigung, daß Ihre Liebe dadurch unheilbar würde, während das Herz der Geliebten abkühlte.»

«Ah! Davor werde ich mich wohl hüten», versicherte der Prälat beinahe erschrocken. «Gute Nacht, Baron, gute Nacht.»

Zwanzig Minuten später begegnete die Karosse Seiner Eminenz an der Ecke der Rue des Petits-Champs dem Wagen Monsieur de Richelieus.

Die beiden Edelleute erkannten sich.

«Ei Fürst!» grüßte Richelieu mit einem Lächeln.

«Ei Herzog!» erwiderte Monsieur Louis de Rohan, wobei er einen Finger auf den Mund legte.

Und sie fuhren in entgegengesetzter Richtung weiter.

## XCIII. KAPITEL

### *Monsieur de Richelieu weiß Nicole zu schätzen*

Monsieur de Richelieu begab sich auf direktem Wege zu dem kleinen Haus, das Monsieur de Taverney in der Rue Coq-Héron bewohnte.

Dort saß der Baron vor dem Kamin, die Füße gegen gewaltige Feuerböcke gestemmt, unter denen ein Rest von Glut hinstarb, und hielt Nicole eine Strafpredigt. Dabei faßte er sie hin und wieder am Kinn, obgleich das Mädchen jedesmal rebellisch und verächtlich das Gesicht verzog.

Ob Nicole sich mit der Liebkosung ohne Schelte abgefunden hätte oder ob sie der Schelte ohne die Liebkosung den Vorzug gegeben hätte, läßt sich nicht mit Bestimmtheit sagen.

Das Gespräch zwischen Herr und Dienerin drehte sich um einen wichtigen Punkt, nämlich darum, daß Nicole zu gewissen Abendstunden nie pünktlich auf das Läuten der Glocke erschien, sie stets etwas im Garten oder im Gewächshaus zu tun fand und sie ihren Dienst überall, mit Ausnahme dieser zwei Orte, schlecht versah. Darauf erwiderte Nicole, wobei sie sich mit reizender und fast wollüstiger Anmut hin- und herdrehte:

«Na und? Ich langweile mich hier eben. Man hatte mir versprochen, ich dürfte mit Mademoiselle nach Trianon gehen!»

Bei diesen Worten hatte Monsieur de Taverney geglaubt, ihr mitleidig die Wangen und das Kinn tätscheln zu müssen, zweifellos, um sie zu zerstreuen.

Nicole aber blieb bei ihrem Thema, wies jeden Trost zurück und beklagte ihr unglückliches Schicksal.

«Es ist wahr!» jammerte sie. «Ich lebe zwischen vier häßlichen Wänden; ich habe keine Gesellschaft; ich kriege fast keine Luft. Dabei hatte man mir solche Hoffnungen auf Unterhaltung und auf eine Zukunft gemacht!»

«Womit denn?»

«Mit Trianon natürlich!» erwiderte Nicole. «Trianon, wo ich unter Menschen gekommen wäre, wo ich den Luxus erlebt und viele Dinge gesehen hätte und wo ich selbst gesehen worden wäre.»

«Hoho, kleine Nicole!» machte der Baron.

«Ei, Monsieur, ich bin nun mal eine Frau und ebensogut wie jede andere.»

«Bei Gott! Das will ich meinen», murmelte der Baron. «So ein lebendiges, rühriges Ding! Ach, wenn ich nur jung und reich wäre!»

Und er konnte nicht umhin, einen bewundernden und zugleich begierigen Blick auf so viel Jugend, Temperament und Schönheit zu werfen.

Nicole wurde ungeduldig.

«Auf, gehen Sie jetzt ins Bett, Monsieur», forderte sie ihn auf, «damit auch ich mich schlafenlegen kann.»

«Noch ein Wort, Nicole.»

Plötzlich wurden beide duch die Türglocke aufgeschreckt.

«Wer kann um halb zwölf Uhr nachts wohl noch zu Besuch kommen?» wunderte sich der Baron. «Geh und schau nach, meine Kleine.»

Nicole öffnete, fragte nach dem Namen des Besuchers und ließ die Haustür angelehnt.

Durch diese willkommene Öffnung entschlüpfte ein Schatten, nicht ohne einen solchen Lärm zu machen, daß der Marschall, denn er war es, sich umdrehte und jemanden davonlaufen sah.

Nicole schritt dem Marschall vergnügt voran und leuchtete ihm mit einer Kerze den Weg.

«Na, sieh mal einer an!» dachte der Marschall bei sich, während er ihr in den Salon folgte. «Dieser alte Schurke von Taverney hat mir gegenüber nur von seiner Tochter gesprochen.»

Der Herzog gehörte zu den Leuten, die nur einmal hinzusehen brauchen, um gesehen, und zwar gründlich gesehen zu haben.

Der fliehende Schatten ließ ihn an Nicole denken, und beim Anblick von Nicole dachte er an den Schatten. Er erriet aus dem hübschen Gesicht des Mädchens, was der Schatten hier gesucht hatte, und sobald er die schelmischen Augen, die weißen Zähne und die zierliche Figur der Kammerzofe gesehen hatte, brauchte man ihn über ihren Charakter und ihren Geschmack nicht mehr zu belehren.

Nicht ohne Herzklopfen meldete Nicole am Eingang des Salons:

«Der Herzog von Richelieu!»

Dieser Name hatte eine solche Wirkung auf den Baron, daß er sich aus seinem Lehnstuhl erhob und geradewegs auf die Tür zuging. Er glaubte, seinen Ohren nicht zu trauen.

Doch noch ehe er die Tür erreicht hatte, erblickte er Monsieur de Richelieu im Halbdunkel des Hausflurs.

«Der Herzog ...», stammelte er.

«Aber ja, lieber Freund, der Herzog selbst», erwiderte Richelieu mit seiner liebenswürdigsten Stimme. «Oh! Das verwundert Sie nach dem Besuch von neulich? Dennoch kann nichts wahrer sein. Gib mir nun gefälligst die Hand!»

«Herzog, Sie sind zu gütig!»

«Du findest wirklich keine geistreichen Worte mehr, mein Lieber», versetzte der alte Marschall, während er Nicole Stock und Hut reichte, um es sich in einem Sessel bequem zu machen, «du bist abgestumpft und faselst dummes Zeug ... Mir scheint, du kennst deine Freunde nicht mehr.»

«Mir scheint jedoch, Herzog, dein Empfang von neulich war so bezeichnend, daß man sich nicht darin täuschen konnte», wandte Taverney tief bewegt ein.

«Hör mich an, alter Freund», antwortete Richelieu, «neulich hast du dich benommen wie ein Schuljunge und ich mich wie ein Lehrmeister. Zwischen dir und mir hat nur die Rute gesprochen. Du willst etwas sagen, ich will dir die Mühe ersparen. Du wärest imstande, eine Albernheit von dir zu geben, und ich, sie mit einer anderen zu beantworten. Springen wir also von neulich auf heute über. Weißt du, warum ich heute abend gekommen bin?»

«Wahrhaftig nicht.»

«Ich bringe dir die Kompanie, um die du mich vorgestern gebeten hast und die der König deinem Sohn gegeben hat. Teufel nochmal, begreife doch den feinen Unterschied; vorgestern war ich so gut wie Minister, und es wäre daher unrecht gewesen, etwas zu fordern. Heute, da ich das Amt abgelehnt habe und wieder nur der schlichte Richelieu bin, wäre ich töricht, wenn ich nichts forderte. Ich habe also gefordert, ich habe erhalten, und ich bringe.»

«Herzog, ist das wirklich wahr? Diese Güte von deiner Seite ...?»

«Fällt unter meine selbstverständlichen Pflichten als Freund ... Der Minister hat abgelehnt, Richelieu bittet und gibt.»

«Ah! Herzog, du entzückst mich. Du bist also ein wahrer Freund?»

«Bei Gott!»

«Aber der König, der König, der mir eine solche Gunst erweist ...»

«Wenn mich nicht alles täuscht, ist sich der König nicht nur darüber im klaren, was er tut, sondern er tut es ganz bewußt.»

«Was willst du damit sagen?»

«Ich will damit sagen, daß Seine Majestät im Augenblick sicherlich irgendeinen Grund hat, Madame Dubarry zu mißfallen. Die Gunst, die er dir gewährt, hast du womöglich viel mehr diesem Grund zu verdanken als meinem Einfluß.»

«Glaubst du?»

«Dessen bin ich sicher, ich helfe nur dabei. Weißt du, daß ich wegen dieser törichten Person das Amt ausgeschlagen habe?»

«Ich habe davon gehört, aber ...»

«Aber du hast nicht daran geglaubt. Nur zu, sag es frei heraus.»

«Nun, ich gestehe ...»

«Du willst sagen, du hast mich für einen skrupellosen Menschen gehalten, nicht wahr?»

«Zumindest für einen unvoreingenommenen.»

«Mein Lieber, ich werde alt, und ich mag hübsche Frauen nicht mehr nur noch für mich selbst ... Und dann habe ich auch noch andere Dinge im Sinn ... Aber kommen wir auf deinen Sohn zurück. Er ist ein reizender Junge.»

«Er steht sehr schlecht mit Dubarry, der bei dir war, als ich die Ungeschicklichkeit besaß, bei dir vorzusprechen.»

«Das weiß ich, und deshalb bin ich nicht Minister.»

«Gut!»

«Ganz gewiß, mein Freund.»

«Du hast das Amt abgelehnt, um meinem Sohn nicht zu mißfallen?»

«Wenn ich dir das als Grund angäbe, würdest du mir ohnehin nicht glauben. Aber dem ist auch nicht so. Ich habe ausgeschlagen, weil die Forderungen der Dubarrys, angefangen mit dem Ausschluß deines Sohnes, auf Ungeheuerlichkeiten aller Art hinausgelaufen wären.»

«Du hast dich also mit diesem Gesindel überworfen?»

«Ja und nein. Sie fürchten mich, und ich verachte sie. Eine Liebe ist der anderen wert.»

«Das ist heldenhaft, aber unbesonnen.»

«Warum das?»

«Die Gräfin steht in hohem Ansehen.»

«Pah!» machte Richelieu.

«Wie du das sagst!»

«Ich sage es wie ein Mensch, der die Schwäche der Lage erkennt und der, wenn es nötig sein sollte, den Sprengsatz an der richtigen Stelle anbringen würde.»

«Ich sehe klar: Du leistest meinem Sohn einen Dienst und verfolgst damit ein wenig die Absicht, die Dubarrys zu reizen.»

«Diese Absicht verfolge ich sehr stark, und dein Scharfsinn irrt sich nicht. Dein Sohn dient mir als Granate, mit der ich einen Brand verursache . . . Ach übrigens, Baron, hast du nicht auch eine Tochter?»

«Doch.»

«Jung?»

«Sechzehn Jahre alt.»

«Schön?»

«Wie Venus in Person.»

«Die in Trianon wohnt?»

«Du kennst sie also?»

«Ich habe den Abend in ihrer Gesellschaft verbracht und habe mich eine Stunde lang mit dem König über sie unterhalten.»

«Mit dem König?» rief Taverney, dessen Wangen purpurrot anliefen.

«Mit dem König höchstpersönlich.»

«Der König hat über meine Tochter gesprochen, über Mademoiselle Andrée de Taverney?»

«Die er mit den Augen verschlingt, allerdings, mein Lieber.»

«Ach, wirklich?»

«Verärgere ich dich, wenn ich dir das sage?»

«Mich . . .? Nein, durchaus nicht . . . Der König ehrt mich, wenn er meine Tochter anschaut . . . Aber . . .»

«Aber was?»

«Der König . . .»

«Hat schlechte Sitten. Willst du das sagen?»

«Gott behüte mich davor, schlecht von Seiner Majestät zu sprechen. Es ist ihr gutes Recht, die Sitten zu haben, die ihr belieben.»

«Nun denn, was hast du also einzuwenden? Was kannst du dagegen sagen, daß Mademoiselle Andrée eine vollendete Schönheit ist und der König sie deshalb mit verliebten Augen anschaut?»

Taverney erwiderte nichts. Er zuckte nur die Schultern und verfiel in eine Träumerei, während Richelieus forschender Blick ihn nicht losließ.

«Gut! Ich errate, was du sagen würdest, wenn du, statt leise zu denken, laut sprächest», fuhr der alte Marschall fort und rückte mit seinem Sessel näher an den Baron heran. «Du würdest sagen, daß der König an schlechte Gesellschaft gewöhnt ist... daß er sich mit den niederen Schichten des Volkes abzugeben pflegt und daß er sich folglich hüten wird, seine Augen diesem edlen, keuschen Mädchen mit der schamhaften Haltung zuzuwenden. Du meinst, er werde diesen Schatz an Anmut und Reizen aller Art nicht bemerken, da er nur an ausgelassenen Späßen, an zügellosen Blicken und an Scherzworten leichtlebiger Putzmacherinnen Gefallen findet.»

«Wahrhaftig, du bist ein großer Mann, Herzog.»

«Wieso?»

«Weil du richtig geraten hast», antwortete Taverney.

«Gestehen Sie jedoch, Baron», sprach Richelieu weiter, «es wäre höchste Zeit, daß unser Herr uns Edelleute, Pairs und Gefährten des Königs von Frankreich nicht mehr zwänge, die gemeine Hand einer Kurtisane dieser Art zu küssen. Es wäre an der Zeit, daß er uns wieder unter unseresgleichen leben ließe. Sehen Sie, er ist in seiner Wahl doch wahrhaftig immer weiter herabgesunken. Die Châteauroux mochte noch angehen; sie war immerhin Marquise und aus dem Holze, aus dem man Herzoginnen macht. Doch dann kam die Pompadour, Tochter und Gattin eines Lehnsherrn, und auf die Pompadour folgte die Dubarry, die vorher eine simple Jeanneton war. Man müßte verhindern, daß er noch weiter sinkt und irgendeiner Maritorne aus der Küche oder einer Goton aus dem Bauernvolk verfällt. Es ist erniedrigend für uns, Baron, für uns, die wir eine Krone am Helm tragen, das Haupt vor solchen Weibsbildern zu beugen.»

«Oh! Das sind treffend formulierte Wahrheiten», murmelte Taverney, «und wie klar es ist, daß durch dieses neue Gebaren bei Hof eine gähnende Leere entstanden ist!»

«Keine Königin mehr, keine Frauen mehr; keine Frauen mehr, keine Höflinge mehr. Der König unterhält eine leichtlebige Putzmacherin, und das Volk ist auf dem Thron, vertreten durch Mademoiselle Jeanne Vaubernier, Pariser Wäscherin.»

«Dennoch ist es leider so, und ...»

«Siehst du, Baron», unterbrach ihn der Marschall, «da gäbe es doch eine schöne Rolle für eine Frau von Geist, die zu dieser Stunde in Frankreich regieren wollte ...»

«Zweifellos», stimmte Taverney ihm zu, dessen Herz schneller schlug, «doch leider ist der Platz schon besetzt.»

«Für eine Frau», fuhr der Marschall unbeirrt weiter, «die, ohne die Laster dieser Buhlerinnen zu haben, die Kühnheit, die Berechnung und den Scharfblick derselben besäße; für eine Frau, die ihr Glück so weit emportreiben würde, daß man noch von ihr spräche, wenn die Monarchie längst untergegangen wäre. Weißt du, ob deine Tochter Geist hat, Baron?»

«Viel, und besonders gesunden Menschenverstand.»

«Sie ist sehr schön.»

«Nicht wahr?»

«Schön auf jene bezaubernde, wollüstige Weise, die den Männern so sehr gefällt, schön durch jene Reinheit, jene Blüte der Jungfräulichkeit, die selbst den Frauen Ehrfurcht einflößt ... Man muß diesen Schatz wohl bewahren, mein alter Freund.»

«Du sprichst von ihr mit einem Feuer ...»

«Ich! Ich bin ja auch närrisch in sie verliebt und würde sie ohne meine vierundsiebzig Jahre von der Stelle weg heiraten. Ist sie dort eigentlich gut untergebracht? Hat sie wenigstens den Luxus, der einer so schönen Blume gebührt? ... Denken Sie einmal darüber nach, Baron. Heute abend ist sie allein nach Hause gegangen, ohne Kammerfrau, ohne Diener, nur mit einem Lakaien des Dauphins, der ihr leuchtete. Das macht mir einen recht bescheidenen Eindruck.»

«Was kann man machen, Herzog? Du weißt, ich bin nicht reich.»

«Reich oder nicht, mein Lieber, deine Tochter muß wenigstens eine Kammerfrau haben.»

Taverney seufzte.

«Ich weiß es wohl», gestand er, «sie muß eine haben, oder vielmehr sie müßte eine haben.»

«Was denn? Hast du etwa keine?»

Der Baron antwortete nicht.

«Was ist das für ein hübsches Mädchen», fuhr Richelieu fort, «das du vorhin bei dir hattest? Hübsch und zierlich, in der Tat.»

«Ja, aber ...»

«Aber was, Baron?»

«Gerade sie kann ich nicht nach Trianon schicken.»

«Warum denn nicht? Sie erscheint mir im Gegenteil sehr geeignet dafür. Sie gäbe eine vortreffliche Kammerzofe ab.»

«Du hast ihr also nicht ins Gesicht geschaut, Herzog?»

«Ich? Ich habe nichts anderes getan.»

«Du hast sie angeschaut und hast nicht ihre seltsame Ähnlichkeit bemerkt?»

«Mit wem?»

«Mit ... Wollen wir mal sehen, ob du selbst daraufkommst! ... Kommen Sie her, Nicole.»

Nicole kam herbei. Wie es sich für eine rechte Kammerzofe gehört, hatte sie an der Tür gelauscht.

Der Herzog nahm sie an beiden Händen und umschloß mit seinen Knien die Knie des Mädchens, das durch den unverschämten Blick des vornehmen Lüstlings nicht im geringsten eingeschüchtert oder verlegen wurde.

«Ja», meinte er, «ja, sie hat eine gewisse Ähnlichkeit, das ist wahr.»

«Du weißt, mit wem, und siehst folglich ein, daß es unmöglich ist, die Gunst, in der unser Haus steht, durch eine solche Ungeschicklichkeit des Zufalls aufs Spiel zu setzen. Ist es vielleicht angenehm, daß dieser kleine, schlecht geflickte Strumpf von Nicole der vornehmsten Dame Frankreichs gleicht?»

«Oh! Oh!» rief Nicole ärgerlich und machte sich los, um Monsieur de Taverney besser widersprechen zu können. «Ist es gewiß, daß der kleine, schlecht geflickte Strumpf dieser vornehmen Dame genau gleicht? Hat die vornehme Dame vielleicht die zierlichen Schultern, das lebhafte Auge, das rundliche Bein und den drallen Arm dieses schlecht geflickten Strumpfes? Auf jeden Fall, Herr Baron», schloß sie zornig, «wenn Sie mich so geringschätzen, so tun Sie es offenbar nach Vorlage!»

Nicole war rot vor Zorn und dementsprechend wunderschön.

Der Herzog drückte abermals ihre schönen Hände, umfing ein zweites Mal ihre Knie, und mit einem Blick voll Liebkosung und Versprechen beteuerte er:

«Baron, Nicole hat gewiß nicht ihresgleichen bei Hofe. Ich für meinen Teil bin dieser Ansicht. Was die erlauchte Dame anbelangt, mit der sie zugegebenermaßen einige Ähnlichkeit besitzt, so werden wir schon dafür sorgen, daß die Eigenliebe derselben nicht verletzt wird ... Sie haben blondes Haar von einer bewundernswerten Farbe, Nicole. Ihre Augenbrauen und Ihre Nase sind von ganz kaiserlicher Zeichnung. Nun, setzen Sie sich eine Viertelstunde vor einen Schminktisch, und diese Unvollkommenheiten, wie der Herr Baron darüber urteilt, werden verschwinden. Nicole, mein Kind, möchten Sie gerne in Trianon wohnen?»

«Oh!» rief Nicole so voller Begierde, daß sie nur diese eine Silbe hervorbrachte.

«Sie werden also nach Trianon gehen, meine Liebe. Sie werden gehen und dort Ihr Glück machen, ohne in irgendeiner Weise dem Glück anderer zu schaden. Baron, ein letztes Wort.»

«Sprechen Sie, mein lieber Herzog.»

«Geh, mein schönes Kind», gebot Richelieu, «und laß uns einen Moment unter vier Augen reden.»

Nicole entfernte sich, und der Herzog rückte näher an den Baron heran.

«Wenn ich dich so dränge, deiner Tochter eine Kammerfrau zu schikken», begann er, «dann deshalb, weil es dem König Vergnügen bereiten wird. Seine Majestät liebt die Armut nicht, und hübsche Gesichter jagen ihm keine Angst ein. Glaube mir, ich kenne mich aus.»

«Also gut, soll Nicole eben nach Trianon gehen, wenn du glaubst, daß es dem König Freude bereiten würde», erwiderte der Baron mit seinem lüsternen Lächeln.

«Nun, da du mir die Erlaubnis gibst, werde ich sie gleich mitnehmen. So kann sie die Karosse benützen.»

«Doch Ihre Ähnlichkeit mit der Dauphine ... Man muß das gründlich überdenken, Herzog.»

«Ich habe es überdacht. Die Ähnlichkeit wird unter den Händen Raftés in einer Viertelstunde verschwinden. Das garantiere ich dir ... Schreib jetzt ein paar Zeilen an deine Tochter, Baron, und teile ihr mit, welch großen Wert du darauf legst, daß sie eine Kammerfrau an ihrer Seite hat und daß diese Kammerfrau Nicole heißt.»

«Meinst du, es ist unbedingt nötig, daß sie Nicole heißt?»

«Allerdings.»

«Und eine andere als Nicole ...?»

«Würde den Platz nicht so gut ausfüllen. Bei meiner Ehre, das glaube ich.»

«Gut, dann schreibe ich auf der Stelle.»

Und der Baron schrieb rasch einen Brief, den er Richelieu übergab.

«Und die Anweisungen, Herzog?»

«Ich übernehme es, sie Nicole zu geben. Ist sie verständig?»

Der Baron lächelte.

«Du wirst sie mir also anvertrauen, nicht wahr?» fragte Richelieu.

«Meiner Treu, das ist deine Sache, Herzog. Du hast mich um sie gebeten, ich gebe sie dir. Mach mit ihr, was du willst.»

«Mademoiselle, kommen Sie mit mir», forderte der Herzog sie auf, während er sich erhob, «beeilen Sie sich.»

Das ließ sich Nicole nicht zweimal sagen. Ohne den Baron auch nur um seine Einwilligung zu fragen, schnürte sie in fünf Minuten ein kleines Bündel mit Kleidungsstücken und eilte so leichtfüßig, daß man hätte meinen können, sie fliege, zu Monseigneurs Wagen, wo sie sich neben den Kutscher auf den Bock schwang.

Richelieu verabschiedete sich von seinem Freund, der ihm nochmals für den Dienst dankte, den er Philippe de Taverney geleistet hatte.

Über Andrée fiel kein Wort mehr, und Schweigen bedeutete in diesem Fall mehr als Reden.

## XCIV. KAPITEL

### *Die Verwandlung*

Nicole war überglücklich. Taverney zu verlassen, um nach Paris zu gehen, war für sie kein so großer Triumph gewesen, wie Paris gegen Trianon zu tauschen.

Sie benahm sich derart liebenswürdig gegen Monsieur de Richelieus Kutscher, daß der Ruf der neuen Kammerfrau schon am nächsten Tag besiegelt war und in allen Wagenschuppen und aristokratischen Vorzimmern von Paris und Versailles Gegenstand des Klatsches bildete.

Als man zum Pavillon de Hanovre kam, nahm Monsieur de Richelieu das Mädchen bei der Hand und führte es persönlich in den ersten Stock.

Monsieur Rafté war eben dabei, einen Kriegsplan gegen die Engländer im Mittelmeer zu entwerfen, als der Marschall eintrat und zu ihm sagte:

«Höre, Rafté, sieh dir mal dieses Kind hier an.»

Rafté sah es an.

«Sehr liebreizend, Monseigneur», kommentierte er mit einer vielsagenden Bewegung der Lippen.

«Ja, aber ihre Ähnlichkeit? ... Rafté, ich spreche von ihrer Ähnlichkeit.»

«Ei Teufel, das ist wahr!»

«Du siehst sie auch, nicht wahr?»

«Ja, sie ist außergewöhnlich und wird ihr entweder zum Verderben oder zum Glück gereichen.»

«Vor allem zum Verderben. Doch wir wollen die Sache in Ordnung bringen. Sie hat blondes Haar, wie Sie sehen, Rafté. Aber das ist ja kein Problem, nicht wahr?»

«Man braucht es nur schwarz zu färben, Monseigneur», folgerte Rafté, der es sich zur Gewohnheit gemacht hatte, den Gedanken seines Herrn zu Ende zu führen und oftmals das Denken auch ganz für ihn zu übernehmen.

«Komm an meinen Schminktisch, Kleine», wies der Marschall sie an. «Monsieur ist ein geschickter Mann und wird aus dir die schönste und unkenntlichste Kammerjungfer Frankreichs machen.»

Zehn Minuten später färbte Rafté Nicoles schönes aschblondes Haar tatsächlich kohlrabenschwarz. Er verwendete zu diesem Zweck eine Spezialmischung, die der Marschall jede Woche benutzte, um die weißen Haare unter seiner Perücke zu schwärzen. Sodann fuhr er mit einer über einer Kerzenflamme geschwärzten Nadel über ihre dichten blonden Augenbrauen. Dadurch verlieh er ihrem munteren Gesichtsausdruck eine so phantastische Erhöhung, ihren lebhaften hellen Augen ein so leidenschaftliches Feuer, daß man hätte glauben können, sie sei eine Fee.

«Nun, meine Schöne», ließ sich Richelieu vernehmen, nachdem er der verblüfften Nicole einen Spiegel in die Hand gedrückt hatte, «schauen Sie, wie reizend Sie sind und wie sehr Sie sich verändert haben. Sie haben kein Verderben mehr zu befürchten, sondern nur Ihr Glück zu machen.»

«O Monseigneur!» rief das junge Mädchen.

«Ja, und zu diesem Zweck braucht man sich nur zu verständigen.»

Nicole errötete und schlug die Augen nieder. Die Listige rechnete offenbar mit Worten, wie sie Monsieur de Richelieu so gut zu sagen wußte.

Der Herzog verstand, und um jedes Mißverständnis zu beseitigen, meinte er: «Setzen Sie sich in diesen Lehnstuhl neben Monsieur Rafté, mein Kind. Öffnen Sie Ihre Ohren weit, und hören Sie gut zu ... Oh! Monsieur Rafté stört uns nicht, seien Sie unbesorgt. Im Gegenteil, er wird uns seine Meinung bekunden. Sie hören mir zu, nicht wahr?»

«Jawohl, Monseigneur», stammelte Nicole und schämte sich, daß sie sich aus Eitelkeit so verschätzt hatte.

Die Unterredung, die Monsieur de Richelieu mit Rafté und Nicole hatte, dauerte eine gute Stunde. Danach schickte der Herzog die junge Person mit den anderen Zimmermädchen des Hauses schlafen.

Rafté setzte sich wieder an seine militärische Abhandlung, und Monsieur de Richelieu ging zu Bett, nachdem er die Briefe durchgesehen hatte, die ihn vor den Machenschaften der Provinzparlamente gegen Monsieur d'Aiguillon und die Dubarryintrige warnten.

Am nächsten Morgen brachte eine seiner Kutschen ohne Wappenschild Nicole nach Trianon, setzte sie mit ihrem Bündel am Gitter ab und verschwand.

Den Kopf hoch, den Geist frei und die Augen voller Hoffnung, klopfte Nicole, nachdem sie sich erkundigt hatte, ans Tor des Wirtschaftsgebäudes.

Es war zehn Uhr morgens. Andrée war schon aufgestanden und angezogen und schrieb an ihren Vater, um ihn von dem glücklichen Ereignis des Vorabends zu unterrichten.

Ihr kleines Zimmer, das, verglichen mit den gewöhnlichen Ansprüchen der Gefolgsleute eines glänzenden Hofes, ziemlich unzureichend war, war nun eine gemütliche Zelle, sehr wohnlich und einladend, ein Winkel, in den man sich nach den Aufregungen des Palastlebens zurückziehen konnte. Hierhin konnte sich eine ehrgeizige Seele flüchten, um die Kränkungen und die Fehlschläge des Tages zu verarbeiten; hier konnte sich auch eine demütige und melancholische Seele in Stille und Einsamkeit, fern von aller Größe ausruhen.

Eine sanfte, stolze Seele wie Andrée fand in dieser Umgebung, was sie brauchte. Nicht, daß sie sich hier von einem enttäuschten ehrgeizigen Bestreben oder von den Anstrengungen einer unbefriedigten Laune hätte ausruhen wollen; Andrée konnte in den vier Wänden ihres Zimmers einfach behaglicher ihren Gedanken nachgehen als in den reichen Salons von Trianon, auf diesen Platten, die ihr Fuß mit einer fast schreckhaften Schüchternheit betrat.

Aus diesem dunklen Winkel, wo sie sich an ihrem Platz fühlte, betrachtete das junge Mädchen ungestört die ganze Pracht, die während des Tages ihre Augen geblendet hatte.

Inmitten ihrer Blumen, an ihrem Cembalo, umgeben von deutschen Büchern, welche eine so süße Gesellschaft für Leute sind, die mit dem Herzen lesen, forderte Andrée das Schicksal heraus, ihr einen Kummer zu schicken oder eine Freude zu rauben.

«Hier», pflegte sie zu sagen, wenn sie am Abend nach erfüllter Pflicht zurückkehrte, in ihr weites Hausgewand schlüpfte und von ganzer Seele aufatmete, «hier besitze ich in etwa alles, was ich bis zu meinem Tod besitzen werde. Vielleicht bin ich eines Tages reicher, aber niemals werde ich mich ärmer finden. Stets werden Blumen, Musik und ein schönes Buch vorhanden sein, um mich in meiner Einsamkeit zu erquicken.»

Andrée hatte die Erlaubnis erhalten, in ihrem Zimmer zu frühstücken, wann immer sie Lust dazu verspürte. Diese Gunst war ihr kostbar. Auf diese Weise konnte sie bis zum Mittag auf ihrem Zimmer bleiben, sofern die Dauphine sie nicht zum Vorlesen oder zu einem Morgenspaziergang rufen ließ. Mit dieser Freiheit zog sie an schönen Tagen frühmorgens mit einem Buch in der Hand los und durchstreifte allein die ausgedehnten Wälder, die sich von Trianon bis nach Versailles erstrecken. Nachdem sie dann zwei Stunden spazierengegangen war, nachgesonnen und geträumt hatte, kehrte sie zurück, um zu frühstücken. Oftmals war ihr unterwegs keine Menschenseele begegnet, weder ein Edelmann noch ein Lakai.

Wenn die Hitze durch das dichte Blattwerk zu dringen begann, suchte Andrée ihr kleines, kühles Zimmer auf, das durch das Fenster und die Flurtür zweifach belüftet wurde.

Ein kleines, mit Kattun bezogenes Sofa, vier Stühle im gleichen Stil, ihr keusches Bett mit rundem Himmel, von dem Vorhänge, ebenfalls aus Kattun, herabfielen, zwei chinesische Vasen auf dem Kamin, ein viereckiger Tisch mit Messingfüßen: hieraus bestand diese kleine Welt, auf deren Grenzen Andrée all ihre Hoffnungen und Wünsche beschränkte.

Andrée saß, wie gesagt, in ihrem Zimmer und war damit beschäftigt, an ihren Vater zu schreiben, als ein leises Klopfen an der Flurtür ihre Aufmerksamkeit erregte.

Sie hob den Kopf, und als sie sah, daß die Tür sich öffnete, stieß sie einen leisen Schrei des Erstaunens aus. In der Tür erschien das strahlende Gesicht Nicoles, die durch das Vorzimmer eingetreten war.

## XCV. KAPITEL

### *Des einen Freud' ist des anderen Leid*

«Guten Morgen, Mademoiselle, ich bin's», verkündete Nicole mit einem heiteren Knicks, der aber nicht ganz frei von Unruhe war, da sie den Charakter ihrer Gebieterin kannte.

«Sie hier! Und durch welchen Zufall?» fragte Andrée und legte ihre Feder nieder.

«Mademoiselle hat mich vergessen. So bin ich eben gekommen.»

«Nun, wenn ich Sie vergaß, Mademoiselle, so hatte ich meine Gründe dafür. Wer hat Ihnen erlaubt, herzukommen?»

«Der Herr Baron, natürlich, Mademoiselle», gab Nicole zur Antwort und zog die beiden schönen schwarzen Augenbrauen, die sie der Großzügigkeit Monsieur Raftés verdankte, mit ziemlich unzufriedener Miene zusammen.

«Mein Vater braucht Sie in Paris, und ich habe hier keine Verwendung für Sie ... Sie können also zurückkehren, mein Kind.»

«Oh! Mademoiselle hat also gar keine Anhänglichkeit ... Ich glaubte, Mademoiselle mehr gefallen zu haben ... Lieben Sie die Menschen», fügte Nicole philosophisch hinzu, «auf daß man es Ihnen mit gleicher Münze zurückzahlt!»

Und ihre schönen Augen strengten sich mit aller Macht an, eine Träne hervorzulocken.

In dem Vorwurf lag genug Treuherzigkeit und Empfindsamkeit, um Andrées Mitleid zu erregen.

«Mein Kind», erwiderte sie, «ich werde hier bereits bedient, und ich kann mir nicht erlauben, das Haus der Dauphine mit einem Mund mehr zu belasten.»

«Gut! Als ob dieser Mund so groß wäre!» entgegnete Nicole mit einem bezaubernden Lächeln.

«Gleichviel, Nicole, deine Anwesenheit hier ist unmöglich.»

«Wegen dieser Ähnlichkeit?» forschte das Mädchen. «Sie haben sich also mein Gesicht nicht richtig angesehen, Mademoiselle?»

«Tatsächlich, du kommst mir verändert vor.»

«Das will ich meinen! Ein schöner Herr, derselbe, der Monsieur Philippe zu einer Kompanie verholfen hat, ist gestern zu uns gekommen. Und da er den Herrn Baron traurig darüber fand, Sie hier ohne Kammerfrau zu wissen, meinte er, nichts sei einfacher, als mein blondes Haar gegen schwarzes zu vertauschen. Er nahm mich mit und ließ mich frisieren, wie Sie sehen. Und hier bin ich nun.»

Andrée lächelte.

«Du mußt mich sehr lieben», meinte sie, «daß du dich um jeden Preis in Trianon einschließen willst, wo ich fast wie eine Gefangene lebe.»

Nicole sah sich mit einem raschen, aber verständigen Blick im Zimmer um.

«Dieses Zimmer ist nicht sehr freundlich», bemerkte sie, «aber Sie werden wohl nicht die ganze Zeit über hierbleiben?»

«Ich zweifellos nicht», erwiderte Andrée, «aber du?»

«Nun, ich?»

«Du wirst nicht in den Salon zur Dauphine gehen. Du wirst weder Spiel noch Spaziergang, noch Empfang haben. Du wirst also immer hierbleiben müssen und läufst daher Gefahr, dich zu Tode zu langweilen.»

«Oh!» machte Nicole. «Es wird schon irgendein kleines Fenster geben, und man wird wohl einen Winkel dieser Welt sehen können. Wenn man sieht, so kann man auch gesehen werden ... Das ist alles, was ich brauche; seien Sie meinetwegen unbesorgt.»

«Ich sage es dir noch einmal, Nicole, ich kann dich nicht ohne einen ausdrücklichen Befehl hier aufnehmen.»

«Einen Befehl von wem?»

«Von meinem Vater.»

«Ist das Ihr letztes Wort?»

«Ja, das ist mein letztes Wort.»

Nicole zog aus ihrem Mieder den Brief des Barons von Taverney hervor.

«Gut», sagte sie, «da meine Bitten und meine Ergebenheit anscheinend keine Wirkung erzielen, so wollen wir sehen, ob die Empfehlung, die ich hier habe, mehr bewirken kann.»

Andrée las den Brief, der folgendermaßen lautete:

*Ich weiß, und auch andere bemerken es, meine liebe Andrée, daß Sie in Trianon nicht den Staat halten, den Ihnen Ihr Rang zwingend vorschreibt. Sie sollten zwei Kammerfrauen und einen Bedienten haben, genauso wie ich eigentlich zweitausend Livre Rente haben müßte. Da ich mich indessen mit tausend Livre begnüge, tun Sie es mir gleich, und nehmen Sie Nicole, die für sich allein schon soviel wert ist wie alles Gesinde, das Ihnen notwendig wäre.*

*Nicole ist flink, verständig und treu ergeben. Sie wird sich schnell den*

*Ton und die Manieren des Hofes zu eigen machen, und Sie müssen mehr Sorge dafür tragen, ihren guten Willen etwas zu zügeln als denselben anzuspornen. Behalten Sie sie also, und glauben Sie nicht, daß ich dadurch ein Opfer bringe. Falls Sie es dennoch denken sollten, erinnern Sie sich, daß Seine Majestät, welche die Güte hatte, an uns zu denken, bemerkte, es fehle Ihnen an Kleidung und gesellschaftlich notwendigem Aufwand. Dies hat mir ein guter Freund anvertraut. Bedenken Sie also, daß es von großer Bedeutung ist.*

*Ihr ergebener Vater*

Dieser Brief stürzte Andrée in schmerzliche Verlegenheit.

So sollte sie auch in ihrem neuen Wohlstand von einer Armut verfolgt werden, die nur sie selbst nicht als Fehler ansah, während alle anderen sie als Makel betrachteten.

Sie war drauf und dran, vor Zorn ihre Feder zu zerbrechen und den angefangenen Brief zu zerreißen, um dem Baron zur Antwort eine Abhandlung über Uneigennützigkeit zu schicken, die Philippe mit beiden Händen unterzeichnet hätte.

Doch sie konnte sich schon das ironische Lächeln des Barons vorstellen, wenn er dieses Werk läse, und ihre Entschlossenheit war auf der Stelle verflogen. So gab sie sich damit zufrieden, dem Baron in einer Nachschrift zu antworten, die sie den Neuigkeiten aus Trianon beifügte.

*Mein Vater,* schrieb sie, *Nicole ist soeben hier eingetroffen, und ich nehme sie an, wie Sie es wünschen. Aber was Sie mir über dieselbe schreiben, bringt mich zur Verzweiflung. Sollte ich mit diesem kleinen Bauerntrampel als Kammerfrau etwa weniger lächerlich sein, als ich es allein unter diesen Reichen des Hofes war? Nicole wird unglücklich sein, wenn sie sieht, wie ich gedemütigt werde. Sie wird es mir übelnehmen, denn die Bedienten verhalten sich untereinander stolz oder untertänig, je nach Luxus oder Schlichtheit ihrer Gebieter. Was die Bemerkung Seiner Majestät anbelangt, so erlauben Sie mir, Ihnen zu sagen, daß der König zuviel Geist besitzt, um mir mein Unvermögen, die große Dame zu spielen, zu verargen. Außerdem hat Seine Majestät zuviel Herz, als daß sie meine Armut wahrgenommen oder kritisiert hätte, statt sie in einen Wohlstand zu verwandeln, den Ihr Name und Ihre Verdienste in aller Augen rechtfertigen würden.*

So lautete die Antwort des Mädchens, und man muß gestehen, daß diese treuherzige Unschuld und dieser edle Stolz über die Schlauheit und die Verderbtheit ihrer Verführer den Sieg davontrugen.

Andrée sprach nicht mehr von Nicole. Sie behielt sie, so daß diese sofort begeistert und freudig ein kleines Bett in der Kammer aufstellte, die ans Vorzimmer angrenzte. Im übrigen machte sie sich ganz klein, ganz unscheinbar und bediente sich einer ausgesuchten Höflichkeit, um ihre Gebieterin in keiner Hinsicht in diesem so bescheidenen Winkel zu stören.

Gegen ein Uhr machte Andrée sich auf den Weg nach Klein-Trianon. Nie war sie rascher und reizender angekleidet worden. Nicole hatte sich selbst übertroffen. Liebenswürdigkeit, Aufmerksamkeit und Eifer, nichts hatte an ihrem Dienst gefehlt.

Als Mademoiselle de Taverney gegangen war, fühlte sich Nicole als Herrin der Wohnung und nahm sie näher in Augenschein. Alles wurde ihrer Prüfung unterzogen, von den Briefen bis zum letzten Flitterkram des Schminktisches, vom Kamin bis zu den geheimsten Winkeln der beiden Kammern.

Dann sah sie aus dem Fenster, um sich einen Eindruck von der Nachbarschaft zu verschaffen.

Unter dem Fenster lag ein geräumiger Hof, wo die Reitknechte die Luxuspferde der Dauphine striegelten. Reitknechte, pfui doch! Nicole wandte den Kopf ab.

Rechts befand sich eine Reihe von Fenstern auf gleicher Höhe mit dem Andrées. Einige Köpfe sahen daraus hervor, Köpfe von Kammerzofen und Scheuermädchen. Nicole wandte sich verächtlich einer anderen Untersuchung zu.

Direkt gegenüber lag ein Saal, in dem Musikmeister mit Choristen und Instrumentalisten eine Probe für die Messe von Saint-Louis abhielten.

Während sie abstaubte, trällerte Nicole ihre eigene Weise zu dem Gesang, so daß die Musikmeister abgelenkt wurden und die Choristen falsch sangen.

Doch mit diesem Zeitvertreib gab sich Mademoiselle Nicole nicht lange zufrieden. Nachdem Meister und Schüler sich gehörig gestritten hatten, ging die kleine Person zur Inspektion des oberen Stockwerks über, wo alle Fenster geschlossen waren.

Nicole machte sich wieder ans Abstauben, und einen Augenblick später wurde eines dieser Mansardenfenster aufgestoßen, ohne daß sich jemand zeigte.

Irgend jemand mußte dieses Fenster aber geöffnet haben. Dieser Jemand hatte Nicole gesehen und war nicht stehengeblieben, um sie anzuschauen. Welch unverschämter Mensch mochte das wohl sein?

So dachte wenigstens Nicole. Sie, die so gewissenhaft im Studieren von Gesichtern war, wollte sich das Gesicht dieses Unverschämten auf keinen

Nicole fühlte sich als Herrin der Wohnung.

Fall entgehen lassen. Daher fand sie immer wieder einen Vorwand, ans Fenster zu treten und einen Blick auf die Mansarde zu werfen. Sie wußte nicht, daß zwei respektlose Augen sie aus eben dieser Mansarde die ganze Zeit über ungestört beobachteten. Nur einmal glaubte sie zu bemerken, wie jemand zurückwich, als sie sich näherte ... Aber das erschien ihr dann doch so unwahrscheinlich, daß sie ihren Augen nicht traute.

Ein andermal war sie sich dessen aber beinahe sicher, da sie den Rücken des Flüchtenden gesehen hatte.

Nicole griff zu einer List: Sie versteckte sich hinter dem Vorhang und ließ das Fenster weit offenstehen.

Sie mußte lange warten. Doch endlich kam ein schwarzer Schopf zum Vorschein, dann folgten furchtsame Hände, die einen vorsichtig nach vorne geneigten Körper stützten. Schließlich zeigte sich deutlich und offen das Gesicht. Nicole mußte sich festhalten und zerknitterte dabei den Vorhang.

Es war das Gesicht Monsieur Gilberts, das aus der Mansarde herabschaute!

Gilbert, der gesehen hatte, wie sich der Vorhang bewegte, erkannte Nicoles List und tauchte nicht wieder auf.

Mehr noch, das Fenster der Mansarde wurde geschlossen.

Kein Zweifel, Gilbert hatte Nicole gesehen. Er war völlig verblüfft gewesen, hatte sich sodann von der Gegenwart seiner Feindin überzeugen wollen und war, als er sich selbst entdeckt sah, voller Unruhe und Zorn entflohen.

So wenigstens erklärte sich Nicole den Vorfall, und sie täuschte sich nicht.

Gilbert hätte in der Tat lieber den Teufel gesehen als Nicole. Er malte sich aus, welch schreckliche Folgen die Ankunft dieser Aufpasserin für ihn haben könnte. Noch immer trug er ihretwegen den Keim der Eifersucht in sich. Sie kannte sein Geheimnis vom Garten in der Rue Coq-Héron.

«Was nützt mir nun meine alberne Entdeckung, auf die ich so stolz war?» murmelte er vor sich hin. «Mag Nicole dort einen Liebhaber gehabt haben oder nicht. Das Übel ist geschehen, und man wird sie dafür nicht von hier wegschicken. Wenn sie dagegen verlauten läßt, was ich in der Rue Coq-Héron gemacht habe, so wird man mich aus Trianon davonjagen ... Nicht ich habe Nicole in der Hand, sondern sie mich ... Oh, ich könnte vor Wut platzen!»

Es kam ihm vor, als hätte Nicole durch ihren Eintritt in dieses Zimmer all die glücklichen Träume vertrieben, die Gilbert jeden Tag von seiner Mansarde aus mit seinen Wünschen, seiner glühenden Liebe und seinen Blumen herüberschickte. Gilbert hatte zuviel zu bedenken gehabt, um sich auch noch mit Nicole auseinanderzusetzen. Oder hatte er den Gedanken an sie nur deshalb von sich geschoben, weil er ihm Schrecken einflößte? Das können wir nicht mit Bestimmtheit sagen. Fest steht aber, daß ihm Nicoles Anblick eine überaus unangenehme Überraschung bereitete.

Er spürte wohl, daß es zwischen ihm und Nicole früher oder später zum Krieg kommen mußte. Doch da er ein vorsichtiger Mann war, wollte er den Beginn dieses Krieges so lange hinauszögern, bis er imstande war, ihm seine ganze Kraft zu widmen.

Er beschloß also, sich tot zu stellen, bis ihm der Zufall eine günstige Gelegenheit bot, oder bis Nicole aus Schwäche oder aus Notwendigkeit einen Schritt gegen ihn unternahm, der ihren Vorteil zunichte machte.

Er hielt sich also weiterhin auf dem laufenden über die Vorgänge in Andrées Zimmer, ließ dabei aber so viel Umsicht walten, daß es Nicole kein einziges Mal gelang, ihn im Garten zu überraschen.

Schließlich war Nicole selbst auch nicht ohne Tadel. In ihrer Vergangenheit gab es allemal einen Stein des Anstoßes, über den man sie stolpern lassen konnte.

Acht Tage später war es soweit. Gilbert gewahrte eine Hutfeder, die ihm nicht unbekannt war. Diese Hutfeder gehörte zu Monsieur de Beausire, der im Gefolge des Hofes von Paris nach Trianon gezogen war.

Lange Zeit spielte Nicole die Grausame. Lange ließ sie Monsieur de Beausire in der Kälte stehen. Doch eines schönen Abends ließ sich die Angebetete erweichen. Nicole nutzte den Moment aus, da Andrée im Pavillon mit Madame de Noailles zu Abend speiste, um Monsieur de Beausire zu treffen.

Vom Hof begaben sie sich in den Garten und vom Garten in die schattige Allee, die nach Versailles führt.

Gilbert folgte dem Liebespaar unbemerkt. Er zählte ihre Schritte, ihre Seufzer und merkte sich jedes Wort, das er verstand. Offensichtlich war er mit dem Ergebnis äußerst zufrieden, denn bereits am nächsten Tag zeigte er sich trällernd in seiner Mansarde und schien Nicoles Blick trotzen zu wollen.

Deren erste Reaktion bestand darin, verächtlich den Mund zu verziehen, wobei ihr Gesichtsausdruck immer giftiger wurde und ihre Feindseligkeit auf eine Meile Entfernung erkennen ließ ... Aber Gilbert hielt ihrem Blick mit einem seltsamen Lächeln stand. Er legte soviel Herausforderung in seine Haltung, daß Nicole den Kopf senkte und errötete.

«Sie hat verstanden», dachte Gilbert bei sich, «das ist alles, was ich wollte.»

Fortan griff er jeden Tag von neuem zu dieser List, und schließlich war es Nicole, die zitterte. Es kam so weit, daß sie sich sogar eine Zusammenkunft mit Gilbert wünschte.

Gilbert bemerkte, daß man ihm nachstellte. Einen Augenblick lang war er glücklich über diesen Triumph, den er ganz und gar seiner Charakterstärke und seiner Beharrlichkeit zuschrieb. Doch Nicole lauerte ihm so gründlich auf, daß sie ihn einmal die Treppe hinaufsteigen sah. Sie rief ihn, aber er antwortete nicht.

Neugierde und Furcht ließen Nicole noch weiter gehen. Eines Abends streifte sie ihre hübschen, hochhackigen Pantoffeln, ein Erbstück von Andrée, ab und schlüpfte, flink und vor Aufregung zitternd, in den Dachstuhl an Gilberts Tür.

Dieser hatte das Herannahen des Mädchens bemerkt, und es war noch hell genug, daß er Nicole deutlich durch die Fugen der Holzlatten wahrnehmen konnte.

Wohl wissend, daß er sich im Zimmer befand, klopfte Nicole an die Tür.

Gilbert gab keine Antwort.

Indessen stellte es für ihn eine gefährliche Versuchung dar. Hier bot sich die Gelegenheit, Nicole nach Herzenslust zu demütigen. Er war allein, und jede Nacht glühte und schauerte er, wenn er sich an Taverney erinnerte. In höchste Erregung versetzt, hob er schon die Hand, um den Riegel zurückzuziehen.

«Nein», sagte er bei sich, «nein; sie handelt nur aus Berechnung. Notwendigkeit und Eigennutz treiben sie zu mir. Also würde sie etwas gewinnen, wenn ich auf ihr Drängen einginge, und wer weiß, was ich dabei verlieren würde?»

Auf diese Überlegung hin ließ er seine Hand wieder sinken. Nachdem Nicole noch zwei oder drei Mal geklopft hatte, entfernte sie sich stirnrunzelnd.

Gilbert wahrte sich also seinen Vorteil, während Nicole ihre List verdoppelte, um den ihren nicht ganz zu verlieren. Als der Zufall die beiden kriegführenden Parteien eines Abends doch einmal zusammenführte, waren die zahlreichen Pläne, die sie gegeneinander geschmiedet hatten, wie weggeblasen. So beschränkten sie sich denn auf folgende Worte:

«Ah, sieh an! Guten Abend, Monsieur Gilbert. Sie sind also hier?»

«Ei, guten Abend, Mademoiselle Nicole. Sie sind ebenfalls in Trianon?»

«Wie Sie sehen, als Kammerfrau von Mademoiselle.»

«Und ich als Gärtnergehilfe.»

Daraufhin machte Nicole einen braven Knicks vor Gilbert, dieser grüßte sie wie ein Höfling, und sie gingen ihrer Wege.

Gilbert stieg zu seiner Mansarde hinauf, und auch Nicole begab sich in ihre Wohnung, doch gleich darauf verließ sie sie wieder. Gilbert schlich ihr nach, da er damit rechnete, daß sie wieder Monsieur de Beausire treffen würde.

Im Schatten der Allee wartete tatsächlich ein Mann. Nicole ging auf ihn zu, doch es war schon zu dunkel, als daß Gilbert ihn hätte erkennen können. Die Tatsache, daß dieser Mann keine Feder am Hut trug, machte ihn indessen so neugierig, daß er Nicole zu ihrer Unterkunft zurückkehren ließ und dem Unbekannten bis zum Gitter von Trianon folgte.

Es handelte sich um einen älteren Mann mit dem Aussehen eines vornehmen Herrn und einem trotz vorgerückter Jahre lebhaften Gang. Als er sich näherte, erkannte Gilbert den Herzog von Richelieu.

«Verdammt!» dachte er bei sich. «Nach dem Gefreiten nun den Marschall von Frankreich. Mademoiselle Nicole steigt auf!»

## XCVI. KAPITEL

### *Die Parlamente*

Jede große allgemeine Erschütterung entzündet sich an einer persönlichen Frage, so wie die großen Schlachten, an denen ganze Heere beteiligt sind, mit den Scharmützeln vereinzelter Infanteristen beginnen.

Seit Monsieur de la Chalotais Monsieur d'Aiguillon in seine Reihen aufgenommen und mit ihm den Kampf des Dritten Standes gegen die Feudalherrschaft personifiziert hatte, hielt sich der öffentliche Geist daran und duldete keinen Aufschub mehr.

Der König war durch die Parlamente Frankreichs mit einer Flut von mehr oder weniger unterwürfigen und loyalen Vorstellungen eingedeckt worden. Doch nun hatte der König durch die Ernennung Monsieur d'Aiguillons zum Befehlshaber seiner Chevaulegers dem Feudalismus gegen die dritte Partei Recht gegeben.

Monsieur Jean Dubarry hatte es ganz richtig formuliert: Es war eine saftige Ohrfeige für die lieben und getreuen Herren Räte, die in den Parlamenten zu Gericht saßen.

Wie würde diese Ohrfeige aufgenommen werden? So lautete die Frage, die man sich bei Hofe und in der Stadt jeden Morgen bei Sonnenaufgang erneut stellte.

Die Parlamentsmitglieder sind geschickte Leute, die dort, wo viele andere in Verlegenheit geraten, klar sehen.

Zunächst verständigten sie sich untereinander. Als schließlich feststand, daß die Ohrfeige gegeben und empfangen worden war, faßten sie folgenden Entschluß:

*Der Parlamentshof wird sich über das Benehmen des Exgouverneurs der Bretagne beraten und seine diesbezügliche Stellungnahme abgeben.*

Doch der König vereitelte dieses Vorhaben, indem er den Pairs und den Fürsten verbot, sich zu einer Beratung über d'Aiguillon in den Justizpalast zu begeben. Die Herren gehorchten aufs Wort.

Entschlossen, seine Angelegenheiten selbst zu regeln, erließ das Parlament nun einen Urteilsspruch, in welchem es erklärte, daß der Herzog von Aiguillon verschiedener Handlungen verdächtigt und beschuldigt werde, die seine Ehre befleckten. Daher werde er so lange von seinem Amt als Pair enthoben, bis er sich durch ein vom Pairshof ausgesprochenes Urteil völlig von den seine Ehre befleckenden Anklagen und Verdachtsmomenten gereinigt habe. Um Gültigkeit zu erlangen, müsse das Urteil unter Wahrung aller Formen und mit den durch die Gesetze und Verordnungen des Königreichs vorgeschriebenen Feierlichkeiten verkündet werden.

Aber ein solcher Erlaß, der im Parlamentshof herausgegeben und ins Protokoll aufgenommen worden war, besagte noch gar nichts. Man mußte ihn an die Öffentlichkeit bringen, damit er allgemein bekannt wurde.

Das Parlament ernannte nun Kommissare, unter deren Aufsicht er gedruckt werden sollte. Insgesamt zog man zehntausend Exemplare davon ab, deren Verteilung im Handumdrehen organisiert wurde.

Da es üblich war, den Hauptbenachteiligten darüber in Kenntnis zu setzen, was der Parlamentshof gegen ihn unternommen hatte, begaben sich dieselben Kommissare auch gleich zum Palais des Herzogs von Aiguillon, der zu einer dringlichen Zusammenkunft soeben in Paris eingetroffen war.

Bei dieser Zusammenkunft ging es um nichts anderes als um eine offene und ehrliche Aussprache mit seinem Onkel, dem Marschall.

Der Herzog begann daher, seinen Onkel überall zu suchen, um eine ernsthafte Unterredung mit ihm zu führen.

Ein wahres Katz-und-Maus-Spiel begann. Sobald der Marschall seinen Neffen auch nur von ferne erblickte, warf er ihm ein Lächeln zu und umgab sich sogleich mit Leuten, die jede vertrauliche Mitteilung unmöglich machten. So trotzte er dem Feind wie in einer uneinnehmbaren Festung.

Schließlich fand sich der Herzog ganz einfach bei seinem Onkel in Versailles ein.

Doch Rafté, der an dem kleinen, zum Hof liegenden Fenster Posten bezogen hatte, erkannte die herzoglichen Livreen und benachrichtigte seinen Herrn.

Der Herzog drang bis ins Schlafzimmer des Marschalls vor. Dort fand er Rafté, der mit einem mitteilungsfreudigen Lächeln die Indiskretion beging, dem Neffen zu erzählen, sein Onkel habe die Nacht außer Haus verbracht.

Monsieur d'Aiguillon biß sich auf die Lippen und trat den Rückzug an.

Als er wieder zu Hause war, schrieb er dem Marschall und bat ihn um eine Audienz.

Der Marschall konnte einer Antwort nicht aus dem Wege gehen. Andererseits konnte er, wenn er antwortete, die Audienz nicht verweigern. Und wenn er die Audienz gewährte, wie sollte er sich dann gegen eine offene Aussprache zur Wehr setzen? Monsieur d'Aiguillon glich zu sehr jenen höflichen, artigen Meuchelmördern, die ihre schlechten Absichten unter einer bewundernswerten Liebenswürdigkeit verbergen, ihr Opfer unter Verbeugungen auf den Kampfplatz locken und erbarmungslos niederstechen.

Der Marschall gab sich keinen Illusionen hin. Er kannte die Stärke seines Neffen. Stand er ihm erst einmal gegenüber, würde ihm dieser Gegner entweder eine Vergebung oder ein Zugeständnis entreißen. Richelieu aber verzieh niemals, und einem Feind Zugeständnisse zu machen, ist in der Politik stets ein tödlicher Fehler.

Nachdem er den Brief Monsieur d'Aiguillons erhalten hatte, täuschte er daher vor, er habe Paris für mehrere Tage verlassen.

Rafté, den er in dieser Angelegenheit um Rat fragte, äußerte folgende Ansicht:

«Wir sind auf dem besten Weg, Monsieur d'Aiguillon zugrunde zu richten. Unsere Freunde aus den Parlamenten nehmen uns dabei die Arbeit ab. Wenn Monsieur d'Aiguillon, der dies vermutet, Sie noch vor der Explosion zu fassen bekommt, wird er Ihnen das Versprechen abringen, ihm im Falle eines Unglücks beizustehen, denn Sie können Ihre Ressentiments nicht frei heraus über das Familieninteresse stellen. Schlagen Sie ihm seinen Wunsch jedoch ab, wird Monsieur d'Aiguillon Sie bezichtigen, sein Feind zu sein. Er wird Ihnen das Übel zuschreiben und erleichtert weggehen, wie man es stets tut, wenn man die Ursache des Übels entdeckt hat, obgleich das Übel selbst nicht behoben ist.»

«Das ist vollkommen richtig», stimmte Richelieu zu, «aber ich kann mich nicht ewig verstecken. Wieviele Tage sind es noch bis zur Explosion?»

«Sechs Tage, Monseigneur.»

«Ist das sicher?»

Rafté zog den Brief eines Parlamentsrats aus der Tasche. Dieser Brief enthielt lediglich die beiden folgenden Zeilen:

*Es ist entschieden worden, daß der Urteilsspruch gefällt werden soll. Bis spätestens Donnerstag, der äußersten durch das Gerichtskollegium anberaumten Frist, wird er verkündet sein.*

«Dann ist nichts einfacher», meinte der Marschall. «Schicke dem Herzog seinen Brief mit einem Vermerk von deiner Hand zurück.

*Herr Herzog!*

*Wie Sie mittlerweile sicherlich erfahren haben, ist der Herr Marschall nach ... abgereist. Der Arzt des Herrn Marschall erachtete diese Luftveränderung als unerläßlich, da er ihm ein wenig müde und abgespannt erschien. Sollten Sie den Herrn Marschall zu sprechen wünschen, was ich den Worten zu entnehmen glaube, mit denen Sie mich kürzlich beehrten, so kann ich Ihnen versichern, daß der Herr Herzog am Donnerstagabend nach seiner Rückkehr aus ... in seinem Pariser Palais übernachten wird. Sie werden ihn dort mit Sicherheit antreffen.*

«Und nun», sprach der Marschall, «versteck mich bis Donnerstag irgendwo.»

Rafté befolgte strikt die ihm gegebenen Anweisungen. Der Brief wurde geschrieben und abgeschickt. Das Versteck war bald gefunden. Nur einmal ging der Herzog von Richelieu, der sich ungemein langweilte, des Abends aus, um Nicole in Trianon zu sprechen. Er riskierte dabei nichts oder glaubte, nichts zu riskieren, da er wußte, daß der Herzog von Aiguillon sich im Pavillon von Luciennes aufhielt.

Daraus ergab sich, daß Monsieur d'Aiguillon, wenn er etwas vermutete, dem Schlag, von dem er bedroht war, nicht zuvorkommen konnte, weil er dem Degen des Feindes nicht begegnete.

Die Frist bis Donnerstag befriedigte ihn, und er reiste an diesem Tag in der Hoffnung von Versailles ab, endlich seinen ungreifbaren Widersacher zu treffen und zu bekämpfen.

In Paris schenkte man ihm keinerlei Beachtung, denn er war so vorsichtig gewesen, in einer Kutsche ohne Wappen zu reisen, die überdies von zwei Grauschimmeln gezogen wurde, als befände er sich auf dem Weg zu einem Liebesabenteuer.

Er bemerkte wohl hier und da geschäftige Leute, die sich gegenseitig ein Papier zeigten, es unter heftigem Gestikulieren lasen und sich in Gruppen zusammenfanden wie Ameisen um ein Stück Zucker. Doch es war dies die Zeit des harmlosen Aufruhrs. Das Volk versammelte sich auf diese Weise wegen einer Getreidesteuer, wegen eines Artikels der holländischen Zeitung, wegen eines Verses von Voltaire oder wegen eines Liedes gegen die Dubarry.

Monsieur d'Aiguillon begab sich geradewegs zum Palais Monsieur de Richelieus. Doch fand er dort nur Rafté.

Der Herr Marschall, erklärte dieser, müsse jeden Augenblick eintreffen. Ohne Zweifel sei es an der Stadtgrenze zu einer Verzögerung gekommen.

Monsieur d'Aiguillon beschloß zu warten, während er Rafté gegenüber aus seiner üblen Laune keinen Hehl machte, denn er betrachtete die Entschuldigung als eine erneute Niederlage.

Es wurde noch schlimmer, als Rafté ihm erwiderte, der Marschall wäre untröstlich, wenn er bei seiner Rückkehr erführe, daß man Monsieur d'Aiguillon habe warten lassen. Im übrigen werde er nun doch nicht die Nacht in Paris verbringen, wie man es ursprünglich vorgesehen hatte. Ohne Zweifel werde er auch nicht allein vom Lande zurückkehren. Er werde sich wohl nicht länger in Paris aufhalten, sondern nur kurz an seinem Palais haltmachen, um nach Neuigkeiten zu fragen. Es sei daher besser, wenn Monsieur d'Aiguillon nach Hause zurückkehre, wo ihn der Marschall im Vorbeifahren für einen Moment aufsuchen könne.

«Hören Sie, Rafté», entgegnete d'Aiguillon, dessen Miene sich während dieser fadenscheinigen Erklärung zunehmend verdüstert hatte, «Sie sind das Gewissen meines Onkels. Antworten Sie mir als ehrlicher Mann. Man hält mich zum Narren, nicht wahr, und der Herr Marschall möchte mich nicht empfangen? Unterbrechen Sie mich nicht, Rafté. Sie sind für mich oft ein guter Ratgeber gewesen, und ich war für Sie, was ich auch weiterhin sein werde, ein guter Freund. Soll ich wirklich nach Versailles zurückfahren?»

«Herr Herzog, bei meiner Ehre, noch bevor eine Stunde vergangen ist, werden Sie den Besuch des Herrn Marschalls empfangen.»

«Dann kann ich doch wohl ebensogut hier auf ihn warten, wenn er ohnehin bald zurückkommt.»

«Ich hatte bereits die Ehre, Ihnen anzudeuten, daß er vielleicht nicht allein kommen wird.»

«Ich verstehe ... und ich habe Ihr Wort, Rafté.»

Mit diesen Worten enfernte sich der Herzog, ganz in Gedanken verloren, aber mit einer so edlen und anmutigen Miene, daß das Gesicht des Marschalls, als er nach dem Abgang seines Neffen aus einer mit einer Glastür versehenen Kammer hervorkam, den genauen Gegensatz dazu bildete. Der Marschall lächelte wie einer jener häßlichen Dämonen, die Callot in seine Versuchungen eingestreut hat.

«Hat er keinen Verdacht geschöpft, Rafté?» fragte er.

«Keinen, Monseigneur.»

«Wieviel Uhr ist es?»

«Die Uhrzeit tut nichts zur Sache, Monseigneur. Wir müssen warten, bis mein kleiner Informant vom Châtelet mich benachrichtigt hat. Die Kommissare sind noch beim Drucker.»

Rafté hatte kaum zu Ende gesprochen, als ein Lakai durch eine geheime Tür einen ziemlich schmutzstarrenden, ziemlich häßlichen und ziemlich schwarzen Menschen einließ, eine jener lebenden Schreibfedern, gegen die Monsieur Dubarry eine solche Abneigung bekundet hatte.

Rafté schob den Marschall in den kleinen Raum zurück und ging dem Mann lächelnd entgegen.

«Ah! Sie sind es, Monsieur Flageot!» rief er. «Ich bin sehr erfreut über Ihren Besuch.»

«Ich stehe zu Ihren Diensten, Monsieur Rafté. Nun, die Sache ist erledigt!»

«Ist alles gedruckt?»

«Und fünftausendmal abgezogen. Die ersten Exemplare laufen schon durch die Stadt, die übrigen trocknen.»

«Welch ein Unglück! Lieber Monsieur Flageot, welche Verzweiflung für die Familie des Herrn Marschall!»

Um nicht antworten, das heißt nicht lügen zu müssen, zog Monsieur Flageot eine Silberdose hervor, aus der er langsam eine Prise spanischen Tabak entnahm.

«Und was geschieht nun?» fuhr Rafté fort.

«Man sorgt dafür, daß die Form gewahrt wird, lieber Monsieur de Rafté. Da sich die Herren Kommissare der Auflage und der Verteilung sicher sind, werden sie unmittelbar in die Karosse steigen, die vor der Druckerei auf sie wartet, um dem Herzog von Aiguillon den Spruch mitzuteilen. Glücklicherweise, oder besser unglücklicherweise befindet sich letzterer in seinem Pariser Palais, wo man ihn persönlich sprechen kann.»

Rafté griff nach einem großen Sack voller Akten, den er Monsieur Flageot mit den Worten übergab:

«Hier sind die Unterlagen, von denen ich sprach, Monsieur. Der Herr Marschall hat das größte Vertrauen in Ihr Können und überläßt Ihnen die Angelegenheit, die Ihnen gewiß zum Vorteil gereichen wird. Ich danke Ihnen für Ihre guten Dienste in dem beklagenswerten Konflikt zwischen Monsieur d'Aiguillon und dem allmächtigen Parlament von Paris. Danke auch für Ihre guten Hinweise!»

Hierauf schob er Monsieur Flageot, der über seine Aktenlast ganz entzückt war, sanft, aber mit einer gewissen Hast zur Tür hinaus.

Alsdann befreite er den Marschall aus seinem Gefängnis.

«Vorwärts, Monseigneur», trieb er ihn an, «steigen Sie in Ihren Wagen! Sie haben keine Zeit zu verlieren, wenn Sie dem Schauspiel beiwohnen wollen. Lassen Sie Ihre Pferde schneller laufen als die der Herren Kommissare.»

## XCVII. KAPITEL

### *Der Weg zum Ministerium ist nicht mit Rosen bestreut*

Monsieur de Richelieus Pferde liefen schneller als die der Herren Kommissare, denn der Marschall fuhr als erster in den Hof des Palais d'Aiguillon ein.

Der Herzog erwartete seinen Onkel bereits nicht mehr und schickte sich an, nach Luciennes zurückzufahren, um Madame Dubarry mitzuteilen, daß der Feind entlarvt sei. Doch da meldete der Türsteher den Marschall und erweckte den Mutlosen aus seiner Benommenheit.

Der Herzog eilte seinem Onkel entgegen und ergriff seine Hände mit einer geheuchelten Zärtlichkeit, die genau dem Maß der Angst entsprach, die er ausgestanden hatte.

Der Marschall gab sich wie der Herzog: Zusammen gaben sie ein rührendes Bild ab. Indessen merkte man, daß Monsieur d'Aiguillon den Augenblick der offenen Aussprache so schnell wie möglich herbeiwünschte, während der Marschall ihn, so gut er konnte, hinauszögerte, indem er bald vor einem Gemälde, bald vor einer Bronzefigur, bald vor einem Wandteppich verweilte und zudem über eine schreckliche Müdigkeit klagte.

Der Herzog schnitt seinem Onkel den Rückzug ab, indem er ihn in einen Lehnstuhl drängte. Sodann ging er zum Angriff über:

«Mein Onkel», hub er an, «ist es wohl wahr, daß Sie, der geistreichste Mann Frankreichs, mich schlecht genug beurteilt haben, um zu glauben, ich betreibe meine selbstsüchtige Politik nicht für uns beide?»

Es gab kein Zurück mehr. Richelieu faßte seinen Entschluß.

«Was sagst du mir da?» versetzte er. «Und in welcher Angelegenheit befindest du, daß ich dich gut oder schlecht beurteilt habe, mein Lieber?»

«Mein Onkel, Sie gehen mir aus dem Weg.»

«Ich! Aber weswegen denn?»

«Oh! Keine Ausflüchte, Marschall. Sie weichen mir aus, wenn ich Sie brauche. Damit ist alles gesagt.»

«Bei meiner Ehre, ich verstehe Sie nicht.»

«Dann werde ich es Ihnen erklären. Der König wollte Sie nicht zum Minister ernennen, und da ich meinerseits die Chevaulegers angenommen habe, vermuten Sie, daß ich Sie im Stich gelassen und verraten habe. Die liebe Gräfin, der Sie so sehr am Herzen liegen ...»

Hier spitzte Richelieu die Ohren, doch nicht allein, um den Worten seines Neffen zu lauschen.

«Du sagst, ich liege ihr am Herzen, der teuren Gräfin?» fragte er nach.

«Allerdings, und ich werde es beweisen.»

«Mein Lieber, ich bezweifle es nicht ... Ich habe dich kommen lassen, um mit dir das Rad voranzutreiben. Du bist jünger und folglich stärker als ich. Du hast Erfolg, während ich scheitere. Das ist doch völlig normal, und ich begreife nicht, warum du dich mit all diesen Bedenken belastest. Wenn du in meinem Interesse gehandelt hast, so heiße ich deinen Schritt hundertmal gut. Hast du gegen mich gehandelt, nun, dann gebe ich dir deinen Hieb bei Gelegenheit wieder zurück ... Ist dies wert, daß man länger dabei verweilt?»

«Mein Onkel, wahrhaftig ...»

«Du bist noch ein Kind, Herzog. Deine Stellung ist herrlich: Pair von Frankreich, Herzog, Befehlshaber über die Chevaulegers und in sechs Wochen Minister. Du solltest über jeder gemeinen Schäbigkeit stehen. Der Erfolg spricht von allen Sünden frei, mein liebes Kind. Nimm an – ich liebe die Gleichnisse – nimm an, wir wären die zwei Maultiere aus der Fabel ... Aber was höre ich da unten?»

«Nichts, mein Onkel, fahren Sie fort.»

«Doch, ich höre einen Wagen im Hof.»

«Mein Onkel, lassen Sie sich bitte nicht unterbrechen. Was Sie mir zu sagen haben, interessiert mich mehr als alles andere. Auch ich bin ein Freund der Gleichnisse.»

«Nun, mein Lieber, ich wollte dir nur sagen, daß du, solange du glücklich und erfolgreich bist, niemals auf den geringsten Vorwurf stoßen oder die Mißgunst der Neider spüren wirst. Aber wenn du hinkst, wenn du lahm wirst ... ah! Teufel! Dann nimm dich in acht, denn in diesem Augenblick greift der Wolf an. Aber ich vernehme Stimmen im Vorzimmer. Ohne Zweifel kommt man, um dir das Amt anzutragen. Die kleine Gräfin wird in der Vertraulichkeit der Bettnische für dich gearbeitet haben.»

Der Türsteher trat ein.

«Die Herren Kommissare des Parlaments», meldete er besorgt.

«Na sowas!» bemerkte Richelieu.

«Kommissare vom Parlament hier? ... Was will man von mir?» entfuhr es dem Herzog, den das Lächeln seines Onkels alles andere als beruhigte.

«Auf Befehl des Königs!» ließ sich eine sonore Stimme im Vorzimmer vernehmen.

«Oh! Oh!» rief Richelieu.

Monsieur d'Aiguillon erhob sich ganz blaß und trat auf die Schwelle des Salons, um die beiden Kommissare persönlich in Empfang zu nehmen, hinter denen zwei unerschütterliche Türhüter und etwas weiter entfernt eine große Zahl völlig verschreckter Bediensteter erschienen.

«Was will man von mir?» fragte der Herzog mit zitternder Stimme.

«Haben wir die Ehre, mit dem Herzog von Aiguillon zu sprechen?» erkundigte sich einer der Kommissare.

«Ich bin der Herzog von Aiguillon, ja, Messieurs.»

Der Kommissar verbeugte sich tief und zog sogleich aus seinem Gürtel eine Urkunde hervor, die er mit lauter, deutlich vernehmbarer Stimme verlas. Es war der ausführliche und vollständige Urteilsspruch, der den Herzog von Aiguillon verschiedener Handlungen und Tatsachen, die seine Ehre befleckten, für schwer verdächtig und beschuldigt erklärte und ihn seines Amtes als Pair des Reiches enthob.

Der Herzog vernahm die Verlesung, wie ein vom Blitz getroffener Mensch das Rollen des Donners hört. Er rührte sich nicht und streckte nicht einmal die Hand aus, um die Abschrift des Urteilsspruches entgegenzunehmen, die ihm der Kommissar des Parlaments hinhielt.

Es war der Marschall, der, ebenfalls stehend, aber munter und geistesgegenwärtig, das Papier an sich nahm und den Gruß der Herren Räte erwiderte.

Diese hatten sich schon lange entfernt, als der Herzog von Aiguillon noch immer in derselben Bestürzung verharrte.

«Das ist ein harter Schlag!» kommentierte Richelieu. «Du bist nicht mehr Pair von Frankreich. Das ist demütigend.»

Der Herzog drehte sich zu seinem Onkel um, als habe er erst in diesem Augenblick das Leben und den Verstand wiedergefunden.

«Hast du nicht damit gerechnet?» fragte Richelieu im selben Ton.

«Und Sie, mein Onkel?» versetzte d'Aiguillon.

«Wie sollte ich ahnen, daß das Parlament dem Günstling des Königs und der Favoritin einen so heftigen Schlag versetzen würde? ... Diese Leute werden sich dadurch selbst zugrunde richten.»

Der Herzog setzte sich, während er sich mit einer Hand seine brennende Wange hielt.

«Siehst du», fuhr der Marschall fort, indem er den Dolch noch tiefer in die Wunde trieb, «wenn das Parlament dir wegen deiner Ernennung zum Befehlshaber der Chevaulegers deinen Titel als Pair aberkennt, wird es an dem Tage, da man dich zum Minister macht, deine Verhaftung beschließen und dich zum Feuertod verurteilen. Diese Leute verabscheuen dich, d'Aiguillon, nimm dich vor ihnen in acht.»

Der Herzog hielt diesen furchtbaren Spott mit heldenhafter Standhaftigkeit aus. Sein Unglück erhöhte ihn, es läuterte seine Seele.

Richelieu glaubte, diese Standhaftigkeit rühre von Unempfindlichkeit, vielleicht auch von Unverstand her, und er schloß daraus, daß seine Stiche nicht tief genug gegangen waren.

«Wenn du nicht mehr Pair bist», setzte er erneut an, «wirst du dem Haß der Schwarzröcke weniger ausgesetzt sein ... Flüchte dich für einige Jahre in die Dunkelheit. Im übrigen wird die Dunkelheit, deine Schutzwache, dich ohnehin einholen, ob du es willst oder nicht. Da du dein Amt als Pair verloren hast, wirst du um so schwerer ins Ministerium gelangen. Das wird dir die Entscheidung erleichtern. Wenn du dagegen kämpfen willst, mein Freund, so hast du ja immerhin Madame Dubarry auf deiner Seite. Sie trägt dich im Herzen, und das ist eine solide Stütze.»

Monsieur d'Aiguillon erhob sich. Er bedachte den Marschall nicht einmal mit einem grimmigen Blick für all die Leiden, die der Greis ihn ausstehen ließ.

«Sie haben recht, mein Onkel», erwiderte er ruhig, «und Ihre Weisheit tritt in dieser letzten Ansicht deutlich zutage. Die Gräfin Dubarry, der mich vorzustellen Sie die Güte hatten und der Sie so viel Gutes mit solcher Begeisterung über mich sagten, daß es alle Welt in Luciennes bezeugen kann, die Gräfin Dubarry wird mich verteidigen. Gott sei Dank liebt sie mich. Sie ist mutig und übt einen großen Einfluß auf Seine Majestät aus ... Ich danke Ihnen für den Rat, mein Onkel. Ich werde mich zu ihr flüchten wie in einen Rettungshafen. Meine Pferde! Bourguignon, nach Luciennes!»

Monsieur d'Aiguillon verneigte sich ehrerbietig vor seinem Onkel und schritt aus dem Salon, wo er den Marschall pikiert und beschämt über die Erbitterung, mit der er seinen Neffen hatte verletzen wollen, zurückließ.

Ein kleiner Trost lag für den alten Marschall in der wilden Freude der Pariser, als sie am Abend die zehntausend Exemplare des Urteilsspruches lasen, die man sich in den Straßen aus den Händen riß. Doch er konnte nicht umhin zu seufzen, als er Rafté über seinen Abend Rechenschaft ablegen sollte.

Trotzdem erzählte er ihm alles, ohne etwas zu beschönigen oder zu verschweigen.

«Der Schlag ist also abgewehrt?» fragte der Sekretär.

«Ja und nein, Rafté. Jedenfalls ist die Wunde nicht tödlich, und wir haben in Trianon etwas Besseres. Ich ärgere mich, daß ich nicht allein zu diesem Mittel gegriffen habe. Wir haben zwei Hasen gleichzeitig gejagt, Rafté ... Das ist eine große Torheit ...»

«Warum, wenn man den richtigen fängt?» entgegnete Rafté.

«Ei, mein Lieber, erinnere dich, daß der gute stets der ist, den man nicht gefangen hat. Und für den, welchen man nicht hat, würde man immer den anderen, nämlich den, den man hat, geben.»

Rafté zuckte die Schultern, und dennoch hatte Monsieur de Richelieu nicht unrecht.

«Glauben Sie, daß Monsieur d'Aiguillon da herauskommen wird?»

«Glaubst du, daß der König da herauskommen wird, du Einfaltspinsel?»

«Oh! Der König findet überall ein Schlupfloch. Doch soviel ich weiß, handelt es sich nicht um den König.»

«Wo der König durchkommt, wird auch Madame Dubarry durchkommen, die sich so dicht an seiner Seite hält ... und wo Madame Dubarry durchgekommen ist, dort wird auch d'Aiguillon durchkommen, er, der ... Aber du verstehst wohl nichts von Politik, Rafté.»

«Monsieur Flageot ist da aber ganz anderer Ansicht, Monseigneur.»

«Nun gut! Was sagt dieser Monsieur Flageot? Und wer ist das überhaupt?»

«Es ist ein Anwalt, Monseigneur.»

«Und weiter?»

«Nun, Monsieur Flageot behauptet, der König selbst werde nicht ungeschoren davonkommen.»

«Oh! Oh! Und wer wird dem Löwen ein Hindernis in den Weg legen?»

«Meiner Treu, Monseigneur, das wird die Ratte übernehmen.»

«Monsieur Flageot also?»

«Er sagt ja.»

«Und du glaubst ihm?»

«Einem Anwalt, der Böses zu tun verspricht, glaube ich immer.»

«Wir werden sehen, Rafté, welche Mittel Monsieur Flageot einsetzen wird.»

«Das meine ich auch, Monseigneur.»

«Komm, laß uns zu Abend essen, daß ich mich zur Ruhe begeben kann ... Die Neuigkeit, daß mein armer Neffe nicht mehr Pair von Frankreich ist und auch nicht Minister werden soll, hat mich völlig aufgewühlt. Man ist Onkel, Rafté, oder man ist es nicht.»

Monsieur de Richelieu seufzte tief und fing dann an zu lachen.

«Sie haben wahrhaftig das Zeug, Minister zu werden», meinte Rafté.

## XCVIII. KAPITEL

### *Monsieur d'Aiguillon verschafft sich Genugtuung*

Am nächsten Morgen sah der Herzog von Richelieu, der nach Versailles zurückgekehrt war, Rafté mit einem Brief in der Hand ins Haus treten. Der Sekretär beschnupperte den Brief und drehte und wendete ihn mit einer Unruhe, die sich sogleich auf seinen Herrn übertrug.

«Was ist das wieder, Rafté?» fragte der Marschall.

«Ich kann mir vorstellen, daß dieser Brief nichts Angenehmes zum Inhalt hat, Monseigneur.»

«Warum glaubst du das?»

«Weil der Brief vom Herzog von Aiguillon ist.»

«Ah! Ah!» machte der Herzog. «Von meinem Neffen also?»

«So ist es, Herr Marschall. Am Ende der Sitzung des königlichen Rates übergab mir ein Bedienter der Kammer dieses Schreiben für Sie. Seit

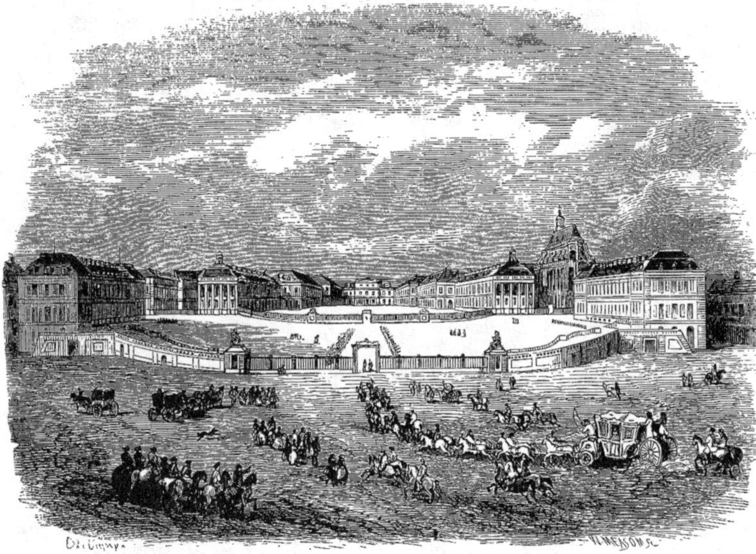

Der Parlamentsspruch hatte ganz Versailles in Aufruhr versetzt.

zehn Minuten drehe ich es nach allen Seiten und kann nicht umhin, eine schlimme Nachricht darin zu sehen.»

Der Herzog streckte die Hand aus.

«Gib schon her», sagte er, «ich habe Mut.»

«Ich muß Sie aber darauf hinweisen», unterbrach Rafté, «daß der Bediente aus vollem Halse lachte, als er mir das Papier aushändigte.»

«Teufel! Das ist wirklich beunruhigend. Gib es mir trotzdem», erwiderte der Marschall.

«Überdies sagte er mir noch: ‹Der Herzog von Aiguillon bittet dringend, dem Herrn Marschall diese Botschaft auf der Stelle zu übergeben.›»

«Schmerz, du kannst nicht von mir verlangen, daß ich behaupte, du seist ein Übel!» rief der alte Marschall und erbrach mit fester Hand das Siegel.

Er las.

«Ei! Ei! Sie verziehen das Gesicht», bemerkte Rafté, der als Beobachter mit hinter dem Rücken verschränkten Armen dabeistand.

«Ist das die Möglichkeit!» murmelte Richelieu beim Lesen.

«Wie mir scheint, ist es etwas Ernstes?»

«Du siehst ja hocherfreut aus!»

«Zweifellos. Ich stelle fest, daß ich mich nicht getäuscht habe.»

Der Marschall las weiter.

«Der König ist gut», meinte er einen Augenblick später.

«Ernennt er Monsieur d'Aiguillon zum Minister?»

«Noch etwas Besseres.»

«Oh! Oh! Was denn?»

«Lies und mach dir ein Bild davon.»

Rafté nahm den Brief und las. Er war vom Herzog eigenhändig geschrieben und in folgenden Worten abgefaßt:

*Mein lieber Onkel!*

*Ihr guter Rat hat schon Früchte getragen. Ich habe all meinen Kummer der vorzüglichen Freundin unseres Hauses, der Gräfin Dubarry, anvertraut, die wiederum die Güte hatte, meine Sache Seiner Majestät ans Herz zu legen. Der König war entrüstet über die schlechte Behandlung, die mir die Herren vom Parlament angedeihen ließen, wo ich mich doch so getreulich dem Dienste Seiner Majestät gewidmet hatte. Noch am selben Tag zerriß Seine Majestät während der Ratssitzung den Urteilsspruch und legte mir nahe, meine Tätigkeit als Pair von Frankreich wieder aufzunehmen.*

*Da ich weiß, wieviel Freude Ihnen diese Nachricht bereiten wird, schicke ich Ihnen hiermit, lieber Onkel, den Wortlaut der Entscheidung, die Seine Majestät bei der heutigen Ratssitzung fällte. Durch einen Sekretär habe ich eine Abschrift davon anfertigen lassen, und Sie sind der erste Mensch auf der Welt, der davon erfährt.*

*In der Hoffnung, daß Sie mich auch weiterhin mit Ihrer Gunst und Ihren guten Ratschlägen bedenken werden, grüßt Sie hochachtungsvoll*

*der Herzog von Aiguillon*

«Er macht sich auch noch lustig über mich!» empörte sich Richelieu.

«Meiner Treu, das will ich meinen, Monseigneur.»

«Der König! Der König! Er setzt sich in das Wespennest.»

«Gestern wollten Sie es nicht glauben.»

«Ich habe nicht gesagt, daß er sich nicht hineinsetzen wird, Monsieur Rafté, ich habe lediglich gesagt, daß er heil herauskommen wird ... Nun, du siehst ja, daß er herauskommt.»

«Das Parlament ist in der Tat geschlagen.»

«Und ich auch.»

«Im Augenblick, ja.»

«Für immer! Gestern hatte ich bereits eine Vorahnung, und du hast mich so sehr getröstet, daß mir zwangsläufig Unannehmlichkeiten zustoßen mußten.»

«Monseigneur, mir scheint, Sie lassen den Mut ein wenig zu früh sinken.»

«Monsieur Rafté, Sie sind ein Dummkopf. Ich bin geschlagen und muß dafür bezahlen. Sie begreifen vielleicht nicht, wieviel Unangenehmes für mich in dem Umstand liegt, daß ganz Luciennes über mich lacht. Zu dieser Stunde verspottet mich der Herzog in den Armen von Madame Dubarry. Mademoiselle Chon und Monsieur Jean Dubarry machen sich offen über mich lustig. Der kleine Neger stopft sich mit Bonbons voll und zieht mir dabei eine lange Nase. Tausend Teufel! Ich bin ein verträglicher Mensch, aber all das macht mich wütend!»

«Wütend, Monseigneur?»

«Ich habe es gesagt, wütend!»

«Dann hätten Sie wohl nicht tun sollen, was Sie getan haben», gab Rafté philosophisch zu bedenken.

«Sie haben mich dazu getrieben, Herr Sekretär.»

«Ich?»

«Ja, Sie.»

«Ei, was liegt mir daran, ob Monsieur d'Aiguillon Pair von Frankreich ist oder nicht, Monseigneur? Ihr Neffe fügt mir keinen Schaden zu, wie mir scheint.»

«Monsieur Rafté, Sie sind unverschämt!»

«Seit neunundvierzig Jahren sagen Sie mir das, Monseigneur.»

«Und ich werde es Ihnen wiederholen.»

«Aber nicht mehr weitere neunundvierzig Jahre, das beruhigt mich immerhin.»

«Rafté, wenn Sie sich in dieser Weise für meine Interessen einsetzen ...»

«Für die Interessen Ihrer kleinen Leidenschaften, Herr Herzog, nein, niemals ... Obgleich Sie ein Mann von Geist sind, begehen Sie zuweilen Torheiten, die ich nicht einmal einem Flegel wie mir verzeihen würde.»

«Erklären Sie mir das näher, Rafté, und wenn ich unrecht habe, werde ich es zugeben.»

«Sie hatten gestern das dringende Bedürfnis nach Rache, nicht wahr? Sie wollten sehen, wie ihr Neffe gedemütigt wird. In gewisser Weise wollten Sie ihm persönlich den Spruch des Parlaments überbringen und sich am Zucken und Beben ihres Opfers weiden. Nun, Herr Marschall, für dergleichen Schauspiele muß man teuer bezahlen. Solche Befriedigungen kosten viel ... Sie sind doch reich, also bezahlen Sie, Herr Marschall, bezahlen Sie!»

«Was hätten Sie denn an meiner Stelle getan, Herr Schöngeist? Lassen Sie hören.»

«Nichts ... Ich hätte abgewartet, ohne ein Lebenszeichen von mir zu geben. Aber Sie hatten ja das unbändige Verlangen, das Parlament der Dubarry entgegenzusetzen, und zwar genau in dem Augenblick, da die Dubarry Monsieur d'Aiguillon jünger fand als Sie.»

Als Antwort ließ der Marschall nur ein Knurren vernehmen.

«Nun», fuhr Rafté fort, «das Parlament war von Ihnen aufgestachelt. Als der Urteilsspruch gefällt war, boten Sie Ihrem ahnungslosen Neffen Ihre Dienste an.»

«Das alles ist schön und gut, und ich gebe zu, daß ich unrecht hatte. Aber Sie hätten mich warnen sollen.»

«Ich hätte das Übel verhindern sollen? ... Da schätzen Sie mich aber falsch ein, Herr Marschall. Sie wiederholen allen und jedem, ich sei Ihre Kreatur, Sie hätten mich dressiert, und nun soll ich nicht entzückt sein, wenn eine Dummheit begangen wird oder wenn ich ein Unglück kommen sehe? ... Na, hören Sie mal!»

«Es wird also ein Unglück geschehen, Herr Zauberer?»

«Soviel ist sicher.»

«Was für eines?»

«Sie werden hartnäckig bleiben, und Monsieur d'Aiguillon wird zwischen Madame Dubarry und dem Parlament vermitteln. An diesem Tag wird er Minister und Sie werden verbannt ... oder in die Bastille gesteckt.»

Vor Wut schleuderte der Marschall seine Tabaksdose auf den Teppich.

«In die Bastille!» rief er. «Ist Ludwig XV. etwa Ludwig XIV.?»

«Nein, aber Madame Dubarry erhält die volle Unterstützung von Monsieur d'Aiguillon, und gemeinsam kommen Sie Madame de Maintenon an Stärke gleich. Nehmen Sie sich also in acht! Ich kenne heutzutage keine Fürstin von Geblüt, die Ihnen Bonbons und Gänseleber in die Bastille bringen würde.»

«Das sind ja schöne Prophezeiungen», erwiderte der Marschall nach langem Schweigen. «Sie lesen in der Zukunft, doch sprechen Sie jetzt von der Gegenwart, wenn's beliebt.»

«Der Herr Marschall ist zu weise, als daß man ihm Ratschläge erteilen müßte.»

«Sag mal, du übler Bursche, willst du dich jetzt vielleicht auch noch über mich lustig machen?»

«Achtung, Herr Marschall, Sie irren sich in der Anrede. Einen Mann über vierzig nennt man nicht mehr einen Burschen, und ich bin schon siebenundsechzig.»

«Gleichviel ... hilf mir jetzt aus der Zwickmühle heraus, und zwar schnell ... schnell!»

«Mit einem Rat?»

«Egal womit.»

«Es ist noch nicht an der Zeit.»

«Wahrlich, du treibst Scherze mit mir!»

«Gefiele es Gott! ... Wenn ich scherzte, so wären die Umstände danach ... doch leider sind sie es nicht.»

«Wie steht es mit dieser Niederlage? Ist es nicht an der Zeit?»

«Nein, Monseigneur, es ist noch nicht an der Zeit. Wenn die offizielle Bekanntgabe der königlichen Anordnung schon nach Paris gelangt wäre, hätte ich nichts einzuwenden ... Sollen wir einen Kurier zum Herrn Präsidenten von Aligre schicken?»

«Damit man noch mehr über uns spottet?»

«Welch lächerliche Eitelkeit, Herr Marschall! Bei Ihnen könnte ein Heiliger die Geduld verlieren ... Nun gut, lassen Sie mich meinen Plan für die Landung in England zu Ende bringen, und versenken Sie sich vollends in Ihre Ämterintrige, die ohnehin schon zur Hälfte gediehen ist.»

Der Marschall kannte die düsteren Launen Monsieur Raftés. Er wußte, daß Rafté, wenn die Schwermut erst einmal Besitz von ihm ergriffen hatte, nicht einmal mit der Zange angefaßt werden konnte.

«Ach, hör auf, mit mir zu schmollen», beschwichtigte er ihn.

«Monseigneur wünschen also, daß ich ihm einen Plan für sein Verhalten entwerfe?»

«Gewiß, du behauptest doch, ich wüßte mich nicht richtig zu verhalten.»

«Also gut, hören Sie zu.»

«Ich höre.»

«Sie schicken Monsieur d'Aligre den Brief von Monsieur d'Aiguillon», sprach Rafté in schroffem Ton, «und fügen die vom König in seinem Rat erlassene Verordnung bei. Sie warten ab, bis das Parlament in dieser Angelegenheit zusammengetreten ist und beraten hat, was geschehen soll. Dann steigen Sie in Ihre Karosse und statten Ihrem Anwalt, Monsieur Flageot, einen Besuch ab.»

«Wie bitte?» entfuhr es Richelieu, der bei diesem Namen wie am Tage zuvor aus seinem Sessel hochfuhr. «Schon wieder dieser Monsieur Flageot! Was zum Teufel hat Monsieur Flageot mit dieser ganzen Angelegenheit zu schaffen, und was habe ich bei einem Monsieur Flageot verloren?»

«Ich hatte bereits die Ehre, Ihnen zu sagen, Monseigneur, daß Monsieur Flageot Ihr Anwalt ist.»

«Und weiter?»

«Nun, als Ihr Anwalt hat er Säcke voller Akten von Ihnen ... Irgendwelche Prozesse ... Sie werden ihn einfach nach Neuigkeiten von Ihren Prozessen fragen.»

«Morgen?»

«Ja, Herr Marschall, morgen.»

«Aber das ist doch eigentlich Ihre Sache, Monsieur Rafté.»

«Nicht doch, nicht doch ... Gut, wenn Monsieur Flageot ein einfacher Schreiber wäre, dann könnte ich mit ihm wie mit meinesgleichen verhandeln. Aber da Monsieur Flageot von morgen an ein Attila, eine Geißel der Könige, sein wird, nicht mehr und nicht weniger, so ist sich ein Herzog und Pair, ein Marschall von Frankreich, nicht zu gut, mit diesem Allmächtigen eine Unterredung zu führen.»

«Ist das alles Ihr Ernst oder spielen wir eine Komödie?»

«Sie werden morgen sehen, ob es ernst ist, Monseigneur.»

«Aber sage mir noch, was mich bei deinem Monsieur Flageot erwartet.»

«Es tut mir sehr leid, aber das muß ich Ihnen verwehren ... Sie würden mir morgen nur zu gerne beweisen, Sie hätten alles im voraus erraten ... Guten Abend, Herr Marschall. Denken Sie daran: sogleich einen Kurier zu Monsieur d'Aligre, und morgen ein Besuch bei Monsieur Flageot. Ah! Die Adresse ... der Kutscher kennt sie, er hat mich in der letzten Woche oft genug dahin gefahren.»

## XCIX. KAPITEL

### *Erneuerung einer alten Bekanntschaft*

Der Leser wird sich sicher fragen, warum Monsieur Flageot, der eine so majestätische Rolle spielen soll, statt als Advokat als Anwalt bezeichnet wurde. Da der Leser sich diese Frage zu Recht stellt, wollen wir auf dieselbe eingehen.

Seit einiger Zeit blieben im Parlament immer mehr Sitze frei, und die Advokaten verteidigten so wenig, daß es nicht der Rede wert war.

Monsieur Flageot, der den Augenblick kommen sah, wo man gar nicht mehr verteidigen würde, traf einige Abmachungen mit Monsieur Guildou, dem Anwalt, der ihm seine Kanzlei und seine Kundschaft gegen eine einmalige Abstandssumme von fünfundzwanzigtausend Livre abtrat. So kam es, daß Monsieur Flageot Anwalt wurde. Fragt man uns nun, wie er an die fünfundzwanzigtausend Livre gekommen war, so antworten wir, daß es geschah, indem er Mademoiselle Marguerite heiratete, der diese Summe Ende des Jahres 1770, drei Monate vor der Verbannung Monsieur de Choiseuls, als Erbschaft zufiel.

Monsieur Flageot war schon seit langem durch die Beharrlichkeit aufgefallen, mit der er sich für die Oppositionspartei einsetzte. Sobald er Anwalt wurde, legte er an Heftigkeit noch zu und machte sich durch eben diese Heftigkeit einen gewissen Namen. Dieser Name, verbunden mit der Veröffentlichung einer Hetzschrift über den Konflikt zwischen Monsieur d'Aiguillon und Monsieur de la Chalotais, erregte die Aufmerksamkeit von Monsieur Rafté, der sich über die Angelegenheiten des Parlaments auf dem laufenden halten mußte.

Doch trotz seiner neuen Würde und seiner zunehmenden Wichtigkeit verließ Monsieur Flageot die Rue du Petit-Lion-Saint-Sauveur nicht. Es wäre zu grausam für Mademoiselle Marguerite gewesen, sich von den Nachbarinnen nicht Madame Flageot nennen zu hören und sich nicht durch die Schreiber von Monsieur Guildou, die von dem neuen Anwalt übernommen worden waren, respektiert zu sehen.

Man kann sich vorstellen, mit welchem Widerwillen Monsieur de Richelieu durch Paris fuhr, durch das stinkende Paris dieses Stadtteils, um zu diesem scheußlichen Loch vorzudringen, das die Pariser Stadtverwaltung mit dem Namen «Straße» schmückte.

Vor Monsieur Flageots Tür wurde die Karosse von Monsieur de Richelieu durch einen anderen Wagen aufgehalten, der ebenfalls vorfuhr.

Der Marschall erblickte einen weiblichen Kopfputz in diesem Wagen, und da ihm seine fünfundsiebzig Jahre das Handwerk des Galans nicht verleidet hatten, beeilte er sich, seine Füße in den schwarzen Morast zu tauchen, um dieser Dame, die allein ausstieg, seinen Arm zu bieten.

Aber an diesem Tag hatte der Marschall Pech. Eine dürre, runzlige Fessel, die sich auf den Fußtritt senkte, verriet eine ältere Dame. Ein faltiges, unter einer Schicht von Schminke gegerbtes Gesicht bewies ihm vollends, daß diese Frau nicht nur alt, sondern obendrein noch gebrechlich war.

Doch jetzt gab es kein Zurück mehr. Der Marschall hatte bereits den ersten Schritt unternommen, und man hatte ihn dabei beobachtet. Im übrigen war auch Monsieur de Richelieu nicht mehr der Jüngste. Die

Prozeßtante – denn welche Frau wäre sonst in diese Straße gekommen? – die Prozeßtante, ahmte das Zögern des Herzogs nicht im geringsten nach und legte mit einem grauenhaften Lächeln ihre Klaue in Richelieus Hand.

«Ich kenne dieses Gesicht von irgendwoher», dachte Richelieu bei sich.

Und laut sagte er:

«Geht Madame auch zu Monsieur Flageot hinauf?»

«Allerdings, Herzog», erwiderte die Alte.

«Oh! Habe ich die Ehre, Ihnen bekannt zu sein, Madame?» rief der Herzog, unangenehm überrascht, und hielt auf der Schwelle des düsteren Ganges inne.

«Wer kennt nicht den Marschall Herzog von Richelieu?» erwiderte sie. «Man müßte keine Frau sein.»

«Diese Vogelscheuche glaubt also, sie sei eine Frau», murmelte der Sieger von Mahon.

Er verbeugte sich aufs Artigste und fügte hinzu:

«Darf ich Sie meinerseits fragen, mit wem zu sprechen ich die Ehre habe?»

«Ich bin die Gräfin von Béarn, Ihre Dienerin», erklärte die Alte und machte einen tiefen Hofknicks auf dem schmutzigen Fußboden des Ganges, drei Zoll von einer offenen Falltür entfernt, was den Marschall boshafterweise hoffen ließ, sie bei ihrer dritten Ehrenbezeigung darin verschwinden zu sehen.

«Sehr erfreut, Madame, ich bin entzückt und danke dem Zufall viel tausendmal. Sie führen also auch Prozesse, Gräfin?»

«Ei, Herzog, ich habe nur einen einzigen, aber was für einen Prozeß! Haben Sie denn nicht davon gehört?»

«Ach ja! Ach ja, natürlich! Der große Prozeß ... es ist wahr, verzeihen Sie. Wie konnte ich das nur vergessen?»

«Gegen die Saluces.»

«Gegen die Saluces, ja, Gräfin, dieser Prozeß, auf den man das Lied gedichtet hat ...»

«Ein Lied!» rief die Alte gereizt. «Was für ein Lied?»

«Vorsicht, Madame, hier ist eine Vertiefung», warnte der Herzog, als er sah, daß die Alte offenbar doch nicht in das Loch stürzen würde. «Halten Sie sich am Geländer, das heißt an dem Seil, das als Geländer dient.»

Die Alte stieg die ersten Stufen hinauf. Der Herzog folgte ihr.

«Ja, ein ziemlich komisches Lied», fuhr er fort.

«Ein komisches Lied über meinen Prozeß? ...»

«Bei Gott! Urteilen Sie selbst ... Aber Sie kennen es vielleicht schon? ...»

«Ganz und gar nicht.»

«Es geht auf die Melodie der *Bourbonnaise* und lautet folgendermaßen:

*Madame la comtesse,*
*Faites-moi politesse,*
*Je suis dans l'embarras.**

Verstehen Sie, das ist an Madame Dubarry gerichtet.»

«Das ist wirklich eine Unverschämtheit ihr gegenüber ...»

«Was kann man tun? So sind nun mal die Liederschreiber ... Sie haben vor nichts Ehrfurcht. Mein Gott, wie schmutzig ist dieses Seil! Darauf antworten Sie:

*Je suis vieille et têtue,*
*Un gros procès me tue,*
*Qui me le gagnera?***

«Ei, Monsieur, das ist ja abscheulich!» entrüstete sich die Gräfin. «Es gehört sich nicht, auf diese Weise eine Frau von Rang und Namen zu beleidigen.»

«Madame, entschuldigen Sie mich, wenn ich falsch gesungen habe. Diese Treppe erhitzt mich ungemein ... Ah! Da sind wir schon. Erlauben Sie, daß ich an diesem Rehfuß ziehe.»

Die Alte brummte etwas und ließ den Herzog vorangehen.

Der Marschall läutete, und Madame Flageot, die, obgleich sie die Frau eines Anwalts geworden war, nicht aufgehört hatte, Türhüterin und Köchin zu sein, öffnete ihnen die Tür.

Als die zwei Mandanten das Büro betraten, fanden sie dort einen Mann, der wütend mit den Armen fuchtelte und seinem ersten Schreiber, eine Feder zwischen den Zähnen, eine gepfefferte Streitschrift diktierte.

«Mein Gott, Monsieur Flageot, was gibt es denn?» rief die Gräfin, bei deren Stimme sich der Anwalt umdrehte.

«Ah! Madame, Ihr Diener von ganzem Herzen. Einen Stuhl für die Gräfin von Béarn. Ist der Herr mit Ihnen gekommen, Madame? ... Ei, aber das ist ja, wenn ich mich nicht irre, der Herzog von Richelieu! Welche Ehre, Sie bei mir zu empfangen! ... Noch ein Stuhl, Bernardet, noch ein Stuhl!»

«Monsieur Flageot», hub die Gräfin an, «wie steht es bitte mit meinem Prozeß?»

* Frau Gräfin, seien Sie höflich mit mir. Ich bin in Verlegenheit.

** Ich bin alt und dickköpfig; ein großer Prozeß tötet mich; wer wird ihn für mich gewinnen?

Der Anwalt diktierte eine Streitschrift, als Richelieu und die Gräfin eintraten.

«Ah! Madame, gerade beschäftige ich mich damit.»

«Sehr gut, Monsieur Flageot, sehr gut.»

«Und zwar auf eine Weise, die für einiges Aufsehen sorgen wird.»

«Hm! Nehmen Sie sich in acht ...»

«Oh! Madame, man braucht auf nichts mehr Rücksicht zu nehmen.»

«Da Sie sich mit mir beschäftigen, können Sie sich jetzt dem Herzog zuwenden.»

«Herr Herzog, entschuldigen Sie mich», bat Monsieur Flageot, «aber Sie sind zu ritterlich, um nicht zu begreifen ...»

«Ich begreife, Monsieur Flageot, ich begreife.»

«Jetzt gehöre ich ganz Ihnen.»

«Seien Sie unbesorgt. Ich werde Ihnen nicht viel von Ihrer kostbaren Zeit stehlen. Sie wissen wohl, was mich zu Ihnen führt.»

«Die Aktenbündel, die Monsieur Rafté mir neulich ausgehändigt hat.»

«Einige Papiere, die zu tun haben mit meinem Prozeß über ... mit meinem Prozeß über ... Teufel auch! Sie müssen wissen, welchen Prozeß ich meine, Monsieur Flageot.»

«Ihren Prozeß über das Gut Chapenat.»

«Ich sage nicht nein. Werden Sie ihn für mich gewinnen? ... Lassen Sie hören.»

«Monsieur, das ist eine auf unbestimmte Zeit vertagte Angelegenheit.»

«Aha! Und warum dies?»

«Diese Sache wird frühestens in einem Jahr vor Gericht verhandelt.»

«Und aus welchem Grund bitte?»

«Die Umstände, Herr Herzog, die Umstände sind denkbar ungünstig ... Sie kennen die Verordnung Seiner Majestät?»

«Ich glaube ja ... Aber welche genau meinen Sie? Seine Majestät erläßt viele Verordnungen.»

«Diejenige, welche unseren Urteilsspruch für nichtig erklärt.»

«Sehr gut. Und weiter?»

«Nun, Herr Herzog, wir antworten darauf, indem wir alle Schiffe hinter uns verbrennen.»

«Indem Sie alle Schiffe hinter sich verbrennen, mein Lieber? Dann verbrennen Sie wohl die Schiffe des Parlaments? Das erscheint mir nicht ganz einleuchtend, und ich wußte nicht, daß das Parlament Schiffe hat.»

«Die erste Kammer weigert sich vielleicht, den Prozeß anzumelden?» vermutete Madame de Béarn, die der Prozeß von Monsieur de Richelieu in keiner Weise von ihrem eigenen abbrachte.

«Noch besser.»

«Die zweite auch?»

«Das wäre nichts ... Aber die beiden Kammern haben den Beschluß gefaßt, kein Urteil mehr zu fällen, ehe der König Monsieur d'Aiguillon nicht abgesetzt hat.»

«Pah!» rief der Marschall und klatschte in die Hände.

«Kein Urteil mehr zu fällen ... in welchem Zusammenhang?» fragte die Gräfin.

«Natürlich bei den Prozessen, Madame.»

«Man wird in meinem Prozeß kein Urteil fällen?» entfuhr es Madame de Béarn mit einem Schrecken, den sie nicht zu verbergen suchte.

«Ebensowenig in Ihrem, Madame, wie in dem des Herrn Herzog.»

«Aber das ist unbillig! Man lehnt sich damit gegen die Befehle Seiner Majestät auf!»

«Madame», erwiderte der Anwalt majestätisch, «der König hat sich vergessen ... wir vergessen uns auch.»

«Monsieur Flageot, Sie werden noch einmal in der Bastille enden, das kann ich Ihnen versichern.»

«Ich werde singend dort einziehen, Madame, und alle meine Kollegen werden mir mit Palmwedeln folgen.»

«Er ist völlig fanatisch!» bemerkte die Gräfin, zu Richelieu gewandt.

«So sind wir alle», versetzte der Anwalt.

«Hoho!» machte der Marschall. «Jetzt wird's interessant.»

«Aber, Monsieur, Sie haben mir doch vorhin gesagt, daß Sie sich mit mir beschäftigen», wandte Madame de Béarn ein.

«Ganz recht, das habe ich gesagt ... Sie, Madame, sind das erste Beispiel, das ich in meinem Bericht anführe. Hier ist der Abschnitt, in dem von Ihnen die Rede ist.»

Und er riß seinem Schreiber die begonnene Streitschrift aus der Hand, setzte seinen Zwicker auf die Nase und fing an, mit Nachdruck vorzulesen: «Ihre Stellung verloren, ihr Vermögen gefährdet, ihre Rechte mit Füßen getreten ... Seine Majestät wird begreifen, wie sehr sie habe leiden müssen ... So hatte der Verfasser dieses Aufsatzes eine wichtige Angelegenheit in seinen Händen, von der das Vermögen eines der ersten Häuser des Königreichs abhängt. Durch seine Bemühungen, seinen Fleiß und sein Talent nahm die Angelegenheit einen sehr günstigen Verlauf, und das Recht der hochwohlgeborenen und mächtigen Dame Angélique Charlotte Véronique Gräfin von Béarn sollte gerade anerkannt und ausgesprochen werden, als sich der Sturm der Zwietracht erhob ...»

«Hier war ich stehengeblieben, Madame», sagte der Anwalt und warf sich in die Brust, «und ich glaube, daß diese Rede eine durchschlagende Wirkung haben wird.»

«Monsieur Flageot», erwiderte die Gräfin von Béarn, «vor vierzig Jahren machte ich Ihren Vater, einen würdigen Mann, zum ersten Mal zu meinem Anwalt. Nach dem Tod Ihres Vaters habe ich Sie mit meinen Angelegenheiten betraut, und meine Kundschaft hat Ihnen zehn- oder zwölftausend Livre eingetragen. Sie hätten vielleicht noch einmal soviel verdienen können.»

«Schreiben Sie, schreiben Sie das alles nieder», wies Flageot rasch seinen Schreiber an. «Das ist eine Bezeugung, das ist ein Beweis, den wir in die Bestätigung einfügen werden.»

«Nun aber», unterbrach die Gräfin, «nun aber entziehe ich Ihnen meine Akten. Von diesem Augenblick an haben Sie mein Vertrauen verloren.»

Monsieur Flageot, den diese Ungnade wie ein Blitzschlag traf, blieb einen Moment lang wie vor den Kopf geschlagen stehen. Doch sogleich erhob er sich wieder wie ein Märtyrer, der sich zu seinem Gott bekennt, und sprach:

«Wie Sie wollen! Bernardet, geben Sie Madame ihre Akten zurück, und nehmen Sie den Umstand zu Protokoll», fügte er hinzu, «daß der Antragsteller sein Gewissen über sein Vermögen gestellt hat.»

«Verzeihen Sie, Gräfin», flüsterte der Marschall Madame de Béarn ins Ohr, «aber mir scheint, Sie haben nicht nachgedacht.»

«Worüber soll ich nachdenken, Herzog?»

«Sie entziehen diesem braven Ankläger Ihre Streitsache vor Gericht, aber warum denn?»

«Um sie einem anderen Anwalt, einem anderen Advokaten zu übertragen!» rief die Gräfin.

Monsieur Flageot richtete seine Augen mit einem düsteren Lächeln der Entsagung und der stoischen Schicksalsergebenheit gen Himmel.

«Aber», fuhr der Marschall immer noch im Flüsterton fort, «da es nun einmal entschieden ist, daß die Kammern in keiner Angelegenheit Recht sprechen werden, meine liebe Dame, so wird ein anderer Anwalt auch nicht mehr für Sie tun können als Monsieur Flageot.»

«Sie stecken also alle unter einer Decke?»

«Bei Gott! Glauben Sie, Monsieur Flageot wäre so dumm, allein als Ankläger aufzutreten, um allein seine Kanzlei zu verlieren, wenn seine Kollegen es nicht wie er machen und ihn folglich unterstützen würden?»

«Aber Sie, Herzog, was tun Sie?»

«Ich versichere Ihnen, daß Monsieur Flageot ein sehr ehrlicher Anwalt ist und daß ich meine Akten ebensogut bei ihm wie bei mir aufgehoben weiß ... Folglich überlasse ich sie ihm, während ich ihn natürlich auch weiterhin bezahle, als ob er meine Sache vor Gericht vertreten würde.»

«Man sagt mit Recht, Herr Marschall, daß Sie ein großzügiger, toleranter Mann sind!» schwärmte Monsieur Flageot. «Ich werde Ihren Ruhm verbreiten, Herr Herzog.»

«Sie sind zu gütig, mein lieber Anwalt», antwortete Richelieu und verneigte sich.

«Bernardet!» rief der Anwalt seinem Schreiber begeistert zu. «An den Schluß der Rede stellen Sie eine Lobeserhebung auf den Marschall von Richelieu.»

«Nein, nicht doch! Monsieur Flageot, ich bitte Sie ...», wehrte der Marschall schnell ab. «Oh! Teufel! Was wollen Sie da machen? Ich liebe die Geheimhaltung bei dem, was man eine gute Tat nennt ... Stoßen Sie mich nicht vor den Kopf, Monsieur Flageot. Ich würde es abstreiten, sehen Sie, ich würde Sie Lügen strafen. Meine Bescheidenheit ist sehr empfindlich ... Nun, Gräfin, was sagen Sie dazu?»

«Ich sage, daß ich ein Urteil in meinem Prozeß verlange ... Ich brauche ein Urteil, und ich werde es auch bekommen.»

«Und ich sage Ihnen, bevor in Ihrem Prozeß ein Urteil fällt, wird der König zuvor die Schweizer, die Chevaulegers und zwanzig Kanonen in den großen Gerichtssaal schicken müssen», versetzte Monsieur Flageot mit einer kriegerischen Miene, welche die alte Prozeßtante vollends verblüffte.

«Sie glauben also nicht, daß sich Seine Majestät aus dieser Klemme befreien kann?» wandte sich Richelieu leise an Flageot.

«Unmöglich, Herr Marschall. Der vorliegende Fall ist unerhört. Es gibt keine Rechtsprechung mehr in Frankreich. Das ist, als gäbe es kein Brot mehr.»

«Glauben Sie?»

«Sie werden sehen.»

«Aber der König wird in Zorn geraten.»

«Wir sind zu allem entschlossen!»

«Selbst zur Verbannung?»

«Selbst zum Tod, Herr Marschall! Auch wir, die wir eine Robe tragen, haben ein Herz.»

«Wahrlich», meinte Richelieu zu seiner Gefährtin, «mich dünkt, das ist ein schlimmer Standpunkt für das Ministerium.»

«O ja!» pflichtete die alte Gräfin ihm nach kurzem Stillschweigen bei. «Und für mich, die ich mit alledem nichts zu tun habe, ist es sehr traurig, daß ich in diesen Konflikt verwickelt werde.»

«Meiner Ansicht nach, Madame», antwortete der Marschall, «gibt es irgenwo auf der Welt jemanden, der Ihnen in dieser Angelegenheit helfen könnte, eine sehr mächtige Person ... Aber wird diese Person wollen?»

«Wäre es der Neugierde zuviel, Herzog, wenn ich Sie nach dem Namen dieser einflußreichen Person fragte?»

«Ihre Patentochter», erwiderte der Herzog.

«Oh! Oh! Madame Dubarry.»

«Sie selbst.»

«Das ist eigentlich gar nicht so abwegig ... Sie bringen mich da auf einen Gedanken.»

Der Herzog biß sich auf die Lippen.

«Gehen Sie nach Luciennes?» fragte er.

«Ohne zu zögern.»

«Aber die Gräfin Dubarry wird die Opposition des Parlaments kaum zerschlagen können.»

«Ich werde ihr mitteilen, daß ich ein Urteil in meinem Prozeß haben will. Und da sie mir nach dem Dienst, den ich ihr erwiesen habe, nichts abschlagen kann, wird sie dem König sagen, daß ihr die Sache gefällt. Seine Majestät wird mit dem Kanzler sprechen, und der Kanzler besitzt großen Einfluß, Herzog ... Monsieur Flageot, seien Sie so gut und befassen Sie sich eingehend mit meiner Sache. Sie wird schneller zur Verhandlung kommen, als Sie glauben, das versichere ich Ihnen.»

Monsieur Flageot schüttelte skeptisch den Kopf, vermochte die Gräfin jedoch nicht von ihrer Meinung abzubringen.

Unterdessen hatte der Herzog nachgedacht.

«Nun, da Sie nach Luciennes gehen, Madame, wären Sie wohl so freundlich, mich dort untertänigst zu empfehlen?»

«Mit dem größten Vergnügen, Herzog.»

«Wir sind Unglücksgefährten. Ihr Prozeß leidet ebenso wie der meinige. Was Sie für den Ihrigen tun, tun Sie auch für mich ... Überdies können Sie dort bezeugen, welches Mißvergnügen mir diese Querköpfe vom Parlament bereiten, und hinzufügen, daß ich Ihnen den Rat gab, sich an die Gottheit von Luciennes zu wenden.»

«Das werde ich ganz bestimmt tun, Herzog. Leben Sie wohl, meine Herren.»

«Erweisen Sie mir die Ehre, Sie zu Ihrem Wagen geleiten zu dürfen. Nochmals auf Wiedersehen, Monsieur Flageot. Ich überlasse Sie Ihren Geschäften ...»

Der Marschall begleitete die Gräfin zu ihrer Karosse.

«Rafté hatte recht», dachte er bei sich, «die Flageots werden eine Revolution machen. Gott sei Dank bin ich von beiden Seiten her abgesichert ... Ich bin vom Hof, und ich bin Parlamentarier. Madame Dubarry wird sich in die Politik einmischen und ganz alleine stürzen. Sollte sie sich dennoch wider alle Erwartungen behaupten, so habe ich meine kleine Mine in Trianon. Dieser Teufelskerl von Rafté ist offenbar aus meiner Schule, und wenn ich erst Minister bin, mache ich ihn zu meinem Kabinettschef.»

## C. KAPITEL

### *Die Dinge werden komplizierter*

Madame de Béarn setzte Richelieus Rat wortwörtlich in die Tat um. Zweieinhalb Stunden nachdem sie sich von dem Herzog verabschiedet hatte, befand sie sich im Vorzimmer von Luciennes.

Es war schon einige Zeit her, daß man sie das letzte Mal bei Madame Dubarry gesehen hatte. Daher rief ihre Anwesenheit im Boudoir der Gräfin große Neugierde hervor, als man ihren Namen meldete.

Auch Monsieur d'Aiguillon hatte keine Zeit verloren, und als Chon eintrat, um für Madame de Béarn Audienz zu erbitten, war er eben dabei, mit der Favoritin ein Komplott zu schmieden.

Der Herzog wollte sich entfernen, doch Madame Dubarry hielt ihn zurück.

«Es ist mir lieber, wenn Sie hierbleiben», meinte sie, «für den Fall, daß meine alte Bittstellerin wieder einmal Geld von mir leihen will. Sie werden mir sehr nützlich sein, denn in Ihrer Anwesenheit wird sie weniger verlangen.»

Der Herzog blieb also.

Madame de Béarn nahm der Gräfin gegenüber auf einem Lehnstuhl Platz, den diese ihr anbot. Nachdem die ersten Höflichkeitsfloskeln ausgetauscht waren, ergriff Madame Dubarry das Wort:

«Darf ich erfahren, welch glücklichem Umstand ich es verdanke, Sie hier zu empfangen, Madame?»

«Ah! Madame», erwiderte die Prozeßtante, «einem großen Unglück!»

«Was denn, Madame?»

«Eine Neuigkeit, die Seine Majestät sehr betrüben wird ...»

«Sagen Sie schnell, worum es geht, Madame.»

«Die Parlamente ...»

«Aha, aha!» brummte der Herzog von Aiguillon.

«Der Herzog von Aiguillon», stellte die Gräfin ihren Gast hastig vor, da sie fürchtete, es könne zu einem Mißverständnis kommen.

Doch die alte Gräfin war so feinfühlig wie alle Höflinge und führte Mißverständnisse nur ganz bewußt und mit Vorbedacht herbei, wann immer es ihr nützlich erschien.

«Ja», fuhr sie fort, «ich kenne die Schändlichkeit dieser Robenträger und weiß, wie wenig Achtung sie vor Verdienst und Adel haben.»

Dieses Kompliment, das auf den Herzog gemünzt war, trug der alten Dame eine tiefe Verbeugung ein.

«Aber», gab sie zu bedenken, «es handelt sich nicht allein um den Herzog, sondern um die gesamte Bevölkerung. Die Parlamente weigern sich, Recht zu sprechen.»

«In der Tat!» rief Madame Dubarry und lehnte sich auf dem Sofa zurück. «Es wird keine Gerechtigkeit in Frankreich mehr geben ... Und weiter? ... Welche Veränderung wird das herbeiführen?»

Der Herzog lächelte. Doch statt die Sache leicht zu nehmen, verdüsterte sich Madame de Béarns verdrießliches Gesicht noch mehr.

«Das ist ein großes Unglück, Madame», erwiderte sie.

«Pah! Wirklich?» gab die Favoritin zurück.

«Man sieht wohl, Gräfin, daß Sie so glücklich sind, keinen Prozeß zu führen.»

«Hm!» räusperte sich Monsieur d'Aiguillon, um die Aufmerksamkeit von Madame Dubarry zu erregen, die endlich begriff, worauf die Prozeßtante hinauswollte.

«Ach, Madame!» rief sie auf der Stelle. «Es ist wahr. Dadurch, daß ich selbst keinen Prozeß habe, hatte ich ganz vergessen, daß Sie ja einen sehr wichtigen Prozeß führen!»

«Allerdings, Madame ... Und jeder Verzug bedeutet für mich schwerwiegende finanzielle Nachteile.»

«Oh, Sie Arme!»

«Gräfin, der König müßte einen Beschluß fassen.»

«Ei, Madame, Seine Majestät ist dem ganz und gar nicht abgeneigt. Sie wird die Herren Räte verbannen, und die Sache ist erledigt.»

«Aber das, Madame, hätte eine Vertagung auf unbestimmte Zeit zur Folge.»

«Wissen Sie ein anderes Mittel, Madame? Hätten Sie die Güte, es uns zu nennen?»

Die Prozeßtante senkte den Kopf.

«Es gäbe wohl ein Mittel», warf d'Aiguillon jetzt ein, «aber Seine Majestät würde sich vielleicht scheuen, es anzuwenden.»

«Welches?» fragte die Prozeßtante ängstlich.

«Das übliche Mittel des französischen Königtums, wenn ihm die Parlamente zu sehr im Wege stehen, nämlich einen großen Gerichtstag abzuhalten, an dem Seine Majestät sagt: ‹Ich will›, obgleich alle Opponenten denken: ‹Ich will nicht.›»

«Eine ausgezeichnete Idee!» lobte Madame de Béarn begeistert.

«Die man aber besser nicht weiterverbreiten sollte», bemerkte d'Aiguillon mit einer Gebärde, welche Madame de Béarn begriff.

«O Madame», sprach nun die Alte, «Madame, Sie, die Sie so großen Einfluß auf Seine Majestät haben, bringen Sie den König dazu, daß er sagt: ‹Ich will, daß man im Prozeß von Madame de Béarn ein Urteil spricht.› Im übrigen wissen Sie ja, daß dies eine seit langem versprochene Sache ist.»

Monsieur d'Aiguillon kniff die Lippen zusammen, grüßte Madame Dubarry und verließ das Boudoir. Eben hatte er im Hof die Karosse des Königs vorfahren hören.

«Hier kommt der König!» stellte Madame Dubarry fest, wobei sie aufstand, um die Bittstellerin zu verabschieden.

«O Madame, warum erlauben Sie mir nicht, daß ich mich Seiner Majestät zu Füßen werfe?»

«Um von ihr einen großen Gerichtstag zu erbitten? Ich habe nichts dagegen», erwiderte die Gräfin rasch. «Bleiben Sie hier, Madame, da es Ihr Wunsch ist.»

Kaum hatte Madame de Béarn ihren Kopfputz in Ordnung gebracht, als der König auch schon eintrat.

«Ah!» machte er. «Sie haben Besuch, Gräfin?»

«Madame de Béarn, Sire.»

«Sire, Gerechtigkeit!» flehte die Alte, während sie eine tiefe Verbeugung machte.

«Oho!» rief Ludwig XV. mit einem für jeden, der ihn nicht kannte, unverständlichen Spott. «Sollte Sie jemand beleidigt haben, Madame?»

«Sire, ich verlange Gerechtigkeit.»

«Gegen wen?»

«Gegen das Parlament.»

«Ach so!» meinte der König und klatschte in die Hände. «Sie beschweren sich über meine Parlamente? Nun, tun Sie mir doch den Gefallen, sie zur Vernunft zu bringen. Auch ich habe allen Grund, mich über sie zu beklagen, und verlange ebenfalls Gerechtigkeit», fügte er hinzu, die Verbeugung der Gräfin nachahmend.

«Sire, Sie sind schließlich der König, Sie sind der Herr.»

«Der König ja, der Herr nicht immer.»

«Sire, äußern Sie Ihren Willen.»

«Das tue ich bereits jeden Abend, Madame, und die Parlamente äußern jeden Morgen ebenfalls ihren Willen. Da nun aber unsere beiden Willen einander diametral entgegengesetzt sind, so verhält es sich mit uns wie mit der Erde und dem Mond, die einander ewig nachlaufen, ohne sich je zu treffen.»

«Sire, Ihre Stimme ist mächtig genug, um das Gezeter dieser Leute zu übertönen.»

«Da irren Sie sich. Im Gegensatz zu diesen Leuten bin ich kein Advokat. Wenn ich ja sage, sagen sie nein, so daß jede Verständigung unmöglich wird ... Ah! Falls Sie ein Mittel wissen, sie daran zu hindern, nein zu sagen, wenn ich ja gesagt habe, so schließe ich ein Bündnis mit Ihnen.»

«Sire, dieses Mittel habe ich.»

«Dann nennen Sie es mir auf der Stelle.»

«Gerne, Sire, halten Sie einen großen Gerichtstag ab.»

«Das bringt mich in eine andere schwierige Lage», entgegnete der König. «Ein großer Gerichtstag! Bedenken Sie, Madame, das käme fast einer Revolution gleich.»

«Es ist ein Mittel, diesen aufrührerischen Leuten ein für allemal klarzumachen, wer der Herr im Haus ist. Sie wissen, Sire, daß der König, wenn er so seinen Willen kundgibt, allein das Recht hat, zu sprechen. Niemandem ist es gestattet zu antworten. Sie sagen ihnen einfach: ‹Ich will›, und sie werden den Kopf einziehen ...»

«Der Gedanke ist in der Tat bombastisch!» begeisterte sich auch Madame Dubarry.

«Bombastisch schon», versetzte Ludwig XV., «aber nicht gut.»

«Denken Sie doch nur an das schöne Schauspiel», beharrte Madame Dubarry und geriet ins Schwärmen, «das Gefolge, die Edelleute, die Pairs, sämtliche Haustruppen des Königs, eine ungeheure Menge Volk und dann erst der Thronsessel, bestehend aus fünf mit Lilien verzierten Kissen ... Das wäre eine prunkvolle Zeremonie.»

«Glauben Sie?» fragte der König, in seinen Überzeugungen ein wenig erschüttert.

«Und das prächtige Gewand des Königs, der hermelingefütterte Mantel, die Diamanten der Krone, das goldene Zepter, die ganze Herrlichkeit, wie sie einem erhabenen und schönen Gesicht gebührt. Oh! Wie glanzvoll wären Sie, Sire!»

«Man hat schon lange keinen großen Gerichtstag mehr gesehen», sprach Ludwig XV. mit geheuchelter Gleichgültigkeit.

«Seit Ihrer Kindheit nicht mehr», bestätigte Madame de Béarn, «aber die Erinnerung an Ihre glänzende Schönheit ist in aller Herzen geblieben.»

«Und außerdem», fügte Madame Dubarry hinzu, «wäre es eine gute Gelegenheit für den Herrn Kanzler, seine derbe, prägnante Redekunst zu entfalten, um diese Leute unter der Last der Wahrheit, der Würde und des Ansehens zu zermalmen.»

«Ich muß abwarten, bis das Parlament die erste Missetat begeht», erwiderte Ludwig XV., «dann werde ich weitersehen.»

«Was können Sie denn noch Ungeheuerlicheres erwarten, als das, was es sich schon geleistet hat?»

«Was hat es denn getan? Lassen Sie hören.»

«Sie wissen es nicht?»

«Es hat Monsieur d'Aiguillon ein wenig gefoppt, was kein Fall für den Henker ist ... obgleich», meinte der König und sah Madame Dubarry an, «obgleich der liebe Herzog zu meinen Freunden gehört. Doch wenn die Parlamente dem Herzog übel mitgespielt haben, so habe ich ihre Bosheit durch meine Verordnung von gestern oder vorgestern, ich weiß nicht mehr genau, wiedergutgemacht. Wir sind also quitt.»

«Nun, Sire», wandte Madame Dubarry rasch ein, «die Frau Gräfin hat uns soeben mitgeteilt, daß die schwarzen Herren heute morgen zur entscheidenden Partie übergegangen sind.»

«Wie soll ich das verstehen?» fragte der König stirnrunzelnd.

«Sprechen Sie, Madame, der König erlaubt es», forderte sie die Favoritin auf.

«Sire, die Herren Räte haben beschlossen, keinen Parlamentshof mehr zu halten, bis Eure Majestät ihre Forderungen bewilligt hat.»

«Wie bitte?» entfuhr es dem König. «Sie irren sich, Madame, das wäre eine aufrührerische Handlung, und mein Parlament wird es hoffentlich nicht wagen, sich aufzulehnen.»

«Sire, ich versichere Ihnen ...»

«O Madame, das sind Gerüchte.»

«Wollen mich Eure Majestät anhören?»

«Sprechen Sie, Gräfin.»

«Nun, mein Anwalt hat mir heute morgen meine Prozeßakte zurückgegeben ... Er verteidigt nicht mehr, da man nicht mehr richtet.»

«Alles Gerüchte, wenn ich Ihnen sage, alles grundlose Panikmache.»

Und während er dies sprach, lief der König aufgeregt im Boudoir auf und ab.

«Sire, wird Eure Majestät Monsieur de Richelieu eher glauben als mir? Nun, man hat Monsieur de Richelieu in meinem Beisein ebenfalls seine Prozeßakten zurückgegeben, und er hat sich sehr zornig entfernt.»

«Man kratzt an der Tür», bemerkte der König, um das Gespräch auf ein anderes Thema zu lenken.

«Es ist Zamore, Sire.»

Zamore trat ein.

«Herrin, ein Brief», meldete er.

«Sie erlauben, Sire?» fragte die Gräfin. «Ah! Mein Gott!» rief sie dann.

«Was ist denn?»

«Vom Herrn Kanzler, Sire, von Monsieur de Maupeou. Da er wußte, daß Eure Majestät mich besuchen wollte, bittet er um eine kurze Audienz.»

«Was gibt es denn nun schon wieder?»

«Bitten Sie den Herrn Kanzler herein», befahl Madame Dubarry.

Die Gräfin von Béarn erhob sich und wollte sich verabschieden.

«Sie stören nicht, Madame», hielt sie der König zurück. «Guten Tag, Monsieur de Maupeou. Was gibt es Neues?»

«Sire», sprach der Kanzler, sich verneigend, «das Parlament macht Ihnen Unannehmlichkeiten. Sie haben kein Parlament mehr.»

«Wie soll ich das verstehen? Sind sie alle tot? Haben sie Gift genommen?»

«Wenn es nur das wäre! ... Nein, Sire, sie leben, aber sie wollen nicht mehr tagen und reichen ihren Rücktritt ein. Ich habe sie soeben massenweise empfangen.»

«Die Räte?»

«Nein, Sire, die Abdankungsschreiben.»

«Ich habe Ihnen ja gesagt, es wäre ernst, Sire», bemerkte die Gräfin halblaut.

«Sehr ernst», antwortete Ludwig XV. ungeduldig. «Nun, Herr Kanzler, was haben Sie unternommen?»

«Sire, ich bin gekommen, um die Befehle Eurer Majestät entgegenzunehmen.»

«Schicken wir diese Leute in die Verbannung, Maupeou.»

«Sire, in der Verbannung werden sie ebensowenig Recht sprechen.»

«Befehlen wir ihnen, ihre Tätigkeit wiederaufzunehmen ... Pah! Mit Befehlen kommen wir nicht mehr weiter ... Genausowenig wie mit Verordnungsschreiben.»

«Ah! Sire, diesmal muß man Willen zeigen.»

«Ja, Sie haben recht ...»

«Nur Mut!» sagte Madame de Béarn ganz leise zu Madame Dubarry.

«Kanzler», sprach der König langsam, «ich weiß nur noch ein Mittel. Es ist schwerwiegend, aber wirkungsvoll. Ich will einen großen Gerichtstag abhalten und diese Leute ein für allemal das Fürchten lehren.»

«Ah! Sire, das nenne ich eine kluge Entscheidung!« lobte der Kanzler. «Entweder sie unterwerfen sich, oder sie werden vernichtet!»

«Madame», wandte sich der König an die alte Gräfin, «Sie sehen, es ist nicht meine Schuld, wenn in Ihrem Prozeß kein Urteil gefällt wird.»

«Sire, Sie sind der größte König auf der Welt.»

«O ja!», stimmten die Gräfin, Chon und der Kanzler ihr einmütig zu.

«Dies behaupten aber bei weitem nicht alle», murmelte der König.

## CI. KAPITEL

### *Der große Gerichtstag*

Der vielbeschworene große Gerichtstag fand schließlich mit allem Gepränge statt, das einerseits der königliche Stolz und andererseits die Intrigen forderten, die den König zu diesem Staatsstreich angetrieben hatten.

Die königlichen Haustruppen wurden unter Waffen gestellt. Ein großes Aufgebot an Bogenschützen, Wachsoldaten und Polizeiagenten war zum

Schutz des Herrn Kanzlers bestimmt, der wie ein General in der entscheidenden Schlacht seinen Kopf für das Gelingen des Unternehmens hinhalten mußte.

Er war ein verhaßter Mann, der Herr Kanzler. Er wußte es wohl, und in seiner Eitelkeit befürchtete er gar, man werde ihn ermorden. Immerhin sagten ihm jene, die über die Stimmung im Volk besser unterrichtet waren, grobe Beschimpfungen oder zumindest Buhrufe voraus.

Dieselben Schmähungen waren Monsieur d'Aiguillon sicher, den das Volk ablehnte. Verstärkt wurde diese feindselige Haltung noch durch die Parlamentsdebatten. Der König heuchelte Heiterkeit, wiewohl er keineswegs gelassen war. Aber er gefiel sich selbst in seinem königlichen Gewand und kam zu dem Schluß, nichts schütze ihn so sehr wie sein majestätisches Auftreten.

Die Dauphine, die ein solches Schauspiel noch nie miterlebt hatte, setzte schon am Morgen eine Trauermiene auf und behielt sie während des ganzen Weges zur Zeremonie bei, was die öffentliche Meinung sehr für sie einnahm.

Madame Dubarry zeigte sich beherzt. Sie besaß das Selbstvertrauen, das Jugend und Schönheit verleihen. Und hatte man im übrigen nicht schon alles über sie gesagt? Sie strahlte, als hätte der Glanz ihres erhabenen Liebhabers auf sie abgefärbt.

Der Herzog von Aiguillon marschierte kühn in den Reihen der Pairs, die dem König voranschritten. Sein Gesicht, voll Adel und Charakter, verriet weder Kummer noch Mißvergnügen. Allerdings ging er nicht erhobenen Hauptes wie ein Sieger. Wenn man ihn so sah, konnte man kaum glauben, daß sich der König und die Parlamente um seine Person eine solche Schlacht lieferten.

Die Menge zeigte mit dem Finger auf ihn, und aus den Reihen der Parlamentarier trafen ihn furchtbare Blicke.

Der große Saal des Justizpalastes war zum Bersten voll.

Nachdem die Schritte verhallt waren, ein jeder seinen Platz eingenommen und der König düster und majestätisch seinem Kanzler das Wort erteilt hatte, herrschte Totenstille.

Die Parlamentarier wußten im voraus, was der große Gerichtstag für sie bereithielt. Aber sie kannten auch die Langmut des Königs, und wenn sie Angst hatten, dann eher vor den Folgen des großen Gerichtstages als vor der Sitzung selber.

Der Kanzler ergriff das Wort. Er war als Schönredner bekannt.

Doch heute artete seine Rede in einen so scharfen Verweis aus, daß dem Adel das Lächeln auf die Lippen trat und die Parlamentarier sich unbehaglich zu fühlen begannen. Der König befahl, durch die Stimme seines Kanzlers, allen Angelegenheiten der Bretagne ein kurzes Ende zu bereiten. Er wies das Parlament an, sich mit dem Herzog von Aiguillon wieder zu versöhnen, der ihm vorzügliche Dienste leiste, und die Arbeit bei Gericht wiederaufzunehmen. Dann würde alles wieder sein wie in den glücklichen Jahren des goldenen Zeitalters, als die Bäche dahinflossen, indem sie schönformulierte Reden murmelten, als die Bäume mit Säcken voller Prozeßakten beladen waren, nach denen die Herren Advokaten und Anwälte nur die Hand auszustrecken brauchten, um sie wie reife Früchte zu pflücken.

Diese Leckerbissen söhnten das Parlament weder mit Monsieur de Maupeou noch mit dem Herzog von Aiguillon aus. Aber die Rede war gehalten und keine Antwort möglich.

Im höchsten Grade aufgebracht, nahmen alle Parlamentarier mit jenem bewundernswerten Zusammenhalt, der den verfassungsmäßigen Gremien soviel Stärke verleiht, eine ruhige und gleichgültige Haltung ein, die Seiner Majestät und der aristokratischen Welt auf den Tribünen aufs äußerste mißfiel.

Die Dauphine erblaßte vor Wut. Sie erlebte zum erstenmal den Widerstand des Volkes und berechnete kalt die Macht desselben.

Sie war in der Absicht zum großen Gerichtstag gekommen, sich zumindest dem Anschein nach gegen den Beschluß zu stellen, den man dort fassen und bekanntgeben würde. Nun aber fühlte sie sich immer stärker dazu hingerissen, mit den Leuten ihrer Kaste gemeinsame Sache zu machen. Und als der Kanzler immer tiefer in das parlamentarische Fleisch hineinbiß, meinte sie gar, die Zähne des Kanzlers seien bei weitem nicht scharf genug. Sie selbst hätte gewiß Worte gefunden, bei denen die ganze Versammlung aufgesprungen wäre wie eine Herde von Rindern unter dem Treibstachel. Kurz, sie fand den Kanzler zu schwach und die Parlamentarier zu stark.

Ludwig XV. verstand es, in den Gesichtern zu lesen. Er schaute umher, um die Wirkung seines Willens zu beobachten, der, wie er fand, durch sehr beredte Worte zum Ausdruck gebracht wurde. Die Blässe der Dauphine offenbarte ihm sogleich, was in dieser Seele vorging.

Dagegen fand er bei Madame Dubarry statt eines siegessicheren Lächelns nur das heftige Verlangen, die Blicke des Königs auf sich zu ziehen, als wolle sie beurteilen, was er dachte.

Nichts schüchtert schwache Menschen so sehr ein, als wenn sie sich von Geist und Willen eines anderen überflügelt glauben. Fühlen sie sich nach bereits gefaßtem Entschluß von anderen beobachtet, schließen sie daraus, sie hätten nicht genug getan. Sie befürchten, sich lächerlich zu machen.

Der König hätte den Worten des Kanzlers nichts hinzufügen müssen. Es entsprach nicht der Etikette und war auch nicht notwendig. Doch nun schien ein schwatzhafter Dämon Besitz von ihm ergriffen zu haben. Er machte ein Handzeichen, womit er bedeutete, daß er sprechen wolle.

Sofort schlug die Aufmerksamkeit in Erstaunen um.

Die Köpfe der Parlamentarier wandten sich dem Thronsessel zu.

Die Fürsten, die Pairs und die Vertreter des Militärs fühlten sich unangenehm berührt. Es war nicht ausgeschlossen, daß Seine allerchristlichste Majestät nach so vielen guten Dingen, die gesagt worden waren, etwas gänzlich Überflüssiges von sich geben würde.

Man sah, wie Monsieur de Richelieu, der sich augenscheinlich fern von seinem Neffen gehalten hatte, in diesem Moment mit einem Blick wieder Annäherung suchte. Doch sein Blick blieb an Madame Dubarry hängen, und er schenkte ihr ein höfliches Lächeln der Beglückwünschung. Sie fiel nicht darauf herein, da sie wußte, daß der alte Marschall, der einen Schriftwechsel mit den Parlamentariern und den oppositionellen Fürsten begonnen hatte, sich genötigt sah, denselben fortzusetzen.

«Sie haben gehört», sprach der König mit fester Stimme, «was mein Kanzler Ihnen zu meinem Willen mitgeteilt hat. Seien Sie darauf bedacht, denselben zu vollziehen, denn darin drückt sich meine Gesinnung aus, und ich werde meine Haltung niemals ändern!»

Ludwig XV. schmetterte diese letzten Worte geradezu donnernd in die Runde, und die Versammlung verharrte buchstäblich wie vom Donner gerührt.

Ein Schauer durchlief alle Parlamentarier, ein Schauer des Schreckens, der sich sogleich der Menge mitteilte, wie der elektrische Funke, der in Windeseile ans Ende der Zündschnur läuft. Aber auch die Anhänger des Königs schauderten: Überraschung und Bewunderung malten sich auf ihren Gesichtern.

Die Dauphine dankte dem König unwillkürlich mit einem Funkeln ihrer schönen Augen.

Madame Dubarry, die völlig hingerissen war, konnte nicht umhin, aufzustehen. Sie hätte wohl auch in die Hände geklatscht, wäre da nicht die ganz natürliche Furcht gewesen, beim Hinausgehen gesteinigt zu werden.

Von diesem Augenblick an konnte Ludwig XV. seinen Triumph in vollen Zügen genießen.

Die Parlamentarier beugten ihre Häupter.

Der König erhob sich von seinen mit Lilien bestickten Kissen.

Sogleich erhoben sich auch der Hauptmann der Garden, der Kommandant der Haustruppen sowie alle Edelleute.

Vor dem Gebäude wurden die Trommeln gerührt, und die Trompeten schmetterten. Das beinahe schweigsame Beben des Volkes verwandelte sich jetzt in ein Tosen, welches in der Ferne von Soldaten und Bogenschützen unterdrückt wurde.

Der König durchschritt stolz den Saal, ohne etwas anderes zu bemerken als demütige Gesichter.

Monsieur d'Aiguillon ging auch jetzt wieder Seiner Majestät voran, doch zeigte er seinen Triumph nicht.

Als der Kanzler vor den Saal trat und die Volksmenge erblickte, erschrak er über die vielen zornfunkelnden Blicke, die ihn trafen. Deshalb befahl er den Bogenschützen: «Haltet euch dicht bei mir.»

Monsieur de Richelieu, vor dem sich der Herzog von Aiguillon ehrfurchtsvoll verneigte, meinte zu seinem Neffen:

«Das sind sehr demütige Häupter. Sie werden sich eines Tages verdammt hoch erheben müssen. Seien Sie auf der Hut!»

In diesem Augenblick kam Madame Dubarry mit ihrem Bruder, dem Marschall von Mirepoix und mehreren Damen durch den Gang. Sie hörte die Bemerkung des alten Marschalls, und da sie weniger Groll als Lust zu einer raschen Erwiderung verspürte, sprach sie:

«Oh! Es gibt nichts zu befürchten, Marschall. Haben Sie die Worte Seiner Majestät nicht gehört? Wie mir scheint, wies der König darauf hin, daß er seine Haltung niemals ändern werde.»

«Das sind in der Tat furchtbare Worte, Madame», gab der alte Herzog mit einem Lächeln zurück, «aber die armen Parlamentarier haben zu unserem Glück nicht bemerkt, daß der König, als er sagte, er werde seine Haltung niemals ändern, Sie anschaute.»

Und er schloß seine Worte mit einer jener unnachahmlichen Verbeugungen, die man heutzutage nicht einmal mehr im Theater zu vollbringen vermag.

Madame Dubarry dachte und fühlte als Frau, nicht als Politikerin. Und da, wo Monsieur d'Aiguillon genau den Spott und die Drohung heraushörte, sah sie nur das Kompliment.

Daher antwortete sie mit einem Lächeln, während ihr Verbündeter sich auf die Lippen biß und über den Hohn des Marschalls erbleichte.

Der große Gerichtstag wirkte sich unmittelbar günstig auf die königliche Sache aus. Doch oftmals betäubt ein heftiger Schlag nur vorübergehend, und der Betäubte erhebt sich mit frischerstarkter Kraft.

Dies war zumindest die Überlegung, die eine kleine Gruppe einfach gekleideter Leute anstellte, die an der Ecke des Quai aux Fleurs und der Rue de la Barillerie standen und beobachteten, wie der König mit seinem aufwendigen Gefolge abzog.

Es waren ihrer drei, die der Zufall an dieser Ecke zusammengeführt hatte. Von hier aus schienen sie mit großem Interesse die Reaktionen der Menge verfolgt zu haben.

«Die Leidenschaften schlagen hohe Wellen», meinte einer von ihnen, ein Greis mit glänzenden Augen und einem sanften, ehrlichen Gesicht. «Ein solcher Gerichtstag ist ein großes Werk.»

«Ja», antwortete ein junger Mann und lächelte bitter, «Ja, wenn das Werk die Worte in die Tat umsetzen würde.»

«Monsieur», erwiderte der Greis und wandte sich um, «mir scheint, ich kenne Sie ... Ich glaube, ich habe Sie schon einmal gesehen.»

«Ja, in der Nacht vom einunddreißigsten Mai. Sie irren sich nicht, Monsieur Rousseau.»

«Ah! Sie sind also dieser junge Wundarzt, Monsieur Marat?»

«Der bin ich, Monsieur, stets zu Ihren Diensten.»

Die beiden Männer verneigten sich voreinander, und Marat mischte sich unter das Volk.

Der dritte war ebenfalls ein junger Mann von edlem Antlitz, der während der ganzen Zeremonie nur die Haltung der Menge beobachtet hatte.

«Gehen Sie nicht, Monsieur?» fragte er Rousseau.

«Oh! Ich bin zu alt, um mich in dieses Gedränge zu wagen.»

«Wenn das so ist», erwiderte der junge Mann und dämpfte die Stimme, «dann also bis heute abend in der Rue Plâtrière, Monsieur Rousseau ... Kommen Sie unbedingt!»

Der Philosoph zuckte zusammen, als wäre ihm ein Geist erschienen. Sein ohnehin blasses Gesicht wurde aschfahl. Er setzte zu einer Antwort an, doch der junge Mann war schon verschwunden.

## CII. KAPITEL

### *Rousseau denkt nach*

Schweren Herzens machte sich Rousseau auf den Heimweg.

«So ist also», dachte er, «das Geheimnis, das jeder Eingeweihte unter Einsatz seines Lebens wahren sollte, im Besitze jedes ersten besten. Das haben die geheimnisvollen Vereinigungen nun davon, wenn sie das Sieb des Volkes passieren ... Ein Mann kennt mich. Er weiß, daß ich dort sein Verbündeter und vielleicht sein Komplize sein werde. Das ist unerträglich.» Und während er diese Worte vor sich hinmurmelte, ging er sehr schnell, obgleich er sich für gewöhnlich sehr vorsichtig verhielt, besonders seit dem unglücklichen Zwischenfall in der Rue Ménilmontant.

«Zu gern», fuhr der Philosoph in seinen Gedanken fort, «hätte ich die Pläne zur Erneuerung des Menschen gekannt, wie sie von gewissen Geistern, die sich Illuminaten nennen, geschmiedet werden. Doch es wäre eine Torheit anzunehmen, aus Deutschland, diesem Land des Biers und der Nebel könnten gute Gedanken kommen. Ich hätte damit nur meinen guten Namen für Narren und Ränkeschmiede hergegeben, die ihn als Deckmantel für ihre Dummheit benutzt hätten. O nein! Blitzartig hat sich mir der Abgrund erhellt und ich werde mich nicht mutwillig hineinstürzen.»

Auf seinen Stock gestützt, blieb Rousseau einen Augenblick reglos in der Mitte der Straße stehen, um zu verschnaufen.

«Indessen», dachte der Philosoph weiter, «war es ein schönes Hirngespinst: die Freiheit in der Sklaverei, die Eroberung der Zukunft ohne Gewalt und Erschütterungen, das geheimnisvoll gesponnene Netz, das die Tyrannen der Welt im Schlaf überrascht ... Es war zu schön, um wahr zu sein, und ich bin ein Tor gewesen, daß ich daran glaubte ... Ich will keine Befürchtungen, keinen Verdacht, keinen Argwohn, die eines freien Geistes und eines unabhängigen Körpers unwürdig sind.»

Im Weitergehen erblickte er einige Agenten von Monsieur de Sartines, die ihre Augen umherschweifen ließen und nach Verdächtigen Ausschau hielten. Ihr Anblick ließ den freien Geist und unabhängigen Körper erschrocken in die tiefsten Schatten der Arkade flüchten, unter der er dahinlief.

Den Rest des Weges bis zur Rue Plâtrière legte Rousseau in aller Eile zurück und hastete die Treppe zu seinem Stockwerk hinauf. In seinem Zimmer ließ er sich erschöpft auf einen Stuhl fallen und war nicht imstande, auf Thereses Fragen auch nur ein Wort zu erwidern.

Erst nach geraumer Zeit legte er Rechenschaft über seine Erregung ab: Er gab der Eile die Schuld, der Hitze, der Nachricht vom Zorn des Königs beim großen Gerichtstag, dem Aufruhr des erschreckten Volkes.

Therese murrte, das alles sei kein Grund, das Essen kalt werden zu lassen, und ein rechter Mann dürfe nicht wie ein Hasenfuß beim geringsten Lärm verschreckt davonlaufen.

Auf dieses letzte Argument, das er selbst so oft in anderen Worten verkündet hatte, fand Rousseau keine Antwort.

Die Philosophen, fuhr Therese fort, diese Leute der Einbildungskraft seien alle gleich ... In ihren Schriften spucken sie unablässig große Töne, verkünden, sie fürchteten weder Gott noch die Menschen, doch sobald ein Hund bellt, schreien sie um Hilfe, und beim geringsten Anflug eines Fiebers hauchen sie: «Mein Gott, ich sterbe.»

Das war Thereses Lieblingsthema, dem sie sich stets mit unerschöpfli-

Im Weitergehen erblickte er einige Agenten von Monsieur de Sartines.

cher Beredsamkeit widmete und auf das der von Natur aus schüchterne Rousseau nur ungenügende Antworten fand.

«Das Glück besteht aus Wohlgerüchen und schönen Klängen», sagte er. «Nun sind Geräusch und Geruch aber konventionelle Dinge ... Wer kann mit Bestimmtheit behaupten, daß eine Zwiebel minder gut riecht als eine Rose und daß der Pfau weniger schön singt als die Nachtigall?»

Nach dieser These, die man ebensogut als sinnlose Theorie betrachten konnte, begab man sich zu Tisch und speiste.

Danach setzte sich Rousseau nicht wie üblich ans Cembalo. Statt dessen ging er unablässig in seinem Zimmer auf und ab und schaute mindestens hundertmal aus dem Fenster, als wolle er die Rue Plâtrière studieren.

Therese, die ihn dabei beobachtete, überließ sich aus purem Widerspruch einem jener Eifersuchtsanfälle, denen sich nur Menschen hingeben, die in Wirklichkeit nicht den geringsten Grund zur Eifersucht haben.

Denn Therese, welche die Mannhaftigkeit, die Leibesbeschaffenheit, den Geist und die Gewohnheiten Rousseaus zutiefst verachtete, Therese, die ihn alt, kränklich und häßlich fand, hatte keine Angst, man könne ihr ihren Mann wegnehmen. Sie nahm nicht an, andere Frauen könnten ihn mit anderen Augen sehen als sie selbst. Doch da die Marter der Eifersucht zu den genußvollsten Qualen einer Frau gehört, gönnte Therese sich dieses Vergnügen zuweilen.

Als sie daher bemerkte, daß Rousseau sich so oft dem Fenster näherte, sagte sie:

«Gut! Nun begreife ich Ihre ganze Aufregung ... Sie haben sich soeben von jemandem verabschiedet.»

Rousseau sah sie mit erschrockener Miene an, was sie als weiteren Beweis deutete.

«Von jemandem, den Sie gerne wiedersehen möchten», fuhr sie fort.

«Wie bitte?» fragte Rousseau.

«Wie mir scheint, haben wir eine Verabredung?»

«Oh!» machte Rousseau, der nun begriff, daß Eifersucht im Spiel war. «Eine Verabredung! Sind Sie toll, Therese?»

«Ich weiß wohl, daß dies eine Verrücktheit wäre», versetzte sie, «doch Ihnen traue ich alles zu. Gehen Sie nur, gehen Sie mit Ihrer Gesichtsfarbe wie Pappmaché, mit Ihrem Herzflattern, mit Ihrem trockenen Husten, gehen Sie Eroberungen machen. Das ist ein gutes Mittel, sich voranzubringen.»

«Aber Therese, Sie wissen doch genau, daß dem nicht so ist», erwiderte Rousseau verstimmt. «Lassen Sie mich doch in Ruhe träumen.»

«Sie sind ein zügelloser Mensch», entgegnete Therese tiefernst.

Rousseau errötete, als hätte man ihm eine Wahrheit oder ein Kompliment gesagt.

Therese nahm das zum Anlaß, eine finstere Miene zu ziehen, den ganzen Haushalt auf den Kopf zu stellen und mit allen Türen zu knallen. Rousseau flüchtete sich in sein Arbeitszimmer. Das Gezeter seiner Frau hatte ihn in seinen Gedankengängen unterbrochen.

Er überlegte, daß es ohne Zweifel gefährlich wäre, der geheimnisvollen Zeremonie, von welcher der Fremde gesprochen hatte, nicht beizuwohnen.

«Wenn es Strafen für Verräter gibt, so wird es auch welche für Halbherzige und Nachlässige geben», dachte er. «Nun habe ich stets festgestellt, daß große Gefahren ebensowenig zu bedeuten haben wie große Drohungen. Die Fälle der Strafanwendung oder der Vollstreckung sind unter solchen Umständen äußerst selten. Aber vor kleinen Racheakten, hinterhältigen Streichen, Täuschungen und anderer billiger Münze muß man sich hüten. Eines Tages werden sich die Freimaurerbrüder für meine Mißachtung rächen, indem sie ein Seil auf meiner Treppe spannen. Ich werde stolpern und mir ein Bein brechen und mir die letzten Zähne ausschlagen, die ich noch habe ... Oder aber sie halten einen Bruchstein bereit, den sie mir auf den Kopf fallen lassen, wenn ich an einem Gerüst entlanglaufe ... Besser noch, es wird in ihrer Freimaurerloge irgendeinen Pamphletisten geben, der ganz in meiner Nähe wohnt und durch die Fenster in mein Zimmer schaut. Das ist nicht ausgeschlossen, da die Versammlungen gerade in der Rue Plâtrière stattfinden ... Dieser Schelm wird nun Plattheiten über mich schreiben, die mich in ganz Paris lächerlich machen ... Habe ich nicht überall Feinde?»

Einen Augenblick später wandte Rousseau sich einem anderen Gedanken zu.

«Nun», sprach er zu sich selbst, «wo bleiben mein Mut, meine Ehre? Fürchte ich mich etwa vor mir selbst? ... Die Furcht verleitet übrigens zu abenteuerlichen Betrachtungen. Seit meiner Rückkehr drehe ich mich ständig in einem Kreis von Ungereimtheiten, und das nur, weil ich diesen jungen Mann getroffen habe. Ich zweifle an allem und an mir selbst. Das ist nicht logisch ... Ich kenne mich, ich bin kein Schwärmer: Wenn ich in der beabsichtigten Verbindung Wunder zu sehen glaubte, dann deshalb, weil es diese Wunder gibt. Wer sagt mir, daß ich nicht der Erneuerer des Menschengeschlechts sein werde? Ich, den die geheimnisvollen Agenten im Glauben an meine Schriften um Rat gefragt haben. Sollte ich etwa davor zurückscheuen, mein eigenes Werk zu vollenden und die Theorie zur Anwendung zu bringen?»

Jetzt hatte sich Rousseau richtig in Fahrt gebracht.

«Was könnte schöner sein! Die Zeit schreitet voran ... Die Völker befreien sich aus ihrem Unwissen. Die gewaltige Pyramide erhebt sich, und künftige Jahrhunderte werden sie mit der Büste Rousseaus krönen, der, um seinen eigenen Worten gemäß zu leben, seine Freiheit und sein Leben aufs Spiel setzte und seinem Wahlspruch *Vitam impendere vero* treu blieb.»

Die Nacht brach herein. Müde von der vergeblichen Folterung ihres Gefangenen, war Therese auf ihrem Stuhl eingeschlafen. Rousseau, dessen Herz zum Zerspringen pochte, schlüpfte in seinen neuen Rock, ergriff seinen Rohrstock und stahl sich, ohne Therese zu wecken, leise aus der Wohnung.

Unten angelangt, steckte er zunächst den Kopf hinaus, um zu erkunden, was auf der Straße vorging.

Kein einziger Wagen rollte vorüber. Wie gewöhnlich war die Straße auch heute voll von Spaziergängern, von denen viele vor den Schaufenstern der Läden stehenblieben, um den hübschen Mädchen hinter der Theke begehrliche Blicke zuzuwerfen.

Ein Mensch mehr blieb in diesem Trubel völlig unbemerkt. Rousseau stürzte sich also hinein. Er hatte keinen langen Weg vor sich.

Ein Sänger mit einer schrillen Geige hatte seinen Platz vor der Tür bezogen, die man Rousseau genannt hatte. Er gesellte sich zu der Gruppe der Schaulustigen, wo er lauschend stehenblieb, bis er einen unbeobachteten Moment nutzen und in der Tiefe des dunklen Hausflurs verschwinden konnte.

Nach einigen Sekunden erblickte er ein Licht, unter dem ein Mann saß, der friedlich eine Zeitung las oder zu lesen vorgab.

Beim Klang von Rousseaus Schritten hob der Mann den Kopf und legte deutlich sichtbar einen Finger auf seine Brust.

Rousseau antwortete auf diese symbolische Gebärde, indem er einen Finger auf die Lippen legte.

Sogleich erhob sich der Mann und stieß eine Tür zu seiner Rechten auf, die einem unkundigen Betrachter völlig verborgen blieb, so kunstvoll war sie in das Tafelwerk eingelassen. Der Mann wies auf eine steile Treppe, die tief in die Erde zu führen schien.

Rousseau trat ein. Die Tür wurde lautlos, aber rasch geschlossen.

Mit Hilfe seines Stocks tastete sich Rousseau die Stufen hinab.

Er zählte siebzehn Stufen, dann stieß er auf eine große Anzahl von Männern, die sich in diesem Keller zusammengefunden hatten.

Rousseau bemerkte die mit roter und weißer Leinwand bespannten Wände, an denen verschiedene Handwerkersymbole angebracht waren. Eine einzige Lampe hing von dem Gewölbe herab und warf einen schwachen Schimmer auf die ehrlichen Gesichter der auf Holzbänken sitzenden Gestalten, die leise miteinander plauderten.

Niemand schien Rousseaus Eintreten bemerkt zu haben.

Er entdeckte einen freien Platz auf der hintersten Bank und ließ sich bescheiden darauf nieder.

Er zählte dreiunddreißig Mann, die an der Versammlung teilnahmen. Ein Schreibtisch auf einem Podest schien auf einen Vorsitzenden zu warten.

## CIII. KAPITEL

### *Die Freimaurerloge in der Rue Plâtrière*

Rousseau fiel auf, daß die Anwesenden sich sehr zurückhaltend verhielten. Manche bewegten beim Sprechen kaum die Lippen. Viele versuchten sogar, ihre Gesichter zu verbergen, was ihnen in dem spärlich beleuchteten Raum nicht schwerfiel.

Nur zwei oder drei der Versammelten bemühten sich, ihre Gesinnungsgenossen wiederzuerkennen. Sie gingen hin und her, sprachen miteinander und verschwanden zuweilen hinter einer Tür, die von einem schwarzen, mit roten Wimpeln verzierten Vorhang verdeckt wurde.

Bald erklang ein Glöckchen. Ein Mann erhob sich von der Bank, auf der er bis dahin mit anderen Freimaurern gesessen hatte, und nahm auf dem Podest Platz.

Nachdem er mit Händen und Fingern einige Zeichen gemacht hatte, welche von allen Anwesenden wiederholt wurden und denen er sodann ein noch deutlicheres beifügte, erklärte er die Sitzung für eröffnet.

Dieser Mann war Rousseau völlig unbekannt. Hinter dem Äußeren eines gutsituierten Handwerkers verbarg sich große Geistesgegenwart und eine Sprachgewandtheit, wie man sie sich von einem Redner nicht besser wünschen konnte.

Sein Vortrag war kurz und bündig. Er erklärte, die Loge habe sich versammelt, um einen neuen Bruder in ihre Reihen aufzunehmen.

«Es wird euch nicht wundern», begann er, «daß wir euch alle an diesem Ort zusammengerufen haben, wo die üblichen Bewährungsproben nicht durchgeführt werden können. Die Proben erschienen unseren Oberen in diesem Falle überflüssig. Der Bruder, um dessen Aufnahme es sich handelt, ist eine der Fackeln der zeitgenössischen Philosophie, ein großer Geist, der uns aus Überzeugung und nicht aus Furcht treu ergeben sein wird.

Er, der alle Geheimnisse der Natur und des menschlichen Herzens ergründet hat, wird sich nicht in derselben Weise beeindrucken lassen wie der einfache Sterbliche, von dem wir die Hilfe seiner Arme, seines Willens und seines Geldes verlangen. Um die Mitwirkung dieses überragenden Geistes, dieses redlichen und energischen Charakters zu erlangen, genügt uns sein Versprechen und seine Einwilligung.»

Mit diesen Worten schloß der Redner seinen Vortrag und ließ seinen Blick über die Reihen der Zuhörer schweifen, um die Wirkung seiner Worte zu prüfen.

Was Rousseau betraf, so war die Wirkung außerordentlich. Der Genfer kannte die mystischen Vorbereitungen für eine Aufnahme bei den Freimaurern. Er betrachtete sie mit dem ganzen natürlichen Widerwillen eines aufgeklärten Menschen. Diese albernen, weil unnötigen Mutproben, die von neuen Mitgliedern gefordert wurden, erschienen ihm kindisch und mit unnützem Aberglauben behaftet.

Mehr noch, der schüchterne Philosoph, ein Feind aller individuellen Zurschaustellungen und Hervorhebungen, wäre unglücklich gewesen, hätte er seine Person zum Schauspiel für Leute hergeben müssen, die er nicht kannte und die ihn, dessen war er sicher, mit mehr oder minder gutem Glauben mystifizierten.

Daß man ihn von den Proben freigesprochen hatte, gereichte ihm daher in mehr als einer Hinsicht zur Befriedigung. Er wußte, mit welcher Strenge auf das Prinzip Gleichheit unter den Freimaurern geachtet wurde. Eine Ausnahme zu seinen Gunsten stellte somit einen Triumph dar. Eben schickte er sich an, auf die freundliche Beredsamkeit des Vorsitzenden zu antworten, als sich aus dem Kreis der Zuhörer eine Stimme erhob.

«Wenn Sie», sprach die Stimme, die einen scharfen, vibrierenden Klang hatte, «wenn Sie sich schon verpflichtet glauben, einen Menschen wie einen Fürsten zu behandeln, wenn Sie ihn schon von den körperlichen Ängsten freisprechen, als wäre Streben nach Freiheit durch das Leiden des Körpers nicht eines unserer Symbole, so wollen wir wenigstens hoffen, daß Sie einem Unbekannten nicht einen kostbaren Titel übertragen, ohne ihn zuvor dem Ritual entsprechend befragt und sein Glaubensbekenntnis erhalten zu haben.»

Rousseau drehte sich um und erkannte zu seiner größten Verwunderung den jungen Wundarzt, dem er am selben Morgen auf dem Quai aux Fleurs begegnet war.

Das Gefühl seiner eigenen Redlichkeit, vielleicht auch ein Gefühl der Verachtung für den «kostbaren Titel» hinderte ihn daran zu antworten.

«Haben Sie gehört?» fragte der Vorsitzende, sich an Rousseau wendend.

«Vollkommen», erwiderte der Philosoph, den seine eigene Stimme leicht erschauern ließ, als sie unter diesem düsteren Kellergewölbe widerhallte. «Indessen wundere ich mich um so mehr über diesen Einwand, als ich sehe, von wem er ausgeht. Was! Ein Mann, dessen Beruf es ist, das, was man das körperliche Leiden nennt, zu bekämpfen und seinen Brüdern, seien sie nun gewöhnliche Menschen oder Freimaurer, Hilfe zu leisten – ein solcher Mann predigt hier den Nutzen körperlicher Leiden! ... Er wählt in der Tat einen seltsamen Weg, das Geschöpf zum Glück und den Kranken zur Heilung zu führen.»

«Es handelt sich hier nicht um diesen oder jenen», entgegnete der junge Mann rasch. «Ich bin dem Aufzunehmenden unbekannt, wie auch er mir.unbekannt ist. Ich bin nur folgerichtig und behaupte, daß der Meister vom Stuhl unrecht hat, das Ansehen der Person ins Feld zu führen. In diesem Menschen hier», – und er deutete auf Rousseau –, «erkenne ich nicht den Philosophen. In mir mag er den Arzt nicht erkennen. So sollen wir vielleicht das ganze Leben nebeneinander hergehen, ohne daß je ein Blick oder eine Gebärde unsere Vertrautheit verrät, die durch die Bande der Vereinigung dennoch enger ist als jede gewöhnliche Freundschaft. Ich wiederhole also, wenn man schon glaubte, dem Aufzunehmenden die Proben erlassen zu müssen, so besteht doch Veranlassung, ihm zumindest die Fragen vorzulegen.»

Rousseau antwortete nicht. Der Vorsitzende las seinem Gesicht den Ekel ab, den ihm diese Auseinandersetzung bereitete, und das Bedauern, sich auf dieses Unternehmen eingelassen zu haben.

«Bruder», wandte er sich gebieterisch an den jungen Mann, «wollen Sie bitte schweigen, wenn der Meister spricht, und sich nicht erlauben, leichtfertig seine Handlungen zu tadeln, die unfehlbar sind.»

«Ich habe das Recht, mich zu Wort zu melden», erwiderte der junge Mann in etwas sanfterem Ton.

«Sich zu Wort zu melden, ja; zu tadeln, nein. Der Bruder, der unserer Vereinigung beitreten wird, ist uns allen so hinreichend bekannt, daß wir aus unserem Freimaurertum kein lächerliches und überflüssiges Geheimnis machen müssen. Alle hier anwesenden Brüder kennen seinen Namen, und sein Name ist eine Garantie. Doch da er selbst, dessen bin ich sicher, ein Freund der Gleichheit ist, so bitte ich ihn, auf folgende Frage zu antworten, die ich nur der Form halber stelle:

Was suchen Sie in unserer Vereinigung?»

Rousseau trat zwei Schritt nach vorne, um sich von der Menge abzuheben, und ließ einen träumerischen und schwermütigen Blick über die Versammlung schweifen.

«Ich suche darin», sprach er, «was ich nicht finde: die Wahrheit und keine Trugschlüsse. Warum wollen Sie mich mit Dolchen bedrängen, die nicht zustechen, warum mir Gift reichen, das klares Wasser ist, und warum mich in Falltüren stürzen lassen, unter denen Matratzen ausgebreitet sind? Ich kenne die Quelle der menschlichen Kräfte. Ich kenne die Stärke meiner körperlichen Leistungsfähigkeit. Wenn Sie sie zerbrechen, so ist es der Mühe nicht wert, daß Sie mich zu Ihrem Bruder wählen. Als toter Mann könnte ich Ihnen nicht dienen.

Ich habe meine Lektion über den Schmerz gründlicher als Sie alle gelernt. Ich habe den Körper erforscht und die Seele erfühlt. Wenn ich einwilligte, zu Ihnen zu kommen, als man mich darum bat», – und er legte auf dieses letzte Wort besonderen Nachdruck –, «dann deshalb, weil ich glaubte, mich nützlich machen zu können. Ich gebe also, ich empfange nicht.

Ah! Ehe Sie mich verteidigen, ehe Sie mir die Freiheit verschaffen werden, wenn man mich einkerkert, Brot, wenn man mich aushungert, Trost, wenn man mich betrübt; ehe Sie etwas zu tun vermögen, wird dieser Bruder, den Sie heute in Ihre Reihen aufnehmen, wenn dieser Herr es gestattet», – er drehte sich zu Marat –, «seinen Tribut an die Natur entrichtet haben. Denn der Fortschritt hinkt, und das Licht leuchtet langsam, und aus dem Ort, in den er dann gefallen ist, wird ihn keiner von Ihnen herausziehen ...»

«Sie täuschen sich, erhabener Bruder», unterbrach ihn eine weiche und zugleich eindringliche Stimme, welche Rousseau sanft zu sich hinzog. «Es liegt mehr, als Sie denken, in dem Bund, dem Sie beitreten wollen. Es liegt darin die ganze Zukunft der Welt. Die Zukunft ist, wie Sie wissen, die Hoffnung, die Wissenschaft. Die Zukunft ist Gott, der sein Licht der Welt schenken muß, da er es ihr zu schenken versprochen hat. Gott aber vermag nicht zu lügen.»

Erstaunt über diese erhabene Sprache, blickte Rousseau auf und erkannte den noch jungen Mann, der ihn am Morgen beim großen Gerichtstag hierher bestellt hatte.

Dieser mit einer gewissen Eleganz und vor allem mit großer Vornehmheit ganz in Schwarz gekleidete Mann stand mit dem Rücken an eine Seite des Podests gelehnt. Sein Gesicht, das von einem milden Schimmer erleuchtet wurde, glänzte vor Schönheit und Anmut.

«Ah!» entfuhr es Rousseau. «Die Wissenschaft, ein bodenloser Abgrund! Sie reden von Wissenschaft! Von Trost, Zukunft und Versprechen! Ein anderer redet von Materie, von Strenge und Gewalt. Wem soll ich glauben? Es wird also in der Versammlung der Brüder so zugehen wie unter den reißenden Wölfen der Welt, die sich über uns bewegt? Wölfe und Lämmer! Hören Sie also mein Glaubensbekenntnis, da Sie es nicht in meinen Büchern gelesen haben.»

«Ihre Bücher!» rief Marat. «Ihre Bücher sind ausgezeichnet, da stimme ich Ihnen zu. Aber sie enthalten Utopien. Sie sind in der gleichen Weise nützlich wie Pythagoras, Solon und Cicero, der Sophist. Sie zeigen das Gute auf, aber ein künstliches, ungreifbares, unzugängliches Gutes. Sie gleichen dem, der eine ausgehungerte Menge mit Luftblasen füttern möchte, welche die Sonne in Regenbogenfarben schimmern läßt.»

«Haben Sie schon gesehen, daß sich große Umwälzungen in der Natur ohne Vorbereitung vollziehen?» gab Rousseau stirnrunzelnd zurück.

«Haben Sie gesehen, wie ein Mensch entsteht, diesen gewöhnlichen und dennoch erhabenen Vorgang? Haben Sie schon gesehen, daß ein Mensch geboren wurde, ohne daß er zuvor neun Monate lang im Schoß seiner Mutter Substanz und Leben aufgenommen hätte? Ach so! Sie wollen, daß ich die Welt mit Taten erneuere? ... Das nenne ich nicht erneuern, Monsieur, das nenne ich revolutionieren!»

«Aha!» erwiderte der junge Wundarzt heftig. «Also wollen Sie keine Unabhängigkeit? Also wollen Sie keine Freiheit?»

«Doch, im Gegenteil», widersprach Rousseau, «denn die Unabhängigkeit ist mein Idol, und die Freiheit ist meine Göttin. Nur will ich eine milde und strahlende Freiheit, die erwärmt und belebt. Ich will eine Gleichheit, welche die Menschen durch Freundschaft und nicht durch Furcht einander näherbringt. Ich will Erziehung und Unterweisung für jedes Element der Gesellschaft, so wie der Mechaniker die Harmonie und wie der Kunsttischler den Zusammenhalt, das heißt die vollkommene Einheit seiner Arbeit will. Ich wiederhole noch einmal, ich will das, was ich geschrieben habe: den Fortschritt, den Einklang, die Hingabe.»

Marats Lippen verzogen sich zu einem verächtlichen Lächeln.

«Ja, die Bäche, in denen Milch und Honig fließt», spottete er, «die himmlischen Gefilde Vergils, die Träume eines Dichters, aus denen die Philosophie gerne eine Realität machen würde.»

Rousseau erwiderte nichts. Es kam ihm zu hart vor, daß er hier seine Mäßigung verteidigen sollte, nachdem man ihn in ganz Europa einen heftigen Neuerer genannt hatte. Er setzte sich schweigend, nachdem er zur Befriedigung seiner schüchternen und naiven Seele dem jungen Mann, der ihn soeben verteidigt hatte, einen fragenden Blick zugeworfen und sich seiner wortlosen Billigung versichert hatte.

Der Vorsitzende stand auf.

«Ihr habt gehört?» sagte er zu allen.

«Jawohl», antwortete die Versammlung.

«Erscheint euch der neu aufzunehmende Bruder würdig, der Vereinigung beizutreten, und versteht er ihre Aufgaben?»

«Ja», antwortete die Versammlung, aber mit einer Zurückhaltung, die von wenig Einhelligkeit zeugte.

«Dann leisten Sie den Schwur», forderte der Vorsitzende Rousseau auf.

«Es wäre mir unangenehm», erwiderte Rousseau mit einem gewissen Stolz, «einigen Mitgliedern dieses Bundes zu mißfallen. Ich muß daher noch einmal meine Worte wiederholen. Sie sind der Ausdruck meiner Überzeugung. Wäre ich ein Redner, würde ich sie in mitreißenderer Form erläutern. Aber meine Zunge ist widerspenstig und verrät stets meinen Gedanken, wenn ich eine unmittelbare Übersetzung von ihr verlange.

Ich will sagen, daß ich fern von dieser Versammlung mehr für die Welt und für Sie tue, als ich tun könnte, wenn ich mich geflissentlich an Ihre Gebräuche hielte. Überlassen Sie mich also meiner Arbeit und meiner Abgeschiedenheit. Ich sagte es schon, ich neige mich dem Grabe zu. Kummer, Gebrechen und Bedürftigkeit treiben mich mit aller Macht dahin. Sie können das Werk der Natur nicht hinauszögern. Lassen Sie mir meinen Frieden, ich bin nicht dazu gemacht, mich Menschen anzuschließen. Ich hasse und fliehe sie. Doch ich diene ihnen, weil ich selbst ein Mensch bin und weil ich sie, indem ich ihnen diene, nur besser erträume, als sie sind. Nun habe ich Ihnen meine Gedanken mitgeteilt. Mehr habe ich nicht zu sagen.»

«Sie weigern sich also, den Schwur zu leisten?» fragte Marat mit einer gewissen Erschütterung.

«Ich weigere mich durchaus. Ich will nicht zum Bund gehören. Zu viel läßt mich erkennen, daß ich dabei unnütz wäre.»

«Bruder», ergriff der Unbekannte mit der versöhnlichen Stimme das Wort, «erlauben Sie mir, Sie so zu nennen, denn wir sind wirklich Brüder, außerhalb jeder Vorstellung des menschlichen Geistes. Bruder, geben Sie nicht einem Augenblick natürlichen Ärgers nach. Opfern Sie ein wenig von Ihrem berechtigten Stolz. Tun Sie uns zuliebe, was Ihnen widerstrebt. Ihre Ratschläge, Ihre Ideen, Ihre Anwesenheit, darin liegt für uns das Licht! Versenken Sie uns nicht in die doppelte Nacht Ihrer Abwesenheit und Ihrer Weigerung.»

«Sie irren sich», entgegnete Rousseau, «ich nehme Ihnen nichts, da ich nie mehr geben werde, als ich aller Welt und jedem Leser jemals gegeben habe. Wenn Sie den Namen und den Geist Rousseaus wollen ...»

«Das wollen wir!» riefen höflich mehrere Stimmen.

«Dann nehmen Sie eine Sammlung meiner Werke. Legen Sie die Bände auf den Tisch Ihres Vorsitzenden, und wenn Sie zur Meinungsbefragung schreiten und die Reihe an mir ist, die meinige zu sagen, so schlagen Sie einfach mein Buch auf. Dort finden Sie meine Ansichten und mein Urteil.»

Rousseau schickte sich an zu gehen.

«Einen Augenblick!» rief der Wundarzt. «Der Wille ist frei, und der des erhabenen Philosophen wie jeder andere. Aber es liefe den Regeln zuwider, einem Nichteingeweihten den Zugang zu unserem Allerheiligsten gestattet zu haben. Da er nicht einmal durch eine stillschweigende Klausel gebunden ist, könnte er unsere Geheimnisse preisgeben.»

Rousseau schenkte ihm ein mitleidiges Lächeln.

«Verlangen Sie einen Verschwiegenheitseid von mir?» fragte er.

«Sie haben es ausgesprochen.»

«Ich bin dazu bereit.»

«Wollen Sie bitte die Formel verlesen, ehrwürdiger Bruder?»

Der so angesprochene Meister vom Stuhl folgte der Bitte und las folgende Formel:

«Ich schwöre vor Gott dem Allmächtigen, dem Schöpfer des Universums, vor meinen Oberen und der achtbaren Versammlung, die mich umgibt, nichts von dem, was sich vor meinen Augen ereignet hat, jemals zu enthüllen, bekanntzumachen oder aufzuschreiben, wobei ich mich selbst dazu verurteile, daß ich mich im Falle des Zuwiderhandelns den Gesetzen des großen Stifters sowie meiner Oberen und dem Zorn meiner Brüder ausliefern werde.»

Rousseau reckte schon die Hand zum Schwur, als ein Unbekannter sich dem Vorsitzenden näherte und ihm ein paar Worte ins Ohr flüsterte. Dieser Mann hatte bis dahin mitten in der Menge gestanden, von wo er die Debatte mit einer gewissen Autorität, die niemand ihm streitig machte, verfolgt hatte.

«Das ist wahr», antwortete der Meister vom Stuhl auf den Einwand des Unbekannten.

Und laut verkündete er:

«Sie sind ein Mann, kein Bruder, ein Ehrenmann, der uns gegenüber nur die Stellung eines Mitmenschen einnimmt. Wir erklären uns daher als nicht berechtigt, Ihnen den Eid abzunehmen, und bitten Sie um Ihr einfaches Ehrenwort, daß Sie alles vergessen, was zwischen uns vorgefallen ist.»

«Wie einen Traum am Morgen. Ich schwöre es Ihnen bei meiner Ehre», gelobte Rousseau bewegt.

Mit diesen Worten verließ er die Versammlung, und viele folgten ihm.

## CIV. KAPITEL

### *Der Rechenschaftsbericht*

Nachdem die Mitglieder zweiten und dritten Ranges gegangen waren, blieben nur noch sieben Verbündete in der Loge: die sieben Oberhäupter.

Sie erkannten sich untereinander mit Hilfe von Zeichen, die ihre Einweihung in einen höheren Grad bewiesen.

Ihre erste Sorge war es, die Türen zu schließen. Nachdem dies geschehen war, offenbarte sich ihr Präsident durch das Vorzeigen eines Ringes, in den die geheimnisvollen Buchstaben L.P.D. eingraviert waren.

Der Präsident war mit der höchsten Korrespondenz des Ordens beauftragt. Er stand in Verbindung mit den sechs anderen Oberhäuptern, welche in der Schweiz, Rußland, Amerika, Schweden, Spanien und Italien wohnten.

Er hatte einige der wichtigsten Schreiben, die ihm von seinen Kollegen zugegangen waren, mitgebracht, um sie dem Kreis der höheren Eingeweihten mitzuteilen.

Daß es sich bei diesem Präsidenten um Balsamo handelte, haben wir längst erkannt.

Der wichtigste Brief enthielt eine bedrohliche Mitteilung. Er kam aus Schweden, und Swedenborg hatte ihn geschrieben.

«Wachet im Süden, Brüder!» warnte er. «Dort hat die Hitze einen Verräter geschaffen, der Euch ins Verderben stürzen wird.

Wacht auch in Paris, Brüder, wo der Verräter wohnt! Die Geheimnisse des Ordens befinden sich in seinen Händen. Haßgefühle treiben ihn an.

Ich höre seine heimliche, flüsternde Denunziation. Ich sehe die schreckliche Rache, aber vielleicht gelingt sie zu spät. Unterdessen wachet, Brüder! Wachet! Eine einzige verräterische, wenn auch schlecht unterrichtete Zunge ist imstande, unsere so geschickt ersonnenen Pläne von Grund auf zu zerstören.»

Die Brüder sahen sich in stummem Entsetzen an. Selbst Balsamo, der großes Vertrauen in den Scharfblick Swedenborgs setzte, wirkte nach der Verlesung des Schreibens schmerzlich ergriffen.

«Brüder», sprach er, «der erleuchtete Prophet irrt sich selten. Wacht also, wie er es euch rät. Ihr wißt nun ebenso wie ich, daß der Kampf beginnt. Lassen wir uns nicht von lächerlichen Feinden besiegen, deren Macht wir in völliger Sicherheit untergraben können. Vergeßt nicht, daß ihnen nur käufliche Söldnertruppen zur Verfügung stehen. Das ist eine mächtige Waffe auf dieser Welt, deren Seelen nicht weiter sehen als bis zu den Grenzen des irdischen Daseins. Brüder, nehmen wir uns vor den gedungenen Verrätern in acht!»

«Diese Befürchtungen kommen mir kindisch vor», ließ sich eine Stimme vernehmen. «Mit jedem Tag werden wir stärker, und wir werden von hervorragenden Köpfen und starken Händen geleitet.»

Balsamo bedankte sich für das Lob des Schmeichlers mit einer Verbeugung.

«Ja, aber der Verrat schleicht sich überall ein», gab ein zweiter Bruder zu bedenken, der kein anderer war als der Wundarzt Marat, der trotz seiner Jugend zu einem höheren Grad aufgestiegen war und heute zum erstenmal an der Sitzung des beratenden Ausschusses teilnahm. «Bedenkt, Brüder, daß man einen größeren Fang macht, wenn man den Köder verdoppelt. Wenn Monsieur de Sartines für einen Sack voll Livres die Enthüllungen eines unbekannten Bruders kaufen kann, so kann er für eine Million oder für die Aussicht auf eine Würde auch einen unserer Oberen kaufen. Allerdings weiß der unbekannte Bruder nichts von uns.

Er kennt höchstens ein paar Namen seiner Gefährten, doch damit kann niemand etwas anfangen. Unsere Satzung ist bewundernswert, aber auch höchst aristokratisch. Die Unteren wissen nichts und können nichts ausrichten. Man beruft sie ein, um ihnen Nichtigkeiten mitzuteilen oder sie ebensolche äußern zu lassen. Und dennoch tragen sie mit ihrer Zeit und ihrem Geld zur Festigkeit und Haltbarkeit unseres Gebäudes bei. Denkt daran, der Hilfsarbeiter bringt nur Steine und Mörtel herbei. Aber könntet ihr ohne Steine und Mörtel das Haus bauen? Dieser Hilfsarbeiter erhält nur einen kargen Lohn, und dennoch betrachte ich ihn als dem Baumeister ebenbürtig, dessen Plan das ganze Werk schafft und belebt. Ich betrachte ihn als seinesgleichen, weil er ein Mensch ist und weil jeder Mensch in den Augen des Philosophen ebensoviel wert ist wie der andere. Schließlich trägt auch er seinen Anteil an Not und Elend und ist sogar größeren Gefahren, etwa durch einen herabfallenden Stein oder den Einsturz eines Gerüstes, ausgesetzt.»

«Ich erlaube mir, Sie zu unterbrechen, Bruder», fiel ihm Balsamo ins Wort. «Sie kommen von der Frage ab, die uns allein beschäftigen muß. Ihr Fehler, Bruder, ist es, den Eifer zu übertreiben und die Diskussionen zu verallgemeinern. Es geht heute nicht darum, ob unsere Satzung gut oder schlecht ist, sondern allein darum, wie sich die Unversehrtheit dieser Satzung erhalten läßt. Wollte ich mit Ihnen streiten, so würde ich antworten: Nein, das Organ, das die Bewegung ausführt, steht nicht auf gleicher Stufe mit dem Genie des Schöpfers; nein, der Arbeiter ist dem Baumeister nicht ebenbürtig; nein, der Arm ist dem Gehirn nicht gleichwertig.»

«Wenn Monsieur de Sartines einen unserer Brüder aus den untersten Rängen verhaftet», rief Marat hitzig, «wird er ihn weniger in der Bastille verfaulen lassen als Sie und mich?»

«Da haben Sie recht, aber das wird nur einem einzelnen Menschen schaden und nicht dem ganzen Orden, der uns mehr bedeuten muß als alles andere. Wenn dagegen ein Oberhaupt eingekerkert wird, kommt die Verschwörung zum Stillstand, so wie die Armee die Schlacht verliert, wenn der General fehlt. Brüder, wachet also auch über das Wohl der Führer!»

«Ja, aber sie sollen ihrerseits über das unsrige wachen.»

«Das ist ihre Pflicht.»

«Und ihre Fehler sollen doppelt so hart bestraft werden.»

«Schon wieder entfernen Sie sich von der Ordenssatzung, mein Bruder. Wissen Sie nicht, daß der Schwur, der alle Mitglieder unserer Vereinigung verbindet, nur einen einzigen Wortlaut besitzt und allen dieselben Strafen auferlegt?»

«Die Großen werden aber stets Mittel und Wege finden, sich denselben zu entziehen.»

«Die Großen sind da ganz anderer Ansicht, Brüder. Höret hier den Schluß des Briefes unseres Propheten Swedenborg, eines der Großen unter uns. Er fügt hinzu:

*Das Übel wird von einem der Großen kommen, von einem der sehr Großen des Ordens. Auch dann, wenn es nicht direkt von ihm ausgeht, wird ihm die Schuld daran zuzuschreiben sein. Denkt stets daran, daß auch Feuer und Wasser Komplizen sein können. Das eine gibt das Licht, das andere die Offenbarung.*

*Wacht, Brüder! Über alles und alle! Wachet!*»

«Nun», sprach Marat, «sprechen wir noch einmal den Schwur, der uns verbindet, und verpflichten wir uns, ihn in seiner ganzen Strenge einzuhalten, wer immer auch derjenige sein mag, der den Verrat begangen oder veranlaßt haben wird.»

Balsamo sammelte sich einen Augenblick lang, stand dann von seinem Sitz auf und sprach langsam und feierlich die geheiligten Worte vor: «Im Namen des gekreuzigten Sohnes schwöre ich, alle fleischlichen Bande zu zerschneiden, die mich noch an Vater, Mutter, Brüder, Schwestern, Gattin, Verwandte, Freunde, Geliebte, Könige, Vorgesetzte, Wohltäter oder an jeden anderen binden, dem ich Glauben, Gehorsam, Dankbarkeit oder Dienst versprochen habe.

Ich schwöre, meinem Oberen, den ich gemäß den Ordensstatuten als solchen anerkenne, alles zu enthüllen, was ich gesehen, getan, gelesen oder gehört, erfahren oder erraten habe, und selbst das zu suchen und ausfindig zu machen, was sich meinen Augen nicht erschließt.

Ich werde das Gift, das Schwert und das Feuer ehren, die dazu dienen, den Erdball zu reinigen und die Feinde der Wahrheit und der Freiheit mit Tod und Wahnsinn zu bestrafen.

Ich verpflichte mich zur Einhaltung des Schweigegebots. Ich erkläre mich einverstanden, am nämlichen Tag, da ich mich strafbar mache, meinen Tod klaglos hinzunehmen, wo immer er mich auch treffen mag.»

Stehend und mit entblößtem Haupt wiederholten die sieben Männer, welche die geheime Versammlung bildeten, den Schwur Wort für Wort.

«Nun sind wir geschützt», erklärte Balsamo, «und können unsere Diskussion ohne weitere Unterbrechung beenden. Ich habe dem Ausschuß einen Rechenschaftsbericht über die wichtigsten Ereignisse des Jahres vorzulegen.

Meine Verwaltung der Angelegenheiten Frankreichs wird für aufgeklärte und eifrige Menschen, wie Ihr es seid, von einigem Interesse sein. Frankreich liegt im Zentrum Europas wie das Herz im Zentrum des Körpers. Es lebt und erhält am Leben. In ihm ist die Ursache für die Krankheit des ganzen Organismus zu suchen.

Ich bin also nach Frankreich gekommen und habe mich Paris genähert, wie ein Arzt sich dem Herzen nähert. Ich habe es abgehorcht, betastet und untersucht. Als ich vor einem Jahr meine Arbeit hier begann, war die Monarchie bereits geschwächt. Heute wird sie von den Lastern getötet. Ich mußte die Wirkung dieser tödlichen Ausschweifungen beschleunigen, und deshalb habe ich sie begünstigt.

Ein Hindernis stand mir im Wege. Dieses Hindernis war ein Mensch, zwar nicht der erste, aber nach dem König der mächtigste im Staat.

Er war mit jenen Eigenschaften begabt, welche anderen Menschen gefallen. Zwar war er übertrieben stolz, doch verwandte er diesen Stolz für seine Werke. Er verstand es, die Knechtschaft des Volkes zu mildern, indem er es glauben, zuweilen sogar sehen ließ, daß es einen Teil des Staates bilde. Und indem er es von Zeit zu Zeit über sein eigenes Elend befragte, stellte er eine Fahne auf, um die sich die Massen stets versammeln: den Nationalgeist.

Er haßte die Engländer als die natürlichen Feinde Frankreichs. Er haßte die Favoritin als die natürliche Feindin der Arbeiterklassen. Wäre dieser Mann ein Usurpator gewesen, wäre er einer der Unseren gewesen, hätte er für unsere Ziele gearbeitet, so hätte ich ihn geschont, hätte ihn an der Macht gehalten, hätte ihn mit allen Mitteln, die ich für meine Schützlinge aufbringen kann, unterstützt. Denn statt das wurmstichige Königtum noch einmal neu zu verputzen, hätte er es am vereinbarten Tag mit uns zusammen gestürzt. Doch er gehörte zur Aristokratie und hatte Ehrfurcht vor der Monarchie, die er nicht anzutasten wagte. So verschonte er das Königtum, obwohl er den König insgeheim verachtete. Er ging sogar noch weiter und diente dem Königtum als Schutzschild. Das Parlament und das Volk, die ihm großen Respekt entgegenbrachten, da er die Flut der Königlichen Privilegien einzudämmen versuchte, leisteten nur geringen Widerstand. Sie waren ja sicher, daß sie im gegebenen Augenblick mit einer mächtigen Hilfe rechnen konnten.

Ich erkannte, wie die Dinge lagen und veranlaßte Monsieur de Choiseuls Sturz.

Durch eine geheime Kraft, die mir zu eigen ist, eine um so bedeutendere Kraft, als sie ewig vor aller Augen verborgen bleiben und sich nie anders als durch ihre Wirkung zeigen wird, habe ich Monsieur de Choiseul gestürzt, vertrieben und ihm einen langen Zug von Enttäuschung,

Wehklagen und Wutausbrüchen folgen lassen. Nun beginnt meine Arbeit Früchte zu tragen. Ganz Frankreich verlangt nach Choiseul und erhebt sich, um ihn wiederzubekommen, so wie Waisenkinder ihre Arme gen Himmel recken, wenn Gott ihnen den Vater genommen hat.

Die Parlamente greifen zu dem einzigen Recht, das sie haben, zur Tatenlosigkeit. Sie nehmen ihre Pflichten nicht mehr wahr. In einem wohlorganisierten Körper, wie es ein Staat ersten Ranges sein muß, kann die Lähmung eines wesentlichen Organs zum Tod führen. Nun ist das Parlament im Körper des Staates das, was der Magen im menschlichen Körper ist. Wenn die Parlamente untätig bleiben, so wird das Volk, das Eingeweide des Staates, nicht mehr arbeiten und folglich auch nicht mehr bezahlen. Dadurch wird ihnen das Gold, nämlich das Blut fehlen.

Man wird zweifellos kämpfen wollen. Aber wer wird gegen das Volk kämpfen? Jedenfalls nicht die Armee, diese Tochter des Volkes, die das Brot des Bauern ißt und den Wein des Winzers trinkt. Bleiben nur die Haustruppen des Königs, die privilegierten Korps, die Garden, die Schweizer und die Musketiere, kaum fünf- oder sechstausend Mann! Was kann diese Handvoll Zwerge schon ausrichten, wenn sich das Volk wie ein Riese erhebt?»

«Es erhebe sich, es erhebe sich!» riefen mehrere Stimmen.

«Ja, ja, ans Werk!» rief Marat.

«Junger Mann, ich habe Sie nicht um Ihren Rat gebeten», versetzte Balsamo kühl.

«Diesen Aufstand der Massen», fuhr er fort, «diese Empörung der Schwachen, die durch ihre Anzahl gegen den alleinstehenden Mächtigen stark geworden sind, könnten weniger solide, weniger reife und weniger erfahrene Geister auf der Stelle und mit einer Leichtigkeit hervorrufen, die mich erschreckt. Ich dagegen habe mich mit dem Problem eingehend befaßt. Ich bin selbst in das Volk hinabgetaucht und habe es aus solcher Nähe gesehen, daß ich selbst zu einem Teil des Volkes wurde. Ich kenne es heute also und werde mich nicht mehr in ihm täuschen. Es ist stark, aber es ist unwissend; es ist reizbar, aber es hegt keinen Groll; in einem Wort, es ist noch nicht reif für den Aufstand, so wie ich ihn verstehe und so wie ich ihn haben will. Ihm fehlt die Bildung, die es die Ereignisse im Licht des Beispiels und der Nützlichkeit sehen ließe. Ihm fehlt das Gedächtnis für seine eigene Erfahrung.

Es gleicht den wagemutigen jungen Männern, die ich in Deutschland auf Volksfesten gesehen habe. Mit Feuereifer erklommen sie die Spitze eines Maibaums, die der Amtmann mit einem Schinken und einem silbernen Becher hatte schmücken lassen. Sie begannen sich wild emporzuarbeiten und legten den Weg mit erstaunlicher Geschwindigkeit zurück. Doch als sie oben anlangten und nur noch den Arm auszustrecken brauchten, da verließ sie die Kraft, und sie rutschten unter dem Hohngelächter der Menge wieder hinunter.

Beim zweiten Versuch schonten sie ihre Kräfte und ihren Atem. Diesmal aber scheiterten sie durch ihre Langsamkeit ebenso wie zuvor durch ihre Hast. Endlich, beim dritten Anlauf, hielten sie die Waage zwischen Hast und Langsamkeit, und diesmal gelang es ihnen. Dies ist der Plan, den ich mir ausgedacht habe. Es gilt, einen Versuch nach dem anderen zu unternehmen und sich auf diese Weise unablässig dem Ziel zu nähern, bis zu dem Tag, da wir es unfehlbar erreichen.»

Balsamo hielt inne und blickte in die Runde der Zuhörer, in denen alle Leidenschaften der Jugend und der Unerfahrenheit brodelten.

«Sprechen Sie, Bruder», forderte er Marat auf, der sich ungestümer gebärdete als alle anderen.

«Ich werde mich kurz fassen», begann Marat. «Unablässige Versuche schläfern das Volk ein, wenn sie es nicht ganz und gar entmutigen. Sie entsprechen der Theorie Monsieur Rousseaus, ein großer Dichter, aber ein langsamer und schüchterner Geist, ein unnützer Bürger, den Plato aus seiner Republik gejagt hätte! Warten! Immer nur warten! Seit der Befreiung der Gemeinden, seit dem Aufstand der Widerstandspartei der Maillotins warten Sie nun schon siebenhundert Jahre! Zählen Sie die Generationen, die über dem Warten gestorben sind, und wagen Sie es noch, das unselige Wort als Wahlspruch für die Zukunft zu nehmen. Monsieur Rousseau spricht von Widerstand, wie man ihn im letzten Jahrhundert leistete, wie ihn Molière mit seinen Komödien, Boileau mit seinen Satiren und La Fontaine mit seinen Fabeln leisteten.

Ein armer und schwacher Widerstand, der die Sache der Menschheit um keinen Schritt vorangebracht hat. Die kleinen Kinder lernen diese verschwommenen Theorien auswendig, ohne sie zu begreifen, und schlafen darüber ein. Auch Rabelais hat auf Ihre Art Politik betrieben. Angesichts dieser Politik kann man nur noch lachen! Schluß mit den Dichtern! Schluß mit den Theoretikern! Jetzt gilt es, tätig ans Werk zu gehen! Seit drei Jahrhunderten überlassen wir Frankreich der Medizin, und es ist höchste Zeit, daß die Chirurgie ihrerseits mit Seziermesser und Säge in der Hand einschreitet. Die Gesellschaft ist vom Wundbrand ergriffen; gebieten wir dem Brand mit dem Eisen Einhalt. Warten kann der, welcher vom Tische aufsteht, um sich auf einen weichen Teppich zu legen, von dem er die Rosenblätter durch seine Sklaven entfernen läßt. Aber Hunger, Elend und Verzweiflung erfahren durch Sinnsprüche und Verse keine Erleichterung. In ihrer großen Not erheben sie ein gewaltiges Geschrei. Taub ist, wer die Klagen nicht hört; verflucht sei, wer nicht darauf antwortet. Ein Aufstand, und sollte er niedergeschlagen werden, wird die Menschen besser aufklären, als es tausend Jahre voller Lehren und drei Jahrhunderte voller Beispiele vermöchten. Er wird auch den Königen die Augen öffnen, wenn er sie nicht stürzt. Das ist viel, das ist genug!»

Anerkennendes Gemurmel erklang.

«Wo sind unsere Feinde?» fuhr Marat fort. «Über uns: Sie bewachen die Tore des Palastes. Sie stehen vor den Stufen des Thrones, und auf dem Thron sitzt, sorgfältig und ängstlich gehütet, das Königtum, das sie allmächtig, reich und unverschämt macht. Zu diesem Königtum kann man aber nur vorstoßen, indem man über die Körper derjenigen geht, die es bewachen, so wie man zum General nur gelangen kann, indem man die Bataillone niederwirft, die ihn schützen. Nun, viele Bataillone sind niedergeworfen worden, erzählt uns die Geschichte; viele Generäle sind gefangengenommen worden, von Darius bis zu König Johann, von Regulus bis zu Duguesclin.

Bezwingen wir die Garde, und wir kommen bis zum Abgott. Schlagen wir zuerst die Schildwachen, dann werden wir auch den Anführer schlagen. Den Höflingen, den Adligen und den Aristokraten gelte der erste Angriff, den Königen der letzte. Zählt die privilegierten Köpfe: kaum zweihunderttausend. Geht in dem schönen Garten spazieren, den man Frankreich nennt, und schlagt diese zweihunderttausend Köpfe ab wie Tarquinius die Mohnkapseln von Latium. Dann ist die Hauptarbeit getan, und Ihr habt nur noch zwei Mächte, das Volk auf der einen, das Königtum auf der anderen Seite. Soll das Königtum nur versuchen, es mit dem Volk aufzunehmen, dann werdet ihr sehen, was passiert. Wenn Zwerge einen Koloß niederwerfen wollen, so beginnen sie mit dem Sockel; wenn Holzfäller eine Eiche schlagen wollen, so greifen sie am Fuß des Stammes an. Laßt uns die Axt nehmen und die Eiche an ihren Wurzeln packen. Die alte Eiche mit dem erhabenen Antlitz wird alsbald den Sand küssen.»

«Und auf Sie fallen, Sie zermalmen wie einen Pygmäen, Unglücklicher!» rief Balsamo mit donnernder Stimme. «Ah! Sie ziehen über die Dichter her und sprechen doch selbst in viel poetischeren und bildreicheren Metaphern! Bruder, Bruder!» fuhr er, zu Marat gewandt, fort. «Sie haben diese Phrasen wohl einem Roman entnommen, den Sie in Ihrer Mansarde schreiben.»

Marat errötete.

«Wissen Sie überhaupt, was eine Revolution ist?» sprach Balsamo weiter. «Ich habe zweihundert davon gesehen und kann es Ihnen sagen. Ich habe die Revolutionen im alten Ägypten gesehen, in Assyrien, in Griechenland, in Rom. Ich habe die Revolutionen des Mittelalters gesehen, bei denen die Völker aufeinander einschlugen, Morgenland gegen

Abendland, Abendland gegen Morgenland, und sich gegenseitig niedermetzelten, weil sie einander nicht verstanden. Von den Hirtenkönigen bis in unsere Zeit hat es vielleicht hundert Revolutionen gegeben. Und beklagt ihr euch heute, daß ihr Sklaven seid. Mit Revolutionen wird also nichts bewirkt. Und warum dies? Diejenigen, welche die Revolutionen anzettelten, waren alle vom selben Schwindel ergriffen: Sie hatten es zu eilig.

Hat Gott es eilig, der doch die Revolutionen der Menschen lenkt?

‹Werft die Eiche nieder, werft sie nieder!› schreien Sie und bedenken nicht, daß die Eiche, die in einer Sekunde zur Erde stürzt, nach ihrem Fall ebensoviel Boden bedeckt, wie ein Pferd in dreißig Sekunden im Galopp zurücklegt. Diejenigen aber, welche die Eiche fällten, wurden, da sie keine Zeit hatten, dem unvorhergesehenen Sturz auszuweichen, unter ihrem ungeheuren Astwerk begraben, zerschmettert und vernichtet. Das ist es, was ihr wollt, nicht wahr? Von mir werdet ihr es nicht erhalten. Wie Gott ist es mir gelungen, zwanzig, dreißig, vierzig Menschenalter zu leben. Wie Gott bin auch ich ewig. Wie Gott werde auch ich geduldig sein. Ich trage mein Schicksal, das eurige und das der Welt in dieser hohlen Hand. Niemand wird mich dazu bewegen, diese Hand voll donnernder Wahrheiten zu öffnen, wenn ich sie nicht freiwillig öffne. Ich weiß, daß sie den Blitz in sich birgt, und der Blitz wird darin wohnen wie in der allmächtigen Rechten Gottes.

Meine Herren, verlassen wir diese erhabenen Höhen und begeben wir uns wieder herab auf die Erde.

Meine Herren, ich sage es Ihnen einfach und voller Überzeugung: Es ist noch nicht an der Zeit. Der gegenwärtig regierende König ist ein letzter Abglanz des großen Königs, den das Volk noch immer verehrt. Und in der schwindenden Herrlichkeit dieses Königs liegt noch immer etwas, was hinreichend blendet, um die Blitze Ihrer armseligen Rachegelüste zunichte zu machen. Dieser hier ist als König geboren und wird als König sterben. Sein Geschlecht ist anmaßend, aber rein. Dieser hier wird immer der König sein. Schlagt ihm den Kopf ab, und es wird geschehen, was bei Karl I. geschah: Seine Henker werden sich vor ihm niederwerfen, und die Höflinge, die sein Unglück herbeiführten, wie Lord Capell, werden das Beil küssen, das den Kopf ihres Herrn vom Rumpf getrennt hat.

Wie Sie alle wissen, meine Herren, ist England mit zuviel Hast zu Werke gegangen. König Karl I. ist zwar auf dem Schafott gestorben, aber König Karl II., sein Sohn, saß bis zu seinem Tod auf dem Thron.

Warten Sie, meine Herren, warten Sie, denn die Zeiten werden bald günstiger sein.

Ihr wollt die königlichen Lilien zerstören. Das ist unser aller

Wahlspruch: *Lilia pedibus destrue.* Doch nicht eine einzige Wurzel darf der Blume des heiligen Ludwig die Hoffnung lassen, noch einmal aufzublühen. Ihr wollt das Königtum zerstören? Um das Königtum für immer zu zerstören, muß man es in seinem Ansehen und in seinem Wesen schwächen. Ihr wollt dem Königtum den Garaus machen? Wartet, bis das Königtum kein Priesteramt mehr, sondern eine Anstellung ist, bis es nicht mehr in einem Tempel, sondern in einer Bude betrieben wird. Die heiligste Einrichtung des Königtums, nämlich das seit Jahrhunderten durch Gott und die Völker verliehene Erbe des Thrones, geht für immer verloren. Hört! Hört! Diese unbesiegbare, unüberwindliche Schranke, die zwischen uns geringen Leuten und diesen gleichsam göttlichen Geschöpfen besteht, diese Grenze, welche die Völker nie zu überschreiten wagten und die man Legitimität nennt, dieses wie Leuchtfeuer strahlende Wort, welches das Königtum bis heute vor dem Scheitern bewahrt hat, dieses Wort wird unter dem Hauch des geheimnisvollen Verhängnisses erlöschen. Die Dauphine, welche man nach Frankreich rief, um das Geschlecht der Könige durch die Mischung mit kaiserlichem Blut fortbestehen zu lassen, diese Dauphine, die seit einem Jahr mit dem Thronerben von Frankreich verheiratet ist ... Treten Sie näher, meine Herren, denn ich fürchte, meine Worte könnten über Ihren Kreis hinaus dringen.»

«Nun?» fragten die sechs Häupter bange.

«Nun, meine Herren, die Dauphine ist noch immer Jungfrau!»

Ein bedrohliches Murmeln, das alle Könige der Welt in die Flucht geschlagen hätte, drang aus dem engen Kreis der sechs Köpfe, die sich beinahe berührten, beherrscht von Balsamo, der sich von seinem Podest zu ihnen hinabbeugte.

«Bei diesem Sachverhalt», fuhr Balsamo fort, «kann man zwei Hypothesen aufstellen, die unserem Anliegen gleichermaßen günstig sind.

Die erste besteht darin, daß die Dauphine unfruchtbar bleibt und das Haus Bourbon erlischt. In diesem Fall hält die Zukunft für unsere Freunde weder Kämpfe noch Unruhen bereit. Es wird mit diesem zum Aussterben bestimmten Geschlecht geschehen, was in Frankreich immer geschah, wenn sich drei Brüder als Könige auf dem Thron folgten; was bei den drei Söhnen Philipps des Schönen, Ludwig dem Zänker, Philipp dem Langen und Karl IV., geschah, die ohne Nachkommenschaft starben, nachdem sie alle drei regiert hatten. Was bei den drei Söhnen Heinrichs II., Franz II., Karl IX. und Heinrich III., geschah, die ohne Nachkommenschaft starben, nachdem sie alle drei regiert hatten. Wie sie, so werden auch der Dauphin, der Graf von Provence und der Graf von Artois alle drei regieren, und alle drei werden kinderlos sterben, wie die anderen gestorben sind. Das ist das Gesetz des Verhängnisses.

Da nun nach Karl IV., dem letzten aus dem Geschlecht der Kapetinger, Philipp VI. von Valois kam, der einer Seitenlinie der Kapetinger entstammte; da nach Heinrich III., dem letzten aus dem Geschlecht der Valois, Heinrich IV. von Bourbon, ebenfalls aus einer Seitenlinie des vorhergehenden Geschlechts, folgte, so wird auf den Herzog von Artois, der im Buch des Verhängnisses als der letzte König seiner Linie eingetragen ist, vielleicht irgendein Cromwell oder ein Wilhelm von Oranien folgen, der entweder dem Geschlecht oder der natürlichen Ordnung der Erbfolge völlig fremd ist.

Soviel zu unserer ersten Hypothese.

Die zweite ist die, daß die Dauphine nicht unfruchtbar bleibt. Und das ist die Falle, in die unsere Feinde sich stürzen werden, während sie glauben, uns hineinzulocken. Oh! Bleibt die Dauphine nicht unfruchtbar, wird sie – zur Freude des Hofes, weil er das Königtum gesichert wähnt – tatsächlich Mutter, dann haben auch wir Grund zur Freude. Denn wir werden ein so furchtbares Geheimnis besitzen, daß kein Ansehen, keine Macht etwas dagegen auszurichten vermögen. Denn den Erben, welchen die künftige Königin dem Thron schenkt, werden wir als unrechtmäßig bezeichnen können, da er aus einer ehebrecherischen Verbindung hervorgegangen ist. Dies wird einen solchen Skandal hervorrufen, daß die Unfruchtbarkeit im Vergleich mit dem trügerischen Glück, das ihnen der Himmel gewährt zu haben scheint, noch eine Wohltat Gottes gewesen wäre. Deshalb halte ich mich zurück, meine Herren; deshalb warte ich, meine Brüder; und deshalb halte ich es auch für unnütz, heute schon die Leidenschaften des Volkes zu entfesseln, die ich wirksam einsetzen werde, wenn die Zeit erst gekommen ist.

Nun, meine Herren, wissen Sie, was in diesem Jahr geleistet wurde. Seien sie davon überzeugt, daß es uns nur gelingen wird mit dem Erfindungsreichtum und dem Mut der einen, welche die Augen und das Gehirn darstellen; mit der Beharrlichkeit und der Arbeit der anderen, welche die Arme sind, und mit dem Glauben und der Hingabe wieder anderer, die das Herz bilden.

Seien Sie vor allem von der Notwendigkeit des blinden Gehorsams durchdrungen, der bewirkt, daß sich Ihr Präsident selbst dem Willen der Ordensstatuten beugen wird, wenn sie es verlangen.

An dieser Stelle, meine Herren und geliebten Brüder, würde ich die Sitzung schließen, bliebe mir nicht noch etwas Gutes zu tun und etwas Schlechtes aufzuzeigen.

Der große Schriftsteller, der heute abend zu uns stieß und der einer der Unsrigen geworden wäre, hätte der blinde Eifer eines unserer Brüder den schüchternen Dichter nicht abgeschreckt; dieser große Schriftsteller hat über unsere Versammlung den Sieg davongetragen, und ich beklage es als ein Unglück, daß ein Fremder gegenüber einer Mehrzahl von Brüdern, welche unsere Vorschriften schlecht und unser Ziel überhaupt nicht kennen, Recht behalten hat.

Mit den Sophismen seiner Bücher über die Wahrheiten unseres Bundes triumphierend, führte uns Rousseau ein wesentliches Laster vor Augen, das ich mit Feuer und Schwert ausrotten würde, hegte ich nicht immer noch die Hoffnung, es durch Überzeugung zu heilen. Die Eitelkeit eines unserer Brüder trat auf ärgerlicher Weise zutage. Durch ihn waren wir in der Diskussion unterlegen. Ich hoffe, daß so etwas in Zukunft nicht mehr vorkommt, oder ich sähe mich gezwungen, zu disziplinarischen Maßnahmen zu greifen.

Nun geht, meine Brüder, und verbreitet den Glauben durch Sanftheit und Überzeugung! Gebt ihn den Menschen geschickt zu verstehen, aber drängt ihn niemandem auf. Treibt ihn nicht mit Hammer- und Axtschlägen in die widerspenstigen Gemüter, wie es die Inquisitoren taten. Erinnert euch stets daran, daß wir nur dann Größe erlangen, wenn man uns als gut erkennt, und daß man uns nur dann als gut erkennen wird, wenn wir besser erscheinen als alles, was uns umgibt. Denkt auch daran, daß bei uns die Guten und die Besseren nichts sind ohne die Wissenschaft, die Kunst und den Glauben; nichts neben jenen, denen Gott ein besonderes Siegel verlieh, auf daß sie den Menschen gebieten und ein Reich regieren.

Meine Herren, die Sitzung ist geschlossen.»

Mit diesen Worten setzte Balsamo seinen Hut auf und hüllte sich in seinen Mantel.

Die Brüder entfernten sich schweigend, um keinen Verdacht zu erregen.

## CV. KAPITEL

### *Leib und Seele*

Der letzte, der beim Meister zurückblieb, war der Wundarzt Marat.

Demütig und bleich näherte er sich dem gewaltigen Redner, dessen Macht keine Grenzen kannte.

«Meister», fragte er, «habe ich denn wirklich einen Fehler begangen?»

«Einen großen, Monsieur», erwiderte Balsamo, «und was noch schlimmer ist, Sie glauben nicht einmal, ihn begangen zu haben.»

«Nun ja, ich gestehe es. Ich glaube nicht nur, keinen Fehler begangen zu haben, sondern ich glaube überdies, das Richtige gesagt zu haben.»

«Hochmut! Hochmut!» murmelte Balsamo. «Hochmut, Dämon der Zerstörung! Die Menschen bekämpfen das Fieber in den Adern des Kranken, die Pest im Wasser und in der Luft. Aber sie lassen den Hochmut so tiefe Wurzeln in ihren Herzen treiben, daß es ihnen nicht gelingt, ihn auszurotten.»

«O Meister», entgegnete Marat, «Sie haben eine sehr traurige Meinung von mir. Bin ich denn wirklich so gering, daß ich unter meinesgleichen nichts gelte? Habe ich die Früchte meiner Arbeit so schlecht geerntet, daß ich unfähig bin, ein Wort zu sagen, ohne der Unwissenheit bezichtigt zu werden? Bin ich wirklich ein so lauer Adept, daß man meine Überzeugung in Zweifel zieht? Und träfe all dies zu, so könnte ich doch immerhin von mir behaupten, daß ich mich voller Hingabe für die heilige Sache des Volkes einsetze.»

«Monsieur», antwortete Balsamo, «weil das Prinzip des Guten in Ihnen noch gegen das Prinzip des Bösen kämpft, von dem ich befürchte, daß es eines Tages den Sieg davontragen wird, werde ich versuchen, Sie von diesen Fehlern zu befreien. Ob mir das gelingen kann, ob Ihr Hochmut noch nicht die Oberhand gewonnen hat – darüber werde ich innerhalb einer Stunde Bescheid wissen.»

«Innerhalb einer Stunde?» wiederholte Marat.

«Ja. Wollen Sie mir diese Stunde schenken?»

«Gewiß.»

«Wo soll ich mich mit Ihnen treffen?»

«Meister, es ist an mir, mich an den Ort zu begeben, den Sie Ihrem Diener als Treffpunkt nennen.»

«Nun gut», sprach Balsamo, «dann komme ich zu Ihnen.»

«Geben Sie acht, welche Verpflichtung Sie eingehen, Meister. Ich wohne in einer Dachkammer in der Rue des Cordeliers. In einer Dachkammer, verstehen Sie», betonte Marat mit geheuchelter Bescheidenheit und mit wichtigtuerischer Betonung seines eigenen Elends, was Balsamo nicht entging, «während Sie ...»

«Während ich?»

«Während Sie, wie man sagt, in einem Palast wohnen.»

Balsamo zuckte die Schultern, wie es ein Riese täte, der von seiner Höhe herab den Zorn eines Zwerges ermißt.

«Nun, warum nicht, Monsieur?» erwiderte er. «Ich werde Sie in Ihrer Dachkammer besuchen.»

«Wann, Monsieur?»

«Morgen.»

«Um welche Zeit?»

«Morgens.»

«Ich gehe aber schon bei Tagesanbruch in meinen Anatomiesaal und von dort aus ins Krankenhaus.»

«Das ist genau das, was ich brauche. Ich hätte Sie gebeten, mich dorthin zu führen, hätten Sie es mir nicht vorgeschlagen.»

«Sie verstehen, sehr früh am Morgen. Ich schlafe nämlich sehr wenig», gab Marat zu bedenken.

«Und ich schlafe überhaupt nicht», versetzte Balsamo. «Also dann, bei Tagesanbruch.»

«Ich erwarte Sie.»

Hierauf trennten sie sich, denn sie waren schon bei der Tür angelangt, welche auf die Straße führte. Als sie hinausgingen, sah die Straße so düster und menschenleer aus, wie sie im Augenblick ihrer Ankunft bevölkert und lärmend gewesen war.

Balsamo wandte sich nach links und war wenige Augenblicke später verschwunden.

Am nächsten Morgen klopfte er pünktlich um sechs Uhr an die Tür des Wohnungsvorplatzes, der in der Mitte eines langen Ganges, von dem sechs Türen abgingen, das letzte Stockwerk eines alten Hauses in der Rue des Cordeliers bildete.

Marat hatte sich offenkundig darauf vorbereitet, seinen erhabenen Gast würdig zu empfangen. Das schmale Bett aus Nußbaumholz und die Kommode mit Aufsatz glänzten vor Sauberkeit unter dem wollenen Wischtuch einer Putzfrau, die sich bemühte, die wurmstichigen Möbel auf Hochglanz zu polieren.

Marat selbst gab den in einem blauen Steinguttopf stehenden, bleichen und verwelkten Blumen, die den Hauptschmuck der Mansarde darstellten, frisches Wasser.

Noch immer hielt er einen Scheuerlappen unter dem Arm, was darauf hinwies, daß er, bevor er sich den Blumen zuwandte, Hand an die Möbel gelegt hatte.

Da der Schlüssel in der Tür steckte und Balsamo eintrat, ohne anzuklopfen, überraschte er Marat bei dieser Beschäftigung.

Marat errötete beim Anblick des Meisters.

«Sie sehen, Monsieur», meinte er, während er den Lappen verstohlen hinter einem Vorhang verschwinden ließ, «ich gehe dieser braven Frau zur Hand. Ich wähle die Arbeit, welche vielleicht nicht gerade die eines guten Plebejers, aber auch nicht ganz die eines großen Herrn ist.»

«Es ist die eines armen jungen Mannes, der die Sauberkeit liebt, nichts weiter», versetzte Balsamo kalt. «Sind Sie bald fertig, Monsieur? Wie Sie wissen, ist meine Zeit begrenzt.»

«Ich schlüpfe eben noch in meinen Rock, Monsieur ... Madame Grivette, meinen Rock ... Sie ist nämlich meine Pförtnerin, Monsieur, und gleichzeitig ist sie mein Kammerdiener, meine Köchin und meine Wirtschafterin. Sie kostet mich ein Livre im Monat.»

«Ich lobe die Sparsamkeit», erwiderte Balsamo. «Sie ist der Reichtum der Armen und die Weisheit der Reichen.»

«Meinen Hut, meinen Stock!» rief Marat.

«Strecken Sie doch die Hand aus», forderte Balsamo ihn auf, «hier ist Ihr Hut, und zweifellos ist der Stock, der neben Ihrem Hut steht, der Ihrige.»

«Oh! Verzeihung, Monsieur, ich bin ganz durcheinander.»

«Sind Sie bereit?»

«Jawohl, Monsieur. Meine Uhr, Madame Grivette!»

Madame Grivette sah sich nach allen Seiten um, antwortete aber nicht.

«Um in den Anatomiesaal und ins Krankenhaus zu gehen, benötigen Sie keine Uhr, Monsieur. Die Suche danach würde uns zu lange aufhalten.»

«Indessen lege ich großen Wert auf meine Uhr, Monsieur. Sie ist vortrefflich, und ich habe lange sparen müssen, bis ich sie kaufen konnte.»

«Madame Grivette wird sie in Ihrer Abwesenheit suchen», erwiderte Balsamo lächelnd, «und wenn sie ordentlich sucht, wird sie sie bei Ihrer Rückkehr gefunden haben.»

«Oh! Gewiß», versicherte Madame Grivette, «ich werde sie gefunden haben, wenn Monsieur sie nicht anderswo gelassen hat. Hier geht nichts verloren.»

«Da sehen Sie», meinte Balsamo. «Vorwärts, Monsieur, gehen wir!»

Marat wagte nicht, noch länger zu widersprechen, und folgte Balsamo brummend nach.

An der Tür fragte Balsamo:

«Wohin gehen wir zuerst?»

«Zum Anatomiesaal, wenn es Ihnen recht ist, Meister. Ich habe dort ein Subjekt ausgewählt, das heute nacht aller Wahrscheinlichkeit nach an akuter Gehirnhautentzündung gestorben ist. Ich habe Untersuchungen an seinem Gehirn anzustellen und will nicht, daß meine Kameraden mir zuvorkommen.»

«Gehen wir also zum Anatomiesaal, Monsieur Marat.»

«Er liegt direkt neben dem Krankenhaus, so daß wir nur hinein- und wieder hinauszugehen brauchen. Sie können auch vor der Tür auf mich warten.»

«Im Gegenteil, ich wünsche, mit Ihnen hineinzugehen. Sie werden mir Ihre Meinung über das Subjekt sagen.»

«Als es noch lebte, Monsieur?»

«Nein, seitdem es ein Leichnam ist.»

«Holla! Nehmen Sie sich in acht!» rief Marat lächelnd. «Ich könnte Ihnen auf diesem Gebiet einen Punkt voraus haben, denn ich kenne diesen Teil meines Berufs und bin, wie man sagt, ein recht geschickter Anatom.»

«Hochmut, Hochmut, der ewige Hochmut», murmelte Balsamo.

«Wie bitte?» fragte Marat.

«Ich sagte, wir werden sehen, Monsieur», antwortete Balsamo.

Marat trat als erster in den engen Gang, der zum Anatomiesaal am Ende der Rue Hautefeuille führte.

Balsamo folgte ihm ohne Zögern bis zu dem langen, schmalen Saal, wo auf einem Marmortisch zwei Leichen, eine männliche und eine weibliche, aufgebahrt waren.

Die Frau war jung gestorben. Der Mann dagegen war alt und kahl. Ein schäbiges Leichentuch verhüllte die beiden Körper, ließ aber ihre Gesichter halb entblößt.

Beide lagen nebeneinander auf diesem kalten Lager, obgleich sie sich zu ihren Lebzeiten vielleicht nie begegnet waren. Ihre Seelen mußten jetzt, da sie sich auf dem Weg in die Ewigkeit befanden, sehr erstaunt sein, wenn sie ihre sterblichen Hüllen in so enger Nachbarschaft erblickten.

Marat zog das grobe Leintuch zur Seite, das die beiden Unglücklichen bedeckte. Beide Leichen waren nackt.

«Stößt Sie der Anblick von Toten nicht ab?» erkundigte sich Marat mit seiner üblichen Wichtigtuerei.

«Er betrübt mich», erwiderte Balsamo.

«Das ist nur die fehlende Gewohnheit», erklärte Marat. «Ich sehe dieses Schauspiel alle Tage und empfinde dabei weder Trauer noch Ekel. Sehen Sie, wir Ärzte leben mit den Toten und unterbrechen ihretwegen keine einzige Tätigkeit unseres Lebens.»

«Das ist das traurige Vorrecht Ihres Berufsstandes, Monsieur.»

«Warum sollte ich auch betrübt sein?» fuhr Marat fort. «Warum sollte ich mich ekeln? Im ersten Fall hilft mir die Überlegung, im zweiten die Gewohnheit.»

«Erklären Sie das genauer», forderte Balsamo ihn auf, «ich verstehe Sie nur undeutlich. Zuerst die Überlegung.»

«Nun gut! Warum sollte ich erschrecken? Warum sollte ich mich vor einem reglosen Leib fürchten, vor einer Statue, die aus Fleisch beschaffen ist, anstatt aus Stein, Marmor oder Granit?»

«In der Tat, es ist nichts in einem Leichnam, nicht wahr?»

«Nichts, durchaus nichts.»

«Glauben Sie das wirklich?»

«Ich bin dessen sicher.»

«Aber in einem lebendigen Körper?»

«Darin ist die Bewegung», erklärte Marat selbstherrlich.

«Und die Seele, Monsieur, vergessen Sie nicht die Seele.»

«Ich habe nie eine in den Leibern gesehen, die ich mit meinem Seziermesser untersuchte.»

«Weil Sie nur Leichen untersuchen.»

«Oh! Nicht nur, Monsieur, ich habe sehr oft an Lebenden operiert.»

«Und Sie haben in ihnen nicht mehr gefunden als in den Leichen auch?»

«Doch, ich habe den Schmerz gefunden. Ist der Schmerz das, was Sie die Seele nennen?»

«Sie glauben also nicht daran?»

«Woran?»

«An die Seele.»

«Ich glaube daran, weil es mir freisteht, sie Bewegung zu nennen.»

«Das ist sehr gut. Sie glauben an die Seele. Mehr wollte ich nicht wissen. Es freut mich, daß Sie daran glauben.»

«Einen Augenblick, Meister, mißverstehen wir uns nicht, und vor allem übertreiben wir nicht», bremste Marat mit einem schlangenhaften Lächeln. «Wir Ärzte sind alle ein wenig Materialisten.»

«Diese Leiber sind sehr kalt», bemerkte Balsamo, «und diese Frau war sehr schön.»

«Aber ja.»

«Und sicher wohnte eine schöne Seele in diesem schönen Leib.»

«Ah! Genau darin bestand der Irrtum dessen, der sie schuf. Schöne Scheide, gemeine Klinge. Dieser Leib, Meister, war der einer durchtriebenen Person, die, kurz bevor sie im Armenkrankenhaus Hôtel-Dieu an einer Gehirnhautentzündung starb, aus dem Gefängnis von Saint-Lazare entlassen wurde. Ihr Sündenregister ist lang und ziemlich anstößig. Wenn Sie die Bewegung, welche dieses Geschöpf zu seinen Handlungen antrieb, als Seele bezeichnen, so tun Sie unseren Seelen unrecht, die von gleicher Art sein müssen.»

«Eine Seele, die man hätte heilen müssen», wandte Balsamo ein, «und die sich in Ermangelung des einzigen Arztes, der unverzichtbar ist, nämlich des Seelenarztes, ins Verderben gebracht hat.»

«Ach, Meister, dies ist wieder eine von Ihren Theorien», seufzte Marat. «Es gibt nur Ärzte für den Leib. Und sehen Sie, Meister, Ihnen liegt in diesem Augenblick ein Wort auf der Zunge, das Molière oft in seinen Komödien gebraucht hat, und über dieses Wort lächeln Sie.»

«Nein», widersprach Balsamo, «Sie irren sich und können nicht wissen, worüber ich lächle. Für den Augenblick sind wir zu dem Ergebnis gekommen, daß diese Leiber leer sind, nicht wahr?»

«Und unempfindlich», ergänzte Marat, wobei er den Kopf der jungen Frau anhob und ihn sodann geräuschvoll auf den Marmor zurückfallen ließ, ohne daß der Körper auch nur gezuckt oder gezittert hätte.

«Sehr gut», meinte Balsamo, «gehen wir jetzt hinüber ins Krankenhaus.»

«Bitte, einen Moment noch, Meister. Ich möchte nicht gehen, bevor ich diesen Kopf, der mich ungemein reizt, weil er der Sitz einer sehr ungewöhnlichen Krankheit war, vom Rumpf getrennt habe. Sie gestatten?»

«Aber natürlich!» willigte Balsamo ein.

Marat öffnete seine Bestecktasche und entnahm ihr ein Skalpell. Darauf holte er aus einer Ecke des Raumes einen großen Holzhammer, der mit Blutflecken bespritzt war.

Alsdann machte er mit geübter Hand einen kreisförmigen Einschnitt, der alles Fleisch und alle Muskeln vom Hals trennte. Als er den Knochen erreicht hatte, schob er sein Skalpell zwischen zwei Gelenke der Wirbelsäule und tat mit dem Hammer einen kräftigen Schlag darauf.

Der Kopf rollte auf den Tisch und vom Tisch auf den Boden. Marat war gezwungen, ihn mit seinen feuchten Händen aufzuheben.

Balsamo wandte sich ab, um dem Triumphator keine zu große Freude zu bereiten.

«Eines Tages», sprach Marat, der glaubte, den schwachen Punkt des Meisters entdeckt zu haben, «eines Tages wird sich irgendein Menschenfreund mit dem Tod beschäftigen, wie sich die anderen mit dem Leben beschäftigen. Er wird eine Maschine erfinden, die den Kopf mit einem Schlag abtrennt und den augenblicklichen Eintritt des Todes bewirkt, was keine der anderen Todesarten vermag. Das Rad, die Vierteilung und das Erhängen sind Hinrichtungsarten barbarischer und unzivilisierter Völker. Eine aufgeklärte Nation wie Frankreich muß strafen, sie darf sich nicht rächen. Eine Gesellschaft aber, die rädert, hängt oder vierteilt, rächt sich an dem Verbrecher durch das Leiden, das sie ihm zufügt, bevor sie ihn mit dem Tod bestraft. Dies ist meiner Ansicht nach um die Hälfte zuviel.»

«Meiner Meinung nach auch, Monsieur. Aber was verstehen Sie unter diesem Instrument?»

«Ich verstehe darunter eine Maschine, die kalt und unempfindlich ist wie das Gesetz selbst. Der mit der Bestrafung beauftragte Mann läßt sich vom Anblick seines Mitmenschen beeindrucken und führt den Streich zuweilen schlecht aus, wie es bei Chalais und beim Herzog von Monmouth geschah. Anders verhielte es sich mit einer Maschine, zum Beispiel mit zwei Armen aus Eichenholz, die ein Messer in Bewegung setzen würden.»

«Und glauben Sie, Monsieur, daß der Tod augenblicklich einträte und der Schmerz rasch vorüber wäre, weil dieses Messer blitzschnell zwischen Hinterkopf und Trapezmuskeln durchfahren würde?»

«Der Tod träte zweifelsohne augenblicklich ein, da das Eisen mit einem Schlag die Nerven, welche die Bewegung veranlassen, durchschnitte. Der Schmerz wäre kurz, weil das Eisen das Gehirn, den Sitz der Empfindungen, vom Herzen, dem Mittelpunkt des Lebens, trennen würde.»

«Monsieur», entgegnete Balsamo, «in Deutschland wird die Hinrichtung durch Enthaupten bereits praktiziert.»

«Ja, aber durch das Schwert, und ich habe Ihnen ja gesagt, die Hand eines Menschen kann zittern.»

«Eine solche Maschine existiert in Italien. Ein Körper aus Eichenholz setzt sie in Bewegung, und man nennt sie *Mannaja*.»

«Und weiter?»

«Nun, Monsieur, ich habe gesehen, wie vom Scharfrichter enthauptete Verbrecher ohne Kopf von dem Stuhl aufstanden, auf dem sie gesessen hatten, sich schwankend fortbewegten und zehn Schritt weiter zu Boden stürzten. Ich habe Köpfe aufgehoben, die an den Fuß der *Mannaja* rollten, wie dieser Kopf, den Sie an den Haaren halten, vorhin an den Fuß dieses Marmortischs gerollt ist. Und wenn ich einem solchen Kopf den Namen ins Ohr sagte, auf den man ihn im Leben getauft hatte, sah ich, wie sich seine Augen wieder öffneten und sich in ihren Höhlen drehten, als ob sie denjenigen suchten, der sie während dieses Übergangs vom Zeitlichen ins Ewige auf die Erde zurückrief.»

«Das ist nichts als eine Nervenbewegung.»

«Sind die Nerven denn nicht die Organe der Empfindung?»

«Was schließen Sie daraus, Monsieur?»

«Ich schließe daraus, daß es besser wäre, wenn der Mensch, statt eine Maschine zu suchen, die tötet, um zu strafen, ein Mittel suchen würde, das straft, ohne zu töten. Die Gesellschaft, die dieses Mittel findet, wird die beste und die aufgeklärteste aller Gesellschaften sein, glauben Sie mir.»

«Schon wieder eine Utopie! Ständig Utopien!» rief Marat.

«Diesmal haben Sie vielleicht recht», meinte Balsamo. «Die Zeit wird uns erleuchten ... Haben Sie nicht gesagt, daß Sie ins Krankenhaus wollten? ... Gehen wir also!»

Marat hüllte den Kopf der jungen Frau in sein Sacktuch, dessen vier Enden er sorgfältig zusammenknüpfte.

«Jetzt», sprach er im Hinausgehen, «bin ich wenigstens sicher, daß meine Kameraden nur das haben werden, was ich übriggelassen habe.»

Man schlug den Weg zum Hôtel-Dieu ein. Der Träumer und der Arzt gingen nebeneinander her.

«Sie haben diesen Kopf sehr kaltblütig und sehr geschickt abgetrennt, Monsieur», bemerkte Balsamo. «Bewegt es Sie mehr, wenn es sich statt um Tote um Lebende handelt? Rührt Sie das Leiden mehr als die Reglosigkeit? Gehen Sie mit Lebenden mitfühlender um als mit Leichen?»

«Nein, denn das wäre ein Fehler, wie es beim Henker ein Fehler wäre, wenn er sich beeindrucken ließe. Man kann einen Menschen genauso töten, indem man ihm das Bein falsch abschneidet, wie wenn man ihm den Kopf schlecht abschlägt. Ein guter Chirurg muß mit seinen Händen und nicht mit seinem Herzen operieren, obgleich er in seinem Herzen wohl weiß, daß er für einen Augenblick des Leidens Jahre des Lebens und der Gesundheit schenkt. Das ist die schöne Seite unseres Berufs, Meister.»

«Ja, Monsieur, aber bei den Lebenden finden Sie doch hoffentlich die Seele.»

«Ja, wenn Sie sich mit mir darauf einigen, daß die Seele die Bewegung oder das Empfindungsvermögen ist; ja, gewiß, ich finde sie, und meist ist sie sogar ausgesprochen hinderlich, denn sie tötet mehr Kranke als mein Seziermesser.»

Sie waren an der Schwelle des Hôtel-Dieu angelangt und betraten das Hospiz. Geführt von Marat, der seine grausige Bürde nicht abgelegt hatte, drang Balsamo alsbald in den Operationssaal vor, wo sich der Oberwundarzt mit den Schülern der Chirurgie befand.

Die Krankenpfleger hatten eben einen jungen Mann hereingebracht, der in der vorangegangenen Woche von einem schweren Wagen überfahren worden war. Das Rad des Wagens hatte ihm den Fuß zerquetscht. Eine erste Operation, die man in aller Eile an dem durch die Schmerzen tauben Glied durchgeführt hatte, war nicht ausreichend gewesen. Der Zustand des Beines hatte sich rasch verschlechtert, und eine Amputation war dringend notwendig geworden.

Auf seinem Schmerzenslager ausgestreckt, blickte der Unglückliche mit einem Entsetzen, welches einen Tiger gerührt hätte, auf diese Bande von Ausgehungerten, die auf den Augenblick seines Martyriums, vielleicht gar auf seinen Todeskampf lauerten, um die Wissenschaft des Lebens zu studieren, ein wunderbares Phänomen, hinter dem sich das Phänomen des Todes verbirgt.

Er schien jeden der Wundärzte, der Schüler und der Krankenpfleger um ein tröstendes Wort, ein Lächeln oder einen beruhigenden Händedruck zu bitten. Doch mit seinem Herzen begegnete er überall nur der Gleichgültigkeit und mit seinen Augen dem blanken Stahl.

Ein Rest von Mut und Stolz machte ihn stumm. Er sparte seine Kräfte für die Schreie auf, die ihm alsbald der Schmerz entreißen sollte.

Als er indessen auf seiner Schulter die schwere, wenngleich entgegenkommende Hand des Krankenwärters spürte, als er fühlte, wie ihn die Arme der Helfer gleich den Schlangen Laokoons umfaßten, als er die Stimme des Operateurs sagen hörte: «Nur Mut!», da wagte es der Unglückliche, das Schweigen zu brechen und mit kläglicher Stimme zu fragen:

«Werde ich sehr leiden?»

«O nein, seien Sie unbesorgt», antwortete Marat mit einem falschen Lächeln, das auf den Kranken liebevoll, auf Balsamo aber ironisch wirkte.

Marat sah, daß Balsamo begriffen hatte. Er trat zu ihm und flüsterte:

«Es ist eine furchtbare Operation. Der Knochen ist voller Risse und zum Erbarmen empfindlich. Er wird nicht an seiner Verletzung, wohl aber an seinen Schmerzen sterben. Soviel wird diesem Lebenden seine Seele nützen.»

«Warum operieren Sie ihn dann überhaupt? Warum lassen Sie ihn nicht in Frieden sterben?»

«Weil es die Pflicht des Wundarztes ist, die Heilung zu versuchen, selbst wenn die Heilung ihm schier unmöglich scheint.»

«Und Sie sagen, er wird leiden?»

«Furchtbar.»

«Durch die Schuld seiner Seele?»

«Durch die Schuld seiner Seele, die seinen Körper zu sehr liebt.»

«Warum operieren Sie ihn dann nicht an der Seele? Die Ruhe der einen brächte vielleicht die Heilung des anderen.»

«Das habe ich auch getan ...», erwiderte Marat, während man damit fortfuhr, den Patienten festzubinden.

«Sie haben seine Seele vorbereitet?»

«Jawohl.»

«Und wie?»

«Wie man dies eben tut, durch Worte. Ich habe zur Seele, zum Verstand, zum Empfindungsvermögen, zu der Sache gesprochen, die den griechischen Philosophen zu den Worten veranlaßte: ‹Schmerz, du bist kein Übel!› Ich habe in der Sprache gesprochen, die hierbei angebracht ist. Ich habe ihm gesagt: ‹Sie werden nicht leiden.› Nun bleibt es der Seele überlassen, ob sie leidet oder nicht. Das geht nur sie an. Die Lüge ist das einzige Mittel, das bisher zur Beruhigung der Seele bekannt ist. Warum ist diese verteufelte Seele auch mit dem Leib verbunden? Vorhin, als ich der jungen Frau den Kopf abtrennte, hat der Leib nicht reagiert. Dabei war der Eingriff sehr schwer. Doch was wollen Sie? Die Bewegung hatte aufgehört, das Empfindungsvermögen war erloschen, die Seele war entwichen, wie ihr Spiritualisten sagt. Deshalb hat dieser Kopf nichts gesagt, als ich ihn abtrennte. Deshalb hat mich dieser Leib gewähren lassen, als ich ihn enthauptete. Dagegegen wird dieser Leib, in dem noch die Seele wohnt, in wenigen Augenblicken grauenerregende Schreie ausstoßen. Halten Sie sich gut die Ohren zu, Meister! Halten Sie sich die Ohren zu bei Ihrer Empfänglichkeit für die Verflechtung von Leib und Seele, welche Ihre Theorie bis zu dem Tag zunichte machen wird, da es derselben gelingt, den Körper von der Seele zu trennen.»

«Sie glauben, daß man diese Trennung niemals erreichen wird?»

«Versuchen Sie es», ermunterte ihn Marat, «die Gelegenheit ist günstig.»

«Nun, ja, Sie haben recht», meinte Balsamo, «die Gelegenheit ist günstig. Ich versuche es also.»

«Sie versuchen es?»

«Ja.»

«Wie?»

«Ich will nicht, daß dieser junge Mann leidet. Er interessiert mich.»

«Sie sind ein erhabener Meister», sprach Marat, «aber Sie sind weder Gott der Vater noch Gott der Sohn. Deshalb werden Sie nicht verhindern können, daß dieser Bursche hier leiden wird.»

«Und wenn er nicht litte, glaubten Sie dann an seine Heilung?»

«Sie wäre wahrscheinlicher, aber noch keineswegs sicher.»

Balsamo bedachte Marat mit einem unbeschreiblichen Blick des Triumphes. Alsdann stellte er sich vor den jungen Kranken, in dessen furchtsam geweiteten Augen sich schon der Schrecken der bevorstehenden Qualen spiegelte.

«Schlafen Sie», befahl ihm Balsamo. Doch es war nicht allein sein Mund, der sprach, sondern auch sein Blick, sein Wille, die ganze Wärme seines Blutes und die ganze Ausstrahlung seiner Persönlichkeit.

In diesem Augenblick begann der Oberwundarzt, den kranken Schenkel abzutasten, und er erklärte seinen Schülern die Schwere des Falls.

Doch auf Balsamos Befehl hin schwankte der junge Mann, der sich aufgesetzt hatte, einen Moment lang in den Armen der Gehilfen. Sein Kopf neigte sich, und die Augen fielen ihm zu.

«Ihm ist übel», kommentierte Marat.

«Nein, Monsieur.»

«Ja, sehen Sie denn nicht, daß er das Bewußtsein verliert?»

«Nein, er schläft.»

Alle wandten sich zu dem sonderbaren Arzt, den man für einen Verrückten hielt.

Ein ungläubiges Lächeln zeigte sich auf Marats Lippen.

«Ist es üblich, daß man während einer Ohnmacht spricht?» fragte Balsamo.

«Nein.»

«Nun, dann stellen Sie ihm ein paar Fragen, und er wird Ihnen antworten.»

«He! Junger Mann!» rief Marat.

«Sie brauchen nicht so laut zu schreien», wandte Balsamo ein.

«Sagen Sie uns, was mit Ihnen los ist?»

«Man hat mir befohlen zu schlafen, und ich schlafe», antwortete der Patient gelassen.

Alle Anwesenden schauten sich an.

«Und jetzt», befahl Balsamo, «binden Sie ihn los.»

«Unmöglich», winkte der Oberwundarzt ab, «eine einzige Bewegung, und die ganze Operation kann mißlingen.»

«Er wird sich nicht bewegen.»

«Wer kann mir dies garantieren?»

«Ich und außerdem er. Aber fragen Sie ihn nur.»

«Kann man Sie losbinden, mein Freund?»

«Man kann.»

«Und versprechen Sie mir, sich nicht zu bewegen?»

«Ich verspreche es, wenn Sie es mir befehlen.»

«Ich befehle es Ihnen.»

«Alle Achtung», entfuhr es dem Oberwundarzt, «Sie sprechen mit solcher Gewißheit, Monsieur, daß ich versucht bin, das Experiment zu wagen.»

«Nur zu, befürchten Sie nichts.»

«Binden Sie ihn los», ordnete der Oberwundarzt an.

Die Gehilfen gehorchten.

Balsamo stellte sich ans Kopfende des Lagers und sprach:

«Von diesem Moment an bewegen Sie sich nicht mehr, wenn ich es Ihnen nicht ausdrücklich befehle.»

Eine Statue hätte nicht unbeweglicher sein können, als es der Kranke auf dieses Geheiß hin wurde.

«Jetzt operieren Sie, Monsieur», sagte Balsamo. «Der Kranke ist dazu bereit.»

Der Wundarzt nahm sein Skalpell auf, doch dann zögerte er.

«Schneiden Sie, Monsieur, schneiden Sie nur», ermunterte ihn Balsamo mit der Miene eines erleuchteten Propheten.

Der Arzt, der wie Marat, wie der Kranke und wie jeder der Anwesenden unter Balsamos Einfluß stand, näherte den Stahl dem Fleisch.

Das Fleisch schrie auf, aber der Kranke stieß keinen einzigen Seufzer aus und bewegte sich nicht.

«Aus welchem Teil Frankreichs kommen Sie, mein Freund?» erkundigte sich Balsamo.

«Ich bin Bretone, Monsieur», gab der Kranke lächelnd zur Antwort.

«Und Sie lieben Ihre Heimat?»

«Oh, Monsieur, sie ist so schön!»

Der Wundarzt machte unterdessen die kreisförmigen Einschnitte, durch die man bei Amputationen den Knochen freilegt.

«Waren Sie noch jung, als Sie Ihre Heimat verließen?» fragte Balsamo weiter.

«Zehn Jahre alt, Monsieur.»

Die Einschnitte waren gemacht. Der Wundarzt setzte nun die Säge an den Knochen.

«Mein Freund», sprach Balsamo, «singen Sie mir doch einmal dieses Lied, das die Salzsieder von Batz immer zu singen pflegen, wenn sie nach Feierabend heimkehren. Ich erinnere mich nur noch an den ersten Satz: *Meinem schaumbedeckten Salze.*»

Die Säge schnitt in den Knochen.

Doch auf Balsamos Aufforderung hin lächelte der Kranke und begann zu singen, ausdrucksvoll, langsam, mit Leidenschaft wie ein Liebender oder wie ein Dichter:

*Meinem schaumbedeckten Salze,*
*Meinem himmelblauen See,*
*Meinem Ofen rauchend Torf,*
*Meinem honigsüßen Weizen,*
*Meiner Gattin, meinem Vater,*
*Meinen Kindern wohlgeliebt,*
*Meiner Mutter Grabesruhe,*
*Unter duftendem Gesträuch;*

*Allen Heil! Da bin ich wieder,*
*Und mein Tag, er ist vollbracht.*
*Nach der Arbeit jetzt zum Feste,*
*War ich weg, kommt jetzt die Liebe.*

Das Bein fiel auf das Lager, während der Kranke noch immer sang.

## CVI. KAPITEL

### *Seele und Leib*

Ein jeder schaute den Patienten voller Erstaunen, den Fremden voller Bewunderung an.

Einige meinten, beide wären verrückt.

«Der arme Teufel hat vor Angst den Verstand verloren», urteilte Marat. «Deshalb leidet er nicht mehr.»

«Ich glaube nicht», entgegnete Balsamo. «Er hat ganz und gar nicht den Verstand verloren. Und ich bin sicher, daß er uns, falls er sterben muß, den Tag seines Todes und, falls er leben soll, den Tag seiner Genesung sagen wird, wenn ich ihn danach frage.»

Marat war nahe daran, Balsamo für ebenso verrückt zu halten wie den Patienten.

Der Wundarzt war indessen eifrig damit beschäftigt, die Arterien abzubinden, aus denen Blut floß.

Balsamo zog ein Fläschchen aus der Tasche, träufelte einige Tropfen Flüssigkeit auf einen Scharpietupfer und bat den Oberwundarzt, den Tupfer auf die Adern zu drücken.

Dieser gehorchte mit einer gewissen Neugierde.

Er war einer der berühmtesten Ärzte seiner Zeit, ein wahrhaft in die Wissenschaft verliebter Mann, der keines ihrer Geheimnisse zurückwies und für den der Zufall dem Zweifel gleichkam.

Er drückte den Tupfer auf die Arterie, bis der Blutstrom versiegte.

Nun konnte er die Ader ohne Schwierigkeiten abbinden.

Jetzt war Balsamos Triumph vollkommen, und alle fragten ihn, wo er studiert und welche Schule er besucht habe.

«Ich bin ein deutscher Arzt von der Göttinger Schule», erwiderte er, «und ich habe die Entdeckung gemacht, die Sie hier sehen. Ich wünsche indessen, meine Herren und werten Kollegen, daß diese Entdeckung vorläufig noch ein Geheimnis bleibt, denn das Parlament von Paris könnte sich vielleicht noch einmal das Vergnügen machen, einen Zauberer zum Tod auf dem Scheiterhaufen zu verurteilen.»

Marat war der erste, der wieder das Wort ergriff.

«Sie behaupteten soeben», begann er, «wenn Sie diesen Menschen über den Ausgang der Operation befragten, so könnte er Ihnen eine sichere Auskunft geben, obgleich das Ergebnis noch in der Zukunft liegt.»

«Ich behaupte es noch immer», bekräftigte Balsamo.

«Nun, das wollen wir sehen.»

«Wie heißt der arme Teufel?»

«Sein Name ist Havard», antwortete Marat.

Balsamo wandte sich an den Patienten.

«Nun, mein Freund», fragte er ihn, «was können Sie uns über den Zustand dieses armen Havard voraussagen?»

«Was ich Ihnen über seinen Zustand voraussagen kann?» erwiderte der Kranke. «Warten Sie, ich muß erst von der Bretagne ins Hôtel-Dieu zurückkehren.»

«Recht so. Treten Sie ein, schauen Sie ihn an, und sagen Sie mir die Wahrheit über ihn.»

«Oh! Er ist sehr krank. Man hat ihm das Bein abgenommen.»

«Ist die Operation gelungen?»

«Vortrefflich, aber ...»

Das Gesicht des Kranken verdüsterte sich.

«Aber?» forschte Balsamo.

«Aber», fuhr der Kranke fort, «er wird noch eine schlimme Prüfung durchzustehen haben, das Fieber.»

«Wann wird es einsetzen?»

«Um sieben Uhr heute abend.»

Alle Anwesenden sahen sich an.

«Und was wird ihm dieses Fieber anhaben?»

«Oh! Es wird ihn sehr krank machen. Indessen wird er diesen ersten Anfall überstehen.»

«Sind Sie sich dessen sicher?»

«O ja.»

«Aber wird er nach diesem ersten Anfall gerettet sein?»

«Leider nein», seufzte der Verwundete.

«Das Fieber wird also wiederkommen?»

«O ja, und schlimmer als je zuvor. Armer Havard», sprach er weiter, «er hat eine Frau und Kinder!»

«Seine Frau soll also Witwe werden und seine Kinder Waisen?» fragte Balsamo.

«Warten Sie! Warten Sie!»

Der Patient faltete die Hände.

«Nein, nein!» rief er dann.

Sein Gesicht erhellte sich.

«Nein, seine Frau und seine Kinder haben so sehr für ihn gebetet, daß sie von Gott Gnade für ihn erhielten.»

«So wird er genesen?»

«Ja.»

«Sie haben es gehört, meine Herren», schloß Balsamo, «er wird genesen.»

«Fragen Sie ihn, in wieviel Tagen», drängte Marat.

«Wann glauben Sie, daß Havard vollständig genesen sein wird?» erkundigte sich Balsamo.

«Oh! Die Genesung wird lange dauern. Warten Sie, einen Monat, sechs Wochen, zwei Monate. Er ist vor fünf Tagen hier eingeliefert worden, und er wird das Krankenhaus genau zwei Monate und fünfzehn Tage nach seinem Eintritt verlassen.»

«Und er wird es geheilt verlassen?»

«Ja.»

«Aber», wandte Marat ein, «er wird arbeitsunfähig sein und folglich nicht in der Lage, seine Frau und seine Kinder zu ernähren.»

«Oh! Gott ist gnädig und wird dafür sorgen.»

«Und in welcher Weise wird Gott dafür sorgen?» forschte Marat. «Da ich heute schon einmal dabei bin zu lernen, möchte ich auch dies erfahren.»

«Gott hat an sein Krankenlager einen wohltätigen Mann geschickt, der sich seiner erbarmt und leise gesagt hat: ‹Ich will, daß es dem armen Havard an nichts fehle.›»

Wieder schauten sich alle verwundert an. Balsamo lächelte.

«Wahrlich, wir wohnen hier einem gar merkwürdigen Schauspiel bei», meinte der Oberwundarzt, während er die Brust des Kranken abhorchte und seine Stirn befühlte. «Dieser Mann träumt.»

«Glauben Sie?» fragte Balsamo.

Er warf dem Kranken einen energischen Blick zu und befahl:

«Wachen Sie auf, Havard!»

Der junge Mann öffnete mühsam die Augen und blickte mit tiefem Erstaunen auf alle Anwesenden.

«Nun», ließ er sich in kläglichem Tone vernehmen, «man hat mich also noch nicht operiert? Man wird mich also abermals leiden lassen?»

Balsamo ergriff rasch das Wort. Er fürchtete, der Kranke könne sich aufregen. Doch seine Hast war unnötig: Niemand dachte daran, ihm zuvorzukommen. Die Verwunderung der Umstehenden war zu groß.

«Mein Freund», sprach er, «beruhigen Sie sich. Der Herr Oberwundarzt hat an Ihrem Bein eine Operation durchgeführt, die allen Anforderungen Ihrer Lage Genüge tut. Mir scheint, mein armer Junge, Sie sind ein wenig furchtsam, denn Sie sind vor dem ersten Eingriff ohnmächtig geworden.»

«Oh! Um so besser», antwortete der Bretone erleichtert, «ich habe nichts gespürt. Mein Schlaf war sogar sanft und erholsam. Welch ein Glück! Man wird mir das Bein nicht abschneiden.»

Doch dann richtete der Unglückliche den Blick auf seinen Körper. Er sah den Operationstisch voll Blut, er sah sein verstümmeltes Bein.

Er stieß einen Schrei aus und fiel diesmal tatsächlich in Ohnmacht.

«Fragen Sie ihn jetzt», wandte sich Balsamo in kaltem Tone an Marat, «und Sie werden sehen, ob er antwortet.»

Dann nahm er den Oberwundarzt beiseite, während die Krankenpfleger den Unglücklichen wieder in sein Bett trugen, und sprach zu ihm:

«Monsieur, Sie haben gehört, was Ihr armer Patient gesagt hat?»

«Ja, Monsieur, daß er genesen werde.»

«Er hat noch etwas anderes gesagt, nämlich Gott werde sich seiner erbarmen und ihm die Mittel schicken, daß er seine Frau und seine Kinder ernähren kann.»

«Und weiter?»

«Nun, Monsieur, er hat in diesem Punkt wie auch in allem anderen die Wahrheit gesagt. Nun übernehmen Sie es, mildtätig zwischen Ihrem Kranken und Gott zu vermitteln. Hier ist ein Diamant, der in etwa zwanzigtausend Livre wert ist. Wenn Sie sehen, daß der Patient geheilt ist, verkaufen Sie diesen Stein und händigen ihm das Geld aus. Einstweilen aber, da die Seele, wie Ihr Schüler Monsieur Marat mir gegenüber sehr treffend bemerkte, einen großen Einfluß auf den Leib ausübt, sagen Sie Havard, sobald er das Bewußtsein wiedererlangt hat, seine Zukunft und die seiner Kinder sei gesichert.»

«Aber Monsieur», wandte der Wundarzt ein und zögerte, den Ring anzunehmen, den ihm Balsamo hinhielt, «wenn er nun nicht geheilt wird?»

«Er wird geheilt!»

«Trotzdem muß ich Ihnen eine Quittung geben.»

«Monsieur!»

«Nur unter dieser Bedingung nehme ich ein Juwel von solchem Wert an.»

«Tun Sie, wie es Ihnen beliebt, Monsieur.»

«Ihren Namen, bitte?»

«Graf von Phönix.»

Der Wundarzt begab sich ins angrenzende Zimmer, während Marat, kleinlaut und verwirrt, aber noch immer gegen das Offenkundige ankämpfend, sich Balsamo näherte.

Fünf Minuten später kam der Wundarzt zurück. In der Hand hielt er ein Papier, das er Balsamo reichte.

Es war eine Quittung in folgendem Wortlaut:

*Hiermit bestätige ich, von dem Herrn Grafen von Phönix einen Diamanten erhalten zu haben, den er selbst auf einen Wert von zwanzigtausend Livre bezifferte und dessen Erlös dem Patienten Havard am Tage seiner Entlassung aus dem Hôtel-Dieu übergeben werden soll.*

*Guillotin, D. M., den 15.September 1771.*

Balsamo grüßte den Doktor, nahm die Quittung und verließ, gefolgt von Marat, den Operationssaal.

«Sie haben Ihren Kopf vergessen», erinnerte ihn Balsamo, der die Zerstreutheit des jungen Chirurgen genoß.

«Ah, richtig», erwiderte dieser und nahm seine grausige Bürde auf.

Sobald sie auf der Straße waren, gingen die beiden sehr schnell und ohne ein einziges Wort zu wechseln in die Rue des Cordeliers zurück.

Vor der Loge der Pförtnerin, wenn das Loch, das sie bewohnte, überhaupt den Namen Loge verdiente, blieb Marat stehen und fragte nach Madame Grivette. Er hatte das Verschwinden seiner Uhr nicht vergessen.

Ein Kind von sieben oder acht Jahren, mager, schwächlich und ausgezehrt, antwortete:

«Mama ist ausgegangen. Sie hat gesagt, wenn der Herr zurückkäme, solle ich ihm diesen Brief geben.»

«Nein, mein kleiner Freund», versetzte Marat, «du wirst ihr sagen, daß sie ihn mir persönlich bringen soll.»

«Gut, Monsieur.»

Marat und Balsamo setzten ihren Weg fort.

«Uff!» machte Marat, als sie in der Kammer angekommen waren. Er bot Balsamo einen Stuhl an und ließ sich selbst auf einen Hocker fallen. «Ich sehe, daß der Meister schöne Geheimnisse hat.»

«Es liegt daran, daß ich vielleicht tiefer als andere in das Vertrauen der Natur und Gottes eingedrungen bin», erwiderte Balsamo.

«Oh!» rief Marat. «Wie sehr beweist die Wissenschaft doch die Allmacht des Menschen, und wie stolz muß man darauf sein, daß man ein Mensch ist!»

«Das ist wahr, und Arzt, sollten Sie hinzufügen.»

«Ich bin stolz auf Sie, Meister», sagte Marat.

«Und dabei bin ich nur ein armer Seelenarzt», entgegnete Balsamo lächelnd.

«Oh! Sprechen wir nicht davon, Monsieur. Sie haben das Blut des Verwundeten mit materiellen Mitteln gestillt.»

«Ich glaube, das Beste an meiner Behandlung war, ihm das Leiden zu ersparen. Allerdings versicherten Sie mir, er sei ein Verrückter.»

«Er war es sicherlich einen Augenblick lang.»

«Was verstehen Sie unter Verrücktheit? Die Ausschaltung der Seele?»

«Oder des Geistes», erwiderte Marat.

«Wir wollen darüber nicht streiten. Die Seele dient mir, das Wort zu bezeichnen, das ich suche. Sobald die Sache gefunden ist, liegt mir wenig daran, wie Sie sie nennen.»

«Ei, hierüber sind wir unterschiedlicher Meinung, Monsieur. Sie behaupten, die Sache gefunden zu haben und nicht mehr nach dem Wort zu suchen. Ich behaupte, daß Sie beides zugleich suchen, das Wort und die Sache.»

«Wir werden gleich darauf zurückkommen. Sie sagen also, die Verrücktheit sei eine vorübergehende Ausschaltung des Geistes.»

«Ganz bestimmt.»

«Eine unwillkürliche, nicht wahr?»

«Ja ... Ich habe im Hospiz von Bicêtre einen Verrückten gesehen, der in die Eisenstäbe seines Gitters biß und schrie: ‹Koch, deine Fasanen sind zart, aber sie sind schlecht zubereitet!›»

«Aber sind Sie der Ansicht, daß dieser Wahn sich wie eine Wolke um den Geist legt und daß der Geist, wenn die Wolke vorübergezogen ist, wieder seine ursprüngliche Klarheit zurückgewinnt?»

«Das geschieht fast nie.»

«Indessen haben Sie unseren Amputierten nach seinem verrückten Schlaf wieder bei bestem Verstand gesehen.»

«Ich habe ihn gesehen, aber ich habe nicht verstanden, was ich sah. Das ist ein Ausnahmefall, eine jener Absonderlichkeiten, welche die Hebräer Wunder nannten.»

«Nein, Monsieur», widersprach Balsamo, «es ist einzig und allein die Ausschaltung der Seele, die doppelte Trennung von Materie und Geist: Von der Materie, einer trägen Sache, eines Staubes, der wieder zu Staub wird und von der Seele, einem göttlichen Funken, der einen Augenblick lang in die Blendlaterne eingeschlossen wird, die man den Leib nennt und die als Tochter des Himmels nach dem Fall des Leibes wieder zum Himmel zurückkehren wird.»

«Dann haben Sie die Seele für einen Augenblick aus dem Leib gezogen?»

«Ja, Monsieur, ich habe ihr befohlen, den elenden Ort zu verlassen, an dem sie sich befand. Ich habe sie aus dem Abgrund des Leidens gezogen, um sie durch reine, freie Gefilde wandern zu lassen. Was ist denn dem Wundarzt geblieben? Das, was Ihrem Seziermesser geblieben ist, als Sie der toten Frau den Kopf abtrennten, den Sie hier haben, nichts als träges Fleisch, Materie, Ton.»

«Und in wessen Namen verfügten Sie in dieser Weise über die Seele?»

«Im Namen dessen, der alle Seelen aus einem einzigen Hauch schuf. Seelen der Welten, Seelen der Menschen; im Namen Gottes.»

«Sie leugnen also den freien Willen?» forschte Marat.

«Ich?» entfuhr es Balsamo. «Im Gegenteil! Was tue ich denn in diesem Augenblick? Ich zeige Ihnen auf der einen Seite den freien Willen, auf der anderen Seite die Ausschaltung der Seele. Ich führe Ihnen einen Sterbenden vor Augen, der allen Schmerzen preisgegeben ist. Dieser Mensch hat eine stoische Seele. Er sieht einer Operation entgegen, er läßt sie über sich ergehen, aber er leidet. Soviel zum freien Willen. Aber wenn ich an diesem Sterbenden vorübergehe, ich, der Gesandte Gottes, ich, der Prophet, der Apostel, und wenn ich, vom Mitleid für diesen Menschen ergriffen, durch die Macht, die der Herr mir gegeben hat, die Seele aus dem leidenden Körper befreie, so wird dieser blinde, träge und unempfindliche Leib für die Seele zu einem Schauspiel, das sie fromm und barmherzig aus der Sphäre herab betrachtet. Haben Sie Havard nicht zugehört? Als er nämlich von sich selbst sprach, da sagte er: ‹Dieser arme Havard!› Er sagte nicht mehr ‹ich›. Seine Seele hatte sich tatsächlich vom Körper gelöst. Sie befand sich auf halbem Weg zum Himmel.»

«Aber demnach ist der Mensch nichts mehr», folgerte Marat, «und ich kann keinem Tyrannen mehr sagen: ‹Ihr habt Macht über meinen Leib, aber meiner Seele könnt ihr nichts anhaben.›?»

«Ah! Jetzt gehen Sie von der Wahrheit zu den Sophismen über, Monsieur. Ich habe Sie gewarnt, das ist Ihr Fehler. Gott leiht dem Körper die Seele, es ist wahr. Doch ist es darum nicht minder wahr, daß in der Zeit, da die Seele den Leib besitzt, eine Einheit zwischen ihnen besteht. Sie beeinflussen sich gegenseitig, und je nachdem, ob Gott in seinem unerforschlichen Ratschluß den Leib zum König oder die Seele zur Königin bestimmt, herrscht entweder die Materie über die Idee oder die Idee über die Materie. Der Hauch, der den Bettler belebt, ist genauso rein wie der, welcher dem König den Tod bringt. Das ist das Dogma, das Sie als Apostel der Gleichheit predigen müssen. Beweisen Sie die Gleichheit der beiden geistigen Wesen. Das können Sie anhand all dessen, was geheiligt ist: die heiligen Bücher und die Traditionen, die Wissenschaft und der Glaube. Was liegt Ihnen an der Gleichheit zweier Materien? Mit der Gleichheit der Leiber kommen Sie Gott nicht näher. Sagte Ihnen nicht dieser arme Verwundete, ein unwissendes Kind aus dem Volk, Dinge über seine Krankheit, die keiner der Ärzte auszusprechen gewagt hätte? Und warum? Weil seine Seele, die sich vorübergehend von der Fessel des Leibes gelöst hatte, über der Erde schwebte und von oben herab ein Geheimnis sah, das uns unsere Lichtundurchlässigkeit entzieht.»

Marat drehte seinen Leichenkopf auf dem Tisch hin und her und suchte vergeblich nach einer Antwort.

«Ja», murmelte er schließlich, «ja, es ist etwas Übernatürliches dabei.»

«Im Gegenteil, es ist etwas Natürliches, Monsieur. Hören Sie auf, jegliche Regung der Seele als übernatürlich zu bezeichnen. Seelische Vorgänge sind ganz und gar natürlich. Sie sind nur noch nicht allgemein bekannt.»

«Doch wenn sie uns auch unbekannt sind, Meister, so müssen Ihnen diese Vorgänge kein Geheimnis mehr sein. Das Pferd, das den Peruanern fremd war, war den Spaniern, die es gezähmt hatten, wohlvertraut.»

«Es wäre hochmütig von mir, zu behaupten: ‹Ich weiß.› Ich bin demütig, Monsieur, und sage: ‹Ich glaube.›»

«Nun, und was glauben Sie?»

«Ich glaube, daß das Gesetz der Welt, das erste, das mächtigste von allen, das des Fortschritts ist. Ich glaube, daß Gott nichts geschaffen hat, ohne dabei ein wohltätiges oder moralisches Ziel im Auge zu haben. Allerdings kommt, da das Leben auf dieser Welt unberechenbar ist, der Fortschritt nur langsam voran. Nach Aussage der Schriften zählte unser Planet sechzig Jahrhunderte, als die Kunst des Druckens erfunden wurde, die uns ermöglicht, die Vergangenheit zu reflektieren und die Zukunft aufzuklären. Mit dem Buchdruck gibt es keine Dunkelheit und kein Vergessen mehr. Der Buchdruck ist das Gedächtnis der Welt. Nun, Gutenberg hat die Druckerkunst erfunden, und ich habe das Vertrauen wiedergefunden.»

«Ah!» machte Marat ironisch. «Sie werden es vielleicht dahin bringen, daß Sie in den Herzen lesen.»

«Warum nicht?»

«Dann werden Sie in die Brust des Menschen das Fensterchen einsetzen, das die Alten sich so sehr wünschten?»

«Das ist nicht nötig, Monsieur. Ich werde nur die Seele vom Leib trennen, und die Seele als reine, unbefleckte Tochter Gottes wird mir alle Schändlichkeiten der sterblichen Hülle nennen, die zu beleben sie verurteilt ist.»

«Werden Sie mir materielle Geheimnisse enthüllen?»

«Warum nicht?»

«Werden Sie mir zum Beispiel sagen, wer mir meine Uhr gestohlen hat?»

«Sie erniedrigen die Wissenschaft und bringen sie auf eine traurige Stufe, Monsieur. Aber gleichviel! Von der Größe Gottes zeugt das Sandkorn ebenso wie der Berg, die Milbe ebenso wie der Elefant. Ja, ich werde Ihnen sagen, wer Ihre Uhr gestohlen hat.»

In diesem Augenblick klopfte es schüchtern an der Tür. Es war Marats Haushälterin, die zurückgekehrt war und, dem Befehl des jungen Wundarztes entsprechend, den Brief brachte.

## CVII. KAPITEL

### *Marats Haushälterin*

Die Tür öffnete sich, und Madame Grivette trat ein.

Sie war eine lange, dürre Person Anfang dreißig mit gelblicher Hautfarbe. Ihre blauen, schwarzumränderten Augen sahen erschreckend aus und ließen auf den zunehmenden Verfall schließen, dem diese Menschen in der Stadt unter ihren elenden Lebensbedingungen, der ständigen Unterdrückung und der körperlichen und seelischen Erniedrigung ausgesetzt sind. Dabei hat Gott sie schön geschaffen, und sie wären in ihrer ganzen Entwicklung wunderbar geworden, wie es bei allen Geschöpfen der Luft, des Himmels und der Erde der Fall ist, wenn der Mensch ihr Leben nicht zur endlosen Qual macht, wenn er nämlich nicht ihren Fuß durch die Fessel und ihren Magen durch den Hunger erschöpft hat.

So wäre Madame Grivette eine schöne Frau gewesen, wenn sie nicht seit ihrem fünfzehnten Lebensjahr in einem erbärmlichen Loch ohne Licht und Luft gelebt hätte, wenn ihre natürliche Körperwärme nicht je nach Jahreszeit der Gluthitze oder der Eiseskälte ausgesetzt gewesen wäre, sondern eine maßvolle Wärme genossen hätte.

Die Pförtnerin trat also, den Brief in der Hand, ein und sagte mit der Stimme einer alten Frau, denn die zur Armut verurteilten Frauen sind schon mit dreißig Jahren alt:

«Monsieur Marat, hier ist der Brief, den Sie verlangt haben.»

«Nicht den Brief wollte ich haben, sondern Sie wünschte ich zu sprechen», berichtigte Marat.

«Wohl, hier bin ich, Monsieur Marat, zu Ihren Diensten.»

Madame Grivette machte einen Knicks.

«Ich möchte wissen, was mit meiner Uhr geschehen ist», erklärte Marat.

«Ah! Natürlich! Ich kann Ihnen aber leider nicht sagen, was aus ihr geworden ist. Ich habe sie gestern noch den ganzen Tag über gesehen. Sie hing an ihrem Nagel beim Kamin.»

«Sie irren sich. Ich trug sie den ganzen Tag in meiner Westentasche. Erst gegen sechs Uhr abends, als ich ausgehen wollte, legte ich sie, da ich mich in eine große Menschenmenge begab und fürchtete, man könne sie mir stehlen, unter den Leuchter.»

«Wenn Sie sie unter den Leuchter gelegt haben, so muß sie noch dort sein.»

Mit geheuchelter Treuherzigkeit, die unendlich aufschlußreich war, hob Madame Grivette von den beiden Leuchtern, die den Kamin zierten, genau denjenigen auf, unter dem Marat seine Uhr versteckt hatte.

«Ja, da ist allerdings der Leuchter», stellte der junge Mann fest, «aber wo ist die Uhr?»

«Nein, wahrhaftig, sie liegt nicht mehr darunter. Haben Sie sie vielleicht doch nicht hierhin gelegt, Monsieur Marat?»

«Aber wenn ich Ihnen doch sage ...»

«Suchen Sie gründlich nach.»

«Oh! Ich habe bereits gesucht», erwiderte Marat mit einem zornigen Blick.

«Dann werden Sie sie wohl verloren haben.»

«Aber wenn ich Ihnen sage, daß ich sie gestern selbst hier unter diesen Kerzenhalter gelegt habe!»

«Dann wird jemand hereingekommen sein», meinte Madame Grivette. «Sie empfangen ja immer so viele Leute, so viele Unbekannte!»

«Ausflüchte! Ausflüchte!» zürnte Marat, der zusehends in Harnisch geriet. «Sie wissen genau, daß seit gestern niemand hier war. Nein, nein, meine Uhr hat denselben Weg genommen wie der silberne Knopf meines letzten Stockes, wie der Ihnen wohlbekannte kleine silberne Löffel, wie mein sechsklingiges Messer! Man bestiehlt mich, Madame Grivette, man bestiehlt mich. Ich habe vieles ertragen, aber das hier werde ich nicht so leicht hinnehmen. Seien Sie auf der Hut!»

«Aber Monsieur», entsetzte sich Madame Grivette, «Sie wollen mich doch nicht etwa beschuldigen?»

«Es ist Ihre Aufgabe, meine Sachen zu bewachen.»

«Ich bin nicht die einzige, die den Schlüssel hat.»

«Sie sind die Pförtnerin.»

«Sie geben mir ein Livre im Monat, und Sie möchten bedient werden wie von zehn Dienstboten.»

«Es liegt mir wenig daran, schlecht bedient zu werden. Dagegen liegt mir sehr viel daran, nicht bestohlen zu werden.»

«Monsieur, ich bin eine ehrliche Frau!»

«Eine ehrliche Frau, die ich dem Polizeikommissar übergeben werde, wenn meine Uhr nicht innerhalb einer Stunde wieder aufgetaucht ist.»

«Dem Polizeikommissar?»

«Jawohl.»

«Dem Polizeikommissar, eine ehrliche Frau wie mich?»

«Eine ehrliche Frau! Eine ehrliche Frau! ...»

«Allerdings, und der niemand etwas vorwerfen kann, verstehen Sie?»

«Schluß jetzt, genug, Madame Grivette.»

«Ah! Ich ahnte schon, daß Sie mich verdächtigten, als Sie ausgingen.»

«Ich verdächtige Sie schon, seitdem mein Stockknopf spurlos verschwunden ist.»

«Nun, ich werde Ihnen auch etwas sagen, Monsieur Marat.»

«Was?»

«Daß ich mich während Ihrer Abwesenheit beraten habe ...»

«Mit wem?»

«Mit meinen Nachbarn.»

«Worüber?»

«Darüber, daß Sie mich verdächtigen.»

«Ich hatte Ihnen ja noch gar nichts davon gesagt.»

«Ich habe es Ihnen wohl angesehen.»

«Und die Nachbarn? Ich bin neugierig, zu erfahren, was sie Ihnen gesagt haben, diese Nachbarn.»

«Sie haben gesagt, wenn Sie mich verdächtigten und wenn Ihnen das Mißgeschick unterliefe, diesen Verdacht auszusprechen, so müßten Sie bis zum äußersten gehen.»

«Und das wäre?»

«Sie müßten beweisen, daß die Uhr entwendet worden ist.»

«Sie ist entwendet worden, da sie hier war und nicht mehr hier ist.»

«Ja, aber ob sie durch mich entwendet wurde, das ist hier die Frage, verstehen Sie? Vor Gericht muß man Beweise vorlegen. Man wird Ihnen nicht allein auf Ihre Beteuerungen hin Glauben schenken, Monsieur Marat. Sie sind auch nichts Besseres als wir, Monsieur Marat.»

Balsamo beobachtete die Szene mit seiner üblichen Gelassenheit. Er bemerkte, daß Marat, obgleich sich seine Überzeugung nicht geändert hatte, einen sanfteren Ton anschlug.

«Folglich werde ich», fuhr die Pförtnerin fort, «wenn Sie meiner Rechtschaffenheit nicht Gerechtigkeit widerfahren lassen und wenn Sie den mir entstandenen Schaden nicht wiedergutmachen, selbst den Polizeikommissar rufen, wie es mir unser Hauseigentümer geraten hat.»

Marat biß sich auf die Lippen. Er wußte, daß ihm hierbei wirklich Gefahr drohte. Der Hauseigentümer war ein reicher, alter Kaufmann, der sich von seinen Geschäften zurückgezogen hatte. Er wohnte im dritten Stock, und die Klatschmäuler des Viertels erzählten sich, die Pförtnerin habe schon vor zehn Jahren, als sie noch Küchenmädchen bei seiner Frau war, in seiner Gunst gestanden.

Marat aber, der oft geheimnisvolle Besucher empfing; Marat, der in nicht sehr geordneten Verhältnissen lebte; Marat, der den Leuten von der Polizei ein kleiner Dorn im Auge war, wollte sich keine Schwierigkeiten mit dem Polizeikommissar einhandeln. Denn dies hätte ihn in die Hände Monsieur de Sartines' gebracht, welcher es allzu sehr liebte, die Schriften junger Leute wie Marat zu lesen und die Verfasser dieser schönen Werke in die Häuser der Besinnung zu verbannen, die man Vincennes, Bastille, Charenton und Bicêtre nannte.

Deshalb senkte Marat seine Stimme. Doch je leiser er wurde, desto lauter wurde die Haushälterin. Die Angeklagte wurde zur Anklägerin.

Drohungen, Verwünschungen, Schreie, Tränen – sie setzte alle Mittel ein, die ihr zur Verfügung standen.

Balsamo fand es an der Zeit einzugreifen. Er trat einen Schritt auf die Frau zu, die aufrecht und bedrohlich in der Mitte des Zimmers stand, streckte zwei Finger gegen ihre Brust aus und sprach mit Augen und Geist, mit seinem ganzen Willen ein Wort aus, das Marat nicht hören konnte.

Madame Grivette verstummte sofort. Sie schwankte, verlor das Gleichgewicht, stolperte rückwärts, die Augen erschreckend weit aufgesperrt, wie vernichtet von der Macht der magischen Ausstrahlung, und fiel schließlich rücklings aufs Bett, unfähig, ein einziges Wort hervorzubringen.

Ihre Augen schlossen und öffneten sich unkontrolliert, ihre Zunge bewegte sich krampfhaft. Ihr Oberkörper erstarrte, doch ihre Hände bebten, als würden sie vom Fieber geschüttelt.

«Oho!» rief Marat. «Wie der Verwundete im Krankenhaus!»

«Ja.»

«Sie schläft also?»

«Ruhe!» gebot Balsamo.

Dann wandte er sich an Marat: «Monsieur, dies ist der Augenblick, da Sie Ihrem Unglauben abschwören werden, da Ihre letzten Zweifel schwinden werden. Heben Sie den Brief auf, den Ihnen die Frau gebracht hat und den sie fallen ließ, als sie niederstürzte.»

Marat tat, wie ihm geheißen.

«Und nun?» erkundigte er sich.

«Warten Sie.»

Er nahm Marat den Brief aus der Hand.

«Wissen Sie, von wem dieser Brief kommt?» fragte Balsamo und hielt ihn der Schlafenden hin.

Madame Grivette fiel wie vernichtet aufs Bett.

«Nein, Monsieur», erwiderte sie.

«Lesen Sie ihn für Monsieur Marat. Er wüßte gerne, was darin steht.»

«Sie kann nicht lesen», wandte Marat ein.

«Ja, aber Sie können doch wohl lesen?»

«Natürlich.»

«Nun, dann lesen Sie ihn, und sie wird sich die Worte einprägen.»

Marat schickte sich an, den Brief zu entsiegeln, und begann zu lesen, während Madame Grivette, bebend unter dem allmächtigen Willen Balsamos, die Worte nachsprach, die Marat leise las:

*Mein lieber Hippokrates!*

*Apelles hat sein erstes Porträt vollendet und für fünfzig Francs verkauft. Für diese fünfzig Francs leisten wir uns heute ein Essen in der Schenke in der Rue Saint-Jacques. Bist du dabei?*

*Es versteht sich von selbst, daß wir einen Teil davon vertrinken.*

*Dein Freund*
*L. David.*

Marat ließ das Papier sinken.

«Nun», meinte Balsamo, «Sie sehen, daß Madame Grivette ebenfalls eine Seele hat und daß diese Seele wacht, wenn sie schläft.»

«Und was für eine merkwürdige Seele», wunderte sich Marat, «eine Seele, die lesen kann, während die Augen es nicht können.»

«Weil die Seele alles vermag. Machen Sie den Versuch, sie diesen Brief lesen zu lassen, wenn sie wieder wach ist, wenn der Leib die Seele wieder einhüllt. Sie werden sehen, was passiert.»

Marat hatte es die Sprache verschlagen. Seine ganze materialistische Philosophie sträubte sich dagegen, fand aber keine Antwort.

«Wir wollen nun zu dem übergehen, was Sie am meisten interessiert», fuhr Balsamo fort, «nämlich, was aus Ihrer Uhr geworden ist.»

«Madame Grivette», sprach Balsamo, «wer hat Monsieur Marats Uhr genommen?»

«Ich weiß es nicht», antwortete sie.

«Sie wissen es genau», beharrte Balsamo, «und Sie werden es mir jetzt sagen.»

«Madame Grivette hat Monsieur Marats Uhr nicht gestohlen. Warum glaubt Monsieur Marat, daß es Madame Grivette gewesen ist?»

«Wenn sie es nicht ist, die die Uhr gestohlen hat, wer ist es dann? Sprechen Sie!»

«Ich weiß es nicht.»

«Da sehen Sie», bemerkte Marat, «das Gewissen ist ein undurchdringlicher Zufluchtsort.»

«Nun wohl, da Sie nur noch diesen letzten Zweifel hegen, Monsieur, so werden Sie bald überzeugt sein», erwiderte Balsamo.

Er wandte sich wieder der Pförtnerin zu und befahl:

«Sagen Sie, wer es war. Ich will es!»

«Kommen Sie, verlangen Sie nichts Unmögliches», wandte Marat ein.

«Sie haben gehört», sprach Balsamo, «ich sagte, es sei mein Wille.»

Unter dem Einfluß dieses gebieterischen Willens fing die unglückliche Frau nun an, wie wahnsinnig Hände und Arme zu verdrehen. Ihr Mund nahm einen häßlichen Ausdruck der Angst und der Schwäche an. Sie warf sich zurück, erstarrte, wie von einem schmerzhaften Krampf ergriffen, und fiel auf das Bett.

«Nein, nein!» schrie sie. «Lieber will ich sterben!»

«Wohl!» rief Balsamo zornentbrannt. «Du wirst sterben, wenn es sein muß, aber zuerst wirst du reden. Dein Schweigen und deine Hartnäckigkeit wären für uns ausreichende Hinweise. Doch für einen Ungläubigen bedarf es des unwiderlegbaren Beweises. Sprich, ich will es: Wer hat die Uhr gestohlen?»

Die nervöse Erregung der Frau steigerte sich noch. Alles, was die unter Hypnose Stehende an Kraft und Macht aufbieten konnte, stemmte sie Balsamos Willen entgegen. Unartikulierte Schreie drangen aus ihrem Mund. Rötlicher Schaum trat auf ihre Lippen.

«Sie wird einen epileptischen Anfall erleiden», meinte Marat.

«Seien Sie unbesorgt, es ist nur der Dämon der Lüge, der in ihr haust und nicht heraus will.»

«Sprechen Sie», befahl er, während seine Hand magische Energie verströmte, «sprechen Sie, wer hat die Uhr genommen?»

«Madame Grivette», antwortete die Hypnotisierte mit kaum vernehmbarer Stimme.

«Und wann hat sie sie genommen?»

«Gestern abend.»

«Wo befand sich die Uhr?»

«Unter dem Leuchter.»

«Und was hat Madame Grivette damit gemacht?»

«Sie hat sie in die Rue Saint-Jacques getragen.»

«Wohin in die Rue Saint-Jacques?»

«In die Nummer neunundzwanzig.»

«In welchen Stock?»

«In den fünften.»

«Zu wem?»

«Zu einem Schustergesellen.»

«Wie heißt er?»

«Simon.»

«Wer ist dieser Mensch?»

Die Frau schwieg.

«Wer ist dieser Mensch?» wiederholte Balsamo.

«Ihr Geliebter», murmelte die Frau.

Marat stieß einen Schrei der Verwunderung aus.

«Stille!» gebot Balsamo. «Lassen Sie das Gewissen sprechen.»

Er wandte sich wieder der zitternden, schweißbedeckten Frau zu: «Und wer hat Madame Grivette zu diesem Diebstahl geraten?» fragte er.

«Niemand. Sie hat den Leuchter zufällig hochgehoben. Da hat sie die Uhr gesehen, und der Teufel führte sie in Versuchung.»

«Tat sie es aus Not?»

«Nein, denn sie hat die Uhr nicht verkauft.»

«Sie hat sie also verschenkt?»

«Ja.»

«An Simon?»

«An Simon.»

Die Hypnotisierte schlug die Hände vors Gesicht und vergoß einen Sturzbach von Tränen.

Balsamo warf einen Blick auf Marat, der das Schauspiel mit offenem Mund und weit aufgerissenen Augen verfolgte.

«Nun, Monsieur», sagte er, «hier sehen Sie den Kampf zwischen Seele und Leib. Sehen Sie das bezwungene Gewissen, das sich hinter einer Schanze verbarg, die es für uneinnehmbar hielt? Sehen Sie endlich, daß Gott auf dieser Welt nichts vergessen hat und daß alles in allem vorhanden ist? Leugnen Sie nicht, daß es ein Gewissen gibt. Leugnen Sie nicht mehr, daß es eine Seele gibt. Leugnen Sie insbesondere nicht den Glauben, der die höchste Macht ist. Und da Sie ehrgeizig sind, studieren Sie, Monsieur Marat. Sprechen Sie wenig; denken Sie viel, und lassen Sie sich nicht mehr dazu herbei, leichtfertig über Ihre Vorgesetzten zu urteilen. Leben Sie wohl, meine Worte haben Ihnen ein sehr weites Feld eröffnet. Erforschen Sie dieses Feld. Es birgt ungeahnte Schätze. Leben Sie wohl. Sie können sich glücklich, sehr glücklich schätzen, wenn es Ihnen gelingt, den Dämon der Skepsis, der in Ihnen wohnt, zu besiegen, wie ich den Dämon der Lüge bezwungen habe, der in dieser Frau ist.»

Und mit diesen Worten, die dem jungen Mann die Schamesröte ins Gesicht trieben, entfernte er sich.

Marat erholte sich allmählich von seiner Verblüffung und erkannte, daß Madame Grivette noch immer schlief.

Dieser Schlaf erschien ihm furchterregend. Er betrachtete ihre Erschlaffung, ihre verdrehten Augen, ihre Zuckungen und bekam es mit der Angst. Seine Angst wurde noch größer, als sich der lebende Leichnam erhob, seine Hand ergriff und sagte:

«Kommen Sie mit mir, Monsieur Marat.»

«Wohin denn?»

«In die Rue Saint-Jacques.»

«Warum?»

«Kommen Sie, kommen Sie, er befiehlt mir, Sie dorthin zu führen.»

Marat, der auf einen Stuhl gesunken war, stand auf.

Immer noch schlafend, öffnete Madame Grivette die Tür und glitt, leicht wie ein Vogel oder eine Katze, die Treppe hinab, wobei sie die Stufen kaum berührte.

Marat folgte ihr. Die ganze Zeit über fürchtete er, sie könne fallen und sich den Schädel zertrümmern. Doch nichts dergleichen geschah.

Unten angekommen, schritt sie über die Türschwelle und überquerte die Straße, immer noch gefolgt von dem jungen Mann, den sie auf diese Weise bis zum Speicher des genannten Hauses führte.

Sie klopfte an die Tür. Marat spürte sein Herz so heftig pochen, daß er meinte, man müsse es hören.

Ein Mann öffnete. Marat erkannte in diesem Mann einen Arbeiter von fünfundzwanzig bis dreißig Jahren, den er zuweilen in der Loge der Pförtnerin gesehen hatte.

Als er Madame Grivette mit Marat erblickte, wich er zurück.

Doch die Hypnotisierte ging geradewegs auf das Bett zu, schob ihre Hand unter die Nackenrolle, zog die Uhr darunter hervor und reichte sie Marat. Der Schuhmacher Simon stand nur bleich vor Schrecken da und wagte kein Wort zu sagen. Verwirrt folgten seine Augen jeder Bewegung der Frau, die er für verrückt hielt.

Kaum hatte sie Marat seine Uhr zurückgegeben, da stieß sie einen tiefen Seufzer aus und murmelte: «Er weckt mich, er weckt mich!»

Tatsächlich entspannten sich alle ihre Nerven. Ihre Augen gewannen den Lebensfunken zurück, und als sie sich Marat gegenüber sah, der immer noch die Uhr, den unwiderlegbaren Beweis ihres Verbrechens, in der Hand hielt, da stürzte sie ohnmächtig auf die Holzdielen des Speichers nieder.

«Sollte es wirklich ein Gewissen geben?» fragte sich Marat, während er zweifelnden Herzens den Raum verließ.

## CVIII. KAPITEL

### *Der Mensch und seine Werke*

Während Marat lange Stunden darauf verwandte, über das Gewissen und das doppelte Leben nachzudenken, war auch in der Rue Plâtrière ein Philosoph damit beschäftigt, sich den vorangegangenen Abend noch einmal zu vergegenwärtigen und sich zu fragen, ob er wohl große Schuld auf sich geladen habe. Die Arme auf den Tisch gestützt und den Kopf auf die linke Schulter geneigt, dachte Rousseau nach.

Er hatte seine politischen und philosophischen Bücher vor sich aufgeschlagen, *Emile* und den *Gesellschaftsvertrag*.

«Ah! Mein Gott!» entfuhr es ihm, während er in *Emile* über die Gewissensfreiheit las. «Das sind aufrührerische Worte. Gerechter Himmel, welche Philosophie! Hat die Welt je einen Brandstifter gesehen, der mir gleichkäme?»

«Was!» fügte er hinzu und schlug die Hände über dem Kopf zusammen. «Sollte wirklich ich solche skandalösen Reden gegen den Thron, den Altar und die Gesellschaft hervorgebracht haben? ...

Kein Wunder, daß sich so manch finstere Leidenschaft meiner Sophismen bediente und sich auf den Pfaden, die ich ihnen mit rhetorischen Blüten bestreute, verirrten. Ich bin ein Störenfried der Gesellschaft gewesen ...»

Er stand in höchster Erregung auf und ging in seinem kleinen Zimmer auf und ab.

«Ich habe über die Mächtigen gelästert, welche die Schriftsteller tyrannisierten», dachte er. «Ich war ein Narr! Diese Leute haben hundertmal recht.

Was bin ich anderes als ein staatsgefährdendes Element? Mein Wort, das ich verkündete, um die Massen aufzuklären – das nahm ich mir wenigstens zum Vorwand –, mein Wort, sage ich, ist eine Fackel, die das ganze Universum in Brand stecken wird.

Ich gab den Anstoß zu den Reden über die Ungleichheit der Lebensverhältnisse, zu den Plänen weltweiter Verbrüderung, zum Nachdenken über die Erziehungsmethode, und jetzt ernte ich Anfälle so wilden Hochmuts, daß sie den Sinn der Gesellschaft auf den Kopf stellen. Es drohen Bürgerkriege, die imstande sind, die Welt zu entvölkern, und die Leute sind im Begriff, so verrohte Sitten anzunehmen, daß sie die Zivilisation um zehn Jahrhunderte zurückwerfen werden ... Oh! Ich habe wahrlich große Schuld auf mich geladen!»

Er las abermals eine Seite aus seinem *Vicaire Savoyard.*

«Ja, da steht es: ‹Vereinigen wir uns, um unser Glück zu suchen ...› Das habe ich geschrieben! ‹Verleihen wir unseren Tugenden die Stärke, die andere ihren Lastern verleihen.› Auch das stammt von mir.»

Und Rousseau gebärdete sich verzweifelter denn je.

«Durch meine Schuld», sprach er, «ist diese geheime Bruderschaft entstanden. Eines Tages wird eines ihrer unterirdischen Gewölbe von der Polizei entdeckt. Sie wird das ganze Nest dieser Leute ausnehmen, welche geschworen haben, sich im Falle des Verrats gegenseitig umzubringen. Doch es wird sich einer finden, der dreister ist als die anderen, der aus seiner Tasche ein Buch hervorzieht und sagt:

‹Was wollen Sie eigentlich von uns? Wir sind Schüler von Monsieur Rousseau. Wir halten hier nur einen Kurs in Philosophie ab.›

Ich ein Verschwörer!» murmelte er. «Ich werde offenbar kindisch. Ein schöner Verschwörer bin ich!»

Bei diesem Gedanken war er angelangt, als Therese unbemerkt eintrat und das Frühstück brachte.

«Aha!» bemerkte sie, während sie die heiße Milch genau auf seinem Buch abstellte. «Mein dünkelhafter Freund betrachtet sich im Spiegel. Der Herr liest seine eigenen Bücher. Rousseau bewundert sich!»

«Laß gut sein, Therese», gab der Philosoph zurück, «hab ein wenig Geduld, und laß mich. Mir ist nicht nach Späßen zumute.»

«O ja, das ist herrlich, nicht wahr?» rief sie spöttisch. «Sie brechen über sich selbst in Entzücken aus! Wie kommt es nur, daß die Schriftsteller so viel Eitelkeit und so viele Fehler besitzen und uns armen Frauen gegenüber so wenig Nachsicht üben! Ich brauche mich nur einmal zu unterstehen, in meinen kleinen Spiegel zu sehen, schon schilt mich der Herr gefallsüchtig!»

Und in diesem Ton fuhr sie fort, ihn zum unglücklichsten Menschen der Welt zu machen. Er schlürfte seine Milch, ohne das Brot einzutauchen, und grübelte vor sich hin.

«Sie träumen von Ihren idealen Frauen», keifte Therese, «und Sie schreiben Bücher, welche die jungen Mädchen nicht zu lesen wagen – oder aber Gotteslästerungen, die auf dem Scheiterhaufen verbrannt werden.»

Der Märtyrer zitterte. Therese hatte seinen wunden Punkt getroffen.

«Nein», widersprach er, «ich werde nichts mehr schreiben, was zu schlechten Gedanken verleiten könnte ... Ich will im Gegenteil ein Buch schreiben, das alle ehrbaren Leute mit der größten Freude lesen sollen ...»

«Ha!» versetzte Therese, während sie die Tasse abräumte. «Das ist ein Ding der Unmöglichkeit! Ihr Geist ist viel zu verdorben ... Neulich erst hörte ich Sie eine Stelle aus ich weiß nicht mehr was lesen, und Sie sprachen von Frauen, die Sie anbeten ...»

«Ruhig, ruhig, meine liebe Freundin», beschwichtigte Rousseau, «Sie werden gewiß zufrieden sein ... Ich will schreiben, daß ich ein Mittel gefunden habe, die Welt zu erneuern, ohne daß ein einziger Mensch unter den Veränderungen, die sich daraus ergeben werden, leiden muß. Ja, ja, ich werde diesen Plan zur Reife bringen. Keine Revolution! Großer Gott! Meine liebe Therese, keine Revolution!»

«Gut, wir werden ja sehen», erwiderte die Hausfrau. «Horch! Es hat geklingelt.»

Einen Augenblick später kam Therese mit einem schönen jungen Mann zurück, den sie bat, im ersten Zimmer zu warten.

Dann trat sie wieder bei Rousseau ein, der sich schon mit einem Bleistift Notizen machte, und sprach:

«Schließen Sie all diese Schändlichkeiten rasch weg. Draußen wartet jemand, der Sie sprechen will.»

«Wer ist es?»

«Ein Edelmann vom Hof.»

«Hat er seinen Namen nicht genannt?»

«Monsieur de Coigny.»

«Monsieur de Coigny!» rief Rousseau. «Monsieur de Coigny, der Kavalier Seiner Durchlaucht des Dauphin?»

«Das muß er wohl sein. Ein reizender Junge, ein sehr liebenswürdiger Mann.»

«Ich komme, Therese.»

Rousseau warf rasch einen Blick in den Spiegel, klopfte seinen Rock aus und trat in das Eßzimmer, wo der Edelmann auf ihn wartete.

Dieser hatte sich nicht gesetzt. Neugierig betrachtete er die getrockneten Pflanzen, die Rousseau auf Papier geklebt und in schwarze Holzrahmen eingefaßt hatte.

Als er die Glastür aufgehen hörte, drehte er sich um und fragte mit einer höflichen Verbeugung:

«Habe ich die Ehre, mit Monsieur Rousseau zu sprechen?»

«Jawohl, Monsieur», antwortete der Philosoph in verdrießlichem Ton, der dennoch eine gewisse Bewunderung für die bemerkenswerte Schönheit und die ungekünstelte Eleganz seines Gegenübers erkennen ließ.

«Monsieur», sprach er, «was kann ich für Sie tun?»

«Man hat es Ihnen wohl gesagt, Monsieur», erwiderte der Edelmann, «ich bin der Graf von Coigny. Ich muß hinzufügen, daß ich Sie im Auftrag von Madame la Dauphine aufsuche.»

Rousseau verneigte sich, ganz rot im Gesicht.

«Ihre Königliche Hoheit verlangt nach mir ... Was verschafft mir die Ehre?» fragte Rousseau. «Aber nehmen Sie doch bitte Platz, Monsieur.»

Rousseau setzte sich selbst. Monsieur de Coigny nahm einen Korbstuhl und tat es ihm gleich.

«Hören Sie, Monsieur, die Sache ist folgende: Seine Majestät hat neulich beim Abendessen in Trianon seinen Gefallen an Ihrer bezaubernden Musik zum Ausdruck gebracht. Seine Majestät sang Ihre besten Weisen. Nun meint die Dauphine, die Seiner Majestät in allen Dingen zu gefallen bemüht ist, es könnte dem König Freude bereiten, wenn man im Theater von Trianon eine Ihrer komischen Opern aufführt ...»

Rousseau verneigte sich tief.

«Ich komme also, Monsieur, Sie im Auftrag der Dauphine zu bitten ...»

«Oh! Monsieur», fiel ihm Rousseau ins Wort, «dazu brauchen Sie nicht meine Erlaubnis. Meine Stücke und die dazugehörigen Arietten gehören dem Theater, das sie aufgeführt hat. Sie müssen Sie von den Schauspielern verlangen, aber auch dort wird Ihre Königliche Hoheit auf keine größeren Hindernisse stoßen als bei mir. Die Schauspieler werden sich glücklich schätzen, vor Seiner Majestät und dem ganzen Hofstaat spielen und singen zu dürfen.»

«Das ist nicht das, was ich von Ihnen erbitten soll, Monsieur», entgegnete Monsieur de Coigny. «Ihre Königliche Hoheit will dem König eine vollkommenere und seltenere Unterhaltung bieten. Sie kennt all Ihre Opern, Monsieur ...»

Rousseau verneigte sich abermals.

«Und weiß sie sehr schön zu singen.»

Rousseau biß sich auf die Lippen.

«Das ist zuviel der Ehre», stammelte er.

«Da nun», fuhr Monsieur de Coigny fort, «da nun viele der Damen bei Hofe ausgezeichnete Musikantinnen sind und entzückende Stimmen haben, da mehrere Kavaliere sich ebenfalls mit der Musik befassen, so soll die Oper, welche die Dauphine wählen wird, von dieser Gesellschaft von Kavalieren und Damen vorgetragen und gespielt werden, wobei Ihren Königlichen Hoheiten die Hauptrollen zukämen.»

«Monsieur», beteuerte Rousseau, «ich versichere Ihnen, daß dies für mich eine außerordentliche Ehre ist, und ich bitte Sie, Madame la Dauphine meinen unterwürfigsten Dank auszusprechen.»

«Oh! Das ist noch nicht alles, Monsieur», entgegnete Monsieur de Coigny lächelnd. «Die so zusammengestellte Truppe ist zwar vornehmer als jede andere, aber minder erfahren. Daher ist es unerläßlich, daß der Meister ihr mit Rat und Tat zur Seite steht. Die Darbietung muß des erhabenen Zuschauers, der die königliche Loge einnehmen wird, wie auch des berühmten Autors würdig sein.»

Rousseau rührte das Kompliment, und er machte vor Monsieur de Coigny seinen anmutigsten Diener.

«Aus diesem Grunde, Monsieur», sprach der Edelmann weiter, «bittet Sie Ihre Königliche Hoheit, nach Trianon zu kommen, um der Generalprobe des Werkes beizuwohnen.»

«Oh!» machte Rousseau. «Ihre Königliche Hoheit meint das doch wohl nicht ernst? ... Ich nach Trianon?»

«Und warum nicht?» versetzte Monsieur de Coigny.

«O Monsieur, Sie sind ein Mann von Geschmack und von Geist. Sie besitzen ein feineres Taktgefühl als viele andere. Legen Sie die Hand aufs Herz, und antworten Sie mir: Wenn Rousseau, der Philosoph, Rousseau, der Geächtete, Rousseau, der Menschenfeind, an den Hof käme, müßte sich nicht die ganze Gesellschaft dort vor Lachen biegen?»

«Monsieur», gab Monsieur de Coigny gelassen zurück, «ich wüßte nicht, warum das Gelächter und die spöttischen Bemerkungen des dümmlichen Haufens, der Ihnen übel will, einem gebildeten Mann und einem Schriftsteller, der als der erste des Königreiches gelten kann, schlaflose Nächte bereiten sollten. Was das Gerede der Leute betrifft, so werden Sie mir zugeben, daß man es eben in Kauf nehmen muß, sobald es sich um das Vergnügen und den Wunsch einer Persönlichkeit wie Ihrer Königlichen Hoheit handelt, der mutmaßlichen Erbin des Königreichs Frankreich.»

«Gewiß», beeilte sich Rousseau zu sagen, «gewiß.»

«Oder sollte es sich um einen Rest falscher Scham handeln?» fragte Monsieur de Coigny lächelnd. «Sollten Sie, weil Sie streng über die Könige urteilten, befürchten, menschlicher zu werden? Ah! Monsieur Rousseau, Sie haben der Menschheit Lehren erteilt. Aber ich hoffe doch sehr, daß Sie dieselbe nicht hassen ... Überdies werden Sie doch wohl bei den Damen von kaiserlichem Geblüt eine Ausnahme machen.»

«Monsieur, Sie drängen mich aufs anmutigste, doch bedenken Sie meine Lage. Ich lebe zurückgezogen, einsam ... unglücklich. Was ich auch tun mag, dem König und den Prinzessinnen, welche nur Freude und Zufriedenheit suchen, werden mein Gesicht und mein Benehmen unangenehm sein. Was sollte ich ihnen zu sagen haben? Wie sollte ich mich verhalten?»

«Sie scheinen an sich selbst zu zweifeln. Aber besitzt derjenige, welcher die *Neue Heloise* und die *Bekenntnisse* geschrieben hat, nicht mehr Geist zum Sprechen und Handeln, als wir anderen je besitzen werden?»

«Ich versichere Ihnen, Monsieur, es ist mir unmöglich.»

«Dieses Wort, Monsieur, ist den Fürsten unbekannt.»

«Aus eben diesem Grunde werde ich zu Hause bleiben.»

«Monsieur, Sie werden mir, dem vermessenen Boten, der es übernommen hat, Madame la Dauphine zufriedenzustellen, keinen tödlichen Kummer bereiten und mich nötigen, beschämt und besiegt nach Versailles zurückzukehren. Das wäre ein solcher Schlag für mich, daß ich mich sogleich selbst in die Verbannung begeben müßte. Hören Sie, lieber Monsieur Rousseau, tun Sie für mich, für einen Mann, der so voller Begeisterung für jedes Ihrer Werke ist, tun Sie für mich, was Ihr großes Herz bittenden Königen verweigern würde.»

«Monsieur, Ihre vollkommene Artigkeit geht mir zu Herzen. Ihre Beredsamkeit ist unwiderstehlich, und Sie haben eine Stimme, die mich mehr bewegt, als ich zu sagen vermag.»

«Sie lassen sich also erweichen?»

«Nein, ich kann nicht ... Nein, wirklich nicht. Meine Gesundheit steht einer Reise entgegen.»

«Eine Reise? O Monsieur Rousseau! Was denken Sie? Es ist im Wagen ein Weg von fünf Viertelstunden!»

«Für Sie, für Ihre feurigen Pferde.»

«Aber alle Pferde des Hofes stehen Ihnen selbstverständlich zur Verfügung, Monsieur Rousseau. Die Dauphine hat mich beauftragt, Ihnen zu sagen, daß in Trianon eine Unterkunft für Sie bereitsteht, denn man will Ihnen die Unannehmlichkeit, so spät nach Paris zurückzukehren, ersparen. Übrigens hat der Dauphin, der all Ihre Werke auswendig kennt, vor seinem Hofstaat geäußert, er lege Wert darauf, in seinem Palast das Zimmer zu zeigen, das Monsieur Rousseau bewohnt habe.»

Dieser letzten Gunstbezeigung hatte Rousseau nichts mehr entgegenzusetzen. «Ich werde mich also den Wünschen Ihrer Königlichen Hoheit fügen,» seufzte er.

«O Monsieur! Nehmen Sie meinen ganz persönlichen Dank entgegen. Gestatten Sie, daß ich mich des Danks in bezug auf die Dauphine enthalte. Sie würde es mir übelnehmen, wenn ich ihr in der Erkenntlichkeit, die Sie Ihnen aussprechen will, zuvorgekommen wäre. Wissen Sie im übrigen, Monsieur, daß es an dem Mann ist, einer jungen und anbetungswürdigen Frau zu danken, welche die Güte hat, ihm entgegenzukommen?»

«Ganz recht, Monsieur», stimmte Rousseau ihm lächelnd zu, «doch die Greise haben ein Vorrecht bei hübschen Frauen: Man bittet sie.»

«Monsieur Rousseau, wollen Sie mir jetzt bitte sagen, wann Sie bereit sind, nach Trianon zu kommen? Ich werde Ihnen meine Karosse schikken, oder vielmehr, ich werde Sie selbst abholen.»

«Was dies betrifft, so muß ich Ihnen leider widersprechen», wehrte Rousseau ab. «Einverstanden, ich komme nach Trianon. Aber lassen Sie mir die Möglichkeit, mich auf meine Weise und nach meinem Gutdünken dorthin zu begeben. Ich komme, das genügt. Um wieviel Uhr soll ich mich dort einfinden?»

«Wie, Monsieur? Sie gestatten mir nicht, daß ich Sie einführe? Es ist wahr, ich wäre dessen unwürdig, und ein Name wie der Ihrige kündigt sich überall allein an.»

«Monsieur, ich weiß, daß Sie bei Hofe mehr sind, als ich an irgendeinem Ort der Welt ... Die Ablehnung Ihres Angebots richtet sich keinesfalls gegen Sie persönlich. Es ist nur so, daß ich meine Bequemlichkeit liebe. Ich möchte mich dorthin begeben, wie wenn ich eine Spazierfahrt machte ... Das ist meine einzige Forderung.»

«Ich beuge mich Ihrem Willen, Monsieur, und werde mich wohl hüten, Ihnen in irgendeiner Hinsicht zu mißfallen. Die Generalprobe beginnt heute abend um sechs Uhr.»

«Sehr gut. Um Viertel vor sechs werde ich in Trianon sein.»

«Ja, aber wie werden Sie dorthin gelangen?»

«In einem brüderlichen Wagen, einer volkstümlichen Karosse, die dem Nachbarn ebenso gehört wie mir, wie die Luft, die Sonne und das Wasser, eine Karosse, die fünfzehn Sous kostet.»

«Ah! Mein Gott, die Postkutsche! Sie machen mich schaudern.»

«Die Bänke, welche Sie als so hart empfinden, kommen mir vor wie das weichste Bett. Ich finde sie wie mit Daunen oder mit Rosenblättern gestopft. Bis heute abend, Monsieur, bis heute abend.»

## CIX. KAPITEL

### *Rousseaus Garderobe*

Als Monsieur de Coigny gegangen war, ließ sich Rousseau, den dieser Besuch auf andere Gedanken gebracht hatte, mit einem tiefen Seufzer in einen Sessel sinken und sagte mit schläfriger Stimme:

«Ach! Wie lästig ist mir das alles! Wie sehr ermüden die Leute mich mit ihren ewigen Verfolgungen!»

Therese, die eben eintrat, schnappte diese Worte gerade noch auf. Sie baute sich direkt vor Rousseau auf und meinte:

«Sind Sie aber eingebildet!»

«Ich?» rief Rousseau überrascht.

«Ja, Sie! Sie sind ein eitler Mensch und ein Heuchler obendrein! Sie sind geradezu entzückt darüber, an den Hof gehen zu dürfen, und Sie verbergen Ihre Freude hinter gespielter Gleichgültigkeit.»

«Ah! Mein Gott!» erwiderte Rousseau, den es demütigte, daß man ihn so gut durchschaute, und zuckte mit den Achseln.

«Versuchen Sie bloß nicht, mir weiszumachen, es sei keine große Ehre für Sie, dem König die Melodien vorzuspielen, die Sie hier auf Ihrem Spinett zusammenkratzen.»

Rousseau schaute seine Frau erzürnt an.

«Sie sind eine dumme Gans», schalt er. «Es ist keine Ehre für einen Mann wie mich, vor dem König zu erscheinen. Wem verdankt es dieser Mann, daß er auf dem Thron sitzt? Einer Laune der Natur, die ihn als Sohn einer Königin auf die Welt kommen ließ. Aber ich bin würdig, vor den König gerufen zu werden, um ihn zu unterhalten. Das verdanke ich meiner Arbeit und meinem Talent, das ich mir mit großem Fleiß erworben habe.»

Therese war keine Frau, die sich so leicht geschlagen gab.

«Ich wünschte, Monsieur de Sartines würde Sie so sprechen hören. Er hätte für Sie eine Zelle in Bicêtre oder ein Stübchen in Charenton.»

«Weil dieser Monsieur de Sartines ein Tyrann ist, der im Sold eines anderen Tyrannen steht», konterte Rousseau, «und weil der Mensch mit seinem Geist allein gegen die Tyrannen machtlos ist. Aber wenn Monsieur de Sartines mich verfolgte ...»

«Was dann?» spottete Therese.

«O ja», seufzte Rousseau, «ich weiß, daß meine Feinde sich freuen würden, ja! ...»

«Und warum haben Sie Feinde?» versetzte Therese. «Weil Sie boshaft sind und alle Welt angegriffen haben. Ah! Sehen Sie, Monsieur de Voltaire, der hat Freunde. Der stellt es richtig an.»

«Es ist wahr», gestand Rousseau mit einem engelhaften Lächeln.

«Aber Monsieur de Voltaire ist ein Edelmann. Er ist ein enger Freund des Königs von Preußen. Er besitzt Pferde, er ist reich, er hat sein Schloß Ferney ... Und all das hat er sich durch sein eigenes Verdienst erworben ... Er spielt auch nicht den Hochmütigen, wenn er an den Hof geht, sondern fühlt sich wie zu Hause.»

«Und Sie glauben, ich werde mich dort nicht wie zu Hause fühlen?» ereiferte sich Rousseau. «Glauben Sie, ich wüßte nicht, woher das ganze Geld stammt, das man dort verschwendet? Glauben Sie, ich ließe mich durch die Ehrerbietung betören, die man dem Meister dort zollt? Ei, gute Frau, die Sie einfach so drauflos urteilen, bedenken Sie: Wenn ich den Verächtlichen spiele, dann nur deshalb, weil ich verachte. Und wenn ich den Luxus dieser Höflinge verachte, dann deshalb, weil sie ihren Luxus gestohlen haben, bedenken Sie dies!»

«Gestohlen!» rief Therese entrüstet aus.

«Jawohl, gestohlen! Ihnen, mir, jedermann. Alles Gold, das sie auf ihren Kleidern tragen, müßte an all die Unglücklichen verteilt werden, die kein Brot haben. Deshalb gehe ich, der ich dies alles bedenke, nur mit Widerwillen an den Hof.»

«Ich will ja nicht behaupten, daß das Volk glücklich ist», meinte Therese, «aber der König ist schließlich der König.»

«Nun, ich gehorche ihm doch. Was will er mehr?»

«Ah! Sie gehorchen, weil Sie Angst haben. Sie müssen nicht sagen, Sie gehen mit Widerwillen irgendwohin und Sie seien ein mutiger Mann, sonst antworte ich Ihnen nämlich, daß Sie ein Heuchler sind und daß es Ihnen sehr gefällt.»

«Ich fürchte mich vor nichts», entgegnete Rousseau und warf sich in die Brust.

«Gut, wenn das so ist, dann sagen Sie doch dem König nur ein Viertel von dem, was Sie mir soeben erzählten.»

«Das werde ich gewiß tun, wenn es mir mein Gefühl gebietet.»

«Pah! Sie wagen ja nicht mal, einer Katze einen Knochen wegzunehmen, an dem sie nagt, weil Sie Angst haben, sie könnte Sie kratzen ... Wie wird es erst sein, wenn Sie von Garden und bewaffneten Soldaten umgeben sind? ... Sehen Sie, ich kenne Sie, als wäre ich Ihre Mutter ... Sie werden sich sogleich frisch rasieren, pomadisieren und sich wie Adonis herrichten. Sie werden von mir Ihre seidenen Strümpfe verlangen, Sie werden den schokoladefarbenen Rock anziehen, die neue Perücke aufsetzen, einen Fiaker rufen, und mein Philosoph wird sich von den schönen Damen bewundern lassen ... Oh! Wie ich Sie kenne!»

«Sie irren sich, meine Gute», entgegnete Rousseau. «Ich sage Ihnen, man tut mir Zwang an, indem man mich an den Hof bittet. Ich gehe, weil ich trotz allem den Skandal fürchte, wie ihn jeder redliche Bürger fürchten muß. Im übrigen gehöre ich nicht zu denjenigen, welche sich weigern, die Oberhoheit eines Bürgers in einer Republik anzuerkennen. Wenn es aber darum geht, mich wie ein Höfling bei den Mächtigen einzuschmeicheln, meinen neuen Rock an den Flittern der hohen Herren zu reiben, dann sage ich nein, nein und nochmals nein! Ich werde nichts von alldem tun, und sollten Sie mich einmal dabei ertappen, dann können Sie nach Herzenslust über mich spotten.»

«Das heißt, Sie werden sich nicht elegant anziehen?» fragte Therese spöttelnd.

«Nein.»

«Sie werden nicht Ihre neue Perücke aufsetzen?»

«Ich sage Ihnen, ich werde als freier Mann dorthin gehen, ohne Geziertheit und Angst. Ich gehe an den Hof, wie ich ins Theater gehen würde. Und mir ist völlig einerlei, ob die Schauspieler mich gut oder schlecht finden.»

«Oh! Sie werden sich aber wenigstens rasieren», erwiderte Therese.»

«Ich sage Ihnen, daß ich an meiner Aufmachung nichts ändern werde.»

Therese begann, so laut zu lachen, daß sich Rousseau verwirrt ins andere Zimmer verzog.

Doch die Hausfrau war mit ihren Vorhaltungen noch nicht am Ende. Sie hatte noch genug Dinge, die sie ihm an den Kopf werfen wollte.

Sie holte aus dem Schrank die Festtagskleider, die frische Wäsche und die blank gewichsten Schuhe hervor und breitete all die schönen Dinge auf dem Bett in Rousseaus Zimmer aus.

Doch dieser schien dem Ganzen nicht die geringste Beachtung zu schenken.

Da sagte Therese:

«Hören Sie, es wird langsam Zeit, daß Sie sich ankleiden ... So eine Hoftoilette nimmt viel Zeit in Anspruch ... Sie werden nicht mehr genug Muße haben, um zur bezeichneten Stunde nach Versailles zu kommen.»

«Ich habe Ihnen bereits zu verstehen gegeben, Therese, daß ich so gehe, wie ich bin», beharrte Rousseau. «Das ist die Kleidung, in der ich tagtäglich vor meine Mitbürger trete. Ein König ist auch nur ein Bürger wie ich.»

«Nur ruhig», lenkte Therese besänftigend ein, um ihn gefügig zu machen, «sträuben Sie sich nicht, Jacques, seien Sie nicht albern ... Ihre Kleider sind hier ... Ihr Rasiermesser liegt bereit. Ich habe den Barbier benachrichtigen lassen, falls Sie heute zu aufgeregt sind, sich selbst zu rasieren ...»

«Danke, meine Liebe», antwortete Rousseau, «aber ich werde mich nur ein wenig bürsten und meine Schuhe nehmen, weil man nicht in Pantoffeln ausgeht.»

Schließlich war es an der Zeit zu gehen, und der Philosoph hatte sich in Gedanken alles zurechtgelegt, was er dem König an Unangenehmem und Lehrreichem sagen könnte.

Während er die Schnallen seiner Schuhe befestigte, murmelte er Bruchstücke davon vor sich hin. Sodann klemmte er sich seinen Hut unter den Arm und ergriff seinen Stock. Therese begleitete ihn bis auf den Wohnungsvorplatz, wo sie ihn abermals ermahnte:

«Hören Sie, Jacques, seien Sie vernünftig. Sie sind abscheulich in dieser Aufmachung. Sie sehen aus wie ein Falschmünzer.»

«Gott befohlen!» grüßte Rousseau.

«Sie sehen aus wie ein elender Schurke, Monsieur», rief ihm Therese nach. «Nehmen Sie sich wohl in acht!»

«Nehmen Sie sich vor dem Feuer in acht», versetzte Rousseau, «und rühren Sie meine Papiere nicht an.»

«Wenn ich Ihnen sage, Sie sehen aus wie ein Polizeispitzel!» rief Therese in höchster Verzweiflung.

Rousseau erwiderte nichts mehr. Er stieg trällernd die Stufen hinab und machte sich die Dunkelheit zunutze, um mit dem Ärmel seinen Hut zu bürsten und mit der Hand seine leinenen Kragenspitzen zu glätten. Auf diese Weise schuf er sich rasch eine vernünftige Garderobe.

## CX. KAPITEL

*Die Kulissen von Trianon*

Als Rousseau gegen halb sechs Uhr abends in Trianon eintraf, hatte sich der Hofstaat bereits versammelt. Man sang und spielte sich ein, während man auf den König wartete, denn vom Autor war nicht im entferntesten die Rede.

Monsieur de Coigny eilte mit seiner üblichen Höflichkeit herbei und empfing Rousseau mit der liebenswürdigsten Zuvorkommenheit. Doch kaum hatte er einen Blick auf das Äußere des Philosophen geworfen, da geriet er in solches Erstaunen, daß er ihn nochmals von oben bis unten musterte.

Rousseau war staubig, zerknittert und bleich. Monsieur de Coignys Blick machte ihn beklommen, zumal er, da sie sich dem Schauspielsaal näherten, die verschwenderische Fülle von schönen Gewändern, Spitzen, Diamanten und blauen Ordensbändern erblickte, die sich vor dem Hintergrund des vergoldeten Saales wie ein Blumenstrauß in einem riesigen Korb ausnahmen.

Indessen war er gezwungen, weiterzugehen und sich selbst ein kühnes Aussehen zu verleihen. Zahlreiche Blicke blieben an ihm haften, da er gleichsam einen Schandfleck in dieser Gesellschaft bildete.

Monsieur de Coigny führte ihn zum Orchester, wo die Musiker ihn erwarteten.

Dort fühlte er sich ein wenig wohler.

Die Dauphine stand schon auf der Bühne in ihrem Colette-Kostüm. Sie wartete auf ihren Colin.

Monsieur de Coigny wechselte in seiner Loge das Kostüm.

Plötzlich sah man inmitten eines Kreises von geneigten Häuptern den König eintreten. Ludwig XV. lächelte und schien blendender Laune zu sein.

Der Dauphin setzte sich zu seiner Rechten, und der Graf von Provence ließ sich zu seiner Linken nieder.

Die fünfzig Personen, welche die Versammlung, eine wahre Versammlung im engsten Kreis, bildeten, nahmen auf ein Zeichen des Königs Platz.

«Nun, geht es noch nicht los?» erkundigte sich Ludwig XV.

«Sire», erwiderte die Dauphine, «die Schäfer und die Schäferinnen sind noch nicht angekleidet. Wir erwarten sie.»

«Man hätte doch genausogut in den gewöhnlichen Kleidern auftreten können», meinte der König.

Rousseau kam gegen halb sechs Uhr abends in Trianon an.

«Nein, Sire», entgegnete die Dauphine von der Bühne herab, «wir wollen doch die Gewänder und Kostüme bei Licht probieren, um zu sehen, wie sie auf der Bühne wirken.»

«Ganz richtig, Madame», pflichtete der König ihr bei, «dann wollen wir noch ein wenig spazierengehen.»

Und Ludwig XV. erhob sich, um im Korridor und auf der Bühne einen Rundgang zu machen. Er war ein wenig beunruhigt, weil Madame Dubarry so lange auf sich warten ließ.

Als der König seine Loge verlassen hatte, betrachtete Rousseau schwermütig und bedrückt den nunmehr leeren Saal und seine eigene Abgeschiedenheit.

Diese bildete einen merkwürdigen Kontrast zu dem Empfang, den er insgeheim befürchtet hatte.

Er hatte sich eingebildet, daß die Gruppen vor ihm auseinandertreten würden und daß die Neugierde der Leute bei Hof noch lästiger und zudringlicher sein würde als die der Pariser. Er hatte befürchtet, man werde ihn mit Fragen bestürmen und ihn allen möglichen Leuten vorstellen, und nun schenkte ihm niemand auch nur die geringste Beachtung.

Er dachte, daß sein langer Bart wohl noch nicht lang genug sei und daß er in Lumpen ebensowenig bemerkt worden wäre wie in seinen alten Kleidern. Er beglückwünschte sich selbst dazu, daß er nicht so lächerlich gewesen war, nach Eleganz zu trachten.

Doch im Grunde fühlte er sich ziemlich gedemütigt, da er sich auf den Rang eines Orchesterleiters herabgewürdigt sah.

Plötzlich trat ein Offizier zu ihm und fragte ihn, ob er nicht Monsieur Rousseau sei.

«Ja, Monsieur», antwortete er.

«Madame la Dauphine wünscht Sie zu sprechen, Monsieur», meldete der Offizier.

Rousseau stand tief bewegt auf.

Die Dauphine erwartete ihn. Sie hielt Colettes Ariette in der Hand:

*J'ai perdu tout mon bonheur.**

Sowie sie Rousseau gesehen hatte, ging sie auf ihn zu.

Der Philosoph verneigte sich sehr demutsvoll, wobei er sich immer wieder vorsagte, daß er eine Frau und keine Prinzessin grüße.

Die Dauphine ihrerseits war sehr freundlich zu dem scheuen Philosophen.

Sie bat ihn um seinen Rat zu der Modulation, die beim dritten Vers zu beachten wäre, wo es hieß:

*Colin me délaisse.***

Rousseau entwickelte eine Theorie der Deklamation und der Gesangssprache, welche, so gelehrt sie auch sein mochte, von der geräuschvollen Ankunft des Königs und einiger Höflinge unterbrochen wurde.

* All mein Glück hab' ich verloren.
** Colin verläßt mich.

Ludwig XV. trat ins Foyer, wo die Dauphine sich eben von dem Philosophen unterweisen ließ.

Die erste Reaktion des Königs beim Anblick der vernachlässigten Gestalt war die gleiche, die Monsieur de Coigny gezeigt hatte; der einzige Unterschied bestand darin, daß Monsieur de Coigny Rousseau kannte, Ludwig XV. aber nicht.

Er musterte unseren freien Mann daher ausgiebig, während er die Komplimente und den Dank der Dauphine entgegennahm.

Dieser Blick, der ganz von königlicher Autorität durchdrungen war und sich vor keinem zu senken pflegte, beeindruckte Rousseau dermaßen, daß sein sonst so lebhaftes Auge unsicher und schüchtern wurde.

Die Dauphine wartete, bis der König seine Musterung beendet hatte, trat dann zu Rousseau hin und sprach:

«Gestatten Eure Majestät, daß ich unseren Autor vorstelle?»

«Ihren Autor?» erwiderte der König und tat, als versuche er sich zu erinnern.

Rousseau stand währenddessen wie auf glühenden Kohlen. Das Auge des Königs hatte nach und nach den langen Bart, den schmuddeligen Spitzenkragen, den Staub und die schlecht frisierte Perücke des größten Schriftstellers seines Reiches begutachtet und mit seinem Blick versengt.

Die Dauphine hatte Mitleid mit dem Philosophen.

«Monsieur Jean-Jacques Rousseau, Sire», erklärte sie, «der Komponist der reizenden Oper, die wir vor Eurer Majestät spielen werden.»

Der König hob den Kopf.

«Ah!» ließ er sich kühl vernehmen. «Monsieur Rousseau, ich grüße Sie.»

Rousseau fragte sich, wie man wohl den König von Frankreich begrüßte, ohne ein Höfling zu sein, aber gleichzeitig auch ohne unhöflich zu sein, denn er gestand sich ein, daß er sich schließlich im Hause dieses Fürsten befand.

Er war wie versteinert. Alle Sätze, die er sich für den Tyrannen zurechtgelegt hatte, waren wie weggeblasen.

«Monsieur Rousseau», meinte der König zu ihm, während er noch immer sein Gewand und seine Perücke musterte, «Sie haben eine gar reizende Musik geschrieben, die mir sehr angenehme Stunden bereitet.»

Und der König fing an, mit überaus mißtönender Stimme zu singen:

*Si des galants de la ville*
*J'eusse écouté les discours,*

*Ah! Qu'il m'eût été facile,*
*De former d'autres amours.**

«Das ist wirklich bezaubernd!» urteilte der König, als er geendet hatte.

Rousseau verneigte sich.

«Ich weiß nicht, ob ich gut singen werde», bemerkte die Dauphine.

Rousseau wandte sich der Prinzessin zu, um ihr in dieser Hinsicht einen Rat zu geben.

Doch schon ließ sich die Stimme des Königs erneut vernehmen. Er sang die Romanze von Colin:

*Dans ma cabane obscure,*
*Toujours soucis nouveaux;*
*Vent, soleil ou froidure,*
*Toujours peine et travaux.***

Der Gesang Seiner Majestät war für einen Musiker grauenvoll anzuhören. Einerseits geschmeichelt durch das Gedächtnis des Monarchen, andererseits beleidigt durch dessen abscheulichen Vortrag, hörte Rousseau mit einem lachenden und einem weinenden Auge zu.

Die Dauphine blieb ernst, wobei sie sich der unerschütterlichen Kaltblütigkeit bediente, die man nur bei Hofe antrifft.

«Sagen Sie mal, Monsieur Rousseau», fragte der König, «ist es wahr, daß Sie sich zuweilen wie ein Armenier kleiden?»

Rousseau stieg die Röte ins Gesicht.

Ohne eine Antwort abzuwarten, begann der König abermals zu singen:

*Ah! Pour l'ordinaire*
*L'amour ne sait guère*
*Ce qu'il permet, ce qu'il défend.****

«Sie wohnen, glaube ich, in der Rue Plâtrière, Monsieur Rousseau?» erkundigte sich der König.

Rousseau nickte nur. Er brachte kein Wort heraus. Noch nie hatte er sich so unbeholfen gefühlt.

Der König trällerte unbekümmert weiter:

* Hätte ich auf die Reden der Galane der Stadt gehört, oh, wie leicht wäre es mir gewesen, andere Liebschaften anzufangen.

** In meiner dunklen Hütte stets neue Sorgen, Wind, Sonne und Kälte, stets Mühe und Arbeit.

*** Ah! Gewöhnlich weiß die Liebe nicht, was sie erlaubt, was sie verbietet.

*C'est un enfant,*
*C'est un enfant . . .* *

«Man erzählt sich, Sie stehen auf schlechtem Fuß mit Voltaire, Monsieur Rousseau?»

Diese neuerliche Spitze ließ Rousseau schließlich vollends die Fassung verlieren. Der König schien kein großes Mitleid mit ihm zu haben und entfernte sich singend:

*Allons danser sous les ormeaux,*
*Animez-vous, jeunes fillettes.* **

Rousseau blieb allein im Foyer zurück, denn auch die Dauphine hatte ihn verlassen, um letzte Hand an ihre Toilette zu legen.

Stolpernd erreichte Rousseau den Korridor. Doch genau in der Mitte stieß er mit einem vor Diamanten, Blumen und Spitzen nur so glänzenden Paar zusammen, das die ganze Breite des Ganges einnahm, obgleich der junge Mann den Arm der jungen Frau sehr zärtlich an sich drückte.

Die junge Dame mit ihren rauschenden Spitzen, ihrer gewaltigen Haartracht, ihrem Fächer und ihren Wohlgerüchen strahlte wie ein Stern. Rousseau war im Vorübergehen von ihr gestoßen worden.

Der junge Mann, der schlank, feingliedrig und bezaubernd war und sein blaues Ordensband an dem englischen Spitzenkragen zerknitterte, ließ ein heiteres Lachen vernehmen, das er hin und wieder durch ein kurzes, absichtliches Schweigen oder durch ein Geflüster unterbrach, worüber die Dame ebenfalls lachen mußte. Sie schienen im besten Einvernehmen miteinander zu sein.

Rousseau erkannte in dieser schönen Dame, in diesem verführerischen Geschöpf, die Gräfin Dubarry. Und sobald er sie erblickt hatte, sah er, gemäß seiner Gewohnheit, sich immer nur in eine Betrachtung zu vertiefen, ihren Begleiter nicht mehr.

Der junge Mann mit dem blauen Ordensband war indessen kein anderer als der Graf von Artois, der mit der Geliebten des Königs ausgelassen schäkerte.

Als Madame Dubarry Rousseaus schwarze Gestalt erblickte, stieß sie einen Schrei aus:

«Ah! Mein Gott!»

«Ei, was haben Sie denn?» fragte der Graf von Artois, der den Philosophen ebenfalls anschaute.

* Es ist ein Kind, es ist ein Kind.
** Laßt uns unter den Ulmen tanzen, bewegt euch flink, ihr jungen Mädchen.

Und schon streckte er die Hand aus, um seine Gefährtin sachte vorbeizugeleiten.

«Monsieur Rousseau!» rief Madame Dubarry.

«Rousseau aus Genf?» fragte der Graf von Artois.

«Ja, Monseigneur», erwiderte die Gräfin.

«Ah! Guten Tag, Monsieur Rousseau», grüßte der schelmische Prinz, als er sah, daß Rousseau einen verzweifelten Versuch machte, sich Durchlaß zu verschaffen, «guten Tag ... Wir werden sogleich Ihre Musik hören.»

«Monseigneur ...», stammelte Rousseau, der das blaue Ordensband gewahrte.

«Ah! Eine ganz bezaubernde Musik», bemerkte die Gräfin, «ganz im Einklang mit dem Geist und dem Herzen des Komponisten!»

Rousseau hob den Kopf.

«Madame ...», begann er verstimmt.

«Ich werde den Colin spielen, Madame», unterbrach ihn der Graf von Artois, «und ich bitte Sie, Gräfin, spielen Sie die Colette.»

«Von Herzen gern, Monseigneur. Doch ich, die ich keine Künstlerin bin, würde es niemals wagen, die Musik des Meisters zu entwürdigen.»

Rousseau hätte sein Leben dafür gegeben, sie noch einmal anschauen zu können. Aber ihre Stimme, ihre Schmeichelei und ihre Schönheit hatten ihn befangen gemacht.

Er wollte nur noch fliehen.

«Monsieur Rousseau», sprach der Prinz und versperrte ihm den Weg, «ich möchte, daß Sie mir die Rolle des Colin beibringen.»

«Ich würde es nicht wagen, den Herrn zu bitten, mir Ratschläge für die Rolle der Colette zu geben», ließ sich die Gräfin vernehmen.

«Der Herr haßt mich», beklagte sie sich bei dem Prinzen mit ihrer bezaubernden Stimme.

«Nicht doch!» rief der Graf von Artois. «Wer wird Sie hassen können, Madame?»

«Sie sehen es wohl», beharrte die Gräfin.

«Monsieur Rousseau ist ein zu anständiger Mann und macht zu hübsche Dinge, um vor einer so reizenden Frau zu fliehen», meinte der Graf von Artois.

Rousseau stieß einen tiefen Seufzer aus und entfloh durch die schmale Lücke, die der Graf unvorsichtigerweise zwischen ihm und der Wand gelassen hatte.

Doch an diesem Abend hatte Rousseau kein Glück. Kaum war er vier Schritt gegangen, da stieß er auch schon auf ein anderes Paar.

Dieses bestand aus zwei Herren, einem alten und einem jungen. Der junge trug das blaue Ordensband; der andere, er mochte etwa fünfundfünfzig Jahre alt sein, war ganz in Rot gekleidet, und seine bleichen Gesichtszüge ließen auf eine strenge Lebensweise schließen.

Beide hörten den lustigen Grafen von Artois aus Leibeskräften rufen und lachen: «Ah! Monsieur Rousseau, Monsieur Rousseau, ich werde sagen, die Gräfin hätte Sie in die Flucht geschlagen, und wahrlich, niemand wird es glauben!»

«Rousseau?» murmelten die beiden Herren.

«Halten Sie ihn auf, mein Bruder!» rief der Prinz, immer noch lachend. «Halten Sie ihn auf, Monsieur de la Vauguyon!»

Da begriff Rousseau, an welcher Klippe sein Unglücksstern ihn hatte scheitern lassen.

Der Graf von Provence und der Hofmeister der französischen Prinzen!

Der Graf von Provence versperrte Rousseau also ebenfalls den Weg.

«Guten Tag, Monsieur», grüßte er ihn in seinem kurzangebundenen, schulmeisterlichen Tonfall.

Verwirrt verneigte sich Rousseau, während er vor sich hinmurmelte:

«Es gibt kein Entrinnen!»

«Ah! Wie schön, Sie zu treffen, Monsieur!» sprach der Prinz.

«Abermals alberne Komplimente», dachte Rousseau. «Wie sind diese Großen doch geschmacklos!»

«Ich habe Ihre Übersetzung des Tacitus gelesen, Monsieur.»

«Ah! Stimmt ja», fiel es Rousseau ein, «dieser ist ein Gelehrter, ein Pedant.»

«Wissen Sie, daß es sehr schwer ist, Tacitus zu übersetzen?»

«Monseigneur, ich habe dies in einem kleinen Vorwort geschrieben.»

«Ja, das weiß ich wohl, das weiß ich wohl. Sie erwähnen darin, daß Sie das Lateinische nur mittelmäßig beherrschen.»

«Das ist richtig, Monseigneur.»

«Warum übersetzen Sie dann den Tacitus, Monsieur Rousseau?»

«Monseigneur, es ist eine Stilübung.»

«Ah! Monsieur Rousseau, Sie hatten unrecht, den Ausdruck *imperatoria brevitate* mit ‹eine ernste und bündige Rede› zu übersetzen», sagte der junge Prinz mit der Selbstsicherheit eines alten Gelehrten. «Jawohl, so haben Sie es übersetzt. Es steht in dem Abschnitt, in dem Tacitus berichtet, Piso habe eine Ansprache an seine Soldaten gehalten.»

«Nun, Monseigneur?»

«Nun, Monsieur Rousseau, *imperatoria brevitate* bedeutet ‹mit der Bündigkeit eines Generals› ... oder eines Mannes, der es gewohnt ist, zu befehlen. Die Bündigkeit des Befehlens ... das ist der richtige Ausdruck, nicht wahr, Monsieur de la Vauguyon?»

«Allerdings, Monseigneur», pflichtete ihm der Hofmeister bei.

Rousseau erwiderte nichts, und der Prinz fügte hinzu:

«Das ist ein schlichter Widersinn, Monsieur Rousseau ... Oh! Ich werde noch einen anderen finden.»

Rousseau erbleichte.

«Zum Beispiel den folgenden, Monsieur Rousseau: Er befindet sich in dem Abschnitt, in dem von Cecina die Rede ist. Er fängt so an: *At in superiore Germania* ... Sie wissen, man beschreibt das Bildnis der Cecina, und Tacitus sagt: *Cito sermone.*»

«Ich erinnere mich, Monseigneur.»

«Sie haben dies mit ‹gut sprechend› übersetzt.»

«Ohne Zweifel, Monseigneur, und ich glaubte ...»

«*Cito sermone* heißt ‹der schnell spricht›, nämlich mit Leichtigkeit spricht.»

«Habe ich gesagt ‹gut sprechend›?»

«Dann hätte es heißen müssen *decoro* oder *ornato* oder *eleganti sermone*; *cito* ist ein malerisches Beiwort, Monsieur Rousseau! Es ist wie bei der Schilderung der Verhaltensänderung von Otho, wo Tacitus sagt: *Delata voluptas, dissimulata luxuria cunctaque, ad imperii decorem composita.*»

«Ich habe das übersetzt mit: ‹Indem er den Luxus und die Wollust auf andere Zeiten verschob, versetzte er jedermann dadurch in Erstaunen, daß er den Ruhm des Reiches wiederherzustellen bemüht war.›»

«Zu Unrecht, Monsieur Rousseau, zu Unrecht. Erstens haben Sie aus drei kleinen Sätzen einen einzigen gemacht, was Sie dazu nötigte, *dissimulata luxuria* schlecht zu übersetzen. Sodann unterlief Ihnen ein Widersinn im letzen Glied dieses Satzes. Tacitus meinte nämlich nicht, daß Kaiser Otho sich bemühte, den Ruhm des Reiches wiederherzustellen. Vielmehr wollte er damit ausdrücken, da Otho seine Leidenschaften nicht mehr befriedigte und seinen verschwenderischen Lebensstil verbarg, habe er alles geschlichtet, alles aufgeboten und alles in Gang gebracht ... Alles, Sie verstehen, Monsieur Rousseau, er habe alles, seine Leidenschaften und sogar seine Laster, zum Ruhme des Reiches angewendet. Das ist der Sinn. Er ist vielschichtig; der Ihrige ist zu beschränkt, nicht wahr, Monsieur de la Vauguyon?»

«Ja, Monseigneur.»

Rousseau geriet ins Schwitzen unter diesem unbarmherzigen Druck.

Der Prinz ließ ihm eine kurze Atempause. Danach meinte er:

«In Philosophie sind Sie viel besser.»

Rousseau verneigte sich.

«Nur Ihr *Emile* ist ein gefährliches Buch.»

«Gefährlich, Monseigneur?»

«Ja, durch die zahlreichen falschen Ideen, die es den Kleinbürgern vermitteln wird.»

«Monseigneur, sobald ein Mann Vater wird, treffen die Voraussetzungen meines Buches auf ihn zu, mag er nun der Höchste oder der Geringste im Königreich sein ... Vater zu sein, ist ...»

«Sagen Sie mal, Monsieur Rousseau», unterbrach ihn der boshafte Prinz, «Ihre *Bekenntnisse* sind ein sehr unterhaltsames Buch ... Wie viele Kinder haben Sie eigentlich gehabt?»

Rousseau erbleichte, und der Prinz entfernte sich, ohne eine Antwort abzuwarten. Er hatte sich bei seinem Hauslehrer untergehakt und setzte seine Kommentare über die Werke des Mannes fort, den er soeben mitleidslos vernichtet hatte.

Rousseau blieb allein zurück und erwachte allmählich aus seiner Betäubung, als er das Orchester die ersten Takte seiner Ouvertüre spielen hörte.

Schwankend wandte er sich zur Bühne, und als er seinen Sitz erreicht hatte, dachte er bei sich:

«Ich Narr, ich Dummkopf, ich Feigling! Jetzt habe ich die Antwort gefunden, die ich diesem kleinen, grausamen Pedanten hätte geben sollen. ‹Monseigneur›, hätte ich ihm sagen sollen, ‹es ist von einem jungen Mann nicht sehr wohltätig, einen armen Greis zu quälen.›»

Soweit war er in Gedanken gediehen, als die Dauphine und Monsieur de Coigny ihr Duett zu singen begannen. Die seelische Pein des Philosophen wurde durch das Leiden des Musikers abgelöst: Nach dem Herzen wurde nun das Ohr einer Tortur unterzogen.

## CXI. KAPITEL

### *Die Probe*

Als man erst einmal begonnen hatte und die allgemeine Aufmerksamkeit sich ganz dem Schauspiel zuwandte, fand Rousseau keine Beachtung mehr. Nun war er der Beobachter. Er hörte vornehme Herren in Bauernkleidern falsch singen, und er sah Damen in Hofgewändern wie Schäferinnen kokettieren.

Die Dauphine sang zwar richtig, war aber eine schlechte Schauspielerin und hatte ein so dünnes Stimmchen, daß sie kaum zu hören war. Der König hatte sich, um niemanden einzuschüchtern in eine dunkle Loge zurückgezogen, wo er mit den Damen plauderte.

Der Dauphin soufflierte den Text der Oper, die königlich schlecht gespielt wurde.

Rousseau faßte den Entschluß, nicht mehr zuzuhören, doch das war leichter gedacht als getan. Ein Trost indessen wurde ihm zuteil, denn er entdeckte unter den vornehmen Komparsen ein reizendes Gesicht, und das Dorfmädchen, das der Himmel mit diesem schönen Gesicht bedacht hatte, sang mit der reinsten Stimme der ganzen Truppe.

Rousseau konzentrierte sich also wieder und vertiefte sich an seinem Pult in den Anblick der entzückenden Gestalt. Er spitzte beide Ohren, um dem Klang ihrer Stimme besser lauschen zu können.

Die Dauphine, welche den Autor so aufmerksam sah, fühlte sich durch sein Lächeln und durch sein schmachtendes Auge in der Meinung bestärkt, er finde die Aufführung befriedigend. Und um ein Kompliment zu bekommen, denn schließlich war sie auch nur eine Frau, beugte sie sich zu seinem Pult hinunter und fragte:

«Ist es nicht gut so, Monsieur Rousseau?»

Rousseau, der wie benommen dasaß, erwiderte nichts.

«Ah, wir haben unsere Sache also schlecht gemacht, und Monsieur Rousseau wagt es nicht zu sagen», sprach die Dauphine. «Ich bitte Sie, nehmen Sie kein Blatt vor den Mund, Monsieur Rousseau.»

Rousseaus Blicke waren unverwandt auf die schöne Person gerichtet, welche ihrerseits nichts von seiner Aufmerksamkeit bemerkte.

«Ah!» machte die Dauphine, indem sie dem Blick unseres Philosophen folgte, «Mademoiselle de Taverney hat einen Fehler gemacht!»

Andrée errötete. Sie sah, daß sich alle Augen auf sie richteten.

«Nein! Nein!» rief Rousseau. «Es ist nicht Mademoiselle, denn Mademoiselle singt wie ein Engel.»

Madame Dubarry warf dem Philosophen einen Blick zu, der spitzer war als ein Wurfspieß.

Der Baron von Taverney fühlte dagegen sein Herz vor Freude schmelzen und bedachte Rousseau mit seinem bezauberndsten Lächeln.

«Finden Sie, daß dieses Mädchen gut singt?» fragte Madame Dubarry den König, den Rousseaus Worte sichtlich überraschten.

«Ich kann es nicht hören ...», erwiderte Ludwig XV., «um eine Einzelstimme aus einem Ensemble herauszuhören, muß man Musiker sein.»

Unterdessen dirigierte Rousseau den Chor, der sang:

*Colin revient à sa bergère.*
*Célébrons un retour si beau.**

* Colin kehrt zu seiner Schäferin zurück. Feiern wir eine so schöne Heimkehr.

Als er sich nach einem ersten Versuch umwandte, gewahrte er Monsieur de Jussieu, der ihn aufs liebenswürdigste grüßte.

Es war für den Genfer kein geringes Vergnügen, daß ein Mann vom Hof, der ihn durch seine Überlegenheit ein wenig gekränkt hatte, sah, wie er den Hof bevormundete.

Er gab ihm seinen Gruß förmlich zurück und schaute wieder Andrée an, die das Lob noch schöner gemacht hatte.

Die Probe nahm ihren Fortgang, und Madame Dubarrys Laune verdüsterte sich zusehends. Sie hatte Ludwig XV. zweimal dabei ertappt, wie er sich durch die Darbietung von den hübschen Dingen, die sie ihm sagte, hatte ablenken lassen. Für die Eifersüchtige bestand das ganze Schauspiel natürlich nur in Andrée. Aber auch die Dauphine erntete viele Komplimente und legte eine bezaubernde Fröhlichkeit an den Tag.

Der Herzog von Richelieu umschwirrte sie mit der Leichtigkeit eines jungen Mannes, und es war ihm gelungen, einen Kreis von Lachern zu bilden, der es darauf anlegte, die Partei der Dubarrys in Harnisch zu bringen.

«Mademoiselle de Taverney hat anscheinend eine hübsche Stimme», äußerte der Herzog laut und vernehmlich.

«Eine ganz entzückende», bekräftigte die Dauphine, «und wenn ich nicht so selbstsüchtig wäre, hätte ich sie die Colette spielen lassen. Doch da ich diese Rolle zu meiner Belustigung übernommen habe, trete ich sie an niemanden ab.»

«Ah! Mademoiselle de Taverney würde sie auch nicht besser singen als Eure Königliche Hoheit», schmeichelte Richelieu, «und ...»

«Mademoiselle ist eine ausgezeichnete Musikerin», bemerkte Rousseau.

«Eine vortreffliche», bestätigte die Dauphine, «ich muß gestehen, daß sie diejenige ist, welche mich in meiner Rolle unterweist. Und obendrein tanzt sie ganz entzückend, während ich selbst sehr schlecht tanze.»

Man kann sich vorstellen, welche Wirkung dieser Wortwechsel auf den König, auf Madame Dubarry und auf das ganze Volk von Neugierigen, Intriganten und Neidern hatte: Die einen empfanden ein himmlisches Vergnügen dabei, zu sehen, wie ihren Gegnern eine Wunde geschlagen wurde; die anderen empfingen den Schlag mit Scham und Schmerz. Gleichgültig blieb niemand – außer Andrée selbst.

Von Richelieu angespornt, ließ die Dauphine schließlich Andrée singen:

*J'ai perdu mon serviteur,*
*Colin me délaisse.**

* Ich habe meinen Diener verloren, Colin verläßt mich.

Man sah, wie der König seinen Kopf so lebhaft und vergnügt im Takt bewegte, daß Madame Dubarrys Schminke zerlief, wie es Farbe zu tun pflegt, wenn sie in Berührung mit Feuchtigkeit kommt.

Richelieu genoß seine Rache in vollen Zügen. Er hatte sich zu Vater Taverney gesellt, und die beiden Greise bildeten ein Paar, das man ‹Die Heuchelei und die Verdorbenheit, einen Vereinigungsplan aushekend›, hätte nennen können.

Ihre Freude wurde um so lebhafter, je mehr sich Madame Dubarrys Miene verdüsterte. Und als sie sich unvermittelt voller Zorn erhob, was gegen alle Regeln verstieß, da der König noch saß, machte sie die Freude der beiden Alten vollkommen.

Die Höflinge fühlten ein Unwetter heraufziehen und beeilten sich, bei den Stärkeren Zuflucht zu suchen. Daher sah man die Dauphine zusehends von Freunden umringt, während Madame Dubarry ihren eigenen Freundeskreis um sich scharte.

Es ging nun nicht mehr um Colette oder um Colin. Viele Zuschauer dachten insgeheim, daß es vielleicht bald an Madame Dubarry wäre, zu singen:

*J'ai perdu mon serviteur,*
*Colin me délaisse.*

«Siehst du», bemerkte Richelieu leise zu Taverney, «siehst du den überwältigenden Erfolg deiner Tochter?»

Und er zog ihn in den Korridor, wobei er eine Glastür aufstieß und dabei einen Neugierigen zu Fall brachte, der sich an das Fensterkreuz gehängt hatte, um in den Saal sehen zu können.

«Die Pest über diesen Kerl!» brummte Monsieur de Richelieu, als er sah, daß der Neugierige wie die Arbeiter des Schlosses gekleidet war.

Es war in der Tat einer von ihnen, dem es mit einem Blumenkorb unter dem Arm gelungen war, sich hinter der Glasscheibe hochzuziehen und das Schauspiel im Saal zu verfolgen.

Er wurde in den Gang zurückgestoßen und wäre beinahe rücklings gefallen. Doch er hatte Glück und konnte sich im letzten Augenblick noch fangen. Statt dessen wurde sein Korb umgeworfen.

«Ah! Den Burschen kenne ich doch!» rief Taverney mit einem zornigen Blick.

«Wer ist das?» erkundigte sich der Herzog.

«Was machst du hier, elender Spitzbube?» fragte Taverney.

Gilbert, denn um ihn handelte es sich, und unser Leser hat ihn auch schon erkannt, gab stolz zurück:

«Sie sehen es, ich schaue zu.»

«Statt deine Arbeit zu verrichten», ereiferte sich Richelieu.

«Meine Arbeit ist schon verrichtet», antwortete Gilbert dem Herzog demütig, ohne Taverney eines Blickes zu würdigen.

«Muß mir dieser Nichtsnutz denn überall über den Weg laufen!» polterte Taverney.

«Nur die Ruhe, Monsieur», unterbrach ihn eine sanfte Stimme, «mein kleiner Gilbert ist ein guter Arbeiter und ein sehr fleißiger Botaniker.»

Taverney wandte sich um und gewahrte Monsieur de Jussieu, der Gilbert die Wangen tätschelte.

Der Baron lief vor Zorn rot an und entfernte sich.

«Die hiesigen Bedienten!» murmelte er verächtlich.

«Pst!» machte Richelieu. «Nicole ist auch eine von ihnen ... Schau ... bei der Tür dort hinten ... Die kleine Dirne! Sie läßt auch keine Gelegenheit aus, den Herren schöne Augen zu machen.»

Tatsächlich hob Nicole hinter zwanzig anderen Bedienten von Trianon ihren reizenden Kopf, und ihre vor Überraschung und Bewunderung geweiteten Augen schienen alles doppelt zu sehen.

Gilbert erblickte sie und wechselte auf die andere Seite.

«Komm, komm», drängte der Herzog den Baron von Taverney, «ich habe so ein Gefühl, daß der König dich sprechen will ... Er schaut suchend umher.»

Und die beiden Freunde entfernten sich in Richtung der Loge des Königs.

Dort hörten sie, was nur wenige Leute zu hören bekamen.

Madame Dubarry fragte den König:

«Darf ich Eure Majestät heute zum Abendessen erwarten?»

Worauf der König antwortete:

«Ich bin müde, Gräfin, entschuldigen Sie mich.»

Im selben Augenblick kam der Dauphin. Er trat der Gräfin beinahe auf die Füße, ohne daß er sie wahrzunehmen schien, und fragte den König:

«Sire, wird Eure Majestät uns die Ehre erweisen, in Trianon zu Abend zu speisen?»

«Nein, mein Sohn, ich habe es soeben schon Madame gesagt. Ich bin müde. Eure Jugend wäre mir heute zu anstrengend ... Ich werde alleine zu Abend speisen.»

Der Dauphin verneigte sich und ging. Madame Dubarry machte einen tiefen Knicks und zog sich dann, zitternd vor Wut, zurück.

Der König machte nun Richelieu ein Zeichen.

«Herzog», sprach er, «ich muß mit Ihnen über eine bestimmte Angelegenheit reden, die Sie angeht.»

«Sire ...»

«Ich bin nicht zufrieden gewesen ... Sie sollen mir eine Erklärung geben ... Hören Sie ... ich speise allein zu Abend, und Sie werden mir Gesellschaft leisten.»

Der Blick des Königs fiel auf Taverney.

«Sie kennen, glaube ich, diesen Edelmann, Herzog?»

«Monsieur de Taverney? Allerdings, Sire.»

«Ah! Der Vater der bezaubernden Sängerin!»

«Ja, Sire.»

«Hören Sie mich an, Herzog.»

Der König beugte sich hinunter, um Richelieu etwas ins Ohr zu sagen.

Einen Augenblick später ging Richelieu an Taverney vorbei und flüsterte ihm zu:

«Folge mir, aber erwecke nicht den Anschein, daß es absichtlich geschieht.»

«Wohin?» fragte Taverney.

«Komm nur, du wirst schon sehen.»

Der Herzog entfernte sich, und Taverney folgte ihm in zwanzig Schritt Entfernung bis zu den Gemächern des Königs.

Der Herzog trat in das Zimmer ein. Taverney wartete im Vorzimmer.

## CXII. KAPITEL

### *Das Schmuckkästchen*

Monsieur de Taverney mußte nicht lange warten. Richelieu verlangte vom Kammerdiener Seiner Majestät einen Gegenstand, den der König auf seinem Toilettentisch zurückgelassen hatte, und kam alsbald damit zurück. Der Baron konnte zunächst nicht erkennen, um was es sich handelte.

Doch der Marschall ließ seinen Freund nicht lange im Ungewissen. Er zog ihn zur Galerie.

«Baron», sprach er, sobald er sich allein mit ihm sah, «mir scheint, daß du zuweilen an der Freundschaft, die ich für dich hege, zweifelst?»

«Seit unserer Aussöhnung nicht mehr», beteuerte Taverney.

«Dann hast du an deinem Glück und an dem deiner Kinder gezweifelt?»

«Oh! Was das betrifft, ja.»

«Nun, du hattest unrecht. Dein Glück und das deiner Kinder macht sich mit einer Schnelligkeit, von der dir schwindelig werden könnte.»

Monsieur de Taverney mußte nicht lange auf Richelieu warten.

«Pah!» machte Taverney, der einen Teil der Wahrheit erahnte, der sich aber nicht einmal Gott anvertraut hätte und sich vor dem Teufel noch viel mehr hütete. «Wie macht sich das Glück meiner Kinder so schnell?»

«Haben wir nicht schon Monsieur Philippe als Rittmeister einer vom König bezahlten Kompagnie?»

«Oh! Das ist richtig ... und das verdanke ich dir.»

«Keineswegs. Als nächstes werden wir vielleicht erreichen, daß Mademoiselle de Taverney zur Marquise ernannt wird.»

«Ach, gehen Sie!» rief Taverney. «Wie sollte meine Tochter ...?»

«Hör zu, Taverney, der König ist ein Mann von erlesenem Geschmack. Schönheit, Anmut und Tugend bezaubern Seine Majestät, besonders, wenn sie von Talent begleitet werden ... Nun vereinigt Mademoiselle de Taverney all diese Vorzüge geradezu hervorragend in sich. Deshalb ist der König von Mademoiselle de Taverney entzückt.»

«Herzog», erwiderte Taverney und setzte eine würdevolle Miene auf, die dem Marschall mehr als grotesk erschien, «Herzog, wie definierst du das Wort ‹entzückt›?»

Richelieu liebte es nicht, wenn sich jemand anmaßend verhielt. Daher antwortete er seinem Freund trocken:

«Baron, ich bin in Sprachwissenschaft nicht sehr bewandert. Selbst in der Rechtschreibung kenne ich mich nur wenig aus. ‹Entzückt› bedeutet für mich ‹über die Maßen zufrieden› ... Wenn es dich aber über die Maßen verstimmt, daß dein König mit der Schönheit, dem Talent und dem Verdienst deiner Kinder zufrieden ist, so brauchst du es nur zu sagen. Ich kehre zu Seiner Majestät zurück.»

Und Richelieu drehte sich mit geradezu jugendlicher Leichtigkeit auf dem Absatz um.

«Herzog, du hast mich falsch verstanden!» rief der Baron und hielt ihn zurück. «Teufel nochmal! Wie ungeduldig du bist!»

«Warum sagst du mir, du seist nicht zufrieden?»

«Ei, das habe ich doch gar nicht gesagt.»

«Du verlangst von mir Erläuterungen über das Belieben des Königs ... Die Pest über den Einfältigen!»

«Auch diese Behauptung ist nicht richtig, Herzog. Ich habe so etwas nie verlauten lassen. Ich bin ganz gewiß zufrieden.»

«Ah! Was willst du dann? ... Glaubst du etwa, deine Tochter wird unzufrieden sein?»

«Hm! Hm!»

«Mein Lieber, du bist ein scheuer Mensch, und ebenso hast du deine Tochter erzogen.»

«Nein, mein Lieber, mein Fräulein Tochter hat sich ganz alleine erzogen. Du verstehst wohl, daß ich mich zu diesem Zweck nicht übermäßig angestrengt habe. Ich hatte gerade genug daran, in diesem verlassenen Nest Taverney leben zu müssen ... Die Tugend hat sich bei ihr ganz von alleine entwickelt.»

«Und es heißt, die Leute vom Lande verstünden es, das Unkraut auszureißen. Kurz, deine Tochter ist eine der Prüderie verfallene Frau.»

«Du täuschst dich, sie ist ein Unschuldsengel.»

Richelieu verzog das Gesicht.

«Nun, dein armes Kind wird gut daran tun, sich nach einem rechtschaffenen Gatten umzusehen, denn die Gelegenheiten, ihr Glück zu machen, werden sich ihr bei einem solchen Mangel nicht oft bieten.»

Taverney schaute den Herzog besorgt an.

«Es ist ein Glück für sie», fuhr er fort, «daß der König so unsterblich in Madame Dubarry verliebt ist und anderen daher nie ernsthafte Beachtung schenken wird.»

Taverneys Besorgnis verwandelte sich in Angst.

«Deine Tochter und du, ihr könnt also ganz ruhig sein», sprach Richelieu weiter. «Ich werde Seiner Majestät gegenüber die erforderlichen Einwände vorbringen, und der König wird nicht weiter darauf bestehen.»

«Aber worauf denn, guter Gott?» rief Taverney ganz blaß und schüttelte seinen Freund am Arm.

«Mademoiselle Andrée ein kleines Geschenk zu machen, mein lieber Baron.»

«Ein kleines Geschenk! ... Was ist es denn?» fragte Taverney voller Begierde und Hoffnung.

«Oh! Es ist nicht der Rede wert», erwiderte Richelieu in nachlässigem Tone. «Sieh her, das hier.»

Und er wickelte ein Schmuckkästchen aus einer seidenen Hülle.

«Ein Schmuckkästchen?»

«Eine winzige Kleinigkeit ... ein Halsband im Wert von einigen tausend Livres, das der König der Sängerin schenken wollte, weil er darüber erfreut war, aus ihrem Munde sein Lieblingslied zu hören. Das ist etwas völlig Normales. Aber da deine Tochter nun einmal so schüchtern ist, reden wir nicht mehr davon.»

«Herzog, das kann nicht dein Ernst sein. Es würde den König beleidigen.»

«Zweifelsohne würde es den König beleidigen. Aber ist es nicht gerade die Eigentümlichkeit der Tugend, stets irgend jemanden oder irgend etwas zu beleidigen?»

«Oh! Herzog, bedenke», lenkte Taverney ein, «so unvernünftig ist das Kind nun auch wieder nicht.»

«Das sagst du, aber vielleicht nicht das Kind?»

«Oh! Aber ich weiß genau, was sie sagen oder tun wird.»

«Die Chinesen sind sehr glücklich dran», meinte Richelieu.

«Warum dies?» fragte Taverney verblüfft.

«Weil sie in ihrem Land viele Kanäle und Flüsse haben.»

«Herzog, du wechselst das Thema. Bring mich nicht zur Verzweiflung; rede mit mir.»

«Ich rede doch mit dir, Baron, und ich wechsle durchaus nicht das Thema.»

«Wie kommst du dann auf die Chinesen? Und was haben die Flüsse mit meiner Tochter zu tun?»

«Sehr viel ... Die Chinesen, sage ich dir, haben das Glück, daß sie Töchter, die allzu tugendhaft sind, ertränken können, ohne daß man ihnen dies vorwirft.»

«Also wirklich, Herzog», entrüstete sich Taverney, «du mußt auch gerecht sein. Stell dir vor, du hättest eine Tochter.»

«Bei Gott! Ich habe eine ... und wenn man mir sagte, sie sei zu tugendhaft, so wäre man sehr boshaft!»

«Ach so, du hättest sie lieber anders, nicht wahr?»

«Oh! Ich mische mich nicht mehr in die Angelegenheiten meiner Kinder, wenn sie das achte Lebensjahr überschritten haben.»

«Hör mir wenigstens zu. Wenn der König mich beauftragte, deiner Tochter ein Halsband zu schenken, und deine Tochter würde sich bei dir beklagen?»

«Oh! Mein Freund, keine Vergleiche ... Ich habe ständig am Hof gelebt. Du dagegen hast wie ein Hurone gelebt. Das kann man nicht miteinander vergleichen. Was für dich Tugend bedeutet, ist für mich Dummheit, siehst du. Und merke dir folgendes für dein Verhalten: Nichts ist plumper, als die Leute zu fragen: ‹Was würden Sie unter diesen oder jenen Umständen tun?›. Und dann stellst du noch obendrein falsche Vergleiche an, mein Teurer. Es handelt sich keineswegs darum, daß ich Deiner Tochter ein Halsband schenken soll.»

«Das hast du mir aber gesagt ...»

«Ich habe kein Wort davon gesagt. Ich äußerte nur, der König habe mir befohlen, in seinem Zimmer ein Schmuckkästchen für Mademoiselle de Taverney abzuholen, deren Stimme ihm gefallen hat. Aber ich habe nicht ein einziges Mal behauptet, Seine Majestät habe mich beauftragt, es der jungen Frau zu schenken.»

«Dann weiß ich wahrhaftig nicht mehr, wo mir der Kopf steht», erwiderte der Baron verzweifelt. «Ich verstehe nicht ein Wort; du sprichst in Rätseln. Warum sollte der König dir dieses Halsband anvertrauen, wenn er es nicht herschenken will? Warum sollte er dich damit beauftragen, wenn du es nicht überreichen sollst?»

Richelieu stieß einen lauten Schrei aus, als hätte er eine Spinne erblickt.

«Ah! machte er. »Puh! Puh! Was für ein Hurone! Pfui, was für ein dummer Esel!»

«Wen meinst du eigentlich?»

«Dich natürlich, mein guter Freund, dich, mein Getreuer ... Du lebst wohl hinter dem Mond, mein armer Baron.»

«Ich weiß nicht mehr ...»

«Nein, du weißt überhaupt nichts. Mein Lieber, wenn ein König einer Frau ein Geschenk macht und er Monsieur de Richelieu diesen Auftrag erteilt, so ist das Geschenk edel, und der Auftrag wird gut ausgeführt, erinnere dich daran ... Ich übergebe keine Schmuckkästchen, mein Lieber. Das war die Aufgabe von Monsieur Lebel. Hast du Monsieur Lebel gekannt?»

«Wen beauftragst du sonst damit?»

«Mein Freund», antwortete Richelieu, wobei er Taverney auf die Schulter klopfte und diese Gebärde mit einem teuflischen Lächeln begleitete, «wenn ich es mit einer so bewunderungswürdigen Tugend wie der Mademoiselle Andrées zu tun habe, dann gehe ich so moralisch vor wie kein zweiter. Wenn ich mich einer Taube nähere, wie du sagst, so riecht nichts an mir nach dem Raben. Wenn ich zu einem Fräulein entsandt werde, so spreche ich mit dem Vater ... Ich spreche mit dir, Taverney, und ich überreiche dir das Schmuckkästchen, damit du es deiner Tochter gibst ... Willst du nun? ...»

Er hielt ihm das Schmuckkästchen hin.

«Oder willst du nicht?»

Er zog seine Hand zurück.

«Oh! Sage mir doch das eine auf der Stelle», rief der Baron. «Sage mir, daß Seine Majestät mich beauftragt hat, dieses Geschenk zu übergeben. So ist es ganz rechtmäßig und wird ganz väterlich. Es reinigt sich sozusagen ...»

«Um dies zu denken, müßtest du Seine Majestät schlechter Absichten verdächtigen», versetzte Richelieu ernst. «Das würdest du aber niemals wagen, nicht wahr?»

«Gott bewahre mich! Aber die Leute ... das heißt meine Tochter ...»

Richelieu zuckte die Schultern.

«Nimmst du an, ja oder nein?» fragte er.

Taverney streckte rasch die Hand aus.

«So moralisch bist du also?» meinte er zu dem Herzog und gab ihm das vielsagende Lächeln zurück, mit dem dieser ihn bedachte.

«Findest du nicht, Baron», erwiderte der Marschall, «daß es äußerst moralisch ist, den Vater, der alles reinigt, wie du sagtest, zwischen dem Entzücken des Monarchen und dem Charme deiner Tochter vermitteln zu lassen? ... Monsieur Jean-Jacques Rousseau aus Genf, der vorhin hier umherstreifte, mag über uns urteilen. Er wird dir sagen, daß der selige Joseph, verglichen mit mir, unkeusch war.»

Taverney ergriff die Hand seines erhabenen Freundes, drückte sie und sprach:

«Dank deines Feingefühls wird meine Tochter dieses Geschenk annehmen können.»

«Quelle und Ursprung des Glücks, von dem ich dir zu Beginn unseres leidigen Gesprächs über die Tugend erzählte.»

«Ich danke, Herzog, ich danke von ganzem Herzen.»

«Noch ein Wort ... verbirg die Neuigkeit von dieser Gunst sorgsam vor den Freunden der Dubarrys. Madame Dubarry wäre nämlich imstande, den König zu verlassen und zu entfliehen.»

«Würde uns der König dies übelnehmen?»

«Das vermag ich nicht zu sagen, aber die Gräfin wüßte uns keinen Dank dafür. Was mich betrifft, so wäre ich verloren ... Hüte also deine Zunge.»

«Von mir brauchst du nichts zu befürchten. Aber richte dem König meinen untertänigsten Dank aus.»

«Und den deiner Tochter. Ich werde es nicht verabsäumen ... Doch die Gunstbezeigungen gegen dich haben ihr Ende noch nicht erreicht ... Du selbst wirst dich beim König bedanken, mein Lieber. Seine Majestät lädt dich nämlich heute zum Abendessen ein.»

«Mich?»

«Dich, Taverney. Wir sind ganz unter uns. Seine Majestät, du und ich, wir werden miteinander über die Tugend deiner Tochter plaudern. Gott befohlen, Taverney, ich sehe Dubarry mit Monsieur d'Aiguillon. Es ist nicht nötig, daß sie uns zusammen erblicken.»

Mit diesen Worten verschwand er, leicht wie ein Page, am Ende der Galerie und ließ Taverney mit seinem Schmuckkästchen zurück.

## CXIII. KAPITEL

### *Das Souper bei Ludwig XV.*

Der Marschall fand Seine Majestät im kleinen Salon, wohin ihr einige Höflinge gefolgt waren, die lieber auf ihr Abendessen verzichteten, als den zerstreuten Blick ihres Herrschers auf andere fallen zu lassen.

Aber Ludwig XV. verabschiedete jedermann, indem er ankündigte, er werde allein zu Abend speisen. Alle seine Gäste waren somit entlassen, und da sie fürchteten, dem Dauphin zu mißfallen, wenn sie nicht an dem Fest teilnähmen, das er im Anschluß an die Generalprobe gab, entflogen sie alsbald wie eine Schar von Schmarotzertauben und machten sich auf den Weg zu demjenigen, dessen Anblick ihnen gestattet war. Dabei wären sie jederzeit bereit gewesen, zu behaupten, sie seien ihm zuliebe aus dem Salon Seiner Majestät entflohen.

Ludwig XV., den sie mit so großer Eile verließen, verschwendete keinen Gedanken mehr an sie. Statt dessen galt seine ganze Aufmerksamkeit einer Karosse, die vor der Tür des Wirschaftsgebäudes von Trianon parkte.

Die mit Fackeln erleuchtete Karosse gehörte Madame Dubarry. Zamore saß neben dem Kutscher und baumelte mit den Beinen.

Endlich erschien Madame Dubarry am Arm Monsieur d'Aiguillons. Sie hatte sich zweifellos Hoffnungen gemacht, doch noch eine Botschaft vom König zu erhalten, und war aus diesem Grund länger in den Gängen verweilt. Ihre Wut und ihre Enttäuschung ließen sich an ihrem raschen Gang erkennen. Ihr allzu entschiedenes Auftreten wies darauf hin, daß sie den Kopf verloren hatte.

Jean folgte seiner Schwester mit finsterer Miene. Er hatte seinen Hut unter den Arm geklemmt und ihn in seiner Zerstreutheit platt gedrückt. Er hatte dem Schauspiel selbst nicht beigewohnt, da der Dauphin vergessen hatte, ihn einzuladen. Aber er war wie ein Lakai in das Vorzimmer eingetreten und kam mindestens ebenso nachdenklich wie Hippolyt zurück.

Jean hatte seine Schwester blaß und verstört gesehen und daraus geschlossen, daß die Gefahr groß sein mußte. Er war im Umgang mit Menschen ein beherzter Diplomat. Doch mit Gespenstern konnte er es nicht aufnehmen.

Hinter dem Vorhang verborgen, beobachtete der König von seinem Fenster aus die traurige Prozession. Er sah, wie die Wagenschläge geschlossen wurden und der Lakai hinten aufsprang. Dann schnalzte der Kutscher mit den Zügeln, und die Pferde stoben im Galopp davon.

«Oh! Oh!» dachte Ludwig XV. «Ohne daß sie versucht, mich zu sehen oder zu sprechen? Die Gräfin ist wütend!»

Und er wiederholte laut:

«Ja, die Gräfin ist wütend!»

Richelieu, der ins Zimmer geschlüpft war, als würde er erwartet, schnappte diese letzten Worte auf.

«Wütend, Sire», fragte er, «und worüber? Darüber, daß Eure Majestät sich einen Augenblick mit anderen Dingen vergnügt? Oh! Das ist schlimm von der Gräfin!»

«Herzog», entgegnete Ludwig XV., «ich vergnüge mich nicht. Im Gegenteil, ich bin müde und will nur meine Ruhe. Die Musik macht mich nervös. Wenn ich auf die Gräfin gehört hätte, so hätte ich mit ihr in Luciennes zu Abend speisen, das heißt essen und vor allen Dingen trinken müssen. Die Weine der Gräfin sind heimtückisch. Ich weiß nicht, mit welchen Trauben sie bereitet werden, aber sie erschöpfen einen vollends. Meiner Treu, ich will es mir heute lieber hier gemütlich machen.»

«Und Eure Majestät hat hundertmal recht», pflichtete der Herzog ihm bei.

«Im übrigen wird die Gräfin sich auch ohne mich unterhalten. Bin ich denn ein so liebenswürdiger Gefährte? Sie kann es noch so sehr beteuern, ich glaube ihr kein Wort.»

«Ah! Diesmal haben Eure Majestät unrecht», versicherte Richelieu.

«Nein, Herzog, nein. Wahrlich, meine Tage sind gezählt, und ich beginne nachzudenken.»

«Sire, die Frau Gräfin weiß wohl, daß sie keine bessere Gesellschaft haben könnte, und das macht sie wütend.»

«Wirklich, Herzog, ich weiß nicht, wie Sie es anstellen, daß die Frauen noch immer nach Ihrer Pfeife tanzen, als wären Sie noch zwanzig Jahre alt. In diesem Alter wählt der Mann, aber wenn man einmal in meine Jahre kommt, Herzog ...»

«Nun, was dann, Sire?»

«Nun, dann ist es die Frau, die alles berechnet.»

Der Marschall fing an zu lachen.

«Keineswegs, Sire», rief er, «ein Grund mehr, und wenn Eure Majestät glauben, die Gräfin werde sich zerstreuen, so wollen wir uns trösten.»

«Ich sage nicht, daß sie sich zerstreut, Herzog. Ich meine nur, daß sie sich letzten Endes Zerstreuungen suchen wird.»

«Ah! Ich wage nicht, Eurer Majestät gegenüber zu behaupten, das habe es nie gegeben.»

Der König erhob sich, sichtlich unruhig.

«Wen habe ich noch hier?» fragte er.

«Aber Ihre ganze Dienerschaft, Sire.»

Der König dachte einen Moment nach.

«Aber Sie, haben Sie jemanden?»

«Ich habe Rafté.»

«Gut!»

«Was soll er tun, Sire?»

«Tja, Herzog, er soll sich darüber informieren, ob Madame Dubarry wirklich nach Luciennes zurückgefahren ist.»

«Wohin soll sie denn nach Ansicht Eurer Majestät gefahren sein?»

«Wer weiß? Die Eifersucht macht sie toll, Herzog.»

«Sire, sollten es nicht vielmehr Eure Majestät sein?»

«Wie? Was?»

«Eifersüchtig? ...»

«Herzog!»

«Wahrlich, das wäre für uns alle demütigend, Sire.»

«Ich und eifersüchtig!» entfuhr es Ludwig XV. mit einem gezwungenen Lachen. «Wahrhaftig, Herzog, meinen Sie das im Ernst?»

Richelieu glaubte es in der Tat nicht. Man muß sogar gestehen, daß er der Wahrheit sehr nahe kam. Er dachte nämlich im Gegenteil, der König wünsche nur deshalb zu wissen, ob Madame Dubarry sich wirklich in Luciennes befände, damit er sicher gehen konnte, daß sie nicht nach Trianon zurückkehren würde.

«Es ist also abgemacht, Sire?» ließ er sich vernehmen. «Soll ich Rafté auf Erkundigung schicken?»

«Schicken Sie ihn, Herzog.»

«Was machen nun Eure Majestät vor dem Abendessen?»

«Nichts, wir werden sofort speisen. Haben Sie der fraglichen Person Bescheid gesagt?»

«Ja, sie wartet im Vorzimmer Eurer Majestät.»

«Was hat sie gesagt?»

«Sie hat sich vielmals bedankt.»

«Und das Mädchen?»

«Man hat noch nicht mit ihm gesprochen.»

«Herzog, Madame Dubarry ist eifersüchtig. Sie könnte durchaus zurückkommen ...»

«Ah! Sire, das würde von zu schlechtem Geschmack zeugen. Ich halte die Gräfin für unfähig, eine solche Ungeheuerlichkeit zu begehen.»

«Herzog, sie ist in solchen Augenblicken zu allem fähig, besonders wenn zur Eifersucht noch der Haß hinzukommt. Sie verabscheut Sie. Ich weiß nicht, ob man Sie davon in Kenntnis gesetzt hat.»

Richelieu verneigte sich.

«Ich weiß, daß sie mir diese Ehre erweist, Sire.»

«Sie verabscheut auch Monsieur de Taverney.»

«Wenn Eure Majestät gut nachzählen wollte, so bin ich sicher, daß es noch eine dritte Person gibt, die sie sogar noch mehr verabscheut als den Baron und mich.»

«Wen denn?»

«Mademoiselle Andrée.»

«Ah!» machte der König. «Das finde ich ganz natürlich.»

«Nun ...»

«Ja, aber trotzdem muß man heute nacht darüber wachen, daß Madame Dubarry keinen Skandal verursacht, Herzog.»

«Allerdings, und das beweist die Notwendigkeit der beschlossenen Maßnahme.»

«Pst! Hier kommt der Haushofmeister. Geben Sie Rafté Ihre Befehle, und kommen Sie mit dem Besagten zu mir ins Speisezimmer.»

Ludwig XV. stand auf und begab sich ins Speisezimmer, während Richelieu durch die gegenüberliegende Tür hinausging.

Fünf Minuten später kehrte er in Begleitung des Barons zum König zurück.

Der König wünschte Taverney freundlich einen guten Abend.

Der Baron war ein Mann von Geist. Er antwortete auf jene gewissen Leuten eigene Art und Weise, die bewirkt, daß sich Könige und Prinzen auf Anhieb in ihrer Gesellschaft wohl fühlen, weil sie sie als zu ihrer Welt gehörig erkennen.

Man begab sich zu Tisch und speiste.

Ludwig XV. war ein schlechter König, aber ein bezaubernder Mann. Er aß mit gutem Appetit, befahl, daß man seinen Gästen gehörig zu trinken einschenke, und brachte das Gespräch auf die Musik.

Richelieu faßte die Gelegenheit beim Schopf.

«Sire», sprach er, «wenn die Musik die Männer in Einklang bringt, wie unser Ballettmeister sagt und wie es auch Eure Majestät zu denken scheinen, wird sie dasselbe auch bei den Frauen bewirken?»

«Oh! Herzog, sprechen wir nicht von den Frauen. Seit dem trojanischen Krieg bis in unsere Zeit haben die Frauen stets eine der Musik entgegengesetzte Wirkung hervorgebracht. Gerade Sie haben doch zu große Rechnungen mit ihnen zu begleichen, um ein solches Thema aufs Tapet zu bringen. Unter anderen gibt es da eine, und nicht eben die Ungefährlichste, mit der Sie in offener Fehde liegen.»

«Die Gräfin, Sire! Aber ist das meine Schuld?»

«Sicherlich.»

«Ah! Eure Majestät werden mir doch hoffentlich erklären ...»

«In zwei Worten und mit dem größten Vergnügen», unterbrach ihn der König in spöttischem Ton.

«Ich höre, Sire.»

«Wie! Sie bietet Ihnen den Geschäftsbereich von ich weiß nicht welchem Departement an, und Sie lehnen ab, unter dem Vorwand, sie sei beim Volk nicht beliebt?»

«Ich?» stammelte Richelieu, ziemlich verlegen über die Wendung, die das Gespräch nahm.

«Bei Gott! Ich wiederhole nur, was die Gerüchteküche verbreitet hat», versetzte der König mit der ihm eigenen geheuchelten Gutmütigkeit. «Ich weiß nicht mehr, durch wen mir dies zugetragen wurde ... Wahrscheinlich durch die Zeitung.»

«Nun, Sire», erwiderte Richelieu und machte sich die Freiheit zunutze, welche die ungewöhnliche Heiterkeit des erhabenen Gastgebers seinen Tischgenossen gewährte, «ich gestehe, daß die Gerüchte und sogar die Zeitungen diesmal etwas weniger Albernes berichtet haben, als sie es sonst zu tun pflegen.»

«Was!» rief Ludwig XV. «Sie haben tatsächlich ein Ministeramt zurückgewiesen, mein lieber Herzog?»

Richelieu befand sich in einer heiklen Lage. Der König wußte besser

«Sie haben tatsächlich ein Ministeramt zurückgewiesen?» rief Ludwig XV.

als irgend jemand, daß er überhaupt nichts abgelehnt hatte. Aber Taverney sollte auch weiterhin glauben, was Richelieu ihm gesagt hatte. Für den Herzog ging es nun also um eine möglichst geschickte Antwort, mit der er dem Streich des Königs entging, ohne sich gleichzeitig dem Vorwurf der Lüge auszusetzen, den das Lächeln des Barons schon andeutete.

«Sire», sprach Richelieu, «ich bitte Sie, befassen wir uns nicht mit der Wirkung, sondern mit der Ursache. Ob ich einen Ministerposten ausgeschlagen habe oder nicht, ist ein Staatsgeheimnis, das Eure Majestät nicht bei einem Glas Wein bekanntzumachen braucht. Aber der Grund, aus dem ich das Ministeramt zurückgewiesen hätte, wenn es mir angeboten worden wäre, auf den kommt es hier an.»

«Oh! Oh! Herzog, aber dieser Grund ist doch wohl kein Staatsgeheimnis, wie es scheint», hielt der König lachend entgegen.

«Nein, Sire, und insbesondere nicht für Eure Majestät, die Sie für mich und für meinen Freund, den Baron von Taverney, in diesem Augenblick – ich bitte Gott um Vergebung – der liebenswürdigste aller sterblichen Gastgeber sind. Vor meinem König habe ich keine Geheimnisse. Ich gebe ihm meine Seele hin, denn ich möchte nicht, daß es heißt, der König von Frankreich habe nicht einen Diener, der ihm die ganze Wahrheit sagt.»

«Dann lassen Sie hören», forderte der König ihn auf, während Taverney, der ziemlich beunruhigt war, weil er Angst hatte, Richelieu könne zuviel sagen, sich auf die Lippen biß, «sagen Sie uns die Wahrheit, Herzog.»

«Sire, es gibt in Ihrem Staat zwei Mächte, denen ein Minister gehorchen müßte: Die erste ist Ihr Wille; die zweite ist der Wille derjenigen, welche Eure Majestät zu ihren vertrautesten Freunden zu wählen geruhen. Die erste Macht ist unwiderstehlich, und niemand darf sich ihr entziehen. Die zweite ist noch heiliger, denn sie erlegt jedem, der Ihnen dient, Herzenspflichten auf. Sie heißt Ihr Vertrauen. Ein Minister muß den Günstling oder die Herzensdame seines Königs lieben, um ihm oder ihr zu gehorchen.»

Ludwig XV. brach in ein Gelächter aus. «Herzog», sprach er, «das ist ein schöner Leitsatz, den ich gerne aus Ihrem Munde vernehme, aber ich wette, daß Sie ihn nicht auf dem Pont-Neuf ausrufen würden.»

«Oh! Ich weiß wohl, Sire», antwortete Richelieu, «daß die Philosophen darüber zu den Waffen greifen würden. Aber ich glaube kaum, daß ihr Geschrei für Eure Majestät und für mich von Wichtigkeit ist. Die Hauptsache ist, daß die beiden maßgeblichen Willen des Königreiches zufriedengestellt werden. Nun ist es aber so, Sire, daß ich dem Willen einer gewissen Person – ich werde es Eurer Majestät mutig sagen, und sollte es meine Ungnade, das heißt meinen Tod bedeuten –, daß ich dem Willen Madame Dubarrys nicht zu entsprechen vermag.»

Ludwig XV. schwieg.

«Neulich schaute ich mich am Hofe Eurer Majestät um», fuhr Richelieu fort, «und wahrlich, ich sah so viele schöne adelige Mädchen, so viele strahlende Frauen von Stand, daß mir, wäre ich König von Frankreich gewesen, die Wahl nahezu unmöglich erschienen wäre.»

Ludwig XV. wandte sich zu Taverney um, der, da er fühlte, daß er ganz sachte in die Angelegenheit hineingezogen wurde, vor Angst und Hoffnung zitterte.

«Lassen Sie hören, Baron, ist das auch Ihre Ansicht?» fragte der König.

«Sire», antwortete Taverney mit überquellendem Herzen, «mir scheint, der Marschall sagt Eurer Majestät lauter vortreffliche Dinge.»

«Sie sind also einer Meinung mit ihm, was die hübschen Mädchen anbelangt?»

«Aber Sire, mir scheint, es gibt tatsächlich sehr schöne Mädchen am Hof von Frankreich.»

«Sie sind also seiner Meinung, Baron?»

«Ja, Sire.»

«Und wie er fordern auch Sie mich auf, unter den Schönheiten des Hofes meine Wahl zu treffen?»

«Ich würde es wagen, zu gestehen, daß ich der Meinung des Marschalls bin, Sire, wenn ich glauben dürfte, daß es auch die Ansicht Eurer Majestät ist.»

Es trat ein Augenblick des Stillschweigens ein, während der König Taverney wohlwollend musterte.

«Meine Herren», meinte er schließlich, «es besteht kein Zweifel darüber, daß ich Ihrem Rat folgen würde, wenn ich noch einmal dreißig Jahre alt wäre. Ich hätte eine leicht begreifliche Neigung dazu. Aber jetzt bin ich schon ein wenig zu alt, um leichtgläubig zu sein.»

«Leichtgläubig? Erklären Sie mir dieses Wort, ich bitte Sie, Sire.»

«Leichtgläubig zu sein, mein lieber Herzog, bedeutet zu glauben. Nun würde mich aber nichts dazu bewegen können, bestimmte Dinge zu glauben.»

«Welche Dinge?»

«Zum Beispiel, daß man in meinem Alter jemandes Liebe wachrufen kann.»

«Ah! Sire», rief Richelieu, «bis zu dieser Stunde glaubte ich, Eure Majestät seien der artigste Edelmann ihres Reiches. Doch mit tiefem Schmerz muß ich feststellen, daß ich mich getäuscht habe.»

«Worin?» fragte der König lachend.

«Darin, daß ich so alt bin wie Methusalem, ich, der ich 1694 geboren wurde. Bedenken Sie wohl, Sire, ich bin sechzehn Jahre älter als Eure Majestät.»

Das war eine geschickte Schmeichelei von seiten des Herzogs. Ludwig XV. bewunderte stets das Alter dieses Mannes, der so viel Jugend in seinem Dienst getötet hatte, denn mit diesem Beispiel vor Augen konnte er hoffen, dasselbe Alter zu erreichen wie er.

«Mag sein», erwiderte Ludwig XV., «aber ich hoffe, Sie werden nicht so eitel sein zu glauben, man liebe Sie um Ihretwillen, Herzog.»

«Wenn ich das glaubte, Sire, so würde ich auf der Stelle mit zwei Damen brechen, die mir noch heute morgen das Gegenteil erzählt haben.»

«Nun, Herzog», meinte Ludwig XV., «wir werden sehen; wir werden sehen, Monsieur de Taverney. Jugend erhält jung, das ist wahr ...»

«Allerdings, Sire, und das edle Blut ist eine heilsame Infusion, ganz abgesehen davon, daß ein reicher Geist wie der Eurer Majestät durch eine Veränderung immer nur gewinnen kann.»

«Indessen», wandte Ludwig XV. ein, «erinnere ich mich, daß mein Großvater, als er alt wurde, den Frauen nicht mehr mit derselben Kühnheit den Hof machte.»

«Gehen Sie, gehen Sie, Sire», wehrte Richelieu ab, «Eure Majestät wissen, welche Hochachtung ich für den seligen König empfinde, der mich zweimal in die Bastille gesteckt hat. Doch dies kann mich nicht daran hindern, zu bemerken, daß sich zwischen dem reifen Alter Ludwigs XIV. und dem reifen Alter Ludwigs XV. kein Vergleich ziehen läßt. Teufel auch! Eure allerchristlichste Majestät treibt, wiewohl sie ihrem Titel als Kirchenältester alle Ehre macht, die Askese nicht soweit, daß sie darüber ihre Menschlichkeit vergißt!»

«Meiner Treu, nein», pflichtete Ludwig XV. ihm bei, «ich gestehe es, da ich weder meinen Arzt noch meinen Beichtvater vor mir habe.»

«Wohl, Sire, Ihr Großvater versetzte oft durch seinen religiösen Übereifer und durch seine zahlreichen Kasteiungen Madame de Maintenon, die doch älter war als er, in Erstaunen. Daher wiederhole ich, Sire: Läßt sich der Mensch mit dem Menschen vergleichen, wenn man von Ihren beiden Majestäten spricht?»

Der König war an diesem Abend ausgezeichneter Laune. Richelieus Worte hatten dieselbe Wirkung wie Wassertropfen, die dem Jungbrunnen entspringen.

Richelieu hielt nun den Augenblick für gekommen, und er stieß mit seinem Knie gegen das Taverneys.

«Sire», sprach dieser, «Eure Majestät geruhe, meinen Dank für das wunderbare Geschenk entgegenzunehmen, das sie meiner Tochter gemacht hat.»

«Sie brauchen mir hierfür nicht zu danken, Baron», entgegnete der König. «Mademoiselle de Taverney gefällt mir wegen ihrer ehrlichen und anständigen Grazie. Ich wollte, meine Töchter hätten noch ihre Häuser zu besetzen. Gewiß wäre Mademoiselle Andrée ... so heißt sie doch, nicht wahr? ...»

«Ja, Sire», bestätigte Taverney ganz entzückt darüber, daß der König den Taufnamen seiner Tochter kannte.

«Ein hübscher Name! Gewiß wäre Mademoiselle Andrée die erste auf der Liste gewesen. Aber jetzt sind schon alle meine Häuser voll belegt. Lassen Sie sich indessen gesagt sein, Baron, daß das Mädchen meine ganze Protektion genießen wird ... Sie ist mit keiner sehr hohen Mitgift versehen, glaube ich?»

«Leider nein, Sire.»

«Nun, ich werde mich um ihre Verheiratung kümmern.»

Taverney verbeugte sich sehr tief.

«Eure Majestät werden also die Güte haben, einen Gatten für sie zu suchen; denn ich gestehe, bei unserer Armut, die man schon beinahe als Elend bezeichnen könnte ...»

«Ja, ja, seien Sie unbesorgt», erwiderte Ludwig XV., «aber mir scheint, sie ist noch sehr jung, und mit dem Heiraten hat es keine Eile.»

«Es hat um so weniger Eile, Sire, als Ihr Schützling das Heiraten verabscheut.»

«Sieh einer an!» meinte Ludwig XV., wobei er sich die Hände rieb und Richelieu anschaute. «Nun, Monsieur de Taverney, halten Sie sich in jedem Fall an mich, wenn Sie in Verlegenheit sind.»

Mit diesen Worten stand Ludwig XV. auf und sagte, sich an den Herzog wendend: «Marschall!»

Der Herzog trat zu dem König hin.

«Hat sich die Kleine darüber gefreut?»

«Worüber, Sire?»

«Über das Schmuckkästchen.»

«Eure Majestät mögen mir verzeihen, daß ich leise spreche, aber der Vater horcht, und er soll nicht mitbekommen, was ich Ihnen sagen werde.»

«Sprechen Sie also.»

«Sire, die Kleine verabscheut zwar den Gedanken an Heirat, doch einer Sache bin ich mir vollkommen sicher: Vor Eurer Majestät hegt sie keinen Abscheu.»

Nachdem er dies mit einer Vertraulichkeit gesagt hatte, die dem König gerade durch ihr Übermaß an Offenheit gefiel, eilte der Marschall wieder zu Taverney, der sich aus Ehrfurcht auf die Schwelle der Galerie zurückgezogen hatte.

Beide entfernten sich durch die Gärten.

Der Abend war wunderschön. Zwei Lakaien gingen vor ihnen her. In der einen Hand hielten sie Fackeln, während sie mit der anderen die blühenden Zweige beiseite schoben. Noch immer sah man die erleuchteten Fenster von Trianon, hinter denen das rauschende Fest mit den fünfzig geladenen Gästen der Dauphine seinen Fortgang nahm.

Das Orchester Seiner Majestät leitete das Menuett ein, denn nach dem Abendessen hatte man getanzt, und man tanzte noch immer.

In einem dichten Gebüsch von Flieder und Schneeball kniete Gilbert auf der Erde und beobachtete das Spiel der Schatten hinter den durchscheinenden Vorhängen.

Als nun Richelieu und Taverney an dem Gebüsch vorüberstreiften, in dem sich dieser Nachtvogel verborgen hatte, hob Gilbert beim Klang ihrer Stimmen und besonders bei einem gewissen Wort den Kopf.

Denn dieses Wort war für ihn wichtig und äußerst bedeutungsvoll.

Der Marschall, der sich auf den Arm seines Freundes stützte und sich an sein Ohr neigte, meinte zu ihm:

«Es ist hart, dir dies zu sagen, Baron, aber wenn ich es recht bedenke, so komme ich zu dem Schluß, daß du deine Tochter so schnell wie möglich in ein Kloster bringen mußt.»

«Und warum dies?» fragte der Baron.

«Weil ich jede Wette eingehe, daß der König in Mademoiselle de Taverney verliebt ist», erklärte der Marschall.

Als er dies hörte, wurde Gilbert bleicher als die flockigen Schneeballblüten, die auf seine Schulter und auf seine Stirn fielen.

## CXIV. KAPITEL

### *Vorahnungen*

Am nächsten Tag, als es von der Turmuhr von Trianon gerade zwölf schlug, rief Nicole nach Andrée, die ihr Zimmer noch nicht verlassen hatte:

«Mademoiselle, Mademoiselle, hier ist Monsieur Philippe!»

Dieser Ruf kam vom Fuß der Treppe.

Ganz überrascht, zugleich aber voller Freude, knöpfte Andrée ihr Morgenkleid aus Musselin zu und eilte dem jungen Mann entgegen. Tatsächlich war er soeben im Hof von Trianon vom Pferd abgesessen und hatte sich bei einigen Bediensteten nach der Stunde erkundigt, zu der er seine Schwester sprechen könne.

Andrée öffnete also selbst die Tür und stand alsbald Philippe gegenüber, den die diensteifrige Nicole aus dem Hof geholt und die Stufen hinaufgeleitet hatte.

Das Mädchen fiel seinem Bruder um den Hals, und alle beide kehrten, gefolgt von Nicole, in Andrées Zimmer zurück.

Jetzt erst bemerkte Andrée, daß Philippe ernster war als gewöhnlich, daß sogar sein Lächeln nicht frei von Traurigkeit war, daß er seine elegante Uniform mit peinlicher Korrektheit trug und daß er unter seinem linken Arm einen zusammengelegten Reisemantel hielt.

«Was ist denn los, Philippe?» fragte sie sogleich mit jenem Instinkt zarter Seelen, für die ein Blick eine ausreichende Offenbarung ist.

«Meine Schwester», antwortete Philippe, «ich habe heute morgen den Befehl erhalten, mich zu meinem Regiment zu begeben.»

«Das heißt, Sie gehen fort?»

«Ich gehe fort.»

«Oh!» rief Andrée, die in diesem schmerzlichen Schrei all ihren Mut aushauchte.

Und obgleich dieser Abschied etwas ganz Natürliches war, mit dem sie hatte rechnen müssen, fühlte sie sich nun derart kraftlos, daß sie sich am Arm ihres Bruders festhalten mußte.

«Mein Gott!» rief Philippe erstaunt. «Betrübt Sie meine Abreise denn so sehr, Andrée? Sie wissen doch, daß dies im Leben eines Soldaten eines der allergewöhnlichsten Ereignisse ist.»

«Ja, ja, gewiß doch», murmelte das Mädchen. «Und wohin schickt man Sie, mein Bruder?»

«Meine Garnison steht in Reims. Wie Sie sehen, habe ich keine sehr weite Reise vor mir. Allerdings wird das Regiment von dort aus höchstwahrscheinlich nach Straßburg zurückkehren.»

«Ach!» seufzte Andrée. «Und wann reisen Sie ab?»

«Der Befehl lautet, sofort aufzubrechen.»

«Sie kommen also, um mir Lebewohl zu sagen?»

«Ja, meine Schwester.»

«Lebewohl!»

«Haben Sie mir noch etwas Besonderes mitzuteilen, Andrée?» erkundigte sich Philippe, beunruhigt durch ihre Traurigkeit, die ihm zu übertrieben erschien, um nicht noch einen anderen Grund als seinen Abschied dahinter zu vermuten.

Andrée verstand, daß diese Worte auf Nicole gemünzt waren, welche die Szene mit einem Erstaunen verfolgte, dessen Beweggrund der außerordentliche Schmerz Andrées sein mochte.

In der Tat war Philippes Weggang, das heißt die Abreise eines Offiziers zu seiner Garnison, keine Katastrophe, die so viele Tränen verursachen durfte.

Andrée nahm ein Spitzentuch, warf es sich über die Schultern und führte ihren Bruder zur Treppe.

«Kommen Sie, Philippe», forderte sie ihn auf, «wir gehen zusammen bis an das Gitter des Parks. Ich werde Sie durch die überdachte Allee zurückgeleiten. Ich habe Ihnen in der Tat sehr viele Dinge mitzuteilen, mein Bruder.»

Diese Worte waren für Nicole ein Befehl, sich zu entfernen. Sie ging dicht an der Wand entlang und kehrte ins Zimmer ihrer Gebieterin zurück, während diese mit Philippe die Treppe hinunterstieg.

Andrée nahm die Treppe, die sich an der Kapelle entlangzieht, und schritt durch den Ausgang, der noch heute in den Garten hinausführt. Doch obgleich Philippes unruhiger Blick sie beständig mit Fragen bestürmte, blieb sie lange an seinem Arm hängen und lehnte ihren Kopf an seine Schulter, ohne ein einziges Wort zu sprechen.

Dann ging ihr plötzlich das Herz über, ein langer Seufzer drang über ihre Lippen, und Tränen verschleierten ihre Augen.

«Meine liebe Schwester, meine gute Andrée», rief Philippe, «aber in Gottes Namen, was haben Sie denn?»

«Mein Freund, mein einziger Freund», schluchzte Andrée, «Sie lassen mich allein in dieser Welt, in die ich gestern erst eingetreten bin, und Sie fragen mich, warum ich weine! Ah! Bedenken Sie, Philippe, ich habe meine Mutter bei der Geburt verloren. Es ist abscheulich, dies zu sagen, aber ich habe nie einen Vater gehabt. Alles, was mein Herz an kleinen Kümmernissen empfand, alles, was mein Geist an kleinen Geheimnissen barg, habe ich Ihnen, Ihnen allein anvertraut. Wer lächelte mir zu? Wer liebkoste mich? Wer wiegte mich, als ich noch ein Kind war? Sie. Wer beschützte mich, als ich älter wurde? Sie. Wer lehrte mich zu glauben, die Geschöpfe Gottes seien nicht allein auf diese Welt geworfen worden, um zu leiden? Sie, Philippe, abermals Sie. Denn seit ich auf der Welt bin, habe ich nichts und niemanden außer Ihnen geliebt, und niemand außer Ihnen hat mich je geliebt. O Philippe!» fuhr Andrée schwermütig fort. «Sie wenden den Kopf ab, und ich lese in Ihren Gedanken. Sie sagen sich, ich sei jung, ich sei schön und ich hätte unrecht, nicht auf die Zukunft und auf die Liebe zu zählen. Aber ach! Sie sehen es wohl, Philippe, es reicht nicht aus, jung und schön zu sein, da sich niemand um mich kümmert.

Sie werden sagen, die Dauphine sei gütig zu mir, mein Freund. Gewiß, in meinen Augen zumindest ist sie vollkommen, und ich betrachte sie wie eine Gottheit. Aber gerade weil ich sie in jene übermenschliche Sphäre einordne, empfinde ich zwar Hochachtung für sie, doch keine Zuneigung. Nun ist die Zuneigung aber ein für mich so notwendiges Gefühl, daß es mir das Herz bricht, wenn es stets darein verbannt bleibt. – Mein Vater ... Ei! Mein Gott, mein Vater! Ich sage Ihnen nichts Neues, Philippe: Mein Vater ist für mich nicht nur weder Beschützer noch Freund, nein, mir wird sogar jedesmal bange, wenn er mich ansieht. Ja, ja, ich habe Angst, Philippe, Angst vor ihm, besonders, seitdem ich weiß, daß Sie weggehen werden. Angst wovor? Ich habe keine Ahnung. Mein Gott, haben die fliehenden Vögel und die brüllenden Herden nicht auch Angst vor dem aufziehenden Sturm?

Das ist Instinkt, werden Sie sagen. Aber wollen Sie unserer unsterblichen Seele einen Instinkt für das Unglück absprechen? Seit einiger Zeit gelingt unserer Familie alles. Ich weiß es wohl. Sie sind nun Rittmeister. Ich bin am Hofe der Dauphine untergebracht und gehöre schon fast zu ihrer vertrauten Umgebung. Mein Vater, so erzählt man sich, soll gestern abend beinahe unter vier Augen mit dem König gespeist haben. Nun, Philippe, ich wiederhole es, auch auf die Gefahr hin, daß Sie mich für verrückt halten: all dies erschreckt mich mehr als unsere sanfte Armut und unsere Verlassenheit in Taverney.»

«Und dennoch waren Sie auch dort allein, liebe Schwester», erwiderte Philippe traurig. «Auch dort war ich nicht an Ihrer Seite, um Sie zu trösten.»

«Ja, aber zumindest war ich dort allein mit meinen Kindheitserinnerungen. Es kam mir vor, als wäre mir dieses Haus, wo meine Mutter gelebt und geatmet hat und wo sie auch gestorben ist, den Schutz der Heimat schuldig, wenn man es so ausdrücken kann. Alles schien mir dort süß, liebevoll und vertraut. Wenn Sie weggingen, war ich immerhin ruhig, und wenn Sie heimkehrten, war ich von Freude erfüllt. Doch ob Sie nun kamen oder gingen, mein Herz gehörte Ihnen nicht allein. Es hing an jenem teuren Haus, an meinem Garten, an meinen Blumen, an all dem, wovon Sie damals nur ein Teil waren. Heute sind Sie alles was ich habe, Philippe, und wenn Sie mich verlassen, verläßt mich alles.»

«Aber Andrée», wandte Philippe ein, «heute haben Sie doch einen viel mächtigeren Schutz als den meinen.»

«Das ist wahr.»

«Eine schöne Zukunft.»

«Wer weiß ...?»

«Warum zweifeln Sie daran?»

«Ich weiß es nicht.»

«Das ist Undank gegen Gott, meine Schwester.»

«O nein! Der Himmel weiß, ich bin nicht undankbar gegen den Herrn, und ich danke ihm morgens und abends. Doch mir scheint, daß, statt mein Dankgebet zu empfangen, jeden Abend, wenn ich auf die Knie falle, eine Stimme von oben zu mir sagt: ‹Hüte dich, Mädchen, hüte dich!›»

«Aber vor was sollst du dich hüten? Antworte. Nehmen wir an, daß dich wirklich ein Unglück bedroht. Hast du irgendeine Vorahnung von diesem Unglück? Weißt du, was du tun mußt, um ihm Trotz zu bieten oder um es zu verhindern?»

«Ich weiß es nicht, Philippe, außer daß mein Leben nur noch an einem Faden hängt, daß vom Augenblick deiner Abreise an jeder Glanz für mich erlischt. In einem Wort, es kommt mir vor, als hätte man mich im Schlaf vor einen Abgrund gestellt, in den ich beim Erwachen unweigerlich stürzen muß. Mir scheint, daß ich wach bin, daß ich den Abgrund sehe und daß ich dennoch hineingezogen werde; daß ich in deiner Abwesenheit, wenn du nicht mehr da bist, um mich zurückzuhalten, darin verschwinden und auf seinem Grunde zerschellen werde.»

«Liebe Schwester, gute Andrée», versuchte Philippe sie zu beruhigen, da ihn der Ausdruck eines so wahren Schreckens unwillkürlich bewegte, «Sie übertreiben Ihre Zärtlichkeit, für die ich Ihnen danke. Ja, Sie verlieren einen Freund, aber doch nur für den Augenblick. Ich werde nicht weit fort sein, so daß Sie mich jederzeit zurückrufen können, wenn es not tut. Bedenken Sie überdies, daß Sie außer Ihren Trugbildern nichts bedroht.»

Andrée blieb vor ihrem Bruder stehen und sprach:

«Nun, Philippe, wie kommt es, daß Sie, der Sie ein Mann sind und mehr Kraft besitzen als ich, in diesem Augenblick ebenso traurig sind wie ich? Lassen Sie hören, mein Bruder, wie erklären Sie sich das?»

«Das ist ganz einfach, liebe Schwester», antwortete Philippe und hielt Andrée zurück, die weitergegangen war, nachdem sie gesprochen hatte. «Wir sind nicht nur durch die Seele und das Blut Bruder und Schwester, wir sind es auch durch die Seele und die Gefühle. Daher lebten wir in einem Einvernehmen, das für mich, besonders seit unserer Ankunft in Paris, zu einer süßen Gewohnheit geworden ist. Ich zerreiße diese Kette, liebe Freundin, oder vielmehr, man zerreißt sie, und der Schlag macht sich in meinem Herzen fühlbar. Ich bin deshalb traurig, doch nur für den Augenblick. Ich, Andrée, ich sehe über unsere Trennung hinaus. Ich glaube nicht an ein Unglück, außer an das, daß wir uns einige Monate, ein Jahr vielleicht, nicht sehen werden. Ich finde mich damit ab und sage Ihnen nicht Lebewohl, sondern auf Wiedersehen.»

Trotz dieser tröstenden Worte antwortete Andrée nur mit Schluchzen und Tränen.

«Liebe Schwester», rief Philippe, als er den Ausdruck dieser Trauer sah, die ihm unbegreiflich war, «liebe Schwester, Sie haben mir nicht alles gesagt. Sie verheimlichen mir etwas. Sprechen Sie, um Himmels willen, sprechen Sie!»

Und er nahm sie in seine Arme, zog sie zu sich und drückte sie an sein Herz, um in ihren Augen zu lesen.

«Ich?» fragte sie. «Nein, nein, Philippe, ich schwöre Ihnen, Sie wissen alles, und Sie haben mein Herz in Ihrer Hand.»

«Wohl, dann bitte ich Sie, Andrée, fassen Sie Mut, und betrüben Sie mich nicht so.»

«Sie haben recht», gab sie zu, «und ich bin toll. Hören Sie, ich bin noch nie sehr stark gewesen, das wissen Sie besser als irgend jemand sonst, Philippe. Stets habe ich gefürchtet, geträumt und geseufzt. Aber ich habe nicht das Recht, einen so zärtlich geliebten Bruder in meine schmerzlichen Hirngespinste miteinzubeziehen, besonders, da er mich beruhigt und mir beweist, daß ich mit meinen Befürchtungen unrecht habe. – Sie haben recht, Philippe, es ist wahr, es ist wirklich wahr: Hier steht alles bestens für mich. Philippe, verzeihen Sie mir. Sehen Sie, ich wische mir die Tränen ab, ich weine nicht mehr, ich lächle. Philippe, ich sage Ihnen nicht mehr Lebewohl, sondern auf Wiedersehen.»

Und sie umarmte ihren Bruder zärtlich und versuchte, eine letzte Träne vor ihm zu verbergen, die ihr Augenlid verschleierte und wie eine Perle auf die goldenen Achselschnüre des jungen Offiziers fiel.

Philippe sah sie mit einer unendlichen Zärtlichkeit an, die ebenso brüderliche wie väterliche Empfindungen verriet. «Andrée», sprach er, «ich liebe Sie so sehr. Seien Sie tapfer. Ich gehe fort, aber der Kurier wird Ihnen jede Woche einen Brief von mir bringen. Ich bitte Sie, richten Sie es so ein, daß auch ich jede Woche einen von Ihnen erhalte.»

«Ja, Philippe», versicherte Andrée, «ja, und dies wird mein einziges Glück sein. Sie haben meinem Vater wohl schon Bescheid gesagt, nicht wahr?»

«Worüber?»

«Daß Sie abreisen.»

«Liebe Schwester, im Gegenteil, der Baron selbst hat mir heute morgen den Befehl des Ministers überbracht. Monsieur de Taverney ist nicht wie Sie, Andrée. Er wird leicht auf mich verzichten können, wie es scheint. Er schien sich sogar über meine Abreise zu freuen, und im Grunde hatte er recht. Hier habe ich keine Möglichkeit, aufzusteigen, während sich dort immer wieder Gelegenheiten bieten können.»

«Mein Vater freut sich, daß Sie weggehen», murmelte Andrée. «Täuschen Sie sich nicht, Philippe?»

«Er hat ja Sie», antwortete Philippe, ihrer Frage ausweichend, «und das ist ein Trost, meine Schwester.»

«Glauben Sie das wirklich, Philippe? Er kommt mich nie besuchen.»

«Meine Schwester, er hat mir aufgetragen, Ihnen zu melden, daß er noch heute, gleich nach meiner Abreise, nach Trianon kommen werde. Er liebt Sie, glauben Sie mir, nur liebt er Sie eben auf seine Weise.»

«Was haben Sie denn, Philippe? Sie scheinen verlegen.»

«Liebe Andrée, die Glocke hat soeben geschlagen. Wie spät ist es bitte?»

«Viertel vor eins.»

«Nun, liebe Schwester, der Grund meiner Verlegenheit ist der, daß ich mich um diese Zeit schon auf dem Weg befinden sollte und daß wir nun bei dem Gitter angelangt sind, wo man mein Pferd hält. Also ...»

Andrée nahm einen ruhigen Gesichtsausdruck an, ergriff die Hand ihres Bruders und sagte in einem Ton, der zu fest war, als daß ihre Stimme natürlich geklungen hätte:

«Gott befohlen also, mein Bruder ...»

Philippe umarmte sie ein letztes Mal.

«Auf Wiedersehen», sagte er, «und erinnern Sie sich an Ihr Versprechen.»

«An welches?»

«Mindestens ein Brief in der Woche.»

«Oh! Darum müssen Sie nicht bitten!»

Und sie sprach diese Worte mit äußerster Anstrengung. Dem armen Kind versagte die Stimme.

Philippe winkte ihr noch einmal zu und entfernte sich.

Andrée folgte ihm mit den Augen und hielt den Atem an, um ihre Seufzer zu unterdrücken.

Philippe schwang sich auf sein Pferd, rief ihr von der anderen Seite des Gitters noch einmal Lebewohl zu und ritt davon.

Andrée blieb reglos stehen und sah ihm nach, bis sie ihn aus den Augen verloren hatte.

Erst dann drehte sie sich um und rannte wie ein verletztes Reh bis in den Schatten der Bäume. Dort erblickte sie eine Bank und hatte gerade noch die Kraft, wie leblos darauf niederzusinken.

Endlich löste sich aus dem tiefsten Innern ihrer Brust ein langes, herzzerreißendes Schluchzen, und sie rief:

«O mein Gott! Mein Gott! Warum läßt du mich so allein auf der Erde?»

Und sie vergrub das Gesicht in den Händen und ließ zwischen ihren weißen Fingern die dicken Tränen hindurchfließen, die sie nun nicht mehr zurückzuhalten suchte.

In diesem Augenblick ließ sich hinter dem Laubengang ein leises Geräusch vernehmen. Andrée glaubte, einen Seufzer gehört zu haben. Erschrocken drehte sie sich um. Eine traurige Gestalt erhob sich vor ihr.

Es war Gilbert.

## CXV. KAPITEL

### *Gilberts Roman*

Es war Gilbert, haben wir gesagt, ebenso bleich, ebenso betrübt und ebenso niedergeschlagen wie Andrée.

Beim Anblick eines Mannes, den sie zunächst durch ihren Tränenschleier hindurch nicht erkannte, wischte sich Andrée rasch die Augen, als schämte sie sich ihrer Tränen. Sie nahm eine undurchdringliche Haltung an und verlieh ihren marmornen Wangen, welche noch einen Augenblick zuvor vor Verzweiflung gebebt hatten, wieder Unbeweglichkeit.

Gilbert brauchte viel länger als sie, um seine Ruhe wiederzufinden, und seine Züge behielten den schmerzlichen Ausdruck, den Mademoiselle de Taverney, sobald sie die Augen zu ihm aufschlug und ihn erkannte, in seiner Haltung und in seinem Blick bemerkte.

«Ah! Es ist abermals Monsieur Gilbert», bemerkte Andrée in dem leichten Ton, den sie jedesmal anschlug, wenn sie, wie sie glaubte, durch Zufall mit dem jungen Mann zusammentraf.

Gilbert gab keine Antwort. Er war noch zu heftig bewegt.

Der Schmerz, welcher Andrées Körper geschüttelt hatte, war auch ihm durch Mark und Bein gegangen.

Also war Andrée diejenige, welche weitersprach, denn sie wollte wissen, was es mit Gilberts Erschütterung auf sich hatte.

«Aber was haben Sie denn, Monsieur Gilbert?» fragte sie. «Was ist Ihnen, daß Sie mich so wehleidig anschauen? Irgend etwas muß Sie betrüben. Bitte, sagen Sie mir, was Sie so traurig macht.»

«Wollen Sie es wirklich wissen?» erwiderte Gilbert schwermütig. Er spürte die Ironie, die sich unter ihrer scheinbaren Anteilnahme verbarg.

«Ja.»

«Ei, ich bin traurig, weil ich Sie leiden sehe, Mademoiselle», erklärte Gilbert.

«Und wer hat Ihnen gesagt, daß ich leide, Monsieur?»

«Das sehe ich.»

«Ich leide nicht, Sie irren, Monsieur», entgegnete Andrée und wischte sich ein zweites Mal mit dem Taschentuch übers Gesicht.

Gilbert fühlte das Unwetter aufziehen. Er beschloß, es durch Demut abzuwenden.

«Verzeihen Sie, Mademoiselle», sprach er, «aber ich habe Ihre Klagen gehört.»

«Ah! Sie haben gelauscht. Das wird ja immer schöner ...»

«Mademoiselle, es kam ganz zufällig», stammelte Gilbert, denn er wußte, daß er log.

«Ganz zufällig! Ich bin untröstlich, Monsieur Gilbert, daß der Zufall Sie in meine Nähe geführt hat. Aber was ich nicht verstehe, ist, warum die Klagen, die Sie gehört haben wollen, Sie traurig machten. Können Sie mir das verraten?»

«Es ist mir unmöglich, eine Frau weinen zu sehen», antwortete Gilbert in einem Ton, der Andrée aufs äußerste mißfiel.

«Ich leide nicht, Monsieur Gilbert», entgegnete Andrée.

«Sollte ich vielleicht für Monsieur Gilbert eine Frau sein?» versetzte das hochmütige Mädchen. «Ich bettle um niemandes Anteilnahme, doch um die Monsieur Gilberts noch weniger als um die irgendeines anderen.»

«Mademoiselle», wandte Gilbert kopfschüttelnd ein, «Sie haben unrecht, mich so grob zu behandeln. Ich habe Sie traurig gesehen, und das hat mich betrübt. Ich habe Sie sagen hören, wenn Monsieur Philippe weggegangen sei, hätten Sie künftig niemanden mehr auf der Welt. Aber nein, nein, Mademoiselle, denn ich bin geblieben, und nie hat ein ergebeneres Herz für Sie geschlagen. Nein, ich sage es noch einmal, niemals wird Mademoiselle de Taverney allein auf der Welt sein, solange mein Kopf denken, mein Herz schlagen und mein Arm sich rühren kann.»

Gilbert war wirklich schön an Stärke, Edelmut und Hingabe, während er diese Worte sprach, obgleich er die ganze Einfachheit hineinlegte, welche die wahre Ehrfurcht erforderte.

Doch es war nun einmal so, daß alles an diesem armen jungen Mann Andrée mißfiel, sie beleidigte und zu verletzenden Erwiderungen antrieb, als ob jede seiner Ehrfurchtsbezeigungen eine Kränkung und jede seiner Bitten eine Herausforderung wäre. Zuerst wollte sie sich erheben, um ihn mit einer härteren Gebärde und einem deutlicheren Wort zurechtzuweisen. Aber ein nervöser Schauer hielt sie auf ihrer Bank zurück. Außerdem bedachte sie, daß man sie stehend auf eine größere Entfernung, und zwar im Gespräch mit Gilbert sehen konnte. Sie verharrte also auf der Bank, mit dem festen Vorsatz, dieses lästige Insekt ein für allemal zu zertreten.

Daher erwiderte sie: «Ich glaubte, Ihnen bereits bemerkt zu haben, Monsieur Gilbert, daß Sie mir im höchsten Grad mißfallen, daß Ihre Stimme mich ungehalten macht und daß Ihr philosophisches Gehabe mir widerstrebt. Warum versuchen Sie noch immer hartnäckig, mit mir zu sprechen, wenn ich Ihnen dies doch bereits gesagt habe?»

«Mademoiselle», entgegnete Gilbert blaß, aber mit Fassung, «man ärgert eine redliche Frau nicht, wenn man ihr Zuneigung entgegenbringt. Ein rechtschaffener Mann ist jedem menschlichen Geschöpf ebenbürtig, und ich, den Sie so erbittert mißhandeln, ich verdiene vielleicht mehr als irgendein anderer die Zuneigung, welche Sie zu meinem tiefsten Bedauern nicht für mich empfinden.»

Bei dem zweimal wiederholten Wort Zuneigung riß Andrée die Augen weit auf und heftete sie verächtlich auf Gilbert.

«Zuneigung!» stieß sie hervor. «Zuneigung von Ihnen gegen mich, Monsieur Gilbert? Wahrlich, ich habe mich in Ihnen getäuscht. Ich hielt Sie für einen Unverschämten, aber Sie sind noch weniger als das. Sie sind nichts weiter als ein Narr.»

«Ich bin weder unverschämt, noch ein Narr», verteidigte sich Gilbert mit einer scheinbaren Ruhe, die dem uns bekannten Stolz große Überwindung abverlangen mußte. «Nein, Mademoiselle, denn die Natur hat mich zu Ihresgleichen gemacht, und durch den Zufall sind Sie mir zu Dank verpflichtet.»

«Ach, schon wieder der Zufall?» versetzte Andrée spöttisch.

«Die Vorsehung hätte ich vielleicht sagen sollen. Ich hätte es Ihnen gegenüber niemals erwähnt. Doch Ihre Beleidigungen rufen es mir ins Gedächtnis zurück.»

«Ich soll Ihnen verpflichtet sein? Wie war das? Wie haben Sie das gemeint, Monsieur Gilbert?»

«Ich würde mich an Ihrer Stelle des Undanks schämen, Mademoiselle. Und Gott, der Sie so schön erschaffen hat, hat Ihnen, um Ihre Schönheit auszugleichen, außer diesem Fehler noch eine Menge anderer mitgegeben.»

Diesmal stand Andrée auf.

«Verzeihen Sie mir», bat Gilbert, «manchmal reizen Sie mich allzusehr, und dann vergesse ich das ganze Interesse, das Sie in mir wecken.»

Andrée brach in schallendes Gelächter aus, das den Zorn Gilberts auf den Höhepunkt trieb. Doch zu seinem großen Erstaunen entbrannte er nicht vor Wut. Er verschränkte seine Arme über der Brust und behielt den feindseligen und halsstarrigen Ausdruck seines Feuerblicks, während er geduldig das Ende des kränkenden Gelächters abwartete.

«Mademoiselle», sprach Gilbert kalt zu Andrée, «haben Sie die Güte und antworten Sie mir auf eine einzige Frage. Achten Sie Ihren Vater?»

«Wahrlich, mich dünkt, Sie wagen es, mir Fragen zu stellen, Monsieur Gilbert!» rief das Mädchen mit dem äußersten Hochmut.

«Ja, Sie achten Ihren Vater», fuhr Gilbert fort, «doch nicht wegen seiner guten Eigenschaften, nicht wegen seiner Tugenden. Nein, Sie tun es nur deshalb, weil er Ihnen das Leben gegeben hat. Ein Vater, das müssen Sie wissen, Mademoiselle, wird bedauerlicherweise allein aus diesem Grund zur achtbaren Person. Immerhin trägt er ja den Titel Vater. Aber mehr noch, für diese einzige Wohltat, die darin bestand, Ihnen das Leben zu geben», – Gilbert nahm seinerseits einen Ausdruck verächtlichen Mitleids an –, «für diese einzige Wohltat sind Sie dazu verpflichtet, den Wohltäter zu lieben. Nun, Mademoiselle, wenn man dies als Grundsatz voranstellt, warum beleidigen Sie mich? Warum stoßen Sie mich zurück? Warum hassen Sie mich, der ich Ihnen das Leben zwar nicht gegeben, wohl aber gerettet habe?»

«Sie!» rief Andrée aus. «Sie, Sie wollen mir das Leben gerettet haben?»

«Ah! Sie haben nicht einmal daran gedacht, oder vielmehr, Sie haben es vergessen. Das ist ganz natürlich, denn es ist bald ein Jahr her. Nun, Mademoiselle, dann muß ich Sie davon unterrichten oder Sie daran erinnern. Ja, ich habe Ihnen das Leben gerettet, indem ich das meinige preisgab.»

«Monsieur Gilbert», erwiderte Andrée kreidebleich, «Sie werden wenigstens die Güte haben, mir zu sagen, wo und wann dies geschehen sein soll.»

«An dem Tag, Mademoiselle, als hunderttausend Menschen sich gegenseitig zertrampelten, vor wildgewordenen Pferden und todbringenden

Säbeln flohen, die die Menge niedermähten und auf der Place Louis XV eine große Anzahl von Toten und Verletzten hinterließen.»

«Ah! Am einunddreißigsten Mai.»

«Ja, Mademoiselle.»

Andrée faßte sich und setzte wieder ihr spöttisches Lächeln auf.

«Und an diesem Tag, behaupten Sie, haben Sie Ihr Leben hingegeben, um das meine zu retten, Monsieur Gilbert?»

«Ich hatte bereits die Ehre, es Ihnen zu sagen.»

«Dann sind Sie also der Herr Graf von Balsamo? Ich bitte um Verzeihung, denn diese Tatsache war mir unbekannt.»

«Nein, ich bin nicht der Herr Graf von Balsamo», entgegnete Gilbert mit flammenden Augen und bebenden Lippen. «Ich bin Gilbert, das arme Kind aus dem Volk, das so wahnsinnig, so albern und so unglücklich ist, Sie zu lieben; Gilbert, der Ihnen, weil er Sie wie ein Wahnsinniger, wie ein Narr, wie ein Besessener liebte, in die Menge gefolgt ist. Ich bin Gilbert, der Sie, einen Augenblick von Ihnen getrennt, an dem fürchterlichen Schrei erkannte, den Sie ausstießen, als Sie den Boden unter den Füßen verloren; Gilbert, der ganz nahe bei Ihnen niederfiel und Sie mit seinen Armen umschlang, bis zwanzigtausend Arme, die auf den seinen lasteten, seine Kraft gebrochen hatten; Gilbert, der sich an den steinernen Pfeiler warf, wo Sie zerquetscht zu werden drohten, um Ihnen mit seinem Leichnam eine weichere Stütze zu bieten; Gilbert, der, als er in der Menge den seltsamen Mann gewahrte, welcher den anderen Menschen zu gebieten schien und dessen Namen Sie eben ausgesprochen haben, all seine Kräfte, all sein Blut und seine ganze Seele zusammenraffte und Sie auf seinen sterbenden Armen hochhob, damit dieser Mann Sie erblickte, Sie faßte und Sie rettete; Gilbert schließlich, der von Ihnen, da er Sie einem glücklicheren Retter überließ, nur einen Fetzen Ihres Kleides zurückbehielt, das er an seine Lippen preßte. Und es war höchste Zeit, denn die rollende Masse der Henker und der Opfer bedeckte mich wie eine Woge und begrub mich unter sich, während Sie, gleich einem Engel der Auferstehung, von meinem Abgrund zum Himmel emporstiegen.»

Gilbert hatte sich mit seiner ganzen Persönlichkeit offenbart, nämlich wild, naiv und erhaben in seiner Entschlossenheit wie in seiner Liebe. Trotz ihrer Verachtung konnte Andrée daher nicht umhin, ihn mit Erstaunen anzuschauen. Für einen Augenblick glaubte er deshalb auch, sein Bericht sei unwiderstehlich gewesen wie die Wahrheit, wie die Liebe. Doch der arme Gilbert hatte seine Rechnung ohne die Ungläubigkeit gemacht, jene Unredlichkeit, die der Haß den Menschen einflößt. Andrée, die Gilbert haßte, hatte sich von keinem der schlagenden Argumente dieses verachteten Liebhabers beeindrucken lassen.

Zuerst antwortete sie gar nichts. Sie schaute Gilbert nur an, während sich in ihrem Innern so etwas wie ein Kampf vollzog.

Daher sah sich der junge Mann, dem es bei dem eisigen Schweigen unbehaglich zumute war, gezwungen, seiner Rede noch ein Schlußwort hinzuzufügen:

«Nun, Mademoiselle, hassen Sie mich hoffentlich nicht mehr so sehr wie bisher, denn dies würde nicht nur von Ungerechtigkeit, sondern darüber hinaus von Undank zeugen, wie ich es Ihnen vorhin schon sagte und jetzt wiederhole.»

Doch bei diesen Worten hob Andrée ihr stolzes Haupt und bemerkte in einem Ton grausamster Gleichgültigkeit:

«Monsieur Gilbert, wie lange sind Sie bei Monsieur Rousseau in die Lehre gegangen, wenn ich fragen darf?»

«Mademoiselle», antwortete Gilbert naiv, «ich glaube drei Monate, ohne die Tage meiner Krankheit infolge der Erstickung vom einunddreißigsten Mai mitzurechnen.»

«Sie verstehen mich falsch», versetzte sie, «ich frage Sie nicht danach, ob Sie infolge von Erstickung krank gewesen sind oder nicht ... das krönt vielleicht auf eine künstlerische Weise Ihre Erzählung ... doch es interessiert mich wenig. Ich wollte Ihnen nur sagen, daß Sie, obgleich Sie sich nur drei Monate bei dem berühmten Schriftsteller aufhielten, die Zeit dort sehr gut genutzt haben und daß der Schüler auf Anhieb Romane erfindet, welche beinahe derjenigen würdig sind, die sein Meister veröffentlicht.»

Gilbert, der ruhig zugehört hatte, weil er glaubte, Andrée würde auf die leidenschaftlichen Dinge, die er vorgebracht hatte, ernste Dinge erwidern, fiel unter dem Schlag dieser blutigen Ironie von der ganzen Höhe seiner Biederkeit herab.

«Ein Roman», murmelte er entrüstet, «Sie bezeichnen, das, was ich Ihnen berichtet habe, als Roman!»

«Allerdings, Monsieur», gab Andrée zurück, «ein Roman, ich wiederhole das Wort. Nur haben Sie mich nicht dazu gezwungen, ihn zu lesen, wofür ich Ihnen unendlich dankbar bin. Leider muß ich zutiefst bedauern, ihn nicht seinem Wert entsprechend bezahlen zu können, denn ich würde es vergebens versuchen, da Ihr Roman unbezahlbar ist.»

«Das ist es also, was Sie mir antworten?» stammelte Gilbert mit glanzlosen Augen.

«Ich antworte Ihnen überhaupt nicht, Monsieur», versetzte Andrée, wobei sie ihn zurückstieß, um an ihm vorbeizukommen.

In diesem Augenblick erschien Nicole, die ihre Gebieterin vom anderen Ende des Laubengangs rief. Sie wollte nicht zu unvermittelt das

Gespräch ihrer Herrin unterbrechen, von der sie nicht wußte, mit wem sie sich unterhielt, weil sie Gilbert im Schatten der Bäume nicht hatte ausmachen können.

Doch beim Näherkommen sah sie den jungen Mann, erkannte ihn und blieb wie angewurzelt stehen. Sie bedauerte es nun, daß sie keinen Umweg gemacht hatte, um zu horchen, was Gilbert wohl zu Mademoiselle de Taverney gesagt haben konnte.

Diese wandte sich nun mit der sanftesten Stimme an Nicole, als wollte Sie Gilbert den Hochmut, mit dem sie zu ihm gesprochen hatte, noch deutlicher vor Augen führen.

«Was gibt es denn, mein Kind?» fragte sie.

«Der Baron von Taverney und der Herzog von Richelieu sind soeben eingetroffen, um Mademoiselle zu besuchen», erklärte Nicole.

«Wo sind sie?»

«In Mademoiselles Wohnung .»

«Kommen Sie.»

Andrée entfernte sich.

Nicole folgte ihr, nicht ohne Gilbert beim Weggehen einen spöttischen Blick zuzuwerfen. Nicht nur bleich, sondern totenblaß, nicht nur bewegt, sondern wie wahnsinnig, reckte er die Faust in Richtung des Laubenganges, durch den sich seine Feindin entfernte, und murmelte zähneknirschend:

«O herzloses Geschöpf! O seelenloser Leib! Ich habe dir das Leben gerettet, ich habe dir all meine Liebe entgegengebracht, ich habe jedes Gefühl unterdrückt, welches das verletzen konnte, was ich deine Unschuld nannte. Denn in meinem Wahn warst du für mich eine heilige Jungfrau, gleich der Jungfrau im Himmel ... Jetzt habe ich dich aus der Nähe gesehen. Du bist nichts weiter als eine Frau, und ich bin ein Mann ... Oh! Früher oder später werde ich mich rächen, Andrée de Taverney! Zweimal hielt ich dich in meinen Händen, und zweimal habe ich dich mit Achtung behandelt, Andrée de Taverney. Nimm dich beim dritten Mal in acht! ... Auf Wiedersehen, Andrée!»

Und er entfloh durch das Gebüsch wie ein junger, verletzter Wolf, der sich immer wieder umdreht und seine scharfen Zähne und seine blutunterlaufenen Augen zeigt.

## CXVI. KAPITEL

### *Vater und Tochter*

Am Ende der Allee gewahrte Andrée tatsächlich den Marschall und ihren Vater, die sie erwarteten und vor der Halle auf und ab gingen.

Die beiden Freunde schienen bester Laune zu sein. Sie gingen Arm in Arm, und bei Hof hatte man Orestes und Pylades noch nie so naturgetreu dargestellt gesehen.

Beim Anblick Andrées freuten sich die beiden Greise noch mehr und machten sich gegenseitig auf ihre strahlende Schönheit aufmerksam, die durch den Zorn und durch die Schnelligkeit ihres Ganges noch erhöht wurde.

Der Marschall verbeugte sich vor Andrée, wie er es nur vor der erwähnten Madame de Pompadour hätte tun können. Diese Nuance entging Taverney nicht, der darüber entzückt war. Doch sie überraschte Andrée durch die Mischung von Hochachtung und offener Galanterie. Denn der geschickte Höfling wußte ebensoviele Einzelheiten in eine Verbeugung zu legen, wie Covielle französische Sätze in ein türkisches Wort zu legen wußte.

Andrée beantwortete den Gruß mit einem Hofknicks, der für ihren Vater wie für den Marschall ebenso förmlich war. Sodann lud sie beide mit einer bezaubernden Anmut ein, sie auf ihr Zimmer zu begleiten.

Der Marschall bewunderte die elegante Reinlichkeit, welche den einzigen Luxus der Einrichtung und der Architektur der kleinen Wohnung bildete. Mit Blumen und ein wenig weißem Musselin hatte Andrée aus ihrem trostlosen Zimmer zwar keinen Palast, wohl aber einen Tempel gemacht.

Er setzte sich auf einen mit grünem, großgeblümtem Kretonne bezogenen Sessel unter ein großes chinesisches Horn, aus dem eine Traube duftender Akazien- und Ahornblüten, vermischt mit Iris und bengalischen Rosen, herabhing.

Taverney nahm auf einem gleichartigen Sessel Platz, und Andrée ließ sich auf einem Klappstuhl nieder, wobei sie sich mit dem Ellenbogen auf das Cembalo stützte, das ebenfalls mit Blumen in einer sächsischen Vase geschmückt war.

«Mademoiselle», begann der Marschall, «ich komme, um Ihnen im Namen Seiner Majestät alle Komplimente zu überbringen, die Ihre bezaubernde Stimme und Ihr vollendetes musikalisches Talent gestern bei sämtlichen Zuhörern der Generalprobe hervorgerufen haben. Seine Majestät befürchtete, Neid unter den Damen und Herren zu erregen, wenn sie Sie vor aller Welt offen gelobt hätte. Deshalb hat der König mich beauftragt, Ihnen für das Vergnügen zu danken, das Sie ihm bereitet haben.»

Andrée errötete tief und war dabei so schön, daß der Marschall fortfuhr, als spräche er für sich selbst:

«Der König hat mir versichert, er habe an seinem Hof noch nie jemanden gesehen, der die Gaben des Geistes und des Äußeren im selben Maße auf sich vereinigte wie Sie.»

«Sie vergessen die Gaben des Herzens», fügte Taverney hinzu, der bei diesen Lobreden sichtlich aufblühte. «Andrée ist das beste Mädchen, das man finden kann.»

Der Marschall glaubte einen Moment, sein Freund wollte anfangen zu weinen. Voll Bewunderung für diesen Aufwand an väterlicher Empfindsamkeit, rief er aus:

«Das Herz! Ach, mein Lieber, Sie allein vermögen die Zärtlichkeit zu beurteilen, welche das Herz Mademoiselles in sich birgt. Wäre ich noch einmal fünfundzwanzig Jahre alt, ich würde Ihr mein Leben und meine ganze Habe zu Füßen legen!»

Andrée verstand es noch nicht, die Huldigung eines Höflings leicht zu nehmen. Richelieu erhielt zur Antwort nur ein bedeutungsloses Murmeln.

«Mademoiselle», sprach er weiter auf sie ein, «der König wollte Sie bitten, ihm einen Beweis seiner Zufriedenheit zu gestatten, und er hat den Baron, Ihren Vater, beauftragt, Ihnen denselben zu überreichen. Was soll ich Seiner Majestät nun in Ihrem Namen antworten?»

«Monsieur», erwiderte Andrée, die in ihrem Verhalten nur eine Folge des Respekts sah, den jede Untertanin ihrem König schuldet, «wollen Sie die Güte haben, Seine Majestät meiner ganzen Dankbarkeit zu versichern. Sagen Sie Seiner Majestät, sie mache mich überglücklich, wenn sie sich mit mir beschäftige, obgleich ich der Aufmerksamkeit eines so mächtigen Monarchen unwürdig bin.»

Richelieu schien von dieser Antwort, die das Mädchen mit fester Stimme und ohne Zögern vortrug, begeistert zu sein.

Er ergriff ihre Hand, küßte sie ehrfurchtsvoll, und während er sie begehrlich anblickte, schwärmte er:

«Eine königliche Hand, ein Feenfuß ... der Geist, der Wille, die Unschuld ... Ah! Baron, welch ein Schatz! ... Sie haben da nicht eine Tochter, Sie haben eine Königin ...»

Und mit diesem Satz verabschiedete er sich und ließ Taverney allein mit seiner Tochter zurück, Taverney, der sich vor Stolz und vor Hoffnung unmerklich aufblähte.

Wer ihn gesehen hätte, diesen Philosophen der alten Theorien, diesen Skeptiker, diesen Verächter, wie er mit langen Zügen die Luft der Gunst aus dem am wenigsten erträglichen Morast einatmete, hätte sich gesagt, Gott habe den Geist und das Herz Monsieur de Taverneys aus demselben Schlamm geformt.

Allein Taverney hätte über diese Veränderung eine Erklärung abgeben können:

«Nicht ich habe mich verändert, sondern die Zeit.»

Er blieb also bei Andrée sitzen, war aber etwas verlegen, denn das Mädchen mit seiner unerschöpflichen Ruhe durchdrang ihn mit zwei Blicken, die so tief waren wie das Meer in seinem tiefsten Abgrund.

«Hat Monsieur de Richelieu nicht gesagt, Seine Majestät habe Ihnen einen Beweis ihrer Zufriedenheit anvertraut? Was ist das für ein Beweis, bitte?»

«Ah!» dachte Taverney bei sich. «Sie ist interessiert... Sieh an, das hätte ich nicht gedacht. Um so besser, Satan, um so besser!»

Langsam zog er das Schmuckkästchen, das ihm der Marschall tags zuvor gegeben hatte, aus seiner Tasche, ungefähr so, wie nette Väter eine Tüte Bonbons oder ein Spielzeug hervorziehen, das die Augen des Kindes aus ihrer Tasche reißen, noch ehe die Hände sich bewegt haben.

«Hier», sagte er.

«Ah! Juwelen ...», murmelte Andrée.

«Sind sie nach Ihrem Geschmack?»

Es war eine Perlengarnitur von beträchtlichem Wert. Zwölf große Diamanten verbanden die Perlenreihen untereinander. Ein diamantener Verschluß, Ohrringe und eine Diamantenreihe als Haarschmuck verliehen diesem Geschenk einen Wert von mindestens dreißigtausend Talern.

«Mein Gott, Vater!» rief Andrée aus.

«Nun, was sagen Sie?»

«Das ist wirklich zu schön... Der König hat sich gewiß geirrt. Ich würde mich schämen, das zu tragen... Habe ich vielleicht Kleider, die sich mit dem Reichtum dieser Diamanten verbinden könnten?»

«Ach bitte, beklagen Sie sich auch noch!» erwiderte Taverney spöttisch.

«Monsieur, Sie verstehen mich nicht... Ich bedaure, diese Juwelen nicht tragen zu können, weil sie zu schön sind.»

«Der König, der Ihnen das Schmuckkästchen gegeben hat, Mademoiselle, ist ein so huldvoller Herr, daß er Ihnen auch die Kleider schenken wird...»

«Aber Monsieur... diese Güte des Königs...»

«Meinen Sie nicht, daß sie mir als Belohnung für meine langjährigen Dienste zusteht?» fragte Taverney.

«Ah! Verzeihen Sie, Monsieur, das ist wahr», antwortete Andrée und senkte den Kopf, doch ohne recht überzeugt zu sein.

Nachdem sie einen Augenblick nachgedacht hatte, schloß sie die Schatulle.

«Ich werde diese Diamanten nicht tragen», entschied sie.

«Warum?» rief Taverney unruhig.

«Weil Sie, mein Vater, und mein Bruder das Notwendigste entbehren und weil dieser Überfluß meine Augen verletzt, wenn ich an Ihre Geldverlegenheit denke.»

Taverney drückte ihr lächelnd die Hand.

«Oh! Zerbrechen Sie sich deswegen nicht mehr den Kopf, meine Tochter. Der König hat für mich noch mehr getan als für Sie. Wir stehen in seiner Gunst, liebes Kind. Es würde weder einer ehrfurchtsvollen Untertanin noch einer dankbaren Frau gut zu Gesicht stehen, wenn sie vor Seiner Majestät ohne den Schmuck erschiene, den sie ihr zu schenken die Güte hatte.»

«Ich werde gehorchen, Monsieur.»

«Ja, aber Sie müssen auch mit Freude gehorchen ... Dieser Schmuck scheint nicht nach Ihrem Geschmack zu sein?»

«Ich kenne mich mit Diamanten nicht aus, Monsieur.»

«Lassen Sie sich deshalb gesagt sein, daß die Perlen allein fünfzigtausend Livres wert sind.»

Andrée faltete die Hände. «Monsieur», wandte sie ein, «es ist doch merkwürdig, daß Seine Majestät ausgerechnet mir ein solches Geschenk macht. Überlegen Sie einmal.»

«Ich verstehe Sie nicht, Mademoiselle», versetzte Taverney in schroffem Ton.

«Wenn ich diese Edelsteine trage, dann wird sich jedermann darüber wundern, das garantiere ich Ihnen.»

«Warum?» fragte Taverney im selben Ton, diesmal begleitet von einem gebieterischen, kalten Blick, der Andrée veranlaßte, die Augen niederzuschlagen.

«Ich habe Bedenken ...»

«Mademoiselle, Sie werden mir zugeben, es ist höchst seltsam, daß ich bei Ihnen auf Bedenken stoße, wo ich selbst überhaupt keine sehe. – Ein Hoch auf die unschuldigen, jungen Mädchen, die das Übel erkennen und wahrnehmen, auch wenn es so gut verborgen ist, daß niemand es wahrgenommen hätte! Ein Hoch auf das arglose, jungfräuliche Mädchen, vor dem alte Grenadiere wie ich erröten müssen!»

Andrée verbarg ihre Verwirrung in ihren schönen perlmuttfarbenen Händen.

«O mein Bruder», murmelte sie ganz leise, «warum bist du schon so fern?»

Hatte Taverney dieses Wort gehört? Erriet er es mit seinem uns wohlbekannten wunderbaren Scharfsinn? Wir vermögen es nicht zu sagen. Doch er schlug auf der Stelle einen anderen Ton an und ergriff Andrées Hände.

«Kommen Sie, mein Kind», tröstete er sie, «ist Ihr Vater nicht auch ein wenig Ihr Freund?»

Ein sanftes Lächeln glitt über die Schatten auf Andrées schöner Stirn.

«Bin ich nicht dazu da, Sie zu lieben und Ihnen zu raten? Fühlen Sie sich nicht stolz, zu dem Glück Ihres Bruders und zu dem meinigen beitragen zu können?»

«O doch!» beteuerte Andrée.

Der Baron heftete einen von Zärtlichkeit glühenden Blick auf seine Tochter.

«Nun, Sie werden, wie Monsieur de Richelieu schon sagte, die Königin von Taverney sein ... Sie sind dem König aufgefallen, und er hat Sie ausgezeichnet ... die Dauphine ebenfalls», fügte er rasch hinzu. «Im vertrauten Umgang mit diesen hochstehenden Personen werden Sie unsere Zukunft bauen, indem Sie ihnen das Leben versüßen ... Freundin der Dauphine, Freundin ... des Königs ... welche Herrlichkeit! ... Sie besitzen hervorragende Talente und eine unübertroffene Schönheit; Sie haben einen gesunden Geist, frei von Habgier und Ehrgeiz ... Oh! Mein Kind, welche Rolle können Sie spielen! – Erinnert Sie sie nicht an jenes kleine Mädchen, das die letzten Augenblicke Karls VI. versüßte? ... Der Name dieses Mädchens wurde in Frankreich gesegnet ... Erinnern Sie sich an Agnès Sorel, welche die Ehre der französischen Krone wiederherstellte? Alle guten Franzosen ehren ihr Andenken ... Andrée, Sie werden für unseren ruhmreichen Monarchen die Stütze seines Alters sein ... Er wird Sie lieben wie seine eigene Tochter, und Sie werden Frankreich durch das Recht der Schönheit, des Mutes und der Treue erneuern ...»

Andrée schlug erstaunt die Augen auf. Der Baron fuhr fort, ohne ihr Zeit zum Nachdenken zu lassen:

«Die verworfenen Frauen, die den Thron entehren, werden Sie mit einem einzigen Blick verjagen. Ihre Gegenwart wird den Hof reinigen. Ihrem edlen Einfluß wird der Adel des Königreiches die Wiederkehr der guten Sitten, der Höflichkeit und der wahren Liebenswürdigkeit zu verdanken haben. Meine Tochter, Sie können und müssen ein Gestirn der Wiederbelebung für dieses Land und eine Krone des Ruhms für unseren Namen sein.»

«Aber», fragte Andrée ganz verwirrt, «was muß ich dafür tun?»

«Andrée», hub er wieder an, «ich habe Ihnen oft gesagt, man müsse die Leute auf dieser Welt dadurch zwingen, tugendhaft zu sein, daß man ihnen die Tugend schmackhaft macht. Die verdrießliche, traurige und Moralsätze predigende Tugend vertreibt selbst diejenigen, die sich ihr am sehnsüchtigsten zu nähern wünschen. Versehen Sie die Ihrige mit allen Ködern der Koketterie und selbst des Lasters. Dies ist ein leichtes für ein geistreiches und willensstarkes Mädchen, wie Sie es sind. Machen Sie sich so schön, daß der Hof nur von Ihnen spricht. Machen Sie sich in den Augen des Königs so angenehm, daß er Sie nicht mehr entbehren kann. Geben Sie sich allen, ausgenommen dem König, gegenüber so geheimnisvoll und zurückhaltend, daß man Ihnen bald alle Macht beimißt, die Sie unfehlbar erlangen müssen.»

«Diesen letzten Ratschlag verstehe ich nicht recht», meinte Andrée.

«Lassen Sie mich die Leitung übernehmen. Sie brauchen nur auszuführen, ohne zu verstehen, was einem weisen und edlen Geschöpf wie Ihnen weit besser ansteht ... Ach übrigens, damit Sie den ersten Punkt ausführen können, meine Tochter, muß ich Ihre Börse auffüllen. Nehmen Sie diese hundert Louisdor und statten Sie sich mit einer Toilette aus, die des Ranges würdig ist, zu dem Sie berufen sind, seit der König uns die Ehre angedeihen ließ, uns auszuzeichnen.»

Taverney gab seiner Tochter die hundert Louisdor, küßte ihre Hand und entfernte sich.

Rasch schlug er wieder den Weg durch die Allee ein, auf dem er gekommen war, ohne zu bemerken, daß Nicole in der Tiefe eines Wäldchens eine eifrige Unterredung mit einem Edelmann führte, der ihr ins Ohr flüsterte.

## CXVII. KAPITEL

### *Althotas und sein Lebenselixier*

Am Tag nach dieser Unterredung gegen vier Uhr nachmittags war Balsamo in seinem Arbeitszimmer in der Rue Saint-Claude damit beschäftigt, einen Brief zu lesen, den Fritz ihm überbracht hatte. Dieser Brief war ohne Unterschrift.

«Ich kenne diese Handschrift», dachte Balsamo, «langgezogen, unregelmäßig, ein wenig zittrig und mit einer Vielzahl von Rechtschreibfehlern.»

Er las den Brief noch einmal:

*Herr Graf!*

*Eine Person, die Sie einige Zeit vor dem Sturz des letzten Ministers um Rat anging und die schon lange zuvor Ihren Rat in Anspruch genommen hat, wird sich heute bei Ihnen einfinden, um eine neue Beratung zu erhalten. Erlauben Ihnen Ihre zahlreichen Geschäfte, dieser Person zwischen vier und fünf Uhr abends eine halbe Stunde zu gewähren?*

Als er zum zweiten oder dritten Mal zu Ende gelesen hatte, versank Balsamo wieder in Nachsinnen.

«Es ist nicht der Mühe wert, Lorenza wegen einer solchen Kleinigkeit um Rat zu fragen. Vermag ich übrigens nicht mehr, selbst zu erraten? Die Schrift ist langgezogen, ein Zeichen von Aristokratie; unregelmäßig und zittrig, ein Hinweis auf fortgeschrittenes Alter; voller Rechtschreibfehler: Das muß ein Höfling sein. – Ah! Ich bin doch wirklich ein Dummkopf! Das Schreiben stammt vom Herzog von Richelieu. Aber gewiß werde ich eine halbe Stunde für Sie erübrigen können, Herzog, wenn Sie wollen, sogar eine Stunde oder einen ganzen Tag. Nehmen Sie meine Zeit und betrachten Sie sie als die Ihrige. Sind Sie nicht, ohne es zu wissen, einer meiner geheimnisvollen Agenten, einer meiner vertrauten Dämonen? Arbeiten wir nicht an demselben Werk? Erschüttern wir nicht die Monarchie durch ein und dieselbe Anstrengung, Sie, indem Sie sich zu ihrer Seele machen, und ich, indem ich mich zu ihrem Feind erkläre? Kommen Sie nur, Herzog, kommen Sie.» Und Balsamo zog seine Uhr hervor, um zu sehen, wie lange er noch auf den Herzog zu warten hätte.

In diesem Augenblick ertönte ein Glöckchen vom Kranzgesims der Decke.

«Was gibt es denn?» dachte Balsamo zusammenzuckend. «Lorenza ruft mich, Lorenza! Sie will mich sehen. Sollte ihr etwas Unangenehmes widerfahren sein? Oder ist es vielleicht wieder einer ihrer Gemütsumschwünge, deren Zeuge und Opfer ich schon so oft war? Gestern war sie sehr nachdenklich, sehr fügsam, sehr sanft. Gestern war sie, wie ich sie gern sehe. Armes Kind! Gehen wir also zu ihr.»

Er knöpfte sein gesticktes Hemd zu, verbarg seine Spitzenkrause unter seinem Schlafrock, warf einen Blick in den Spiegel, um sich zu vergewissern, daß seine Frisur nicht in allzu großer Unordnung war, und begab sich zur Treppe, nachdem er Lorenzas Verlangen mit einem ähnlichen Läuten erwidert hatte.

Doch wie gewöhnlich blieb Balsamo in dem Zimmer stehen, das vor dem Gemach der jungen Frau lag. Dort drehte er sich mit verschränkten Armen nach der Seite, wo er sie vermutete, und befahl ihr mit jener Willenskraft, die keine Hindernisse kennt, zu schlafen.

Sodann spähte er durch einen kaum wahrnehmbaren Spalt im Tafelwerk, als zweifle er an sich selbst oder glaube, seine Vorsicht erhöhen zu müssen.

Lorenza war auf einem Sofa eingeschlummert, wo sie, zweifellos unter dem Willen ihres Beherrschers schwankend, eine Stütze gesucht hatte. Ein Maler hätte gewiß keine poetischere Pose für sie finden können. Unruhig und keuchend unter der Einwirkung des Fluidums, das Balsamo ihr zugesandt hatte, glich Lorenza einer jener schönen Ariadnen von Vanloo, deren Brust gewölbt und deren Rumpf voller Wellen und Kurven ist, während ihr Kopf in Verzweiflung oder Müdigkeit zu schwelgen scheint.

Balsamo trat ein und blieb vor ihr stehen, um sie zu betrachten. Doch gleich darauf weckte er sie, da sie so zu gefährlich war.

Kaum hatte sie die Augen geöffnet, da entfuhr ihren Augensternen ein Blitz. Dann, als wollte sie ihre noch schwebenden Gedanken ordnen, glättete sie ihr Haar mit beiden Händen, trocknete ihre feuchten Lippen, suchte in der Tiefe ihres Gedächtnisses und sammelte ihre verstreuten Erinnerungen.

Balsamo schaute sie mit einer gewissen Besorgnis an. Seit langem war er daran gewöhnt, daß auf Augenblicke zärtlicher Verliebtheit unvermittelt ein Anfall von Wut und Haß folgte. Die ungewöhnliche Nachdenklichkeit, mit der sie ihm heute begegnete, und die Gelassenheit, mit der sie ihn empfing, kündigten ihm an, daß es sich diesmal um etwas handelte, das vielleicht ernster war als alles, was er bis dahin gesehen hatte.

Lorenza richtete sich auf, schüttelte den Kopf und sprach, während sie ihren langen, samtweichen Blick auf Balsamo richtete:

«Seien Sie bitte so gut, und setzen Sie sich neben mich.»

Balsamo bebte, als er diese Stimme so voll von ungewohnter Sanftheit hörte.

«Mich setzen?» fragte er. «Du weißt wohl, meine Lorenza, daß ich nur einen Wunsch hege, nämlich mein Leben zu deinen Füßen zu verbringen.»

«Monsieur», erwiderte Lorenza im gleichen Ton, «ich bitte Sie, sich zu setzen, obgleich meine Rede nicht lang sein wird. Doch mir scheint, ich werde besser mit Ihnen sprechen, wenn Sie sitzen.»

«Heute wie auch sonst immer, meine geliebte Lorenza, werde ich mich nach deinen Wünschen richten», versicherte Balsamo. Und er ließ sich auf einem Sessel neben Lorenza nieder, die ihrerseits auf einem Sofa saß.

«Monsieur», begann sie, während sie auf Balsamo Augen von engelhaftem Ausdruck heftete, «ich habe Sie gerufen, um eine Gunst von Ihnen zu erbitten.»

«O meine Lorenza», rief Balsamo, immer entzückter, «alles, was du willst, sprich nur, alles!»

«Ich will nur eines, aber ich sage Ihnen gleich, diese eine Sache wünsche ich glühend.»

«Sprechen Sie, Lorenza, sprechen Sie, und sollte es mich mein ganzes Vermögen oder die Hälfte meines Lebens kosten.»

«Es wird Sie nichts kosten, Monsieur, als eine Minute Ihrer Zeit», entgegnete die junge Frau.

Beglückt über die ruhige Wendung, welche das Gespräch nahm, malte Balsamo sich schon dank seiner regen Einbildungskraft die Wünsche aus, die Lorenza wohl haben könnte, und insbesondere diejenigen, die er zu erfüllen in der Lage wäre.

«Sie wird», so sagte er sich, «mich um irgendeine Dienerin oder Gesellschafterin bitten. Nun, dieses Opfer, das ein ungeheures ist, da es mein Geheimnis und meine Freunde gefährdet, dieses Opfer werde ich ihr bringen, denn das arme Kind ist sehr unglücklich in seiner Einsamkeit.»

«Nur zu, sprechen Sie, meine Lorenza», forderte er sie mit einem Lächeln voller Liebe auf.

«Monsieur», hub sie an, «Sie wissen, daß ich vor Trauer und Langeweile vergehe.»

Balsamo nickte seufzend mit dem Kopf, womit er seiner Zustimmung Ausdruck verlieh.

«Meine Jugend vergeht», fuhr Lorenza fort, «meine Tage sind ein langes Schluchzen und meine Nächte ein einziges Grauen. Ich werde alt in Angst und Einsamkeit.»

«Dies ist das Leben, das Sie sich selbst bereiten, Lorenza», hielt Balsamo entgegen, «und es liegt nicht an mir, wenn dieses durch Ihre Schuld so trübselig gewordene Leben nicht den Neid einer Königin erregt.»

«Mag sein. Sie sehen ja auch, daß ich zu Ihnen zurückkehre.»

«Danke, Lorenza.»

«Sie haben mir gesagt, Sie seien ein guter Christ, obgleich ...»

«Obgleich Sie mich für eine verlorene Seele halten, wollen Sie sagen? Ich vollende Ihren Gedanken, Lorenza.»

«Gehen Sie nur auf das ein, was ich sage, Monsieur, und setzen Sie bitte nichts anderes voraus.»

«Fahren Sie also fort.»

«Wohl! Statt mich meiner Wut und meiner Verzweiflung anheimzugeben, bewilligen Sie mir, da ich Ihnen ohnehin zu nichts nütze bin ...»

Sie hielt inne und schaute Balsamo an. Doch schon war er wieder Herr über sich selbst geworden, und sie begegnete nur einem kalten Blick und einer gerunzelten Stirn.

Sie belebte sich unter diesem fast drohenden Auge und fuhr fort:

«Bewilligen Sie mir nicht etwa die Freiheit - ich weiß, daß mich ein göttlicher Erlaß, oder vielmehr Ihr Wille, der mir allmächtig erscheint, zu lebenslänglicher Gefangenschaft verurteilt. Bewilligen Sie mir, daß ich menschliche Gesichter sehen und den Ton einer anderen Stimme als der Ihrigen hören darf. Bewilligen Sie mir schließlich, auszugehen, zu laufen, zu bekunden, daß es mich noch gibt.»

«Ich hatte diesen Wunsch vorausgesehen, Lorenza», erwiderte Balsamo, während er ihre Hand ergriff, «und Sie wissen, daß es auch seit langem schon mein Wunsch ist.»

«Also! . . .» rief Lorenza

«Aber», fuhr Balsamo fort, «Sie selbst haben mich gewarnt. Wie ein Wahnsinniger - denn jeder Mann, der liebt, ist wahnsinnig - habe ich Sie in einen Teil meiner Geheimnisse aus Wissenschaft und Politik eindringen lassen. Sie wissen, daß Althotas den Stein der Weisen gefunden hat und nach dem Lebenselixier sucht. Soviel zur Wissenschaft. Sie wissen auch, daß meine Freunde und ich uns gegen die Monarchien dieser Welt verschworen haben. Soviel zur Politik. Das eine dieser beiden Geheimnisse kann bewirken, daß ich als Hexer verbrannt werde, das andere kann mich als Hochverräter aufs Rad bringen. Nun haben Sie mir aber gedroht, Lorenza. Sie ließen mich wissen, Sie würden nichts unversucht lassen, um Ihre Freiheit wiederzuerlangen. Und sobald Sie dieselbe wiedererlangt hätten, wäre der erste Gebrauch, den Sie davon machten, mich bei Monsieur de Sartines anzuzeigen. Haben Sie das gesagt?»

«Was wollen Sie! Manchmal werde ich eben rasend vor Wut, und dann . . . nun, dann werde ich toll.»

«Sind Sie zu dieser Stunde ruhig? Sind Sie vernünftig, Lorenza, und können wir miteinander reden?»

«Ich hoffe es.»

«Wenn ich Ihnen diese Freiheit zurückgebe, die Sie von mir verlangen, werde ich in Ihnen eine ergebene, unterwürfige Frau, ein beständiges und sanftes Gemüt finden? Sie wissen, daß dies mein glühendster Wunsch ist, Lorenza.»

Die junge Frau schwieg.

«Werden Sie mich lieben?» schloß Balsamo mit einem Seufzer.

«Ich will nur das versprechen, was ich auch wirklich halten kann», versetzte Lorenza. «Weder Liebe noch Haß hängen von uns ab. Ich hoffe, Gott wird zur Belohnung für Ihr freundliches Benehmen gestatten, daß der Haß verschwindet und die Liebe kommt.»

«Ein solches Versprechen reicht leider nicht aus, um Ihnen vertrauen zu können, Lorenza. Ich brauche einen unbedingten, heiligen Schwur, dessen Bruch ein Verbrechen gegen Gott bedeuten würde, einen Schwur, der Sie in dieser wie in jener Welt bindet, der Ihren Tod im Diesseits und Ihre Verdammnis im Jenseits nach sich zieht.»

Lorenza schwieg.

«Wollen Sie diesen Schwur leisten?»

Lorenza verbarg ihren Kopf in beiden Händen, während ihre Brust sich unter dem Druck entgegengesetzter Gefühle wölbte.

«Leisten Sie mir diesen Schwur, Lorenza, so, wie ich ihn Ihnen vorspreche, und mit der Feierlichkeit, mit der ich ihn umgeben werde. Dann sind Sie frei.»

«Was soll ich schwören, Monsieur?»

«Schwören Sie, daß niemals und unter keinem Vorwand etwas von dem, was Sie über Althotas' Wissenschaft entdeckt haben, über Ihre Lippen kommen wird.»

«Ja, das werde ich schwören.»

«Schwören Sie, daß nichts von dem, was Sie über unsere politischen Versammlungen wahrgenommen haben, je durch Sie bekanntgemacht wird.»

«Auch das werde ich schwören.»

«Mit dem Eid und in der Form, die ich angeben werde?»

«Ja, ist das alles?»

«Nein, schwören Sie mir erst noch – und das ist die Hauptsache, Lorenza, denn von den anderen Eiden hängt nur mein Leben ab, während von dem, welchen ich Ihnen jetzt sage, mein Glück abhängt –, schwören Sie mir, daß Sie sich niemals von mir trennen werden, Lorenza. Schwören Sie, und Sie sind frei.»

Die junge Frau zuckte zusammen, als wäre ein eiskaltes Eisen in ihr Herz gedrungen. «Und in welcher Form muß dieser Eid abgelegt werden?»

«Wir werden zusammen in eine Kirche gehen, Lorenza. Wir nehmen dort das Abendmahl mit derselben Hostie ein. Auf diese ganze Hostie schwören Sie, niemals etwas über Althotas oder über meine Gefährten zu verraten. Sie schwören, sich niemals von mir zu trennen. Sodann werden wir die Hostie entzweibrechen, und jeder von uns wird eine Hälfte davon nehmen und beim Herrn geloben, Sie, daß Sie mich niemals verraten, und ich, daß ich Sie stets glücklich machen werde.»

«Nein», widersprach Lorenza, «ein solcher Schwur ist eine Versündigung gegen Gott.»

«Ein Schwur ist nur dann Versündigung, Lorenza», erwiderte Balsamo traurig, «wenn man ihn in der Absicht leistet, ihn nicht zu halten.»

«Ich werde diesen Eid nicht ablegen», entschied Lorenza. «Ich hätte zu große Angst, meine Seele ins Verderben zu stürzen.»

«Ich wiederhole Ihnen nochmals: Nicht, indem Sie einen Schwur tun, führen Sie Ihre Seele ins Verderben, sondern nur, indem Sie ihn brechen.»

«Ich werde es nicht tun.»

«Dann fassen Sie sich in Geduld, Lorenza», schloß Balsamo ohne Zorn, aber mit einer tiefen Traurigkeit.

Lorenzas Antlitz verdunkelte sich, wie sich eine mit Blumen bedeckte Wiese verdunkelt, wenn zwischen ihr und dem Himmel eine Wolke hinzieht.

«Sie wollen es mir also verwehren?» fragte sie.

«Nein, Lorenza, im Gegenteil, Sie verwehren es sich selber.»

Eine nervöse Bewegung wies darauf hin, welche Ungeduld die junge Frau bei diesen Worten unterdrückte.

«Hören Sie, Lorenza», sprach Balsamo, «hören Sie, was ich für Sie tun kann, und das ist viel, glauben Sie mir.»

«Sagen Sie», erwiderte die junge Frau mit einem bitteren Lächeln. «Lassen Sie hören, wie weit diese Großzügigkeit geht, die Sie so sehr hervorheben.»

«Gott, der Zufall oder das Schicksal, wie auch immer Sie es nennen wollen, Lorenza, hat uns durch untrennbare Bande miteinander verknüpft. Versuchen wir nicht, sie in diesem Leben zu sprengen, da der Tod allein sie brechen kann.»

«Das weiß ich bereits», versetzte Lorenza ungeduldig.

«Nun, innerhalb von acht Tagen, Lorenza, was auch immer es mich kosten mag und was auch immer ich dabei aufs Spiel setze, innerhalb von acht Tagen sollen Sie eine Gesellschafterin bekommen.»

«Wo denn?»

«Hier.»

«Hier!» rief sie aus. «Hinter diesen vergitterten Fenstern, hinter diesen unerbittlichen Türen, hinter diesen ehernen Pforten? Eine Gefängnisgenossin? Oh! Das kann doch wohl nicht Ihr Ernst sein, Monsieur! Das ist es nicht, was ich mir von Ihnen erbeten habe.»

«Lorenza, es ist aber alles, was ich bewilligen kann.»

Die junge Frau machte eine noch deutlichere Gebärde der Ungeduld.

«Meine Freundin! Meine Freundin!» beschwor sie Balsamo voll Sanftmut. «Überlegen Sie es sich gut, zu zweit werden Sie besser die Last dieses notwendigen Unglücks tragen.»

«Sie irren sich, Monsieur, ich habe bis jetzt nur unter meinem eigenen Schmerz, aber nicht unter dem eines anderen gelitten. Diese Prüfung fehlt mir noch, und ich verstehe, daß Sie mich derselben unterziehen wollen. Ja, Sie wollen mir ein anderes Opfer zugesellen, das wie ich selbst abmagern, erbleichen und vor Schmerz dahinsterben wird; das, wie ich es selbst so oft getan habe, gegen diese Wand, gegen diese Tür anrennen wird, gegen diese verhaßte Tür, die ich tausendmal am Tag frage, wie sie sich öffnet, wenn sie Ihnen Durchgang gewährt. Und wenn die mir geopferte Gefährtin dann wie ich ihre Fingernägel an dem Holz und an dem Marmor abgebrochen haben wird, in verzweifelten Versuchen, es einzudrücken oder einen Spalt einzuritzen; wenn ihre Augenlider wie die meinen durch ständiges Weinen gerötet sein werden; wenn sie tot sein wird, wie ich tot bin, und Sie statt eines Leichnams zwei haben, so werden Sie in Ihrer höllischen Güte sagen: ‹Diese beiden Kinder unterhalten sich; sie leisten sich Gesellschaft; sie sind glücklich.› O nein, tausendmal nein!»

Und sie stampfte heftig auf den Boden.

Balsamo versuchte noch, sie zu beruhigen.

«Kommen Sie, Lorenza», beschwichtigte er, «bleiben Sie sanft und ruhig. Ich flehe Sie an, lassen Sie uns vernünftig miteinander reden.»

«Er verlangt von mir, ich solle ruhig sein! Er verlangt, ich solle vernünftig sein! Der Henker verlangt Sanftmut von seinem Opfer, das er peinigt, Ruhe von der Unschuldigen, die er martert!»

«Ja, ich bitte Sie um Ruhe und Sanftmut, denn Ihre Wutausbrüche, Lorenza, ändern nichts an unserem Schicksal. Sie machen es nur noch schmerzlicher. Nehmen Sie an, was ich Ihnen biete, Lorenza. Ich werde Ihnen eine Gefährtin geben, eine Gefährtin, welche die Sklaverei lieben wird, weil sie dieser Sklaverei Ihre Freundschaft zu verdanken haben wird. Sie werden kein trauriges, verweintes Gesicht sehen, wie Sie es befürchten, sondern im Gegenteil ein Lächeln und eine Heiterkeit, die Ihre Stirn glätten werden. Kommen Sie, meine liebe Lorenza, nehmen Sie an, was ich Ihnen biete, denn ich schwöre Ihnen, mehr kann ich Ihnen nicht geben.»

«Das heißt, Sie werden mir eine Lohndienerin zugesellen, der Sie erklären, hier oben befände sich eine Irre, eine arme, kranke, zum Sterben verurteilte Frau. Sie werden irgendeine Krankheit erfinden und der Lohndienerin sagen: ‹Schließen Sie sich zusammen mit dieser Irren ein, pflegen Sie sie mit Hingabe, und ich werde Sie für Ihre Mühen entlohnen, sobald die Wahnsinnige tot ist.›»

«O Lorenza, Lorenza», murmelte Balsamo.

«Nein, so ist es ja gar nicht, ich täusche mich, nicht wahr?» fuhr Lorenza in spöttischem Tone fort. «Was soll's, ich bin eben schlecht im Raten! Ich bin unwissend. Ich kenne die Welt und das Herz der Welt so schlecht. Nein, Sie werden zu dieser Frau sagen: ‹Geben Sie acht, die Irre ist gefährlich! Unterrichten Sie mich von allem, was sie tut, von allem, was sie denkt! Wachen Sie über ihr Leben, und wachen Sie über ihren Schlaf.› Und Sie geben ihr so viel Gold, wie Sie will. Das Gold kostet Sie nichts. Sie stellen es ja selbst her.»

«Lorenza, Sie reden wirres Zeug. Um Himmels Willen, Lorenza, lesen Sie besser in meinem Herzen! Indem ich Ihnen eine Gesellschafterin gebe, meine Freundin, gefährde ich so große Interessen, daß Sie darüber zittern würden, wenn Sie mich nicht so haßten ... Indem ich Ihnen eine Gefährtin gebe, setze ich, wie ich Ihnen schon sagte, meine Sicherheit, meine Freiheit und mein Leben aufs Spiel. Und trotzdem nehme ich all dies in Kauf, um Ihnen Verdruß zu ersparen.»

«Verdruß!» ereiferte sich Lorenza mit jenem wilden, furchtbaren Lachen, das Balsamo erschauern ließ. «Er nennt das Verdruß!»

«Nun gut, Schmerz, ja, Sie haben recht, Lorenza, es ist ein quälender Schmerz. Ja, Lorenza, ich kann es dir nur wiederholen, hab Geduld, und es wird der Tag kommen, da all diese Leiden ein Ende haben, der Tag, da du frei und glücklich sein wirst.»

«Hören Sie», lenkte sie ein, «wollen Sie mir erlauben, mich in ein Kloster zurückzuziehen? Ich werde die Gelübde ablegen.»

«In ein Kloster!»

«Ich werde beten, für Sie zuerst und anschließend für mich. Ich werde dort zwar auch eingesperrt sein, aber immerhin werde ich einen Garten, Luft, Raum und einen Kirchhof haben, auf dem ich zwischen den Gräbern spazierengehen und schon im voraus den Platz für das meinige suchen kann. Ich werde Gefährtinnen haben, die über ihr eigenes Unglück und nicht über das meinige unglücklich sind. Erlauben Sie mir, daß ich mich in ein Kloster zurückziehe, ich bitte Sie darum mit gefalteten Händen!»

«Lorenza, Lorenza, wir können uns nicht trennen. Wir sind verbunden, hören Sie, verbunden in dieser Welt! Verlangen Sie nichts von mir, was die Grenzen dieses Hauses überschreitet.»

Diese Worte sprach Balsamo in einem so klaren und gleichzeitig in seiner Entschlossenheit so zurückhaltenden Ton, daß Lorenza nicht weiter in ihn drang.

«Sie wollen also nicht?» meinte sie niedergeschlagen.

«Ich kann es nicht.»

«Ist das unwiderruflich?»

«Unwiderruflich, Lorenza.»

«Nun, dann hätte ich eine andere Bitte», brachte sie mit einem Lächeln vor.

«O meine liebe Lorenza, lächeln Sie noch einmal, noch einmal so ... mit einem solchen Lächeln können Sie alles bei mir erreichen.»

«Ja, nicht wahr, ich werde alles bei Ihnen erreichen, vorausgesetzt, daß ich alles tue, was Ihnen beliebt? Wohl, lassen wir es dabei bewenden. Ich werde so vernünftig wie möglich sein.»

«Sprich, Lorenza, sprich.»

«Soeben sagten Sie mir: ‹Eines Tages, Lorenza, wirst du nicht mehr leiden. Eines Tages wirst du frei und glücklich sein.›»

«Oh! Das habe ich gesagt, und ich schwöre beim Himmel, daß ich diesen Tag mit derselben Ungeduld erwarte wie du.»

«Nun, dieser Tag kann sogleich kommen, Balsamo», erwiderte die junge Frau mit einem liebevollen Ausdruck, den ihr Mann noch nie, außer während ihres Schlafes, bei ihr gesehen hatte. «Ich bin müde, sehen Sie, oh, sehr müde! Sie werden das verstehen. Noch so jung, habe ich doch schon so viel gelitten! Nun, mein Freund – denn Sie behaupten ja, Sie seien mein Freund –, hören Sie mich also an. Diesen glücklichen Tag, geben Sie ihn mir sogleich.»

«Ich höre», sprach Balsamo mit einer unbeschreiblichen Unruhe.

«Ich beende meine Rede mit der Bitte, die ich Ihnen schon am Anfang hätte vortragen sollen, Acharat.» Die junge Frau schauderte.

«Sprechen Sie, meine Freundin.»

«Oft habe ich bemerkt, wenn Sie Versuche an unglücklichen Tieren machten und mir sagten, diese Versuche seien notwendig für die Menschheit, daß Sie das Geheimnis des Todes besitzen. Sie führten ihn zuweilen durch einen Tropfen Gift, zuweilen durch eine geöffnete Ader herbei. Doch stets war dieser Tod ein sanfter und blitzschneller Tod, der die unglücklichen, unschuldigen, wie ich zur Gefangenschaft verurteilten Geschöpfe im Nu erlöste und ihnen damit die erste Wohltat angedeihen ließ, die sie seit ihrer Geburt erhalten hatten. Nun ...»

«Nun, Lorenza?» wiederholte Balsamo.

«Nun, das, was Sie zuweilen im Interesse der Wissenschaft mit unglücklichen Tieren tun, bitte ich Sie nun, mit mir zu tun, um den Gesetzen der Menschlichkeit zu gehorchen. Tun Sie es für eine Freundin, die Sie mit ihrer ganzen Seele segnen wird, für eine Freundin, die Ihnen in unendlicher Dankbarkeit die Hände küssen wird, wenn Sie ihr gewähren, was sie von Ihnen erbittet. Tun Sie es, Balsamo, für mich, die ich vor Ihnen auf den Knien liege, für mich, die ich Ihnen bei meinem letzten Seufzer mehr Liebe und Freude verspreche, als Sie während meines ganzen Lebens in mir erblühen ließen; für mich, die ich Ihnen ein offenes, strahlendes Lächeln für jenen Augenblick zusage, da ich die Erde verlassen werde. Balsamo, bei der Seele Ihrer Mutter, beim Blut unseres Heilands, bei allem, was es an Süßem, Feierlichem und Heiligem in der Welt der Lebenden wie in der Welt der Toten gibt, beschwöre ich Sie, töten Sie mich, töten Sie mich!»

«Lorenza!» schrie Balsamo und schloß die junge Frau, die bei diesen Worten aufgestanden war, in die Arme. «Lorenza, du bist im Fieberwahn! Ich dich töten? Dich, meine Liebe, dich, mein Leben!»

Lorenza befreite sich mit einer gewaltigen Anstrengung aus Balsamos Armen und fiel auf die Knie nieder.

«Ich werde nicht eher aufstehen», drohte sie, «als bis du mir meine Bitte erfüllst. Töte mich ohne Erschütterung, ohne Schmerz und ohne Todeskampf. Wenn du mich wirklich liebst, wie du sagst, so gewähre mir die Gnade, mich einzuschläfern, wie du es so oft schon getan hast. Nur erspare mir diesmal das Erwachen, denn das bedeutet für mich Verzweiflung.»

«Lorenza, meine Freundin», beschwor sie Balsamo, «mein Gott! Sehen Sie denn nicht, daß Sie mir das Herz brechen? Was? Sind Sie denn wirklich so unglücklich? Kopf hoch, Lorenza, erholen Sie sich, geben Sie sich nicht der Hoffnungslosigkeit anheim. Ach! Hassen Sie mich denn so sehr?»

«Ich hasse die Sklaverei, die Enge und die Einsamkeit. Und da Sie nun einmal derjenige sind, welcher mich zur unglücklichen und einsamen Sklavin gemacht hat, so hasse ich auch Sie.»

«Aber ich liebe Sie zu sehr, als daß ich Sie sterben sehen könnte, Lorenza. Sie werden also nicht sterben, und ich werde die schwierigste von allen Kuren durchführen, die ich je gemacht habe, meine Lorenza. Ich werde Ihnen die Freude am Leben zurückgeben.»

«Nein, nein, unmöglich. Sie haben gemacht, daß ich den Tod herbeisehne.»

«Lorenza, um Gottes willen, ich bitte dich, Lorenza, ich verspreche dir, daß du in Kürze ...»

«Tod oder Leben!» rief die junge Frau, die sich nach und nach immer mehr in ihren Zorn hineinsteigerte. «Heute ist der letzte Tag. Wollen Sie mir den Tod, das heißt die Ruhe geben?»

«Das Leben, meine Lorenza, das Leben.»

«Dann also die Freiheit.»

Balsamo hüllte sich in Schweigen.

«So ist es denn der Tod, der sanfte Tod durch einen Liebestrank, durch einen Nadelstich, der Tod während des Schlafes: die Ruhe! Die Ruhe! Endlich Ruhe!»

«Das Leben und die Geduld, Lorenza.»

Lorenza brach in ein schreckliches Gelächter aus, machte einen Satz rückwärts und zog aus ihrer Brust ein Messer mit scharfer, spitzer Klinge, das wie ein Blitz in ihrer Hand funkelte.

Balsamo stieß einen Schrei aus, aber es war zu spät. Als er herbeieilte und ihre Hand erreichte, hatte die Waffe bereits zugestochen und war in Lorenzas Brust eingedrungen. Balsamo war von dem Blitz geblendet worden. Der Anblick des Blutes aber machte ihn für einen Augenblick völlig blind.

Er stieß ebenfalls einen fürchterlichen Schrei aus, packte Lorenza um den Leib, hielt die Waffe, welche zum zweitenmal geschwungen wurde, auf und versuchte, sie mit voller Hand zu fassen.

Lorenza zog das Messer mit einer heftigen Anstrengung zurück, und die schneidende Klinge glitt zwischen Balsamos Fingern hindurch.

Das Blut spritzte aus seiner verletzten Hand.

Statt den Kampf fortzusetzen, streckte Balsamo nun seine blutüberströmte Hand über der jungen Frau aus und sprach mit einer unwiderstehlichen Stimme:

«Schlafen Sie, Lorenza, schlafen Sie. Ich will es!»

Doch diesmal war die Erregung so groß, daß der Gehorsam minder schnell erfolgte als gewöhnlich.

«Nein, nein», murmelte Lorenza schwankend, während sie versuchte, sich abermals das Messer in die Brust zu stoßen, «nein, ich werde nicht schlafen!»

«Schlafen Sie, sage ich Ihnen!» rief Balsamo ein zweites Mal und machte einen Schritt auf sie zu. «Schlafen Sie, ich befehle es Ihnen.»

Diesmal war Balsamos Willenskraft so gewaltig, daß jede Gegenwehr besiegt wurde. Lorenza stieß einen Seufzer aus, ließ das Messer fallen, schwankte und sank auf die Kissen nieder.

Allein ihre Augen blieben offen, doch das düstere Feuer dieser Augen verblaßte allmählich, und schließlich fielen sie zu. Der verkrampfte Hals entspannte sich, der Kopf neigte sich auf die Schulter wie der Kopf eines verwundeten Vogels, und ein Nervenschauer durchfuhr ihren ganzen Körper. Lorenza war eingeschlafen.

Jetzt erst konnte Balsamo Lorenzas Kleider abstreifen und ihre Wunde untersuchen, die ihm leicht vorkam. Indessen strömte reichlich Blut daraus hervor.

Balsamo drückte auf das Auge des Löwen, die Feder schnellte zurück, und die Platte öffnete sich. Sodann löste er das Gegengewicht, durch welches der Aufzug zu Althotas' Zimmer betätigt wurde, stellte sich auf die Plattform und ließ sich in das Laboratorium des Greises hinaufbefördern.

«Ach, du bist es, Acharat?» begrüßte ihn dieser, der wie immer in seinem Lehnstuhl saß. «Du weißt, daß ich in acht Tagen hundert Jahre alt bin. Du weißt, daß ich bis dahin das Blut eines Kindes oder einer Jungfrau brauche?»

Althotas saß wie immer in seinem Lehnstuhl.

Doch Balsamo hörte ihm nicht zu. Er eilte zum Schrank, in dem sich die magischen Balsame befanden, und griff eine der Phiolen, deren Wirksamkeit er so oft erprobt hatte. Dann stellte er sich wieder auf die Plattform, stieß mit dem Fuß darauf und sank hinab.

Althotas rollte in seinem Lehnstuhl bis zur Öffnung der Falltür, in der Absicht, Balsamo an den Kleidern zurückzuhalten.

«Hörst du, Unglücklicher!» rief er ihm nach. «Hörst du, wenn ich in acht Tagen nicht ein Kind oder eine Jungfrau habe, um mein Elixir zu vollenden, bin ich tot!»

Balsamo drehte sich um. Die Augen des Greises schienen inmitten seines Gesichtes mit den unbeweglichen Muskeln Flammen zu werfen. Man hätte glauben können, daß allein seine Augen lebten.

«Ja, ja», erwiderte Balsamo, «ja, sei unbesorgt, man wird dir geben, wonach du verlangst.»

Dann ließ er die Feder los, worauf die Falltür wieder zuschnappte und sich wie eine Verzierung in die Zimmerdecke einfügte.

Sobald dies geschehen war, eilte er in Lorenzas Zimmer, das er kaum betreten hatte, als das Glöckchen wieder erklang.

«Monsieur de Richelieu», murmelte Balsamo. «Oh, meiner Treu, auch wenn er Herzog und Pair ist, so muß er doch warten.»

## CXVIII. KAPITEL

### *Die zwei Tropfen Monsieur de Richelieus*

Um halb fünf verließ der Herzog von Richelieu das Haus in der Rue Saint-Claude.

Monsieur de Taverney hatte bei seiner Tochter zu Mittag gespeist. Die Dauphine hatte ihr einen ganzen Tag Urlaub gegeben, damit sie ihren Vater gebührend bei sich empfangen konnte.

Man saß gerade beim Nachtisch, als Monsieur de Richelieu eintrat. Als ständiger Überbringer guter Nachrichten teilte er seinem Freund nun mit, der König habe am Morgen erklärt, daß er Philippe nicht nur eine Kompagnie, sondern ein ganzes Regiment zu schenken gedenke.

Taverney brachte seine Freude lautstark zum Ausdruck, während Andrée dem Marschall aufs herzlichste dankte.

Das Gespräch war ganz, wie es nach dem, was vorgefallen war, sein mußte. Richelieu sprach die ganze Zeit vom König, Andrée beständig von ihrem Bruder und Taverney ununterbrochen von Andrée.

Taverney bemerkte während der Unterhaltung, daß Andrée ganz vom Dienst bei der Dauphine befreit sei, daß Ihre Königliche Hoheit zwei deutsche Fürsten aus ihrer Familie empfange und daß Marie-Antoinette, um einige zwanglose Stunden zu verbringen, die sie an den Hof von Wien erinnern sollten, keinen Dienst um sich haben wolle, nicht einmal den ihrer Ehrendame, was bei Madame de Noailles einen solchen Schauder hervorgerufen, daß sie sich dem König zu Füßen geworfen habe.

Taverney war, wie er beteuerte, entzückt über diese Freiheit Andrées, die eine Gelegenheit böte, mit ihr über so viele ihr Glück und ihren Ruf betreffende Dinge zu plaudern. Auf diese Bemerkung hin bot Richelieu an, sich zurückzuziehen, um Vater und Tochter eine innigere Vertrautheit zu gestatten. Mademoiselle de Taverney aber wollte nicht annehmen. Richelieu blieb also.

Richelieu war gerade in seiner moralischen Phase. Er schilderte äußerst beredt das Unglück, in welches der französische Adel dadurch gesunken sei, daß er sich unter das schändliche Joch der Zufallsfavoritinnen, dieser erschlichenen Königinnen, habe beugen müssen, statt den Herzensdamen von früher huldigen zu dürfen, die fast genauso edel waren wie ihre erhabenen Liebhaber und den Fürsten durch ihre Schönheit und ihre Liebe, die Untertanen durch ihre Geburt, ihren Geist und ihre reine und aufrichtige Vaterlandsliebe beherrschten.

Andrée war überrascht, so viel Ähnlichkeit zwischen den Worten Richelieus und denen festzustellen, welche der Baron von Taverney ihr seit einigen Tagen beständig wiederholte.

Anschließend stellte Richelieu eine Theorie der Tugend auf, eine so geistreiche, heidnische und französische Theorie, daß Mademoiselle de Taverney gestehen mußte, daß sie nach Monsieur de Richelieus Theorien nicht im mindesten tugendhaft sei und daß die wahre Tugend, wie der Marschall sie verstehe, die von Madame de Châteauroux, von Mademoiselle de la Vallière und von Mademoiselle de Fosseuse sei.

Von Folgerung zu Folgerung, von Beweis zu Beweis wurde Richelieu schließlich so deutlich, daß Andrée gar nichts mehr verstand.

Um sieben Uhr erhob sich der Marschall. Er war, wie er sagte, verpflichtet, dem König in Versailles seine Aufwartung zu machen.

Als er durch das Zimmer ging, um seinen Hut zu holen, traf er Nicole, die immer gerade dort etwas zu tun zu haben schien, wo sich Monsieur de Richelieu aufhielt.

«Kleine», sagte er zu ihr und tippte ihr auf die Schulter, «du wirst mich zurückbegleiten. Du sollst mir einen Strauß tragen, den Madame de Noailles in ihren Blumenbeeten hat pflücken lassen und den sie an die Gräfin von Egmont schickt.»

Nicole machte einen Knicks wie die Bauernmädchen in den komischen Opern von Monsieur Rousseau.

Daraufhin verabschiedete sich der Marschall von Vater und Tochter, wechselte mit Taverney einen bedeutungsvollen Blick, verneigte sich vor Andrée wie ein Jüngling und entfernte sich.

Wenn der Leser gestattet, wollen wir den Baron und Andrée nun über die Philippe gewährte neue Gunst plaudern lassen und dem Marschall folgen. Auf diese Weise werden wir erfahren, was er in der Rue Saint-Claude gemacht hatte, wo er, wie man sich erinnert, in einem so furchtbaren Augenblick eingetroffen war.

Gestützt auf Nicoles Schulter, stieg Richelieu die Treppe hinab, doch sobald er mit ihr bei dem Blumenbeet war, blieb er stehen, schaute sie eindringlich an und meinte:

«Na so was, meine Kleine, haben wir etwa einen Geliebten?»

«Ich, Herr Marschall?» rief Nicole, wobei sie übers ganze Gesicht errötete und einen Schritt zurückwich.

«Wie?» erwiderte dieser. «Bist du vielleicht nicht zufällig Nicole Legay?»

«Doch, Herr Marschall.»

«Nun, Nicole Legay hat einen Liebhaber.»

«Oh! Das ist ja allerhand!»

«Ja, meiner Treu, einen gewissen, ziemlich gut gebauten Burschen, den sie schon in der Rue Coq-Héron empfing und der ihr in die Umgebung von Versailles gefolgt ist.»

«Herr Herzog, ich schwöre Ihnen ...»

«Ein gewisser Gefreiter, dessen Name ... Willst du, daß ich dir sage, wie Mademoiselle Nicole Legays Liebhaber heißt, Kleine?»

Nicoles letzte Hoffnung bestand darin, daß der Marschall den Namen des glücklichen Sterblichen nicht kannte.

«Bei Gott, sagen Sie nur, Herr Marschall, da Sie schon einmal dabei sind», forderte sie ihn auf.

«Er heißt Monsieur de Beausire und straft seinen Namen nicht allzusehr Lügen», sprach der Marschall.

Nicole faltete die Hände mit einer geheuchelten Zimperlichkeit, welche nicht den geringsten Eindruck auf den alten Marschall machte.

«Wie es scheint, treffen wir uns in Trianon mit ihm», fuhr er fort. «Teufel! In einem königlichen Schloß, das ist schwerwiegend! Für solche Eskapaden wird man weggejagt, mein schönes Kind, und Monsieur de Sartines schickt alle aus den königlichen Schlössern gejagten Mädchen ins Frauengefängnis der Salpêtrière.»

Nicole begann, unruhig zu werden.

«Monseigneur», entgegnete sie, «ich schwöre Ihnen, wenn Monsieur de Beausire sich rühmt, mein Liebhaber zu sein, so ist er ein erbärmlicher Geck, denn ich bin wahrlich unschuldig.»

«Das bestreite ich nicht», gab Richelieu zurück, «doch sprich, hast du dich mit ihm zum Stelldichein getroffen, ja oder nein?»

«Herr Herzog, ein Stelldichein ist noch kein Beweis.»

«Antworte auf meine Frage, hast du dir ein Stelldichein mit ihm gegeben, ja oder nein?»

«Monseigneur ...»

«Du hast also, das ist sehr gut. Ich tadle dich nicht, mein liebes Kind.

Nur möchte ich dich als dein Freund und Beschützer wohlmeinend warnen.»

«Aber hat man mich denn gesehen?» fragte Nicole.

«Offensichtlich, da ich es weiß.»

«Monseigneur», versetzte Nicole mit Bestimmtheit, «man hat mich nicht gesehen. Das ist ganz unmöglich.»

«Das vermag ich nicht zu sagen, aber das Gerücht ist im Umlauf, und es könnte deine Herrin in einem ziemlich ungünstigen Licht erscheinen lassen. Da ich noch mehr der Freund der Familie Taverney als der der Familie Legay bin, wirst du begreifen, daß es meine Pflicht ist, dem Baron ein paar Worte von dem Vorfall zu berichten.»

«Ah! Monseigneur», rief Nicole, erschrocken über die Wendung, die das Gespräch nahm, «Sie stürzen mich ins Verderben! Auch wenn ich unschuldig bin, wird man mich auf den bloßen Verdacht hin davonjagen.»

«Tja, mein armes Kind, dann wirst du wohl weggejagt werden, denn irgendein böser Geist, der etwas gegen diese doch so unschuldigen Treffen einzuwenden fand, hat zu dieser Stunde schon Madame de Noailles davon in Kenntnis gesetzt.»

«Madame de Noailles! Großer Gott!»

«Ja, du siehst, daß die Sache brenzlig wird.»

Nicole schlug verzweifelt die Hände über dem Kopf zusammen.

«Das ist ein Unglück, ich weiß es wohl», meinte Richelieu, «aber was, zum Teufel, willst du machen?»

«Und Sie, der Sie sich soeben als mein Beschützer bezeichneten, Sie, der Sie mir auch schon bewiesen haben, daß Sie es wirklich sind, können Sie mich jetzt nicht mehr beschützen?» fragte Nicole mit der einschmeichelnden List, die eine Frau von dreißig Jahren angewandt hätte.

«O doch, bei Gott! Das kann ich wohl.»

«Nun, Monseigneur? ...»

«Ja, aber ich will es nicht.»

«O Herr Herzog!»

«Ja, du bist nett, das weiß ich, und deine schönen Augen sagen mir alle möglichen Dinge. Aber ich werde allmählich ein wenig blind, meine arme Nicole, und ich verstehe die Sprache der schönen Augen nicht mehr. Vorzeiten hätte ich dir eine Zufluchtstätte im Pavillon de Hanovre vorgeschlagen, doch wozu soll das heute noch gut sein? Die Leute würden sich darüber nicht einmal mehr das Maul zerreißen.»

«Sie haben mich aber doch schon in den Pavillon de Hanovre mitgenommen», widersprach Nicole ärgerlich.

«Ah! Wie undankbar du bist, Nicole, mir vorzuwerfen, daß ich dich in mein Haus mitgenommen habe, wo dies doch nur geschah, um dir einen

Dienst zu erweisen. Denn schließlich mußt du selbst zugeben, daß du ohne das Wasser von Monsieur Rafté, der eine reizende Brünette aus dir gemacht hat, nicht nach Trianon hineingekommen wärst. Vielleicht wäre dies besser gewesen, als hinausgejagt zu werden. Aber warum hast du dich auch zu diesen Stelldicheins mit Monsieur de Beausire überreden lassen, und noch dazu am Gitter der Stallungen!»

«Sie wissen also auch das noch!» seufzte Nicole, die wohl sah, daß sie ihre Taktik ändern und sich dem Marschall auf Gedeih und Verderb ausliefern mußte.

«Bei Gott! Du siehst wohl, daß ich es weiß, und Madame de Noailles weiß es ebenfalls. Schau, sogar für heute abend hattest du dich verabredet ...»

«Das ist wahr, Herr Herzog, aber so wahr ich Nicole heiße, ich gehe nicht hin.»

«Ohne Zweifel, schließlich bist du ja gewarnt. Aber Monsieur de Beausire wird sich am verabredeten Ort einfinden, da er nicht gewarnt ist, und man wird ihn greifen. Da er nun verständlicherweise nicht als Dieb, den man henkt, oder als Spion, den man prügelt, gelten will, so wird er, um so mehr als einem solchen Geständnis nichts Unangenehmes anhaftet, lieber sagen: ‹Laßt mich, ich bin der Liebhaber der kleinen Nicole.›»

«Herr Herzog, ich werde ihn benachrichtigen lassen.»

«Unmöglich, armes Kind, und durch wen, wenn ich fragen darf? Vielleicht durch denjenigen, der dich verraten hat?»

«Ach! Es ist wahr», jammerte Nicole, die nun die Verzweifelte spielte.

«Wie schön ist doch die Reue!» rief Richelieu aus.

Nicole verbarg ihr Gesicht in beiden Händen, war aber wohl darauf bedacht, zwischen ihren Fingern genug Raum zu lassen, so daß ihr keine Gebärde, kein Blick Richelieus entging.

«Du bist wahrlich ganz entzückend», sprach der Herzog, dem keine dieser kleinen weiblichen Listen neu war. «Zu schade, daß ich nicht fünfzig Jahre jünger bin! Aber gleichviel, zum Donnerwetter! Nicole, ich will dir aus der Klemme helfen.»

«Oh! Herr Herzog, wenn Sie das tun, so wird mein Dank ...»

«Ich will keinen Dank, Nicole. Ich leiste dir einen Dienst, ohne an meinen eigenen Vorteil zu denken, ganz im Gegenteil!»

«Ah! Das ist wirklich sehr schön von Ihnen, Monseigneur, und ich danke Ihnen von ganzem Herzen.»

«Danke mir noch nicht. Du weißt noch nichts. Zum Teufel! Warte erst, bis du es weißt.»

«Oh! Mir ist alles recht, Herr Herzog, wenn Mademoiselle Andrée mich nur nicht fortjagt.»

«Ah! Dir ist also viel daran gelegen, in Trianon bleiben zu dürfen?»

«Mehr als an allem anderen, Herr Herzog.»

«Tja, Nicole, mein hübsches Mädchen, diesen ersten Punkt wirst du dir aus dem Kopf schlagen müssen.»

«Aber wenn ich doch nicht entdeckt werde, Herr Herzog?»

«Entdeckt oder nicht entdeckt, du wirst nichtsdestoweniger gehen müssen.»

«Oh! Warum dies?»

«Das kann ich dir sagen: Weil es, wenn du von Madame de Noailles entdeckt worden bist, keine Autorität mehr gibt, die dich retten kann, nicht einmal die des Königs.»

«Ah! Wenn ich nur den König sehen könnte!»

«Also wirklich, Kleine, das würde wahrhaftig noch fehlen! Sodann, weil ich, falls du nicht entdeckt wirst, dafür sorgen werde, daß man dich wegschickt.»

«Sie?»

«Auf der Stelle.»

«Wahrlich, Herr Marschall, nun begreife ich überhaupt nichts mehr.»

«Es ist, wie ich es dir zu sagen das Vergnügen habe.»

«Und darin besteht nun Ihr Schutz?»

«Wenn du ihn nicht haben willst, so ist immer noch Zeit genug, es mir mitzuteilen, Nicole.»

«Oh! Doch, Herr Herzog, im Gegenteil, ich will ihn haben!»

«Ich gewähre ihn dir.»

«Und wie soll es weitergehen?»

«Nun, ich werde also folgendes tun, hör mich an.»

«Sprechen Sie, Monseigneur.»

«Statt dich fortjagen und einsperren zu lassen, mache ich dich frei und reich.»

«Frei und reich?»

«Ja.»

«Und was muß ich tun, um frei und reich zu werden? Sprechen Sie geschwind, Herr Marschall.»

«Beinahe nichts.»

«Aber was genau? ...»

«Das, was ich dir vorschreiben werde.»

«Ist das sehr schwierig?»

«Ein Kinderspiel.»

«Es ist also etwas zu tun?» folgerte Nicole.

«Ah! Bei Gott ... du kennst doch den Wahlspruch dieser Welt, Nicole: nichts umsonst.»

«Und das, was zu tun ist, ist das für mich oder für Sie?»

Der Herzog schaute Nicole an.

«Alle Achtung!» murmelte er. «Das Lärvchen ist ganz schön gerissen!»

«Also, vollenden Sie, Herr Herzog.»

«Wohl, es ist für dich», antwortete er mutig.

«Aha!» machte Nicole, die, da sie bereits verstanden hatte, daß der Marschall ihrer bedurfte, ihn nicht mehr fürchtete und deren findiger Geist tätig arbeitete, um die Wahrheit in all den Umschweifen des Herzogs zu entdecken. «Was werde ich also für mich tun, Herr Herzog?»

«Höre, Monsieur de Beausire kommt um halb acht?»

«Ja, Monsieur, das ist seine Zeit.»

«Es ist jetzt zehn nach sieben.»

«Auch das ist richtig.»

«Wenn ich will, so wird er gefaßt.»

«Ja, aber Sie wollen nicht.»

«Nein, du suchst ihn auf und sagst ihm ...»

«Was soll ich ihm sagen? ...»

«Warte, sage mir zuerst eines: Liebst du diesen Jungen, Nicole?»

«Natürlich, ich treffe mich doch mit ihm ...»

«Das ist kein Grund. Vielleicht willst du ihn heiraten. Ihr Frauen habt ja zuweilen so seltsame Launen!»

Nicole lachte laut auf.

«Ich, ihn heiraten?» rief sie. «Ha! Ha! Ha!»

Richelieu war verblüfft. Er hatte selbst bei Hofe nicht viele Frauen von solcher Stärke gefunden.

«Nun gut, du willst ihn also nicht heiraten, aber immerhin liebst du ihn. Desto besser.»

«Mag sein, Monsieur, nehmen wir also an, ich liebe Monsieur de Beausire, und gehen wir weiter.»

«Teufel! Du legst aber ein Tempo vor!»

«Gewiß, Sie wissen doch, was mich interessiert ...»

«Das wäre?»

«Zu erfahren, was ich noch zu tun habe.»

«Da du ihn liebst, wirst du zuerst mit ihm fliehen.»

«Verdammt! Aber wenn Sie durchaus wollen, wird es wohl sein müssen.»

«Oh! Oh! Einen Augenblick, Kleine, ich persönlich will überhaupt nichts!»

Nicole sah ein, daß sie zu schnell zu Werke ging und daß sie bis jetzt weder das Geheimnis noch das Geld ihres gefährlichen Gegners in Händen hielt.

Sie beugte sich also, entschlossen, sich später wieder zu erheben.

«Monseigneur», sprach sie, «ich warte auf Ihre Befehle.»

«Nun, du wirst Monsieur de Beausire aufsuchen und ihm sagen: ‹Wir sind entdeckt, aber ich habe einen Beschützer, der uns rettet, Sie vor dem Gefängnis Saint-Lazare und mich vor der Salpêtrière. Laß uns gehen.›»

Nicole schaute Richelieu an.

«Laß uns gehen», wiederholte sie.

Richelieu verstand diesen so feinen und ausdrucksvollen Blick.

«Bei Gott! Selbstverständlich werde ich für die Reisekosten aufkommen», versicherte er.

Nicole verlangte keine weiteren Erklärungen. Sie mußte wohl alles erfahren, da man sie bezahlte.

Der Marschall fühlte den Schritt, den Nicole vorwärts getan hatte. Er beeilte sich daher seinerseits, alles, was er zu sagen hatte, vorzubringen, wie man sich beeilt, zu bezahlen, wenn man im Spiel verloren hat, um sich der Unannehmlichkeit des Bezahlens zu entledigen.

«Weißt du, an was du denkst, Nicole?» fragte er.

«Meiner Treu, nein», erwiderte das Mädchen, «aber Sie, der Sie so viele Dinge wissen, Herr Marschall, ich wette, daß Sie es erraten haben.»

«Nicole», antwortete er, «du denkst, wenn du fliehst, könnte deine Gebieterin, sollte sie deiner zufällig bedürfen, in der Nacht rufen, und wenn sie dich nicht findet, könnte sie Alarm schlagen, was dich der Gefahr aussetzen würde, bei der Flucht ertappt zu werden.»

«Nein», entgegnete Nicole, «daran habe ich überhaupt nicht gedacht. Denn wenn ich es mir so recht überlege, Herr Marschall, so komme ich zu dem Schluß, daß ich lieber hierbleibe.»

«Aber wenn man Monsieur de Beausire faßt?»

«Nun, dann faßt man ihn eben.»

«Aber wenn er gesteht?»

«Dann soll er halt gestehen.»

«Ah!» machte Richelieu, der unruhig zu werden begann. «Dann bist du verloren.»

«Keineswegs, denn Mademoiselle Andrée ist gütig, und da sie mich im Grunde liebt, wird sie mit dem König über mich reden. Und wenn man auch Monsieur de Beausire etwas tut, so wird man doch mir nichts anhaben.»

Der Marschall biß sich auf die Lippen.

«Und ich, Nicole», entgegnete er, «ich sage dir, daß du einfältig bist. Mademoiselle Andrée steht nämlich gar nicht gut mit dem König, und wenn du jetzt nicht tust, was ich dir sage, werde ich dich nachher wegbringen lassen, verstehst du, du kleine Schlange?»

«Ho! Ho! Monseigneur, ich bin ja auch nicht auf den Kopf gefallen. Ich höre, aber ich habe meine Vorbehalte.»

«Gut. Du gehst also auf der Stelle und denkst dir gemeinsam mit Monsieur de Beausire einen Fluchtplan aus.»

«Aber wie kann ich es wagen zu fliehen, Herr Marschall, wo Sie mir doch selber sagen, Mademoiselle könne aufwachen, nach mir verlangen, mich rufen und was weiß ich noch alles ... Lauter Dinge, an die ich anfangs nicht dachte, die aber Sie, Monseigneur, als ein Mann von Erfahrung vorhergesehen haben.»

Richelieu biß sich abermals auf die Lippen.

«Nun, wenn ich daran gedacht habe, du Närrin, so habe ich auch daran gedacht, wie man diesem Ereignis vorbeugen kann.»

«Und wie gedenken Sie der Möglichkeit vorzubeugen, daß Mademoiselle mich ruft?»

«Indem ich sie daran hindere, aufzuwachen.»

«Pah! Sie wacht jede Nacht zehnmal auf. Unmöglich!»

«Sie leidet also unter derselben Krankheit wie ich?» stellte Richelieu gelassen fest.

«Wie Sie?» wiederholte Nicole lachend.

«Ohne Zweifel, denn auch ich wache jede Nacht zehnmal auf. Mit dem einzigen Unterschied, daß ich dieser Schlaflosigkeit abhelfe. Sie wird es machen wie ich, und wenn sie es nicht macht, wirst du es für sie tun.»

«Wie dies? Ich bitte, lassen Sie hören, Monseigneur!»

«Was nimmt deine Gebieterin abends, bevor sie zu Bett geht, zu sich?»

«Was sie zu sich nimmt?»

«Ja, es ist heutzutage Mode, dem nächtlichen Durst rechtzeitig vorzubeugen, indem man vor dem Zubettgehen ein Getränk zu sich nimmt. Die einen trinken Orangenlimonade oder Brause, die anderen Melissenwasser, wieder andere ...»

«Mademoiselle trinkt abends vor dem Schlafengehen nur ein Glas reines Wasser, zuweilen wohl auch Zuckerwasser mit Orangenblütengeschmack, wenn sie sich schwach fühlt.»

«Oh! Wunderbar», rief Richelieu, «da verhält es sich wie bei mir, und mein Mittel wird ihr vollkommen zusagen.»

«Wie soll ich das verstehen?»

«Gewiß, ich gieße einen Tropfen von einem gewissen Saft in mein Getränk und schlafe die ganze Nacht durch.»

Nicole suchte und überlegte, worauf diese Diplomatie des Marschalls wohl hinauslaufen würde.

«Du antwortest nicht?» fragte er.

«Ich denke, daß Mademoiselle nicht über Ihren Saft verfügt.»

«Ich werde dir etwas davon geben.»

«Aha!» dachte Nicole, die endlich ein Licht in diesem Dunkel erblickte.

«Du gießt davon zwei Tropfen in das Glas deiner Herrin, zwei Tropfen, hörst du? Nicht mehr und nicht weniger, und sie wird schlafen, so daß sie dich nicht rufen wird und dir folglich genügend Zeit zum Fliehen bleibt.»

«Oh! Wenn es nur das zu tun gibt, das ist nicht schwierig!»

«Du wirst ihr also diese zwei Tropfen ins Glas gießen?»

«Gewiß.»

«Versprichst du es mir?»

«Aber», meinte Nicole, «mir scheint, es liegt in meinem Interesse, dies zu tun. Und außerdem werde ich Mademoiselle so gut einschließen ...»

«Ja nicht!» wehrte Richelieu rasch ab. «Genau dies sollst du nicht tun. Du wirst ihre Zimmertür im Gegenteil weit offenlassen.»

«Ah!» machte Nicole.

Sie hatte genau verstanden. Richelieu fühlte es wohl.

«Ist das alles?» fragte sie.

«Absolut alles. Jetzt kannst du gehen und deinem Gefreiten ausrichten, daß er die Koffer packen soll.»

«Leider, Monseigneur, werde ich nicht nötig haben, ihm zu sagen, er solle seine Börse mitnehmen.»

«Du weißt wohl, daß dies meine Sache ist.»

«Ja, ich erinnere mich, daß Monseigneur die Güte hatte ...»

«Sprich, wieviel brauchst du, Nicole?»

«Wozu?»

«Um diese zwei Tropfen Wasser einzugießen.»

«Um diese zwei Tropfen Wasser einzugießen, nichts, Monseigneur, da Sie mir versichern, es geschehe in meinem Interesse. Es wäre nicht billig, wenn Sie mir mein Interesse bezahlen würden. Doch um die Türe von Mademoiselle offenzulassen, Monseigneur ... Oh! Ich sage es Ihnen gleich, dazu brauche ich eine runde Summe.»

«Sprich zu Ende, nenne deine Zahl.»

«Ich brauche zwanzigtausend Francs, Monseigneur.»

Richelieu zuckte zusammen.

«Nicole, du wirst weit kommen», seufzte er.

«Das muß ich wohl, Monseigneur, denn ich fange an, wie Sie zu glauben, daß man mir nachsetzen wird. Doch mit Ihren zwanzigtausend Francs werde ich tüchtig vorankommen.»

«Geh und benachrichtige Monsieur de Beausire, Nicole. Anschließend werde ich dir dein Geld auszahlen.»

«Monseigneur, Monsieur de Beausire ist sehr ungläubig, und er wird mir nicht glauben, wenn ich ihm keine Beweise liefere.»

«In dieser Börse befinden sich hundert Doppellouisdor.»

Richelieu zog aus seiner Tasche eine Handvoll Geldscheine.

«Hier ist eine Anzahlung», meinte er, «und in dieser Börse befinden sich hundert Doppellouisdor.»

«Der gnädige Herr wird also seine Rechnung machen und mir das, was er mir noch schuldet, übergeben, wenn ich mit Monsieur de Beausire gesprochen habe?»

«Nein, bei Gott! Ich will es sogleich abmachen. Du bist ein sparsames Mädchen, Nicole, und das wird dir Glück bringen.»

Und Richelieu zählte ihr das zu der versprochenen Summe noch fehlende Geld sowohl in Scheinen als auch in ganzen und in halben Louisdor vor.

«So», sagte er, «stimmt es jetzt?»

«Ich glaube schon», antwortete Nicole. «Nun, Monseigneur, fehlt mir nur noch die Hauptsache.»

«Der Saft?»

«Ja, Monseigneur hat zweifellos ein Fläschchen bei sich?»

«Ich habe das meinige, das ich stets bei mir trage.»

Nicole lächelte.

«Und überdies», fügte sie hinzu, «überdies schließt man Trianon jeden Abend zu, und ich habe keinen Schlüssel.»

«Doch ich in meiner Eigenschaft als erster Kavalier habe einen.»

«Ah! Wirklich?»

«Hier ist er.»

«Wie glücklich sich das alles trifft!» staunte Nicole. «Man könnte meinen, es sei eine Reihenfolge von Wundern. Nun, dann Gott befohlen, Herr Herzog!»

«Wie, Gott befohlen?»

«Gewiß, ich werde den gnädigen Herrn ja nicht mehr sehen, da ich während des ersten Schlafes von Mademoiselle Andrée aufbreche.»

«Das ist richtig. Gott befohlen, Nicole.»

Sich ins Fäustchen lachend, verschwand Nicole in der Dunkelheit, die langsam immer dichter wurde.

«Es gelingt mir abermals», dachte Richelieu, «aber in der Tat, es ist, als fände mich das Glück allmählich zu alt und als diene es mir nur widerwillig. Ich bin von dieser Kleinen geschlagen worden. Aber gleichviel, wenn ich nur die Schläge zurückgebe!»

## CXIX. KAPITEL

### *Die Flucht*

Nicole war ein gewissenhaftes Mädchen. Sie hatte das Geld von Monsieur de Richelieu erhalten, und sie hatte es im voraus erhalten. Nun galt es, dieses Vertrauen dadurch zu vergelten, daß man es verdiente.

Sie war daher geradewegs zu dem Gitter gelaufen, wo sie statt um halb acht erst zwanzig vor acht ankam.

Monsieur de Beausire, dem die militärische Disziplin in Fleisch und Blut übergegangen war, war indes ein pünktlicher Mann. Er wartete schon seit zehn Minuten.

Ungefähr zehn Minuten war es auch her, daß Monsieur de Taverney seine Tochter verlassen hatte. Andrée war alleine zurückgeblieben, und als sie erst einmal alleine war, hatte sie als erstes die Vorhänge zugezogen.

Von seiner Mansarde aus beobachtete Gilbert Andrée wie gewöhnlich. Nur wäre es diesmal schwierig gewesen zu sagen, ob die Blicke, die er auf das Mädchen warf, von Liebe oder von Haß funkelten.

Als die Vorhänge geschlossen waren, gab es für Gilbert nichts mehr zu sehen. Folglich schaute er nach einer anderen Seite.

Dort gewahrte er die Hutfeder Monsieur de Beausires und erkannte den Gefreiten, der, ein Liedchen pfeifend, um die Langeweile des Wartens zu vertreiben, auf und ab ging.

Zehn Minuten später, nämlich um zwanzig Minuten vor acht, erschien Nicole. Sie wechselte ein paar Worte mit Monsieur de Beausire, welcher zum Zeichen, daß er vollkommen verstand, mit dem Kopf nickte und sich sodann in Richtung auf den Hohlweg, der nach Klein-Trianon führt, entfernte.

Leicht wie ein Vogel lief Nicole ihrerseits auf demselben Weg zurück, auf dem sie gekommen war.

«Aha!» machte Gilbert. «Der Herr Gefreite und das Fräulein Kammerzofe haben etwas zu besprechen oder zu tun, wobei sie Zeugen fürchten. Sehr gut!»

Gilbert war in bezug auf Nicole nicht mehr neugierig. Da er jedoch in der jungen Frau eine natürliche Feindin sah, suchte er eine Menge von Beweisen gegen sie zu sammeln, mit denen er einen eventuellen Angriff Nicoles siegreich zurückschlagen könnte.

Gilbert zweifelte nicht daran, daß der Feldzug schon im nächsten Augenblick beginnen könnte, und als vorausschauender Soldat häufte er Munition für den Krieg auf.

Ein Stelldichein Nicoles mit einem Mann direkt in Trianon war eine Waffe, die ein so intelligenter Feind wie Gilbert einfach aufheben mußte, besonders, wenn man wie Nicole die Unvorsichtigkeit besessen hatte, sie ihm direkt vor die Füße zu werfen. Gilbert wollte daher dem Zeugnis der Augen das Zeugnis der Ohren beifügen und einen kompromittierenden Satz aufschnappen, den er dem jungen Mädchen im Augenblick des Kampfes siegreich entgegenschleudern konnte.

Flink stieg er von seiner Dachkammer herab, durchquerte den Gang, an dem die Küchen lagen, und erreichte über die kleine Treppe der Kapelle den Garten. Sobald Gilbert im Garten war, hatte er nichts mehr zu befürchten. Hier kannte er alle Schlupfwinkel, wie ein Fuchs seinen Bau kennt.

Er schlüpfte unter den Linden hindurch und schlich sich am Spalier entlang, bis er ein Gebüsch erreichte, das sich zwanzig Schritt von der Stelle erhob, wo er Nicole vermutete.

Nicole war wirklich da.

Kaum hatte sich Gilbert in seinem Gebüsch eingenistet, als ein sonderbares Geräusch an sein Ohr drang. Es war das Geräusch von Gold, das auf Stein trifft.

Wie eine Schlange schlüpfte Gilbert bis an die terrassenförmige Mauer, die von einer Reihe von Fliederbüschen überragt wurde, die im Monat Mai ihren Duft verströmten und ihre Blüten auf die Vorübergehenden herabschütteten, wenn diese an der Mauer dieses Hohlweges entlanggingen, der Groß-Trianon von Klein-Trianon trennt.

Als er an diesem Punkt angelangt war, sah Gilbert, dessen Augen an die Dunkelheit gewöhnt waren, Nicole, welche auf einen Stein, der sich jenseits des Gitters und klugerweise außer Reichweite von Monsieur de Beausire befand, die Börse entleerte, die ihr Monsieur de Richelieu gegeben hatte.

Die schweren Louisdor rieselten glänzend daraus hervor, während Monsieur de Beausire mit leuchtenden Augen und zitternder Hand Nicole und die Louisdor aufmerksam betrachtete, ohne zu begreifen, wie die eine in den Besitz der anderen gelangt war.

Nicole begann zu sprechen:

«Mehr als einmal haben Sie mir vorgeschlagen, mich zu entführen, mein lieber Monsieur de Beausire.»

«Und sogar, Sie zu heiraten!» fügte der Gefreite ganz begeistert hinzu.

«Oh! Was diesen letzten Punkt betrifft, mein lieber Herr», erwiderte das Mädchen, «so wollen wir später darüber verhandeln. Im Augenblick ist Fliehen die Hauptsache. Können wir in zwei Stunden fliehen?»

«In zehn Minuten, wenn Sie wollen.»

«Nein, ich habe vorher noch etwas zu erledigen, und was ich zu tun habe, erfordert zwei Stunden.»

«In zwei Stunden wie in zehn Minuten, ich stehe zu Ihrem Befehl, Geliebte.»

«Gut! Nehmen Sie fünfzig Louisdor», meinte das Mädchen, zählte fünfzig Louisdor ab und reichte sie durch das Gitter Monsieur de Beausire, welcher dieselben, ohne nachzuzählen, in seiner Westentasche verschwinden ließ, «und in anderthalb Stunden», fuhr sie fort, «warten Sie hier mit einer Karosse.»

«Aber ...», wandte Monsieur de Beausire ein.

«Oh! Wenn Sie nicht wollen, nehmen wir an, es sei nichts zwischen uns verabredet worden, und geben Sie mir meine fünfzig Louisdor zurück.»

«Ich weiche nicht zurück, liebe Nicole. Ich fürchte nur die Zukunft.»

«Für wen?»

«Für Sie.»

«Für mich?»

«Ja. Wenn die fünfzig Louisdor aufgebraucht sind, und sie werden am Ende doch aufgebraucht sein, dann werden Sie sich in einer beklagenswerten Lage wiederfinden, Sie werden es bereuen, Trianon verlassen zu haben, Sie werden ...»

«Oh! Wie zartfühlend Sie sind, lieber Monsieur de Beausire! Kommen Sie schon, befürchten Sie nichts. Ich gehöre nicht zu den Frauen, die man unglücklich machen kann. Vergessen Sie also Ihre Bedenken. Wenn die fünfzig Louisdor ausgegeben sind, werden wir weitersehen.»

Und Nicole ließ die anderen fünfzig in ihrer Börse klimpern.

Beausires Augen leuchteten vor Begierde.

«Für Sie», beteuerte er, «würde ich mich in einen brennenden Ofen stürzen.»

«Olala! So viel verlangt man nicht von Ihnen, Monsieur de Beausire. Es ist also abgemacht, in anderthalb Stunden die Karosse, in zwei Stunden die Flucht.»

«Es ist abgemacht», rief Beausire, während er Nicoles Hand ergriff und an sich zog, um sie durch das Gitter hindurch zu küssen.

«Ruhig doch! Sind Sie verrückt?» zischte Nicole.

«Nein, ich bin verliebt.»

«Hm!» machte Nicole.

«Sie glauben mir nicht, teures Herz?»

«Doch, ich glaube Ihnen. Sorgen Sie vor allem für gute Pferde.»

«O ja!»

Sie trennten sich.

Doch in der nächsten Sekunde drehte sich Beausire ganz bestürzt um.

«Pst! Pst!» machte er.

«Was ist denn?» fragte Nicole, die schon ziemlich fern war und die Hand vor den Mund hielt, um ihre Stimme möglichst lautlos zu dem gewünschten Punkt gelangen zu lassen.

«Und das Gitter?» fragte Beausire. «Wollen Sie denn darüberklettern?»

«Wie dumm er doch ist», murmelte Nicole, die in diesem Augenblick nur zehn Schritt von Gilbert entfernt war.

Und lauter sagte sie: «Ich habe den Schlüssel.»

Beausire ließ ein Ah! der Bewunderung vernehmen und entfloh diesmal wirklich.

Nicole kehrte mit gesenktem Kopf und flinken Beinen zu ihrer Gebieterin zurück.

Gilbert, der nun allein war, stellte sich folgende vier Fragen:

«Warum flieht Nicole mit Beausire, den sie gar nicht liebt?

Wie kommt es, daß Nicole eine so beträchtliche Geldsumme besitzt?

Wie kommt Nicole zu dem Schlüssel des Gitters?

Warum kehrt Nicole, die sogleich fliehen könnte, zu ihrer Herrin zurück?»

Gilbert fand wohl eine Antwort auf die Frage, wie Nicole zu so viel Geld kam, aber zu den anderen fiel ihm keine Erklärung ein.

Durch diese Unzulänglichkeit seines Scharfsinns wurde seine natürliche Neugierde erregt. Er beschloß daher, die Nacht, so kalt sie auch war, im Freien, unter den feuchten Bäumen zu verbringen, um den Ausgang dieser Szene abzuwarten, deren Anfang er gesehen hatte.

Andrée hatte ihren Vater bis an die Schranken von Groß-Trianon begleitet. Sie kam nun allein und nachdenklich zurück, als Nicole in aller Eile aus der Allee hervortrat, die zu dem berühmten Gitter führte, wo sie mit Monsieur de Beausire alle Maßregeln getroffen hatte.

Als sie ihre Gebieterin erblickte, hielt Nicole inne. Auf ein Zeichen Andrées stieg sie hinter ihr die Treppe hinauf und folgte ihr in ihr Zimmer.

Es mochte in diesem Augenblick halb neun Uhr sein. Die Nacht war rascher und dunkler hereingebrochen als gewöhnlich, weil eine große, von Süden nach Norden dahinziehende Wolke den ganzen Himmel bedeckte.

Ein niedrig streichender Wind fegte den Boden und blies mit heftigen Stößen über die durstigen Blumen hinweg, die ihre Köpfe neigten, als wollten sie vom Himmel das Almosen des Regens oder des Taus erflehen.

Diese drohende Atmosphäre veranlaßte Andrée aber keineswegs, ihren Gang zu beschleunigen. Im Gegenteil, das traurige und tief in Gedanken versunkene Mädchen setzte fast bedauernd den Fuß auf jede Stufe der Treppe, welche zu ihrem Zimmer führte. Bei jedem Fenster blieb sie stehen, um den Himmel zu betrachten, der mit ihrer traurigen Stimmung so gut harmonierte.

Ungeduldig, ärgerlich und in der Befürchtung, eine Laune ihrer Gebieterin könnte sie über die vereinbarte Stunde hinaus aufhalten, brummte Nicole ganz leise eine jener Verwünschungen, welche die Dienstboten ihren Gebietern nie ersparen, wenn dieselben so unklug sind, sich die Befriedigung einer Laune auf Kosten der Launen ihrer Dienstboten zu erlauben.

Endlich stieß Andrée die Tür ihres Zimmers auf, fiel erschöpft auf einen Sessel und befahl Nicole mit sanfter Stimme, das Fenster nach dem Hof halb zu öffnen.

Nicole gehorchte.

Dann kehrte sie mit der teilnehmenden Miene, deren sich die Schmeichlerin so gut zu bedienen verstand, zu ihrer Herrin zurück.

«Ich fürchte, Mademoiselle ist heute abend ein wenig krank», meinte sie. «Mademoiselle hat ganz rote, verschwollene, nichtsdestoweniger aber glänzende Augen. Ich glaube, Mademoiselle bedarf sehr der Ruhe.»

«Meinst du, Nicole?» fragte Andrée, die nicht einmal zugehört hatte.

Und sie streckte nachlässig die Füße auf einem gestickten Kissen aus.

Nicole betrachtete diese Pose als Befehl, ihre Gebieterin zu entkleiden, und sie schickte sich an, die Bänder und Blumen ihres Kopfputzes zu lösen, einer Art von kunstvollem Gebäude, das die geschickteste Zerstörerin nicht vor einer Viertelstunde herunterbrachte.

Andrée sprach während dieser ganzen Arbeit nicht ein Sterbenswörtchen. Ihrer Willkür überlassen, verrichtete Nicole das lästige Geschäft in der größten Eile und riß Andrée nach Herzenslust an den Haaren, ohne daß diese aufschrie, so sehr war sie in ihre Gedanken vertieft.

Als die Abendtoilette beendet war, erteilte Andrée ihre Befehle für den nächsten Tag. Am Morgen sollte sich Nicole nach Versailles begeben, um einige Bücher abzuholen, die Philippe für seine Schwester dorthin hatte bringen lassen. Alsdann mußte der Stimmer benachrichtigt werden, er solle nach Trianon kommen, um das Cembalo instand zu setzen.

Nicole erwiderte ruhig, wenn man sie in der Nacht nicht weckte, würde sie früh aufstehen und noch vor dem Erwachen Mademoiselles alle Besorgungen erledigt haben.

«Morgen werde ich auch schreiben», fuhr Andrée, mit sich selbst sprechend, fort, «ja, ich werde Philippe schreiben. Das wird mich ein wenig aufheitern.»

«Auf alle Fälle», dachte Nicole bei sich, «werde nicht ich diejenige sein, die den Brief wegbringt.»

Und bei dieser Überlegung kam Nicole, die noch nicht völlig verdorben war, urplötzlich der bedrückende Gedanke, daß sie zum erstenmal ihre vortreffliche Gebieterin verlassen würde, an deren Seite sich ihr Geist und ihr Herz entfaltet hatten.

Während diese beiden nach Stand und Charakter so unterschiedlichen Kinder Seite an Seite ihren Gedanken nachhingen, verflog die Zeit, und Andrées kleine Standuhr, die der Turmuhr von Trianon stets um einige Minuten vorausging, schlug neun Uhr.

Beausire mußte sich bereits am Treffpunkt eingefunden haben, und Nicole blieb nur noch eine halbe Stunde Zeit.

Sie entkleidete ihre Gebieterin, so schnell sie konnte, nicht ohne dabei ein paar Seufzer auszustoßen, denen Andrée aber keine Beachtung schenkte. Sie streifte ihr ein langes Nachtgewand über, und da Andrée, noch immer in Gedanken versunken, die Augen auf die Zimmerdecke gerichtet, unbeweglich sitzen blieb, zog Nicole aus ihrem Ausschnitt das Fläschchen von Richelieu hervor. Sie warf zwei Stückchen Zucker in ein Glas, goß das nötige Wasser darüber, um ihn aufzulösen, und träufelte dann, ohne zu zögern und mit der in diesem so jungen Herzen schon so ausgeprägten Willenskraft, zwei Tropfen des Saftes aus dem Fläschchen hinein. Das Wasser wurde sogleich trübe und nahm eine leichte Opalfärbung an, die sich aber allmählich wieder verlor.

«Mademoiselle», meldete Nicole, «das Glas Wasser steht bereit, die Kleider sind zusammengelegt, und die Nachtlampe ist angezündet. Sie wissen, daß ich früh aufstehen muß. Kann ich jetzt schlafengehen?»

«Ja», antwortete Andrée geistesabwesend.

Nicole machte ihren Knicks, stieß einen letzten Seufzer aus, der wie die anderen nicht gehört wurde, und schloß hinter sich die Glastür, die zu dem kleinen Vorzimmer führte. Doch statt in ihre kleine Zelle zurückzukehren, die, wie man weiß, an den Korridor angrenzte und von Andrées Vorzimmer erhellt wurde, entfloh sie leichten Fußes. Dabei ließ sie, um Richelieus Anweisungen vollständig zu befolgen, die Türe zum Korridor nur angelehnt. Um nicht die Aufmerksamkeit der Nachbarn zu erregen, stieg sie sodann auf Zehenspitzen die Treppe hinunter, welche in den Garten führte. Sie sprang über die Freitreppe und rannte geschwind in Richtung des Gitters, wo Beausire auf sie wartete.

Gilbert hatte seinen Beobachtungsposten nicht verlassen. Er hatte Nicole sagen hören, daß sie in zwei Stunden zurückkäme. Er wartete. Da es indessen schon etwa zehn Minuten über der Zeit war, begann er zu befürchten, sie würde doch nicht wiederkommen.

Plötzlich sah er sie herbeilaufen, als ob sie verfolgt würde.

Sie näherte sich dem Gitter und reichte Beausire durch die Gitterstäbe hindurch den Schlüssel. Beausire öffnete die Tür, Nicole schlüpfte rasch hinaus, und das Gitter schloß sich wieder mit einem schweren Knarren.

Dann wurde der Schlüssel in das Gras des Grabens geworfen, genau unterhalb der Stelle, wo Gilbert sich befand. Der junge Mann hörte ihn niederfallen und merkte sich die Stelle, wo er aufgetroffen war.

Unterdessen gewannen Nicole und Beausire an Boden. Gilbert hörte, wie sie das Weite suchten, und bald vernahm er nicht etwa das Geräusch eines Wagens, wie ihn Nicole verlangt hatte, sondern das Hufgetrappel eines Pferdes. Nach einigen Augenblicken, die zweifellos mit den Vorwürfen Nicoles ausgefüllt waren, welche gerne wie eine Herzogin in einer Karosse weggefahren wäre, schlugen die vier Hufe des Pferdes den Boden und hallten alsbald auf dem Pflaster der Landstraße wider.

Gilbert holte tief Luft.

Gilbert war frei. Endlich war er Nicole, seine erbitterte Feindin, los. Andrée blieb allein zurück. Vielleicht hatte Nicole beim Weggehen den Schlüssel in der Tür stecken lassen? Vielleicht würde Gilbert bis zu Andrée vordringen können?

Dieser Gedanke ließ den aufbrausenden jungen Mann mit dem Gefühl von Furcht und Ungewißheit, von Neugierde und Verlangen aufspringen.

Und indem er dem Weg, auf dem Nicole gekommen war, in umgekehrter Richtung folgte, lief er auf das Wirtschaftsgebäude zu.

## CXX. KAPITEL

### *Die doppelte Sicht*

Als Andrée allein war, erwachte sie nach und nach aus der inneren Erstarrung, welche sie befallen hatte. Und während Nicole hinter Monsieur de Beausire auf dem Pferd floh, kniete Andrée nieder und verrichtete ein inbrünstiges Gebet für Philippe, den einzigen Menschen auf der Welt, den sie mit wahrer und tiefer Zuneigung liebte.

Andrées Gebete bestanden in der Regel nicht aus einer Reihe miteinander verknüpfter Worte. Bei ihren Gebeten geriet sie zumeist in eine Art göttliche Ekstase, während der ihre Seele zum Herrn emporstieg und sich mit ihm vereinte.

Diesem leidenschaftlichen Flehen des von der Materie losgelösten Geistes haftete nicht die geringste Spur von Selbstsucht an. Andrée gab sich in gewisser Weise selbst auf, gleich einem Schiffbrüchigen, der die Hoffnung verloren hat und nicht mehr für sich, sondern nur noch für seine Frau und seine Kinder betet, welche zu Waisen werden sollen.

Dieser innige Schmerz war bei Andrée seit der Abreise ihres Bruders entstanden, und dennoch war dem Schmerz noch ein zweites Element beigemengt, das für das junge Mädchen nicht recht verständlich war.

Es war wie eine Vorahnung, wie das fühlbare Herannahen eines bevorstehenden Unglücks. Es war eine Empfindung, die den Stichen einer vernarbten Wunde glich. Der anhaltende Schmerz ist erloschen, aber die Erinnerung daran lebt noch lange weiter und weist auf die Gegenwart des Übels hin, wie es einst die Wunde selbst tat.

Andrée versuchte nicht einmal, sich über das, was sie fühlte, klar zu werden. Ganz mit dem Andenken an Philippe beschäftigt, führte sie auf den geliebten Bruder die Gesamtheit der Eindrücke zurück, die sie bewegten.

Dann stand sie auf, nahm ein Buch aus ihrer bescheidenen Bibliothek, stellte die Kerze in ihre Reichweite und legte sich zu Bett.

Das Buch, das sie aufs Geratewohl gegriffen hatte, war ein botanisches Nachschlagewerk. Verständlicherweise war es wenig geeignet, ihre Aufmerksamkeit zu fesseln, sondern schläferte sie im Gegenteil ein. Andrée kämpfte einen Augenblick gegen den Schlaf an, griff zwei- oder dreimal ihren flüchtigen Gedanken wieder auf, der ihr aber von neuem entglitt. Sie beugte den Kopf zur Seite, um die Kerze auszublasen, und entdeckte dabei das von Nicole bereitgestellte Glas Wasser. Sie streckte einen Arm aus, nahm das Glas in die eine Hand und rührte mit der anderen den halb aufgelösten Zucker mit einem Löffelchen um. Schon halb schlafend, führte sie das Glas zum Mund.

Doch als ihre Lippen die Flüssigkeit berührten, ließ plötzlich eine seltsame Erschütterung ihre Hand erzittern. Ein zugleich schweres und feuchtes Gewicht legte sich auf ihr Gehirn, und Andrée erkannte mit Schrecken an den Wallungen des Fluidums, das über ihre Nerven hinlief, jenen übernatürlichen Einbruch unbekannter Empfindungen, die schon mehrmals ihre Kräfte besiegt und ihre Vernunft gelähmt hatten.

Sie hatte gerade noch Zeit, ihr Glas auf dem Teller abzustellen. Fast im selben Moment gab sie einen tiefen Seufzer von sich und verlor Stimme, Sehvermögen und Verstand. Wie vom Blitz getroffen, fiel sie, von einer tödlichen Starre heimgesucht, auf ihr Bett zurück.

Aber diese Vernichtung stellte nur den augenblicklichen Übergang von einem Dasein zu einem anderen dar.

Nachdem sie wie tot dagelegen hatte, so daß man hätte meinen können, ihre Augen blieben für immer geschlossen, erhob sie sich plötzlich wieder, schlug mit erschreckender Unbeweglichkeit die Augen auf und stand wie eine Marmorstatue von ihrem Bett auf.

Es bestand kein Zweifel mehr. Andrée schlief jenen wunderbaren Schlaf, der schon mehrmals ihr Leben unterbrochen hatte.

Sie durchschritt das Zimmer, öffnete die Glastür und trat mit der unbeugsamen und festen Haltung belebten Marmors auf den Korridor hinaus.

Sie gelangte an die Treppe, die sie Stufe um Stufe, ohne Zögern und ohne Hast, hinunterstieg. Sodann erschien sie auf der Freitreppe.

Als Andrée den Fuß auf die oberste Stufe setzte, um hinunterzugehen, betrat Gilbert gerade die unterste, um hinaufzusteigen.

Gilbert sah also diese weiße, feierliche Frau einherschreiten, als ob sie auf ihn zukäme.

Er wich vor ihr zurück und gelangte, noch immer zurückweichend, in einen Laubengang.

Ihm fiel ein, daß er Andrée schon im Schloß Taverney so gesehen hatte.

Andrée ging an Gilbert vorüber, streifte ihn sogar, nahm ihn jedoch nicht wahr.

Bestürzt fiel der junge Mann auf die Knie. Er hatte Angst.

Da er nicht wußte, auf welchen Umstand er diesen sonderbaren Spaziergang Andrées zurückführen sollte, folgte er ihr mit den Augen. Aber sein Geist war verwirrt, sein Blut brandete heftig gegen seine Schläfen, und er war dem Wahnsinn näher als dem kühlen Verstand, den ein Beobachter braucht.

Er verharrte daher kauernd auf dem Gras inmitten des Blattwerks und spähte umher, wie er es stets zu tun pflegte, seitdem diese unselige Liebe von seinem Herzen Besitz ergriffen hatte.

Plötzlich erhielt er die Erklärung für diesen Ausflug. Andrée war weder verrückt noch verwirrt, wie er es zunächst angenommen hatte. Andrée begab sich mit diesem kalten, leichenhaften Schritt zu einer Verabredung.

Ein Blitz zuckte am Himmel.

In seinem bläulichen Schein gewahrte Gilbert einen Mann, der sich in der dunklen Lindenallee verborgen hielt. Und so kurz das Wetterleuchten auch gewesen war, so hatte Gilbert doch das bleiche Gesicht und die zerknitterten Kleider gesehen, die sich vor dem schwarzen Hintergrund abzeichneten.

Andrée ging auf diesen Mann zu, der einen Arm ausgestreckt hatte, als wolle er sie zu sich hinziehen.

Gilbert war, als durchbohre glühendes Eisen sein Herz. Er richtete sich auf den Knien auf, um besser sehen zu können.

In diesem Augenblick erhellte ein zweiter Blitz die Nacht.

Gilbert erkannte Balsamo, der ganz mit Schweiß und Staub bedeckt war; Balsamo, der mit Hilfe einer geheimen Verbindung in Trianon eingedrungen war; Balsamo endlich, der Andrée ebenso unwiderstehlich und schicksalhaft anzog wie die Schlange das Kaninchen.

Zwei Schritt von ihm entfernt blieb Andrée stehen.

Er nahm ihre Hand. Andrée bebte am ganzen Körper.

«Sehen Sie?» fragte er.

«Ja», antwortete Andrée, «aber, indem Sie mich auf diese Weise gerufen haben, hätten Sie mich beinahe getötet.»

«Verzeihen Sie, verzeihen Sie», bat Balsamo, «aber ich habe den Kopf verloren, ich bin nicht mehr mein eigener Herr, ich werde wahnsinnig, ich sterbe.»

«In der Tat, Sie leiden», erwiderte Andrée, die Balsamos Leiden durch die Berührung seiner Hand spürte.

«Ja, ja, ich leide, und ich komme, um bei Ihnen Trost zu suchen. Sie allein können mich retten.»

«Befragen Sie mich.»

«Ich frage Sie zum zweitenmal, sehen Sie?»

«Oh! Vollkommen.»

«Wollen Sie mir in mein Haus folgen, sind Sie dazu imstande?»

«Ich bin dazu imstande, wenn Sie mich in Gedanken führen.»

«Kommen Sie.»

«Ah!» machte Andrée. «Wir gelangen nach Paris, wir folgen dem Boulevard, wir biegen in eine Straße ein, die nur von einer einzigen Laterne beleuchtet wird.»

«So ist es, lassen Sie uns nun eintreten.»

«Wir befinden uns in einem Vorzimmer. Rechts gibt es eine Treppe, aber Sie ziehen mich zu der Wand hin. Die Wand öffnet sich, und vor uns liegen Stufen . . .»

«Steigen Sie hinauf! Steigen Sie hinauf!» drängte Balsamo. «Das ist unser Weg.»

«Ah! Jetzt erreichen wir ein Zimmer, an dessen Wänden Löwenfelle und Waffen hängen. Aha, die Kaminplatte tut sich auf.»

«Gehen wir durch die Öffnung. Wo sind Sie jetzt?»

«In einem merkwürdigen Raum, in einem Raum ohne Ausgänge, dessen Fenster vergittert sind. Oh! Welch eine Unordnung in diesem Zimmer herrscht!»

«Aber es ist leer, leer, nicht wahr?»

«Ja.»

«Können Sie die Person sehen, die dieses Zimmer bewohnte?»

«Ja, wenn man mir einen Gegenstand gibt, den sie berührt hat, der von ihr kommt oder der ihr gehört.»

«Nehmen Sie, hier sind einige Haare von ihr.»

Andrée nahm die Haare und hielt sie an sich.

«Oh! Ich erkenne sie wieder!» rief sie. «Ich habe diese Frau schon gesehen. Sie war auf der Flucht nach Paris.»

«So ist es, so ist es. Können Sie mir sagen, was sie in den letzten zwei Stunden gemacht hat und wie sie entkommen ist?»

«Warten Sie, warten Sie . . . ja, sie liegt auf einem Sofa. Sie hat die Brust halb entblößt, und unterhalb des Busens ist eine Wunde.»

«Sehen Sie weiter, Andrée, sehen Sie, verlassen Sie sie nicht mehr.»

«Sie war eingeschlafen. Jetzt wacht sie auf und schaut sich suchend um. Sie zieht ein Sacktuch hervor. Sie steigt auf einen Stuhl. Sie befestigt das Sacktuch an den Gitterstäben ihres Fensters. O mein Gott!»

«Sie will also wirklich sterben?»

«O ja! Sie ist fest entschlossen. Aber dieser Tod erschreckt sie. Sie läßt das Sacktuch an den Gitterstäben und steigt herab.»

«Was?»

«Oh! Wie sie weint! Wie sehr sie leidet! Wie sie die Hände ringt! Sie sucht eine Mauerecke, um sich den Schädel einzurennen!»

«O mein Gott! Mein Gott!» murmelte Balsamo.

«Oh! Sie wirft sich gegen den Kamin. Der Kamin ist mit zwei marmornen Löwen verziert. Sie will sich den Schädel an dem Löwenkopf zerschmettern.»

«Weiter ... weiter ... Sehen Sie, Andrée, ich will es!»

«Sie bleibt stehen.»

Balsamo atmete auf.

«Sie schaut.»

«Was schaut sie?» fragte Balsamo.

«Sie hat an dem Auge des Löwen Blut entdeckt.»

«Mein Gott! Mein Gott!» entfuhr es Balsamo.

«Ja, Blut, und dabei hat sie sich gar nicht gestoßen. Oh! Das ist seltsam! Dieses Blut ist nicht das der Frau, es ist das Ihrige.»

«Es ist mein Blut!» rief Balsamo völlig verwirrt.

«Ja, das Ihrige, das Ihrige! Sie haben sich mit einem Messer, mit einem Dolch in die Finger geschnitten, und Sie haben Ihren blutenden Finger auf das Löwenauge gedrückt. Ich sehe Sie.»

«Das ist wahr! Das ist wahr. Aber wie flieht sie?»

«Warten Sie, warten Sie, ich sehe, wie sie die Blutspur untersucht. Sie denkt nach. Jetzt drückt sie ihren Finger auf die Stelle, auf die Sie den Ihrigen gedrückt haben. Ah! Das Löwenauge gibt nach, eine Feder springt hervor. Die Kaminplatte öffnet sich.»

«Ich Unvorsichtiger!» zischte Balsamo. «Ich unseliger Unvorsichtiger! Unglücklicher Narr, der ich bin! Ich habe mich selbst verraten. Und jetzt geht sie wohl hinaus?« fuhr er fort. »Sie flieht?«

«Warten Sie, sie verharrt einen Augenblick in dem Zimmer mit den Waffen und den Fellen. Dort befindet sich ein offener Schrank. Eine Kassette, die gewöhnlich in diesem Schrank eingeschlossen ist, steht auf dem Tisch. Sie erkennt die Kassette und nimmt sie an sich.»

«Was enthält diese Kassette?»

«Ihre Papiere, glaube ich.»

«Wie sieht sie aus?»

«Sie ist mit blauem Samt bezogen und mit Silbernägeln beschlagen. Sie hat silberne Spangen und ein silbernes Schloß.»

«Oh!» rief Balsamo und stampfte zornig mit dem Fuß. «Sie ist es also, die die Kassette genommen hat!»

«Ja, ja, sie ist es. Sie geht nun die Treppe hinunter, die ins Vorzimmer führt. Sie öffnet die Tür. Sie zieht die Kette, mit der man das Tor zur Straße hin öffnet. Sie geht hinaus.»

«Ist es schon spät?»

«Es muß spät sein, denn es ist schon dunkel.»

«Um so besser! Dann ist sie wohl kurz vor meiner Rückkehr weggegangen, und ich habe vielleicht noch genug Zeit, sie einzuholen. Folgen Sie ihr, folgen Sie ihr, Andrée!»

«Sobald sie aus dem Haus ist, rennt sie wie toll. Wie eine Irre erreicht sie den Boulevard ... Sie rennt ... Sie rennt, ohne auch nur einmal innezuhalten ...»

«In welche Richtung?»

«Auf die Bastille zu.»

«Sehen Sie sie noch?»

«Ja, sie gebärdet sich wie eine Wahnsinnige. Sie rempelt die Vorübergehenden an. Endlich bleibt sie stehen. Sie versucht herauszufinden, wo sie sich befindet ... Sie fragt.»

«Was sagt sie? Horchen Sie, Andrée, horchen Sie, und lassen Sie sich um Himmels willen keines ihrer Worte entgehen! Sie haben gesagt, sie fragt?»

«Ja, einen schwarzgekleideten Mann.»

«Was fragt sie ihn?»

«Sie fragt ihn nach der Adresse des Polizeileutnants.»

«Oh! Es war also keine leere Drohung. Gibt man sie ihr?»

«Ja.»

«Was tut sie nun?»

«Sie macht kehrt und biegt in eine schräg einmündende Straße. Sie überquert einen großen Platz.»

«Die Place Royale, das ist der Weg. Können Sie ihre Absicht lesen?»

«Eilen Sie, eilen Sie! Sie wird Sie anzeigen. Wenn sie vor Ihnen eintrifft, wenn sie bei Monsieur de Sartines vorspricht, sind Sie verloren!»

Balsamo stieß einen fürchterlichen Schrei aus, schlug sich ins Unterholz, eilte durch eine kleine Pforte, die durch einen Schatten geöffnet und wieder geschlossen wurde, und schwang sich mit einem Satz auf sein Pferd Dscherid, das am Tor mit den Hufen scharrte.

Von Stimme und Sporen zugleich angestachelt, stob das Tier wie ein Pfeil in Richtung Paris davon, und man vernahm nichts mehr als seinen Hufschlag auf dem Pflaster.

Andrée war indessen kalt, stumm und bleich stehen geblieben. Doch als ob Balsamo ihr Leben mit sich fortgenommen hätte, sank sie alsbald in sich zusammen und fiel auf den Boden.

In seinem Eifer, Lorenza einzuholen, hatte Balsamo vergessen, Andrée zu wecken.

## CXXI. KAPITEL

### *Starrsucht*

Gilbert war noch immer da, stocksteif, unbeweglich, nach vorne gebeugt, den Blick starr auf Andrée gerichtet. Aber für Gilbert, der auf dem Gebiet magnetischer Erscheinungen völlig unwissend war, gab es verständlicherweise weder Schlaf noch Gewalttat. Er hatte nichts oder wenigstens beinahe nichts von Andrées Dialog mit Balsamo mitbekommen. Nur schien Andrée zum zweitenmal, in Trianon wie in Taverney, dem Ruf dieses Mannes gehorcht zu haben, der einen so furchtbaren und so seltsamen Einfluß über sie gewonnen hatte. Für Gilbert ließ sich das ganze Geschehen in folgenden Worten zusammenfassen: Mademoiselle Andrée hat einen Liebhaber, zumindest jedoch einen Mann, den sie liebt und mit dem sie sich nachts trifft.

Das Gespräch zwischen Andrée und Balsamo hatte, obgleich es mit leiser Stimme geführt worden war, allen Anschein einer Auseinandersetzung erweckt. Der fliehende, kopflose und verwirrte Balsamo hatte wie ein verzweifelter Liebhaber gewirkt. Die allein zurückgebliebene, reglose und stumme Andrée machte dagegen den Eindruck einer verlassenen Geliebten.

Erst in diesem Augenblick sah er das Mädchen schwanken, die Hände ringen und sich um sich selbst drehen. Sodann stieß sie einige Male ein dumpfes Röcheln aus, das ihre beklommene Brust zu zerreißen schien. Sie strengte sich an, oder vielmehr die Natur strengte sich an, die schlecht abgewogene Masse von Fluidum auszustoßen, welches ihr während des magnetischen Schlafes die doppelte Sicht verliehen hatte, deren Phänomene im vorangegangenen Kapitel beschrieben wurden.

Aber die Natur mußte sich geschlagen geben, und es gelang Andrée nicht, den Rest von Willen, den Balsamo bei ihr vergessen hatte, abzuschütteln. Sie vermochte nicht, die geheimnisvollen, unentwirrbaren Bande zu lösen, die sie ganz und gar gefesselt hatten. Und dadurch, daß sie dagegen ankämpfte, wurde sie von jenen Krämpfen befallen, welche in der Antike die Pythien auf dem Dreifuß vor dem Volk religiöser Bittsteller erlitten.

Andrée verlor das Gleichgewicht, stieß ein schmerzerfülltes Stöhnen aus und fiel auf den Sand nieder, als wäre sie von dem Donnerschlag gerührt worden, der in diesem Augenblick das Himmelsgewölbe zerriß.

Gilbert nahm Andrée in die Arme und trug sie in ihr Zimmer.

Doch sie hatte den Boden noch nicht berührt, als Gilbert auch schon mit der Behendigkeit und der Kraft des Tigers herbeigestürzt war. Er nahm sie in seine Arme und trug sie in das Zimmer, das sie verlassen hatte und in dem neben dem zerwühlten Bett noch immer die Kerze brannte.

Beim Eintreten stieß er sich am Sofa und legte das kalte und leblose Mädchen ganz selbstverständlich darauf nieder. Sein ganzer Leib war bei der Berührung mit dem unbelebten Körper von einem Fieber ergriffen worden. Seine Nerven bebten, sein Blut kochte.

Sein erster Gedanke war indessen keusch und rein. Es galt vor allen Dingen, diese schöne Statue wieder zum Leben zu erwecken. Er suchte mit den Augen nach der Karaffe, um Andrée ein paar Tropfen Wasser ins Gesicht zu spritzen.

Doch gerade als er seine zitternde Hand nach dem schlanken Hals der kristallenen Wasserkanne ausstrecken wollte, kam es ihm vor, als brächte ein fester und zugleich leichter Schritt die aus Holz und Backstein gebaute Treppe, welche zu Andrées Zimmer führte, zum Knarren.

Nicole konnte es nicht sein, denn Nicole war ja mit Monsieur de Beausire geflohen. Auch Balsamo kam nicht in Frage, da er auf Dscherids Rücken davongaloppiert war.

Es konnte nur ein Fremder sein.

Wenn man Gilbert ertappte, so würde man ihn wegjagen. Andrée war für ihn wie eine jener spanischen Königinnen, die ein Untertan nicht einmal berühren darf, um ihnen das Leben zu retten.

All diese Gedanken schossen Gilbert wie ein Wirbel scharfer Hagelkörner in weniger Zeit durch den Kopf, als der unselige Schritt brauchte, um die nächste Stufe zu betreten. Doch da er von Natur aus mit einem kühlen Kopf und mit großer Bedachtsamkeit begabt war, sah der junge Mann schnell ein, daß sein Platz nicht hier war und daß es vor allem darauf ankam, nicht entdeckt zu werden.

Er blies rasch die Kerze aus, die Andrées Wohnung erhellte, und stürzte in die kleine Kammer, die Nicole als Schlafzimmer diente. Von hier aus konnte er durch die Glastüre der Kammer sowohl in Andrées Zimmer als auch ins Vorzimmer sehen.

In diesem Vorzimmer brannte auf einem Konsoltischchen eine Nachtlampe. Gilbert hatte anfangs den Gedanken gehabt, sie wie die Kerze auszublasen, doch es war ihm nicht mehr genügend Zeit geblieben. Der Schritt knirschte bereits auf dem Holzboden des Korridors. Ein keuchender Atem wurde hörbar, und auf der Schwelle erschien ein Mann, der schüchtern ins Vorzimmer schlüpfte, die Tür leise zustieß und dieselbe verriegelte.

Gilbert hatte gerade noch Zeit, sich in Nicoles Kammer zu flüchten und die Glastür hinter sich zuzuziehen.

Gilbert hielt den Atem an, preßte sein Gesicht gegen die Scheibe und lauschte gespannt.

Das Gewitter toste mit aller Gewalt in den Wolken, und dicke Regentropfen peitschten die Glasscheiben in Andrées Zimmer und im Korridor, wo ein offengelassenes Fenster in den Angeln kreischte. Von Zeit zu Zeit wurde es vom Wind, der durch den Korridor fegte, zurückgestoßen und schlug unter großem Lärm gegen den Rahmen.

Aber der Aufruhr der Natur und das draußen herrschende Getöse, so ohrenbetäubend sie auch sein mochten, konnten Gilbert nicht beeindrucken. Alle seine Gedanken, sein ganzes Leben und seine ganze Seele drängten sich in seinem Blick zusammen, und sein Blick war auf diesen Mann geheftet.

Der Mann durchquerte das Vorzimmer, ging auf zwei Schritt an Gilbert vorbei und trat, ohne zu zögern, in Andrées Zimmer.

Gilbert sah, wie der Mann tappend auf Andrées Bett zuging. Eine Gebärde der Verwunderung entfuhr ihm, als er das Bett leer fand, und beinahe im selben Augenblick stieß er mit dem Arm an die auf dem Tisch stehende Kerze.

Die Kerze fiel zu Boden, und Gilbert hörte, wie die kristallene Tropfenschale auf dem Marmor des Tisches zerbrach.

Dann rief der Mann zweimal mit erstickter Stimme:

«Nicole! Nicole!»

«Wieso Nicole?» fragte sich Gilbert in seinem Versteck. «Warum ruft dieser Mensch Nicole, wo er doch eigentlich Andrée rufen müßte?»

Als ihm aber niemand antwortete, hob der Mann den am Boden liegenden Leuchter auf, begab sich auf Zehenspitzen ins Vorzimmer und zündete das Licht an der Nachtlampe an.

Plötzlich erschauerte Gilbert und wich, so gut er auch verborgen war, einen Schritt zurück.

Im Scheine der zwei sich verbindenden Flammen hatte Gilbert, bebend und halb tot vor Bestürzung, in dem Mann, der den Leuchter in der Hand hielt, den König erkannt.

Jetzt wurde ihm alles klar: Nicoles Flucht, das zwischen ihr und Beausire geteilte Geld, die offengelassene Tür, Richelieu und Taverney und die ganze geheimnisvolle, unselige Intrige, deren Mittelpunkt das Mädchen war. Gilbert begriff nun auch, warum der König Nicole gerufen hatte, die als Vermittlerin dieses Verbrechens wie Judas mit aller Gefälligkeit ihre Gebieterin verkauft und preisgegeben hatte.

Doch bei dem Gedanken daran, was der König in diesem Zimmer wollte, bei dem Gedanken an das, was sich in den nächsten Minuten vor ihm abspielen würde, stieg Gilbert das Blut in die Augen und blendete ihn.

Er hatte das Verlangen zu schreien. Allein die Angst, dieses unüberlegte, launenhafte und unwiderstehliche Gefühl, die Angst, die er vor diesem noch immer in so hohem Ansehen stehenden Mann hatte, den man den König von Frankreich nannte, fesselte Gilberts Zunge.

Ludwig XV. war unterdessen mit der Kerze in der Hand in Andrées Zimmer zurückgekehrt.

Kaum war er eingetreten, als er Andrée in ihrem Nachtgewand von weißem Musselin erblickte: Sie war mehr entblößt als verhüllt, ihr Kopf war auf die Lehne des Sofas zurückgesunken, eines ihrer Beine ruhte auf dem Polster, während das andere, steif und unbedeckt, auf den Teppich herabhing.

Der König lächelte bei diesem Anblick. Die Kerze beleuchtete dieses unheilvolle Lächeln, aber fast im selben Augenblick zeigte sich auf Andrées Gesicht ebenfalls ein Lächeln, das beinahe ebenso düster war wie das königliche.

Ludwig XV. murmelte ein paar Worte, die Gilbert als Liebesworte auslegte. Sodann stellte er den Leuchter auf den Tisch, warf, sich umwendend, einen Blick auf den flammenden Himmel und kniete vor dem Mädchen nieder, dessen Hand er küßte.

Gilbert wischte sich den Schweiß ab, der in Strömen an seiner Stirn herunterrann. Andrée rührte sich nicht.

Als der König fühlte, wie eiskalt diese Hand war, nahm er sie in die seine, um sie zu wärmen. Mit seinem anderen Arm umfaßte er den schönen und zarten Körper und beugte sich vor, um dem schlafenden Mädchen verliebte Schmeicheleien ins Ohr zu flüstern.

In diesem Moment kam der König Andrée so nahe, daß er mit seinem Gesicht das des Mädchens streifte.

Gilbert dachte angestrengt nach; sein Atem ging wie rasend. Da fühlte er in der Tasche seiner Weste das Heft eines langen Messers, das ihm dazu diente, die Laubengänge des Parks auszulichten.

Andrées Gesicht war ebenso eisig wie ihre Hand.

Der König richtete sich wieder auf. Seine Augen wandten sich dem nackten Fuß Andrées zu, der so klein und weiß war wie der von Aschenputtel. Der König nahm ihn zwischen seine beiden Hände und erschauerte. Dieser Fuß war kalt wie der einer Marmorstatue.

Gilbert, vor dessen Auge sich so viel Schönheit entblößte, Gilbert, den die königliche Lüsternheit bedrohte, als ob sie einen Diebstahl an ihm beginge, Gilbert knirschte mit den Zähnen und öffnete das Messer, das er bis dahin geschlossen gehalten hatte.

Doch schon hatte der König von Andrées Fuß abgelassen, wie er es zuvor mit ihrer Hand und ihrem Gesicht getan hatte. Verwundert über den Schlaf des Mädchens, den er anfangs einer koketten Sprödigkeit zugeschrieben hatte, versuchte er sich über diese tödliche Kälte klarzuwerden, welche die Gliedmaßen dieses schönen Körpers befallen hatte. Er fragte sich, ob ihr Herz überhaupt noch schlage, nachdem Hand, Fuß und Gesicht so eiskalt waren.

Er öffnete Andrées Nachtgewand, entblößte ihre jungfräuliche Brust und befühlte mit seiner furchtsamen und zugleich zynischen Hand ihr Herz, das er stumm fand unter diesem Fleisch, welches eiskalt war wie Alabaster.

Gilbert schlüpfte mit seinem Messer in der Hand, mit funkelndem Auge und zusammengebissenen Zähnen halb aus der Tür. Er war entschlossen, zuerst den König, wenn dieser seine Unternehmungen fortsetzen sollte, und anschließend sich selbst zu erdolchen.

Plötzlich ließ ein furchtbarer Donnerschlag alle Möbel des Zimmers und sogar das Sofa erzittern, vor dem Ludwig XV. kniete. Ein erneuter Blitz in einer Mischung aus violett und schwefelgelb warf auf Andrées Gesicht ein so kaltes und aschfahles Licht, daß Ludwig XV., erschrocken über ihre Blässe, ihre Reglosigkeit und ihr Stillschweigen, zurückwich und murmelte:

«In der Tat, dieses Mädchen ist tot!»

Im selben Augenblick jagte der Gedanke, einen Leichnam geküßt zu haben, dem König einen Schauer durch die Adern. Er holte die Kerze, kehrte zu Andrée zurück und betrachtete sie im Schein der zitternden Flamme. Als er die violetten Lippen, die schwarz umränderten Augen, die aufgelösten Haare und die Kehle sah, die kein Atem hob, stieß er einen Schrei aus, ließ das Licht fallen, schwankte und strauchelte wie ein Betrunkener ins Vorzimmer.

Sogleich hörte man seinen hastigen Schritt auf der Treppe und dann auf dem Sand im Garten. Bald aber trug der wirbelnde Wind, der die allein stehenden Bäume krümmte, Geräusch und Tritte in seinem stürmischen und mächtigen Atem fort.

Mit dem Messer in der Hand trat Gilbert nun stumm und düster aus seinem Versteck hervor. Er schlich sich bis auf die Schwelle von Andrées Zimmer und betrachtete einige Sekunden lang das schöne, immer noch in tiefen Schlaf versunkene Mädchen.

Unterdessen brannte die auf den Boden geworfene Kerze auf dem Teppich fort und beleuchtete den zarten Fuß und das reine Bein dieses anbetungswürdigen Leichnams.

Gilbert schloß langsam sein Messer, während sein Gesicht unmerklich den Ausdruck einer unerbittlichen Entschlossenheit annahm. Er begab sich zu der Tür, durch die der König weggegangen war, und lauschte.

Er lauschte über eine volle Minute.

Wie zuvor der König schloß nun auch er die Tür und schob den Riegel vor. Dann blies er die Nachtlampe im Vorzimmer aus.

Danach kehrte er mit derselben Bedächtigkeit und mit demselben düsteren Feuer in den Augen in Andrées Zimmer zurück und trat mit dem Fuß die Kerze aus, die ihr Wachs über den Fußboden ergoß.

Die plötzliche Dunkelheit ließ das unselige Lächeln verblassen, das sich auf seinen Lippen abzeichnete.

«Andrée! Andrée!» murmelte er. «Ich habe dir gelobt, daß du mir, wenn du mir zum drittenmal in die Hände fielst, nicht entkommen würdest wie die ersten zwei Male. Andrée! Andrée! Du hast mir vorgehalten, ich erzähle einen furchtbaren Roman. Nun, dieser furchtbare Roman braucht auch einen furchtbaren Schluß!»

Und mit ausgestreckten Armen ging er geradewegs auf das Sofa zu, wo Andrée noch immer lag, kalt, unbeweglich und jedes Gefühls beraubt.

## CXXII. KAPITEL

### *Der Wille*

Wir haben Balsamo davonreiten sehen.

Dscherid trug ihn mit der Geschwindigkeit des Blitzes fort. Der vor Ungeduld und Schrecken bleiche Reiter, der sich an der wehenden Mähne des Pferdes festklammerte, atmete durch seine halb geöffneten Lippen die Luft ein, die sich vor der Brust des Rosses teilte, wie sich das Wasser unter dem scharfen Bug des Schiffes teilt.

Hinter ihm verschwanden die am Wege stehenden Bäume und Häuser wie phantastische Erscheinungen. Kaum nahm er im Vorbeijagen den auf seiner Achse ächzenden schweren Wagen wahr, dessen fünf gewichtige Pferde beim Herannahen dieses lebenden Meteors scheuten.

Pferd und Reiter hatten Versailles in wenigen Sekunden hinter sich gelassen. Die spärlichen Einwohner, die sich um diese Zeit noch auf die Straße verirrten, hatten nur einen Schweif von Funken vorüberjagen sehen.

Noch eine weitere Meile flog Balsamo in diesem Tempo dahin. Dscherid hatte für diese zwei Meilen nicht einmal eine Viertelstunde gebraucht, doch Balsamo kam es vor wie ein Jahrhundert.

Plötzlich schreckte ihn ein Gedanke auf.

Mit einem Ruck hielt er das Roß an. Das geschah so unvermittelt, daß Dscherid auf seinen Hinterbeinen einknickte, während er seine Vorderbeine kräftig in den Sand stemmte.

Roß und Reiter verschnauften einen Augenblick.

Balsamo wischte sich mit einem Taschentuch über die schweißtriefenden Schläfen und sprach folgende Worte in die Nacht:

«Oh! Du armer Wahnsinniger, du! Weder der Lauf deines Pferdes noch dein glühendes Verlangen werden je die Geschwindigkeit des Blitzes oder die Schnelligkeit des elektrischen Funkens erlangen. Und dennoch ist es das, was du brauchst, um das über deinem Kopf schwebende Unheil abzuwenden. Du brauchst die rasche Wirkung, den unmittelbaren Schlag, den allmächtigen Stoß, der die Beine lähmt, deren Lauf du fürchtest, der die Zunge bindet, deren Tätigkeit dich ängstigt. Du mußt aus der Ferne den Schlaf herbeiführen, durch den allein du dich der Sklavin, die ihre Ketten zerrissen hat, wieder bemächtigen kannst. Oh! Wenn ich sie je wieder in meine Gewalt bekomme ...»

Zähneknirschend machte Balsamo eine verzweifelte Gebärde.

«Oh! Du kannst noch so sehr wollen, Balsamo, du kannst noch so sehr rennen», rief er aus, «Lorenza hat ihr Ziel schon erreicht. Sie wird sprechen. Vielleicht hat sie gar schon gesprochen. Oh! Elendes Weib! Oh, alle Folterqualen wären als Strafe für dich noch zu milde!

Wir wollen sehen», fuhr Balsamo fort. Er runzelte die Stirn und vergrub das Kinn in der Hand, während seine Augen starr geradeaus blickten. «Wir wollen sehen. Die Wissenschaft ist ein Wort, oder sie ist eine Tatsache. Die Wissenschaft kann, oder sie kann nicht. Ich, ich will! ... Versuchen wir es also ... Lorenza! Lorenza! Ich will, daß du schläfst! Lorenza, wo auch immer du bist, schlafe, schlafe, ich will es und rechne darauf!

Oh! Nein, nein», murmelte er entmutigt, «nein, ich lüge, nein, ich glaube nicht daran. Nein, ich wage nicht, darauf zu rechnen, und trotzdem ist der Wille alles. Oh! Ich will doch sehr stark, ich will mit der ganzen Macht meines Wesens. Durchschneide die Lüfte, o du, mein höchster Wille! Durchkreuze alle entgegengesetzten und gleichgültigen Willensströme! Durchdringe die Mauern, die du wie eine Kanonenkugel durchschlagen mußt! Verfolge sie, wohin sie auch geht. Schlage, vernichte! Lorenza, Lorenza, ich will, daß du schläfst! Lorenza, ich will, daß du verstummst!»

Und er verharrte einige Augenblicke bei dem Gedanken an dieses Ziel und prägte ihn sich fest ins Gehirn. Nach dieser geheimnisvollen Operation, zu der ohne Zweifel alle göttlichen, von Gott, dem Herrn und Meister aller Dinge, belebten Atome beigetragen hatten, gab Balsamo, dessen Zähne noch immer zusammengebissen und dessen Fäuste noch immer geballt waren, Dscherid wieder die Zügel, doch diesmal ohne ihn die Sporen fühlen zu lassen.

Man hätte glauben können, Balsamo wolle sich selbst überzeugen.

So trabte das edle Roß mit dem stillschweigenden Einverständnis seines Herrn gemächlich dahin. Und mit der besonderen Feinheit und Leichtigkeit seiner Rasse trafen seine Hufe fast lautlos auf das Pflaster der Landstraße auf.

Während dieser ganzen Zeit, die einem oberflächlichen Beobachter als vergeudet vorgekommen wäre, entwarf Balsamo einen vollständigen Verteidigungsplan. Er hatte ihn in dem Augenblick vollendet, als Dscherid das Pflaster von Sèvres betrat.

Sobald er vor dem Gitter des Parkes angelangt war, hielt er an und schaute sich um. Es schien, als erwarte er jemanden.

Und tatsächlich, fast im selben Moment trat ein Mensch unter einem Torbogen hervor und kam auf ihn zu.

«Bist du es, Fritz?» flüsterte Balsamo.

«Ja, Herr.»

«Bist du unterrichtet?»

«Ja.»

«Befindet sich Madame Dubarry in Paris oder in Luciennes?»

«Sie ist in Paris.»

Balsamo richtete einen triumphierenden Blick gen Himmel.

«Wie bist du hergekommen?»

«Auf Sultan.»

«Wo ist er?»

«Im Hof dieses Wirtshauses.»

«Gesattelt?»

«Gesattelt.»

«Gut so, halte dich bereit.»

Fritz entfernte sich, um Sultan loszumachen. Bei letzterem handelte es sich um eines jener gutmütigen deutschen Pferde, welche wohl bei eiligen Märschen ein wenig murren, aber nichtsdestoweniger gehen, solange sie noch Atem in ihren Flanken haben und ihrem Herrn der Sporn am Absatz bleibt.

Fritz kehrte zu Balsamo zurück.

Dieser stand unter einer Laterne und schrieb.

«Reite nach Paris», befahl er, «und übergib dieses Schreiben Madame Dubarry, wo immer sie sich auch aufhalten mag, persönlich. Du hast dafür eine halbe Stunde Zeit. Danach begibst du dich in die Rue Saint-Claude und wartest dort auf Signora Lorenza, welche unfehlbar nach Hause kommen wird. Du läßt sie eintreten, ohne ihr etwas zu sagen und ohne ihr das geringste Hindernis entgegenzusetzen. Geh jetzt, und denke daran, daß dein Auftrag in einer halben Stunde erledigt sein muß.»

«In Ordnung», erwiderte Fritz, «es wird alles nach Ihrem Wunsch geschehen.»

Und während er Balsamo diese beruhigende Antwort gab, bearbeitete er Sultan mit den Sporen und der Peitsche, worauf das arme Pferd, ganz erstaunt über diesen ungewohnten Angriff, mit einem kläglichen Wiehern davonstob.

Auch Balsamo, der sich allmählich wieder erholte, schlug den Weg nach Paris ein, wo er eine Dreiviertelstunde später mit fast frischem Gesicht und mit ruhigem, nachdenklichem Blick eintraf.

Balsamo hatte recht: So schnell Dscherid, dieser wiehernde Sohn der Wüste, auch sein mochte, er konnte die Verspätung nicht mehr aufholen. Allein der Wille war so schnell wie die ihrem Gefängnis entronnene Lorenza.

Von der Rue Saint-Claude hatte sich die junge Frau schnurstracks auf den Boulevard begeben, und als sie rechts einbog, erblickte sie alsbald die Festungsmauern der Bastille. Da Lorenza aber ständig eingesperrt gewesen war, kannte sie sich in Paris nicht aus. Im übrigen bestand ihr erstes Ziel darin, aus dem verwünschten Haus zu fliehen, das für sie nichts als ein Kerker war. Ihre Rache kam erst an zweiter Stelle.

In größter Aufregung und Hast hatte sie eben den Faubourg Saint-Antoine betreten, als sie von einem jungen Mann angesprochen wurde, der ihr seit einigen Minuten erstaunt folgte.

Tatsächlich hatte Lorenza, eine Italienerin aus der Umgebung von Rom, stets ein ungewöhnliches Leben außerhalb aller Gepflogenheiten der Mode, der Trachten und aller Gebräuche der Zeit geführt. Lorenza pflegte sich eher wie eine Frau des Orients als wie eine Europäerin zu kleiden, nämlich stets mit weiten, kostbaren Gewändern. Dadurch hatte sie nur wenig Ähnlichkeit mit den reizenden, wespenartig in lange Korsagen zusammengeschnürten und ganz von Seide und Musselin rauschenden Puppen, unter denen man fast vergeblich nach einem Körper suchte.

Lorenza hatte dagegen von der Tracht der damaligen Französinnen nichts beibehalten als die Schuhe mit zwei Zoll hohen Absätzen, jenes unmögliche Schuhwerk, das den Fuß zu einer Krümmung nötigte, die Zartheit der Knöchel hervorhob und in diesem nicht sehr mythologischen Jahrhundert die Flucht der von den Alpheen verfolgten Arethusen unmöglich machte.

Der Alpheus, der unsere Arethusa verfolgte, holte sie also spielend ein. Er hatte ihre göttlichen Beine unter ihren Röcken von Atlas und Spitze bemerkt, ihr ungepudertes Haar und ihre von einem seltsamen Feuer glänzenden Augen unter einem um Kopf und Hals gewickelten Spitzentuch wahrgenommen. Er glaubte in Lorenza eine für einen Maskenball oder für ein verliebtes Stelldichein verkleidete Frau zu erblicken, die sich in Ermangelung eines Fiakers zu Fuß in eines der kleinen Häuser des Stadtviertels begäbe.

Er näherte sich also, trat mit dem Hut in der Hand an Lorenzas Seite und sprach:

«Mein Gott! Madame, mit diesem Schuhwerk, das Sie beim Gehen behindert, werden Sie nicht weit kommen. Darf ich Ihnen meinen Arm anbieten, bis wir einen Wagen für Sie finden, und erweisen Sie mir die Ehre, Sie zu begleiten?»

Lorenza wandte unvermittelt den Kopf, musterte mit ihrem schwarzen, ausdrucksvollen Auge den Mann, der ihr ein Angebot machte, das viele Frauen für eine Unverschämtheit gehalten hätten. Sie aber blieb stehen und sagte:

«Ja, gerne.»

Der junge Mann reichte ihr höflich den Arm.

«Wohin gehen wir, Madame?» erkundigte er sich.

«Zum Haus des Polizeileutnants.»

Der junge Mann zuckte zusammen.

«Zu Monsieur de Sartines?» fragte er.

«Ich weiß nicht, ob er Monsieur de Sartines heißt, aber ich will denjenigen sprechen, welcher der Polizeileutnant ist.»

Der junge Mann dachte angestrengt nach.

Diese junge, schöne Frau, die um acht Uhr abends in einer fremdartigen Tracht mit einer Kassette unter dem Arm durch die Straßen von Paris lief und nach dem Haus des Polizeileutnants fragte, kam ihm verdächtig vor.

«Ah! Teufel auch!» stieß er hervor. «Das Haus des Herrn Polizeileutnants befindet sich nicht in diesem Viertel.»

«Und wo befindet es sich dann?»

«Im Faubourg Saint-Germain.»

«Und wie kommt man zum Faubourg Saint-Germain?»

«Hier entlang, Madame», antwortete der junge Mann ruhig und immer noch höflich, «und wenn Sie wollen, so werden wir beim ersten Wagen, den wir treffen ...»

«Ja, das ist es, ein Wagen, Sie haben recht.»

Der junge Mann geleitete Lorenza auf den Boulevard zurück und rief den ersten Fiaker, den er erblickte.

Der Kutscher folgte dem Ruf.

«Wohin soll ich Madame bringen?» fragte er.

«Zum Haus von Monsieur de Sartines», gab ihm der junge Mann zur Antwort.

Und mit einem Rest an Höflichkeit oder vielmehr an Erstaunen öffnete er den Wagenschlag, verneigte sich vor Lorenza und schaute ihr, nachdem er ihr in die Kutsche geholfen hatte, beim Wegfahren nach, wie man im Traum einer Erscheinung nachschaut.

Voller Respekt für den furchtbaren Namen peitschte der Kutscher seine Pferde und fuhr in die angegebene Richtung davon.

Eben überquerte Lorenza die Place Royale, und an dieser Stelle geschah es, daß Andrée, die sie in ihrem magnetischen Schlaf gesehen und gehört hatte, sie an Balsamo verriet.

Zwanzig Minuten später war Lorenza am Tor des Hauses angelangt.

«Soll ich auf Sie warten, meine schöne Dame?» fragte der Kutscher.

«Ja», antwortete Lorenza, ohne nachzudenken.

Und leichten Schrittes trat sie unter das Portal des prachtvollen Gebäudes.

## CXXIII. KAPITEL

### *Das Palais Monsieur de Sartines'*

Sowie sie den Hof erreicht hatte, sah Lorenza sich von einer großen Zahl Gefreiter und Soldaten umgeben.

Sie wandte sich an den Gardisten, der ihr am nächsten stand, und bat ihn, sie zum Polizeileutnant zu führen. Dieser Gardist verwies sie an den Schweizer, der, als er diese schöne, so außergewöhnlich und so reich gekleidete Frau mit einer so prachtvollen Schatulle unter dem Arm erblickte, sofort einsah, daß dieser Besuch mit Sicherheit nicht müßiger Natur sein konnte. Er führte sie daher über eine breite Treppe bis in ein Vorzimmer, wo jeder Beliebige nach einer scharfsinnigen Befragung durch den Schweizer zu jeder Tages- und Nachtzeit bei Monsieur de Sartines eine Aufklärung, eine Anzeige oder ein Ersuchen zu Protokoll geben konnte.

Es versteht sich von selbst, daß die ersten beiden Kategorien von Besuchern günstiger empfangen wurden als die letzte.

Einem Amtsdiener, der sie nach dem Grund ihres Besuchs befragen wollte, gab Lorenza lediglich zur Antwort:

«Sind Sie Monsieur de Sartines?»

Der Amtsdiener staunte nicht schlecht darüber, daß man sein schwarzes Gewand und seine stählerne Kette mit der gestickten Tracht und der Wolkenperücke des Polizeileutnants verwechseln konnte. Da aber ein Leutnant sich nie ärgert, wenn man ihn mit Hauptmann anredet, da er in den Worten dieser Frau einen fremdartigen Akzent erkannte und da ihr festes und sicheres Auge nichts von einer Wahnsinnigen hatte, so war er überzeugt, die Unbekannte bringe etwas Wichtiges in dem Kästchen, das sie so sorgfältig unter dem Arm trug.

Da aber Monsieur de Sartines ein vorsichtiger und mißtrauischer Mann war und da man ihm schon mit nicht minder verlockenden Ködern als dem der Italienerin Fallen gestellt hatte, so war man um ihn herum sehr wachsam.

Lorenza mußte daher die Nachforschungen, die Verhöre und die Verdächtigungen eines halben Dutzends von Sekretären und Bedienten über sich ergehen lassen.

Das Ergebnis all dieser Befragungen und all dieser Antworten war, daß man ihr mitteilte, Monsieur de Sartines sei noch nicht zurückgekehrt und sie müsse warten.

Da hüllte sich die junge Frau in düsteres Schweigen, während sie ihre Augen über die nackten Wände des geräumigen Vorzimmers irren ließ.

Endlich vernahm man den Klang eines Glöckchens. Ein Wagen rollte in den Hof, und ein zweiter Amtsdiener verkündete Lorenza, Monsieur de Sartines erwarte sie.

Lorenza erhob sich und durchquerte zwei Säle voll von Leuten mit verdächtigen Gesichtern und in Trachten, welche noch viel seltsamer waren als die ihrige. Schließlich führte man sie in ein großes, achteckiges Arbeitszimmer, das von einer großen Anzahl Kerzen beleuchtet wurde.

Ein Mann von fünfzig bis fünfundfünfzig Jahren in einem Schlafrock und mit einer gewaltigen, von Puder und Kräuselung ganz flauschigen Perücke saß vor einem hohen Möbelstück, dessen oberer schrankähnlicher Teil von zwei Spiegelplatten geschlossen wurde. Diese Spiegelvorrichtung ermöglichte es dem emsigen Arbeiter, diejenigen, welche in sein Kabinett traten, ungestört zu betrachten und ihr Gesicht zu studieren, noch bevor sie Gelegenheit hatten, ihren Gesichtsausdruck auf den seinigen abzustimmen.

Der untere Teil des Möbelstücks war ein Sekretär, in dessen Mitte sich mehrere Schubladen aus Rosenholz befanden. Jede dieser Schubladen öffnete sich durch eine Kombination von Buchstaben. Darin bewahrte Monsieur de Sartines alle Papiere und Geheimschriften auf, die zu seinen Lebzeiten niemand zu Gesicht bekam. Denn das Möbelstück öffnete sich nur für ihn allein, und selbst nach seinem Tod hätte niemand die Buchstabenkombinationen herausfinden können, hätte der Polizeileutnant nicht in einer Schublade, die noch geheimer war als die anderen, den Schlüssel zu dem Geheimcode hinterlegt.

Dieser Sekretär oder Schrank barg unter den Spiegelplatten seines oberen Teils weitere zwölf Schubladen, welche sich ebenfalls durch einen unsichtbaren Mechanismus schlossen. Dieses Möbel, das auf Geheiß des Regenten angefertigt worden war, um chemische oder politische Geheimnisse aufzubewahren, war vom Prinzen an Dubois verschenkt und von Dubois dem Polizeileutnant Monsieur Dombreval hinterlassen worden. Von diesem letzteren hatte Monsieur de Sartines das Möbelstück mitsamt seinen Geheimnissen erhalten. Monsieur de Sartines bediente sich desselben jedoch erst nach dem Tod des Schenkers, und zwar nachdem er vorher die ganze Einrichtung des Schlosses hatte ändern lassen. Das Möbel hatte einigen Ruf in der Welt und schloß zu gut, wie man sagte, als daß Monsieur de Sartines nur seine Perücken darin aufbewahrt hätte.

Die Unzufriedenen, und es gab deren viele in jener Zeit, behaupteten, wenn man durch die Holztäfelung dieses Möbels lesen könnte, so fände man sicherlich in einer seiner Schubladen die berüchtigten Verträge, kraft derer Seine Majestät König Ludwig XV. durch die Vermittlung seines getreuen Agenten, Monsieur de Sartines, mit dem Getreide Wuchergeschäfte betrieb.

Der Herr Polizeileutnant erblickte also in seinem schrägkantigen Spiegel das bleiche und ernste Gesicht Lorenzas, die mit dem Kästchen unter dem Arm auf ihn zutrat.

In der Mitte des Studierzimmers blieb die junge Frau stehen. Dieses Gewand, dieses Gesicht und dieser Gang fielen dem Leutnant auf.

«Wer sind Sie?» fragte er, ohne sich umzudrehen. «Was wollen Sie von mir?»

«Habe ich Monsieur de Sartines, den Polizeileutnant, vor mir?» fragte Lorenza zurück.

«Ja», antwortete dieser kurz.

«Wer gibt mir die Gewißheit?»

Monsieur de Sartines fuhr herum.

«Wird es für Sie ein Beweis sein, daß ich der Mann bin, den Sie suchen, wenn ich Sie ins Gefängnis stecke?»

Lorenza erwiderte nichts.

Sie schaute nur mit jener unbeschreiblichen Würde der Frauen ihres Landes umher und suchte den Stuhl, den Monsieur de Sartines ihr nicht anbot.

Doch schon dieser einzige Blick genügte, um ihn zu besiegen, denn er war ein wohlerzogener Mann, dieser Graf von Alby de Sartines.

«Setzen Sie sich», forderte er sie unvermittelt auf.

Lorenza zog einen Sessel herbei und nahm Platz.

«Sprechen Sie schnell», drängte der Beamte, «lassen Sie hören, was wollen Sie von mir?»

«Monsieur», erwiderte die junge Frau, «ich komme, um mich unter Ihren Schutz zu stellen.»

Monsieur de Sartines schaute sie mit dem ihm eigenen spöttischen Blick an.

«Aha!» machte er.

«Monsieur», fuhr Lorenza fort, «ich bin meiner Familie entführt und durch eine erschwindelte Heirat einem Mann unterworfen worden, der mich seit drei Jahren unterdrückt und mich vor Schmerz dahinsterben läßt.»

Monsieur de Sartines betrachtete ihre edlen Gesichtszüge und fühlte sich tief bewegt durch ihre musikalische Stimme.

«Aus welchem Land kommen Sie?» erkundigte er sich.

«Ich bin Römerin.»

«Wie heißen Sie?»

«Lorenza.»

«Lorenza und wie weiter?»

«Lorenza Feliciani.»

«Diese Familie ist mir nicht bekannt. Sind Sie Demoiselle?»

Demoiselle bedeutete zu dieser Zeit, wie man weiß, ein Mädchen von vornehmem Stand. Heutzutage fühlt sich eine Frau edel genug, sobald sie heiratet, und legt nur noch Wert darauf, mit Madame angeredet zu werden.

«Ich bin Demoiselle», bestätigte Lorenza.

«Und nun? Was verlangen Sie? ...»

«Ich verlange Gerechtigkeit gegen diesen Mann, der mich eingesperrt und meiner Freiheit beraubt hat.»

«Das geht mich nichts an», entgegnete der Polizeileutnant, «Sie sind schließlich seine Frau.»

«Zumindest behauptet er es.»

«Wie soll ich das verstehen, er behauptet es?»

«Ja, aber ich erinnere mich nicht daran, da die Ehe geschlossen wurde, während ich schlief.»

«Verdammt! Sie müssen aber einen festen Schlaf haben.»

«Wie bitte?»

«Ich sage, das geht mich nichts an. Wenden Sie sich an einen Anwalt und gehen Sie vor Gericht. Ich mische mich nicht gern in eheliche Angelegenheiten.» Worauf Monsieur de Sartines ein Zeichen mit der Hand machte, das bedeutete: Gehen Sie.

Lorenza rührte sich nicht von der Stelle.

«Nun?» fragte Monsieur de Sartines erstaunt.

«Ich bin noch nicht zu Ende», sagte sie, «und wenn ich Sie hier aufsuche, das müssen Sie verstehen, so ist es nicht, um mich über eine Nichtigkeit zu beklagen, sondern um mich zu rächen. Ich habe Ihnen gesagt, aus welchem Land ich komme. Die Frauen in meinem Land rächen sich und beklagen sich nicht.»

«Das ist etwas anderes», gab Monsieur de Sartines zu, «aber beeilen Sie sich, schöne Dame, meine Zeit ist kostbar.»

«Ich habe Ihnen gesagt, daß ich zu Ihnen komme, um Sie um Ihren Schutz zu bitten. Werden Sie mir denselben gewähren?»

«Schutz vor wem?»

«Vor dem Mann, an dem ich mich rächen will.»

«Er ist also mächtig?»

«Mächtiger als ein König.»

«Hören Sie, daß wir uns recht verstehen, meine teure Dame ... Warum sollte ich Ihnen Schutz vor einem Mann bewilligen, der Ihrer Meinung nach mächtiger ist als der König, wenn durch diesen Schutz eine Handlung ermöglicht wird, die vielleicht ein Verbrechen ist? Wenn Sie glauben, sich an diesem Mann rächen zu müssen, so rächen Sie sich. Das ist mir gleichgültig. Wenn Sie dabei allerdings ein Verbrechen begehen, werde ich Sie verhaften lassen. Danach werden wir weitersehen.»

«Nein, Monsieur», widersprach Lorenza, «nein, Sie werden mich nicht verhaften lassen, denn meine Rache ist von großem Nutzen für Sie, für den König und für ganz Frankreich. Ich räche mich, indem ich die Geheimnisse dieses Mannes enthülle.»

«Ach so! Ach so! Der Mann hat also Geheimnisse?» meinte Monsieur de Sartines, unwillkürlich interessiert.

«Große Geheimnisse, Monsieur.»

«Welcher Art?»

«Politischer.»

«Sprechen Sie.»

«Sagen Sie mir zuerst, ob Sie mich schützen werden.»

«Welche Art von Schutz verlangen Sie?» erkundigte sich der Beamte mit einem kalten Lächeln. «Geld oder Gewogenheit?»

«Monsieur, ich verlange, in ein Kloster einzutreten und in diesem unbekannt und verborgen zu leben. Ich verlange, daß dieses Kloster ein Grab wird, aber daß mein Grab von niemandem auf der Welt geschändet wird.»

«Ah!» machte der Beamte. «Das ist keine sehr hohe Forderung. Sie sollen das Kloster haben. Sprechen Sie.»

«Das heißt, ich habe Ihr Wort, Monsieur?»

«Mir scheint, ich habe es Ihnen soeben gegeben.»

«Dann nehmen Sie dieses Kästchen. Es enthält Geheimnisse, die Sie um die Sicherheit des Königs und des Reiches zittern lassen werden.»

«Sie kennen diese Geheimnisse?»

«Nur oberflächlich, aber ich weiß, daß sie existieren.»

«Und daß sie wichtig sind?»

«Daß sie furchtbar sind.»

«Politische Geheimnisse, sagen Sie?»

«Haben Sie niemals davon gehört, daß es eine geheime Gesellschaft geben soll?»

«Ah! Die Gesellschaft der Freimaurer?»

«Die der Unsichtbaren.»

«Ja, aber ich glaube nicht daran.»

«Wenn Sie dieses Kästchen geöffnet haben, werden Sie daran glauben.»

«Ah!» rief Monsieur de Sartines lebhaft. «Das wollen wir doch mal sehen.»

Und er nahm Lorenza die Kassette aus der Hand.

Doch plötzlich, nachdem er einen Augenblick nachgedacht hatte, stellte er sie wieder auf den Schreibtisch.

«Nein», entgegnete er mißtrauisch, «öffnen Sie das Kästchen selbst.»

«Aber ich habe nicht den Schlüssel dazu.»

«Was soll das heißen, Sie haben nicht den Schlüssel dazu? Sie bringen mir eine Schatulle, welche das Schicksal eines Königreiches in sich birgt, und vergessen den Schlüssel!»

«Ist es denn so schwierig, ein Schloß zu öffnen?»

«Nein, nicht, wenn man es kennt.»

Nach einem Augenblick fuhr er fort:

«Wir haben hier Schlüssel für alle Schlösser. Man wird Ihnen einen Schlüsselbund geben, und» – er schaute sie eindringlich an – «Sie werden selbst öffnen.»

«Geben Sie her», sagte Lorenza schlicht.

Monsieur Sartines reichte der jungen Frau einen Bund kleiner Schlüssel, die alle möglichen Formen aufwiesen.

Sie nahm ihn.

Zufällig berührte Monsieur de Sartines ihre Hand. Sie war kalt wie Marmor.

«Aber», fragte er, «warum haben Sie denn den Schlüssel der Schatulle nicht mitgebracht?»

«Weil der Besitzer des Kästchens sich niemals davon trennt.»

«Und der Besitzer des Kästchens, dieser Mann, der mächtiger ist als ein König, was ist er?»

«Was er ist, vermag niemand zu sagen. Allein die Ewigkeit weiß, wie lange er schon lebt. Die Taten, die er vollbringt, sieht niemand außer Gott.»

«Aber sein Name, sein Name?»

«Solange ich bei ihm war, hat er seinen Namen zehnmal geändert.»

«Dann sagen Sie mir den Namen, unter dem Sie ihn kennen?»

«Acharat.»

«Und wo wohnt er?»

«In der Rue Saint ...»

Plötzlich zuckte Lorenza zusammen, erbebte, ließ die Kassette fallen, die sie in der einen Hand hielt, und die Schlüssel, die sich in der anderen befanden. Sie strengte sich an, wollte antworten; ihr Mund verzerrte sich in einem schmerzhaften Krampf. Sie fuhr sich mit beiden Händen an die Kehle, als wollten sie die Worte, die auszusprechen sie im Begriff war, ersticken. Dann reckte sie ihre zitternden Arme gen Himmel und fiel, ohne einen Laut von sich zu geben, der Länge nach auf den Teppich des Studierzimmers.

«Arme Kleine!» murmelte Monsieur de Sartines. «Was zum Teufel widerfährt ihr eigentlich? Sie ist wahrhaftig sehr hübsch. Ach, hinter dieser Rache steckt gewiß eifersüchtige Liebe!»

Er läutete und hob selbst die junge Frau auf, die mit ihren starren Augen und ihren reglosen Lippen eher tot als lebendig und wie losgelöst von dieser Welt schien.

Zwei Diener traten ein.

«Nehmen Sie diese junge Dame, und tragen Sie sie vorsichtig ins Nebenzimmer», befahl er. «Bemühen Sie sich, daß sie wieder zur Besinnung kommt. Aber daß Sie mir ja keine Gewalt anwenden! Gehen Sie.»

Gehorsam trugen die beiden Diener Lorenza hinaus.

## CXXIV. KAPITEL

### *Das Kästchen*

Als er allein war, nahm Monsieur de Sartines das Kästchen und drehte und wendete es wie ein Mann, der den Wert einer Entdeckung wohl zu schätzen weiß.

Dann streckte er die Hand aus und hob den Schlüsselbund auf, der Lorenzas Händen entglitten war.

Er probierte alle Schlüssel durch, doch keiner paßte.

Er zog drei oder vier ähnliche Schlüsselbunde aus einer Schublade.

Daran hingen Schlüssel in allen Größen, Schlüssel von Schränken und Kassetten, vom ganz gewöhnlichen bis zum mikroskopisch kleinen Schlüssel. Monsieur de Sartines besaß von allen bekannten Schlüsseln ein Muster.

Er probierte zwanzig, fünfzig, hundert an dem Kästchen aus, doch keiner ließ sich auch nur umdrehen. Endlich kam der Beamte auf den Gedanken, daß das Schloß nur den Anschein eines Schlosses erweckte und daß folglich seine Schlüssel nur Scheinschlüssel waren.

Daher nahm er aus derselben Schublade einen kleinen Meißel und ein Hämmerchen und brach das Schloß, den treuen Hüter der Kassette, mit seiner weißen, unter einer weiten Manschette von Mechelner Spitzen steckenden Hand auf.

Sogleich kam vor seinen Augen statt der tödlichen Maschinen, die er zu finden befürchtete, und statt der Gifte, die ihren tödlichen Duft ausströmen und Frankreich seines wichtigsten Beamten berauben würden, ein Bündel Papiere zum Vorschein.

Das erste, was dem Polizeileutnant ins Auge sprang, waren folgende, von einer sichtbar verstellten Hand geschriebene Worte:

*Meister, es ist an der Zeit, den Namen Balsamo abzulegen.*

Es befand sich keine Unterschrift darunter, sondern nur die drei Buchstaben: *L. P. D.*

«Ah! Ah!» machte er, die Locken seiner Perücke zwirbelnd. «Wenn ich auch nicht die Handschrift kenne, so glaube ich doch, daß mir der Name nicht unbekannt ist. Balsamo, hm, suchen wir einmal unter B.»

Er öffnete nun eine seiner vierundzwanzig Schubladen und zog ein kleines Register daraus hervor, in dem in alphabetischer Reihenfolge mit einer feinen Schrift voller Kürzel drei- bis vierhundert Namen geschrieben standen, denen sehr auffällig geschweifte Klammern vorangesetzt oder angehängt waren.

«Oh! Oh!» murmelte er. «Da steht ja ein ganzer Roman über diesen Balsamo.»

Mit unzweideutigen Zeichen von Mißvergnügen las er die ganze Seite.

Sodann legte er das Register wieder in die Schublade zurück, um den Inhalt des Kästchens weiter zu untersuchen.

Schon nach Durchsicht einiger weniger Papiere war er tief beeindruckt. Und bald stieß er auf eine Notiz voller Namen und Zahlen.

Die Notiz kam ihm wichtig vor. Sie war an den Rändern stark ausgefranst und ganz mit Zeichen vollgekritzelt, die mit dem Bleistift gemacht worden waren. Monsieur de Sartines läutete. Ein Diener erschien.

«Den Gehilfen der Kanzlei», befahl er, «sofort! Lassen Sie ihn von der Schreibstube durch meine Wohnung gehen, damit er Zeit spart.»

Der Bediente entfernte sich.

Zwei Minuten später erschien ein Schreiber mit den für seinen Berufsstand typischen Ärmeln von schwarzem Kammgarn auf der Schwelle des Kabinetts. In der Hand hielt er eine Feder, während er unter dem einen Arm seinen Hut, unter dem anderen ein dickes Register trug. Monsieur de Sartines erblickte ihn in seinem Spiegelschrank und reichte ihm über die Schulter hinweg das Papier.

«Entziffern Sie mir das», wies er ihn an.

«Jawohl, Monseigneur», antwortete der Gehilfe.

Dieser Rätsellöser war ein kleiner, hagerer Mann mit dünnen Lippen, blassen Wangen und vom emsigen Forschen und Suchen zusammengezogenen Brauen. Er hatte ein spitz zulaufendes Kinn, eine fliehende Stirn, hervorspringende Backenknochen und tiefliegende, trübe Augen, die sich nur von Zeit zu Zeit belebten.

Monsieur de Sartines nannte ihn La Fouine.

«Setzen Sie sich», forderte der Beamte ihn auf, als er sah, daß er mit seinem Wörterbuch, seinem Ziffernkodex, seinem Notizblock und seiner Feder ziemlich unbeholfen dastand.

La Fouine setzte sich bescheiden auf einen Schemel, zog seine Beine an und begann, auf den Knien zu schreiben, wobei er die ganze Zeit mit unerschütterlichem Gesichtsausdruck in seinem Wörterbuch blätterte und in seinem Gedächtnis suchte.

Innerhalb von fünf Minuten hatte er folgendes zu Papier gebracht:

§

*Befehl, dreitausend Brüder in Paris zu versammeln.*

§

*Befehl, drei Zirkel und sechs Logen zusammenzustellen.*

§

*Befehl, eine Leibwache für den Großkophta zu bilden und ihm vier Wohnsitze zu verschaffen, davon einer in einem königlichen Hause.*

§

*Befehl, ihm fünftausend Francs für eine Polizei zur Verfügung zu stellen.*

§

*Befehl, für den ersten der Pariser Zirkel die ganze Blüte der Literatur und der Philosophie anzuwerben.*

§

*Befehl, die Vertreter des hohen Beamtentums zu gewinnen oder zu dingen und sich insbesondere des Polizeileutnants durch Bestechung, Gewalt oder List zu versichern.*

La Fouine hielt einen Augenblick inne. Nicht daß der arme Mann nachgedacht hätte; davor hütete er sich wohl, denn das wäre ein Verbrechen gewesen. Vielmehr war seine Seite voll und die Tinte noch frisch, weswegen er ein wenig warten mußte, um fortfahren zu können.

Ungeduldig riß ihm Monsieur de Sartines das Blatt aus der Hand und las selbst.

Beim letzten Paragraphen zeichnete sich ein solcher Ausdruck von Schrecken auf seinen Gesichtszügen ab, daß er sich im Spiegel seines Schrankes erbleichen sah und darüber noch mehr erbleichte.

Er gab dem Schreiber das Blatt nicht zurück, sondern reichte ihm ein neues. Der Gehilfe begann wieder, zu entziffern und zu schreiben, was ihm übrigens mit einer für die Erfinder von Geheimcodes erschreckenden Leichtigkeit von der Hand ging.

Diesmal las Monsieur de Sartines über seine Schulter hinweg.

Er las folgende Worte:

*In Paris den Namen Balsamo, der allmählich zu bekannt ist, ablegen und dafür den eines Grafen von Phö ... annehmen.*

Der Rest des Namens war unter einem Tintenklecks begraben.

Gerade war Monsieur de Sartines dabei, die fehlenden Silben zu suchen, welche das Wort bilden sollten, als draußen die Klingel ertönte. Ein Diener trat ein und meldete:

«Der Graf von Phönix!»

Monsieur de Sartines stieß einen Schrei aus, schlug die Hände über dem Kopf zusammen und entließ seinen Schreiber in aller Eile durch eine Geheimtür.

Sodann nahm er wieder seinen Platz vor dem Schreibtisch ein und hieß den Bedienten, den Besucher hereinzuführen.

Einige Sekunden später gewahrte Monsieur de Sartines in seinem Spiegel das strenge Profil des Grafen, den er am Tage der Vorstellung von Madame Dubarry schon einmal flüchtig bei Hofe gesehen hatte.

Balsamo trat ohne jedes Zögern ein.

Monsieur de Sartines erhob sich, bedachte den Grafen mit einer kühlen Verbeugung, schlug ein Bein über das andere und lehnte sich förmlich in seinem Sessel zurück.

Der Beamte hatte Grund und Zweck dieses Besuchs auf den ersten Blick erkannt.

Und ebenfalls auf den ersten Blick hatte Balsamo die offene Kassette entdeckt, die zur Hälfte auf dem Schreibtisch von Monsieur de Sartines ausgeleert war.

Dieser Blick, so flüchtig er auch über das Kästchen gestreift sein mochte, entging dem Herrn Polizeileutnant keineswegs.

«Welchem Zufall verdanke ich die Ehre Ihres Besuchs, Herr Graf?» erkundigte sich Monsieur de Sartines.

«Monsieur», erwiderte Balsamo mit einem äußerst liebenswürdigen Lächeln, «ich hatte bereits die Ehre, allen Fürsten, allen Ministern und allen Gesandten Europas vorgestellt zu werden. Aber ich habe niemanden gefunden, der mich bei Ihnen eingeführt hätte. Daher komme ich, um mich selbst vorzustellen.»

«Wahrlich, Monsieur», antwortete der Polizeileutnant, «Sie erscheinen gerade im trefflichen Augenblick, denn ich glaube, wenn Sie nicht aus eigenem Antrieb gekommen wären, hätte ich die Ehre gehabt, Sie hierher zu bestellen.»

«Ah! Sehen Sie, wie gut sich das trifft», erwiderte Balsamo.

Monsieur de Sartines verneigte sich mit einem spöttischen Lächeln.

«Dürfte ich mich etwa so glücklich schätzen, Ihnen nützlich sein zu können?» erkundigte sich Balsamo.

Und er sprach diese Worte, ohne daß auch nur ein Schatten von Unruhe oder Besorgnis sein lächelndes Antlitz verdüsterte.

«Sie sind viel in der Welt herumgekommen, nicht wahr, Herr Graf?» fragte der Polizeileutnant.

«Sehr viel, Monsieur.»

«Wünschen Sie vielleicht irgendeine geographische Auskunft? Ein Mann von Ihren Fähigkeiten beschäftigt sich nicht allein mit Frankreich, er schließt ganz Europa, die ganze Welt in seinen Wirkungskreis mit ein ...»

«Geographisch ist nicht das richtige Wort, moralisch wäre zutreffender. Ich bitte Sie, tun Sie sich weder wegen des einen noch wegen des anderen Zwang an. Ich stehe ganz zu Ihren Diensten.»

«Wohl, Herr Graf, stellen Sie sich vor, ich suche einen sehr gefährlichen Menschen, einen Menschen, der zugleich ein Gottesleugner ...»

«Oh!»

«Ein Verschwörer ...»

«Oh!»

«Ein Fälscher ...»

«Oh!»

«Ein Ehebrecher, ein Falschmünzer, ein Empiriker, ein Scharlatan und ein Sektenführer ist; einen Mann, dessen Geschichte ich in meinen Registern und in der Kassette, die Sie hier sehen, habe ...»

«Ah! Ja, ich verstehe», konterte Balsamo, «Sie haben die Geschichte, aber Sie haben nicht den Menschen.»

«So ist es.»

«Teufel! Das wäre aber wichtiger, wie mir scheint.»

«Zweifellos, aber Sie werden sehen, wie nahe wir daran sind, ihn zu fassen. Proteus hat gewiß nicht mehr Gestalten angenommen als er. Jupiter hat nicht mehr Namen als dieser geheimnisvolle Reisende: Acharat in Ägypten, Balsamo in Italien, Somini in Sardinien, Marquis d'Anna in Malta, Marquis Pellegrini in Korsika und schließlich Graf von ...»

«Graf von? ...» hakte Balsamo nach.

«Diesen letzten Namen konnte ich nicht gut lesen, Monsieur, aber ich bin überzeugt, Sie werden mir helfen, nicht wahr? Denn es ist ausgeschlossen, daß Sie diesen Mann nicht auf Ihren Reisen in einem der Länder, die ich Ihnen eben anführte, kennengelernt haben.»

«Wenn Sie so gut wären, mich ein wenig näher zu unterrichten ...», gab Balsamo völlig gelassen zur Antwort.

«Ah! Ich verstehe, Sie wünschen eine Art Personenbeschreibung, nicht wahr, Herr Graf?»

«Ja, Monsieur, wenn es Ihnen nichts ausmacht.»

«Nun», sprach Monsieur de Sartines, wobei er auf Balsamo einen Blick heftete, dem er einen inquisitorischen Ausdruck zu verleihen suchte, «es ist ein Mann Ihres Alters, Ihrer Größe und Ihrer Gestalt. Bald spielt er den großen Herrn, der mit Geld um sich wirft, bald zeigt er sich als Scharlatan, der die Naturgeheimnisse zu ergründen sucht, und bald tritt er als Mitglied einer geheimnisvollen Bruderschaft auf, welche in der Finsternis den Tod der Könige und den Sturz der Throne beschwört.»

«Oh!» machte Balsamo. «Das ist nicht sehr genau.»

«Wie, nicht sehr genau?»

«Wenn Sie wüßten, wie viele Männer ich gesehen habe, auf die Ihre Beschreibung passen würde!»

«Tatsächlich?»

«Ganz gewiß, und Sie täten gut daran, mir etwas genauere Angaben zu machen, wenn ich Ihnen helfen soll. Zunächst, wissen Sie, in welchem Land er sich vornehmlich aufhält?»

«Er hält sich in allen Ländern auf.»

«Aber zum Beispiel in diesem Augenblick?»

«In diesem Augenblick ist er in Frankreich.»

«Und was tut er in Frankreich?»

«Er leitet eine ungeheure Verschwörung.»

«Ah! Das ist eine Auskunft, mit der man etwas anfangen kann. Ausgezeichnet! Und wenn Sie auch noch wissen, welche Verschwörung er leitet, wohl, dann haben Sie einen Faden in der Hand, an dessen Ende Sie aller Wahrscheinlichkeit nach Ihren Mann finden.»

«Das glaube ich auch.»

«Nun, wenn Sie das glauben, warum fragen Sie mich in diesem Fall um Rat? Das ist unnötig.»

«Ah! Es ist nur so, daß ich mir noch nicht ganz im klaren bin.»

«Worüber.»

«Über folgendes.»

«Lassen Sie hören.»

«Soll ich ihn verhaften lassen, ja oder nein?»

«Ja oder nein?»

«Ja oder nein.»

«Ich verstehe nicht recht das Nein, Herr Polizeileutnant. Schließlich beteiligt er sich doch an einer Verschwörung ...»

«Ja, schon, aber wenn er nun durch irgendeinen Namen oder Titel ein wenig abgesichert ist?»

«Ach so, ich begreife. Aber um welchen Namen oder Titel sollte es sich dabei handeln? Das müssen Sie mir schon verraten, damit ich Ihnen bei Ihren Nachforschungen helfen kann, Monsieur.»

«Ei, Monsieur, ich habe es Ihnen doch bereits gesagt, ich kenne den Namen, unter dem er sich verbirgt, aber ...»

«Aber Sie kennen denjenigen nicht, unter welchem er sich zeigt, nicht wahr?»

«Ganz richtig, sonst ...»

«Sonst würden Sie ihn verhaften lassen?»

«Auf der Stelle.»

«Nun, mein werter Monsieur de Sartines, es ist, wie Sie vorhin bemerkten, wirklich ein glücklicher Zufall, der mich gerade in diesem Augenblick zu Ihnen führte. Ich kann Ihnen nämlich den Dienst erweisen, um den Sie mich bitten.»

«Sie?»

«Ja.»

«Sie werden mir seinen Namen nennen?»

«Ja.»

«Den Namen, unter dem er sich zeigt?»

«Ja.»

«Sie kennen ihn also?»

«Vollkommen.»

«Und wie lautet dieser Name?» erkundigte sich Monsieur de Sartines in Erwartung irgendeiner Lüge.

«Graf von Phönix.»

«Wie? Der Name, unter dem Sie sich ankündigen ließen? ...»

«Der Name, unter dem ich mich ankündigen ließ, allerdings.»

«Verehrter Polizeileutnant, ich werde Ihnen
eine Kugel durch den Kopf jagen.»

«Ihr Name?» – «Mein Name.»

«Dann sind Sie dieser Acharat, dieser Somini, dieser Marquis d'Anna, dieser Marquis Pellegrini, dieser Joseph Balsamo?»

«Natürlich», bestätigte Balsamo schlicht, «ich bin es selbst.»

Monsieur de Sartines brauchte eine Minute, um sich von der Verblüffung zu erholen, die diese freche Offenherzigkeit bei ihm hervorrief.

«Sehen Sie, das hatte ich mir schon gedacht», meinte er schließlich. «Ich kannte Sie, ich wußte, daß Balsamo und der Graf von Phönix ein und dieselbe Person sind.»

«Ah! Sie sind ein großer Minister, das muß ich gestehen», erwiderte Balsamo.

«Und Sie ein höchst unvorsichtiger Mensch», versetzte der Beamte, indem er die Hand nach der Klingel ausstreckte.

«Unvorsichtig? Warum?»

«Weil ich Sie verhaften lasse.»

«Einen Moment, nicht so hastig!» rief Balsamo und stellte sich zwischen die Klingel und den Polizeileutnant. «Verhaftet man mich etwa?»

«Bei Gott! Was wollen Sie tun, um mich daran zu hindern, frage ich Sie?»

«Das fragen Sie mich?»

«Ja.»

«Mein verehrter Polizeileutnant, ich werde Ihnen eine Kugel durch den Kopf jagen.»

Und Balsamo zog eine niedliche, in feuervergoldetes Silber gefaßte Pistole, deren kunstvolle Ziselierung man für eine Arbeit von Benvenuto Cellini hätte halten können, aus der Tasche und richtete sie seelenruhig auf das Gesicht von Monsieur de Sartines, welcher vor Schrecken blaß wurde und in einen Lehnstuhl sank.

«So!» machte Balsamo, während er einen anderen Stuhl neben den des Polizeileutnants zog und sich darauf niederließ. «So, jetzt können wir ein wenig plaudern.»

## CXXV. KAPITEL

### *Plauderei*

Monsieur de Sartines brauchte einen Augenblick, um sich nach einem solchen Schrecken wieder zu fassen. Er hatte den drohenden Lauf der Pistole gesehen. Er hatte sogar auf seiner Stirn die Kälte ihres eisernen Ringes gespürt.

Endlich war er soweit wiederhergestellt.

«Monsieur», begann er, «ich habe Ihnen gegenüber einen Vorteil. Da ich wußte, mit wem ich sprechen würde, ließ ich die üblichen Vorsichtsmaßnahmen, die man im Umgang mit gewöhnlichen Missetätern zu treffen pflegt, außer acht.»

«O Monsieur!» konterte Balsamo. «Jetzt werden Sie ärgerlich und ergehen sich in wüsten Beschimpfungen. Bemerken Sie eigentlich nicht, wie ungerecht Sie sind? Ich komme, um Ihnen einen Dienst zu erweisen.»

Monsieur de Sartines rutschte auf seinem Stuhl hin und her.

«Einen Dienst, ja, Monsieur», beteuerte Balsamo, «und genau in diesem Punkt irren Sie sich bei der Beurteilung meiner Absichten. Sie erzählen mir von Verschwörern, gerade in dem Augenblick, da ich komme, um Ihnen eine Verschwörung anzuzeigen.»

Aber Balsamo mochte sagen, was er wollte. Monsieur de Sartines schenkte den Worten dieses gefährlichen Besuchers gegenwärtig keine große Aufmerksamkeit, so daß er bei dem Wort Verschwörung, das ihn unter gewöhnlichen Umständen hätte hochfahren lassen, kaum die Ohren spitzte.

«Sie begreifen, Monsieur, da Sie so gut wissen, wer ich bin, Sie begreifen meinen Auftrag in Frankreich. Ich bin ein Abgesandter Seiner Majestät Friedrichs des Großen, das heißt ein mehr oder minder geheimer Botschafter Seiner preußischen Majestät. Nun sind Botschafter bekanntlich neugierige Menschen, und in meiner Eigenschaft als Neugieriger bin ich über alles, was vorgeht, auf dem laufenden. Dabei ist eines der Dinge, über die ich am besten unterrichtet bin, der Kornwucher.»

So einfach Balsamo diese Worte auch gesprochen hatte, so wirkten sie doch gewaltiger auf den Polizeileutnant als alle anderen, denn sie machten Monsieur de Sartines aufmerksam.

Er hob langsam den Kopf.

«Was ist das für eine Kornsache?» fragte er, wobei er ebensoviel Selbstsicherheit vortäuschte, wie Balsamo zu Beginn der Unterhaltung aufgeboten hatte. «Seien Sie so gut und erläutern Sie mir das näher, Monsieur.»

«Herzlich gern, Monsieur», willigte Balsamo ein. «Es handelt sich um folgendes.»

«Ich höre.»

«Oh! Das brauchen Sie mir nicht zu sagen ... Sehr geschickte Spekulanten haben Seine Majestät den König von Frankreich dazu überredet, Kornspeicher zu errichten, um darin das Getreide seines Volkes für den Fall einer Hungersnot zu lagern. Man baute also Speicher. Während man noch an der Arbeit war, sagte man sich, es wäre besser, sie groß anzulegen. Daher sparte man an nichts, weder an Steinen noch an Mörtel, und machte sie sehr groß.»

«Und hernach?»

«Hernach mußte man sie füllen, denn leere Kornspeicher wären nutzlos gewesen. Man füllte sie also.»

«Nun, Monsieur?» forschte Monsieur de Sartines, der noch nicht recht erkannte, worauf Balsamo hinauswollte.

«Nun, Sie können sich denken, daß man eine sehr große Menge Weizen benötigte, um so große Speicher zu füllen. Ist das nicht einleuchtend?»

«Gewiß.»

«Ich fahre fort. Viel Weizen aus dem Verkehr zu ziehen, ist ein Mittel, das Volk auszuhungern. Denn bemerken Sie wohl, jeder Wert, der aus dem Umlauf gezogen wird, kommt einem Produktionsausfall gleich. Tausend Säcke Getreide im Speicher bedeuten tausend Säcke weniger auf dem Markt. Multiplizieren Sie diese tausend Säcke nur mit zehn, so steigt das Getreide sogleich im Preis.»

Monsieur de Sartines wurde von einem Hustenreiz befallen.

Balsamo hielt inne und wartete ruhig, bis der Husten sich gelegt hatte. Sobald ihm der Polizeileutnant aber Muße ließ, fuhr er fort:

«Der Spekulant auf dem Speicher bereichert sich also durch den Wertzuwachs. Ist es soweit verständlich?»

«Vollkommen verständlich, Monsieur», erwiderte Monsieur de Sartines, «doch wie ich sehe, maßen Sie sich an, mir eine Verschwörung oder ein Verbrechen anzuzeigen, deren Urheber Seine Majestät wäre?»

«Ganz richtig», bestätigte Balsamo, «ich sehe, Sie begreifen.»

«Das ist reichlich unverfroren, Monsieur, und ich bin wahrlich neugierig, zu erfahren, wie der König Ihre Anschuldigung aufnehmen wird. Ich fürchte, das Ergebnis wird genau dasselbe sein, das mir vorschwebte, als ich vor Ihrer Ankunft in den Papieren dieser Kassette blätterte. Nehmen Sie sich in acht, Monsieur. Das dürfte für Sie in jedem Fall auf die Bastille hinauslaufen.»

«Ah! Jetzt verstehen Sie mich nicht mehr.»

«Wieso?»

«Mein Gott, wie schlecht Sie mich beurteilen und wie unrecht Sie mir tun, indem Sie mich für einen Dummkopf halten, Monsieur! Wie, Sie bilden sich ein, ich, ein Botschafter, ein Neugieriger, wolle den König angreifen? ... Was Sie da sagen, wäre das Werk eines Einfaltspinsels. Ich bitte Sie, hören Sie mich bis zu Ende an.»

Monsieur de Sartines nickte.

«Diejenigen, welche diese Verschwörung gegen das französische Volk entdeckt haben – verzeihen Sie mir, daß ich Ihnen Ihre kostbare Zeit stehle, Monsieur, aber Sie werden gleich sehen, daß es keine verlorene Zeit ist –, diejenigen, welche diese Verschwörung gegen das französische Volk entdeckt haben, sind Wirtschaftsexperten, sehr fleißige und gewissenhafte Leute, welche ihre Lupe forschend auf diese krummen Geschäfte richteten und dabei feststellten, daß der König das Spielchen nicht alleine spielt. Sie wissen wohl, daß der König ein genaues Verzeichnis der Getreidepreise auf den verschiedenen Märkten führt. Sie wissen wohl, daß sich Seine Majestät die Hände reibt, wenn ihr das Steigen der Preise acht- oder zehntausend Taler eingebracht hat. Sie wissen aber auch, daß sich an der Seite Seiner Majestät ein Mann befindet, dessen Stellung den Handel erleichtert, ein Mann, der ganz natürlich aufgrund von gewissen Ämtern – Sie begreifen, er ist ein Beamter – die Einkäufe, die Ankunft des Getreides und die Einnahmen überwacht; kurz, ein Mann, der dem König als Mittelsperson dient. Die Wirtschaftsexperten aber, die Leute mit der Lupe, wie ich sie nenne, halten sich, da sie keine Dummköpfe sind, nicht an den König, sondern an den Mann, mein lieber Herr, an den Beamten, an den Agenten, der die unsauberen Geschäfte für Seine Majestät erledigt.»

Monsieur de Sartines versuchte vergebens, seine Perücke wieder zurechtzurücken.

«Ich komme nun zur Sache», fuhr Balsamo fort. «Ebenso wie Sie, der Sie eine Polizei haben, wußten, daß ich der Graf von Phönix bin, weiß ich, daß Sie Monsieur de Sartines sind.»

«Ja und was weiter?» fragte der Beamte verlegen. «Ja, ich bin Monsieur de Sartines. Was ist da schon dabei?»

«Ja, begreifen Sie doch, dieser Monsieur de Sartines ist eben jener Mann mit den Einkaufsbüchern, mit den Wuchergeschäften, mit den Einnahmen. Er ist der Mann, der, einerlei ob mit oder ohne Wissen des Königs, aus den Mägen von siebenundzwanzig Millionen Franzosen Gewinn schlägt, obgleich sein Amt es ihm zur Pflicht macht, sie unter den bestmöglichen Bedingungen zu ernähren. Malen Sie sich nun ein wenig die Wirkung einer solchen Entdeckung aus! Sie sind beim Volk nicht sehr beliebt, und der König ist kein zimperlicher Mann. Um jeden Verdacht des heimlichen Einverständnisses mit Ihnen, wenn ein solches besteht, auszuräumen oder um Gerechtigkeit walten zu lassen, wenn keine Komplizenschaft stattgefunden hat, wird Seine Majestät, sobald das Geschrei der Ausgehungerten Ihren Kopf fordert, sich beeilen, Sie am nächsten Galgen aufknüpfen zu lassen. Sie werden so enden wie Enguerrand de Marigny, erinnern Sie sich?»

«Nur undeutlich», entgegnete Monsieur de Sartines kreidebleich, «und Sie legen, wie mir scheint, einen sehr schlechten Geschmack an den Tag, wenn Sie im Zusammenhang mit einem Mann meines Standes vom Galgen sprechen.»

«Oh! Wenn ich davon spreche, mein werter Herr, dann nur deshalb, weil ich ihn heute noch vor mir sehe, den armen Enguerrand», versetzte Balsamo. «Dabei war er, das kann ich Ihnen schwören, ein vollkommener Edelmann aus der Normandie und entstammte einem sehr alten und vornehmen Adelsgeschlecht. Er war Kammerherr von Frankreich, Hauptmann des Louvre, Intendant der Finanzen und der Gebäude. Er war überdies Graf von Longueville, was eine bedeutendere Grafschaft ist als

Ihre Grafschaft Alby. Nun, Monsieur, ich habe ihn am Galgen von Montfaucon hängen sehen, den er selbst hatte errichten lassen. Und das war, Gott sei Dank, nicht meine Schuld, denn wie oft hatte ich ihn gewarnt: ‹Enguerrand, mein lieber Enguerrand, nehmen Sie sich in acht! Sie schlagen ein so großes Loch in die Finanzen, daß Karl von Valois Ihnen nicht verzeihen wird.› Doch er wollte nicht auf mich hören, Monsieur, und mußte elendiglich zugrunde gehen. Ach! Wenn Sie wüßten, wie viele Polizeipräfekten ich gesehen habe, von Pontius Pilatus, der Jesus Christus verurteilte, bis zu Monsieur Bertin de Belle-Isle, Graf von Bourdeilles, Edelmann von Brantôme, Ihrem Vorgänger, der die Laternen eingeführt und die Blumensträuße verboten hat!»

Monsieur de Sartines erhob sich und bemühte sich vergebens, die Aufregung zu vertuschen, welche sich seiner bemächtigt hatte.

«Nun, Sie können mich beschuldigen, soviel Sie wollen», urteilte er. «Was schert mich die Aussage eines Mannes, der wie Sie keinerlei Einfluß hat?»

«Geben Sie acht, Monsieur!» warnte Balsamo. «Diejenigen, welche den Anschein erwecken, keinerlei Einfluß zu haben, verfügen oft über die wichtigsten Beziehungen. Und wenn ich die Geschichte des zurückgehaltenen Getreides in allen Einzelheiten an meinen Korrespondenten oder an Friedrich, der, wie Sie wissen, Philosoph ist, schriebe; wenn Friedrich die Sache mit Bemerkungen von seiner Hand in aller Eile an Monsieur Arouet de Voltaire weitergäbe; wenn dieser daraus mit seiner Feder, die Sie hoffentlich zumindest Ihrem Ruf nach kennen, ein tolldreistes Geschichtchen in der Art des *Mannes mit den vierzig Talern* verfaßt haben wird; wenn Monsieur d'Alembert, dieser bewundernswerte Mathematiker, errechnet haben wird, daß man mit dem durch Sie der öffentlichen Versorgung entzogenen Korn hundert Millionen Menschen drei oder vier Jahre lang hätte ernähren können; wenn Helvetius ermittelt haben wird, daß der Preis dieses Getreides, in Talern zu sechs Livre übereinandergetürmt, bis zum Mond, oder in hintereinandergereihten Geldnoten bis nach Sankt Petersburg reichen würde; wenn diese Berechnung Monsieur de La Harpe Stoff zu einem schlechten Drama, Diderot zu einem Gespräch eines Familienvaters, Jean-Jacques Rousseau aus Genf, der auch ziemlich bissig werden kann, eine furchtbare Auslegung dieses Gesprächs mit Kommentaren geliefert haben wird; wenn Monsieur Caron de Beaumarchais – Gott bewahre Sie davor, diesem auf die Füße zu treten – die Geschichte zum Anlaß für eine Denkschrift genommen haben wird; wenn Monsieur Grimm zu dem Thema ein Briefchen, Monsieur d'Holbach einen langen Scherzartikel und Monsieur de Marmontel, der Sie durch seine schlechte Verteidigung ruinieren wird, ein liebenswürdiges moralisches Märchen geschrieben haben wird; wenn man davon im ‹Café de la Régence›, bei Audinot, bei den großen Tänzern des Königs, welche, wie Sie wissen, von Monsieur Nicolet unterhalten werden, spricht ... ah! Graf von Alby, dann wird es Ihnen als Polizeileutnant noch weit schlechter ergehen als es dem armen Enguerrand de Marigny, von dem Sie nichts hören wollen, an seinem Galgen ergangen ist. Denn er behauptete von sich, unschuldig zu sein, und dies mit einer so redlichen Überzeugung, daß ich ihm bei meinem Ehrenwort glaubte, als er es mir versicherte.»

Bei diesen Worten riß sich Monsieur de Sartines, ohne noch länger das Zeremoniell zu beachten, seine Perücke vom Kopf und wischte sich seinen schweißtriefenden Schädel.

«Wohl, es mag sein», gab er zu. «Doch all dies wird mich von nichts abhalten. Richten Sie mich zugrunde, wenn Sie können. Sie haben Ihre Beweise, ich habe die meinigen. Behalten Sie Ihr Geheimnis, ich behalte die Kassette.»

«Tja, Monsieur», versetzte Balsamo, «da haben wir abermals einen schweren Irrtum, dem Sie zu meinem Erstaunen unterliegen. Diese Kassette ...»

«Nun, diese Kassette?»

«Sie werden Sie nicht behalten.»

«Oh!» rief Monsieur de Sartines mit einem spöttischen Lachen. «Ich vergaß ganz, daß der Graf von Phönix ein weitgereister Edelmann ist, der die Leute mit vorgehaltener Waffe ausplündert. Ich sah Ihre Pistole nicht mehr, weil Sie sie wieder in die Tasche gesteckt haben. Entschuldigen Sie mich, Herr Botschafter.»

«Ei, mein Gott! Die Pistole spielt hierbei keine Rolle, Monsieur de Sartines. Sie glauben doch nicht im Ernst, daß ich Ihnen dieses Kästchen mit Gewalt entreißen werde, damit ich, wenn ich erst einmal auf der Treppe bin, Ihre Glocke läuten und Ihre Stimme ‹Haltet den Dieb!› schreien höre. Nicht doch! Wenn ich sage, daß Sie diese Schatulle nicht behalten werden, dann meine ich damit, daß Sie sie mir bereitwillig und aus freien Stücken selbst zurückgeben.»

«Ich?» entfuhr es dem Beamten, wobei er seine Faust mit solcher Wucht auf das Streitobjekt herabsausen ließ, daß er es beinahe zerschlagen hätte.

«Ja, Sie.»

«So ist's recht, spotten Sie nur, Monsieur! Aber was dieses Kästchen betrifft, so versichere ich Ihnen, daß Sie es nur über meine Leiche wiederbekommen werden. Was sage ich denn, nur über meine Leiche! Habe ich mein Leben nicht schon tausendmal aufs Spiel gesetzt? Bin ich es nicht bis zum letzten Blutstropfen dem Dienst an Seiner Majestät schuldig? Töten Sie mich, das liegt in Ihrer Hand. Aber der Lärm würde Rächer herbeirufen, und es bliebe mir noch genug Stimme, um Sie all Ihrer Verbrechen zu überführen. Ah! Ich soll Ihnen dieses Kästchen zurückgeben!» fügte er mit einem bitteren Lachen hinzu. «Und wenn es die Hölle von mir verlangte, gäbe ich es nicht zurück!»

«Daher werde ich mich auch nicht der Vermittlung höllischer Mächte bedienen. Die Vermittlung der Person, die in diesem Augenblick an Ihr Hoftor klopfen läßt, wird mir genügen.»

Tatsächlich vernahm man gerade drei kräftige Schläge.

«Die Vermittlung der Person, deren Karosse eben in Ihren Hof einfährt», erläuterte Balsamo.

«Wie mir scheint, ist es ein Freund von Ihnen, der mir die Ehre seines Besuchs erweist?»

«Wie Sie sagen, ein Freund von mir.»

«Und Sie meinen, ich werde ihm dieses Kästchen übergeben?»

«Jawohl, werter Monsieur de Sartines, Sie werden es ihm geben.»

Der Polizeileutnant war eben noch dabei, dem Grafen durch eine Gebärde seine tiefste Verachtung auszudrücken, als ein eilfertiger Diener die Tür öffnete und meldete, daß die Gräfin Dubarry Monseigneur um eine Audienz ersuche. Monsieur de Sartines fuhr in seinem Stuhl hoch und schaute Balsamo verblüfft an, während dieser mit aller Macht an sich hielt, um dem ehrwürdigen Beamten nicht ins Gesicht zu lachen.

In diesem Moment trat hinter dem Bedienten mit raschen Schritten eine stark parfümierte Frau ein, die anscheinend keiner Erlaubnis zu bedürfen glaubte. Es war die schöne Gräfin, deren wogende Röcke mit einem sanften Rauschen an der Tür des Studierzimmers vorbeistreiften.

«Sie, Madame! Sie!» murmelte Monsieur de Sartines, der mit einem Rest von Schrecken das noch offene Kästchen an sich genommen hatte und es gegen seine Brust drückte.

«Guten Tag, Sartines», grüßte die Gräfin mit ihrem heiteren Lächeln.

Und fügte, sich an Balsamo wendend, hinzu:

«Guten Tag, lieber Graf.»

Und sie streckte dem letzteren ihre Hand entgegen. Balsamo neigte sich vertraulich über die weiße Hand und setzte seine Lippen dahin, wo schon so oft die königlichen Lippen geruht hatten.

Bei dieser Bewegung fand Balsamo Zeit, der Gräfin zwei, drei kurze Worte zuzuflüstern, die Monsieur de Sartines nicht hören konnte.

«Ach, da ist sie ja, meine Kassette!» rief die Gräfin.

«Ihre Kassette!» stammelte Monsieur de Sartines.

«Natürlich, meine Kassette. Da sieh mal einer an, Sie haben sie geöffnet! Haben Sie eigentlich gar keine Hemmungen?»

«Aber Madame ...»

«Oh! Das ist ja reizend, dacht' ich mir's doch ... Man hatte mir mein Kästchen gestohlen. Da sagte ich mir: ‹Ich muß zu Sartines gehen; er wird es mir schon wieder herbeischaffen.› Und jetzt haben Sie es sogar gefunden, bevor ich Sie darum bat. Besten Dank.»

«Und wie Sie sehen», bemerkte Balsamo, «hat Monsieur es sogar aufgemacht.»

«Ja, in der Tat! ... Hat man so etwas schon erlebt? Das ist wahrlich widerwärtig von Ihnen, Sartines.»

«Madame, mit Verlaub gesprochen, ich fürchte, daß Sie sich hier von jemandem Sand in die Augen streuen lassen», erwiderte der Polizeileutnant.

«Sand in die Augen streuen, Monsieur!» versetzte Balsamo. «Sollten Sie damit etwa mich meinen?»

«Ich weiß, was ich weiß», gab Monsieur de Sartines zurück.

«Und ich weiß nichts», sagte Madame Dubarry ganz leise zu Balsamo. «Sprechen Sie, was gibt es, werter Graf? Sie haben sich auf mein Versprechen berufen, Ihnen die erste Bitte zu gewähren, die Sie an mich richten würden. Ich halte mein Wort wie ein Mann, und hier bin ich. Was wünschen Sie nun von mir?»

«Madame», antwortete Balsamo laut, «Sie haben mir vor wenigen Tagen diese Kassette mit ihrem ganzen Inhalt anvertraut.»

«Aber gewiß doch!» beteuerte Madame Dubarry, während Sie mit ihrem Blick den Blick des Grafen erwiderte.

«Gewiß doch!» rief Monsieur de Sartines aus. «Sie sagen ‹gewiß doch›, Madame?»

«Jawohl, und Madame hat diese Worte laut genug ausgesprochen, daß Sie dieselben hören konnten.»

«Eine Kassette, die vielleicht zehn Verschwörungen in sich birgt!»

«Ah! Monsieur de Sartines, Sie wissen wohl, daß Sie mit diesem Wort kein Glück haben. Wiederholen Sie es also nicht. Madame verlangt ihr Kästchen von Ihnen. Geben Sie es ihr also einfach zurück.»

«Sie verlangen es zurück, Madame?» fragte Monsieur de Sartines.

«Ja, mein lieber Polizeileutnant.»

«Aber erfahren Sie wenigstens ...»

Balsamo schaute die Gräfin eindringlich an.

«Ich habe nichts zu erfahren, was ich nicht schon wüßte», unterbrach ihn Madame Dubarry. «Geben Sie mir nun das Kästchen zurück. Ich habe mich nicht umsonst hierher bemüht, verstehen Sie?»

«Im Namen des lebendigen Gottes! Im Namen der Interessen Seiner Majestät, Madame ...»

Balsamo machte eine Gebärde der Ungeduld.

«Dieses Kästchen, Monsieur!» befahl die Gräfin kurz. «Dieses Kästchen, ja oder nein! Überlegen Sie gut, bevor Sie nein sagen.»

«Wie es Ihnen beliebt, Madame», antwortete Monsieur de Sartines untertänig.

Und er reichte der Gräfin die Kassette, in die Balsamo bereits alle auf dem Schreibtisch verstreuten Papiere wieder eingesammelt hatte.

Madame wandte sich mit einem bezaubernden Lächeln zu ihm um.

«Graf», sprach sie, «wollen Sie mir dieses Kästchen bis zu meinem Wagen tragen und mir die Hand anbieten, damit ich nicht allein all diese Vorzimmer voll von gemeinem Gesindel durchqueren muß? – Ich danke, Sartines.»

Balsamo wandte sich mit seiner Beschützerin schon zur Tür, als er sah, daß Monsieur de Sartines nach der Klingelschnur faßte.

«Gräfin», sprach Balsamo, indem er seinen Feind mit einem Blick zurückhielt, «Monsieur de Sartines ist mir allem Anschein nach ungeheuer böse, daß ich Ihre Kassette von ihm zurückverlangt habe. Hätten Sie wohl die Güte, ihm zu sagen, wie verzweifelt Sie wären, wenn mir durch das Zutun des Herrn Polizeileutnants ein Unglück widerführe, und wie sehr Sie ihm dies verübeln würden?»

Die Gräfin lächelte Balsamo zu.

«Hören Sie, was der Graf sagt, mein lieber Sartines? Wohl, es ist die reine Wahrheit. Der Graf ist ein ausgezeichneter Freund von mir, und ich würde Sie tödlich hassen, wenn Sie in irgendeiner Hinsicht sein Mißfallen erregen würden. – Gott befohlen, Sartines.»

Und ihre Hand in der Balsamos, der das Kästchen trug, verließ Madame Dubarry das Kabinett des Polizeileutnants.

Monsieur de Sartines ließ beide weggehen, ohne sich die Wut anmerken zu lassen, mit deren Ausbruch Balsamo gerechnet hatte.

«Geh nur!» murmelte der geschlagene Beamte. «Geh nur, du hast die Kassette, aber ich habe die Frau!»

Und um sich zu entschädigen, läutete er so kräftig, daß die Glocke beinahe zersprungen wäre.

## CXXVI. KAPITEL

*Monsieur de Sartines hält Balsamo für einen Zauberer*

Auf das Sturmläuten von Monsieur de Sartines lief ein Amtsdiener herbei.

«Nun», fragte der Beamte, «was ist mit dieser Frau?»

«Mit welcher Frau, Monseigneur?»

«Mit der Frau, die hier ohnmächtig geworden ist und die ich Ihnen anvertraut habe.»

«Monseigneur, sie ist wohlauf», erklärte der Amtsdiener.

«Sehr gut, bringen Sie sie zu mir.»

«Wo soll ich sie abholen, Monseigneur?»

«Wie? Aber natürlich in diesem Zimmer.»

«Sie ist nicht mehr dort, Monseigneur.»

«Sie ist nicht mehr dort? Wo ist sie denn sonst?»

«Ich habe keine Ahnung.»

«Ist sie weggegangen?»

«Ja.»

«Ganz allein?»

«Ja.»

«Aber sie konnte sich ja nicht einmal auf den Beinen halten.»

«Monseigneur, das ist richtig. Sie blieb einige Zeit bewußtlos, aber fünf Minuten, nachdem Monsieur de Phönix in das Kabinett geführt wurde, erwachte sie aus dieser merkwürdigen Ohnmacht, gegen die weder ätherische Öle noch Riechsalze etwas ausrichten konnten. Da schlug sie die Augen auf, stand auf und holte tief Luft. Sie sah dabei sehr zufrieden aus.»

«Und dann?»

«Dann ging sie auf die Tür zu, und da Monseigneur keinen Befehl gegeben hatte, man solle sie zurückhalten, ist sie gegangen.»

«Gegangen?» schrie Monsieur de Sartines. «Ah! Ihr Unglücklichen, die ihr seid! Ich lasse euch allesamt in Bicêtre verfaulen! Schnell, schnell, man schicke mir meinen ersten Agenten!»

Der Amtsdiener lief rasch hinaus, um dem Befehl, den er gerade erhalten hatte, zu gehorchen.

«Der Elende ist ein Zauberer», murmelte der vom Pech verfolgte Beamte. «Ich bin Polizeileutnant des Königs, während er Polizeileutnant des Teufels ist.»

Der Leser wird zweifellos schon verstanden haben, was Monsieur de Sartines sich nicht erklären konnte. Gleich nach der Szene mit der Pistole, während der Polizeileutnant sich noch von seinem Schrecken zu erholen suchte, hatte Balsamo sich diese Atempause zunutze gemacht und sich nacheinander gegen die vier Himmelsrichtungen gewandt. Vollkommen sicher, Lorenza in einer derselben zu treffen, hatte er der jungen Frau befohlen, aufzustehen, hinauszugehen und auf demselben Weg, den sie beim Kommen eingeschlagen hatte, in die Rue Saint-Claude zurückzukehren.

Sobald der Wille im Geiste Balsamos Gestalt angenommen hatte, war eine magnetische Strömung zwischen ihm und der jungen Frau entstanden. Dem Befehl gehorchend, den sie durch Intuition empfing, war sie aufgestanden und hatte sich entfernt, ohne daß sich jemand ihrem Weggang entgegensetzte.

Monsieur de Sartines legte sich noch am selben Abend zu Bett und unterzog sich einem Aderlaß. Die Aufregung war zu groß gewesen, als daß er sie ungestraft hätte verkraften können, und hätte die Sache noch eine Viertelstunde länger gedauert, so wäre er, wie ihm der Arzt versicherte, einem Gehirnschlag erlegen.

Unterdessen hatte Balsamo die Gräfin zu ihrer Karosse zurückbegleitet und versucht, sich von ihr zu verabschieden. Aber sie war keine Frau, die ihn so einfach hätte gehen lassen, ohne den wahren Grund des seltsamen Ereignisses zu erfahren, das sich vor ihren Augen zugetragen hatte.

Sie bat den Grafen daher, zu ihr in die Kutsche zu steigen. Der Graf gehorchte, und ein Reitknecht führte Dscherid am Zügel hinterher.

«Nun sehen Sie, Graf, ob ich aufrichtig bin», sprach die Gräfin, «und ob ich, wenn ich jemanden meinen Freund nenne, das Wort mit dem Mund oder mit dem Herzen sage. Ich war gerade im Begriff, nach Luciennes zurückzufahren, wo der König mir für morgen früh seinen Besuch angekündigt hat. Doch da traf Ihr Brief ein, und ich ließ Ihnen zuliebe alles im Stich. Viele wären über die Worte Verschwörungen und Verschwörer, die Monsieur de Sartines uns ins Gesicht geschleudert hat, erschrocken gewesen. Doch ich schaute Sie an, ehe ich handelte, und entsprach Ihren Wünschen.»

«Madame», erwiderte Balsamo, «Sie haben mich für den geringen Dienst, den ich Ihnen leisten konnte, reichlich entlohnt. Aber bei mir geht nichts verloren. Ich verstehe es, dankbar zu sein, und das werden Sie bald merken. Glauben Sie indessen nicht, daß ich ein Verbrecher bin, ein Verschwörer, wie Monsieur de Sartines behauptet. Dieser liebe Beamte hat aus den Händen von irgend jemandem, der mich verrät, dieses Kästchen erhalten, welches meine kleinen chemischen Geheimnisse birgt, Geheimnisse, Gräfin, an denen ich Sie gerne teilhaben lassen will, damit Sie Ihre unsterbliche, strahlende Schönheit und Ihre blendende Jugend bewahren. Als nun der werte Monsieur de Sartines die Ziffern meiner Formeln sah, rief er die Kanzlei zu Hilfe, welche, um sich nicht bei einem Mangel an Kenntnissen ertappen zu lassen, meine Ziffern auf ihre Weise ausgelegt hat. Ich glaube, es Ihnen schon einmal gesagt zu haben, das Handwerk ist noch nicht frei von allen Gefahren, die es im Mittelalter umgaben. Nur aufgeklärte und junge Geister wie der Ihrige sind ihm gewogen. Kurz, Madame, Sie haben mich aus einer Verlegenheit befreit. Ich bezeuge Ihnen dies und werde Ihnen meine Dankbarkeit beweisen.»

«Aber was hätte er Ihnen denn getan, wenn ich Ihnen nicht zu Hilfe gekommen wäre?»

«Er hätte mich, um dem König Friedrich, den seine Majestät haßt, eins auszuwischen, in Vincennes oder in der Bastille eingesperrt. Ich wäre zwar dank meines Verfahrens, das ich anwende, allein mit dem Atem Stein zu schmelzen, wieder herausgekommen, aber ich hätte dabei mein Kästchen verloren, das, wie ich bereits die Ehre hatte, Ihnen zu sagen, viele seltsame und unbezahlbare Formeln enthält, welche die Wissenschaft durch einen glücklichen Zufall der ewigen Finsternis entrissen hat.»

«Ah! Graf, Sie beruhigen und entzücken mich zugleich. Sie versprechen mir also einen Verjüngungstrank?»

«Ja.»

«Und wann geben Sie ihn mir?»

«Oh! Das hat keine Eile. Sie verlangen ihn in zwanzig Jahren von mir, schöne Gräfin. Im Augenblick haben Sie doch wohl keine Lust, wieder ein Kind zu werden.»

«Sie sind wahrlich ein bezaubernder Mann. Beantworten Sie mir nur noch eine letzte Frage, und ich lasse Sie gehen, denn Sie scheinen es sehr eilig zu haben.»

«Sprechen Sie, Gräfin.»

«Sie sagten mir, jemand habe Sie verraten. Ist dieser Jemand ein Mann oder eine Frau?»

«Eine Frau.»

«Ah! Ah! Graf, es ist also Liebe im Spiel!»

«Ach, ja, verdoppelt durch eine Eifersucht, die bis zur Wut geht und die schönen Wirkungen hervorruft, die Sie gesehen haben. Es ist eine Frau, welche mich, da sie es nicht wagte, mir einen Messerstich zu versetzen, weil sie weiß, daß man mich nicht töten kann, in einem Gefängnis begraben oder zugrunde richten wollte.»

«Wie, zugrunde richten?»

«Sie glaubte es zumindest.»

«Graf, ich lasse anhalten», erwiderte die Gräfin lachend. «Ist es etwa das Quecksilber, das in Ihren Adern läuft, was Ihnen die Unsterblichkeit verleiht, aufgrund derer man Sie anzeigt, statt Sie zu töten? Wollen Sie hier aussteigen, oder soll ich Sie nach Hause fahren?»

«Nein, Madame, es wäre zu gütig von Ihnen, wenn Sie nun auch noch meinetwegen einen Umweg fahren müßten. Ich habe ja mein Pferd Dscherid bei mir.»

«Ah! Dieses wunderbare Pferd, das, wie man sagt, im Lauf den Wind überholen soll?»

«Ich sehe, daß es Ihnen gefällt, Madame.»

«Es ist in der Tat ein wunderschönes Rennpferd.»

«Erlauben Sie mir, es Ihnen unter der Bedingung, daß Sie allein es reiten, zu schenken?»

«Oh! Nein, danke. Ich reite nicht oder wenigstens nur sehr zaghaft. Ihre gute Absicht hat daher für mich einen ebenso großen Wert wie das Geschenk selbst. Gott befohlen, lieber Graf, vergessen Sie in zehn Jahren nicht meinen Verjüngungstrank.»

«In zwanzig Jahren, habe ich gesagt.»

«Graf, Sie kennen sicherlich das Sprichwort: ‹Besser ich habe, als ich hätte.› Sie können ihn mir sogar schon in fünf Jahren geben ... Man weiß nicht, was geschieht.»

«Wann immer es Ihnen beliebt, Gräfin. Wissen Sie nicht, daß ich ganz Ihnen gehöre?»

«Ein letztes Wort, Graf.»

«Ich höre, Madame.»

«Es ist ein Beweis meines großen Vertrauens zu Ihnen, daß ich mich damit an Sie wende.»

Balsamo, der schon ausgestiegen war, zügelte seine Ungeduld und trat noch einmal zur Gräfin.

«Man erzählt sich überall», fuhr Madame Dubarry fort, «der König habe Geschmack an der kleinen Taverney gefunden.»

«Ah! Madame, ist das denn die Möglichkeit?» rief Balsamo.

«Einen sehr regen Geschmack, wie man behauptet. Sie müssen es mir sagen. Wenn dies wahr ist, so verschonen Sie mich nicht, Graf. Behandeln Sie mich wie eine Freundin, ich flehe Sie an. Graf, sagen Sie mir die Wahrheit.»

«Madame», erwiderte Balsamo, «ich werde mehr tun. Ich stehe Ihnen dafür ein, daß Mademoiselle de Taverney niemals die Geliebte des Königs wird.»

«Und warum dies, Graf?» rief Madame Dubarry.

«Weil ich es nicht will», antwortete Balsamo.

«Oh!» machte Madame Dubarry ungläubig.

«Sie zweifeln daran?»

«Ist das nicht erlaubt?»

«Zweifeln Sie niemals an der Wissenschaft, Madame. Sie haben mir geglaubt, als ich ja sagte. Nun glauben Sie mir auch, wenn ich nein sage.»

«Dann haben Sie also Mittel ...?»

Sie hielt mitten im Satz inne und lächelte.

«Sprechen Sie aus.»

«Mittel, welche imstande sind, den Willen des Königs zunichte zu machen oder seine Launen zu besiegen?»

Balsamo lächelte.

«Ich schaffe Sympathien», erklärte er.

«Ja, das weiß ich.»

«Nun, ich kann auch Abneigungen und nötigenfalls auch Unmöglichkeiten schaffen. Seien Sie also unbesorgt, Gräfin, ich wache.»

Balsamo äußerte all diese Satzfetzen mit einer Zerstreutheit, welche Madame Dubarry nicht, wie sie es tat, für Wahrsagerei gehalten haben würde, hätte sie Balsamos fieberhaftes Verlangen gekannt, so schnell wie möglich zu Lorenza zurückzukehren.

«Ach, so ist das, Graf», sprach sie. «Sie sind offenbar nicht nur mein Glücksprophet, sondern auch mein Schutzengel. Graf, merken Sie sich wohl, ich werde Sie verteidigen, verteidigen Sie mich daher auch. Lassen Sie uns ein Bündnis schließen.»

«Es ist bereits geschehen, Madame», versicherte Balsamo.

Und er küßte noch einmal die Hand der Gräfin.

Sodann schloß er den Schlag der Karosse, welche die Gräfin auf den Champs-Elysées hatte halten lassen, schwang sich auf sein Pferd, das vor Freude wieherte, und verschwand alsbald im Dunkel der Nacht.

«Nach Luciennes!» rief Madame Dubarry getröstet.

Balsamo ließ diesmal ein schwaches Pfeifen vernehmen, gab Dscherid einen leichten Druck mit dem Knie und sprengte im Galopp davon.

Fünf Minuten später befand er sich in der Vorhalle seines Hauses in der Rue Saint-Claude und schaute Fritz erwartungsvoll an.

«Nun?» fragte er bange.

«Ja, Herr», bestätigte der Diener, der die Gewohnheit besaß, im Blick seines Gebieters zu lesen.

«Ist sie zurückgekehrt?»

«Sie ist oben.»

«In welchem Zimmer?»

«In dem Zimmer mit den Fellen.»

«In welcher Verfassung?»

«Oh! Sehr müde. Sie rannte so schnell, daß ich, der ich nach ihr Ausschau hielt und sie von weitem kommen sah, nicht einmal Zeit hatte, ihr entgegenzueilen.»

«Tatsächlich!»

«Oh! Ich bekam einen gehörigen Schrecken. Sie ist wie ein Sturmwind hier hereingefegt, stieg, ohne zu verschnaufen, die Treppe hinauf und fiel plötzlich, als sie ins Zimmer eintrat, auf die große, schwarze Löwenhaut. Dort werden Sie sie finden.»

Balsamo stürzte hastig die Treppe hinauf und fand tatsächlich Lorenza, welche kraftlos gegen die ersten Zuckungen einer Nervenkrise ankämpfte. Zu lange schon lastete das Fluidum auf ihr und zwang sie zu gewaltsamen Handlungen. Sie litt und stöhnte. Es war, als ob auf ihrer Brust ein Berg läge, den sie mit beiden Händen wegzuschieben suchte.

Balsamo betrachtete sie einen Augenblick mit einem vor Zorn funkelnden Blick. Dann nahm er sie auf seine Arme und trug sie in ihr Zimmer, dessen geheimnisvolle Tür sich hinter ihm schloß.

## CXXVII. KAPITEL

### *Das Lebenselixier*

Man weiß, in welcher Stimmung Balsamo in das Zimmer Lorenzas zurückgekehrt war. Er schickte sich daher an, sie aufzuwecken, um ihr die Vorhaltungen zu machen, die sein dumpfer Zorn ausbrütete. Er war fest entschlossen, sie seinem Zorn entsprechend zu bestrafen, als eine dreifache Erschütterung der Zimmerdecke ihm mitteilte, daß Althotas seine Rückkehr bemerkt hatte und ihn sprechen wollte.

Balsamo wartete indessen noch. Er hoffte, er habe sich entweder getäuscht oder das Signal sei nur zufällig erfolgt. Doch schon wiederholte der ungeduldige Greis seine Aufforderung Schlag für Schlag. Da Balsamo befürchtete, der Greis könnte, wie er es schon öfter getan hatte, einfach herunterkommen, oder Lorenza würde, durch einen ihm entgegengesetzten Einfluß geweckt, von einem neuen Umstand Kenntnis erlangen, welcher für ihn nicht minder gefährlich wäre als seine politischen Geheimnisse, gab er dem Drängen sogleich nach. Er ging hinaus, um sich zu Althotas zu begeben, jedoch nicht ohne Lorenza zuvor mit einer neuen Schicht Fluidum zu beladen, wenn man es so ausdrücken darf.

Es war Zeit, daß er kam. Die Plattform hatte schon den halben Weg von der Zimmerdecke zurückgelegt. Althotas hatte seinen Rollstuhl verlassen und erschien, auf dem beweglichen Teil des Fußbodens kauernd, der sich hob und senkte.

Er sah Balsamo aus Lorenzas Zimmer kommen.

In dieser kauernden Stellung war der Greis zugleich furchtbar und häßlich anzuschauen.

Sein weißes, noch lebendig wirkendes Gesicht war an einigen Stellen vom Feuer des Zorns rot angelaufen. Seine mageren, knochigen, skelettartigen Hände zitterten. Seine Augen schienen in ihren tiefen Höhlen herumzuirren, und in einer selbst seinem Schüler unbekannten Sprache stieß er heftige Verwünschungen gegen denselben aus. Sobald er von seinem Lehnstuhl aufgestanden war, um die Sprungfeder zu betätigen, schien er nur noch mit Hilfe seiner zwei langen, dürren, spinnenhaften Arme zu leben und sich zu bewegen. Gerade hatte er, wie schon gesagt, sein für alle mit Ausnahme von Balsamo unzugängliches Zimmer verlassen und war im Begriff, sich in das darunterliegende Zimmer herabzusenken.

Daß dieser schwache, sonst so träge Greis seinen Rollstuhl, diese verständige Maschine, die ihm alle Mühe ersparte, verließ; daß er bereit war, eine Handlung des gewöhnlichen Lebens auszuführen; daß er sich der Sorge und der Anstrengung unterzog, eine solche Veränderung in seinen Gewohnheiten zu bewerkstelligen, mußte von einer übergroßen Erregung herrühren, die ihn aus seinem beschaulichen Leben herausgerissen und gezwungen hatte, in das wirkliche Leben zurückzukehren.

Gleichsam auf frischer Tat ertappt, zeigte sich Balsamo zunächst erstaunt, dann beunruhigt.

«Ah!» rief Althotas. «Da bist du ja, du Taugenichts! Da bist du ja, du Feigling, der du deinen Meister im Stich läßt!»

Wie es seine Gewohnheit war, wenn er mit dem Greis sprach, rief Balsamo seine ganze Geduld zu Hilfe.

«Aber», erwiderte er sanftmütig, «mir scheint, mein Freund, Sie haben eben erst gerufen.»

«Dein Freund!» ereiferte sich Althotas. «Dein Freund! Gemeines menschliches Geschöpf! Mich dünkt, du behandelst mich wie deinesgleichen. Ein Freund für dich, allerdings. Mehr als ein Freund, ein Vater, ein Vater, der dich ernährt, erzogen, gelehrt und bereichert hat. Aber ein Freund für mich, o nein! Nein! Denn du hast mich verlassen, du hungerst mich aus, du ermordest mich.»

«Ganz ruhig, Meister, Sie regen sich zu sehr auf, Sie verderben Ihr Blut und machen sich krank.»

«Krank! Das ist wohl der blanke Hohn! Bin ich jemals krank gewesen, außer wenn du mich wider meinen Willen nötigtest, an irgendwelchen Erbärmlichkeiten der elenden menschlichen Lebensverhältnisse teilzunehmen? Krank! Hast du vergessen, daß ich es bin, der die anderen heilt?»

«Nun, ich bin hier, Meister», gab Balsamo in kaltem Ton zurück. «Verlieren wir keine Zeit mit Nichtigkeiten.»

«Ja, ich rate dir, mich daran zu erinnern. Die Zeit, die zu sparen du mich zwingst, mich, für den dieser für jedes Geschöpf bemessene Stoff weder Ende noch Grenze haben sollte. Ja, meine Zeit vergeht. Ja, meine Zeit geht verloren. Ja, meine Zeit fällt wie die Zeit der anderen Minute um Minute in die Ewigkeit, obgleich meine Zeit die Ewigkeit selbst sein müßte!»

«Kommen Sie, Meister», versuchte Balsamo ihn mit unveränderter Geduld zu beschwichtigen, wobei er die Plattform auf den Boden herabsenkte, sich neben den Meister stellte und die Feder betätigte, die ihn wieder in sein Zimmer zurückbeförderte, «kommen Sie, Meister, was fehlt Ihnen? Sprechen Sie. Sie sagen, ich hungere Sie aus, aber ist es nicht gerade die Zeit Ihres vierzigtägigen Fastens?»

«Ja, ja, gewiß doch, das Werk der Wiedergeburt ist seit zweiunddreißig Tagen begonnen.»

«Dann sagen Sie mir, worüber Sie sich beklagen. Ich sehe hier zwei oder drei Karaffen mit Regenwasser, dem einzigen Wasser, das Sie zu sich nehmen.»

«Zweifellos, aber bildest du dir ein, ich sei eine Seidenraupe, die alleine das große Werk der Verjüngung und der Verwandlung vollbringen könnte? Bildest du dir ein, daß ich, der ich keine Kräfte mehr habe, alleine mein Lebenselixier zustande bringen könnte? Bildest du dir ein, auf der Seite liegend, erschlafft durch die erfrischenden Getränke, welche meine einzige Nahrung bilden, werde ich, wenn du mir nicht hilfst, genügend Geistesgegenwart besitzen, um, meinen Mitteln und Quellen allein überlassen, die schwierige Arbeit meiner Wiedergeburt durchzuführen, bei der ich, wie du Unglücklicher wohl weißt, von einem Freund unterstützt werden muß?»

«Ich bin ja da, Meister, ich bin ja da. Antworten Sie», sprach Balsamo, während er den Greis wie ein unartiges Kind in seinen Lehnstuhl zurücksetzte, «antworten Sie. Es fehlte Ihnen nicht an destilliertem Wasser, da ich, wie ich vorhin schon feststellte, zwei oder drei volle Karaffen hier sehe. Dieses Wasser wurde, wie Sie wissen, im Monat Mai gesammelt. Hier ist auch Ihr Zwieback von Hafer und Sesam. Ich habe Ihnen persönlich die weißen Tropfen verabreicht, die Sie verschrieben haben.»

«Ja, aber das Elixier! Das Elixier ist noch nicht fertig. Du erinnerst dich nicht daran, du warst nicht dabei. Es war dein Vater, der treuer gewesen ist als du. Doch bei meinem letzten Fünfzigsten machte ich das Elixier einen Monat vorher. Ich hatte mich auf den Berg Ararat zurückgezogen. Ein Jude verschaffte mir für sein Gewicht in Gold ein Christenkind, das noch an der Brust seiner Mutter hing. Ich ließ es dem Ritus entsprechend zur Ader. Ich nahm die drei letzten Tropfen seines Arterienblutes, und in einer Stunde war mein Elixier, dem es nur noch an dieser Beimischung fehlte, fertig. Meine Fünfziger-Wiedergeburt ging daher auch vortrefflich vonstatten. Meine Haare und meine Zähne fielen mir während der Krämpfe, welche auf die Einnahme dieses herrlichen Elixiers folgten, aus. Meine Zähne kamen zugegebenermaßen nur sehr schlecht wieder, weil ich es versäumt hatte, mein Elixier durch ein goldenes Röhrchen in meine Kehle laufen zu lassen. Doch meine Haare und meine Nägel wuchsen während dieser zweiten Jugend nach, und ich fing an, wieder aufzuleben, als ob ich erst fünfzehn Jahre alt gewesen wäre ... Doch jetzt bin ich wieder gealtert, und wenn das Elixier nicht bereitsteht, wenn es nicht in diese Flasche eingeschlossen ist und wenn ich nicht alle Sorgfalt auf dieses Werk verwende, wird die Wissenschaft eines Jahrhunderts mit mir vernichtet, und das wunderbare, erhabene Geheimnis, das ich besitze, wird für den Menschen, der in mir und durch mich die Gottheit berührt, verloren sein! Oh! Wenn es mir nicht gelingt! Oh! Wenn ich mich irre! Oh! Wenn ich fehlgehe, Acharat, so bist du, du allein schuld daran. Nimm dich in acht, mein Zorn wird furchtbar sein, furchtbar!»

Und bei diesen letzten Worten, die etwas wie einen leichenblassen Funken aus seinen sterbenden Augensternen sprühen ließen, verfiel der Alte in einen leichten Krampf, dem ein heftiger Hustenanfall folgte.

Balsamo war sogleich auf das eifrigste um ihn bemüht.

Der Greis kam wieder zu sich. Seine Blässe hatte einen leichenartigen Ton angenommen. Dieser schwache Anfall hatte seine Kräfte derart erschöpft, daß man hätte glauben können, er müsse sterben.

«Lassen Sie hören, Meister», forderte Balsamo ihn auf, «sprechen Sie aus, was Sie wollen.»

«Was ich will ...», wiederholte er, wobei er Balsamo starr anschaute.

«Ja.»

«Hier ist, was ich will ...»

«Sprechen Sie, ich höre Sie an und gehorche Ihnen, wenn das, was Sie wünschen, möglich ist.»

«Möglich! ... Möglich ...», murmelte der Greis verächtlich. «Alles ist möglich, das weißt du genau.»

«Ja, gewiß, mit der Zeit und der Wissenschaft.»

«Die Wissenschaft besitze ich. Was die Zeit betrifft, so bin ich drauf und dran, sie zu besiegen. Meine Dosierung hat die gewünschte Wirkung hervorgebracht. Meine Kräfte sind fast völlig geschwunden. Die weißen Tropfen haben die teilweise Austreibung der Überreste der gealterten Natur bewirkt. Jenem Saft der Bäume im Monat Mai ähnlich, steigt die

Jugend unter der früheren Rinde empor und stößt sozusagen das alte Holz ab. Du wirst bemerken, Acharat, daß die Symptome vortrefflich sind: Meine Stimme ist geschwächt, mein Sehvermögen hat um Dreiviertel nachgelassen. In Abständen fühle ich, daß sich mein Geist verwirrt. Der Übergang von heiß zu kalt ist für mich nicht mehr wahrnehmbar. Es ist also dringlich für mich, mein Elixier fertigzustellen, damit ich am Tage meines zweiten Fünfzigsten reibungslos von hundert Jahren auf zwanzig übergehe. Meine Zutaten für dieses Elixier sind vorbereitet, das Röhrchen ist angefertigt. Es fehlen nur noch die erwähnten drei letzten Blutstropfen.»

Balsamo machte eine Bewegung des Widerwillens.

«Es ist gut», ließ sich Althotas vernehmen, «verzichten wir auf das Kind, da du dich lieber zusammen mit deiner Geliebten einschließt, als es mir zu suchen.»

«Sie wissen ganz genau, daß Lorenza nicht meine Geliebte ist, Meister», widersprach Balsamo.

«Ho! Ho! Ho!» machte Althotas. «Das sagst du und glaubst, du könntest damit auf mich Eindruck machen wie auf die Menge. Du willst mich dahin bringen, daß ich an das unbefleckte Geschöpf glaube, und du bist ein Mensch!»

«Ich schwöre Ihnen, Meister, daß Lorenza keusch ist wie die heilige Muttergottes. Ich schwöre Ihnen, daß ich Liebe, Begierden und irdische Wollust sämtlich meiner Seele geopfert habe. Denn auch ich habe mein Werk der Wiedergeburt. Nur soll es nicht auf mich allein, sondern auf die ganze Welt bezogen werden.»

«Narr, armer Narr!» ereiferte sich Althotas. «Mich dünkt, jetzt fängt er wieder damit an, mir von seinem Ansturm der Milben, von seinen Ameisenrevolutionen zu erzählen, während ich zu ihm vom ewigen Leben und der ewigen Jugend spreche.»

«Welche nur zum Preis eines furchtbaren Verbrechens erlangt werden kann, und außerdem ...»

«Du zweifelst! Ich glaube, du zweifelst, du Unglücklicher!»

«Nein, Meister, aber da Sie nun auf Ihr Kind verzichten, so sagen Sie mir, was Sie statt dessen brauchen.»

«Ich brauche das erste jungfräuliche Geschöpf, das dir in die Hände fällt, egal ob Mann oder Frau. Indessen wäre eine Frau besser. Ich habe dies aufgrund der Verwandtschaft der Geschlechter entdeckt. Verschaffe mir also, worum ich dich bitte, und beeile dich, denn ich habe nur noch acht Tage Zeit.»

«Es ist gut, Meister», erwiderte Balsamo, «ich werde sehen, ich werde suchen.»

Ein neuer Blitz, furchtbarer noch als der erste, zuckte in den Augen des Greises.

«Du wirst sehen, du wirst suchen!» höhnte er. «Oh! Das ist also deine Antwort. Ich war übrigens schon darauf gefaßt, und ich weiß nicht, warum ich mich dennoch darüber wundere. Und seit wann, du erbärmlicher Wurm, spricht das Geschöpf auf diese Weise zu seinem Schöpfer? Ah! Du siehst mich ohne Kraft. Ah! Du siehst, daß ich liege, daß ich bitte, und bist albern genug zu glauben, ich sei dir auf Gedeih und Verderb ausgeliefert? Ja oder nein, Acharat, und zeige in deinen Augen weder Verlegenheit noch Lüge, denn ich sehe dich und lese in deinem Herzen; denn ich richte dich und werde dich verfolgen.»

«Meister», warnte Balsamo, «seien Sie auf der Hut! Ihr Zorn wird Ihnen schaden.»

«Antworte! Antworte!»

«Ich kann meinem Meister nur das sagen, was wahr ist. Ich werde sehen, ob ich Ihnen das, was Sie wünschen, verschaffen kann, ohne uns beiden zu schaden, ohne uns ins Verderben zu bringen. Ich werde einen Menschen suchen, der das von Ihnen benötigte Geschöpf an uns verkauft. Aber ich werde das Verbrechen nicht auf mich nehmen. Das ist alles, was ich Ihnen versprechen kann.»

«Das ist sehr zartfühlend», bemerkte Althotas mit einem bitteren Gelächter.

«So ist es, Meister», gab Balsamo zurück.

Althotas unternahm eine gewaltige Anstrengung und richtete sich mit Hilfe seiner beiden Arme, die er auf dem Lehnstuhl abstützte, völlig auf.

«Ja oder nein?» fragte er.

«Meister, ja, wenn ich finde, nein, wenn ich nicht finde.»

«Du wirst mich also dem Tod preisgeben, du Elender! Du wirst drei Tropfen Blut von einem erbärmlichen, nichtswürdigen Tier, wie das Geschöpf ist, das ich brauche, sparen, um das vollkommene Geschöpf, das ich bin, in den ewigen Abgrund fallen zu lassen. Hör zu, Acharat, ich verlange gar nichts mehr von dir», versetzte der Greis mit einem gräßlich anmutenden Lächeln, «nein, ich verlange überhaupt nichts mehr. Ich werde warten, aber wenn du mir nicht gehorchst, so bediene ich mich selbst. Wenn du mich verläßt, so helfe ich mir selbst. Du hast mich verstanden, nicht wahr? Dann geh jetzt.»

Ohne etwas auf diese Drohung zu erwidern, bereitete Balsamo dem Alten alles vor, was er benötigte. Er stellte Essen und Trinken in seine Reichweite und brachte ihm dieselbe Sorge entgegen, die ein wachsamer Diener für seinen Meister oder ein ergebener Sohn für seinen Vater gehabt hätte. In einen anderen Gedanken vertieft als in den, der Althotas marterte, ließ er sich auf der Plattform hinunter, ohne zu bemerken, daß das spöttische Auge des Greises ihm beinahe ebensoweit folgte, wie sein Gedanke und sein Herz gingen.

Althotas lächelte noch wie ein böser Geist, als Balsamo schon der immer noch schlafenden Lorenza gegenüberstand.

## CXXVIII. KAPITEL

### *Der Kampf*

Das Herz von schmerzlichen Gedanken geweitet, blieb Balsamo hier stehen. Wir sagen schmerzlich und nicht mehr heftig.

Die Szene, die zwischen ihm und Althotas vorgefallen war, hatte, vielleicht indem sie ihm die Nichtigkeit aller menschlichen Dinge vor Augen führte, allen Zorn aus ihm vertrieben. Er erinnerte sich des Verfahrens jenes Philosophen, der das ganze griechische Alphabet aufsagte, ehe er auf die Stimme der schwarzen Gottheit, der Ratgeberin Achilles', hörte.

Nachdem er einen Augenblick in kalter, stummer Betrachtung vor dem Sofa gestanden hatte, auf dem Lorenza lag, sagte er zu sich selbst:

«Hier bin ich, traurig, aber entschlossen, und fasse meine Situation klar ins Auge. Lorenza verabscheut mich. Lorenza hat mir angedroht, mich zu verraten, und sie hat es getan. Mein Geheimnis gehört mir nicht mehr. Ich habe es dieser Frau anvertraut, die es in den Wind streut. Ich gleiche dem Fuchs, der aus der Falle mit den stählernen Zähnen nur den Knochen seines Beines zu ziehen vermochte, Fleisch und Fell aber darin gelassen hat, so daß der Jäger am nächsten Tag sagen kann: ‹Der Fuchs ist in diese Falle gegangen. Ich werde ihn tot oder lebendig wiedererkennen.›

Und dieses unerhörte Unglück, dieses Unglück, das selbst Althotas nicht begreifen kann, weshalb ich es ihm nicht einmal erzählt habe; dieses Unglück, das all meine Hoffnungen auf Glück in diesem Land und folglich auf dieser Welt, deren Seele Frankreich ist, zunichte macht, dieses Unglück habe ich allein dem hier schlafenden Geschöpf zu verdanken, dieser schönen Statue mit dem süßen Lächeln. Diesem finsteren Engel verdanke ich die Schmach und den Ruin, während ich darauf warte, daß ich ihm auch die Gefangenschaft, die Verbannung und den Tod zu verdanken habe.

Nun ist es also soweit», fuhr er lebhafter fort, «daß die Summe des Bösen die Summe des Guten übersteigt und Lorenza mir schädlich ist.

O Schlange mit den anmutigen, aber tödlichen Windungen, mit dem goldenen Mund, der aber voller Gift ist, schlafe, denn ich werde gezwungen sein, dich zu töten, wenn du erwachst!»

Und Balsamo näherte sich mit einem düsteren Lächeln der jungen Frau, deren schmachtende Augen sich, je näher er kam, immer weiter zu ihm erhoben, wie sich die Sonnenblumen und die Winden bei den ersten Strahlen der aufgehenden Sonne öffnen.

«Oh!» machte Balsamo. «Indessen werde ich für immer diese Augen schließen müssen, die mich zu dieser Stunde so zärtlich anblicken; diese schönen Augen voll von Blitzen, sobald sie nicht mehr voll Liebe sind.»

Lorenza lächelte sanft und zeigte beim Lächeln die so lieblich anzuschauende doppelte Reihe ihrer Perlzähne.

«Aber wenn ich die töte, die mich haßt», überlegte Balsamo, «werde ich auch die töten, die mich liebt!» Und sein Herz füllte sich mit einem tiefen Kummer, dem sich ein unbestimmtes Verlangen beimischte.

«Nein», murmelte er, «nein, ich habe umsonst geschworen. Ich habe unnötig gedroht, nein, ich werde niemals den Mut aufbringen, sie zu töten. Nein, sie wird leben, aber sie wird leben, ohne jemals mehr wach zu sein. Sie soll dieses Scheinleben führen, das für sie das Glück sein wird, während ihr das andere nur Verzweiflung beschert. Oh, wenn ich sie doch nur glücklich machen könnte! Alles andere ist mir gleichgültig ... Sie wird nur noch ein Dasein haben, das, welches ich ihr gebe, das, in dem sie mich liebt, das, von welchem sie in diesem Augenblick lebt.»

Und er erwiderte mit einem zärtlichen Blick den verliebten Blick Lorenzas, während er langsam eine Hand auf ihren Kopf herabsenkte.

In diesem Augenblick schien Lorenza in Balsamos Gedanken zu lesen wie in einem offenen Buch. Sie gab einen langen Seufzer von sich, erhob sich sachte und legte mit jener anmutigen Langsamkeit des Schlafes ihre weißen, weichen Arme um die Schultern Balsamos, der ihren duftenden Atem zwei Fingerbreit von seinen Lippen spürte.

«O nein! Nein!» rief Balsamo und fuhr sich mit der Hand über seine brennende Stirn und seine geblendeten Augen. «Nein, dieses berauschende Leben würde zum Wahnsinn führen. Nein, ich werde nicht immer widerstehen können, und mit diesem verführerischen Dämon, mit dieser Sirene würden mir der Ruhm, die Macht und die Unsterblichkeit entgehen. Nein, nein, sie soll erwachen, ich will es so, es muß sein.»

Verwirrt und außer sich, stieß Balsamo Lorenza heftig zurück. Diese löste sich von ihm und fiel wie ein wehender Schleier, wie ein Schatten, wie eine Schneeflocke auf das Sofa nieder.

Die raffinierteste Verführerin hätte, um sich den Blicken ihres Geliebten darzubieten, keine berauschendere Stellung wählen können.

Balsamo hatte gerade noch die Kraft, sich einige Schritt weit zu entfernen. Aber wie Orpheus, so drehte auch er sich um, und wie Orpheus stürzte auch er sich ins Verderben!

«Oh! Wenn ich sie aufwecke», dachte er, «so wird der Kampf aufs neue beginnen. Wenn ich sie wecke, wird sie sich oder mich töten oder mich zwingen, sie zu töten. Abgrund! Abgrund!

Ja, das Schicksal dieser Frau ist festgeschrieben. Es ist mir, als lese ich es in feurigen Schriftzügen: Tod! Liebe!... Lorenza! Lorenza! Es ist

Lorenza fiel zu Balsamos Füßen nieder und ergriff seine Hände.

deine Vorherbestimmung, zu lieben und zu sterben. Lorenza! Lorenza! Ich halte dein Leben und deine Liebe in meinen Händen.»

Statt einer Antwort stand die Zauberin auf, ging geradewegs auf Balsamo zu, fiel zu seinen Füßen nieder und sah ihn mit ihren vor Schlaf und Wollust trunkenen Augen an. Sie ergriff eine seiner Hände und drückte sie an ihr Herz.

«Tod!» flüsterte sie mit ihren Lippen, so feucht und glänzend wie die Koralle, wenn sie aus dem Meer hervortritt. «Tod, aber Liebe!»

Balsamo machte, den Kopf zurückgeworfen, die Hand auf seinen Augen, zwei Schritte rückwärts.

Lorenza folgte ihm keuchend auf den Knien.

«Tod!» wiederholte sie mit ihrer berauschenden Stimme, «aber Liebe! Liebe! Liebe!»

Balsamo konnte nicht mehr länger widerstehen. Eine Wolke aus Flammen umhüllte ihn.

«Oh!» stieß er hervor. «Das ist zuviel. Solange ein menschliches Wesen kämpfen kann, habe ich es getan. Dämon oder Engel der Zukunft, wer du auch sein magst, du mußt zufrieden sein. Lange habe ich der Selbstsucht und dem Hochmut alle edlen Leidenschaften, die in mir brausen, geopfert. Oh! Nein, nein, ich habe nicht das Recht, mich so gegen das einzige menschliche Gefühl zu sträuben, das im Grunde meines Herzens gärt. Ich liebe diese Frau, ich liebe sie, und diese leidenschaftliche Liebe tut mehr gegen sie, als es der furchtbarste Haß tun würde. Diese Liebe gibt ihr den Tod. Oh! Was bin ich doch für ein Feigling! Oh! Was für ein unerbittlicher Narr! Ich verstehe es nicht einmal, mit meinen Wünschen einen Kompromiß zu schließen. Was! Wenn ich mich anschicke, vor den Herrn zu treten, ich, der Betrüger, der falsche Prophet, und wenn ich meinen Mantel voller Tricks und Heuchelei vor dem obersten Richter abstreife, so werde ich mir nicht eine einzige edle Tat, nicht ein einziges Glückserlebnis zugestehen können, dessen Andenken mich inmitten der ewigen Leiden zu trösten vermöchte!

O nein! Nein, Lorenza, ich weiß wohl, daß ich die Zukunft verliere, wenn ich dich liebe. Ich weiß wohl, daß mein Offenbarungsengel zum Himmel hinaufsteigen wird, sobald eine Frau in meine Arme sinkt.

Aber du willst es, Lorenza, du willst es!»

«Mein Vielgeliebter!» seufzte sie.

«Du nimmst also dieses Leben anstelle des wirklichen Lebens an?»

«Auf Knien bitte ich dich darum, flehe dich darum an. Dieses Leben bedeutet Liebe und Glück.»

«Wird es dir genügen, sobald du einmal meine Frau bist? Denn siehe, ich liebe dich glühend.»

«Oh! Das weiß ich, denn ich lese es in deinem Herzen.»

«Und niemals wirst du mich weder vor den Menschen noch vor Gott anklagen, ich hätte deinen Willen überrumpelt und dein Herz betrogen?»

«Niemals, niemals! Oh! Weder vor den Menschen noch vor Gott! Im Gegenteil, ich werde dir dankbar sein, daß du mir die Liebe, das einzige Gut, die einzige Perle, den einzigen Diamanten auf dieser Welt gegeben hast.»

«Wirst du auch nie den Verlust deiner Flügel beklagen, arme Taube? Denn wisse wohl, du wirst fortan nicht mehr in den strahlenden Räumen bei Jehovah den Lichtstrahl suchen, mit denen er einst die Stirn seiner Propheten zierte. Wenn ich die Zukunft erfahren oder den Menschen befehlen will, so wird mir deine Stimme leider nicht mehr antworten. Ich hatte in dir zugleich die geliebte Frau und das helfende Genie. Künftig werde ich nur noch eines von beiden haben, und dabei ...»

«Ah! Du zweifelst, du zweifelst!» rief Lorenza. «Ich sehe den Zweifel wie einen schwarzen Fleck auf deinem Herzen.»

«Wirst du mich immer lieben, Lorenza?»

«Immer und ewig.»

Balsamo fuhr sich mit der Hand über die Stirn.

«Nun gut, es sei», gab er sich geschlagen. «Übrigens ...»

Er verharrte einen Augenblick, in Gedanken versunken.

«Brauche ich übrigens ausgerechnet diese?» fuhr er fort. «Ist sie die einzige auf der Welt? Nein, nein, während diese mich glücklich macht, wird die andere fortfahren, mich reich und mächtig zu machen. Andrée gehört ebenfalls zu den Auserwählten und vermag ebensogut wahrzusagen wie du. Andrée ist jung, rein und unberührt, und ich liebe Andrée nicht. Und trotzdem ist sie mir während ihres Schlafes ebenso unterworfen wie du. Ich habe in Andrée ein Opfer gefunden, das bereitsteht, um dich zu ersetzen. Für mich ist Andrée die niedrige Seele des Arztes, welche zu Experimenten dienen kann. Sie fliegt ebenso weit, vielleicht noch weiter als du, in die Schatten des Unbekannten. Andrée! Andrée! Ich nehme dich für mein Königtum. Lorenza, komm in meine Arme. Ich behalte dich als meine Geliebte. Mit Andrée bin ich mächtig; mit Lorenza bin ich glücklich. Erst von dieser Stunde an ist mein Leben vollständig. Abgesehen von der Unsterblichkeit, habe ich den Traum von Althotas verwirklicht. Abgesehen von der Unsterblichkeit, bin ich den Göttern gleich!»

Und er hob Lorenza an seine keuchende Brust, an die sich Lorenza schmiegte wie der Efeu an die Eiche.

## CXXIX. KAPITEL

### *Liebe*

Für Balsamo hatte nun ein anderes Leben begonnen, ein Leben, das dieser tätigen, unruhigen und vielseitigen Existenz bis dahin unbekannt gewesen war. Seit drei Tagen gab es für ihn keinen Zorn, keine Befürchtungen und keine Eifersucht mehr. Seit drei Tagen hatte er schon nichts mehr von Politik, von Verschwörungen oder Verschwörern gehört. An der Seite Lorenzas, die er nicht einen Augenblick verließ, hatte er die ganze Welt vergessen. Diese seltsame, unerhörte Liebe, welche gleichsam über der Menschheit schwebte, diese Liebe voller Trunkenheit und Geheimnis, diese gespenstische Liebe – denn er konnte sich nicht darüber hinwegtäuschen, daß er seine sanfte Geliebte mit einem Wort in eine erbitterte Feindin verwandeln würde –, diese Liebe, die durch eine unerklärliche Laune der Natur oder der Wissenschaft dem Haß entrissen worden war, versetzte Balsamo in eine Glückseligkeit, die ebensosehr von Verwunderung als von Wahnsinn herrührte.

Mehr als einmal, wenn er in diesen drei Tagen aus dem opiumartigen Liebesrausch erwachte, schaute Balsamo seine stets lächelnde, stets verzückte Gefährtin an. Denn in dem Dasein, das er ihr geschaffen hatte, ließ er sie künftig von ihrem scheinbaren Leben durch die Verzückung, einen ebenfalls trügerischen Schlaf, ausruhen. Und wenn er sie so ruhig, sanft und glücklich daliegen sah, wenn sie ihn mit den zärtlichsten Namen rief und laut von ihrer geheimnisvollen Wollust träumte, da fragte er sich mehr als einmal, ob Gott sich nicht über diesen modernen Titanen, der ihm seine Geheimnisse zu rauben versuchte, erzürnt habe. Er fragte sich, ob Gott Lorenza nicht den Gedanken eingegeben habe, ihn durch eine Lüge zu täuschen, um seine Wachsamkeit einzuschläfern, und wenn diese eingeschläfert wäre, zu entfliehen und nur der rächenden Eumenide ähnlich wieder zu erscheinen.

In diesen Momenten zweifelte Balsamo an der durch Überlieferung aus dem Altertum gewonnenen Wissenschaft, für die er als Beweis nur Beispiele hatte.

Doch sogleich wurde er durch diese beständige Flamme, durch diesen Durst nach Liebkosungen wieder beruhigt.

«Wenn sich Lorenza verstellt hätte», sagte er sich, «wenn sie die Absicht hätte, vor mir zu fliehen, dann würde sie nach Gelegenheiten suchen, mich von sich fernzuhalten. Sie würde Gründe erfinden, um allein bleiben zu können. Doch weit entfernt davon, sind es stets ihre Arme, die mich wie eine unzertrennbare Kette umschließen. Stets ist es ihr brennender Blick, der mir sagt: ‹Geh nicht fort.› Und stets ist es ihre sanfte Stimme, die mich auffordert, zu bleiben.»

Da gewann Balsamo wieder sein Vertrauen in sich selbst und in die Wissenschaft.

Warum auch hätte sich das magische Geheimnis, dem er seine ganze Macht verdankte, urplötzlich als Hirngespinst erweisen sollen, das man dem Wind überlassen konnte wie eine verschwundene Erinnerung, wie den Rauch eines erloschenen Feuers? Nie zuvor war Lorenza klarer und hellsehender gewesen. Alle Gedanken, die sich in seinem Geist bildeten, alle Eindrücke, die sein Herz erbeben ließen, Lorenza brachte sie auf der Stelle wieder hervor.

Es stellte sich nur noch die Frage, ob diese Hellsichtigkeit nicht auf Sympathie beruhte und ob diese vor der neuen Ära so klar schauenden Augen auch jenseits des von den beiden Liebenden gezogenen Kreises, des Kreises, den ihre Liebe mit Licht übergoß, die Dunkelheit durchdringen konnten.

Balsamo wagte es nicht, eine entscheidende Probe zu machen. Er hoffte beständig, und die Hoffnung bildete eine mit Sternen besetzte Krone für sein Glück.

Zuweilen warf Lorenza ihm mit sanfter Schwermut vor:

«Acharat, du denkst an eine andere Frau als an mich, an eine Frau aus dem Norden mit blonden Haaren und blauen Augen. Acharat, Acharat, diese Frau geht in deinen Gedanken stets neben mir.»

Dann sah Balsamo Lorenza zärtlich an und fragte:

«Das siehst du in mir?»

«O ja, so klar, als ob ich in einen Spiegel schauen würde.»

«Dann weißt du auch, ob ich mit Liebe an diese Frau denke», erwiderte Balsamo. «Lies in meinem Herzen, liebe Lorenza, lies nur!»

«Nein», sprach sie und schüttelte den Kopf, «nein, das weiß ich wohl, aber du teilst deine Gedanken zwischen uns beiden auf wie zu der Zeit, da Lorenza Feliciani dich peinigte, jene böse Lorenza, die nun schläft und die du nicht mehr wecken willst.»

«Nein, meine Liebe, nein», beteuerte Balsamo, «ich denke nur an dich, zumindest mit dem Herzen. Sieh doch nur, seit wir so glücklich miteinander sind, habe ich alles vernachlässigt, Studien, Politik, Arbeiten.»

«Und du hast unrecht», entgegnete Lorenza, «denn bei diesen Arbeiten kann ich dir helfen.»

«Wie?»

«Ja, hast du dich früher nicht stundenlang in deinem Laboratorium eingeschlossen?»

«Gewiß, nun aber verzichte ich auf all diese sinnlosen Versuche. Die Stunden, die ich damit zubringen würde, wären für mein Dasein verloren, da ich in dieser Zeit nicht mit dir zusammen sein könnte.»

«Und warum kann ich dir nicht ebenso wie in der Liebe auch bei deiner Arbeit zur Seite stehen? Warum sollte ich dich nicht mächtig machen, wie ich dich glücklich gemacht habe?»

«Weil meine Lorenza zwar schön ist, aber leider nicht studiert hat. Gott verleiht Schönheit und Liebe, aber allein das Studium führt zur Wissenschaft.»

«Die Seele weiß alles.»

«Du siehst also wirklich mit den Augen der Seele?»

«Ja.»

«Und du sagst, du kannst mich bei dieser großen Suche nach dem Stein der Weisen leiten?»

«Ich glaube schon.»

«Dann komm mit.»

Und Balsamo legte seinen Arm um die Hüfte der jungen Frau und führte sie in sein Laboratorium.

Der riesige Ofen, den seit vier Tagen niemand gespeist hatte, war erloschen.

Die Schmelztiegel waren auf ihren Glutpfannen erkaltet.

Lorenza betrachtete all diese seltsamen Werkzeuge, die letzten Erfindungen der sterbenden Alchimie ohne Verwunderung. Sie schien den Verwendungszweck eines jeden von ihnen zu kennen.

«Du versuchst, Gold herzustellen?» fragte sie lächelnd.

«Ja.»

«All diese Tiegel enthalten bei unterschiedlicher Erwärmung gewonnene Präparate?»

«Ja, aber ich habe alles eingestellt, alles ist verloren, und ich bedaure es nicht.»

«Damit hast du recht, denn dein Gold wird stets nur gefärbtes Quecksilber sein. Vielleicht kannst du ihm eine gewisse Festigkeit verleihen, aber verwandeln kannst du es nicht.»

«Aber man kann doch Gold herstellen?»

«Nein.»

«Aber Daniel von Siebenbürgen hat doch für zwanzigtausend Dukaten an Cosmas I. das Rezept zur Umwandlung von Metallen verkauft?»

«Daniel von Siebenbürgen hat Cosmas I. betrogen.»

«Doch der Sachse Payken, der von Karl II. zum Tode verurteilt worden war, hat sich sein Leben dadurch zurückgekauft, daß er einen Bleiklumpen in einen Goldklumpen verwandelte, aus dem man vierzig Dukaten machte. Und es blieb sogar noch genügend Gold für eine Medaille übrig, die man zur Verherrlichung des geschickten Alchimisten anfertigte.»

«Der geschickte Alchimist war ein geschickter Taschenspieler. Er vertauschte lediglich den Goldklumpen mit dem Bleiklumpen. Die sicherste Art und Weise, Gold herzustellen, Acharat, besteht für dich darin, daß du, wie du es tust, die Reichtümer, die dir deine Sklaven von allen vier Erdteilen bringen, zu Goldbarren schmilzt.»

Balsamo blieb nachdenklich.

«Die Umwandlung der Metalle ist also unmöglich?» meinte er.

«Unmöglich.»

«Aber wie verhält es sich zum Beispiel mit Diamanten?» fragte Balsamo zaghaft.

«Oh! Bei Diamanten liegt die Sache anders», antwortete Lorenza.

«Man kann also Diamanten herstellen?»

«Ja, denn Diamanten zu erzeugen bedeutet nicht, die Umwandlung eines Körpers in einen anderen zu vollziehen. Wenn man einen Diamanten herstellen will, so nimmt man einfach die Veränderung eines bekannten Elements vor.»

«Aber kennst du denn das Element, aus dem Diamant entsteht?»

«Gewiß, Diamant entsteht durch die Kristallisierung von reinem Kohlenstoff.»

Balsamo stand wie betäubt da. Ein gleißendes, unerwartetes, unerhörtes Licht stach ihm in die Augen. Er bedeckte sie mit beiden Händen, als ob er von dieser Flamme geblendet worden wäre.

«O mein Gott!» rief er. «Mein Gott! Du tust zuviel für mich. Irgendeine Gefahr bedroht mich. Mein Gott! Welcher ist der kostbare Ring, den ich ins Meer werfen kann, um deine Eifersucht abzuwenden? Genug, genug für heute, Lorenza, genug.»

«Gehöre ich nicht dir? Befiehl, gebiete.»

«Ja, du gehörst mir, komm, komm.»

Und Balsamo zog Lorenza aus dem Laboratorium, durchquerte das Zimmer mit den Fellen und kehrte, ohne ein leichtes Knacken zu beachten, das er über seinem Kopf vernahm, mit Lorenza in das vergitterte Zimmer zurück.

«Nun», erkundigte sich die junge Frau, «bist du zufrieden mit deiner Lorenza, mein geliebter Balsamo?»

«Oh!» stieß dieser hervor.

«Was hast du denn befürchtet? Sag an, sprich.»

Balsamo faltete die Hände und blickte Lorenza mit einem Ausdruck von Schrecken an, den sich ein Betrachter, welcher nicht in seiner Seele zu lesen imstande gewesen wäre, nur schwerlich hätte erklären können.

«Oh!» murmelte er. «Und ich hätte diesen Engel beinahe getötet, und ich wäre fast vor Verzweiflung gestorben, ehe ich das Problem, glücklich und zugleich mächtig zu sein, löste. Ich hatte ganz vergessen, daß die Grenzen des Möglichen stets den vom gegenwärtigen Stand der Wissenschaft gezogenen Horizont überschreiten. Ich dachte nicht mehr daran, daß die meisten Wahrheiten, welche Tatsachen geworden sind, damit anfingen, daß man sie als Visionen betrachtete. Ich glaubte, alles zu wissen, und wußte im Grunde gar nichts!»

Die junge Frau zeigte ein himmlisches Lächeln.

«Lorenza, Lorenza», fuhr Balsamo fort, «ist also der geheimnisvolle Plan des Schöpfers verwirklicht, der die Frau aus dem Fleisch des Mannes entstehen läßt und beiden sagt, daß sie nur ein Herz haben? Eva ist für mich wieder auferstanden; Eva, welche nicht ohne mich denken wird und deren Leben an dem Faden hängt, den ich in der Hand halte! Mein Gott, das ist zuviel für ein einziges Geschöpf, und ich erliege der Last deiner Wohltat.»

Er fiel auf die Knie und schlang seine Arme voller Bewunderung um diese sanfte Schönheit, die ihm zulächelte, wie man nicht auf Erden lächelt.

«Wohl», sprach er, «nein, du wirst mich nicht mehr verlassen. Unter deinem Blick, der die Finsternis durchdringt, werde ich in vollkommener Sicherheit leben. Du wirst mich bei den mühseligen Forschungsarbeiten unterstützen, die du allein, wie du sagtest, vollenden kannst und die ein Wort von dir leicht und fruchtbar machen wird. Du wirst mir sagen, daß ich kein Gold erzeugen kann, weil das Gold ein homogener Stoff, ein Urelement ist. Du wirst mir sagen, in welchem Teilchen seiner Schöpfung Gott es verborgen hat. Du wirst mir verraten, wo die jahrhundertealten Schätze liegen, welche die unendlichen Tiefen des Ozeans verschlungen haben. Ich werde mit deinen Augen sehen, wie die Perle sich in der schimmernden Muschel rundet und wie sich das Denken der Menschen unter den schlammigen Schichten seines Fleisches erweitert und entwikkelt. Ich werde mit deinen Ohren das dumpfe Graben des Wurmes, der den Boden unterhöhlt, und die Schritte meines Feindes, der sich mir nähert, hören. Ich werde groß sein wie Gott und glücklicher als Gott, meine Lorenza. Denn Gott hat im Himmel nicht seinesgleichen; er hat keine Gefährtin. Denn Gott ist zwar allmächtig, aber er ist allein in seiner göttlichen Majestät und teilt mit keinem anderen Wesen, das göttlich wäre wie er, diese Allmacht, die ihn als Gott auszeichnet.»

Lorenza lächelte noch immer, und lächelnd erwiderte sie seine Worte mit glühenden Liebkosungen.

«Und trotzdem», flüsterte sie, als ob sie im Schädel ihres Geliebten jeden Gedanken gesehen hätte, der die Fasern dieses unruhigen Gehirnes bewegte, «und trotzdem zweifelst du noch, Acharat. Du zweifelst daran, daß ich den Kreis unserer Liebe überschreiten kann. Du zweifelst, daß ich in die Entfernung zu sehen vermag. Aber du tröstest dich. Du sagst dir nämlich, wenn ich nicht sehen kann, wird sie es für dich tun können.»

«Wer sie?»

«Die blonde Frau. Soll ich dir ihren Namen nennen?»

«Ja.»

«Warte ... Andrée.»

«Oh! Das ist richtig. Du liest in meinen Gedanken. Ja, eine letzte Befürchtung bereitet mir Sorge. Vermagst du unter allen Umständen durch den Raum zu sehen, selbst wenn der Raum mit materiellen Hindernissen durchsetzt wäre?»

«Versuche es.»

«Gib mir die Hand, Lorenza.»

Die junge Frau ergriff leidenschaftlich Balsamos Hand.

«Kannst du mir folgen?»

«Überallhin.»

«So komm.»

Und Balsamo verließ im Geiste das Haus in der Rue Saint-Claude und zog Lorenzas Geist mit sich fort.

«Wo sind wir?» fragte er sie.

«Wir sind auf einem Berg», antwortete die junge Frau.

«Ja, so ist es», bestätigte Balsamo, vor Freude bebend. «Aber was siehst du hier?»

«Vor mir? Links oder rechts?»

«Vor dir.»

«Ich sehe ein weites Tal mit einem Wald auf der einen und einer Stadt auf der anderen Seite. Wald und Stadt werden von einem Fluß getrennt, der sich an der Mauer eines großen Schlosses hinzieht, bis er sich am Horizont verliert.»

«So ist es, Lorenza. Der Wald ist der Wald von Vésinet. Die Stadt ist Saint-Germain, und bei dem Schloß handelt es sich um das Schloß von Maisons. Laß uns in den Pavillon eintreten, der hinter uns liegt.»

«Treten wir ein.»

«Was siehst du?»

«Ah! Im Vorzimmer zunächst einen kleinen, seltsam gekleideten Neger, der Bonbons lutscht.»

«Zamore, genau. Gehen wir weiter.»

«Dahinter befindet sich ein leerer Salon mit einer herrlichen Einrichtung.»

«Der Salon ist leer?»

«Ja.»

«Gehen wir noch weiter.»

«Ah! Jetzt sind wir in einem hübschen Boudoir von blauem Atlas, der mit naturfarbenen Blumen bestickt ist.»

«Ist es auch leer?»

«Nein, eine Frau liegt auf einem Sofa.»

«Wer ist diese Frau?»

«Warte.»

«Kommt es dir nicht vor, als hättest du sie schon gesehen?»

«Ja, hier. Es ist die Gräfin Dubarry.»

«Ganz recht, Lorenza, ganz recht. Du wirst mich noch verrückt machen. Was tut diese Frau?»

«Sie denkt an dich, Balsamo.»

«An mich?»

«Ja.»

«Du kannst also in ihren Gedanken lesen?»

«Ja, denn ich wiederhole dir, sie denkt an dich.»

«In welchem Zusammenhang?»

«Du hast ihr ein Versprechen gegeben.»

«Ja, welches?»

«Du hast ihr das Schönheitswasser versprochen, das Venus, um sich an Sappho zu rächen, dem Phaon schenkte.»

«So ist es, genauso ist es. Und was tut sie, während sie nachdenkt?»

«Sie trifft eine Entscheidung.»

«Welche?»

«Warte ... Sie streckt ihre Hand nach der Klingel aus und läutet. Eine junge Frau tritt ein.»

«Dunkelhaarig? Blond?»

«Dunkelhaarig.»

«Groß? Klein?»

«Klein.»

«Das ist ihre Schwester. Hör zu, was sie sagt.»

«Sie will, daß man ihre Pferde vor den Wagen spannt.»

«Um wohin zu fahren?»

«Hierher.»

«Bist du dir ganz sicher?»

«Sie gibt den entsprechenden Befehl. Ah! Man gehorcht. Ich sehe die Pferde, die Karosse. In zwei Stunden wird sie hier sein.»

Balsamo fiel auf die Knie.

«Oh!» rief er. «Wenn sie in zwei Stunden tatsächlich hier sein sollte, dann habe ich dich um nichts mehr zu bitten, mein Gott, als daß du mit meinem Glück Erbarmen haben mögest.»

«Armer Freund», bedauerte ihn Lorenza, «du hast also Angst?»

«Ja, ja.»

«Und wovor solltest du Angst haben? Die Liebe, welche das körperliche Dasein vervollkommnet, erweitert auch das moralische Dasein. Wie jede edle Leidenschaft bringt auch die Liebe den Menschen näher zu Gott, und von Gott geht alles Licht aus.»

«Lorenza, Lorenza, du wirst mich vor Freude wahnsinnig machen.»

Und Balsamo ließ seinen Kopf auf die Knie der jungen Frau sinken.

Er wartete auf einen neuen Beweis, um vollkommen glücklich zu sein.

Dieser Beweis war die Ankunft Madame Dubarrys.

Die zwei Stunden des Wartens vergingen wie im Flug. Jegliches Zeitmaß war Balsamo abhanden gekommen.

Plötzlich begann die junge Frau zu beben und ergriff Balsamos Hand.

«Du zweifelst noch immer», stellte sie fest, «und du möchtest wissen, wo sie sich im Augenblick befindet.»

«Ja», gab Balsamo zu, «das ist wahr.»

«Nun, sie folgt dem Boulevard in raschem Tempo, sie kommt immer näher. Jetzt biegt sie in die Rue Saint-Claude ein. Sie hält vor der Tür. Sie klopft.»

Das Zimmer, in dem die beiden sich aufhielten, war so abgelegen und so lärmgeschützt, daß das Geräusch des kupfernen Türklopfers nicht einmal bis zur Türe drang.

Doch Balsamo, der sich auf einem Knie erhoben hatte, spitzte nichtsdestoweniger die Ohren.

Zwei Glockenschläge von Fritz ließen ihn aufspringen. Zwei Schläge waren, wie man sich erinnert, das Signal, das einen wichtigen Besuch ankündigte.

«Oh!» stieß er hervor. «Es ist also wirklich wahr!»

«Überzeuge dich davon, Balsamo, aber komm rasch zurück.»

Balsamo eilte zum Kamin.

«Laß mich dich bis zur Treppentür begleiten», bat Lorenza.

«Komm.»

Gemeinsam gingen sie wieder durch das Zimmer mit den Fellen.

«Wirst du das Zimmer auch nicht verlassen?» versicherte sich Balsamo.

«Nein, ich erwarte dich doch. Oh! Sei unbesorgt, du weißt wohl, daß die Lorenza, die dich liebt, eine ganz andere ist als die Lorenza, die du fürchtest. Und außerdem ...»

Sie hielt lächelnd inne.

«Was weiter?» fragte Balsamo.

«Kannst du denn nicht in meine Seele sehen, wie ich in die deine sehe?»

«Ach, leider nein.»

«Dann befiehl mir doch, bis zu deiner Rückkehr zu schlafen. Befiehl mir, unbeweglich auf diesem Sofa liegen zu bleiben, und ich werde schlafen und unbeweglich bleiben.»

«Nun gut, meinetwegen, meine liebe Lorenza, schlafe also, und warte auf mich.»

Schon gegen den Schlaf ankämpfend, drückte Lorenza ihre Lippen in einem letzten Kuß auf Balsamos Lippen und fiel dann schwankend auf das Sofa zurück, wobei sie murmelte:

«Bis bald, mein Balsamo, bis bald, nicht wahr?»

Balsamo hob die Hand zum Gruß, aber Lorenza war schon eingeschlafen.

Doch sie war so schön und so rein anzusehen mit ihrem langen, gelösten Haar, ihrem halbgeöffneten Mund, der fieberhaften Röte ihrer Wangen, ihren feuchten Augen, und so wenig glich sie einem gewöhnlichen Weibe, daß Balsamo noch einmal zu ihr zurückkehrte, ihre Hand ergriff und sie auf Arme und Hals küßte. Ihre Lippen wagte er jedoch nicht zu berühren.

Abermals erschollen zwei Schläge. Entweder wurde die Dame langsam ungeduldig, oder Fritz fürchtete, sein Meister habe ihn nicht gehört.

Balsamo lief geschwind zur Tür.

Als er sie hinter sich schloß, glaubte er abermals ein Knacken zu vernehmen, das dem glich, welches er schon einmal wahrgenommen hatte. Er öffnete die Tür wieder, schaute sich um, sah aber nichts.

Nichts als Lorenza, ausgestreckt und keuchend unter der Last ihrer Liebe.

Balsamo schloß die Tür und eilte nach dem Salon – ohne Unruhe, ohne Furcht, ohne Vorahnung, das Paradies im Herzen tragend.

Balsamo täuschte sich: Nicht nur die Liebe war es, die Lorenzas Brust niederdrückte und ihren Atem keuchend machte.

Es war eine Art von Traum, der von der Lethargie, in die sie versunken war, herzurühren schien, eine dem Tod nah verwandte Lethargie.

Lorenza träumte, und ihr war, als sähe sie in dem häßlichen Spiegel der finsteren Träume, inmitten der Dunkelheit, welche alles zu verdüstern begann, wie sich die eichene Zimmerdecke kreisförmig öffnete und daraus so etwas wie eine große Rosette hervorkam. In einer langsamen, gleichmäßigen und abgemessenen Bewegung begann diese Rosette, begleitet von einem unheimlichen Pfeifen, herabzusinken. Lorenza schien es, als bekäme sie allmählich keine Luft mehr, als wäre sie unter dem Druck dieses beweglichen Kreises nahe daran, erstickt zu werden.

Es kam ihr schließlich vor, als rühre sich auf dieser beweglichen Falltüre ein unförmiges Ding, so etwas wie der Caliban aus dem *Sturm*, ein Ungeheuer mit menschlichem Gesicht – ein Greis, dessen Augen und Arme allein lebten und der sie mit furchteinflößendem Blick anschaute und seine fleischlosen Arme nach ihr ausstreckte.

Und sie, die Arme, sie krümmte sich und rang vergebens, ohne fliehen zu können und ohne etwas von der Gefahr zu ahnen, die sie bedrohte. Sie spürte nichts, außer den Druck zweier lebendiger Klammern, die mit ihren Enden ihr weißes Kleid packten, sie vom Sofa aufhoben und auf die Falltür legten, die sich langsam, langsam nach der Decke erhob. Das

Ganze wurde begleitet von dem unheilvollen Knarren von Eisen, das sich an Eisen reibt, und von einem häßlichen, schrillen Gelächter, das aus dem schauderhaften Mund dieses Ungeheuers mit dem menschlichen Gesicht drang, welches die junge Frau ohne Erschütterung und ohne Schmerz zum Himmel emportrug.

## CXXX. KAPITEL

### *Der Liebestrank*

Wie Lorenza vorausgesagt hatte, war es Madame Dubarry, welche an die Türe geklopft hatte.

Die schöne Kurtisane war in den Salon geführt worden. Und während sie dort auf Balsamo wartete, vertrieb sie sich die Zeit damit, in jenem merkwürdigen Buch vom Tod zu blättern, das in Mainz gestochen wurde und dessen aufs kunstvollste gezeichnete Stiche den Tod, über allen Handlungen des menschlichen Lebens schwebend, zeigt. Man sieht, wie er den Mann an der Tür des Ballsaales erwartet, wo dieser eben noch die Hand der geliebten Frau gedrückt hat, wie er ihn in die Tiefe des Wassers, in dem er badet, hinabzieht, oder wie er sich im Lauf der Flinte versteckt, mit dem der Mann auf die Jagd geht.

Madame Dubarry war gerade bei dem Stich angelangt, auf dem eine schöne Frau dargestellt war, die sich schminkt und sich im Spiegel betrachtet, als Balsamo die Tür aufstieß und sie, übers ganze Gesicht lächelnd, begrüßte.

«Verzeihen Sie mir, daß ich Sie warten ließ, Madame, aber entweder habe ich die Entfernung falsch berechnet, oder ich kannte die Geschwindigkeit Ihrer Pferde schlecht. Jedenfalls glaubte ich Sie noch auf der Place Louis XV.»

«Wie?» wunderte sich die Gräfin. «Sie wußten, daß ich kommen würde?»

«Ja, Madame, vor ungefähr zwei Stunden habe ich gesehen, wie Sie in Ihrem Boudoir von blauem Atlas den Befehl zum Anspannen gaben.»

«Sie sagen, ich sei in meinem Boudoir von blauem Atlas gewesen?»

«Der mit naturfarbenen Blumen bestickt ist, ja, Gräfin. Sie lagen auf einem Sofa. Da kam Ihnen eine ausgezeichnete Idee. Sie sagten sich: ‹Wir wollen den Grafen von Phönix besuchen.› Dann klingelten Sie.»

«Und wer kam herein?»

«Ihre Schwester, Gräfin. Ist es nicht so? Sie baten sie, Ihre Befehle weiterzugeben, welche auch sofort ausgeführt wurden.»

«Wahrlich, Graf, Sie sind ein Zauberer! Schauen Sie auf diese Weise jeden Augenblick des Tages in mein Boudoir? Davon müßten Sie mich in Kenntnis setzen, hören Sie?»

«Ah! Seien Sie unbesorgt, Gräfin, ich schaue nur durch offene Türen.»

«Und indem Sie durch die offenen Türen schauten, sahen Sie, daß ich an Sie dachte?»

«Gewiß, und zwar in guter Absicht.»

«Ah! Sie haben recht, lieber Graf. Ich hege für Sie die besten Absichten der Welt, aber gestehen Sie, daß Sie mehr verdienen als nur Absichten, Sie, der Sie so gut und hilfreich sind, Sie, der Sie dazu bestimmt scheinen, in meinem Leben die Rolle des Vormunds zu spielen, das heißt die schwierigste Rolle, die ich mir vorstellen kann.»

«Fürwahr, Madame, Sie machen mich überglücklich. Ich konnte Ihnen also ein wenig nützlich sein?»

«Wie? ... Sie sind Hellseher und erraten es nicht?»

«Lassen Sie mir wenigstens das Verdienst der Bescheidenheit.»

«Nun gut, mein lieber Graf, folglich will ich damit anfangen, Ihnen zu schildern, was Sie für mich getan haben.»

«Das werde ich nicht dulden, Madame. Ich bitte, sprechen wir im Gegenteil von Ihnen.»

«Wohl, mein lieber Graf, zunächst wollte ich Sie fragen, ob Sie mir wohl den Stein leihen könnten, welcher unsichtbar macht. Ich glaubte nämlich, auf meiner Fahrt hierher, so rasch sie auch war, einen der grauhaarigen Bediensteten Monsieur de Richelieus zu erkennen.»

«Und was tat dieser Bedienstete, Madame?»

«Er folgte meinem Wagen mit einem Rennpferd.»

«Was halten Sie davon? In welcher Absicht ließ der Herzog Sie wohl verfolgen?»

«In der Absicht, mir irgendeinen boshaften Streich nach seiner Art zu spielen. So bescheiden Sie auch sein mögen, Graf von Phönix, seien Sie versichert, daß Gott Sie mit genügend persönlichen Vorzügen ausgestattet hat, um einen König eifersüchtig zu machen ... auf meine Besuche bei Ihnen oder auf Ihre Besuche bei mir.»

«Monsieur de Richelieu kann Ihnen bei keinem Treffen gefährlich werden, Madame.»

«Aber er war es, lieber Graf, er war es doch vor dem Ereignis.»

Balsamo begriff, daß es hierbei ein Geheimnis gab, das Lorenza ihm noch nicht offenbart hatte. Er wagte sich daher nicht auf den Boden des Unbekannten und beschränkte sich darauf, mit einem Lächeln zu antworten.

«Er war gefährlich», wiederholte die Gräfin, «und ich wäre beinahe zum

Opfer des äußerst geschickt geschmiedeten Komplotts geworden, zu dem auch Sie nicht unwesentlich beigetragen haben, Graf.»

«Ich soll an einem Komplott gegen Sie beteiligt gewesen sein? Niemals, Madame!»

«Waren Sie etwa nicht derjenige, welcher Monsieur de Richelieu den Zaubertrank gab?»

«Welchen Zaubertrank?»

«Einen Zaubertrank, der unsterblich verliebt macht.»

«Nein, Madame, diese Liebestränke bereitet Monsieur de Richelieu selbst, denn er kennt schon seit langem das Rezept. Ich habe ihm nur ein einfaches Betäubungsmittel gegeben.»

«Ach, wahrhaftig?»

«Bei meiner Ehre.»

«Und der Herzog, warten Sie doch... An welchem Tag hat Sie der Herzog um dieses Betäubungsmittel gebeten? Erinnern Sie sich genau an das Datum, Monsieur, es ist von äußerster Wichtigkeit!»

«Madame, das war letzten Samstag, einen Tag bevor ich die Ehre hatte, Ihnen durch Fritz das Briefchen überbringen zu lassen, in dem ich Sie bat, mich bei Monsieur de Sartines aufzusuchen.»

«Am Vorabend dieses Tages?» entfuhr es der Gräfin. «Am Vorabend des Tages, wo man den König zu der kleinen Taverney gehen sah! Oh! Jetzt wird mir alles klar!»

«Nun, wenn Ihnen jetzt alles klar ist, dann müßten Sie eigentlich auch wissen, daß ich lediglich für das Betäubungsmittel die Verantwortung trage.»

«Ja, und gerade dieses Betäubungsmittel hat uns gerettet!»

Balsamo wartete diesmal ab. Er wußte von nichts.

«Ich schätze mich glücklich, Madame, daß ich Ihnen sogar ohne Absicht nützlich sein konnte», antwortete er.

«Oh! Sie leisten mir stets ausgezeichnete Dienste. Doch Sie vermögen noch mehr für mich zu tun, als Sie bisher getan haben. O Doktor, ich bin in politischer Hinsicht schwer krank gewesen, und im Augenblick glaube ich kaum an meine Wiedergenesung.»

«Madame», erwiderte Balsamo, «der Doktor, da es sich hier um einen solchen handelt, verlangt stets Einzelheiten über die Krankheit zu erfahren, die er behandeln soll. Haben Sie also die Güte, mir das Leiden, das Sie getroffen hat, in genauesten Einzelheiten zu schildern und, wenn möglich, kein Symptom zu vergessen.»

«Nichts einfacher als dies, lieber Doktor oder lieber Zauberer, wie Sie wollen. Am Vorabend des Tages, an dem dieses Betäubungsmittel angewandt wurde, hatte sich Seine Majestät geweigert, mich nach Luciennes zu begleiten. Unter dem Vorwand der Müdigkeit blieb sie in Trianon, diese lügnerische Majestät, um, wie ich später herausfand, in vertraulicher Runde mit dem Herzog von Richelieu und dem Baron von Taverney zu speisen.»

«Na, so was!»

«Sie begreifen nun ebenfalls. Während dieses Abendessens wurde dem König der Liebestrank ins Glas gefüllt. Er hatte schon ein Auge auf Mademoiselle Andrée geworfen. Man wußte, daß er mich tags darauf nicht besuchen würde. Der Trank sollte also in bezug auf die Kleine wirken.»

«Nun?»

«Nun, er wirkte auch.»

«Was ist infolgedessen geschehen?»

«Gerade dies läßt sich nur schwerlich genau ermitteln. Gut unterrichtete Leute haben Seine Majestät zum Wirschaftsgebäude gehen sehen, das heißt zu der Wohnung Mademoiselle Andrées.»

«Ich weiß, wo sie wohnt, aber was geschah danach?»

«Ah! Danach, zum Teufel! Wie rasch Sie fragen, Graf! Man folgt nicht ohne Gefahr einem König, der sich zu verstecken sucht.»

«Doch wie ist die Sache ausgegangen?»

«Nun, alles, was ich Ihnen sagen kann, ist, daß Seine Majestät in jener schrecklichen Gewitternacht blaß, zitternd und mit einem Fieber, das fast schon an Wahn grenzte, nach Trianon zurückkam.»

«Und Sie glauben, daß es nicht allein der Sturm war, der dem König einen Schrecken einjagte?» erkundigte sich Balsamo lächelnd.

«Nein, denn der Kammerdiener hörte ihn mehrmals rufen: ‹Tot! Tot! Tot!›»

«Oh!» machte Balsamo.

«Es war das Betäubungsmittel», fuhr Madame Dubarry fort. «Vor nichts fürchtet sich der König mehr als vor Toten, und nach den Toten vor dem Bild des Todes. Er fand Mademoiselle de Taverney in einen seltsamen Schlaf versunken und wird sie für tot gehalten haben.»

«Ja, ja, tot, in der Tat», meinte Balsamo, der sich nun erinnerte, daß er entflohen war, ohne Andrée wieder aufzuwecken, «tot oder zumindest allem Anschein nach tot. So ist es! So ist es! Und weiter, Madame?»

«Niemand erfuhr also, was in dieser Nacht oder vielmehr am Anfang dieser Nacht vorgefallen war. Als der König in seine Gemächer zurückkehrte, wurde er von einem heftigen Fieberanfall und von einem Nervenzittern heimgesucht, was sich beides erst am nächsten Tag legte. Die Dauphine hatte nämlich den Einfall, im königlichen Krankenzimmer die Vorhänge öffnen zu lassen und Seiner Majestät eine strahlende Sonne zu zeigen, die in lachende Gesichter schien. Da verschwanden all seine unbekannten Visionen mit der Nacht, die sie hervorgebracht hatte. Um Mittag ging es dem König besser. Er nahm etwas Fleischbrühe zu sich und aß einen Rebhuhnflügel, und am Abend ...»

«Und am Abend?» wiederholte Balsamo.

«Nun, am Abend», fuhr Madame Dubarry fort, «kam Seine Majestät, welche nach ihrem Schrecken vom Vortag zweifellos nicht in Trianon bleiben wollte, um mich in Luciennes zu besuchen, wo ich feststellte, mein lieber Graf, daß Monsieur de Richelieu fast ein ebenso großer Zauberer ist wie Sie.»

Das triumphierende Gesicht der Gräfin und ihre Gebärde voll Anmut und Charme, mit denen sie ihren Gedanken zu Ende führte, beruhigten Balsamo vollkommen im Hinblick auf die Macht, welche die Herzensdame noch immer über den König ausübte.

«Sie sind also zufrieden mit mir, Madame?» fragte er.

«Zufrieden ist gar kein Ausdruck, ich bin begeistert, Graf, das schwöre ich Ihnen. Denn Sie haben mir, als Sie von den Unmöglichkeiten sprachen, die Sie geschaffen haben, die reine Wahrheit gesagt.»

Und sie reichte ihm zum Beweis ihrer Dankbarkeit ihre weiße, zarte und duftende Hand, die nicht so frisch war wie die Lorenzas, deren Wärme aber auch ihre Beredsamkeit besaß.

«Und nun zu Ihnen, Graf», sprach sie.

Balsamo verneigte sich und zeigte damit seine Bereitschaft, ihr zuzuhören.

«Wenn Sie mich vor einer großen Gefahr bewahrt haben», begann Madame Dubarry, «so glaube ich ebenfalls, Sie aus einer nicht minder ernsten Lage befreit zu haben.»

«Sie müssen mich nicht erst darauf hinweisen, daß ich Ihnen dankbar bin», erwiderte der Graf, seine Unruhe verbergend. «Wollen Sie mir jedoch sagen ...»

«Ja, das fragliche Kästchen.»

«Nun, Madame?»

«Es enthielt zahlreiche Geheimschriften, welche Monsieur de Sartines von allen seinen Gehilfen übersetzen ließ. Alle fertigten ihre Übersetzung jeweils unabhängig voneinander an, aber alle Übersetzungen führten zu demselben Ergebnis. Und so ist Monsieur de Sartines heute morgen, während ich gerade dort war, nach Versailles gekommen und hat alle diese Übersetzungen nebst dem Wörterbuch der diplomatischen Geheimschriften mitgebracht.»

«Ah! Ah! Und was hat der König gesagt?»

«Der König schien zunächst überrascht, dann jedoch erschrocken. Man verschafft sich leicht Gehör bei Seiner Majestät, wenn man ihr von Gefahren erzählt. Seit dem Stich mit dem Taschenmesser von Damiens gibt es ein Wort, mit dem jedermann bei Ludwig XV. ankommt: ‹Nehmen Sie sich in acht!›»

«Monsieur de Sartines hat mich also der Verschwörung beschuldigt?»

«Monsieur de Sartines versuchte anfangs, mich zum Weggehen zu bewegen. Aber ich weigerte mich, indem ich erklärte, da niemand dem König näher stehe als ich, habe niemand das Recht, mich hinauszuschikken, wenn man ihn vor einer Gefahr warnen wolle. Monsieur de Sartines bestand dennoch auf meiner Entfernung, aber ich widersetzte mich, und der König meinte lächelnd, wobei er mich auf eine gewisse Art anschaute, die ich sehr gut verstehe: ‹Lassen Sie die Gräfin hier, Sartines, ich kann ihr heute nichts abschlagen.›

Sie begreifen, Graf, da ich anwesend war, so fürchtete Monsieur de Sartines, der sich wohl an die eindeutigen Worte bei unserem Abschied erinnerte, mir zu mißfallen, wenn er Sie beschuldigte. So nahm er damit vorlieb, sich über die schlechte Gesinnung des Königs von Preußen gegen Frankreich auszulassen und über die Bereitschaft der Menschen zu klagen, sich des Übernatürlichen zu bedienen, um den Gang ihrer Rebellion zu erleichtern. Kurz, er klagte viele Leute an und bewies die ganze Zeit über mit seinen Geheimschriften in der Hand, daß diese Leute schuldig seien.»

«Welches Verbrechens schuldig?»

«Welches Verbrechens? ... Graf, soll ich Ihnen das Staatsgeheimnis verraten?»

«Das unser Geheimnis ist, Madame. Oh! Sie riskieren nichts dabei! Wie mir scheint, habe ich ein Interesse daran, nichts auszuplaudern.»

«Ja, Graf, ich weiß, ein großes Interesse. Monsieur de Sartines wollte also beweisen, daß eine zahlenmäßig starke, mächtige, aus mutigen, gewandten, entschlossenen Mitgliedern gebildete Sekte insgeheim die Seiner Königlichen Majestät geschuldete Hochachtung untergrabe, indem sie über den König gewisse Gerüchte verbreite.»

«Was für Gerüchte?»

«Zum Beispiel solche, die Seine Majestät beschuldigen, sein Volk auszuhungern.»

«Und was hat der König darauf geantwortet?»

«Wie der König stets antwortet, mit einem Scherz natürlich.»

Balsamo holte tief Luft.

«Und was für ein Scherz war das?» fragte er.

«‹Da man mich beschuldigt, mein Volk auszuhungern›, sagte er, ‹so habe ich auf diese Anschuldigung nur eine Antwort zu geben: Nähren wir es.›

‹Wie soll dies bewerkstelligt werden, Sire?› fragte Monsieur de Sartines.

‹Ganz einfach, ich übernehme die Verköstigung all derer, die solche Gerüchte in die Welt setzen, und biete ihnen obendrein eine kostenlose Unterkunft in meinem schönen Schloß namens Bastille an.›»

Balsamo spürte, wie ihm ein Schauer durch die Adern lief, doch er lächelte unverändert.

«Und danach?» fragte er.

«Danach schien mich der König durch ein Lächeln um Rat zu fragen.

‹Sire›, sprach ich sodann, ‹man wird mich niemals dazu bewegen, zu glauben, daß diese kleinen, schwarzen Ziffern, die Ihnen Monsieur de Sartines überbringt, besagen wollen, Sie seien ein schlechter König.›

Da schrie der Polizeileutnant laut auf.

‹Und ebensowenig werden Sie mir je beweisen, daß Ihre Gehilfen des Lesens kundig sind›, fügte ich hinzu.»

«Und was hat der König erwidert, Gräfin?» erkundigte sich Balsamo.

«Daß ich recht haben könne, aber daß Monsieur de Sartines auch nicht unrecht habe.»

«Und was geschah dann?»

«Sodann stellte man viele geheime Haftbefehle aus, unter die Monsieur de Sartines, wie ich deutlich sah, auch einen gegen Sie einschieben wollte. Doch ich ließ mich nicht beirren und hielt ihn mit einem einzigen Wort zurück.

‹Monsieur›, warnte ich ihn ganz laut und in Gegenwart des Königs, ‹verhaften Sie ganz Paris, wenn es Ihnen gutdünkt, das ist Ihr Geschäft. Aber daß Sie sich ja nicht unterstehen, auch nur an einen einzigen meiner Freunde Hand anzulegen, oder ...›

‹Ho! Ho!› machte der König. ‹Jetzt wird sie böse. Hüten Sie sich, Sartines!›

‹Aber Sire, das Interesse des Königreichs ...›

‹Oh! Sie sind kein Sully›, schleuderte ich ihm rot vor Zorn entgegen, ‹und ich bin keine Gabrielle.›

‹Madame, man will den König ermorden, wie man Heinrich IV. ermordet hat.›

Bei diesen Worten erbleichte der König, fing an zu zittern und fuhr sich mit der Hand über die Stirn.

Schon hielt ich mich für geschlagen.

‹Sire›, schleuderte ich ihm entgegen, ‹man muß Monsieur fortfahren lassen, denn seine Gehilfen haben aus all diesen Geheimschriften gewiß auch herausgelesen, daß ich mich gegen Sie verschworen habe.›

Und ich ging hinaus.

Donnerwetter! Das war am Tag nach der Verabreichung des Liebestranks, werter Graf. Der König zog meine Gegenwart der von Monsieur de Sartines vor und lief mir nach.

‹Ah! Ich bitte Sie, Gräfin, zürnen Sie nicht›, bat er mich.

‹Dann jagen Sie diesen elenden Menschen davon, Sire. Er riecht nach Gefängnis.›

‹Auf, Sartines, gehen Sie schon›, gebot ihm der König achselzuckend.

‹Und ich verbiete Ihnen in Zukunft nicht nur, bei mir zu erscheinen›, setzte ich nach, ‹sondern überdies auch, mich zu grüßen.›

Diesmal verlor unser Beamter den Kopf. Er kam auf mich zu und küßte mir demütig die Hand.

‹Nun gut, es mag hingehen›, lenkte er ein, ‹sprechen wir nicht mehr davon, schöne Dame, obgleich Sie dadurch den Staat zugrunde richten. Aber da Sie es unbedingt so haben wollen, soll Ihr Schützling von meinen Agenten verschont werden.›»

Balsamo schien in eine tiefe Träumerei versunken.

«Wie!» entfuhr es der Gräfin. «Sie danken mir nicht einmal, daß ich Ihnen die Bekanntschaft mit der Bastille erspart habe, was vielleicht ungerecht, aber darum nicht minder unangenehm gewesen wäre.»

Balsamo erwiderte nichts. Er zog nur aus seiner Tasche ein Fläschchen, das einen blutroten Saft enthielt.

«Nehmen Sie, Madame», sagte er, «für die Freiheit, die Sie mir schenken, schenke ich Ihnen zwanzig Jahre Jugend mehr.»

Die Gräfin schob das Fläschchen in ihr Mieder und entfernte sich freudig und triumphierend.

Balsamo verharrte träumerisch.

«Ohne die Koketterie eines Weibes hätten sie sich vielleicht retten können», dachte er bei sich. «Doch der kleine Fuß einer Kurtisane stößt sie bis in die tiefste Tiefe des Abgrundes. Gott ist eindeutig mit uns!»

## CXXXI. KAPITEL

### *Das Blut*

Die Tür des Hauses hatte sich noch nicht hinter Madame Dubarry geschlossen, als Balsamo wieder die Geheimtreppe hinaufstieg und in das Zimmer mit den Fellen zurückkehrte.

Die Unterredung mit der Gräfin hatte lange gedauert, und sein Eifer rührte von zwei Ursachen her.

Die erste war das Verlangen, Lorenza wiederzusehen; die zweite war die Furcht, die junge Frau könne erschöpft sein. Denn in dem neuen Leben, das er ihr geschaffen hatte, gab es für die Langeweile keinen Platz mehr. Sie wurde jedoch des öfteren dadurch ermüdet, daß sie vom magnetischen Schlaf unmittelbar zur Ekstase übergehen konnte.

Auf die Ekstase aber folgten beinahe immer Nervenkrisen, die Lorenza an den Rand der Erschöpfung brachten, wenn die Einwirkung des wohltuenden Fluidums kein befriedigendes Gleichgewicht zwischen den verschiedenen Funktionen des Organismus zu schaffen vermochte.

Nachdem Balsamo die Tür geschlossen hatte, warf er rasch einen Blick auf das Sofa, wo er Lorenza gelassen hatte.

Sie war nicht mehr da.

Nur das feine Schultertuch von Kaschmir, worauf goldene Blumen gestickt waren und das sie gewöhnlich wie eine Schärpe umhüllte, war auf den Polstern als ein Zeugnis für ihren Aufenthalt in diesem Zimmer und für ihr Ruhen auf dem Sofa zurückgeblieben.

Balsamo stand da wie erstarrt, die Augen auf das leere Sofa gerichtet. Vielleicht hatte sich Lorenza durch einen merkwürdigen Geruch gestört gefühlt, der sich in dem von ihr verlassenen Zimmer verbreitet zu haben schien. Vielleicht hatte sie mit einer automatischen Bewegung wieder die Gewohnheiten des wirklichen Lebens aufgegriffen und instinktiv ihren Platz verändert.

Balsamo dachte zuerst, Lorenza sei in das Laboratorium zurückgekehrt, wohin sie ihn kurze Zeit zuvor begleitet hatte.

Er betrat das Laboratorium. Auf den ersten Blick schien es leer. Doch im Schatten des riesigen Ofens, hinter den orientalischen Wandbehängen, konnte sich eine Frau leicht verbergen.

Er hob also die Wandbehänge hoch und ging um den Ofen herum. Nirgends fand er auch nur eine Spur, die darauf hindeutete, daß Lorenza sich hier aufgehalten hatte.

Es blieb das Zimmer der jungen Frau, wohin sie mit Sicherheit zurückgekehrt war.

Dieses Zimmer war für sie nur in ihrem wachen Zustand ein Gefängnis.

Er eilte in das Zimmer und fand die Kaminplatte geschlossen.

Dies war aber kein Beweis, daß Lorenza sich nicht hineinbegeben hatte. Es sprach in der Tat nichts gegen die Annahme, daß sich Lorenza in ihrem so hellsichtigen Schlaf an den Mechanismus erinnert und infolgedessen den Halluzinationen eines in ihrem Geiste schlecht verwischten Traumes gehorcht hatte.

Balsamo drückte die Feder hinunter.

Das Zimmer war leer wie das Laboratorium. Lorenza schien den Raum nicht einmal betreten zu haben.

Ein schmerzlicher Gedanke, ein Gedanke, der, wie man sich erinnert, schon einmal sein Herz gepeinigt hatte, verjagte mit einem Schlag alle Vermutungen und alle Hoffnungen des glücklich Verliebten.

Lorenza hatte eine Rolle gespielt. Sie hatte sich schlafend gestellt und so jedes Mißtrauen, jede Sorge und jede Wachsamkeit aus dem Geiste ihres Gatten vertrieben, und bei der ersten Gelegenheit, die sich ihr bot, war sie erneut entflohen, wobei sie sich diesmal durch eine erste oder vielmehr durch eine zweite Erfahrung über das, was sie tun sollte, sicher war.

Balsamo fuhr bei dieser Vorstellung hoch und läutete nach Fritz.

Und da dieser, gemessen an Balsamos Ungeduld, zu lange brauchte, stürzte er ihm entgegen. Auf der Geheimtreppe traf er mit ihm zusammen.

«Die Signora?» rief er aufgeregt.

«Was ist mit ihr, Meister?» fragte Fritz, der an Balsamos Erregung erkannte, daß etwas Außergewöhnliches geschehen war.

«Hast du sie gesehen?»

«Nein, Meister.»

«Sie ist nicht weggegangen?»

«Von wo?»

«Na, aus dem Haus.»

«Es ist niemand weggegangen außer der Gräfin, hinter der ich gerade die Tür geschlossen habe.»

Wie ein Wahnsinniger stürzte Balsamo wieder die Treppe hinauf. Er malte sich aus, daß sich die verrückte junge Frau, deren Wesen im Schlaf so sehr von ihrem Wesen im Wachzustand abwich, irgendeinen kindlichen Scherz erlaubt habe; daß sie sich in irgendeinem Winkel verborgen habe und sich nun damit belustige, die Angst in seinem Herzen zu lesen, um ihn nachher wieder zu beruhigen.

Eine verzweifelte und eingehende Suche begann.

Keine Ecke wurde ausgelassen, kein Schrank vergessen, nicht ein Wandschirm an Ort und Stelle gelassen. Bei dieser Suche glich Balsamo einem Menschen, der vor Leidenschaft blind ist, einem Narren, der nicht mehr klar sieht, einem Betrunkenen, der wankt. Er hatte gerade noch Kraft, die Arme zu öffnen und auszurufen: «Lorenza! Lorenza!», in der Hoffnung, das angebetete Geschöpf würde sich plötzlich mit einem lauten Freudenschrei hineinstürzen.

Doch nur Stillschweigen, ein finsteres und hartnäckiges Stillschweigen antwortete auf sein Hirngespinst und auf seinen wahnsinnigen Ruf.

Hin und her hasten, alle Möbel verrücken, zu den Mauern sprechen, Lorenza rufen, schauen, ohne zu sehen, horchen, ohne zu hören, beben, ohne zu leben, zusammenzucken, ohne zu denken, dies war der Zustand, in dem Balsamo drei Minuten, das heißt drei Jahrhunderte wie im Todeskampf zubrachte.

Aus diesem wirren Treiben ging er halb wahnsinnig hervor. Er tauchte seine Hand in ein Gefäß mit eiskaltem Wasser und befeuchtete sich damit die Schläfen. Sodann preßte er seine Hände gegeneinander, als wolle er sich zur Unbeweglichkeit zwingen, und vertrieb mit einer großen Willensanstrengung das lästige Geräusch, welches durch das gegen seinen Schädel anbrandende Blut verursacht wurde, ein unseliges, unablässiges, monotones Geräusch, das, wenn es Bewegung und Stille ist, das Leben anzeigt, wenn es aber stürmisch und wahrnehmbar wird, den Tod oder den Wahnsinn bezeichnet.

«Wir wollen in aller Ruhe überlegen», dachte er, sich selbst bezwingend. «Lorenza ist nicht mehr da. Ich darf mir nichts mehr vormachen. Lorenza ist nicht mehr da. Also ist sie weggegangen, jawohl, weggegangen!»

Und er schaute sich abermals um und rief noch einmal.

«Sie ist fort!» stellte er erneut fest. «Es nützt nichts, daß Fritz behauptet, sie nicht gesehen zu haben. Sie ist weggegangen, wirklich weggegangen.

Zwei Möglichkeiten ergeben sich:

Entweder hat er tatsächlich nichts gesehen – was immerhin möglich ist, denn der Mensch kann sich irren –, oder aber er hat sie gesehen und ist von Lorenza bestochen worden.

Bestochen, Fritz?

Warum auch nicht? Vergebens spricht seine frühere Treue gegen diese Annahme. Wenn Lorenza, wenn die Liebe, wenn die Wissenschaft in diesem Grad täuschen und lügen konnten, warum sollte dann die zerbrechliche, fehlbare Natur eines menschlichen Geschöpfes nicht ebenfalls täuschen?

Oh! Ich werde schon dahinterkommen, ich werde alles erfahren. Bleibt mir etwa nicht Mademoiselle de Taverney?

Ja, durch Andrée werde ich von Fritzens und Lorenzas Verrat erfahren. Und diesmal ... oh! Diesmal, da sich die Wissenschaft als Irrtum und die Treue als Falle erweist ... oh! Diesmal wird Balsamo ohne Mitleid und ohne Rückhalt strafen wie ein mächtiger Mensch, der sich rächt, nachdem er die Barmherzigkeit verjagt und den Stolz bewahrt hat.

Nun gilt es, sich so schnell wie möglich auf den Weg zu machen, Fritz nichts ahnen zu lassen und nach Trianon zu eilen.»

Und Balsamo griff nach seinem Hut, der auf den Boden gefallen war, und stürzte zur Tür.

Doch plötzlich hielt er inne.

«Oh!» entfuhr es ihm . . . «Mein Gott! Der arme Greis, ich hatte ihn ganz vergessen! Bevor ich irgend etwas anderes tue, muß ich nach Althotas sehen. Während dieses Anfalls von Wahn, solange dieser ungeheure Liebeskrampf dauerte, habe ich den unglücklichen Alten sich selbst überlassen. Ich bin undankbar und unmenschlich gewesen.»

Und mit der Fieberhaftigkeit, die im Augenblick all seine Bewegungen beherrschte, betätigte Balsamo die Feder, durch die sich die Deckenplatte herabsenkte.

Sogleich kam das bewegliche Gerüst herab.

Balsamo stellte sich darauf und begann, sich mit Hilfe des Gegengewichts nach oben zu befördern. Doch noch immer war er ganz und gar von der Unruhe seines Geistes und seines Herzens erfüllt und dachte an nichts anderes als an Lorenza.

Kaum war er auf der Höhe von Althotas' Zimmer angelangt, als die Stimme des Greises an sein Ohr drang und ihn aus der schmerzlichen Träumerei herausriß.

Doch zu Balsamos größtem Erstaunen waren seine ersten Worte kein Vorwurf, wie er es erwartete. Vielmehr wurde er mit einem Ausbruch natürlicher und einfacher Heiterkeit empfangen.

Der Schüler blickte den Meister verwundert an.

Der Greis saß zurückgelehnt in seinem gefederten Stuhl. Er atmete geräuschvoll und mit Wonne, als ob er bei jedem Atemzug einen Lebenstag gewönne. Seine Augen, in denen sich ein düsteres Feuer widerspiegelte, dessen Ausdruck sich jedoch durch ein um seine Lippen spielendes Lächeln aufheiterte, seine Augen hefteten sich in beinahe aufdringlicher Weise auf seinen Besucher.

Balsamo raffte all seine Kräfte zusammen und sammelte seine Gedanken, um den Meister, der gegen die Schwächen der Menschheit so unnachsichtig war, seine Unruhe nicht wahrnehmen zu lassen.

Während dieser Minute der inneren Sammlung verspürte Balsamo einen merkwürdigen Druck auf seiner Brust lasten. Zweifellos war die Luft durch eine zu beständige Einatmung verbraucht. Ein schwerer, übler Geruch, derselbe Geruch, der ihm schon unten, allerdings in einer geringeren Konzentration in die Nase gestiegen war, hing in der Luft. Und gleich jenen Dünsten, welche im Herbst den Seen und Sümpfen bei Sonnenauf- und Sonnenuntergang entsteigen, so hatte auch dieser Geruch einen Körper angenommen und die Scheiben beschlagen.

In dieser dichten, herben Atmosphäre wurde es Balsamo übel, sein Kopf geriet in Verwirrung, ein Schwindel befiel ihn, und er spürte, daß ihn Atmung und Kräfte zugleich verlassen würden.

«Meister», stieß er hervor, während er nach einem festen Punkt suchte, an dem er sich abstützen konnte, «Meister, Sie können hier nicht leben. Man kann nicht mehr atmen.»

«Findest du?»

«Oh!»

«Ich atme hier doch sehr gut», erwiderte Althotas in fröhlichem Ton, «und wie du siehst, lebe ich hier.»

«Meister, Meister», stöhnte Balsamo, der von einer fortschreitenden

«Meister», rief Balsamo, «Sie haben ja Blut an den Händen!»

Benommenheit ergriffen wurde, «achten Sie einmal richtig darauf und lassen Sie mich ein Fenster öffnen. Von diesem Fußboden steigt so etwas wie Blutdampf auf.»

«Blut! Ah! Soso? ... Blut!» rief Althotas und brach in Gelächter aus.

«O ja, ja! Ich rieche die giftigen Ausdünstungen, die einem frisch getöteten Körper entströmen! Ich könnte sie wiegen, so schwer sind sie für mein Gehirn und für mein Herz.»

«Ganz recht», versetzte der Alte mit seinem höhnischen Lachen, «ganz recht, das habe ich schon bemerkt. Du hast ein zartes Herz und ein sehr schwächliches Gehirn, Acharat.»

«Meister», rief Balsamo, mit dem Finger auf den Greis deutend, «Meister, Sie haben ja Blut an Ihren Händen! Meister, es ist Blut auf diesem Tisch! Meister, es ist überall Blut, sogar in Ihren Augen, die leuchten wie zwei Flammen! Meister, dieser Geruch, den man hier einatmet, dieser Geruch, von dem mir schwindelig wird, dieser Geruch, der mich erstickt, ist Blutgeruch.»

«Na und?» gab Althotas seelenruhig zurück. «Nimmst du ihn vielleicht zum erstenmal wahr, diesen Geruch?»

«Nein.»

«Hast du mir nie bei meinen Experimenten zugeschaut? Hast du niemals selbst Experimente durchgeführt?»

«Aber das ist menschliches Blut!» entgegnete Balsamo und wischte sich mit der Hand über seine schweißbedeckte Stirn.

«Ah! Du hast einen feinen Geruchssinn», stellte Althotas fest. «Ich hätte nicht gedacht, daß man Menschenblut von dem Blut irgendeines Tiers zu unterscheiden vermöchte.»

«Menschenblut!» murmelte Balsamo.

Und da er wankend nach irgendeinem Möbelvorsprung suchte, an dem er sich festhalten konnte, gewahrte er mit Schrecken ein großes, kupfernes Becken, an dessen glänzenden Wänden sich die purpurne, lackartige Farbe von frisch vergossenem Blut widerspiegelte.

Das ungeheure Gefäß war halb gefüllt.

Balsamo wich erschrocken zurück.

«Oh! Dieses Blut!» schrie er. «Woher kommt dieses Blut?»

Althotas gab keine Antwort, aber seinem Blick entging nichts von der Bewegung, von der Verwirrung und vom Entsetzen Balsamos. Plötzlich brach dieser in ein furchtbares Gebrüll aus.

Sich bückend, als ob er über eine Beute losbreche, stürzte er auf einen Punkt des Zimmers zu und hob vom Boden ein mit Silber besticktes Seidenband auf, an welchem ein langer Zopf von schwarzem Haar hing.

Nach diesem schmerzerfüllten, gellenden Schrei herrschte für einen Augenblick eine Totenstille im Zimmer des Alten.

Balsamo hob langsam das Band auf und betrachtete schauernd die Haare, die auf der einen Seite durch eine goldene Nadel mit dem Band befestigt waren. Auf der anderen Seite waren sie dagegen scharf abgeschnitten und schienen eine Franse zu bilden, die mit einem Blutstrom in Berührung gekommen sein mußte, denn von ihrem Ende perlten schäumende, rote Tropfen.

Je höher Balsamo seine Hand hob, desto mehr zitterte sie.

Je fester Balsamo seinen Blick auf das befleckte Band heftete, desto leichenblasser wurden seine Wangen.

«Oh! Woher kommt dies?» murmelte er, jedoch laut genug, daß seine Worte zu einer Frage für einen anderen als ihn selbst wurden.

«Das?» meinte Althotas.

«Ja, das.»

«Nun, es sind Haare, um die ein Seidenband gewickelt ist.»

«Aber diese Haare, diese Haare, in was sind sie getaucht worden?»

«Du siehst es wohl, in Blut.»

«In welches Blut?»

«Ei, in das Blut, das ich für mein Elixier brauchte, in das Blut, das du mir verweigert hast und das ich mir infolge deiner Weigerung selbst verschaffen mußte.»

«Aber diese Haare, diesen Zopf, dieses Band, woher haben Sie das? Es handelt sich nicht um die Haartracht eines Kindes.»

«Und wie kommst du darauf, daß ich einem Kind die Kehle durchgeschnitten habe?» fragte Althotas ungerührt.

«Benötigten Sie nicht für Ihr Elixier das Blut eines Kindes?» schrie Balsamo. «Haben Sie mir das nicht gesagt?»

«Oder das einer Jungfrau, Acharat, oder das einer Jungfrau.»

Und Althotas streckte seine abgemagerte Hand über den Arm des Lehnstuhls aus und nahm eine Phiole, an deren Inhalt er voll Wonne nippte.

Dann sprach er mit dem allernatürlichsten Ton und mit seinem liebevollsten Ausdruck:

«Es war gut von dir, Acharat. Du hast weise und vorausschauend gehandelt, indem du diese Frau unter meinen Fußboden, fast in Reichweite meiner Hand brachtest. Die Menschheit hat keinen Grund zu klagen, das Gesetz hat uns nichts vorzuwerfen. Ei, ei! Nicht du hast mir die Jungfrau geliefert, ohne die ich gestorben wäre. Nein, ich selbst habe sie genommen. Ei, ei! Ich danke dir, mein lieber Schüler, ich danke dir, mein kleiner Acharat.»

Und er setzte abermals die Phiole an seine Lippen.

Balsamo ließ die Haarsträhne fallen, die er in der Hand hielt. Ein gräßliches Licht hatte seine Augen geblendet.

Ihm gegenüber auf dem Tisch des Greises, auf diesem riesigen Marmortisch, der stets mit Pflanzen, Büchern und Phiolen beladen gewesen war, auf diesem Tisch war nun ein langes Tuch von weißem, mit dunklen Blumen durchwirktem Damast ausgebreitet, auf das der rötliche Schimmer von Althotas' Lampe fiel und darunter unheimliche Formen hervorhob, die Balsamo anfangs nicht bemerkt hatte.

Balsamo ergriff eines der Enden des Tuchs und zog es mit einem Ruck an sich.

Doch da sträubten sich seine Haare, sein offener Mund vermochte nicht mehr den fürchterlichen Schrei von sich zu geben, der ihm in der Kehle steckengeblieben war.

Er hatte unter dem Tuch den Leichnam Lorenzas erblickt, Lorenza, die ausgestreckt auf dem Tisch lag und deren aschfahler, aber noch immer lächelnder Kopf nach hinten zurückhing, als würde er vom Gewicht ihrer langen Haare nach unten gezogen.

Eine breite Wunde klaffte über dem Schlüsselbein, ohne daß jedoch ein einziger Tropfen Blut daraus entwich.

Die Hände waren starr und die Augen unter ihren violetten Lidern geschlossen.

«Ja, Blut, jungfräuliches Blut, die letzten drei Tropfen des Arterienblutes einer Jungfrau. Das ist es, was ich brauchte», erklärte der Alte und bediente sich zum dritten Male aus seiner Phiole.

«Elender!» brüllte Balsamo, dessen Verzweiflungsschrei sich endlich durch jede einzelne seiner Poren Bahn brach. «Stirb also, denn seit vier Tagen war sie meine Geliebte, meine Liebe, meine Frau! Du hast sie umsonst ermordet ... Sie war keine Jungfrau mehr!»

Althotas' Augen zitterten, als er dies vernahm, wie wenn eine elektrische Erschütterung sie in ihren Höhlen hätte hüpfen lassen. Seine Pupillen weiteten sich furchterregend. Sein Zahnfleisch knirschte in Ermangelung der Zähne. Die Phiole glitt ihm aus der Hand und fiel auf den Boden, wo sie in tausend Stücke zersprang, während er selbst, ganz bestürzt, vernichtet, zugleich im Herzen und im Gehirn getroffen, schwerfällig in seinen Lehnstuhl zurücksank.

Balsamo aber beugte sich schluchzend über Lorenzas Körper und fiel, während er ihre blutigen Haare mit Küssen bedeckte, ohnmächtig nieder.

## CXXXII. KAPITEL

### *Der Mensch und Gott*

Die Stunden, diese seltsamen Schwestern, die sich an den Händen halten und in einem so langsamen Flug für den unglücklichen und in einem so raschen Flug für den glücklichen Menschen vorüberziehen, sanken stillschweigend, ihre schweren Flügel zusammenziehend, auf dieses Zimmer voll Seufzer und Schluchzer herab.

Auf der einen Seite der Tod, auf der anderen der Todeskampf.

Und in der Mitte die Verzweiflung, schmerzlich wie der Todeskampf und tief wie der Tod.

Balsamo hatte seit dem Schrei, der seine Kehle zerrissen hatte, kein Wort mehr von sich gegeben.

Seit der niederschmetternden Offenbarung, mit der er Althotas' grausame Freude zunichte gemacht hatte, war Balsamo nicht von der Stelle gewichen.

Der häßliche Greis aber, der so gewaltsam in das Leben zurückbefördert worden war, wie Gott es den Menschen gemacht hat, schien sich in diesem für ihn so neuen Element ebenso verloren zu fühlen wie ein Vogel, der, von einem Schrotkorn getroffen, aus der Höhe einer Wolke in ein Gewässer fällt, an dessen Oberfläche er vergebens zappelt, ohne daß es ihm gelingt, seine Flügel zu entfalten.

Die Bestürzung auf seinem leichenblassen, verstörten Gesicht offenbarte das ganze Ausmaß seiner Enttäuschung.

Althotas machte sich in der Tat nicht einmal mehr die Mühe zu denken, seitdem seine Gedanken das Ziel, nach dem sie trachteten und von dem sie glaubten, es sei fest und unerschütterlich wie der Felsen, sich hatte in Rauch auflösen sehen.

Seine düstere, stille Verzweiflung hatte einen Anflug von Stumpfsinn. Für einen Geist, der nicht daran gewöhnt war, den seinigen zu messen, wäre dieses Schweigen vielleicht ein Anzeichen eifrigen Forschens gewesen. Für Balsamo jedoch, der ihn übrigens nicht einmal anschaute, war es der Todeskampf der Macht, der Vernunft, des Lebens.

Althotas wandte seinen Blick nicht von der zerbrochenen Phiole, dem Bild der Nichtigkeit seiner Hoffnungen. Man hätte meinen können, er zähle die tausend Splitter, die, sich zerstreuend, sein Leben um ebensoviele Tage vermindert hatten. Es war, als wollte er mit dem Blick die auf dem Fußboden verspritzte kostbare Flüssigkeit aufsaugen, von der er einen Augenblick lang angenommen hatte, sie verleihe Unsterblichkeit.

Zuweilen auch, wenn der Schmerz über die Enttäuschung zu lebhaft wurde, richtete der Alte sein mattes Auge auf Balsamo. Von Balsamo ging dann sein Blick zum Leichnam Lorenzas über.

Dann glich er jenen in die Falle gegangenen Tieren, die der Jäger des Morgens, am Bein gefesselt, vorfindet und die er lange mit dem Fuß peinigt, ohne daß sie den Kopf umdrehen, welche aber, wenn er sie mit seinem Jagdmesser oder mit seinem Bajonett sticht, ihr blutiges Auge voller Haß, Rachlust, Vorwurf und Erstaunen zu ihm emporrichten.

«Ist es möglich», schien dieser in seiner Erschlaffung noch so ausdrucksvolle Blick zu sagen, «ist es zu glauben, daß mir so viel Unglück und Mißerfolg durch ein so geringfügiges Wesen wie diesen Menschen widerfährt, den ich vier Schritt von mir entfernt auf den Knien vor einem so gewöhnlichen Gegenstand wie diesem toten Weibe sehe? Ist es nicht eine Umkehrung der Natur, eine Erschütterung der Wissenschaft, eine Katastrophe für die Vernunft, daß der ungehobelte Schüler den erhabenen Meister getäuscht hat? Ist es nicht ungeheuerlich, daß das Staubkorn das Rad des herrlichen, schnellen Streitwagens in seinem allmächtigen, unsterblichen Lauf aufgehalten hat?»

Bei Balsamo, der gelähmt, vernichtet, ohne Stimme, ohne Bewegung und fast ohne Leben war, hatte noch kein menschlicher Gedanke die blutigen Dünste seines Gehirns durchbrochen.

Lorenza, seine Lorenza! Lorenza, seine Frau, sein Idol, dieses für ihn als Engel und als Geliebte doppelt kostbare Geschöpf; Lorenza, die für ihn gleichbedeutend war mit Vergnügen und Ruhm, mit Gegenwart und Zukunft, mit Kraft und Glauben; Lorenza, die alles gewesen war, was er liebte, alles, was er begehrte, und alles, wonach er auf dieser Welt trachtete, Lorenza war für ihn auf immer verloren!

Er weinte nicht, er schrie nicht, er seufzte nicht einmal.

Er hatte kaum Zeit, sich darüber zu wundern, daß ein so fürchterliches Unglück über sein Haupt hereingebrochen war. Er glich jenen Unglücklichen, welche mitten in der Nacht in ihrem Bett von der Überschwemmung heimgesucht werden, welche träumen, das Wasser habe sie erreicht, und welche beim Aufwachen, eine tosende Woge über sich gewahrend, nicht einmal mehr Zeit haben, einen Schrei auszustoßen, bevor sie vom Leben zum Tod übergehen.

Drei Stunden lang glaubte sich Balsamo in die tiefsten Abgründe des Todes versenkt. In seinem unermeßlichen Schmerz hielt er das, was ihm widerfuhr, für einen jener finsteren Träume, welche die Dahingeschiedenen in der ewigen, schweigenden Nacht des Grabes aufsuchen.

Für ihn gab es keinen Althotas, das heißt keinen Haß und keine Rache mehr.

Es gab für ihn auch keine Lorenza, das heißt kein Leben und keine Liebe mehr.

Nur Schlaf, Nacht und ein großes Nichts!

So verstrich die Zeit, düster, schweigsam und endlos in diesem Zimmer, wo das Blut langsam erkaltete.

Plötzlich, inmitten des Schweigens und der Nacht, erscholl dreimal ein Glöckchen.

Zweifellos wußte Fritz, daß sich sein Gebieter bei Althotas aufhielt, denn das Glöckchen ertönte im Zimmer selbst.

Aber es mochte noch so ungewöhnlich laut erklingen, der Ton verlor sich im Raum.

Balsamo hob nicht einmal den Kopf.

Einige Minuten später ertönte dasselbe scharfe Klingeln noch eindringlicher, doch auch diesmal vermochte es Balsamo nicht aus seiner Erstarrung zu reißen.

Dann, nach einem angemessenen Abstand, der aber kürzer war als der zwischen den beiden ersten Glockenschlägen, ließ das gereizte Glöckchen zum dritten Mal einen vielfachen Ausbruch von kreischenden und ungeduldigen Tönen im Zimmer vernehmen.

Ohne zusammenzuzucken, hob Balsamo langsam den Kopf und sah sich mit der kalten Feierlichkeit eines Toten um, der seinem Grabe entsteigt.

So hatte wohl Lazarus geschaut, als ihn die Stimme Jesu dreimal rief.

Das Glöckchen klingelte pausenlos.

Seine beständig wachsende Lautstärke erweckte bei Lorenzas Liebhaber endlich wieder den Verstand zum Leben.

Er machte seine Hand von der Hand des Leichnams los.

Alle Wärme hatte seinen Körper verlassen, ohne jedoch in den von Lorenza überzugehen.

«Eine große Neuigkeit oder eine große Gefahr», dachte Balsamo. «Wenn es doch nur eine große Gefahr wäre! ...»

Und er erhob sich vollends.

«Aber warum sollte ich auf den Ruf antworten?» fuhr er fort, ohne die unheimliche Wirkung seiner Worte unter diesem düsteren Gewölbe, in diesem Totenzimmer wahrzunehmen. «Kann mich künftig irgend etwas auf dieser Welt interessieren oder erschrecken?»

Als wollte die Glocke ihm antworten, schlug sie jetzt so heftig mit ihrem ehernen Klöppel gegen ihre bronzenen Seiten, daß der Klöppel sich loslöste und auf eine gläserne Retorte fiel, die mit einem metallischen Geräusch zerbarst und ihre Splitter über den Fußboden verstreute.

Balsamo widerstand nicht länger. Im übrigen war es wichtig, daß niemand, nicht einmal Fritz ihn dort aufstöberte, wo er sich befand.

Er ging ruhigen Schritts auf die Feder zu, drückte darauf und stellte sich auf die Plattform, die langsam hinabglitt und ihn in der Mitte des Zimmers mit den Fellen absetzte.

Als er am Sofa vorüberkam, streifte er das Spitzentuch, das Lorenza von der Schulter gerutscht war, als der unbarmherzige Alte, gefühllos wie der Tod, sie in seinen Armen entführte.

Die Berührung des Schultertuchs, das lebendiger schien als Lorenza selbst, bereitete Balsamo einen schmerzlichen Schauer.

Er nahm die Schärpe und küßte sie, während er seine Schreie mit dem Stoff derselben unterdrückte.

Sodann öffnete er die Tür zur Treppe.

Auf den höchsten Stufen wartete Fritz, der, bleich und keuchend, in der einen Hand ein Licht hielt und mit der anderen vor Angst und Ungeduld noch immer krampfhaft an der Klingelschnur zog.

Beim Anblick seines Herrn stieß er zuerst einen Schrei der Zufriedenheit, doch gleich darauf einen Schrei der Überraschung und des Entsetzens aus.

Aber Balsamo, der die Ursache dieses doppelten Schreis nicht kannte, antwortete nur durch eine stumme Frage.

Fritz erwiderte nichts. Indessen wagte er, der er gewöhnlich so ehrerbietig war, seinen Herrn bei der Hand zu nehmen und ihn vor den großen venezianischen Spiegel zu führen, der über dem Kamin angebracht war und durch den man in das Zimmer Lorenzas ging.

«Oh! Sehen Sie doch, Exzellenz», stieß er hervor, wobei er ihm sein eigenes Spiegelbild zeigte.

Balsamo erschauerte.

Dann zog ein Lächeln über seine Lippen, ein Lächeln, wie es einem unendlichen, unheilbaren Schmerz entspringt, ein totenähnliches Lächeln.

Jetzt verstand er Fritz' Entsetzen.

Balsamo war in einer Stunde um zwanzig Jahre gealtert. Es lag kein Glanz mehr in seinen Augen. Kein Blut schien mehr unter seiner Haut zu fließen. Ein Ausdruck von Benommenheit und Stumpfsinn hatte sich über seine Züge verbreitet. Ein blutiger Schaum benetzte seine Lippen, und auf dem so strahlendweißen Batist seines Hemdes zeichnete sich ein großer Blutfleck ab.

Balsamo betrachtete sich einen Moment, ohne sich selbst wiederzuerkennen. Dann tauchte er entschlossen seine Augen in die Augen des seltsamen Menschen, den der Spiegel zurückwarf.

«Ja, Fritz», meinte er, «du hast recht.»

Und da er die besorgte Miene seines treuen Dieners bemerkte, fragte er:

«Aber warum hast du denn nach mir geläutet?»

«Oh! Meister, wegen ihnen.»

«Wegen ihnen?»

«Ja.»

«Wegen wem?»

«Exzellenz», flüsterte Fritz und näherte seinen Mund dem Ohr Balsamos, «die fünf Meister ...»

Balsamo erbebte.

«Alle?» fragte er.

«Ja, alle.»

«Und sie sind hier?»

«Jawohl.»

«Allein?»

«Nein, jeder von ihnen hat einen bewaffneten Diener bei sich, der im Hof wartet.»

«Sind sie miteinander gekommen?»

«Miteinander, ja, Meister, und sie werden langsam ungeduldig. Deshalb habe ich so oft und so laut geklingelt.»

Ohne auch nur unter einer Falte seiner Spitzenkrause den Blutflecken zu verbergen und ohne daß er die Unordnung seiner Kleidung ein wenig auszubügeln suchte, eilte Balsamo die Treppe hinunter, nachdem er sich bei Fritz erkundigt hatte, ob die Gäste im Salon oder im großen Kabinett warteten.

«Im Salon, Exzellenz», antwortete Fritz, während er seinem Herrn folgte.

Unten an der Treppe aber wagte er es, Balsamo aufzuhalten.

«Hat mir Eure Exzellenz Befehle zu erteilen?» erkundigte er sich.

«Ich habe keinen Befehl für dich, Fritz.»

«Eure Exzellenz ...», fuhr Fritz stammelnd fort.

«Nun?» meinte Balsamo mit unendlicher Sanftmut.

«Will sich Eure Exzellenz unbewaffnet zu ihnen begeben?»

«Unbewaffnet, ja.»

«Nicht einmal mit Ihrem Degen?»

«Und warum sollte ich meinen Degen nehmen, Fritz?»

«Ich weiß auch nicht», erwiderte der treue Diener und schlug die Augen nieder. «Ich dachte, ich glaubte, ich fürchtete ...»

«Ist schon in Ordnung. Sie können gehen, Fritz.»

Fritz entfernte sich ein paar Schritte, um zu gehorchen, kam dann jedoch zurück.

«Haben Sie nicht gehört?» fuhr Balsamo ihn an.

«Exzellenz, ich wollte Ihnen nur noch sagen, daß sich Ihre Doppelschußpistolen in dem Ebenholzkistchen auf dem vergoldeten runden Tischchen befinden.»

«Gehen Sie, habe ich gesagt», versetzte Balsamo.

Und er trat in den Salon.

## CXXXIII. KAPITEL

### *Das Urteil*

Fritz hatte wohl recht. Balsamos Gäste waren in der Rue Saint-Claude weder friedlich noch wohlwollend erschienen.

Fünf Männer zu Pferde begleiteten die Reisekutsche, in der die Meister gekommen waren. Fünf bis zu den Zähnen bewaffnete Männer mit stolzem, finsterem Antlitz hatten das Tor zur Straße hinter den Besuchern geschlossen und bewachten es, während sie ihre Herren zu erwarten schienen.

Ein Kutscher und zwei Lakaien auf dem Bock der Karosse hielten unter ihrem Umhang Jagdmesser und Karabiner bereit. Alle diese Leute schienen mehr zu einem Feldzug als zu einem Besuch in die Rue Saint-Claude gekommen zu sein.

Dieser nächtliche Einfall von furchterregenden Menschen, die Fritz erkannt hatte, diese Erstürmung des Hauses jagte dem Deutschen daher zunächst einen unsäglichen Schrecken ein. Er beabsichtigte, jedermann den Eintritt zu verwehren, als er durch eine Öffnung in der Tür die Eskorte erblickte und ihre Waffen erahnte. Doch die allmächtigen Zeichen, welche auf unleugbare Weise die Rechte der Ankömmlinge bekundeten, gestatteten ihm nicht, weiterhin Widerstand zu leisten. Kaum waren die Fremden ins Haus eingedrungen, als sie sich schon wie geschickte Kriegsherren an jedem Ausgang des Anwesens aufstellten, ohne sich die Mühe zu machen, ihre feindseligen Absichten zu verbergen.

Die vermeintlichen Diener im Hof und in den Gängen und die angeblichen Herren im Salon verhießen Fritz nichts Gutes. Deshalb hatte er so lange geklingelt, bis das Glöckchen zerbrach.

Ohne sich zu wundern und ohne jede Vorbereitung trat Balsamo in den Salon, den Fritz ordnungsgemäß beleuchtet hatte, um den Gästen die jedem Besucher gebührende Ehre zu erweisen.

Er sah in Lehnstühlen die fünf Gäste sitzen, von denen nicht einer sich erhob, als er erschien.

Er, der Herr des Hauses, begrüßte sie höflich, als er sie alle gesehen hatte.

Erst jetzt standen sie auf und erwiderten ernst seinen Gruß.

Er nahm auf einem Lehnstuhl ihnen gegenüber Platz, ohne daß er die merkwürdige Anordnung dieser Versammlung bemerkte oder zu bemerken schien. In der Tat bildeten die fünf Stühle einen Halbkreis, wie man ihn von den Gerichten des Altertums her kennt, wobei der Vorsitzende zwei Beisitzer überschaute und der Stuhl Balsamos dem seinen gegenüber den Platz einnahm, den man bei Konzilen oder Gerichtsverhandlungen gewöhnlich dem Angeklagten zuwies.

Balsamo ergriff nicht als erster das Wort, wie er es unter allen anderen Umständen getan hätte. Infolge der noch immer anhaltenden schmerzlichen Schläfrigkeit, die ihm von dem Schlag zurückgeblieben war, schaute er umher, ohne recht zu sehen.

«Wie es scheint, hast du uns verstanden, Bruder», begann der Vorsitzende oder vielmehr derjenige, welcher den Stuhl in der Mitte innehatte. «Indessen hast du lange gezögert, bevor du kamst, und wir beratschlagten schon darüber, ob wir nicht nach dir schicken sollten.»

«Ich verstehe Sie nicht», antwortete Balsamo schlicht.

«Das glaubte ich nicht, als ich dich uns gegenüber den Platz und die Haltung des Angeklagten einnehmen sah.»

«Des Angeklagten?» stammelte Balsamo undeutlich.

Und er zuckte die Schultern.

«Ich verstehe nicht», beharrte er.

«Wir werden es dir verständlich machen, und das wird nicht schwer sein, wenn ich deiner bleichen Stirn, deinen erloschenen Augen und deiner zitternden Stimme glauben darf... Es scheint, du hörst nicht?»

«Doch, ich höre», versicherte Balsamo und schüttelte den Kopf, als ob er die Gedanken abwerfen wollte, die ihn gefangen hielten.

«Erinnerst du dich, Bruder», fuhr der Präsident fort, «daß dir der oberste Ausschuß bei einer seiner letzten Mitteilungen einen Verrat anzeigte, den eine der größten Stützen des Ordens beabsichtigte?»

«Vielleicht ... ja ... ich sage nicht nein.»

«Du antwortest, wie es sich für ein stürmisches und unruhiges Gewissen geziemt. Doch erhole dich ... laß dich nicht niederschlagen. Antworte mit der Klarheit und der Genauigkeit, die dir eine furchtbare Lage gebietet. Antworte mir mit der Gewißheit, du könnest uns überzeugen, denn wir kommen ohne vorgefaßte Meinung und ohne Haß. Wir sind das Gesetz, und das Gesetz spricht erst, nachdem der Richter gehört hat.»

Balsamo erwiderte nichts.

«Ich wiederhole dir, Balsamo, und meine einmal geleistete Aufforderung wird wie der Aufruf sein, den die Kämpfenden aneinander richten, bevor sie sich gegenseitig angreifen. Ich werde dich mit redlichen, aber mächtigen Waffen angreifen. Verteidige dich also.»

Als die Anwesenden die Gelassenheit und die Unbeweglichkeit Balsamos wahrnahmen, schauten sie einander nicht ohne Erstaunen an. Dann richteten sie ihre Augen wieder auf den Sprecher.

«Du hast mich gehört, nicht wahr, Balsamo?» drang der letztere abermals in ihn.

Balsamo nickte mit dem Kopf.

«Ich habe somit als redlicher und wohlwollender Bruder deinen Geist in Kenntnis gesetzt und dich den Zweck meines Verhörs erahnen lassen. Du bist gewarnt. Hüte dich, ich fange an.

Nachdem uns der Hinweis auf den geplanten Verrat zugegangen war», fuhr er fort, «beorderte der Bund fünf seiner Mitglieder nach Paris, um dort die Schritte desjenigen zu überwachen, den man uns als Verräter bezeichnete.

Unsere Offenbarungen unterliegen keinem Irrtum. Wie du selbst weißt, erhalten wir sie gewöhnlich von ergebenen Agenten unter den Menschen, von sicheren Anzeichen unter den Dingen oder aber von unfehlbaren Symptomen und Zeichen aus geheimnisvollen Verfahren, welche die Natur bisher nur uns offenbart hat. Einer von uns aber hatte eine Vision über dich. Wir wissen, daß er sich noch nie getäuscht hat. Wir sahen uns vor und haben dich überwacht.»

Balsamo hörte sich alles an, ohne das geringste Anzeichen von Ungeduld oder von Verständnis zu zeigen. Der Vorsitzende sprach weiter:

«Es war kein leichtes, einen Menschen wie dich zu überwachen. Du hast überall Zutritt. Dein Auftrag besteht darin, überall dort Fuß zu fassen, wo unsere Feinde ein Haus oder irgendeine Machtstellung haben. Du verfügst über alle natürlichen Quellen und Mittel, welche ungeheuer umfangreich sind, sowie über die, welche dir der Bund gibt, um seine Sache zum Sieg zu führen. Lange schwebten wir im Zweifel, als wir Feinde wie einen Richelieu, eine Dubarry oder einen Rohan zu dir kommen sahen. Überdies hast du auf der letzten Versammlung in der Rue Plâtrière eine Rede gehalten, eine Rede voller geschickter Widersprüche, die uns glauben machte, du spieltest nur eine Rolle, indem du mit der unverbesserlichen Rasse, um deren Ausrottung wir uns bemühen, Umgang pflegtest und ihr schmeicheltest. Eine Zeitlang respektierten wir dein geheimnisvolles Gebaren in der Hoffnung auf ein glückliches Ergebnis. Doch endlich kam die Ernüchterung.»

Balsamo blieb noch immer unbeweglich und unerschütterlich, so daß der Präsident allmählich ungeduldig wurde.

«Vor drei Tagen», sprach er, «wurden fünf geheime Haftbefehle ausgestellt. Monsieur de Sartines hatte sie vom König verlangt. Sobald sie unterzeichnet waren, wurden sie fertiggemacht und noch am selben Tage fünf unserer Hauptagenten, sehr ergebenen und treuen Brüdern, die in Paris wohnen, vorgelegt. Alle fünf wurden verhaftet. Zwei von ihnen brachte man in die Bastille in den geheimsten Gewahrsam, zwei nach Vincennes in den Kerker und einen nach Bicêtre in die tödlichste aller Zellen. Ist dir dieser Umstand bekannt?»

«Nein», antwortete Balsamo.

«Das erscheint uns merkwürdig, da wir wissen, welche Beziehungen du mit den Mächtigen des Königreiches unterhältst. Aber noch merkwürdiger ist folgendes ...»

Balsamo horchte.

«Um diese fünf getreuen Freunde verhaften zu lassen, muß Monsieur de Sartines die einzige Note, welche die fünf Namen der Opfer lesbar enthält, unter den Augen gehabt haben. Diese Note wurde dir durch den obersten Rat im Jahr 1769 zugesandt, und du selbst mußtest die neuen Mitglieder empfangen und ihnen unmittelbar den Rang geben, den der oberste Rat ihnen zuwies.»

Balsamo gab durch eine Gebärde zu verstehen, daß er sich an nichts erinnere.

«Ich werde deinem Gedächtnis auf die Sprünge helfen. Die fünf Personen, um die es sich handelt, wurden durch fünf arabische Buchstaben bezeichnet, und diese Buchstaben entsprachen auf der dir zugestellten Note den Namen und Geheimdaten der neuen Brüder.»

«Mag sein», erwiderte Balsamo.

«Du erkennst es an?»

«Was Sie wollen.»

Der Vorsitzende schaute seine Beisitzer an, damit sie dieses Geständnis zur Kenntnis nähmen.

«Nun», hub er erneut an, «auf derselben Note, die wohlverstanden die einzige ist, die deine Brüder hätte verraten können, befand sich noch ein sechster Name. Erinnerst du dich daran?»

Balsamo antwortete nicht.

«Dieser Name lautete Graf von Phönix!»

«Einverstanden», versetzte Balsamo.

«Warum also, wenn die fünf Namen der Brüder auf fünf geheimen Haftbefehlen erschienen, warum wird der deinige dann geachtet, in Ehren gehalten und mit gnädigem Ohr bei Hof oder in den Vorzimmern der Ministerien gehört? Wenn unsere Brüder das Gefängnis verdienten, so verdientest du es ebenfalls. Was hast du hierauf zu erwidern?»

«Nichts.»

«Ah! Ich errate deinen Einwand. Du kannst sagen, die Polizei habe mit eigenen Mitteln die Namen der unbekannteren Brüder herausgefunden, aber sie habe den deinigen, den Namen eines Botschafters und eines mächtigen Mannes, respektieren müssen. Du wirst sogar behaupten, sie habe nicht einmal Verdacht gegen einen solchen Namen hegen können.»

«Ich werde überhaupt nichts sagen.»

«Dein Stolz währt länger als deine Ehre. Die Polizei hat die besagten

Namen nur dadurch entdeckt, daß sie die vertrauliche Note las, welche der oberste Rat an dich gerichtet hatte. Und höre nun, wie sie an dieselbe gelangte ... Du hattest sie in einem Kästchen eingeschlossen, nicht wahr?

Eines Tages ging eine Frau mit dem Kästchen unter dem Arm aus deinem Haus. Sie ist von unseren Überwachungsagenten gesehen und bis zum Haus des Polizeileutnants im Faubourg Saint-Germain verfolgt worden. Wir hätten das Übel im Keim ersticken können, denn hätten wir das Kästchen genommen und die Frau aufgehalten, so wäre für uns alles ruhig und sicher geworden. Aber wir gehorchten den Artikeln der Verfassung, welche uns vorschreiben, die geheimen Mittel zu achten, mit deren Hilfe gewisse Verbündete der gemeinsamen Sache zu dienen gedenken, selbst dann, wenn diese Mittel den Anschein von Verrat oder Unbesonnenheit erweckten.»

Balsamo schien dieser Darstellung zuzustimmen, jedoch durch eine so schwache Gebärde, daß sie ohne seine vorangegangene Unbeweglichkeit gar nicht bemerkt worden wäre.

«Diese Frau drang bis zum Polizeileutnant vor», erzählte der Präsident weiter. «Sie händigte ihm das Kästchen aus, und alles wurde entdeckt. Ist das wahr?»

«Vollkommen wahr.»

Der Präsident erhob sich.

«Wer war diese Frau?» rief er. «Schön, leidenschaftlich, dir mit Leib und Seele ergeben, zärtlich von dir geliebt, so geistreich, so gewandt, so geschmeidig wie einer jener Engel der Finsternis, die den Menschen helfen, das Böse zu vollbringen. Lorenza Feliciani ist deine Frau, Balsamo!»

Balsamo ließ ein verzweifeltes Brüllen vernehmen.

«Du bist überzeugt?» erkundigte sich der Vorsitzende.

«Kommen Sie zum Schluß», erwiderte Balsamo.

«Ich habe noch nicht geendigt. Eine Viertelstunde nachdem sie beim Polizeileutnant eingetreten war, erschienst du ebenfalls dort. Sie hatte den Verrat gesät, und du kamst, um die Belohnung zu ernten. Als gehorsame Dienerin hatte sie die Begehung des Verbrechens auf sich genommen. Du hingegen kamst, um dem schändlichen Werk auf geschickte Weise einen letzten Anstrich zu geben. Lorenza ging alleine wieder hinaus. Ohne Zweifel wolltest du sie verleugnen, um dich nicht dadurch, daß du sie begleitetest, in Gefahr zu bringen. Du kamst triumphierend mit Madame Dubarry heraus, welche zum Polizeileutnant gerufen worden war, um aus deinem Munde die Hinweise zu vernehmen, die du dir bezahlen lassen wolltest ... Du stiegst in die Karosse dieser Buhlerin wie der Schiffer in das Boot der sündhaften Maria der Ägypterin. Du hinterließest die Noten, die uns ins Verderben stürzten, bei Monsieur de Sartines, aber du nahmst das Kästchen mit, das dich bei uns hätte zugrunde richten können. Glücklicherweise haben wir alles gesehen! Gottes Licht fehlt uns im entscheidenden Moment nicht.»

Balsamo verneigte sich wortlos.

«Nun kann ich zum Schluß kommen», sprach der Vorsitzende. «Zwei Schuldige sind dem Orden bezeichnet worden; erstens eine Frau, deine Komplizin, die unserer Sache vielleicht unschuldig, nichtsdestoweniger jedoch faktisch Schaden zugefügt hat, indem sie eines unserer Geheimnisse preisgab; und zweitens du, der Meister, der Großkophta, der leuchtende Strahl, der du die Feigheit besaßest, dich hinter dieser Frau zu verstecken, damit man den Verrat weniger deutlich sehen sollte.»

Balsamo hob langsam seinen blassen Kopf und heftete auf die Kommissare einen Blick, funkelnd von all dem Feuer, das seit dem Anfang des Verhörs in seiner Brust loderte.

«Warum beschuldigen Sie diese Frau?» fuhr er auf.

«Ah! Wir wissen, daß du versuchen wirst, sie in Schutz zu nehmen. Wir wissen, daß du sie abgöttisch liebst, daß du sie allem anderen vorziehst. Wir wissen, daß sie dein Schatz der Wissenschaft, des Glücks und des Vermögens ist. Wir wissen, daß sie für dich ein viel kostbareres Werkzeug ist als die ganze Welt.»

«Das alles wissen Sie?» fragte Balsamo.

«Ja, all das wissen wir, und wir werden dich durch sie viel mehr treffen als durch dich selbst.»

«Schließen Sie ...»

Der Vorsitzende erhob sich.

«Hier ist der Urteilsspruch: Joseph Balsamo ist ein Verräter. Er hat seine Schwüre gebrochen, aber sein Wissen ist unermeßlich groß und somit dem Orden nützlich. Balsamo soll für die Sache, die er verraten hat, leben. Er gehört seinen Brüdern, obgleich er sie verleugnet hat.»

«Ah! Ah!» stieß Balsamo düster und wild hervor.

«Eine lebenslängliche Haft wird den Bund gegen neue Treulosigkeiten von ihm schützen, während sie den Brüdern zugleich gestatten wird, sich von Balsamo den Nutzen zu holen, den der Bund von jedem seiner Mitglieder zu erwarten berechtigt ist. Was Lorenza Feliciani betrifft, so soll eine furchtbare Strafe ...»

«Warten Sie», unterbrach ihn Balsamo mit der größten Ruhe in seiner Stimme, «Sie vergessen, daß ich mich nicht verteidigt habe. Der Angeklagte muß bei seiner Rechtfertigung gehört werden ... Ein Wort wird mir genügen, ein einziges Beweisstück ... Warten Sie eine Minute, ich werde Ihnen den Beweis bringen, den ich Ihnen versprochen habe.»

Die Kommissare beratschlagten einen Augenblick untereinander.

«Oh! Sie befürchten, ich könnte Selbstmord begehen?» bemerkte Balsamo mit einem bitteren Lächeln. «Wenn ich dies hätte tun wollen, so wäre es bereits geschehen. In diesem Ring ist etwas enthalten, das hinreichen würde, um Sie alle fünf zu töten, wenn ich ihn öffnete. Sie befürchten, ich könnte entfliehen? Lassen Sie mich begleiten, wenn Ihnen dies genehm ist.»

«Geh!» forderte der Vorsitzende ihn auf.

Balsamo verschwand eine Minute lang. Dann hörte man ihn schwerfällig wieder die Treppe heruntersteigen. Er trat ein.

Auf seiner Schulter trug er den starren, kalten und farblosen Leichnam Lorenzas, deren weiße Hand fast bis auf den Fußboden herunterhing.

«Diese Frau, die ich liebte, diese Frau, die mein Schatz, mein einziges Gut, mein Leben war, diese Frau, die einen Verrat begangen hat, wie Sie sagen, hier ist sie!» schrie er. «Nehmen Sie sie! Gott hat nicht auf Sie gewartet, um zu strafen, Messieurs.»

Und mit einer raschen, blitzartigen Bewegung ließ er den Leichnam aus seinen Armen auf den Teppich gleiten und vor die Füße der Richter rollen, welche zu ihrem Entsetzen von den kalten Haaren und den reglosen Händen der Toten gestreift wurden. Im Schein der Lampen sah man die schauderhaft rote Wunde an ihrem schwanenweißen Hals klaffen.

«Sprechen Sie nun Ihr Urteil», fügte Balsamo hinzu.

Von einem tiefen Grauen und von einer schwindelartigen Furcht ergriffen, stießen die Richter einen markerschütternden Schrei aus und entflohen in einer unbeschreiblichen Verwirrung. Gleich darauf hörte man im Hof die Pferde wiehern und stampfen. Das Tor knarrte in seinen Angeln. Dann herrschte wieder Stille, eine feierliche Stille, welche den Tod und die Verzweiflung begleitete.

## CXXXIV. KAPITEL

### *Der Mensch und Gott*

Während sich die hier von uns erzählte furchtbare Szene zwischen Balsamo und den fünf Meistern abspielte, veränderte sich im übrigen Haus scheinbar nichts. Der Alte sah Balsamo nur zurückkehren und den Leichnam Lorenzas mitnehmen, und dieses neue Ereignis ließ bei ihm das Gefühl für alles wiederkehren, was um ihn herum vorging.

Als er sah, wie sich Balsamo den Körper auf die Schultern lud und mit ihm in die unteren Stockwerke hinabstieg, glaubte er, es sei dies der letzte und endgültige Abschied dieses Mannes, dem er das Herz gebrochen hatte. Da ergriff ihn die Angst vor dem Verlassenwerden, vor einem Verlassenwerden, das gerade für ihn, der er stets alles getan hatte, um nicht zu sterben, die Schrecken des nahenden Todes noch vergrößerte.

Da er nicht wußte, in welcher Absicht sich Balsamo entfernte, und da er auch nicht ahnte, wohin er gegangen war, fing er an zu rufen:

«Acharat! Acharat!»

Dies war der Name aus seiner Kindheit, und er hoffte, daß es derjenige sei, welcher den größten Einfluß auf den Mann bewahrt hatte.

Balsamo ließ sich indessen unbeirrt weiter hinabgleiten. Und als er erst einmal unten angelangt war, dachte er nicht daran, die Deckenplatte wieder nach oben steigen zu lassen, und verschwand in den Tiefen des Korridors.

«Ah!» schrie Althotas. «So ist also der Mensch, ein blindes, undankbares Tier. Komm zurück, Acharat! Komm zurück! Ah! Du ziehst den lächerlichen Gegenstand, den man eine Frau nennt, der Vollendung der Menschheit, die ich vertrete, vor! Du ziehst den Bruchteil des Lebens der Unsterblichkeit vor!

Aber nein!» rief er einen Augenblick später. «Der Ruchlose hat seinen Meister betrogen. Er hat wie ein gemeiner Schurke mit meinem Vertrauen gespielt. Er fürchtete, mich weiterleben zu sehen, mich, der ich ihn an Wissenschaft so weit übertreffe. Er wollte das mühsame Werk erben, das ich schon beinahe zu Ende geführt hatte. Er hat mir, seinem Meister, seinem Wohltäter, eine Falle gestellt. O Acharat! ...»

Und allmählich entflammte der Zorn des Greises. Seine Wangen nahmen eine fieberhafte Färbung an. In seinen kaum geöffneten Augen trat wieder der düstere Glanz jener phosphoreszierenden Lichter hervor, wie sie frevelhafte Kinder in die Augenhöhlen eines Totenkopfes stellen.

Da rief er:

«Komm zurück, Acharat, komm zurück! Nimm dich in acht! Du weißt, daß ich die Beschwörungsformeln kenne, die das Feuer hervorrufen und die übernatürlichen Geister erwecken. Ich habe Satan, denjenigen, welchen die Magier Phegor nannten, in den Bergen von Gad heraufbeschworen. Ich habe ihn genötigt, seine finsteren Abgründe zu verlassen, und er ist mir erschienen. Ich habe mit den sieben Engeln, den Dienern des göttlichen Zorns, auf demselben Berg geplaudert, wo Moses die Gesetzestafeln erhielt. Ich habe durch die alleinige Kraft meines Willens den großen Dreifuß mit den sieben Flammen angezündet, den Trajan den Juden raubte. Nimm dich in acht, Acharat, nimm dich in acht!»

Aber er erhielt keine Antwort.

Sein Geist verwirrte sich nun immer mehr, und mit erstickter Stimme stieß er hervor:

«Siehst du denn nicht, du Unglücklicher, daß der Tod im Begriff ist, mich wie ein gewöhnliches Geschöpf zu packen. Höre, du kannst noch zurückkommen, Acharat. Ich werde dir kein Übel zufügen. Komm zurück! Ich verzichte auf das Feuer. Du hast von dem bösen Geist nichts zu befürchten, und auch die sieben Racheengel werden dir nichts tun. Ich verzichte auf die Rache, obgleich ich dich mit einem solchen Grauen belegen könnte, daß du stumpfsinnig und kalt würdest wie der Marmor, denn ich vermag den Blutkreislauf aufzuhalten, Acharat. Komm also zurück, und es wird dir kein Übel geschehen. Siehst du, ich kann dir im Gegenteil so viel Gutes tun ... Acharat, statt mich zu verlassen, wache über mein Leben, und all meine Schätze, all meine Geheimnisse sollen dir gehören. Mache nur, daß ich lebe, Acharat, mache, daß ich lebe, damit ich sie dir mitteilen kann. Schau doch! Schau doch nur! ...»

Und er bezeichnete mit den Augen und mit einem zitternden Finger die Tausende von Gegenständen, von Papieren und Rollen, welche in dem geräumigen Gemach verstreut umherlagen.

Dann wartete er und beobachtete die immer raschere Abnahme seiner Kräfte.

«Ah! Du kommst nicht zurück!» jammerte er. «Ah! Du glaubst, ich werde so sterben? Du glaubst wohl, durch diesen Mord werde alles dir gehören, denn du bist derjenige, der mich tötet? Wahnsinniger, selbst wenn du die Manuskripte, die meine Augen allein entziffern konnten, zu lesen vermöchtest; selbst wenn dir der Geist für ein zwei- oder dreihundertjähriges Leben mein Wissen und den Gebrauch aller von mir gesammelter Materialien geben würde ... Nein, hundertmal nein, du würdest mich trotzdem nicht beerben. Kehre um, Acharat, komm zurück! Komm nur für einen Augenblick zurück, und wäre es nur, um dem Untergang dieses Hauses beizuwohnen, wäre es nur, um das Schauspiel zu verfolgen, das ich dir bereite. Acharat! Acharat! Acharat!»

Es kam keine Reaktion, denn während dieser Zeit antwortete Balsamo auf die Anschuldigungen der Meister, indem er ihnen den Leichnam der ermordeten Lorenza zeigte. Die Schreie des verlassenen Alten wurden immer durchdringender. Die Verzweiflung verdoppelte seine Kräfte, und sein heiseres Gebrüll setzte sich durch die Gänge fort und trug den Schrecken weithin wie das Brüllen des Tigers, der seine Kette gesprengt hat oder durch Gitterstäbe seines Käfigs entwichen ist.

«Ah! Du kommst nicht zurück!» heulte Althotas. «Ah! Du verachtest mich! Ah! Du zählst auf meine Schwäche! Ei, du wirst schon sehen: Feuer! Feuer! Feuer!»

Und er stieß diese Schreie mit einer solchen Wut hervor, daß Balsamo, der seine verschreckten Gäste endlich losgeworden war, davon aus seinem heftigsten Schmerz gerissen wurde. Er nahm die tote Lorenza wieder in seine Arme, stieg die Treppe hinauf und legte den Leichnam auf das Sofa, wo er zwei Stunden zuvor noch im Schlummer geruht hatte. Sodann stellte er sich auf den beweglichen Boden und erschien ganz überraschend vor Althotas' Augen.

«Na endlich!» rief der Greis, ganz trunken vor Freude. «Du bekommst es mit der Angst! Du hast eingesehen, daß ich mich rächen könnte. Du bist gekommen und hast wohl daran getan, denn einen Augenblick später hätte ich dieses Zimmer in Brand gesteckt.»

Balsamo betrachtete ihn schulterzuckend, ließ sich jedoch nicht dazu herab, ihm ein Wort zu erwidern.

«Ich habe Durst!» schrie Althotas. «Ich habe Durst! Gib mir zu trinken, Acharat.»

Balsamo gab keine Antwort und rührte sich nicht. Er schaute den im Sterben Liegenden an, als ob er sich nichts von seinem Todeskampf entgehen lassen wollte.

«Hörst du mich?» brüllte Althotas. «Hörst du mich?»

Dasselbe Stillschweigen, dieselbe Unbeweglichkeit von seiten des finsteren Zuschauers.

«Hörst du mich, Acharat?» plärrte der Greis, während er in diesem letzten Ausbruch seines Zorns beinahe seine Kehle zerriß. «Mein Wasser, gib mir mein Wasser!»

Althotas' Gesicht zersetzte sich rasch.

Kein Feuer mehr in seinem Blick, nur noch ein düsterer, höllischer Schimmer; kein Blut mehr unter seiner Haut, keine Regung, beinahe kein Atem mehr. Seine langen, sehnigen Arme, in denen er Lorenza wie ein Kind fortgetragen hatte, erhoben sich, aber nunmehr träge und schlaff wie die Fangarme eines Tintenfischs. Der Zorn hatte die wenige Kraft aufgebraucht, welche für einen Augenblick durch die Verzweiflung in ihm aufgeflackert war.

«Ah!» zürnte er. «Ah! Du findest, ich sterbe nicht schnell genug. Ah! Du willst mich verdursten lassen! Ah! Du wirfst begehrliche Blicke auf meine Manuskripte, auf meine Schätze! Ah! Du glaubst wohl, sie schon zu besitzen! Nun, warte nur! Warte!»

Und mit äußerster Anstrengung zog Althotas unter dem Polster seines Lehnstuhles ein Fläschchen hervor, welches er entkorkte. Bei der Berührung mit der Luft schoß eine flüssige Flamme aus dem gläsernen Gefäß hervor, und einem magischen Geschöpf ähnlich sprühte Althotas die Flamme um sich her.

Die um den Lehnstuhl des Alten aufgestapelten Manuskripte, die im Zimmer verstreuten Bücher und die mit so viel Mühe der Cheops-Pyramide und den ersten Ausgrabungen in Herculaneum entrissenen Pergamentrollen fingen sogleich mit der Schnelligkeit des Pulvers Feuer. Ein Flammenteppich breitete sich über den Marmorfußboden aus und bot den Augen Balsamos einen Anblick dar, der den brennenden Kreisen der Hölle glich, von denen Dante spricht.

Althotas erwartete ohne Zweifel, daß Balsamo sich mitten in die Flamme stürzen würde, um diese erste Erbschaft zu retten, die der Greis mit sich vernichtete. Doch er täuschte sich. Balsamo blieb ruhig und zog sich auf den beweglichen Boden zurück, wo die Flamme ihn nicht erreichen konnte.

Diese Flamme hüllte Althotas vollkommen ein. Doch statt sich davor zu fürchten, war es, als ob der Greis sich in seinem Element befände, als ob ihn die Flamme, statt ihn zu verbrennen, wohlig wärmte.

Balsamo sah ihn unverwandt an. Die Flamme erreichte das Tafelwerk und hüllte den Greis völlig ein. Sie kroch am Fuße des Lehnstuhls aus massivem Eichenholz empor, auf dem er saß, und obgleich sie bereits den unteren Teil seines Körpers verschlang, schien er sie seltsamerweise nicht zu spüren.

Ganz im Gegenteil: Bei der Berührung mit dem Feuer, das eine reinigende Wirkung zu haben schien, entspannten sich die Muskeln des Sterbenden ganz allmählich, und eine unbekannte Heiterkeit legte sich wie eine Maske über seine Gesichtszüge. In der Stunde seines Todes vom Leib abgesondert, schien der alte Prophet auf seinem Feuerwagen bereit, zum Himmel aufzusteigen. Allmächtig in dieser letzten Stunde, vergaß der Geist die Materie, und sicher, daß er nichts mehr zu erwarten hatte, schwang er sich mit aller Kraft zu den höheren Sphären empor, in welche ihn das Feuer zu entführen schien.

Von diesem Augenblick an nahmen Althotas' Augen, die sich im ersten Widerschein der Flamme wieder zu beleben schienen, einen verschwommenen, verlorenen Ausdruck an, der weder von himmlischem noch von irdischem Dasein zeugte, der aber den Anschein erweckte, als wolle er den Horizont durchdringen. Ruhig und ergeben, schien der alte Magier nun jede Empfindung zu analysieren, auf jeden Schmerz genau zu achten, und wie eine letzte Stimme der Erde stieß er dumpf seinen Abschiedsgruß an die Macht, an das Leben und an die Hoffnung hervor:

«Es ist gut! Ich sterbe ohne Bedauern. Ich habe alles auf Erden besessen. Ich habe alles kennengelernt. Ich habe alles vermocht, was dem menschlichen Geschöpf zu vermögen vergönnt ist. Ich war nahe daran, die Unsterblichkeit zu erlangen.»

Balsamo ließ ein dumpfes Gelächter vernehmen, dessen unheimlicher Unterton die Aufmerksamkeit des Greises wieder erweckte.

Da schleuderte ihm Althotas durch die Flammen, die ihn gleichsam wie ein Schleier umgaben, einen Blick voll wilder Erhabenheit entgegen.

«Ja, du hast recht», meinte er. «Es gibt etwas, das ich nicht vorhergesehen hatte. Ich hatte Gott nicht vorhergesehen.»

Und als ob dieses mächtige Wort seine ganze Seele entwurzelt hätte, fiel Althotas in seinen Lehnstuhl zurück. Er hatte Gott diesen letzten Atemzug gegeben, den er ihm zu unterschlagen gehofft hatte.

Balsamo stieß einen Seufzer aus, und ohne daß er versuchte, dem kostbaren Scheiterhaufen, auf den sich dieser andere Zarathustra zum Sterben niedergelegt hatte, etwas zu entziehen, begab er sich wieder zu Lorenza hinab und ließ die Feder der Bodenplatte los, die sich rasch ins Tafelwerk der Decke einpaßte und so vor Balsamos Augen den riesigen Feuerofen verbarg, der über ihm toste und kochte wie der Krater eines Vulkans.

Die ganze Nacht über wütete die Flamme über Balsamos Kopf wie ein Orkan, ohne daß Balsamo irgend etwas unternommen hätte, um sie zu löschen oder um ihr zu entfliehen. Neben dem leblosen Körper Lorenzas war er gegen jede Gefahr völlig unempfindlich. Doch nachdem die Flamme alles verzehrt hatte und das Backsteingewölbe, dessen kostbare Verzierungen sie vernichtet hatte, völlig ausgebrannt war, erlosch das Feuer wider Erwarten. Balsamo hörte ein letztes Brüllen, das in Klagen ausartete und in Seufzern dahinstarb wie Althotas.

## CXXXV. KAPITEL

### *Wieder auf der Erde*

Der Herzog von Richelieu befand sich im Schlafzimmer seines Versailler Palais, wo er in Gesellschaft Monsieur Raftés seine Vanilleschokolade trank. Dieser war damit beschäftigt, seinem Herrn Rechenschaft über die Haushaltsführung abzulegen.

Sehr mit seinem Gesicht beschäftigt, das er von ferne in einem Spiegel betrachtete, schenkte der Herzog den mehr oder minder genauen Berechnungen seines Sekretärs nur geringe Aufmerksamkeit.

Plötzlich kündigte das Geräusch von Schritten, die im Vorzimmer knarrten, einen Besuch an. Rasch stürzte Richelieu den Rest seiner Schokolade hinunter, während er unruhig nach der Tür schaute.

Der Kammerdiener meldete Monsieur de Taverney.

Der Herzog hätte gewiß mit irgendeiner Ausflucht geantwortet und damit den Besuch seines Freundes auf einen anderen Tag oder zumindest auf eine andere Stunde verschoben. Aber kaum war die Tür aufgegangen, da stürzte der ungestüme Alte auch schon ins Zimmer, reichte dem Marschall im Vorübergehen eine Fingerspitze und vergrub sich hastig in einem riesigen, gepolsterten Lehnsessel, der mehr unter der unsanften Behandlung als unter dem Gewicht ächzte.

Richelieu sah seinen Freund wie einen jener phantastischen Menschen vorüberschießen, deren Existenz uns Hoffmann seinerzeit weismachen wollte. Er hörte das Krachen des Lehnsessels, er hörte einen gewaltigen Seufzer, und während er sich zu seinem Gast umdrehte, fragte er ihn:

«Ei, Baron, was gibt es denn Neues? Du scheinst mir ja todtraurig zu sein.»

«Traurig», wiederholte Taverney, «traurig!»

«Donnerwetter! Mir scheint, das war nicht gerade ein freudiger Seufzer, den du da eben ausgestoßen hast.»

Der Baron schaute den Marschall mit einem Ausdruck an, der besagte, solange Rafté anwesend sei, könne er keine Erklärung über diesen Seufzer abgeben.

Rafté begriff, ohne daß er die Mühe auf sich nehmen mußte, sich umzudrehen. Denn wie sein Herr hatte auch er die Angewohnheit, zuweilen in den Spiegel zu schauen.

Da er verstand, zog er sich unauffällig zurück.

Der Baron folgte ihm mit den Augen, und als die Tür hinter ihm ins Schloß gefallen war, meinte er:

«Sag nicht traurig, Herzog, sag eher beunruhigt, und zwar zutiefst beunruhigt.»

«Pah!»

«Wahrlich», rief Taverney, die Hände faltend, «ich rate dir, den Erstaunten zu spielen. Seit fast einem Monat speist du mich mit unbestimmten Worten ab, als da sind: ‹Ich habe den König nicht gesehen› oder auch ‹Der König hat mich nicht gesehen› oder ‹Der König schmollt mit mir.› Zum Henker, Herzog! Ist das eine Art, einem alten Freund zu antworten? Ein Monat, begreifst du, das ist eine halbe Ewigkeit!»

Richelieu zuckte die Schultern.

«Was zum Teufel soll ich dir sagen, Baron?» gab er zurück.

«Ei, die Wahrheit natürlich.»

«Verdammt, die habe ich dir doch schon gesagt, die Wahrheit. Tausend Donner! Ich schreie dir die Wahrheit die ganze Zeit über in die Ohren, bloß du willst sie durchaus nicht glauben.»

«Willst du, ein Herzog und Pair, ein Marschall von Frankreich, ein königlicher Kammerherr, mir etwa weismachen, daß du den König nicht siehst? Dabei gehst du doch jeden Morgen zum Lever! Was soll das also?»

«Ich habe es dir gesagt, und ich wiederhole es noch einmal. Es ist zwar kaum zu glauben, aber es ist dennoch so: Seit drei Wochen gehe ich Tag für Tag zum Lever, ich, der Herzog und Pair, ich, der Marschall von Frankreich, ich, der Kammerherr ...»

«Und der König spricht nicht mit dir», fiel ihm Taverney ins Wort, «und du sprichst nicht mit dem König. Du erwartest doch nicht, daß ich dir so einen Blödsinn abkaufe?»

«Ei, mein werter Baron, jetzt wirst du aber unverschämt. Du strafst mich in der Tat Lügen, inniger Freund, als ob wir vierzig Jahre jünger wären und noch mit leichter Hand den Degen führten.»

«Aber es ist doch zum Ausderhautfahren, Herzog!»

«Ah! Das ist etwas anderes, fahre nur aus der Haut, mein Lieber, das habe ich schon hinter mir.»

«Du bist aus der Haut gefahren?»

«Ich habe allen Grund dazu. Wenn ich dir beteure, daß mich der König seit dem nämlichen Tage nicht mehr angeschaut hat! Wenn ich dir sage, daß Seine Majestät mir beständig den Rücken zuwendet! Daß der König mir jedesmal, wenn ich glaubte, ihm angenehm zulächeln zu müssen, mit einer schrecklichen Grimasse geantwortet hat! Daß es mir schließlich zum Hals heraushängt, mich in Versailles zum Gespött zu machen! Sprich, was soll ich deiner Meinung nach tun?»

Taverney kaute heftig an den Fingernägeln, während er diese Antwort des Marschalls vernahm.

«Das ist mir völlig unbegreiflich», erklärte er schließlich.

«Mir geht es nicht anders, Baron.»

«Sollte man es in der Tat für möglich halten, daß der König mit deiner Angst seinen Spaß treibt, denn immerhin ...»

«Ja, es sieht ganz danach aus, Baron.»

«Höre, Herzog, es gilt, uns aus dieser Verlegenheit zu befreien. Wir müssen notwendig einen geschickten Schachzug wagen, durch den sich alles aufklärt.»

«Baron, Baron», warnte Richelieu, «es ist gefährlich, von Königen Erklärungen zu fordern.»

«Meinst du?»

«Ja. Soll ich dir etwas sagen?»

«Sprich.»

«Nun, ich bin vor etwas auf der Hut.»

«Und wovor?» fragte der Baron stolz.

«Ah! Jetzt wirst du ärgerlich.»

«Ich habe wohl Grund dazu, wie mir scheint.»

«Sprechen wir also nicht mehr davon.»

«Im Gegenteil, sprechen wir davon, doch erkläre dich.»

«Du hast den Teufel im Leib mit deinen Erklärungen. Du bist wahrlich ganz besessen davon. Nimm dich in acht!»

«Ich finde dich wirklich reizend, Herzog. Du siehst, daß all unsere Pläne aufgehalten werden, du siehst eine unerklärliche Stockung im Gang meiner Angelegenheiten, und du rätst mir zu warten!»

«Was für eine Stockung? Laß hören.»

«Nimm zunächst einmal dies.»

«Ein Brief?»

«Ja, von meinem Sohn.»

«Ah! Vom Herrn Oberst! Gut, was ist dort denn schon wieder schiefgelaufen?»

«Seit ebenfalls fast einem Monat wartet Philippe in Reims auf die Ernennung, die der König ihm versprochen hat. Die Ernennung kommt aber nicht, und das Regiment wird in zwei Tagen aufbrechen.»

«Teufel! Das Regiment bricht auf?»

«Ja, nach Straßburg. Das heißt also, wenn Philippe seine Ernennungsurkunde in zwei Tagen nicht erhalten hat ...»

«Nun?»

«Dann wird Philippe in zwei Tagen hier sein.»

«Ja, ich verstehe, man hat ihn vergessen, den armen Jungen. Das ist in Schreibstuben, die so organisiert sind wie die des neuen Ministeriums, an der Tagesordnung. Oh! Wenn ich Minister geworden wäre, dann wäre diese Urkunde schon längst abgeschickt!»

«Hm!» machte Taverney.

«Was sagst du?»

«Ich sage, daß ich davon nicht ein Wort glaube.»

«Wie?»

«Wenn du Minister geworden wärst, hättest du Philippe dahin geschickt, wo der Pfeffer wächst.»

«Oh!»

«Und seinen Vater ebenso.»

«Oh! Oh!»

«Und seine Schwester noch weiter weg.»

«Es ist wahrlich ein Vergnügen, mit dir zu plaudern, Taverney. Du bist voller Witz. Doch laß uns nun darüber hinweggehen.»

«Ich wüßte nichts, was ich lieber täte. Mein Sohn dagegen kann nicht so leicht darüber hinweggehen! Seine Stellung ist unhaltbar, Herzog. Du mußt unbedingt den König sehen.»

«Ei, ich sage dir doch, ich tue nichts anderes.»

«Und ihn sprechen.»

«Ei, mein Lieber, man spricht nicht mit dem König, wenn er einen nicht anspricht.»

«Dann mußt du ihn eben zwingen.»

«Ah! Bin ich etwa der Papst?»

«Nun», meinte Taverney, «dann werde ich mich wohl dazu entschließen müssen, mit meiner Tochter zu sprechen, denn an der ganzen Sache ist irgend etwas faul, Herzog.»

Dieses Wort wirkte Wunder.

Richelieu hatte Taverney auf den Zahn gefühlt. Er wußte, daß er durchtrieben war wie Monsieur Lafare oder Monsieur de Noce, seine Jugendfreunde, deren Ruf über die Jahre hinweg unversehrt geblieben war. Er fürchtete ein Bündnis zwischen Vater und Tochter. Er fürchtete etwas Unbekanntes, wodurch er in Ungnade fallen konnte.

«Nun sei doch nicht gleich so gereizt», gab er zurück. «Ich werde noch einen Schritt wagen. Aber ich brauche einen Vorwand.»

«Diesen Vorwand hast du.»

«Ich?»

«Gewiß.»

«Welchen?»

«Der König hat ein Versprechen gegeben.»

«Wem?»

«Meinem Sohn. Und an dieses Versprechen ...»

«Nun?»

«Kann man ihn erinnern.»

«In der Tat, das ist ein Ausweg. Hast du den Brief?»

«Ja.»

«Gib ihn mir.»

Taverney zog ihn aus der Westentasche und reichte ihn dem Herzog, wobei er demselben zugleich Kühnheit und Vorsicht ans Herz legte.

«Feuer und Wasser», versetzte Richelieu, «es ist offensichtlich, daß wir uns hier in etwas versteigen. Gleichviel, wer A sagt, muß auch B sagen.»

Er läutete.

«Man kleide mich an und spanne die Pferde vor den Wagen», befahl der Herzog.

Und sich an Taverney wendend, erkundigte er sich mit besorgter Miene:

«Willst du meiner Toilette beiwohnen?»

Taverney begriff, daß es seinem Freund sehr unangenehm wäre, wenn er das Angebot annähme, und erwiderte daher:

«Nein, mein Lieber, ganz unmöglich. Ich habe noch etwas in der Stadt zu erledigen. Nenne mir irgendeinen Ort, wo wir uns treffen können.»

«Na, im Schloß.»

«Gut, im Schloß.»

«Es ist wichtig, daß auch du Seine Majestät siehst.»

«Glaubst du?» fragte Taverney entzückt.

«Ich bestehe darauf. Du sollst dich selbst von der Richtigkeit meiner Worte überzeugen.»

«Daran zweifle ich nicht. Aber da du es unbedingt willst ...»

«Es ist dir ja auch ganz recht, oder nicht?»

«Offengestanden, ja.»

«Gut, dann also um elf Uhr im Spiegelsaal, während ich bei Seiner Majestät eintrete.»

«Abgemacht. Gott befohlen.»

«Und ohne Groll, lieber Baron», vergewisserte sich Richelieu, dem äußerst viel daran lag, sich nicht einen Feind zu machen, dessen Stärke er noch nicht kannte.

Taverney stieg wieder in seine Karosse und fuhr davon, um sodann allein und nachdenklich einen langen Spaziergang durch den Garten zu machen, während Richelieu, der Sorge seiner Kammerdiener überlassen, sich in aller Ruhe verjüngte, eine wichtige Beschäftigung, für die der berühmte Sieger von Mahon nicht weniger als zwei Stunden benötigte.

Indessen war dies noch viel weniger Zeit, als ihm Taverney in seinem Geiste für diese Verrichtung zugestanden hatte, und der auf der Lauer liegende Baron sah Punkt elf Uhr die Karosse des Marschalls an der Freitreppe des Palastes vorfahren, wo die diensthabenden Offiziere Richelieu begrüßten, während die Türsteher ihn hineingeleiteten.

Taverneys Herz schlug zum Zerspringen. Er beendete seinen Spaziergang und begab sich langsam, langsamer, als sein glühender Geist es gestatten wollte, in die Spiegelgalerie, wo zahlreiche weniger begünstigte Höflinge, Offiziere mit Bittschriften und ehrgeizige Edelleute wie lebende Standbilder auf dem glatten Parkett posierten, das eine äußerst geeignete Tribüne für diesen in Fortuna verliebten Menschenschlag abgab.

Taverney verlor sich seufzend in der Menge, achtete aber peinlichst darauf, sich in einem Winkel in Reichweite des Marschalls aufzustellen, wenn dieser von Seiner Majestät herauskäme.

«Oh!» murmelte er zwischen den Zähnen hindurch. «Daß man mir jetzt einen Platz unter diesen Krautjunkern und schmutzigen Federbüschen zuweist, mir, der ich vor einem Monat noch in vertraulicher Runde mit Seiner Majestät zur Nacht speiste!»

Und hinter seiner gerunzelten Stirn bildete sich mehr als ein schändlicher Verdacht, bei dem der armen Andrée die Schamröte ins Gesicht gestiegen wäre.

## CXXXVI. KAPITEL

### *Das Gedächtnis der Könige*

Wie er es versprochen hatte, stellte sich Richelieu mutig ins Blickfeld Seiner Majestät, als Monsieur de Condé ihr gerade das Hemd reichte.

Als der König den Marschall jedoch erblickte, wandte er sich mit solcher Heftigkeit von ihm ab, daß das Hemd beinahe auf den Boden gefallen wäre und der Prinz überrascht zurückwich.

«Verzeihen Sie, lieber Vetter», entschuldigte sich Ludwig XV., um dem Prinzen zu bezeigen, daß die ungestüme Bewegung nicht gegen ihn gerichtet sei.

Richelieu verstand daher sehr wohl, daß der Zorn seiner Person galt.

Doch da er in der festen Absicht gekommen war, nötigenfalls den Zorn des Königs heraufzubeschwören, um endlich eine ernsthafte Erklärung zu erhalten, wechselte er die Stellung wie bei Fontenoy und plazierte sich an die Stelle, wo der König vorbeigehen mußte, um in sein Kabinett zu gelangen.

Als der König den Marschall nicht mehr sah, plauderte er wieder unbefangen und freundlich fort. Er kleidete sich an, schmiedete Pläne für eine Jagd im Wald von Marly und beriet sich lange mit seinem Vetter, denn die Herren von Condé standen schon seit jeher in dem Ruf, sich aufs Jagen zu verstehen.

Doch im Augenblick, da er sein Kabinett betreten wollte, als sich schon fast alle Anwesenden entfernt hatten, erblickte er Richelieu, der ihm mit seiner ganzen Grazie die liebenswürdigste Verbeugung darbot.

Ludwig XV. blieb beinahe fassungslos stehen.

«Sie sind noch immer hier, Monsieur de Richelieu?» wunderte er sich.

«Zu den Befehlen Eurer Majestät, ja, Sire.»

«Sie verlassen Versailles also nicht?»

«Seit vierzig Jahren, Sire, habe ich mich selten zu einem anderen Zweck als für den Dienst Eurer Majestät von Versailles entfernt.»

Der König blieb direkt vor dem Marschall stehen und sprach:

«Lassen Sie hören, Sie wollen etwas von mir, nicht wahr?»

«Ich, Sire?» erwiderte Richelieu lächelnd. «Ei, was denn?»

«Aber Sie verfolgen mich, Herzog. Bei Gott! Ich bemerke es wohl.»

«Ja, Sire, mit meiner Liebe und mit meiner Ehrfurcht. Ich danke, Sire.»

«Oh! Sie tun so, als verstünden Sie mich nicht, doch Sie begreifen ausgezeichnet. Nun, was mich betrifft, Herr Marschall, so habe ich Ihnen nichts mitzuteilen.»

«Nichts, Sire?»

«Überhaupt nichts.»

Richelieu bewehrte sich mit einem vollkommenen Gleichmut und entgegnete:

Der König schmiedete Pläne für eine Jagd im Wald von Marly.

«Sire, ich hatte stets das Glück, mir mit gutem Gewissen sagen zu können, daß meine Beflissenheit im Dienste des Königs völlig uneigennützig gewesen sei, und das ist ein großer Punkt im Laufe der vierzig Jahre, die ich Eurer Majestät gegenüber erwähnte. Selbst die Neider werden nie behaupten, der König habe mir je etwas bewilligt. Diesbezüglich ist mein Ruf glücklicherweise gefestigt.»

«Ei, Herzog, so verlangen Sie für sich, wenn Sie etwas brauchen, aber verlangen Sie schnell.»

«Sire, ich brauche durchaus nichts, und augenblicklich beschränke ich mich darauf, Eure Majestät anzuflehen ...»

«Worum?»

«Sie möchte gestatten, daß ihr ein Mann seinen Dank aussprechen darf ...»

«Wer denn?»

«Sire, jemand, der dem König zu großem Dank verpflichtet ist.»

«So sprechen Sie doch!»

«Jemand, Sire, dem Eure Majestät die ganz besondere Ehre gewährte ... Ah! Wenn man die Ehre gehabt hat, sich an den Tisch Eurer Majestät zu setzen, wenn man die so feinsinnige Unterhaltung, die so bezaubernde Heiterkeit, welche Eure Majestät zum göttlichsten Tischgenossen macht, gekostet hat, dann vergißt man dies nie mehr, und man nimmt rasch eine so süße Gewohnheit an.»

«Sie sind ein Schönredner, Monsieur de Richelieu.»

«Oh! Sire ...»

«Kurz und gut, von wem sprechen Sie?»

«Von meinem Freund Taverney.»

«Von Ihrem Freund?» rief der König.

«Verzeihen Sie, Sire.»

«Taverney!» wiederholte der König mit einem gewissen Grauen, das den Herzog zutiefst verwunderte.

«Warum nicht, Sire? Er ist ein alter Kamerad ...»

Er hielt einen Augenblick inne.

«Ein Mann, der zusammen mit mir unter Villards gedient hat.»

Er zögerte abermals.

«Sie wissen doch, Sire, man bezeichnet auf dieser Welt jeden als Freund, den man kennt und der einem nicht feindlich gesonnen ist. Es ist ein höfliches Wort, hinter dem sich zumeist nicht viel verbirgt.»

«Es ist ein Wort, das den Benutzer gefährden kann, Herzog» versetzte Seine Majestät in scharfem Ton. «Es ist ein Wort, bei dessen Gebrauch die größte Zurückhaltung angebracht ist.»

«Die Ratschläge Eurer Majestät sind Gebote der Weisheit. Monsieur de Taverney ist also ...»

«Monsieur de Taverney ist ein unsittlicher Mensch.»

«Ei, wohl, Sire, ich vermutete es, so wahr ich ein Edelmann bin.»

«Ein Mann ohne jedes Zartgefühl, Herr Marschall.»

«Was sein Zartgefühl anbelangt, Sire, so will ich mich vor Seiner Majestät nicht dazu äußern. Ich verbürge mich nur für das, was ich kenne.»

«Wie! Sie verbürgen sich nicht für das Zartgefühl Ihres Freundes, eines alten Soldaten, eines Mannes, der mit Ihnen unter Villars gedient hat, eines Mannes schließlich, den Sie mir vorgestellt haben? Sie kennen ihn doch wohl!»

«Ihn sicherlich, Sire, aber nicht sein Zartgefühl. Sully sagte zu Ihrem

Großvater Heinrich IV., er habe sein Fieber, mit einem grünen Gewand bekleidet, herauskommen sehen. Ich hingegen muß untertänigst gestehen, Sire, daß ich niemals herausfinden konnte, wie sich das Zartgefühl von Taverney kleidet.»

«Nun, Marschall, ich kann es Ihnen sagen, er ist ein garstiger Mensch, der eine garstige Rolle gespielt hat.»

«Oh! Wenn Eure Majestät mir dies sagt ...»

«Jawohl, Monsieur, das tue ich.»

«Nun wohl», antwortete Richelieu, «Eure Majestät hilft mir über meine Befangenheit hinweg, indem sie sich so äußert. Nein, ich gestehe es, Taverney ist nicht gerade eine Blüte des Zartgefühls, und ich habe es wohl bemerkt. Doch Sire, solange Eure Majestät nicht die Gnade hatten, mich ihre Meinung hierüber wissen zu lassen ...»

«Hier ist meine Meinung, Monsieur. Ich verabscheue ihn.»

«Ah! Jetzt ist der Urteilsspruch gefällt», erwiderte Richelieu. «Zum seinem Glück hat dieser Unglückliche aber eine mächtige Fürsprache bei Eurer Majestät.»

«Was wollen Sie damit sagen?»

«Wenn der Vater auch das Unglück gehabt hat, dem König zu mißfallen ...»

«Und zwar sehr zu mißfallen.»

«Ich sage nicht nein, Sire.»

«Was sagen Sie dann?»

«Ich sage, daß ein gewisser Engel mit blauen Augen und blondem Haar ...»

«Ich weiß nicht, worauf Sie hinauswollen, Herzog.»

«Das ist verständlich, Sire.»

«Ich würde Sie aber zugegebenermaßen gerne verstehen.»

«Ein Nichteingeweihter wie ich, Sire, zittert bei dem Gedanken, eine Ecke des Schleiers zu lüften, unter dem sich so viele reizende Liebesgeheimnisse verbergen. Doch ich wiederhole, wieviele Danksagungen ist Taverney derjenigen schuldig, die zu seinen Gunsten die königliche Entrüstung mildert! O ja, Mademoiselle Andrée muß ein wahrer Engel sein!»

«Mademoiselle Andrée ist ein kleines Ungeheuer in physischer Hinsicht, wie ihr Vater eines in moralischer Hinsicht ist!» entfuhr es dem König.

«Pah!» machte Richelieu im höchsten Grade verblüfft. «Wir haben uns also alle getäuscht, und dieser schöne Anschein ...?»

«Erwähnen Sie mir gegenüber nie mehr dieses Mädchen, Herzog. Ein Schauer überläuft mich, wenn ich nur daran denke.»

Richelieu faltete heuchlerisch seine Hände.

«O mein Gott!» stieß er hervor. «Wie kann der äußere Anschein doch trügen! Wenn es nicht Eure Majestät, der erste Kenner und Schätzer des Königreiches, wenn es nicht Eure Majestät, die Unfehlbarkeit in Person, wäre, welche mir dies versicherte, wie könnte ich es glauben? ... Wie! Sire, in diesem Grade mißgestaltet?»

«Mehr als das, Monsieur, von einer schrecklichen Krankheit befallen ... ein Hinterhalt, Herzog. Aber um Gottes willen, kein Wort mehr über sie, Sie würden mich töten.»

«O Himmel!» rief Richelieu. «Ich werde den Mund nicht mehr aufmachen, Sire. Eure Majestät töten! Oh! Welcher Jammer! Welche Familie! Wie unglücklich muß der arme Junge doch sein!»

«Aber von wem sprechen Sie denn jetzt schon wieder?»

«Oh! Diesmal von einem treuen, einem aufrichtigen, einem ergebenen Diener Eurer Majestät. Oh! Wahrhaftig, Sire, dieser ist ein großes Vorbild, und Sie haben ihn richtig beurteilt. Diesmal, dafür stehe ich ein, wurde mit Ihrer Gunst nicht der Falsche bedacht.»

«Aber von wem reden Sie denn eigentlich, Herzog?»

«Ich spreche», begann Richelieu in schmeichelndem Ton, «vom Sohn des einen, Sire, und vom Bruder der anderen. Ich spreche von Philippe de Taverney, diesem tapferen jungen Mann, dem Eure Majestät ein Regiment geschenkt haben.»

«Ich! Ich soll jemandem ein Regiment geschenkt haben?»

«Ja, Sire, ein Regiment, auf das Philippe de Taverney zwar immer noch wartet, das Sie ihm aber immerhin geschenkt haben.»

«Ich?»

«Allerdings! Das will ich meinen, Sire.»

«Ich habe überhaupt nichts geschenkt, Marschall!»

«Wirklich nicht?»

«Geht Sie das vielleicht etwas an?»

«Mich, nicht im geringsten.»

«Sie haben sich also geschworen, mich mit diesem einfältigen Kerl zur Verzweiflung zu treiben.»

«Ich bitte vielmals um Entschuldigung, Sire! Es kam mir vor, doch ich sehe nun ein, daß ich mich getäuscht habe, es kam mir vor, als hätte Eure Majestät versprochen ...»

«Das ist nicht meine Angelegenheit, Herzog. Ich habe doch einen Kriegsminister. Ich verschenke keine Regimenter ... Ein Regiment! Da hat man Ihnen einen schönen Bären aufgebunden. Ah! Sie sind der Anwalt dieser Brut! Ich habe Ihnen ja gesagt, daß Sie unrecht hatten, mich anzusprechen. Jetzt haben Sie mir mit Ihrem Geschwätz mein ganzes Blut in Wallung gebracht.»

«O Sire!»

«Jawohl, in Wallung. Den Anwalt soll der Teufel holen! Wegen Ihnen werde ich den ganzen Tag über Verdauungsbeschwerden haben.»

Daraufhin kehrte der König dem Herzog den Rücken und flüchtete sich aufgebracht in sein Arbeitszimmer, während er Richelieu unglücklicher zurückließ, als man es zu beschreiben vermöchte.

«Ah!» murmelte der alte Marschall. «Diesmal weiß man wenigstens, woran man sich zu halten hat.»

Und während er sich mit dem Taschentuch den Staub von den Kleidern wischte – denn im Eifer des Gefechts hatte er sich ganz mit Puder bestäubt –, wandte sich Richelieu nach der Galerie, an deren Ecke sein Freund ihn mit verzehrender Ungeduld erwartete.

Kaum war der Marschall erschienen, als der Baron auch schon, gleich einer Spinne, die sich auf ihre Beute stürzt, den frischen Neuigkeiten entgegeneilte.

Mit wachem Auge, unschuldsvoller Miene und verschränkten Armen trat er vor ihn hin.

«Nun, wie steht es?» fragte er.

«Wie es steht, Monsieur?» erwiderte Richelieu und richtete sich auf, wobei er geringschätzig den Mund verzog und mit einer verächtlichen Handbewegung seine Spitzenkrause zurechtrückte. «Es steht so, daß ich Sie bitte, nicht mehr das Wort an mich zu richten.»

Taverney schaute ihn ganz verdutzt an.

«Ja, Sie haben dem König sehr mißfallen», fuhr Richelieu fort, «und wer dem König mißfällt, der beleidigt mich.»

Taverney blieb in seiner Verblüffung wie angenagelt stehen, als hätten seine Füße im Marmor Wurzeln geschlagen.

Richelieu setzte indessen seinen Weg fort.

Sobald er an die Tür der Spiegelgalerie kam, wo ihn sein Kammerdiener erwartete, rief er:

«Nach Luciennes!»

Und er verschwand.

## CXXXVII. KAPITEL

### *Die Ohnmachten Andrées*

Als Taverney wieder zu sich gekommen und sich über das, was er sein Unglück nannte, richtig klargeworden war, begriff er, daß der Augenblick gekommen war, sich mit der Hauptursache für so viel Kummer zu einer ernsten Erklärung zusammenzufinden.

Kochend vor Zorn und Entrüstung, wandte er sich daher nach der Wohnung Andrées.

Andrée war eben dabei, letzte Hand an ihre Toilette zu legen, und hob ihre Arme, um hinter dem Ohr zwei widerspenstige Haarflechten zu befestigen.

Andrée hörte den Schritt ihres Vaters im Vorzimmer, als sie gerade mit ihrem Buch unter dem Arm über die Schwelle ihres Zimmers treten wollte.

«Ah! Guten Tag, Andrée», grüßte Monsieur de Taverney. «Sie gehen aus?»

«Ja, mein Vater.»

«Allein?»

«Wie Sie sehen.»

«Sie sind also immer noch allein?»

«Seitdem Nicole verschwunden ist, habe ich kein Kammermädchen mehr eingestellt.»

«Aber Sie können sich doch gar nicht richtig ankleiden, Andrée, das schadet Ihnen. Eine Frau, die so angezogen ist, kommt bei Hof nicht gut an. Ich hatte Ihnen etwas ganz anderes empfohlen, Andrée.»

«Verzeihen Sie, mein Vater, aber die Dauphine erwartet mich.»

«Ich versichere Ihnen, Andrée», beharrte Taverney, der sich, je weiter er sprach, immer mehr erhitzte, «ich versichere Ihnen, Mademoiselle, daß Sie sich mit dieser Schlichtheit am Ende hier lächerlich machen.»

«Mein Vater ...»

«Die Lächerlichkeit tötet überall, bei Hofe noch mehr als anderswo.»

«Monsieur, ich werde in Zukunft darauf bedacht sein. Aber für den Augenblick wird mir die Dauphine sicherlich Dank wissen, wenn ich mich weniger elegant kleide und dafür pünktlich bei ihr erscheine.»

«Gehen Sie also, und kommen Sie bitte zurück, sobald Sie frei sind, denn ich habe in einer ernsten Angelegenheit mit Ihnen zu reden.»

«Ja, mein Vater», antwortete Andrée.

Und sie versuchte, ihren Weg fortzusetzen.

Der Baron musterte sie von allen Seiten und rief:

«Warten Sie, warten Sie! Sie können nicht so weggehen. Sie haben Ihre Schminke vergessen, Mademoiselle. Sie sind von einer abstoßenden Blässe.»

«Ich, mein Vater?» stammelte Andrée und blieb stehen.

«In der Tat, an was denken Sie denn eigentlich, wenn Sie sich im Spiegel anschauen? Ihre Wangen sind weiß wie Kreide, Sie haben einen halben Fuß tiefe Schatten unter den Augen. Man geht nicht so aus, Mademoiselle, wenn man den Leuten keinen Schrecken einjagen will.»

«Ich habe keine Zeit mehr, irgend etwas an meiner Toilette zu verändern, mein Vater.»

«Das ist abscheulich, wahrlich, das ist abscheulich!» rief Taverney schulterzuckend. «Es gibt in dieser Art nur ein Frauenzimmer auf der Welt, und gerade dieses habe ich zur Tochter! Welch entsetzliches Geschick! Andrée! Andrée!»

Doch Andrée war schon unten an der Treppe angelangt.

Sie drehte sich um.

«Sagen Sie zumindest», rief Taverney ihr nach, «sagen Sie zumindest, Sie seien krank. Machen Sie sich interessant, zum Teufel! Wenn Sie sich schon nicht schön machen wollen!»

«Oh! Was das betrifft, mein Vater, so wird es mir leichtfallen. Ich kann sagen, ich sei krank, ohne zu lügen, denn ich fühle mich im Augenblick wirklich nicht wohl.»

«Gut», brummte der Baron, «das hat uns gerade noch gefehlt... krank!»

Dann stieß er zwischen den Zähnen hervor:

«Die Pest komme über die zimperlichen Weiber!»

Er kehrte ins Zimmer seiner Tochter zurück, wo er sich anschickte, alles peinlich genau zu durchsuchen. Er hoffte, dabei auf etwas zu stoßen, was seinen Verdacht bekräftigen würde und aufgrund dessen er sich eine Meinung bilden könnte.

Unterdessen überquerte Andrée die Esplanade und ging an den Blumenbeeten entlang. Zuweilen hob sie den Kopf, um in der Luft kräftiger Atem zu schöpfen, denn der Duft der Blüten stieg ihr stark zu Kopfe und ließ jede Faser ihres Gehirns erbeben.

Auf diese Weise heimgesucht, unter der Sonne schwankend und nach einer Stütze suchend, gelangte Andrée, indem sie gegen ein unbekanntes Übel ankämpfte, bis in die Vorzimmer von Trianon. Gleich an der Schwelle zum Kabinett der Dauphine gab Madame de Noailles Andrée mit dem ersten Wort zu verstehen, daß es an der Zeit sei und daß man sie erwarte.

Der Abbé, der anerkannte Vorleser der Prinzessin, frühstückte gerade mit Ihrer Königlichen Hoheit, welche den Personen ihres vertrauten Umgangs häufig eine solche Gnade zuteil werden ließ.

Der Abbé rühmte die Vortrefflichkeit jener Butterküchlein, welche die deutschen Hausfrauen so geschickt um eine Tasse Kaffee mit Sahne anzuhäufen verstehen.

Der Abbé sprach, statt vorzulesen, und erzählte der Dauphine alle Neuigkeiten aus Wien, die er bei den Zeitungsschreibern und bei den Diplomaten gesammelt hatte. Denn zu jener Zeit trieb man Politik unter freiem Himmel wahrlich genauso gut wie in den geheimsten Winkeln der Kanzleien, und es kam nicht selten vor, daß man im Ministerium Neuigkeiten erfuhr, welche die Herren im Palais Royal oder in den Alleen von Versailles erraten, wenn nicht gar geschaffen hatten.

Der Abbé sprach besonders von den letzten Gerüchten über einen heimlichen Aufstand aufgrund der Verteuerung des Getreides, ein Aufstand, der, wie er sagte, von Monsieur de Sartines dadurch unterbunden worden sei, daß er fünf der schlimmsten Hamsterer in die Bastille habe bringen lassen.

Andrée trat ein. Auch die Dauphine hatte ihre Tage der Launenhaftigkeit und der Migräne. Die Unterhaltung mit dem Abbé hatte sie gefesselt. Das Buch Andrées, welches nach der Plauderei kam, langweilte sie hingegen.

Demzufolge sagte sie zu ihrer Vorleserin, sie möge in Zukunft pünktlicher sein und nicht mehr auf sich warten lassen. Sie fügte hinzu, was an und für sich gut sei, sei es hauptsächlich zur geeigneten Zeit.

Verwirrt durch diesen Vorwurf und vor allem getroffen durch die Ungerechtigkeit desselben, erwiderte Andrée nichts, obgleich sie hätte vorbringen können, daß sie von ihrem Vater aufgehalten worden sei und daß sie langsam habe gehen müssen, weil sie sich schlecht fühle.

Aber nein, traurig und bedrückt senkte sie den Kopf, schloß, als wolle sie sterben, die Augen und verlor das Gleichgewicht.

Wäre Madame de Noailles nicht zur Stelle gewesen, so wäre sie gefallen.

«Wie wenig Haltung Sie doch besitzen, Mademoiselle!» flüsterte ihr Frau Etikette zu.

Andrée gab keine Antwort.

«Aber Herzogin, ihr ist schlecht!» rief die Dauphine, während sie sich erhob, um Andrée zu Hilfe zu eilen.

«Nein, nein», widersprach Andrée rasch, die Augen voller Tränen, «nein, Eure Hoheit, es geht mir gut oder wenigstens besser.»

«Aber sie ist ja weiß wie ihr Taschentuch, Herzogin, sehen Sie doch! Im Grunde ist es meine Schuld, denn ich habe sie gescholten. Armes Kind, setzen Sie sich, ich will es so.»

«Madame ...»

«Ich befehle es Ihnen! ... Überlassen Sie Mademoiselle Ihren Sessel, Abbé.»

Andrée setzte sich, und unter dem sanften Einfluß dieser Güte heiterte sich ihr Geist allmählich auf, und ihre Wangen färbten sich wieder.

«Nun, Mademoiselle, können Sie uns jetzt vorlesen?» fragte die Dauphine.

«O ja, natürlich, zumindest hoffe ich es.»

Und Andrée schlug das Buch an der Stelle auf, wo sie am Vortage ihre Lektüre abgebrochen hatte, und mit einer Stimme, der sie Ruhe zu verleihen suchte, um sie so verständlich und angenehm als möglich zu machen, begann sie zu lesen.

Doch kaum hatten ihre Augen zwei oder drei Seiten überflogen, da fingen die kleinen, schwarzen Atome vor ihrem Blick zu tanzen, zu wirbeln und zu zittern an, so daß sie sie nicht mehr entziffern konnte.

Andrée erbleichte abermals. Ein kalter Schweiß stieg von ihrer Brust zu ihrer Stirn auf, und der schwarze Schatten, den Taverney den Augenlidern seiner Tochter so bitter zum Vorwurf gemacht hatte, vergrößerte sich, vergrößerte sich dergestalt, daß die Dauphine, welche bei Andrées Zögern aufgeschaut hatte, aufschrie: «Schon wieder! ... Sehen Sie, Herzogin, wahrlich, dieses Kind ist krank, es verliert das Bewußtsein.»

Und diesmal eilte die Dauphine selbst nach einem Fläschchen mit Riechsalz, das sie ihre Vorleserin einatmen ließ. Auf diese Weise wiederbelebt, wollte Andrée das Buch aufheben, doch sie strengte sich vergebens an. Ihre Hände hatten ein Nervenzittern beibehalten, das sich während einiger Minuten durch nichts beschwichtigen ließ.

«Herzogin», erklärte die Dauphine, «Andrée ist eindeutig krank, und ich will nicht, daß sich ihr Leiden noch verschlimmert, indem sie hier bleibt.»

«Dann muß Mademoiselle schleunigst nach Hause zurückkehren», urteilte die Herzogin.

«Und warum dies, Madame?» versetzte die Dauphine.

«Weil», erwiderte die Ehrendame mit einem tiefen Hofknicks, «weil dies die klassischen Symptome für den Beginn der Pocken sind.»

«Der Pocken? ...»

«Ja, Ohnmachtsanfälle, Benommenheit, Schüttelfrost.»

Der Abbé fühlte sich von der Gefahr, die Madame de Noailles beschrieb, im höchsten Maße bedroht, denn er hob die Belagerung auf und machte sich, dank der Freiheit, die ihm die Unpäßlichkeit einer Frau gewährte, auf Zehenspitzen davon. Dabei ging er so geschickt zu Werke, daß niemand sein Verschwinden bemerkte.

Als Andrée sich sozusagen in den Armen der Dauphine wiederfand, gab ihr die Scham, einer so großen Prinzessin derartige Unannehmlichkeiten zu bereiten, wieder Kraft oder vielmehr Mut. Sie trat ans Fenster, um Luft zu schöpfen.

«Sie müssen nicht auf diese Weise Luft holen, mein liebes Fräulein», meinte die Dauphine. «Kehren Sie in Ihre Wohnung zurück. Ich werde Sie begleiten lassen.»

«Oh! Ich versichere Ihnen, Madame, ich habe mich schon wieder völlig erholt», wehrte Andrée ab. «Ich kann sehr wohl alleine in meine Wohnung zurückkehren, da mir Eure Hoheit gnädigst die Erlaubnis gibt, mich zurückzuziehen.»

«Ja, ja, und seien Sie unbesorgt», fügte die Dauphine hinzu, «man wird Sie nicht mehr schelten, da Sie so empfindsam sind, mein liebes Kind.»

Gerührt von dieser Güte, die einer schwesterlichen Freundschaft glich, küßte Andrée ihrer Beschützerin die Hand und verließ das Gemach, während ihr die Dauphine besorgt nachschaute.

Als sie unten an den Stufen angelangt war, rief ihr die Dauphine durch das Fenster zu:

«Kehren Sie nicht sofort zurück, Mademoiselle. Gehen Sie besser noch ein wenig zwischen den Blumenrabatten spazieren. Die Sonne wird Ihnen guttun.»

«Oh! Mein Gott, Madame, wieviel Huld und Gnade!» murmelte Andrée.

«Und dann seien Sie so nett, und schicken Sie mir den Abbé zurück, der dort drüben in dem Beet mit holländischen Tulpen einen Kursus in Botanik macht.»

Um zu dem Abbé zu gelangen, war Andrée genötigt, einen Umweg zu machen. Sie durchschritt das Blumenbeet.

Sie ging mit gesenktem Kopf, noch ein wenig beschwert vom Gewicht der merkwürdigen Schwindelanfälle, unter denen sie seit dem Morgen zu leiden hatte. Sie schenkte weder den Vögeln, die sich scheu auf den Hecken und den blühenden Hagebuchen verfolgten, noch den Bienen, die über den Thymian und den Flieder hinwegsummten, die geringste Aufmerksamkeit.

Sie bemerkte nicht einmal zwanzig Schritt von sich entfernt zwei Männer, die sich miteinander unterhielten und von denen der eine ihr mit einem unruhigen, besorgten Blick folgte.

Es waren Gilbert und Monsieur de Jussieu.

Der erstere stützte sich auf seinen Spaten und lauschte dem gelehrten Professor, der ihm erklärte, wie er die empfindlichen Pflanzen zu gießen habe, damit das Wasser die Erde durchtränke, ohne an der Oberfläche stehen zu bleiben.

Gilbert schien dem Vortrag begierig zuzuhören, und Monsieur de Jussieu fand diesen Eifer für die Wissenschaft nur zu natürlich, denn die Unterweisung war eine von denjenigen, welche bei einem öffentlichen Kursus stets Beifall von den Schülerbänken hervorrief. Was für ein unschätzbares Glück mußte es dann erst für einen armen Gärtnerjungen sein, die Lektion eines so großen Meisters, noch dazu in der Natur selbst, zu erhalten?

«Sehen Sie, mein Junge, Sie haben hier vier Bodenarten», erklärte Monsieur de Jussieu, «und wenn ich wollte, könnte ich noch zehn weitere entdecken, die mit diesen vier Hauptarten vermischt sind. Doch für einen Gärtnerlehrling würde diese Unterscheidung ein wenig zu weit führen. Immerhin aber muß der Florist die Erde kosten, wie der Gärtner die Früchte kostet. Sie verstehen mich, nicht wahr, Gilbert?»

«Ja, Monsieur», beteuerte Gilbert mit starren Augen und halb geöffnetem Mund, denn er hatte Andrée gesehen, und von da, wo er stand, konnte er ihr weiterhin nachschauen, ohne bei dem Professor den Verdacht zu erregen, sein Vortrag werde nicht andächtig gehört und begriffen.

«Um die Erde zu kosten», fuhr Monsieur de Jussieu fort, der sich noch immer über die Unaufmerksamkeit Gilberts hinwegtäuschen ließ, «nehmen Sie eine Handvoll davon und geben sie in ein feines Sieb. Dann schütten Sie vorsichtig ein paar Tropfen Wasser darüber und kosten dieses Wasser, wenn es, durch die Erde selbst filtriert, unter dem Sieb wieder zum Vorschein kommt. Der salzige, herbe, fade oder aromatische Geschmack bestimmter natürlicher Substanzen wird sich den Säften der Pflanzen, die Sie darin wachsen lassen wollen, ausgezeichnet mitteilen. Denn in der Natur ist, wie Ihr ehemaliger Lehrer, Monsieur Rousseau, sagt, alles nur Entsprechung, Angleichung und Streben nach Einheitlichkeit.»

«O mein Gott!» rief Gilbert plötzlich und streckte die Arme vor sich aus.

«Was ist denn?»

«Sie wird ohnmächtig, Monsieur, sie wird ohnmächtig!»

«Wer denn? Sind Sie verrückt?»

«Sie, sie!»

«Sie?»

«Ja», rief Gilbert lebhaft, «eine Dame!»

Und sein Entsetzen und seine Blässe hätten ihn ebensosehr verraten wie das Wort «sie», wenn Monsieur de Jussieu nicht die Augen von ihm abgewendet hätte, um der Richtung seiner Hand zu folgen.

Und indem er dieser Richtung folgte, gewahrte Monsieur de Jussieu tatsächlich Andrée, die sich hinter einen Hagebuchenstrauch geschleppt hatte und dort auf eine Bank gesunken war. Da lag sie nun unbeweglich und nahe daran, den letzten Hauch von Empfindung zu verlieren, der ihr noch blieb.

Es war gerade die Stunde, wo der König der Dauphine seinen Besuch abzustatten pflegte und, vom großen Trianon nach dem kleinen gehend, aus dem Obstgarten hervorkam.

Seine Majestät trat also plötzlich hervor.

Sie hielt einen leuchtendroten Pfirsich, ein Wunder von Reife, in der Hand und fragte sich als wahrlich selbstsüchtiger König, ob es für das Glück Frankreichs nicht besser wäre, wenn dieser Pfirsich von ihm statt von der Dauphine verzehrt würde.

Der Eifer, mit dem Monsieur de Jussieu auf Andrée zulief, die der König mit seinen schwachen Augen kaum wahrnahm und erst recht nicht erkannte, sowie Gilberts ersticktes Geschrei, das auf den tiefsten Schrekken hindeutete, beschleunigten die Schritte Seiner Majestät.

«Was gibt es? Was gibt es?» erkundigte sich Ludwig XV., während er sich der Hagebuche näherte, von der er nur noch durch die Breite einer Allee getrennt war.

«Der König!» rief Monsieur de Jussieu, der das Mädchen mit seinen Armen stützte.

«Der König!» murmelte auch Andrée, bevor sie gänzlich in Ohnmacht fiel.

«Aber wer ist denn das?» fragte Ludwig XV. «Eine Frau? Was ist mit dieser Frau?»

«Sire, eine Ohnmacht.»

«Ah! So, so», machte Ludwig XV.

«Sie ist ohne Bewußtsein, Sire», fügte Monsieur de Jussieu hinzu und deutete auf das Mädchen, das starr und unbeweglich auf der Bank ausgestreckt war, wo er es niedergelegt hatte.

Der König trat heran, erkannte Andrée und rief erschauernd:

«Abermals! ... Oh! Aber das ist ja grausig! Wenn man unter derartigen Krankheiten leidet, hat man gefälligst zu Hause zu bleiben. Es ist nicht anständig, den ganzen Tag auf diese Weise vor den Leuten zu sterben!»

Und Ludwig XV. machte kehrt und eilte nach dem Pavillon von Klein-Trianon, während er tausend unangenehme Dinge gegen die arme Andrée vor sich hin brummte.

Monsieur de Jussieu, der die Vorgeschichte nicht kannte, verharrte einen Augenblick völlig sprachlos. Dann drehte er sich um und gewahrte in zehn Schritt Entfernung Gilbert, dem Angst und Schrecken ins Gesicht geschrieben standen.

«Komm hierher, Gilbert!» wies er ihn an. «Du bist stark. Du wirst Mademoiselle de Taverney nach Hause tragen.»

«Ich!» entfuhr es Gilbert bebend. «Ich sie tragen, sie berühren? Nein, nein, sie würde mir das nie verzeihen, nein, niemals!»

Und er entfloh völlig kopflos und schrie um Hilfe.

## CXXXVIII. KAPITEL

### *Doktor Louis*

Ein paar Schritte von dem Ort, wo Andrée ohnmächtig geworden war, arbeiteten zwei Gärtnergehilfen, die auf Gilberts Geschrei hin herbeiliefen und gemäß dem Befehl Monsieur de Jussieus Andrée in ihr Zimmer trugen. Gilbert folgte indessen von ferne und mit gesenktem Haupt diesem leblosen, trübseligen Körper wie der Mörder, der hinter dem Leichnam seines Opfers herschleicht.

Als der kleine Zug die Freitreppe der Gesindewohnungen erreichte, nahm Monsieur de Jussieu den Gärtnern ihre Last ab. Andrée hatte eben die Augen aufgeschlagen.

Der Lärm der Stimmen und das bezeichnende eifrige Treiben, das um jeden Unfall herum stattfindet, lockten Monsieur de Taverney aus dem Zimmer. Er sah, wie seine Tochter, noch schwankend, versuchte, sich aufzurichten, um mit der Unterstützung Monsieur de Jussieus die Stufen hinaufzusteigen.

Er lief herbei und fragte, wie es der König getan hatte:

«Was gibt es? Was gibt es?»

«Nichts, mein Vater», erwiderte Andrée schwach, «ein Unwohlsein, eine Migräne.»

«Ist Mademoiselle Ihre Tochter, Monsieur?» erkundigte sich Monsieur de Jussieu und grüßte den Baron.

«Ja, Monsieur.»

«Ich kann sie also in keinen besseren Händen lassen. Aber um Himmels willen, ziehen Sie einen Arzt zu Rate.»

«Oh! Es ist gar nichts», beteuerte Andrée.

Und Taverney wiederholte:

«Gewiß, es ist nichts.»

«Das wünsche ich auch», meinte Monsieur de Jussieu, «aber Mademoiselle war in der Tat sehr bleich.»

Und nachdem er Andrée die Freitreppe hinaufgeleitet hatte, verabschiedete sich Monsieur de Jussieu.

Vater und Tochter blieben allein.

Taverney, der während der Abwesenheit Andrées die Zeit sicherlich zu guten Überlegungen genutzt hatte, nahm Andrée, welche stehengeblieben war, bei der Hand, führte sie zu einem Sofa, ließ sie niedersitzen und setzte sich neben sie.

«Verzeihen Sie, Monsieur», bat Andrée, «aber seien Sie so gut und öffnen Sie das Fenster. Ich brauche Luft.»

«Eigentlich wollte ich ein paar ernsthafte Dinge mit Ihnen besprechen, Andrée, und in diesem Käfig, den man Ihnen als Wohnung gegeben hat, kann man ja von allen Seiten jeden Lufthauch hören. Doch gleichviel, ich werde leise reden.» Und er öffnete das Fenster.

Dann kam er zurück und setzte sich kopfschüttelnd neben seine Tochter.

«Man muß gestehen», begann er, «daß der König, der uns anfangs so viel Interesse bekundete, nicht gerade viel Galanterie an den Tag legt, indem er Sie in einem solchen Loch hausen läßt.»

«Mein Vater», entgegnete Andrée, «es gibt keine Wohnung in Trianon. Sie wissen doch, daß hierin der große Mangel dieser Residenz liegt.»

«Daß es für andere keine Wohnung gibt», versetzte Taverney mit einem einschmeichelnden Lächeln, «das vermöchte ich gerade noch zu begreifen, meine Tochter, aber für Sie, das kann ich wahrlich gar nicht fassen.»

«Sie haben eine zu hohe Meinung von mir, Monsieur», erwiderte Andrée lächelnd, «aber unglücklicherweise denkt nicht jedermann wie Sie.»

«Im Gegenteil, alle, die Sie kennen, meine Tochter, sind derselben Meinung wie ich.»

Andrée verneigte sich, wie sie es getan hätte, um einem Fremden zu danken. Denn die Komplimente von seiten ihres Vaters fingen an, sie zu beunruhigen.

«Und», fuhr Taverney in demselben süßlichen Tone fort, «und ... ich nehme doch an, daß auch der König Sie kennt?»

Und während er sprach, durchbohrte er das Mädchen mit einem ganz unerträglich forschenden Blick.

«Aber der König kennt mich kaum», widersprach Andrée im allernatürlichsten Ton, «und ich bin wohl recht wenig für ihn.»

Diese Worte ließen den Baron aufspringen.

«Wenig!» ereiferte er sich. «In der Tat, ich begreife gar nichts von dem, was Sie da faseln, Mademoiselle. Wenig! Nicht möglich, daß Sie Ihre Person zu einem so niedrigen Preis veranschlagen!»

Andrée schaute ihren Vater verwundert an.

«Ja, ja», schalt der Baron weiter, «ich sage es, und ich wiederhole es, Sie sind von einer Bescheidenheit, die bis zum Vergessen der persönlichen Würde geht.»

«O Monsieur, Sie übertreiben in jeder Hinsicht. Der König hat am Unglück unserer Familie Anteil genommen, das ist wahr. Der König hatte die Gnade, etwas für uns zu tun. Aber rings um den Thron Seiner Majestät gibt es so viel Unglück, und ihrer königlichen Hand entströmen so viele großzügige Geschenke, daß wir nach empfangener Wohltat notwendigerweise in Vergessenheit geraten mußten.»

Taverney schaute seine Tochter fest und nicht ohne eine gewisse Bewunderung für ihre Zurückhaltung und ihre undurchdringliche Verschwiegenheit an.

«Hören Sie», sprach er, wobei er sich ihr näherte, «hören Sie, meine liebe Andrée, Ihr Vater wird der erste Bittsteller sein, der sich an Sie wendet, und unter diesem Titel hoffe ich, daß Sie ihn nicht zurückweisen werden.»

Andrée schaute nun ihren Vater an wie eine Frau, die eine Erklärung verlangt.

«Hören Sie», drang er weiter in sie, «wir bitten Sie alle darum. Setzen Sie sich für uns ein, tun Sie etwas für Ihre Familie.»

«Aber wie meinen Sie denn das? Was soll ich denn tun?» rief Andrée, welche über den Ton und den Sinn dieser Worte völlig verblüfft war.

«Sind Sie bereit, ja oder nein, etwas für mich und für Ihren Bruder zu verlangen? Sprechen Sie.»

«Monsieur», antwortete Andrée, «ich werde alles tun, was Sie mir zu tun befehlen. Aber fürchten Sie eigentlich nicht, daß wir allzu gierig erscheinen könnten? Der König hat mir bereits einen Perlenschmuck zum Geschenk gemacht, der, wie Sie sagen, mehr als hunderttausend Livre wert ist. Seine Majestät hat meinem Bruder überdies ein Regiment versprochen. Wir vereinigen auf diese Weise schon einen beträchtlichen Teil der Wohltaten des Hofes auf uns.»

Taverney konnte sich eines schrillen, verächtlichen Gelächters nicht erwehren.

«Sie finden also, das sei hinreichend bezahlt, Mademoiselle?» höhnte er.

«Ich weiß, Monsieur, daß Ihre Dienste großen Wert haben», erwiderte Andrée.

«Ei!» rief Taverney ungeduldig. «Wer zum Teufel spricht denn von meinen Diensten?»

«Aber wovon sprechen Sie denn sonst?»

«Wahrlich, Sie spielen mit mir ein albernes Verstellungsspiel!»

«Warum sollte ich mich denn verstellen, mein Gott?» wunderte sich Andrée.

«Ich weiß doch alles, meine Tochter!»

«Sie wissen? ...»

«Alles, wenn ich Ihnen sage.»

«Was alles, Monsieur?»

Und das Gesicht Andrées überzog sich infolge dieses plumpen Angriffs auf das schamhafteste aller Gewissen mit einer instinktiven Röte.

«Also gut, ganz wie es Ihnen beliebt», lenkte Taverney ein. «Sie wollen, wie es scheint, die Zurückhaltende, die Geheimnisvolle spielen! Sei's drum. Sie lassen Ihren Vater und Ihren Bruder im Dunkel der Vergessenheit dahinvegetieren. Gut, doch erinnern Sie sich stets an meine Worte: Wenn man die Herrschaft nicht gleich zu Beginn an sich reißt, so setzt man sich der Gefahr aus, sie nie zu bekommen.»

Und Taverney drehte sich auf dem Absatz um.

«Ich verstehe Sie nicht, mein Vater», beharrte Andrée.

«Sehr gut, aber ich verstehe mich», konterte Taverney.

«Das reicht nicht aus, wenn man sich zu zweit unterhält.»

«Nun gut, ich werde mich klarer ausdrücken: Wenden Sie die ganze Diplomatie an, mit der Sie von der Natur, unserer Familientugend entsprechend, ausgestattet sind, um bei der nächsten besten Gelegenheit das Glück Ihrer Familie und das Ihrige zu machen. Und gleich beim ersten Mal, wenn Sie den König wiedersehen, machen Sie ihn darauf aufmerksam, daß Ihr Bruder noch immer auf seine Ernennungsurkunde wartet und daß Sie selbst in einer Wohnung ohne Luft und Licht verkümmern. In einem Wort, seien Sie nicht so lächerlich, sich mit zu viel Liebe oder zu viel Uneigennützigkeit zu beschweren.»

«Aber Monsieur ...»

«Sagen Sie dies dem König gleich heute abend.»

«Aber wo soll ich den König denn treffen?»

«Und sagen Sie ihm auch, es sei nicht einmal für Seine Majestät schicklich, hierher ...»

In dem Augenblick, als Taverney zweifellos im Begriff war, durch deutlichere Worte den Sturm auszulösen, der sich in Andrées Brust dumpf zusammenbraute, und die Erklärung herauszufordern, die das Geheimnis enthüllt hätte, hörte man auf der Treppe Schritte herannahen.

Der Baron unterbrach sich sogleich und eilte ans Geländer, um nachzuschauen, wer seine Tochter besuchen wollte.

Andrée sah zu ihrem Erstaunen, daß ihr Vater sich dicht an die Wand drückte.

Fast im selben Moment trat die Dauphine, gefolgt von einem schwarzgekleideten Mann, der sich auf einen langen Stock stützte, in die kleine Wohnung.

«Eure Hoheit!» rief Andrée, indem sie alle Kräfte zusammenraffte, um der Dauphine entgegenzugehen.

«Ja, meine kleine Kranke», antwortete die Prinzessin, «ich bringe Ihnen den Trost und den Arzt. Kommen Sie, Doktor. Ah! Monsieur de Taverney», fuhr die Prinzessin fort, die jetzt erst den Baron erkannte, «Ihre Tochter ist krank, und Sie kümmern sich nicht um das Kind.»

«Madame ...», stammelte Taverney.

«Kommen Sie, Doktor», sagte die Dauphine mit jener bezaubernden Güte, die nur ihr zu eigen war, «kommen Sie, befühlen Sie ihren Puls, untersuchen Sie diese matten Augen, und sagen Sie mir, unter welcher Krankheit mein Schützling leidet.»

«O Madame, Madame, Sie sind die reine Güte! ...», murmelte das Mädchen. «Wie kann ich es wagen, Eure Königliche Hoheit hier zu empfangen ...?»

«In diesem Elendsquartier, wollen Sie sagen, liebes Kind. Schlimm genug für mich, die ich Sie so schlecht untergebracht habe. Doch ich werde in Kürze Abhilfe schaffen. Auf, mein Kind, geben Sie meinem Wundarzt, Monsieur Louis, Ihre Hand, und seien Sie auf der Hut: Er ist ein Philosoph, der errät, während er zugleich als Gelehrter sieht.»

Andrée reichte dem Doktor lächelnd ihre Hand.

Dieser, ein noch junger Mann, dessen intelligenter Gesichtsausdruck alles hielt, was die Dauphine im Hinblick auf ihn versprach, hatte seit seinem Eintritt in das Zimmer ohne Unterlaß zuerst die Kranke, dann die Örtlichkeit und zuletzt dieses merkwürdige Vatergesicht betrachtet, auf dem sich zwar Verlegenheit, aber keineswegs Unruhe widerspiegelte.

Der Gelehrte schickte sich an, zu sehen, während der Philosoph vielleicht schon erraten hatte.

Doktor Louis prüfte lange den Puls des Mädchens und befragte es, was es fühle.

«Einen tiefen Ekel vor jeder Speise», antwortete Andrée, «plötzliche, ziehende Schmerzen, rasch zu Kopf steigende Hitzeanfälle, Krämpfe, Zittern, Ohnmachten.»

Je weiter Andrée sprach, desto mehr verdüsterte sich das Antlitz des Doktors.

Am Ende ließ er die Hand des Mädchens los und wandte die Augen ab.

«Nun, Doktor», fragte die Prinzessin, «*quid?*, wie sich die Ärzte auszudrücken pflegen. Ist das Kind von einer Krankheit bedroht, und verurteilen Sie es zum Tode?»

Der Doktor richtete seine Augen wieder auf Andrée und schaute sie noch einmal still prüfend an.

«Madame», erklärte er, «Mademoiselles Krankheit ist eine der allernatürlichsten.»

«Ist sie gefährlich?»

«Nein, normalerweise nicht», erwiderte der Doktor lächelnd.

«Ah! Das freut mich zu hören», meinte die Prinzessin und atmete freier. «Peinigen Sie die Arme also nicht zu sehr.»

«Oh! Ich werde Sie gar nicht peinigen, Madame.»

«Wie! Sie wollen ihr überhaupt nichts verschreiben?»

«Bei Mademoiselles Krankheit kann man gar nichts tun.»

«Wirklich?»

«Nein, Madame.»

«Nichts?»

«Nichts.»

Und als wollte er einer längeren Erklärung aus dem Wege gehen, verabschiedete sich der Doktor von der Prinzessin unter dem Vorwand, daß er dringend bei seinen Kranken benötigt werde.

«Doktor, Doktor» ließ sich die Prinzessin vernehmen, «wenn Sie mir dies nicht nur sagen, um mich zu beruhigen, so bin ich viel kränker als Mademoiselle de Taverney. Bringen Sie mir daher auf jeden Fall bei ihrer Abendvisite die Pillen mit, die Sie mir versprochen haben, damit ich schlafen kann.»

«Madame, ich werde sie Ihnen selbst bereiten, sobald ich nach Hause komme.» Und er entfernte sich.

Die Dauphine blieb bei ihrer Vorleserin und meinte mit einem wohlwollenden Lächeln:

«Seien Sie unbesorgt, meine liebe Andrée, Ihrer Krankheit haftet nichts Beunruhigendes an, denn Doktor Louis geht weg, ohne Ihnen etwas zu verordnen.»

«Um so besser, Madame», antwortete Andrée, «denn auf diese Weise wird nichts meinen Dienst bei Eurer Königlichen Hoheit unterbrechen, und es war vor allem diese Unterbrechung, vor der ich mich am meisten fürchtete. Doch was der gelehrte Doktor auch davon halten mag, es geht mir gar nicht gut, Madame, das schwöre ich Ihnen.»

«Indessen kann ein Übel, über das der Arzt lacht, kein sehr großes Leiden sein. Schlafen Sie also, mein Kind, ich werde Ihnen jemanden zu Ihrer Bedienung schicken, denn Sie sind ganz allein, wie ich sehe. Wenn Sie mich bitte begleiten wollen, Monsieur de Taverney.»

Und sie reichte Andrée die Hand und entfernte sich, nachdem sie die Kranke ihrem Versprechen gemäß getröstet hatte.

## CXXXIX. KAPITEL

### *Die Wortspiele Monsieur de Richelieus*

Der Herzog von Richelieu hatte sich, wie wir gesehen haben, mit jener raschen Entschlossenheit und jener sicheren Eingebung, die für den Botschafter in Wien und den Sieger von Mahon so bezeichnend waren, nach Luciennes begeben.

Er kam mit freudiger, gelöster Miene an, eilte wie ein junger Mann die Stufen der Freitreppe hinauf, zog Zamore an den Ohren wie zu den Zeiten ihres besten Einvernehmens und erbrach gleichsam die Tür des berühmten Boudoirs von blauem Atlas, in dem die arme Lorenza Madame Dubarry gesehen hatte, bevor dieselbe in die Rue Saint-Claude aufbrach.

Auf einem Sofa liegend, erteilte die Gräfin Monsieur d'Aiguillon ihre allmorgendlichen Befehle.

Bei dem Geräusch von Schritten drehten sich beide um und waren nicht wenig verblüfft, als sie den Marschall erblickten.

«Ei, sieh an, der Herr Marschall!» rief die Gräfin.

«Ah! Mein Onkel!» stellte Monsieur d'Aiguillon fest.

«Nun ja, Madame, nun ja, mein Neffe.»

«Wie! Sind Sie es wirklich?»

«Ich bin es, ich selbst in Person.»

«Besser spät als gar nicht», kommentierte die Gräfin.

«Madame», erwiderte der Marschall, «wenn man altert, wird man launenhaft.»

«Was besagen will, daß Sie erneut Ihre Liebe zu Luciennes entdeckt haben ...»

«Eine große Liebe, die mich nur aus purer Launenhaftigkeit verlassen hatte. Genau so verhält es sich, und Sie haben meinen Gedanken auf bewundernswerte Weise zu Ende geführt.»

«Somit kommen Sie zurück ...»

«Somit komme ich zurück, so ist es», bestätigte Richelieu, während er sich in dem bequemsten Sessel niederließ, den er schon auf den ersten Blick ausgemacht hatte.

«Oh! Oh!» ließ sich die Gräfin vernehmen. «Es gibt vielleicht noch etwas anderes, was Sie uns nicht sagen. Die Launenhaftigkeit ... das ist doch wohl nichts, was einem Mann wie Ihnen anhaftet.»

«Gräfin, Sie haben unrecht, mich zu schmähen. Ich bin besser als mein Ruf, und wenn ich zurückkomme, sehen Sie, so geschieht es ...»

«So geschieht es? ...», forschte die Gräfin.

«Von ganzem Herzen.»

Monsieur d'Aiguillon und die Gräfin brachen in schallendes Gelächter aus.

«Wie glücklich können wir uns schätzen, ein wenig Geist zu besitzen», spottete die Gräfin, «damit wir allen Geist begreifen können, den Sie Ihr eigen nennen!»

«Wie meinen?»

«Ja, ich schwöre Ihnen, daß Dummköpfe nicht begreifen, völlig erstaunt sein und die Ursache für diese Rückkehr ganz woanders suchen würden. In der Tat, so wahr ich Dubarry heiße, Sie verstehen es, zu kommen und zu gehen, wie kein zweiter, werter Herzog. Molé selbst ist, verglichen mit Ihnen, ein schauspielerischer Waisenknabe.»

«Sie glauben also nicht, daß mich das Herz zurückführt?» rief Richelieu. «Gräfin, Gräfin, nehmen Sie sich in acht! Ich könnte mir eine schlechte Meinung über Sie bilden. Oh! Lachen Sie nicht, mein Neffe, oder ich nenne Sie Pierre* und baue nicht auf Sie.»

«Nicht einmal ein kleines Ministerium?» stichelte die Gräfin.

Und zum zweiten Mal brach die Gräfin in ein Gelächter aus, und dies mit einer Offenheit, die sie nicht im geringsten zu verheimlichen suchte.

«Gut! Schlagen Sie mich, schlagen Sie mich nur», jammerte Richelieu und duckte sich gespielt, «ich werde es Ihnen nicht heimzahlen. Leider bin ich zu alt, um mich zur Wehr zu setzen. Mißhandeln Sie mich, Gräfin, hacken Sie ruhig auf mir herum. Das ist jetzt ein gefahrloses Vergnügen.»

«Im Gegenteil, seien Sie auf der Hut, Gräfin», warnte d'Aiguillon. «Wenn mein Onkel noch einmal von seiner Schwäche spricht, sind wir verloren. Nein, Herzog, wir wollen Sie nicht schlagen, denn so schwach Sie auch sind oder vorgeben zu sein, so würden Sie uns doch die Schläge mit Wucherzinsen zurückgeben. Nein, hören Sie die volle Wahrheit, man sieht Sie mit Freuden zurückkommen.»

«Ja», stimmte die tolle Gräfin ein, «und zu Ehren dieser Rückkehr werden wir Böllerschüsse abfeuern und Raketen steigen lassen, und Sie wissen, Herzog . . .»

«Ich weiß gar nichts, Madame», unterbrach sie der Marschall mit kindlicher Naivität.

«Nun, bei Feuerwerken wird immer eine Perücke durch die Funken versengt, werden immer ein paar Hüte durch die Ladestöcke durchbohrt.»

Der Herzog fuhr mit der Hand an seine Perücke und untersuchte seinen Hut.

«So ist es, so ist es», rief die Gräfin, «doch Sie kommen zu uns zurück, und alles steht zum besten. Ich für meinen Teil bin, wie Ihnen Monsieur d'Aiguillon sagte, von ausgelassener Heiterkeit. Wissen Sie auch warum?»

«Gräfin, Gräfin, Sie wollen mir abermals irgendeine Boshaftigkeit an den Kopf werfen.»

«Ja, aber es wird die letzte sein.»

«Also gut, lassen Sie sie schon heraus.»

* Wortspiel mit Pierre (französischer Vorname) und «pierre» = «Stein».

«Ich bin heiter, Marschall, weil mir Ihre Rückkehr schönes Wetter verheißt.»

Richelieu verbeugte sich.

«Ja doch», fuhr die Gräfin fort, «Sie sind wie die poetischen Vögel, welche die Ruhe vorhersagen. Wie nennt man doch gleich diese Vögel, Monsieur d'Aiguillon? Sie, der Sie Verse schreiben, müßten das doch wissen.»

«Alkyonen, Madame.»

«Ganz richtig! Ah! Marschall, ich hoffe, Sie werden sich nicht ärgern. Ich vergleiche Sie mit einem Vogel, der einen sehr hübschen Namen trägt.»

«Ich werde mich um so weniger ärgern, Madame», erwiderte Richelieu mit einer kleinen Grimasse, an der man seine Zufriedenheit erkennen konnte, wobei die Zufriedenheit Richelieus stets auf irgendeine derbe Abscheulichkeit hindeutete, «ich werde mich um so weniger ärgern, als der Vergleich voll und ganz zutrifft.»

«Sehen Sie!»

«Ja, ich bringe gute, ausgezeichnete Neuigkeiten ...»

«Ah!» machte die Gräfin.

«Was für Neuigkeiten?» wollte d'Aiguillon wissen.

«Teufel! Mein lieber Herzog, Sie haben es aber eilig», versetzte die Gräfin. «Lassen Sie dem Marschall doch die Zeit, sie zu erfinden.»

«Nein, der Teufel soll mich holen, ich kann sie Ihnen sofort mitteilen. Sie sind schon fix und fertig und sogar alten Datums.»

«Marschall, wenn Sie uns Neuigkeiten aus der Mottenkiste bringen wollen ...»

«Verdammt!» stieß der Marschall hervor. «Entweder Sie greifen zu, oder Sie lassen es bleiben, eins von beiden.»

«Nun gut, greifen wir also zu.»

«Wie es scheint, Gräfin, ist der König in die Falle gegangen.»

«In die Falle?»

«Haargenau.»

«In welche Falle?»

«In die, welche Sie ihm gestellt haben.»

«Ich?» fragte die Gräfin. «Ich soll dem König eine Falle gestellt haben?»

«Bei Gott! Sie wissen es doch ganz genau.»

«Nein, bei meinem Wort, ich weiß es nicht.»

«Ah! Gräfin, es ist nicht gerade liebenswürdig, mich derart hinters Licht zu führen.»

«Wahrhaftig, Marschall, ich tappe im dunkeln. Geben Sie uns also bitte eine Erklärung.»

«Ja, mein Onkel, erklären Sie sich», meinte auch d'Aiguillon, der hinter dem zweideutigen Lächeln des Marschalls irgendeine schlimme Absicht vermutete. «Madame wartet und ist ganz unruhig.»

Der alte Herzog wandte sich zu seinem Neffen um und erwiderte:

«Bei Gott! Es wäre wirklich ulkig, wenn die Frau Gräfin Sie nicht ins Vertrauen gezogen hätte, mein lieber d'Aiguillon. Ah! In diesem Fall wäre es noch viel tiefgreifender, als ich glaubte.»

«Mich, mein Onkel?»

«Ihn?»

«Gewiß, dich, gewiß, ihn. Kommen Sie, seien Sie offenherzig, Gräfin. Haben Sie ihn nicht zur Hälfte an Ihren kleinen Verschwörungen gegen Seine Majestät beteiligt, diesen armen Herzog, der eine so große Rolle dabei gespielt hat?»

Madame Dubarry errötete. Es war so früh am Morgen, daß sie weder Schminke noch Schönheitspflästerchen aufgelegt hatte. Erröten war also möglich.

Doch Erröten war vor allem gefährlich.

«Sie schauen mich beide mit Ihren schönen, großen, erstaunten Augen an», bemerkte Richelieu. «Muß ich Sie also über Ihre eigenen Angelegenheiten unterrichten?»

«Unterrichten Sie uns, unterrichten Sie uns», riefen der Herzog und die Gräfin einmütig.

«Nun, der König wird mit seinem wunderbaren Scharfsinn alles ergründet und Angst bekommen haben.»

«Was soll er ergründet haben? Lassen Sie hören, Marschall», forderte die Gräfin ihn auf, «denn wahrlich, ich sterbe vor Ungeduld.»

«Ihr scheinbar gutes Einvernehmen mit meinem schönen Neffen hier ...»

D'Aiguillon erbleichte und schien der Gräfin mit seinem Blick zu sagen:

«Sehen Sie, ich war sicher, daß er etwas im Schilde führte.»

Die Frauen sind in solchen Fällen tapfer, viel tapferer als die Männer. Die Gräfin ging sogleich zum offenen Kampf über.

«Herzog», sprach sie, «ich fürchte die Rätsel, wenn Sie die Rolle der Sphinx übernehmen. Denn es scheint mir, daß ich dabei früher oder später unfehlbar verschlungen werde. Nehmen Sie mir die Unruhe, und wenn es ein Scherz gewesen sein soll, dann erlauben Sie mir, ihn schlecht zu finden.»

«Schlecht, Gräfin? Aber ganz im Gegenteil, er ist vortrefflich!» rief Richelieu. «Wohlverstanden nicht der meinige, sondern der Ihre.»

«Ich begreife überhaupt nichts, Marschall», beteuerte Madame Dubarry, während sie ihre Lippen mit einer Ungeduld zusammenkniff, welche ihr schalkhafter kleiner Fuß noch viel offensichtlicher erkennen ließ.

«Kommen Sie, nur keine Eitelkeit, Gräfin», fuhr Richelieu fort. «Es ist doch ganz einleuchtend. Sie befürchteten, der König könnte sich Mademoiselle de Taverney zuwenden. Oh! Streiten Sie das nicht ab. Es ist für mich bis zur Offensichtlichkeit bewiesen.»

«Oh! Das ist wahr, und ich mache gar kein Hehl daraus.»

«Nun, da Sie dies befürchteten, wollten Sie die Eifersucht Seiner Majestät Ihrerseits so viel wie möglich anstacheln.»

«Das will ich nicht leugnen. Und weiter?»

«Wir kommen zur Sache, Gräfin, wir kommen zur Sache. Doch um Seine Majestät, deren Haut ein wenig zäh ist, zu stacheln, bedurfte es eines sehr feinen Stachels* ... Ach! Ach! Ach! Meiner Treu, jetzt ist mir ein böses Wortspiel herausgerutscht. Verstehen Sie?»

Und der Marschall schlug ein schallendes Gelächter an oder tat wenigstens so, als ob er lachte, um bei diesem krampfhaften Ausbruch von Heiterkeit den ängstlichen Gesichtsausdruck seiner beiden Opfer besser beobachten zu können.

«Was für ein Wortspiel sehen Sie denn darin, mein Onkel?» erkundigte sich d'Aiguillon, der sich als erster wieder fing und sich naiv stellte.

«Du hast es nicht verstanden?» erwiderte der Marschall. «Ah! Um so besser! Es war abscheulich. Nun, ich meinte, die Gräfin habe den König eifersüchtig machen wollen und sich dazu einen gutaussehenden, geistreichen Edelmann ausgesucht, ein wahres Wunder der Natur ...»

«Wer behauptet das?» unterbrach ihn die Gräfin wütend wie alle, die mächtig sind und unrecht haben.

«Wer dies behauptet? ... Alle Welt, Madame.»

«Alle Welt ist niemand, das wissen Sie wohl, Herzog.»

«Im Gegenteil, Madame, alle Welt, das sind hunderttausend Seelen allein für Versailles; das sind sechshunderttausend für Paris; das sind fünfundzwanzig Millionen für ganz Frankreich, und bemerken Sie wohl, daß ich Den Haag, Hamburg, Rotterdam, London und Berlin, wo so viele Zeitungen gedruckt wie in Paris Witze gemacht werden, gar nicht mitrechne.»

«Und was sagt man in Versailles, in Paris, in Frankreich, in Den Haag, in Hamburg, in Rotterdam, in London und in Berlin? ...»

«Nun, man sagt, Sie seien die geistreichste und reizendste Frau in Europa. Man sagt, daß Sie dank dieser einfallsreichen Kriegslist, die darin bestand, sich einen Geliebten zuzulegen ...»

* Aiguillon = Stachel

«Einen Geliebten! Und worauf gründet man bitte diese alberne Anschuldigung?»

«Anschuldigung! Was sagen Sie denn da, Gräfin? Bewunderung! Man weiß, daß im Grunde nichts dahintersteckt, aber man bewundert die Kriegslist. Worauf man diese Bewunderung, diese Begeisterung gründet? Man gründet sie auf Ihr von Geist sprühendes Benehmen, auf Ihre weise Taktik. Man gründet sie darauf, daß Sie sich mit einer wunderbaren Kunst stellten, als blieben Sie die Nacht über allein – Sie wissen doch, die Nacht, als ich bei Ihnen war, als der König bei Ihnen war und als auch Monsieur d'Aiguillon bei Ihnen war; die Nacht, da ich als erster wegging, der König als zweiter und Monsieur d'Aiguillon als dritter ...»

«Nun, vollenden Sie.»

«Darauf, daß Sie so taten, als blieben Sie mit d'Aiguillon allein, wie wenn er Ihr Liebhaber wäre; als ließen Sie ihn des Morgens ohne Lärm von Luciennes weggehen, immer noch wie wenn er Ihr Liebhaber wäre, und dies auf eine Art und Weise, daß zwei oder drei Dummköpfe, zwei oder drei Fliegenschnäpper, wie ich zum Beispiel, es sehen sollten, um es von den Dächern zu schreien. Der König wird es erfahren haben, Angst bekommen haben und schnell, schnell, um Sie nicht zu verlieren, die kleine Taverney verlassen haben.»

Madame Dubarry und d'Aiguillon wußten nicht mehr, welche Haltung sie einnehmen sollten.

Richelieu tat ihnen indessen weder durch seine Blicke noch durch seine Gebärden irgendwelchen Zwang an. Seine Tabaksdose und seine Spitzenkrause schienen im Gegenteil seine ganze Aufmerksamkeit zu beanspruchen.

«Denn», fuhr der Marschall fort, während er an seiner Spitzenkrause herumzupfte, «es scheint gewiß, daß der König diese Kleine verlassen hat.»

«Herzog», entgegnete Madame Dubarry, «ich erkläre Ihnen, daß ich nicht ein Wort von dem verstehe, was Sie sich da zusammenphantasieren. Und einer Sache bin ich gewiß, daß der König nämlich, wenn man ihn daraufhin anspräche, ebensowenig verstünde.»

«Wahrhaftig!» rief der Herzog.

«Ja, wahrhaftig. Sie und die Welt messen mir weit mehr Erfindungsgabe bei, als ich in Wahrheit besitze. Niemals wollte ich Seiner Majestät Eifersucht durch die Mittel herausfordern, die Sie mir da unterstellen.»

«Gräfin!»

«Ich schwöre Ihnen.»

«Gräfin, Sie bedienen sich der vollkommensten Diplomatie, und es gibt keine besseren Diplomaten als die Frauen. Die vollkommene Diplomatie gesteht nie, welche List sie angewandt hat. Denn es gibt in der Politik einen Grundsatz, den ich als ehemaliger Botschafter sehr gut kenne, einen Grundsatz, der besagt: ‹Nenne niemandem das Mittel, mit dem es dir einmal gelungen ist, denn es kann dir ein zweites Mal mit demselben gelingen.›»

«Aber, Herzog ...»

«Es ist mit dem Mittel gelungen, und der König steht mit allen Taverneys, wie es schlechter nicht sein könnte.»

«Wahrhaftig, Herzog», rief Madame Dubarry, «Sie haben eine Art, Dinge einfach vorauszusetzen, die nur Ihnen zu eigen ist.»

«Ah! Sie glauben also nicht, daß sich der König mit den Taverneys überworfen hat?» erwiderte Richelieu, der dem Streit aus dem Weg zu gehen suchte.

«Das ist es nicht, was ich sagen will.»

Richelieu versuchte, die Hand der Gräfin zu nehmen.

«Sie sind ein Vogel», schmeichelte er.

«Und Sie eine Schlange.»

«Ah! Wie schön! Da beeilt man sich wieder einmal, Ihnen gute Neuigkeiten zu bringen, und bekommt es auf diese Weise gedankt!»

«Mein Onkel, lassen Sie sich eines Besseren belehren», lenkte d'Aiguillon rasch ein, denn er hatte die ganze Tragweite von Richelieus Manöver erkannt. «Niemand schätzt Sie mehr als die Frau Gräfin, und sie sagte es mir noch in dem Augenblick, da man Sie ankündigte.»

«Tatsache ist», versicherte der Marschall, «daß ich meine Freunde innig liebe. Daher wollte ich Ihnen auch als erster die Bestätigung Ihres Triumphes überbringen, Gräfin. Wissen Sie, daß Vater Taverney dem König seine Tochter verkaufen wollte?»

«Aber ich denke, das ist bereits geschehen», entgegnete Madame Dubarry.

«O Gräfin, wie ist dieser Mensch doch raffiniert! Er ist eine Schlange. Stellen Sie sich vor, daß ich mich durch seine Märchen von Freundschaft und alter Waffenbrüderschaft hatte einlullen lassen. Man gewinnt mich stets, indem man an mein Herz rührt. Wie hätte ich auch glauben sollen, daß dieser Provinz-Aristides eigens nach Paris kommen werde, um Jean Dubarry, das heißt dem geistreichsten aller Männer, den Rang abzulaufen? Es bedurfte in der Tat all meiner Hingabe an Ihre Interessen, Gräfin, damit ich wieder ein wenig gesunden Menschenverstand und Klarsicht zurückerlangte. Bei meiner Ehre, ich war mit Blindheit geschlagen ...»

«Und das ist jetzt vorüber, zumindest nach dem, was Sie sagen?» erkundigte sich Madame Dubarry.

«Oh! Ganz und gar vorüber, das garantiere ich Ihnen. Ich habe diesen würdigen Munitionskanonier so heftig getadelt, daß er sich jetzt wohl mit seiner Niederlage abgefunden hat und wir nun das Feld behaupten.»

«Aber der König?»

«Der König?»

«Ja.»

«Über drei Punkte habe ich Seine Majestät ausgehorcht.»

«Wie lautet der erste Punkt?»

«Der Vater.»

«Der zweite?»

«Die Tochter.»

«Und der dritte?»

«Der Sohn ... Tja, Seine Majestät geruhte den Vater einen selbstgefälligen Tölpel und die Tochter eine eingebildete Pute zu nennen, und was den Sohn anbelangt, so hat Seine Majestät ihn überhaupt nicht erwähnt, da sie sich nicht einmal mehr an ihn erinnerte.»

«Sehr gut, jetzt sind wir die ganze Sippschaft wohl ein für allemal los.»

«Ich glaube wohl.»

«Ist es der Mühe wert, das Gesindel in sein Loch zurückzuschicken?»

«Das denke ich nicht. Sie sind schon an dem Punkt angelangt, wo sie sich gerade mit Mühe und Not über Wasser halten.»

«Und Sie sagen, daß dieser Sohn, dem der König ein Regiment versprochen hatte ...?»

«Ah! Sie haben ein besseres Gedächtnis als der König, Gräfin. Es ist wahr, daß der gnädige Herr Philippe ein recht hübscher Bursche ist, der Ihnen viele mörderische Liebesblicke zuwarf. Verdammt! Er ist jetzt zwar weder Oberst noch Rittmeister, noch Bruder der Favoritin, aber es bleibt ihm immerhin der Trost, daß er von Ihnen ausgezeichnet worden ist.»

Mit dieser Bemerkung beabsichtigte der alte Herzog, das Herz seines Neffen mit den Nägeln der Eifersucht anzukratzen.

Doch Monsieur d'Aiguillon dachte im Augenblick an ganz andere Dinge. Er versuchte, sich über den Schritt des alten Marschalls klarzuwerden und den wahren Grund für seine Rückkehr herauszufinden.

Nachdem er einige Zeit hin und her überlegt hatte, hoffte er, daß allein der Wind der Gunst Richelieu nach Luciennes getrieben habe.

Er machte Madame Dubarry ein Zeichen, das der alte Marschall in einem Pfeilerspiegel bemerkte, während er gerade seine Perücke zurechtrückte. Und sogleich lud die Gräfin Richelieu ein, die Schokolade mit ihr einzunehmen.

D'Aiguillon verabschiedete sich unter tausend an seinen Onkel gerichteten und von diesem erwiderten Achtungsbezeigungen.

Richelieu blieb mit der Gräfin allein vor dem runden Tischchen sitzen, das Zamore mit allerlei Leckerbissen beladen hatte.

Der alte Herzog schaute diesem ganzen Treiben der Favoritin zu und dachte bei sich:

«Vor zwanzig Jahren hätte ich einen Blick auf die Wanduhr geworfen und gesagt: ‹In einer Stunde muß ich Minister sein›, und ich wäre es geworden. Welch ein albernes Ding ist doch das Leben», fuhr er noch immer in Gedanken fort. «Während des ersten Teils stellt man den Körper in den Dienst des Geistes; während des zweiten Teils wird dagegen der Geist, der allein überlebt hat, zum Knecht des Körpers. Das ist widersinnig.»

«Lieber Marschall», unterbrach die Gräfin das innere Selbstgespräch ihres Gastes, «nun, da wir wieder gute Freunde und vor allem unter vier Augen sind, verraten Sie mir doch bitte, warum Sie sich so viel Mühe gegeben haben, diese kleine Zierpuppe ins Bett des Königs zu bringen.»

«Meiner Treu, Gräfin», antwortete Richelieu und nippte an seiner Tasse Schokolade, «das habe ich mich selbst gefragt. Ich weiß es nicht.»

## CXL. KAPITEL

### *Rückkehr*

Monsieur de Richelieu wußte, wie es um Philippe stand, und er hätte mit gutem Gewissen seine Rückkehr verkünden können. Denn als er am Morgen Versailles verlassen hatte, um sich nach Luciennes zu begeben, war er ihm auf der Landstraße nach Trianon begegnet, und er war nahe genug an ihm vorbeigefahren, um auf seinem Gesicht alle Anzeichen von Trauer und Unruhe zu erkennen.

Philippe war in Reims tatsächlich vergessen worden. Nachdem er alle Stufen der Gunst, sodann der Gleichgültigkeit und des Vergessens durchgemacht hatte; nachdem er anfangs bis zum Überdruß die Freundschaftsbekundungen aller auf seine Beförderung neidischen Offiziere und sogar die Aufmerksamkeit seiner Vorgesetzten genossen hatte; nachdem er mit Abscheu erfahren mußte, wie sich im Zuge der Ungnade, welche dieses strahlende Glück immer mehr trübte, die Freundschaft in Kälte, die Aufmerksamkeit in Zurückweisung verwandelte, da hatte der Schmerz in seinem so zarten Gemüt alle Anzeichen von tiefer Trauer angenommen.

Philippe sehnte sich nach seiner Leutnantsstelle in Straßburg zu jener Zeit zurück, als die Dauphine in Frankreich eingezogen war. Er sehnte sich nach seinen Freunden, nach seinesgleichen, nach seinen Kameraden zurück. Vor allem aber sehnte er sich nach dem ruhigen, reinen väterlichen Haus und nach dem Herd, dessen oberster Priester La Brie war. Aller Kummer fand seinen Trost in der Stille und im Vergessen, diesem Schlaf der regen Geister. Außerdem hatte die Einsamkeit von Taverney, welche ebenso den Verfall der Dinge als auch den Ruin der Menschen bezeugte, etwas Philosophisches, das mit machtvoller Stimme zum Herzen des jungen Mannes sprach.

Was aber Philippe am meisten beklagte, war, daß er jetzt nicht mehr die Unterstützung seiner Schwester und ihren fast immer so richtigen Rat hatte, einen Rat, der stets viel mehr dem Stolz als der Erfahrung entsprang. Denn die edlen Gemüter zeichnen sich dadurch aus, daß sie unwillkürlich und von Natur aus über dem Gewöhnlichen schweben, und gerade durch ihre Erhöhung entgehen sie oftmals der Kränkung, der Verletzung und den Fallen, was der Geschicklichkeit der niedrigeren menschlichen Insekten, so geübt sie auch darin sein mögen, im Kot zu lavieren und mit List zu Werke zu gehen, nicht immer gelingt.

Sobald Philippe sich seiner Lage überdrüssig fühlte, stellte sich auch Mutlosigkeit bei ihm ein. Der junge Mann fand sich so unglücklich in seiner Vereinsamung, daß er nicht glauben wollte, Andrée, diese Hälfte seiner selbst, könne in Versailles glücklich sein, während er, die Hälfte von Andrée, so grausam in Reims litt.

Er schrieb daher dem Baron den uns bekannten Brief, in dem er ihm seine nahe bevorstehende Rückkehr ankündigte. Dieser Brief setzte niemanden in Erstaunen, besonders nicht den Baron. Was ihn indessen wunderte, war, daß Philippe die Geduld besaß, einfach zu warten, während er selbst wie auf glühenden Kohlen saß und Richelieu seit vierzehn Tagen jedesmal, wenn er ihn traf, bedrängte, er möge sich für eine Beschleunigung der Sache einsetzen.

Als Philippe die Ernennungsurkunde auch innerhalb der Frist, die er sich selbst gesetzt hatte, nicht erhalten hatte, nahm er von seinen Offizieren Abschied, ohne daß er ihre Verachtung und ihren Hohn zu bemerken schien. Indessen traten die Verachtung und der Hohn durch die Höflichkeit, welche zu jener Zeit noch eine französische Tugend war, und durch die natürliche Achtung, die ein Mann von Herz stets einflößt, nur in verschleierter Form zutage.

Zu der Stunde, auf die er selbst seine Abreise festgelegt hatte und bis zu welcher er mit mehr Furcht als Verlangen die Ankunft seiner Ernennungsurkunde erwartet hatte, bestieg er daher sein Pferd und schlug den Weg nach Paris ein.

Die drei Tagesritte, die er zurückzulegen hatte, erschienen ihm unendlich lang, und je näher er seinem Ziele kam, desto besorgniserregender wertete er das Stillschweigen seines Vaters und besonders das seiner Schwester, die ihm wenigstens zweimal in der Woche zu schreiben versprochen hatte.

Philippe kam, wie gesagt, gegen Mittag in Versailles an, als Monsieur de Richelieu eben dort wegfuhr. Philippe hatte seinen Ritt während eines Teils der Nacht fortgesetzt und nur ein paar Stunden in Melun geschlafen. Er war so mit seinem Kummer beschäftigt, daß er Monsieur de Richelieu in seinem Wagen nicht sah und nicht einmal seine Livree erkannte.

Er lenkte sein Pferd geradewegs auf das Gitter des Parks zu, wo er Andrée am Tage seiner Abreise Lebewohl gesagt hatte, wo Andrée damals ohne jeden Grund zur Betrübnis – denn der Wohlstand der Familie erlebte eine Blütezeit – von einer unbegreiflichen Traurigkeit befallen worden war.

Auch Philippe war an jenem Tag auf eine abergläubische Weise von Andrées Schmerz berührt worden. Doch nach und nach hatte er wieder Vernunft angenommen und das Joch abgeschüttelt. Durch einen merkwürdigen Zufall aber kehrte Philippe an den selben Ort zurück und wurde ganz ohne Grund von den selben Ängsten heimgesucht, und dies, ohne daß er in seinen Gedanken einen Trost für diese unüberwindliche Traurigkeit gefunden hätte, welche eine Vorahnung zu sein schien, da sie keine Ursache hatte.

In dem Augenblick, wo sein Pferd geräuschvoll über die Kieselsteine der Allee trabte, daß die Funken sprühten, trat jemand, ohne Zweifel durch den Lärm angelockt, aus den zu Laubengängen beschnittenen Hecken hervor.

Es war Gilbert, der eine Hippe in der Hand hielt.

Der Gärtner erkannte seinen früheren Herrn.

Und auch Philippe erkannte Gilbert.

Gilbert irrte so seit einem Monat umher. Wie eine geplagte Seele wußte er nicht, wo er haltmachen sollte.

Geschickt, wie er bei der Ausführung seiner Ideen war, suchte er an diesem Tag in den Alleen nach Aussichtspunkten, von denen aus er den Pavillon oder das Fenster Andrées beobachten konnte. Es war ihm daran gelegen, stets einen Blick auf dieses Haus zu haben, ohne daß ein anderer Blick seine Unruhe, seine Schauer und seine Seufzer wahrnahm.

Mit der Hippe in der Hand, um sich eine gewisse Haltung zu verleihen, durchkämmte er das Unterholz und die Rabatten, wobei er hie und da unter dem Vorwand, den Park auszulichten, einen mit Blüten beladenen Zweig abschnitt, da und dort unter dem Vorwand, Harz und Gummi zu entfernen, die völlig gesunde Rinde der jungen Linden abriß. Dabei horchte er die ganze Zeit, schaute, wünschte und hoffte, seine Sehnsucht werde erfüllt.

Der junge Mann war in diesem vergangenen Monat recht blaß geworden. Die Jugend ließ sich in seinem Gesicht nur noch an dem seltsamen Feuer seiner Augen und an der matten und einheitlichen Weiße seiner Haut erkennen. Doch sein durch die Verstellung zusammengekniffener Mund, sein schräger Blick und das Zittern seiner Gesichtsmuskulatur gehörten schon den düstereren Jahren des reifen Alters an.

Gilbert erkannte Philippe, wie gesagt, und sowie er ihn erkannt hatte, machte er eine Bewegung, als wolle er sich ins Gebüsch schlagen.

Doch Philippe ritt auf ihn zu und rief:

«Gilbert! He! Gilbert!»

Gilberts erste Reaktion war die Flucht. Noch eine Sekunde, und der Schwindel des Schreckens und jener ganz unerklärliche Wahn, den die Alten, die für alles einen Grund suchten, dem Gott Pan zuschrieben, hätten Besitz von ihm ergriffen und ihn wie einen Narren durch die Alleen, durch die Gebüsche, durch die Buchenhecken und sogar bis in die Wasserbecken fortgerissen.

Ein Wort voll Sanftmut, das Philippe sprach, wurde von dem scheuen Jüngling zum Glück gehört und begriffen.

«Erkennst du mich denn nicht wieder, Gilbert?» rief Philippe ihm zu.

Gilbert verstand, daß er im Begriff war, eine Torheit zu begehen, und blieb unvermittelt stehen.

Dann machte er langsam und mißtrauisch kehrt.

«Nein, Herr Chevalier», beteuerte der junge Mann zitternd, «nein, ich erkannte Sie nicht. Ich hielt Sie für einen von den Aufsehern, und da ich nicht bei meiner Arbeit bin, fürchtete ich, erkannt und für eine Bestrafung vorgemerkt zu werden.»

Philippe gab sich mit der Erklärung zufrieden, saß ab, faßte den Zügel seines Pferdes mit der einen Hand und fragte, während er die andere Hand dem sichtlich zitternden Gilbert auf die Schulter legte:

«Was hast du denn, Gilbert?»

«Nichts, Monsieur», antwortete der Gefragte.

Philippe lächelte traurig.

«Du liebst uns also nicht, Gilbert?» meinte er.

Der junge Mann erbebte ein zweites Mal.

«Ja, ich verstehe», fuhr Philippe fort, «mein Vater hat dich hart und ungerecht behandelt. Aber ich, Gilbert?»

«Oh! Sie ...», murmelte der junge Mann.

«Ich habe dich immer gern gehabt und unterstützt.»

«Das ist wahr.»

«Vergiß also das Schlechte um des Guten willen. Auch meine Schwester ist stets gut zu dir gewesen.»

«O nein! Was das betrifft, nein!» widersprach der Jüngling lebhaft und mit einem Ausdruck, den niemand hätte begreifen können. Denn er barg sowohl eine Anklage gegen Andrée als auch eine Entschuldigung für ihn selbst, und er brach wie der Stolz aus ihm hervor, während er zugleich wie ein Gewissensbiß seufzte.

«Ja, ja», gab Philippe zu, «ja, ich verstehe. Meine Schwester ist ein wenig hochmütig, doch im Grunde ist sie gut.»

Dann, nach einer Pause, denn er hatte dieses ganze Gespräch nur herbeigeführt, um ein Wiedersehen hinauszuzögern, vor dem er sich aufgrund einer Vorahnung fürchtete, erkundigte sich Philippe:

«Weißt du, wo sie sich im Augenblick aufhält, meine liebe Andrée?»

Dieser Name versetzte Gilbert einen schmerzlichen Stich ins Herz, und er antwortete mit erstickter Stimme:

«Ich nehme an, bei sich zu Hause, Monsieur ... aber wie soll ich das wissen ...?»

«Ah! Gewiß ist sie wie immer allein und langweilt sich, arme Schwester!» seufzte Philippe.

«Aller Wahrscheinlichkeit nach ist sie im Augenblick allein, ja, Monsieur. Denn seitdem Mademoiselle Nicole sich davongemacht hat ...»

«Wie! Nicole ist entflohen?»

«Ja, Monsieur, mit ihrem Geliebten.»

«Mit ihrem Geliebten?»

«Zumindest vermute ich es», verbesserte sich Gilbert, der einsah, daß er zu weit gegangen war. «Im Gesindehaus wurde es so erzählt.»

«Wahrlich, Gilbert», erwiderte Philippe, immer beunruhigter, «ich begreife gar nichts. Man muß dir ja jeden Wurm aus der Nase ziehen. Sei doch ein bißchen entgegenkommender. Du besitzt Geist, es fehlt dir nicht an natürlichem Anstand. Komm schon, verdirb diese guten Eigenschaften nicht durch eine zur Schau getragene Roheit, durch ein schroffes Wesen, das sich für deinen Stand nicht geziemt, das sich für keinen geziemen würde.»

«Aber Monsieur, ich weiß eben nicht über alles, was Sie mich fragen, Bescheid, und wenn Sie es recht bedenken, so werden Sie einsehen, daß ich es nicht wissen kann. Ich arbeite den ganzen Tag über in den Gärten, und was im Schloß vorgeht, ist mir unbekannt.»

«Gilbert, Gilbert! Ich glaubte indes, du hättest Augen.»

«Ich?»

«Ja, und du nähmest Anteil an denjenigen, welche meinen Namen tragen. Denn wie schlecht die Gastfreundschaft in Taverney auch gewesen sein mag, so hast du sie dennoch genossen.»

«Ich interessiere mich ja auch sehr für Sie, Monsieur Philippe», beteuerte Gilbert mit heiserer Stimme, denn die Milde Philippes und ein anderes Gefühl, das dieser nicht erraten konnte, hatten dieses scheue Herz erweicht. «Ja, ich schätze Sie ungemein, und deshalb sage ich Ihnen, daß Ihr Fräulein Schwester sehr krank ist.»

«Sehr krank! Meine Schwester!» brach es aus Philippe hervor. «Sehr krank, meine Schwester! Sehr krank! Und du hast mir das nicht gleich gesagt!»

Und während er von seinem gemessenen Schritt in einen schnellen Lauf überging, fragte er:

«Mein Gott, was fehlt ihr denn?»

«Oh, das weiß man nicht», antwortete Gilbert.

«Aber worin äußert sich die Krankheit?»

«Ich weiß nur, daß sie heute dreimal mitten im Blumenbeet ohnmächtig wurde. Zu dieser Stunde haben der Arzt und die Dauphine sie schon besucht, und der Herr Baron ebenfalls.»

Philippe hörte nicht mehr weiter. Seine Vorahnungen hatten sich bewahrheitet, und der wirklichen Gefahr gegenüber hatte er seinen Mut wiedergefunden.

Er ließ sein Pferd in den Händen Gilberts und rannte aus Leibeskräften auf das Wirtschaftsgebäude zu.

Als Gilbert allein geblieben war, führte er das Pferd schleunigst in die Stallungen und entfloh wie jene scheuen Vögel, die nie in der Nähe des Menschen bleiben wollen.

## CXLI. KAPITEL

### *Bruder und Schwester*

Philippe fand seine Schwester auf dem kleinen Sofa liegend, von dem wir schon bei anderer Gelegenheit gesprochen haben.

Als er ins Vorzimmer trat, bemerkte der junge Mann, daß Andrée alle Blumen sorgfältig entfernt hatte, obgleich sie dieselben doch so sehr liebte. Aber seitdem sie krank war, verursachte ihr der Duft der Blumen unerträgliche Schmerzen, und sie führte die Unpäßlichkeiten, die ihr seit vierzehn Tagen beständig zu schaffen machten, auf die von den Blumen hervorgerufene Reizung der Gehirnfasern zurück.

In dem Augenblick, als Philippe eintrat, träumte Andrée. Ihre schöne, wolkenverhangene Stirn neigte sich schwer nach unten, und ihre Augen irrten in ihren schmerzenden Höhlen. Ihre Hände hingen zu Boden, und obgleich das Blut in dieser Stellung hätte hinabfließen müssen, waren ihre Hände weiß wie die einer Wachsstatue.

Ihre Unbeweglichkeit war so groß, daß sie scheinbar nicht mehr lebte und daß man sie atmen hören mußte, um sich davon zu überzeugen, daß sie nicht tot war.

Philippe war immer rascher gegangen, seit dem Augenblick, wo Gilbert ihm gesagt hatte, seine Schwester sei krank, so daß er ganz atemlos unten an der Treppe anlangte. Erst hier hatte er eine Pause eingelegt, die Vernunft war wieder zu ihm zurückgekehrt, und er war die Stufen mit einem ruhigeren Schritt hinaufgestiegen, so daß er an der Schwelle zu Andrées Zimmer den Fuß geräuschlos und fast ohne Bewegung aufsetzte, als wäre er ein Luftgeist.

Mit der Fürsorge, die liebenden Menschen zu eigen ist, wollte er sich selbst anhand der Symptome ein Bild von der Krankheit machen. Er wußte, daß Andrée so zart und so gut war, daß sie, sobald sie ihn gesehen und gehört hätte, ihrer Haltung und ihrem Gebaren Zwang auferlegen würde, um ihn nicht zu beunruhigen.

Er stieß bei seinem Eintritt so leise die Glastür auf, daß Andrée ihn nicht hörte, und bevor sie etwas vermutete, befand er sich mitten im Zimmer.

Philippe hatte also Zeit, sie anzuschauen, diese Blässe, diese Unbeweglichkeit, diese Leblosigkeit wahrzunehmen. Er gewahrte den seltsamen Ausdruck ihrer Augen, die ins Leere starrten, und beklommener, als er es sein zu können glaubte, verfiel er sogleich auf den Gedanken, daß die seelische Verfassung bei den Leiden seiner Schwester eine nicht unwesentliche Rolle spielte.

Bei diesem Anblick, der sein Herz erschauern ließ, konnte Philippe sich einer erschrockenen Bewegung nicht erwehren.

Andrée blickte auf, stieß einen lauten Schrei aus und erhob sich wie eine Tote, die wiederaufersteht. Ganz atemlos stürzte sie auf ihren Bruder zu und fiel ihm um den Hals.

«Sie, Sie, Philippe!» stieß sie hervor, doch bevor sie noch mehr sagen konnte, verließen sie wieder die Kräfte.

Was hätte sie auch mehr sagen sollen, da sie nur dies dachte?

«Ja, ja, ich bin es», antwortete Philippe, während er sie umarmte und stützte, denn er spürte, wie sie in seinen Armen zusammensank, «ich bin es, der ich zurückkomme und Sie krank finde! Ah! Arme Schwester, was fehlt dir nur?»

Andrée fing an zu lachen, aber es war ein nervöses Lachen, das Philippe weh tat und ihn nicht im mindesten beruhigte, wie es die Kranke beabsichtigte.

«Was mir fehlt, fragen Sie? Sehe ich vielleicht krank aus, Philippe?»

«O ja, Andrée, Sie sind ganz blaß und zittrig.»

«Aber woran haben Sie denn das gesehen, mein Bruder? Ich bin nicht einmal unpäßlich. Wer hat Sie wohl so schlecht unterrichtet, mein Gott? Ich weiß wirklich nicht, was Sie meinen. Mir geht es blendend, abgesehen von ein paar leichten Schwindelanfällen, die vorübergehen werden wie sie gekommen sind.»

«Oh! Aber Sie sind so bleich, Andrée ...»

«Habe ich denn gewöhnlich viel Farbe?»

«Nein, aber gewöhnlich leben Sie wenigstens, während Sie heute ...»

«Es ist nicht der Rede wert.»

«Sehen Sie, sehen Sie, Ihre Hände, die eben noch brennend heiß waren, sind jetzt eiskalt.»

«Das ist ganz einfach zu erklären, Philippe. Als ich Sie eintreten sah ...»

«Nun?»

«Da empfand ich eine so lebhafte Freude, daß mein ganzes Blut zum Herzen strömte, das ist alles.»

«Aber Sie schwanken, Andrée, Sie halten sich an mir fest.»

«Nein, ich umarme Sie lediglich. Wollen Sie nicht, daß ich Sie umarme, Philippe?»

«Oh! Liebe Andrée!»

Und er drückte das Mädchen ans Herz.

Im selben Moment spürte Andrée, wie sie die Kräfte erneut verließen. Vergebens versuchte sie, sich am Hals ihres Bruders festzuhalten. Ihre Hand sank starr und beinahe leblos herab, und sie fiel auf das Sofa zurück, weißer als die Musselinvorhänge, gegen die sich ihr reizendes Gesicht abhob.

«Sehen Sie, sehen Sie, daß Sie mich getäuscht haben!» rief Philippe. «Ah! Liebe Schwester, Sie leiden, Sie fühlen sich unwohl.»

«Das Fläschchen! Das Fläschchen!» murmelte Andrée, wobei sie ihr Gesicht zu einem Lächeln zwang.

Ihr schwaches Auge und ihre unter großer Mühe erhobene Hand bezeichneten Philippe ein Fläschchen, das auf einer kleinen Kommode in der Nähe des Fensters stand.

Philippe stürzte auf das Möbelstück zu, die Augen beständig auf seine Schwester geheftet, der er nur ungern von der Seite wich.

Dann öffnete er das Fenster, kam zurück und hielt das Fläschchen unter die verkrampften Nasenflügel des Mädchens.

«Ah!» machte sie, während sie die Luft und das Leben in langen Zügen einatmete. «Sie sehen, ich bin schon wieder ganz wohlauf. Nun, glauben Sie noch immer, daß ich krank bin? Sprechen Sie.»

Aber Philippe dachte nicht daran zu antworten. Er starrte unverwandt seine Schwester an. Nach und nach erholte sich Andrée, setzte sich auf und nahm die zitternde Hand Philippes zwischen ihre feuchten Hände. Nun, da ihr Blick sanfter wurde und das Blut ihr wieder in die Wangen stieg, erschien sie schöner denn je.

«Ah! Mein Gott!» seufzte sie. «Sie sehen es selbst, Philippe, es ist vorüber, und ich wette, ohne die Überraschung, die Sie mir in so guter Absicht bereiteten, wären die Krämpfe nicht wiedergekommen und ich wäre längst genesen. Aber so vor mir zu erscheinen, verstehen Sie, Philippe, vor mir, die ich Sie so sehr liebe ... Sie, der Sie die treibende Kraft und das ganze Glück meines Lebens sind, das könnte mich töten, selbst wenn ich bei bester Gesundheit wäre.»

«Ja, dies alles ist sehr freundlich und bezaubernd von Ihnen, Andrée, doch nun sagen Sie mir bitte, auf was Sie dieses Unwohlsein zurückführen.»

«Was weiß ich, mein Freund? Vielleicht ist die Rückkehr des Frühlings daran schuld, die Blumenzeit? Sie wissen doch, wie leicht meine Nerven angegriffen werden. Schon gestern hat mich der Duft des persischen Flieders im Garten beinahe erstickt. Sie wissen doch, was für berauschende Wohlgerüche diese herrlichen Blüten, die im Frühlingswind schaukeln, verbreiten. Tja, und gestern ... Oh! Mein Gott! Nein, Philippe, ich will nicht mehr daran denken, denn ich glaube, das Übel würde mich wieder überkommen.»

«Ja, Sie haben recht, und vielleicht ist dies der Grund. Blumen können sehr gefährlich werden. Erinnern Sie sich, daß ich als Kind in Taverney auf den Gedanken kam, mein Bett mit einem Saum von Flieder zu umgeben, den ich von der Hecke geschnitten hatte? Wir fanden beide, es sei so hübsch wie ein Altar, doch am nächsten Morgen wachte ich, wie Sie wissen, nicht auf. Jedermann hielt mich für tot, nur Sie nicht, die Sie nicht begreifen wollten, daß ich Sie so hätte verlassen können, ohne Ihnen Lebewohl zu sagen. Und Sie allein waren es, arme Andrée – Sie waren damals noch nicht einmal sechs Jahre alt –, Sie allein waren es, die mich durch Küsse und Tränen wiedererweckte.»

«Und durch Luft, Philippe, denn in einem solchen Fall braucht man vor allen Dingen Luft. An Luft scheint es mir immer zu fehlen.»

«Ach, meine Schwester, meine Schwester, Sie haben sich wohl nicht mehr an diesen Vorfall erinnert und sich Blumen ins Zimmer bringen lassen.»

«Nein, Philippe, nein, wahrhaftig nicht. Seit über vierzehn Tagen ist mir kein Gänseblümchen mehr hereingekommen! Ich, die ich Blumen so sehr liebte, habe seltsamerweise eine Abscheu dagegen gefaßt. Doch lassen wir die Blumen nun beiseite. Ich hatte also Migräne. Mademoiselle de Taverney hatte Migräne, lieber Philippe, und was für eine glückliche Person ist doch diese Mademoiselle de Taverney! ... Denn um dieser Migräne willen, welche eine Ohnmacht nach sich zog, nahmen der Hof und die Stadt an ihrem Schicksal Anteil.»

«Wieso?»

«Allerdings, die Dauphine hatte die Güte, mich zu besuchen ... O Philippe! Welch eine zauberhafte Beschützerin, welch eine feinfühlige Freundin die Dauphine doch ist! Sie hat mich gepflegt, gehätschelt und ihren ersten Arzt zu mir gebracht. Und als dieser gewichtige Mann, dessen Urteilssprüche unfehlbar sind, mir den Puls gefühlt und Augen und Zunge betrachtet hatte, wissen Sie, was ich da für ein Glück hatte?»

«Nein.»

«Nun, es stellte sich ganz einfach heraus, daß ich nicht im geringsten krank war. Doktor Louis hielt es nicht einmal für nötig, mir auch nur die unbedeutendste Arznei zu verordnen oder mir eine einzige Pille zu verschreiben, und dies, wo er doch, wie man sagt, tagtäglich Arme und Beine abschneidet, daß es einen schaudert. Sie sehen also, Philippe, daß es mir blendend geht. Jetzt verraten Sie mir aber, wer Sie so in Schrecken versetzt hat?»

«Bei Gott, es war dieser kleine Einfaltspinsel von Gilbert!»

«Gilbert?» wiederholte Andrée, sichtlich verärgert.

«Ja, er sagte mir, Sie seien sehr krank.»

«Und Sie haben ihm geglaubt, diesem kleinen Dummkopf, diesem Tagedieb, der zu nichts nutze ist, als Übles zu tun oder zu verbreiten?»

«Andrée, Andrée!»

«Nun?»

«Sie erbleichen abermals.»

«Nein, aber dieser Gilbert geht mir auf die Nerven. Nicht genug damit, daß ich ihn ständig auf meinem Weg treffe, jetzt muß ich auch noch von ihm hören, wenn er nicht da ist!»

«Ah! Sie werden schon wieder ohnmächtig!»

«O ja, ja, mein Gott! ... Es ist aber auch ...»

Und Andrées Lippen erbleichten und ihre Stimme stockte.

«Das ist ja seltsam», murmelte Philippe.

Andrée strengte sich an und sprach:

«Nein, es ist nichts. Lassen Sie sich durch diese vorübergehenden Zustände der Schwäche nicht täuschen. Ich bin schon wieder auf den Beinen, Philippe. Wenn Sie mir glauben wollen, machen wir einen kleinen Spaziergang zusammen, und in zehn Minuten bin ich schon wieder vollständig genesen.»

«Ich glaube, daß Sie Ihre Kräfte überschätzen, Andrée.»

«Nein, die Rückkehr meines Philippe würde mich wieder gesund machen, selbst wenn ich im Sterben läge. Wollen wir ausgehen, Philippe?»

«Sogleich, liebe Andrée», entgegnete Philippe und hielt seine Schwester sanft zurück. «Sie haben mich noch nicht völlig beruhigt ... Erholen Sie sich erst noch ein wenig.»

«Meinetwegen.»

Andrée ließ sich auf das Sofa zurücksinken und zog Philippe, den sie an der Hand hielt, zu sich.

«Und warum», fuhr sie fort, «warum erscheinen Sie so plötzlich, ohne vorher eine Nachricht zu schicken?»

«Antworten Sie mir zuerst, liebe Andrée, warum Sie aufgehört haben, mir zu schreiben?»

«Ja, es ist wahr, aber erst seit einigen Tagen.»

«Seit fast vierzehn Tagen, Andrée.»

Andrée senkte den Kopf.

«Nachlässiges Mädchen!» meinte Philippe mit einem sanften Vorwurf in der Stimme.

«Nein, ein krankes Mädchen, Philippe. Sie haben recht. Mein Unwohlsein geht auf den Tag zurück, da Sie keine Nachricht mehr von mir erhielten. Seit diesem Tag bereiteten mir die liebsten Dinge eine Anstrengung, einen Widerwillen.»

«Nun, wenn ich all dies höre, so bin ich doch erfreut über das Wort, das Sie vorhin gesagt haben.»

«Welches Wort habe ich gesagt?»

«Sie haben gesagt, Sie seien sehr glücklich. Um so besser, denn wenn man Sie hier liebt und an Sie denkt, so verhält es sich bei mir ganz anders.»

«Bei Ihnen?»

«Ja, bei mir, der ich in Reims völlig vergessen wurde, sogar von meiner Schwester.»

«O Philippe!»

«Kannst du es glauben, meine liebe Andrée, daß ich seit meiner Abreise, die man mir als so dringlich bezeichnet hatte, keine Nachricht von diesem angeblichen Regiment erhalten habe, über das ich Befehl führen sollte und das mir der König durch Monsieur de Richelieu und sogar durch meinen Vater hatte versprechen lassen?»

«Oh! Das erstaunt mich nicht», erwiderte Andrée.

«Wie, das erstaunt Sie nicht?»

«Nein, wenn Sie wüßten, Philippe ... Monsieur de Richelieu und mein Vater sind ganz durcheinander. Sie scheinen zwei Körper ohne Seele zu sein. Ich kann das Leben all dieser Leute überhaupt nicht begreifen. Am Morgen läuft mein Vater hinter seinem alten Freund her, wie er ihn nennt. Er drängt ihn dazu, sich nach Versailles zum König zu begeben. Dann kommt er zurück, um hier auf ihn zu warten, und bringt seine Zeit damit hin, mir Fragen zu stellen, die ich nicht verstehe. Der Tag vergeht. Keine Neuigkeiten. Da gerät Monsieur de Taverney in seinen großen Zorn. – Der Herzog hintergehe ihn, sagt er, der Herzog übe Verrat.- Aber an wem übt der Herzog Verrat? Das frage ich Sie, denn ich habe keine Ahnung davon, und ich gestehe Ihnen, daß mir auch wenig daran liegt, es zu erfahren. Monsieur de Taverney lebt auf diese Weise wie ein Verdammter im Fegefeuer. Beständig wartet er auf etwas, das man nicht bringt, auf jemanden, der nie kommt.»

«Doch der König, Andrée, der König?»

«Wie, der König?»

«Ja, der König, der uns doch so gewogen war.»

Andrée schaute sich schüchtern um.

«Hören Sie! Der König – sprechen wir leise –, ich halte den König für ziemlich launisch, Philippe. Seine Majestät hatte mir anfangs, wie Sie wissen, ein großes Interesse bekundet, wie auch Ihnen, wie auch unserem Vater, wie der ganzen Familie. Doch mit einem Mal ist dieses Interesse erkaltet, ohne daß ich erraten konnte, wie oder warum. Tatsache ist, daß Seine Majestät mich nicht mehr anschaut, mir sogar den Rücken kehrt, und daß sie noch gestern, als ich im Blumenbeet ohnmächtig wurde ...»

«Ah! Sehen Sie, Gilbert hatte also recht. Sie sind in Ohnmacht gefallen, Andrée?»

«Dieser elende kleine Gilbert hatte es wahrlich nötig, Ihnen dies zu erzählen, es womöglich noch überall herumzuposaunen! Was liegt ihm daran, ob ich ohnmächtig werde oder nicht? Ich weiß wohl, Philippe», fügte Andrée lachend hinzu, «daß es nicht schicklich ist, in einem königlichen Hause in Ohnmacht zu fallen. Aber schließlich wird man auch nicht aus reinem Vergnügen ohnmächtig, und ich habe es nicht absichtlich getan.»

«Aber wer wird Sie denn deswegen tadeln, liebe Schwester?»

«Ei, der König natürlich.»

«Der König?»

«Ja, Seine Majestät trat in dem unglücklichen Augenblick gerade, von Groß-Trianon kommend, aus dem Obstgarten hervor. Ich lag ganz stumpfsinnig und benommen auf einer Bank in den Armen des guten Monsieur de Jussieu, der mir aus besten Kräften Hilfe leistete, als der König mich erblickte. Sie wissen es ja, Philippe, eine Ohnmacht beraubt einen nicht jeder Wahrnehmung und jeden Bewußtseins von dem, was um einen herum vorgeht. Nun, als der König mich erblickte, da glaubte ich, so unempfindlich ich scheinbar war, zu bemerken, wie der König die Stirn runzelte, mich mit einem zornigen Blick bedachte und ein paar höchst unfreundliche Worte zwischen den Zähnen hindurch brummte. Dann entfernte sich Seine Majestät in größter Eile und allem Anschein nach tief entrüstet darüber, daß ich mir erlaubt hatte, mich in seinen Gärten schlecht zu fühlen. Wahrlich, lieber Philippe, dabei war es doch wirklich nicht meine Schuld.»

«Meine arme Kleine», bedauerte sie Philippe und drückte liebevoll die Hände des Mädchens, «ich glaube wohl, daß es nicht deine Schuld war. Doch was geschah dann?»

«Das ist alles, mein Freund, und Monsieur Gilbert hätte sich seine Erläuterungen schenken können.»

«Ah! Jetzt ziehst du abermals über den armen Jungen her.»

«O ja, übernehmen Sie nur noch seine Verteidigung, ein reizendes Früchtchen!»

«Andrée, ich bitte dich, sei nicht so hart gegen diesen Jungen. Du kränkst ihn, du verletzt ihn, ich habe dich selbst dabei beobachtet! ... O mein Gott, Andrée, was ist dir denn schon wieder?»

Diesmal war Andrée rücklings auf die Kissen des Sofas gefallen, ohne ein Wort von sich zu geben. Diesmal vermochte das Fläschchen sie nicht wiederzuerwecken. Man mußte abwarten, bis die Benommenheit vorüber und der Blutkreislauf wiederhergestellt war.

«Soviel ist sicher», murmelte Philippe, «Sie leiden, meine Schwester, und zwar derart, daß Sie mutigere Menschen, als ich es bin, mit Ihren Leiden in Angst und Schrecken zu versetzen vermöchten. Sie können sagen, was Sie wollen, doch diese Unpäßlichkeit darf meines Erachtens nicht auf die leichte Schulter genommen werden, auch wenn Sie mir hundertmal versichern, es sei nicht so schlimm.»

«Aber Philippe, der Doktor hat doch gesagt ...»

«Der Doktor überzeugt mich nicht und wird mich nie überzeugen, solange ich ihn nicht selbst gesprochen habe! Wo findet man diesen Doktor?»

«Er kommt jeden Tag nach Trianon.»

«Aber zu welcher Stunde jeden Tag? Morgens?»

«Morgens und abends, wenn er Dienst hat.»

«Hat er augenblicklich Dienst?»

«Ja, mein Freund, und Schlag sieben Uhr, denn er ist sehr pünktlich, wird er die Freitreppe hinaufsteigen, die zu den Gemächern der Dauphine führt.»

«Gut», meinte Philippe ruhiger, «ich werde bei dir warten.»

## CXLII. KAPITEL

### *Irrtum*

Philippe setzte das Gespräch ganz natürlich fort, wobei er aus dem Augenwinkel seine Schwester beobachtete, welche genug Selbstbeherrschung zu gewinnen suchte, um ihn nicht durch erneute Schwächeanfälle zu beunruhigen.

Philippe erzählte viel von seinen Enttäuschungen, von der Vergeßlichkeit des Königs und der Unbeständigkeit Monsieur de Richelieus. Als es sodann sieben Uhr schlug, stand er unvermittelt auf und ging weg, ohne sich große Gedanken darum zu machen, daß Andrée erraten könnte, was er zu tun gedachte.

Er schritt geradewegs auf den Pavillon der Dauphine zu und blieb in einer ausreichend großen Entfernung stehen, um nicht von den Leuten vom Dienst ermahnt zu werden. Indessen stand er nahe genug, daß niemand vorübergehen konnte, ohne daß er, Philippe, den Betreffenden erkannte.

Er hatte noch keine fünf Minuten gewartet, als er die steife, beinahe majestätische Gestalt des Doktors, den Andrée ihm bezeichnet hatte, auf sich zukommen sah.

Der Tag ging schon zur Neige, und obgleich ihm das Lesen schwerfallen mußte, blätterte der würdige Doktor in einer kurz zuvor in Köln veröffentlichten Abhandlung über die Ursachen und Auswirkungen von Magenlähmung. Allmählich brach die Dunkelheit rings um ihn herein, und der Doktor erriet schon mehr, als daß er las. Auf einmal hielt ein wandelnder, undurchsichtiger Körper das bißchen Licht zurück, das den Augen des gelehrten Arztes zum Lesen noch verblieb.

Er hob den Kopf und gewahrte vor sich einen jungen Mann.

«Was gibt es?» fragte er.

«Verzeihen Sie, Monsieur», entschuldigte sich Philippe, «habe ich die Ehre, mit Herrn Doktor Louis zu sprechen?»

«Ja, Monsieur», bestätigte der Doktor, während er sein Buch schloß.

«Dann gestatten Sie mir bitte, ein Wort mit Ihnen wechseln zu dürfen, Monsieur», bat Philippe.

«Monsieur, entschuldigen Sie mich, aber mein Dienst ruft mich zur Dauphine. Es ist die Stunde, zu der ich mich zu ihr begeben muß, und ich darf nicht auf mich warten lassen.»

«Monsieur ...» – Philippe machte eine bittende Gebärde, um den Doktor am Weitergehen zu hindern –, «Monsieur, die Person, für welche ich um Ihre Hilfe ersuche, ist im Dienst der Dauphine. Sie leidet ungemein, während die Dauphine ihrerseits nicht krank ist.»

«Von wem sprechen Sie?» erkundigte sich der Doktor.

«Von einer Person, bei der Sie von der Dauphine selbst eingeführt worden sind.»

«Ah! Ah! Sollte zufällig von Mademoiselle Andrée de Taverney die Rede sein?»

«So ist es, Monsieur.»

«Ah! Ah!» machte der Doktor und hob lebhaft den Kopf, um den jungen Mann zu mustern.

«Dann wissen Sie wohl, daß sie sehr krank ist.»

«Ja, Krämpfe, nicht wahr?»

«Fortwährende Ohnmachten, ja, Monsieur. Heute hat sie im Zeitraum von ein paar Stunden drei- oder viermal in meinen Armen das Bewußtsein verloren.»

«Geht es der jungen Dame schlechter als zuvor?»

«Ach, ich weiß es nicht, doch Sie begreifen, Doktor, wenn man jemanden liebt ...»

«Sie lieben Mademoiselle Andrée de Taverney?»

«Oh! Mehr als mein Leben, Doktor!»

Philippe sprach diese Worte mit einem solchen Überschwang brüderlicher Liebe, daß Doktor Louis sich in ihrer Bedeutung täuschte.

«Ah! Ah!» meinte er. «Sie sind also ...?»

Der Doktor hielt zögernd inne.

«Was wollen Sie sagen, Monsieur?» forschte Philippe.

«Sie sind also derjenige, welcher ...?»

«Wer bin ich, Monsieur?»

«Ei! Bei Gott! Ihr Geliebter», versetzte der Doktor ungeduldig.

Philippe wich zwei Schritt zurück, fuhr sich mit der Hand an die Stirn und wurde bleich wie der Tod.

«Monsieur», stieß er hervor, «nehmen Sie sich in acht! Sie beleidigen meine Schwester!»

«Ihre Schwester! Ist Mademoiselle Andrée de Taverney Ihre Schwester?»

«Allerdings, Monsieur, und ich glaubte, nichts gesagt zu haben, was Sie Ihrerseits zu einem solch merkwürdigen Irrtum hätte verleiten können.»

«Sie müssen entschuldigen, Monsieur, aber die Stunde, zu der Sie mich ansprechen, der geheimnisvolle Ausdruck, mit dem Sie das Wort an mich richteten ... bei alledem glaubte ich, vermutete ich, daß eine noch zärtlichere Anteilnahme als die brüderliche ...»

«O Monsieur, kein Geliebter und kein Ehemann wird meine Schwester je tiefer und inniger lieben, als ich sie liebe.»

«Sehr gut, in diesem Fall verstehe ich, daß meine Vermutung Sie verletzte, und bitte Sie hiermit vielmals um Entschuldigung. Wollen Sie mir nun gestatten, Monsieur? ...»

Und der Doktor machte einen Versuch, an ihm vorbeizugehen.

«Doktor», beharrte Philippe, «ich flehe Sie an, verlassen Sie mich nicht, ohne mich über den Zustand meiner Schwester beruhigt zu haben!»

«Aber was hat Sie denn an ihrem Zustand beunruhigt?»

«Ei, mein Gott, das, was ich gesehen habe.»

«Sie haben Symptome gesehen, die auf eine Unpäßlichkeit hindeuten ...»

«Auf eine ernste! ... Doktor.»

«Je nachdem.»

«Hören Sie, Doktor, es liegt in alldem etwas Seltsames. Man möchte fast meinen, Sie wollen mir nicht antworten, oder Sie wagen es nicht.»

«Vermuten Sie meine Ungeduld eher in dem Umstand, Monsieur, daß ich mich schleunigst zur Dauphine begeben muß, die auf mich wartet ...»

«Doktor, Doktor», sprach Philippe, während er sich mit der Hand den Schweiß von der Stirn wischte, «Sie haben mich für den Liebhaber von Mademoiselle de Taverney gehalten?»

«Ja, aber Sie haben mich über meinen Irrtum aufgeklärt.»

«Sie denken also, Mademoiselle de Taverney habe einen Liebhaber?»

«Verzeihung, Monsieur, aber ich bin Ihnen ja wohl keine Rechenschaft über meine Gedanken schuldig.»

«Doktor, haben Sie Erbarmen mit mir. Doktor, es ist Ihnen ein Wort entschlüpft, das mir wie die abgebrochene Klinge eines Dolches im Herzen geblieben ist. Doktor, versuchen Sie nicht, mich hinters Licht zu führen. Vergebens sind Sie ein taktvoller und gewandter Mann, Doktor. Was ist das für eine Krankheit, über die Sie einem Geliebten Auskunft schuldig waren, während Sie dieselbe vor einem Bruder verbergen wollen? Doktor, ich bitte Sie inständig, antworten Sie mir.»

«Ich bitte Sie, im Gegenteil, mich von der Antwort zu entbinden, Monsieur, denn an der Art und Weise, wie Sie mich um Auskunft angehen, erkenne ich, daß Sie nicht mehr Herr Ihrer selbst sind.»

«O mein Gott! Begreifen Sie denn nicht, Monsieur, daß mich jedes

Ihrer Worte weiter gegen den Abgrund treibt, den ich mit Schrecken erahne?»

«Monsieur!»

«Doktor!» rief Philippe mit neuer Heftigkeit. «Das heißt also, Sie haben mir ein so schreckliches Geheimnis zu enthüllen, daß ich meiner ganzen Beherrschung und meines ganzen Mutes bedürfte, um es anzuhören?»

«Ich weiß gar nicht, in welche Vermutung Sie sich da verrennen, Monsieur de Taverney. Ich habe nichts von alledem verlauten lassen.»

«Oh! Sie tun hundertmal mehr, als wenn Sie mir etwas sagen würden! ... Sie lassen mich Dinge glauben! ... Oh! Das ist keine Nächstenliebe, Doktor! Sie sehen, daß der Kummer mein Herz zernagt. Sie sehen, daß ich bitte, daß ich flehe! So sprechen Sie doch, sprechen Sie! Hören Sie, ich schwöre es Ihnen, ich bin ganz gefaßt und mutig ... Diese Krankheit, diese Schande vielleicht ... O mein Gott! Sie unterbrechen mich nicht, Doktor, Doktor!»

«Monsieur de Taverney, ich habe weder der Dauphine noch Ihrem Vater, noch Ihnen etwas gesagt. Fragen Sie mich nichts mehr.»

«Ja, ja ... aber Sie sehen, daß ich Ihr Schweigen deute. Sie sehen, daß ich Ihrem Gedanken auf dem düsteren, verhängnisvollen Wege folge, den er eingeschlagen hat. Halten Sie mich wenigstens zurück, wenn ich fehlgehe.»

«Leben Sie wohl, Monsieur», grüßte der Doktor im Brustton der Überzeugung.

«Oh! Sie werden mich nicht so verlassen, ohne mir ja oder nein zu sagen. Ein Wort, ein einziges Wort, das ist alles, was ich von Ihnen verlange.»

Der Doktor blieb stehen.

«Monsieur», erwiderte er, «vorhin, und dies hat den unseligen Irrtum herbeigeführt, der Sie verletzte ...»

«Sprechen wir nicht mehr davon, Monsieur.»

«Im Gegenteil, sprechen wir davon. Vorhin, vielleicht etwas spät, ließen Sie mich wissen, Mademoiselle de Taverney sei Ihre Schwester. Doch zuvor hatten Sie mit einem Überschwang, der mich zu meinem Irrtum verleitete, geäußert, Sie lieben Mademoiselle Andrée mehr als Ihr Leben.»

«Das ist richtig.»

«Wenn Ihre Liebe zu ihr so groß ist, dann muß sie dieselbe doch wohl mit den gleichen Gefühlen erwidern?»

«Oh! Mademoiselle Andrée liebt mich mehr als irgend jemanden auf der Welt.»

«Nun, dann kehren Sie zu ihr zurück und befragen Sie sie, Monsieur.

Befragen Sie sie auf dem Wege, auf dem ich genötigt bin, Sie zu verlassen, und wenn sie Sie liebt, wie Sie sie lieben, nun, dann wird sie auf Ihre Fragen antworten. Es gibt viele Dinge, die man einem Freund anvertraut, einem Arzt gegenüber jedoch nie erwähnen würde. Vielleicht ist sie ja gewillt, Ihnen das zu sagen, was ich Sie nicht um einen Finger meiner Hand durch eine Äußerung von mir vermuten lassen möchte. Gott befohlen, Monsieur.»

Und der Doktor machte abermals einen Schritt in Richtung Pavillon.

«Oh! Nein, nein, das ist unmöglich!» rief Philippe, rasend vor Schmerz, während er jedes seiner Worte durch ein Schluchzen unterbrach. «Nein, Doktor, ich habe falsch verstanden, nein, Sie können mir das nicht gesagt haben!»

Der Doktor machte sich sachte von ihm los und meinte dann mit einer sanften, mitleidsvollen Stimme:

«Tun Sie, was ich Ihnen gerade verordnet habe, Monsieur de Taverney, und glauben Sie mir, es ist das beste, was Sie machen können.»

«Oh! Aber bedenken Sie doch, Ihnen zu glauben, würde bedeuten, auf die Religion meines ganzen Lebens zu verzichten, würde bedeuten, einen Engel anzuklagen und Gott zu versuchen, Doktor. Wenn Sie verlangen, daß ich glauben soll, beweisen Sie wenigstens, beweisen Sie.»

«Gott befohlen, Monsieur.»

«Doktor!» schrie Philippe im höchsten Grade der Verzweiflung.

«Nehmen Sie sich in acht! Wenn Sie Ihre Stimme so erheben, dann werden Sie bekanntmachen, was ich mir vor jedermann geheimzuhalten gelobt hatte und was ich selbst vor Ihnen gern verborgen hätte.»

«Ja, ja, Sie haben recht, Doktor», gestand Philippe mit einer so leisen Stimme, daß der Atem erstarb, sowie er über seine Lippen kam. «Aber die Wissenschaft kann sich schließlich täuschen, und Sie gestehen ja, daß selbst Sie sich gelegentlich irren.»

«Selten, Monsieur», gab der Doktor zurück, «ich bin ein Mann von ernsten Studien, und mein Mund sagt nur dann ja, wenn meine Augen und mein Geist sagen: ‹Ich habe gesehen, ich weiß, ich bin sicher.› Ja, gewiß, Sie haben recht, Monsieur, zuweilen täusche ich mich wohl, wie sich jedes fehlbare Geschöpf täuscht. Doch aller Wahrscheinlichkeit nach ist es diesmal nicht der Fall. Kommen Sie, bewahren Sie die Ruhe, und trennen wir uns.»

Aber Philippe konnte sich nicht so geschlagen geben. Er legte mit einem so flehentlichen Ausdruck seine Hand auf den Arm des Doktors, daß dieser abermals stehenblieb.

«Eine letzte Bitte, Monsieur», ging er ihn an. «Sie sehen, in welcher Verwirrung sich mein Geist befindet. Ich fühle etwas wie Wahnsinn in mir. Um zu wissen, ob ich leben oder sterben soll, bedarf ich einer Bestätigung jener Wirklichkeit, die mich bedroht. Ich kehre zu meiner Schwester zurück, aber ich werde nur mit ihr sprechen, wenn Sie sie noch einmal gesehen haben. Überlegen Sie.»

«Es ist an Ihnen, zu überlegen, Monsieur, denn ich habe dem, was ich sagte, kein Wort mehr hinzuzufügen.»

«Monsieur, versprechen Sie mir – mein Gott! Das ist eine Bitte, die der Henker dem Opfer nicht abschlagen würde –, versprechen Sie mir, noch einmal zu meiner Schwester zu kommen, nachdem Sie Ihre Visite bei Ihrer Königlichen Hoheit beendet haben. Doktor, um Gottes willen, versprechen Sie mir dies!»

«Das ist unnötig, Monsieur, aber da Ihnen soviel daran liegt, ist es meine Pflicht, Ihrem Wunsch zu entsprechen. Sobald ich die Dauphine verlasse, besuche ich Ihre Schwester.»

«Oh! Danke, danke. Ja, kommen Sie, und Sie werden dann selbst zugestehen, daß Sie sich getäuscht haben.»

«Das wünsche ich von ganzem Herzen, Monsieur, und wenn ich mich wirklich getäuscht haben sollte, werde ich es mit Freuden eingestehen. Leben Sie wohl!»

Und der Doktor, der endlich die Freiheit wiedergefunden hatte, entfernte sich und ließ Philippe auf der Esplanade zurück. Der arme junge Mann zitterte vor Fieber, war von eiskaltem Schweiß überströmt und kannte im Taumel des Wahnsinns weder den Ort, wo er sich befand, noch den Mann, mit dem er geredet hatte, noch das Geheimnis, das ihm enthüllt worden war.

Einige Minuten lang starrte er, ohne zu begreifen, auf den Himmel, der sich unmerklich mit Sternen übersäte, und auf den Pavillon, in dem die Lichter angingen.

## CXLIII. KAPITEL

### *Verhör*

Sobald Philippe wieder zu sich kam und wieder die Kontrolle über seinen Verstand erlangte, schlug er den Weg zu Andrées Wohnung ein.

Doch je näher er dem Pavillon kam, desto mehr verschwand das Schreckgespenst seines Unglücks. Schließlich kam es ihm vor, als hätte er einen Traum durchlebt, und nicht als hätte er einen Augenblick mit der Wirklichkeit gekämpft. Je weiter er sich von dem Doktor entfernte, um so weniger glaubte er an die beunruhigenden Dinge, welche dieser ihm angedeutet hatte. Ganz gewiß hatte die Wissenschaft sich getäuscht, und die Tugend war nicht ins Wanken geraten.

Hatte ihm der Doktor nicht vollkommen recht gegeben, indem er versprach, noch einmal zu seiner Schwester zurückzukehren?

Als Philippe jedoch wieder Andrée gegenüberstand, sah er so verändert, so bleich, so mitgenommen aus, daß sie sich nun ihrerseits um ihren Bruder Sorgen machte und ihn fragte, wie es denn möglich sei, daß sich in so kurzer Zeit eine so schreckliche Veränderung an ihm vollzogen habe.

Nur eines konnte eine solche Wirkung auf Philippe hervorgebracht haben.

«Mein Gott! Mein Bruder», entfuhr es Andrée, «ich bin also sehr krank?»

«Warum?» fragte Philippe zurück.

«Weil die Beratung mit dem Doktor Sie erschreckt hat.»

«Nein, meine Schwester», widersprach Philippe, «der Doktor ist nicht beunruhigt, und Sie haben mir die Wahrheit gesagt. Ich hatte sogar große Mühe, ihn dazu zu bringen, noch einmal zu Ihnen zu kommen.»

«Ah! Er kommt noch einmal?» fragte Andrée.

«Ja, er kommt, das stört Sie doch nicht, Andrée, oder?»

Und Philippe vertiefte seine Blicke in die des Mädchens, während er diese Worte sprach.

«Nein», antwortete sie schlicht, «wenn Sie dieser Besuch nur ein wenig beruhigt, mehr verlange ich ja gar nicht. Doch erklären Sie mir einstweilen, woher diese erschreckende Blässe kommt, die mich ganz erschüttert.»

«Das beunruhigt Sie, Andrée?»

«Das fragen Sie noch?»

«Sie lieben mich also zärtlich, Andrée?»

«Wie bitte?» erwiderte das Mädchen.

«Ich frage Sie, Andrée, ob Sie mich immer noch lieben wie in unserer Jugendzeit.»

«O Philippe! Philippe!»

«Ich bin für Sie also eines der kostbarsten Wesen, die Sie auf Erden haben?»

«Oh! Das kostbarste, das einzige!» beteuerte Andrée.

Dann fügte sie errötend und verwirrt hinzu:

«Verzeihen Sie mir, Philippe, ich vergaß ...»

«Unseren Vater, nicht wahr, Andrée?»

«Ja.»

Philippe ergriff die Hand seiner Schwester und schaute sie zärtlich an.

«Andrée», sprach er, «glauben Sie nicht, daß ich Sie je tadeln würde, wenn Ihr Herz eine Zuneigung in sich schlösse, die weder die Liebe wäre, welche Sie Ihrem Vater entgegenbringen, noch die, welche Sie für mich hegen ...»

Dann, näher an sie heranrückend, fuhr er fort:

«Sie sind in einem Alter, Andrée, wo das Herz der jungen Mädchen lauter zu ihnen spricht, als sie es selbst wollen, und wie Sie wissen, gebietet eine göttliche Vorschrift der Frau, Vater und Mutter zu verlassen, um ihrem Manne zu folgen.»

Andrée schaute Philippe einen Augenblick an, als hätte er in einer fremden Sprache gesprochen, die ihr unverständlich war.

Dann begann sie mit einer Unbefangenheit zu lachen, die sich durch nichts wiedergeben ließe, und rief:

«Mein Mann! Haben Sie nicht eben von meinem Mann gesprochen, Philippe? Ei, mein Gott! Dieser muß wohl erst noch geboren werden, oder zumindest kenne ich ihn nicht.»

Gerührt von dieser so wahren Beteuerung Andrées, kam ihr Philippe ganz nahe, schloß ihre Hand in die seinigen und erwiderte:

«Bevor man einen Ehemann hat, meine gute Andrée, hat man einen Verlobten, einen Geliebten.»

Andrée schaute Philippe ganz erstaunt an und duldete es, daß der junge Mann seine gierigen Augen in die Tiefe ihres klaren, jungfräulichen Blicks tauchte, in dem sich ihre ganze Seele spiegelte.

«Meine Schwester», hub Philippe erneut an, «seit Ihrer Geburt haben Sie mich stets für Ihren besten Freund gehalten. Ich habe Sie meinerseits als meine einzige Freundin betrachtet. Niemals habe ich Sie, wie Sie wissen, um der Spiele meiner Kameraden willen verlassen. Wir sind zusammen aufgewachsen, und nichts hat je das blinde Vertrauen, das wir zueinander hatten, getrübt. Wie kommt es, Andrée, daß Sie seit einiger Zeit ohne jeden ersichtlichen Grund und als erste Ihr Verhalten mir gegenüber verändert haben?»

«Verändert, ich? Ich habe mein Verhalten Ihnen gegenüber verändert? Erklären Sie sich, denn wahrlich, ich verstehe überhaupt nichts von dem, was Sie mir sagen, seitdem Sie zurückgekommen sind.»

«Ja, Andrée», beharrte der junge Mann und drückte sie an seine Brust, «ja, meine süße Schwester, die Leidenschaften der Jugend sind auf die Neigungen der Kindheit gefolgt, und Sie haben mich nicht mehr gut oder nicht mehr sicher genug gefunden, um mir Ihr von Liebe ergriffenes Herz zu offenbaren.»

«Mein Bruder, mein Freund», rief Andrée, immer verwunderter, «aber was sagen Sie mir denn da? Sprechen Sie etwa mit mir über Liebe?»

«Andrée, ich gehe mutig eine Frage an, die für Sie voller Gefahren und für mich selbst voller Befürchtungen ist. Ich weiß wohl, daß ich mich in Ihrem Geist zugrunde richte, wenn ich mir Ihr Vertrauen in diesem Augenblick erbitte oder es von Ihnen fordere. Doch ich ziehe es vor – und glauben Sie mir, es ist grausam für mich, dies zu sagen –, ich ziehe es vor, zu fühlen, daß Sie mich weniger lieben, als Sie dem Unglück preiszugeben, das Sie bedroht, einem furchtbaren Unglück, Andrée, wenn Sie bei Ihrem Stillschweigen verharren, das ich beklage und dessen ich Sie einem Bruder und Freund gegenüber nicht für fähig gehalten hätte.»

«Mein Bruder, mein Freund», flehte Andrée, «ich schwöre Ihnen, daß ich Ihre Vorwürfe überhaupt nicht begreife!»

«Andrée, soll ich sie Ihnen begreiflich machen?»

«O ja! . . . Gewiß, nur zu.»

«Aber wenn ich, durch Sie ermutigt, mit zu großer Deutlichkeit spreche, wenn ich durch meine Worte die Röte auf Ihrem Gesicht hervorrufe und Ihr Herz mit Scham erfülle, dann müssen Sie die Schuld daran sich selbst zuschreiben, weil Sie mich durch ungerechtfertigtes Mißtrauen genötigt haben, auf dem Grunde Ihrer Seele nachzuforschen, um derselben Ihr Geheimnis zu entreißen.»

«Nur zu, Philippe, und ich schwöre Ihnen, daß ich Ihnen das, was Sie tun werden, nicht übelnehme.»

Philippe schaute seine Schwester an, erhob sich ganz aufgeregt und ging mit großen Schritten im Zimmer auf und ab. Es bestand zwischen der Anschuldigung, die er in seinem Geiste gegen sie erhob, und der Ruhe des jungen Mädchens ein so merkwürdiger Gegensatz, daß er nicht wußte, woran er sich halten sollte.

Andrée musterte ihren Bruder ihrerseits mit der größten Verblüffung und erstarrte allmählich durch die Berührung mit dieser Feierlichkeit, welche sich so sehr von der sanften, brüderlichen Autorität unterschied.

Bevor Philippe wieder das Wort ergriff, stand Andrée ebenfalls auf und schlang ihren Arm um den ihres Bruders.

Und während sie ihn mit einer unbeschreiblichen Zärtlichkeit anschaute, sprach sie:

«Höre, Philippe, schau mich an, wie ich dich anschaue.»

«Oh! Es gibt nichts, was ich lieber täte», versicherte der junge Mann, wobei er seine glühenden Augen auf sie heftete. «Was willst du mir sagen?»

«Ich will dir sagen, Philippe, daß du stets ein wenig eifersüchtig auf meine Freundschaft gewesen bist. Das ist ganz natürlich, da auch ich auf deine Fürsorglichkeit und deine Zuneigung eifersüchtig war. Nun, sieh mich an, wie ich es dir gesagt habe.»

Das Mädchen lächelte.

«Siehst du ein Geheimnis in meinen Augen?» fragte es.

«Ja, ja, ich sehe eines», antwortete Philippe. «Andrée, du liebst jemanden.»

«Ich?» rief Andrée mit einem so natürlichen Erstaunen, daß auch die gewandteste Schauspielerin sicherlich nicht imstande gewesen wäre, den Ausdruck dieses einzigen Wortes nachzuahmen.

Sie fing an zu lachen.

«Ich soll jemanden lieben?» rief sie.

«Dann liebt man dich also?»

«Meiner Treu, das ist schlimm, denn in Anbetracht dessen, daß sich diese unbekannte Person niemals vorgestellt und folglich auch nicht erklärt hat, ist es eine rein verlorene Liebe.»

Als er seine Schwester über die Frage mit so viel Offenheit lachen und scherzen hörte, als er das so reine Blau ihrer Augen und die so keusche Arglosigkeit ihrer Haltung wahrnahm, da sagte sich Philippe, der Andrées Herz mit einem gleichmäßigen Pochen an seinem Herzen schlagen hörte, daß ein Monat Abwesenheit nicht eine solche Veränderung im Charakter eines so tadellosen Mädchens hervorbringen könne, daß es unwürdig sei, die arme Andrée in dieser Weise zu verdächtigen und daß die Wissenschaft zweifellos lüge. Er gestand sich indessen ein, Doktor Louis habe eine Entschuldigung, da er weder die Reinheit noch die erlesenen Instinkte Andrées kenne und da er annehmen dürfe, sie gleiche all den adligen Mädchen, welche, fasziniert durch unwürdige Beispiele oder hingerissen durch die frühreife Hitze eines verdorbenen Blutes, der Jungfräulichkeit ohne Bedauern und ohne Ehrgeiz entsagten.

Ein letzter Blick auf Andrée überzeugte Philippe von der Fehlbarkeit des Doktors, und diese Überzeugung machte ihn so glücklich, daß er seine Schwester umarmte wie jene Märtyrer, die, indem sie die Reinheit der Jungfrau Maria bekannten, zugleich auch ihren Glauben an ihren göttlichen Sohn bekannten.

Gerade in diesem Augenblick seiner inneren Schwankungen hörte Philippe auf der Treppe die Schritte von Doktor Louis, der getreu seinem Versprechen im Hause erschien.

Andrée zuckte zusammen. In der Lage, in der sie sich befand, wurde ihr alles zum Ereignis.

«Wer kommt da?» fragte sie.

«Wahrscheinlich Doktor Louis», erklärte Philippe.

Im selben Moment öffnete sich die Tür, und der von Philippe mit so viel Bangen erwartete Arzt trat tatsächlich ins Zimmer ein.

Er gehörte, wie wir bereits festgestellt haben, zu jenen ernsten und aufrichtigen Männern, für die jede Wissenschaft ein Priesteramt ist, dessen Geheimnisse sie mit religiöser Ehrfurcht studieren.

In dieser äußerst materialistischen Zeit suchte Doktor Louis, was im Hinblick auf den Geist der Epoche eine Seltenheit war, hinter den Krankheiten des Körpers die Krankheiten der Seele zu ergründen. Er verfolgte diesen Weg mit aller Offenheit und Entschlossenheit, kümmerte sich wenig um Gerüchte und Hindernisse und sparte seine Zeit, dieses Vermögen der fleißigen Leute, mit einem Geiz, welcher ihn in den Augen der Müßiggänger und Schwätzer nahezu brutal erscheinen ließ.

Deshalb hatte er Philippe bei ihrem ersten Zusammentreffen so schroff behandelt. Er hatte ihn für einen der galanten, nur mit Liebesabenteuern beschäftigten Höflinge gehalten, die den Arzt umschmeicheln, um sich Komplimente über ihre Liebesheldentaten machen zu lassen, und die ganz stolz darauf sind, den Arzt für seine Verschwiegenheit zu entlohnen. Aber sobald sich das Blatt gewendet hatte und der Doktor statt dem mehr oder weniger verliebten Gecken das bedrohliche Antlitz des Bruders erkannte und ein Unglück heraufziehen sah, hatte sich der philosophische Arzt, ein Mann von Herz, rühren lassen, und bei den letzten Worten Philippes hatte er bei sich gedacht:

«Es ist nicht nur möglich, daß ich mich getäuscht habe, sondern ich wollte auch, daß es so wäre.»

Deshalb wäre er auch ohne die inständige Bitte Philippes noch einmal zu Andrée zurückgekehrt, um sich anhand einer genaueren Untersuchung über die Wahrscheinlichkeiten klarzuwerden, welche ihm die erste Prüfung geliefert hatte.

Er trat also ein, und sein erster Blick, diese Inbesitznahme des Arztes und des Beobachters, heftete sich schon im Vorzimmer auf Andrée, von der er sich nicht wieder abwandte.

Gerade in diesem Augenblick, mochte es nun durch den Besuch des Doktors hervorgerufene Aufregung oder eine natürliche Erscheinung sein, wurde Andrée von einem der Anfälle ergriffen, die Philippe so erschreckt hatten. Sie schwankte und führte mit einer schmerzerfüllten Gebärde ihr Taschentuch an die Lippen.

Philippe, der ganz damit beschäftigt war, den Doktor zu empfangen, hatte nichts davon bemerkt.

«Doktor», begrüßte er ihn, «seien Sie herzlich willkommen, und verzeihen Sie mir meine etwas schroffe Art. Als ich Sie vor einer Stunde um Rat anging, war ich ebenso aufgeregt, wie ich jetzt ruhig bin.»

Der Doktor wandte seinen Blick einen Augenblick von Andrée ab und lenkte seine Beobachtung auf den jungen Mann, dessen strahlendes Lächeln er analysierte.

«Sie haben mit Ihrem Fräulein Schwester gesprochen, wie ich es Ihnen geraten habe?» erkundigte er sich.

«Ja, Doktor, ja.»

«Und Sie sind beruhigt?»

«Ich habe den Himmel mehr und die Hölle weniger im Herzen.»

Der Doktor nahm Andrées Hand und fühlte dem Mädchen lange den Puls.

Philippe sah ihm dabei zu und schien zu sagen:

«Oh! Nur zu, Doktor, jetzt fürchte ich die Bemerkungen des Arztes nicht mehr.»

«Nun?» fragte er dann mit triumphierender Miene.

«Herr Chevalier», antwortete Doktor Louis, «würden Sie mich bitte mit Ihrer Schwester allein lassen?»

Diese ganz schlicht hervorgebrachten Worte versetzten dem Stolz des jungen Mannes einen schweren Schlag.

«Wie! Abermals?» stieß er hervor.

Der Doktor machte eine Gebärde.

«Es ist gut, ich lasse Sie allein, Monsieur», erwiderte Philippe mit düsterem Antlitz.

Und zu seiner Schwester gewandt, fuhr er fort:

«Andrée, seien Sie redlich und offen gegen den Doktor.»

Andrée zuckte die Schultern, als könnte sie nicht einmal begreifen, was man ihr da sagte.

«Während er Sie über Ihren Gesundheitszustand befragt», sprach Philippe weiter, «werde ich einen Spaziergang durch den Park machen. Die Stunde, auf die ich mein Pferd bestellt habe, ist noch nicht gekommen, so daß ich dich vor meinem Weggehen noch einmal sehen und mich noch einen Augenblick mit dir unterhalten kann.»

Und er drückte Andrées Hand und versuchte dabei zu lächeln.

Doch für das Mädchen lag etwas Gezwungenes, etwas Krampfhaftes in diesem Händedruck und in diesem Lächeln.

Der Doktor geleitete Philippe mit ernster Miene bis zur Tür, die er schloß.

Danach kehrte er zurück und setzte sich auf das Sofa, wo auch Andrée saß.

## CXLIV. KAPITEL

### *Die Sprechstunde*

Draußen herrschte tiefste Stille.

Nicht ein Windhauch durchzog die Luft, keine menschliche Stimme war zu vernehmen. Die Natur war vollkommen ruhig.

Andrée fühlte sich im Grunde ihres Herzens bewegt von der Wichtigkeit, welche Philippe und der Arzt ihrer Krankheit beimaßen.

Sie wunderte sich wohl ein wenig über die seltsame Rückkehr des Doktors Louis, der doch noch am Morgen die Krankheit als unbedeutend und die Anwendung von Arzneimitteln für unnötig erklärt hatte. Doch dank ihrer tiefen Unschuld war der glänzende Spiegel ihrer Seele durch den Hauch der verschiedentlichen Verdächtigungen nicht einmal getrübt worden.

Plötzlich, nachdem er das Licht der Lampe auf sie gerichtet hatte, ergriff der Doktor, der sie unverwandt anschaute, ihre Hand wie ein Freund oder ein Beichtvater, aber nicht mehr wie ein Arzt, der den Puls fühlt.

Diese unerwartete Geste erstaunte die empfindsame Andrée über alle Maßen. Sie war einen Augenblick nahe daran, ihre Hand zurückzuziehen.

«Mademoiselle», begann der Doktor, «hatten Sie den Wunsch, mich wiederzusehen, oder bin ich, indem ich hierher kam, nur dem Wunsche Ihres Bruders gefolgt?»

«Monsieur», erwiderte Andrée, «als mein Bruder zurückkehrte, teilte er mir mit, daß Sie mich noch einmal besuchen würden. Aber nach dem, was Sie mir heute morgen über die Bedeutungslosigkeit meiner Krankheit zu sagen die Güte hatten, hätte ich mir nicht die Freiheit herausgenommen, Sie abermals zu bemühen.»

Der Doktor verneigte sich.

«Ihr Herr Bruder», fuhr er fort, «scheint ziemlich hitzig, ängstlich auf seine Ehre bedacht und in bezug auf gewisse Dinge unerbittlich zu sein. Dies ist zweifellos der Grund für Ihre Weigerung, sich ihm zu offenbaren.»

Andrée schaute den Doktor an, wie sie zuvor Philippe angeschaut hatte.

«Sie auch, Monsieur?» versetzte sie mit erhabenem Stolz.

«Verzeihen Sie, Mademoiselle, aber lassen Sie mich zuerst ausreden.»

Andrée machte eine Handbewegung, welche Geduld oder vielmehr Schicksalsergebenheit ausdrückte.

«Es ist also ganz natürlich», sprach der Doktor weiter, «daß Sie, als Sie den Schmerz des jungen Mannes sahen und seinen Zorn vorausahnten, Ihr Geheimnis hartnäckig bewahrten. Doch mir gegenüber, Mademoiselle, der ich ebensosehr der Arzt der Seele wie des Körpers bin, mir gegenüber, der ich sehe und der ich weiß, der ich Ihnen folglich gleich die Hälfte des peinlichen Weges der Enthüllung erspare, kann ich mit Recht mehr Offenheit von Ihnen erwarten.»

«Monsieur», entgegnete Andrée, «wenn ich nicht gesehen hätte, wie das Gesicht meines Bruders sich verdüsterte und den Ausdruck eines wahren Schmerzes annahm, und wenn ich nicht Ihr ehrwürdiges Äußeres und den Ruf der Ernsthaftigkeit, in dem Sie stehen, in Betracht zöge, so würde ich glauben, Sie seien beide miteinander übereingekommen, eine Komödie auf meine Kosten zu spielen und mich nach der Sprechstunde infolge der Angst, die Sie mir eingejagt hätten, irgendeine sehr schwarze und sehr bittere Medizin schlucken zu lassen.»

Der Doktor runzelte die Stirn.

«Mademoiselle», drang er abermals in sie, «ich bitte Sie inständig, verharren Sie nicht auf diesem Wege der Verstellung.»

«Der Verstellung!» entfuhr es Andrée.

«Wäre es Ihnen lieber, wenn ich Heuchelei sagte?»

«Aber Monsieur», entrüstete sich das Mädchen, «Sie beleidigen mich!»

«Sagen Sie besser, ich durchschaue Sie.»

«Monsieur!»

Andrée stand auf, aber der Doktor nötigte sie sachte, sich wieder hinzusetzen.

«Nein», fuhr er fort, «nein, mein Kind, ich beleidige Sie nicht, ich bin Ihnen nur dienlich. Und wenn ich Sie überzeuge, rette ich Sie! ... Es werden mich also weder Ihr zorniger Blick noch die geheuchelte Entrüstung, die Sie beseelt, von meinem Entschluß abbringen.»

«Aber was wollen Sie denn eigentlich, was verlangen Sie, mein Gott?»

«Gestehen Sie, oder ich bekomme bei meiner Ehre eine erbärmliche Meinung von Ihnen.»

«Monsieur, noch einmal, mein Bruder ist nicht da, um mich zu verteidigen, und ich sage Ihnen, daß Sie mich verletzen und daß ich Sie nicht verstehe, und ich fordere Sie auf, sich klar und deutlich zu dieser angeblichen Krankheit zu äußern.»

«Zum letzten Mal, Mademoiselle», erwiderte der Doktor erstaunt, «wollen Sie mir nicht den Schmerz ersparen, Sie erröten zu lassen?»

«Ich verstehe Sie nicht! Ich verstehe Sie nicht! Ich verstehe Sie nicht!» wiederholte Andrée dreimal hintereinander und schaute den Doktor dabei mit fragenden, herausfordernden, ja beinahe drohenden Augen an.

«Nun, ich verstehe Sie, Mademoiselle. Sie zweifeln an der Wissenschaft, und Sie hoffen, Ihr Verhältnis vor aller Welt verbergen zu können. Doch glauben Sie das bloß nicht! Mit einem einzigen Wort werde ich Ihren ganzen Stolz brechen: Sie sind schwanger! ...»

Andrée stieß einen fürchterlichen Schrei aus und fiel rücklings auf das Sofa. Auf den Schrei folgte das Geräusch der Tür, welche heftig aufgestoßen wurde. Philippe stürzte, den Degen in der Faust, mit blutunterlaufenen Augen und bebenden Lippen ins Zimmer.

«Elender! Sie lügen!» schrie Philippe den Doktor an.

«Sie Elender!» schrie er den Doktor an. «Sie lügen!»

Der Doktor drehte sich langsam zu dem jungen Mann um, ohne den Puls Andrées loszulassen, die halbtot dalag und am ganzen Körper zitterte.

«Was ich gesagt habe, habe ich gesagt, Monsieur», versetzte der Doktor verächtlich. «Und Ihr Degen, ob gezückt oder nicht, wird mich nicht zu einer Lüge bewegen.»

«Doktor ...», stammelte Philippe und ließ seinen Degen fallen.

«Sie wünschten, daß ich durch eine zweite Untersuchung meine erste Diagnose noch einmal überprüfte. Das habe ich getan und habe hiermit die begründete Gewißheit erlangt. Nichts wird sie meinem Herzen entreißen können. Ich bedaure es lebhaft, junger Mann, denn Sie haben mir ebensoviel Sympathie eingeflößt, wie mir dieses Mädchen durch sein beharrliches Leugnen Abscheu einflößt.»

Andrée verharrte reglos, doch Philippe machte eine Bewegung.

«Ich bin Familienvater, Monsieur», sprach der Arzt weiter, «und ich begreife, was Sie jetzt durchmachen müssen. Ich biete Ihnen daher meine Dienste an, wie ich Ihnen meine Verschwiegenheit gelobe. Mein Wort ist heilig, Monsieur, und jedermann wird Ihnen bestätigen, daß ich mehr an meinem Wort als an meinem Leben hänge.»

«O Monsieur! Aber das ist doch unmöglich!»

«Ich weiß nicht, ob es unmöglich ist, aber es ist wahr. Leben Sie wohl, Monsieur de Taverney.»

Und der Doktor ging mit demselben ruhigen und langsamen Schritt weg, nachdem er liebevoll den jungen Mann angeschaut hatte, der sich vor Schmerz krümmte und der in dem Augenblick, da die Tür ins Schloß fiel, von den tiefsten Qualen ergriffen, zwei Schritt von Andrée entfernt in einen Sessel sank.

Als der Arzt fort war, stand Philippe auf, schloß die Tür zum Korridor, die des Zimmers und alle Fenster. Dann näherte er sich Andrée, die ihm mit tiefster Bestürzung bei diesen düsteren Vorkehrungen zusah.

«Sie haben mich auf eine feige und dumme Art getäuscht», schleuderte er ihr entgegen und verschränkte die Arme, «feige, weil ich Ihr Bruder bin, weil ich die Schwäche besaß, Sie zu lieben, Sie allem anderen vorzuziehen, Sie mehr zu schätzen als irgend etwas, und weil dieses Vertrauen meinerseits wenigstens das Ihre zur Folge hätte haben müssen, wenn Sie mir schon keine Zärtlichkeit entgegenbrachten. – Dumm, weil das schändliche Geheimnis, das uns entehrt, jetzt in der Macht eines Dritten ist; weil es sich vielleicht trotz Ihrer Verschwiegenheit anderen Augen offenbart hat; weil ich Sie, wenn Sie mir gleich zu Anfang die Lage, in der Sie sich befinden, gestanden hätten, wenn nicht aus Zuneigung, so doch wenigstens aus Selbstsucht vor der Schande bewahrt haben würde. Denn schließlich hätte ich mich auch selbst verschont, indem ich Sie rettete. Hierin und dadurch haben Sie in erster Linie gegen Ihre Pflicht verstoßen. Solange Sie nicht verheiratet sind, gehört Ihre Ehre gemeinsam all denjenigen, deren Namen Sie tragen, das heißt beschmutzen. Ich bin nun nicht mehr Ihr Bruder, da Sie mir diesen Titel aberkannt haben. Jetzt bin ich ein Mann, der daran interessiert ist, Ihnen mit allen möglichen Mitteln das ganze Geheimnis zu entreißen, damit ich aus diesem Geständnis vielleicht irgendeine Genugtuung für mich ersehen kann. Ich trete Ihnen also voller Zorn und Entschlossenheit entgegen und sage Ihnen: Da Sie feige genug waren, Ihre Hoffnung in eine Lüge zu setzen, so werden Sie bestraft, wie man die Feiglinge bestraft. Gestehen Sie mir also Ihr Verbrechen oder ...»

«Drohungen!» rief die stolze Andrée. «Drohungen gegen eine Frau!»

Und sie erhob sich bleich und ihrerseits in drohender Haltung.

«Ja, Drohungen, nicht gegen eine Frau, sondern gegen ein Geschöpf ohne Glauben und ohne Ehre.»

«Drohungen!» fuhr Andrée immer aufgebrachter fort. «Drohungen gegen mich, die ich von nichts weiß, die ich nichts von alldem verstehe und die Sie als blutrünstige Narren betrachtet, die sich verbündet haben, um mich vor Kummer, wenn nicht vor Scham in den Tod zu treiben!»

«Ja, allerdings!» ereiferte sich Philippe. «Dann stirb eben! Stirb, wenn du nicht gestehen willst! Stirb auf der Stelle. Gott richte dich, und ich werde dich schlagen!»

Und der junge Mann hob krampfhaft seinen Degen auf und richtete die Spitze auf die Brust seiner Schwester.

«Schon recht, schon recht, töten Sie mich!» schrie diese, ohne sich von der funkelnden Klinge erschrecken zu lassen, und warf sich, von Schmerz und Wahnsinn ergriffen, nach vorne, und zwar so heftig, daß der Degen ihre Brust durchbohrt hätte, wenn Philippe nicht beim Anblick einiger Blutstropfen, welche das Musselin um den Hals seiner Schwester befleckten, von einem jähen Schrecken erfaßt worden wäre.

Der junge Mann war am Ende seiner Kräfte und seines Zorns. Er wich zurück, ließ die Waffe seinen Händen entgleiten, fiel schluchzend auf die Knie und schlang seine Arme um den Körper des Mädchens.

«Andrée! Andrée!» jammerte er. «Nein, nein! Ich werde sterben. Du liebst mich nicht mehr, du kennst mich nicht mehr, ich habe auf dieser Welt nichts mehr zu suchen. Oh! Du liebst jemanden so sehr, Andrée, daß du den Tod einem Geständnis vorziehst? O Andrée! Nicht du sollst sterben, sondern ich.»

Und er machte Anstalten zu fliehen, doch schon hatte ihn die völlig verwirrte Andrée mit beiden Händen am Hals gefaßt, bedeckte ihn mit Küssen und benetzte ihn mit ihren Tränen.

«Nein, nein», widersprach sie, «du hattest recht. Töte mich, Philippe, denn man sagt, ich sei schuldig. Doch du, der du so edel, so rein und so gut bist und von niemandem beschuldigt wirst, lebe weiter und beklage mich nur, statt mich zu verfluchen.»

«Wohl, meine Schwester», hub der junge Mann wieder an, «im Namen des Himmels, im Namen unserer früheren Freundschaft, befürchte nichts, weder für dich noch für denjenigen, den du liebst. Dieser wird mir, wer immer es auch ist, heilig sein, und sollte es sich um meinen ärgsten

Feind handeln. Aber ich habe keinen Feind, und du bist so edlen Herzens und Geistes, Andrée, daß du deinen Geliebten sorgfältig gewählt haben mußt. Nun, ich werde den Mann deiner Wahl aufsuchen und werde ihn meinen Bruder nennen. Du erwiderst ja gar nichts. Ist denn eine Heirat zwischen dir und ihm nicht möglich? Willst du das damit zum Ausdruck bringen? Nun gut, ich werde mich darein fügen, ich werde meinen ganzen Schmerz für mich behalten, ich werde die gebieterische Stimme der Ehre, welche Blut fordert, ersticken. Ich verlange nichts mehr von dir, nicht einmal den Namen dieses Mannes. Es sei, dieser Mann hat dir gefallen, er ist mir teuer ... Nur werden wir Frankreich verlassen, wir werden gemeinsam fliehen. Der König hat dir, wie man mir berichtete, einen wertvollen Schmuck geschenkt. Nun, wir werden ihn verkaufen. Wir werden die Hälfte des Erlöses unserem Vater schicken und mit der anderen im verborgenen leben. Ich, ich liebe niemanden. Du siehst wohl, daß ich dir ergeben bin. Andrée, du siehst, was ich tue, du siehst, daß du auf meine Freundschaft zählen kannst. Sprich, verweigerst du mir noch immer dein Vertrauen nach allem, was ich dir gesagt habe? Sprich, wirst du mich nicht deinen Bruder nennen?»

Andrée hatte alles, was der verzweifelte junge Mann vorgebracht hatte, schweigend angehört.

Allein das Schlagen ihres Herzens deutete an, daß sie noch lebte. Allein ihr Blick verriet, daß sie noch nicht den Verstand verloren hatte.

«Philippe», ließ sich sich nach einem langen Stillschweigen vernehmen, «du dachtest, ich liebe dich nicht mehr, armer Bruder! Du dachtest, ich hätte einen anderen Mann geliebt. Du dachtest, ich hätte das Gesetz der Ehre vergessen, ich, die ich ein Mädchen von Adel bin und weiß, welche Pflichten mir dieses Wort auferlegt! ... Mein Freund, ich verzeihe es dir. Ja, ja, zu Unrecht hast du mich für ehrlos gehalten, zu Unrecht hast du mich feige genannt. Ja, ja, ich vergebe dir, aber ich werde dir nicht vergeben, wenn du mich für so gottlos, für so niederträchtig hältst, daß ich dir einen falschen Eid leisten könnte. Ich schwöre dir, Philippe, bei Gott, der mich hört, bei der Seele meiner Mutter, die mich leider, wie es scheint, nicht genug zu schützen vermochte; ich schwöre dir bei meiner glühenden Liebe für dich, daß niemals auch nur ein Gedanke an Liebe meine Vernunft verwirrt hat; daß nie ein Mann zu mir gesagt hat: ‹Ich liebe dich›; daß nie ein Mund meine Hand geküßt hat; daß ich rein im Geist und jungfräulich an Wünschen bin, und dies wie am Tage meiner Geburt. – Nun, Philippe, nun nehme Gott meine Seele, du hältst meinen Körper in deinen Händen.»

«Es ist gut», erwiderte Philippe nach einem langen Schweigen, «es ist gut, Andrée, ich danke dir. Jetzt sehe ich klar bis auf den Grund deines

Herzens. Ja, du bist rein und unschuldig, armes Opfer. Aber es gibt Zaubertränke, vergiftete Liebestränke. Jemand hat dir eine schändliche Falle gestellt. Was dir als Lebende unter Androhung des Todes niemand hätte entreißen können, wird man dir geraubt haben, während du schliefst. Du bist in eine Falle geraten, Andrée. Doch nun sind wir vereint und stark. Du vertraust mir die Sorge für deine Ehre und für deine Rache an, nicht wahr?»

«Oh! Ja, ja», beteuerte Andrée mit einem düsteren Funkeln in den Augen, «ja, denn wenn du mich rächst, so wird es die Rache für ein Verbrechen sein.»

«Nun gut», fuhr Philippe fort, «hilf mir, unterstütze mich. Laß uns gemeinsam suchen, laß uns Stunde um Stunde die verflossenen Tage zurückverfolgen. Lassen wir uns von dem hilfreichen Faden der Erinnerung leiten, und beim ersten Knoten dieses dunklen Geflechts ...»

«Oh! Das will ich! Das will ich!» rief Andrée. «Laß uns suchen!»

«Sag an, hast du jemanden bemerkt, der dir folgte, dich ausspähte?»

«Nein.»

«Hat dir niemand geschrieben?»

«Niemand.»

«Kein Mann hat dir gesagt, er liebe dich?»

«Keiner.»

«Die Frauen haben dafür einen bemerkenswerten Instinkt. Hast du in Ermangelung von Briefen, in Ermangelung eines Geständnisses je wahrgenommen, daß einer dich ... begehrte?»

«Ich habe niemals dergleichen wahrgenommen.»

«Liebe Schwester, suche in den Umständen deines Lebens nach, in den intimsten Einzelheiten.»

«Leite mich.»

«Bist du allein spazierengegangen?»

«Soweit ich mich erinnere, nie, außer wenn ich mich zur Dauphine begab.»

«Und wenn du in den Park oder in den Wald gingst?»

«Dann begleitete mich stets Nicole.»

«Ach übrigens, Nicole hat dich verlassen, wie ich höre?»

«Ja.»

«An welchem Tag?»

«Am Tage deiner Abreise, wenn ich mich recht entsinne.»

«Sie war ein Mädchen von zweifelhaften Sitten. Hast du die genauen Umstände ihrer Flucht erfahren? Suche wohl.»

«Nein, ich weiß nur, daß sie mit einem jungen Mann wegging, den sie liebte.»

«Was waren die letzten Dinge, die dieses Mädchen in deiner Gegenwart verrichtete?»

«Oh! Mein Gott, gegen neun Uhr trat sie wie gewöhnlich in mein Zimmer, kleidete mich aus, bereitete mir mein Zuckerwasser und entfernte sich.»

«Hast du nicht bemerkt, daß sie dem Wasser irgend etwas beimengte?»

«Nein, im übrigen käme diesem Umstand keinerlei Bedeutung zu, denn ich erinnere mich, daß ich in dem Augenblick, als ich das Glas an die Lippen setzte, eine merkwürdige Empfindung hatte.»

«Was für eine Empfindung?»

«Dieselbe, die ich eines Tages in Taverney gehabt hatte.»

«In Taverney?»

«Ja, als dieser Fremde bei uns einkehrte.»

«Welcher Fremde?»

«Der Graf von Balsamo.»

«Der Graf von Balsamo? Und wie läßt sich diese Empfindung beschreiben?»

«Oh! Es ist so etwas wie ein Schwindel, wie eine Blendung, worauf ich alle meine Sinne verliere.»

«Und du hattest diesen Eindruck bereits in Taverney, sagst du?»

«Ja.»

«Unter welchen Umständen?»

«Ich saß an meinem Cembalo und fühlte, wie mich eine Ohnmacht überkam. Ich schaute vor mich hin und erblickte in einem Spiegel den Grafen. Von diesem Augenblick an erinnere ich mich an nichts mehr, nur noch daran, daß ich an meinem Cembalo aufwachte, ohne die Zeit ermessen zu können, die ich geschlafen hatte.»

«Und du sagst, dies sei das einzige Mal gewesen, daß du diese seltsame Empfindung hattest?»

«Nein, ich hatte sie noch ein weiteres Mal, in der Nacht des Feuerwerks. Ich wurde von dieser ganzen Menge fortgerissen und war drauf und dran, vernichtet zu werden. Ich nahm alle meine Kräfte zusammen, um dagegen anzukämpfen. Plötzlich entspannten sich meine verkrampften Arme, eine Wolke umhüllte meine Augen, doch durch die Wolke hindurch hatte ich gerade noch Zeit, denselben Mann zu erblicken.»

«Den Grafen von Balsamo?»

«Ja.»

«Und du bist eingeschlafen?»

«Ich bin eingeschlafen oder ohnmächtig geworden, das vermag ich nicht mehr zu sagen. Du weißt, wie er mich forttrug und wie er mich zu meinem Vater zurückbrachte.»

«Ja, ja, und in dieser Nacht, in der Nacht von Nicoles Flucht hast du ihn wiedergesehen?»

«Nein, doch ich verspürte alle Symptome, die auf seine Gegenwart hinwiesen: dieselbe seltsame Empfindung, dieselbe nervöse Blendung, dieselbe Betäubung, denselben Schlaf.»

«Denselben Schlaf?»

«Ja, ein Schlaf voller Schwindelgefühle, dessen geheimnisvollen Einfluß ich erkannte, während ich dagegen ankämpfte, dem ich aber schließlich erlag.»

«Großer Gott!» entsetzte sich Philippe. «Fahre fort, fahre fort.»

«Ich schlief also ein.»

«Wo denn?»

«Auf meinem Bett, da bin ich mir ganz sicher, und ich fand mich auf dem Boden, auf dem Teppich wieder, allein, leidend und eiskalt wie eine Tote, die wieder aufersteht. Sobald ich erwachte, rief ich nach Nicole, aber vergebens. Nicole war verschwunden.»

«Und dieser Schlaf, war es wirklich derselbe?»

«Ja.»

«Derselbe wie in Taverney? Derselbe wie an dem Tag der Festlichkeiten?»

«Ja, ja.»

«Die beiden ersten Male hattest du aber diesen Joseph Balsamo, diesen Grafen von Phönix gesehen, bevor du unterlagst?»

«So ist es.»

«Und das dritte Mal sahst du ihn nicht?»

«Nein», erwiderte Andrée mit Schrecken, denn sie fing an, zu begreifen, «nein, aber ich erahnte ihn.»

«Gut!» rief Philippe. «Sei nun ganz ruhig, sei unbesorgt, Andrée. Jetzt kenne ich das Geheimnis. Danke, liebe Schwester, danke! Ah! Wir sind gerettet!»

Philippe nahm Andrée in die Arme und drückte sie zärtlich an sein Herz. Dann stürzte er, fortgerissen durch das Ungestüm seines Entschlusses, aus dem Zimmer.

Er rannte zu den Stallungen, sattelte selbst sein Pferd, schwang sich auf dessen Rücken und schlug in aller Eile den Weg nach Paris ein.

## CXLV. KAPITEL

### *Gilberts Gewissen*

All diese geschilderten Ereignisse hatten eine fürchterliche Wirkung auf Gilbert.

Die sehr zweifelhafte Empfindsamkeit des jungen Mannes sah sich einer allzu harten Prüfung unterworfen, als er aus seinem Schlupfwinkel, den er sich in einer Ecke des Gartens auserkoren hatte, jeden Tag an Andrées Gesicht und Gang die Fortschritte der Krankheit ablas; als ihre Blässe, die ihn am Vortage beunruhigt hatte, ihm am nächsten Morgen stets noch deutlicher, noch anklagender entgegenschlug, wenn sich Mademoiselle de Taverney bei den ersten Strahlen des Tages an ihr Fenster stellte. Wer dann Gilberts Blick beobachtet hätte, würde darin die charakteristischen Merkmale des Schuldbewußtseins nicht verkannt haben.

Gilbert liebte die Schönheit Andrées, und gleichzeitig haßte er sie. Diese strahlende Schönheit in Verbindung mit so vielen anderen überlegenen Eigenschaften bildete eine zusätzliche Trennungslinie zwischen ihm und dem jungen Mädchen. Doch diese Schönheit erschien ihm auch als ein Schatz, der es wert war, erobert zu werden. Dies waren die Gründe für seine Liebe und seinen Haß, für sein Verlangen und seine Verachtung.

Aber von dem Tage an, da diese Schönheit an Glanz verlor, da die Züge Andrées ein Leiden oder eine Schande offenbarten; von dem Tage schließlich, da Gefahr für Andrée und für Gilbert bestand, veränderte sich die Lage der Dinge vollkommen, und Gilbert, der einen ausgeprägten Gerechtigkeitssinn besaß, veränderte seinen Standpunkt.

Sagen wir es ruhig, sein erstes Gefühl war eine tiefe Traurigkeit. Nicht ohne Schmerz sah er die Schönheit und die Gesundheit seiner Angebeteten dahinwelken. Er empfand den köstlichen Stolz, diese Frau, die so hochmütig und verächtlich gegen ihn gewesen war, zu bedauern und ihr in Form von Mitleid all die Schmähungen heimzuzahlen, die er durch sie erfahren hatte.

Wir wollen Gilbert indessen nicht entschuldigen. Der Stolz rechtfertigt nichts. Bei der Art und Weise, wie er die Lage nun ins Auge zu fassen pflegte, war hauptsächlich der Stolz im Spiel. Jedesmal, wenn Mademoiselle de Taverney, bleich, leidend und gebeugt, wie ein Gespenst vor den Augen Gilberts erschien, begann das Herz des letzteren zu pochen, das Blut stieg ihm in die Augen, wie es Tränen tun, und er preßte eine krampfhafte, unruhige Hand auf seine Brust, welche die Empörung seines Gewissens zurückzudrängen suchte.

«Durch meine Schuld ist sie verloren», murmelte er.

Und nachdem er sie mit einem wütenden und verzehrenden Blick angeschaut hatte, entfloh er, während er beständig glaubte, sie zu sehen und stöhnen zu hören.

Dann wurde sein Herz ergriffen, und er empfand den bohrendsten Schmerz, den ein Mensch zu erleiden vermag. Seine erbitterte Liebe bedurfte einer Erleichterung, und er hätte zuweilen sein Leben für das Recht geopfert, vor Andrée auf die Knie zu fallen, ihre Hand zu nehmen, sie zu trösten und ins Leben zurückzurufen, wenn sie ohnmächtig wurde. Seine Machtlosigkeit war eine Marter, deren Qualen sich durch nichts auf der Welt beschreiben lassen.

Gilbert ertrug dieses Martyrium drei Tage lang.

Schon am ersten Tag bemerkte er die Veränderung, die sich bei Andrée vollzog. Dort, wo noch niemand etwas sah, vermochte er als der Schuldige alles zu erahnen und zu erklären. Mehr noch: Nachdem er den Gang des Übels studiert hatte, berechnete er den genauen Zeitpunkt, da der Skandal ausgelöst würde.

Der Tag der Ohnmachten verging für ihn unter fortwährenden Todesängsten und Schweißausbrüchen, wobei sein schwankender Schritt einen sicheren Hinweis auf ein in Bedrängnis geratenes Gewissen gab. Dieses ganze Hin- und Hergelaufe, diese mal gleichgültige, mal übereifrige Miene, diese Anflüge von Anteilnahme oder von Hohn, welche Gilbert selbst als Meisterwerke der Verstellung und der Taktik betrachtete, hätte der geringste Schreiber des Châtelet, der unterste Schließer von Saint-Lazare ebenso vollkommen analysieren und übersetzen können, wie La Fouine für Monsieur de Sartines die in Geheimschrift verfaßten Korrespondenzen las und in Klartext übertrug.

Man sieht keinen Menschen bis zur Atemlosigkeit laufen, dann plötzlich stehenbleiben, unartikulierte Laute ausstoßen und sodann mit einem Schlag ins finsterste Stillschweigen versinken; man sieht nicht, wie er auf unbedeutende Geräusche in der Luft horcht, in der Erde kratzt oder mit einer Art Wut die Bäume zerhackt, ohne innezuhalten und sich zu sagen:

«Dieser hier ist ein Narr, wenn er nicht gar ein Verbrecher ist.»

Nach dem ersten Ausbruch seiner Gewissensbisse war Gilbert vom Mitleid zur Selbstsucht übergegangen. Er hatte das Gefühl, daß nicht jedermann die häufigen Ohnmachten Andrées als natürliche Krankheit betrachten würde und daß man alsbald begänne, nach der Ursache zu forschen.

Gilbert erinnerte sich sodann der so brutalen und zügigen Methoden, derer sich die Justiz bediente, wenn sie Erkundigungen einzog. Er war sich darüber im klaren, daß man Verhöre durchführen und Nachforschungen anstellen würde. Er wußte, daß die Spürhunde, genannt Untersuchungsrichter, als Spezialisten für alle Arten von Diebstählen auf die Fährte eines Verbrechers gebracht werden konnten.

Der Diebstahl aber, den Gilbert begangen hatte, erschien ihm in moralischer Hinsicht als der verabscheuungswürdigste und sträflichste überhaupt.

Er begann also ernstlich zu zittern, denn er befürchtete, Andrées Leiden würde eine Untersuchung auslösen.

Gleich dem Verbrecher jenes berühmten Gemäldes, den der Engel der Reue mit dem bleichen Feuer seiner Fackel verfolgt, warf Gilbert von nun an unablässig verstörte Blicke auf alles, was ihn umgab. Jedes Geräusch, jedes Flüstern kam ihm verdächtig vor. Er lauschte auf jedes Wort, das in seiner Gegenwart gesprochen wurde, und so bedeutungslos es auch sein mochte, stets schien es ihm mit Mademoiselle de Taverney oder mit ihm selbst in Zusammenhang zu stehen.

Er hatte Monsieur de Richelieu zum König und Monsieur de Taverney zu seiner Tochter gehen sehen. Es kam ihm vor, als nähme das Haus an diesem Tag ein ungewöhnliches Aussehen der Verschwörung und des Argwohns an.

Es kam noch schlimmer, als er den Arzt der Dauphine in Andrées Zimmer gehen sah.

Gilbert gehörte zu jenen Skeptikern, die an nichts glauben. Es war ihm wenig an den Menschen und am Himmel gelegen. Doch er erkannte die Wissenschaft als Gott an und verkündete ihre Allmacht.

In manchen Augenblicken hätte Gilbert den unfehlbaren Scharfsinn des höchsten Wesens geleugnet. Nie aber würde er an der Klarsicht des Arztes gezweifelt haben. Die Ankunft des Doktors Louis bei Andrée war ein Schlag, von dem sich Gilberts Gemüt nicht erholte.

Er ließ seine Arbeit stehen und liegen, rannte auf sein Zimmer und blieb gegen alle Ermahnungen seiner Vorgesetzten taub. Dort, hinter dem armseligen Vorhang, den er angebracht hatte, schärfte er all seine Sinne in der Absicht, ein Wort oder eine Gebärde aufzuschnappen, die ihm das Ergebnis des Arztbesuches enthüllen würden.

Doch nichts gab ihm darüber Aufschluß. Er erblickte nur einmal das Gesicht der Dauphine, die sich dem Fenster näherte, um durch die Scheiben in den Hof hinunterzuschauen, den sie vielleicht noch nie gesehen hatte.

Er konnte auch wahrnehmen, wie Doktor Louis das Fenster öffnete, um ein wenig Luft in das Zimmer zu lassen. Doch er vermochte nicht zu hören, was gesprochen wurde, und ebensowenig konnte er das Mienenspiel der Anwesenden beobachten. Ein dicker Vorhang, der als Markise diente, fiel am Fenster herab und raubte ihm jede Möglichkeit, die Szene zu beobachten.

Man kann sich die Angst des jungen Mannes vorstellen. Der Arzt mit dem Luchsauge hatte das Geheimnis entdeckt. Der Skandal stand also in Kürze bevor. Zwar würde er nicht unmittelbar zum Ausbruch kommen, denn Gilbert nahm zu Recht an, daß die Gegenwart der Dauphine ein Hindernis darstellte. Aber sogleich, nachdem die beiden fremden Personen gegangen waren, mußte wohl der Sturm zwischen Vater und Tochter losbrechen.

Er sah Monsieur de Taverney mit der Dauphine weggehen. Der Doktor hatte sich bereits entfernt.

«Die Aussprache wird also zwischen Monsieur de Taverney und der Dauphine stattfinden», dachte er bei sich.

Der Baron kehrte nicht mehr zu seiner Tochter zurück. Andrée blieb allein in ihrer Wohnung und verbrachte die Zeit auf ihrem Sofa, bald bei einer Lektüre, welche sie infolge von Krämpfen und Migräneanfällen aber immer wieder unterbrechen mußte, bald in einem so merkwürdig tiefen und unbewegten Nachsinnen, daß Gilbert diesen Zustand für Ekstase hielt, wenn er sie in einer solchen Phase durch den vom Wind hochgewehten Vorhang erblickte.

Von Schmerz und Aufregung ermüdet, schlief Andrée schließlich ein. Gilbert nutzte diese Atempause, um draußen Gerüchte und Bemerkungen zu sammeln.

Diese Zeit war ihm kostbar, weil sie ihm Gelegenheit bot, Betrachtungen anzustellen.

Die Gefahr war so drohend, daß es galt, sie durch einen schnellen und heldenhaften Entschluß zu bekämpfen.

Aber welchen Entschluß sollte er fassen? Eine Veränderung unter solchen Umständen käme einer Offenbarung gleich. – Die Flucht? – Ah! Ja! Die Flucht mit der Tatkraft der Jugend, mit der Stärke der Verzweiflung und mit der Angst, die alle zusammengenommen die Kräfte eines Menschen verdoppeln und denen eines ganzen Heeres gleichmachen ... Sich tagsüber verstecken, bei Nacht marschieren und endlich anlangen ...

Wo?

An welchem Ort konnte man sich so gut verstecken, daß einen der rächende Arm der königlichen Justiz nicht zu erreichen vermochte?

Gilbert kannte die Sitten auf dem Lande. Was hält man in fast wilden, öden Gegenden – denn an die Städte war nicht zu denken –, was hält man in einem kleinen Marktflecken, in einem Weiler von dem Fremden, der eines Tages kommt und um sein Brot bettelt oder den man verdächtigt, es zu stehlen? Und außerdem kannte Gilbert sich selbst in- und auswendig.

Ein bemerkenswertes Gesicht, ein Gesicht, dem fortan die unauslöschlichen Spuren eines schrecklichen Geheimnisses anhafteten, würde die Aufmerksamkeit jedes erstbesten Beobachters erregen. Fliehen allein stellte schon eine Gefahr dar, doch entdeckt zu werden war eine Schmach.

Durch die Flucht würde man Gilbert für den Schuldigen halten. Er verwarf diesen Gedanken, und als ob sein Geist nur noch genug Kraft gehabt hätte, einen Ausweg zu finden, fand der Unglückliche nach der Flucht den Tod.

Es war das erste Mal, daß er darüber nachdachte. Das unheimliche Gespenst, das er heraufbeschwor, jagte ihm nicht die geringste Angst ein.

«Es bleibt immer noch Zeit, an den Tod zu denken, wenn alle anderen Möglichkeiten erschöpft sind», dachte er. «Im übrigen ist es feige, sich selbst zu töten. Monsieur Rousseau hat das auch gesagt. Leiden ist edler.»

Und nach dieser Widersinnigkeit hob Gilbert den Kopf und fing erneut an, ziellos im Garten herumzulaufen.

Gerade war er zu den ersten Schimmern der Sicherheit durchgedrungen, als plötzlich Philippe, wie wir beschrieben haben, vor ihm auftauchte, all seine Ideen über den Haufen warf und ihn erneut in Verlegenheit und Ratlosigkeit stürzte.

Der Bruder! Man hatte den Bruder herbeigerufen! Es war also erwiesen! Die Familie war zwar entschlossen, sich in Schweigen zu hüllen, aber gleichzeitig würde sie bis ins kleinste Detail gehende Nachforschungen anstellen, welche Gilbert mit demselben Schrecken erfüllten wie der ganze Folterapparat der Conciergerie. Man würde ihn vor Andrée schleppen, man würde ihn zwingen, niederzuknien und sein schändliches Verbrechen zu bekennen, worauf man ihn wie einen Hund mit dem Stock oder mit dem Messer töten würde. Eine gesetzlich anerkannte Rache, deren Straflosigkeit durch zahlreiche ähnlich gelagerte Präzedenzfälle im voraus garantiert war.

König Ludwig XV. zeigte sich bei solchen Gelegenheiten dem Adel gegenüber sehr nachsichtig.

Obendrein war Philippe der furchtbarste Rächer, den Mademoiselle de Taverney hätte zu Hilfe rufen können. Philippe, der einzige aus der Familie, der Gilbert Gefühle eines Menschen und beinahe eines Gleichgestellten entgegengebracht hatte, würde den Schuldigen ebenso sicher mit einem Wort wie mit dem Degen töten, wenn das Wort lautete:

«Gilbert, Sie haben unser Brot gegessen, und nun entehren Sie uns!»

Daher hatte Gilbert, wie wir gesehen haben, beim Erscheinen Philippes sogleich die Flucht ergriffen. Daß er dennoch zurückkehrte, war allein seinem Instinkt zuzuschreiben, der ihm sagte, daß er sich durch die

Flucht selbst anklagen würde. Von diesem Moment an konzentrierte er all seine Kräfte auf ein einziges Ziel: auf den Widerstand.

Er folgte Philippe, sah ihn zu Andrée hinaufsteigen und mit Doktor Louis sprechen. Er beobachtete alles, beurteilte alles und begriff die Verzweiflung Philippes. Er sah den Schmerz hervorbrechen und größer werden. Am Spiel der Schatten hinter dem Vorhang erriet er die schreckliche Szene zwischen Philippe und Andrée.

«Ich bin verloren», dachte er.

Seine Vernunft verwirrte sich. Er ergriff ein Messer, um Philippe zu töten, den er jeden Augenblick auf seiner Schwelle erwartete ... oder um sich selbst zu töten, wenn es sein mußte.

Ganz entgegen seiner Erwartung söhnte Philippe sich indessen mit seiner Schwester aus. Gilbert sah, wie er auf Knien Andrées Hände küßte. Darin erblickte er eine neue Hoffnung, eine Tür zur Rettung. Wenn Philippe noch nicht unter Wutgeschrei zu ihm heraufgestürmt war, dann deshalb, weil Andrée den Namen des Schuldigen überhaupt nicht kannte. Wenn sie, die einzige Zeugin, die einzige Anklägerin, nichts wußte, so wußte folglich niemand etwas. Wenn Andrée – welch verrückte Hoffnung! – etwas wußte, aber nichts gesagt hatte, so bedeutete dies mehr als die Rettung, es bedeutete Glück und Triumph.

Von diesem Augenblick an machte sich Gilbert entschlossen zum Herrn der Lage. Nichts hielt ihn mehr in seiner klaren Überlegung auf, sobald er seinen Scharfblick wiedererlangt hatte.

«Wo sind die Spuren», fragte er sich, «wenn Mademoiselle de Taverney mich nicht beschuldigt? Ich bin doch ein Narr! Würde sie mich des Verbrechens anklagen? Das Verbrechen hat sie mir jedenfalls nicht vorgeworfen. Nichts hat mir seit drei Wochen angedeutet, sie hasse oder meide mich mehr als früher.

Wenn sie die Ursache also nicht gekannt hat, so verrät nichts in der Wirkung mich mehr als jeden anderen. Ich selbst habe den König im Zimmer Mademoiselle Andrées gesehen. Das würde ich nötigenfalls vor dem Bruder bezeugen, und trotz allen Abstreitens Seiner Majestät würde man mir glauben ... Ja, aber dies wäre ein ziemlich gefährliches Spiel ... Ich werde lieber schweigen. Der König verfügt über zu viele Mittel, seine Unschuld zu beweisen oder meine Aussage zunichte zu machen. Doch in Ermangelung des Königs, dessen Name in diesem Zusammenhang unter Todesstrafe oder unter der Strafe lebenslänglicher Haft nicht erwähnt werden darf, habe ich dann nicht noch diesen unbekannten Mann, der Mademoiselle de Taverney in derselben Nacht in den Garten kommen ließ? ... Wie soll sich dieser verteidigen? Wie sollte man denn erraten, wer er ist? Und wie sollte man ihn wiederfinden, wenn man es erriete?

Dieser ist nur ein gewöhnlicher Mensch. Ich bin ebensoviel wert wie er und werde mich gegen ihn gut zu verteidigen wissen. Im übrigen denkt man nicht einmal an mich. - Gott allein hat mich gesehen», fügte er hinzu und lachte bitter ... «Aber warum sollte dieser Gott, der so oft meine Tränen und meine Schmerzen sah, ohne etwas zu sagen, warum sollte dieser Gott die Ungerechtigkeit begehen, mich bei dieser Gelegenheit, bei der ersten, die er mir zu meinem Glück geboten hat, zu verraten? ... Überdies, wenn das Verbrechen existiert, so ist es ihm zuzuschreiben und nicht mir, und Monsieur de Voltaire liefert Beweise im Überfluß für die Tatsache, daß es keine Wunder mehr gibt. Ich bin gerettet, ich bin ruhig, mein Geheimnis gehört mir. Die Zukunft gehört mir.»

Nach diesen Überlegungen oder vielmehr nach dieser Übereinkunft mit seinem Gewissen packte Gilbert sein Gartengerät zusammen und nahm mit seinen Kameraden das Abendbrot ein. Er war fröhlich, sorglos, ja sogar herausfordernd. Er war von Gewissensbissen verzehrt worden, er hatte Angst gehabt, doch dies war eine doppelte Schwäche, die ein Mensch, noch dazu ein Philosoph, schleunigst ablegen mußte. Nur machte er die Rechnung ohne sein Gewissen: Gilbert konnte nicht schlafen.

## CXLVI. KAPITEL

### *Zwei Schmerzen*

Gilbert hatte die Lage der Dinge vernünftig beurteilt, als er hinsichtlich des Unbekannten, den er an jenem für Mademoiselle de Taverney so verhängnisvollen Abend im Garten überrascht hatte, sagte:

«Wird man ihn wiederfinden?»

Tatsächlich hatte Philippe nämlich nicht die leiseste Ahnung, wo Joseph Balsamo, Graf von Phönix, wohnte.

Doch er erinnerte sich jener Dame von Stand, jener Marquise von Savigny, zu der Andrée am 31. Mai gebracht worden war.

Die Stunde war noch nicht so sehr fortgeschritten, als daß es unmöglich gewesen wäre, dieser Dame, die in der Rue Saint-Honoré wohnte, einen Besuch abzustatten. Philippe unterdrückte alle Aufregung seines Geistes und seiner Sinne. Er ging zu der Dame hinauf, und die Kammerzofe gab ihm ohne Zögern Balsamos Adresse in der Rue Saint-Claude im Marais.

Philippe schlug auf der Stelle den Weg nach der bezeichneten Straße ein.

Nicht ohne eine tiefe Gemütsbewegung betätigte er den Klopfer dieses verdächtigen Hauses, worin seiner Vermutung nach die Ruhe und die Ehre der armen Andrée auf ewig begraben waren. Doch unter Zuhilfenahme seines Willens hatte er schnell seine Entrüstung und seine Empfindlichkeit überwunden, um sich unversehrt die Kräfte zu erhalten, derer er zu bedürfen glaubte.

Er klopfte also mit ziemlich sicherer Hand an dem Haus, und gemäß den Gewohnheiten des Ortes wurde ihm die Tür sogleich geöffnet.

Philippe trat, sein Pferd am Zügel führend, in den Hof ein.

Doch er hatte noch nicht vier Schritte getan, als Fritz, aus dem Vorhause hervortretend, auf den obersten Stufen erschien und ihn mit der Frage:

«Was will der Herr?» aufhielt.

Philippe bebte wie vor einem unvorhergesehenen Hindernis.

Stirnrunzelnd musterte er den Deutschen, als wäre Fritz mit dieser Frage nicht nur der selbstverständlichen Pflicht eines Dieners nachgekommen.

«Ich will mit dem Herrn des Hauses, mit dem Grafen von Phönix, sprechen», erklärte Philippe, während er den Zügel seines Pferdes an einem Ring befestigte und auf das Haus zuschritt, in das er sogleich eintrat.

«Monsieur ist nicht zu Hause», entgegnete Fritz, wobei er Philippe jedoch mit der Höflichkeit eines wohldressierten Dieners durchließ.

Es war seltsam. Philippe schien alles vorhergesehen zu haben, nur diese schlichte Antwort nicht.

Er blieb einen Augenblick wie angewurzelt stehen.

«Wo kann ich ihn finden?» fragte er dann.

«Ich weiß es nicht, Monsieur.»

«Sie müssen es aber wissen.»

«Ich bitte um Verzeihung, aber Monsieur legt mir keine Rechenschaft ab.»

«Mein Freund», drang Philippe weiter in ihn, «ich muß Ihren Herrn aber unbedingt noch heute abend sprechen.»

«Ich bezweifle, daß dies möglich sein wird.»

«Es muß möglich sein, ich komme in einer äußerst wichtigen Angelegenheit.»

Fritz verneigte sich, ohne zu antworten.

«Er ist also ausgegangen?» erkundigte sich Philippe.

«Jawohl, Monsieur.»

«Dann wird er zweifellos zurückkommen?»

«Ich glaube nicht, Monsieur.»

«Ah! Sie glauben also nicht?»

«Nein.»

«Sehr gut», versetzte Philippe, der langsam anfing, nervös zu werden, «melden Sie Ihrem Herrn immerhin ...»

«Aber ich hatte doch gerade die Ehre, Ihnen mitzuteilen, daß Monsieur nicht hier ist», unterbrach ihn Fritz unverdrossen.

«Ich weiß, was Anweisungen wert sind, Monsieur», versetzte Philippe, «und die Ihre ist durchaus achtbar. Doch sie kann auf mich keine Anwendung finden, da Ihr Herr meinen Besuch nicht vorhersehen konnte und da ich nur ausnahmsweise hierher komme.»

«Die Anweisung gilt für jedermann, Monsieur», antwortete Fritz ungeschickt.

«Aha! Da es eine solche Anweisung gibt, ist der Graf von Phönix also hier?» folgerte Philippe.

«Nun, und weiter?» gab Fritz zurück, den so viel Beharrlichkeit allmählich ungeduldig werden ließ.

«Nun, ich werde hier auf ihn warten.»

«Ich sage Ihnen doch, Monsieur ist nicht hier», wiederholte Fritz. «Das Haus ist vor einiger Zeit in Brand geraten, und infolge der Feuersbrunst ist es unbewohnbar geworden.»

«Du bewohnst es aber doch», hielt Philippe ebenfalls ungeschickt dagegen.

«Ich bewohne es als Wächter.»

Philippe zuckte die Schultern wie ein Mensch, der nicht ein Wort von dem, was man ihm sagt, glaubt.

Fritz wurde jetzt ernstlich ungehalten und rief:

«Ob der Herr Graf nun zu Hause ist oder nicht, so pflegt man doch weder während seiner Anwesenheit noch während seiner Abwesenheit gewaltsam bei ihm einzudringen. Und wenn Sie sich nicht den Gewohnheiten des Hauses fügen, so werde ich gezwungen sein ...»

Fritz hielt inne.

«Wozu?» rief Philippe, sich vergessend.

«Sie hinauszuwerfen», erklärte Fritz gelassen.

«Du?» schrie Philippe mit funkelnden Augen.

«Ich», bestätigte Fritz, der mit dem seiner Nation eigenen Charakter, je wütender er wurde, die völlige Beherrschung wiedererlangte.

Er trat einen Schritt auf den jungen Mann zu, der, außer sich vor Zorn, nach seinem Degen griff.

Ohne sich durch den Anblick der Waffe einschüchtern zu lassen und ohne um Hilfe zu rufen – vielleicht war er ja wirklich allein –, faßte Fritz eine an der Wand befestigte Trophäe, eine Art Spieß, der mit einem kurzen, aber spitzen Eisen versehen war. Mehr einem Stockkämpfer denn einem Fechter ähnlich, stürzte er damit auf Philippe zu und hieb schon beim ersten Schlag die Klinge des kurzen Degens entzwei.

Philippe stieß einen Wutschrei aus, eilte zu der an der Wand hängenden Trophäensammlung und versuchte seinerseits eine Waffe zu ergreifen.

In diesem Augenblick öffnete sich die Geheimtür zum Korridor, und in dem dunklen Türrahmen erschien der Graf.

«Was gibt es, Fritz?» erkundigte er sich.

«Nichts, Monsieur», erwiderte der Diener, der seinen Spieß sinken ließ, sich aber wie eine Schranke vor seinen Herrn stellte, welcher ihn, auf den Stufen der Geheimtreppe stehend, um eine halbe Leibeslänge überragte.

«Herr Graf von Phönix», begann Philippe, «ist es in Ihrem Land Sitte, daß die Lakaien einen Edelmann mit einem Spieß in der Hand empfangen, oder ist es nur eine besondere Vorschrift in Ihrem vornehmen Hause?»

Fritz senkte seinen Spieß noch weiter und stellte ihn auf ein Zeichen seines Herrn in einem Winkel des Vorhauses ab.

«Wer sind Sie, Monsieur?» fragte der Graf, der Philippe im Schein der Lampe, die das Vorzimmer beleuchtete, nur undeutlich erkennen konnte.

«Jemand, der Sie unbedingt sprechen will.»

«Der will?»

«Ja.»

«Das ist ein Wort, das Fritz voll und ganz entschuldigt, Monsieur. Denn ich will niemanden sprechen, und wenn ich bei mir zu Hause bin, gestehe ich niemandem das Recht zu, mich sprechen zu wollen. Sie haben sich also mir gegenüber eines Unrechts schuldig gemacht, aber», fügte Balsamo seufzend hinzu, «ich verzeihe es Ihnen, allerdings nur unter der Bedingung, daß Sie sich zurückziehen und nicht weiterhin meine Ruhe stören.»

«Es steht Ihnen wahrlich gut an, Ruhe zu verlangen, nachdem Sie mir die meinige geraubt haben!» ereiferte sich Philippe.

«Ich habe Ihnen Ihre Ruhe geraubt?» wunderte sich der Graf.

«Ich bin Philippe de Taverney!» rief der junge Mann im Glauben, dieses Wort wäre für das Gewissen des Grafen eine ausreichende Antwort.

«Philippe de Taverney? ... Monsieur», sprach der Graf, «ich bin von Ihrem Vater gut empfangen worden. Sie sollen auch bei mir gut aufgenommen werden.»

«Ah! Welch ein Glück!» murmelte Philippe.

«Wenn Sie mir bitte folgen wollen, Monsieur.»

Balsamo schloß die Tür zur Geheimtreppe, ging Philippe voran und führte ihn in den Salon, in dem wir notwendigerweise Zeugen einiger

Szenen dieser Geschichte wurden, besonders der jüngsten Szene, die sich mit den fünf Meistern hier zugetragen hatte.

Der Salon war hell erleuchtet, als ob man jemanden erwartet hätte. Doch offensichtlich zeugte diese Beleuchtung nur von einer der verschwenderischen Gewohnheiten des Hauses.

«Guten Abend, Monsieur de Taverney», begrüßte ihn Balsamo mit einer sanften, heiseren Stimme, welche Philippe nötigte, die Augen zu ihm aufzuschlagen.

Doch beim Anblick Balsamos wich Philippe unwillkürlich einen Schritt zurück.

Der Graf war in der Tat nur noch der Schatten seiner selbst. Seine hohlen Augen besaßen keinen Glanz mehr. Durch seine abgemagerten Wangen zogen sich zwei Falten zu den Mundwinkeln und verliehen dem Gesicht Ähnlichkeit mit einem Totenkopf.

Philippe blieb aufs höchste bestürzt stehen. Balsamo bemerkte sein Erstaunen, und ein Lächeln von tödlicher Traurigkeit huschte über seine bleichen Lippen.

«Monsieur», setzte er an, «ich muß mich wegen meines Dieners bei Ihnen entschuldigen. Aber er folgte tatsächlich nur der ihm gegebenen Anweisung, und Sie, erlauben Sie mir die Bemerkung, handelten unrecht, indem sie dieselbe mit Gewalt zu durchbrechen suchten.»

«Monsieur», antwortete Philippe, «es gibt, wie Sie wissen, im Leben extreme Situationen, und ich befinde mich in einer solchen.»

Balsamo erwiderte nichts.

«Ich wollte Sie sehen», fuhr Philippe fort, «ich wollte Sie sprechen, und ich hätte dem Tode getrotzt, um zu Ihnen vorzudringen.»

Balsamo hüllte sich weiterhin in Schweigen und schien auf eine Erläuterung seitens des jungen Mannes zu warten, ohne daß er jedoch die Kraft oder die Neugierde gehabt hätte, eine solche von ihm zu verlangen.

«Ich habe Sie», sprach Philippe weiter, «ich habe Sie endlich, und wir werden uns erklären, wenn es Ihnen beliebt. Aber tun Sie mir den Gefallen, und entlassen Sie zuerst diesen Menschen.»

Und mit dem Finger deutete Philippe auf Fritz, der eben am Türvorhang erschienen war, als wollte er die letzten Befehle seines Herrn in bezug auf den lästigen Besucher entgegennehmen.

Mit einer einfachen Bewegung des Kopfes entließ Balsamo Fritz, und die beiden Männer nahmen einander gegenüber Platz, Philippe mit dem Rücken zum Kamin, Balsamo den Ellenbogen auf ein Tischchen gestützt.

«Sprechen Sie rasch und klar, wenn es Ihnen beliebt, Monsieur», forderte Balsamo ihn auf. «Denn ich höre Sie nur aus Wohlwollen an und weise Sie im voraus darauf hin, daß ich schnell ermüden könnte.»

«Ich werde sprechen, wie ich sprechen muß, Monsieur, und so, wie ich es für angebracht halte», erwiderte Philippe, «und ungeachtet Ihres Beliebens werde ich das Gespräch mit einem Verhör beginnen.»

Bei diesem Wort ließ ein fürchterliches Stirnrunzeln Balsamos Augen wie elektrisiert funkeln.

Dieses Wort rief ihm solche Erinnerungen ins Gedächtnis, daß Philippe gebebt haben würde, hätte er gewußt, was in diesem Mann vorging.

Doch nach einem Moment des Schweigens, den Balsamo dazu nutzte, wieder Herr seiner selbst zu werden, meinte er:

«Fragen Sie.»

«Monsieur», begann Philippe, «Sie haben mir niemals genau erklärt, womit Sie Ihre Zeit in der bekannten Nacht vom einunddreißigsten Mai von dem Moment an zubrachten, da Sie meine Schwester aus der Mitte der Sterbenden und der Toten, mit denen die ganze Place Louis XV bedeckt war, herausholten.»

«Was soll das bedeuten?» fragte Balsamo.

«Das bedeutet, Herr Graf, daß Ihr ganzes Verhalten in dieser Nacht mich stets verdächtig anmutete und daß es mir jetzt mehr denn je verdächtig ist.»

«Verdächtig?»

«Ja, und daß es aller Wahrscheinlichkeit nach nicht das eines Ehrenmannes gewesen ist.»

«Monsieur», erwiderte Balsamo, «ich verstehe Sie nicht. Sie werden bemerkt haben, daß mein Kopf ermüdet und geschwächt ist, und daß mich diese Schwäche natürlicherweise ungeduldig macht.»

«Monsieur!» rief Philippe, aufgebracht über den hochmütig gelassenen Tonfall, den Balsamo anschlug.

«Monsieur», unterbrach ihn Balsamo im selben Ton, «seitdem ich die Ehre hatte, Sie zum ersten Mal zu sehen, ist mir ein großes Unglück widerfahren. Mein Haus ist beinahe abgebrannt und verschiedene kostbare, sehr kostbare Dinge, verstehen Sie wohl, sind mir dadurch auf ewig verlorengegangen. Infolge des Kummers ist mir eine gewisse Verwirrung zurückgeblieben. Drücken Sie sich also bitte klar und verständlich aus, oder ich werde mich sogleich von Ihnen verabschieden.»

«O nein, Monsieur!» widersprach Philippe. «Nein, so leicht, wie Sie sagen, werden Sie nicht von mir Abschied nehmen. Ich werde Ihren Kummer achten, wenn Sie sich ebenfalls mitfühlend gegen den meinigen zeigen. Auch mir ist ein großes Unglück zugestoßen, Monsieur, ein weitaus größeres als Ihnen, dessen bin ich mir sicher.»

Balsamo lächelte jenes verzweifelte Lächeln, das Philippe schon einige Male über seine Lippen hatte huschen sehen.

«Jawohl, Monsieur», bekräftigte Philippe, «ich habe die Ehre meiner Familie verloren.»

«Nun, Monsieur», entgegnete Balsamo, «was vermag ich bei diesem Unglück zu tun?»

«Was Sie dabei zu tun vermögen?» entfuhr es Philippe, dessen Augen Funken sprühten.

«Ja.»

«Sie können mir zurückgeben, was ich verloren habe, Monsieur!»

«Na, hören Sie! Sie sind wohl nicht ganz bei Trost, Monsieur!» empörte sich Balsamo und streckte die Hand nach der Klingelschnur aus.

Doch er machte diese Gebärde auf eine so ruhige Weise und mit so wenig Zorn, daß Philippes Arm ihn sogleich zurückhielt.

«Ich soll nicht bei Trost sein?» rief Philippe mit stockender Stimme. «Aber begreifen Sie denn nicht, daß es sich um meine Schwester handelt, um meine Schwester, die Sie am einunddreißigsten Mai ohnmächtig in Ihren Armen hielten; um meine Schwester, die Sie in ein Ihrer Behauptung nach ehrenhaftes, nach meiner Ansicht schändliches Haus gebracht haben; um meine Schwester, deren Ehre ich von Ihnen mit dem Degen in der Hand zurückfordere?»

Balsamo zuckte die Schultern.

«Ei, großer Gott!» murmelte er. «So viele Umwege, um zu einer so einfachen Sache zu gelangen!»

«Unglücklicher!» schrie Philippe.

«Was für eine bedauernswerte Stimme Sie haben, Monsieur!» bemerkte Balsamo mit derselben traurigen Ungeduld. «Sie machen mich ja ganz taub. Lassen Sie hören, kommen Sie nicht, um mir zu sagen, ich hätte Ihre Schwester beleidigt?»

«Ja, Elender!»

«Abermals ein unnützer Schrei und eine ebensolche Schmähung, Monsieur! Wer, zum Teufel, hat Ihnen eigentlich gesagt, ich hätte Ihre Schwester beleidigt?»

Philippe zögerte. Der Ton, in dem Balsamo diese Worte vorgebracht hatte, verblüffte ihn. Es war entweder der Gipfel der Unverschämtheit oder der Schrei eines reinen Gewissens.

«Wer es mir gesagt hat?» wiederholte der junge Mann.

«Ja, das frage ich Sie.»

«Meine Schwester selbst, Monsieur.»

«Nun, Monsieur, Ihre Schwester ...»

«Was wollen Sie sagen?» fiel ihm Philippe mit einer drohenden Gebärde ins Wort.

«Ich wollte sagen, Monsieur, daß Sie mir wahrlich ein recht trauriges

Bild von Ihnen und von Ihrer Schwester vermitteln. Wissen Sie, die häßlichste Spekulation der Welt ist diejenige, welche gewisse Frauen mit ihrer Unehre anstellen. Nun sind Sie aber mit Drohungen auf den Lippen gekommen wie die bärtigen Brüder aus der italienischen Komödie, um mich mit dem Degen in der Hand zu zwingen, entweder Ihre Schwester zu heiraten, was beweist, daß sie dringend eines Gatten bedarf, oder Ihnen Geld zu geben, weil Sie wissen, daß ich Gold herstelle. Nun, Monsieur, Sie haben sich in beiden Punkten getäuscht. Sie werden kein Geld von mir bekommen, und Ihre Schwester wird unverheiratet bleiben.»

«Dann werde ich von Ihnen das Blut bekommen, das Sie in den Adern haben», rief Philippe, «wenn darin überhaupt welches fließt!»

«Nein, nicht einmal dies, Monsieur.»

«Wie?»

«Das Blut, das ich habe, behalte ich auch. Wenn ich den Wunsch gehabt hätte, es zu vergießen, hätte sich mir schon ein ernsterer Anlaß dazu geboten als der, den Sie mir bieten. Tun Sie mir also den Gefallen, Monsieur, und kehren Sie ruhig zurück, und wenn Sie dabei Lärm schlagen sollten, werde ich, da mir dieser Lärm Kopfweh bereiten wird, Fritz rufen. Fritz wird kommen und Sie auf ein Zeichen von mir entzweibrechen wie ein Schilfrohr. Gehen Sie.»

Diesmal läutete Balsamo, und da Philippe ihn daran hindern wollte, öffnete er ein Kistchen aus Ebenholz, das auf dem Tischchen stand, und nahm daraus eine Doppelpistole, die er durchlud.

«Das ist mir schon lieber!» rief Philippe. «Töten Sie mich!»

«Warum sollte ich Sie töten?»

«Weil Sie mich entehrt haben.»

Der junge Mann sprach diese Worte seinerseits mit einem solchen Ausdruck der Ehrlichkeit, daß Balsamo ihn voller Sanftmut anschaute.

«Sollte es denn möglich sein», sprach er, «daß Sie guten Glaubens sind?»

«Zweifeln Sie etwa daran? Sie zweifeln am Wort eines Edelmannes?»

«Ich will also annehmen», fuhr Balsamo fort, «daß Mademoiselle de Taverney allein auf den unwürdigen Gedanken verfallen ist und daß sie Sie zu Ihrem Tun angetrieben hat ... Ich werde Ihnen daher eine Genugtuung geben. Ich schwöre Ihnen bei meiner Ehre, daß mein Benehmen gegen Ihre Schwester in der Nacht vom einunddreißigsten Mai tadellos gewesen ist; daß weder das Ehrgefühl noch ein menschliches Gericht, noch die göttliche Gerechtigkeit irgend etwas daran zu finden vermögen, was nicht vollkommenster Biederkeit entspräche. Glauben Sie mir?»

«Monsieur!» rief der junge Mann erstaunt.

«Sie wissen, daß ich ein Duell nicht fürchte, nicht wahr, das kann man in den Augen lesen? Was meine Schwäche betrifft, so täuschen Sie sich nicht. Sie ist nur scheinbar. Meine Muskeln haben nichts von ihrer Kraft eingebüßt.

«Nun gut, Monsieur», meinte Philippe, «ich glaube Ihnen, was den einunddreißigsten Mai betrifft. Aber Sie wenden dabei eine List an, indem Sie nämlich Ihr Ehrenwort unter den Schutz eines Irrtums hinsichtlich des Tages stellen. Sie haben meine Schwester seitdem wiedergesehen!»

Balsamo zögerte seinerseits.

«Das ist richtig», gab er zu, «ich habe sie wiedergesehen.»

Und sein Gesicht, das sich für einen Augenblick aufgehellt hatte, verdüsterte sich wieder.

«Ah! Da haben wir's!» stellte Philippe fest.

«Nun, was beweist schon gegen mich die Tatsache, daß ich Ihre Schwester wiedergesehen habe?»

«Es beweist, daß Sie sie in diesen unerklärlichen Schlaf versetzt haben, von dem sie sich schon dreimal bei Ihrer Annäherung befallen fühlte, und daß Sie diese Unempfindlichkeit mißbrauchten, um die Geheimhaltung des Verbrechens zu erlangen.»

«Ich frage Sie noch einmal, wer behauptet dies?» ereiferte sich Balsamo nun seinerseits.

«Meine Schwester!»

«Wie kann sie es wissen, da sie doch schlief?»

«Ah! Sie geben also zu, daß sie eingeschlafen war?»

«Mehr noch, Monsieur, ich gebe sogar zu, sie selbst eingeschläfert zu haben.»

«Eingeschläfert?»

«Ja.»

«Und zu welchem Zweck, wenn nicht um sie zu entehren?»

«Ach, zu welchem Zweck!» seufzte Balsamo und ließ seinen Kopf auf die Brust sinken.

«Sprechen Sie!»

«Zu dem Zweck, Monsieur, sie ein Geheimnis enthüllen zu lassen, das mir kostbarer war als das Leben.»

«Oh! Listen, Ausflüchte!»

«Und in jener Nacht», fuhr Balsamo fort, der mehr seinen eigenen Gedanken folgte, als Philippe in dem beleidigenden Verhör Rede und Antwort zu stehen, «in jener Nacht geschah es, daß Ihre Schwester? ...»

«Entehrt wurde, jawohl, Monsieur.»

«Entehrt?»

«Meine Schwester wird Mutter!»

Balsamo stieß einen Schrei aus.

«Oh! Es ist wahr, es ist wahr», bekannte er, «jetzt erinnere ich mich. Ich bin weggegangen, ohne sie aufzuwecken.»

«Sie gestehen es, Sie gestehen es also!» rief Philippe.

«Ja, und irgendein Schändlicher wird während dieser furchtbaren Nacht – furchtbar für uns alle, Monsieur – ihren Schlaf ausgenützt haben.»

«Ah! Wollen Sie sich jetzt auch noch über mich lustig machen, Monsieur?»

«Nein, ich will Sie überzeugen.»

«Das wird schwierig sein.»

«Wo befindet sich Ihre Schwester im Augenblick?»

«Dort, wo Sie sie so gut ausfindig gemacht haben.»

«In Trianon?»

«Ja.»

«Ich gehe mit Ihnen nach Trianon, Monsieur.»

Philippe blieb starr vor Erstaunen.

«Ich habe einen Fehler begangen, Monsieur», gab Balsamo zu, «doch ich bin rein von jedem Verbrechen. Ich habe dieses Kind im magnetischen Schlaf gelassen. Nun, zum Ausgleich für diesen Fehler, den Sie mir gerechterweise vergeben müssen, werde ich Ihnen den Namen des Schuldigen mitteilen.»

«Sagen Sie ihn, sagen Sie ihn!»

«Ich weiß ihn nicht», erwiderte Balsamo.

«Wer weiß ihn dann?»

«Ihre Schwester.»

«Aber sie hat sich geweigert, ihn mir zu nennen.»

«Vielleicht, aber mir wird sie ihn sagen.»

«Meine Schwester?»

«Wenn Ihre Schwester jemanden beschuldigt, werden Sie ihr dann glauben?»

«Ja, denn meine Schwester ist ein Engel der Reinheit.»

Balsamo läutete.

«Fritz, eine Karosse!» befahl er, als der Deutsche erschien.

«Den Schuldigen!» rief Philippe. «Sie versprechen mir, mich den Schuldigen wissen zu lassen?»

«Monsieur», sprach Balsamo, «Ihr Degen ist während des Streits zerbrochen, wollen Sie mir gestatten, Ihnen einen anderen anzubieten?»

Und er nahm von einem Sessel einen wunderschönen Degen mit einem Griff von feuervergoldetem Silber und steckte ihn Philippe in den Gürtel.

«Aber Sie?» fragte der junge Mann.

«Ich, Monsieur, ich brauche keine Waffe», versetzte Balsamo. «Meine Verteidigung ist in Trianon, und mein Verteidiger werden Sie selbst sein, wenn Ihre Schwester gesprochen hat.»

Eine Viertelstunde später stiegen sie in die Karosse, und Fritz lenkte sie im scharfen Galopp zweier ausgezeichneter Pferde auf die Landstraße nach Versailles.

## CXLVII. KAPITEL

### *Der Weg nach Trianon*

Die lange Aussprache hatte Zeit gekostet, so daß es schon beinahe zwei Uhr morgens war, als man aus der Rue Saint-Claude wegfuhr.

Man benötigte fünf Viertelstunden, um nach Versailles zu gelangen, und zehn Minuten, um sich von Versailles nach Trianon zu begeben, so daß die beiden Männer ihr Ziel erst gegen halb vier Uhr morgens erreichten.

Während des zweiten Teils der Fahrt tauchte die Morgenröte schon die frischen Waldungen und die Hügel von Sèvres in ihr zartrosa Licht. Wie Spiegel glänzten die Teiche von Ville d'Avray und die etwas weiter enfernt gelegenen von Buc.

Dann waren vor ihren Blicken endlich die Säulengänge und Dächer von Versailles erschienen, die von den Strahlen einer noch unsichtbaren Sonne bereits purpurrot gefärbt wurden.

Von Zeit zu Zeit funkelte eine Fensterscheibe, an der sich ein Sonnenstrahl brach, und durchbohrte mit ihrem Licht den bläulichroten Morgennebel.

Als sie am Ende der Allee ankamen, die von Versailles nach Trianon führt, ließ Philippe den Wagen anhalten und wandte sich an seinen Begleiter, der die ganze Fahrt über in düsterem Stillschweigen verharrt hatte.

«Monsieur», erklärte er, «ich fürchte, wir werden hier eine Weile warten müssen. Die Tore werden nicht vor fünf Uhr morgens geöffnet, und wenn wir gegen die Vorschriften verstießen, dürfte unsere Ankunft den Aufsehern und Wächtern verdächtig erscheinen.»

Balsamo erwiderte nichts, deutete aber durch ein Nicken an, daß er den Vorschlag billigte.

«Überdies, Monsieur», fuhr Philippe fort, «überdies wird mir dieser Verzug Zeit lassen, Ihnen einige Überlegungen mitzuteilen, die ich während der Fahrt angestellt habe.»

«Ganz wie es Ihnen beliebt, Monsieur», antwortete Balsamo. «Sprechen Sie nur, ich höre.»

«Sie sagten mir, Monsieur», begann Philippe, «Sie hätten meine Schwester in der Nacht vom einunddreißigsten Mai bei der Marquise von Savigny abgeliefert.»

«Sie haben sich dessen selbst vergewissert, Monsieur», bemerkte Balsamo, «da Sie dieser Dame einen Dankesbesuch abstatteten.»

«Sie fügten hinzu, da ein Bediensteter der königlichen Stallungen Sie vom Palais der Marquise bis zu uns, das heißt in die Rue Coq-Héron begleitet habe, so seien Sie zu keinem Zeitpunkt mit meiner Schwester allein gewesen. Ich habe Ihnen dies auf Ihr Ehrenwort geglaubt.»

«Und Sie haben wohl daran getan, Monsieur.»

«Doch wenn ich meine Gedanken auf die Ereignisse jüngeren Datums lenke, so drängt sich mir die Vermutung auf, daß Sie vor einem Monat, als Sie Mittel fanden, sich in die Gärten von Trianon einzuschleichen, um mit meiner Schwester in jener Nacht zu sprechen, in ihr Zimmer gekommen sein müssen.»

«Ich habe das Zimmer Ihrer Schwester niemals betreten, Monsieur.»

«Hören Sie mich trotzdem weiter an! ... Sehen Sie, bevor wir vor Andrée treten, müssen alle Dinge klar sein.»

«Klären Sie die Dinge auf, Chevalier, das ist mir nur recht, denn zu diesem Zweck sind wir schließlich hergekommen.»

«Nun, an jenem Abend – überlegen Sie sich Ihre Antwort gut, denn das, was ich Ihnen jetzt unterbreite, ist unbestreitbar, da ich es aus dem Mund meiner Schwester habe –, an jenem Abend, sage ich, war meine Schwester früh zu Bett gegangen. Haben Sie sie also im Bett überrascht?»

Balsamo schüttelte verneinend den Kopf.

«Sie leugnen? Nehmen Sie sich in acht!» warnte Philippe.

«Ich leugne nicht, Monsieur. Sie fragen mich, und ich antworte.»

«Als Sie zu meiner Schwester hinaufstiegen», sprach Philippe, sich immer mehr erhitzend, weiter, «als Sie sie überraschten und durch Ihre höllische Macht einschläferten, lag Andrée im Bett und las. Sie spürte, wie sie jene Benommenheit überkam, die Ihre Anwesenheit ihr stets auferlegt, und verlor das Bewußtsein. Sie behaupten aber, nichts weiter getan zu haben, als sie zu befragen. Nur, so fügen Sie hinzu, seien Sie weggegangen, ohne sie aufzuwecken. Als sie jedoch am nächsten Morgen das Bewußtsein wiedererlangte», fuhr Philippe fort, wobei er Balsamos Handgelenk ergriff und es krampfhaft drückte, «da befand sie sich nicht mehr in ihrem Bett, sondern halbnackt am Fuße ihres Sofas ... Antworten Sie auf diese Anschuldigung, Monsieur, und gebrauchen Sie keine Ausflüchte.»

Während dieser Aufforderung vertrieb Balsamo wie ein Mensch, den man aus dem Schlaf reißt, einen nach dem anderen alle schwarzen Gedanken, die seinen Geist verdüsterten.

«Wahrlich, Monsieur», entgegnete er, «Sie hätten nicht noch einmal auf dieses Thema zurückkommen und so einen ewigen Streit mit mir suchen sollen. Ich habe mich aus freundlicher Nachsicht und aus Anteilnahme für Sie hierher begeben. Mir scheint, Sie vergessen dies. Sie sind jung, Sie sind Offizier, Sie haben die Angewohnheit, laut und mit der Hand auf einem Degenknauf zu sprechen. All dies läßt Sie unter ernsten Umständen falsche Schlüsse ziehen. Ich habe in meinem Hause weit mehr getan, als ich hätte tun müssen, um Sie zu überzeugen. Jetzt fangen Sie wieder von vorne an. Nehmen Sie sich in acht, denn wenn Sie mich ermüden, werde ich mich in die Tiefe meines Kummers zurückziehen, im Vergleich zu dem der Ihrige, das schwöre ich Ihnen, nur ein toller Zeitvertreib ist. Und wenn ich erst auf diese Weise eingeschlafen bin, Monsieur, dann wehe demjenigen, der mich weckt! – Ich habe das Zimmer Ihrer Schwester nicht betreten, das ist alles, was ich Ihnen sagen kann. Ihre Schwester ist vielmehr aus eigenem Antrieb, zu welchem mein Wille, das gestehe ich, einen großen Teil beitrug, zu mir in den Garten gekommen und hat mich dort aufgesucht.»

Philippe machte eine Bewegung, doch Balsamo hielt ihn zurück.

«Ich habe Ihnen einen Beweis versprochen», fügte er hinzu, «und ich werde Ihnen denselben erbringen. Wollen Sie ihn sogleich haben? Gut. Dann lassen Sie uns lieber sofort nach Trianon hineingehen, anstatt unsere Zeit mit unnützen Worten zu vergeuden. Oder ziehen Sie es vor, zu warten? In diesem Fall lassen Sie uns warten, aber schweigend und ohne Aufregung, wenn es Ihnen beliebt.»

Nachdem er dies mit der unseren Lesern bekannten Miene vorgebracht hatte, löschte Balsamo den flüchtigen Blitz seines Blicks und versank wieder in sein stummes Nachsinnen.

Philippe dachte: «Diesen Mann muß man entweder überzeugen oder durch irgendeine Überlegenheit beherrschen. Ich habe im Augenblick keinerlei Möglichkeit, ihn zu beherrschen oder zu überzeugen. Fassen wir uns also in Geduld.»

Da es ihm aber unmöglich war, sich an Balsamos Seite in Geduld zu fassen, sprang er aus dem Wagen und begann, in der sattgrünen Allee auf und ab zu gehen.

Nach zehn Minuten fühlte Philippe, daß es ihm unerträglich war, noch länger zu warten.

Er zog es also vor, sich das Gitter noch vor der Stunde öffnen zu lassen, selbst auf die Gefahr hin, Verdacht zu erregen.

«Ach was», zerstreute Philippe seine Bedenken, «ach was, welchen Verdacht kann der Schweizer schon schöpfen, wenn ich ihm erkläre, die Gesundheit meiner Schwester habe mich derart beunruhigt, daß ich nach Paris geritten sei, um einen Arzt zu holen, und diesen schon bei Sonnenaufgang hierherbringe?»

Und nachdem er sich endgültig für diese Idee entschieden hatte, lief er geschwind zum Wagen.

«Ja, Monsieur», sprach er, «Sie hatten recht. Es ist unnütz, noch länger zu warten. Kommen Sie, kommen Sie ...»

Aber er mußte seine Aufforderung noch einmal wiederholen. Erst beim zweiten Mal legte Balsamo seinen Mantel ab, in den er gehüllt war, schloß seinen dunklen Überrock mit den Knöpfen von poliertem Stahl und stieg aus der Karosse.

Philippe schlug einen Pfad ein, der auf dem kürzesten Weg zum Gitter führte.

Das Gitter öffnete sich, Philippe gab dem Schweizer seine Erklärung ab, und die beiden Männer traten ein.

Als das Gitter wieder hinter ihnen geschlossen war, hielt Philippe inne und sprach:

«Monsieur, ein letztes Wort ... Wir sind nun an Ort und Stelle angelangt. Ich weiß nicht, welche Frage Sie meiner Schwester stellen werden. Ersparen Sie ihr wenigstens die Einzelheiten der schrecklichen Szene, die sich während ihres Schlafes möglicherweise zugetragen hat. Verschonen Sie die Reinheit ihrer Seele, da es um die Jungfräulichkeit des Körpers nun einmal schon geschehen ist.»

«Monsieur», beteuerte Balsamo, «hören Sie mich an. Ich bin niemals weiter in den Park eingedrungen als bis zu jener Gruppe hochstämmiger Bäume, die Sie dort drüben gegenüber den Gebäuden sehen, wo Ihre Schwester wohnt. Das Zimmer Mademoiselle de Taverneys habe ich folglich niemals betreten, wie ich Ihnen bereits zu versichern die Ehre hatte. Was indessen die Szene betrifft, deren Wirkung auf den Geist Ihres Fräulein Schwester Sie befürchten, so wird diese Wirkung nur auf Sie selbst und auf eine entschlummerte Person hervorgebracht werden, denn schon jetzt und an dieser Stelle werde ich Ihrem Fräulein Schwester befehlen, in den magnetischen Schlaf zu versinken.»

Balsamo blieb stehen, verschränkte die Arme auf der Brust und wandte sich gegen das Gebäude, in dem Andrée wohnte. In dieser Haltung verharrte er einen Augenblick unbeweglich mit gerunzelter Stirn und mit dem Ausdruck seines allmächtigen Willens.

«So», meinte er, während er seine Arme wieder sinken ließ, «jetzt muß Mademoiselle Andrée eingeschlafen sein.»

Philippes Gesichtsausdruck verriet Zweifel.

«Ah! Sie glauben mir nicht?» fragte Balsamo. «Nun gut, warten Sie ... Um Ihnen überzeugend zu beweisen, daß ich es nicht nötig gehabt habe, bei ihr einzutreten, will ich ihr befehlen, zu uns unten an die Stufen zu kommen, an dieselbe Stelle, wo ich sie bei unserer letzten Begegnung gesprochen habe.»

«Tun Sie das», willigte Philippe ein, «wenn ich das sehe, werde ich Ihnen glauben.»

«Treten wir noch näher bis in diese Allee dort, und warten wir hinter den Hagebuchen.»

Philippe und Balsamo stellten sich an den bezeichneten Platz.

Balsamo streckte die Hand nach der Wohnung Andrées aus.

Doch kaum hatte er diese Haltung eingenommen, als man vom benachbarten Laubengang her ein leichtes Geräusch vernahm.

«Ein Mann!» warnte Balsamo. «Seien wir auf der Hut.»

«Wo?» fragte Philippe und blickte in die Richtung, in die der Graf deutete.

«Dort, links, im Gebüsch», antwortete dieser.

«Ach, ja», meinte Philippe, «das ist Gilbert, ein ehemaliger Bediensteter von uns.»

«Haben Sie von diesem jungen Mann etwas zu befürchten?»

«Nein, ich glaube nicht, aber gleichviel, halten Sie inne, Monsieur. Wenn Gilbert aufgestanden ist, so können andere ebenfalls schon wach sein.»

Unterdessen entfernte sich Gilbert in größter Angst, denn als er Philippe und Balsamo zusammen sah, begriff er instinktartig, daß er verloren war.

«Nun, Monsieur, wofür entscheiden Sie sich?» wollte Balsamo wissen.

«Monsieur», erwiderte Philippe, der unwillkürlich jenen magnetischen Zauber verspürte, der diesen Mann umgab, «Monsieur, wenn Ihre Macht wirklich so groß ist, daß Sie Mademoiselle de Taverney bis zu uns befehligen können, so offenbaren Sie diese Macht durch irgendein Zeichen, aber lassen Sie meine Schwester nicht an einen ungeschützten Ort wie diesen hier kommen, wo der erste beste Ihre Fragen und die Antworten meiner Schwester hören kann.»

«Dann ist es höchste Zeit», entgegnete Balsamo, während er den jungen Mann am Arm faßte und ihm am Korridorfenster des Gesindehauses Andrée zeigte, welche bleich und ernst aus ihrem Zimmer trat und sich, dem Befehl Balsamos folgend, anschickte, die Treppe hinunterzusteigen.

«Halten Sie sie auf, halten Sie sie auf», beschwor ihn Philippe, bestürzt und verwundert zugleich.

«Also gut», sprach Balsamo.

Der Graf streckte den Arm in Richtung auf Mademoiselle de Taverney aus, und diese blieb sogleich stehen.

Wie eine Statue, die sich zum Festmahl der Steinfiguren begibt, machte sie nach einem kurzen Halt kehrt und ging in ihr Zimmer zurück.

Philippe stürzte ihr nach. Balsamo folgte ihm.

Philippe betrat das Zimmer beinahe gleichzeitig mit Andrée. Er nahm das Mädchen in seine Arme und setzte es nieder.

Einige Augenblicke nach Philippe trat Balsamo ebenfalls ein und schloß die Tür hinter sich.

Doch so kurz der Abstand zwischen dem Eintritt der beiden Männer auch war, so hatte ein dritter Mensch dennoch genug Zeit gehabt, sich in diesem Zwischenraum einzuschleichen und in Nicoles Kammer einzudringen, wo er sich, wohl wissend, daß sein Leben von dieser Unterredung abhing, versteckte.

Dieser Dritte war Gilbert.

## CXLVIII. KAPITEL

### *Offenbarung*

Balsamo schloß die Tür hinter sich und erschien in dem Moment auf der Schwelle, als Philippe seine Schwester mit einer Mischung aus Schrecken und Neugierde betrachtete.

«Sind Sie bereit, Chevalier?» fragte er.

«Ja, Monsieur, ja», stammelte Philippe, am ganzen Körper zitternd.

«Wir können also damit beginnen, Ihre Schwester zu befragen?»

«Wenn es Ihnen beliebt», antwortete Philippe.

«Doch vor allem schauen Sie Ihre Schwester an», forderte Balsamo ihn auf.

«Ich schaue sie an, Monsieur.»

«Nicht wahr, Sic glauben doch, daß sic schläft?»

«Ja.»

«Und daß ihr folglich nicht bewußt ist, was hier vorgeht?»

Philippe gab keine Antwort. Er machte nur eine Gebärde des Zweifels.

Balsamo zündete eine Kerze an, die er vor den Augen Andrées hin und her bewegte, ohne daß die Flamme sie veranlaßte, die Lider zu senken.

«Ja, ja, sie schläft, das ist sichtbar», bestätigte Philippe. «Aber was für einen merkwürdigen Schlaf, mein Gott!»

«Nun wohl, ich will sie jetzt befragen», kündigte Balsamo an, «oder besser, da Sie die Befürchtung geäußert haben, ich könnte irgendeine indiskrete Frage an Ihre Schwester richten, befragen Sie sie selber, Chevalier.»

«Aber ich habe sie eben angeredet, ich habe sie berührt. Sie schien mich weder zu hören noch zu fühlen.»

«Dies liegt daran, daß Sie nicht in Verbindung mit ihr standen. Ich werde diese Verbindung herstellen.»

Und Balsamo nahm Philippes Hand und legte sie in die Andrées.

Sogleich lächelte das Mädchen und flüsterte:

«Ah! Du bist es, mein Bruder?»

«Sie sehen», bemerkte Balsamo, «sie erkennt Sie nun.»

«Ja, das ist seltsam.»

«Stellen Sie Ihre Fragen. Sie wird Ihnen antworten.»

«Aber wenn sie sich nicht einmal im wachen Zustand erinnerte, wie sollte sie sich dann im Schlaf entsinnen?»

«Das ist eines der Geheimnisse der Wissenschaft.»

Balsamo stieß einen Seufzer aus und ließ sich auf einem Lehnstuhl nieder, der in einer Ecke stand.

Philippe blieb unbeweglich, seine Hand in der Andrées. Wie sollte er seine Befragung beginnen, deren Ergebnis für ihn die Gewißheit seiner Schande und die Offenbarung eines Schuldigen wäre, an dem er sich vielleicht nicht würde rächen können?

Andrée befand sich hingegen in einem Zustand der Ruhe, der an Verzückung grenzte, und ihr Antlitz deutete eher Sorglosigkeit als irgendein anderes Gefühl an.

Bebend gehorchte Philippe nichtsdestoweniger dem ausdrucksvollen Blick Balsamos, der ihm gebot, er möge sich vorbereiten.

Doch je mehr er an sein Unglück dachte und im gleichen Maße, wie sein Gesicht sich verdüsterte, umwölkte sich auch Andrées Antlitz, und schließlich war sie es, die das erste Wort an ihn richtete:

«Ja, du hast recht, Bruder, es ist ein großes Unglück für die Familie.»

Andrée übertrug so den Gedanken, den sie im Geiste ihres Bruders las.

Mit diesem Anfang hatte Philippe nicht gerechnet. Er bebte.

«Welches Unglück?» versetzte er, ohne recht zu wissen, was er sagte.

«Ah! Du weißt es wohl, mein Bruder.»

«Zwingen Sie sie zu sprechen, Monsieur, und sie wird sprechen.»

«Wie kann ich sie dazu zwingen?»

«Sie brauchen nur zu wollen, daß sie spricht.»

Philippe schaute seine Schwester an, während er einen Entschluß faßte.

Andrée errötete.

«O Philippe!» machte das Mädchen. «Wie ist es doch schlimm von dir, zu glauben, Andrée habe dich getäuscht.»

«Du liebst also niemanden?» forschte Philippe.

«Niemanden.»

«Dann ist es also kein Mitschuldiger, sondern ein Schuldiger, den ich bestrafen muß?»

«Ich verstehe Sie nicht, mein Bruder.»

Philippe schaute den Grafen an, als wolle er ihn um Rat fragen.

«Drängen Sie sie», forderte Balsamo ihn auf.

«Ich soll sie drängen?»

«Ja, fragen Sie sie unumwunden.»

«Ohne Achtung vor dem Schamgefühl dieses Kindes?»

«Oh! Seien Sie unbesorgt, bei ihrem Erwachen wird sie sich an nichts erinnern.»

«Aber wird sie denn auf meine Fragen antworten können?»

«Sehen Sie gut?» erkundigte sich Balsamo bei Andrée.

Andrée bebte beim Klang dieser Stimme. Sie wandte ihren ausdruckslosen Blick gegen Balsamo und erwiderte:

«Weniger gut, als wenn Sie mich befragten, doch ich sehe.»

«Nun gut, meine Schwester», ließ sich Philippe wieder vernehmen, «wenn du siehst, dann erzähle mir in jeder Einzelheit, was in der Nacht deiner Ohnmacht geschah.»

«Wollen Sie nicht mit der Nacht vom einunddreißigsten Mai beginnen, Monsieur? Ihr Verdacht ging doch auf diese Nacht zurück, wie mir scheint. Nun ist der Augenblick gekommen, alles aufzuklären.»

«Nein, Monsieur», widersprach Philippe, «das ist unnötig, und seit einem Augenblick glaube ich an Ihr Wort. Jemand, der über eine solche Macht verfügt wie Sie, gebraucht sie nicht, um zu einem gemeinen Ziel zu gelangen. Meine Schwester», wiederholte Philippe, «erzählen Sie mir alles, was sich in der Nacht Ihrer Ohnmacht zugetragen hat.»

«Ich erinnere mich nicht», gab Andrée zurück.

«Hören Sie, Graf?»

«Sie muß sich erinnern, sie muß sprechen. Befehlen Sie es ihr.»

«Aber wenn Sie sich doch im Schlaf befand?»

«Die Seele wachte.»

Er erhob sich, streckte die Hand nach Andrée aus, und mit einem Stirnrunzeln, das eine Verdoppelung seines Willens und seiner Tatkraft anzeigte, befahl er:

«Erinnern Sie sich. Ich will es so.»

«Ich erinnere mich», antwortete Andrée.

«Oh!» machte Philippe und wischte sich den Schweiß von der Stirn.

«Was wollen Sie wissen?»

«Alles!»

«Von welchem Zeitpunkt an?»

«Von dem Augenblick an, da Sie zu Bett gingen.»

«Sehen Sie sich selbst?» fragte Balsamo.

«Ja, ich sehe mich. Ich halte in der Hand das von Nicole bereitete Glas ... O mein Gott!»

«Was? Was ist denn?»

«Oh! Die Schändliche!»

«Sprechen Sie, meine Schwester, sprechen Sie!»

«Dieses Glas enthält ein eigens für mich zubereitetes Gebräu. Wenn ich es trinke, bin ich verloren.»

«Ein Gebräu!» entfuhr es Philippe. «Zu welchem Zweck?»

«Warte! Warte!»

«Zuerst das Gebräu.»

«Ich wollte es an die Lippen setzen, doch in diesem Augenblick ... rief mich der Graf.»

«Welcher Graf?»

«Er», sprach Andrée, ihre Hand nach Balsamo ausstreckend.

«Und dann?»

«Dann stellte ich das Glas hin und schlief ein.»

«Hernach? Hernach?» drängte Philippe.

«Ich stand auf und begab mich zu ihm.»

«Wo befand sich der Graf?»

«Unter den Linden, meinem Fenster gegenüber.»

«Und der Graf ist niemals in Ihr Zimmer gekommen, meine Schwester?»

«Niemals.»

Ein auf Philippe gerichteter Blick Balsamos sagte diesem klar und deutlich:

«Sehen Sie jetzt, daß ich Sie nicht täuschte, Monsieur?»

«Und Sie sagen, Sie begaben sich zu dem Grafen?»

«Ja, ich gehorche ihm, wenn er mich ruft.»

«Was wollte der Graf von Ihnen?»

Andrée zögerte.

«Sagen Sie nur, sagen Sie nur!» ermunterte sie Balsamo. «Ich werde nicht hinhören.»

Und er ließ sich in den Lehnstuhl zurückfallen und begrub seinen Kopf in beiden Händen, als wollte er den Schall von Andrées Worten daran hindern, bis zu ihm zu dringen.

«Sprechen Sie, was wollte der Graf von Ihnen?» beharrte Philippe.

«Er wollte eine Auskunft von mir haben ...»

Sie hielt abermals inne. Es war, als fürchtete sie, dem Grafen das Herz zu brechen.

«Fahren Sie fort, meine Schwester, fahren Sie fort», drang Philippe weiter in sie.

«Über eine Person, die aus seinem Hause entwichen war und» – Andrée senkte die Stimme –, «und die vor kurzem gestorben ist.»

So leise Andrée diese Worte auch gesprochen hatte, Balsamo hörte oder erriet sie doch, denn er gab ein schwermütiges Seufzen von sich.

Philippe unterbrach seine Befragung. Es herrschte einen Augenblick Stillschweigen.

«Erzählen Sie weiter», meinte Balsamo schließlich, «Ihr Bruder will alles wissen, Mademoiselle. Ihr Bruder muß alles erfahren. Nachdem dieser Mann die gewünschte Auskunft erhalten hatte, was tat er?»

«Er entfloh», antwortete Andrée.

«Während er Sie im Garten zurückließ?» fragte Philippe.

«Ja.»

«Was taten Sie sodann?»

«Da er sich von mir entfernte und da die Kraft, die mich aufrecht hielt, sich mit ihm entfernte, fiel ich nieder.»

«Ohnmächtig?»

«Nein, immer noch schlafend, aber es war ein schwerer, bleierner Schlaf.»

«Können Sie sich erinnern, was Ihnen während dieses Schlafes widerfuhr?»

«Ich werde mich bemühen.»

«Nun, was ist geschehen? Sagen Sie.»

«Ein Mann kam aus einem Gebüsch hervor, nahm mich auf seine Arme und trug mich ...»

«Wohin?»

«Hierher, in mein Zimmer.»

«Ah! ... Und diesen Mann, erkennen Sie ihn?»

«Warten Sie ... ja ... ja ... Oh!» stieß Andrée mit einem Gefühl von Abscheu und Übelkeit hervor. «Oh! Es ist schon wieder dieser kleine Gilbert!»

«Gilbert?»

«Ja.»

«Was machte er?»

«Er legte mich auf dieses Sofa.»

«Und dann?»

«Warte.»

«Warten Sie . . . ja . . . Oh!» stieß Andrée voller Abscheu hervor.

«Sehen Sie, sehen Sie», befahl Balsamo, «ich will, daß Sie sehen!»

«Er lauscht . . . er geht ins andere Zimmer . . . er weicht wie erschrocken zurück . . . er verschwindet in Nicoles Kammer . . . Mein Gott! mein Gott!»

«Was?»

«Ein Mann folgt ihm nach, und ich, ich kann nicht aufstehen, kann mich nicht wehren, kann nicht schreien. Ich schlafe!»

«Wer ist dieser Mann?»

«Mein Bruder! Mein Bruder!»

Und auf dem Gesicht Andrées spiegelte sich tiefster Schmerz.

«Sagen Sie, wer dieser Mann ist», wies sie Balsamo an, «ich will es so!»

«Der König», flüsterte Andrée, «es ist der König.»

Philippe erschauerte.

«Ah!» murmelte Balsamo. «Dacht' ich's mir doch.»

«Er nähert sich mir», fuhr Andrée fort, «spricht mit mir, nimmt mich in die Arme und ... küßt mich. O mein Bruder! Mein Bruder!»

Die Augen Philippes füllten sich mit dicken Tränen, während seine Hand den Griff des Degens umfaßte, den ihm Balsamo geschenkt hatte.

«Sprechen Sie! Sprechen Sie!» trieb sie der Graf in einem immer gebieterischeren Tone an.

«Oh! Welch ein Glück! Er wird unruhig ... er hält inne ... er schaut mich an ... er bekommt es mit der Angst ... er flüchtet ... Andrée ist gerettet!»

Philippe sog keuchend jedes Wort in sich auf, das aus dem Mund seiner Schwester kam.

«Gerettet! Andrée ist gerettet!» wiederholte er mechanisch.

«Warte, mein Bruder, warte!»

Und als wollte sie sich daran aufrecht halten, suchte Andrée die Unterstützung von Philippes Arm.

«Und dann? Und dann?» fragte Philippe.

«Ich hatte vergessen.»

«Was?»

«Dort, dort, in der Kammer von Nicole, ein Messer in der Hand ...»

«Ein Messer in der Hand?»

«Ich sehe ihn. Er ist bleich wie der Tod.»

«Wer?»

«Gilbert.»

Philippe hielt den Atem an.

«Er folgt dem König», erzählte Andrée weiter. «Er schließt die Tür hinter ihm. Er löscht mit dem Fuß die Kerze aus, die auf dem Teppich brennt. Er kommt auf mich zu. Oh! ...»

Andrée richtete sich in den Armen ihres Bruders auf. Jeder Muskel ihres Körpers spannte sich an, als ob er hätte zerreißen sollen.

«Oh! Der Elende!» rief sie schließlich.

Und sie sank kraftlos zurück.

«Mein Gott!» flüsterte Philippe, der es kaum wagte, sie zu unterbrechen.

«Er ist es! Er ist es!» murmelte das Mädchen.

Dann neigte sie sich bis zum Ohr ihres Bruders und sprach mit funkelndem Auge und bebender Stimme:

«Du wirst ihn töten, nicht wahr, Philippe?»

«O ja!» rief der junge Mann, indem er aufsprang.

Dabei stieß er hinter sich gegen ein mit Porzellangefäßen beladenes Tischchen, das er umwarf.

Das Porzellan zerbrach.

In den Lärm des umstürzenden Tischchens mischte sich ein anderes dumpfes Geräusch, das mit einer plötzlichen Erschütterung der Trennwände einherging. Ein spitzer, durchdringender Schrei Andrées übertönte alles.

«Was ist das?» fragte Balsamo. «Da ist eine Tür geöffnet worden.»

«Hat man uns etwa belauscht?» schrie Philippe und griff nach seinem Degen.

«Er war es», erklärte Andrée, «schon wieder er.»

«Aber wer denn?»

«Gilbert, immer Gilbert. Ah! Du wirst ihn töten, nicht wahr, Philippe, du tötest ihn?»

«O ja, ja, ja!» rief der junge Mann.

Und er stürzte mit dem Degen in der Hand ins Vorzimmer, während Andrée auf das Sofa zurückfiel.

Balsamo eilte dem jungen Mann nach und hielt ihn am Arm zurück.

«Seien Sie auf der Hut, Monsieur!» warnte er. «Das, was jetzt noch ein Geheimnis ist, könnte schnell bekannt werden. Es ist bereits hell, und das Echo der königlichen Häuser ist ziemlich laut.»

«Oh! Gilbert, Gilbert», zischte Philippe, «und er war die ganze Zeit über hier versteckt und hörte alles, was wir sprachen. Ich hätte ihn töten können. Oh! Wehe dem Schändlichen!»

«Ja, aber still jetzt. Sie werden diesen jungen Mann schon wiederfinden. Im Augenblick müssen Sie sich vor allem um Ihre Schwester kümmern, Monsieur. Sie sehen selbst, daß sie von so vielen Erschütterungen allmählich müde wird.»

«O ja, ich begreife, was sie jetzt durchmacht, durch das, was ich selber durchmache. Dieses Unglück ist so furchtbar, so wenig wiedergutzumachen! O Monsieur! Monsieur, das überlebe ich nicht!»

«Sie werden im Gegenteil für sie leben, Chevalier, denn sie bedarf Ihrer, da sie nur Sie hat. Lieben Sie das unglückliche Mädchen, beklagen Sie es, und erhalten Sie es. – Und nun», fuhr er nach einer kurzen Pause fort, «brauchen Sie mich wohl nicht mehr, nicht wahr?»

«Nein, Monsieur, verzeihen Sie mir meine Verdächtigungen. Sehen Sie mir mein beleidigendes Verhalten nach. Und doch rührt das ganze Übel im Grunde von Ihnen her, Monsieur.»

«Ich will mich gar nicht entschuldigen, Chevalier. Aber Sie vergessen, was Ihre Schwester gesagt hat ...»

«Was hat Sie denn gesagt? Ich bin ganz durcheinander.»

«Wenn ich nicht gekommen wäre, hätte sie das von Nicole bereitete Gebräu getrunken, und dann wäre es der König gewesen. Hätten Sie das Übel in diesem Fall weniger groß gefunden?»

«Nein, Monsieur, es wäre immer noch gleich groß gewesen, und ich sehe wohl, wir waren verdammt. – Wecken Sie meine Schwester, Monsieur.»

«Aber dann wird sie mich sehen und vielleicht begreifen, was geschehen ist. Es ist besser, ich wecke sie, wie ich sie eingeschläfert habe, nämlich aus der Entfernung.»

«Haben Sie Dank! Haben Sie Dank!»

«So will ich Ihnen denn Lebewohl sagen, Monsieur.»

«Ein Wort noch, Graf. Sie sind doch ein Ehrenmann?»

«Oh! Sie fragen wegen der Geheimhaltung?»

«Graf ...»

«Das ist eine unnötige Ermahnung, Monsieur; zuerst deshalb, weil ich ein Ehrenmann bin; sodann weil ich beschlossen habe, nichts mehr mit den Menschen gemein zu haben. Ich will die Menschen und ihre Geheimnisse vergessen. Zählen Sie indessen auf mich, Monsieur, wenn ich Ihnen nützlich sein kann. Aber nein, aber nein, ich kann Ihnen zu nichts mehr nütze sein, ich habe keine Bedeutung mehr auf Erden. Gott befohlen, Monsieur, Gott befohlen!»

Und während er sich vor Philippe verbeugte, warf Balsamo noch einen letzten Blick auf Andrée, deren Haupt sich mit allen Anzeichen des Schmerzes und der Ermattung nach hinten neigte.

«O Wissenschaft!» murmelte er. «Wieviele Opfer für ein wertloses Ergebnis!»

Und er ging von dannen.

Je weiter er sich aber entfernte, um so mehr kam Andrée wieder zu sich. Sie hob ihren bleischweren Kopf und schaute ihren Bruder mit erstaunten Augen an.

«O Philippe», hauchte sie, «was ist vorgefallen?»

Philippe unterdrückte das Schluchzen, das ihn beinahe erstickte, und meinte, während er heldenhaft lächelte:

«Nichts, meine Schwester.»

«Nichts?»

«Nein.»

«Und dabei kommt es mir vor, als sei ich verrückt gewesen und als habe ich geträumt!»

«Geträumt! Und was hast du geträumt, liebe, gute Andrée?»

«Oh! Doktor Louis, Doktor Louis, mein Bruder!»

«Andrée!» rief Philippe aus und drückte ihr die Hand. «Andrée, du bist rein wie das Licht des Tages. Doch alles spricht gegen dich, und alles trachtet danach, dich ins Verderben zu stürzen. Ein schreckliches Geheimnis ist uns beiden auferlegt. Ich werde Doktor Louis aufsuchen. Er soll der Dauphine sagen, das unerbittliche Heimweh habe dich befallen, nur der Aufenthalt in Taverney vermöge dich zu heilen, und dann reisen wir ab, entweder nach Taverney oder nach irgendeinem anderen Ort der Welt. Wir werden irgendwo abgeschieden leben, uns lieben und uns gegenseitig trösten ...»

«Aber mein Bruder», wandte Andrée ein, «wenn ich doch rein bin, wie du sagst? ...»

«Liebe Andrée, ich werde dir das alles erklären. Doch einstweilen bereite dich auf die Abreise vor.»

«Aber unser Vater?»

«Unser Vater», erwiderte Philippe mit düsterer Miene, «unser Vater, das ist meine Sache. Ich werde ihm unseren Entschluß unterbreiten.»

«Er wird uns also begleiten?»

«Unser Vater? Oh! Unmöglich, unmöglich! Wir zwei, Andrée, wir zwei ganz allein, sage ich dir.»

«Oh! Wie erschreckst du mich, Freund! Welche Angst jagst du mir ein, mein Bruder! Wie sehr ich doch leide, Philippe!»

«Am Ende von allem ist Gott, Andrée», tröstete sie der junge Mann. «Nur Mut also. Ich werde geschwind den Doktor aufsuchen. Was dich krank macht, Andrée, ist der Kummer darüber, daß du Taverney verlassen mußtest, ein Kummer, den du vor der Dauphine verbargst. Auf, auf, sei stark, meine Schwester. Es geht für uns beide um unsere Ehre.»

Und Philippe küßte hastig seine Schwester, denn er fühlte sich dem Ersticken nahe.

Dann hob er seinen Degen auf, den er hatte fallen lassen, steckte ihn mit zitternder Hand in die Scheide zurück und stürzte nach der Treppe.

Eine Viertelstunde später klopfte er an die Tür des Arztes, der sich für die Zeit, da sich der Hof in Trianon aufhielt, in Versailles niedergelassen hatte.

## CXLIX. KAPITEL

### *Der Garten des Doktors Louis*

Doktor Louis, an dessen Tür wir Philippe verlassen haben, ging in einem kleinen, von vier hohen Mauern umgebenen Garten spazieren, der früher, bevor er in ein Futterlager für die Herren Dragoner des Königshauses umgewandelt worden war, zu einem alten Ursulinenkloster gehört hatte.

Doktor Louis las, während er so einherspazierte, die Probeseiten eines neuen Werkes, das er eben drucken ließ. Von Zeit zu Zeit bückte er sich, um von dem Weg, auf dem er ging, oder von den Rabatten, die sich rechts und links von ihm ausbreiteten, das Unkraut auszureißen, das seinen Sinn für Symmetrie und Ordnung verletzte.

Eine einzige Dienerin, eine etwas mürrische Person, wie die Bediensteten eines arbeitsamen Mannes, der nicht gestört werden will, eben zu sein pflegen, besorgte dem Doktor den ganzen Haushalt.

Bei dem Geräusch des bronzenen Klopfers kam sie an die Tür und öffnete sie halb.

Statt jedoch lange mit der Dienerin zu verhandeln, stieß der junge Mann sogleich die Tür auf und trat ein. Sobald er auf diese Weise Herr des Ganges war, gewahrte er den Garten und im Garten den Doktor.

Ohne den Einwänden und dem Gezeter der wachsamen Hüterin des Hauses auch nur die geringste Beachtung zu schenken, stürzte er in den Garten.

Beim Geräusch der Schritte hob der Doktor den Kopf.

«Ah! Ah! Sie sind es!» begrüßte er ihn.

«Verzeihen Sie mir, Doktor, daß ich so gewaltsam bei Ihnen eingedrungen bin und Sie in Ihrer Einsamkeit störe. Doch der Augenblick, den Sie vorausgesehen haben, ist da. Ich brauche Sie und komme, Sie um Ihre Hilfe zu bitten.»

«Ich habe sie Ihnen versprochen, Monsieur», antwortete der Doktor, «und wiederhole mein Versprechen.»

Philippe verneigte sich, zu bewegt, um das Gespräch von sich aus zu beginnen.

Doktor Louis begriff sein Zögern.

«Wie geht es der Kranken?» erkundigte er sich, da die Blässe Philippes ihn beunruhigte und da er eine Katastrophe befürchtete.

«Sehr gut, Gott sei dank, Doktor, und meine Schwester ist ein so würdiges und so ehrliches junges Mädchen, daß Gott in der Tat ungerecht wäre, wenn er ihr Gefahr und Leid schicken würde.»

Der Doktor schaute Philippe fragend an.

«Sie ist also das Opfer eines Überfalls oder einer List gewesen?» fragte er.

«Ja, Doktor, das Opfer eines unerhörten Überfalls, das Opfer einer schändlichen List.»

Der Arzt faltete die Hände und schlug die Augen zum Himmel auf.

«Ah!» klagte er. «Wir leben in dieser Hinsicht in einer fürchterlichen Zeit, und ich glaube, es ist dringend, daß nun die Ärzte der Nationen kommen, wie vor langer Zeit schon die Ärzte der einzelnen Menschen gekommen sind.»

«Ja», pflichtete Philippe ihm bei, «ja, sie sollen nur kommen. Niemand würde sie freudiger begrüßen als ich. Doch einstweilen ...»

Und Philippe machte eine düstere, bedrohliche Gebärde.

«Ah!» machte der Doktor. «Sie gehören, wie ich sehe, zu denjenigen, welche die Genugtuung für ein erlittenes Verbrechen in der Gewalt und im Mord suchen.»

«Ja, Doktor», erwiderte Philippe ruhig, «ja, zu diesen gehöre ich.»

«Ein Duell», seufzte der Doktor, «ein Duell, das die Ehre Ihrer Schwester nicht wiederherstellt, falls Sie den Schuldigen töten, und das sie in Verzweiflung stürzt, wenn Sie dabei umkommen. Ah! Monsieur, ich hielt Sie für einen redlichen Menschen mit einem verständigen Herzen. Mir scheint, Sie hätten den Wunsch geäußert, diese ganze Sache geheimzuhalten?»

Philippe legte seine Hand auf den Arm des Doktors.

«Monsieur», sprach er, «Sie unterliegen in bezug auf meine Person einem seltsamen Irrtum. Ich habe ein ziemlich festes Urteilsvermögen, das aus einer tiefen Überzeugung und aus einem makellosen Gewissen hervorgeht. Ich will nicht mir persönlich Gerechtigkeit verschaffen, sondern ich will ganz allgemein Gerechtigkeit üben. Ich will meine Schwester nicht der Verlassenheit und dem Tod anheimgeben, indem ich mich töten lasse, sondern ich will sie rächen, indem ich den Elenden töte.»

«Sie, ein Edelmann, werden ihn töten? Sie werden einen Mord begehen?»

«Monsieur, hätte ich ihn zehn Minuten vor dem Verbrechen wie einen Dieb in das Zimmer schleichen sehen, in das er aufgrund seiner erbärmlichen Lebensverhältnisse nicht einmal den Fuß zu setzen berechtigt war, und hätte ich ihn in diesem Augenblick getötet, so würde jeder gesagt haben, ich hätte wohl daran getan. Warum sollte ich ihn also jetzt verschonen? Hat ihn das Verbrechen vielleicht geheiligt?»

«Dieses blutige Vorhaben ist also in Ihrem Geist beschlossen, in Ihrem Herzen festgelegt?»

«Festgelegt und beschlossen! Ich werde den Schändlichen gewiß eines Tages finden, auch wenn er sich noch so gut versteckt hält, und an diesem Tag, das versichere ich Ihnen, Monsieur, werde ich ihn ohne Mitleid und ohne Gewissensbisse töten wie einen Hund!»

«In diesem Fall», entgegnete Doktor Louis, «in diesem Fall begehen Sie ein Verbrechen, das dem begangenen gleichkommt, vielleicht sogar noch verabscheuungswürdiger ist. Denn weiß man je, wohin ein unbedachtes Wort oder eine einer Frau entschlüpfte gefallsüchtige Gebärde das Verlangen und die Neigung des Mannes führen können? Ermorden! Wenn es noch andere Möglichkeiten der Wiedergutmachung gibt, wenn eine Heirat ...»

Philippe hob den Kopf und unterbrach den Doktor:

«Wissen Sie nicht, Monsieur, daß die Taverney-Maison-Rouge bis auf die Kreuzritter zurückgehen und daß meine Schwester adlig ist wie eine Infantin oder eine Erzherzogin?»

«Ja, ich verstehe, und der Schuldige ist es wohl nicht. Er ist ein Bauernlümmel, ein gemeiner Kerl, wie ihr Leute von Geblüt es auszudrücken pflegt. Ja, ja», fuhr er mit einem bitteren Lächeln fort, «ja, es ist wahr. Gott hat gewisse Menschen aus einem minderwertigen Ton gemacht, um von anderen Menschen, die aus einem feineren Ton geschaffen sind, getötet zu werden. O ja, Sie haben schon recht, Monsieur, töten Sie, töten Sie nur!»

Und der Doktor wandte Philippe den Rücken zu und schickte sich wieder an, hier und da Unkraut zu jäten.

Philippe verschränkte die Arme.

«Doktor, hören Sie mich an», bat er. «Es handelt sich hier nicht um einen Verführer, den ein gefallsüchtiges Frauenzimmer mehr oder weniger zur Tat ermuntert hat. Es handelt sich nicht um einen herausgeforderten Mann, wie Sie meinten, sondern um einen elenden Burschen, der bei uns aufgewachsen ist und der sich, nachdem er über Jahre hinweg das Brot der Barmherzigkeit gegessen hat, einen scheinbaren Schlaf, eine Ohnmacht, einen todesähnlichen Zustand zunutze machte, um auf eine verräterische, feige Art und Weise die reinste, die heiligste aller Frauen, der er bei Tageslicht nicht einmal ins Gesicht zu schauen wagte, zu beflecken. Vor einem Gericht würde dieser Verbrecher sicherlich zum Tode verurteilt. Nun, ich werde ein ebenso unparteiisches Urteil über ihn fällen wie ein Gericht, und ich werde ihn töten. Doktor, werden Sie, den ich für so edelmütig und großherzig hielt, werden Sie mich diesen Dienst erkaufen lassen oder mir eine Bedingung stellen? Wenn es sich so verhält, Doktor, so sind Sie nicht der Weise, den ich bewundert habe, Sie sind nur ein gewöhnlicher Mensch, und trotz der Verachtung, die Sie mir eben bezeugten, stehe ich über Ihnen, weil ich Ihnen ohne Hintergedanken mein ganzes Geheimnis anvertraut habe.»

«Sie sagen», lenkte der Doktor nachdenklich ein, «Sie sagen, der Schuldige sei geflohen?»

«Ja, Doktor, zweifellos hatte er geahnt, daß sich alles aufklären würde. Er hörte, daß man ihn beschuldigte, und hat sogleich die Flucht ergriffen.»

«Gut. Was wünschen Sie nun, Monsieur?» fragte der Doktor.

«Ihre Unterstützung, um meine Schwester aus Versailles zu entfernen, um das schreckliche Geheimnis, das uns entehrt, wenn es bekannt wird, in einem noch dichteren, noch stummeren Schatten zu begraben.»

«Ich werde Ihnen nur eine einzige Frage stellen.»

Philippe empörte sich.

«Hören Sie mich an», sprach der Doktor mit einer um Ruhe bittenden Gebärde weiter, «hören Sie mich an. Ein christlicher Philosoph, aus dem Sie einen Beichtvater gemacht haben, ist verpflichtet, Ihnen die Bedingung nicht für den geleisteten Dienst, sondern kraft des Rechts des Gewissens aufzuerlegen. Die Menschlichkeit ist eine Pflicht, Monsieur, sie ist keine Tugend. Sie sprechen davon, daß Sie einen Menschen töten wollen. Ich muß versuchen, Sie davon abzuhalten, wie ich auch mit allen in meiner Macht stehenden Mitteln, sogar mit Gewalt, die Vollbringung des an Ihrer Schwester verübten Verbrechens verhindert hätte. Ich beschwöre Sie also, mir einen Eid abzulegen, Monsieur.»

«Oh! Niemals! Niemals!»

«Sie werden es tun!» rief Doktor Louis heftig. «Sie werden es tun, Sie Mann von Geblüt! Erkennen Sie die Hand Gottes überall an, und verkennen Sie nie das Gewicht und die Reichweite derselben. Sie sagen, der Schuldige befand sich bereits in Ihrer Hand?»

«Ja, Doktor, wenn ich seine Anwesenheit geahnt und eine Tür geöffnet hätte, hätte ich ihm gegenüber gestanden.»

«Nun, er ist geflohen, er zittert, seine Qualen beginnen. Ah! Sie lächeln. Was Gott tut, erscheint Ihnen wohl schwach! Das Schuldgefühl kommt Ihnen unzureichend vor! Warten Sie, warten Sie doch! Sie werden bei Ihrer Schwester bleiben, und Sie versprechen mir, den Schuldigen nie zu verfolgen. Wenn Sie ihn treffen, das heißt, wenn Gott ihnen denselben preisgibt, nun, ich bin auch nur ein Mensch, dann werden Sie sehen!»

«Das ist doch der reine Hohn, Monsieur! Wird er denn nicht immer vor mir fliehen?»

«Wer weiß? Ei, mein Gott! Der Mörder flieht, der Mörder sucht einen Schlupfwinkel, der Mörder fürchtet das Schafott, und dennoch zieht, als ob er magnetisiert wäre, das Eisen der Gerechtigkeit diesen Schuldigen an, der sich verhängnisvoll unter der Hand des Henkers krümmt. Geht es im übrigen gegenwärtig darum, das zunichte zu machen, was Sie so mühsam zu tun unternommen haben? Für die Gesellschaft, in der Sie leben und der Sie die Unschuld Ihrer Schwester nicht erklären können, für all die neugierigen Müßiggänger werden Sie diesen Menschen töten, und Sie werden ihre Neugierde doppelt füttern, einmal durch das Geständnis des Verbrechens und danach durch den Skandal der Bestrafung. Nein, nein, glauben Sie mir, bewahren Sie Stillschweigen über die Sache, und verbergen Sie dieses Unglück.»

«Oh! Wer kann denn wissen, wenn ich diesen elenden Kerl getötet habe, ob ich es für meine Schwester getan habe?»

«Sie werden wohl eine Ursache für diesen Mord finden müssen.»

«Nun gut, Doktor, ich werde gehorchen und den Schuldigen nicht verfolgen. Aber Gott wird Gerechtigkeit üben. O ja, Gott benutzt die Straflosigkeit nur als Köder, Gott wird mir den Verbrecher aushändigen.»

«In diesem Fall wird Gott ihn verurteilt haben. Geben Sie mir die Hand, Monsieur.»

«Hier ist sie.»

«Was soll ich nun für Mademoiselle de Taverney tun? Sprechen Sie.»

«Werter Doktor, Sie müßten für sie bei der Dauphine einen Vorwand finden, mit dessen Hilfe sie sich für einige Zeit vom Hof entfernen könnte: Heimweh, Luftveränderung, eine andere Lebensweise ...»

«Das ist leicht.»

«Ja, das bleibt Ihnen überlassen, und ich verlasse mich auf Sie. Ich werde meine Schwester sodann in irgendeinen Winkel Frankreichs bringen, nach Taverney zum Beispiel, Hauptsache irgendwohin, wo sie fern von allen Augen und fern von allem Verdacht ist.»

«Nein, nein, Monsieur, das wäre unmöglich. Das arme Kind bedarf fortwährender Pflege und beständigen Trostes. Sie wird den ganzen Beistand der Wissenschaft brauchen. Lassen Sie mich also in der Nähe von hier, in einem mir bekannten Bezirk, einen Winkel für sie finden, der hundertmal verborgener und hundertmal sicherer ist, als es die wilde Gegend wäre, wohin Sie sie geleiten würden.»

«O Doktor! Glauben Sie?»

«Ja, das glaube ich, und zwar mit Recht. Der Verdacht strebt stets danach, sich von den Mittelpunkten zu entfernen, wie es die sich vergrößernden Kreise tun, die durch einen ins Wasser fallenden Stein verursacht werden. Der Stein entfernt sich jedoch nicht, und wenn die Wellen geglättet sind, so wird kein Blick die Ursache dafür erkennen, da dieselbe in der Tiefe des Wassers verborgen liegt.»

«Also gut, Doktor, dann schreiten Sie zur Tat.»

«Gleich heute noch, Monsieur.»
«Unterrichten Sie die Frau Dauphine.»
«Noch heute morgen.»
«Und was das übrige betrifft? ...»
«In vierundzwanzig Stunden haben Sie meine Antwort.»
«Oh! Vielen Dank, Doktor, Sie sind ein Gott für mich.»
«Wohl, junger Mann, jetzt, da alles zwischen uns vereinbart ist, erfüllen Sie Ihre Aufgabe. Kehren Sie zu Ihrer Schwester zurück, trösten Sie sie, und schützen Sie sie.»
«Gott befohlen, Doktor, Gott befohlen!»
Und nachdem er Philippe nachgeschaut hatte, bis der junge Mann verschwunden war, setzte der Doktor seinen Spaziergang fort, las in seinen Probeseiten und befreite seinen kleinen Garten von Unkraut.

## CL. KAPITEL

### *Vater und Sohn*

Als Philippe zu seiner Schwester zurückkehrte, fand er sie sehr aufgeregt und sehr unruhig vor.
«Freund», empfing sie ihn, «ich dachte in Ihrer Abwesenheit über alles nach, was mir seit einiger Zeit widerfahren ist. Es ist dies ein Abgrund, der den letzten Überrest meiner Vernunft verschlingen wird. Sagen Sie, haben Sie mit Doktor Louis gesprochen?»
«Ich komme gerade von ihm, Andrée.»
«Dieser Mann hat eine furchtbare Anschuldigung gegen mich vorgebracht. Ist sie gerecht?»
«Er hat sich nicht geirrt, meine Schwester.»
Andrée erbleichte, und ein Nervenzittern zog ihre zarten, weißen Finger krampfartig zusammen.
«Der Name», stieß sie dann hervor, «der Name des niederträchtigen Kerls, der mich ins Unglück gestürzt hat?»
«Meine Schwester, er soll Ihnen auf ewig unbekannt bleiben.»
«O Philippe, Sie sagen doch nicht die Wahrheit! Philippe, Sie belügen Ihr eigenes Gewissen ... Ich muß diesen Namen wissen, damit ich, so schwach ich auch bin und obgleich ich nur das Gebet für mich habe, betend den ganzen Zorn Gottes gegen den Schuldigen heraufbeschwören kann ... Den Namen dieses Mannes, Philippe! ...»
«Meine Schwester, lassen Sie uns niemals davon sprechen.»
Andrée ergriff seine Hand und schaute ihm direkt ins Gesicht.

«Oh!» machte sie. «Das antworten Sie mir, Sie, der Sie einen Degen an Ihrer Seite tragen?»

Philippe erbleichte ob dieses Ausdrucks von Zorn und erwiderte, seine eigene Wut unterdrückend: «Andrée, ich kann Ihnen nicht mitteilen, was ich nicht selbst weiß. Das Schicksal, das uns niederdrückt, hat mir die Geheimhaltung geboten. Dieses Geheimnis, dessen auch nur teilweise Offenbarung die Ehre unserer Familie gefährden würde, wird durch eine letzte Gunst des Himmels für alle unverletzlich.»

«Mit Ausnahme von einem Mann, Philippe ... einem Mann, der über uns lacht, einem Mann, der uns frech die Stirn bietet! ... O mein Gott! Mit Ausnahme von einem Mann, der uns vielleicht in seinem finsteren Schlupfwinkel höllisch verhöhnt.»

Philippe ballte die Fäuste, schaute zum Himmel auf und gab keine Antwort.

«Diesen Mann», rief Andrée vor Wut und Empörung immer heftiger, «diesen Mann kenne ich vielleicht ... Nun, Philippe, erlauben Sie mir, Ihnen denselben zu beschreiben. Ich habe Sie schon auf den merkwürdigen Einfluß hingewiesen, den er stets auf mich ausübt. Ich glaubte, Sie zu ihm geschickt zu haben ...»

«Dieser Mann ist unschuldig, ich habe ihn gesehen, und ich habe den Beweis für seine Unschuld ... Suchen Sie also nicht mehr, Andrée, suchen Sie nicht mehr.»

«Philippe, steigen wir zusammen über den Stand dieses Mannes hinaus, wollen Sie? ... Gehen wir bis zu den ersten Rängen der Mächtigen dieses Reiches ... Gehen wir bis zum König!»

Philippe schlang seine Arme um das in seiner Unwissenheit und in seiner Empörung so erhabene Kind.

«Laß gut sein», beschwichtigte er sie, «alle diejenigen, welche du im wachen Zustand nennst, hast du auch im Schlaf genannt. Alle diejenigen, welche du mit dem Ungestüm der Tugend anklagst, hast du gerechtfertigt, als du das Verbrechen sozusagen begehen sahst.»

«Dann habe ich den Schuldigen genannt?» rief sie mit flammenden Augen.

«Nein», verwahrte sich Philippe, «nein, frage mich nicht mehr. Tu es mir gleich, füge dich in das Verhängnis. Das Unglück ist nicht wiedergutzumachen. Es ist für dich doppelt so schlimm, wenn der Verbrecher straflos davonkommt. Aber hoffe, hoffe ... Gott steht über allem. Gott behält den unglücklichen Unterdrückten eine traurige Freude vor, die man Rache nennt.»

«Rache ...», murmelte Andrée, selbst erschrocken über die furchtbare Betonung, mit der Philippe dieses Wort belegt hatte.

«Einstweilen erhole dich von all dem Kummer und all der Schmach, die meine verrückte Neugierde dir verursacht haben mag. Wenn ich gewußt hätte! Oh! Wenn ich nur gewußt hätte! ...»

Und er verbarg seinen Kopf verzweifelt in seinen Händen. Doch plötzlich hob er ihn wieder und meinte lächelnd:

«Worüber soll ich mich eigentlich beklagen? Meine Schwester ist rein, und sie liebt mich! Nie hat sie weder mein Vertrauen noch meine Freundschaft verraten. Meine Schwester ist jung wie ich, gut wie ich. Wir werden miteinander leben und miteinander alt werden ... Zu zweit werden wir stärker sein als die ganze Welt zusammengenommen! ...»

Während der junge Mann so von Trost sprach, verfinsterte sich Andrées Miene immer mehr. Sie saß mit gesenktem Kopf da, wobei ihr Gesicht noch bleicher war als sonst, und nahm die Haltung und den starren Blick der düsteren Verzweiflung an, welche Philippe gerade so beherzt abgeschüttelt hatte.

«Sie sprechen immer nur von uns beiden!» bemerkte sie, während sie ihr durchdringendes blaues Auge auf die bewegte Miene ihres Bruders heftete.

«Von wem soll ich denn sonst sprechen, Andrée?» versetzte der junge Mann, dem Blick seiner Schwester standhaltend.

«Aber ... wir haben doch noch einen Vater ... Wie wird er seine Tochter behandeln?»

«Ich habe Ihnen bereits gestern gesagt», erwiderte Philippe unbewegt, «Sie sollen jeden Kummer und jede Furcht vergessen. Wie der Wind den Morgendunst vertreibt, so sollen Sie jedes Andenken und jede Zuneigung, die nicht mich betreffen, aus Ihrem Gedächtnis verjagen ... Meine liebe Andrée, Sie werden in der Tat von niemandem auf der Welt geliebt, außer von mir. Und auch ich werde von niemandem geliebt als von Ihnen. Warum sollten wir arme, verlassene Waisen uns einem Joch der Dankbarkeit oder der Verwandtschaft unterwerfen? Haben wir etwa Wohltaten empfangen oder den Schutz eines Vaters gefühlt? ... Oh!» fügte er mit einem bitteren Lächeln hinzu. «Sie kennen meinen Gedanken von Grund auf. Sie wissen, wie es in meinem Herzen aussieht ... Wenn Sie denjenigen, von dem Sie sprechen, lieben müßten, so würde ich Ihnen sagen: ‹Lieben Sie ihn!› Doch ich schweige, was soviel bedeutet wie: ‹Andrée, enthalten Sie sich.›»

«Mein Bruder, ich muß also glauben ... ?»

«Liebe Schwester, bei großen Schicksalsschlägen hört der Mensch unwillkürlich jene Worte ertönen, die er in seiner Kindheit nur wenig verstanden hat: ‹Fürchte Gott! ...› O ja, Gott hat sich grausam in unsere Erinnerung zurückgerufen! ... ‹Ehre deinen Vater ...› O meine Schwester, der stärkste Beweis von Ehrerbietung, den Sie dem Ihrigen geben können, ist, ihn aus Ihrem Gedächtnis zu streichen.»

«Das ist wahr ...», murmelte Andrée mit düsterer Miene und ließ sich in ihren Lehnstuhl zurücksinken.

«Meine Freundin, verlieren wir keine Zeit mit unnützen Worten. Pakken Sie alle Sachen zusammen, die Ihnen gehören. Doktor Louis wird die Dauphine aufsuchen und sie von Ihrer Abreise unterrichten. Die Gründe, die er angeben wird, sind Ihnen bekannt ... Er wird sagen, Sie bräuchten Luftveränderung, da Sie von einem unerklärlichen Leiden befallen seien ... Bereiten Sie also, wie schon gesagt, alles für die Abreise vor.»

Andrée erhob sich.

«Die Möbel auch?»

«O nein, nur Wäsche, Kleider und Schmuck.»

Andrée gehorchte.

Sie nahm zuerst die Wäschetruhen aus den Schränken und die Kleider aus der Garderobe, wo sich Gilbert verborgen hatte. Dann holte sie einige Schmuckkästchen, die sie in der Haupttruhe verstauen wollte.

«Was ist das?» erkundigte sich Philippe.

«Es ist das Kästchen mit dem Schmuck, den Seine Majestät mir bei meiner Vorstellung in Trianon zu schicken die Gnade hatte.»

Philippe erblaßte, als er den Reichtum des Geschenkes sah.

«Mit diesen Juwelen allein werden wir überall anständig leben. Ich habe gehört, nur die Perlen für sich seien schon hunderttausend Livres wert.»

Philippe schloß das Kästchen wieder.

«Sie sind sehr kostbar, in der Tat», urteilte er. Doch dann fügte er hinzu, während er das Kästchen wieder aus den Händen Andrées nahm: «Meine Schwester, ich glaube, Sie haben noch andere Edelsteine?»

«Oh! Lieber Freund, sie sind nicht würdig, mit diesen hier verglichen zu werden. Sie schmückten indessen vor fünfzehn Jahren die Toilette unserer guten Mutter ... Die Uhr, die Armreifen und die Ohrringe sind mit Brillanten besetzt. Auch das Porträt habe ich noch. Mein Vater wollte alles verkaufen, weil, wie er sagte, nichts von all dem mehr der heutigen Mode entspreche.»

«Und dennoch ist dies alles, was uns bleibt», meinte Philippe, «unsere einzige Einnahmequelle. Meine Schwester, wir werden den Goldschmuck einschmelzen lassen und die Edelsteinverzierung des Porträts verkaufen. Für dies alles werden wir an die zwanzigtausend Livre bekommen, was eine für Unglückliche hinreichende Summe ist.»

«Aber ... dieses Kästchen mit dem Perlenschmuck gehört doch auch mir», wandte Andrée ein.

«Berühren Sie niemals diese Perlen, Andrée. Sie würden sich daran verbrennen. Jeder einzelnen dieser Perlen haftet ein seltsamer Makel an, meine Schwester … Sie hinterlassen Flecken auf den Stirnen, die sie berühren …»

Andrée erschauerte.

«Ich behalte dieses Schmuckkästchen, um es demjenigen zurückzugeben, dem es von Rechts wegen gehört. Ich sage Ihnen, das ist nicht unser Besitz. Nein, und wir wollen auch keinen Anspruch darauf erheben, nicht wahr?»

«Wie es Ihnen beliebt, mein Bruder», erwiderte Andrée, vor Scham erschauernd.

«Liebe Schwester, kleiden Sie sich nun ein letztes Mal für Ihren Besuch bei Madame la Dauphine an. Seien Sie sehr ruhig, sehr ehrerbietig und sehr bewegt angesichts der Tatsache, daß Sie sich von einer so edlen Beschützerin entfernen sollen.»

«O ja, ich bin in der Tat sehr bewegt», murmelte Andrée gerührt. «Das ist ein großer Schmerz in meinem Unglück.»

«Ich selbst gehe nach Paris, meine Schwester, und kehre gegen Abend zurück. Sobald ich komme, nehme ich Sie mit. Begleichen Sie hier alles, was Sie noch schuldig sind.»

«Nichts, nichts. Ich hatte nur Nicole, aber sie ist ja weggelaufen … Ah! Ich vergaß den kleinen Gilbert.»

Philippe fuhr in die Höhe. Seine Augen flackerten auf.

«Sind Sie Gilbert etwas schuldig?» rief er.

«Ja», antwortete Andrée in einem ganz natürlichen Ton, «er hat mich seit dem Anfang der Jahreszeit mit Blumen versorgt. Ich bin aber, wie Sie mir selbst sagten, zuweilen ungerecht und hart gegen diesen Jungen gewesen, der trotz allem höflich war … Nun will ich ihn belohnen.»

«Suchen Sie nicht nach Gilbert», entgegnete Philippe.

«Warum nicht? … Er muß sich irgendwo in den Gärten aufhalten. Im übrigen werde ich nach ihm schicken.»

«Nein! Nein! Sie würden nur kostbare Zeit verlieren … Ich dagegen werde ihn treffen, wenn ich durch die Alleen reite … Ich werde mit ihm sprechen … und ihn bezahlen …»

«Dann ist es gut.»

«Ja, Gott befohlen, bis heute abend also.»

Philippe küßte die Hand des Mädchens, das sich in seine Arme warf. Sodann begab er sich unverzüglich nach Paris, wo die Karosse ihn vor der Tür des kleinen Hauses in der Rue Coq-Héron absetzte.

Philippe wußte wohl, daß er seinen Vater hier antreffen würde. Seitdem es zwischen ihm und Richelieu zu dem merkwürdigen Bruch gekommen war, hatte der Greis das Leben in Versailles nicht mehr erträglich gefunden und suchte nun, wie alle von unermüdlichem Tatendrang erfüllten Gemüter, dem seelischen Tief durch die Aufregungen des Ortswechsels zu begegnen.

Als Philippe am Kutschentor läutete, war der Baron gerade dabei, unter furchtbaren Verwünschungen den kleinen Garten des Hauses und den daran angrenzenden Hof mit großen Schritten zu durchmessen.

Bei dem Geräusch der Glocke zuckte er zusammen und kam, um selbst zu öffnen. Da er niemanden erwartete, gab ihm dieser unvorhergesehene Besuch Anlaß, Hoffnung zu schöpfen. In seinem Sturz klammerte sich der Unglückliche an jeden Strohhalm.

Er empfing Philippe daher mit einer unfaßbaren Mischung aus Ärger und Neugierde.

Doch kaum hatte er seinem Gegenüber ins Gesicht geschaut, als die düstere Blässe, die Starrheit der Züge und das krampfhafte Zusammenziehen des Mundes die Flut der Fragen, die er eben an ihn richten wollte, erstarren ließen.

«Sie!» sagte er nur. «Und durch welchen Zufall?»

«Ich werde die Ehre haben, Ihnen dies zu erklären, Monsieur», versetzte Philippe.

«Gut! Ist es ernst?»

«Ziemlich ernst, ja, Monsieur.»

«Dieser Junge bedient sich immer einer so förmlichen Einleitung, daß es einem ganz bange wird ... Lassen Sie hören, ist es ein Glück oder ein Unglück, was Sie mir bringen?»

«Es ist ein Unglück», antwortete Philippe ernst.

Der Baron schwankte.

«Sind wir ganz allein?» erkundigte sich Philippe.

«Ja, natürlich.»

«Können wir ins Haus eintreten, Monsieur?»

«Warum nicht unter freiem Himmel, unter diesen Bäumen ...?»

«Weil es gewisse Dinge gibt, die sich nicht unter dem Licht des Himmels sagen lassen.»

Der Baron schaute seinen Sohn an und gehorchte seiner stummen Gebärde, während er gleichzeitig Unempfindlichkeit vortäuschte und sich sogar zu einem Lächeln zwang. Er folgte ihm in das untere Zimmer, dessen Tür Philippe bereits geöffnet hatte.

Als die Türen sorgfältig geschlossen waren, wartete Philippe auf ein Zeichen seines Vaters, das Gespräch zu beginnen, und nachdem der Baron sich bequem in dem besten Sessel des Salons niedergelassen hatte, begann er sein Anliegen vorzutragen:

«Monsieur, meine Schwester und ich sind im Begriff, von Ihnen Abschied zu nehmen.»

«Wie bitte?» fragte der Baron völlig überrascht. «Sie ... Sie wollen verreisen? ... Und der Dienst?»

«Es gibt keinen Dienst mehr für mich. Wie Sie wissen, wurden die Versprechungen des Königs nicht eingehalten ... zum Glück!»

«Warum dies ein Glück sein soll, begreife ich nicht.»

«Monsieur ...»

«Erklären Sie mir das. Wie können Sie sich glücklich schätzen, nicht Oberst eines stattlichen Regiments geworden zu sein? Sollten Sie die Philosophie so weit treiben?»

«Ich treibe sie lediglich weit genug, um nicht die Schande dem Glück vorzuziehen. Doch gehen wir, wenn es Ihnen beliebt, Monsieur, nicht auf Betrachtungen dieser Art ein.»

«Doch, gehen wir darauf ein, zum Donnerwetter!»

«Ich bitte Sie inständig ...», beharrte Philippe mit einer Festigkeit, die ausdrückte: «Ich will nicht!»

Der Baron zog die Augenbrauen zusammen. «Und Ihre Schwester? ... Vergißt sie auch Ihre Pflichten? Ihren Dienst bei Madame ...?»

«Es sind dies Pflichten, die sie anderen unterordnen muß, Monsieur.»

«Und von welcher Art sind diese anderen Pflichten, bitte?»

«Von der zwingendsten Notwendigkeit.»

Der Baron stand auf.

«Es ist eine alberne Gattung von Menschen», brummte er vor sich hin, «die Gattung, die anderen ständig Rätsel aufgibt.»

«Ist wirklich alles, was ich da sage, ein Rätsel für Sie?»

«Allerdings», antwortete der Baron mit einer Selbstsicherheit, welche Philippe in Erstaunen versetzte.

«Ich werde mich also deutlicher ausdrücken: Meine Schwester geht weg, weil auch sie gezwungen ist, zu fliehen, um eine Schande zu vermeiden.»

Der Baron brach in schallendes Gelächter aus.

«Bei Gott! Was für Musterkinder habe ich doch!» rief er aus. «Der Sohn läßt die Hoffnung auf ein Regiment im Stich, weil er die Schande fürchtet. Die Tochter gibt eine sichere Stellung bei Hof auf, weil sie ebenfalls Angst vor der Unehre hat. In der Tat, ich fühle mich in die Zeit von Brutus und Lucretia zurückversetzt! Wenn ein Mann zu meiner Zeit – die gewiß eine schlechte Zeit war und mit den schönen Tagen der Philosophie natürlich nicht mithalten kann –, wenn ein Mann damals eine Schande von weitem auf sich zukommen sah und wenn er wie Sie einen Degen an der Seite trug, so spießte er die erste Schande mit der Spitze seines Degens auf.»

Philippe zuckte die Schultern.

«Ja, was ich da sage, mag einem Menschenfreund, der nicht gern Blut fließen sieht, ziemlich armselig vorkommen. Aber schließlich sind Offiziere auch nicht unbedingt dazu geboren, Menschenfreunde zu sein.»

«Monsieur, ich bin mir ebensosehr wie Sie der Notwendigkeiten bewußt, welche die Verteidigung der Ehre auferlegt. Doch das vergossene Blut sühnt nicht ...»

«Worthülsen! ... Leeres Gerede ... eines Philosophen!» höhnte der Greis, der so in Harnisch geraten war, daß er fast schon majestätisch wirkte. «Mich dünkt, ich wollte schon sagen: die Worte eines Feiglings!»

«Sie haben wohl daran getan, es nicht zu sagen», versetzte Philippe bleich und bebend.

Der Baron hielt stolz dem unversöhnlichen und bedrohlichen Blick seines Sohnes stand.

«Was ich zum Ausdruck bringen will», fuhr er fort, «– und meine Logik ist nicht so schlecht, wie man es mir gerne weismachen würde –, was ich zum Ausdruck bringen will, ist, daß alle Schande auf dieser Welt nicht von einer Handlung, sondern von einem Wort herrührt. Ah! So ist es nun einmal ... Seien Sie ein Verbrecher vor Tauben, vor Blinden oder vor Stummen. Werden Sie dann entehrt sein? Sie werden mir nun mit folgendem schwachsinnigen Vers antworten:

*Das Verbrechen macht die Schande und nicht das Schafott.*

Es ist gut, diesen Spruch Kindern oder Frauen zu sagen. Aber mit einem Mann spricht man doch eine andere Sprache ... Ich bildete mir bis dahin ein, einen Mann gezeugt zu haben ... Wenn nun der Blinde sieht, der Taube hört und der Stumme spricht, dann gehen Sie in Fechtstellung und stechen dem einen die Augen aus, durchbohren dem anderen das Trommelfell und schneiden dem letzten die Zunge ab. So erwidert ein Edelmann, der den Namen Taverney-Maison-Rouge führt, den Angriff der Unehre!»

«Ein Edelmann dieses Namens, Monsieur, ist sich bei den Dingen, dic er zu tun hat, stets bewußt, daß es das erste ist, keine entehrende Handlung zu begehen. Deshalb werde ich auf Ihre Argumente nicht antworten. Nur geschieht es zuweilen, daß die Schmach aus einem unvermeidlichen Unglück entsteht. Dies ist der Fall, in dem wir, meine Schwester und ich, uns befinden.»

«Ich gehe nun zu Ihrer Schwester über. Wenn der Mann nach meinem System nie vor einer Sache fliehen darf, die er bekämpfen und besiegen kann, so muß auch die Frau der Gefahr gelassen entgegensehen. Wozu dient die Tugend, Herr Philosoph, wenn nicht dazu, die Angriffe des Lasters abzuwehren? Worin liegt der Triumph eben dieser Tugend, wenn nicht in der Niederlage des Lasters?»

Und Taverney brach abermals in Gelächter aus.

«Mademoiselle de Taverney hat wohl ziemliche Angst gehabt ... nicht wahr? ... Sie fühlt sich also schwach ... Dann ...»

Plötzlich trat Philippe ganz nahe auf seinen Vater zu und sprach:

«Monsieur, Mademoiselle de Taverney ist nicht schwach gewesen. Man hat sie überwältigt! Sie ist unterlegen, sie ist in eine Falle geraten.»

«In eine Falle? ...»

«Allerdings. Ich bitte Sie, bewahren Sie sich noch ein wenig von der Hitze, die Sie vorhin belebte, um die Elenden zu brandmarken, welche feige und klammheimlich die Vernichtung dieser makellosen Ehre verabredet haben.»

«Ich verstehe nicht ...»

«Sie werden gleich verstehen ... Ein schändlicher Kerl, sage ich Ihnen, hat jemanden in Mademoiselle de Taverneys Zimmer eingeführt ...»

Der Baron erblaßte.

«Ein Elender», fuhr Philippe fort, «wollte, daß der Name Taverney ... der meinige ... der Ihrige, Monsieur, mit einem unauslöschlichen Fleck beschmutzt werde ... Na los! Wo ist nun Ihr Jünglingsdegen, um ein wenig Blut zu vergießen? Ist die Sache der Mühe wert?»

«Monsieur Philippe ...»

«Ah! Fürchten Sie nichts. Ich beschuldige niemanden, ich kenne niemanden ... Das Verbrechen ist im Schatten ausgeheckt und im Schatten durchgeführt worden ... Das Ergebnis wird ebenfalls im Schatten verschwinden. Ich will es so, ich, der ich den Ruhm meines Hauses auf meine Weise verstehe.»

«Aber woher wissen Sie? ...», rief der Baron, der sich durch den Köder eines schändlichen Ehrgeizes, einer gemeinen Hoffnung, von seiner Verblüffung erholt hatte. «Woran erkennen Sie? ...»

«Das wird mich keine von den Personen fragen, die meine Schwester, Ihre Tochter, in einigen Monaten sehen werden, Herr Baron!»

«Aber, Philippe», rief der Alte mit vor Freude strahlenden Augen, «dann sind das Glück und der Ruhm des Hauses nicht verschwunden. Dann triumphieren wir!»

«Dann sind Sie wirklich der Mensch, für den ich Sie hielt», versetzte Philippe mit dem tiefsten Ekel. «Sie haben sich selbst verraten, und es mangelt Ihnen an Geist vor einem Richter, nachdem es Ihnen vor Ihrem Sohn an Herz gefehlt hat.»

«Sie Unverschämter!»

«Genug!» herrschte Philippe ihn an. «Fürchten Sie, wenn Sie so laut sprechen, den leider zu unempfindlichen Schatten meiner Mutter zu wecken, die, wenn sie noch am Leben wäre, über ihre Tochter gewacht hätte.»

Der Baron schlug vor der blendenden Helle, welche von den Blicken seines Sohnes ausging, die Augen nieder.

«Meine Tochter», ließ er sich nach einer Weile vernehmen, «wird mich nicht ohne mein Einverständnis verlassen.»

«Meine Schwester», hielt Philippe dagegen, «wird Sie nie mehr wiedersehen, mein Vater.»

«Sagt sie das?»

«Sie schickt mich, um es Ihnen zu unterbreiten.»

Der Baron wischte sich mit einer zitternden Hand über seine bleichen, feuchten Lippen.

«Sei's drum!» meinte er leichthin.

Dann rief er schulterzuckend aus:

«Was habe ich doch für ein Unglück mit meinen Kindern: ein Dummkopf und eine einfältige Dirne!»

Philippe entgegnete nichts.

«Gut, gut», sprach Taverney weiter, «ich brauche euch nicht mehr. Gehen Sie, wenn Sie mit Ihrer Rede zu Ende sind.»

«Ich hatte Ihnen noch zweierlei zu sagen, Monsieur.»

«Nur zu.»

«Das erste ist folgendes: Der König hat Ihnen ein Kästchen mit einem Perlenschmuck gegeben ...»

«Ihrer Schwester, Monsieur ...»

«Ihnen, Monsieur ... Im übrigen ist dies unwichtig ... Meine Schwester trägt keine solchen Juwelen ... Mademoiselle de Taverney ist keine Dirne. Sie bittet Sie, das Kästchen demjenigen zurückzugeben, von dem es kommt, oder es bei sich zu behalten, da Sie sicherlich fürchten, Seine Majestät, die so viel für unsere Familie getan hat, vor den Kopf zu stoßen.»

Philippe hielt seinem Vater das Kästchen hin. Dieser nahm es, öffnete es, betrachtete die Perlen und warf es sodann auf eine Kommode.

«Und was weiter?» fragte er.

«Weiterhin, Monsieur, da wir nicht reich sind, da Sie alles, sogar das Vermögen unserer Mutter, entweder verpfändet oder ausgegeben haben, was ich Ihnen um Himmels willen nicht zum Vorwurf machen will ...»

«So weit käm's noch», bemerkte der Baron zähneknirschend.

«Kurz und gut, da wir nur noch Taverney haben, das aus dieser bescheidenen Erbschaft stammt, bitten wir Sie, zwischen Taverney und dem kleinen Haus, in dem wir uns befinden, zu wählen. Bewohnen Sie das eine, und wir werden uns in das andere zurückziehen.»

Der Baron zerknitterte seine Spitzenkrause mit einer Wut, die sich nur durch die Bewegung seiner Finger, die Feuchtigkeit seiner Stirn und das Zittern seiner Lippen verriet. Selbst Philippe bemerkte diese Anzeichen nicht, denn er hatte den Kopf abgewandt.

«Ich bevorzuge Taverney», entschied sich der Baron.

«Dann behalten wir das Haus.»

«Wie Sie wollen.»

«Wann wollen Sie abreisen?»

«Noch heute abend ... oder nein, auf der Stelle.»

Philippe verneigte sich.

«In Taverney», fuhr der Baron fort, «erscheint man mit dreitausend Livre Rente als König ... Ich werde zweifacher König sein.»

Er streckte seine Hand nach der Kommode aus, um das Schmuckkästchen zu nehmen, das er in seine Tasche schob.

Dann wandte er sich zum Gehen. Doch plötzlich machte er kehrt und meinte mit einem abscheulichen Lächeln:

«Philippe, ich erlaube Ihnen, die erste philosophische Abhandlung, die Sie veröffentlichen werden, mit unserem Namen zu unterzeichnen. Was Andrée betrifft, so geben Sie ihr den Rat, ihr erstes Werk Ludwig oder Luise zu nennen. Das ist ein Name, der Glück bringt.»

Und er ging höhnisch lachend von dannen, während Philippe mit hitziger Stirn seine Hand krampfhaft um seinen Degen schloß.

«Mein Gott», murmelte er, «laß mich geduldig sein und vergessen!»

## CLI. KAPITEL

### *Die Gewissensfrage*

Nachdem Rousseau mit der für ihn charakteristischen peinlichen Sorgfalt einige Seiten seiner *Träumereien eines einsamen Spaziergängers* abgeschrieben hatte, beendigte er sein einfaches Frühstück.

Obgleich ihm von Monsieur de Girardin ein Ruhesitz in den lieblichen Gärten von Ermenonville angeboten worden war, bewohnte Rousseau, da er Bedenken hatte, sich der Sklaverei der Großen zu unterwerfen, wie er es in seinem menschenfeindlichen Wahn auszudrücken pflegte, immer noch die uns bekannte kleine Wohnung in der Rue Plâtrière.

Therese war eben damit fertiggeworden, den kleinen Haushalt in Ordnung zu bringen, und nahm nun ihren Korb, um Einkäufe zu machen.

Es war neun Uhr morgens. Therese fragte ihrer Gewohnheit gemäß Rousseau, was er zum Mittagessen wünsche.

Rousseau erwachte aus seiner Träumerei, hob langsam den Kopf und schaute Therese an wie ein Mensch, der sich noch halb im Schlaf befindet.

«Alles, was Sie wollen», gab er zur Antwort, «wenn nur Kirschen und Blumen darunter sind.»

«Wir werden sehen, ob das nicht alles zu teuer ist», erwiderte Therese.

«Natürlich», fügte sich Rousseau.

«Denn ich weiß nicht», fuhr Therese fort, «ob das, was Sie machen, nichts taugt, aber mir scheint, daß man Sie nicht mehr so bezahlt, wie dies früher der Fall war.»

«Du irrst dich, Therese, man zahlt mir immer noch dasselbe. Aber ich werde langsam müde und arbeite weniger, und außerdem ist mein Buchhändler um einen halben Band im Verzug.»

«Sie werden sehen, daß dieser Mensch noch Bankrott macht.»

«Wir wollen hoffen, daß dies nicht geschieht. Er ist so ein ehrlicher Mann.»

«Ein ehrlicher Mann, ein ehrlicher Mann! Wenn Sie das gesagt haben, glauben Sie alles gesagt zu haben.»

«Zumindest habe ich viel gesagt», versetzte Rousseau lächelnd, «denn ich behaupte dies nicht von jedermann.»

«Das ist nicht verwunderlich, so griesgrämig wie Sie sind!»

«Therese, wir kommen vom Thema ab.»

«Ja, Sie wollen Ihre Kirschen, Leckermaul! Sie wollen Ihre Blumen, Genießer!»

«Warum nicht, meine gute Hausfrau?» antwortete Rousseau mit Engelsgeduld. «Mein Herz und mein Kopf sind so krank, daß ich nicht ausgehen kann. So will ich mein Auge zumindest an einem Teil dessen erfreuen, was Gott mit vollen Händen über die Felder streut.»

Rousseau wirkte in der Tat bleich und angegriffen, und seine Hände blätterten in einem Buch, das seine Augen nicht lasen.

Therese schüttelte den Kopf.

«Schon gut, schon gut», meinte sie, «ich gehe für eine Stunde aus dem Haus. Erinnern Sie sich, daß ich den Schlüssel unter die Strohmatte lege. Wenn Sie ihn also brauchen sollten ...»

«Oh! Ich gehe nicht aus», wandte Rousseau ein.

«Ich weiß wohl, daß Sie nicht ausgehen, da Sie sich nicht auf den Beinen halten können. Ich sage Ihnen dies auch nur, damit Sie öffnen, wenn es klingelt. Denn wenn es klingelt, können Sie sicher sein, daß ich es nicht bin.»

«Danke, meine gute Therese, danke. Gehen Sie nur.»

Die Hausfrau entfernte sich ihrer Gewohnheit gemäß brummend. Doch das Geräusch ihrer schwerfälligen und schleppenden Schritte war noch lange auf der Treppe zu hören.

Sobald aber die Tür hinter ihr ins Schloß gefallen war, nutzte Rousseau sein vorübergehendes Alleinsein, um sich behaglich auf seinem Stuhl auszustrecken; er schaute den Vögeln zu, welche am Fenster ein paar Brotkrumen pickten und sog die Sonne in sich auf, welche zwischen den Kaminen der Nachbarhäuser hindurchschien.

Sein junger, rascher Geist fühlte sich erst dann frei, wenn er seine Flügel ausspannen konnte, wie es die Sperlinge nach ihrem heiteren Mahl tun.

Plötzlich knarrte die Eingangstür in ihren Angeln und entriß den Philosophen seinem süßen Dämmerzustand.

«Wie?» sagte er zu sich selbst. «Schon zurück? . . . Sollte ich etwa eingeschlafen sein, während ich nur zu träumen glaubte?»

Die Tür zu seinem Kabinett wurde ebenfalls sachte geöffnet.

Rousseau saß mit dem Rücken zu dieser Tür, und da er überzeugt war, daß es sich um die zurückkehrende Therese handelte, ließ er sich nicht weiter stören.

Es trat eine kurze Stille ein.

Doch dann, mitten in die Stille hinein, ließ sich eine Stimme vernehmen, die den Philosophen zusammenzucken ließ.

«Verzeihung, Monsieur.»

Rousseau drehte sich rasch um und rief:

«Gilbert!»

«Ja, Gilbert, ich bin es noch einmal. Verzeihen Sie, Monsieur Rousseau.»

Es war wirklich Gilbert. Doch es war ein bleicher Gilbert mit wirrem Haar, der seine abgemagerten, zitternden Glieder unter seinen unordentlichen Kleidern nur schlecht zu verbergen vermochte, kurz, ein Gilbert, dessen Anblick Rousseau erbeben ließ und ihm einen angstvollen Ausruf des Mitleids entlockte.

Gilbert hatte den starren, brennenden Blick ausgehungerter Raubvögel. Sein Lächeln vorgetäuschter Schüchternheit bildete einen Gegensatz zu diesem Blick.

«Was wollen Sie hier?» rief Rousseau, der keine Unordnung mochte und sie bei anderen als Hinweis auf eine schlechte Absicht betrachtete.

«Monsieur, ich habe Hunger», erklärte Gilbert.

Rousseau erschauerte beim Klang dieser Stimme, welche das schrecklichste Wort der menschlichen Sprache hervorbrachte.

«Und wie sind Sie hier hereingekommen?» fragte er weiter. «Die Tür war doch geschlossen.»

«Monsieur, ich weiß, daß Madame Therese den Schlüssel gewöhnlich unter die Fußmatte legt. Ich habe gewartet, bis Madame Therese weggegangen war, denn sie liebt mich nicht und hätte sich vielleicht geweigert, mich zu empfangen oder mich zu Ihnen zu lassen. Da ich nun wußte, daß Sie allein sind, stieg ich die Treppe hinauf, nahm den Schlüssel aus dem Versteck, und so bin ich hier.»

«Ich schwöre Ihnen, ich verdiene gehört zu werden, Monsieur Rousseau.»

Rousseau richtete sich auf den beiden Armstützen seines Lehnstuhles auf. «Hören Sie mich an», bat Gilbert, «nur einen Moment, einen einzigen Moment, und ich schwöre Ihnen, Monsieur Rousseau, daß ich es verdiene, gehört zu werden.»

«Also gut», willigte Rousseau ein, der beim Anblick dieses Gesichtes, auf dem sich kein Ausdruck menschlichen Gefühls mehr spiegelte, tief bestürzt war.

«Ich hätte Ihnen gleich zu Anfang sagen sollen, daß ich mich in einer Notlage befinde, wo ich nicht mehr weiß, ob ich stehlen, mir das Leben nehmen oder noch Schlimmeres tun soll ... Oh! Befürchten Sie nichts, mein Meister und Beschützer», beruhigte ihn Gilbert mit einer Stimme voll Sanftmut, «denn wenn ich darüber nachdenke, glaube ich, daß ich es gar nicht nötig habe, mir das Leben zu nehmen, weil ich wohl auch so zugrunde gehen werde ... Seit ich vor acht Tagen aus Trianon floh, durchstreife ich die Wälder und die Ebenen, ohne etwas anderes zu essen als rohes Gemüse und wilde Früchte. Ich bin völlig entkräftet und kann mich vor Müdigkeit und Hunger kaum noch aufrecht halten. Was das Stehlen betrifft, so werde ich es nicht bei Ihnen versuchen, denn ich schätze Ihr Haus zu sehr, Monsieur Rousseau. Was aber das dritte anbelangt, oh, um es auszuführen ...»

«Nun?» fragte Rousseau.

«Bedürfte es bei mir eines Entschlusses, den ich hier suche.»

«Sind Sie verrückt?» entfuhr es Rousseau.

«Nein, Monsieur, ich bin nur sehr unglücklich, sehr verzweifelt, und ich hätte mich heute morgen in der Seine ertränkt, wenn mir nicht plötzlich ein Gedanke gekommen wäre.»

«Welcher?»

«Die Tatsache, daß Sie geschrieben haben: ‹Der Selbstmord ist ein Diebstahl an der Menschheit.›»

Rousseau schaute den jungen Mann an, als wolle er sagen: «Sind Sie so eitel, zu glauben, ich hätte an Sie gedacht, während ich dies schrieb?»

«Oh, ich verstehe», murmelte Gilbert.

«Das glaube ich nicht», entgegnete Rousseau.

«Sie wollen sagen: ‹Wäre der Tod eines Elenden, wie Sie es sind, der Sie nichts darstellen, nichts besitzen und nichts vermögen, ein Ereignis?›»

«Es geht überhaupt nicht darum», widersprach Rousseau, beschämt, daß man ihn durchschaut hatte. «Doch ich denke, Sie haben Hunger?»

«Ja, das habe ich gesagt.»

«Nun, da Sie wissen, wo die Tür ist, so wissen Sie auch, wo sich das Brot befindet. Gehen Sie also an den Küchenschrank, nehmen Sie Brot, und verschwinden Sie.»

Gilbert rührte sich nicht.

«Wenn Sie nicht Brot brauchen, sondern Geld, so halte ich Sie nicht für so bösartig, daß Sie einen Greis, der Ihr Beschützer war, in demselben Haus, das Ihnen Zuflucht gewährte, mißhandeln würden. Begnügen Sie sich also mit diesem wenigen ... Hier, nehmen Sie.»

Er wühlte in seiner Tasche und wollte ihm ein paar Münzen reichen.

Gilbert hielt seine Hand zurück.

«Oh!» wehrte er ab, während er einen brennenden Schmerz verspürte. «Es geht mir weder um Brot noch um Geld. Sie haben nicht begriffen, was ich Ihnen mitteilen wollte, als ich davon sprach, mich umzubringen.

Wenn ich mich nicht töte, Monsieur, dann deshalb, weil mein Leben jetzt jemandem nützlich sein kann und weil mein Tod jemanden berauben würde. Sie, der Sie alle gesellschaftlichen Gesetze und alle natürlichen Verpflichtungen kennen, sagen Sie mir, gibt es auf dieser Welt ein Band, das einen Menschen, der sterben will, ans Leben zu fesseln vermag?»

«Deren gibt es viele», antwortete Rousseau.

«Ist die Vaterschaft eines dieser Bande?» fragte Gilbert leise. «Sehen Sie mich an, wenn Sie mir antworten, Monsieur Rousseau, damit ich die Antwort in Ihren Augen lesen kann.»

«Ja», stammelte Rousseau, «ja, gewiß, aber wozu stellen ausgerechnet Sie mir diese Frage?»

«Monsieur, Ihre Worte werden ein Urteilsspruch für mich sein», erklärte Gilbert. «Ich beschwöre Sie daher, dieselben wohl abzuwägen, Monsieur. Ich bin so unglücklich, daß ich mich am liebsten umbringen möchte, aber ... aber ich werde Vater.»

Rousseau fuhr vor Erstaunen in seinem Stuhl hoch.

«Oh! Verhöhnen Sie mich nicht, Monsieur», bat Gilbert demütig. Ich wiederhole es Ihnen, ich werde Vater.»

Rousseau schaute ihn an, ohne zu antworten.

«Ansonsten wäre ich schon tot», fuhr Gilbert fort. «In diesem Zweifel sagte ich mir, Sie würden mir einen guten Rat geben, und begab mich zu Ihnen.»

«Aber», wandte Rousseau ein, «warum sollte ich Ihnen Ratschläge erteilen können? Haben Sie mich etwa um Rat gefragt, als Sie den Fehler begingen?»

«Monsieur, dieser Fehler ...»

Gilbert näherte sich Rousseau mit einem seltsamen Ausdruck.

«Nun?» fragte dieser.

«Es gibt Leute, die diesen Fehler ein Verbrechen nennen.»

«Ein Verbrechen! Dann ist es ein Grund mehr, mich nicht damit zu behelligen. Ich bin ein Mensch wie Sie und kein Beichtvater. Übrigens erstaunt mich das, was Sie mir da sagen, nicht im geringsten. Ich habe stets vorausgesehen, daß es mit Ihnen eine üble Wendung nehmen würde. Sie haben eine schlimme Veranlagung.»

«Nein, Monsieur», entgegnete Gilbert, «Sie täuschen sich. Mein Denken ist verkehrt, oder vielmehr es wurde auf eine falsche Bahn gelenkt. Ich habe viele Bücher gelesen, die von der Gleichheit der Kasten, vom Stolz des Geistes und vom Adel der Instinkte predigen. Diese Bücher, Monsieur, waren mit so berühmten Namen gezeichnet, daß ein armer Bauer wie ich wohl irregeleitet werden konnte ... Ich habe mich dadurch ins Verderben gebracht.»

«Aha! ich weiß schon, worauf Sie hinauswollen, Monsieur Gilbert!»

«Ich?»

«Ja, Sie klagen meine Lehre an. Verfügen Sie vielleicht nicht über die Willensfreiheit?»

«Ich klage nicht an, Monsieur. Ich sage Ihnen nur, was ich gelesen habe. Was ich anklage, ist allein meine Leichtgläubigkeit. Ich habe geglaubt, und ich habe mich vergangen. Es gibt zwei Ursachen für mein Verbrechen. Sie sind die erste, und darum will ich zunächst zu Ihnen kommen. Anschließend werde ich zu der zweiten übergehen, aber der Reihe nach und wenn es an der Zeit ist.»

«Gut, sprechen Sie, was verlangen Sie von mir?»

«Weder ein Almosen noch ein Obdach, und noch nicht einmal Brot, obgleich ich verlassen und hungrig bin. Nein, ich bitte Sie um eine moralische Stütze, um eine Billigung durch Ihre Lehre. Ich möchte, daß Sie mir durch ein Wort meine ganze Stärke wiedergeben, welche nicht durch die Entkräftung meiner Arme und Beine, sondern durch den Zweifel in meinem Kopf und in meinem Herzen gebrochen ist. Monsieur Rousseau, ich beschwöre Sie daher, mir zu sagen, ob das, was ich seit acht Tagen empfinde, der Schmerz des Hungers in den Muskeln meines Magens oder die Marter der Gewissensbisse in meinem Geiste ist. Ich habe durch ein Verbrechen ein Kind gezeugt, Monsieur. Sagen Sie mir nun, muß ich mir in bitterer Verzweiflung die Haare ausraufen, mich im Sand wälzen und schreien: ‹Vergebung!›, oder soll ich so sprechen wie die Frau in der Schrift und sagen: ‹Ich habe getan, was jedermann tut. Wenn es unter den Menschen einen gibt, der besser ist als ich, so steinige er mich!›? Mit einem Wort, Monsieur Rousseau, Sie, der Sie fühlen mußten, was ich fühle, antworten Sie auf diese Frage. Sagen Sie, sagen Sie, ist es natürlich, daß ein Vater sein Kind verläßt?»

Gilbert hatte dieses Wort noch nicht ausgesprochen, als Rousseau bleicher wurde, als Gilbert selbst es war, alle Fassung verlor und stammelte:

«Mit welchem Recht sprechen Sie so mit mir?»

«Weil ich in Ihrem Hause, Monsieur Rousseau, in dieser Mansarde, wo Sie mir Gastfreundschaft gewährten, das las, was Sie über dieses Thema geschrieben haben; weil Sie erklärten, die im Elend geborenen Kinder gehörten dem Staat, der sich ihrer annehmen müsse; weil Sie sich schließlich stets für einen ehrlichen Mann gehalten haben, obgleich Sie nicht davor zurückschreckten, die Kinder zu verlassen, die Ihnen geboren wurden.»

«Unglücklicher», zürnte Rousseau, «du hast mein Buch gelesen und schlägst mir gegenüber einen solchen Ton an!»

«Nun?»

«Nun, du bist nichts als ein schlechter Kopf, verbunden mit einem schlechten Herzen.»

«Monsieur Rousseau!»

«Du hast ebenso schlecht in meinen Büchern gelesen, wie du im menschlichen Leben liest! Du hast nur die Oberfläche der Blätter gesehen, wie du auch nur die Oberfläche des Gesichtes siehst! Ah! Du glaubst, du kannst mich für dein Verbrechen mitverantwortlich machen, indem du die Bücher anführst, die ich geschrieben habe, und indem du mir sagst: ‹Sie gestehen, dieses oder jenes getan zu haben, also kann ich es ebenfalls tun!› – Doch, Unglücklicher, was du nicht weißt und was du nicht erahnt hast, ist, daß ich das ganze Leben desjenigen, den du dir zum Vorbild genommen hast, dieses Leben voll Armut und Leid, gegen ein goldenes, üppiges Dasein voll Prunk und Vergnügen hätte eintauschen können. Besitze ich weniger Talent als Monsieur de Voltaire, und habe ich nicht ebensoviel geleistet wie er? Hätte ich nicht, auch wenn ich weniger Fleiß darauf verwandt hätte, als ich immer tat, meine Bücher genauso teuer verkaufen können, wie er die seinen verkauft? Hätte ich das Geld nicht zwingen können, in meine Kasse zu rollen, indem ich ständig eine halbvolle Truhe zur Verfügung meiner Buchhändler gehalten haben würde? Gold zieht Gold an, weißt du das nicht? Ich hätte einen Wagen gehabt, um eine junge und schöne Geliebte spazierenzufahren, und glaube mir, dieser Luxus würde in mir die Quelle einer unerschöpflichen Poesie nicht zum Versiegen gebracht haben. Habe ich keine Leidenschaften mehr? Sprich! Schau mir genau in die Augen, die mit sechzig Jahren noch vom Feuer der Jugend und des Verlangens glänzen! Du, der du meine Bücher gelesen oder abgeschrieben hast, erinnerst du dich nicht daran, daß mein stets junges Herz trotz des fortschreitenden Alters und trotz sehr großer Beschwerden alle Kräfte meines übrigen Körpers geerbt zu haben scheint, um besser leiden zu können? Von Gebrechen niedergebeugt, die mich am Gehen hindern, fühle ich mich kräftiger und lebenstüchtiger, um den Schmerz in mir aufzunehmen, als ich es je in der Blüte meiner Jahre war, um die seltenen Glückseligkeiten zu empfangen, die Gott mir zukommen ließ.»

«All dies weiß ich, Monsieur», versicherte Gilbert. «Ich habe Sie aus der Nähe kennengelernt und Sie begriffen.»

«Wenn du mich also aus der Nähe kennengelernt und mich begriffen hast, hat mein Leben dann nicht für dich eine Bedeutung, die es für andere nicht hat? Diese Opferbereitschaft, welche nicht in meiner Natur liegt, sagt sie dir nicht, ich habe sühnen wollen? ...»

«Sühnen!» murmelte Gilbert.

«Hast du nicht verstanden», fuhr der Philosoph fort, «daß ich, nachdem mich die Armut anfangs gezwungen hatte, einen übertriebenen Entschluß zu fassen, in der Folge für diesen Entschluß keine andere Entschuldigung mehr fand als die Uneigennützigkeit und das Verharren in Armut? Hast du nicht begriffen, daß ich meinen Geist durch die Demütigung bestrafte? Denn mein Geist war schuldig, mein Geist, der Zuflucht zu Widersinnigkeiten genommen hatte, um sich zu rechtfertigen, während ich andererseits mein Herz durch das lebenslängliche Schuldgefühl bestrafte.»

«Ah!» rief Gilbert. «So also antworten Sie mir! So stürzt ihr Philosophen, die ihr der Menschheit geschriebene Lehren zuschleudert, uns in die Verzweiflung, indem ihr uns verdammt, wenn wir uns aufregen. Ei, was liegt mir an Ihrer Demütigung, solange sie geheim ist, an Ihrem Schuldgefühl, solange es verborgen bleibt? Oh! Wehe, wehe Ihnen, wehe! Und mögen die in Ihrem Namen begangenen Verbrechen auf Ihr Haupt zurückfallen!»

«Auf mein Haupt, sagen Sie, sollen der Fluch und die Strafe zugleich zurückfallen, denn Sie vergessen die Strafe. Oh! Das wäre zuviel! Sie, der Sie gesündigt haben wie ich, verdammen Sie sich ebenso streng wie mich?»

«Noch strenger», gab Gilbert zurück, «denn meine Strafe wird schrecklich sein. Jetzt, da ich an nichts mehr glaube, werde ich mich von meinem Feind töten lassen – ein Selbstmord, zu dem mein Elend mir rät und den mein Gewissen mir verzeiht, denn nun ist mein Tod kein Diebstahl an der Menschheit mehr, und Sie haben da einen Satz geschrieben, der gar nicht Ihrem Denken entsprach.»

«Halt ein, Unglücklicher!» warnte ihn Rousseau. «Halt ein. Hast du mit deiner einfältigen Leichtgläubigkeit nicht schon genug Übel angerichtet? Ist es nötig, daß du mit deinem albernen Skeptizismus noch mehr davon tust? Du hast von einem Kind gesprochen? Du sagtest mir, du sollest Vater werden?»

«Das habe ich gesagt», bestätigte Gilbert.

«Weißt du wohl, was es bedeutet», sprach Rousseau mit leiser Stimme, «Geschöpfe, die dazu geboren sind, frei und rein die volle Luft der Tugend zu atmen, die Gott als Mitgift jedem neu entstandenen Menschen gibt, weißt du, was es bedeutet, diese Geschöpfe mit sich, wenn auch nicht in den Tod, so aber doch in die Schande zu reißen? Höre indessen, wie furchtbar meine Lage ist: Als ich meine Kinder verließ, begriff ich, daß die Gesellschaft, welche sich durch jede Überlegenheit verletzt fühlt, mir dieses Unrecht wie einen entehrenden Vorwurf ins Gesicht schleudern würde. Da rechtfertigte ich mich mit Widersinnigkeiten. Ich verwandte zehn Jahre meines Lebens darauf, den Müttern Ratschläge für die Erziehung ihrer Kinder zu geben, ich, der ich nicht Vater zu sein vermocht hatte. Ich, der ich selbst schwach und verdorben war, erteilte dem Vaterland Ratschläge für die Bildung starker und rechtschaffener Bürger. Der Henker, der die Gesellschaft, das Vaterland und die Waisen rächt, gab dann eines Tages, da er mich nicht verantwortlich machen konnte, meinem Buch die Schuld und verbrannte es als eine lebendige Schmach für das Land, dessen Luft dieses Buch verpestet habe. Wähle, errate, urteile, habe ich mit meinem Handeln gut getan? Habe ich mit meinen Lehren schlecht getan? Du antwortest nicht. Gott selbst wäre in Verlegenheit, Gott, der in seinen Händen die unbeugsame Waage zwischen Recht und Unrecht hält. Nun, ich habe ein Herz, das die Frage löst, und dieses Herz sagt mir tief in meiner Brust: ‹Wehe dir, Rabenvater, der du deine Kinder verlassen hast! Wehe dir, wenn du des Abends die junge Dirne triffst, die an der Ecke einer Kreuzung schamlos lacht, denn sie ist vielleicht deine verlassene Tochter, welche der Hunger in die Schande gestürzt hat! Wehe dir, wenn du auf der Straße dem Dieb begegnest, den man, ganz rot vor Scham, auf frischer Tat ertappt und verhaftet, denn dieser ist vielleicht dein verlassener Sohn, den der Hunger zum Verbrechen getrieben hat!›»

Mit diesen Worten sank Rousseau, der sich erhoben hatte, in seinen Sessel zurück. «Und dennoch», fuhr er mit gebrochener Stimme fort, «und dennoch bin ich nicht in dem Maße schuldig gewesen, wie man es hätte glauben können. Ich habe eine herzlose Mutter, welche eine ebenso große Schuld traf wie mich, vergessen sehen, wie es Tiere tun, und ich sagte mir: ‹Gott hat zugelassen, daß die Mutter vergißt, also muß sie wohl vergessen.› Nun, ich habe mich damals getäuscht. Doch du, der du heute von mir gehört hast, was ich nie einem Menschen anvertraut habe, du bist nun nicht mehr berechtigt, dich zu täuschen.»

«Demnach», folgerte der junge Mann stirnrunzelnd, «demnach hätten Sie Ihre Kinder niemals verlassen, wenn Sie Geld gehabt hätten, um sie zu ernähren?»

«Wenn ich nur das unbedingt Notwendige gehabt hätte, nein, niemals, das schwöre ich, niemals!»

Und Rousseau streckte seine zitternde Hand feierlich gen Himmel aus.

«Zwanzigtausend Livres», fragte Gilbert, «ist dies genug, um ein Kind zu ernähren?»

«Ja, das ist genug», antwortete Rousseau.

«Gut», meinte Gilbert, «danke, Monsieur, nun weiß ich, was ich zu tun habe.»

«Und in jedem Fall können Sie als junger Mann mit Ihrer Arbeit Ihr Kind ernähren», fügte Rousseau hinzu. «Doch Sie haben von einem Verbrechen gesprochen. Man sucht Sie, man verfolgt Sie vielleicht ...»

«Ja, Monsieur.»

«Nun gut, verstecken Sie sich hier, mein Kind. Der kleine Speicher ist noch immer frei.»

«Sie sind ein Mensch, den ich liebe, mein Lehrer», begeisterte sich Gilbert, «und Ihr Anerbieten erfüllt mich mit Freude. Ich bitte Sie in der Tat nur um einen Unterschlupf. Mein Brot werde ich schon verdienen. Sie wissen, daß ich kein Faulenzer bin.»

«Wohl», meinte Rousseau, «wenn die Sache also beschlossen ist, dann gehen Sie hinauf, damit Madame Rousseau Sie hier nicht sieht. Sie kommt nicht mehr in den Speicher hinauf, weil wir seit Ihrem Weggang nichts mehr dort aufbewahren. Ihr Strohsack befindet sich noch an derselben Stelle. Richten Sie sich so gut wie möglich ein.»

«Danke, Monsieur, ich werde auf diese Weise glücklicher sein, als ich es verdiene.»

«Ist das nun alles, was Sie wünschen?» erkundigte sich Rousseau, während er Gilbert gleichsam mit dem Blick aus dem Zimmer drängte.

«Nein, Monsieur, nur noch ein Wort, wenn es Ihnen beliebt.»

«Sprechen Sie.»

«Sie beschuldigten mich eines Tages in Luciennes, Sie verraten zu haben. Ich habe niemanden verraten, Monsieur, ich folgte nur meiner Liebe.»

«Reden wir nicht mehr davon. Ist das alles?»

«Ja, sagen Sie mir nur noch eines, Monsieur Rousseau: Wenn man die Adresse von jemandem in Paris nicht weiß, ist es möglich, sich dieselbe zu verschaffen?»

«Natürlich, wenn diese Person bekannt ist.»

«Diejenige, die ich meine, ist sehr bekannt.»

«Wie ist ihr Name?»

«Der Graf Joseph von Balsamo.»

Rousseau erschauerte. Er hatte die Versammlung in der Rue Plâtrière nicht vergessen.

«Was wollen Sie von diesem Mann?» fragte er.

«Etwas ganz Einfaches. Ich hatte Sie, meinen Lehrer und Meister, beschuldigt, die moralische Ursache meines Verbrechens zu sein, da ich nur dem natürlichen Gesetz zu gehorchen glaubte.»

«Und habe ich Sie jetzt eines Besseren belehrt?» rief Rousseau, der bei dem Gedanken an eine solche Verantwortlichkeit zitterte.

«Sie haben mich zumindest aufgeklärt.»

«Nun, was wollen Sie also sagen?»

«Daß mein Verbrechen nicht nur eine moralische, sondern auch eine physische Ursache hatte.»

«Und dieser Graf von Balsamo ist die physische Ursache, nicht wahr?»

«Ja. Ich habe Beispiele nachgeahmt, ich habe eine Gelegenheit ergriffen und dabei, das erkenne ich nun, wie ein wildes Tier und nicht wie ein Mensch gehandelt. Das Beispiel waren Sie. Die Gelegenheit war der Graf von Balsamo. Wo wohnt er? Wissen Sie es?»

«Ja.»

«So geben Sie mir seine Adresse.»

«Rue Saint-Claude im Marais.»

«Vielen Dank, ich will auf der Stelle zu ihm gehen.»

«Nehmen Sie sich in acht, mein Kind!» warnte ihn Rousseau, indem er ihn zurückhielt. «Er ist ein mächtiger und tiefsinniger Mann.»

«Seien Sie unbesorgt, Monsieur Rousseau. Ich bin entschlossen, und Sie haben mich gelehrt, mich zusammenzunehmen.»

«Schnell, schnell, gehen Sie hinauf!» drängte Rousseau. «Ich höre, wie die Tür zum Flur geschlossen wird. Ohne Zweifel kommt Madame Rousseau zurück. Verstecken Sie sich im Speicher, bis sie in der Wohnung ist. Danach können Sie gehen.»

«Wo ist der Schlüssel, bitte?»

«Am Nagel in der Küche wie gewöhnlich.»

«Gott befohlen, Monsieur, Gott befohlen.»

«Nehmen Sie etwas Brot, ich werde Ihnen Arbeit für diese Nacht zusammenstellen.»

«Danke!»

Und Gilbert stahl sich so leicht davon, daß er sich in seiner Dachkammer befand, bevor Therese bis zum ersten Stock hinaufgestiegen war.

Mit der wertvollen Auskunft versehen, die Rousseau ihm erteilt hatte, brauchte Gilbert nicht lange, um sein Vorhaben auszuführen.

Tatsächlich hatte Therese kaum die Wohnungstür hinter sich geschlossen, als der junge Mann, der von der Tür seiner Dachkammer aus jede ihrer Bewegungen beobachtet hatte, die Treppe mit einer Geschwindigkeit hinabstieg, als hätte ihn das lange Fasten ganz und gar nicht geschwächt. Er hatte den Kopf voll von Gedanken der Hoffnung und des Grolls, und hinter all dem schwebte ein rächender Schatten, der ihn mit seinen Klagen und seinen Anschuldigungen quälte.

Er erreichte die Rue Saint-Claude in einem schwer zu beschreibenden Zustand.

Als er in den Hof des Hauses eintrat, verabschiedete Balsamo eben den Fürsten von Rohan, den die Pflicht der Höflichkeit zu seinem großzügigen Alchimisten geführt hatte.

Als der Fürst nun heraustrat und ein letztes Mal stehenblieb, um Balsamo zum wiederholten Male seinen Dank auszusprechen, da schlich sich der arme, zerlumpte Bursche hinein, wobei er, aus Angst, geblendet zu werden, nicht einmal wagte, sich umzuschauen.

Die Karosse des Fürsten Louis erwartete denselben auf dem Boulevard. Der Prälat überwand leichtfüßig die Entfernung, die ihn von seinem Wagen trennte, der, sobald der Schlag hinter ihm geschlossen war, mit großer Geschwindigkeit davonfuhr.

Balsamo schaute ihm mit einem schwermütigen Blick nach, und als die Karosse verschwunden war, wandte er sich nach der Freitreppe.

Auf dieser Freitreppe gewahrte er eine Art Bettler in einer flehentlichen Haltung.

Balsamo ging auf ihn zu, und obgleich sein Mund stumm blieb, fragte doch sein ausdrucksvoller Blick.

«Ich bitte um eine Viertelstunde Gehör, Herr Graf», sprach der junge Mann mit den zerlumpten Kleidern.

«Wer sind Sie, mein Freund?» erkundigte sich Balsamo mit außerordentlicher Sanftmut.

«Erkennen Sie mich nicht wieder?» fragte Gilbert.

«Nein, aber gleichviel, kommen Sie», forderte Balsamo ihn auf, ohne sich wegen des seltsamen Aussehens, wegen der zerlumpten Kleider und wegen der Zudringlichkeit des Bittstellers zu beunruhigen.

Er ging vor ihm her und führte ihn in das erste Zimmer, wo er Platz nahm und das Gespräch, ohne Ton und Gesicht zu verändern, sogleich begann:

«Sie fragten mich, ob ich Sie wiedererkenne?»

«Ja, Herr Graf.»

«In der Tat, mir scheint, als hätte ich Sie schon irgendwo gesehen.»

«In Taverney, Monsieur, als Sie am Tage vor der Ankunft der Dauphine dorthin kamen.»

«Was machten Sie in Taverney?»

«Ich wohnte dort.»

«Als Bediensteter der Familie?»

«Nein, als Hausgenosse.»

«Haben Sie Taverney verlassen?»

«Ja, Monsieur, es ist nun schon fast drei Jahre her.»

«Und wohin begaben Sie sich?»

«Nach Paris, wo ich zunächst bei Monsieur Rousseau studierte und sodann in den Gärten von Trianon durch die Vermittlung von Monsieur de Jussieu als Gärtnergehilfe angestellt wurde.»

«Das sind schöne Namen, die Sie mir da anführen, mein Freund. Was wünschen Sie von mir?»

«Ich werde es Ihnen sagen.»

Er machte eine Pause und heftete auf Balsamo einen Blick, dem es nicht an Festigkeit gebrach.

«Erinnern Sie sich», fuhr er fort, «in der Nacht des großen Gewitters nach Trianon gekommen zu sein? Nächsten Freitag werden es sechs Wochen her sein.»

Bis dahin ernst, wurde Balsamo nun düster. «Ja, ich entsinne mich», antwortete er. «Sollten Sie mich zufällig gesehen haben?»

«Ich habe Sie gesehen.»

«Dann kommen Sie, um sich das Geheimnis bezahlen zu lassen?» forschte Balsamo in drohendem Ton.

«Nein, Monsieur, denn ich habe ein noch größeres Interesse als Sie, dieses Geheimnis zu bewahren.»

«Sie sind also derjenige, den man Gilbert nennt?» folgerte Balsamo.

«Das ist richtig, Herr Graf.»

Balsamo umfing den jungen Mann, dessen Name eine so schreckliche Anklage barg, mit seinem tiefen, verzehrenden Blick.

Er, der die Menschen so gut kannte, war erstaunt über die Selbstsicherheit von Gilberts Haltung und über die Würde seiner Worte.

Gilbert hatte sich vor einen Tisch gestellt, auf dem er sich jedoch nicht abstützte. Eine seiner feinen Hände, die trotz ihrer Gewohnheit, ländliche Arbeiten zu verrichten, ihre weiße Farbe bewahrt hatte, war in seiner Brust verborgen. Die andere fiel anmutig an seiner Seite herab.

«Ich sehe an Ihrer Haltung, was Sie hier wollen», erklärte Balsamo. «Sie wissen, daß von Mademoiselle de Taverney, die ich mit Hilfe der Wissenschaft gezwungen habe, die Wahrheit zu sagen, eine furchtbare Anschuldigung gegen Sie vorgebracht worden ist. Sie kommen nun, um mir diese Aussage, diese Enthüllung eines Geheimnisses vorzuwerfen, das ohne mich im dunkeln verborgen geblieben wäre wie in einem Grab.»

Gilbert begnügte sich damit, den Kopf zu schütteln.

«Sie hätten jedoch unrecht», fuhr Balsamo fort. «Denn angenommen, ich hätte Sie verraten wollen, ohne durch mein eigenes Interesse, da man mich anklagte, dazu genötigt zu sein; angenommen, ich hätte Sie als Feind behandelt und angegriffen, während ich mich darauf beschränkte, mich zu verteidigen; dies alles angenommen, wären Sie doch nicht berechtigt, irgend etwas daran auszusetzen, denn Sie haben in der Tat eine schändliche Handlung begangen.»

Gilbert krallte sich die Nägel heftig in die Brust, aber noch antwortete er nichts.

«Der Bruder wird Sie verfolgen, und die Schwester wird Sie töten lassen, wenn Sie weiterhin so unbesonnen sind, in den Straßen von Paris spazierenzugehen, wie Sie es tun», warnte Balsamo.

«Oh! Was das betrifft, so ist es mir einerlei», versetzte Gilbert.

«Wie, es ist Ihnen einerlei?»

«Ja, ich liebte Mademoiselle Andrée. Ich liebte sie, wie sie nie von einem Menschen geliebt werden wird. Doch sie verachtete mich, der ich so ehrfurchtsvolle Gefühle für sie hegte. Sie verachtete mich, der ich sie schon zweimal in den Armen gehalten hatte, ohne es auch nur zu wagen, mit meinen Lippen den Saum ihres Kleides zu berühren.»

«Aha, so ist das also, und Sie haben sich diesen Respekt bezahlen lassen. Sie haben sich für ihre Geringschätzung gerächt. Und wodurch? Durch einen Hinterhalt.»

«O nein, nein! Der Hinterhalt stammt nicht von mir. Es ist mir eine Gelegenheit zur Begehung des Verbrechens geboten worden.»

«Durch wen?»

«Durch Sie.»

Balsamo fuhr hoch wie von der Tarantel gestochen.

«Durch mich?» schrie er.

«Durch Sie, allerdings, Monsieur, durch Sie», bekräftigte Gilbert. «Monsieur, Sie haben Mademoiselle Andrée eingeschläfert. Dann sind Sie entflohen. Je weiter Sie sich entfernten, desto schwächer wurden ihre Beine. Schließlich fiel sie zu Boden. Da nahm ich sie in meine Arme, um sie in ihr Zimmer zurückzutragen. Ich fühlte ihre Haut an meiner Haut. Kalter Marmor wäre dabei lebendig geworden! ... Ich, der ich liebte, gab meiner Leidenschaft nach. Bin ich darob so frevelhaft, wie man behauptet, Monsieur? Das frage ich Sie, der Sie die Ursache meines Unglücks sind.»

Balsamo richtete einen Blick voll Trauer und Mitleid auf Gilbert.

«Du hast recht, mein Kind», gestand er. «Ich habe dein Verbrechen und das Unglück dieses jungen Mädchens verursacht.»

«Und statt Abhilfe zu schaffen, haben Sie, der Sie ein so mächtiger Mann sind und so gut sein müßten, das Unglück des Mädchens noch verschlimmert. Sie haben den Tod über das Haupt des Schuldigen verhängt.»

«Das ist wahr», gab Balsamo zu. «Du sprichst vernünftig. Siehst du, junger Mann, seit einiger Zeit bin ich ein verfluchtes Geschöpf, und alle meine Pläne nehmen, wenn sie aus meinem Gehirn hervorgehen, bedrohliche und schädliche Formen an. Dies hängt mit einem großen Unglück zusammen, das ich erleiden mußte und das du nicht verstehst. Es ist indessen kein Grund, der mich berechtigt, anderen Menschen Leid zuzufügen. Was verlangst du? Laß hören.»

«Ich verlange von Ihnen, mir zu helfen, um alles wiedergutzumachen, Herr Graf, sowohl das Verbrechen als auch das Unglück.»

«Du liebst dieses Mädchen?»

«O ja!»

«Es gibt viele Arten von Liebe. Mit welcher Liebe liebst du sie?»

«Bevor ich sie besaß, liebte ich sie bis zum Wahnsinn. Heute liebe ich sie mit verzweifelter Wut. Ich würde vor Schmerz sterben, wenn sie mich zornig empfinge. Ich würde vor Glück sterben, wenn sie mir erlaubte, ihr die Füße zu küssen.»

«Sie ist ein adliges Mädchen, aber sie ist arm», überlegte Balsamo laut.

«Ja.»

«Ihr Bruder ist jedoch ein Mann von Herz, dem, wie ich glaube, wenig an dem unbegründeten Vorrecht des Adels liegt. Was würde geschehen, wenn du bei dem Bruder um die Hand seiner Schwester anhieltest?»

«Er würde mich töten», erwiderte Gilbert mit kaltem Ton. «Da ich den Tod indessen mehr begrüße, als daß ich ihn fürchte, werde ich diesen Schritt wagen, wenn Sie mir dazu raten.»

Balsamo dachte nach.

«Du bist ein Mann von Geist», meinte er, «und man könnte dich sogar für einen Mann von Herz halten, obgleich deine Handlungen, abgesehen von meiner Mitschuld, wahrlich frevelhaft sind. Nun, suche nicht Monsieur de Taverney, den Sohn, sondern den Baron von Taverney, seinen Vater, auf, und sage ihm, hörst du wohl, sage ihm, an dem Tag, wo er dir erlaubt, seine Tochter zu heiraten, werdest du Mademoiselle Andrée eine Mitgift bringen.»

«Das kann ich nicht sagen, Herr Graf. Ich besitze nichts.»

«Und ich sage dir, daß du ihr als Mitgift hunderttausend Taler bringen wirst, die ich dir geben werde, um das Unglück und das Verbrechen, wie du es vorhin nanntest, wiedergutzumachen.»

«Er wird mir nicht glauben. Er weiß doch, daß ich arm bin.»

«Nun, wenn er dir nicht glaubt, dann zeigst du ihm einfach diese Kassenbilletts, und wenn er sie sieht, wird er nicht mehr daran zweifeln.»

Und mit diesen Worten öffnete Balsamo die Schublade eines Tisches und zählte dreißig Scheine, von denen jeder zehntausend Livre wert war.

Dann übergab er sie Gilbert.

«Ist das Geld?» fragte der junge Mann.

«Lies doch.»

Gilbert warf einen gierigen Blick auf das Papierbündel, das er in der Hand hielt, und erkannte die Wahrheit dessen, was ihm Balsamo sagte.

Ein freudiger Blitz durchzuckte seine Augen.

«Wäre es möglich?» rief er. «Aber nein, eine solche Großmut wäre zu erhaben!»

Balsamo zählte dreißig Scheine ab und gab sie Gilbert.

«Du bist mißtrauisch», stellte Balsamo fest. «Du hast recht. Aber gewöhne dich daran, richtig zu entscheiden, wann Mißtrauen angebracht ist. Nimm also diese hunderttausend Taler, und gehe zu Monsieur de Taverney.»

«Monsieur», entgegnete Gilbert, «solange mir eine solche Summe nur auf ein einfaches Wort gegeben wird, kann ich nicht daran glauben, daß mir dieses Geschenk wirklich gemacht worden ist.»

Balsamo nahm eine Feder und schrieb:

*Ich schenke Gilbert als Mitgift am Tage, da er seine Heiratsurkunde mit Mademoiselle Andrée de Taverney unterzeichnen wird, die Summe von hunderttausend Talern, die ich ihm in der Hoffnung auf eine erfolgreiche Unterhandlung im voraus gegeben habe.*

*Joseph Balsamo.*

«Nimm dieses Papier, geh, und zweifle nicht mehr.»

Gilbert empfing das Papier mit zitternder Hand.

«Monsieur», sprach er, «wenn ich Ihnen ein solches Glück zu verdanken habe, so werden Sie der Gott sein, den ich auf Erden anbete.»

«Es gibt nur einen Gott, den du anbeten mußt», antwortete Balsamo ernst, «und dieser bin ich nicht. Geh nun, mein Freund.»

«Eine letzte Bitte, Monsieur.»

«Welche?»

«Geben Sie mir fünfzig Livre.»

«Du bittest mich um fünfzig Livre, wenn du bereits dreihunderttausend in deinen Händen hältst?»

«Diese dreihunderttausend Livre gehören mir erst an dem Tag, da Mademoiselle Andrée einwilligt, mich zu heiraten.»

«Und wofür sollen die fünfzig Livre sein?»

«Um mir einen anständigen Rock zu kaufen, mit dem ich vor dem Baron erscheinen kann.»

«Hier, nehmen Sie, mein Freund», sagte Balsamo.

Und er gab ihm die gewünschten fünfzig Livre.

Darauf verabschiedete er Gilbert durch ein Kopfnicken und kehrte mit demselben langsamen, traurigen Schritt in seine Gemächer zurück.

## CLII. KAPITEL

### *Gilberts Pläne*

Als sich Gilbert erst einmal auf der Straße befand, dämpfte er seine fieberhafte Phantasie, die ihn bei den letzten Worten des Grafen nicht nur über das Wahrscheinliche, sondern auch über das Mögliche hinaus fortgerissen hatte.

Als er in die Rue Pastourel kam, setzte er sich auf einen Bordstein und zog die zerknitterten Kassenbilletts aus der Tasche, nachdem er sich durch einen Blick versichert hatte, daß ihm niemand nachspionierte. Es war ihm nämlich ein fürchterlicher Gedanke gekommen, der ihm den Schweiß auf die Stirne trieb.

«Jetzt wollen wir doch einmal sehen», dachte er, während er die Scheine betrachtete, «ob mir dieser Mensch keine Falle gestellt hat, ob er mich nicht unter dem Vorwand, mir zu einem sicheren Glück zu verhelfen, einem sicheren Tod entgegenschickt. Ich muß herausfinden, ob er mit mir nicht ebenso verfährt wie mit dem Schaf, das man auf die Schlachtbank lockt, indem man ihm eine Handvoll frisches Gras vor die Nase hält. Ich habe gehört, es sei eine große Zahl falscher Kassenbilletts im Umlauf, vermittelst derer die gerissenen Burschen des Hofes zuweilen die Mädchen von der Oper betrügen. Wir wollen sehen, ob mich der Graf nicht zum Narren gehalten hat.»

Er nahm aus dem Bündel einen der Scheine zu zehntausend Livres, trat bei einem Kaufmann ein und fragte, während er ihm das Billett vorlegte, nach der Adresse eines Bankiers, bei dem er dasselbe im Auftrage seines Herrn, wie er sagte, wechseln könne.

Der Kaufmann musterte das Billett, drehte und wendete es mit sichtlicher Bewunderung, denn die Summe war mehr als beeindruckend und sein Laden äußerst bescheiden. Dann bezeichnete er ihm in der Rue Sainte-Avoie den Finanzmann, dessen Gilbert bedurfte.

Das Billett war also echt.

Voller Freude ließ Gilbert sogleich seiner Phantasie wieder freien Lauf, wickelte sorgfältiger als zuvor die Kassenbilletts in sein Taschentuch, und als er in der Rue Sainte-Avoie einen Trödler entdeckte, dessen Auslagen ihm verführerisch vorkamen, erstand er für fünfundzwanzig Livre, das heißt für einen der beiden Louisdors, die Balsamo ihm geschenkt hatte, einen vollständigen Anzug von feinem, kastanienbraunem Tuch, der sich ihm durch seine Sauberkeit empfahl, ein Paar Strümpfe von schwarzer, schon ein wenig verblichener Seide und Schuhe mit glänzenden Schnallen. Ein ziemlich feines Leinwandhemd vervollständigte diesen eher anständigen als reichen Anzug.

Nachdem er seine alten Sachen als Dreingabe zu den fünfundzwanzig Livres zurückgelassen hatte, steckte er sein kostbares Taschentuch ein und begab sich vom Laden des Trödlers in den eines Haarformers, dem es innerhalb einer Viertelstunde gelang, den so bemerkenswerten Kopf von Balsamos Schützling elegant und sogar schön zu machen.

Als er schließlich all diese Verrichtungen hinter sich gebracht hatte, trat Gilbert bei einem Bäcker ein, der sein Geschäft nahe der Place Louis XV hatte, und kaufte dort für zwei Sous Brot, das er rasch verzehrte, während er der Straße nach Versailles folgte.

An einem Brunnen, auf den er unterwegs stieß, blieb er stehen, um zu trinken.

Dann setzte er seinen Weg fort und schlug alle Angebote der Mietkutscher aus, die nicht begreifen wollten, daß ein so adrett gekleideter junger Mann fünfzehn Sous sparte, wenn seine Schuhe darunter leiden mußten.

Was hätten sie erst gesagt, wenn sie gewußt hätten, daß dieser junge Mann, der zu Fuß daherkam, in seiner Tasche dreihunderttausend Livres mit sich trug?

Doch Gilbert hatte seine Gründe, zu Fuß zu gehen. Zunächst einmal wegen seines festen Vorsatzes, nicht einen Heller mehr als für das unbedingt Lebensnotwendige auszugeben; sodann weil er das Bedürfnis hatte, allein zu sein, um sich bequemer seinem Gebärdenspiel und seinen Selbstgesprächen hingeben zu können.

Gott allein weiß, welche glücklichen Lösungen diesem jungen Mann während der zweieinhalb Stunden, die er unterwegs war, durch den Kopf gingen.

In zweieinhalb Stunden hatte er mehr als vier Meilen zurückgelegt, und dies, ohne die Entfernung wahrzunehmen und ohne auch nur die leiseste Müdigkeit zu verspüren, so zäh und ausdauernd war der Organismus dieses jungen Mannes.

Alle seine Pläne standen nun fest, und er hatte sich für die Art und Weise, wie er seine Bitte vorzutragen hätte, entschieden:

Den Vater Taverney wollte er mit hochtrabenden Worten angehen. Hätte er dann erst die Genehmigung des Barons erlangt, so würde er Mademoiselle Andrée mit solcher Beredsamkeit gegenübertreten, daß sie ihm nicht nur verzeihen, sondern auch Achtung und Zuneigung für den Verfasser der ergreifenden Rede, die er sich zurechtgelegt hatte, bekommen müßte.

Je mehr er darüber nachdachte, desto mehr gewann die Hoffnung Oberhand über die Furcht, und es schien Gilbert unmöglich, daß ein Mädchen in Andrées Lage eine durch die Liebe gebotene Wiedergutmachung nicht annähme, noch dazu, wenn diese Liebe mit einer Summe von hunderttausend Talern vor sie hintreten würde. Gilbert war, während er diese Luftschlösser baute, naiv und ehrlich wie das einfachste Kind der Patriarchen. Er vergaß all das Übel, das er angerichtet hatte, was vielleicht von einem ehrlicheren Herz zeugte, als man glauben mag.

Fest entschlossen, aber dennoch ein wenig beklommen, kam er auf dem Gebiet von Trianon an. Einmal hier, war er auf alles gefaßt: auf die anfänglichen Wutausbrüche Philippes, von denen er durch den edelmütigen Schritt Gilberts jedoch schnell abgebracht würde; auf die erste von Andrée bekundete Verachtung, die seine Liebe unterwerfen müßte; auf die Beleidigungen des Barons, den Gilberts Geld schließlich milder stimmen würde.

So entfernt Gilbert auch von der Gesellschaft gelebt hatte, so erahnte er doch instinktiv, daß dreihunderttausend Livre in der Tasche ein sicherer Panzer sind. Wovor er am meisten Angst hatte, war der Anblick der Leiden Andrées. Allein angesichts dieses Unglücks fürchtete er seine Schwäche, eine Schwäche, die ihm einen Teil der zum Gelingen seiner Sache notwendigen Voraussetzungen rauben könnte.

Er betrat also die Gärten und schaute nicht ohne einen gewissen Hochmut, der ihm gut zu Gesicht stand, auf all die Arbeiter, die gestern noch seine Kameraden gewesen waren, heute aber tief unter ihm standen.

Die erste Frage, die er stellte, betraf den Baron von Taverney. Er wandte sich naturgemäß an den diensthabenden Aufseher des Wirtschaftsgebäudes.

«Der Baron befindet sich nicht in Trianon», antwortete dieser.

Gilbert zögerte einen Augenblick.

«Und Monsieur Philippe?» erkundigte er sich dann.

«Oh! Monsieur Philippe ist mit Mademoiselle Andrée abgereist.»

«Abgereist!» rief Gilbert erschrocken.

«Ja.»

«Mademoiselle Andrée ist also abgereist?»

«Seit fünf Tagen schon.»

«Nach Paris?»

Der Aufseher machte eine Bewegung, die ausdrückte: «Ich habe keine Ahnung.»

«Wie, Sie wissen es nicht?» ereiferte sich Gilbert. «Mademoiselle Andrée ist abgereist, ohne daß man weiß wohin? Sie ist aber doch wohl nicht ohne Grund abgereist?»

«Blöde Frage!» spottete der Aufseher, der vor Gilberts kastanienbraunem Anzug herzlich wenig Respekt zeigte. «Sicherlich hat sie sich nicht ohne Grund entfernt.»

«Und aus welchem Grund ist sie weggegangen?»

«Weil sie einer Luftveränderung bedurfte.»

«Einer Luftveränderung?» wiederholte Gilbert.

«Ja, wie es scheint, war die Luft von Trianon schlecht für ihre Gesundheit, und auf Anraten des Arztes hat sie Trianon verlassen.»

Es war unnütz, noch weiter zu fragen. Der Aufseher des Wirtschaftsgebäudes hatte offenbar alles gesagt, was er über Mademoiselle de Taverney wußte.

Gilbert war indessen so bestürzt, daß er nicht glauben konnte, was er da hörte. Er rannte zu Andrées Wohnung und fand die Tür verschlossen.

Gilbert kehrte in sein ehemaliges Zimmer zurück, das er noch so vorfand, wie er es verlassen hatte.

Andrées Fenster stand offen. Er konnte bis ins Vorzimmer sehen.

Die Wohnung war völlig leer.

Da wurde Gilbert von einem heftigen Schmerz übermannt. Er stieß seinen Kopf gegen die Wand, rang die Hände und wälzte sich auf dem Boden.

Wie ein Wahnsinniger stürzte er sodann aus der Dachkammer, eilte, wie mit Flügeln versehen, die Treppe hinab und verschwand, sich die Haare raufend, im Unterholz, wo er sich unter Geheul und Verwünschungen ins Heidekraut fallen ließ und das Leben und diejenigen, welche es ihm geschenkt hatten, verfluchte.

«Oh! Jetzt ist es aus, es ist aus», murmelte er. «Gott will nicht, daß ich sie wiederfinde. Gott will, daß ich vor Reue, vor Verzweiflung und vor Liebe sterbe. So werde ich mein Verbrechen sühnen, so werde ich selbst diejenige rächen, die ich geschändet habe . . . Wo kann sie nur sein? . . . In Taverney! Oh! Ich werde gehen, ich werde gehen! Ich werde bis ans Ende der Welt gehen. Ich werde bis zu den Wolken emporsteigen, wenn es nötig sein sollte. Oh! Ich werde ihre Spur wiederfinden und ihr folgen, und sollte ich auch auf halbem Wege vor Hunger und Erschöpfung zusammenbrechen.»

Doch allmählich wurde sein Schmerz durch den Ausbruch leichter. Gilbert erhob sich, atmete freier, schaute sich mit einer etwas weniger verstörten Miene um und schlug mit langsamen Schritten wieder den Weg nach Paris ein.

Diesmal brauchte er fünf Stunden, um die Strecke zurückzulegen.

«Der Baron», überlegte er vernünftig, «der Baron hat Paris vielleicht nicht verlassen. Ich werde mit ihm sprechen. Mademoiselle Andrée ist geflohen. Sie konnte in der Tat nicht in Trianon bleiben. Doch wohin auch immer sie gegangen sein mag, ihr Vater muß es wissen. Ein Wort von ihm wird mich auf ihre Spur führen, und im übrigen wird er seine Tochter zurückrufen, wenn es mir gelingt, seinen Geiz zu überzeugen.»

Durch diesen neuen Gedanken gestärkt, kam Gilbert gegen sieben Uhr abends in Paris an, das heißt zu der Stunde, da die Kühle die Spaziergänger auf die Champs-Elysées lockt, da Paris zwischen den ersten Nebeln des Abends und den ersten Lichtern jenes künstlichen Tages schwebt, der den Tagen in Paris die Dauer von vierundzwanzig Stunden verleiht.

Seinem Entschluß folgend, ging der junge Mann geradewegs auf die Tür des kleinen Hauses in der Rue Coq-Héron zu und klopfte, ohne zu zögern, an.

Alles blieb still.

Er verdoppelte seine Schläge mit dem Türklopfer, doch ohne daß der zehnte Schlag mehr Erfolg gehabt hätte als der erste.

Da mußte er erkennen, daß auch diese letzte Möglichkeit, auf die er gerechnet hatte, sich in Luft auflöste. Außer sich vor Wut und Verzweiflung, biß er sich in die Hände, um seinen Körper dafür zu bestrafen, daß er weniger litt als seine Seele. Dann bog Gilbert ungestüm um die Straßenecke, drückte an der Feder von Rousseaus Tür und stieg die Treppe hinauf.

Das Taschentuch, in dem die dreißig Kassenbilletts eingebunden waren, enthielt auch den Schlüssel zum Speicher.

Gilbert stürzte hinein, wie er sich in die Seine gestürzt hätte, wenn sie an diesem Ort geflossen wäre.

Da der Abend mild war und die flockigweißen Wolken am azurblauen Himmel dahinzogen, da ein süßer Duft von den Linden und den Kastanienbäumen in der Abenddämmerung aufstieg, da die Fledermaus mit ihren lautlosen Flügeln an den Scheiben des kleinen Fensters vorbeistreifte, näherte sich Gilbert, der durch all diese Eindrücke ins Leben zurückgerufen worden war, der Dachluke. Und als er zwischen den Bäumen den weißen Gartenpavillon hervortreten sah, wo er einst Andrée wiedergefunden hatte, die er für immer verloren geglaubt, fühlte er einen heftigen Stich im Herzen und fiel beinahe ohnmächtig auf die Brüstung der Regenrinne.

## CLIII. KAPITEL

### *Gilberts Erkenntnis*

Je mehr die schmerzliche Empfindung abnahm, die sich Gilberts bemächtigt hatte, desto klarer und schärfer wurden seine Gedanken.

Die immer dichter werdende Finsternis hinderte ihn mittlerweile daran, etwas zu unterscheiden. Da ergriff ihn ein unbezwingbares Verlangen, die Bäume, das Haus und die Alleen zu sehen, welche die Dunkelheit in eine einzige Masse verwandelt hatte, über der die Luft wie über einem Abgrund schwebte.

Er erinnerte sich, daß er eines Abends in glücklicheren Zeiten den Wunsch verspürt hatte, Andrée zu sehen und sie sogar sprechen zu hören. Damals hatte er sich, durch das Unglück vom 31. Mai noch stark angegriffen, unter Lebensgefahr an der Regenrinne vom ersten Stock bis auf den Boden des Gartens hinabgleiten lassen.

«Und wenn ich es noch einmal täte, wenn ich ein letztes Mal auf Knien im Sand der Alleen nach der angebeteten Spur suchte, welche die Schritte meiner Geliebten dort hinterlassen haben müssen?»

Dieses Wort, das eine so furchtbare Wirkung gehabt hätte, wenn es gehört worden wäre, sprach Gilbert beinahe laut aus, weil es ihm ein seltsames Vergnügen bereitete.

Gilbert unterbrach sein Selbstgespräch, um einen durchdringenden Blick auf die Stelle zu heften, wo er den Pavillon vermutete.

Dann, nach einem Augenblick schweigender Untersuchung fügte er hinzu:

«Nichts deutet darauf hin, daß der Pavillon von anderen Mietern bewohnt wird, weder Licht noch Lärm, noch offene Türen. Vorwärts also!»

Gilbert öffnete die Tür seiner Bodenkammer, stieg auf Zehenspitzen die Treppe hinab und schlich wie ein Luftgeist an der Tür Rousseaus vorbei. Als er den ersten Stock erreicht hatte, umfaßte er mutig die Regenrinne und ließ sich, auf die Gefahr hin, aus seiner am Morgen noch so neuen Hose eine alte zu machen, hinabgleiten.

Am Fuße des Spaliers angekommen, durchlebte er noch einmal alle Empfindungen seines ersten Besuchs im Pavillon, ließ den Sand unter seinen Füßen knirschen und erkannte die kleine Pforte, durch welche Nicole Monsieur de Beausire eingelassen hatte.

Schließlich ging er auf die Freitreppe zu, um seine Lippen auf den kupfernen Knopf des Klappladens zu drücken, denn er sagte sich, ohne Zweifel habe Andrées Hand diesen Knopf berührt. Gilberts Verbrechen hatte ihm seine Liebe zu einer Art Religion gemacht.

Plötzlich ließ ein Geräusch aus dem Innern den jungen Mann zusammenfahren. Es war ein schwaches, kaum wahrnehmbares Geräusch wie das eines leichten Tritts auf dem Fußboden.

Gilbert wich zurück.

Sein Kopf war kreidebleich und gleichzeitig seit acht oder zehn Tagen so von Gewissensbissen geplagt, daß er beim Anblick eines Lichtes, das durch die Tür drang, wähnte, der Aberglaube, dieser Sohn der Unwissenheit und des Schuldgefühls, zünde in seinen Augen eine seiner unheimlichen Fackeln an, und diese Fackel spiegle sich in den Latten der Läden wider. Er glaubte, seine mit Schrecknissen beladene Seele beschwöre eine andere Seele, und die Stunde sei gekommen, da er von Wahnvorstellungen heimgesucht werde, wie es bei Narren oder bei übermäßig leidenschaftlichen Menschen der Fall ist.

Indessen kamen die Schritte und das Licht immer näher. Gilbert sah und hörte, ohne daran zu glauben. Doch mit einem Mal und gerade, als der junge Mann sich näherte, um durch die Latten zu spähen, wurde der Laden aufgestoßen. Gilbert wurde durch den Aufprall an die Hauswand zurückgeworfen, stieß einen lauten Schrei aus und fiel auf die Knie.

Was ihn jedoch niederwarf, war weniger der Aufprall als der Anblick, der sich ihm bot: Aus diesem Haus, das er verlassen wähnte und an dessen Tür er geklopft hatte, ohne daß man ihm öffnete, aus diesem Haus war eben Andrée hervorgetreten.

Die junge Frau, denn sie war es wirklich und nicht etwa ein Schatten, gab ebenfalls einen Schrei von sich. Dann fragte sie weniger erschrocken, weil sie ohne Zweifel jemanden erwartete:

«Was gibt es? Wer sind Sie? Was wünschen Sie?»

«Oh! Verzeihen Sie, verzeihen Sie, Mademoiselle!» murmelte Gilbert, das Antlitz demütig zu Boden gerichtet.

«Gilbert! Gilbert hier!» rief Andrée mit einer Überraschung, in der keine Spur von Furcht oder Zorn lag. «Gilbert in diesem Garten! Was wollen Sie hier, mein Freund?»

Diese letzte Bezeichnung klang schmerzlich bis in die Tiefe seines Herzens.

«Oh!» flehte er mit bewegter Stimme. «Schmettern Sie mich nicht nieder, Mademoiselle, seien Sie barmherzig, ich habe so viel gelitten!»

Andrée schaute Gilbert ganz erstaunt an und sprach:

«Jetzt stehen Sie erst einmal auf, und erklären Sie mir, wie Sie hier hereingekommen sind.»

«O Mademoiselle», rief Gilbert, «ich werde mich nicht eher erheben, als bis Sie mir verziehen haben!»

«Was haben Sie mir denn angetan, daß ich Ihnen verzeihen soll? Sprechen Sie, erklären Sie sich. Jedenfalls», fuhr sie mit einem schwermütigen Lächeln fort, «jedenfalls kann das Vergehen ja gar nicht so schlimm sein, und die Vergebung wird mir daher leichtfallen. Hat Philippe Ihnen den Schlüssel gegeben?»

«Den Schlüssel?»

«Natürlich, wir hatten ausgemacht, daß ich während seiner Abwesenheit niemandem öffnen sollte, und da Sie hereingekommen sind, so muß er Ihnen wohl die Möglichkeit dazu verschafft haben, es sei denn, Sie sind über die Mauer gestiegen.»

«Ihr Bruder, Monsieur Philippe? . . .», stammelte Gilbert. «Nein, nein, nicht er. Aber es handelt sich auch nicht um Ihren Bruder, Mademoiselle. Sie sind also nicht abgereist? Sie haben Frankreich nicht verlassen? Oh, welch ein Glück, welch ein unerwartetes Glück!»

Gilbert hatte sich auf ein Knie erhoben, streckte die Arme aus und dankte dem Himmel mit einer merkwürdigen Aufrichtigkeit.

Andrée beugte sich zu ihm herab, musterte ihn besorgt und meinte:

«Sie sprechen wie ein Narr, Monsieur Gilbert, und Sie werden mir mein Kleid zerreißen. Lassen Sie doch mein Kleid los, und setzen Sie dieser Komödie endlich ein Ende.»

Gilbert stand auf.

«Jetzt sind Sie wütend», bemerkte er, «aber ich darf mich nicht darüber beklagen, denn ich habe es wohl verdient. Ich weiß, daß ich hier nicht so hätte erscheinen sollen. Doch was wollen Sie? Ich hatte keine Ahnung, daß Sie diesen Pavillon bewohnen. Er kam mir leer und verlassen vor. Was ich hier suchte, war nichts anderes als die Erinnerung an Sie ... Allein der Zufall ... Wahrlich, ich weiß nicht mehr, was ich sage. Entschuldigen Sie mich. Eigentlich wollte ich mich zuerst an Ihren Herrn Vater wenden, doch er war verschwunden.»

Andrée machte eine Bewegung.

«An meinen Vater?» entfuhr es ihr. «Und warum an meinen Vater?»

Gilbert täuschte sich in dieser Frage und erwiderte:

«Oh! Weil ich Sie zu sehr fürchte, und dennoch bin ich mir völlig im klaren darüber, daß es besser ist, wenn alles unter uns verhandelt wird. Das ist der sicherste Weg, um alles wiedergutzumachen.»

«Wiedergutzumachen! Was soll das heißen?» fragte Andrée. «Und was soll wiedergutgemacht werden? Sprechen Sie.»

Gilbert umfing sie mit einem Blick voller Liebe und Demut.

«Oh! Erzürnen Sie sich nicht», bat er. «Gewiß, es ist eine große Vermessenheit von mir, ich weiß schon, von mir, der ich so wenig bin. Es ist eine große Vermessenheit, sage ich, die Augen so hoch zu erheben. Doch das Unglück ist geschehen.»

Andrée machte eine Bewegung.

«Das Verbrechen, wenn Sie wollen», fuhr Gilbert fort, «ja, das Verbrechen, denn es war wirklich ein großes Verbrechen. Doch klagen Sie wegen dieses Verbrechens das Verhängnis an, Mademoiselle, aber nie mein Herz ...»

«Ihr Herz! Ihr Verbrechen! Das Verhängnis! ... Sie sind wahnsinnig, Monsieur Gilbert, und jagen mir Angst ein.»

«Oh, es ist unmöglich, daß ich Ihnen mit so viel Ehrfurcht, mit so viel Reue, den Kopf gesenkt, die Hände gefaltet, ein anderes Gefühl als Mitleid einflößen könnte. Mademoiselle, hören Sie, was ich Ihnen zu sagen habe, und es ist eine heilige Verpflichtung, die ich im Angesichte Gottes und der Menschen eingehe. Mein ganzes Leben soll der Sühne für die während eines kurzen Augenblicks begangene Verirrung geweiht sein. Ihr zukünftiges Glück soll so groß sein, daß es alle vergangenen Schmerzen tilgt, Mademoiselle ...»

Gilbert zögerte.

«Mademoiselle, geben Sie Ihre Einwilligung zu einer Heirat, welche eine frevelhafte Verbindung heiligen wird.»

Andrée wich einen Schritt zurück.

«Nein, nein», wehrte Gilbert ab, «ich bin kein Wahnsinniger. Versuchen Sie nicht zu fliehen, und entreißen Sie mir nicht Ihre Hände, die ich küsse. Haben Sie Gnade, haben Sie Erbarmen mit mir ... Willigen Sie ein, meine Frau zu werden.»

«Ihre Frau?» schrie Andrée, die nun glaubte, sie selbst würde wahnsinnig.

«Oh!» beschwor Gilbert sie mit einem herzzerreißenden Schluchzen. «Oh! Sagen Sie, daß Sie mir diese furchtbare Nacht verzeihen. Sagen Sie, daß Sie mein Vergehen mit Abscheu erfüllt hat, sagen Sie aber auch, daß Sie meiner Reue verzeihen. Sagen Sie, daß meine so lange unterdrückte Liebe mein Verbrechen rechtfertigte.»

«Elender!» schleuderte Andrée ihm mit wilder Wut entgegen. «Du warst es also? O mein Gott! Mein Gott!»

Und Andrée faßte sich an den Kopf, den sie mit beiden Händen preßte, als wollte sie ihre empörten Gedanken daran hindern zu fliehen.

Gilbert wich stumm und wie versteinert vor diesem schönen und bleichen Medusenhaupt zurück, das zugleich Entsetzen und Erstaunen ausdrückte.

«War mir dieses Unglück bestimmt, mein Gott?» rief das Mädchen, das immer mehr außer sich geriet. «Soll ich so unglücklich sein, meinen Namen doppelt geschändet zu sehen, geschändet durch das Verbrechen und geschändet durch den Verbrecher? Antworte, du niederträchtiger Kerl! Antworte, Elender! Warst du es also?»

«Sie wußte es nicht», murmelte Gilbert völlig am Boden zerstört.

«Zu Hilfe! Zu Hilfe!» schrie Andrée, in ihr Zimmer fliehend. «Philippe! Philippe! Hierher, Philippe!»

Gilbert, der ihr düster und verzweifelt gefolgt war, schaute sich um und suchte mit den Augen entweder einen Platz, um würdevoll unter den Streichen, die er erwartete, zu fallen, oder eine Waffe, um sich zu verteidigen.

Doch niemand kam auf das Rufen Andrées herbei. Andrée war allein in der Wohnung.

«Allein! Oh! Allein!» rief das Mädchen mit wutverzerrtem Gesicht. «Hinaus mit dir, Ruchloser! Fordere nicht den Zorn Gottes heraus!»

Gilbert hob langsam den Kopf.

«Ihr Zorn», beteuerte er, «ist für mich der furchtbarste Zorn überhaupt. Haben Sie Erbarmen, Mademoiselle, und schmettern Sie mich nicht so nieder!»

Und er faltete flehentlich die Hände.

«Mörder! Mörder! Mörder!» brüllte die junge Frau.

«Sie wollen mich also nicht einmal anhören?» rief Gilbert. «Hören Sie mich doch wenigstens zuerst an, und lassen Sie mich anschließend töten, wenn Sie wollen.»

«Dich anhören, dich anhören, auch noch diese Qual! Und was wirst du sagen? Nur zu!»

«Was ich soeben schon sagte, daß ich nämlich ein Verbrechen begangen habe, ein Verbrechen jedoch, das jeder entschuldbar finden wird, der in meinem Herzen liest, und daß ich die Wiedergutmachung für dieses Verbrechen bringe.»

«Oh!» entfuhr es Andrée. «Das ist also der Sinn des Wortes, bei dem ich erschauerte, noch bevor ich es begriff. Eine Heirat!... Ich glaube, Sie haben dieses Wort gebraucht?»

«Mademoiselle!» stammelte Gilbert.

«Eine Heirat!» empörte sich das stolze Mädchen, das immer aufgebrachter wurde. «Oh! Was ich gegen Sie empfinde, ist kein Zorn, es ist Verachtung, es ist Haß. Mit dieser Verachtung geht ein so niederes und zugleich so schreckliches Gefühl einher, daß ich nicht begreife, wie man bei lebendigem Leib den Ausdruck so ertragen kann, wie ich Ihnen denselben ins Gesicht schleudere.»

Gilbert erblaßte. Zwei Tränen der Wut schimmerten am Rand seiner Augenlider. Seine Lippen zogen sich zusammen und wurden ganz weiß, so daß sie sich am Ende wie zwei Perlmuttfäden ausnahmen.

«Mademoiselle», entgegnete er bebend, «ich bin in Wirklichkeit nicht so wenig, als daß ich den Verlust Ihrer Ehre nicht wiedergutzumachen imstande wäre.»

Andrée fuhr in die Höhe.

«Wenn es hier um eine verlorene Ehre ginge, Monsieur», erwiderte sie hochmütig, «dann doch wohl um die Ihre und nicht um die meinige. So wie ich bin, ist meine Ehre völlig unversehrt, und nur wenn ich Sie heiratete, würde ich mich entehren.»

«Ich glaubte nicht», antwortete Gilbert mit kaltem, einschneidendem Ton, «ich glaubte nicht, daß eine Frau, wenn Sie Mutter geworden ist, etwas anderes in Betracht ziehen dürfe als die Zukunft ihres Kindes.»

«Und ich, ich nehme nicht an, daß Sie es wagen würden, sich hiermit zu beschäftigen, Monsieur!» wies ihn Andrée zurecht, deren Augen Funken sprühten.

«Im Gegenteil, ich beschäftige mich damit, Mademoiselle», versetzte Gilbert, der sich unter dem erbitterten Fuß, der ihn niedertrat, wieder aufzurichten begann. «Ich beschäftige mich damit, weil ich nicht will, daß dieses Kind Hungers stirbt, wie es so oft in den Häusern der Adeligen geschieht, wo die Mädchen das Wort Ehre auf ihre Art und Weise verstehen. Die Menschen stehen einander im Wert gleich. Männer, welche selbst mehr wert waren als die anderen, haben diesen Grundsatz verkündet. Daß Sie mich nicht lieben, kann ich begreifen, denn Sie sehen mein Herz nicht. Daß Sie mich verachten, begreife ich abermals, schließlich wissen Sie ja nicht, was ich denke. Aber daß Sie mir das Recht verweigern, mich um mein Kind zu kümmern, das werde ich niemals verstehen. Ach, indem ich Sie zu heiraten suchte, entsprach ich nicht einem Verlangen, einer Leidenschaft oder einem Ehrgeiz. Vielmehr erfüllte ich eine Pflicht. Ich verurteilte mich dazu, Ihr Sklave zu sein, ich wollte Ihnen mein Leben geben. Ei, mein Gott, Sie hätten niemals meinen Namen führen müssen. Wenn Sie gewollt hätten, hätten Sie mich auch weiterhin als den Gärtner Gilbert behandelt, und das wäre billig gewesen. Doch Ihr Kind dürfen Sie nicht opfern. Hier sind dreihunderttausend Livres, die ein großmütiger Beschützer, der mich anders beurteilte als Sie, mir als Mitgift geschenkt hat. Wenn ich Sie heirate, so gehört dieses Geld mir. Für mich selbst aber brauche ich nichts als ein wenig Luft, um zu atmen, wenn ich lebe, und eine Grube in der Erde, um meinen Körper darin zu verbergen, wenn ich sterbe. Alles, was ich darüber hinaus besitze, will ich meinem Kind geben. Sehen Sie, hier sind die dreihunderttausend Livres.»

Und er legte das Bündel mit den Scheinen auf den Tisch, beinahe unter die Hand Andrées.

«Monsieur», erwiderte diese, «Sie irren sich gewaltig. Sie haben kein Kind.»

«Ich?»

«Von welchem Kind sprechen Sie eigentlich?» fragte Andrée.

«Von dem, dessen Mutter Sie sind, natürlich. Haben Sie nicht vor zwei Personen, nämlich vor Ihrem Bruder Philippe und vor dem Grafen von Balsamo, bekannt, Sie seien in anderen Umständen, und ich, ich Unglücklicher sei der Vater! ...»

«Ah! Das haben Sie gehört?» zürnte Andrée. «Nun gut, um so besser, um so besser. Dann vernehmen Sie, was ich Ihnen antworte: Sie haben mir in schändlicher Art und Weise Gewalt angetan. Sie haben mich, während ich schlief, besessen. Sie haben mich durch ein Verbrechen besessen. Ich bin Mutter, das ist wahr, aber mein Kind hat nur eine Mutter, verstehen Sie? Sie haben mich vergewaltigt, das ist wahr, aber Sie sind nicht der Vater meines Kindes!»

Und sie ergriff die Billetts und warf sie verächtlich aus dem Zimmer, so daß sie im Fluge das totenblasse Gesicht des unglücklichen Gilbert streiften.

Da erfaßte ihn ein Anflug von so finsterer Wut, daß der Schutzengel Andrées abermals um sie zittern mußte.

Doch diese Wut wurde gerade durch ihre Heftigkeit im Zaume gehal-

Andrée ergriff die Billetts und warf sie verächtlich aus dem Zimmer.

ten, und der junge Mann ging an Andrée vorbei aus dem Raum, ohne sie auch nur eines Blickes zu würdigen.

Kaum hatte er die Schwelle überschritten, als sie hinter ihm her stürzte und sämtliche Türen, Fenster und Läden fest verriegelte, als wolle sie durch diese ungestüme Handlung das Weltall zwischen die Gegenwart und die Vergangenheit setzen.

## CLIV. KAPITEL

### *Der Entschluß*

Wie Gilbert nach Hause zurückkehrte, wie er, ohne vor Schmerz und Wut zu vergehen, die Qualen der Nacht ertragen konnte, wie es möglich war, daß er nicht wenigstens mit ergrauten Haaren wieder aufstand, dies alles dem Leser zu erklären, wollen wir uns nicht die Mühe machen.

Als der Morgen graute, fühlte Gilbert ein heftiges Verlangen, Andrée zu schreiben, um ihr all die so stichhaltigen, so redlichen Argumente auseinanderzusetzen, die ihm während der langen Nacht eingefallen waren. Doch unter zu vielen Umständen schon hatte er den unbeugsamen Charakter des Mädchens erfahren, und es blieb ihm keine Hoffnung mehr. Schreiben war im übrigen ein Zugeständnis, das seinem Stolz widerstrebte. Wenn er daran dachte, daß sein Brief zerknüllt und vielleicht ungelesen in den Abfalleimer wandern würde; wenn er bedachte, daß dieser Brief nur dazu dienen würde, eine Meute erbitterter, unverständiger Feinde auf seine Fährte zu setzen, so war dies alles Grund genug für ihn, nicht zu schreiben.

Gilbert dachte nun, sein Anliegen werde sicher besser aufgenommen, wenn er es dem Vater unterbreitete, der habsüchtig und ehrgeizig, oder aber dem Bruder, der ein Mann von Herz war und dessen erste Reaktion er allein zu befürchten hätte.

«Aber», dachte er bei sich, «was nützt es mir, von Monsieur de Taverney oder von Philippe unterstützt zu werden, wenn Andrée mich mit ihrem ewigen: ‹Ich kenne Sie nicht!› verfolgt? Es ist gut», fügte er in seinem Innern hinzu, «nichts verbindet mich mehr mit dieser Frau. Sie selbst ist bemüht gewesen, die Bande, die uns vereinten, zu zerreißen.»

Er sagte dies, während er sich vor Schmerz auf seinem Lager wälzte und sich voll Wut an die geringsten Einzelheiten des Gesichts und der Stimme Andrées erinnerte. Er sagte dies, während er unbeschreibliche Qualen ausstand, denn er liebte bis zum Wahnsinn.

Als die Sonne, welche schon hoch am Horizont stand, in seine Dachkammer drang, erhob sich Gilbert schwankend mit der letzten Hoffnung, seine Feindin im Garten oder im Pavillon selbst zu erblicken.

In seinem Unglück wäre dies noch immer eine Freude für ihn gewesen.

Doch plötzlich wurde sein Geist von einer bitteren Woge des Ärgers, der Reue und der Wut überflutet. Er erinnerte sich an all das, was ihm das Mädchen an Abscheu und Verachtung entgegengebracht hatte, und er blieb mitten auf dem Speicher stehen und befahl sich selbst:

«Nein, nein, du wirst nicht ans Fenster gehen, um zu schauen. Nein, du wirst dir nicht mehr das Gift eingeben, an dem zu sterben du einen so großen Gefallen findest. Es ist eine grausame Person, die dir niemals, wenn du deine Stirn vor ihr beugtest, zulächelte, nie ein Wort des Trostes oder der Freundschaft an dich richtete. Diese Frau ist ein Geschöpf ohne Ehre und ohne Religion, das seinem Kind den Vater, seine natürliche Stütze, vorenthält und das arme kleine Wesen der Vergessenheit, dem Elend, vielleicht sogar dem Tod anheimgibt, weil dieses Kind den Schoß entehrt, in dem es empfangen worden ist. Nein, Gilbert, so frevelhaft du auch gewesen sein magst, so verliebt und feige du auch bist, ich verbiete dir, an diese Dachluke zu treten und auch nur einen einzigen Blick auf diesen Pavillon zu werfen. Ich verbiete dir, mit dem Schicksal dieser Frau Mitleid zu haben und die Kraft deiner Seele durch den Gedanken an alles, was geschehen ist, zu schwächen. – Bringe dein Leben wie das Vieh mit Arbeit und der Befriedigung materieller Bedürfnisse hin. Verbrauche die Zeit, welche zwischen der Schmach und der Rache vergehen wird, und erinnere dich stets daran, daß der einzige Weg, dich selbst zu achten und dich über diesen hoffärtigen Adligen zu halten, darin besteht, daß du dich adliger benimmst als sie.»

Bleich, zitternd und von seinem Herzen nach dem Fenster gezogen, gehorchte er dennoch dem Befehl des Geistes. Man hätte ihn sehen müssen, wie er sich allmählich, langsam, als ob seine Füße in dieser Bodenkammer Wurzeln geschlagen hätten, Schritt für Schritt auf die Treppe zu bewegte. Schließlich verließ er den Speicher, um sich zu Balsamo zu begeben.

Doch plötzlich besann er sich anders.

«Ich Narr!» schimpfte er mit sich selbst. «Ich törichter Schuft, der ich bin! Ich sprach, glaube ich, von Rache, und welche Art von Rache werde ich üben? ... Die Frau töten? O nein, sie wäre glücklich zu fallen und mich dabei mit einer weiteren Beleidigung zu brandmarken! Sie öffentlich entehren? Oh! So würde ein Feigling zu Werke gehen! ... Gibt es eine empfindliche Stelle in der Seele dieses Geschöpfes, wo mein Nadelstich so schmerzlich trifft wie ein Dolchstoß? ... Die Demütigung ist es, derer sie bedarf ... ja, denn sie ist noch stolzer als ich. Sie demütigen ... ich ... wie? ... Ich habe nichts, ich bin nichts, und sie wird zweifellos bald verschwinden. Sicherlich würden meine Gegenwart, mein häufiges Erscheinen, hie und da ein verächtlicher oder herausfordernder Blick sie grausam bestrafen. Ich weiß wohl, daß die gefühllose Mutter eine herzlose Schwester wäre und mir ihren Bruder schickte, um mich zu töten. Aber wer hindert mich daran, einen Menschen töten zu lernen, wie ich auch gelernt habe, vernünftig zu argumentieren oder zu schreiben? Wer hält mich davon ab, Philippe niederzustrecken, ihn zu entwaffnen und dem Rächer wie der Beleidigten ins Gesicht zu lachen? Nein, dieses Mittel entstammt der Komödie. Derjenige verläßt sich auf seine Geschicklichkeit und seine Erfahrung, der nicht das Einschreiten Gottes oder des Zufalls in seine Berechnung mit einbezogen hat ... Allein, ich allein, mit meinem nackten Arm, mit einer von Einbildung freien Vernunft, mit der mir von der Natur gegebenen Stärke meiner Muskeln und mit der Kraft meines Willens werde die Pläne dieser Unglücklichen zunichte machen ... Was will Andrée? Was besitzt sie? Was kann sie zu ihrer Verteidigung und zu meiner Schmach schon vorbringen? ... Überlegen wir einmal.»

Und über den Rand des Mauervorsprungs gebeugt, versank er, starr vor sich hin blickend, in tiefes Nachsinnen.

«Andrée mag wohl all das gefallen, was mir verhaßt ist», überlegte er. «Es gilt also, all das zu zerstören, was ich hasse ... Zerstören! O nein ... möge meine Rache mich nie zum Bösen führen! Möge sie mich nie dazu zwingen, zu Feuer oder Schwert zu greifen! Was bleibt mir also? Ich muß die Ursache der Überlegenheit Andrées suchen. Ich muß herausfinden, durch welche Kette sie zugleich mein Herz und meinen Arm zurückhalten will ... Oh! Sie nicht mehr sehen! ... Oh! Nicht mehr von ihr angeschaut werden! ... Oh! Auf zwei Schritt Entfernung an dieser Frau vorübergehen, während sie, mit ihrer unverschämten Schönheit lächelnd, ihr Kind an der Hand führen wird ... ihr Kind, das mich nie kennenlernen wird ... Himmel und Erde!»

Und Gilbert begleitete diesen Satz mit einem wütenden Faustschlag an die Wand und mit einer noch furchtbareren, gen Himmel gerichteten Verwünschung.

«Ihr Kind! Darin liegt das ganze Geheimnis. Sie darf nie dieses Kind besitzen, das sie lehren würde, den Namen Gilbert zu verabscheuen. Sie muß im Gegenteil erfahren, daß dieses Kind in der Verwünschung des Namens Andrée aufwachsen wird. Mit einem Wort, dieses Kind, das sie nicht lieben und das sie vielleicht quälen würde, denn sie hat ein schlechtes Herz, dieses Kind, mit dem man mich beständig geißeln würde, darf Andrée nie sehen, und sie soll, wenn sie es verloren hat, ein Gebrüll ausstoßen gleich einer Löwin, der man die Jungen raubt!»

Gilbert erhob sich, schön vor Zorn und wilder Freude.

«Das ist es», entschied er, während er die Faust nach Andrées Pavillon ausstreckte, «du hast mich zur Schande, zur Einsamkeit, zum Schuldgefühl und zur Liebe verurteilt ... Ich verurteile dich zum sinnlosen Leiden, zur Einsamkeit, zur Schmach, zur Angst, zum Haß ohne Rache. Du wirst mich suchen, aber ich werde geflohen sein. Du wirst das Kind rufen, und solltest du es zerreißen, wenn du es wiederfändest. Aber ich werde wenigstens eine Wut des Verlangens in deiner Seele entzündet haben. Ich werde eine Klinge ohne Griff in dein Herz gestoßen haben ... Ja, ja, das Kind! Ich werde das Kind bekommen, Andrée, und es wird nicht dein Kind sein, wie du sagst, sondern das meinige. Gilbert wird sein Kind haben, einen durch seine Mutter adligen Sohn ... Mein Kind! ... Mein Kind! ...»

Eine Art Freudenrausch hatte ihn ergriffen, der ihn zusehends belebte.

«Auf!» sprach er zu sich selbst. «Es geht jetzt nicht mehr um gewöhnlichen Verdruß oder um romantische Wehklagen. Es geht ganz einfach um eine Verschwörung. Es ist nicht genug damit getan, meinem Blick zu befehlen, sich nicht mehr nach dem Pavillon zu wenden. Ich muß vielmehr meine ganze Kraft und meine ganze Seele aufbieten, um den Erfolg meines Unternehmens zu garantieren.

Ich werde wachen, Andrée» versicherte er feierlich, während er sich dem Fenster näherte, «Tag und Nacht. Du wirst keine Bewegung mehr machen, ohne daß ich sie ausspähe. Du wirst keinen Schmerzensschrei mehr ausstoßen, ohne daß ich dir einen noch schärferen Schmerz verspreche. Kein Lächeln wird mehr deine Lippen umspielen, ohne daß ich mit einem höhnischen und beleidigenden Gelächter darauf antworte. Du bist meine Beute, Andrée. Ein Teil von dir ist meine Beute, ich wache, ich wache!»

Er näherte sich der Dachluke und sah, wie die Läden des Pavillons geöffnet wurden. Kurz darauf glitt der Schatten Andrées, ohne Zweifel durch den Spiegel zurückgeworfen, an den Vorhängen und an der Decke des Zimmers hin.

Dann erschien Philippe, der früher aufgestanden war, aber in seinem Zimmer, das hinter dem Andrées lag, gearbeitet hatte.

Gilbert bemerkte, daß das Gespräch der Geschwister äußerst lebhaft war. Sicherlich redete man über ihn und die Szene vom Vorabend. Philippe ging mit einer gewissen Unschlüssigkeit auf und ab. Das Erscheinen Gilberts hatte vielleicht etwas an ihren Plänen bezüglich ihrer Einrichtung in dem kleinen Haus geändert. Vielleicht wollte man nun anderswo Frieden, Abgeschiedenheit und Vergessen suchen.

Bei diesem Gedanken wurden die Augen Gilberts zu leuchtenden Strahlen, welche imstande gewesen wären, den Pavillon zu entzünden und bis zum Mittelpunkt der Erde zu dringen.

Doch beinahe im selben Augenblick trat ein Dienstmädchen durch die Gartentür ein. Es kam mit irgendeiner Empfehlung. Andrée nahm das Mädchen an, denn es brachte sogleich sein kleines Bündel mit Kleidungsstücken in dem Zimmer unter, das einst Nicole bewohnt hatte. Verschiedene Einkäufe von Möbeln, Gerätschaften und Vorräten bestätigten Gilbert sodann in der Gewißheit, daß die Geschwister sich hier friedlich niederlassen wollten.

Philippe inspizierte mit größter Sorgfalt sämtliche Schlösser, insbesondere das Schloß der Gartentüre. Was Gilbert jedoch vor allem bewies, daß man ihn verdächtigte, mit einem möglicherweise von Nicole erhaltenen Nachschlüssel hereingekommen zu sein, war die Tatsache, daß der Schlosser in Philippes Gegenwart das Schloß auswechselte.

Dies war die erste Freude, welche Gilbert bei all diesen Vorgängen empfand.

Er lächelte spöttisch und murmelte:

«Arme Leute, sie sind nicht sehr gefährlich. Sie suchen die Schuld bei dem Schloß und vermuten nicht einmal, ich könne die Kraft gehabt haben, hineinzuklettern! ... Was für eine erbärmliche Meinung haben sie doch von dir, Gilbert. Desto besser! Ja, hochmütige Andrée», fügte er hinzu, «trotz der Schlösser an deiner Türe könnte ich, wenn ich wollte, zu dir gelangen. Ich könnte es ... Aber jetzt habe ich endlich das Glück auf meiner Seite. Ich verachte dich ... und wenn nicht eine plötzliche Lust ...»

Er drehte sich auf seinen Absätzen, wie es die galanten Wüstlinge des Hofes zu tun pflegen.

«Aber nein», fuhr er bitter fort, «das ist meiner würdiger. Ich will nichts mehr von Ihnen wissen! ... Schlafen Sie ruhig. Ich weiß einen besseren Weg, als Sie zu besitzen, um Sie zu peinigen. Schlafen Sie nur!»

Er verließ die Dachluke, und nachdem er einen Blick auf seine Kleider geworfen hatte, stieg er die Treppe hinunter, um sich zu Balsamo zu begeben.

## CLV. KAPITEL

### *Der fünfzehnte Dezember*

Gilbert stieß bei Fritz auf keinerlei Schwierigkeit, zu Balsamo vorgelassen zu werden.

Der Graf ruhte sich wie ein reicher, müßiger Mann auf einem Sofa von der Anstrengung aus, eine ganze Nacht geschlafen zu haben. Das dachte wenigstens Gilbert, als er ihn zu einer solchen Stunde so ausgestreckt antraf.

Man muß wissen, daß der Kammerdiener den Befehl erhalten hatte, Gilbert sofort, wenn er käme, einzuführen, denn er brauchte nicht einmal seinen Namen zu nennen oder auch nur den Mund aufzumachen.

Als Gilbert den Salon betrat, stützte sich Balsamo auf seinen Ellenbogen und klappte das Buch zu, das er, ohne darin zu lesen, offen in der Hand hielt.

«Holla!» begrüßte er ihn. «Der Junge, der wohl bald heiraten wird!»

Gilbert antwortete nicht.

«Das ist gut», fuhr der Graf in seiner anmaßenden Haltung fort, «du bist glücklich, du bist fast dankbar. Das ist sehr schön. Du kommst, um mir zu danken. Das ist überflüssig. Spare dir dies für neue Bedürfnisse auf. Die Danksagung ist eine Münze, die viele Leute befriedigt, wenn sie mit einem Lächeln ausgeteilt wird. Geh, mein Freund, geh.»

Es lag in den Worten und in dem Ton, den Balsamo angeschlagen hatte, etwas Tieftrauriges und etwas übertrieben Freundliches, was Gilbert zugleich wie ein Vorwurf und wie eine Offenbarung berührte.

«Nein», entgegnete er, «Sie täuschen sich, Monsieur, ich werde überhaupt nicht heiraten.»

«Ah!» machte der Graf. «Was machst du denn dann? ... Was ist geschehen?»

«Man hat mich abgewiesen», erklärte Gilbert.

Der Graf drehte sich völlig um.

«Du hast dich ungeschickt angestellt, mein Lieber.»

«Aber nein, Monsieur, zumindest glaube ich es nicht.»

«Wer hat dich fortgeschickt?»

«Das Fräulein.»

«Das war sicher. Warum hast du nicht mit dem Vater gesprochen?»

«Weil das Verhängnis es nicht wollte.»

«Ah! wir sind schicksalsgläubig?»

«Es ist mir unmöglich, an irgend etwas zu glauben.»

Balsamo runzelte die Stirn und schaute Gilbert mit einer gewissen Neugierde an.

«Sprich nicht so von Dingen, von denen du nichts verstehst», wies er ihn zurecht. «Bei gestandenen Männern ist es Albernheit, bei Kindern ist es Übermut. Ich erlaube dir, Hochmut zu haben, aber nicht ein Einfaltspinsel zu sein. Sag mir, daß es dir nicht möglich ist, ein Dummkopf zu sein, und ich werde es billigen. Doch zurück zur Sache, was hast du also gemacht?»

«Hören Sie, ich wollte wie die Dichter träumen, statt zu handeln. Ich wollte in den Alleen spazierengehen, wo mir früher das Glück zuteil geworden war, von der Liebe zu träumen. Doch plötzlich wurde ich von der Wirklichkeit überrascht, ohne daß ich vorbereitet war, und die Wirklichkeit hat mich auf der Stelle getötet.»

«Da bist du noch glimpflich davongekommen, Gilbert, denn ein Mann in deiner Lage hat viel gemeinsam mit den Kundschaftern einer Armee. Diese Leute dürfen nur mit der Muskete in der rechten Faust und mit der Blendlaterne in der linken marschieren.»

«Kurz und gut, Monsieur, ich bin gescheitert. Mademoiselle Andrée nannte mich einen ruchlosen Kerl und einen Mörder und drohte mir an, sie würde mich umbringen lassen.»

«Gut! Aber ihr Kind?»

«Sie sagte mir, ihr Kind gehöre ihr und nicht mir.»

«Und danach?»

«Danach habe ich mich entfernt.»

«Ah!»

Gilbert hob den Kopf.

«Was hätten Sie denn an meiner Stelle getan?» fragte er.

«Ich weiß es noch nicht. Sage mir, was du tun willst.»

«Ich will sie für all das bestrafen, was sie mir an Demütigungen zugefügt hat.»

«Das ist aber ein hartes Wort.»

«Nein, Monsieur, das ist ein Entschluß.»

«Aber du hast dir vielleicht dein Geheimnis entreißen lassen ... dein Geld?»

«Mein Geheimnis gehört mir, und ich lasse es mir von niemandem nehmen. Das Geld gehört Ihnen, und ich bringe es zurück.»

Und Gilbert öffnete seine Weste und zog die dreißig Kassenbilletts daraus hervor, die er auf Balsamos Tisch ausbreitete und peinlich genau zählte.

Der Graf nahm sie an sich und legte sie zusammen, während er beständig Gilbert anschaute, dessen Gesicht nicht die geringste Gemütsbewegung verriet.

«Er ist ehrlich, er ist nicht habsüchtig ... Er besitzt Geist und Festigkeit. Er ist ein Mann», dachte er.

«Nun, Monsieur, habe ich Ihnen über zwei Louisdors, die Sie mir gegeben haben, Rechenschaft abzulegen.»

«Bitte keine Übertreibungen!» wehrte Balsamo ab. «Es ist schön, hunderttausend Taler zurückzugeben, doch es ist kindisch, achtundvierzig Livre zurückerstatten zu wollen.»

«Ich wollte sie Ihnen auch nicht zurückerstatten. Ich wollte Ihnen bloß sagen, was ich mit diesen Louisdors gemacht habe, damit Sie genau wissen, daß ich noch weitere benötige.»

«Das ist etwas anderes. Du verlangst also?»

«Ich verlange ...»

«Wozu?»

«Um etwas von dem zu tun, was Sie soeben als ein hartes Wort bezeichneten.»

«Nun gut, du willst dich also rächen?»

«Auf eine edle Weise, wie ich glaube.»

«Daran zweifle ich nicht, aber grausam, nicht wahr?»

«Allerdings.»

«Wieviel brauchst du?»

«Ich brauche zwanzigtausend Livres.»

«Und du wirst diese junge Frau nicht anrühren?» fragte Balsamo, der glaubte, Gilbert mit dieser Frage Einhalt zu gebieten.

«Ich werde sie nicht anrühren.»

«Und ihren Bruder?»

«Auch nicht und ihren Vater ebensowenig.»

«Du wirst sie nicht verleumden?»

«Ich werde nie den Mund öffnen, um ihren Namen auszusprechen.»

«Gut, ich verstehe dich. Aber es läuft auf ein und dasselbe heraus, ob man eine Frau nun mit dem Stahl erdolcht oder ob man sie durch fortwährende Herausforderung tötet ... Du willst ihr die Stirn bieten und sie verhöhnen, indem du dich ständig vor ihr zeigst, indem du ihr folgst, indem du sie durch ein Lächeln voller Schmähung und Haß niederschmetterst.»

«Ich habe ganz und gar nicht die Absicht, das zu tun, was Sie da sagen. Und der Beweis dafür ist, daß ich Sie, falls ich Lust bekäme, Frankreich zu verlassen, um ein Mittel bitte, mit dem ich übers Meer fahren kann, ohne daß es mich etwas kostet.»

Balsamo brachte durch einen leisen Ausruf seine Verwunderung zum Ausdruck.

«Monsieur Gilbert», sprach er in einem zugleich scharfen und einschmeichelnden Ton, der indessen weder Schmerz noch Freude enthielt, «Monsieur Gilbert, mir scheint, Sie sind nicht ganz konsequent bei der Zurschaustellung Ihrer Uneigennützigkeit. Sie verlangen zwanzigtausend Livres von mir, und von diesen zwanzigtausend Livres können Sie nicht tausend abzweigen, um sich einzuschiffen?»

«Nein, Monsieur, und zwar aus zwei Gründen.»

«Lassen Sie die Gründe hören.»

«Der erste ist, daß ich an dem Tage, wo ich mich einschiffe, tatsächlich keinen roten Heller mehr haben werde. Denn merken Sie wohl, Herr Graf, nicht für mich selbst trete ich mit dieser Bitte an Sie heran, sondern vielmehr, um einen Fehler wiedergutzumachen, dessen Begehung Sie mir erleichterten ...»

«Ah! Du bist hartnäckig!» stieß Balsamo hervor.

«Weil ich recht habe ... Ich verlange das Geld, um wiedergutzumachen, und nicht, um ein schönes Leben zu führen oder um mich zu trösten. Nicht ein Sou von diesen zwanzigtausend Livres wird in meine eigene Tasche wandern. Das Geld hat seine Bestimmung.»

«Dein Kind, das sehe ich ein ...»

«Mein Kind, ja, Monsieur», bekräftigte Gilbert mit einem gewissen Stolz.

«Aber du?»

«Ich bin stark, frei und intelligent. Ich werde stets leben. Ich will leben!»

«Oh! Du wirst leben! Noch nie hat Gott einen Willen von dieser Stärke Seelen gegeben, welche die Erde frühzeitig verlassen müssen. Gott kleidet die Pflanzen, welche langen Wintern trotzen sollen, warm. Er versieht die Herzen, welche lange Prüfungen durchzustehen haben, mit Panzern aus Stahl. Doch du hattest, wie mir scheint, zwei Gründe angeführt, warum du keine tausend Livres zurückbehalten kannst: erstens also das Zartgefühl.»

«Und zweitens die Vorsicht. An dem Tag, da ich Frankreich verlasse, werde ich gezwungen sein, mich zu verstecken ... Nicht indem ich einen Kapitän in einem Hafen aufsuche und ihm Geld gebe – denn ich vermute, so macht man es –, nicht indem ich mich selbst verkaufe, wird es mir gelingen, mich zu verbergen.»

«Du nimmst also an, ich könnte dir helfen zu verschwinden?»

«Ich weiß, daß Sie es können.»

«Wer hat es dir gesagt?»

«Oh! Sie verfügen über zu viele übernatürliche Mittel, als daß Sie nicht auch die ganze Palette der natürlichen Mittel besäßen. Ein Zauberer ist niemals seiner selbst so sicher, als daß er sich nicht stets ein rettendes Hintertürchen offenließe.»

«Gilbert», meinte Balsamo plötzlich, während er die Hand nach dem jungen Mann ausstreckte, «du bist ein abenteuerlustiger, wagemutiger Geist. Du bist aus Gutem und Schlechtem geformt wie eine Frau. Du bist stoisch und redlich ohne Künstelei. Ich werde aus dir einen sehr großen Mann machen. Bleibe bei mir. Ich sage dir, dieses Haus ist ein sicherer Zufluchtsort. Im übrigen verlasse ich Europa in einigen Monaten. Ich könnte dich mitnehmen.»

Gilbert hatte aufmerksam zugehört.

«In einigen Monaten», erwiderte er, «würde ich bestimmt nicht nein sagen, doch heute muß ich Ihnen leider antworten: Danke, Herr Graf, Ihr Angebot ist für einen Unglücklichen sehr verlockend. Nichtsdestoweniger muß ich es ausschlagen.»

«Die Rache eines Augenblicks ist doch wohl nicht eine Zukunft von fünfzig Jahren wert?»

«Monsieur, meine Phantasie oder meine Laune ist für mich stets mehr wert als das ganze Weltall. Im übrigen habe ich über die Rache hinaus eine Pflicht zu erfüllen.»

«Hier sind deine zwanzigtausend Livres», sagte Balsamo, ohne zu zögern.

Gilbert nahm die zwei Kassenbilletts, schaute seinen Wohltäter an und meinte:

«Sie sind großzügig wie ein König!»

«Oh! Hoffentlich noch großzügiger», versetzte Balsamo, «denn ich verlange nicht einmal, daß man mir ein Andenken bewahrt.»

«Gut, aber ich bin dankbar, wie Sie vorhin sagten, und wenn meine Aufgabe erfüllt ist, werde ich Ihnen diese zwanzigtausend Livres zurückzahlen.»

«Wie dies?»

«Indem ich mich für so viele Jahre in Ihren Dienst stelle, wie ein Diener braucht, um seinem Herrn zwanzigtausend Livres zu bezahlen.»

«Du bist schon wieder unlogisch, Gilbert. Gerade eben erst hast du mir gesagt: Ich verlange von Ihnen zwanzigtausend Livres, die Sie mir schuldig sind.»

«Das ist wahr, doch Sie haben mein Herz gewonnen.»

«Das freut mich zu hören», antwortete Balsamo mit unveränderter Miene. «Du wirst also mir gehören, wenn ich will?»

«Ja.»

«Was kannst du tun?»

«Nichts, aber alles steckt in mir.»

«Richtig.»

«Aber ich will die Möglichkeit haben, Frankreich nötigenfalls binnen zwei Stunden zu verlassen.»

«Ah! Dann willst du also den Dienst bei mir quittieren?»

«Ich werde imstande sein, zu Ihnen zurückzukehren.»

«Und ich werde dich ausfindig zu machen wissen. Doch brechen wir das Gespräch hier ab. Das lange Reden ermüdet mich. Rück den Tisch vor.»

«Bitte.»

Balsamo nahm aus einer auf dem Tisch stehenden Schachtel verschiedene Schriftstücke und las halblaut folgende Zeilen von einem Blatt, das mit drei Unterschriften oder vielmehr mit drei seltsamen Geheimzeichen versehen war:

*Am fünfzehnten Dezember ab Le Havre nach Boston mit der ‹Adonis›.*

«Was denkst du von Amerika, Gilbert?»

«Daß es nicht Frankreich ist und daß es mir sehr angenehm sein wird, im gegebenen Augenblick übers Meer in irgendein Land zu fahren, das nicht Frankreich ist.»

«Gut! . . . Um den fünfzehnten Dezember herum. Ist das nicht der gegebene Augenblick, von dem du sprichst?»

Gilbert zählte nachdenklich die Tage an den Fingern ab und stellte dann fest:

«Ganz genau.»

Balsamo nahm eine Feder und begnügte sich damit, auf ein weißes Papier die folgenden zwei Zeilen zu schreiben:

*Nehmen Sie an Bord der ‹Adonis› einen Passagier auf.*
*Joseph Balsamo.*

«Aber dieses Papier ist gefährlich», wandte Gilbert ein, «und ich, der ich einen Unterschlupf suche, könnte dadurch wohl die Bastille finden.»

«Vor lauter Geist gleicht man oft einem Dummkopf», urteilte der Graf. «Die *Adonis*, mein lieber Monsieur Gilbert, ist ein Handelsschiff, dessen Hauptreeder ich bin.»

«Verzeihen Sie mir, Herr Graf», entschuldigte sich Gilbert und verneigte sich. «Ich bin in der Tat ein Elender, dem sich zuweilen alles im Kopf dreht, doch nie zweimal hintereinander. Verzeihen Sie mir also, und seien Sie meiner ganzen Dankbarkeit versichert.»

«Gehen Sie, mein Freund.»

«Gott befohlen, Herr Graf.»

«Auf Wiedersehen», grüßte Balsamo und drehte ihm den Rücken zu.

## CLVI. KAPITEL

### *Die letzte Audienz*

Im November, das heißt mehrere Monate nach den von uns geschilderten Ereignissen, verließ Philippe de Taverney zu einer für diese Jahreszeit frühen Stunde, nämlich bei Tagesanbruch, das Haus, das er mit seiner Schwester bewohnte. Schon waren unter den noch brennenden Laternen all die kleinen Pariser Gewerbe erwacht, und allerlei Waren wurden auf der Straße feilgeboten: die kleinen, dampfenden Kuchen, welche der arme Händler vom Land wie Leckerbissen in der frischen Morgenluft verzehrt; die mit Gemüse beladenen Tragkörbe, die Karren voller Fische und Austern, welche zu den Markthallen rollen, doch bei all dem lebhaften Treiben der geschäftigen Menge herrschte doch eine gewisse Zurückhaltung, die den Arbeitern durch die Achtung vor dem Schlaf der Reichen auferlegt wurde.

Philippe durchquerte eilig das dichtbevölkerte Stadtviertel, das er bewohnte, und erreichte bald die völlig ausgestorbenen Champs-Elysées.

Der junge Mann trug wie die wohlhabendsten Bürger von Paris einen Rock mit weiten Schößen, eine Hose und Strümpfe von Seide sowie einen Degen. Seine sehr sorgfältige Frisur deutete darauf hin, daß er sich schon lange vor Tagesanbruch den Händen des Perückenmachers, der höchsten Quelle der Schönheit jener Zeit, überlassen hatte.

Als Philippe daher bemerkte, daß der Morgenwind seine Frisur zu zerzausen und den Puder zu zerstäuben begann, ließ er einen äußerst mißvergnügten Blick über die Avenue der Champs-Elysées schweifen, um zu sehen, ob sich schon eine der für den Dienst auf dieser Strecke eingesetzten Mietkutschen auf den Weg begeben hatte.

Er mußte nicht lange warten. Eine verwitterte und von einer klapprigen, bräunlichgelben Stute gezogene Karosse kam die Straße heruntergeholpert. Mit wachsamem, verdrießlichem Auge hielt ihr Kutscher in der Ferne unter den Bäumen nach einem Fahrgast Ausschau wie einst Äneas nach einem seiner Schiffe auf den Wellen des Tyrrhenischen Meeres.

Als der Automedon Philippe gewahrte, ließ er seine Stute die Peitsche kräftiger fühlen, so daß der Wagen den Fußgänger bald einholte.

«Richten Sie es so ein, daß ich Punkt neun Uhr in Versailles bin, und Sie sollen einen halben Taler bekommen», versprach Philippe dem Kutscher.

Tatsächlich hatte Philippe um neun Uhr bei der Dauphine eine jener Morgenaudienzen, die zu geben sie sich vor noch nicht allzu langer Zeit zur Gewohnheit gemacht hatte. Wachsam, wie sie war, pflegte die Prinzessin, welche sich von allen Gesetzen der Etikette freimachte, des Morgens die Arbeiten zu begutachten, die sie in Trianon durchführen ließ. Auf ihrem Weg traf sie sodann die Bittsteller, denen sie ein Gespräch bewilligt hatte. Sie verhandelte rasch mit ihnen, wobei sie eine Geistesgegenwart und eine Freundlichkeit an den Tag legte, welche die Würde und zuweilen sogar den Hochmut nicht ausschlossen, sobald sie wahrnahm, daß man ihr Zartgefühl mißverstand.

Philippe hatte zuerst vorgehabt, die Strecke zu Fuß zurückzulegen, denn in seiner Lage mußte er jeden Sou zweimal umdrehen. Doch das Gefühl der Eitelkeit oder auch nur das einer gewissen Achtung, die ein Militär seinem Vorgesetzten gegenüber nie für sein Äußeres verliert, hatte den jungen Mann dazu getrieben, die Ersparnisse eines ganzen

Tages zu verwenden, um sich in schicklicher Kleidung nach Versailles zu begeben.

Philippe gedachte zu Fuß zurückzukehren. Von zwei entgegengesetzten Punkten ausgehend, begegneten sich der Patrizier Philippe und der Plebejer Gilbert, wie man sieht, auf derselben Stufe der Leiter.

Bedrückt sah Philippe das noch immer magische Versailles wieder, wo ihn so viele goldene und rosige Träume mit ihren Verheißungen bezaubert hatten. Er sah mit gebrochenem Herzen Trianon wieder, eine Erinnerung an Unglück und Schmach. Punkt neun Uhr ging er, mit seinem Audienzschreiben versehen, an der kleinen Rabatte in unmittelbarer Nähe des Pavillons entlang.

Er erblickte in einer Entfernung von ungefähr hundert Schritt die Prinzessin, welche mit ihrem Architekten plauderte und trotz des nicht sehr kalten Wetters in einen Marderpelz gehüllt war. Einen kleinen Hut auf dem Kopf wie die Damen von Watteau, hob sich die Gestalt der jungen Dauphine von den grünen Baumreihen ab. Zuweilen drang der Klang ihrer silberhellen, vibrierenden Stimme bis zu Philippe und erregte in ihm Gefühle, die gewöhnlich allen Kummer in verwundeten Herzen vertreiben.

Mehrere Personen, denen wie Philippe Audienzen bewilligt worden waren, erschienen nach und nach an der Tür des Pavillons, in dessen Vorzimmer sie durch einen Bediensteten eingelassen wurden, wenn die Reihe an ihnen war. Diese Personen stellten sich am Weg der Prinzessin auf, so oft sie mit Mique in umgekehrter Richtung zurückkam, und empfingen ein Wort von Marie-Antoinette oder sogar die besondere Gunst, ein paar Worte unter vier Augen mit ihr wechseln zu dürfen.

Dann wartete die Prinzessin, bis sich ein anderer Besucher zeigte.

Philippe war der letzte. Er hatte mehrmals bemerkt, wie der Blick der Dauphine sich auf ihn richtete, als ob sie sich bemühte, ihn wiederzuerkennen. Da errötete er und versuchte, die bescheidenste und die geduldigste Haltung anzunehmen.

Endlich kam der Bedienstete und erkundigte sich, ob er sich nicht auch vorstellen wolle, da die Dauphine bald in ihre Gemächer zurückkehren werde und dann niemanden mehr empfange.

Philippe trat also vor, wobei ihn die Dauphine während der ganzen Zeit, die er brauchte, um die Entfernung von hundert Schritt zurückzulegen, nicht aus den Augen ließ. Als er nahe genug herangekommen war, wählte er den günstigsten Moment, um seine ehrfürchtige Verbeugung gut anzubringen.

Die Dauphine wandte sich an den Bediensteten und fragte:

«Wie ist der Name dieses Herrn, der soeben grüßt?»

Die Dauphine ließ Philippe keinen Moment aus den Augen.

Der Bedienstete sah auf der Audienzliste nach und gab ihr Auskunft:
«Philippe de Taverney, Madame.»
«Ach, ja richtig!» erinnerte sich die Prinzessin ...
Und sie heftete einen noch längeren und noch neugierigeren Blick auf den jungen Mann.
Philippe wartete in halb gebückter Haltung.
«Guten Morgen, Monsieur de Taverney», grüßte Marie-Antoinette. «Wie geht es Mademoiselle Andrée?»
«Ziemlich schlecht, Madame», erwiderte der junge Mann, «aber meine

Schwester wird über diesen Beweis der Anteilnahme, die ihr Eure Königliche Hoheit zu bezeigen geruht, überglücklich sein.»

Die Dauphine antwortete nicht. Sie hatte in den eingefallenen, bleichen Zügen Philippes viel Leid gelesen. Unter dem bescheidenen Gewand des Bürgers fiel es ihr schwer, den einst so schönen Offizier zu erkennen, der ihr auf französischem Boden zuerst als Führer gedient hatte.

«Monsieur Mique», wandte sie sich an ihren Architekten, «wir sind also über die Verzierung des Tanzsaales übereingekommen. Die Anlage des angrenzenden Wäldchens ist bereits entschieden. Verzeihen Sie mir, daß ich Sie so lange in der Kälte habe stehen lassen.»

Für Mique bedeutete dies, daß er sich nun zurückziehen sollte. Er verbeugte sich daher und ging weg.

Sogleich grüßte die Dauphine auch alle Personen, die in einiger Entfernung warteten und sich auf dieses Zeichen hin auf der Stelle zurückzogen. Philippe glaubte, dieser Gruß gelte ihm genauso wie den anderen, und schon begann sein Herz zu leiden, als die Prinzessin an ihm vorüberging und fragte:

«Sie sagten, Monsieur, Ihre Schwester sei krank?»

«Wenn nicht krank, Madame, so doch wenigstens angegriffen», erklärte Philippe rasch.

«Angegriffen!» rief die Dauphine voller Anteilnahme. «Sie hatte doch immer eine so robuste Gesundheit!»

Philippe verneigte sich. Die junge Prinzessin warf ihm noch einen jener forschenden Blicke zu, die man bei einem Mann ihres Stammes als Adlerblick bezeichnet hätte. Dann, nach einer Pause, fuhr sie fort:

«Erlauben Sie, daß ich mich ein wenig bewege. Der Wind ist so kalt.»

Sie machte ein paar Schritte. Philippe verharrte an Ort und Stelle.

«Was! Sie folgen mir nicht?» rief Marie-Antoinette, sich umwendend.

In zwei Sätzen war Philippe bei ihr.

«Warum haben Sie mich denn nicht früher von dem Zustand Mademoiselle Andrées unterrichtet, für deren Schicksal ich mich interessierte.»

«Ach!» seufzte Philippe. «Eure Hoheit hat soeben das Wort ausgesprochen ... Eure Hoheit interessierte sich für meine Schwester ... doch jetzt ...»

«Ich interessiere mich zweifellos noch immer für sie, Monsieur ... Doch mir scheint, Mademoiselle de Taverney hat ihren Dienst bei mir recht frühzeitig verlassen.»

«Notgedrungen, Madame», sagte Philippe leise.

«Wie! Dieses Wort ist gräßlich ... notgedrungen! ... Erklären Sie mir dieses Wort, Monsieur.»

Philippe erwiderte nichts.

«Doktor Louis», fuhr die Dauphine fort, «erzählte mir, die Luft von Versailles sei Mademoiselle de Taverneys Gesundheit nicht zuträglich. Ihre Gesundheit würde sich aber durch den Aufenthalt im väterlichen Hause wiederherstellen ... Das ist alles, was man mir sagte. Ihre Schwester stattete mir vor ihrer Abreise einen einzigen Besuch ab. Sie war blaß und traurig. Ich muß gestehen, daß sie mir bei diesem letzten Zusammentreffen viel Ergebenheit bekundete, denn sie vergoß reichlich Tränen.»

«Aufrichtige Tränen, Madame», beteuerte Philippe, dessen Herz wie wild schlug, «Tränen, die nicht versiegt sind.»

«Nach allem, was ich gesehen habe», sprach die Prinzessin weiter, «glaube ich, daß Ihr Vater seine Tochter gezwungen hatte, an den Hof zu gehen, und daß dieses Kind sich nach seiner Heimat und der Zuneigung irgendeines Menschen zurücksehnte ...»

«Madame», beeilte sich Philippe zu widersprechen, «meine Schwester sehnt sich nur nach Eurer Hoheit.»

«Und sie leidet ... Was ist das für eine seltsame Krankheit, welche von der Luft der Heimat geheilt werden sollte und nun von eben dieser Luft nur verschlimmert wird?»

«Ich will Eure Hoheit nicht länger im unklaren lassen», erklärte Philippe. «Die Krankheit meiner Schwester ist ein tiefer Kummer, welcher sie in einen Zustand versetzt hat, der an Verzweiflung grenzt. Mademoiselle de Taverney liebt indessen niemanden auf der Welt außer Eure Hoheit und mich. Doch sie fängt an, Gott aller menschlichen Zuneigung vorzuziehen, und bei der Audienz, um die zu ersuchen ich die Ehre hatte, Madame, beabsichtigte ich, Sie um Ihre Unterstützung in bezug auf diesen Wunsch meiner Schwester zu bitten.»

Die Dauphine hob den Kopf.

«Sie will in ein Kloster eintreten, nicht wahr?»

«Ja, Madame.»

«Und Sie werden das dulden, Sie, der Sie dieses Kind so sehr lieben?»

«Ich glaube, ihre Lage vernünftig zu beurteilen, Madame, und dieser Rat stammt von mir. Ich liebe meine Schwester jedoch so sehr, daß mein Rat nicht verdächtig sein kann und daß man ihn nicht meiner Habsucht zuschreiben wird. Ich habe nichts dadurch zu gewinnen, daß Andrée ins Kloster geht. Wir besitzen beide nichts.»

Die Dauphine blieb stehen und warf abermals einen verstohlenen Blick auf Philippe.

«Das meinte ich soeben, als Sie mich nicht verstehen wollten. Sind Sie nicht reich?»

«Eure Hoheit ...»

«Keine falsche Scham, Monsieur, es geht um das Glück dieses armen Mädchens ... Antworten Sie mir aufrichtig wie ein Ehrenmann ... der Sie sicherlich sind.»

Das glänzende, redliche Auge Philippes traf das der Prinzessin und senkte sich nicht.

«Ich werde antworten, Madame», entschied er.

«Nun, will Ihre Schwester nur notgedrungen diese Welt verlassen? Sie soll sprechen! Guter Gott! Sind die Fürsten doch unglücklich! Gott hat ihnen ein Herz gegeben, Schicksalsschläge zu beklagen, doch er hat ihnen jenen hehren Scharfblick verwehrt, der das Unglück unter dem Schleier der Verschwiegenheit erahnt. Antworten Sie also rundheraus: Ist es dies?»

«Nein, Madame», entgegnete Philippe mit Bestimmtheit, «nein, das ist es nicht. Indessen möchte meine Schwester ins Kloster von Saint-Denis eintreten, wir besitzen aber nur ein Drittel der geforderten Mitgift.»

«Die Mitgift beläuft sich auf sechzigtausend Livre!» entfuhr es der Prinzessin. «Sie haben also nur zwanzigtausend Livre?»

«Knapp zwanzigtausend, Madame, doch wir wissen, daß Eure Hoheit mit einem Wort und ohne auch nur einen Heller auszugeben, die Aufnahme einer Kostgängerin im Kloster veranlassen kann.»

«Gewiß kann ich das tun.»

«Es ist dies die einzige Gunst, welche ich von Eurer Hoheit zu erbitten wage, wenn sie nicht schon jemandem ihre Vermittlung bei Madame Louise von Frankreich zugesagt hat.»

«Oberst, Sie versetzen mich in ein gar befremdliches Erstaunen», erwiderte Marie-Antoinette. «Wie! Sollte es in meiner Nähe so viel edle Armut geben? Ei, Oberst, es ist schlimm, daß man mich so getäuscht hat!»

«Ich bin nicht Oberst, Madame», stellte Philippe mit sanfter Stimme richtig. «Ich bin nichts als ein ergebener Diener Eurer Hoheit.»

«Nicht Oberst, sagen Sie? Und seit wann?»

«Ich bin es niemals gewesen, Madame.»

«Der König hat Ihnen doch in meiner Gegenwart ein Regiment versprochen ...»

«Dessen Gnadenbrief niemals ausgestellt wurde.»

«Aber Sie hatten einen Rang ...»

«Den ich aufgegeben habe, Madame, weil ich beim König in Ungnade gefallen bin.»

«Aus welchem Grund?»

«Ich habe keine Ahnung.»

«Oh!» machte die Dauphine mit einer tiefen Traurigkeit. «Oh! Der Hof!»

Philippe lächelte schwermütig.

«Sie sind ein Engel des Himmels, Madame», urteilte er, «und ich bedaure es ungemein, dem französischen Königshaus nicht mehr zu dienen und keine Gelegenheit mehr zu haben, für Sie zu sterben.»

Da zuckte ein so lebhafter und glühender Blitz in den Augen der Dauphine, daß Philippe sein Gesicht in beiden Händen verbarg. Die Prinzessin versuchte nicht einmal, ihn zu trösten oder ihn dem Gedanken zu entreißen, der ihn in diesem Augenblick beherrschte.

Stumm und schwer atmend entblätterte sie einige bengalische Rosen, die sie mit ihrer nervösen, unruhigen Hand von ihrem Stengel riß.

Philippe kam wieder zu sich.

«Bitte, vergeben Sie mir, Madame», sagte er.

Marie-Antoinette erwiderte nichts auf diese Worte.

«Wenn sie will, kann Ihre Schwester schon morgen in Saint-Denis eintreten», erklärte sie mit fieberhafter Hast. «Und Sie selbst stehen in spätestens einem Monat an der Spitze eines Regiments. Ich will es so!»

«Madame», bat Philippe, «wollen Sie noch die Güte haben, mich bei meinen letzten Erklärungen anzuhören? Meine Schwester nimmt die Wohltat Eurer Königlichen Hoheit an. Ich hingegen muß sie ausschlagen.»

«Sie schlagen sie aus?»

«Ja, Madame, ich habe eine Schmach vom Hof erlitten ... Die Feinde, welche sie über mich verhängten, würden Mittel und Wege finden, mich noch härter zu treffen, wenn sie mich höher gestellt sähen.»

«Wie? Selbst mit meiner Protektion?»

«Besonders mit Ihrer huldreichen Protektion, Madame», bekräftigte Philippe entschieden.

«Das ist wahr», murmelte die Prinzessin erbleichend.

«Und dann, Madame, nein ... ich vergaß, ich vergaß, als ich mit Ihnen sprach, daß es kein Glück mehr auf Erden gibt ... Ich vergaß, daß ich, wenn ich erst einmal in den Schatten zurückgetreten bin, diesen nicht mehr verlassen darf. Im Schatten betet ein Mann von Herz und erinnert sich.»

Philippe sprach diese Worte in einem Ton, der die Prinzessin erschauern ließ.

«Es wird der Tag kommen, da ich das Recht habe, auszusprechen, was ich in diesem Augenblick nur denken darf», erwiderte sie. «Monsieur, Ihre Schwester kann in Saint-Denis eintreten, wann immer es ihr beliebt.»

«Ich danke, Madame, ich danke.»

«Was Sie betrifft, so will ich, daß auch Sie eine Bitte an mich richten ...»

«Aber Madame ...»

«Ich will es!»

Philippe sah, wie sich die behandschuhte Hand der Prinzessin zu ihm herabsenkte und wie in Erwartung einen Augenblick in ausgestreckter Haltung verharrte. Vielleicht drückte sie nur den Willen aus.

Der junge Mann kniete nieder, nahm die Hand und drückte langsam mit vor Rührung pochendem Herzen seine Lippen darauf.

«Lassen Sie Ihre Bitte hören», meinte die Dauphine, so bewegt, daß sie ihre Hand nicht zurückzog.

Philippe beugte das Haupt. Eine Flut bitterer Gedanken riß ihn in die Tiefe wie einen Schiffbrüchigen im Sturm ... Er verharrte einige Sekunden stumm und regungslos. Dann erhob er sich, bleich und mit erloschenen Augen und sprach:

«Einen Paß, um Frankreich an dem Tag zu verlassen, an dem meine Schwester ins Kloster von Saint-Denis eintritt.»

Die Dauphine wich fast erschrocken zurück. Und als sie diesen ganzen Schmerz sah, den sie zweifellos verstand und vielleicht sogar teilte, fand sie nichts anderes zu erwidern als die beinahe unverständlichen Worte:

«Es ist gut.»

Und sie verschwand in einer Allee von Zypressen, den einzigen Bäumen, die ihr ewiges Blattwerk, den Schmuck der Gräber, unversehrt bewahrt hatten.

## CLVII. KAPITEL

### *Das Kind ohne Vater*

Der Tag des Schmerzes und der Schande rückte immer näher. Trotz der immer häufigeren Besuche des Doktors Louis und trotz der liebevollen Pflege und der Tröstungen Philippes wurde Andrée von Stunde zu Stunde düsterer wie die Verurteilten, denen ihre letzte Stunde droht.

Zuweilen fand der unglückliche Bruder Andrée träumerisch und bebend ... Ihre Augen waren trocken ... Ganze Tage lang kam kein Wort über ihre Lippen. Dann stand sie oft plötzlich auf und ging zwei- oder dreimal hastig in ihrem Zimmer auf und ab, wobei sie versuchte, sich wie Dido von sich selbst, das heißt von dem Schmerz, der sie tötete, zu befreien.

Eines Abends schließlich, als Philippe sie bleicher, unruhiger und nervöser sah als gewöhnlich, schickte er nach dem Doktor und ließ ihn bitten, noch in derselben Nacht zu kommen.

Es war der 29. November. Philippe hatte die Kunst besessen, Andrée sehr lange wach zu halten. Er hatte im Gespräch mit ihr die traurigsten und die intimsten Themen zur Sprache gebracht, diejenigen, welche das Mädchen fürchtete, wie der Verwundete die Annäherung einer groben, schweren Hand an seine Wunde fürchtet.

Sie saßen beim Feuer. Die Magd hatte, als sie nach Versailles aufgebrochen war, um den Doktor zu holen, vergessen, die Läden zu schließen, so daß der Widerschein der Lampe, ja sogar der des Feuers sanft den Schneeteppich beleuchtete, den die erste Winterkälte auf dem Sand des Gartens ausgebreitet hatte.

Philippe wartete den Augenblick ab, da Andrées Geist sich zu beruhigen anfing. Sodann hub er ohne lange Vorrede an:

«Liebe Schwester, haben Sie endlich Ihre Entscheidung getroffen?»

«Worüber?» gab Andrée mit einem schmerzlichen Stöhnen zurück.

«Über ... über Ihr Kind, meine Schwester.»

Andrée zuckte zusammen.

«Der Augenblick rückt näher», fuhr Philippe fort.

«Mein Gott!»

«Und ich wäre nicht überrascht, wenn morgen ...»

«Morgen?»

«Vielleicht sogar heute noch, liebe Schwester.»

Andrée wurde so bleich, daß Philippe erschrocken ihre Hand ergriff und dieselbe küßte.

Doch sie faßte sich sogleich wieder und sprach:

«Mein Bruder, ich werde dir gegenüber nicht mit jener Heuchelei zu Werke gehen, welche gemeine Seelen entehrt. Das Vorurteil des Guten ist bei mir mit dem Vorurteil des Schlechten vermischt. Was schlecht ist, kenne ich nicht mehr, seitdem ich dem Guten mißtraue. Beurteilen Sie mich daher nicht strenger, als man eine Verrückte beurteilen würde, sofern Sie nicht lieber die Philosophie, die ich Ihnen sogleich umreißen werde, ernstnehmen wollen, eine Philosophie, welche, das schwöre ich Ihnen, der vollkommene und einzige Ausdruck meiner Gefühle sowie der Inbegriff meiner Empfindungen ist.»

«Was immer Sie auch sagen, Andrée, was immer Sie auch tun, Sie werden für mich stets die teuerste und die geehrteste aller Frauen sein.»

«Danke, mein einziger Freund. Ich darf wohl behaupten, daß ich dessen, was Sie mir versprechen, nicht unwürdig bin. Ich bin Mutter, Philippe, doch Gott hat gewollt, das glaube ich zumindest», fügte sie errötend hinzu, «daß die Mutterschaft bei dem Geschöpf ein ähnlicher Zustand sein soll wie die Befruchtung bei der Pflanze. Die Frucht kommt also erst nach der Blüte. Während der Blütezeit hat die Pflanze sich vorbereitet und umgewandelt. Denn die Blüte entspricht nach meinem Verständnis der Liebe.»

«Sie haben recht, Andrée.»

«Ich aber», fuhr das Mädchen lebhaft fort, «ich habe weder Vorbereitung noch Umwandlung erfahren. Ich bin eine Abweichung von der Regel. Ich habe nicht geliebt, habe nicht begehrt. Mein Geist und mein Herz sind ebenso jungfräulich wie mein Körper ... Und dennoch! ... Welch trauriges Wunder! ... Was ich nicht gewünscht, was ich nicht einmal geträumt habe, schickt mir Gott ... er, der doch niemals dem Baum Früchte gegeben hat, der dazu geschaffen war, unfruchtbar zu bleiben ... Wo ist bei mir die Tauglichkeit, wo sind die Instinkte? Wo sind überhaupt die Mittel? ... Die Mutter, welche die Schmerzen des Gebärens erträgt, kennt und würdigt ihr Los. Ich aber weiß nichts, ich zittere bei dem bloßen Gedanken, Mutter zu werden. Ich gehe diesem letzten Tag entgegen, als ob ich aufs Schafott ginge ... Philippe, ich bin verdammt! ...»

«Andrée, meine Schwester!»

«Philippe», sprach sie mit einer unbeschreiblichen Heftigkeit weiter, «spüre ich nicht genau, daß ich dieses Kind hasse? ... O ja, ich hasse es! Ich werde mich mein ganzes Leben, wenn ich denn leben soll, an den Tag erinnern, wo sich der tödliche Feind, den ich in mir trage, unter meinem Herzen zum erstenmal rührte. Mich schauert noch, wenn ich daran zurückdenke, daß die den Müttern so süße erste Regung dieses unschuldigen Geschöpfes in meinem Blut ein Fieber des Zorns entzündete und die Gotteslästerung auf meine bis dahin so reinen Lippen trieb. Philippe, ich bin eine schlechte Mutter! Philippe, ich bin verdammt!»

«Um Himmels willen, gute Andrée, beruhige dich. Führe dein Herz nicht durch deinen Geist in die Irre. Dieses Kind ist dein Leben und das Blut deines Herzens. Ich liebe dieses Kind, denn es kommt von dir.»

«Du liebst es!» rief sie wütend und kreidebleich. «Du wagst es, mir zu sagen, du liebst unser beider Schande! Du wagst es, mir zu erklären, du liebst diese Erinnerung an ein Verbrechen, dieses Ebenbild eines niederträchtigen Verbrechers! ... Wohl, Philippe, ich habe es dir gesagt, ich bin nicht feige, ich bin auch nicht falsch. Ich hasse das Kind, weil es nicht mein Kind ist und weil ich es nicht gerufen habe! Ich verabscheue es, weil es vielleicht seinem Vater ähneln wird ... Sein Vater! ... Oh! Ich werde eines Tages sterben, während ich dieses gräßliche Wort ausspreche! Mein Gott!» rief sie aus, indem sie sich auf die Knie warf. «Ich kann dieses Kind nicht bei seiner Geburt töten, denn du hast ihm das Leben gegeben ... Ich konnte mich selbst nicht töten, solange ich es unter dem Herzen trug, denn du hast den Selbstmord ebenso verboten wie den Mord. Doch ich bitte dich, ich flehe dich an, ich beschwöre dich, wenn du gerecht bist, mein Gott, wenn du dich des Jammers auf dieser Welt erbarmst und wenn du nicht beschlossen hast, daß ich vor Verzweiflung sterben soll, nachdem ich von Schmach und Tränen gelebt habe, mein Gott, so nimm dieses Kind wieder zu dir! Mein Gott, töte dieses Kind! Mein Gott, befreie mich, räche mich!»

Schrecklich in ihrem Zorn und erhaben in ihrer Inbrunst, stieß sie ihre Stirn gegen die marmorne Kaminverkleidung, allen Anstrengungen Philippes, der seine Arme um sie schlang, zum Trotz.

Plötzlich ging die Tür auf. Die Magd kehrte mit dem Doktor zurück, der auf den ersten Blick die ganze Szene erriet.

«Madame», sprach er mit jener Ruhe des Arztes, die den einen stets Zwang, den anderen Unterwerfung auferlegt, «Madame, übertreiben Sie in Ihrer Vorstellung nicht die Schmerzen der Arbeit, die nun unmittelbar bevorsteht ... Sie», wandte er sich an die Magd, «bereiten alles vor, was ich Ihnen auf dem Weg gesagt habe. Und Sie», forderte er Philippe auf, «seien Sie vernünftiger als Madame, und unterstützen Sie mich in meinen Ermunterungen, statt die Ängste oder Schwächen Ihrer Schwester zu teilen.»

Andrée stand beinahe beschämt auf. Philippe setzte sie in einen Sessel.

Man sah nun die Kranke rot anlaufen und sich unter den ersten stechenden Wehen zurückwerfen. Ihre Hände umklammerten krampfhaft die Fransen des Lehnstuhles, und die erste Klage entwand sich ihren bläulichen Lippen.

«Dieser Schmerz, dieser Fall, dieser Zorn haben den Verlauf der Geburt beschleunigt», urteilte der Doktor. «Ziehen Sie sich in Ihr Zimmer zurück, Monsieur de Taverney und ... Kopf hoch!»

Philippe stürzte mit überströmendem Herzen auf Andrée zu, die alles gehört hatte, zitterte und sich trotz ihres Schmerzes erhob, um die Arme um den Hals ihres Bruders zu schlingen.

Sie umarmte ihn kräftig, drückte ihre Lippen auf die kalte Wange des jungen Mannes und flüsterte ihm zu:

«Lebe wohl! ... Lebe wohl! ... Lebe wohl! ...»

«Doktor! Doktor!» rief Philippe in höchster Verzweiflung. «Hören Sie ...»

Louis trennte die beiden Unglücklichen mit sanfter Gewalt, setzte Andrée in den Lehnstuhl zurück, führte Philippe in sein Zimmer und schob die Riegel vor, welche Andrées Zimmer sicherten. Dann zog er die Vorhänge zu, schloß die Türen und begrub auf diese Weise, indem er sie auf ein Zimmer beschränkte, die ganze Szene, welche sich zwischen dem Arzt und der Frau, zwischen Gott und diesen beiden Anwesenden ereignen sollte.

Um drei Uhr morgens öffnete der Doktor die Tür, hinter der Philippe weinte und flehte, und verkündete:

«Ihre Schwester hat einen Sohn zur Welt gebracht.»

Philippe faltete die Hände.

«Treten Sie nicht ein», ermahnte ihn der Arzt. «Sie schläft.»

«Sie schläft ... O Doktor! Ist es auch wirklich wahr, daß sie schläft?»

«Wenn es sich anders verhielte, Monsieur, würde ich Ihnen sagen: Ihre Schwester hat einen Sohn geboren, doch dieser Sohn hat seine Mutter verloren ... Sie können sich übrigens selbst überzeugen.»

Philippe streckte den Kopf vor.

«Hören Sie ihre Atmung?»

«Ja! O ja!» murmelte Philippe und fiel dem Arzt um den Hals.

«Nun, wie Sie wissen, haben wir eine Amme bestellt. Ich habe sie vorhin, als ich am Point-du-Jour vorbeikam, wo diese Frau wohnt, benachrichtigt, daß sie sich bereithalten solle ... Doch Sie allein können sie hierher bringen. Sie allein darf man sehen ... Nutzen Sie also den Schlaf der Kranken, und begeben Sie sich in dem Wagen, der mich gebracht hat, zu der genannten Adresse.»

«Aber Sie, Doktor? Was ist mit Ihnen?»

«Ich habe an der Place Royale einen Kranken ... eine Rippenfellentzündung, ein nahezu hoffnungsloser Fall ... Ich will den Rest der Nacht an seinem Bett zubringen, um die Anwendung und die Wirkung der von mir verschriebenen Arzneien zu überwachen.»

«Aber die Kälte, Doktor ...»

«Ich habe doch meinen Mantel.»

«Die Stadt ist nicht sehr sicher.»

«Zwanzigmal hat man mich in den zwanzig Jahren meines Dienstes in der Nacht aufgehalten. Ich habe stets geantwortet: ‹Mein Freund, ich bin Arzt und begebe mich zu einem Kranken ... Wollen Sie meinen Mantel? Nehmen Sie ihn, aber töten Sie mich nicht, denn ohne mich würde auch mein Kranker sterben.› Und bemerken Sie wohl, Monsieur, dieser Mantel hat ebenso wie ich schon zwanzig Dienstjahre hinter sich. Die Diebe haben ihn mir jedesmal gelassen.»

«Gut, Doktor! ... Morgen, nicht wahr?»

«Morgen um acht Uhr werde ich wieder hier sein. Gott befohlen.»

Der Doktor erteilte der Magd einige Anweisungen zur Pflege der Kranken und ermahnte sie zur gewissenhaften Erfüllung ihrer Pflicht. Er wollte das Kind neben seiner Mutter liegen lassen. Doch Philippe, der sich nur zu gut an die letzten Bekundungen seiner Schwester erinnerte, bat ihn inständig, es zu entfernen.

Louis brachte das Kind daher persönlich in dem Zimmer der Magd unter und ging dann durch die Rue Montorgueil davon, während der Fiaker Philippe nach dem Roule brachte.

Die Magd schlief alsbald im Lehnstuhl neben ihrer Gebieterin ein.

## CLVIII. KAPITEL

### *Die Entführung*

In den kurzen Unterbrechungen des erholsamen Schlafes, der auf große Anstrengungen folgt, scheint der Geist eine doppelte Kraft zu erlangen, nämlich einerseits die Fähigkeit, das Wohlbehagen der Lage zu genießen, und andererseits die Fähigkeit, über den Körper zu wachen, dessen Erschöpfungszustand dem Tode ähnlich ist.

Zum Gefühl des Lebens zurückgekehrt, schlug Andrée die Augen auf und erblickte an ihrer Seite die schlafende Magd. Sie vernahm das muntere Knistern des Feuers im Kamin und genoß die gedämpfte Stille des Zimmers, wo alles ruhte wie sie selbst ...

Diese Wahrnehmung entsprang weder ganz dem Wachzustand noch ganz dem Zustand des Schlafes. Andrée fand Vergnügen daran, diesen Zustand der Unentschiedenheit, der milden Schläfrigkeit zu verlängern, und ließ die Gedanken nach und nach in ihr ermüdetes Gehirn einströmen, als hätte sie die zu plötzliche Rückkehr ihres vollen Verstandes gefürchtet.

Plötzlich drang ein entferntes, kaum wahrnehmbares Wimmern an ihr Ohr.

Bei diesem Geräusch verspürte Andrée wieder jenes Erschauern, unter dem sie so sehr gelitten hatte. Es verlieh ihr wieder jene gehässige Regung, die seit Monaten ihre Unschuld und ihre Herzensgüte trübte, wie das Schütteln einen Trank in einem Gefäß trübt, worin der Hefesatz schlummert.

Von diesem Augenblick an gab es für Andrée weder Schlaf noch Ruhe mehr. Die Erinnerung kehrte zurück, und sie begann wieder zu hassen.

Doch die Kraft der Empfindungen entspricht gewöhnlich den körperlichen Kräften. Andrée fand nicht mehr jene Stärke, die sie in der abendlichen Szene mit Philippe gezeigt hatte.

Das Geschrei des Kindes traf ihr Gehirn anfangs wie ein Schmerz, dann wie eine Beengung ... Schließlich fragte sie sich, ob Philippe, indem er das Kind mit seiner gewöhnlichen Rücksichtnahme entfernt hatte, nicht der Vollstrecker eines grausamen Willens gewesen sei.

Der Gedanke an das Böse, das man einem Geschöpf wünscht, widerstrebt dem Innern niemals so sehr wie das Schauspiel des Bösen. Andrée, welche dieses unsichtbare Kind, das heißt die Vorstellung desselben, verabscheute, Andrée, welche seinen Tod herbeiwünschte, tat es weh, den unglücklichen Säugling schreien zu hören.

«Er leidet», dachte sie.

Doch sogleich verbesserte sie sich selbst:

«Warum sollte ich mich für sein Leiden interessieren ... ich ... das unglücklichste Geschöpf unter der Sonne?»

Das Kind wimmerte erneut, doch diesmal deutlicher und kläglicher.

Da merkte Andrée, daß dieses klägliche Geschrei in ihr eine besorgte Stimme wachzurufen schien, und sie fühlte ihr Herz wie durch ein unsichtbares Band zu dem verlassenen, weinenden Wesen hingezogen.

Was das Mädchen vorausgeahnt hatte, wurde nun Wirklichkeit. Die Natur hatte eine ihrer Vorbereitungen vollbracht. Der körperliche Schmerz hatte das Herz der Mutter gleichsam an die geringste Regung ihres Kindes gebunden.

«Dieses arme Waisenkind», dachte Andrée, «soll nicht nach Rache zum Himmel schreien. Gott hat diesen kleinen, kaum zum Leben erwachten Geschöpfen die beredsamste aller Stimmen gegeben ... Man kann sie töten, das heißt vom Leiden befreien, aber man hat nicht das Recht, sie zu quälen ... Wenn man dazu berechtigt wäre, so hätte Gott ihnen nicht erlaubt, sich so jämmerlich zu beklagen.»

Andrée hob den Kopf, um die Magd zu rufen, doch ihre schwache Stimme vermochte die schwerfällige Bäuerin nicht zu wecken. Im übrigen hatte das Kind schon aufgehört zu jammern.

«Gewiß ist die Amme eingetroffen», überlegte Andrée, «denn ich höre das Geräusch der ersten Tür ... Ja, im Nebenzimmer lassen sich Schritte vernehmen ... und das kleine Geschöpf wimmert nicht mehr ... ein fremder Schutz wird ihm bereits zuteil und beschwichtigt seinen noch unvollkommenen Verstand. Oh! Diejenige ist also die Mutter, die das Kind umsorgt? ... Für ein paar Taler findet das Kind, das aus meinem Schoß hervorgegangen ist, eine Mutter ... und später, wenn das Kind an mir vorübergeht, an mir, die ich so viel gelitten und ihm das Leben geschenkt habe, wird es mich nicht einmal ansehen und ‹Mutter› zu einer Lohndienerin sagen, die in ihrer eigennützigen Liebe edelmütiger ist als ich in meiner gerechten Empfindung ... Das soll nicht so sein ... Ich habe gelitten, ich habe mir das Recht erkauft, diesem Geschöpf ins Gesicht sehen zu dürfen ... Ich habe das Recht, es zu zwingen, mich für meine Sorge zu lieben und mich für mein Opfer und für meine Schmerzen zu achten!»

Sie machte eine entschiedenere Bewegung, nahm all ihre Kräfte zusammen und rief:

«Marguerite! Marguerite!»

Die Magd erwachte schwerfällig und ohne sich von ihrem Stuhl zu rühren, an den sie eine fast lethargische Schläfrigkeit gebannt zu haben schien.

«Hören Sie mich?» fragte Andrée.

«Ja, Madame, ja!» antwortete Marguerite, die endlich begriff.

Und sie trat an das Bett.

«Wünscht Madame zu trinken?»

«Nein ...»

«Möchte Madame vielleicht die Uhrzeit wissen?»

«Nein ... nein.»

Und ihre Augen blickten unverwandt nach der Tür des angrenzenden Zimmers.

«Ah! Ich verstehe ... Madame will wissen, ob ihr Herr Bruder zurückgekehrt ist?»

Man konnte sehen, wie Andrée mit der ganzen Schwäche einer hochmütigen Seele und mit der ganzen Energie eines warmen, edelmütigen Herzens gegen ihr Verlangen ankämpfte.

«Ich will», brachte sie endlich hervor, «ich will ... machen Sie doch einmal diese Türe auf, Marguerite.»

«Jawohl, Madame ... Ah! Wie kalt es hier ist! ... Der Wind, Madame! ... Was für ein Wind! ...»

Der Wind fiel in der Tat sogar in Andrées Zimmer ein und brachte die Flammen der Kerzen und der Nachtlampe zum Flackern.

«Bestimmt hat die Amme eine Tür oder ein Fenster offenstehen lassen. Sehen Sie nach, Marguerite, sehen Sie nach ... Dieses ... dieses Kind friert womöglich ...»

Marguerite wandte sich nach dem angrenzenden Zimmer.

«Ich werde es zudecken, Madame», erklärte sie.

«Nein ... nein!» murmelte Andrée mit kurzer, stockender Stimme. «Bringen Sie es mir.»

Marguerite blieb mitten im Zimmer stehen.

«Madame», wandte sie leise ein, «Monsieur Philippe hatte dringend geraten, man solle das Kind dort lassen ... ohne Zweifel aus Furcht, Madame zu belästigen oder eine Erschütterung bei ihr hervorzurufen.»

«Bringen Sie mir mein Kind!» schrie die junge Mutter mit einem Ausbruch, der ihr das Herz brechen mußte, denn in ihre Augen, die trotz aller durchstandenen Leiden trocken geblieben waren, traten zwei Tränen, welche die guten Schutzengel der kleinen Kinder im Himmel wohl mit einem Lächeln zur Kenntnis nahmen.

Marguerite eilte ins andere Zimmer. Andrée, die sich aufgesetzt hatte, verbarg ihr Gesicht in den Händen.

Doch gleich darauf kehrte die Magd zurück. Die Bestürzung stand ihr ins Gesicht geschrieben.

«Nun?» fragte Andrée.

«Madame . . . ist denn jemand hier gewesen?»

«Wie, ob jemand hier gewesen ist? . . . Wer?»

«Madame, das Kind ist nicht mehr da!»

«Ich habe vorhin tatsächlich Geräusche vernommen», entsann sich Andrée, «da waren Schritte . . . Die Amme wird gekommen sein, während Sie schliefen . . . sie wollte Sie bestimmt nicht wecken . . . Aber mein Bruder, wo ist er? Sehen Sie in seinem Zimmer nach.»

Marguerite begab sich rasch in Philippes Zimmer, fand aber niemanden darin vor.

«Das ist merkwürdig», befand Andrée mit pochendem Herzen. «Sollte Philippe etwa schon wieder weggegangen sein, ohne bei mir vorbeizuschauen? . . .»

«Ah, Madame!» rief die Magd plötzlich.

«Was gibt es?»

«Eben ist das Tor zur Straße hin geöffnet worden!»

«Sehen Sie nach! Sehen Sie nach!»

«Monsieur Philippe kommt zurück . . . Treten Sie ein, Monsieur, treten Sie ein!»

Es handelte sich in der Tat um Philippe. Hinter ihm erschien eine Bäuerin, die in einen groben Umhang von gestreifter Wolle gehüllt war und jenes wohlwollende Lächeln zur Schau trug, mit dem der Lohndiener jede neue Herrschaft begrüßt.

«Meine Schwester, meine Schwester, hier bin ich», verkündete er, ins Zimmer tretend.

«Guter Bruder! . . . Wieviel Mühe und Kummer bereite ich dir doch! Ah! Da ist die Amme . . . Ich fürchtete so sehr, sie könnte schon weggegangen sein . . .»

«Weggegangen? . . . Aber sie kommt doch erst jetzt.»

«Sie kommt zurück, willst du wohl sagen? Nein . . . ich habe sie vorhin wohl gehört, so leise sie auch gegangen ist . . .»

«Ich weiß nicht, was du meinst, meine Schwester. Niemand . . .»

«Oh! Ich danke dir, Philippe», unterbrach ihn Andrée, indem sie ihn an sich zog und auf jedes ihrer Worte einen besonderen Nachdruck legte, «ich danke dir dafür, daß du mich so gut eingeschätzt hast und dieses Kind nicht fortnehmen wolltest, ehe ich es gesehen und geküßt habe . . . Philippe, du kennst mein Herz . . . Ja, ja, sei unbesorgt, ich werde mein Kind lieben.»

Philippe ergriff Andrées Hand und bedeckte sie mit Küssen.

«Sag der Amme, sie soll es mir zurückgeben», fügte die junge Mutter hinzu.

«Aber Monsieur», wandte die Magd ein, «Sie wissen doch, daß das Kind nicht mehr da ist.»

«Was? Was sagen Sie da?» rief Philippe.

Andrée schaute ihren Bruder mit erschrockenen Augen an.

Der junge Mann lief zum Bett der Magd. Er suchte, und als er nichts fand, stieß er einen fürchterlichen Schrei aus.

Andrée folgte seinen Bewegungen im Spiegel. Sie sah ihn blaß und mit hängenden Armen zurückkehren. Sie begriff einen Teil der Wahrheit, antwortete wie ein Echo mit einem Seufzer auf den Schrei ihres Bruders und sank bewußtlos auf das Kopfkissen zurück. Philippe war weder auf dieses neue Unglück noch auf diesen unermeßlichen Schmerz gefaßt. Doch er raffte alle seine Energie zusammen und rief Andrée durch viele Liebkosungen, tröstende Worte und Tränen ins Leben zurück.

«Mein Kind», murmelte Andrée, «mein Kind!»

«Retten wir die Mutter», dachte Philippe, und laut sprach er: «Meine Schwester, meine liebe Schwester, wir sind anscheinend alle verrückt. Wir vergessen völlig, daß ja der gute Doktor das Kind mitgenommen hat.»

«Der Doktor!» wiederholte Andrée mit der Qual des Zweifels und mit der Freude der Hoffnung.

«Aber ja, aber ja doch ... Ah! Man verliert hier vollkommen den Verstand ...»

«Philippe, schwörst du mir ...?»

«Teure Schwester, du bist keine Spur vernünftiger als ich ... Wie sollte dieses Kind denn verschwunden sein?»

Und er täuschte ein Gelächter vor, das auf die Amme und die Magd übersprang.

Andrée belebte sich wieder.

«Doch ich hörte ...», beteuerte sie.

«Was?»

«Schritte ...»

Philippe erschauerte.

«Unmöglich! Du schliefst doch.»

«Nein, nein! Ich war hellwach. Ich habe gehört! ... Ich habe gehört! ...»

«Nun, du hast den guten Doktor gehört, der wohl, nachdem ich gegangen war, zurückgekommen ist, weil er um die Gesundheit des Kindes fürchtete. Er wird es mitgenommen haben ... Übrigens hatte er mir diese Absicht mitgeteilt ...»

«Du willst mich beruhigen.»

«Wie sollte ich dich nicht beruhigen? ... Es ist doch so einfach.»

«Aber was soll ich dann eigentlich hier?» erkundigte sich die Amme.

«Das ist eine berechtigte Frage ... Der Doktor erwartet Sie zu Hause.»

«Oh!»

«Das heißt in seinem Haus. Diese Marguerite hat wohl so fest geschlafen, daß sie nichts von dem, was der Doktor sagte, gehört haben wird ... oder der Doktor hatte nichts mehr zu sagen.»

Andrée ließ sich nach diesem fürchterlichen Schlag wieder ruhiger auf die Kissen zurücksinken.

Philippe entließ die Amme und schickte die Magd mit einer Anweisung weg.

Dann nahm er eine Lampe, untersuchte sorgfältig die Tür des angrenzenden Zimmers, fand eine nach dem Garten gehende Tür offen, sah Fußstapfen im Schnee ... und folgte diesen Fußstapfen bis zu dem Gartentürchen, wo sie sich verloren.

«Männertritte!» rief er. «Das Kind ist entführt worden ... Wehe! Wehe!»

## CLIX. KAPITEL

### *Das Dorf Haramont*

Die Fußstapfen im Schnee stammten von Gilbert, der seit seiner letzten Zusammenkunft mit Balsamo fast ausschließlich seinem Geschäft als Späher nachging und seine Rache vorbereitete.

Nichts hatte ihn große Mühe gekostet. Durch viele süße Worte und kleine Gefälligkeiten war es ihm gelungen, von Rousseaus Frau nicht nur aufgenommen zu werden, sondern sich sogar bei ihr beliebt zu machen. Das Mittel war denkbar einfach: Von den dreißig Sous, welche Rousseau seinem Abschreiber täglich bewilligte, behielt der maßvolle Gilbert dreimal wöchentlich ein Livre zurück, das er zum Kauf eines für Therese bestimmten Geschenks verwendete.

Bald war es ein Band für ihre Hauben, bald irgendein Naschwerk oder eine Flasche süßen Weins. Empfänglich für alles, was ihrem Geschmack oder ihrer kleinen Eitelkeit schmeichelte, hätte sich die gute Frau zur Not auch mit den Ausrufen zufriedengegeben, mit welchen Gilbert bei Tisch die Kochkünste der Hausfrau lobte.

Der Genfer Philosoph hatte nämlich bewirkt, daß sein junger Schützling bei Tisch zugelassen wurde, und so hatte Gilbert sich in den letzten zwei Monaten zwei Louisdors zu seinem persönlichen Schatz zusammengespart, der neben den zwanzigtausend Livres von Balsamo unter dem Strohsack ruhte.

Doch welches Dasein! Welche Unbeugsamkeit in seiner Haltung und in seinem Willen! Gilbert stand bei Tagesanbruch auf und begann den Tag damit, daß er mit unfehlbarem Auge die Lage Andrées untersuchte, um jede kleinste Veränderung zu erkennen, die in dem so düsteren und regelmäßigen Leben der Klausnerin eingetreten sein könnte.

Nichts entging seinem Blick, weder der Sand der Gartenwege, auf dem sein durchdringendes Auge die Fußspuren Andrées zählte, noch die Falten der mehr oder minder hermetisch geschlossenen Vorhänge, die, wenn sie sich einen Spaltbreit öffneten, Gilbert einen sicheren Hinweis auf die Laune der Gebieterin boten. Denn in diesen Tagen der Niedergeschlagenheit gönnte sich Andrée nicht einmal den Anblick des Sonnenlichts . . .

Auf diese Weise wußte Gilbert, was in der Seele und was im Haus vorging.

Er hatte auch Mittel gefunden, alle Schritte Philippes zu deuten, und mit den Berechnungen, wie er sie anzustellen wußte, täuschte er sich weder über die Absicht beim Verlassen des Hauses noch über das Ergebnis bei der Rückkehr.

Er trieb seine Gründlichkeit sogar so weit, daß er Philippe eines Abends folgte, als dieser sich nach Versailles zu Doktor Louis begab . . . Dieser Besuch in Versailles hatte den Späher wohl ein wenig beunruhigt. Doch als er den Doktor zwei Tage später unauffällig in den Garten der Rue Coq-Héron schlüpfen sah, begriff er, was ihm zwei Tage zuvor wie ein Rätsel erschienen war.

Gilbert wußte jedes Datum, und es war ihm folglich nicht unbekannt, daß der Augenblick, da sich all seine Hoffnungen erfüllen sollten, näherrückte. Er hatte so viele Vorkehrungen getroffen, wie nötig sind, um ein mit Schwierigkeiten gespicktes Unternehmen sicher zum Erfolg zu führen. Sein Plan sah folgendermaßen aus:

Die zwei Louisdor verwandte er darauf, im Faubourg Saint-Denis ein Kabriolett mit zwei Pferden zu mieten. Dieser Wagen sollte am Tag, wo er ihn verlangen würde, zu seiner Verfügung stehen.

Während eines Urlaubs von drei oder vier Tagen hatte Gilbert außerdem die Umgebung von Paris erforscht. Er hatte in dieser freien Zeit unter anderem eine kleine Stadt im Soissonnais besucht, die achtzehn Meilen von Paris entfernt und von einem ungeheuren Wald umgeben war.

Diese kleine Stadt hieß Villers-Cotterets. Sobald er dort angekommen war, begab er sich zu dem einzigen Notar des Ortes, einem gewissen Monsieur Niquet.

Gilbert stellte sich dem besagten Notar als Sohn des Verwalters eines vornehmen Herrn vor. Da dieser vornehme Herr dem Kind einer seiner

Bäuerinnen etwas Gutes tun wolle, habe er ihn, Gilbert, damit beauftragt, für dieses Kind eine Amme zu suchen.

Aller Wahrscheinlichkeit nach würde sich die Freigebigkeit des vornehmen Herrn jedoch nicht allein auf die Monate beschränken, wo das Kind bei der Amme wäre, und er würde Monsieur Niquet daher noch eine weitere, für das Kind bestimmte Summe zur Verwaltung anvertrauen.

Da bezeichnete ihm Monsieur Niquet, der selbst drei prächtige Jungen sein eigen nannte, in einem kleinen, eine Meile von Villers-Cotterets entfernten Dorf namens Haramont die Tochter der Amme seiner drei Söhne, welche, nachdem sie in seiner Schreibstube gesetzlich geheiratet hatte, das Gewerbe ihrer Frau Mutter fortsetzte.

Diese brave Frau hieß Madeleine Pitou und erfreute sich eines vierjährigen Sohnes, der alle Anzeichen einer guten Gesundheit aufwies. Überdies hatte sie vor kurzem abermals entbunden und könnte Gilbert daher zur Verfügung stehen, sobald es ihm beliebte, ihr seinen Säugling zu bringen oder zu schicken.

Nachdem Gilbert alle diese Anordungen getroffen hatte, kehrte er, stets pünktlich, zwei Stunden vor Ablauf des erbetenen Urlaubs nach Paris zurück. Man wird sich nun die Frage stellen, warum Gilbert ausgerechnet dem Städtchen Villers-Cotterets den Vorzug vor allen anderen Städten gegeben hatte.

Hierbei wie unter vielen anderen Umständen handelte Gilbert unter dem Einfluß Rousseaus.

Rousseau hatte ihm nämlich eines Tages den Wald von Villers-Cotterets als einen der reichsten genannt, die es im Hinblick auf die Pflanzenwelt gebe, und er hatte ihm darin drei oder vier Dörfer angeführt, die Nestern gleich im tiefsten Dunkel des Blattwerks verborgen lägen.

Es war folglich unmöglich, daß man Gilberts Kind in einem dieser Dörfer entdecken würde.

Besonders von Haramont war Rousseau tief beeindruckt, so sehr, daß Rousseau, der Menschenfeind, Rousseau, der Einzelgänger, Rousseau, der Einsiedler, jeden Augenblick wiederholte:

«Haramont ist das Ende der Welt. Haramont ist die Einöde. Man kann dort leben und sterben wie ein Vogel – auf dem Zweig, solange er lebt, unter dem Blatt, wenn er stirbt.»

Rousseau hatte Gilbert auch von den Einzelheiten im Innern einer Hütte erzählt und ihm mit jenen feurigen Zügen, mit denen er die Natur belebte, vom Lächeln der Amme bis zum Blöken der Ziege, vom appetitanregenden Geruch der schlichten Kohlsuppe bis zu den Düften der wilden Maulbeerbäume und des bläulichroten Heidekrauts, alles geschildert.

«Dorthin werde ich gehen», hatte sich Gilbert gesagt. «Mein Kind soll unter dem schattenspendenden Laubwerk aufwachsen, wo der Meister Wünsche und Seufzer ausgestoßen hat.»

Für Gilbert geriet eine Laune zu einer unveränderlichen Regel, besonders wenn dieser Laune der Anschein moralischer Notwendigkeit anhaftete.

So war seine Freude groß, als Monsieur Niquet, seinen Wünschen entgegenkommend, ihm Haramont als ein Dorf bezeichnete, das für seine Zwecke genau das richtige sei.

Zurück in Paris, kümmerte er sich um das Kabriolett.

Das Kabriolett war zwar nicht schön, dafür aber sehr stabil, und mehr bedurfte es nicht. Die Pferde waren stämmige Percherons, der Postillion ein vierschrötiger Stalltölpel. Doch Gilbert kam es nur darauf an, sein Ziel zu erreichen und vor allem keine Neugierde zu erwecken.

Seine Geschichte hatte Monsieur Niquet übrigens keinerlei Mißtrauen eingeflößt. Mit seinen neuen Kleidern sah Gilbert anständig genug aus, um dem Sohn eines Verwalters oder dem verkleideten Kammerdiener eines Herzogs oder Pairs zu gleichen.

Auch der Kutscher wurde bei Gilberts Erklärung nicht mißtrauisch. Es war die Zeit der Vertraulichkeiten zwischen Volk und Edelmann. Man empfing damals das Geld mit einer gewissen Dankbarkeit und ohne lange Fragen zu stellen.

Im übrigen waren zwei Louisdors zu jener Zeit vier wert, und vier Louisdors sind auch heute noch ein recht ansehnlicher Verdienst.

Der Kutscher verpflichtete sich also, Gilbert seinen Wagen zur Verfügung zu stellen, unter der Bedingung, daß er zwei Stunden zuvor benachrichtigt würde.

Dieses Unternehmen hatte für den jungen Mann alle Reize, welche die Phantasie der Dichter und die der Philosophen, zwei ganz verschieden gekleidete Feen, den schönen Dingen und den guten Entschlüssen beimißt. Das Kind einer grausamen Mutter zu entziehen, bedeutete, im Lager der Feinde Schmach und Trauer zu säen. Dann mit verändertem Gesicht in eine Hütte bei tugendhaften Dorfbewohnern, wie Rousseau sie schilderte, einzutreten und auf eine Wiege einen ansehnlichen Geldbetrag niederzulegen; von diesen armen Leuten wie ein Schutzgott angesehen zu werden; für eine große Persönlichkeit gehalten zu werden, das alles war mehr als genug, um den Stolz, den Groll, die Nächstenliebe und den Haß gegen die Feinde zu befriedigen.

Endlich kam der verhängnisvolle Tag. Er folgte auf zehn andere Tage, die Gilbert in Angst und Unruhe verbracht, und auf zehn Nächte, in denen er keinen Schlaf gefunden hatte.

Er sah an diesem Tag Philippe und Andrée beim Kamin miteinander reden. Er sah die Magd in aller Eile nach Versailles aufbrechen, wobei sie vergaß, die Läden zu schließen. Sogleich rannte er los, um seinen Kutscher zu benachrichtigen, blieb die ganze Zeit, während man anspannte, vor dem Pferdestall stehen, biß sich in die Fäuste und preßte seine Füße krampfhaft auf das Pflaster, um seine Ungeduld zu unterdrücken. Endlich stieg der Postillion auf sein Pferd, und Gilbert sprang in das Kabriolett, das er an der Ecke einer ausgestorbenen kleinen Straße in der Nähe der Markthallen halten ließ.

Dann kehrte er zu Rousseau zurück, schrieb einen Abschiedsbrief an den guten Philosophen und verfaßte ein Dankesschreiben an Therese, wobei er in beiden Briefen angab, eine kleine Erbschaft rufe ihn in den Süden Frankreichs, doch er würde wiederkommen ... Alles ohne genaue Hinweise. Sein Geld in den Taschen, ein langes Messer in seinem Ärmel, wollte er sich eben an der Regenrinne in den Garten hinablassen, als ihn ein Gedanke zurückhielt.

Der Schnee! ... Da sein Geist in den letzten drei Tagen von so vielen anderen Dingen in Anspruch genommen worden war, hatte Gilbert daran nicht gedacht ... Auf dem Schnee würde man seine Fußstapfen sehen ... Da diese Fußstapfen an der Mauer von Rousseaus Haus endeten, würden Philippe und Andrée zweifellos Nachforschungen anstellen lassen, und da die Entführung des Kindes mit dem Verschwinden Gilberts zusammenfiele, würde das ganze Geheimnis entdeckt.

Es war also unbedingt notwendig, den Umweg durch die Rue Coq-Héron zu machen und durch die kleine Gartentür einzutreten, für die Gilbert seit einem Monat einen Hauptschlüssel besaß. Von dieser Tür verlief ein ausgetretener Pfad, auf dem seine Füße folglich keine Spuren zurücklassen würden.

Er verlor keinen Augenblick und kam gerade in der Stunde an, wo der Fiaker, in dem Doktor Louis eingetroffen war, vor dem Haupteingang des kleinen Anwesens wartete.

Gilbert öffnete vorsichtig die Tür, sah niemanden und versteckte sich in einem Winkel des Pavillons, unweit des Gewächshauses.

Es war eine schreckliche Nacht. Er konnte alles hören: Seufzen, Stöhnen, Schreie der Qual. Er hörte sogar das erste Wimmern des Sohnes, der ihm geboren wurde.

An den nackten Stein gelehnt, empfing er, ohne es zu fühlen, allen Schnee, der in dichten, festen Flocken vom schwarzen Himmel fiel. Sein Herz klopfte am Heft des Messers, das er voller Verzweiflung gegen seine Brust preßte. Sein starr blickendes Auge hatte die Farbe des Blutes, das Licht des Feuers.

Endlich trat der Doktor heraus. Endlich wechselte Philippe die letzten Worte mit dem Doktor.

Jetzt näherte sich Gilbert dem Laden, wobei er seine Spur auf dem Schneeteppich hinterließ, der unter dem Gewicht seiner Füße bis zum Knöchel einbrach. Er gewahrte Andrée, die in ihrem Bett schlief, und Marguerite, die im Lehnstuhl eingenickt war. Er suchte das Kind bei seiner Mutter, konnte es aber nicht entdecken.

Er begriff sogleich, wandte sich nach der Tür der Freitreppe und öffnete dieselbe, nicht ohne dabei ein Geräusch zu verursachen, das ihn zusammenzucken ließ. Schließlich drang er bis zu dem Bett vor, das ehemals Nicole gehört hatte, und berührte tastend mit seinen eisigen Fingern das Gesicht des armen Kindes, das vor Schmerz in das Geschrei ausbrach, das Andrée hörte.

Dann wickelte er das Neugeborene in eine Wolldecke und trug es mit sich fort, wobei er die Tür halb offenließ, damit sich das gefährliche Geräusch nicht wiederholte.

Eine Minute später hatte er die Straße erreicht. Er rannte auf sein Kabriolett zu, scheuchte den Postillion auf, der unter dem Verdeck eingeschlafen war, zog den ledernen Vorhang zu, während sich der Mann in den Sattel schwang, und rief:

«Einen halben Louisdor extra für dich, wenn wir in einer Viertelstunde die Stadtgrenze hinter uns haben!»

Mit griffigen Hufen beschlagen, stoben die Pferde im Galopp davon.

## CLX. KAPITEL

### *Die Familie Pitou*

Auf dem Weg erschrak Gilbert vor allem möglichen. Das Geräusch der Wagen, die hinter dem seinigen herfuhren oder ihn überholten, das Klagen des Windes in den Ästen der dürren Bäume kamen ihm vor wie eine organisierte Verfolgung oder wie die Schreie derjenigen, denen er das Kind geraubt hatte.

Nichts war indessen bedrohlich. Der Postillion tat mutig seine Pflicht, und die beiden Pferde kamen dampfend zu der von Gilbert festgelegten Stunde, nämlich vor Tagesanbruch in Dammartin an.

Gilbert entrichtete seinen halben Louisdor, wechselte Pferde und Postillion, und die rasche Fahrt wurde fortgesetzt.

Während der ganzen ersten Hälfte des Weges hatte das sorgfältig in die Decke gehüllte und von Gilbert selbst geschützte Kind die Kälte nicht gespürt und kein einziges Mal geschrien. Sobald es Tag wurde, fühlte sich Gilbert mutiger. Und um das Wimmern zu übertönen, welches das Kind von sich zu geben begann, stimmte er eines der endlosen Lieder an, wie er sie stets in Taverney bei der Heimkehr von der Jagd gesungen hatte.

Das Knarren der Achse, das Ächzen der Deichsel, das scheppernde Geräusch des ganzen Wagens, die Glöckchen der Pferde bildeten zusammen eine teuflische Begleitmusik, deren Wirkung der Postillion noch dadurch verstärkte, daß er zu dem Lied Gilberts die Melodie einer mehr oder weniger aufrührerischen *Bourbonnaise* schmetterte.

Daraus ergab sich, daß der letzte Kutscher nicht einmal vermutete, Gilbert habe in dem Kabriolett ein Kind bei sich. Er hielt seine Pferde vor Villers-Cotterets an und empfing den vereinbarten Preis für die Fahrt nebst einem Taler zu sechs Livre. Gilbert nahm seinerseits das sorgfältig in den Falten der Decke verborgene Bündel auf, und während er abermals so ernst wie möglich sein Lied anstimmte, entfernte er sich rasch, sprang über einen Graben und verschwand in einem von Blättern bedeckten Weg, der sich links der Straße hinschlängelte und zum Dorf Haramont hinunterführte.

Das Wetter war kalt geworden. Seit einigen Stunden hatte es aufgehört zu schneien. Der festgefrorene Boden war mit langfaserigem, dornigem Gestrüpp übersät. Darüber erhoben sich die entblätterten, traurig anmutenden Bäume des Waldes, durch deren Astwerk das bleiche Blau eines noch nebelverhangenen Himmels glänzte.

Die frische Luft, der Duft der Eichen, die von den äußersten Enden der Zweige herabhängenden Eisperlen, dieser ganze Zauber berührte auf das lebhafteste die Einbildungskraft des jungen Mannes.

Er ging mit raschem, stolzem Schritt durch die kleine Schlucht, ohne stehenzubleiben und ohne lange herumzusuchen, denn durch die Baumgruppen hindurch gewahrte er den Glockenturm des Weilers und den bläulichen Rauch der Kamine, der durch das gräuliche Gitterwerk der Zweige zog. Eine knappe halbe Stunde später sprang er über einen von Efeu und vergilbter Kresse gesäumten Bach und bat in der ersten Hütte die Kinder eines Feldarbeiters, ihn zu Madeleine Pitou zu führen.

Stumm und aufmerksam standen sie auf, schauten dem Fremden in die Augen und führten ihn, sich an den Händen haltend, bis zu einem ziemlich großen, strohgedeckten Haus, das einen recht guten Eindruck machte und am Ufer des Bachs lag, der an den meisten Häusern des Dorfes entlanglief.

Dieser Bach führte glasklares Wasser, das durch die erste Schneeschmelze schon ein wenig angeschwollen war. Eine Holzbrücke, eigentlich nur eine breite Planke, verband die Straße mit den in die Erde gehauenen Stufen, die zum Haus aufstiegen.

Eines der Kinder, die ihm den Weg zeigten, bedeutete Gilbert mit dem Kopf, daß hier Madeleine Pitou wohne.

«Hier?» wiederholte Gilbert.

Das Kind senkte sein Kinn, ohne ein Wort zu sprechen.

«Madeleine Pitou?» fragte Gilbert das Kind abermals.

Und als dieses seine stumme Bejahung bekräftigte, überquerte Gilbert

Eines der Kinder bedeutete Gilbert, Madeleine Pitou wohne in diesem Haus.

die kleine Brücke und stieß die Tür der Hütte auf, während die Kinder, die sich wieder an den Händen hielten, aus Leibeskräften schauten, was dieser schöne Herr mit dem braunen Anzug und den Schnallenschuhen wohl bei Madeleine Pitou machen würde.

Übrigens hatte Gilbert im Dorf noch keine anderen lebenden Wesen als diese Kinder wahrgenommen. Haramont war wirklich die Einöde, nach der er gesucht hatte.

Sowie Gilbert die Tür geöffnet hatte, bot sich seinen Blicken ein Schauspiel dar, das jedermann bezaubert hätte, besonders aber einen Schüler der Philosophie.

Eine stämmige Bäuerin stillte ein hübsches, wenige Monate altes Kind, während ein anderes Kind, ein kräftiger Knabe von vier bis fünf Jahren, vor ihr kniete und mit lauter Stimme ein Gebet sprach.

In einer Ecke des Kamins, nahe bei einem Fenster, spann eine andere, etwa fünfunddreißig Jahre alte Bäuerin Flachs. Sie hatte ihr Spinnrad auf ihrer Rechten und unter ihren Füßen einen Holzschemel, auf dem ein gutmütiger, wohlgenährter Pudel lag.

Als der Hund Gilbert gewahrte, schlug er ein recht gastfreundliches, gesittetes Gebell an, gerade so viel, wie nötig war, um seine Wachsamkeit zu bekunden. Das betende Kind drehte sich um und hielt mitten im Vaterunser inne. Die beiden Frauen gaben einen Ausruf von sich, der eine Mischung aus Überraschung und Freude ausdrückte.

Gilbert lächelte zuerst der Amme zu.

«Gute Frau Madeleine», sprach er, «ich grüße Sie.»

Die Bäuerin sprang auf und rief:

«Monsieur kennen meinen Namen?»

«Wie Sie sehen, doch bitte lassen Sie sich nicht unterbrechen. Statt eines Säuglings, den Sie da haben, werden Sie ab jetzt zwei haben.»

Und er legte auf die plumpe Wiege des Bauernkindes das kleine Städterkind, das er mitgebracht hatte.

«Oh! Ist das aber niedlich!» entzückte sich die Bäuerin am Spinnrad.

«Ja, Schwester Angélique, es ist ganz goldig», stimmte Madeleine ihr zu.

«Ist Madame Ihre Schwester?» erkundigte sich Gilbert, indem er auf die Spinnerin zeigte.

«Meine Schwägerin, Monsieur», erklärte Madeleine, «die Schwester meines Mannes.»

«Ja, meine Tante, meine Tante Gélique!» rief mit piepsiger Stimme der Knabe, der sich, noch immer kniend, ins Gespräch einmischte.

«Sei still, Ange, sei still», ermahnte ihn die Mutter, «du unterbrichst Monsieur.»

«Was ich Ihnen vorschlagen möchte, ist recht einfach, gute Frau. Das Kind, das Sie hier sehen, ist der Sohn eines Pächters meines Herrn ... eines ruinierten Pächters ... Mein Herr, welcher der Pate des Kindes ist, will, daß es auf dem Lande aufgezogen und ein guter Feldarbeiter werden soll ... gute Gesundheit ... gute Sitten ... Wollen Sie dieses Kind übernehmen?»

«Aber Monsieur ...»

«Es ist gestern geboren und hat seitdem noch keine Nahrung erhalten», fiel ihr Gilbert ins Wort. «Es ist übrigens der Säugling, über den Monsieur Niquet, der Notar aus Villers-Cotterets, mit Ihnen gesprochen haben muß.»

Madeleine ergriff sogleich das Kind und gab ihm die Brust mit einem großherzigen Ungestüm, das Gilbert tief bewegte.

«Man hat mich nicht getäuscht», bemerkte er. «Sie sind eine brave Frau. Ich vertraue Ihnen also im Namen meines Herrn dieses Kind an. Ich sehe, daß es hier glücklich sein wird, und es soll als Gegenleistung für das Glück, das es hier findet, dieses Haus mit viel Gutem bedenken. Wieviel haben Sie monatlich für die Kinder von Monsieur Niquet aus Villers-Cotterets genommen?»

«Zwölf Livres, Monsieur, aber Monsieur Niquet ist reich, und er fügte hin und wieder ein paar Livres für den Zucker und den Unterhalt hinzu.»

«Mutter Madeleine», erwiderte Gilbert stolz, «für dieses Kind hier werden Ihnen monatlich zwanzig Livres bezahlt, und das macht im Jahr zweihundertvierzig Livres.»

«Jesus!» rief Madeleine. «Gott vergelt's Ihnen, Monsieur.»

«Hier ist das Geld für das erste Jahr», fuhr Gilbert fort, und er legte zehn blanke Louisdors auf den Tisch, bei deren Anblick die beiden Frauen die Augen aufrissen, während der kleine Ange Pitou rasch seine zerstörerische Hand danach ausstreckte.

«Aber Monsieur, wenn das Kind nun nicht am Leben bliebe?» wandte die Amme schüchtern ein.

«Das wäre ein großes Unglück, ein Unglück, das aber nicht eintreten wird», versicherte Gilbert. «Damit wären also die Monate, in denen das Kind gestillt wird, beglichen. Sind Sie zufrieden?»

«O ja, Monsieur.»

«Gehen wir nun zur Zahlung eines Kostgeldes für die darauffolgenden Jahre über.»

«Soll das Kind denn bei uns bleiben?»

«Wahrscheinlich.»

«In diesem Fall würden wir ihm also Vater und Mutter sein?»

Gilbert wurde blaß.

«Ja», antwortete er mit erstickter Stimme.

«Dann hat der arme Kleine also niemanden auf der Welt, Monsieur?»

Gilbert war auf diese Gemütsbewegung und auf diese Fragen nicht eingestellt. Er faßte sich jedoch wieder und fügte hinzu:

«Ich habe Ihnen nicht alles gesagt. Der arme Vater ist vor Schmerz gestorben.»

Die zwei braven Frauen falteten erschüttert die Hände.

«Und die Mutter?» erkundigte sich Angélique.

«Oh! Die Mutter ... die Mutter», wiederholte Gilbert schwer atmend, «auf diese Mutter wird nie ein Kind zählen können, weder dieses Kind hier noch künftige Kinder, die sie vielleicht gebären wird.»

Hierbei waren sie gerade angelangt, als der Vater Pitou mit ruhigem und fröhlichem Antlitz vom Feld nach Hause kam. Er war eine jener beleibten, rechtschaffenen, vor Gesundheit und Freundlichkeit strotzenden Naturen, wie Greuze sie auf seinen lieblichen Bildern gemalt hat.

Mit ein paar Worten wurde er über die Vorgänge ins Bild gesetzt. Aus Eitelkeit gab er übrigens vor, alle Dinge zu begreifen, besonders diejenigen, die er nicht begriff...

Gilbert erklärte, das Kostgeld für das Kind solle gezahlt werden, bis es ein Mann geworden und in der Lage sei, mit Hilfe seines Verstandes und seiner Hände für sich allein zu sorgen.

«Gut», meinte Pitou, «ich glaube, wir werden dieses Kind lieben, denn es ist niedlich.»

«Er auch!» riefen Angélique und Madeleine wie aus einem Munde. «Er findet es ebenso wie wir!»

«Dann kommen Sie bitte mit mir zu Monsieur Niquet. Ich werde bei ihm das erforderliche Geld hinterlegen, damit alles zu Ihrer Zufriedenheit geregelt ist und damit das Kind glücklich sein kann.»

«Sofort, Monsieur», antwortete Vater Pitou.

Und er erhob sich.

Da verabschiedete sich Gilbert von den guten Frauen und näherte sich der Wiege, in die man bereits den Neuankömmling zum Nachteil des eigenen Kindes gelegt hatte.

Gilbert beugte sich mit düsterer Miene über die Wiege, und während er zum ersten Mal seinem Sohn ins Gesicht schaute, bemerkte er, daß er Andrée ähnelte.

Dieser Anblick brach ihm fast das Herz. Er war genötigt, sich die Fingernägel ins Fleisch zu krallen, um eine Träne zu unterdrücken, die im Begriff war, zu seinem Augenlid aufzusteigen.

Er drückte einen schüchternen, fast bebenden Kuß auf die frische Wange des Neugeborenen und trat schwankend zurück.

Vater Pitou stand schon auf der Schwelle, seinen eisenbeschlagenen Stock in der Hand und seine schöne Jacke über die Schulter geworfen.

Gilbert gab dem rundlichen Ange Pitou, der zwischen seinen Beinen herumkroch, einen halben Louisdor, und die beiden Frauen baten ihn mit der rührenden Vertraulichkeit der Menschen vom Land um die Ehre, ihn umarmen zu dürfen.

Diese massiv auf ihn einstürmenden Gemütsbewegungen nahmen den achtzehnjährigen Vater derart mit, daß nicht viel gefehlt hätte, und er wäre unterlegen. Bleich und nervös, begann er schon, den Kopf zu verlieren.

«Gehen wir», forderte er Pitou auf.

«Ganz wie Sie wünschen, Monsieur», willigte der Bauer ein und schritt voran.

Und sie entfernten sich.

Doch plötzlich hörten sie Madeleine von der Schwelle aus rufen:

«Monsieur! Monsieur!»

«Was gibt es?» rief Gilbert zurück.

«Sein Name! Sein Name! Wie sollen wir den Knaben denn nennen?»

«Er heißt Gilbert!» erklärte der junge Vater mit männlichem Stolz.

## CLXI. KAPITEL

### *Die Abreise*

Beim Notar hatte man das Geschäft rasch hinter sich gebracht. Gilbert hinterlegte unter seinem Namen eine Summe von zwanzigtausend Livre, abzüglich einiger hundert Livre, die dazu bestimmt waren, die Erziehungs- und Unterhaltskosten des Kindes zu decken und ihm die Gründung einer Existenz zu gestatten, wenn es das Mannesalter erreicht hätte.

Gilbert setzte den Preis für Erziehung und Unterhalt auf die Summe von fünfhundert Livre jährlich für den Zeitraum von fünfzehn Jahren fest und entschied, daß der Rest des Geldes für irgendeine Mitgift oder für den Kauf eines Hofes oder von Ackerland verwandt werden sollte.

Nachdem er so alles für das Kind geregelt hatte, dachte Gilbert an die Pflegeeltern. Sobald es das achtzehnte Lebensjahr vollendet hätte, sollte das Kind der Familie Pitou nach Gilberts Willen zweitausendvierhundert Livres schenken. Bis dahin sollte Monsieur Niquet ihr nur das jährliche Kostgeld bis zum Betrag von fünfhundert Livres ausbezahlen.

Als Lohn für seine Mühen sollte Monsieur Niquet der Zinsertrag aus dem Geld zugute kommen.

Gilbert ließ sich einerseits von Niquet für das Geld und andererseits von Pitou für das Kind einen in gehöriger Form ausgestellten Empfangsschein geben. Pitou überprüfte die Unterschrift von Niquet für die Summe, Niquet die von Pitou für das Kind, so daß Gilbert um die Mittagszeit aufbrechen konnte und Niquet in der Bewunderung für diese frühreife Weisheit, Pitou im Jubel über ein so rasch erworbenes Vermögen zurückließ.

Am Ortsrand des Dorfs Haramont kam es Gilbert vor, als trenne er sich von der ganzen Welt. Für ihn war alles bedeutungslos geworden. Es gab keinerlei Verheißung mehr. Er hatte soeben mit dem sorglosen Leben des Jünglings gebrochen und eine jener bedeutungsschweren Handlungen vollbracht, welche die Menschen ein Verbrechen nennen und welche Gott mit einer schweren Strafe belegen konnte.

Doch im Vertrauen auf seine eigenen Gedanken und Kräfte hatte Gilbert den Mut, sich von Monsieur Niquet, der ihn begleitet und eine innige Freundschaft zu ihm gefaßt hatte, loszureißen, obgleich dieser ihn mit tausend und abertausend Verlockungen zurückzuhalten suchte.

Als Gilbert allein am Waldrand stand, wandte er seinen Blick noch einmal den Bäumen mit den rötlichen Wipfeln zu, hinter denen sich ganz Haramont mit Ausnahme seines Glockenturms verbarg. Dieses reizende Bild des Glücks und des Friedens versenkte ihn in eine Träumerei zugleich voll Bedauern und voll Wonne.

«Ich Narr, der ich bin!» dachte er bei sich. «Wohin gehe ich eigentlich? Wendet sich Gott nicht zornerfüllt in die Tiefe des Himmels ab? Wie! Ein Gedanke ist mir gekommen. Wie! Ein Umstand hat die Verwirklichung dieses Gedankens begünstigt. Wie! Ein Mann, der von Gott gerufen wurde, um die von mir begangene böse Tat zu veranlassen, hat eingewilligt, dieses Böse wiedergutzumachen, und ich befinde mich heute im Besitz eines Schatzes und meines Kindes! So könnte ich hier mit zehntausend Livre – wobei die anderen zehntausend dem Kind vorbehalten bleiben – als glücklicher Landwirt unter diesen guten Dörflern im Schoße dieser erhabenen und fruchtbaren Natur leben. Ich könnte mich auf ewig in eine süße Glückseligkeit versenken, arbeiten und denken, diese Welt vergessen und von ihr vergessen werden. Ich könnte – welch unermeßliches Glück! – mein Kind selbst großziehen und so mein Tagewerk genießen.

Warum auch nicht? Sind diese guten Aussichten nicht etwa der Ausgleich für all meine vergangenen Leiden? O ja, ich kann so leben. Ja, ich kann mit diesem Kind teilen, das ich im übrigen selbst erzogen haben werde, wobei ich das Geld verdiene, das nun an Lohndiener vergeben wird. Ich kann Monsieur Niquet gestehen, daß ich der Vater des Kindes bin, ich kann alles!»

Und sein Herz füllte sich allmählich mit einer unsäglichen Freude und mit einer Hoffnung, wie er sie noch nie empfunden hatte, nicht einmal in den lieblichsten Trugbildern seiner Träume.

Doch plötzlich erwachte der Wurm, der im Innern dieser schönen Frucht geschlummert hatte, und zeigte sein häßliches Haupt. Es war das Schuldbewußtsein, es war die Schmach, es war das Unglück.

«Ich kann nicht», sagte sich Gilbert erbleichend. «Ich habe dieser Frau das Kind gestohlen, wie ich ihr die Ehre gestohlen habe ... Ich habe diesem Mann das Geld gestohlen, um, wie ich sagte, eine Wiedergutmachung damit zu bewirken. Ich bin also nicht mehr berechtigt, mir selbst damit ein Glück zu verschaffen. Genausowenig habe ich das Recht, das Kind zu behalten, da eine andere es nicht haben wird. Das Kind gehört entweder uns beiden oder keinem von beiden.»

Und mit diesen Worten, die ihn so schmerzlich trafen wie tiefe Messerstiche, richtete sich Gilbert in äußerster Verzweiflung auf, wobei sein Gesicht die finstersten und gehässigsten Leidenschaften ausdrückte.

«Also gut!» sprach er. «Ich werde unglücklich sein. Gut, ich werde leiden. Gut, es wird mir an allem fehlen. Aber was ich an Gutem hätte vollbringen sollen, will ich nun auch durch Böses ersetzen. Mein Erbe ist fortan die Rache und das Unglück. Keine Angst, Andrée, ich werde getreu und ehrlich mit dir teilen!»

Er wandte sich nach rechts und schlug sich in den Wald. Er wanderte den ganzen Tag mit dem Ziel, die Normandie zu erreichen, wo er nach seiner Einschätzung in vier Tagesmärschen anlangen mußte.

Er besaß neun Livre und einige Sous. Sein Äußeres wirkte anständig, sein Gesicht strahlte Ruhe aus. Mit einem Buch unter dem Arm hatte er große Ähnlichkeit mit einem Studenten aus guter Familie, der sich auf dem Heimweg ins väterliche Haus befand.

Er machte es sich zur Gewohnheit, nachts auf den schönen Wegen zu marschieren und tagsüber auf den Wiesen in der Sonne zu schlafen. Nur zweimal setzte ihm der Wind so sehr zu, daß er sich genötigt sah, in eine Hütte einzukehren, wo er auf einem Stuhl beim Herd aufs allerbeste schlief, ohne zu bemerken, daß die Nacht hereingebrochen war.

Er hatte immer eine Entschuldigung und einen angeblichen Zielort parat.

«Ich bin auf dem Weg nach Rouen zu meinem Onkel», sagte er etwa, «und ich komme aus Villers-Cotterets. Als junger Mann wollte ich die Reise zu Fuß machen, um mich zu zerstreuen.»

Kein Verdacht von seiten der Bauern. Das Buch verlieh damals eine geachtete Stellung.

So verging eine Woche, während der Gilbert wie ein Bauer lebte, zehn Sous täglich ausgab und zehn Landmeilen zurücklegte. Schließlich kam er in der Tat nach Rouen, und dort hatte er es nicht mehr nötig, sich zu erkundigen oder nach dem Weg zu suchen.

Das Buch, das er mit sich trug, war eine kostbar gebundene Ausgabe der *Neuen Heloise.* Rousseau hatte ihm das Buch zum Geschenk gemacht und seinen Namen auf die erste Seite geschrieben.

Gilbert, dessen Barschaft auf nunmehr vier Livres und zehn Sous zusammengeschrumpft war, riß diese Seite heraus und bewahrte sie sorgsam auf. Dann verkaufte er das Werk an einen Buchhändler, der ihm drei Livres dafür gab.

So gelangte der junge Mann nach drei weiteren Tagesmärschen in die Umgebung von Le Havre und erblickte bei Sonnenuntergang das Meer.

Seine Schuhe befanden sich nicht mehr in einem angemessenen Zustand für einen jungen Mann, der die Eitelkeit besaß, bei Tag seidene Strümpfe anzuziehen. Doch Gilbert hatte abermals einen Einfall. Er verkaufte seine Seidenstrümpfe oder tauschte sie vielmehr gegen ein Paar feste, tadellose Schuhe ein. Über die Eleganz wollen wir hier nicht sprechen.

Die letzte Nacht verbrachte er in Harfleur, wo er für sechzehn Sous eine Unterkunft nebst Verpflegung fand. Hier aß er zum ersten Mal in seinem Leben Austern.

«Eine Speise der Reichen für den ärmsten der Menschen», dachte er bei sich. «Daran sieht man wieder, daß nach dem Grundsatz Rousseaus Gott stets nur das Gute gemacht hat, während die Menschen das Böse vollbracht haben.»

Am 13. Dezember, um zehn Uhr morgens, erreichte Gilbert Le Havre und gewahrte auf den ersten Blick die *Adonis*, eine schöne Brigg von dreihundert Tonnen, die im Hafenbecken schaukelte.

Das Deck war verlassen. Gilbert wagte sich über einen schmalen Laufsteg an Bord. Ein Schiffsjunge trat auf ihn zu und fragte nach seinem Begehr.

«Ich möchte den Kapitän sprechen», erklärte Gilbert.

Der Schiffsjunge machte ein Zeichen ins Zwischendeck hinunter, und alsbald rief eine Stimme von unten:

«Er soll herabkommen.»

Gilbert stieg nach unten. Man führte ihn in eine kleine Kabine, die ganz mit Mahagoniholz getäfelt und mit nüchterner Einfachheit möbliert war.

Ein blasser, sehniger, etwa dreißigjähriger Mann mit lebhaftem, unruhigem Auge las an einem ebenfalls aus Mahagoni gebauten Tisch die Zeitung.

«Was wünscht der Herr?» fragte er Gilbert.

Gilbert bedeutete dem Mann, er solle seinen Schiffsjungen abtreten lassen, und dieser ging auch wirklich sogleich weg.

«Sind Sie der Kapitän der *Adonis*?» fragte Gilbert unumwunden.

«Ja, Monsieur.»

«Dann ist dieses Schreiben also an Sie gerichtet?»

Er reichte dem Kapitän die Nachricht von Balsamo.

Kaum hatte der Kapitän die Schrift gesehen, da erhob er sich und meinte hastig, aber mit einem Lächeln voller Liebenswürdigkeit zu Gilbert: «Ah! Sie auch? ... So jung? Gut, gut!»

Gilbert begnügte sich damit, sich zu verneigen.

«Wohin wollen Sie? ...» erkundigte sich der Kapitän.

«Nach Amerika.»

«Wann wollen Sie abreisen?»

«Das richtet sich ganz nach Ihnen.»

«Gut, in acht Tagen also.»

«Was soll ich während dieser Zeit machen, Kapitän?»

«Haben Sie einen Paß?»

«Nein.»

«Dann kommen Sie heute abend an Bord zurück. Gehen Sie bis dahin außerhalb der Stadt spazieren, in Sainte-Adresse zum Beispiel. Sprechen Sie mit niemandem.»

«Aber ich muß auch essen, und ich habe kein Geld mehr.»

«Sie werden hier zu Mittag und zu Abend essen.»

«Und wie geht es weiter?»

«Wenn Sie heute abend an Bord gegangen sind, kehren Sie nicht mehr an Land zurück. Sie bleiben hier verborgen und reisen ab, ohne den Himmel wiedergesehen zu haben ... Sind wir erst einmal zwanzig Meilen von hier auf offener See, steht es Ihnen frei, zu tun und zu lassen, was Sie wollen.»

«Gut.»

«Besorgen Sie heute also alles, was Ihnen noch zu tun bleibt.»

«Ich habe nur noch einen Brief zu schreiben.»

«Dann schreiben Sie ihn ...»

«Wo?»

«An diesem Tisch ... Hier sind Feder, Tinte und Papier. Die Post ist in der Vorstadt. Der Schiffsjunge wird Sie hinführen.»

«Vielen Dank, Kapitän!»

Als Gilbert allein geblieben war, schrieb er einen kurzen Brief, den er mit folgender Aufschrift versah:

*Mademoiselle Andrée de Taverney*
*Paris, Rue Coq-Héron Nr. 9*
*erster Torweg von der Rue Plâtrière kommend*

Dann schob er den Brief in seine Tasche, aß, was der Kapitän ihm persönlich vorsetzte, und folgte endlich dem Schiffsjungen, der ihm den Weg zur Post wies, wo er den Brief aufgab.

Den ganzen Tag über blickte Gilbert von der Steilküste herab aufs Meer.

Bei Anbruch der Dunkelheit kehrte er zurück. Der Kapitän hielt schon nach ihm Ausschau und ließ ihn aufs Schiff.

## CLXII. KAPITEL

### *Gilberts letzter Abschiedsgruß*

Philippe hatte eine furchtbare Nacht verbracht. Die Fußstapfen im Schnee bewiesen ihm nur zu deutlich, daß jemand ins Haus eingedrungen war, um das Kind zu entführen. Wen aber sollte er beschuldigen? Es gab keinen Hinweis, der einen bestimmten Verdacht erhärtet hätte.

Philippe kannte seinen Vater so gut, daß er an seiner Mittäterschaft in dieser Sache keinerlei Zweifel hegte. Monsieur de Taverney hielt Ludwig XV. für den Vater des Kindes. Er mußte diesem lebenden Zeugnis einer vom König an Madame Dubarry begangenen Untreue einen großen Wert beimessen. Der Baron mußte ebenfalls glauben, Andrée würde früher oder später doch wieder bei der königlichen Gunst Zuflucht suchen, und dann würde sie das wichtigste Werkzeug ihres zukünftigen Glücks sehr teuer zurückkaufen.

Diese Überlegungen, die sich auf eine erst vor kurzem gewonnene Einsicht in den väterlichen Charakter gründeten, trösteten Philippe ein wenig, denn er hielt es durchaus für möglich, das Kind wiederzubekommen, da er die Räuber kannte.

Um acht Uhr paßte er am Eingang den Doktor ab, dem er, auf der Straße auf und ab gehend, das schreckliche Ereignis der Nacht auseinandersetzte.

Der Doktor war ein Mann, der stets einen guten Rat wußte. Er untersuchte die Spuren im Garten und schloß sich nach kurzer Überlegung den Vermutungen Philippes an.

«Der Baron ist mir hinreichend bekannt», meinte er, «und ich traue ihm diese schlimme Handlung durchaus zu. Könnte es aber nicht auch sein, daß ein unmittelbareres Interesse zur Entwendung des Kindes geführt hat?»

«Was für ein Interesse, Doktor?»

«Das des wahren Vaters.»

«Oh!» wehrte Philippe ab. «Diesen Gedanken hatte ich einen Augenblick lang ebenfalls. Doch der Unglückliche hat nicht einmal für sich selbst genug Brot. Er ist ein Narr, ein Phantast, welcher sich derzeit auf der Flucht befinden und sich vor seinem eigenen Schatten fürchten muß ... Täuschen wir uns nicht, Doktor, der Schändliche hat dieses Verbrechen begangen, weil sich ihm eine Gelegenheit dazu bot. Doch nun, da ich vom Zorn entfernt bin, obgleich ich diesen Verbrecher noch immer hasse, glaube ich, daß ich ein Zusammentreffen mit ihm vermeiden würde, um ihn nicht zu töten. Ich glaube, er muß Gewissensbisse haben, die ihn bestrafen. Ich glaube, daß Hunger und Rastlosigkeit ebenso wirksam Rache an ihm üben wie mein Degen.»

«Sprechen wir nicht mehr davon», erwiderte der Doktor.

«Lieber, vortrefflicher Freund, wollen Sie nur noch die Güte haben, in eine letzte Lüge einzuwilligen, denn vor allem müssen wir Andrée beruhigen. Sie werden ihr sagen, die Gesundheit des Kindes habe Ihnen gestern Sorge bereitet, und Sie seien deshalb noch einmal zurückgekehrt, um es zu holen und zu seiner Amme zu bringen. Das ist das erste Märchen, das mir in den Sinn kam und das ich Andrée aus dem Stegreif auftischte.»

«Ich werde ihr das sagen. Doch werden Sie das Kind suchen?»

«Ich weiß einen Weg, es wiederzufinden. Ich bin entschlossen, Frankreich zu verlassen. Andrée wird ins Kloster von Saint-Denis eintreten. Ich gehe zu Monsieur de Taverney und erkläre ihm, ich wisse über alles Bescheid. Ich zwinge ihn, mir das Versteck des Kindes zu verraten. Seinen Widerstand werde ich dadurch zu brechen wissen, daß ich ihm androhe, die Sache öffentlich bekanntzumachen und die Dauphine um Beistand zu ersuchen.»

«Und was machen Sie mit dem Kind, wenn Ihre Schwester ins Kloster geht?»

«Ich gebe es zu einer Frau, die Sie mir empfehlen, in Pflege ... Dann soll es die Schule besuchen, und wenn es groß ist, nehme ich es zu mir, wenn ich bis dahin noch lebe.»

«Und Sie glauben, die Mutter wird einwilligen, Sie und ihr Kind zu verlassen?»

«Andrée wird fortan ihre Einwilligung zu allem geben, was mir genehm ist. Sie weiß, daß ich bei der Dauphine vorgesprochen habe und daß diese mir ihr Wort gegeben hat. Sie wird mich nicht in die Verlegenheit bringen, unserer Beschützerin die ihr gebührende Achtung zu versagen.»

«Ich bitte Sie, lassen Sie uns zu der armen Mutter gehen», schlug der Doktor vor.

Und er ging zu Andrée hinein, welche, durch die Bemühungen Philippes getröstet, sanft vor sich hin schlummerte.

Ihr erstes Wort war eine Frage an den Doktor, der bereits durch eine heitere Miene geantwortet hatte.

Andrée gewann von da an eine vollkommene Ruhe, die ihre Genesung so sehr beschleunigte, daß sie schon zehn Tage später aufstand und zu der Stunde, da die Sonne durch die Scheiben schien, im Gewächshaus auf- und abgehen konnte.

Am Tag dieses Spaziergangs kam Philippe nach einer mehrtägigen Abwesenheit mit einer so düsteren Miene in die Rue Coq-Héron zurück, daß der Doktor, der ihm die Tür öffnete, ein großes Unglück vorausahnte.

«Was ist denn los?» erkundigte er sich. «Weigert sich Ihr Vater, das Kind herauszugeben?»

«Mein Vater», versetzte Philippe, «ist drei Tage nach seiner Abreise von Paris von einem heftigen Fieber befallen worden, das ihn seither ans Bett gefesselt hält. Als ich ankam, schwebte er in äußerster Gefahr. Zuerst hielt ich diese Krankheit für eine List, für ein Täuschungsmanöver, für einen Beweis seiner Teilnahme an der Entführung. Ich ließ nicht locker, ich drohte. Doch Monsieur de Taverney schwor mir beim Heiland, daß er nicht verstehe, was ich meine.»

«Somit kommen Sie ohne Neuigkeiten zurück.»

«Ja, Doktor.»

«Und sind Sie überzeugt, daß der Baron die Wahrheit gesprochen hat?»

«Beinahe überzeugt.»

«Schlauer als Sie, hat er sein Geheimnis nicht preisgegeben.»

«Ich drohte, die Dauphine einzuschalten, und der Baron wurde ganz blaß. ‹Stürzen Sie mich ins Verderben, ganz wie Sie wollen›, gab er zurück. ‹Entehren Sie Ihren Vater und sich selbst. Das wäre der reinste Irrsinn und würde zu keinem Ergebnis führen. Ich weiß nicht, was Sie eigentlich von mir wollen.›»

«Und somit? ...»

«Somit komme ich in höchster Verzweiflung zurück.»

In diesem Augenblick hörte Philippe die Stimme seiner Schwester, die rief:

«Ist das nicht Philippe, der zurückgekehrt ist?»

«Großer Gott! Da ist sie ... Was soll ich ihr bloß sagen?» murmelte Philippe.

«Still doch!» gebot der Doktor.

Andrée trat ins Zimmer und umarmte ihren Bruder mit einer freudigen Zärtlichkeit, bei der das Herz des jungen Mannes zu Eis erstarrte.

«Nun», fragte sie, «woher kommst du?»

«Ich komme zunächt von unserem Vater, wie ich es dir vor meiner Abreise gesagt habe.»

«Geht es dem Herrn Baron gut?»

«Gut, ja, Andrée; aber dies ist nicht der einzige Besuch, den ich gemacht habe ... Ich habe auch bei mehreren Personen wegen deines Eintritts in Saint-Denis vorgesprochen. Jetzt ist Gott sei Dank alles geregelt. Du bist gerettet und kannst dich nun auf eine vernünftige und entschiedene Weise mit deiner Zukunft beschäftigen.»

Andrée trat zu ihrem Bruder hin, und mit einem zärtlichen Lächeln erwiderte sie:

«Lieber Freund, meine eigene Zukunft beschäftigt mich nicht mehr, und meine Zukunft braucht überhaupt niemanden mehr zu beschäftigen ... Die Zunkunft meines Kindes bedeutet mir alles, und ich werde mich einzig und allein dem Sohn widmen, den Gott mir geschenkt hat. Dies ist mein Entschluß, den ich unwiderruflich gefaßt habe, seitdem ich nach der Rückkehr meiner Kräfte nicht mehr an der Festigkeit meines Geistes zweifle. Für meinen Sohn leben, mit Entbehrungen leben, nötigenfalls sogar arbeiten, aber ihn niemals verlassen, weder bei Tag noch bei Nacht, so sieht die Zukunft aus, die mir vorschwebt. Kein Kloster, keine Selbstsucht mehr! Ich gehöre jemandem. Gott will nichts mehr von mir wissen!»

Der Doktor schaute Philippe an, als wolle er sagen:

«Nun, was hatte ich Ihnen prophezeit?»

«Meine Schwester», entfuhr es dem jungen Mann, «meine Schwester, was redest du da?»

«Klage mich nicht an, Philippe, es handelt sich hier nicht um die Laune eines schwachen, eitlen Weibes. Ich werde dich nicht stören, ich werde dir keinen Zwang auferlegen.»

«Aber ... aber Andrée, ich kann nicht in Frankreich bleiben. Ich will hier alles aufgeben. Ich habe kein Vermögen, keine Zukunft mehr. Ich kann wohl einwilligen, dich am Fuße eines Altars zurückzulassen, aber in der Welt, wo du arbeiten müßtest ... Andrée, du weißt gar nicht, was da auf dich zukommt!»

«Ich habe alles bedacht ... Ich liebe dich aufrichtig, Philippe, aber wenn du mich verläßt, werde ich meine Tränen hinunterschlucken und mich an die Wiege meines Sohnes flüchten.»

Der Doktor trat hinzu.

«Das erscheint mir doch sehr übertrieben und unvernünftig», wandte er ein.

«Ach, Doktor, was wollen Sie! ... Mutter zu sein, ist ein Zustand der Unvernunft! Doch diese Unvernunft hat mir Gott geschickt. Solange dieses Kind meiner bedarf, werde ich auf meinem Entschluß beharren.»

Philippe und der Doktor tauschten einen raschen Blick aus.

«Mein Kind», hub der Doktor an, «ich bin kein sehr beredter Prediger, aber ich glaube mich zu erinnern, daß Gott eine allzu innige Anhänglichkeit an das Geschöpf verbietet.»

«Allerdings, meine Schwester», pflichtete Philippe ihm bei.

«Gott verbietet einer Mutter, glaube ich, nicht, ihren Sohn innig zu lieben, Doktor?»

«Verzeihen Sie mir, meine Tochter, der Philosoph, der Arzt wird versuchen, den Abgrund zu ermessen, den die Theologie für die menschlichen Leidenschaften gräbt. Suchen Sie für jedes Gebot, das von Gott kommt, die Ursache, jedoch nicht allein die moralische, denn das ist zuweilen eine Feinheit der Vervollkommnung, suchen Sie vielmehr den materiellen Grund. Gott verbietet es einer Mutter, ihr Kind über alle Maßen zu lieben, weil das Kind eine schwächliche, zarte und für alle Krankheiten und Leiden empfängliche Pflanze ist und weil sie sich durch allzu heftige Liebe für ein möglicherweise nur kurzlebiges Geschöpf der Verzweiflung aussetzen würde.»

«Doktor», flüsterte Andrée, «warum sagen Sie mir dies? Und Sie, Philippe, warum schauen Sie mich mit diesem Mitleid, mit dieser Blässe an? . . .»

«Liebe Andrée», unterbrach sie der junge Mann, «folgen Sie meinem Rat, dem Rat eines innigen Freundes. Nun, da Ihre Gesundheit wiederhergestellt ist, treten Sie sobald wie möglich ins Kloster von Saint-Denis ein.»

«Ich! . . . Ich habe Ihnen doch gesagt, daß ich meinen Sohn nicht verlassen werde.»

«Solange er Ihrer bedürfe», fügte der Doktor sanft hinzu.

«Mein Gott!» schrie Andrée. «Was ist los? Sprechen Sie! Etwas Trauriges . . . etwas Grausames?»

«Seien Sie vorsichtig», flüsterte der Doktor Philippe ins Ohr. «Sie ist noch ein wenig zu schwach, um einen so harten Schlag verkraften zu können.»

«Mein Bruder, du gibst ja gar keine Antwort. So erkläre dich doch!»

«Liebe Schwester, wie du weißt, bin ich auf dem Heimweg über Point-du-Jour gekommen, wo dein Sohn bei einer Amme ist.»

«Ja . . . und?»

«Nun, das Kind ist ein wenig krank.»

«Krank . . . Oh, mein liebes Kind! Rasch, Marguerite . . . Marguerite . . . einen Wagen! Ich will zu meinem Kind fahren!»

«Unmöglich!» setzte der Doktor ihr entgegen. «Sie sind noch nicht so weit genesen, daß Sie ausgehen oder eine Fahrt im Wagen aushalten könnten.»

«Noch heute morgen haben Sie mir aber versichert, daß dies möglich sei. Sie haben mir gesagt, morgen, nach der Rückkehr Philippes könnte ich den armen Kleinen besuchen.»

«Ich hatte Ihren Gesundheitszustand besser eingeschätzt.»

«Wollen Sie mich täuschen?»

Der Doktor schwieg.

«Marguerite!» wiederholte Andrée. «Wollen Sie mir gleich gehorchen! . . . Einen Wagen, aber rasch!»

«Aber du kannst dir dabei den Tod holen», warnte Philippe.

«Nun, dann sterbe ich eben! ... So sehr hänge ich nun auch wieder nicht am Leben! ...»

Marguerite wartete und sah nacheinander ihre Gebieterin, ihren Gebieter und den Doktor an.

«Also wirklich, das ist ja allerhand! Wenn ich befehle!» empörte sich Andrée, deren Wangen sich mit einer plötzlichen Röte überzogen.

«Liebe Schwester!»

«Ich will nichts mehr hören, und wenn man mir einen Wagen verweigert, gehe ich zu Fuß.»

«Andrée», sagte Philippe plötzlich und nahm sie in die Arme, «du wirst nicht gehen, nein, du brauchst nicht dorthin zu gehen.»

«Mein Kind ist tot!» stieß Andrée unbewegt hervor und ließ ihre Arme an den Seiten des Lehnstuhles herabfallen, auf den Philippe und der Doktor sie gesetzt hatten.

Philippes alleinige Antwort bestand darin, daß er eine ihrer kalten, schlaffen Hände küßte ... Nach und nach verlor Andrées Hals seine Starre. Schließlich ließ sie ihren Kopf auf die Brust fallen und fing bitterlich an zu weinen.

«Gott hat gewollt, daß wir dieses neue Unglück erleiden müssen», tröstete sie Philippe. «Gott, der so groß und so gerecht ist; Gott, der vielleicht andere Pläne mit dir hatte; Gott, der zweifellos urteilte, die Gegenwart dieses Kindes an deiner Seite wäre eine unverdiente Strafe.»

«Aber ...», seufzte die arme Mutter, «aber warum hat Gott dann dieses unschuldige Geschöpf leiden lassen?»

«Gott hat es nicht leiden lassen, mein Kind», erklärte der Doktor. «Es ist noch in der Nacht seiner Geburt gestorben ... Trauern Sie ihm daher nicht mehr nach als dem Schatten, der vorüberzieht und verschwindet.»

«Und die Schreie, die ich vernahm? ...»

«Waren sein Abschied vom Leben.»

Andrée verbarg ihr Gesicht in den Händen, während die beiden Männer einen beredten Blick austauschten, in dem sie sich selbst zu der frommen Lüge beglückwünschten.

Auf einmal trat Marguerite mit einem Brief in der Hand ein ... Dieser Brief war an Andrée adressiert ... Die Aufschrift lautete:

*Mademoiselle Andrée de Taverney*
*Paris, Rue Coq-Héron Nr. 9*
*erster Torweg von der Rue Plâtrière kommend*

Philippe zeigte den Brief dem Doktor über den Kopf Andrées hinweg, die nicht mehr weinte, jedoch noch ganz in ihrem Schmerz versunken war.

«Wer kann ihr wohl hierher schreiben?» wunderte sich Philippe in Gedanken. «Niemand kannte ihre Adresse, und die Schrift ist nicht die unseres Vaters.»

«Schau her, Andrée», riß er sie aus ihrer Träumerei, «hier ist ein Brief für dich.»

Ohne zu überlegen, ohne zu widerstehen und ohne sich zu wundern, riß Andrée den Umschlag auf, wischte sich die Augen und entfaltete das Papier, um zu lesen. Doch kaum hatte sie die drei Zeilen, aus denen der Brief bestand, überflogen, da stieß sie einen lauten Schrei aus, fuhr, wie vom Wahnsinn gepackt, aus ihrem Sitz hoch, und während sich ihre Arme und Beine in einem schrecklichen Krampf versteiften, fiel sie, schwer wie ein Standbild, in die Arme Marguerites, die ihr zu Hilfe geeilt war.

Philippe hob den Brief auf und las:

*Auf See, den 15. Dezember 17..*

*Von Ihnen davongejagt, reise ich ab, und Sie werden mich nicht wiedersehen. Doch ich nehme mein Kind mit, das Sie niemals seine Mutter nennen wird.*

*Gilbert*

Philippe zerknüllte das Papier mit einem Wutgebrüll.

«Oh!» stieß er zähneknirschend hervor. «Ich hatte das Verbrechen des Zufalls schon fast verziehen. Doch dieses mit vollem Willen begangene Verbrechen soll bestraft werden ... Auf dein lebloses Haupt, Andrée, schwöre ich, den Schändlichen bei der ersten Gelegenheit zu töten, wenn ich ihn zu fassen kriege. Es wird Gottes Wille sein, daß ich ihm begegne, denn er hat das Maß überschritten ... Doktor, wird Andrée sich von diesem Schlag erholen?»

«Aber ja!»

«Doktor, Andrée muß morgen ins Kloster von Saint-Denis eintreten. Übermorgen muß ich im nächstgelegenen Seehafen sein ... Der Elende ist entflohen ... Ich werde ihn verfolgen ... Ich muß dieses Kind haben ... Welches ist übrigens der nächste Seehafen, Doktor?»

«Le Havre.»

«In sechsunddreißig Stunden bin ich in Le Havre!» verkündete Philippe.

## CLXIII. KAPITEL

### *An Bord*

Von diesem Augenblick an war Andrées Haus schweigsam und trübsinnig wie ein Grab.

Die Nachricht vom Tod ihres Sohnes hätte Andrée womöglich getötet. Es wäre einer jener dumpfen, schleichenden Schmerzen gewesen, welche einen Menschen allmählich völlig aufzehren. Gilberts Brief hingegen war ein so harter Schlag, daß er in Andrées edler Seele alles, was ihr noch an Kräften und aufbegehrenden Gefühlen blieb, übermäßig erregte.

Als sie wieder zu sich gekommen war, schaute sie sich nach ihrem Bruder um, und der Zorn, den sie in seinen Augen las, gab ihr wieder ein wenig Mut.

Sie wartete, bis ihre Kräfte in dem Maße wiederhergestellt waren, daß ihre Stimme nicht mehr zitterte. Dann nahm sie die Hand Philippes und sprach: «Mein Freund, Sie sprachen heute morgen mit mir über das Kloster von Saint-Denis, wo mir die Dauphine eine Zelle bewilligt hat.»

«Ja, Andrée.»

«Sie werden mich noch heute dorthin führen, wenn es Ihnen recht ist.»

«Danke, meine Schwester.»

«Für Sie, Doktor», fuhr Andrée fort, «für so viel Güte, Hingabe und Barmherzigkeit wäre eine Danksagung eine ungenügende Belohnung. Ihr Lohn, Doktor, läßt sich nicht auf Erden finden.»

Und sie ging auf ihn zu und umarmte ihn.

«Dieses kleine Medaillon», sprach sie weiter, «enthält mein Bildnis, das meine Mutter anfertigen ließ, als ich zwei Jahre alt war. Es muß wohl meinem Sohn ähnlich sehen. Behalten Sie es, Doktor, damit es Sie hin und wieder an das Kind erinnert, dem Sie ins Leben geholfen haben, und an die Mutter, die durch Ihre Pflege gerettet worden ist.»

Nach diesen Worten traf Andrée, ohne sich selbst zu bemitleiden, die letzten Vorbereitungen für ihre Abreise, und noch am selben Abend um sechs Uhr trat sie, ohne daß sie es wagte, den Kopf zu heben, durch die Pforte des Sprechzimmers von Saint-Denis, an dessen Gitter Philippe, unfähig, seine Erschütterung zu unterdrücken, ihr vielleicht auf ewig Lebewohl sagte.

Plötzlich verließen die arme Andrée die Kräfte. Sie rannte mit offenen Armen zu ihrem Bruder zurück. Auch er streckte die Hände gegen sie aus, und trotz des kalten Hindernisses, das ihnen das Gitter entgegensetzte, trafen sie zusammen, und auf ihren brennenden Wangen vermengten sich ihre Tränen.

«Lebe wohl! Lebe wohl!» murmelte Andrée, die ihren Schmerz nicht länger zurückhalten konnte und in lautes Schluchzen ausbrach.

«Lebe wohl!» antwortete Philippe, seine Verzweiflung erstickend.

«Wenn du meinen Sohn je wiederfinden solltest», sagte Andrée ganz leise, «dann laß es nicht zu, daß ich sterbe, ohne ihn umarmt zu haben.»

«Sei unbesorgt. Lebe wohl! Lebe wohl!»

Andrée entriß sich den Armen ihres Bruders und entfernte sich, von einer Laienschwester unterstützt, wobei sie sich in der tiefen Finsternis des Klosters beständig nach ihm umschaute.

Solange er sie sehen konnte, nickte er ihr zu, dann winkte er mit dem Taschentuch. Endlich empfing er ein letztes Lebewohl, das sie ihm vom Ende des dunklen Ganges zusandte. Eine eiserne Tür fiel zwischen ihnen ins Schloß, und alles war vorbei.

Philippe machte sich direkt von Saint-Denis aus auf den Weg. Seinen Mantelsack hinter sich auf dem Pferd, eilte er die ganze Nacht sowie den ganzen darauffolgenden Tag hindurch und kam am Abend desselben Tages in Le Havre an. Er schlief in der ersten Herberge, die sich auf seinem Weg fand, und erkundigte sich am nächsten Morgen bei Tagesanbruch im Hafen nach den nächsten Abfahrten nach Amerika.

Man antwortete ihm, die Brigg *Adonis* liefe noch an diesem Tag nach New York aus. Philippe suchte den Kapitän auf, der gerade mit seinen letzten Vorbereitungen beschäftigt war, ließ sich von diesem als Passagier aufnehmen und bezahlte den Preis für die Überfahrt. Dann, nachdem er ein letztes Mal an die Dauphine geschrieben hatte, um ihr seine ehrfurchtsvolle Ergebenheit und seine Dankbarkeit zu bekunden, schickte er sein Gepäck in seine Schiffskabine und begab sich zur Stunde der Flut an Bord.

Vom Turm François I. schlug es vier Uhr, als die *Adonis* unter ihren Marssegeln und ihrem Focksegel aus der Fahrrinne auf die offene See hinaussteuerte. Das Meer war dunkelblau, und der Himmel schimmerte rötlich am Horizont. Auf die Reling gestützt, schaute Philippe, nachdem er die wenigen Passagiere, seine Reisegefährten, gegrüßt hatte, auf die Küste Frankreichs, die sich immer mehr in einen violetten Dunst hüllte, je schneller die Brigg die hohe See erreichte.

Bald sah Philippe nichts mehr, weder die Küste Frankreichs noch die Passagiere, noch den Ozean. Die finstere Nacht hatte alles unter ihren weiten Flügeln begraben. Philippe ging hinunter in seine Kabine und zwängte sich in das winzige Bett, wo er noch einmal die Abschrift des Briefes las, den er an die Dauphine geschickt hatte und der ebensogut für ein Gebet an den Schöpfer als für einen an ein Geschöpf gerichteten Abschied gelten konnte.

*Madame,* hatte er geschrieben, *ein Mann ohne Hoffnung und ohne Stütze entfernt sich von Ihnen in dem Bedauern, so wenig für Eure zukünftige Majestät getan zu haben. Dieser Mann zieht hinaus in die Stürme und Unwetter des Meeres, während Sie mit den Gefahren und den Sorgen der Regierung zurückbleiben. Jung, schön, angebetet, umgeben von ehrfürchtigen Freunden und leidenschaftlichen Dienern, werden Sie denjenigen vergessen, den Ihre königliche Hand einst huldvoll über die Menge zu erheben geruhte. Ich werde Sie niemals vergessen. Ich bin auf dem Weg in eine neue Welt, wo ich mich weiterbilden will, um Ihnen wirksamer auf dem Thron zu dienen. Ich vertraue Ihnen meine Schwester an, eine arme, verlassene Blume, die keine andere Sonne mehr haben wird als Ihren Blick. Haben Sie die Güte, ihn zuweilen auf sie herabzusenken, und seien Sie sich, ich beschwöre Sie, inmitten Ihrer Freude, inmitten Ihrer Allmacht und inmitten der Flut von einstimmigen Wünschen des Segens eines Verbannten gewiß, den Sie nicht hören werden und der Sie vielleicht nie wieder sieht.*

Als Philippe zu Ende gelesen hatte, schnürte sich sein Herz zusammen. Das schwermütige Stampfen des ächzenden Schiffes, das Tosen der Wellen, die sich an der Bordwand brachen und bis zum Bullauge emporspritzten, bildeten ein Zusammenspiel, das auch heiterere Gemüter trübsinnig gestimmt hätte. Die Nacht zog sich für den jungen Mann lang und schmerzlich dahin. Ein Besuch, den ihm der Kapitän gegen Morgen abstattete, versetzte ihn auch nicht in eine zufriedenere Stimmung. Dieser Offizier erklärte ihm, die meisten Passagiere seien seekrank und blieben in ihren Kabinen. Er fügte hinzu, die Überfahrt verspreche zwar kurz, wegen der Heftigkeit des Windes aber recht mühsam zu werden.

Philippe machte es sich fortan zur Gewohnheit, mit dem Kapitän zu Mittag zu speisen und sich sein Frühstück in die Kabine bringen zu lassen. Da er sich selbst gegen die Unbilden der See nicht ausreichend gefeit fühlte, pflegte er einige Stunden, in seinen weiten Offiziersmantel gehüllt, auf dem Oberdeck zu verbringen. Die übrige Zeit verwandte er darauf, sich einen Verhaltensplan für die Zukunft zu erstellen und seinen Geist mit gediegener Lektüre rege zu halten. Hin und wieder begegnete er anderen Passagieren. Bei diesen handelte es sich um zwei Damen, die im Norden von Amerika eine Erbschaft antreten wollten, und vier Männer, von denen der eine, schon etwas älter, zwei Söhne bei sich hatte. Diese sechs Passagiere hatten die Kabinen der ersten Klasse inne. Auf der anderen Seite erblickte Philippe einmal einige Männer von gewöhnlicherem Aussehen und schlichterer Kleidung. Er fand dabei durchaus nichts, was seine Aufmerksamkeit gefesselt hätte.

Je mehr sich die Leiden durch die Gewohnheit milderten, desto mehr gewann Philippe seine Heiterkeit wieder. Auch der Himmel klarte sich auf. Einige schöne, klare, sturmfreie Tage kündigten den Passagieren an, daß man sich gemäßigteren Breiten näherte. Man blieb folglich länger im Freien auf dem Verdeck. Philippe hatte es sich zum Grundsatz gemacht, sich mit niemandem auf ein Gespräch einzulassen. Selbst dem Kapitän hatte er seinen Namen verschwiegen, damit man auf keines der Themen, auf die einzugehen er fürchtete, zu sprechen käme. Eines Nachts vernahm er in seiner Kabine Tritte über seinem Kopf. Er hörte die Stimme des Kapitäns, der ohne Zweifel mit irgendeinem Passagier auf und ab ging. Das war ein Grund für ihn, sich seinerseits nicht an Deck zu begeben. Er begnügte sich damit, sein Bullauge zu öffnen, um ein wenig frische Luft zu schöpfen, und erwartete den nächsten Morgen.

Ein einziges Mal während dieser Nacht stieg er, da er weder Stimmen noch Tritte hörte, auf die Brücke. Die Nacht war lau, der Himmel bedeckt, und hinter dem Schiff in der Fahrtrinne sah man inmitten der Strudel Tausende von phosphoreszierenden Punkten hervorquellen. Die Nacht war den Passagieren zweifellos zu finster und zu gewittrig erschienen, denn Philippe erblickte keinen von ihnen auf dem Hüttendeck. Nur auf dem Vorschiff, am Bug schlief oder träumte, über das Bugspriet gelehnt, eine schwarze Gestalt, die Philippe im Schatten nur undeutlich ausmachen konnte, ohne Zweifel irgendein Passagier der zweiten Klasse, ein armer Verbannter, der in sehnsüchtiger Erwartung des amerikanischen Hafens nach vorn blickte, während Philippe dem französischen Hafen nachtrauerte.

Philippe schaute lange zu diesem reglos in seine Betrachtung versunkenen Reisenden hinüber. Dann erfaßte ihn die morgendliche Kälte, und er schickte sich an, in seine Kajüte hinunterzusteigen. Er hörte den Kapitän herankommen und wandte sich um.

«Schnappen Sie frische Luft, Kapitän?» erkundigte er sich.

«Monsieur, ich stehe auf.»

«Ihre Passagiere sind Ihnen, wie Sie sehen, zuvorgekommen.»

«Sie, aber die Offiziere sind Frühaufsteher wie die Matrosen.»

«Oh! Nicht nur ich», wandte Philippe ein. «Sehen Sie dort diesen Menschen, der so ganz und gar in seine Träumereien versunken ist? Er ist einer Ihrer Passagiere, nicht wahr?»

Der Kapitän schaute in die angegebene Richtung und schien überrascht.

«Wer ist dieser Mann?» fragte Philippe.

«Ein ... ein Kaufmann», erwiderte der Kapitän verlegen.

«Der dem Glück nachjagt?» murmelte Philippe. «Diese Brigg segelt zu langsam für ihn.»

Statt zu antworten, ging der Kapitän geradewegs zu dem Passagier, dem er ein paar Worte sagte, und Philippe sah ihn sogleich im Zwischendeck verschwinden.

«Sie haben ihn beim Träumen gestört», bemerkte Philippe zu dem Kapitän, als dieser sich wieder zu ihm gesellt hatte. «Er belästigte mich nicht.»

«Nein, Monsieur, ich habe ihn nur darauf aufmerksam gemacht, daß die Morgenkälte in dieser Gegend gefährlich ist. Die Passagiere der zweiten Klasse haben nämlich keine so guten Mäntel wie Sie.»

«Wo befinden wir uns, Kapitän?»

«Monsieur, morgen werden wir die Azoren sehen und auf einer derselben frisches Wasser bunkern, denn es wird allmählich sehr heiß.»

## CLXIV. KAPITEL

### *Die Azoren*

Zu der von dem Kapitän bestimmten Stunde erblickte man vom Vorschiff aus in der Ferne die Küsten einer Inselgruppe unter der blendenden Sonne.

Es waren die Azoren.

Der Wind blies in diese Richtung, und die Brigg glitt rasch übers Wasser. Gegen drei Uhr nachmittags war man so nahe herangekommen, daß man völlig freie Sicht auf die Inseln hatte.

Philippe sah die hohen Spitzen der Hügel mit den seltsamen Formen und dem düsteren Anblick, Felsen, die schwarz von der Einwirkung vulkanischen Feuers waren, Einschnitte mit leuchtenden Kämmen und tiefen Abgründen.

Sobald man sich der ersten der Inseln auf Schußweite einer Kanonenkugel genähert hatte, drehte die Brigg bei, und die Mannschaft traf alle Vorbereitungen für eine Landung, um einige Tonnen frisches Wasser an Bord zu nehmen, wie es der Kapitän bewilligt hatte.

Die Passagiere erhofften sich einen Landausflug. Nach zwanzig Tagen und zwanzig Nächten einer anstrengenden Schiffsreise den Fuß auf einen unbeweglichen, nicht schwankenden Boden zu setzen, ist ein Vergnügen, das nur diejenigen zu schätzen wissen, welche eine solche Reise jemals gemacht haben.

«Meine Herrschaften», sprach der Kapitän zu den Passagieren, die ihm etwas unentschlossen vorkamen, «Sie haben fünf Stunden Zeit, an Land spazierenzugehen. Nutzen Sie die Gelegenheit. Sie finden auf dieser kleinen, völlig unbewohnten Insel Quellen mit eiskaltem Wasser, wenn Sie Naturforscher sind, Kaninchen und Rothühner, wenn Sie Jäger sind.»

Philippe nahm seine Flinte, Pulver und Blei.

«Und Sie, Kapitän», fragte er, «bleiben Sie an Bord? Warum kommen Sie nicht mit uns?»

«Weil dort», antwortete der Offizier, indem er aufs Meer hinaus deutete, «weil dort ein Schiff von verdächtigem Aussehen kommt, ein Schiff, das dem meinigen schon seit ungefähr vier Tagen folgt, eine üble Fratze von einem Schiff, wie wir zu sagen pflegen, und so muß ich alles beobachten, was es tut.»

Zufrieden mit dieser Erklärung, stieg Philippe ins letzte Beiboot und machte sich auf den Weg an Land.

Bald sah man die zwei Boote mit den freudigen Matrosen und den noch freudigeren Passagieren davonfahren.

Das letzte Wort des Kapitäns war: «Um acht Uhr, meine Herrschaften, wird das letzte Boot kommen, um Sie abzuholen. Merken Sie sich dies gut, denn wer zu spät kommt, wird zurückgelassen.»

Als alle Ausflügler an Land gegangen waren, begaben sich die Matrosen sofort in eine etwa hundert Schritt vom Ufer gelegene Grotte.

Eine frische Quelle von tiefblauem, köstlichem Wasser plätscherte unter den moosbewachsenen Felsen hin und verlor sich, ohne die Grotte selbst zu verlassen, auf einem Grund von feinem Schwimmsand.

Die Matrosen machten halt und füllten ihre Fässer, die sie anschließend bis zum Ufer wälzten.

Philippe sah ihnen dabei zu. Er bewunderte den bläulichen Schatten der Grotte, die angenehme Kühle und das sanfte Gemurmel des sich in kleinen Kaskaden ergießenden Wassers. Er wunderte sich darüber, daß es ihm anfangs so vorgekommen war, als herrsche hier die tiefste Finsternis und die strengste Kälte, während ihm einige Minuten später die Temperatur mild erschien und das Dunkel mit sanften, geheimnisvollen Lichtschimmern durchsetzt war. Er war den Matrosen zunächst, ohne sie zu sehen, mit ausgestreckten Armen gefolgt, wobei er sich immer wieder an den Felswänden gestoßen hatte. Allmählich aber hatte sich jedes Gesicht, jede Gestalt aus dem Dunkel hervorgehoben, und Philippe zog das Licht dieser Grotte dem des Himmels vor, das bei Tag in diesen Gegenden so grell und unbarmherzig ist.

Indessen hörte er die Stimmen seiner Gefährten in der Ferne verhallen. Ein paar Flintenschüsse erschollen in den Bergen. Dann erlosch jedes Geräusch, und Philippe blieb allein.

Die Matrosen hatten ihre Pflicht erfüllt und würden daher nicht mehr in die Grotte zurückkommen.

Philippe ließ sich nach und nach von dem Zauber dieser Einsamkeit und vom Strudel seiner Gedanken mitreißen. Er streckte sich auf dem feinen, weichen Sand aus, lehnte sich an die mit aromatischen Kräutern bewachsenen Felsen und träumte.

So verstrichen die Stunden. Er hatte die Welt um sich her vergessen. Neben ihm auf dem Stein ruhte seine entladene Flinte, und um es sich auf seinem Lager bequemer zu machen, hatte er aus seinen Taschen die beiden Pistolen genommen, von denen er sich niemals trennte.

Seine ganze Vergangenheit zog langsam und feierlich wie eine Lehre oder wie ein Vorwurf in Gedanken an ihm vorüber. Seine ganze Zukunft entfloh schmucklos wie jene scheuen Vögel, die man zuweilen mit dem Blick, jedoch nie mit der Hand berührt.

Während Philippe so vor sich hin träumte, träumte, lachte und hoffte man auch hundert Schritt von ihm entfernt. Er nahm diese Bewegung nur undeutlich wahr, und mehr als einmal kam es ihm vor, als höre er den Ruderschlag der Boote, welche Passagiere ans Ufer brachten oder wieder mit an Bord nahmen, die einen des Vergnügens auf der Insel überdrüssig, die anderen begierig, ihrerseits in den Genuß des Landaufenthaltes zu kommen.

Aber noch war er in seiner stillen Andacht nicht gestört worden, mochten die einen den Eingang zur Grotte nicht bemerkt haben, mochten es die anderen nicht als der Mühe wert erachtet haben, sich hineinzubegeben.

Plötzlich jedoch erschien ein schüchterner, unentschlossener Schatten auf der Schwelle zwischen dem Tageslicht und der Höhle ... Philippe sah jemanden, der sich mit ausgestreckten Armen und gesenktem Haupt in Richtung der murmelnden Quelle vorwärtstastete. Diese Person stieß sich sogar einmal an den Felsen, als ihr Fuß auf den Kräutern ausglitt.

Da erhob sich Philippe und reichte dem Menschen die Hand, um ihm wieder auf den richtigen Weg zurückzuhelfen. Im Zuge dieser Gefälligkeit trafen seine Finger die Hand des Ausflüglers in der Finsternis.

«Hier entlang, Monsieur», geleitete er ihn liebenswürdig, «das Wasser ist hier.»

Beim Klang dieser Stimme hob der Unbekannte hastig den Kopf, als wolle er antworten, wobei er im blauen Halbschatten der Grotte sein unbedecktes Gesicht zeigte.

Da stieß Philippe einen Schrei des Entsetzens aus und machte einen Satz rückwärts.

Der Unbekannte gab seinerseits einen erschrockenen Aufschrei von sich und wich ebenfalls zurück.

«Gilbert!»

«Philippe!»

Diese beiden Namen erschollen gleichzeitig wie ein unterirdischer Donnerschlag.

Dann hörte man nur noch Geräusche, die von einem Kampf zeugten. Philippe hatte mit beiden Händen den Hals seines Feindes umfaßt und zerrte ihn hinter sich her in die Tiefe der Grotte.

Gilbert ließ sich fortschleppen, ohne eine einzige Klage von sich zu geben. Mit dem Rücken gegen die felsige Wand der Höhle gedrängt, konnte er nicht mehr weiter zurückweichen.

«Du Elender! Hab' ich dich endlich erwischt!» brüllte Philippe. «Gott hat dich mir ausgeliefert ... Gott ist gerecht!»

Gilbert war leichenblaß und stand regungslos da. Seine Arme baumelten an seinem Körper herab.

«Oh! Der gemeine Bösewicht!» rief Philippe. «Er besitzt nicht einmal den Instinkt des wilden Tieres, das sich verteidigt.»

Doch Gilbert antwortete mit einer Stimme voller Sanftmut:

«Mich verteidigen? Warum sollte ich?»

«Das ist richtig, du weißt wohl, daß du in meiner Gewalt bist ... Du weißt, daß du die furchtbarste Strafe verdient hast. All deine Verbrechen sind erwiesen. Du hast eine Frau durch die Schmach erniedrigt, und du hast sie durch Unmenschlichkeit umgebracht. Es war für dich nicht genug, eine Jungfrau zu beflecken, du wolltest auch noch eine Mutter ermorden!»

Gilbert erwiderte nichts. Philippe, der sich am Feuer seines eigenen Zorns immer mehr berauschte, packte Gilbert abermals mit seinen wütenden Händen. Der junge Mann leistete keinen Widerstand.

«Bist du denn kein Mann?» schrie Philippe, indem er ihn mit dem heftigsten Grimm schüttelte. «Du hast wohl nur das Gesicht eines Mannes? ... Was! Nicht einmal Widerstand! ... Aber du siehst wohl, ich erwürge dich. Wehre dich also! Verteidige dich ... Du Ruchloser! Du gemeiner Mörder! ...»

Gilbert spürte, wie ihm die Finger seines Gegners den Hals zudrückten. Er richtete sich auf, machte sich stocksteif und schleuderte Philippe, stark wie ein Löwe, mit einer einzigen Bewegung seiner Schultern von sich. Dann verschränkte er die Arme und sprach:

«Sie sehen, daß ich mich verteidigen könnte, wenn ich wollte. Doch wozu soll das nützen? Sie laufen doch schon nach Ihrer Flinte. Mir ist es lieber, durch einen einzigen Schuß getötet zu werden, als von Nägeln zerrissen und von schmählichen Schlägen niedergeworfen zu werden.»

Philippe hatte in der Tat seine Flinte gepackt. Bei diesen Worten jedoch stieß er sie zurück.

«Nein», murmelte er.

Dann fragte er laut:

«Wohin gehst du? . . . Wie bist du überhaupt hierher gekommen?»

«Ich bin Passagier auf der *Adonis*.»

«Du verbirgst dich also? Du hattest mich doch wohl gesehen?»

«Ich wußte nicht einmal, daß Sie an Bord sind.»

«Du lügst.»

«Ich lüge nicht.»

«Wie kommt es dann, daß ich dich nicht gesehen habe?»

«Weil ich meine Kabine nur nachts verlasse.»

«Siehst du, du versteckst dich also doch!»

«Ohne Zweifel.»

«Vor mir?»

«Nein, sage ich Ihnen. Ich gehe nach Amerika mit einem Auftrag und soll nicht gesehen werden. Der Kapitän hat mich deshalb getrennt von den Passagieren untergebracht.»

«Ich sage dir, du versteckst dich, um dich meinen Blicken zu entziehen . . . und vor allem, um das Kind zu verbergen, das du geraubt hast.»

«Das Kind?» wiederholte Gilbert.

«Ja, du hast dieses Kind gestohlen und mitgenommen, um es eines Tages als Waffe zu benützen, durch die du dir irgendeinen Vorteil verschaffen willst, Elender!»

Gilbert schüttelte den Kopf.

«Ich habe das Kind an mich genommen», erklärte er, «damit es niemand lehren kann, seinen Vater zu verachten oder zu verleugnen.»

Philippe schnappte einen Augenblick nach Luft und meinte dann:

«Wenn dies wahr wäre, wenn ich dies glauben könnte, wärest du weniger ruchlos, als ich dachte. Aber immerhin hast du gestohlen, warum solltest du dann nicht auch lügen?»

«Gestohlen! Ich soll gestohlen haben?»

«Du hast das Kind gestohlen.»

«Es ist mein Sohn! Er gehört mir! Monsieur, man stiehlt nicht, wenn man sein Eigentum zurücknimmt.»

«Hör zu!» entgegnete Philippe, bebend vor Zorn. «Vorhin kam mir der Gedanke, dich zu töten. Ich hatte es geschworen, und ich war berechtigt dazu.»

Gilbert antwortete nicht.

«Doch jetzt klärt mich Gott auf. Gott hat dich auf meinen Weg geworfen, als wolle er mir sagen: ‹Die Rache ist unnütz. Man darf sich nur rächen, wenn man von Gott verlassen ist . . .› Ich werde dich nicht töten. Ich werde nur das Gebäude des Unglücks zerstören, das du errichtet hast. Dieses

Kind ist deine Versicherung für die Zukunft. Du wirst mir dieses Kind sogleich zurückgeben.»

«Aber ich habe es nicht», entgegnete Gilbert. «Ein fünfzehn Tage altes Kind nimmt man nicht mit auf See.»

«Du mußtest wohl eine Amme für den Kleinen finden. Warum solltest du die Amme nicht mitgenommen haben?»

«Ich versichere Ihnen, ich habe das Kind nicht mitgenommen.»

«Dann hast du es also in Frankreich gelassen? An welchem Ort hast du es gelassen?»

Gilbert schwieg.

«Antworte! Zu wem hast du es in Pflege gegeben und mit welchen Mitteln?»

Gilbert hüllte sich weiterhin in Schweigen.

«Ah! Elender, du bietest mir die Stirn!» zürnte Philippe. «Du befürchtest also nicht, meinen Zorn wachzurufen? ... Willst du mir jetzt gleich sagen, wo das Kind meiner Schwester ist? Willst du mir dieses Kind zurückgeben?»

«Mein Kind gehört mir», beharrte Gilbert.

«Schändlicher Kerl! Du willst wohl durchaus sterben!»

«Ich will nur mein Kind nicht hergeben.»

«Hör mich an, Gilbert, ich spreche sanft mit dir. Gilbert, ich werde versuchen, die Vergangenheit zu vergessen. Ich werde versuchen, dir zu vergeben. Gilbert, du begreifst meine Großmut, nicht wahr? ... Ich verzeihe dir! Alles, was du an Schmach und Unheil über unser Haus gebracht hast, verzeihe ich dir. Das ist ein großes Opfer ... Gib mir dieses Kind zurück. Willst du noch mehr? ... Willst du, daß ich den rechtmäßigen Widerwillen Andrées zu besiegen suche? Willst du, daß ich mich bei ihr für dich verwende? Nun gut! ... Ich werde es tun ... Gib mir nur dieses Kind zurück ... Und noch etwas ... Andrée liebt ihren Sohn, deinen Sohn, wie wahnsinnig. Sie wird sich durch deine Reue rühren lassen, das verspreche, das gelobe ich dir. Aber gib mir das Kind zurück, Gilbert, gib es mir zurück!»

Gilbert verschränkte die Arme und heftete einen Blick voll düsteren Feuers auf Philippe.

«Sie haben mir nicht geglaubt», versetzte er, «und ich glaube Ihnen auch nicht; nicht etwa, weil Sie kein Ehrenmann wären, sondern weil ich den Abgrund der Standesvorurteile hinreichend erforscht habe. Es ist keine Umkehr und kein Verzeihen mehr möglich. Wir sind Todfeinde ... Sie sind der Stärkere, seien Sie also der Sieger ... Ich verlange nicht Ihre Waffe, verlangen Sie also auch nicht die meinige ...»

«Du gibst also zu, daß es eine Waffe ist?»

«Gegen die Verachtung, ja! Gegen den Undank, ja! Gegen die Beleidigung, ja!»

«Ich frage dich noch einmal, Gilbert», stieß Philippe mit Schaum vor dem Mund hervor. «Willst du gleich ...?»

«Nein.»

«Nimm dich in acht!»

«Nein.»

«Ich will dich nicht ermorden. Es soll dir die Möglichkeit gegeben sein, Andrées Bruder zu töten. Ein Verbrechen mehr! ... Ah! Ah! Das ist doch verlockend. Nimm diese Pistole. Hier ist noch eine andere. Zählen wir jeder bis drei, dann schießen wir.»

Und er warf Gilbert eine der beiden Pistolen vor die Füße.

Der junge Mann verharrte unbeweglich.

«Ein Duell ist gerade das, was ich verweigere», hielt er dagegen.

«Willst du lieber, daß ich dich töte?» schrie Philippe, wahnsinnig vor Wut und Verzweiflung.

«Ich will lieber von Ihnen getötet werden.»

«Denk nach ... mein Kopf gerät langsam in Verwirrung.»

«Ich habe nachgedacht.»

«Ich bin im Recht. Gott muß mich freisprechen.»

«Ich weiß es ... Töten Sie mich.»

«Zum letzten Mal, willst du kämpfen?»

«Nein.»

«Du verweigerst es, dich zu verteidigen?»

«Ja.»

«Nun wohl! Dann stirb wie ein Bösewicht, von dem ich die Erde reinige, stirb wie ein Ruchloser, stirb wie ein Bandit, stirb wie ein Hund!»

Und Philippe feuerte seine Pistole aus allernächster Nähe auf Gilbert ab. Dieser streckte die Arme aus, schwankte zuerst nach hinten, dann nach vorn und fiel endlich auf sein Gesicht, ohne einen Schrei von sich zu geben. Philippe spürte, wie sich der Sand unter seinem Fuß mit warmem Blut tränkte. Da verlor er ganz und gar die Besinnung und stürzte Hals über Kopf aus der Grotte.

Vor ihm lag das Ufer, wo ein Boot wartete. Die Stunde der Weiterfahrt war vom Kapitän auf acht Uhr festgelegt worden. Jetzt war es bereits einige Minuten nach acht.

«Ah! Da sind Sie ja, Monsieur!» riefen die Matrosen ihm zu. «Sie sind der letzte ... Die anderen sind alle schon an Bord zurückgekehrt. Was haben Sie geschossen?»

Als er dieses Wort vernahm, verlor Philippe das Bewußtsein. Man brachte ihn in diesem Zustand aufs Schiff zurück, das eben dabei war, auszulaufen.

«Dann stirb wie ein Bösewicht, von dem ich die Erde reinige!»

«Sind alle Mann zurück an Bord?» erkundigte sich der Kapitän.

«Hier bringen wir den letzten Passagier», antworteten die Matrosen. «Er muß wohl irgendwo gestürzt sein, denn er ist eben ohnmächtig geworden.»

Der Kapitän befahl ein entscheidendes Manöver, und die Brigg entfernte sich rasch von den Azoren. Dies geschah gerade in dem Augenblick, wo das unbekannte Schiff, das den Kapitän so lange beunruhigt hatte, unter amerikanischer Flagge in den Hafen einlief.

Der Kapitän der *Adonis* wechselte ein Signal mit diesem Schiff und setzte dann, wenigstens dem Anschein nach beruhigt, seinen Weg nach Westen fort. Bald hatte sich sein Schiff im Schatten der Nacht verloren.

Erst am nächsten Morgen bemerkte man, daß ein Passagier an Bord fehlte.

## EPILOG

Am 9. Mai des Jahres 1774 um acht Uhr abends bot Versailles das eigenartigste und interessanteste Schauspiel.

Seit dem ersten des Monats hütete König Ludwig XV., von einer furchtbaren Krankheit befallen, deren Schwere die Ärzte ihm zunächst nicht einzugestehen wagten, das Bett und fing an, mit den Augen um sich her die Wahrheit oder die Hoffnung zu suchen.

Der Arzt Bordeu hatte eine äußerst bösartige Blatternerkrankung festgestellt, und der Arzt La Martinière, der dieselbe wie sein Kollege erkannte, hielt es für angebracht, den König davon zu unterrichten, damit er als Christ in geistiger und materieller Hinsicht Maßnahmen für sein eigenes und seines Königreiches Heil treffen könne.

«Der allerchristlichste König», so sprach er, «sollte sich die letzte Ölung geben lassen.»

La Martinière vertrat die Partei des Dauphin, das heißt die Opposition. Bordeu behauptete, schon durch das einfache Geständnis der Schwere der Krankheit würde man den König töten, und er für seinen Teil schrecke vor einem Königsmord zurück.

Bordeu vertrat die Partei Dubarry.

Die Geistlichkeit zum König zu berufen, hieß in der Tat, die Herzensdame zu vertreiben. Wenn Gott durch eine Tür in einen Raum tritt, muß Satan denselben wohl zwangsläufig durch eine andere verlassen.

Doch während all dieser inneren Streitigkeiten der Fakultät, der Familie und der Parteien setzte sich die Krankheit mit aller Behaglichkeit in diesem gealterten, abgenutzten und durch ausschweifende Lebensführung verweichlichten Körper fest. Sie verschanzte sich darin derart, daß weder Arzneien noch Verordnungen sie daraus verjagen konnten.

Schon bei den ersten Anzeichen des Übels, das von einer Untreue Ludwigs XV. herrührte, der Madame Dubarry liebenswürdigerweise Vorschub geleistet hatte, hatten sich seine beiden Töchter, die Favoritin sowie die in der höchsten Gunst stehenden Höflinge um das Bett des Königs versammelt. Noch lachte man und hielt sich gegenseitig aufrecht.

Plötzlich jedoch erschien das strenge und düstere Gesicht Madame Louises von Frankreich in Versailles. Sie hatte ihre Klosterzelle in Saint-

Denis verlassen, um ihrem Vater ebenfalls Trost und Pflege angedeihen zu lassen.

Sie trat bleich und finster ins Krankenzimmer ein. Sie war für ihren Vater keine Tochter mehr, für ihre Schwestern keine Schwester mehr. Sie ähnelte den Prophetinnen des Altertums, die in den unheilvollen Tagen des Mißgeschicks erschienen und den verblendeten Königen zuriefen: «Wehe! Wehe! Wehe!»

Sie fiel in Versailles zu einer Stunde ein, da Ludwig gerade damit beschäftigt war, die Hände Madame Dubarrys zu küssen und sie wie zärtliche Liebkosungen auf seine kranke Stirn und seine glühenden Wangen zu legen.

Bei ihrem Anblick stoben alle auseinander. Die Schwestern flüchteten sich zitternd ins angrenzende Zimmer. Madame Dubarry bekam weiche Knie und lief rasch in ihre Gemächer. Die bevorzugten Höflinge wichen bis in die Vorzimmer zurück. Allein die beiden Ärzte verharrten in der Ecke des Kamins.

«Meine Tochter», murmelte der König, während er mühsam seine vom Schmerz und Fieber geschwollenen Augen öffnete.

«Ihre Tochter, ja, Sire», antwortete die Prinzessin.

«Sie kommt ...»

«Im Auftrage Gottes!»

Der König richtete sich auf und deutete ein Lächeln an.

«Denn Sie vergessen Gott», fügte Madame Louise hinzu.

«Ich? ...»

«Ich will Ihnen denselben ins Gedächtnis zurückrufen.»

«Meine Tochter! Ich bin dem Tode doch hoffentlich noch nicht so nahe, daß eine solche Ermahnung dringlich wäre. Meine Krankheit ist nicht der Rede wert, Gliederschmerzen, eine leichte Entzündung ...»

«Ihre Krankheit, Sire», unterbrach ihn die Prinzessin, «ist diejenige, welche gemäß der Etikette die großen Prälaten des Königreiches um das Lager Seiner Majestät versammeln soll. Wenn ein Mitglied der königlichen Familie von den Blattern befallen ist, so müssen ihm auf der Stelle die Sterbesakramente verabreicht werden.»

«Madame!» rief der König ganz aufgeregt und kreidebleich. «Was sagen Sie da?»

«Madame!» ließen sich voll Schrecken auch die Ärzte vernehmen.

«Ich sage», wiederholte die Prinzessin, «daß Eure Majestät von den Blattern befallen ist.»

Der König stieß einen Schrei aus.

«Das haben mir die Ärzte aber nicht gesagt», wandte er ein.

«Sie trauen sich nicht. Ich aber, ich sehe für Eure Majestät ein anderes

Königreich als das Königreich Frankreich. Nähern Sie sich Gott, Sire, und lassen Sie all die Jahre Ihres Lebens vor Ihrem inneren Auge vorüberziehen.»

«Die Blattern!» murmelte Ludwig XV. «Eine tödliche Krankheit! ... Bordeu! ... La Martinière! ... Ist es denn wirklich wahr?»

Die beiden Ärzte senkten die Köpfe.

«Dann bin ich also verloren?» vergegenwärtigte sich der König, erschrockener denn je zuvor.

«Man kann von allen Krankheiten genesen, Sire», beruhigte ihn Bordeu, die Initiative ergreifend, «besonders wenn man die innere Ruhe bewahrt.»

«Gott verleiht die innere Ruhe und entscheidet über die Rettung des Körpers», bemerkte die Prinzessin.

«Madame», entgegnete Bordeu kühn, wenn auch mit leiser Stimme, «Sie töten den König.»

Die Prinzessin ließ sich nicht zu einer Antwort herab. Sie trat zu dem Kranken und ergriff seine Hand, die sie mit Küssen bedeckte.

«Brechen Sie mit der Vergangenheit, Sire», ermahnte sie ihn, «und geben Sie Ihren Völkern ein Beispiel. Niemand warnte Sie. Sie liefen Gefahr, für alle Ewigkeit verloren zu sein. Versprechen Sie mir, als Christ zu leben, wenn Sie am Leben bleiben. Sterben Sie als Christ, wenn Gott Sie zu sich ruft.»

Sie beendete diese Ansprache mit einem neuen Kuß auf die königliche Hand und trat langsamen Schritts den Rückweg durch die Vorzimmer an. Hier ließ sie ihren langen, schwarzen Schleier vors Gesicht fallen, stieg die Stufen hinunter und nahm in ihrer Karosse Platz, während sie hinter sich Bestürzung und Entsetzen zurückließ.

Der König erlangte seine Fassung erst nach einer Befragung der Ärzte wieder. Doch er war tief erschüttert und sprach:

«Ich will nicht, daß sich die Szenen von Metz mit der Herzogin von Châteauroux wiederholen. Man soll Madame d'Aiguillon kommen lassen und sie bitten, Madame Dubarry nach Rueil zu geleiten.»

Dieser Befehl kam einer Explosion gleich. Bordeu wollte etwas einwenden, doch der König gebot ihm Schweigen. Bordeu sah überdies seinen Kollegen bereit, dem Dauphin alles zu hintertragen. Bordeu wußte, welchen Ausgang die königliche Krankheit nehmen würde. Daher kämpfte er nicht, verließ das königliche Krankenzimmer und benachrichtigte Madame Dubarry von dem Schlag, der sie treffen sollte.

Erschrocken über den unheilverkündenden und beleidigenden Ausdruck, den bereits alle Gesichter angenommen hatten, suchte die Gräfin in aller Eile das Weite. In einer Stunde war sie außerhalb von Versailles, und die Herzogin von Aiguillon, eine getreue und dankbare Freundin, begleitete die in Ungnade Gefallene aufs Schloß von Rueil, das ihr durch Erbschaft vom großen Richelieu zugefallen war. Bordeu hielt indessen die Tür des Königs unter dem Vorwand der Ansteckung für die gesamte königliche Familie geschlossen. Dieses Krankenzimmer Ludwigs XV. war nunmehr abgeschottet. Nur noch der Religion und dem Tod sollte der Eintritt gestattet sein. Noch am selben Tage empfing der König die Letzte Ölung, und diese Nachricht verbreitete sich wie ein Lauffeuer in ganz Paris.

Der ganze Hofstaat ließ sich beim Dauphin ankündigen, der jedoch seine Türen verschlossen hielt und keine Sterbensseele empfing.

Aber am nächsten Morgen ging es dem König besser, und er schickte den Herzog von Aiguillon zu Madame Dubarry, um ihr seine Grüße zu überbringen.

Es war der Morgen des 9. Mai 1774.

Der Hof verließ in aller Eile den Pavillon des Dauphin und wandte sich in einem solchen Ansturm nach Rueil, wo die Favoritin wohnte, daß man seit der Verbannung Monsieur de Choiseuls nach Chanteloup keine solche Reihe von Karossen mehr gesehen hatte.

So standen die Dinge, und jedermann fragte sich:

«Wird der König wohl am Leben bleiben, und ist Madame Dubarry immer noch Königin? Oder wird der König sterben, und ist Madame Dubarry nichts anderes als eine abscheuliche, schändliche Kurtisane?»

Deshalb bot Versailles am 9. Mai des Jahres 1774 ein so seltsames und interessantes Schauspiel.

Auf dem Paradeplatz vor dem Palast hatten sich einige Gruppen an den Gittern gebildet, wohlwollende Gruppen, die es drängte, die Neuigkeiten zu erfahren.

Es waren Bürger aus Versailles oder Paris, die sich mit aller erdenklichen Höflichkeit bei den Leibgarden, welche, die Hände auf dem Rükken, schweigsam im Ehrenhof auf und ab gingen, nach dem Befinden des Königs erkundigten.

Allmählich lösten sich die Gruppen auf. Die Leute von Paris nahmen in den Patachen Platz, um friedlich nach Haus zurückzukehren. In der Gewißheit, die Nachrichten aus erster Hand zu erhalten, begaben sich auch die Versailler in ihre Wohnungen zurück.

Dann sah man in der Stadt nur noch die Wachpatrouillen, die ihre Pflicht etwas lascher als gewöhnlich verrichteten, und die riesige Welt, die man den Palast von Versailles nennt, versank nach und nach in Dunkelheit und Schweigen, wie auch die noch ein wenig größere Welt, die es umschließt.

An der Ecke der von Bäumen gesäumten Straße, die dem Palast gegenüber verläuft, saß an diesem Abend auf einer Steinbank unter dem schon üppigen Laubwerk der Kastanienbäume ein Mann vorgerückten Alters. Er hatte sein Gesicht dem Schloß zugewandt, während ein Stock seinen beiden Händen als Stütze diente, die ihrerseits seinem nachdenklichen, poetischen Kopf eine Stütze boten. Es war ein gebeugter Greis von kränklichem Aussehen, in dessen Augen jedoch noch ein Feuer flackerte und dessen Geist noch glühender loderte als die Augen.

Er war so in seine Betrachtung und in seine Seufzer versunken, daß er den anderen Mann nicht bemerkte, der, nachdem er neugierig durch das Gitter geschaut und die Leibgarden befragt hatte, die Esplanade schräg überquerte und direkt auf die Bank zusteuerte, in der Absicht, sich darauf auszuruhen.

Dieser andere war ein junger Mann mit hervorspringenden Backenknochen, platter Stirn, schiefer Hakennase und einem höhnischen Lächeln. Während er auf die Bank zuschritt, gab er, obgleich allein, ein hämisches Gelächter von sich, das wohl das Echo zu einem geheimen Gedanken bildete.

Drei Schritte von der Bank entfernt, erblickte er den Greis und trat ein wenig beiseite, während er ihn mit seinem schiefen Auge wiederzuerkennen suchte. Nur mochte er befürchten, man könnte seinen Blick falsch auslegen, denn er näherte sich schließlich mit einer ungestümen Bewegung und fragte:

«Schöpft der Herr frische Luft?»

Der Greis hob den Kopf.

«Ei!» rief da der junge Mann. «Sie sind doch mein erhabener Meister!»

«Und Sie sind mein junger Arzt», stellte der Alte fest.

«Wollen Sie mir gestatten, mich neben Sie zu setzen?»

«Sehr gern, Monsieur.» Und der Greis rückte beiseite, um dem Neuankömmling Platz zu machen.

«Wie es scheint, geht es dem König besser», meinte der junge Mann. «Man freut sich schon.»

Und er verfiel abermals in ein Gelächter.

Der Greis antwortete nicht.

«Den ganzen Tag über», fuhr der junge Mann fort, «sind die Karossen von Paris nach Rueil und von Rueil nach Versailles gerollt . . . Die Gräfin Dubarry wird den König heiraten, sobald er gesundheitlich wiederhergestellt ist.» Und er schloß diesen Satz mit einem Gelächter, das noch geräuschvoller war als das erste.

Der Greis antwortete auch diesmal nicht.

«Verzeihen Sie, wenn ich in dieser Art und Weise lache», sprach der junge Mann mit einer Bewegung voll nervöser Reizbarkeit weiter. «Sehen

Sie, ein guter Franzose liebt eben seinen König, und meinem König geht es besser.»

«Scherzen Sie nicht so über diesen Gegenstand, Monsieur», mahnte der Greis in sanftem Ton. «Der Tod eines Menschen ist stets für irgend jemanden ein Unglück, und der Tod eines Königs ist oftmals ein großes Unglück für alle.»

«Selbst der Tod Ludwigs XV.?» spottete der junge Mann. «Oh! Mein teurer Meister, Sie, ein so mächtiger Philosoph, Sie verfechten eine solche These? ... Oh! Ich kenne die Kraft und die Gewandtheit Ihrer paradoxen Behauptungen, doch diese lasse ich Ihnen nicht durchgehen ...»

Der Alte schüttelte den Kopf.

«Und überdies», fügte der junge Mann hinzu, «warum an den Tod des Königs denken? Wer spricht davon? Der König ist von den Blattern befallen ... Wir wissen alle, was dies bedeutet. Er hat Bordeu und La Martinière an seiner Seite, die geschickte Ärzte sind ... Ich wette, daß Ludwig der Vielgeliebte noch einmal davonkommen wird, mein lieber Meister. Nur erstickt das französische Volk diesmal nicht in den Kirchen, um neuntägige Andachten abzuhalten, wie zur Zeit seiner ersten Krankheit ... Hören Sie wohl, alles nutzt sich ab.»

«Still doch!» gebot der Greis bebend. «Still doch! Denn ich sage Ihnen, Sie sprechen von einem Menschen, über den Gott in diesem Augenblick seinen Finger ausstreckt.»

Erstaunt über diese merkwürdige Sprache, schaute der junge Mann seinen Gesprächspartner, dessen Augen unverwandt nach der Fassade des Schlosses blickten, von der Seite an.

«Sie haben also genauere Nachrichten?» erkundigte er sich.

«Schauen Sie», forderte ihn der Greis auf, wobei er mit dem Finger auf eines der Fenster des Palastes deutete, «was sehen Sie dort?»

«Ein erleuchtetes Fenster ... meinen Sie das?»

«Ja ... aber wie ist es erleuchtet?»

«Durch eine Kerze, welche in einer kleinen Laterne steckt.»

«Ganz genau.»

«Und?»

«Nun, junger Mann, wissen Sie, wofür die Flamme dieser Kerze steht?»

«Nein, Monsieur.»

«Sie steht für das Leben des Königs.»

Der junge Mann musterte den Greis eindringlicher, als wolle er sich davon überzeugen, daß dieser im Vollbesitz seiner geistigen Kräfte war.

«Einer meiner Freunde», erklärte der Alte, «ein gewisser Monsieur de Jussieu, hat diese Kerze dorthin gestellt, und sie wird brennen, solange der König lebt.»

«Sie ist also ein Signal?»

«Ein Signal, das der Nachfolger Ludwigs XV. dort drüben hinter irgendeinem Vorhang mit den Augen verschlingt. Dieses Signal, das die Ehrgeizigen von dem Augenblick in Kenntnis setzt, wo ihre Herrschaft beginnt, unterrichtet einen armen Philosophen, wie ich es bin, von dem Moment, da Gott ein Jahrhundert und ein Dasein ausbläst.»

Der junge Mann bebte ebenfalls und rückte auf der Bank näher an seinen Gesprächspartner heran.

«Oh!» rief der Alte. «Betrachten Sie wohl diese Nacht, junger Mann. Sehen Sie die Wolken und die Stürme, die sich in ihrem Schoße zusammenbrauen ... die Morgenröte, welche darauf folgt, werde ich ohne Zweifel noch erschauen, denn ich bin noch nicht zu alt, um den morgigen Tag nicht zu erleben. Doch vielleicht wird eine Regierung beginnen, die Sie bis zu ihrem Ende mitverfolgen werden und die wie diese Nacht Geheimnisse in sich schließt, deren Offenbarung ich nicht mehr erleben werde ... Es ist also nicht ohne Interesse für mich, das Feuer jener flakkernden Kerze, deren Bedeutung ich Ihnen soeben erklärt habe.»

«Es ist wahr», murmelte der junge Mann, «es ist wahr, mein Meister.»

«Ludwig XIV.», sprach der Greis weiter, «hat dreiundsiebzig Jahre lang regiert. Wieviele Jahre wird wohl Ludwig XV. regieren?»

«Ah!» rief der junge Mann und wies mit dem Finger auf das Fenster, das urplötzlich dunkel geworden war.

«Der König ist tot!» stellte der Greis fest und stand mit einem gewissen Schrecken auf.

Beide verharrten einige Minuten schweigend.

Auf einmal fuhr eine mit acht Pferden bespannte Karosse in großer Eile aus dem Hof des Palastes. Zwei Stallmeister ritten ihr, jeder eine Fackel in der Hand, voran. In der Karosse befanden sich der Dauphin, Marie-Antoinette und Madame Elisabeth, die Schwester des Königs. Das Licht der Fackeln beleuchtete auf unheimliche Weise ihre bleichen Gesichter. Die Karosse fuhr in zehn Schritt Entfernung an der Bank vorbei, auf der die beiden Männer saßen.

«Es lebe König Ludwig XVI.! Es lebe die Königin!» rief der junge Mann mit einer so kreischenden Stimme, daß man hätte meinen können, er wolle die neue Majestät eher schmähen als begrüßen.

Der Dauphin dankte. Die Königin zeigte ihr ernstes, trauriges Gesicht. Die Karosse verschwand.

«Mein lieber Monsieur Rousseau», bemerkte der junge Mann, «jetzt ist Madame Dubarry Witwe.»

«Morgen wird sie verbannt sein», setzte der Greis hinzu. «Gott befohlen, Monsieur Marat ...»

INHALTSVERZEICHNIS



* Die Kapitel 1–71 sind im Band 1 enthalten

BIBLIOTHEK DER
KLASSISCHEN ABENTEUERROMANE

Alexandre Dumas
Der Graf von Monte Cristo
Roman

Aus dem Französischen
von Xenia Gharbi und Martin Schoske
3 Bände: Bd. I. 11940/ Bd. II. 11941/ Bd. III. 11942

Edmond Dantès ist ein junger Provençale, der hoffnungsfroh in die Zukunft blicken kann: Er hat einen gütigen Vater, eine treue, schöne Verlobte, die Katalanin Mercédès, viele Freunde, einen geneigten Reeder und die Aussicht, bald Kapitän eines Handelsschiffes zu werden. Während seines Verlobungsfestes wird er aufgrund der Intrige eines Untergebenen festgenommen und beschuldigt, ein bonapartistischer Agent zu sein. In dieser Situation wird er von allen im Stich gelassen – teils aus Mißgunst, teils aus Entsetzen, teils aus Gleichgültigkeit. Alles, was für ihn sprach, wird im Prozeß gegen ihn verkehrt, und er wird zu lebenslanger Kerkerhaft im vor Marseille gelegenen Château d'If verurteilt. Dort verbringt er zehn grausam lange Jahre unter schärfster Bewachung. Es gelingt ihm, sich mit einem älteren Mitgefangenen zu verständigen, der ihm die Lage eines unermeßlichen Schatzes auf der Insel Monte Cristo verrät. Dantès entflieht dem Château d'If in einem Leichensack und gewinnt den Schatz. Nach vielen Jahren kehrt er unerkannt als Graf von Monte Cristo nach Frankreich zurück, wo alle seine »Verräter« mittlerweile in geachtete Stellungen der guten Gesellschaft aufgestiegen sind. Monte Cristo führt sich in die Gesellschaft ein und geht mit kalt kalkulierender Pedanterie daran, sich zu rächen. Keiner findet Gnade, auch Mercédès nicht.